D0745792

Contemporánea

Mario Benedetti (Uruguay, Paso de los Toros, 14 de septiembre de 1920 - Montevideo, 17 de mayo de 2009). Se educó en un colegio alemán y se ganó la vida como taquígrafo, vendedor, cajero, contable, funcionario público y periodista. Es autor de novelas, relatos, poesía, teatro y crítica literaria. Su obra, más de ochenta libros, ha sido traducida a más de veinticinco idiomas. En 1953 aparece *Quién de nosotros*, su primera novela, pero es el libro de cuentos *Montevideanos* (1959) el que supuso su consagración como narrador. Con su siguiente novela, *La tregua* (1960), Benedetti adquiere proyección internacional: la obra tuvo más de ciento cincuenta ediciones, fue traducida a diecinueve idiomas y llevada al cine, el teatro, la radio y la televisión. Por razones políticas, debió abandonar su país en 1973, iniciando un largo exilio de doce años que lo llevó a residir en Argentina, Perú, Cuba y España, y que dio lugar a ese proceso posterior, que a su retorno bautizó como «desexilio». Ha sido galardonado con, entre otros, el Premio Reina Sofía de Poesía, el Premio Iberoamericano José Martí y el Premio Internacional Menéndez Pelayo.

Mario Benedetti

Cuentos completos

DEBOLS!LLO

Cuentos completos (Mario Benedetti)

Primera edición en Debolsillo en España: noviembre, 2016
Primera edición en Debolsillo en México: agosto, 2017

D. R. © 2015, Fundación Mario Benedetti
c/o Schavelzon Graham Agencia Literaria
www.schavelzon.com

D. R. © 2015, Penguin Random House Grupo Editorial, S. A. U.
Travessera de Gràcia, 47-49, 08021, Barcelona

D. R. © 2017, derechos de edición para España, Europa, América Latina y Estados Unidos
en lengua castellana excepto Argentina, Chile y Uruguay:
Penguin Random House Grupo Editorial, S. A. de C. V.
Blvd. Miguel de Cervantes Saavedra núm. 301, 1er piso,
colonia Granada, delegación Miguel Hidalgo, C. P. 11520,
Ciudad de México

www.megustaleer.com.mx

Penguin Random House Grupo Editorial apoya la protección del *copyright*.
El *copyright* estimula la creatividad, defiende la diversidad en el ámbito de las ideas y el conocimiento,
promueve la libre expresión y favorece una cultura viva. Gracias por comprar una edición autorizada
de este libro y por respetar las leyes del Derecho de Autor y *copyright*. Al hacerlo está respaldando a los autores
y permitiendo que PRHGE continúe publicando libros para todos los lectores.

Queda prohibido bajo las sanciones establecidas por las leyes escanear, reproducir total o parcialmente esta
obra por cualquier medio o procedimiento así como la distribución de ejemplares
mediante alquiler o préstamo público sin previa autorización.
Si necesita fotocopiar o escanear algún fragmento de esta obra diríjase a CemPro
(Centro Mexicano de Protección y Fomento de los Derechos de Autor, http://www.cempro.com.mx).

ISBN: 978-607-315-620-2

Impreso en México – *Printed in Mexico*

El papel utilizado para la impresión de este libro ha sido fabricado a partir de madera procedente
de bosques y plantaciones gestionadas con los más altos estándares ambientales, garantizando
una explotación de los recursos sostenible con el medio ambiente y beneficiosa para las personas.

Penguin
Random House
Grupo Editorial

Índice

LA MUERTE Y OTRAS SORPRESAS

CON Y SIN NOSTALGIA

GEOGRAFÍAS

DESPISTES Y FRANQUEZAS

Despistes

Franquezas

El tiempo que no llegó

BUZÓN DE TIEMPO

Señales de humo

EL PORVENIR DE MI PASADO

Utopía

Brindis

La tristeza

Nota previa

El presente volumen reúne los relatos recogidos en las antologías de cuentos y de libros misceláneos (o «entreveros literarios», como los denominó el autor) publicados a lo largo de la dilatada carrera de Mario Benedetti: *Esta mañana* (1949), *Montevideanos* (1959), *La muerte y otras sorpresas* (1968), *Con y sin nostalgia* (1977), *Geografías* (1984), *Despistes y franquezas* (1989) —que integraron, todos ellos, la primera edición de los *Cuentos completos* en Alfaguara—, más los contenidos en *Buzón de tiempo* (1999) y *El porvenir de mi pasado* (2003).

Los textos incluidos en *El porvenir de mi pasado* fueron escritos entre los años 2000 y 2003 salvo «Niñoquepiensa», que se escribió en 1956 y se publicó en 1961 junto con otras crónicas humorísticas.

El volumen incluye, asimismo, el prólogo del escritor mexicano José Emilio Pacheco en 1994, aún en vida del autor uruguayo, con ocasión de la publicación de la primera edición de los *Cuentos completos* en Alfaguara.

Mario Benedetti o los puentes sobre los mares
Prólogo a la primera edición

En 1995 Mario Benedetti cumple medio siglo de escritor. Su libro inicial, hoy expulsado de *Inventario*, se llama *La víspera indeleble*. Simboliza el comienzo de la generación uruguaya de 1945 —la generación crítica, como la designó Ángel Rama—, que tiene en Benedetti su más alta figura literaria y halló su centro en *Marcha*, el gran semanario de Carlos Quijano. Emir Rodríguez Monegal, su amigo y compañero de aquellos tiempos, escribió en la revista generacional *Número* el primer ensayo de conjunto hecho en cualquier idioma acerca de Borges. Lo que en ese entonces dijo Monegal describe a Benedetti a los cincuenta años de haber empezado su trabajo: no es sólo un escritor sino una vasta y compleja literatura con su pluralidad de géneros y su unidad secreta.

Del mismo modo que «estilista» pasó a nombrar al peluquero de lujo, «polígrafo» se llama ahora al detector de mentiras y «hombre de letras» a quien hace vida literaria sin tomarse el trabajo de escribir, no queda en nuestro vocabulario un término capaz de abarcar una actividad como la de Benedetti. Poeta, novelista, cuentista, crítico, ensayista, desafía todo intento de clasificarlo y ha enriquecido cada género con la experiencia ganada en los demás. Hasta la oposición prosa/poesía es destruida por Benedetti en *El cumpleaños de Juan Ángel*, que restaura como vanguardia la novela en verso y se anticipa en dos décadas al inesperado retorno del poema narrativo.

El novelista de *Quién de nosotros*, *La tregua*, *Gracias por el fuego*, *Primavera con una esquina rota*, *La borra del café*; el poeta de *Poemas de la oficina*, *La casa y el ladrillo*, *Cotidianas*, *Viento del exilio*, *Las soledades de Babel* y los demás libros reunidos en ese *Inventario* que a cada edición aumenta; el ensayista de *Literatura uruguaya siglo XX*, *Letras del continente mestizo*, *El ejercicio del criterio*, *Sobre artes y oficios*, *La realidad y la palabra*, entre otras muchas colecciones; el escritor político de *El país de la cola de paja*, *Crónicas del 71*, *Terremoto y después*; el dramaturgo de *Ida y vuelta* y *Pedro y el capitán*, es también el gran cuentista de *Esta mañana*, *Montevideanos*, *La muerte y otras sorpresas*, *Con y sin nostalgia*, *Geografías*, *Despistes y franquezas*, libros reunidos en este volumen de *Cuentos completos*.

Hay demasiados libros y demasiados seres humanos llenamos el planeta. Nada más natural que prefiramos al escritor compacto, al autor de una sola obra, cuanto más breve mejor; y en literatura reclamemos la estricta división del trabajo: por una ley no escrita pero vigente los poetas tienen prohibida la narrativa, los narradores la poesía. Benedetti ha vencido todos estos obstáculos, ha actualizado la totalidad del ejercicio literario que practicaron los grandes escritores de otros siglos y ha sabido crear un público que lo sigue en muchas partes, de libro en libro y también en los periódicos, en la escena, en los discos.

A pesar de la comunicación instantánea, las literaturas hispánicas han vuelto al aislamiento, a la mutua ignorancia y al autoconsumo. Benedetti es uno de los muy pocos autores leídos en todos los países del idioma (y en innumerables traducciones). Radicalmente uruguaya y montevideana, su obra es vista no sólo como la historia íntima de su patria sino como la gran crónica interior de todo lo que ha pasado en Hispanoamérica durante los cincuenta años que abarca su producción.

Benedetti no buscó el éxito ni ha dejado nunca de ser fiel a sí mismo, a sus obsesiones y a los azares del cruce de su biografía con la historia de todos. Ha escrito lo que muchos sentíamos que necesitaba ser escrito. De allí la respuesta excepcional y acaso irrepetible despertada por sus libros.

Los montevideanos llaman «el mar» al cuerpo de agua que los extranjeros vemos aún como el Río de la Plata a punto de encontrarse con la sal del Atlántico. Benedetti ha hecho lo imposible: tender puentes sobre los mares que nos separan en vez de arar en ellos o escribir sobre el agua. La gran tragedia nacional que lo lanzó al exilio lo hizo colonizar todos los territorios arrancados por él a lo no dicho y a lo indecible. Ninguna violencia pudo arrebatarle la ciudad construida por sus palabras.

Debe de haber alguna explicación histórica para el admirable desarrollo del cuento en la zona rioplatense. En un acto de sociología instantánea, podemos suponer que los inmigrantes necesitaban contarse historias de las tierras que habían dejado atrás y articular su experiencia ante los nuevos países. El gran oleaje inmigratorio se dio en la edad de oro del cuento, la era de Chéjov, Maupassant y Kipling. Las revistas traducían relatos para su público urbano y rural, así como para los viajeros de los ferrocarriles y los barcos que comunicaban a Buenos Aires con Montevideo y a Montevideo con Buenos Aires, «el vapor de la carrera» que aparece más de una vez en la obra de Benedetti.

Ya en la primera época de este que expira y pronto hará de nosotros reliquias, sobrevivientes del siglo pasado, los cuentos de Horacio Quiroga y Leopoldo Lugones establecieron en la literatura rioplatense las tradiciones que a falta de mejor nombre llamamos realista y fantástica, los antecedentes que en parte hicieron posibles a Borges y a Onetti, a Cortázar, a Bioy Casares, a Benedetti y a quienes hoy recogen brillantemente su herencia. Hacia 1940 los escritores y editores del exilio español se encontraron con el círculo formado en torno a Borges y Victoria Ocampo. Buenos Aires fue, por lo menos hasta *Rayuela* y *Cien años de soledad,* el gran centro transmisor de la nueva literatura en todas las lenguas. El denostado Uruguay de la clase media y la burocracia, «el país de la cola de paja» al que, con la rabia que sólo puede brotar del más doliente amor, Benedetti llamó en 1960 «la única oficina del mundo que ha alcanzado categoría de república», también produjo un sistema educativo, una serie de publicaciones y un lector sin el cual no se explicaría el nivel de excelencia alcanzado y sostenido por su literatura.

En la dedicación de Benedetti a escribir cuentos se halla una prueba de su autenticidad. Nadie que buscara un público masivo hubiera optado por un género que se suponía de escasa venta en comparación con la novela. Benedetti ha derruido este prejuicio y cada una de sus colecciones circula en miles de ejemplares. El renovado auge de la narrativa breve está en deuda con su constancia. En manos de Benedetti, el cuento aparece como un género de una ductilidad y flexibilidad incomparables. Es el más antiguo y el más nuevo. En él todo se ha hecho y todo está por hacerse.

La primera etapa de Benedetti como cuentista tiene por centro *Montevideanos.* El narrador logró sin proponérselo universalizar la experiencia de una época y un lugar específicos. Era imposible imaginar entonces a sus lectoras y lectores de este fin de siglo. En aquel entonces Benedetti habrá pensado que la modesta y digna edición de Alfa nunca iba a reimprimirse ni a salir de los confines nacionales. Desde luego ese Montevideo ya no existe, ya fue arrasado por la tempestad de la historia. Pero no leemos estos cuentos sólo por tener la experiencia que no tuvimos o gracias a su valor de testimonio acerca de cómo eran y cómo vivían ciertas personas en determinadas circunstancias.

Aquella oficina de la que hablan sus historias abarca el mundo entero, como la aldea de Chéjov o el villorrio normando de Maupassant. El acierto de Benedetti fue partir de sus prójimos más próximos para ahondar narrativamente en el enigma de las relaciones humanas, en la pregunta sin respuesta en torno a nuestra convivencia. El deseo, el poder, el amor, el miedo, el odio, la envidia, la enfermedad, la frustración, la alegría, la plenitud, la amistad, la juventud, el dinero, o la falta de dinero, la vejez, la exaltación, el aburrimiento: la materia incesante de la vida encarna en historias cotidianas de personas concretas gracias a una maestría que renuncia a todo exhibicionismo y una actitud crítica que jamás se niega a la compasión. Aun frente a la imagen más odiada, la del torturador, Benedetti quiere entender. Comprender no es justificar, sino darnos conciencia de que lo peor y lo mejor de todos los seres humanos está latente en nuestro interior. La parte más aterradora del verdugo es su semejanza potencial con nosotros mismos.

Para escribir se necesitan todos los sentidos. Para narrar es necesario ante todo saber escuchar. La narrativa es el arte de la memoria representado en el teatro de la imaginación por letras que son imágenes y acciones pero en primer término voces, voces monologantes y dialogantes. Todas las edades humanas y todos los oficios y profesiones se hallan representados en los cuentos de Benedetti. Imposible pasar por alto la destreza con que sabe acercarse a las personas, más que los personajes, de quienes lo separa el abismo de las generaciones; ni cómo los poderes de su prosa hacen que ningún sentimiento le sea ajeno, ninguna tierra extraña. Emplea todas las formas del relato, todo el repertorio ancestral y contemporáneo: narración en primera, segunda y tercera personas, monólogo interior, admirables diálogos en que el supremo artificio es la aparente naturalidad, testigos que ignoran el sentido último de cuanto nos refieren. Sin embargo, muchas de sus narraciones se aferran al origen oral de todo cuento y están dichas por la escritura a un interlocutor presente o ausente.

Sus cuentos no serían lo que son si no forman parte indeslingable de una totalidad. *Montevideanos* dialoga con *Los poemas de la oficina, La tregua, El país de la cola de paja,* reflexión crítica y advertencia sobre el Uruguay que se encaminaba hacia la mayor crisis de su historia. *La muerte y otras sorpresas* —título aún más premonitorio que *La víspera indeleble*— corresponde al período de *Gracias por el fuego, Contra los puentes levadizos, Letras del continente mestizo, Cuaderno cubano.* Si el principio del fin de lo que había sido hasta entonces el pacto social uruguayo aparece en «Ganas de embromar», «Péndulo» y «El cambiazo», otras regiones de la imaginación surgen en «Miss Amnesia» y «Acaso irreparable». Con la impunidad que nos da «predecir» lo que ya sucedió, vemos estos cuentos «fantásticos» como involuntarias prefiguraciones metafóricas de lo que ya era un camino sin retorno para el Uruguay y para toda Hispanoamérica en los años que mediaron entre la victoria de la Revolución cubana y el golpe militar en Chile. Pero en aquellos momentos no podíamos presentir que *La muerte y otras sorpresas* anunciaba la década siguiente: los años de la insurrección tupamara, que encontraría su épica en *El cumpleaños de Juan Ángel,* el golpe militar, la represión, la institucionalización de la tortura, las *desapariciones* y el exilio.

Como dijo en su autoepitafio Fernández de Lizardi, el primero que escribió novelas en tierras americanas, Benedetti «hizo lo que pudo por su patria». A consecuencia de ello se vio obligado a dejarla y a ver sus libros proscritos para sus lectores naturales. Lo único que lograron quienes intentaron silenciarlo ha sido que su literatura se difunda por todas partes. El cuento se volvió la forma de seguir literalmente paso a paso lo que ocurría en su país y entre los exiliados, los hijos y los nietos de quienes creyeron hallar en esos lugares el fin del éxodo, la verdadera tierra prometida.

Con y sin nostalgia y *Geografías* reúnen las narraciones de las décadas más atroces que ha vivido el continente en este siglo. Ni el dolor ni la cólera impiden que Benedetti deje de aumentar sus recursos narrativos. Al lado del cuento que ahonda en la concentración y economía del género, emplea con la misma destreza el relato ensayístico, la viñeta, el poema en prosa y la novela corta (por ejemplo, «La vecina orilla» y «Puentes como liebres», que abarca en pocas páginas una vida entera como el magistral «Retrato de Elisa» en *Montevideanos*). El poeta y el narrador, en vez de oponerse o estorbarse, intercambian habilidades y enseñanzas. Benedetti hace versos libres y rimados, sonetos y epigramas, coplas, canciones y versículos, arte mayor y arte menor. Los personajes de sus novelas, como Laura Avellaneda y Martín Santomé de *La tregua,* hablan en los *Poemas de otros.*

La variedad métrica y temática de *Las soledades de Babel* se corresponde con la riqueza de *Despistes y franquezas,* su más reciente libro de cuentos. Si los «despistes» son poemas en prosa, «doloras y humoradas» —para citar a un poeta, Campoamor, al que ya nadie cita—, las «franquezas» son los relatos del *desexilio,* esa palabra que la lengua española le debe, como muchas otras, a Benedetti; el cuaderno del retorno al país natal para observar el paisaje después de la batalla, el panorama roto en que duelen hasta los árboles cortados y los edificios demolidos, y a los montevideanos y a los hijos y nietos de aquellos primeros, *Montevideanos,* que han pasado por los horrores de la tortura y la separación. Benedetti es el mismo y es distinto. No puede ser igual después de lo que ha pasado y de lo que le ha pasado. Cuanto ve y escucha se convierte en materia narrativa porque la fuente de sus relatos es la inagotable vida.

Si pensamos que la carrera de Maupassant duró sólo una década y que pocos cuentistas hispanoamericanos han ido más allá del segundo libro, la figura de Mario Benedetti aparece todavía más excepcional y admirable. Durante medio siglo ha trabajado como habitante natural en todos los géneros con una fidelidad inexpugnable a las más diversas manifestaciones del cuento. El impulso juvenil, la voluntad del estilo y el gusto de jugar en serio, presentes en *Despistes y franquezas* y *Las soledades de Babel*, constituyen algo que la mayoría suele perder mucho antes de los treinta. Y es que, para devolverle lo que él dijo en el centenario de Rubén Darío, Benedetti pronto tendrá cincuenta años de escritor y setenta y cinco de vida —pero no los representa—. Estos *Cuentos completos* prueban que Mario Benedetti es uno de los grandes cuentistas de nuestra lengua y de nuestro siglo.

José Emilio Pacheco, 1994

Cuentos completos
(1947-2003)

ESTA MAÑANA

Go, go, go, said the bird: human kind
Cannot bear very much reality.
T. S. ELIOT: *Burnt Norton, I.*

Esta mañana

Lo han arrojado del sueño con la piel estirada, los ojos desmesuradamente abiertos a la luz inmóvil que aletarga el cuarto. Puede reconocerse, sin embargo, nombrarse en alta voz. No bien dice «Jorge», retrocede el hechizo. Entonces le es dado adivinar relativamente lejos su propio pie sosteniendo la sábana, y, más cerca, su mano izquierda, sola, dormida aún, abandonada sobre el pecho, junto a *La estancia vacía*, de Morgan, abierto en la página ciento cincuenta y tres. Cuando la otra mano, la derecha, vuelve a tomar el libro entre sus dedos —el pulgar inmiscuido entre las hojas como otro lector— Jorge prueba a leer: «Se lo dije porque las palabras estaban llenas de vida para mí. ¿No ha escrito usted nunca una carta sin la intención de mandarla, y la ha puesto en un sobre sin la intención de mandarla, y ha salido con ella... todavía sin el propósito de enviarla; y entonces ha oído cómo caía en el buzón?». Sí, esto puede entenderse. Él sabe por qué se ha detenido allí y aceptado el tema. Además, se conoce resistente y lúcido, lo suficiente como para aplazar hasta hoy, si no la interpretación, al menos la continuación de cierto anhelo de la víspera.

Todavía sin plan, todavía desordenado y hosco, aparta la sábana con un ademán lento y se sienta en la cama, los pies apoyados sobre el piso desnudo, lejos de la alfombra. Es el momento oportuno para acercar los zapatos, los arqueados zapatos negros. Pero no acaba de decidirse. Mientras el frío de las baldosas va piernas arriba, caderas arriba, hasta lamer el vaho tibio de la cama, que aún perdura en su espalda, en su pecho, en sus hombros, conserva todavía en la cabeza —no tanto en la memoria— el sonido y el olor de anteayer, el olor y el sonido de la figura aborrecida y admirada, del hombre alto, calvo y afeitado, con el enorme vientre desafiante y las piernas firmes, un poco separadas. Aborrecido y admirado, no. Ni aborrecer ni admirar. Más bien sentir en la conciencia... menos que eso, en la boca, en las manos, en los ojos, la justificación del propio pudor, el asco indiferente hacia el hombre alto.

Quién sabe hasta dónde puede, podría obstinarse el pudor. Subsiste, pese al retroceso de los pensamientos, pese al estancamiento o la deformación de la vergüenza. El pudor tira hacia sí, porque es una especie de raíz de la raíz. Acaso, finalmente, el único camino hacia el altruismo.

Uno toma los calcetines de la víspera —pasos, umbrales, escalones—, uno toma los calcetines e introduce en cada uno de ellos el pie frío, violáceo de varices pequeñas, endurecido. Si comienza a vestirse es porque ha resuelto esquivar el baño matinal, por un inexplicable temor supersticioso a quedarse limpio de todo lo maquinado hasta ayer. Quedarse limpio, ¿por qué?, ¿de qué? Uno no tiene mayormente dudas sobre el fondo, sobre el origen, sobre el color moral del asunto. Las dudas —no vacilaciones: uno puede vacilar en dudar o lanzarse de lleno a la duda—, las dudas sólo son acerca del procedimiento, de detalles del procedimiento.

Sentirse vestido es, en cierto modo, acabar de despertarse. Ayuda a ayudarse, a desalojar la inseguridad, a ser. Uno se siente vestido y se halla listo para gobernar la mirada, para encerrarse en uno o para salir de uno, para agonizar irremediablemente o para estallar en la rutina. Percibe cómo la sangre reconoce su mundo y corre y vive. Y uno se siente vivir al ritmo de la sangre: aunque parezca mentira, uno se siente vivir al ritmo de la propia sangre. Aunque parezca mentira, la sangre también conserva el sonido y el olor de anteayer, cuando el hombre alto, calvo y afeitado que se llama Gálvez irrumpió en la sala de escritorios verdes y metálicos (todos estaban comentando el último partido y la original y atrevida tesis de Menéndez acerca del sistema M-W se basaba enteramente en la sabiduría de un comentarista de radio) y nadie supo que estaba allí, a tal punto que Silva le rozó el vientre enorme y desafiante al intentar reproducir la ejecución de un córner. Pero él quiso apoyarse, él, Gálvez, quiso apoyarse, antes de hablar, en un poco de desprecio, y para ello sonrió. Y estuvo bien, porque los otros oyeron la sonrisa y entendieron que debían sentarse cada uno detrás de su escritorio verde. Jorge le vio mover las cejas, que Gálvez movió porque Jorge lo miraba. Y cuando dijo «Ayolas», Jorge no dijo nada y los demás miraron y nada más. Era algo inexplicable, porque los otros pensaban: «Éste es Jorge Ayolas y no dice nada». Y entonces Gálvez se irguió de veras y el vientre grande se estiró un poco al aumentar la distancia entre los muslos y las costillas. Y preguntó: «¿Por qué no vino ayer?» pero más bien preguntaba: «¿Usted se ha dado cuenta?», aunque en rigor él dijo lo otro y casi todos entendieron lo otro. Jorge sí podía entender, porque conocía al hombre alto, calvo y afeitado, y cuando estaba con él en el despacho, se olvidaba a veces de Jorge y actuaba y hablaba y pensaba como si Jorge no estuviera a sus espaldas, escribiendo o simplemente mirando la máquina.

Como ahora mira la taza blanca. Desde que desayuna con té-con-leche, siente el placer fácil de contemplar la taza blanca, rodeada de platillos con manteca, queso, dulce, pan tostado. Es un momento de intimidad, de soledad provechosa y desnuda. Se trata de algo simplemente creador, esto de acomodar la manteca en la rebanada, esto de dejar penetrar lentamente en el líquido los terrones de azúcar que sostiene la cucharilla. Ahora, con la taza a la altura de la boca y a través de su aureola humeante, puede verse la ventana de cielo, puede verse la ventana de nubes. Uno tiene en las manos el color de su día: rutina o estallido. Mas, para empezar, uno tiene en las manos el olor y el sonido de anteayer, cuando el hombre alto, calvo y afeitado preguntó: «¿Por qué no vino ayer?». Nada había para responder. Porque Gálvez se dirigía a Jorge Ayolas y —claro— había olvidado que cuando entró en la sala ellos comentaban el último partido. Jorge entonces hizo eso. Se levantó y pasó frente a Gálvez sin decirle nada y salió hacia el despacho. Allí estaban los dos correveidiles: uno contador y otro periodista. Teclas importantes del teclado de Gálvez. Sabían conseguir. El contador conseguía mujeres. El periodista conseguía noticias. Solían desmedrarse con un odio recíproco y Gálvez extraía de la callada competencia un beneficio al margen: que a veces el contador consiguiera noticias, que a veces el periodista consiguiera mujeres. Cuando Gálvez regresó al despacho, los saludó —contra su costumbre— por encima del hombro. Ambos sintieron, cada uno a su modo, tímida nostalgia por la amistosa palmadita de siempre, por el alegre «¿Cómo va eso?», por el interesado «¿Qué novedades?» con que el jefe indicaba que podían comenzar. Se abstuvieron. Algo lamentable, porque el contador sabía de una rubia de órdago, probablemente de no imposible acceso, y para mayores garantías, casada. Algo lamentable, porque el periodista traía la buena nueva de que el Ministro aceptaba la modificación del *artículo tercero*, exigiendo solamente la participación de un inesperadamente módico treinta-por-ciento de los beneficios que el cambio proporcionaría a Gálvez. El periodista pensaba que el Ministro hacía mal en pedir ahora un porcentaje tan por debajo del tácito arancel, pero la verdad era que el Ministro «no quería comprometerse demasiado».

Ahora que Jorge va en ómnibus, por la Avenida, el espectáculo lo distrae de nuevo, mejor dicho, lo trae de su distracción. En la plataforma, la gente arracimada grita, bromea, maldice. Más adentro, Jorge hunde irremediablemente su nariz en la plétora de unos senos horizontales. Delante suyo. Jorge ve una cruz. Es la cruz que teóricamente debería colgar del pescuezo de la señora y que prácticamente se apoya en la meseta de carne hundible, de carne de sudor y agua colonia.

Cuando en la Plaza Independencia bajen veinticinco o treinta pasajeros, acaso quede entonces espacio suficiente como para mover un poco la cabeza, a tiempo todavía para ver al guarda eructando provechosamente sobre la calvicie total de un viejo breve y deslomado. Mientras tanto (todavía está en Dieciocho y Paraguay) uno puede probar a apartarse de la obsesión de esta cruz que no es la de Cristo. La de Cristo estaba erguida y acusaba al cielo. La de la señora está echada y apunta al húmedo gaznate. Uno puede probar a apartar la atención de la cruz obsesionante, uno puede probar a rehallar el sonido y el olor de anteayer bajo las capas actuales del freno chirriante, del olor a sudoraguacolonia. Uno puede probar y ver a Gálvez revisando las cuentas, aparentemente revisando las cuentas y realmente pensando en que Jorge Ayolas está a sus espaldas, en que Jorge Ayolas sabe que él pasó dos noches con Celeste, que el periodista le consiguió a Celeste, que él pasó dos noches con Celeste, que el periodista le mintió a Celeste, dos noches con Celeste... Probar y ver a Gálvez levantándose y abriendo un cajoncito lateral que siempre está con doble llave y dejarlo esta vez un poco abierto y ver asomar por la rendija una culata de revólver y una novela de Pitigrilli. Probar y ver a Gálvez extrayendo del cajón un frasco con pastillas y luego cerrarlo sin pasar la llave. (Dos noches con Celeste.) Gálvez era amable, tibio, campechano (frío, egoísta, indiferente). Sabía serlo (no lo sabía). Pero esta vez estaba tieso; sincera, inevitablemente tieso. Jorge podía mirarle la nuca, la nuca desnuda y sin coraje (... sin pasar la llave...), no sabía qué miedo trémulo sobre los hombros, qué antigua incertidumbre en las manos junto a aquel expediente que nadie lee. (Dos noches con Celeste.)

Ahora Jorge camina por Sarandí. «Soy otro», dice. Y lo es. El hombre que le precede, el hombre de gacho verde y traje gris, el hombre y él tienen algo para oír en común. Un chico que habla detrás de ellos. La voz del chico parece la de un grande que imita a un chico. Naturalmente, inhábil. Naturalmente, tonto. «Soy otro», dice. Y lo es (... sin pasar la llave...). La muchacha de adelante tiene piernas bonitas, bien torneadas, algo de timidez en las caderas. Tiene su propia dignidad. Uno puede pensar a capricho, puede formularse alguna invitación, puede hacer lo corriente. Pero esta mujer joven tiene su propia dignidad. Uno debe limitarse a mirar el pelo casi suelto rozándole la espalda, es decir, rozándole el saquito celeste, el saquito de lana celeste. Celeste. Celeste tiene mejores piernas, Celeste no tiene caderas tímidas. Uno no sabe si Celeste tiene su propia dignidad. La simpatía es, naturalmente, otra cosa. Uno se siente a gusto en la simpatía. Pero, naturalmente, es otra cosa. (Dos noches con Celeste.) Uno tiene que decidir. La dignidad pesa. La simpatía también pesa. Uno tiene que saber lo que hace «... y ha salido con ella... todavía sin el propósito de enviarla». Eso decía el libro de Morgan. De todas maneras, Celeste era algo. A veces, por la tarde, Jorge salía con ella, y hablaban. Alguna vez, la llevaba a la confitería y hablaban. Él no podía confiarse ni confiar. Tenía fe sin embargo en lo que ella no decía, en lo que ella ocultaba pensando que debía tener vergüenza y mientras pronunciaba correctas tonterías, impúdicamente correctas tonterías. Jorge tenía fe en su sinceridad —la de Celeste—, había apostado a favor de esa sinceridad débil y embrionaria, contra la hipocresía robusta y evidente. Claro que si ella era hipócrita, la hipocresía era su sinceridad. No obstante, él creía creer que la sinceridad era su sinceridad.

El reloj de la Matriz da las nueve. Jorge dice: «Soy otro». Y lo es. Hay algo manso y a la vez definido en su ser de ahora. (Dos noches con Celeste.) Había esperado moldearla de nuevo, mejor aún, poner su contenido en otro molde. Los elementos eran buenos, eran queridos, podían ser amados. Sólo faltaba hallar otra combinación. Una combinación que no fatigara al pudor. Al pudor de Jorge, claro. Tal vez por eso no la había besado nunca. Antes debía educarla para el beso. Para que no se engañara inconscientemente. Para que no besara sólo con los labios. Había esperado en sí mismo la emoción del esfuerzo, el conflicto entre educador y autoeducador. Cuántas veces había deseado oprimir la cintura imprudente. Cuántas veces lo había deseado sin deseo. Pero ella no tenía un talle tímido. Había esperado hacerla menos deseable, para desearla. Había querido aligerarla de un lastre inútil, de un inútil sobrante de sexualidad. En rigor, había querido dejarle su sexo a solas, un sexo puro sobre el que levantar el sentimiento. Había esperado amarla en lo que creía creer que era, y nada más. Que ella no inventara, que ella no agregara algo —pensando que era sexo— a su sexo a secas. La quería sin suburbios, sin sexo de pensamiento, sin sexo de imaginación, con su sexo a secas.

Ahora la oficina está un poco agitada. Todos creen saber algo. Aunque hablan del próximo paro del transporte, todos creen saber algo. Lo del paro es el recurso a que se echa mano cuando viene Gálvez, cuando se acerca Ayolas. Lo del paro es un tema de urgencia para cuando no se habla de Gálvez o de Ayolas. Los expedientes llegan, pero no se trabaja con los expedientes. Hay temas, hay asunto, hay comidilla. El clan moviliza sus veedores, el clan formula sus teorías, el clan divídese en varios clanes. «Gálvez sabe lo que hace.» «Ayolas cayó en desgracia.» «Es un inadaptado.» «Gálvez tiene la sartén por el mango.» «Al otro no lo cazan así nomás.» «¿Será a causa de Celeste?» Ellos están suaves con Ayolas. No quieren comprometerse. No le discuten. Él dice «Soy otro». Y lo es. (Dos noches con Celeste.) Frente al escritorio verde, frente al escritorio verde percibe, se siente cercado por el sonido y el olor de anteayer, cuando Gálvez quiso hablarle sereno, en el despacho, quiso serenamente entrar en su papel de cínico de afición, y por eso mismo tanto más admirable. Y le dijo: «¿Qué tal va eso, Ayolas? ¿Cómo van esas conquistas? A su edad —¡qué carajo!—, a su edad yo solía...». Pero no solía porque Gálvez no tuvo jamás la edad de Jorge, porque no tuvo nunca el pudor de la edad de Jorge Ayolas. «A su edad, yo solía atraer a las mujercitas —las buenas inclusive— como la miel sus moscas. A su edad... (... el cajón cerrado, sin pasar la llave...). Ahora me he tranquilizado. Soy un hombre de hogar.» (Dos noches con Celeste.) El periodista y el contador habían sonreído, habían hallado a Jorge realmente cómico en su papel de callado dueño de Celeste, habían recogido íntegramente la abultada ironía del jefe.

Jorge Ayolas está nuevamente en el despacho. Solo. «Soy otro», dice. Y lo es. Uno puede pensar fríamente. Uno puede pensar fríamente en todo esto. Hay dos hechos. El hecho Gálvez y el hecho Celeste. Aunque le afecte, el hecho Celeste puede quedar así. Ella seguirá trabajando en la Oficina. Acaso Gálvez la traslade a su despacho y a él lo mande al Archivo. Ella resultó sincera en su hipocresía. Uno sólo puede culparse a sí mismo. Basta. El hecho Gálvez no le afecta. Lo ve con serenidad. Sin duda, es un brote epidémico. No le odia, sin embargo. ¿Por qué va a odiarle? ¿Porque pasó dos noches con Celeste? No, por cierto. ¿Porque anteayer se burló de él frente a los adulones? No, por cierto. El burlado fue Gálvez. Ayer Jorge no vino, para pensarlo mejor. Ayer lo pensó bien. Hoy lo sabe. «¿No ha escrito usted nunca una carta sin la intención de mandarla, y la ha puesto en un sobre sin la intención de mandarla, y ha salido con ella... todavía sin el propósito de enviarla, y entonces...» Ahora es la voz de Gálvez, del hombre alto, calvo y afeitado, con un enorme vientre desafiante y las piernas firmes, un poco separadas. (Dos noches con Celeste.) Escasamente a un metro de su mano, a medio metro quizá, está el cajón sin llave. Está el cajón sin llave. Está el revólver. Uno piensa en lo que uno pensó, en lo que uno pensaba. Que la religión puede ser útil y perjudicial, según el temperamento de cada uno. Que la religión es útil cuando no puede hallarse la conciencia, cuando es un sucedáneo de la conciencia. Esto... abrir el cajón... esto Esto ESTO ¿es la conciencia? (Gálvez.) ¿Hay Dios? (Cayó.) ¿Es la conciencia? (Cayó de espaldas.) ¿Hay Dios? (...«y entonces ha oído cómo caía en el buzón»)... ¿Es la conciencia? (Sangra. Naturalmente, sangra.) ¿Dios? (Las piernas no están ya firmes ni separadas.) ¿La conciencia? (Bueno.) ¿Dios? (Bueno, está hecho.) ¿La conciencia? (El pudor. Sí. El pudor.)

Entran. Ya entran. Son todos ellos. Menéndez, el primero. Tiene una teoría sobre... Ella está también. Son veinte. Treinta. Ella está también... Ella. Celeste. Mueve los labios. Pero él lo sabe. Ella dijo: «Asesino». Ella pensó: «Asesino». Mejor. Algo menos para que uno rumie. Algo menos para que uno extrañe. Algo menos, sin duda... Mejor. Así nadie se da cuenta que uno está llorando, que uno no se da cuenta que uno está llorando.

«Soy otro», dice. Pero no lo es.

(1947)

Como un ladrón

Yo vivía relativamente cómodo, acaso porque no se me había ocurrido creer en Dios. Ahora sé que muy pocos están en condiciones de aceptar esto que de tan sencillo es casi estúpido. Los más se imaginan que cada uno tiene la obligación de nacer con su pequeño dios. También se tiene el deber de nacer de cabeza y sin embargo siempre hay algún díscolo que nace de trasero.

Entonces no me gustaba enfrentarme a ciertos problemas ni tampoco tenía necesidad de hacerlo. No discutía el prestigio de la muerte y sentía por ella un miedo insignificante, sin escolta de libros, solitario. Después supe que mi miedo privado era sólo una variante del terror general. Y ésta fue la primera vergüenza de mi vida: que los otros usaran el mismo miedo que yo. Algo así como la rabia inexplicable que nos acomete cuando vemos a otro individuo con nuestros calcetines, con nuestros lunares o con nuestra calva.

Gracias a la muerte se liquidaba la aventura y era preciso renunciar definitivamente a los espejos, a los amaneceres, a la sed; retroceder hasta caer de espaldas, con todo el peso de la vida en las sienes, sin cuerpo, sin tacto, sin luz. Naturalmente, desaparecer así me llenaba de asco. Pero era un asco mórbido, que al fin de cuentas resultaba una invención, una especie de tanteo, casi una profecía particular.

A los treinta años yo era un tipo mediocre. Había fracasado como corredor de seguros, como periodista, como amante, creo que como hijo. De estos cuatro fiascos sólo llegó a preocuparme el primero. En realidad pensaba que mi vocación podía ser ésa: asegurar, es decir, hacer que los otros se aseguraran. Por otra parte, me encantaba —tal vez me encantaría aún— hallar a una persona verdaderamente segura. Para mí era un espectáculo tan absurdo ver a un pobre hombre tomando sus prudentes y espléndidas medidas para que su muerte beneficiase a alguien, que no podía evitar la risa, una risa increíblemente generosa y sin burla. Pero ¿qué medidas? Pero ¿medidas en dónde, hasta cuándo, en nombre de quién? Cuando uno adquiere la costumbre de la muerte, se habitúa también a que el futuro carezca de sentido, de posibilidad, hasta de espacio. ¿Acaso pueden tener significado una esposa o unos hijos cobrando el precio de algo que no existe? Por eso fracasé. Los presuntos clientes acababan por mirarme angustiados, espiando la menor posibilidad de evasión para abandonarnos, a mí y al formulario.

No sé si hará de esto siete u ocho meses. Una tarde vino a verme Aguirre a la pensión. Cuando abrió la puerta, yo me estaba secando la cara. Recuerdo esto porque al principio me pareció que la toalla tenía olor a axila. Después me di cuenta que venía de Aguirre. Era un olor agrio, penetrante, en medio del cual, Aguirre me dijo pomposamente que había hallado un Maestro de Compasión. Yo pensé que hubiera sido mejor que hallara un desodorante. Pero él insistió y me dio un nombre: Rosales, Eduardo Rosales. Era un chileno de unos cuarenta años, con barba y con discípulos, una especie de filósofo casero. Tres veces por semana reunía en su casa a gente como Aguirre: entusiasta, supersticiosa, no muy avispada. Precisamente, por no ser Aguirre muy avispado, no entendí un cuerno de la doctrina de Rosales. Porque el tipo tenía su doctrina: algo de herencia kármica, de evolución mental, de caridad sui géneris. En resumen: una mezcolanza inofensiva de teosofía y rosacrucismo.

Aguirre quería que yo fuese a las reuniones. Me sorprendí pensando que no estaría mal; un rato después, diciéndole que sí. Entonces me dedicó una mirada tan torpe como incrédula. Luego se iluminó. Le resultaba difícil admitir que me había convencido, que podría ¡por fin! llevar *su* neófito. Además, yo debía tener algún prestigio para él. Era, en cierto modo, un intelectual, es decir, un tipo que había escrito algún artículo para los diarios y que a veces trabajaba en traducciones.

Intenté imaginar el color de las reuniones. Viejos ex teósofos que conocerían a Blavatsky sólo de oído, algún espiritista que aún no se atrevería a proponer la aventura que aquietase algún escozor de su confortable conciencia, y mujeres, muchas mujeres esmirriadas y sin ovarios, que disfrutarían su placer supersticioso zambulléndose graciosamente en un lenguaje de meditación y esoterismo.

La realidad no alcanzó a defraudarme. Simplemente era eso. Con el complemento de algún enfermero jubilado que disfrutaba lo indecible al codearse con gente de *otra clase;* de una dama de pasado glorioso, que cumplía allí su cantada vocación de misericordia; de un jovencito casi miope, dotado de un convincente tic afirmativo que parecía representar la aceptación tácita de la modesta muchedumbre. Pero además estaba Rosales. A pesar de mi poco entusiasmo, tuve que reconocer que me impresionaba. Tenía una voz grave, sonora; quizá por eso sentí que mi pensamiento se distendía. Sin embargo, no expuso nada nuevo, es decir, presentó como nuevo lo que había dicho Krishnamurti o Éliphas Lévi o el remoto Gautama. Naturalmente, yo tenía mis lecturas, pero nunca había sentido nada de esto en una voz. Quizá resulte inexplicable, pero lo cierto es que me venció sin convencerme.

Entonces supe que hacía mal en obstinarme, en ocultar mi rostro a Dios, en hundirme en el aburrimiento. Gracias a Rosales, o mejor, la voz de Rosales, un día me encontré creyendo. Hasta hallé razones para cambiar de vida. No es lo mismo una vida sin Dios que una vida con Dios. El secreto tal vez consistía en que yo lo tomaba como un juego. Rosales tenía una frase encantadoramente tonta: «Cada alma es una partícula de Dios». Mentalmente yo jugaba a sentirme partícula, pero era notoria mi incapacidad para establecer contacto con el Todo.

Fue en una de esas reuniones que conocí a Valentina. Generalmente nos íbamos juntos y yo la acompañaba hasta su casa, un conventillo inverosímilmente limpio de la Ciudad Vieja. Ella solía decir que sólo gracias a la existencia nueva que Rosales nos descubría, podía parecerle soportable ese mezquino ambiente familiar. Yo la conformaba con un «Sí, es tremendo» o cualquier otra simpleza, a fin de que ella no interrumpiera la confidencia. Siempre que se ponía patética me tomaba del brazo, y eso a mí me gustaba. Un martes se puso más patética que de costumbre y entonces la besé. Pero el viernes siguiente Rosales habló de la concupiscencia y echó mano de tales símiles, de tales amenazas, que parecía un nuevo San Pablo amonestando a sus nuevos Gentiles. De ahí en adelante me sentí concupiscente cada vez que Valentina se ponía patética y, como no quise besarla más, ella abandonó las confidencias.

Después de eso me dio por cavilar acerca de que mi nuevo estado no era en realidad tan cómodo ni tan feliz como yo había esperado. Pensaba que de no haber sido por la arenga de Rosales, habría podido desear moderadamente a Valentina, besarla de vez en cuando y quizá algo más, exactamente como hubiera hecho con cualquier otra muchacha que me pusiera al tanto de sus infortunios. A los treinta años uno sabe que las mujeres hacen eso a fin de llevar a cabo su conquista pasiva por la vía conmovedora. Yo nunca dejé que me conmovieran, pero siempre tuve el prudente cuidado de aparentar lo contrario, de modo que tanto ellas como yo quedáramos conformes y orgullosos.

Fuera de estas molestias, yo conseguía sobrellevar pasablemente mi fondo religioso de mediana tortura, sin que, por otra parte, pudiera acomodarlo a un dogma en particular. Sentía duramente que no podría hallarme a solas con el mundo, como isla en el tiempo, entre los confines mediatos de mi nacimiento y de mi muerte; que, por el contrario, debía ir más allá. Llegado el momento, me quitaría o me quitarían el cuerpo como una caparazón inútil y podría ingresar en otra ronda de existencia, acaso a la espera de otras caparazones. Seguro de mi vergonzosa inmortalidad e incómodo ante la prerrogativa de no ignorarla, llegaba a pensar que el secreto tal vez residiera en algo así como un desprendimiento del cepo somático. Si era egoísta con mi cuerpo, si quería a mi cuerpo, me costaría desprenderme de él, y desde el momento en que mutuamente nos necesitáramos —mi cuerpo y yo— hasta sernos el uno al otro casi indispensables, no podría abandonarlo y acaso me destruyese en su destrucción. Pero si soportaba a mi cuerpo como se sufre una costumbre, como se tolera un vicio menor, podría depositarlo en el pasado y acaso llegase también a olvidarlo.

Algo de esto le dije a Rosales en la primera oportunidad que se me presentó. Me contestó que, evidentemente, yo había aprovechado su enseñanza. Recuerdo que pensé que todo eso tenía muy poco que ver con ella, pero le dije, en cambio, que efectivamente sus palabras me habían servido de mucho. Entonces lo vi iniciar un gesto de menosprecio y obtuve la imprudente seguridad de que se trataba de un tipo increíblemente sórdido.

Lo natural hubiera sido que de inmediato me evadiera de su engranaje. Me quedé, sin embargo. No podía tolerarme a mí mismo pronunciando mentalmente —basado en un solo gesto— el juicio definitivo acerca de alguien.

Me hallaba dispuesto, pues, a investigar sus procedimientos, cuando una noche me encontré con Aguirre. Ya hacía unos dos meses que éste no aparecía por lo de Rosales. Mostrando ahora la misma exaltación con que antes lo había puesto por las nubes, me arrastró a un café y me contó todo. El chileno era sencillamente un vividor. Aguirre se había enterado, gracias a una imprevista relación, de que en Buenos Aires el *Maestro* había iniciado unas reuniones semejantes a las que organizaba aquí, para concluir fundando un Instituto Esotérico y escaparse más tarde con el fondo común. Se le acusaba además de bigamia y falsificación. Toda una alhaja, en fin. Pero había algo más. Según la versión de Aguirre, un viernes en que la reunión había estado poco concurrida (yo mismo había faltado), los escasos adeptos se habían retirado muy temprano. Aguirre, que también se había ido, volvió después a retirar un libro. Pero cuando fue a entrar en el despacho de Rosales, se halló con un espectáculo inesperado: el Maestro apretujaba a Valentina, sin mayor resistencia por parte de ella. «Usted perdone que le informe con tanta claridad», agregó Aguirre, «conozco cuáles son sus sentimientos respecto a la muchacha».

Estuve por preguntarle cuáles eran esos sentimientos, puesto que yo mismo los ignoraba, pero ya Aguirre había cerrado el paréntesis y seguía relatando el enojo con que Rosales lo había echado. «Es un demonio», concluyó, «yo estoy dispuesto a hacerle todo el mal que pueda». Inevitablemente me encontré pensando bien acerca de Rosales. Tal era la poca confianza que me inspiraba su antiguo iniciado.

El martes, sin embargo, al salir de la reunión, me las arreglé para acompañar a Valentina. Me parece recordar que la tomé del brazo. Ella me dejó hacer. Pero yo dudaba. Francamente, no sabía si la necesitaba, si la necesitaría. No obstante, me sentí seguro; seguro de la duda, naturalmente. Y eso era bastante. Me contó un sueño. Creo que lo había inventado. Siempre inventaba los sueños y yo no aparecía en ellos. Tal vez por eso los inventaba.

De pronto le pregunté si se acordaba de Aguirre. Esto la tomó de sorpresa y sólo rezongó: «Ya te fue con el cuento». Únicamente por llenar las formalidades, le pregunté si era cierto. Dijo que sí, y que no tenía vergüenza de confesarlo, que Rosales era decididamente un hombre, un hombre inteligente; que yo mismo, en vez de gastarme los ojos haciendo traducciones, bien podría aprender de él, que con sólo unas palabritas convencía y estafaba a unos pobres estúpidos como Aguirre y —¿por qué no decirlo?— como yo.

Lo más lamentable de todo esto era su exactitud. Por cierto no precisaba que ella me hiciera propaganda a favor de Rosales: yo le reconocía atributos de vileza que siempre había considerado inalcanzables, hasta como utópico ideal. Con todo, nunca deja de interesar el verse comentado, el ser objeto de una opinión, por más hiriente que ésta pueda ser. Se adquiere conciencia del mediocre existir, gracias a los ecos vulgares que despierta la palabra de uno, gracias a las miradas —asombradas o compasivas— que despierta la presencia de uno. Se llega a vivir como reacción de los otros, como muro donde las impresiones ajenas aprenden a rebotar. Así, cuando yo escuchaba cómo Valentina me trataba de estúpido, no podía dejar de apreciar la razón urgente que la asistía, desde que yo me quedaba tranquilo —lo peor de todo: sin abofetearla— como si ella estuviera haciendo mi apología en lugar de reducirme a cero. Creo que cualquier palabra mía hubiera estado de más. Por eso me callé. Fue necesario que me limitase al gesto persuasivo, casi conmovedor, ese que suele introducirse en la caricia. A la media hora había hecho ante Valentina iguales o mejores méritos que Rosales. Y esta vez respiré aliviado al no sentirme concupiscente, tan luego ahora, cuando sin duda había llegado a serlo.

Después, habiendo dejado a Valentina relativamente conforme, tuve conciencia de ser un tipo razonable, tan razonable como no lo había sido en muchos años. Vi claramente que no la necesitaba para nada. Entonces me encaminé a casa de Rosales. Era muy tarde ya, pero la luz del despacho estaba encendida. Me animé a llamar. Sin demostrar asombro, por el contrario, con un gesto amable, Rosales abrió la puerta y me hizo entrar. Últimamente nuestras entrevistas habían menudeado. Servían, entre otras cosas, para que él me tomara confianza y yo se la perdiera. Afortunadamente, no había hecho de él un ídolo. Me sentía convicto de soledad. En rigor, si nunca había menospreciado a los felices, tampoco había ostentado mi propia infelicidad como un honor, como una dignidad concedida por Dios a sus selectas minorías. De ahí que la posibilidad de hablarle a Rosales poniendo las cartas sobre la mesa, fuera para mí un asunto de vital importancia.

Como primera medida, me hizo sentar en un sillón exageradamente bajo, de esos que acentúan, hasta hacerla insoportable, la propia inferioridad. Al mismo tiempo, él se puso de pie. Por primera vez me di cuenta del porqué de la barba. Visto desde allí abajo, su rostro aparecía como realmente era: repugnante. Pero la barba permitía un aplazamiento de esa repugnancia.

«Ayer estuve con Aguirre», dije aquí también. Sin prestarme mayor atención, Rosales se dio vuelta hacia la biblioteca. Me pareció que buscaba algo. Cuando lo encontró, vi que era la Biblia. De pronto se dirigió hacia mí con premeditada brusquedad y dijo que yo tenía una expresión incómoda. Un minuto antes yo había estado pensando justamente en mi incomodidad. Después gritó: «Diga de una vez, ¿qué le pasa?». Yo iba a recurrir al tradicional «Oh, usted lo sabe mejor que yo», pero él agregó: «Vamos, sea franco, hace un mes todavía creía que yo era un sabio, casi un Maestro, algo así como la salvación de la humanidad. Ahora ya no cree..., ahora está seguro de que soy un ladrón». Le confesé que me había evitado la violencia de decírselo. Aparentemente conservaba la calma, esa calma elástica que sabía estirar hasta la desesperación. Pero ni siquiera había suavizado el tono, cuando dijo: «Tiene razón. Soy lo que usted piensa. Pero no se alegre». Le aclaré que no me alegraba en absoluto. Entonces me preguntó por qué no me iba y lo dejaba tranquilo. «No pida demasiado», dije. Rosales sonrió, como quien se decide a tomar la iniciativa, como quien vuelve por fin a su lugar después de una larga simulación, y me alcanzó la Biblia. Había un versículo marcado con lápiz rojo. «Lea», ordenó. Yo no tenía inconveniente en jugar un rato a la obediencia y empecé a murmurar: «Acuérdate de lo que has recibido y has oído, y guárdalo y arrepiéntete. Y si no velares, vendré a ti como ladrón y no sabrás en qué hora vendré a ti». Cuando terminé la breve lectura, vi que él había adoptado una expresión casi regocijada. De ahí en adelante, yo sabía que iba a estar seguro de sí mismo. Y empezó: «¿No se le ocurre que acaso usted no haya velado, que tal vez sea por eso que yo vengo a usted como ladrón? Pero voy a ayudarle en sus razonamientos. Usted es un temperamento religioso, tiene respeto por la palabra de Dios. Ahora fíjese bien: si la palabra de Dios le recuerda que Él vendrá como ladrón, ¿de qué modo podrá reconocer usted en cuál de los ladrones está Dios? ¿Y si en este ladrón que soy yo, estuviera Dios? *No sabrás en qué hora vendré a ti. ¿No puede ser ésta la hora?*». Pensé que, efectivamente, podría ser. Mas, a pesar de todo, me sentí con la calma suficiente como para fingir cierta repentina nerviosidad. Incitado por ésta, Rosales se decidió a tranquilizarme con un ademán generoso. Después, inopinadamente me despidió, no sin antes recordarme que lo viera al día siguiente, «a fin de hablar —así dijo— de algunos planes que tengo para un futuro próximo, en el que usted podrá convertirse en mi mano derecha».

En los últimos diez minutos la tensión había sido exagerada, al menos para mis pocas fuerzas, y había llegado a sentirme molesto. De modo que fue un alivio encontrarme otra vez en la calle, sin nadie a quien saludar ni eludir ni reconocer.

Pero enseguida tuve que pensar en Valentina; como última defensa, la deseé. No estaba errado al recurrir a ese deseo. Pero mi cansancio era mayor que mi habilidad para engañarlo y ya no fue posible evitar el careo conmigo mismo.

Él lo había dicho. Yo poseía un temperamento religioso. Un año atrás no lo hubiera creído, pero era así. Ya no podía imaginarme viviendo sin Dios. Hasta el momento de hablar con Rosales, eran para mí innegables el equilibrio y la justicia integral del universo. Por eso debía admitir la posibilidad de varias existencias para una sola alma. Las condiciones favorables o desfavorables en que nacía cada uno, eran para mí el saldo acreedor o deudor de la última existencia. Sí, el hombre se heredaba a sí mismo, y se heredaba a sí mismo porque había justicia. Pero ¿y la cita del Apocalipsis? ¿Había justicia en que tuviéramos que reconocer a Dios entre ladrones? No era tan complicado, sin embargo. Si la palabra *ladrón* era allí una metáfora, una traslación de significados a través de una imagen («vendré a ti como *ladrón*», es decir, como viene un ladrón, subrepticiamente, sin que nadie lo advierta), entonces la emboscada de Rosales no tenía efecto. Él no venía *como ladrón* sino que era un ladrón, y yo lo hubiera podido matar sin violentar mis escrúpulos ni torturar mi conciencia religiosa. Se trataría simplemente de eliminar a un anticristo. Personalmente, prefería esa interpretación. Pero estaba la otra: que el sentido no fuese metafórico sino literal, es decir, que Dios avisara realmente que vendría como ladrón. De ser así, mi concepto de justicia universal amenazaba derrumbarse sin remedio. Si Dios nos enfrentaba a todos los ladrones del mundo para que reconociéramos Quién era Él, dejaba de ser justo, dejaba de jugar con recursos leales; sencillamente, se convertía en un tramposo. Claro que este Dios no me interesaba ni merecía que le amase, y, por lo tanto, aunque Rosales fuese el mismo Dios, también podría matarlo.

Era necesario preguntarse qué remediaba uno con esto. Imposible decir a sus discípulos quién era Rosales. Nadie me hubiera creído. Además, su delito —el del robo, al menos—, no podía demostrarse. El único documento que entregaba a cambio del dinero ajeno, era su confianza, y ésta no servía como testimonio. Si yo decidía finalmente eliminarlo, lo rodearían de un prestigio de mártir. Pero acaso esto les ayudase a vivir. Por otra parte, él ya no estaría para destruirles la fe con su realidad inmunda, con ese golpe brutal y revelador que podía convertirlos repentinamente de cruzados del bien en miserias humanas.

Mientras tanto, yo había llegado a la Plaza, a sólo dos cuadras de la pensión. Recuerdo que me senté en un banco; apoyé la desguarnecida nuca en el respaldo y miré hacia el cielo, por primera vez en varios meses. Entonces me sentí aplastado, inocente, infeliz. Comprendí que estaba a punto de llorar, pero también que iba a ser un llanto vano, que nada me haría adelantar en la busca de una escapatoria. Estaba todo demasiado claro; no había excusa posible.

No quiero relatar cómo lo maté. Decididamente me repugna. Resultó en realidad más atroz que lo más atroz que yo había imaginado. Me esperaba para hablarme del futuro... Pero su futuro no existe ya. Lo he convertido en una cosa absurda.

Dicen que su gente creyó reconocer una última bendición en su boca milagrosamente muda, felizmente sellada por mi crimen. Cuando me interrogaron, no tuve inconveniente en confirmarlo. Entonces me pidieron que les transmitiera exactamente sus palabras finales. En realidad, sus palabras finales fueron tres veces «mierda», pero yo traduje: «Paz». Creo que estuve bien.

(1947)

Hoy y la alegría

Poco importaba que no fuera domingo ni primavera. Igual me sentía dispuesto a que algo extraordinario me purificase. En realidad, son pocos los días en que uno puede sentirse anticipadamente alegre, alegre sin ruedas de café ni cantos nauseabundos a la madrugada, ni esa pegajosa, inconsciente tontería que antes y después nos parece imposible; alegre de veras, es decir, casi triste.

Usted no podía saber que hoy, recién despierto, yo había admirado el lago de cielo —nacido, durante mi sueño, en la ventana abierta— que rozaba el pelo rubio de mi mujer. De mi mujer silenciosa, encuadrada en su costumbre, a los pies de la cama. Logré descubrirle, a pesar del contraluz, cuatro o cinco gestos, cuatro o cinco expresiones nuevas, tan sorpresivas, que me hicieron sonreír. No dijo nada, pero su silencio no alcanzó a incomodarme. Simplemente me pareció tonto explicarle que recién hoy había advertido un pasaje inédito de su rostro de siempre. Ni siquiera estaba seguro de no haberlo inventado.

Luego, entraron mis hijas. Entonces todos hablamos y en especial Laurita. En vez de mirarlas directamente, yo acechaba la enorme moña azul que devolvía el espejo, y en la imagen total de mi hija, con los brazos caídos a lo largo del delantal y su cabecita fluctuante entre síes y noes, me parecía reconocer algún delicioso títere que yo pudiera mover con mis preguntas, invisibles como hilos.

Me dejaron solo. La cama de dos plazas, la habitación entera para mí. Podía estirarme, separando las piernas al máximo, o juntarlas y abrir los brazos como un crucificado. En la pared, sobre la reproducción de una Madonna de Rafael, dos manchas de humedad se unían y formaban un simpático monstruo. Pero mirándolo con un solo ojo, era únicamente el tío de Aníbal, es decir, otra suerte de monstruo, con papada fláccida y oscilante. Probé a quedarme sin ojos y el cielo me llegó entonces en puntos luminosos e intermitentes. Cuando de nuevo los abrí, la luz se pobló de islas oscuras que estallaban y desaparecían.

Usted no podía saber nada de este hedonismo, de este momentáneo desajuste, de esta tonta sorpresa. Pero mis días transparentes siempre se ayudan con un retorno a mi niñez opaca, en la cual estos juegos míos con las cosas constituían la sola justificación del futuro, casi en el mismo grado que constituyen ahora la justificación única del pasado. Preciso esta conexión como un soporte. De vez en cuando necesito hallar esta soledad poblada, numerosa. Inevitablemente repercute en mi ser, diríase que me otorga identidad. Soy lo que soy y cuanto soy, de acuerdo a mis diferencias con ese patrón, con esa muestra. La comparación está dentro de mí como yo dentro de ella. El trayecto de mi identidad supone que he cambiado, pero la regularidad del cambio demuestra que soy el mismo.

Acaso usted no halle en esto ninguna ansiedad verdaderamente promotora de alegría, pero yo sí la encuentro, más aún, la deseo. Por eso me gusta ser fiel a esa vinculación conmigo mismo, por eso me agrada cada uno de estos regresos a lo que ya no soy, justamente para alzarme desde ese pasado en desuso, desde esa plataforma casi absurda, hacia lo juiciosamente venidero.

Por eso también me vestí despacio, mientras pensaba que hoy había salvación para mí, es decir, que estos regresos la hacían posible. Usted debe creer que ésta es una actitud falsamente melancólica, y en rigor no me atrevo a negarlo. Yo también la considero falsa y melancólica. No piense, sin embargo, que la improviso. Soy tremendamente consciente de su inoperancia. Pero desde el instante en que así la veo, también la admito, simplemente la admito. Y entonces no me importa su probable melancolía. Más aún, la busco. Como a un fijador.

No obstante, a usted no la buscaba. Y si después de salir, vagué en esa dirección, era sencillamente porque de lunes a viernes el Parque está sin cocineras de asueto, sin vendedores ambulantes ni jinetes precoces ni matrimonios ejemplares y odiosos. De lunes a viernes, el Parque es reino exclusivo de maestras jubiladas y jubilados tenedores de libros, de estudiantes faltadores, de empleados públicos, de neurasténicos y vagabundos, de convalecientes y de incurables.

Usted supo enseguida a qué atenerse y empezó por reconocerme. Cuando la vi, su boca grande, siempre igual a sí misma, se apresuraba a pronunciar mi nombre. Cierta ansiedad custodia se le quedó en la voz, cierto descuido del pudor, cierto infinito descorazonamiento, como si hubiera esperado no encontrarme jamás.

Yo entonces corrí, literalmente corrí a su encuentro. Usted me dio la mano y en su tacto reconocí la existencia serena, acosada, presente, de nuestras cosas subordinadas y comunes. Usted me dio la mano y yo musité: «Hoy y la alegría», así, desordenadamente, «hoy y la alegría», sin vacilar, sin pensar en rehusarla, sin alejarme obsesivamente, sin hacer nada, sin hacer absolutamente nada.

Después fui sabiendo que usted ingresaba paulatinamente en todas mis imágenes suyas que yo había abandonado: usted y su traje azul con cuello blanco junto a la verja de Los Pinos, y usted en la fotografía con mis hermanas, y a mi derecha en la cabalgata, y usted acariciando una sola vez mi cabeza, en Buenos Aires, cuando la muerte de mi madre, y también usted sola, en la playa, espiada por mí, buscando caracoles entre cantos rodados.

Sólo entonces supe hasta dónde ignoraba su vida de ahora, esa vida inconmensurable que usted sin duda habría aprehendido desde la tarde en que leí aquel soneto de Shakespeare: «Thine eyes I love, and they, as pitying me». Usted había abierto los ojos sólo cuando dije: «O, let it then as well bessem thy heart to mourn for me...». Sí, porque yo también anhelaba que su corazón llorase sobre mí, que llorásemos juntos y sin lágrimas por esa ausencia recíproca que habíamos decretado. Usted lo recuerda. Usted recuerda sin duda que yo le pregunté si *él* lo merecía. Usted tiene que recordarlo, con la misma precisión con que recuerdo yo su obstinado: «No, no lo merece». Acaso caí en un absoluto desaliento, en una invencible sensación de fracaso, al no tener siquiera un motivo heroico en que apoyarme, en que levantar para mi orgullo ese recuerdo del futuro que dulcificara este presente.

Usted había apoyado su mano en mi nuca y había alcanzado a decirme: «No sea tan muchacho. Quienes lo merecemos somos usted y yo. Usted y yo merecemos este amor en que siempre le perteneceré, en que siempre me pertenecerá. ¡Vamos, si parece un chico! Claro que sufre. Yo también. Yo también sufro». Sí, usted también sufría. Pero estaba verdaderamente convencida de su resolución, de su ánimo, de su firmeza. Y ésta —su firmeza— acabó por perdernos. O salvarnos.

Esta mañana pensé: «Ahora sabré si nos hemos perdido, si nos hemos salvado». Usted caminaba junto a mí, ¿hacia dónde? De pronto dijo: «Venga a mi casa, ahora». Pero no cambiamos de rumbo. Desde el comienzo íbamos a su casa. Entonces agregó: «Usted se casó el catorce de noviembre de mil novecientos treinta y ocho». Era cierto. «Debe resultar agradable verlo convertido en hombre de respeto, sermoneando a las chicas.» Estuve a punto de decirle que, efectivamente, tenía dos, pero usted las nombró: «Sara y Laurita». De modo que usted no ignoraba nada de mí; yo de usted lo ignoraba todo. Me atreví a preguntarle por *él*. «¿Quién? ¿Diego? No sé nada de él. Hace unos diez años que no lo veo.» ¿Entonces? Lo peor era que su voz permanecía implacablemente tranquila, como si fuera lo más natural que hubiéramos renunciado, en beneficio de *él*, a nuestra porción de dicha, y que sin embargo *él* no la hubiera aprovechado. Pero era inútil preguntar. Primero porque usted siempre arrima el cándido bochorno de sus respuestas cuando uno ha descendido de la ansiedad, cuando uno ha aprendido momentáneamente a conformarse, tanto con la

propia y respetuosa ignorancia como con ese silencio suyo, despreo-
cupado, cordial, indiscernible, que autoriza todas las conjeturas y
nada deja adivinar. Y luego, porque habíamos llegado a su casa.

No había nadie. Usted fue abriendo las ventanas, todas las ventanas. Como si deseara que la luz fría, reseca, del capitulante sol de invierno, animara ante mí esa zona invisible de su vida. Como si esperara reencontrarme agobiado de anhelos ante la sorpresiva intimidad.
Ya podía internarme en el pasado invulnerable y revelador, insistir en
el rumbo de aquellas sensaciones confusas, viciadas de impaciencia,
que había estimulado su rostro de otro entonces. Pero el rostro de su
vida actual era éste: un grabado de Renoir en la pared del fondo, la
biblioteca de libros europeos, el diminuto pescador de marfil sobre el
estante de ébano, los tres sillones severos, casi despectivos, el gran escritorio de roble con su Céline a mitad de lectura, y el retrato de un
hombre cuarentón, con un indefenso lustre de bondad.

«Mi marido», dijo usted, sin entusiasmo y sin cansancio. Yo tenía ganas de hablar, de detener el avance ondulante de esta novedad
en mi energía, de vaciar de algún modo en sus manos mi propia servidumbre de recuerdos. Nunca comprenderé por qué no se detuvo
allí, por qué no prefirió dejarme simplemente aterido de claridad, a
solas con su noticia, para que yo pudiera imaginarla junto a ese
no-Diego, cara a cara frente a ese «él» que provenía del mundo de usted y no de «nuestro» mundo. Pero usted dijo: «Debería conocerlo. Le
gustan las mismas cosas que a usted». No. No podría enfrentarlo.
¡Que usted me haya invitado a ese insignificante sacrilegio! Me parecía increíble. Aún no sabía si era que usted sobrevivía idéntica a sí
misma y era yo el promiscuo, el inestable, el tornadizo, o si yo conservaba todavía mi propia voz de usted, y usted en cambio se había acostumbrado a otro régimen de sensaciones y, lo que era peor, a otra fiso-
nomía.

De ahí mi brusca retirada, mi adiós nervioso, mis justificaciones
falsas, desmedidas. Usted no se asombró de nada. Acaso esperaba de
antemano que yo no podría soportar sin miedo su nueva y desacomo-
dada realidad, su realidad al margen de mi recuerdo, su indiferencia
por la lealtad de mis emociones. Cuando usted cerró su puerta, cuando detrás de ella desaparecieron los sillones, el Renoir, el pescador de
marfil, los libros, usted misma, sentí que no enfrentaba ya un presente
fácil, sostenido como hasta ayer, como hasta hace unas horas, por su
probable y cercana aparición. Ahora debía arreglármelas solo, con las
figuras que yo puse y pondría aún en mi mundo de carne, en mi mundo de hueso, definitivamente expulsado de nuestro piélago en común,
de nuestra común lejanía de la tierra. Cuando usted cerró su puerta,

sentí en mí la necesaria revelación de que todo aquello de que habíamos participado ya no existía, de que mi *yo* de usted tampoco existía, ni existía —¡por fin!— tampoco usted.

Y es cierto: usted no existe. Ahora puedo decirlo, pensarlo, escribirlo. ¡Usted no existe! Ahora que estoy nuevamente en mi habitación y mi mujer lee el diario de la noche y se escucha desde el cuarto vecino la conversación atareada de mis hijas, ahora puedo admitirlo, comprobarlo, demostrármelo. También puedo demostrárselo a usted. En realidad usted fue siempre una imagen. La imagen que yo creé a partir de un conjunto de anhelos, de deseos incumplidos, de pequeños fracasos, exactamente como creé mi pequeño monstruo a partir de una mancha de humedad o como inventé un títere a partir de Laurita en el espejo. Usted fue la imagen de la mujer segura, la mujer con enorme capacidad de sacrificio, la infatigable presencia humana que yo hubiera aprendido a amar. Usted fue la criatura mía, solamente mía, la que yo inventé a fin de que mi ideal no permaneciera eternamente abstracto, a fin de que tuviera rostro, decisiones, palabras, tal como las otras criaturas —las creadas por Dios y no por mí— que me rodeaban y no coincidían con mi réplica desamparada, con esa venganza sutil que, obedeciendo a una sencilla tradición podemos tomarnos aun los solitarios, los siempre descontentos, los oscuros. Yo la inventé a usted con su piel de pecas, con su mirada reticente, con sus manos afiladas y tibias, con sus silencios flexibles, con su recurrente ternura. Yo la creé idealmente imperfecta, con esas pequeñas y poderosas fealdades que inexplicablemente singularizan un rostro y le comunican su derecho al recuerdo, con esas comisuras de simpatía que desmantelan la serenidad y esclavizan el sueño. Así ingresó usted a mis insomnios, así participó de esa complicidad pueril que yo formé para su sola imagen. Pero usted fue creada ya con un pasado, con un pasado de traje azul y cuello blanco junto a la verja de Los Pinos, con un pasado de fotografías (imágenes imaginadas de su imagen) junto a mis hermanas de presencia categórica y carnal, y a mi derecha en la cabalgata, y acariciando una sola vez mi cabeza en Buenos Aires, cuando la muerte de mi madre (me costaba muchísimo crear artificialmente la sensación del contacto), y también usted sola en la playa, espiada por mí, buscando caracoles entre cantos rodados. Usted fue creada con ese pasado, tal como se construye un aparato de precisión con sus accesorios. Usted fue creada a partir de un sacrificio, de una lectura del soneto CXXXII de Shakespeare, de un beneficiario apócrifo llamado *él* o también *Diego*, de una promesa mutua de renuncia. De este modo era usted una imagen alejada, es decir, un recuerdo de imagen, y por ello tremendamente próximo al recuerdo de una presencia real. En rigor, usted no debía aparecérseme nunca, usted debía sencillamente mantener el rumbo de mi segunda existencia. Obstinado en el recuerdo de su imagen, yo había descartado —razonablemente descartado— la posibilidad de la presencia de su imagen. No obstante, en el subsuelo irracional que desmiente nuestros actos obligados y embusteros, allí, en ese fondo duramente veraz, no estaba descartado su regreso. Allí su regreso vivía con la misma intensidad de mis juegos conceptuales con las cosas, con la misma vehemencia que me dejaba convertir a mi hija en un títere o a una mancha de humedad en un monstruo de papada fláccida y oscilante. Recién ahora admito que había pensado nuestro encuentro en el Parque, mil veces nuestro encuentro en el Parque, pero siempre como posible, nunca —hasta ayer— como virtualmente real. Hasta ayer ese encuentro era para mí la obsesionante representación de una espera, un encuentro eternamente a *ser* en el futuro, nunca *siendo* ya. Deliberadamente había dejado de proyectar su imagen a fin de proyectar interminablemente la memoria de su imagen (gracias a su pasado accesorio) a la vez que la esperanza de su imagen (gracias al irrealizado pero no irrealizable encuentro en el Parque). De ahí que yo viviera, junto a mis hijas y junto a mi mujer, sostenido por el recuerdo de su rostro anterior y por la esperanza de su rostro futuro, que debían guardar entre sí el parentesco impuesto por mi capacidad de invención. Claro que sólo podía representarme los rasgos de su rostro pretérito. El otro, su rostro a llegar, el rostro que usted iba a tener en el Encuentro, sólo podía representarlo como probabilidad, o sea, en preimagen. La verdadera imagen acaecería en el instante en que por fin me decidiese a representar ese encuentro constantemente postergado.

Hoy me decidí. Usted no puede saber por qué. Me decidí sencillamente para terminar con usted de una vez por todas. En mis manos tenía dos rumbos: postergar indefinidamente el Encuentro y continuar viviendo una alegría a experimentar, o resolverme a imaginar ese Encuentro y alejarla a usted definitivamente de mi juego. Lo primero era una tortura viva; lo segundo, otra más llevadera: meramente resignarme a su desaparición. Pero, ¿cómo podría usted desaparecer? ¿No se renovaría el recuerdo agregando nuevas imágenes a su primitivo *pasado accesorio*? Yo no aceptaba continuar viviendo de este modo. De manera que la única solución era crear el Encuentro, literalmente verla imaginada, pero a la vez imaginarla traicionándose y traicionándome, es decir, eludiendo nuestro cerrado mundo en común. Desde el momento en que usted fuera infiel a nuestro sacrificio, o sea, desde el momento en que eludiera al beneficiario apócrifo, a él, es decir, a *Diego*, para pertenecer estúpidamente a un *no-Diego*, entonces yo podría escapar derrotado, asqueado quizá por su cambio, por su deserción.

Por eso le puse nombre a este espacio: «Hoy y la alegría». Sencillamente *hoy y la alegría,* porque era la cúspide, el apogeo de mi juego, de la terrible tensión seguida del agotamiento de ese mismo juego, de la terrible desaparición de usted. Era el tiempo en su exacto valor: el hallazgo y la pérdida, el consuelo y la desesperanza.

Y todo lo cumplí. Es decir, lo cumplió usted. Usted me llevó a su casa. Usted abrió las ventanas para que yo viese el Renoir, los libros, el retrato. Usted comentó: «Mi marido» y me invitó a conocerlo. Usted —oh, ¿por qué?— no guardó silencio.

Usted no podía, no puede saber que he regresado ahora a mi habitación, que estoy al lado de mi mujer dormida (el diario de la noche caído sobre su rostro), que el cielo nocturno penetra lentamente en mí, que a mi solo conjuro usted perdería su sinrazón de ser y que, no obstante ello, mañana, tal vez esta misma noche, jugaré de nuevo a imaginar y me representaré golpeando a su puerta y la imaginaré recibiéndome —sí, exactamente así— con su invencible, antigua risa de Los Pinos, con otro traje azul de cuello blanco, con sus queridas manos afiladas y tibias. Y usted me dirá: «Lo esperaba» o también «Voy a presentarle a mi marido. Le gustan las mismas cosas que a usted». Y usted cerrará la puerta y entonces seré yo el inexistente. Porque no saldré nunca, nunca, nunca, aunque el tiempo se harte de correr y yo descanse en el sillón adusto o contemple a mis anchas el perfecto Renoir o tome en mis manos el irrisorio pescador de marfil y tras de contemplarlo durante cuatro siglos, lo deposite con cuidado, casi con ternura, sobre el desguarnecido estante de ébano.

(1948)

Idilio

1.

Sin embargo yo venía pensando en la mujer rubia de la película como todos los sábados cuando después del cine atravesamos el baldío de atrás de la fábrica sí con la luna uno siempre se pone un poco romántico pero no iba a ponerme romántico con Marta claro después de diez años lentos de matrimonio todo cambia y cuando ella me llamó Juan María el nombre me pegó en la nuca como una corriente de aire y recién entonces la vi uniformada por la luna en una silueta que empezaba a vencerse nunca se me había ocurrido que pudiera reprocharme con su sola presencia esos diez años porque enfrentar a Marta a la luz del día significa también enfrentar su voz su mirada sus gestos pero allí estaba sola en su solo cuerpo y los senos horriblemente fláccidos la curva de la espalda vencida por completo las caderas desagradablemente abiertas no es posible disfrutar ahora con la mera adivinación del cuerpo bajo la ropa tan resbaladiza por eso sé que mi deseo depende de arranques mecánicos que apuntan a ella porque es más cómodo insistir allí que violar la costumbre y correr el albur con esta o aquella loca no obstante la rubia de la película me arruinó la noche porque me puso en la cabeza sí era delgadita tenía la cara ovalada los ojos grandes me metió en la cabeza esa pavada de empezar de nuevo después de todo qué quiero decir con empezar de nuevo a mí no me importan los senos caídos la espalda curvada las caderas abiertas sino que ella está indiferente por cualquier cosa pone ojos de vaca degollada y parece que sólo le interesara el chico demasiado mimoso lo tiene ya vendrán los dolores de cabeza después cuando quiera imponerse pero si ella ah pero si ella claro yo quiero quería empezar otra vez porque uno puede verdad equivocarse y aunque es cierto como dice mamá la primera mujer y nada más pero yo pensé que ella iba a ser verdaderamente compañera y poderla sentir al lado en la noche no sólo en la noche como parte de uno mismo aunque no la tocara por más que también sería bueno tocarla casi dormido y estirar la mano y hallarla pero ella todo el santo día con esos rezongos entre dientes mirándome haciéndome sentir ladrón asesino qué sé yo como si por mi culpa estuviera encerrada demasiado sé que no sale para después reprochármelo y que no la saco nunca ni al campo ni al cine bueno al cine vamos los sábados pero al campo la quisiera ver después de escribir a máquina ocho horas los dedos como garrotes el dolor en la espalda llega el domingo si tendría ganas de hacerse la excursionista y cargar quince paquetes de comida qué asco el papel manchado por los buñuelos la torta pascualina con gusto a pescado todo mezclado y atrás los tipos de siempre cantando un elefante molesta mucha gente y los que bailan en el pasillo ofreciendo el trasero primero el de ella después el de él y el otro gracioso y sus cuentos de velorio como para no preferir la siesta a mí qué me importa perderme el aire libre después llego cansado como una mula y con la obligación de estar alegre para no desentonar a ella sí le gusta y no desentona bueno yo tampoco quiero que seamos demasiado iguales lindo aburrimiento decirse a todo que sí pero no puedo aguantarle esos ojos de rabia y entonces yo también me pongo grosero ella dice rabioso a veces no le he puesto la mano encima porque Dios es grande y el chico miraba mejor que siempre respete a la madre y yo no voy precisamente a enseñarle lo contrario siempre siempre yo ni siquiera fumaba delante de mamá pero esa vez apareció de sorpresa con la vecina hice como siempre el jueguito de entrar el cigarro en la boca y no se iban y yo callado estudiando y mamá callada también y la otra vieja pestosa dándole lata y también a mí me preguntó no sé qué tontería y entonces no tuve otra solución que tragármelo para hablar y después me operaron cielos qué batifondo mamá llora un poco cada vez que lo cuento Marta en cambio se ríe se ríe con ganas y es posible que me haya enamorado de eso porque me gustaba verla reír haciendo gestos con la mano como si quisiera sujetar la carcajada pero nunca lo conseguía y se le escapaba en saltitos ahora se ha puesto gruñona si le digo que llegó a la edad crítica se pone peor y no entiende la broma ni recuerda sus treinta y tres años yo qué sé de veras estoy desorientado porque no es el hecho del mequiere nomequiere para qué dirán esas idioteces tesoro el besito en la boca mientras lo hacen cornudo sino que lo primero es naturalmente la costumbre saber dónde están el aparador el diario y la escupidera la vida así sin saltos para qué más lo mismo en el amor saber dónde están la cama el beso y el ombligo todo es la costumbre pero además uno quiere otra cosa claro así debe ser que ella me mire como antes sin odio cuando yo venía martes jueves y sábados y me esperaba con la blusita de organdí yo casi no me atrevía a tocarla porque se parecía demasiado a la muchacha que uno se pone a imaginar a los catorce y que después se aprende de memoria sólo que ella tenía ojos verdes y Marta azules y eso qué importa claro a Marta la conocía del colegio y a lo mejor era porquenó la muchacha que yo imaginaba la que se parecía a ella naturalmente los ojos distintos porque quizás no me acordaba cómo eran y les puse un color cualquiera uno de chico no se va a fijar en los ojos entonces y después era muy simpática y me miraba uno no sabe nunca qué le pasa por dentro a lo mejor sonríe y en realidad me está escupiendo yo no sé creo que nunca estuvo enamorada de mí puede ser que de Alberto sí de Alberto él no le hacía mucho caso pero como se parece a Clarkgable así orejudo si Clarkgable no existiera sería un repelente pero ahora no ah qué hombre ah qué hombre mejor sería que suspirara menos y no hiciera la sopa tan desabrida lo mismo que tomar agua caliente cómo para que uno se quede en casa tranquilo mejor me voy a jugar al billar mientras tanto es lindo escuchar lo de todas las mesas el negro ese colorado y peñarolense como todos los negros guardabajo cuando se pone a gritar después de la copa veintitantas y el otro grandote que da puñetazos en la pared y al final lo sacan dormido pobre la mujer tiene cinco hijos buen regalo le llevan todas las noches yo nunca tomo más de dos copitas ella dice siempre que huelo a alcohol sin embargo no es cierto porque dos noches a propósito no tomé nada y ella dijo lo mismo pero quién la convence ya se ha construido como moldes de lo que tiene que reprocharme eso eso eso siempre los rezongos qué lástima porque todavía está bastante linda no es cierto verdad está linda y ahora mismo si no fuera por esos cinco babiecas que vienen allí deben ser obreros del turno de las doce si no fuera por ésos de veras tendría ganas de tocarla tocarla.

2.

Le dije mirá esos tipos pero claro lo había dicho yo y él tenía que burlarse como siempre no seas estúpida me dijo deben ser obreros del turno de las doce a mí me parecían demasiado bien vestidos para venir de la fábrica Juan María volví a decirle fíjate vienen derecho aquí y él me contestó déjate de pavadas y yo me callé venían ya a unos treinta metros eran cinco uno más corpulento que todos los demás y empecé a estar segura de que eran una patota como las que aparecen en el diario una pareja fue asaltada anoche por una patota después de corta lucha ambos fueron víctimas de vejámenes la mujer fue internada en estado de suma gravedad y de pronto ya estaban frente a nosotros y el gordo dijo conque de amorcito eh está muy oscuro para andar de amorcito él les dijo vamos dejen pasar ésta es mi mujer yo creo que le notaron en la voz que él estaba poco convencido de que nos dejarían pasar ah conque es tu mujer entonces mejor dijo el gordo no hay obligación de andar con la señora a lo oscuro para excitar a los amigos entonces le dio un golpe en la cara y yo vi que él comenzaba también a pegar y a mí me tomaron entre dos pero les di patadas que daba gusto a uno le pegué abajo y cayó al suelo retorciéndose dicen que ahí duele mucho igual que a las mujeres en los senos yo de vez en cuando miraba donde lo tenían a él medio inmovilizado porque el grandote lo agarró del pelo y no lo dejaba mover yo creo que más bien querían agarrarme a mí porque el gordo le gritó al que me tenía che negro en último caso acostala de una patada después le vamos a enseñar cómo hacemos nosotros el amorcito luego de corta lucha fueron víctimas de vejámenes yo quise darle también al negro una patada igual que al primero pero me sujetó la pierna en el aire y me fui al suelo de espaldas lindo porrazo el tipo se me echó encima y vino otro no el gordo otro de boina y me agarró las piernas pedazo de animal me hacía doler las pantorrillas creo que a uno alcancé a arañarle toda la cara porque todavía tengo sangre metida en las uñas pero de repente sentí un grito y vi que él se había soltado y le daba fuerte al grandote después por un rato no vi porque el negro me puso su manaza en la cara qué ricura con el otro brazo me había enganchado la cabeza qué olor dios mío los tres sudábamos como en enero al final uno me agarró el saco de cualquier modo iba a comprarme otro si él me puede dar algo a fin de mes siempre le parece que gasto demasiado quisiera ver cómo se las arreglaría para darnos de comer a los tres con los dos pesos miserables que me da por día sin duda piensa que todavía puedo ahorrar para comprarme un saco o mejor no comprármelo total qué le importa ahora cómo me visto pero claro se fija en las medias nailon de cualquier pelandusca que pasa haciéndole mimos con el trasero yo antes también lo movía de lo lindo pero ahora después de fregar dos pisos o dalequedale con la mugre que él deja en las medias y los calzoncillos y toda la porquería de los pañuelos no quedan ganas de irse a mover por ahí y para una casada no queda bien nunca falta una lechuza que le diga ya vi a su señora muy rica solita por Dieciocho no pasan los años por ella para que él les diga por usted tampoco como si lo oyera al muy hipócrita todas menos yo dicen qué monada eso es un marido pero no me diga delante de ésas habla con la elle claro todo fino y después conmigo suelta los carajos como dijo el negro aquel cuando yo le mordí la mano repugnante hasta que empecé a sentir en la boca el gusto a sudor y me vino una arcada fenomenal parecía mi suegra cuando le viene el ataque al hígado el tipo se asustó y le dijo al otro bruto che debe estar embarazada la pucha dijo el otro eso no es negocio ya me parecía muy barrigona el muy idiota lo que pasa es que viene sin faja y entonces miraron más allá donde estaba él a las trompadas con los otros y cuando el negro les gritó nosequé el grandote no lo estaba pasando muy bien y dijo entonces los dejamos no quiero líos recién al rato me di cuenta que se habían ido corriendo él me preguntó te lastimaron yo le dije no pero me rompieron el saco bueno ya estaba viejo dijo él qué milagro ahora está mansito seguro se habrá asustado cuando me vio patas arriba entre aquellos bestias él no lo pasó mejor tiene un ojo a la miseria yo con el pañuelo le sequé también la sangre del labio parecía parece más viejo bien hecho por qué me llamó estúpida cuando dije mirá esos tipos él siempre me llama estúpida cuando leo la crónica policial sin embargo se aprende enseguida me di cuenta de que era una patota menos mal que eran pocos y él está convencido que les metió miedo cuando yo sé que se fueron por mi arcada y también por mi barriga pero a él no le digo nada no tiene por qué darse cuenta que ahora no tengo la misma cinturita de cuando venía martes jueves y sábados siempre me miraba como a algo inmaterial a mí me daba rabia le hablaba por eso de Alberto a mí no me gustaba ese pituco pero él se lo creía todavía a veces lo fastidio para ver si me pega y pierde un poco esa blandura pero hoy estuvo mejor vi que les pegaba sin asco a esos cochinos así me gusta de vez en cuando podría mandarle una patota de encargo a ver si se despierta si no se va a endurecer siempre escribiendo a máquina o jugando al billar con tal de que no haya problemas es feliz no puedo aguantarme a veces por gusto le pongo cara rabiosa porque de lo contrario me empalaga bueno siempre fue así a Martín lo va a podrir a mimos tiene nueve años y cada vez que habla se le llena la boca de saliva por la maldita costumbre de hacerse el nene en vez de avanzar retrocede cualquier día va a salir otra vez gateando a veces le pego y claro soy el ogro para él es muy cómodo hacer de reimago porque no lo aguanta el día entero ahora también le sangra el ojo lo dejaron lindo parece una careta pero si me río se enoja siempre cree que me burlo sin embargo me gusta con la cara deshecha lo prefiero así serio triste preocupado por lo que hubiera podido pasar al menos la vida dio un salto y él tendrá esto para contar quién sabe si lo cuenta siempre tiene miedo de jactarse de algo naturalmente él y yo somos un poco raros cualquier otro otra enseguida se hubieran abrazado mi Dios qué peligro viejita viejito querido pero nosotros como si nada seguimos caminando a un metro de distancia uno del otro como si la patota hubiera sido una broma y solamente por jugar nos hubiéramos revolcado en la tierra con esos asesinos estoy segura que nos matan si no se le ocurre al negro lo de mi embarazo Santa María madre de Dios ruega por nosotros peca pucha eran cinco quién hubiera visto mañana en el diario la mujer fue internada en estado de suma gravedad ahora y en la hora de nuestra muerte amén menos mal que aquí está el farol de la fábrica en la luz no se van a atrever de nuevo sin embargo a él yo querría decirle algo no sólo Juan María ni querido otra cosa que sepa que estoy y lo quiero y me gusta que se haya pegado fuerte con ésos y quizá baste con acercarme y no decirle nada y suspirar un poco y tocarlo tocarlo.

(1948)

Como siempre

1.

A María Luisa no le agradaba que la interrumpieran. Por lo demás, a nadie le agradaba interrumpirla. Sin embargo, cuando esta vez descendió a referirse a «esa tonta de Clara», y, empuñando el cigarrillo como una batuta, quiso comentar con grosería sutil y llevadera, el apasionamiento con que aquélla defendía su tranquilidad, Roberto no pudo contenerse.

—No la imagino a Clara apasionada —dijo—. Por lo general, los que defienden su tranquilidad, son los que están lejos de su propia furia. Ya sé, no estás de acuerdo. Pero yo considero que si existe un reducto feliz sobre la tierra, no debe ser de los inquietos.

—Oh, querido, naturalmente... Cuanto más lejos de la tormenta, mejor. Se aprecia el espectáculo sin abrir el paraguas. Nunca saldrás de ese centro tranquilo, a menos que halles la bomba debajo de tu silla.

Aún sobrevivía en María Luisa un rito adolescente. Siempre que reaccionaba como ahora, recurría a imágenes de alguna estridencia, hechas para una acústica más que familiar. Allí, sin embargo, donde las paredes merecían sus libros, donde los pocos cuadros no eran cansadores y uno podía, sumergiéndose en los tímidos sillones, quedarse del otro lado del bullicio, esas palabras se tornaban gritos, y todos —mobiliario y personas— se miraban con un poco de pánico.

—Posiblemente en mi quietud —dijo Roberto—, en mi centro tranquilo, haya más actividad que en todas tus inquietudes. Te movés siempre. ¿Nunca te hace falta un apaciguamiento?

Había estado a punto de decir: «¿Nunca te pide el alma un apaciguamiento?», pero sabía que María Luisa tenía reacciones particulares frente a algunas palabras. En cambio, agregó:

—Además, no deja de dolerme que trates tan poco amablemente a Clara, que aunque te parezca irremediablemente estúpida, tiene mucho de lista en eso de no discutir contigo.

—Más que vos, por lo visto.

Él la miró entristecido, como buscando en ella algo a que asirse, algo en que confiar para —tan sólo eso— apostarse a la espera.

—Más que yo, por lo visto.

Roberto no tenía interés especial en defender a Clara. La apreciaba, sin duda, porque era muy callada, pasablemente música, bastante sincera. No era bonita ni —a primera o segunda vista— tampoco simpática. Lo mejor que podía conocerse de ella, aparecía recién a los varios meses de trato cauteloso. Roberto, que así la había tratado, reconocía en ella cierta impermeabilidad al enojo, cierto gusto de ampararse en su ambiente interior y una evidente atracción por el estudio racionado y severo. El reconocimiento de tales cualidades no había bastado, empero, para acercar a Roberto. Se sentía mejor si había entre ambos, cuando menos, alguna habitación de por medio.

Tampoco tenía Roberto un interés especial en atacar a los *inquietos*. Ni —en el caso de atacarlos— de incluir entre éstos a los famosos inquietos de espíritu. La inquietud del espíritu, así, como frase, como lugar común, era algo que no llegaba a comprender del todo ni se esforzaba en ello. Le parecía que para que su parte anímica funcionara normalmente, el individuo debía llegar a la paz interior. La paz interior y, de ser posible, también exterior, es decir, lisa y ecuménicamente, la tranquilidad, constituía para Roberto un esbozo tal de lo feliz, que se hubiera sorprendido de alcanzarlo algún día. Así de lejana llegaba a parecerle la aquiescencia del destino para semejante anhelo. Creía, como decía uno de sus ingleses preferidos, que las libertades particulares se gozan a condición de cierta forma de esclavitud general, y, sin que pudiera evitarlo, notaba cierta bambolla en el lujo de libertad con que se abrían paso los inquietos. Al fin de cada historia, se hallaba con que todos caían en un cogollito y comenzaban paulatinamente a suspender sus explosiones aisladas, espontáneas y particulares, para integrar alguno de los muchos coros disponibles. Y desde el momento en que el armatoste social se organizaba como ópera italiana, la libertad pasaba a ser un estribillo que quedaba muy bien en la voz del tenor ligero, y arrancaba alaridos, aplausos y pataditas de delirio allá en la galería.

Por eso le parecía preferible soportar la esclavitud general y defender su libertad particular, a tolerarse reclamando una libertad sin límites ni aplomo, demasiado general para ser asequible, demasiado altruista para no ser armada egoístamente. Como libertad particular, la tranquilidad era un estado ideal, el único, finalmente, en que el espíritu tenía derecho a revelarse inquieto.

Esta vez, su estallido mental había sido contemporáneo de otro intuitivo y ambos habían tenido por objeto a María Luisa. Pero ni durante el brevísimo, casi instantáneo proceso de intumescencia, ni durante la apenas esbozada discusión, tuvo Roberto tiempo y serenidad suficientes como para darse cuenta de cuánto se le había revelado. Ahora sí lo sabía. Había deseado que María Luisa lo traicionara.

2.

Hubo un silencio de tres horas. Después de la cena, María Luisa, ya no tan convencida de su indignación, se demoró tejiendo. Pero Roberto se fue al café.

El café, como ritual, como misterio masculino, tenía para Roberto dos colores de atracción. El de sus momentos solitarios (cuando, aislado en la niebla perfumada que despedía el pocillo, llegaba inconscientemente a conquistar cierto aspecto de visionario beatífico) y el de sus espaciados encuentros con Asdrúbal y Jaime, prolongados por lo común hasta la madrugada, cuando, cada vez más desvelados, cada vez más despiertos, se aventuraban —sin método y sin meta— hacia temas elásticos, limpios, potenciales.

Veinte años atrás, se habían reunido allí durante una huelga de estudiantes, mientras los otros derrochaban inútilmente la valentía del asueto en una grita empalagosa. Tuvieron épocas malas y épocas peores, en las que debían hacer treinta cuadras a pie (cuarenta, en el caso de Jaime) para ganar, con el ahorro del tranvía, el derecho de permanencia en el local. Tres cafés. Durante años, tres cafés. A poco de casarse, Roberto y Asdrúbal dejaron de estudiar. Jaime se doctoró en derecho. No obstante, siguieron viniendo dos o tres noches al mes.

Las diez y media. Todavía quince minutos de soledad. Hay que aprovecharlos. Aprovecharlos es sacarles el menor provecho. Dejarse estar. Ver. Escuchar. Al mirar hacia la izquierda, cierta presencia física le provoca un choque. A los treinta y cinco años no alcanza a recordar que él, a los veinte, haya sido tan ridículo como ése, tan inconsciente fantoche. (Alto, pelirrojo. Ojitos de ternero y patillas largas, color zanahoria. El pelo levantado en una instantánea de gomina, desafiante como un gorro frigio. No está solo. Tiene su corte. Él y la corte hablan de automóviles. De la cuarta para carreteras, del faro piloto, de la banda blanca, del neblero, de las espigas en el paragolpe, del busca-huellas, del...)

Roberto fuma y piensa en María Luisa. Busca referencias sobre la historia de este enfriamiento. Nada. Aquello se hizo solo. Empezó un poco antes de la muerte del chico. Como si desde entonces ya lo vislumbraran. Que ese puente nada unía. Después del accidente, las cosas empeoraron. No era dolor. En el caso de Roberto, debido a que el hijo había sido absorbido por la madre y él se encontraba fuera de su mundo. En el de ella, porque no podía ni quería evitar un estremecimiento de egoísmo al hallarse sola frente al posible amor de Roberto. Naturalmente que al sentirse sola, sin el auxilio de la competencia que había representado el pequeño Andrés, aquel amor había dejado de interesarle, porque en la puja de sentimientos sus propios celos le servían de estímulo.

Cuando la encontró, hacía once años, ella era novia de Jaime. No exactamente novia. En ese entonces, ellos no tenían —ni podían tener— novias. Apenas si disponían de lo suficiente para sobrellevarse a sí mismos. Pero algunos tenían amigas. Desde el más restringido significado sexual hasta el otro más amplio y afectivo. María Luisa era amiga de Jaime. De parte de éste, en el sentido amplio y afectivo. De parte de ella, ni ella misma sabía en qué sentido. Simpatizaba con Jaime, lo deseaba moderadamente. Leían a Baudelaire, festejaban a Nietzsche, se burlaban de Dios y de Renan. Se les veía juntos bastante a menudo. Recorrían la Rambla, iban a la Biblioteca, entraban por un rato en la iglesia del Cordón. Roberto lo sabía.

(El de las patillas zanahoria y el gorro frigio lleva a su grey por otras sendas. Diez minutos de fútbol, diez de cine, diez de política, diez de cualquier cosa.)

Ahora volvía a paladear su culpabilidad. Siempre que veía a Jaime, eso se le renovaba. Se le renovaba también la duda. No quería ser injusto consigo mismo, pero dudaba. Por aquel entonces tenía pensado no casarse con ninguna mujer a la que deseara demasiado. Le parecía poca garantía y —sobre todo— poca previsión. No obstante, desde el momento en que vio a Jaime con María Luisa, se dio cuenta de lo que empezaba a madurar. A madurar en él, naturalmente. Se dio cuenta, se estudió durante un cuarto de hora y se dijo: «Eso nunca». Después se descuidó. Cuando el «eso nunca» se transformó en «eso no», pudo apreciar la diferencia que va de la negación total a la simple negación. Suave, torpemente, comenzó a sorprenderse acechándola. Como ella, en cambio, no se sorprendió en absoluto, Jaime renunció sin lucha ni vergüenza. Roberto estaba casi seguro de que Jaime no le guardaba rencor. En realidad, entre éste y María Luisa no había mediado nada, ni siquiera palabras comprometedoras, que después de todo son el nudo más fácil. Jaime renunció, dio su enhorabuena y siguió estudiando. Cuando se puso su tristeza, vio que le quedaba un poco grande. A los veinte días estaba otra vez leyendo a Baudelaire, festejando a Nietzsche. Pero sólo se burlaba de Renan.

(Silencio. El guía sonríe. Los demás esperan. Uno, por decir algo, pide el cuarto café. Otro, que reforma la ajena inspiración y la apro vecha, pide un «cortado». La reunión se desmaya. Ya nadie tiene nada que decir. Pero como se quedan siempre hasta las doce...)

3.

Hacía ya mucho tiempo que el amor había quedado en tontería, y bastante también, aunque no tanto, que la tontería había quedado en frialdad. El paso siguiente podía llegar al odio. Ahora mismo, sin arraigo aún y sin motivo, el odio hacía visitas tímidas, espaciadas, pero suficientes para ir formando el hábito de retirar a medias la confianza.

María Luisa no había cambiado mucho. ¿Qué pasaba entonces? Todos —¿cuántos eran todos?— la encontraban tan alegre, tan completa, tan valiente, tan sencilla, en fin y concretando, tan ricura como antes. Ni ella se creía ingenua ni los otros la creían tal. Ni demasiado doméstica ni demasiado intelectual. Había cambiado los ídolos siempre que fue oportuno. De Baudelaire había llegado a Valéry, de Nietzsche a Camus. Estrictamente al día. ¿Dónde quedaba el pobre Roberto, con su entusiasmo por los tartamudos en la novela inglesa, desde el Brian de Huxley hasta el Anthony de Waugh?

En el orden doméstico, hoy trabajaba tan poco como antes, y si sus relaciones con la servidumbre eran de menor tirantez, eso era debido en buena parte a la filosofía solapadamente jocosa con que las últimas *chicas* habían encarado el asunto. Daba gusto verlas trabajar, obedecer, divertirse y robar.

Todo eso no llegaba a fastidiar a Roberto. Pero, en rigor, ¿qué le fastidiaba? Le fastidiaba, por ejemplo, una discusión insulsa como la de esta tarde, una discusión como ésa, pesadamente familiar. Lo que había dicho sobre los libres y los inquietos, representaba sólo aproximadamente lo que había pensado, pero aun así lo representaba bastante bien. En realidad, lo mismo habría sido decir: «Estoy descontento», que discutir sobre furias a propósito de Clara. Sí, estaba descontento, confusamente descontento. Con María Luisa, consigo mismo. Le parecía haberse vuelto demasiado respetable y carecer de los medios legítimos para quitarle empaque a ese respeto. Por lo demás, estaba poco acorazado para habérselas con sus propias reacciones. De ahí que la sola presencia de María Luisa le provocara una especie de calambre mental. En el subsuelo de su vida matrimonial debía haber sin duda un desperdicio de conciencia del que a veces le llegaba alguna oleada fétida.

—Hola.

Tuvo que sonreír cuando, intimidado, sintió la mano de Jaime sobre el hombro.

—Hola. ¿Y Asdrúbal?

Era la última esperanza. Podía haber pestañeado, pedido otro café, complicado las cosas. Pero quería salvarse de una entrevista a solas con Jaime. O, por lo menos, saber a qué atenerse.

—Asdrúbal me avisó que no viene.

Que no viene. Ah. Siempre había pensado que algún día tendría que faltar Asdrúbal. Pero ahora...

—Es la primera vez que falla uno.

—O que fallan dos...

Eso lo dijo por algo. Entonces él también esperaba la oportunidad. Eso lo dijo por algo. Tenía los ojos demasiado brillantes, los labios demasiado firmes.

Jaime se puso a hablar de política. Mejor. No era un tema embarazoso. Pero al cabo de una media hora de escuchar las opiniones de Jaime sobre la libertad de prensa, la situación en los Balcanes, y el voto femenino, Roberto se escuchó diciendo: «Parece increíble. Ni remotamente podés imaginarte con qué pensamiento avergonzado estoy jugando». Hipócrita. Uno respira y se siente hipócrita.

—Oh, no es tan difícil. Siempre te has sentido culpable frente a mí.

—¿Frente a vos?

—Sí. Te imaginas que me la quitaste.

Insoportable. Que lo diga así, sin preámbulos, sin asco, sin enojo.

—¿A María Luisa? Estás loco. No pensé qué...

—Podés estar tranquilo. No había nada.

—Ya lo sé, ya lo sé. Por eso te digo que estás loco.

Llegó la sonrisa de Jaime y Roberto se sintió inesperadamente ridículo. Tenía la boca con saliva amarga. Cuando empezó a hablar, era ya de otra cosa.

(El grupito se levantó a las doce en punto. Primero pasó el guía, luego los seis discípulos. Ceñidos, bostezantes, intercambiando mimos.)

4.

Era humillante pensarlo. Cuando el chico había muerto, ellos se habían encontrado por primera, por única vez, tal como eran, tal como no predicaban ser. Roberto se imponía ahora el recuerdo del rostro de María Luisa, de aquel sin cólera y sin dolor, sitiado en sus contornos por los corderitos del empapelado. La mueca de indiferencia, de ganas contenidas, de seriedad en hilvanes, había sido insufrible y compacta, sin un solo resquicio para la duda en ciernes, para la duda mansa, vulgar, salvadora. ¿Y eso era un rostro de mujer? Él, que era el hombre y por lo tanto no debía traicionar su abolengo de ojos secos, él, que había sufrido derrotándose, sintiendo —no sabía dónde— chasquear el dolor como un látigo, él había condensado su angustia caudal en un tibio y constante hilo de lágrimas. Y nadie había sabido el consternado fastidio, el fastidio sin cálculo, irresistiblemente agudo, con que obtuvo la serenidad indispensable y repasó, enumerándolas, sus decisiones. Una cosa era cierta. Ese mismo día o más adelante, no importaba la fecha, dejaría a María Luisa. No exigía nada en el presente, pero necesitaba a toda costa un futuro sin ella. Un futuro sin ella. Consigo mismo.

Aún mucho tiempo después, aquel rostro de María Luisa rodeado de corderitos, en el cuarto del hijo, había permitido la evolución normal de su fastidio. Necesitaba representárselo para animarse. Hoy había deseado que María Luisa le traicionara. Con cualquiera. No era virtud de cornudo magnífico; era, simplemente, su egoísmo. Sobornar al examinador para terminar antes la carrera. Pero a la vez se había sentido generoso como un proveedor de futuros. Ningún accidente, ninguna enfermedad, ni siquiera la muerte. Sólo verse libre.

5.

Roberto contemplaba sus propios pasos. Siempre había tenido la supersticiosa diversión de esquivar determinadas baldosas, a las que iba señalando inconvenientes, improvisando augurios. Pero ahora no ponía ningún esmero. Pisó una de las prohibidas y ella dio un grito delicioso, pero corto, sin ecos.

La calle estaba sola. Se puso a pensar en las cosas ridículas que había leído sobre las aceras solitarias, sobre la medianoche, sobre los faroles, y se sintió capaz de avergonzarse por ellas. La calle estaba quieta como en un cuadro. Acaso estaba orando, acaso estaba arrepintiéndose de todos los automóviles, de todos los caballos, de todos los tranvías con que había pecado en la jornada. Cuando iba pensando el tercer disparate, su otra memoria reconoció la puerta. Halló que su casa —además de la verja con encaje, del patético jardín de cámara, de los balcones como palcos, de todos los otros síntomas de su actual y embarazosa prosperidad económica—, halló que su casa era asimismo una idea poco satisfactoria. ¿Qué le esperaba? Ni siquiera el hijo. Ni siquiera el hogar.

La actitud de Jaime había sido un obstáculo. Él había querido, a la vez que darle una oportunidad de perdonar, darse también una oportunidad de quedar al día con los escrúpulos. Pero el otro no había querido reconocerle la culpa. Sencillamente, le había tomado el pelo.

A él le quedaba el problema de qué hacer ahora con el pasado. No era cosa de alimentarlo en silencio ni de estrangularlo. En el café se había sentido bruscamente sin amistad. Quedaba Asdrúbal. Sí. Pero la certidumbre aminoró el deleite. Quedaba Clara, con sus lamentables y místicas virtudes. No. Ni siquiera estaba seguro de quedar él mismo para la amistad o para el amor.

Su incomunicable silencio se estiraba en la calle. Cuando escogió la llave, se sintió cobarde y desatinado. Y, a pesar de todo, indiferente. Recordó al grupito del café. Ellos se asían por lo menos a un vínculo, precario, estúpido, pero casi feliz en su medianía; ellos no estaban solos. ¿Para eso había sostenido exigencias? ¿Para ser menos feliz que un fantoche? ¿Dónde estaba la intimidad en que refugiarse, la vida ajena que justificara la propia?

Como siempre, cerró la puerta con cuidado. Había luz en el comedor. Había, como siempre, sobre la mesa, queso y dulce, galletas, leche fría. Comió sin recompensa y sin hambre. Miró los avisos del diario de la noche, recorrió las noticias. Bostezó en tres etapas, triste de desaliento.

Cuando entró al dormitorio, María Luisa dormía. Los ronquidos la sacudían a veces como una carcajada incontenible. Roberto comenzó a desvestirse. Como siempre, puso la corbata sobre el saco, los gemelos junto al vaso con agua. Fue la impremeditada caída del segundo zapato lo que la despertó. El último ronquido tuvo cierta emoción. Luego, abarcando la escena desde un solo ojo, murmuró: «¿Qué tal, querido?». No esperó la respuesta. Salió al encuentro de la próxima modorra.

Como siempre. «¿Qué tal, querido?» o la reconciliación. Por un momento sintió envidia de los pobres diablos que hablan de la *patrona* y le llevan cada sábado una torta con merengue.

Cuando estalló en el reloj del comedor la acostumbrada campanada, comprobó —como siempre— la exactitud de su reloj. Entonces notó que era demasiado tarde. Como siempre.

(1947)

La vereda alta

Si yo hubiera tenido padre y madre, todo habría sido diferente. Pero mi familia era una abuela materna, y una abuela materna no alcanza para nada. Además, a ésta le faltaban casi todos los dientes y siempre, cuando hablaba, uno creía que iba a escupir el último. Es probable que su odio hacia mí haya empezado en eso. Ella se daba cuenta de lo mal que me impresionaban sus encías inermes y balbucientes. Pero yo no podía evitarlo, así como ella no evitaba el odio.

Sin embargo, en un pueblo como éste, que nunca había sido demasiado benigno, constituíamos un binomio abuela-nieto de tal ejemplaridad que las madres lo señalaban a sus hijos y a sus propias madres para estimular a unos y a otras al mutuo entendimiento.

Era en verdad conmovedor vernos salir por la tarde, a la abuela y a mí, mi mano en su mano, sonrientes y simpáticos, deteniéndonos en la plaza para saludar al zapatero que hablaba de crímenes mientras remendaba, y también en la farmacia para que el boticario me llenara el bolsillo derecho con caramelos de miel o de menta. Era conmovedor escuchar a la abuela preguntándome si quería dar una vuelta en el único autobús de la localidad, para brindarme así el placer de contemplar la chiva que estaba siempre, aburrida y soñolienta, un poco antes de la última curva. Y era conmovedor escucharme decir que no, que hoy no tenía ganas, cuando en realidad todos sabían que yo me sacrificaba para que ella economizara diez centésimos.

Entonces la abuela sonreía comprensiva, comprensiva y sin dentadura, y me invitaba a ir hasta la vereda alta. A esto ya no me negaba, porque no costaba dinero y el sacrificio hubiera sido ridículo y además porque la vereda alta era mi mejor experiencia de ese entonces.

La vereda alta estaba cerca del molino. Sé que tenía un borde de ladrillos muy rojos y que estaba como dos metros por encima de la calle de barro. Cuando los días sin lluvia se prolongaban demasiado, la calle de barro era entonces de polvo y mi abuela no me quería llevar porque el polvo se le metía en las orejas. A mí se me metía en las narices, pero eso lo arreglaba yo con un par de estornudos.

Todavía hoy no comprendo bien el atractivo sin muchas razones que esa vereda tenía para mí. Recuerdo que allá abajo, en el barro, cuatro o cinco muchachos aprendían a no tenerse piedad y se tiraban con lo que encontraban más a mano, ya fuera un cascote o un aro de barrica. Cierta vez uno de éstos suspendió su vuelo en el moño de mi abuela y luego de vacilar un poco, se decidió a caer sobre ella, quedando humildemente a sus pies luego de brindarle una serie de abrazos rápidos y estertorosos. Yo reí en cuanto me dejó libre la sorpresa, y los muchachos de abajo también rieron y por un rato no se pelearon más.

Cuando pasaba una cosa así, mi abuela castigaba en mí la travesura ajena y yo me quedaba sin vereda por un par de días. Esa vez sucedió lo mismo. Fue entonces cuando inauguré oficialmente mis meditaciones. Ya antes de eso las había tenido, pero simplemente como aficionado. Frecuentemente había pensado en mi oficio de huérfano y en las ventajas y desventajas que me acarreaba el ejercerlo. Yo no lo había elegido, estaba claro, pero tampoco lo comprendía del todo. No obstante, cuando me decidí a meditar en serio, tuve que elegir un tema de mayor enjundia y con suficiente material de dudas como para llenar las horas sin vereda.

Así, pues, cuando terminaba mi composición sobre tema libre (las moscas, mi rodilla, la bocina), yo me sentaba frente al gallinero a comer galleta y a pensar en la muerte. Ése sí era un tema, tan grande que no cabía en las composiciones, tan fuerte que me dejaba siempre un poco pálido. Yo cerraba los ojos. También el día cerraba los suyos y el gallinero se quedaba en paz. Entonces se podía meditar. Como el tema era la muerte, era preciso ante todo llegar a concebirla. Para concebirla, nada mejor que no pensar en nada. No pensando en nada, llegaría a no ser, que era la muerte. Era evidente. Así, al menos, lo creía. Pero cuando me parecía estar alcanzando el vacío completo, la total desaparición de mí mismo, hallaba que, finalmente, estaba pensando en no pensar. Y aunque fuese *nada* mi único pensamiento, por eso solo ya resultaba *todo*. Claro que esto es únicamente la traducción aproximada de aquella suerte de dialecto infantil en que entonces me llegaban las sensaciones. Pero en esencia, no era mucho más que eso.

Fue después de la novena o décima meditación que me convencí de dos cosas bastante importantes. La primera, que no podía existir la muerte como nada total y absoluta. La segunda, que la única forma de saberlo era morirse. En realidad, yo pensaba que esto era un negocio redondo, porque si me moría y después resultaba que no había Nada, poco me importaba perder contra mí mismo y no estaría, por otra parte, en condiciones de lamentarlo; si, por el contrario, había Algo, no sólo ganaba sino que sabría. Y esto me resultaba más importante que todos los otros argumentos. Sabría. Yo era mucho más curioso que cobarde. Por lo tanto, decidí morir a corto plazo.

Una noche mi abuela me besó con su baba de costumbre y como esta vez yo me porté bien y no me limpié el beso con la manga, me anunció que a la mañana siguiente iríamos de nuevo a la vereda alta. Yo estaba decidido a morir y un paseo más o menos era muy poco para conmover a quien iba a emprender el más largo —o el más corto, ya se vería— de todos los viajes. Sin embargo, en ese momento se me ocurrió que no estaría mal aprovechar la vereda. Después de todo, era lo que más quería, más aún que un disco que había sido de mi padre y en el cual serruchaban la Barcarola de Offenbach, más aún que una caja de soldados de plomo sin pintar, a quienes hacía desfilar en la cocina y cuya monotonía me volvió finalmente antimilitarista.

Al otro día me desperté temprano. Lo miré todo sin melancolía. Una muerte experimental no era para llorar ni para despedirse. Antes de salir, me di el gusto de hacer la composición sobre el tema *La abuela*.

Salimos a las diez. Pacientemente aguanté la visita al zapatero y hasta chupé un caramelo de los usuales en lo del boticario. Así el buen hombre tendría motivo para decir después: «¡Pensar que el pobrecito se fue hoy chupando una de mis golosinas!».

La vereda alta estaba más linda que de costumbre. Como había llovido la noche anterior, el barro estaba fresco y los ladrillos rozagantes. Los muchachos de siempre jugaban abajo a la guerra de siempre. Un aro de barrica cortó el aire y aunque a mi abuela se le estremeció el moño, cayó muy lejos de nosotros.

Sin que yo se lo pidiera, ella soltó mi mano. Yo di algunos pasos preparatorios. Miré hacia abajo y me extrañé de no sentir vértigo. Después de varias miradas prolijas, elegí la piedra sobre la que pensaba caer de cabeza.

Mi abuela estaba mascullando un no sé qué aviso, cuando yo simulé un paso en falso y me tiré. Un látigo de imágenes azotó mis ojos y enseguida sentí un dolor tremendamente intenso.

Naturalmente, todo quedó en una pierna rota y un arañazo de ladrillo. Pero en aquel momento yo creía que estaba muerto. Que la muerte era algo. Que ese Algo era espantoso. Y que desde la altísima vereda hasta esa muerte mía de dolor y de barro, el odio de mi abuela llegaba en bofetadas.

(1947)

No tenía lunares

1.

La otra cabeza en la almohada. Rafael mira hacia arriba, rígido. *Cuando despierte no sabrá dónde se halla. Luego ella dirá: «Querido», y todo volverá a su cauce.* Esta horrible posición le produce cansancio en los tobillos. *Anoche dijo.* Ni pensar en moverse. Ni pensar en nada que pueda despertarla. Entonces ella empezaría con sus empalagosos mimos matinales y se acabaría la sensación de reposo, esta especie de coherente aproximación a sí mismo. *Anoche dijo: Nadie puede saberlo, nunca.* Pasa un carro del mercado. Los únicos ruidos del mundo. Los ronquidos y el carro. ¿Nadie puede saberlo? Cuatro moscas recorren los párpados de Carlitos dormido. *Vamos por partes. Ella no quiere que venga Francisco. Sin embargo.*

Tiene la boca reseca. Si le trae agua, se despierta. *Estamos mejor solos, dijo ella. Antes quería que tuviese amigos, que los trajera a almorzar.* El sobretodo quedó sobre la silla, la manga izquierda a medio sacar. El papel blanco que sale del bolsillo no es un programa de cine. *Vamos por partes. Francisco vino por primera vez el día de los ravioles. Un sábado. El martes se lo había dicho en la Oficina.* No es un programa, es la cuenta de. *Me habían traído el retrato de Aurora, recién encuadrado. Los ojos desentonaban en el rostro. Como si las cejas, los labios, las mejillas, para cuyo aderezo recurría a su equipo de trampas, fuesen lo único natural, la verdad del semblante, en tanto que los ojos verdaderos llegaban con retraso al conjunto, estaban en otra escala de valores, parecían lo único adulterado.* Claro, la cuenta de Ocampo. De Ocampo, que había dicho: «No hay apuro». El apuro estaba en la reticencia de los gestos. *Se lo alcancé. Mi mujer, le dije. Simpática, dijo él, tiene cara de risa.* Otra vez a flote mi orgullo imbécil por la alegría de Aurora. *Hago lo que puedo, pensé. Doscientos treinta pesos. Vamos por partes. Fui yo el que dije. ¿Por qué no venís el sábado a cenar?* La otra cabeza en la almohada. Se ha movido. Sí, se ha movido. Paciencia.

2.

—Querido —dijo ella. Estaba despeinada, grotesca, maloliente. Los labios resecos, anteriores a toda pintura; los ojos colgantes y legañosos.

—Querido —dijo, y estiró una mano. Rafael retrocedió cinco centímetros imperceptibles. La mano estaba allí, sobre la colcha. Movía con torpeza su rechoncho meñique, lo montaba asquerosamente sobre el anular. Luego se estiraba, abriéndose en cinco dedos tumefactos. *Yo besaba esa mano. Yo era el idiota que cerraba los ojos al besar esa mano.* Entonces aquella cosa ajena le tocó el brazo, se lo acarició. Aquella cosa blanda le recorrió el brazo como una lengua.

—Tengo la cuenta de Ocampo —dijo él para huir—. Dice que no hay apuro. Pero yo creo que se le fue la mano.

Entonces ella dijo que Ocampo siempre había sido un abusador, que ella se había dado cuenta cuando el otro aborto.

—¿Qué pasa si no pagamos?

Pero regresaba a la caricia lo más pronto posible. No importaba la cuenta. No importaba el sudor, este sudor de abril, imposible de prever. *Él estaba conscientemente ridículo con su ramo de flores. Pero a ella le cayó bien. Además, dijo enseguida tres o cuatro chistes.*

—Supongo que no pasa nada. *La primera vez que teníamos un invitado. Carlos lloriqueó. En el postre se reía a carcajadas.*

La mano se metía bajo su camisa, se deslizaba sobre los pelos y el sudor. Un asco. *Él estaba contento de su éxito. Y yo también.* Vio la cara de ella, el borrador de su cara, sin rastros de Ocampo ni del aborto ni de nada que no fuese *me atacó un deseo imprevisto, quería besarla y apenas si podía contenerme cuando pasaba con su nuca de cuatro lunares* el deseo insoportable, completamente vacío de ternura, de luna-de-miel, de fotografías-mirándose, sólo el deseo sin voz *en la cocina le besé el pescuezo, me gritó loco, idiota, bruto* el deseo sordo, sin memoria, hundido en el presente *de noche me dijo que no le gustaban los arrumacos delante de extraños* y Rafael no tuvo otra salida que mirar el reloj y como eran sólo las seis y cuarto, cansadamente se quitó el pijama.

3.

—Buenas noches —dijo Estévez. Siempre decía «buenas noches» cuando alguien llegaba después de las ocho y cuarto. *Se podía meter sus sarcasmos en.*

—Para mañana necesito el informe —agregó.

—Ayer me dijo que era para el viernes.

—Sí. Y ahora digo que es para mañana.

Estévez era sarcástico, pero Farías era gracioso. Cuando decía *Mr. Cuckold* se ahogaba de risa y de tos. Cuckold, Hahnrei, Cocu. Farías sabía decir «cornudo» en incontables idiomas y dialectos.

—Uy, Mr. Cuckold llegó tarde.

Verdaderamente, la risa le dolía.

—Uy, llegó tarde, ¿dónde está Francisco? (Esto dicho de corrido, como si fuese una sola palabra.) ¿Dónde está Francisco? (Pero se ahogaba, irremediablemente se ahogaba. Era demasiado para él.)

Francisco no estaba *mire que jode Estévez con el bendito informe, total ¿para qué?, de cualquier modo al tipo lo van a echar* siempre llegaba a las nueve *un solo cheque no es un robo y el muchacho vale, dijo Estévez, claro él pone sólo el visto bueno, pero yo lo firmo.*

4.

«Señor Director: De acuerdo con su comunicación de fecha 18 del corriente, por la que se me designa para investigar la irregularidad denunciada en el movimiento de Caja y Bancos correspondiente al día 27 del pasado mes de febrero *míster Cuckold es cierto nunca lo supe pero* paso a informar a usted, lo siguiente: Al efectuarse el arqueo en la última media hora de trabajo del día 27, el subjefe señor Mieres comprobó la falta de un cheque al portador *la certeza final la certeza final en realidad desde el principio todo estuvo claro y yo no estoy desesperado solo decidiéndome* girado contra la Caja Nacional de Ahorros y Descuentos por la firma Lanza, Salgado & Cía., por un importe *hacia adónde ahora* de $ 7.625,68 (siete mil seiscientos veinticinco pesos con sesenta y ocho centésimos moneda nacional). El cajero señor Luciano Valverde se había ausentado a primera hora de la tarde con permiso del jefe señor Estévez (según consta en boleto de salida N.º 18206), pero no regresó esa tarde *la cosa es saber cuándo empezó bueno eso realmente importa poco yo creo que el día de los ravioles Francisco ya le había echado el ojo y la muy yegua diciéndome no me gustan los arrumacos delante de extraños lo siento verdaderamente por Carlitos pero ya sé lo que voy a hacer ya sé lo que voy a hacer míster Cuckold primero no negar los cuernos* ni tampoco concurrió a la Oficina los días 28 y 29. (Por indicación del señor Estévez *segundo no codiciar la mujer de Francisco* no se dio intervención a la policía. A primera hora del día 28 se avisó a la Caja Nacional de Ahorros y Descuentos, pero el cheque había sido cobrado la víspera. El señor Valverde no pudo ser localizado hasta la tarde *tercero comprarme el revólver* del día 30 y en esa misma fecha, el padre del nombrado cajero restituyó a la Compañía el importe íntegro del cheque. El señor Valverde (hijo) aduce que el día 27 no pudo volver a la Oficina por hallarse indispuesto, y, al parecer, siempre de acuerdo a sus declaraciones, dicha indisposición continúa pues no ha vuelto a la Oficina. Para mejor comprensión de la incidencia por parte del señor Director, el suscrito deja constancia que el señor Valverde padre, al ser interrogado sobre el proceder de su hijo, manifestó textualmente: "Siempre ha sido una porquería. Hagan con él lo que quieran. Si prefieren mandarlo a la cárcel mejor. Lo que es a mí, me tiene lleno". El suscrito comparte este criterio. Sin otro particular, saluda al señor Director con la mayor consideración y estima. Rafael Arias. Oficial Primero.»

5.

Aquella angustiada muchedumbre no tenía voces. Sólo el mozo pedía express, cortados, añejas. Los demás repasaban por centésima vez con el pedazo de diario en la mano, su rodoblona del que podía ganar en la tercera con el lance de la séptima. Pero Rafael seguía haciendo infantiles cabezas de gatos sobre la copia del informe que había leído al otro.

«Yo también podría razonar acerca de esto», respondió Valverde, «después de todo, no es tan difícil. Pero no me interesa razonar. Usted cree haber cumplido consigo mismo, acusándome. Bien, viejo. Yo, en cambio, creo haber cumplido conmigo mismo sustrayendo ese cheque. Usted puede sermonearme, puede identificar mi reacción como un viejo resentimiento contra la sociedad. Y tendrá razón. He sido cómplice de tantas caridades, he pretendido borrar con el codo, sin que ni por asomo se debilitara mi conciencia, tantas miserias clandestinas, he contribuido tan eficazmente a la desigualdad, al odio, a la vergüenza, que me siento, bah, me sentía comprendido en un engaño solidario del que sólo podía rescatarme por un acto absurdo. Mi error estuvo en no lograr la absurdidad total. Para ello debería haber matado a alguien, o por lo menos haberme eliminado sin piedad. Pero la desdichada herencia de mi vida anterior, con su malsano culto de la emulación, con su aprendida renuncia a todo positivo desorden y sus virtudes agotadoras y anestésicas, me adelantó una impresión de desastre acerca de lo que tal vez hubiera sido, ¿no lo cree así?, mi única salvación. En realidad, creo que debo confesárselo, pensaba eliminarlo a usted y después matarme. Usted era un buen pretexto, una tarea que hubiera acometido con gusto. Precisamente el obstáculo fue que yo le tuviese antipatía, pues ello transformaba mi acto libre en un desahogo apasionado. Por otra parte, ¿comprende qué poca cosa hubiera sido nuestra desaparición? Infortunadamente, ahora pasó la euforia. Me quedé a mitad de camino. Iba a matar y sólo robé. Sin embargo, lo esencial para mí era salir del atascadero, comprender efectivamente qué me acontecía. Y eso lo he logrado. Es cierto que con su informe empezará el proceso de mi destitución. Me iniciarán sumario pero todavía cobraré mi sueldo por un año o dos. Mientras tanto, acaso vuelva la euforia y me suicide».

«Oiga, Valverde», dijo Rafael al concluir las primeras ciento veinte cabezas de gato, «¿alguna vez su mujer le puso cuernos?».

6.

A las tres Rafael pidió autorización para salir. No estaba desesperado, ni siquiera triste. Primero fue al café. Quería darles tiempo, que la escena no fuese demasiado sucia. Pidió un cortado. Cuando se sentó, sintió aquel peso en el bolsillo trasero del pantalón. Indudablemente, un revólver era de mal gusto. Sería pues una tarde de perfecta inmundicia. Nunca en su vida había apretado un gatillo. Un buen tipo, como quien dice. Una irritante beatitud le cercaba, una ternura nueva por su pasado, por su infancia sin padre, por su implacable adolescencia de tango y prostitutas, por el pelotón de sus amigos dispuestos encarnizadamente a ejecutarle, por míster Cuckold, sí, por míster Cuckold. La radio, obscena, se permitía un bolero, y Rafael sintió una bocanada tibia de asco y puteada. Hacía tanto que no lloraba que era una delicia sentir ese viejo sabor en los bigotes. Era el mismo del tercer año aplazado, del ferrocarril destrozado por la Tota, de los hermanos abrazándose cuando la muerte de Mamama. Una melancolía viscosa e insoportable le despertaba los recuerdos, escalonándolos en señales que aparecían como revelaciones. Un cornudo. Una palabra como un Mantram, sencillamente poderosa. ¡Qué joder! ¡Un cornudo! Y un cornudo con revólver, tomando serenamente su cortado. ¿Cuánto tiempo se necesita para engañar a un marido que es un buen tipo? Cuatro años. ¿Cuánto se necesitaba para engañar a un marido que resulta un idiota? Oh, también cuatro años. Evidentemente, un buen tipo es igual a un idiota. Ahora la radio terminó su bolero y hace reclame de medias, toallas higiénicas y cocacola. Rafael miró hacia la calle. Extrañaba este sol todavía alto que no conocía, este sol de los ociosos, de los burgueses, de los estudiantes, de la mujer que uno deja en casa y de los amigos que faltan sin aviso. Se sentía pesado y liviano a la vez. Veía todo tan nítido, tan definido, que esa pesadez era únicamente la del tiempo, la del tiempo lento que le hacía esperar. Y también esperarse.

7.

«Por favor», murmuró, todavía sin odio, «acaben de vestirse». Rafael se sorprendió vigilando las oscilaciones de su propia sombra sobre las baldosas. Oyó el galope metálico del tranvía, el 10 de *y veinticinco* que le traía a casa sólo los viernes, porque los otros días debía atender la contabilidad de Vega. La radio sonaba en el comedor, entreverando las noticias de Corea con un tango arrastrado.

Aurora ensayó un viejo ademán de rebeldía. Puso la nuca rígida, los ojos duros, como botones, dirigiendo la indignación y la sorpresa al amarillento cielo raso.

«Ahora lo sabés», dijo Francisco. Estaba aún en mangas de camisa, apoyado en la estufa. Fumaba, como siempre, llevando el cigarrillo entre el índice y el anular y apretándose la boca con toda la mano mientras pitaba. «Algún día tenía que ser.» Rafael lo vio sonreír, con los dientes escondidos, cauteloso y burlón, débilmente canalla. Tenía la camisa bastante sucia, una mugre de sólo tres días, con sudores ya en reposo del lunes y del martes, secados de noche en el respaldo de la silla. Seguramente iba a mostrar la dentadura (si él lo dejaba: esto era esencial) y estaría amarilla de huevo y tradición. Pero nada importaba. Él se cepillaba los dientes tres veces al día, renovaba diariamente sus calcetines y su camisa, la ropa interior cada tres días, y sin embargo ella prefería revolcarse con el otro, que sería un mugriento, pero. «Está bien», dijo. En un rincón, desde su silla alta, Carlitos contemplaba la escena en agitado silencio. Con las manos en alto recorría aquel fondo imprevisto de seriedad, de pesada desdicha, moviendo los labios sin decir esas locas, singulares palabras que ignoraba. «Está bien. Todo tiene compostura.» «Todo menos vos», contestó Francisco, «vos sos míster Cuckold, viejo, como te puso Farías. Convencete». Claro, quería llegar a las trompadas. Sonrió y no había rastros de huevo, sino otro verde inusual, como de torta pascualina. «Vamos a salir», dijo simplemente Rafael. Luego, sacó el revólver. Le gustaba pensar: «Ahora están fritos, fritos», pero dijo: «Parece que estamos todos tranquilos; mucho mejor». Francisco escondió la sonrisa pascualina. «Pensé que serías comprensivo», dijo. «Oh, naturalmente.» «¿Y eso?» *Eso* era el arma. Ya lo verás. Aurora se puso el saco sin que nadie se acercara a ayudarla. Por primera vez, Rafael la miró de lleno. Estaba rabiosa, claro, pero la vía láctea de lunares conservaba su atractivo. «Ponele el sobretodo al nene», dijo él. Pero cuando lo levantaban de la silla, Carlitos, desconcertado, empezó a vomitar.

8.

Las siete y veinte cuando tomaron el taxi. Rafael dio una dirección. Francisco respiró, aliviado. «¿Vamos de visita?», preguntó. El otro abotonó el sobretodo de Carlitos. En realidad, no pasaba nada. Rafael era consciente del carácter patético de aquel viaje. La mujer, el amante, el marido, paseando en taxi, tan comprensivos y modernos como en una buena película inglesa, mirando hacia las caras fugaces de las aceras, alternativamente verdes, rosadas, amarillas, según la temblorosa voluntad de los primeros letreros luminosos. Rafael se abandonó al recuerdo de cierto antiguo placer de estarse quieto mientras la madre lavaba calzoncillos ajenos y sacudía de vez en cuando las manos cubiertas de espuma. Acaso desde entonces había sido susceptible a la desgracia y ésta se había incorporado a su vida como un apellido, como esa cosa espeluznante que era su meñique deforme de nacimiento. Pero Rafael no distinguía ninguna revelación en esa imagen remendada de sí mismo. Estaba imaginando por el contrario qué otras cosas apremiantes e irrevocables le hubiera otorgado una vida sin Aurora, a qué exigente comunidad de deliciosas molestias se veía ahora sustraído por la despótica vulgaridad, por la insondable malicia de su mujer. Bajo esa pantomima de cornudo, de esta sencillamente frívola trampa del azar, demasiado soez cuando se tienen cuarenta años, había también una sacudida inopinadamente trágica que lo despojaba de aquellas íntimas, oblicuas ternuras en que solía posarse clandestinamente, cuando no había testigos, cuando estaba solo, cuando nada ni nadie le impedía compadecerse, despreciarse. Lo peor era eso: no precisamente la frustración del amor (hacía demasiado tiempo que rechazaba el sonsonete) ni siquiera la violenta expulsión de su aquiescente beatitud, sino la pérdida de ese último reducto de emociones ordinarias, vergonzantes, que si bien le habían permitido insistir en ciertos placeres dolorosos, por lo menos lo mantenían a una distancia respetuosa y cordial. Aunque se trataba más bien de otra cosa. Ahí estaba por fin la verdad, y con ella una promesa —desde ya, vulnerable— de una solemne liberación: el retroceso a la buena vida de soltero, las tardes de pesca en la escollera, las madrugadas por la calle, el desorden sexual, las soledades del café, los alardes de ingenio y de machismo.

«Rafael», dijo ella. Nadie se daba cuenta de que ella lloraba. Todos estaban fríos, crueles, ensimismados. El taxi se detuvo, obligado, y el chofer maldijo, por su turno, de la lentitud de los tranvías, de las viejas que cruzan sin mirar, de la Dirección de Tránsito Público, del proyectado subterráneo, de las bocinas prepotentes. Luego pudo arrancar, pero continuó sacudiendo la enorme cabeza con su gorra sucia, pelada en la visera.

«Rafael», repitió la mujer. Pero Rafael estaba pensando que nada de aquello (la infancia, el café, las prostitutas) era recuperable, ni como presente decisivo, ni como sucedáneo de otros buenos, desmentidos recuerdos.

9.

La pobre vieja los recibió disculpándose. El olor a fritos. La cama destendida. Ella en delantal y zapatillas.

—No importa —dijo él—. Lo que voy a decirle, es mejor que lo escuche en zapatillas.

—Pero, Rafael.

—Se trata simplemente de que su hija es una puta.

Había sonado bien. Se sentía contento. Ante todo porque lo había dicho, pero también porque la vieja no sabía qué cara poner, porque Aurora y Francisco se quedaban callados, porque Carlitos le tendía los brazos a la abuela.

—No se preocupe. Francisco le explicará todo. Tendrá tiempo, porque se va a quedar aquí, con Aurora y el nene. Como yerno aficionado.

Rafael vio que el otro se le abalanzaba con el rostro descompuesto, olvidado de cierta primaria circunspección que aconsejaba la mano en el bolsillo. Pero enseguida se calmó.

—No es para tanto —dijo él—. Vamos a ver, seamos comprensivos, como dice Francisco. ¿Se quieren? Macanudo. Yo me retiro. Francisco ganará lo necesario para todos. ¿Querían saber para qué era el arma? Bueno, es para garantía. Para garantizar que Francisco no abandonará a Aurora, para garantizar que nada le faltará a Carlitos. Quiero que vaya al British School, ¿sabés, Francisco? Hoy en día es una buena defensa saber inglés. Y además, por el apellido. Los Cuckold somos una extendida, poderosa familia. Naturalmente, el día en que me entere de que no cumplís, recibirás puntualmente dos balazos. Antes no. Dos balazos en la cabeza, para mayor seguridad. De modo que no te aflijas. Si yo fuera cursi te diría que tenés tu destino en tus manos. Pero como no lo soy, simplemente te recuerdo que lo tengo en las mías.

Rafael tenía la seguridad de que estaban asombrados e inmóviles. Calmosamente, se acercó a la puerta. Aún podría alcanzar el ómnibus de *menos diez*. Entonces Aurora se le acercó.

—Aunque esta vez —balbuceó— aunque esta vez no hayas sido feliz...

Pensó que no era cierto, que en realidad había sido estúpido y feliz. No pudo sentir otra cosa que cansancio, que un rotundo, infectado cansancio. Y sólo dijo: «Otra vez será». Ella le dio la espalda, compungida y huraña. Entonces, él quiso poner a prueba su antiguo deseo, y le miró la nuca. Ahora estaba seguro. No tenía lunares. Para su memoria, para sus manos, para su sexo, ya no tenía lunares.

(1951)

José nomás

1.

A las diez de la mañana, Isabel Ríos abre un solo ojo. Enseguida lo cierra para convencerse de que duerme aún. Tuvo una madrugada embarazosa, con alcohol, boogies, guarangos y sexo. Necesita reponerse. Necesita estar bien, completamente bien para esta noche. Pero su cuerpo de veintitrés años, redondeado, tibio, fatigado, se niega a obedecer.

A las diez de la mañana, Isabel Ríos no se ha incorporado al día, vive porfiadamente en la atmósfera de ayer, oye aún las bromas indecentes de Juan Pedro, siente los manoseos del menor de los Fuentes —un niño prodigio, verdaderamente una ricura—, baila con todos, salta con todos, está en el torbellino como la mejor pieza de una máquina enloquecida, que no puede arrepentirse ni sabe detenerse.

Cuando estaban en la séptima vuelta, es decir, casi frescas, María Recalde la llevó al balcón y le dijo muy seria: «¿Te parece que hacemos bien?». La idiota. Siempre se preocupa hasta la octava copa, después goza como todas, como todas se deja besuquear, los deja propasarse. Juan Pedro lo sabe y le ofrece más: «Hay que emborrachar esos escrúpulos, mi hijita». Pero ella no lo dice por sí misma. Piensa en los novios que le ha hecho perder a su hermana, la decente.

Isabel sabe por experiencia que si se pone a pensar de veras, inevitablemente llora. Por eso no le gusta María. ¡Como si no se hubiera decidido! Todas se han decidido alguna vez, aun la primera. Ella sabe que no existen las «engañadas», las «pobres inocentes». Así que reconoce su culpa y sigue. ¿Acaso es posible detenerse? Hubiera preferido la vida buena, claro. Pero una vez en el baile, hay que bailar. ¡Y cómo baila! Que lo digan ellos. Después de todo, ¿hubiera preferido otra existencia? El matrimonio con casita y suegra, con hijos y abortos alternativamente, le produce a la vez asco y envidia. Quién puede saberlo.

Ahora está despierta. Entre el ropero y la pared cuelga una telaraña. El vestido gris está hecho una pelota sobre la silla, pero no necesita plancharlo. Esta noche se pondrá el verde.

Eso la deja momentáneamente tranquila, pero los dedos de la mano izquierda reconocen el papel que han estrujado durante el sueño.

Usted no me conoce, no me ha visto nunca. Hace un mes que no me ha visto nunca, ni siquiera para tener el derecho de olvidarme. Usted no me ha olvidado, usted me ignora. Yo puedo seguirla, en cambio, diariamente. Sólo dos cuadras. No quiero, no quise perseguirla, penetrar en zonas que no son usted. Pero la vi hablar con su amiga y pude seguirla a ella, recibir de ella sus señas. Mañana de noche, a las once, yo estaré en la esquina. Usted vendrá o no. ¿Su amiga? Claro: Julieta. ¿A qué se meterá? Éste, naturalmente, está loco. Que se pierda la noche por él. Está chiflado. Pero qué estilo, señor. Qué telegrama. Usted vendrá o no. Menos mal que le da permiso. Claro que no. Algún vivo.

Entonces decide ordenar la jornada. Desayuno. Almuerzo y siesta con Gonella. Después, el dentista. Dios mío, el dentista. El doctor Valles. Verlo ahora como profesional. Buen chismoso el tipo. De soltero era más simpático. Pensándolo bien, hace lo menos dos años que no se acuesta con él.

2.

Isabel miró detenidamente la calva del diputado Gonella. El munífico amo la ofrecía a su contemplación, mientras intentaba liberar de su hueso el último trozo de patito asado. Era de un rosa subido, con un magnífico golfo central, y dos discretos fiordos laterales.

El diputado Gonella almorzaba con Isabel todos los miércoles, porque era el único día en que tenía libre la siesta: su mujer almorzaba con la madre, en Pueblo Soca. Se podía decir que era un tipo generoso. Isabel le había cobrado cierta despectiva afección, porque se portaba bastante bien, y, después de todo, no era demasiado exigente.

—¿Ayer hubo sesión? —preguntó ella, con un módico interés.

—Hasta las dos de la madrugada.

—Pobre Ramiro.

—Imaginate. Desde las doce hasta la una y media, un discurso de Ortega.

El mozo se acercó lentamente, puso su vieja cara de perro humilde, y balbuceó: «¿Qué postrecito traemos?». Lo exasperante era el diminutivo. Isabel prefería aquel cordobés del Hotel Carena (había ido allí con Gonella en 1949) que invariablemente, sin cambiar la cantinela, interrogaba: «Siendo el último platito de cocina, ¿qué se van a servir?».

—Dos flanes —dijo Gonella.

Nunca la consultaba. Pedía *su* menú. Ella deseaba rabiosamente un helado, alguna de esas copas en equilibrio que no terminaban de pasar frente a ella. Pero debía comer flan, como Gonella.

Sin duda pasaba algo. Gonella estaba un poco cohibido. Lo había notado desde el comienzo. Pero siempre que él llevaba algo oculto, estallaba en el postre.

—Che, pichona... —pero llegaron los flanes. Isabel estaba segura. Cuando él decía *pichona* era que había traído algún estuche.

Ella empezó a comer, despacito. Pero Gonella estaba nervioso. Su pequeño, inocente flan, desapareció al segundo bocado. Posibles candidatos: el collar de ciento veinte, la pulsera de doscientos, el anillo de doscientos treinta y cinco.

—Mirá, nena, quería decirte...

—Desembuchá.

—Sabés, con estas sesiones hasta la madrugada, uno se siente algo...

—Sí.

—Bueno, mirá, pensaba invitarte, no sé si te parece bien, a que hoy realmente durmiéramos la siesta.

3.

Gonella dormía ruidosa, apasionadamente, como si se jugara entero en esa siesta, como si se destruyese en los ronquidos. Los párpados enrojecidos le temblaban a veces y también le temblaba una zona limitada de la mejilla. Isabel no sabía qué recuerdo le traía todo aquello. Él dormía sudando, con las varicosas piernas abiertas. Bajo la rodilla derecha tenía una mancha amarilla, sin vello, repugnante. Había también un vientre relleno, estirado, que excedía los calzoncillos, y un pecho hundido, como de asmático. A Isabel le llegaba con intermitencia el aliento cálido de aquella mole, y le producía una felicidad vergonzante, insatisfecha, el solo hecho de saberse despierta, precariamente a salvo. Claro, ahora sí, el temblor de la mejilla parece el de un caballo cuando se espanta las moscas. Él se pasó el puño por la nariz, sin piedad, como intentando aplastarla para siempre, y ella se incorporó sobre un codo, con un aire huidizo, defensivo. Pero Gonella hoy no quería guerra, simplemente quería dormir la siesta. Su infidelidad conyugal de este miércoles consistía en hacer la digestión junto a su querida en lugar de hacerla junto a su mujer.

Isabel cerró los ojos y volvió a ver la carta. Quedó más bien atónita, porque la había olvidado y ahora de pronto sabía que iría. Apretó bien los ojos, obstinadamente, para verla mejor, con su letra vigorosa y abierta, como si todo lo que se podía decir, estuviera allí. *Hace un mes que no me ha visto nunca.* Gonella levantó trabajosamente una pierna con los dedos doblados hacia abajo, en un violento calambre. Luego emitió dos gruñidos sordos, como parodiando la queja que efectivamente referían. *Usted no me ha olvidado, usted me ignora.* Gonella se restregaba furiosamente el pie, sin desprenderse de su sueño. De golpe se sintió impulsada hacia aquel *otro* que ignoraba. Pero Gonella empezaba a despertarse e Isabel pensó rápidamente que sí, a las once, para dejar las cosas resueltas antes de que éste dijera algo, antes de vestirse para ir al dentista. «¡La puta!», dijo Gonella, «¡qué calambre!». Ella no se dio por aludida y dejó los ojos bien cerrados, procurando que los párpados no le temblaran como la piel de un caballo que rechaza las moscas.

4.

Era irrisorio que se conmoviera por alguien totalmente desconocido, pero en verdad no era un rostro especial, ni siquiera un rostro imaginado, sino cierta frescura sin trabas que pugnaba en la carta, cierta torva franqueza de visionario, inhábil pero orgullosa, y eso bastaba, porque después de todo cuánto hacía que no hallaba sino puercos, que hacían el amor increíblemente tranquilos, como si no hubiera necesidad de destruirse, como si fuese un negocio solitario y no algo atrozmente dual en el que nada se rehusaba, como tampoco se rehusaba en la infancia, que es lo más parecido al amor, porque allí también las resoluciones eran solemnes, vitalicias, allí también era todo decisivo (la muñeca negra, los recreos, las palizas del padre) y varias veces una hubiera preferido la muerte, pero, naturalmente, nadie tiene la culpa, y si lo perdió todo o casi todo cuando se echó en el altillo con el primo y él le dijo que eso era lo mejor y lo principal (lo principal y lo mejor para él, claro, y en ese único momento) y ella dejó de oponer resistencia, no porque él —semejante idiota— la convenciera sino porque en ese instante lo decidió todo y vio que no le interesaba reprimir el deseo, y si allí lo perdió todo o casi todo, tampoco nadie tuvo la culpa, ni siquiera el primo, ni siquiera ella, porque fue consciente y obedeció a un destino rudimentario y también eficaz, ya que allí quedó prefigurado lo que iba a ser en adelante su inconfundible vida de sexo, y aunque ella en su infrecuente soledad estuviera decidida a rechazarla o, por lo menos, a cambiarla por otra de sexo y sentimiento, de cualquier modo era irrisorio que se conmoviera por un desconocido, ni siquiera por un rostro especial, sólo por un dudoso, imponderable carácter que la llamaba a señas, a palabras aisladas, como podría llamarse a un perro o a un caballo, como en efecto se la podía llamar a ella, ya que sólo ante eso ella quería acudir.

5.

Bajaron la escalera. Ella depositó el bolso sobre la arena húmeda. Él se quitó la gabardina y la extendió para que Isabel se sentara. Era una noche ofensivamente templada y transparente, sin viento, ni neblina, en perfecto equilibrio.

—¿No es esto magnífico? —dijo él. Ella asintió con desconcierto y se pasó las manos por las piernas encogidas.

—¿O no le gusta la paz? —agregó él.

—Francamente, no.

Ella lo miró con atención. Era un tipo flaco, nervioso, inteligente, con un rostro de veinte años bajo la barba cerrada. Desde allí abajo sólo lo veía a medias, pero le gustaba.

—Usted mantiene una máscara antisentimental.

—Actualmente no. Pero los mimos me dan asco.

—Yo no pienso tocarla.

—Mejor entonces.

Él se inclinó y le puso la mano sobre el hombro. Eso no era tocarla.

—¿De dónde sale usted? —preguntó ella.

—Oh, de cualquier parte. Pongamos que soy estudiante.

—Ah.

—O marinero.

—No.

—O taquígrafo.

—¿Qué más?

—Imaginemos provisoriamente cualquier estado. Yo por ejemplo imagino que usted es...

—Virgen.

—No. Ingenua. No puede recuperar su virginidad, su virginidad espiritual, claro.

—Ni la otra, felizmente.

—Pero puede no obstante ser ingenua. Una prueba a favor: usted vino esta noche.

—Yo diría que es una prueba en contra.

—No tiene importancia. Además de éste, usted dice al cabo del día también otros disparates. Y los demás los creen.

—Por favor, no quiero que me ofenda. No quiero que lo pasemos mal.

—No podríamos nunca pasarlo mal. Usted es demasiado...

—Le dije que no me ofenda. No quiero tomarle fastidio.

—¿No quiere? Entonces deje que la comprenda. Lo que sucede es que no resulta agradable comprenderla. Ni para usted ni para mí. Supongo que no podría creerme si le digo que preferiría que se pusiera a llorar.

—No, no podría.

Desde la rambla una pareja se detuvo a mirarlos. Como eran los únicos, imperdonables habitantes de la arena.

—Dígame ahora cómo se llama.

—¿Para qué?

—Diga.

—Alberto.

La mujer de la rambla condensó su excitación en una carcajada áspera, de hembra turbada pero arisca.

—Alberto.

—¿Eh?

—Creo que sí, que podría.

—¿Qué podría creerme si le digo...?

—No. Que podría llorar.

—¿Y por qué?

—Soy una idiota.

—Sí. Yo también.

—Lloro sólo por eso. Porque usted no me manosea, porque no me toca.

—Sí, por eso mismo es que soy un idiota.

El hombre de la rambla también se ríe. Pero no está turbado. Con el brazo derecho oprime la cintura de la mujer y la anima a seguir. Evidentemente, tiene prisa.

—Alberto.

—Sí.

—Nada. Sólo decirlo. Alberto. Alberto. Alberto.

—¿Juega a quererme?

—No. Alberto. Alberto.

6.

Subieron la escalera. Dos cuadras más allá estaba el ómnibus, sin luz, en la terminal.

—Pobre querido —dijo ella.

Él arrugó y desarrugó el entrecejo, como haciéndose a sí mismo una señal de inteligencia.

—Y no ibas a tocarme.

—Te juro que no.

—Oh, te creo.

—Parece que dejamos de ser idiotas.

—Ahora somos dos tranquilos herejes.

—Dos herejes nomás.

—¿Por qué será?

—¿Por qué será qué?

—Que hubiera preferido no hacerlo contigo. Estaba segura de que no debíamos.

—Yo también. Pero fue más fuerte. No te aflijas ahora.

—Alberto.

—¿Cómo?

—Qué imbécil me siento. Nunca estuve tan triste. Como si hubiera perdido la oportunidad, la única.

Él la miró indeciso, como si fuera a decir algo. Pero el ómnibus se movió lentamente.

—Mirá, ya sale.

—¿Te quedás?

—Sí.

—¿Puedo llamarte a algún sitio?

—No. No me llames.

—¿No querés?

—No sé si quiero. Pero no me llames.

—Alberto.

—Mirá, no me llames Alberto. Me llamo José. José nomás.

—Sí, Alberto.

(1951)

La lluvia y los hongos

¿Sinceridad? Cuidado con la palabrita. Por lo pronto, querida, no era éste nuestro convenio de hace cuatro horas. ¿Recordás lo que dijimos? No existe el pasado. Claro que es difícil abolirlo. Pero reconocé que hubiera sido lindo quedarnos con nuestra imagen de hoy, vos y yo en aquel zaguán oscuro, provisoriamente resguardados del aguacero, vos y yo mirándonos, vos y yo sintiendo que de pronto circulaba entre ambos la corriente milagrosa, vos y yo inscribiéndonos tácitamente en el compromiso de venir aquí, o a cualquier habitación tan sórdida como ésta, para repetir, como siempre con fundadas esperanzas, la búsqueda del amor.

Después de todo, ¿qué crees que es la sinceridad? ¿Que yo te diga lo que te gusta y vos me digas lo que me revienta? Cuidado con la palabrita. La sinceridad (cuando es sincera, porque también hay una sinceridad falluta) siempre nos llevará a odiarnos un poco. Ahora me da lástima verte así, tan indefensa, tan iluminada. ¿Querés apagar la luz? Conviene que te cubras, por lo menos. Además, ya no llueve. A lo mejor, tenés razón. Terminada la lluvia, el pasado vuelve a nacer, como los hongos. ¿Querés que empiece por la infancia con padres, con libros y sin ternura? No, esa parte es más bien tediosa. ¿O querés que empiece por la zona de amistad? Ya sé, estarás pensando: cuántas ventajas para el hombre, Dios mío (porque vos decís a menudo diosmío), no cultivan la virginidad ni tienen los pies fríos ni soportan la menstruación, y, como si eso fuera poco, poseen la necesaria ingenuidad para creerse amigos, nosotras en cambio sabemos a qué atenernos: nos encontramos, nos reímos con cierto escándalo, nos besamos simbólicamente con los labios en el aire, decimos pestes de las cuñadas, de las primas, de las presuntas amigas ausentes, comparamos detalles de nuestros novios, amantes o maridos, intercambiamos falsas confidencias y besamos otra vez el aire antes de separarnos con la misma sorna, con la misma envidia contenida. Sí, estarás pensando eso, y quizá tengas un poco de razón. Pero la verdad es que a mí no me ha hecho feliz la amistad. Simplemente compruebo. Tuve exactamente tres amigos. Ya ves que no es tan fácil. Sólo tres. El primero se quedó con un sobre que contenía mi sueldo y nunca más supe de él. Con el segundo me tomé a golpes, y las cicatrices respectivas (ésta del pómulo, otra en su hombro derecho) nos impiden olvidarlo todo. En cuanto al tercero, me quitó una novia. No, esa vez yo no estaba realmente enamorado. Lo importante vino después. Fue la única ocasión en que me sentí vivir en pleno, como un animal nuevo y despierto, ágil, sensible, aunque horriblemente preocupado. Estaba, cómo explicarte, deslumbrado ante esos inesperados matices de posesión y de ternura que descubría en los menos comunicables de mis pensamientos. Pasaba como un fantasma por mi empleo, por la calle, por mi casa. Estaba enamorado como puede estarlo un chico de su maestra, o de la amiga de su hermana mayor. ¿Cómo era ella? Bah, era inculta, primaria, pero tenía una sabiduría instintiva que la hacía intocable, una sensibilidad que convertía en perfecto todo cuanto hacía. Hablaba sin gran elocuencia, un poco a balbuceos, pero poseía la elocuencia más difícil: la de las actitudes. Frente al problema más intrincado, su actitud era siempre irreprochable. Tenía un increíble olfato de lo que estaba bien. Un desequilibrio que a la postre me resultó intolerable. Ella me quería, estoy seguro, pero había una suerte de juego mezclado a su amor. Yo tenía una horrible conciencia de no ser tomado en serio. Pero mi amor, llamémosle así, tampoco era limpio. Estaba, cómo te diré, contaminado de respeto. Y así no se puede, claro. Quizá ella tenía la horrible sensación de ser tomada en serio. Nunca se sabe. De todos modos, era un desequilibrio. Un día no pude más y la golpeé. Tuve que hacerlo. La golpeé, la humillé, la obligué a cometer acciones que eran denigrantes en nuestra relación. Tenía que verla alguna vez en una postura horrible, en una actitud absurda, reprochable. Ya sé que es difícil de comprender, no precisa que me mires así. No lo conseguí, claro. Porque ella pudo resistir. ¿No te digo que la obligué? En ese momento pensé que lo había conseguido. Estaba allí, asombrada y despreciable, y yo podía mirarla sin respeto, como si hubiera verdaderamente prostituido su pasado. Pero al día siguiente ella adoptó de nuevo la única actitud irreprochable, la única que podía purificar la inmundicia de la víspera. ¿Todavía no comprendés? Abrió el gas. La maté, claro. ¿Querías decir eso? Fui el culpable, el único, ¿te das cuenta? Y ahora, por favor, hablemos de otra cosa. De tus amores, por ejemplo.

(1958)

MONTEVIDEANOS

But, my God! it was my material, and it
was all I had to deal with.
F. SCOTT FITZGERALD

El presupuesto

En nuestra Oficina regía el mismo presupuesto desde el año mil novecientos veintitantos, o sea desde una época en que la mayoría de nosotros estábamos luchando con la geografía y con los quebrados. Sin embargo, el Jefe se acordaba del acontecimiento y a veces, cuando el trabajo disminuía, se sentaba familiarmente sobre uno de nuestros escritorios, y así, con las piernas colgantes que mostraban después del pantalón unos inmaculados calcetines blancos, nos relataba con su vieja emoción y las quinientas noventa y ocho palabras de costumbre, el lejano y magnífico día en que su Jefe —él era entonces Oficial Primero— le había palmeado el hombro y le había dicho: «Muchacho, tenemos presupuesto nuevo», con la sonrisa amplia y satisfecha del que ya ha calculado cuántas camisas podrá comprar con el aumento.

Un nuevo presupuesto es la ambición máxima de una oficina pública. Nosotros sabíamos que otras dependencias de personal más numeroso que la nuestra, habían obtenido presupuesto cada dos o tres años. Y las mirábamos desde nuestra pequeña isla administrativa con la misma desesperada resignación con que Robinson veía desfilar los barcos por el horizonte, sabiendo que era tan inútil hacer señales como sentir envidia. Nuestra envidia o nuestras señales hubieran servido de poco, pues ni en los mejores tiempos pasamos de nueve empleados, y era lógico que nadie se preocupara de una oficina así de reducida.

Como sabíamos que nada ni nadie en el mundo mejoraría nuestros gajes, limitábamos nuestra esperanza a una progresiva reducción de las salidas, y, en base a un cooperativismo harto elemental, lo habíamos logrado en buena parte. Yo, por ejemplo, pagaba la yerba; el Auxiliar Primero, el té de la tarde; el Auxiliar Segundo, el azúcar; las tostadas el Oficial Primero, y el Oficial Segundo la manteca. Las dos dactilógrafas y el portero estaban exonerados, pero el Jefe, como ganaba un poco más, pagaba el diario que leíamos todos.

Nuestras diversiones particulares se habían también achicado al mínimo. Íbamos al cine una vez por mes, teniendo buen cuidado de ver todos diferentes películas, de modo que, relatándolas luego en la Oficina, estuviéramos al tanto de lo que se estrenaba. Habíamos fomentado el culto de juegos de atención tales como las damas y el ajedrez, que costaban poco y mantenían el tiempo sin bostezos. Jugábamos de cinco a seis, cuando ya era imposible que llegaran nuevos expedientes, ya que el letrero de la ventanilla advertía que después de las cinco no se recibían «asuntos». Tantas veces lo habíamos leído que al final no sabíamos quién lo había inventado, ni siquiera qué concepto respondía exactamente a la palabra «asunto». A veces alguien venía y preguntaba el número de su «asunto». Nosotros le dábamos el del expediente y el hombre se iba satisfecho. De modo que un «asunto» podía ser, por ejemplo, un expediente.

En realidad, la vida que pasábamos allí no era mala. De vez en cuando el Jefe se creía en la obligación de mostrarnos las ventajas de la administración pública sobre el comercio, y algunos de nosotros pensábamos que ya era un poco tarde para que opinara diferente.

Uno de sus argumentos era la Seguridad. La seguridad de que no nos dejarían cesantes. Para que ello pudiera acontecer, era preciso que se reuniesen los senadores, y nosotros sabíamos que los senadores apenas si se reunían cuando tenían que interpelar a un Ministro. De modo que por ese lado el Jefe tenía razón. La Seguridad existía. Claro que también existía la otra seguridad, la de que nunca tendríamos un aumento que nos permitiera comprar un sobretodo al contado. Pero el Jefe, que tampoco podía comprarlo, consideraba que no era ése el momento de ponerse a criticar su empleo ni tampoco el nuestro. Y —como siempre— tenía razón.

Esa paz ya resuelta y casi definitiva que pesaba en nuestra Oficina, dejándonos conformes con nuestro pequeño destino y un poco torpes debido a nuestra falta de insomnios, se vio un día alterada por la noticia que trajo el Oficial Segundo. Era sobrino de un Oficial Primero del Ministerio y resulta que ese tío —dicho sea sin desprecio y con propiedad— había sabido que allí se hablaba de un presupuesto nuevo para nuestra Oficina. Como en el primer momento no supimos quién o quiénes eran los que hablaban de nuestro presupuesto, sonreímos con la ironía de lujo que reservábamos para algunas ocasiones, como si el Oficial Segundo estuviera un poco loco o como si nosotros pensáramos que él nos tomaba por un poco tontos. Pero cuando nos agregó que, según el tío, el que había hablado de ello había sido el mismo Secretario, o sea el *alma parens* del Ministerio, sentimos de pronto que en nuestras vidas de setenta pesos algo estaba cambiando, como si una mano invisible hubiera apretado al fin aquella de nuestras tuercas que se hallaba floja, como si nos hubiesen sacudido a bofetadas toda la conformidad y toda la resignación.

En mi caso particular, lo primero que se me ocurrió pensar y decir, fue «lapicera fuente». Hasta ese momento yo no había sabido que quería comprar una lapicera fuente, pero cuando el Oficial Segundo abrió con su noticia ese enorme futuro que apareja toda posibilidad, por mínima que sea, enseguida extraje de no sé qué sótano de mis deseos una lapicera de color negro con capuchón de plata y con mi nombre inscripto. Sabe Dios en qué tiempos se había enraizado en mí.

Vi y oí además cómo el Auxiliar Primero hablaba de una bicicleta y el Jefe contemplaba distraídamente el taco desviado de sus zapatos y una de las dactilógrafas despreciaba cariñosamente su cartera del último lustro. Vi y oí además cómo todos nos pusimos de inmediato a intercambiar nuestros proyectos, sin importarnos realmente nada lo que el otro decía, pero necesitando hallar un escape a tanta contenida e ignorada ilusión. Vi y oí además cómo todos decidimos festejar la buena nueva financiando con el rubro de reservas una excepcional tarde de bizcochos.

Eso —los bizcochos— fue el paso primero. Luego siguió el par de zapatos que se compró el Jefe. A los zapatos del Jefe, mi lapicera adquirida a pagar en diez cuotas. Y a mi lapicera, el sobretodo del Oficial Segundo, la cartera de la Primera Dactilógrafa, la bicicleta del Auxiliar Primero. Al mes y medio todos estábamos empeñados y en angustia.

El Oficial Segundo había traído más noticias. Primeramente, que el presupuesto estaba a informe de la Secretaría del Ministerio. Después que no. No era en Secretaría. Era en Contaduría. Pero el Jefe de Contaduría estaba enfermo y era preciso conocer su opinión. Todos nos preocupábamos por la salud de ese Jefe del que sólo sabíamos que se llamaba Eugenio y que tenía a estudio nuestro presupuesto. Hubiéramos querido obtener hasta un boletín diario de su salud. Pero sólo teníamos derecho a las noticias desalentadoras del tío de nuestro Oficial Segundo. El Jefe de Contaduría seguía peor. Vivimos una tristeza tan larga por la enfermedad de ese funcionario, que el día de su muerte sentimos, como los deudos de un asmático grave, una especie de alivio al no tener que preocuparnos más de él. En realidad, nos pusimos egoístamente alegres, porque esto significaba la posibilidad de que llenaran la vacante y nombraran otro jefe que estudiara al fin nuestro presupuesto.

A los cuatro meses de la muerte de don Eugenio nombraron otro jefe de Contaduría. Esa tarde suspendimos la partida de ajedrez, el mate y el trámite administrativo. El Jefe se puso a tararear un aria de *Aida* y nosotros nos quedamos —por esto y por todo— tan nerviosos, que tuvimos que salir un rato a mirar las vidrieras. A la vuelta nos esperaba una emoción. El tío había informado que nuestro presupuesto no había estado nunca a estudio de la Contaduría. Había sido un error. En realidad, no había salido de la Secretaría. Esto significaba un considerable oscurecimiento de nuestro panorama. Si el presupuesto a estudio hubiera estado en Contaduría, no nos habríamos alarmado. Después de todo, nosotros sabíamos que hasta el momento no se había estudiado debido a la enfermedad del Jefe. Pero si había estado realmente en Secretaría, en la que el Secretario —su jefe supremo— gozaba de perfecta salud, la demora no se debía a nada y podía convertirse en demora sin fin.

Allí comenzó la etapa crítica del desaliento. A primera hora nos mirábamos todos con la interrogante desesperanzada de costumbre. Al principio todavía preguntábamos «¿Saben algo?». Luego optamos por decir «¿Y?» y terminamos finalmente por hacer la pregunta con las cejas. Nadie sabía nada. Cuando alguien sabía algo, era que el presupuesto todavía estaba a estudio de la Secretaría.

A los ocho meses de la noticia primera, hacía ya dos que mi lapicera no funcionaba. El Auxiliar Primero se había roto una costilla gracias a la bicicleta. Un judío era el actual propietario de los libros que había comprado el Auxiliar Segundo; el reloj del Oficial Primero atrasaba un cuarto de hora por jornada; los zapatos del Jefe tenían dos medias suelas (una cosida y otra clavada), y el sobretodo del Oficial Segundo tenía las solapas gastadas y erectas como dos alitas de equivocación.

Una vez supimos que el Ministro había preguntado por el presupuesto. A la semana, informó Secretaría. Nosotros queríamos saber qué decía el informe, pero el tío no pudo averiguarlo porque era «estrictamente confidencial». Pensamos que eso era sencillamente una estupidez, porque nosotros, a todos aquellos expedientes que traían una tarjeta en el ángulo superior con leyendas tales como «muy urgente», «trámite preferencial» o «estrictamente reservado», los tratábamos en igualdad de condiciones que a los otros. Pero por lo visto en el Ministerio no eran del mismo parecer.

Otra vez supimos que el Ministro había hablado del presupuesto con el Secretario. Como a las conversaciones no se les ponía ninguna tarjeta especial, el tío pudo enterarse y enterarnos de que el Ministro estaba de acuerdo. ¿Con qué y con quién estaba de acuerdo? Cuando el tío quiso averiguar esto último, el Ministro ya no estaba de acuerdo. Entonces, sin otra explicación comprendimos que antes había estado de acuerdo con nosotros.

Otra vez supimos que el presupuesto había sido reformado. Lo iban a tratar en la sesión del próximo viernes, pero a los catorce viernes que siguieron a ese próximo, el presupuesto no había sido tratado. Entonces empezamos a vigilar las fechas de las próximas sesiones y cada sábado nos decíamos: «Bueno ahora será hasta el viernes. Veremos qué pasa entonces». Llegaba el viernes y no pasaba nada. Y el sábado nos decíamos: «Bueno, será hasta el viernes. Veremos qué pasa entonces». Y no pasaba nada. Y no pasaba nunca nada de nada.

Yo estaba ya demasiado empeñado para permanecer impasible, porque la lapicera me había estropeado el ritmo económico y desde entonces yo no había podido recuperar mi equilibrio. Por eso fue que se me ocurrió que podíamos visitar al Ministro.

Durante varias tardes estuvimos ensayando la entrevista. El Oficial Primero hacía de Ministro, y el Jefe, que había sido designado por aclamación para hablar en nombre de todos, le presentaba nuestro reclamo. Cuando estuvimos conformes con el ensayo, pedimos audiencia en el Ministerio y nos la concedieron para el jueves. El jueves dejamos pues en la Oficina a una de las dactilógrafas y al portero, y los demás nos fuimos a conversar con el Ministro. Conversar con el Ministro no es lo mismo que conversar con otra persona. Para conversar con el Ministro hay que esperar dos horas y media y a veces ocurre, como nos pasó precisamente a nosotros, que ni al cabo de esas dos horas y media se puede conversar con el Ministro. Sólo llegamos a presencia del Secretario, quien tomó nota de las palabras del Jefe —muy inferiores al peor de los ensayos, en los que nadie tartamudeaba— y volvió con la respuesta del Ministro de que se trataría nuestro presupuesto en la sesión del día siguiente.

Cuando —relativamente satisfechos— salíamos del Ministerio, vimos que un auto se detenía en la puerta y que de él bajaba el Ministro.

Nos pareció un poco extraño que el Secretario nos hubiera traído la respuesta personal del Ministro sin que éste estuviese presente. Pero en realidad nos convenía más confiar un poco y todos asentimos con satisfacción y desahogo cuando el Jefe opinó que el Secretario seguramente habría consultado al Ministro por teléfono.

Al otro día, a las cinco de la tarde estábamos bastante nerviosos. Las cinco de la tarde era la hora que nos habían dado para preguntar. Habíamos trabajado muy poco; estábamos demasiado inquietos como para que las cosas nos salieran bien. Nadie decía nada. El Jefe ni siquiera tarareaba su aria. Dejamos pasar seis minutos de estricta prudencia. Luego el Jefe discó el número que todos sabíamos de memoria, y pidió con el Secretario. La conversación duró muy poco. Entre los varios «Sí», «Ah, sí», «Ah, bueno» del Jefe, se escuchaba el ronquido indistinto del otro. Cuando el Jefe colgó el tubo, todos sabíamos la respuesta. Sólo para confirmarla pusimos atención: «Parece que hoy no tuvieron tiempo. Pero dice el Ministro que el presupuesto será tratado sin falta en la sesión del próximo viernes».

(1949)

Sábado de Gloria

Desde antes de despertarme, oí caer la lluvia. Primero pensé que serían las seis y cuarto de la mañana y debía ir a la oficina pero había dejado en casa de mi madre los zapatos de goma y tendría que meter papel de diario en los otros zapatos, los comunes, porque me pone fuera de mí sentir cómo la humedad me va enfriando los pies y los tobillos. Después creí que era domingo y me podía quedar un rato bajo las frazadas. Eso —la certeza del feriado— me proporciona siempre un placer infantil. Saber que puedo disponer del tiempo como si fuera libre, como si no tuviera que correr dos cuadras, cuatro de cada seis mañanas, para ganarle al reloj en que debo registrar mi llegada. Saber que puedo ponerme grave y pensar en temas importantes como la vida, la muerte, el fútbol y la guerra. Durante la semana no tengo tiempo. Cuando llego a la oficina me esperan cincuenta o sesenta asuntos a los que debo convertir en asientos contables, estamparles el sello de *contabilizado en fecha* y poner mis iniciales con tinta verde. A las doce tengo liquidados aproximadamente la mitad y corro cuatro cuadras para poder introducirme en la plataforma del ómnibus. Si no corro esas cuadras vengo colgado y me da náusea pasar tan cerca de los tranvías. En realidad no es náusea sino miedo, un miedo horroroso.

Eso no significa que piense en la muerte sino que me da asco imaginarme con la cabeza rota o despanzurrado en medio de doscientos preocupados curiosos que se empinarán para verme y contarlo todo, al día siguiente, mientras saborean el postre en el almuerzo familiar. Un almuerzo familiar semejante al que liquido en veinticinco minutos, completamente solo, porque Gloria se va media hora antes a la tienda y me deja todo listo en cuatro viandas sobre el primus a fuego lento, de manera que no tengo más que lavarme las manos y tragar la sopa, la milanesa, la tortilla y la compota, echarle un vistazo al diario y lanzarme otra vez a la caza del ómnibus. Cuando llego a las dos, escrituro las veinte o treinta operaciones que quedaron pendientes y a eso de las cinco acudo con mi libreta al timbrazo puntual del vicepresidente que me dicta las cinco o seis cartas de rigor que debo entregar, antes de las siete, traducidas al inglés o al alemán.

Dos veces a la semana, Gloria me espera a la salida para divertirnos y nos metemos en un cine donde ella llora copiosamente y yo estrujo el sombrero o mastico el programa. Los otros días ella va a ver a su madre y yo atiendo la contabilidad de dos panaderías, cuyos propietarios —dos gallegos y un mallorquín— ganan lo suficiente fabricando bizcochos con huevos podridos, pero más aún regentando las amuebladas más concurridas de la zona sur. De modo que cuando regreso a casa, ella está durmiendo o —cuando volvemos juntos— cenamos y nos acostamos enseguida, cansados como animales. Muy pocas noches nos queda cuerda para el consumo conyugal, y así, sin leer un solo libro, sin comentar siquiera las discusiones entre mis compañeros o las brutalidades de su jefe, que se llama a sí mismo un pan de Dios y al que ellos denominan pan duro, sin decirnos a veces buenas noches, nos quedamos dormidos sin apagar la luz, porque ella quería leer el crimen y yo la página de deportes.

Los comentarios quedan para un sábado como éste. (Porque en realidad era un sábado, el final de una siesta de sábado.) Yo me levanto a las tres y media y preparo el té con leche y lo traigo a la cama y ella se despierta entonces y pasa revista a la rutina semanal y pone al día mis calcetines antes de levantarse a las cinco menos cuarto para escuchar la hora del bolero. Sin embargo, este sábado no hubiera sido de comentarios, porque anoche después del cine me excedí en el elogio de Margaret Sullavan y ella sin titubear, se puso a pellizcarme y, como yo seguía inmutable, me agredió con algo tanto más temible y solapado como la descripción simpática de un compañero de la tienda, y es una trampa, claro, porque la actriz es una imagen y el tipo ese todo un baboso de carne y hueso. Por esa estupidez nos acostamos sin hablarnos y esperamos una media hora con la luz apagada, a ver si el otro iniciaba el trámite reconciliatorio. Yo no tenía inconveniente en ser el primero, como en tantas otras veces, pero el sueño empezó antes de que terminara el simulacro de odio y la paz fue postergada para hoy, para el espacio blanco de esta siesta.

Por eso, cuando vi que llovía, pensé que era mejor, porque la inclemencia exterior reforzaría automáticamente nuestra intimidad y ninguno de los dos iba a ser tan idiota como para pasar de trompa y en silencio una tarde lluviosa de sábado que necesariamente deberíamos compartir en un departamento de dos habitaciones, donde la soledad virtualmente no existe y todo se reduce a vivir frente a frente. Ella se despertó con quejidos, pero yo no pensé nada malo. Siempre se queja al despertarse.

Pero cuando se despertó del todo e investigué en su rostro, la noté verdaderamente mal, con el sufrimiento patente en las ojeras. No me acordé entonces de que no nos hablábamos y le pregunté qué le pasaba. Le dolía en el costado. Le dolía muy fuerte y estaba asustada.

Le dije que iba a llamar a la doctora y ella dijo que sí, que la llamara enseguida. Trataba de sonreír pero tenía los ojos tan hundidos, que yo vacilaba entre quedarme con ella o ir a hablar por teléfono. Después pensé que si no iba se asustaría más y entonces bajé y llamé a la doctora.

El tipo que atendió dijo que no estaba en casa. No sé por qué se me ocurrió que mentía y le dije que no era cierto, porque yo la había visto entrar. Entonces me dijo que esperara un instante y al cabo de cinco minutos volvió al aparato e inventó que yo tenía suerte, porque en este momento había llegado. Le dije mire qué bien y le hice anotar la dirección y la urgencia.

Cuando regresé, Gloria estaba mareada y aquello le dolía mucho más. Yo no sabía qué hacer. Le puse una bolsa de agua caliente y después una bolsa de hielo. Nada la calmaba y le di una aspirina. A las seis la doctora no había llegado y yo estaba demasiado nervioso como para poder alentar a nadie. Le conté tres o cuatro anécdotas que querían ser alegres, pero cuando ella sonreía con una mueca me daba bastante rabia porque comprendía que no quería desanimarme. Tomé un vaso de leche y nada más, porque sentía una bola en el estómago. A las seis y media vino al fin la doctora. Es una vaca enorme, demasiado grande para nuestro departamento. Tuvo dos o tres risitas estimulantes y después se puso a apretarle la barriga. Le clavaba los dedos y luego soltaba de golpe. Gloria se mordía los labios y decía sí, que ahí le dolía, y allí un poco más, y allá más aún. Siempre le dolía más.

La vaca aquella seguía clavándole los dedos y soltando de golpe. Cuando se enderezó tenía ojos de susto ella también y pidió alcohol para desinfectarse. En el corredor me dijo que era peritonitis y que había que operar de inmediato. Le confesé que estábamos en una mutualista y ella me aseguró que iba a hablar con el cirujano.

Bajé con ella y telefoneé a la parada de taxis y a la madre. Subí por la escalera porque en el sexto piso habían dejado abierto el ascensor. Gloria estaba hecha un ovillo y, aunque tenía los ojos secos, yo sabía que lloraba. Hice que se pusiera mi sobretodo y mi bufanda y eso me trajo el recuerdo de un domingo en que se vistió de pantalones y campera, y nos reíamos de su trasero saliente, de sus caderas poco masculinas.

Pero ahora ella con mi ropa era sólo una parodia de esa tarde y había que irse enseguida y no pensar. Cuando salíamos llegó su madre y dijo pobrecita y abrígate por Dios. Entonces ella pareció comprender que había que ser fuerte y se resignó a esa fortaleza. En el taxi hizo unas cuantas bromas sobre la licencia obligada que le darían en la tienda y que yo no iba a tener calcetines para el lunes y, como la madre era virtualmente un manantial, ella le dijo si se creía que esto era un episodio de radio. Yo sabía que cada vez le dolía más fuerte y ella sabía que yo sabía y se apretaba contra mí.

Cuando la bajamos en el sanatorio no tuvo más remedio que quejarse. La dejamos en una salita y al rato vino el cirujano. Era un tipo alto, de mirada distraída y bondadosa. Llevaba el guardapolvo desabrochado y bastante sucio. Ordenó que saliéramos y cerró la puerta. La madre se sentó en una silla baja y lloraba cada vez más. Yo me puse a mirar la calle; ahora no llovía. Ni siquiera tenía el consuelo de fumar. Ya en la época de liceo era el único entre treinta y ocho que no había probado nunca un cigarrillo. Fue en la época de liceo que conocí a Gloria y ella tenía trenzas negras y no podía pasar cosmografía. Había dos modos de trabar relación con ella. O enseñarle cosmografía o aprenderla juntos. Lo último era lo apropiado y, claro, ambos la aprendimos.

Entonces salió el médico y me preguntó si yo era el hermano o el marido. Yo dije que el marido y él tosió como un asmático. «No es peritonitis», dijo, «la doctora esa es una burra». «Ah.» «Es otra cosa. Mañana lo sabremos mejor.» Mañana. Es decir que. «Lo sabremos mejor si pasa esta noche. Si la operábamos, se acaba. Es bastante grave pero si pasa de hoy, creo que se salva.» Le agradecí —no sé qué le agradecí— y él agregó: «La reglamentación no lo permite, pero esta noche puede acompañarla».

Primero pasó una enfermera con mi sobretodo y mi bufanda. Después pasó ella en una camilla, con los ojos cerrados, inconsciente.

A las ocho pude entrar en la salita individual donde habían puesto a Gloria. Además de la cama había una silla y una mesa. Me senté a horcajadas sobre la silla y apoyé los codos en el respaldo. Sentía un dolor nervioso en los párpados, como si tuviera los ojos excesivamente abiertos. No podía dejar de mirarla. La sábana continuaba en la palidez de su rostro y la frente estaba brillante, cerosa. Era una delicia sentirla respirar, aun así con los ojos cerrados. Me hacía la ilusión de que no me hablaba sólo porque a mí me gustaba Margaret Sullavan, de que yo no le hablaba porque su compañero era simpático. Pero, en el fondo, yo sabía la verdad y me sentía como en el aire, como si este insomnio fuera una lamentable irrealidad que me exigía esta tensión momentánea, una tensión que de un momento a otro iba a terminar.

Cada eternidad sonaba a lo lejos un reloj y había transcurrido solamente una hora. Una vez me levanté y salí al corredor y caminé unos pasos. Me salió un tipo al encuentro, mordiendo un cigarrillo y preguntándome con un rostro gesticuloso y radiante «¿Así que usted también está de espera?». Le dije que sí, que también esperaba. «Es el primero», agregó, «parece que da trabajo». Entonces sentí que me aflojaba y entré otra vez en la salita a sentarme a horcajadas en la silla. Empecé a contar las baldosas y a jugar juegos de superstición, haciéndome trampas. Calculaba a ojo el número de baldosas que había en una hilera y luego me decía que si era impar se salvaba. Y era impar. También se salvaba si sonaban las campanadas del reloj antes de que contara diez. Y el reloj sonaba al contar cinco o seis. De pronto me hallé pensando: «Si pasa de hoy...» y me entró el pánico. Era preciso asegurar el futuro, imaginarlo a todo trance. Era preciso fabricar un futuro para arrancarla de esta muerte en cierne. Y me puse a pensar que en la licencia anual iríamos a Floresta, que el domingo próximo —porque era necesario crear un futuro bien cercano— iríamos a cenar con mi hermano y su mujer y nos reiríamos con ellos del susto de mi suegra, que yo haría pública mi ruptura formal con Margaret Sullavan, que Gloria y yo tendríamos un hijo, dos hijos, cuatro hijos y cada vez yo me pondría a esperar impaciente en el corredor.

Entonces entró una enfermera y me hizo salir para darle una inyección. Después volví y seguí formulando ese futuro fácil, transparente. Pero ella sacudió la cabeza, murmuró algo y nada más. Entonces todo el presente era ella luchando por vivir, sólo ella y yo y la amenaza de la muerte, sólo yo pendiente de las aletas de su nariz que benditamente se abrían y se cerraban, sólo esta salita y el reloj sonando.

Entonces extraje la libreta y empecé a escribir esto, para leérselo a ella cuando estuviéramos otra vez en casa, para leérmelo a mí cuando estuviéramos otra vez en casa. Otra vez en casa. Qué bien sonaba. Y sin embargo parecía lejano, tan lejano como la primera mujer cuando uno tiene once años, como el reumatismo cuando uno tiene veinte, como la muerte cuando sólo era ayer. De pronto me distraje y pensé en los partidos de hoy, en si los habrían suspendido por la lluvia, en el juez inglés que debutaba en el Estadio, en los asientos contables que escrituré esta mañana. Pero cuando ella volvió a penetrar por mis ojos, con la frente brillante y cerosa, con la boca seca masticando su fiebre, me sentí profundamente ajeno en ese sábado que habría sido el mío.

Eran las once y media y me acordé de Dios, de mi antigua esperanza de que acaso existiera. No quise rezar, por estricta honradez. Se reza ante aquello en que se cree verdaderamente. Yo no puedo creer verdaderamente en él. Sólo tengo la esperanza de que exista. Después me di cuenta de que yo no rezaba sólo para ver si mi honradez lo conmovía. Y entonces recé. Una oración aplastante, llena de escrúpulos, brutal, una oración como para que no quedasen dudas de que yo no quería ni podía adularlo, una oración a mano armada. Escuchaba mi propio balbuceo mental, pero escuchaba sólo la respiración de Gloria, difícil, afanosa. Otra eternidad y sonaron las doce. Si pasa de hoy. Y había pasado. Definitivamente había pasado y seguía respirando y me dormí. No soñé nada.

Alguien me sacudió el brazo y eran las cuatro y diez. Ella no estaba. Entonces el médico entró y le preguntó a la enfermera si me lo había dicho. Yo grité que sí, que me lo había dicho —aunque no era cierto— y que él era un animal, un bruto más bruto aún que la doctora, porque había dicho que si pasaba de hoy, y sin embargo. Le grité, creo que hasta lo escupí frenético, y él me miraba bondadoso, odiosamente comprensivo, y yo sabía que no tenía razón, porque el culpable era yo por haberme dormido, por haberla dejado sin mi única mirada, sin su futuro imaginado por mí, sin mi oración hiriente, castigada.

Y entonces pedí que me dijeran en dónde podía verla. Me sostenía una insulsa curiosidad por verla desaparecer, llevándose consigo todos mis hijos, todos mis feriados, toda mi apática ternura hacia Dios.

(1950)

Inocencia

Ya es bastante haber llegado a la cornisa y ver la calle, abajo, sin que
se me vaya la cabeza. Hay un hombre remoto que fuma junto al farol
y de tanto en tanto se quita el sombrero para rascarse la nuca. A veces
escupe por el flanco del cigarrillo. Desde ahí puede vernos, a Jordán y
a mí. Si esa maldita hembra llegase de una vez. Todavía nos falta alcanzar la ventana, pasar el corredor, salir a la terracita y encontrar la
tapa. Verdes nos lo ha revelado en solemne confidencia, con las comisuras de los labios temblando de borrachera y de deseo, la noche en
que perdimos el examen de física y nos quedamos hasta la una tomando caña en lo de Brito. En realidad, a Verdes se lo había dicho Artea-
ga, y, a éste, el único que efectivamente había penetrado en el ducto: el
mellado Soler. Pero el mellado murió en febrero y no es posible echar
en saco roto su consejo: «Ojo con la tapa; de dentro no puede abrirse». Somos cinco los que sabemos que en el Club existe ese pasaje, de
setenta centímetros de ancho y quince metros de longitud al que dan
las rejillas de los baños que usan las muchachas. Pero nadie se anima.
Sólo Jordán y yo. Ahora el que fuma empieza a despotricar porque la
mujer ha llegado con atraso. Después se calla, como para instaurar el
ambiente adecuado a la bofetada que rebasa el silencio y, contra lo
previsto, no va seguida de ninguna palabra. Entonces ella lo toma del
brazo y se lo lleva hasta la esquina, recalcando los pasos en el empedrado. Por fin. Avanzamos dos metros en la cornisa, con la boca abierta, sin vértigo aún, a la expectativa. Verdes dijo que la ventana está
después del recodo, y, efectivamente, Jordán alcanza el marco. Abajo,
en la calle cortada, no pasa nadie. Damos el salto. «Bueno», dice Jordán, «ya pasó lo peor». Pienso que llevo puesta la camisa blanca, con
las flamantes ballenitas de aluminio. «Nos vamos a ensuciar», digo.
«No seas marica», dice Jordán, «vamos a divertirnos». Yo creo que sí
que vamos a divertirnos, pero también que me voy a arruinar la camisa. «Si lo decís por la ropa, no te preocupes», dice Jordán, «no podemos entrar vestidos». «¿Y esto dónde lo dejamos?» «Aquí.» Dice aquí
porque hemos llegado y está pisando la tapa. Tiene dos argollas, es
cuadrangular y muy pesada. Todavía no sé si podremos moverla. Nos
quitamos la ropa y recién nos damos cuenta de que la noche está fría.
En cualquier otro momento me hubiera hecho gracia ver a Jordán,

sobre la terracita, en calzoncillos. Pero lamentablemente no me hace gracia ahora. Me siento frío y ridículo y tengo miedo de que llueva y se me moje el traje. Sí, conseguimos levantar la tapa. Jordán se mete el primero por la abertura, se tiende en el túnel y comienza a arrastrarse. A la luz de la luna, veo pasar el pescuezo, los hombros, la cintura. Veo pasar el trasero, las rodillas, los pies. Y entonces me decido. Las paredes son ásperas y viene por el ducto un vaho caliente, desagradable. A medida que avanzamos se vuelve más caliente, más nauseabundo, más agrio. No puedo arrastrarme demasiado rápido porque choco con los pies de Jordán. Siento que se me desgarran los calzoncillos, que algo me raspa un hombro, pero sigo, sigo porque vamos a divertirnos, porque vamos a ver cómo son. A los siete u ocho metros, el vaho cálido e invisible se convierte en niebla iluminada. Las rejillas son ésas. Jordán dice: «Es allí». Yo repito: «Es allí». Parece que habláramos debajo de la tierra, en un infierno. Jordán se ha detenido, porque choco otra vez contra su planta. Le hago cosquillas con el pelo para que no se detenga. Entonces avanza y deja libre la primera rejilla. Nos establecemos: yo en la primera, él en la segunda. Pero adentro no hay nadie. Tanto riesgo, tanta cornisa sobre la calle, y ahora no hay nada. Estamos empapados y yo pienso en el traje. Jordán dice: «Mirá». Miro y está Carlota, la vicecampeona de ping-pong, envuelta en una toalla. Abre la ducha y prueba el agua. Se quita la toalla y vemos cómo es. Jordán dice: «¿Y?». Yo no digo nada. Ahora tengo vergüenza. Quería verlas desnudas, pero no así. Es mejor imaginar a Carlota cuando juega al ping-pong, de pantaloncitos, que verla ahora verdaderamente desnuda, sin los *shorts* y sin nada. Entonces alguien grita o canta, yo qué sé. Carlota responde con gritos más agudos. Y otras dos, ya desnudas, con la toalla en el brazo, entran a los saltos. La rubia gorda es la señora de Ayala, la rubia flaca es Ana Cristina. Se sientan en el banco largo a esperar que la otra termine su baño. El vapor se mezcla con mi transpiración y se despeña en chorritos por mi piel ablandada. Las piernas más lindas son las de Carlota. «Mirá qué senos, che», dice Jordán. Sí, también los senos. «El culo, che», dice Jordán. Sí, también eso. Entonces la rubia flaca se pone a bailar sola y la rubia gorda la contempla con rabia. Después se le arrima y bailan juntas. Carlota se queda mirándolas y dice que dejen eso, que ahora viene Amy y saben cómo es. La muy zorra, dice la de Ayala, pero suspende el baile. No me gusta la de Ayala, me gusta Ana Cristina, pero es estúpido que bailen entre ellas. Claro que más me gusta Amy, pero a ésta no quiero verla. «Vamos», digo. «¿Qué?», dice Jordán, asombrado. «¿Tan luego ahora?» «Por mí quedate», digo, y empiezo a arrastrarme hacia la salida. Ahora sé cómo son. Eso me alcanza. Además tengo vergüenza, calor y repugnancia. Con la mano derecha voy recorriendo el techo, pero no encuentro nada. No quiero creerlo, pero choco con la pared. Con la pared final. Voy otra vez hacia adelante, pero no encuentro nada. Me arrastro hacia atrás, vuelvo hacia adelante, pero la desesperación no me impide entender que han cerrado la tapa. Regreso a las rejillas y llamo: «Jordán». «Ah, volviste», dice, satisfecho. «Jordán», repito. No puedo decirle más, me da asco verlo tan confiado, mirando cómo Ana Cristina se enjabona la espalda. «La tapa», digo. Me mira distraído, sin comprender todavía. «¿Qué?», dice. «¡Está cerrada, bestia!» Nos insultamos en un ronco susurro y en la primera pausa descubrimos el miedo. Ahora Jordán tiene los ojos agobiados y la boca entreabierta. Se ha perdido, yo sé que se ha perdido. «Pero... ¿quién la cerró?», balbucea. A mí no me importa quién la haya cerrado. Miro por la rejilla y está la señora de Ayala lavándose el pescuezo. Los senos le caen ahora y son pulpas fláccidas, sobadas. Los pezones le cuelgan como ciruelas negras. Pienso que por esto, sólo por esto hemos caído. Y es poca cosa, es una horrible, abominable cosa. «Dejame pasar», dice Jordán. El miedo lo ha deformado. Parece un mono vicioso, enloquecido. «Voy a fijarme yo.» No quiero apartarme, es muy angosto. Entonces retrocedo y él me sigue. Claro, la tapa está cerrada. Jordán no dice nada y vuelve a las rejillas. Otra vez me deslizo siguiendo sus pies. Siento un estremecimiento en las rodillas, pero Jordán está mucho peor. Se ha perdido, yo sé que se ha perdido. Llora convulsivamente con su cara de mono y yo no puedo derretirme de piedad. Pero me derrito de sudor y de miedo. «Vamos a llamar», dice. Entonces sé que no vamos a llamar, que la solución tiene que ser otra. «No», digo. Nada más. No sé de dónde vienen esos pasos. Jordán se calla y nos miramos en silencio, cada vez más furiosos y decididos. Los pasos son de Amy. Pero no quiero verla. No quiero verla así. Claro, ella no sabe, abre la canilla, se acaricia las piernas. Sé que Jordán no espera, sé que ahora va a gritar. Me parece imposible pero llego a su boca. Es espantoso, es enloquecedor luchar aquí, con mis dedos de miedo en su garganta blanda. Sí, se ha perdido. Yo ya lo sabía. Entonces se le afloja su cara de mono, y vuelve a ser Jordán. Jordán de quince años. Jordán muerto. Aunque yo no sé nada y Amy está en la ducha y no puedo llamar. Porque no quiero admitir su presencia, sentirla inerme, sola, pura hasta lo insufrible. Pero soy un idiota y me castigo. Mi boca se abre dócil, para lanzar un grito. Un alarido atroz, irresistible. Porque soy un idiota y me castigo, y Amy rosada y húmeda, se asombra, se conoce, se desprecia, se escapa, mientras yo grito el grito de Jordán.

(1951)

La guerra y la paz

Cuando abrí la puerta del estudio, vi las ventanas abiertas como siempre y la máquina de escribir destapada y sin embargo pregunté: «¿Qué pasa?». Mi padre tenía un aire autoritario que no era el de mis exámenes perdidos. Mi madre era asaltada por espasmos de cólera que la convertían en una cosa inútil. Me acerqué a la biblioteca y me arrojé en el sillón verde. Estaba desorientado, pero a la vez me sentía misteriosamente atraído por el menos maravilloso de los presentes. No me contestaron, pero siguieron contestándose. Las respuestas, que no precisaban el estímulo de las preguntas para saltar y hacerse añicos, estallaban frente a mis ojos, junto a mis oídos. Yo era un corresponsal de guerra. Ella le estaba diciendo cuánto le fastidiaba la persona ausente de la Otra. Qué importaba que él fuera tan puerco como para revolcarse con esa buscona, que él se olvidara de su ineficiente matrimonio, del decorativo, imprescindible ritual de la familia. No era precisamente eso, sino la ostentación desfachatada, la concurrencia al Jardín Botánico llevándola del brazo, las citas en el cine, en las confiterías. Todo para que Amelia, claro, se permitiera luego aconsejarla con burlona piedad (justamente ella, la buena pieza) acerca de ciertos límites de algunas libertades. Todo para que su hermano disfrutara recordándole sus antiguos consejos prematrimoniales (justamente él, el muy cornudo) acerca de la plenaria indignidad de mi padre. A esta altura el tema había ganado en precisión y yo sabía aproximadamente qué pasaba. Mi adolescencia se sintió acometida por una leve sensación de estorbo y pensé en levantarme. Creo que había empezado a abandonar el sillón. Pero, sin mirarme, mi padre dijo: «Quedate». Claro, me quedé. Más hundido que antes en el pullman verde. Mirando a la derecha alcanzaba a distinguir la pluma del sombrero materno. Hacia la izquierda, la amplia frente y la calva paternas. Éstas se arrugaban y alisaban alternativamente, empalidecían y enrojecían siguiendo los tirones de la respuesta, otra respuesta sola, sin pregunta. Que no fuera falluta. Que si él no había chistado cuando ella galanteaba con Ricardo, no era por cornudo sino por discreto, porque en el fondo la institución matrimonial estaba por encima de todo y había que tragarse las broncas y juntar tolerancia para que sobreviviese. Mi madre repuso que no dijera pavadas, que ella bien sabía de dónde venía su tolerancia. De dónde, preguntó mi padre. Ella dijo que de su ignorancia; claro, él creía que ella solamente coqueteaba con Ricardo y en realidad se acostaba con él. La pluma se balanceó con gravedad, porque evidentemente era un golpe tremendo. Pero mi padre soltó una risita y la frente se le estiró, casi gozosa. Entonces ella se dio cuenta de que había fracasado, que en realidad él había aguardado eso para afirmarse mejor, que acaso siempre lo había sabido, y entonces no pudo menos que desatar unos sollozos histéricos y la pluma desapareció de la zona visible. Lentamente se fue haciendo la paz. Él dijo que aprobaba, ahora sí, el divorcio. Ella que no. No se lo permitía su religión. Prefería la separación amistosa, extraoficial, de cuerpos y de bienes. Mi padre dijo que había otras cosas que no permitía la religión, pero acabó cediendo. No se habló más de Ricardo ni de la Otra. Sólo de cuerpos y de bienes. En especial, de bienes. Mi madre dijo que prefería la casa del Prado. Mi padre estaba de acuerdo: él también la prefería. A mí me gusta más la casa de Pocitos. A cualquiera le gusta más la casa de Pocitos. Pero ellos querían los gritos, la ocasión del insulto. En veinte minutos la casa del Prado cambió de usufructuario seis o siete veces. Al final prevaleció la elección de mi madre. Automáticamente la casa de Pocitos se adjudicó a mi padre. Entonces entraron dos autos en juego. Él prefería el Chrysler. Naturalmente, ella también. También aquí ganó mi madre. Pero a él no pareció afectarle; era más bien una derrota táctica. Reanudaron la pugna a causa de la chacra, de las acciones de Melisa, de los títulos hipotecarios, del depósito de leña. Ya la oscuridad invadía el estudio. La pluma de mi madre, que había reaparecido, era sólo una silueta contra el ventanal. La calva paterna ya no brillaba. Las voces se enfrentaban roncas, cansadas de golpearse; los insultos, los recuerdos ofensivos, recrudecían sin pasión, como para seguir una norma impuesta por ajenos. Sólo quedaban números, cuentas en el aire, órdenes a dar. Ambos se incorporaron, agotados de veras, casi sonrientes. Ahora los veía de cuerpo entero. Ellos también me vieron, hecho una cosa muerta en el sillón. Entonces admitieron mi olvidada presencia y murmuró mi padre, sin mayor entusiasmo: «Ah, también queda éste». Pero yo estaba inmóvil, ajeno, sin deseo, como los otros bienes gananciales.

(1951)

Puntero izquierdo

A Carlos Real de Azúa

Vos sabés las que se arman en cualquier cancha más allá de Propios. Y si no acordate del campito del Astral, donde mataron a la vieja Ulpiana. Los años que estuvo hinchándola desde el alambrado y, la fatalidad, justo esa tarde, no pudo disparar por la uña encarnada. Y si no acordate de aquella canchita de mala muerte, creo que la del Torricelli, donde le movieron el esqueleto al pobre Cabeza, un negro de mano armada, puro pamento, que ese día le dio la loca de escupir cuando ellos pasaban con la bandera. Y si no acordate de los menores de Cuchilla Grande, que mandaron al nosocomio al back del Catamarca, y todo porque le habían hecho al capitán de ellos la mejor jugada recia de la tarde. No es que me arrepienta, ¿sabés? de estar aquí en el hospital, se lo podés decir con todas las letras a la barra del Wilson. Pero para poder jugar más allá de Propios hay que tenerlas bien puestas. ¿O qué te parece haber ganado aquella final contra el Corrales, jugando nada menos que nueve contra once? Hace ya dos años y me parece ver al Pampa, que todavía no había cometido el afane pero lo estaba germinando, correrse por la punta y escupir el centro, justo a los cuarenta y cuatro de la segunda etapa, y yo que la veo venir y la coloco tan al ángulo que el golerito no la pudo ni pellizcar y ahí quedó despatarrado, mandándose la parte porque los de Progreso le habían echado el ojo. ¿O qué te parece haber aguantado hasta el final en la cancha del Deportivo Yi, donde ellos tenían el juez, los línema y una hinchada piojosa que te escupía hasta en los minutos adicionales por suspensiones de juego, y eso cuando no entraban al fiel y te gritaban: ¡Yi! ¡Yi! ¡Yi! como si estuvieran llorando, pero refregándote de paso el puño por la trompa? Y uno haciéndose el etcétera porque si no te tapaban. Lo que yo digo es que así no podemos seguir. O somos amater o somos profesional. Y si somos profesional que vengan los fasules. Aquí no es el Estadio, con protección policial y con esos mamitas que se revuelcan en el área sin que nadie los toque. Aquí si te hacen un penal no te despertás hasta el jueves a más tardar. Lo que está bien. Pero no podés pretender que te maten y después ni se acuerden de vos. Yo sé que para todos estuve horrible y no preciso que me pongas esa cara de Rosigna y Moretti. Pero ni vos ni don Amílcar entienden ni entenderán nunca lo que pasa. Claro, para ustedes es fácil ver la cosa desde el alambrado. Pero hay que estar sobre el pastito, allí te olvidás de todo, de las instrucciones del entrenador y de lo que te paga algún mafioso. Te viene una cosa de adentro y tenés que llevar la redonda. Lo ves venir al jalva con su carita de rompehueso y sin embargo no podés dejársela. Tenés que pasarlo, tenés que pasarlo siempre, como si te estuvieran dirigiendo por control remoto. Si te digo que yo sabía que esto no iba a resultar, pero don Amílcar que empieza a inflar y todos los días a buscarme a la fábrica. Que yo era un puntero izquierdo de condiciones, que era una lástima que ganara tan poco, y que cuando perdiéramos la final él me iba a arreglar el pase para el Everton. Ahora vos calculá lo que representa un pase para el Everton, donde además de don Amílcar que después de todo no es más que un cafisho de putas pobres, está nada menos que el doctor Urrutia, que ése sí es Director de Ente Autónomo y ya colocó en Talleres al entreala de ellos. Especialmente por la vieja, sabés, otra seguridad, porque en la fábrica ya estoy viendo que en la próxima huelga me dejan con dos manos atrás y una adelante. Y era pensando en esto que fui al café Industria a hablar con don Amílcar. Te aseguro que me habló como un padre, pensando, claro, que yo no iba a aceptar. A mí me daba risa tanta delicadeza. Que si ganábamos nosotros iba a ascender un club demasiado díscolo, te juro que dijo díscolo, y eso no convenía a los sagrados intereses del deporte nacional. Que en cambio el Everton hacía dos años que ganaba el premio a la corrección deportiva y era justo que ascendiera otro escalón. En la duda, atenti, pensé para mi entretela. Entonces le dije el asunto es grave y el coso supo con quién trataba. Me miró que parecía una lupa y yo le aguanté a pie firme y le repetí que el asunto es grave. Ahí no tuvo más remedio que reírse y me hizo una bruta guiñada y que era una barbaridad que una inteligencia como yo trabajase a lo bestia en esa fábrica. Yo pensé te clavaste la foja y le hice una entradita sobre Urrutia y el Ente Autónomo. Después, para ponerlo nervioso, le dije que uno también tiene su condición social. Pero el hombre se dio cuenta que yo estaba blando y desembuchó las cifras. Graso error. Allí no más le saqué sesenta. El reglamento era éste: todos sabían que yo era el hombre gol, así que los pases vendrían a mí como un solo hombre. Yo tenía que eludir a dos o tres y tirar apenas desviado o pegar en la tierra y mandarme la parte de la bronca. El coso decía que nadie se iba a dar cuenta que yo corría pa los italianos. Dijo que también iban a tocar a Murias, porque era un tipo macanudo y no lo tomaba a mal. Le pregunté solapadamente si también Murias iba a entrar en Talleres y me contestó que no, que ese puesto era diametralmente mío. Pero después en la cancha lo de Murias fue una vergüenza. El pardo no disimuló ni medio: se tiraba como una mula y siempre lo dejaban en el suelo. A los veintiocho minutos ya lo habían expulsado porque en un escrimaye le dio al entreala de ellos un codazo en el hígado. Yo veía de lejos tirándose de palo a palo al meyado Valverde que es de esos idiotas que rechazan muy pitucos cualquier oferta como la gente, y te juro por la vieja que es un amater de órdago, porque hasta la mujer, que es una milonguita, le mete los cuernos en todo sector. Pero la cosa es que el meyado se rompía y se le tiraba a los pies nada menos que a Bademian, ese armenio con patada de burro que hace tres años casi mata de un tiro libre al golero del Cardona. Y pasa que te contagiás y sentís algo dentro y empezás a eludir y seguís haciendo dribles en la línea del córner como cualquier mandrake y no puede ser que con dos hombres menos (porque al Tito también lo echaron, pero por bruto) nos perdiéramos el ascenso. Dos o tres veces me la dejé quitar, pero, ¿sabés?, me daba un dolor bárbaro porque el jalva que me marcaba era más malo que tomar agua sudando y los otros iban a pensar que yo había disminuido mi estándar de juego. Allí el entrenador me ordenó que jugara atrasado para ayudar a la defensa y yo pensé que eso me venía al trome porque jugando atrás ya no era el hombre-gol y no se notaría tanto si tiraba como la mona. Así y todo me mandé dos boleos que pasaron arañando el palo y estaba quedando bien con todos. Pero cuando me corrí y se la pasé al ñato Silveira para que entrara él y ese tarado me la pasó de nuevo, a mí que estaba solo, no tuve más remedio que pegar en la tierra porque si no iba a ser muy bravo no meter el gol. Entonces mientras yo hacía que me arreglaba los zapatos el entrenador me gritó a lo Tittarufo: «¿Qué tenés en la cabeza? ¿Moco?». Esto, te juro, me tocó aquí adentro, porque yo no tengo moco y si no preguntale a don Amílcar, él siempre dijo que soy un puntero inteligente porque juego con la cabeza levantada. Entonces ya no vi más, se me subió la calabresa y le quise demostrar al coso ese que cuando quiero sé mover la guinda y me saqué de encima a cuatro o cinco y cuando estuve solo frente al golero le mandé un zapatillazo que te lo vogliodire y el tipo quedó haciendo sapitos pero exclusivamente a cuatro patas. Miré hacia el entrenador y lo encontré sonriente como aviso de Rider y recién entonces me di cuenta que me había enterrado hasta el ovario. Los otros me abrazaban y gritaban: «¡Pa los contras!», y yo no quería dirigir la visual hacia donde estaba don Amílcar con el doctor Urrutia, o sea justo en la banderita de mi córner, pero enseguida empezó a llegarme un kilo de putiadas, en las que reconocí el tono mezzosoprano del delegado y la ronquera con bíter de mi fuente de recursos. Allí el partido se volvió de trámite intenso porque entró la hinchada de ellos y le llenaron la cara de dedos a más de cuatro. A mí no me tocaron porque me reservaban de postre. Después quise recuperar puntos y pasé a colaborar con la defensa, pero no marcaba a nadie y me pasaban la globa entre las piernas como a cualquier gilberto. Pero el meyado estaba en su día y sacaba al córner tiros imposibles. Una vuelta se la chingué con efecto y todo y ese bestia la bajó con una sola mano. Miré a don Amílcar y al delegado, a ver si se daba cuenta que contra el destino no se puede, pero don Amílcar ya no estaba y el doctor Urrutia seguía moviendo los labios como un bagre. Allí nomás terminó uno a cero y los muchachos me llevaron en andas porque había hecho el gol de la victoria y además iba a la cabeza en la tabla de los escores. Los periodistas escribieron que mi gol, ese magnífico puntillazo, había dado el más rotundo mentís a los infames rumores circulantes. Yo ni siquiera me di la ducha porque quería contarle a la vieja que ascendíamos a intermedia. Así que salí todo sudado con la camiseta que era un mar de lágrimas, en dirección al primer teléfono. Pero allí nomás me agarraron del brazo y por el movado de oro le di la cana a la bruta manaza de don Amílcar. Te juro que creí que me iba a felicitar por el triunfo, pero está clavado que esos tipos no saben perderla. Todo el partido me la paso chingándola y tirando desviado o sea hipotecando mis prestigios y eso no vale nada. Después me viene el sarampión y hago un gol de apuro y eso sí está mal. Pero, ¿y lo otro? Para mí había cumplido con los sesenta que le había sacado de anticipo, así que me hice el gallito y le pregunté con gran serenidad y altura si le había hablado al delegado sobre mi puesto en Talleres. El coso ni mosquió y casi sin mover los labios, porque estábamos entre la gente, me fue diciendo podrido, mamarracho, tramposo, andá a joder a Gardel, y otros apelativos que te omito por respeto a la enfermera que me cuida como una madre. Dimos vuelta una esquina y allí estaba el delegado. Yo como un caballero le pregunté por la señora y el tipo, como si nada, me dijo en otro orden la misma sarta de piropos, adicionando los de pata sucia, maricón y carajito. Yo pensé la boca se te haga un lago, pero la primera torta me la dio el Piraña, apareciendo de golpe y porrazo como el ave fénix, y atrás de él reconocí al Gallego y al Chicle, todos manyaorejas de Urrutia, el cual en ningún momento se ensució las manos y sólo mordía una boquilla muy pituca, de esas de contrabando. La segunda piña me la obsequió el Canilla, pero a partir de la tercera perdí el orden cronológico y me siguieron dando hasta las calandrias griegas. Cuando quise hacerme una composición de lugar, ya estaba medio muerto. Ahí me dejaron hecho una pulpa y con un solo ojo los vi alejarse por la sombra. Dios nos libre y se los guarde, pensé con cierta amargura y flor de gusto a sangre. Miré a diestro y siniestro en busca de s.o.s. pero aquello era el desierto de Zárate.

Tuve que arrastrarme más o menos hasta el bar de Seoane, donde el rengo me acomodó en el camión y me trajo como un solo hombre al hospital. Y aquí me tenés. Te miro con este ojo, pero voy a ver si puedo abrir el otro. Difícil, dijo Cañete. La enfermera que me trata como al rey Farú y que tiene como ya lo habrás jalviado, su bruta plataforma electoral, dice que tengo para un semestre. Por ahora no está mal, porque ella me sube aúpa para lavarme ciertas ocasiones y yo voy disfrutando con vistas al futuro. Pero la cosa va a ser después; el período de pases ya se acaba, sintetizando, que estoy colgado. En la fábrica ya le dijeron a la vieja que ni sueñe que me vayan a esperar. Así que no tendré más remedio que bajar el cogote y apersonarme con ese chitrulo de Urrutia, a ver si me da el puesto en Talleres como me había prometido.

(1954)

Esa boca

Su entusiasmo por el circo se venía arrastrando desde tiempo atrás. Dos meses, quizá. Pero cuando siete años son toda la vida y aún se ve el mundo de los mayores como una muchedumbre a través de un vidrio esmerilado, entonces dos meses representan un largo, insondable proceso. Sus hermanos mayores habían ido dos o tres veces e imitaban minuciosamente las graciosas desgracias de los payasos y las contorsiones y equilibrios de los forzudos. También los compañeros de la escuela lo habían visto y se reían con grandes aspavientos al recordar este golpe o aquella pirueta. Sólo que Carlos no sabía que eran exageraciones destinadas a él, a él que no iba al circo porque el padre entendía que era muy impresionable y podía conmoverse demasiado ante el riesgo inútil que corrían los trapecistas. Sin embargo, Carlos sentía algo parecido a un dolor en el pecho siempre que pensaba en los payasos. Cada día se le iba siendo más difícil soportar su curiosidad.

Entonces preparó la frase y en el momento oportuno se la dijo al padre: «¿No habría forma de que yo pudiese ir alguna vez al circo?». A los siete años, toda frase larga resulta simpática y el padre se vio obligado primero a sonreír, luego a explicarse: «No quiero que veas a los trapecistas». En cuanto oyó esto, Carlos se sintió verdaderamente a salvo, porque él no tenía interés en los trapecistas. «¿Y si me fuera cuando empieza ese número?» «Bueno», contestó el padre, «así, sí».

La madre compró dos entradas y lo llevó el sábado de noche. Apareció una mujer de malla roja que hacía equilibrio sobre un caballo blanco. Él esperaba a los payasos. Aplaudieron. Después salieron unos monos que andaban en bicicleta, pero él esperaba a los payasos. Otra vez aplaudieron y apareció un malabarista. Carlos miraba con los ojos muy abiertos, pero de pronto se encontró bostezando. Aplaudieron de nuevo y salieron —ahora sí— los payasos.

Su interés llegó a la máxima tensión. Eran cuatro, dos de ellos enanos. Uno de los grandes hizo una cabriola, de aquellas que imitaba su hermano mayor. Un enano se le metió entre las piernas y el payaso grande le pegó sonoramente en el trasero. Casi todos los espectadores se reían y algunos muchachitos empezaban a festejar el chiste mímico antes aún de que el payaso emprendiera su gesto. Los dos enanos se trenzaron en la milésima versión de una pelea absurda, mientras el menos cómico de los otros dos los alentaba para que se pegasen. Entonces el segundo payaso grande, que era sin lugar a dudas el más cómico, se acercó a la baranda que limitaba la pista, y Carlos lo vio junto a él, tan cerca que pudo distinguir la boca cansada del hombre bajo la risa pintada y fija del payaso. Por un instante el pobre diablo vio aquella carita asombrada y le sonrió, de modo imperceptible, con sus labios verdaderos. Pero los otros tres habían concluido y el payaso más cómico se unió a los demás en los porrazos y saltos finales, y todos aplaudieron, aun la madre de Carlos.

Y como después venían los trapecistas, de acuerdo a lo convenido la madre lo tomó de un brazo y salieron a la calle. Ahora sí había visto el circo, como sus hermanos y los compañeros del colegio. Sentía el pecho vacío y no le importaba qué iba a decir mañana. Serían las once de la noche, pero la madre sospechaba algo y lo introdujo en la zona de luz de una vidriera. Le pasó despacio, como si no lo creyera, una mano por los ojos, y después le preguntó si estaba llorando. Él no dijo nada. «¿Es por los trapecistas? ¿Tenías ganas de verlos?»

Ya era demasiado. A él no le interesaban los trapecistas. Sólo para destruir el malentendido, explicó que lloraba porque los payasos no le hacían reír.

(1955)

Corazonada

Apreté dos veces el timbre y enseguida supe que me iba a quedar. Heredé de mi padre, que en paz descanse, estas corazonadas. La puerta tenía un gran barrote de bronce y pensé que iba a ser bravo sacarle lustre. Después abrieron y me atendió la ex, la que se iba. Tenía cara de caballo y cofia y delantal. «Vengo por el aviso», dije. «Ya lo sé», gruñó ella y me dejó en el zaguán, mirando las baldosas. Estudié las paredes y los zócalos, la araña de ocho bombitas y una especie de cancel.

Después vino la señora, impresionante. Sonrió como una Virgen, pero sólo como. «Buenos días.» «¿Su nombre?» «Celia.» «¿Celia qué?» «Celia Ramos.» Me barrió de una mirada. La pipeta. «¿Referencias?» Dije tartamudeando la primera estrofa: «Familia Suárez, Maldonado 1346, teléfono 90948. Familia Borrello, Gabriel Pereira 3252, teléfono 413723. Escribano Perrone, Larrañaga 3362, sin teléfono». Ningún gesto. «¿Motivos del cese?» Segunda estrofa, más tranquila: «En el primer caso, mala comida. En el segundo, el hijo mayor. En el tercero, trabajo de mula». «Aquí», dijo ella, «hay bastante que hacer». «Me lo imagino.» «Pero hay otra muchacha, y además mi hija y yo ayudamos.» «Sí señora.» Me estudió de nuevo. Por primera vez me di cuenta que de tanto en tanto parpadeo. «¿Edad?» «Diecinueve.» «¿Tenés novio?» «Tenía.» Subió las cejas. Aclaré por las dudas: «Un atrevido. Nos peleamos por eso». La Vieja sonrió sin entregarse. «Así me gusta. Quiero mucho juicio. Tengo un hijo mozo, así que nada de sonrisitas ni de mover el trasero.» Mucho juicio, mi especialidad. Sí, señora. «En casa y fuera de casa. No tolero porquerías. Y nada de hijos naturales, ¿estamos?» «Sí señora.» ¡Ula Marula! Después de los tres primeros días me resigné a soportarla. Con todo, bastaba una miradita de sus ojos saltones para que se me pusieran los nervios de punta. Es que la Vieja parecía verle a una hasta el hígado. No así la hija, Estercita, veinticuatro años, una pituca de ocai y rumi que me trataba como a otro mueble y estaba muy poco en la casa. Y menos todavía el patrón, don Celso, un bagre con lentes, más callado que el cine mudo, con cara de malandra y ropas de Yriart, a quien alguna vez encontré mirándome los senos por encima de *Acción*. En cambio el joven Tito, de veinte, no precisaba la excusa del diario para investigarme como cosa suya. Juro que obedecí a la Señora en eso de no mover el trasero con malas intenciones. Reconozco que el mío ha andado un poco dislocado, pero la verdad es que se mueve de moto propia. Me han dicho que en Buenos Aires hay un doctor japonés que arregla eso, pero mientras tanto no es posible sofocar mi naturaleza. O sea que el muchacho se impresionó. Primero se le iban los ojos, después me atropellaba en el corredor del fondo. De modo que por obediencia a la Señora, y también, no voy a negarlo, pormigo misma, lo tuve que frenar unas diecisiete veces, pero cuidándome de no parecer demasiado asquerosa. Yo me entiendo. En cuanto al trabajo, la gran siete. «Hay otra muchacha», había dicho la Vieja. Es decir, había. A mediados de mes ya estaba solita para todo rubro. «Yo y mi hija ayudamos», había agregado. A ensuciar los platos, cómo no. A quién va a ayudar la Vieja, vamos, con esa bruta panza de tres papadas y esa metida con los episodios. Que a mí me gustase Isolina o la Burgueño, vaya y pase y ni así, pero que a ella, que se las tira de avispada y lee Selecciones y Lifenespañol, no me lo explico ni me lo explicaré. A quién va a ayudar la niña Estercita, que se pasa reventándose los granos, jugando al tenis en Carrasco y desparramando fichas en el Parque Hotel. Yo salgo a mi padre en las corazonadas, de modo que cuando el tres de junio (fue San Cono bendito) cayó en mis manos esa foto en que Estercita se está bañando en cueros con el menor de los Gómez Taibo en no sé qué arroyo ni a mí qué me importa, enseguida la guardé porque nunca se sabe. ¡A quién van a ayudar! Todo el trabajo para mí y aguantate piola. ¿Qué tiene entonces de raro que cuando Tito (el joven Tito, bah) se puso de ojos vidriosos y cada día más ligero de manos, yo le haya aplicado el sosegate y que habláramos claro? Le dije con todas las letras que yo con ésas no iba, que el único tesoro que tenemos los pobres es la honradez y basta. Él se rió muy canchero y había empezado a decirme: «Ya verás, putita», cuando apareció la Señora y nos miró como a cadáveres. El idiota bajó los ojos y mutis por el foro. La Vieja puso entonces cara de al fin solos y me encajó bruta trompada en la oreja, en tanto que me trataba de comunista y de ramera. Yo le dije: «Usted a mí no me pega, ¿sabe?» y allí nomás demostró lo contrario. Peor para ella. Fue ese segundo golpe el que cambió mi vida. Me callé la boca pero se la guardé. A la noche le dije que a fin de mes me iba. Estábamos a veintitrés y yo precisaba como el pan esos siete días. Sabía que don Celso tenía guardado un papel gris en el cajón del medio de su escritorio. Yo lo había leído, porque nunca se sabe. El veintiocho a las dos de la tarde, sólo quedamos en la casa la niña Estercita y yo. Ella se fue a sestear y yo a buscar el papel gris. Era una carta de un tal Urquiza en la que le decía a mi patrón frases como ésta: «Xx xxx x xx xxxx xxx xx xxxxx».

La guardé en el mismo sobre que la foto y el treinta me fui a una pensión decente y barata de la calle Washington. A nadie le di mis señas, pero a un amigo de Tito no pude negárselas. La espera duró tres días. Tito apareció una noche y yo lo recibí delante de doña Cata, que desde hace unos años dirige la pensión. Él se disculpó, trajo bombones y pidió autorización para volver. No se la di. En lo que estuve bien porque desde entonces no faltó una noche. Fuimos a menudo al cine y hasta me quiso arrastrar al Parque, pero yo le apliqué el tratamiento del pudor. Una tarde quiso averiguar directamente qué era lo que yo pretendía. Allí tuve una corazonada: «No pretendo nada, porque lo que yo querría no puedo pretenderlo».

Como ésta era la primera cosa amable que oía de mis labios se conmovió bastante, lo suficiente para meter la pata. «¿Por qué?», dijo a gritos, «si ése es el motivo, te prometo que...». Entonces como si él hubiera dicho lo que no dijo, le pregunté: «Vos sí... pero, ¿y tu familia?». «Mi familia soy yo», dijo el pobrecito.

Después de esa compadrada siguió viniendo y con él llegaban flores, caramelos, revistas. Pero yo no cambié. Y él lo sabía. Una tarde entró tan pálido que hasta doña Cata hizo un comentario. No era para menos. Se lo había dicho al padre. Don Celso había contestado: «Lo que faltaba». Pero después se ablandó. Un tipo pierna. Estercita se rió como dos años, pero a mí qué me importa. En cambio la Vieja se puso verde. A Tito lo trató de idiota, a don Celso de cero a la izquierda, a Estercita de inmoral y tarada. Después dijo que nunca, nunca, nunca. Estuvo como tres horas diciendo nunca. «Está como loca», dijo el Tito, «no sé qué hacer». Pero yo sí sabía. Los sábados la Vieja está siempre sola, porque don Celso se va a Punta del Este, Estercita juega al tenis y Tito sale con su barrita de La Vascongada. O sea que a las siete me fui a un monedero y llamé al nueve siete cero tres ocho. «Hola», dijo ella. La misma voz gangosa, impresionante. Estaría con su salto de cama verde, la cara embadurnada, la toalla como turbante en la cabeza. «Habla Celia», y antes de que colgara: «No corte, señora, le interesa». Del otro lado no dijeron ni mu. Pero escuchaban. Entonces le pregunté si estaba enterada de una carta de papel gris que don Celso guardaba en su escritorio. Silencio. «Bueno, la tengo yo.» Después le pregunté si conocía una foto en que la niña Estercita aparecía bañándose con el menor de los Gómez Taibo. Un minuto de silencio. «Bueno, también la tengo yo.» Esperé por las dudas, pero nada. Entonces dije: «Piénselo, señora» y corté. Fui yo la que corté, no ella. Se habrá quedado mascando su bronca con la cara embadurnada y la toalla en la cabeza. Bien hecho. A la semana llegó el Tito radiante, y desde la puerta gritó: «¡La vieja afloja! ¡La vieja afloja!». Claro que afloja. Estuve por dar los hurras, pero con la emoción dejé que me besara. «No se opone pero exige que no vengas a casa.» ¿Exige? ¡Las cosas que hay que oír! Bueno, el veinticinco nos casamos (hoy hace dos meses), sin cura pero con juez, en la mayor intimidad. Don Celso aportó un chequecito de mil y Estercita me mandó un telegrama que —está mal que lo diga— me hizo pensar a fondo: «No creas que salís ganando. Abrazos, Ester».

En realidad, todo esto me vino a la memoria, porque ayer me encontré en la tienda con la Vieja. Estuvimos codo con codo, revolviendo saldos. De pronto me miró de refilón desde abajo del velo. Yo me hice cargo. Tenía dos caminos: o ignorarme o ponerme en vereda.

Creo que prefirió el segundo y para humillarme me trató de usted. «¿Qué tal, cómo le va?» Entonces tuve una corazonada y agarrándome fuerte del paraguas de nailon, le contesté tranquila: «Yo bien, ¿y usted, mamá?».

(1955)

Aquí se respira bien

—¿Nos sentamos en éste? —pregunta el Viejo.

—Mejor aquél. Tiene más sombra.

Por más que nadie intenta arrebatárselo, Gustavo se cree obligado a correr para asegurarse el usufructo del banco. El padre llega después, sin apuro, con el saco en el brazo.

—Se respira bien en este rinconcito —dice, y para demostrarlo resopla ostensiblemente. Luego se acomoda, saca la tabaquera y arma un cigarrillo entre las piernas abiertas.

A las diez de la mañana de un miércoles, el Prado está tranquilo. Tranquilo y desierto. Hay momentos tan calmos que el ruido más cercano es el galope metálico de un tranvía de Millán. Luego un viento cordial hace cabecear dos pinos gemelos y arrastra algunas hojas sobre el césped soleado. Nada más.

—¿Cuándo empezás a trabajar?

—Mañana.

El padre humedece la hojilla y sonríe para sí mismo, distraído.

—Si estuvieras siempre en casa... como estos días...

—¿Te gustaría estar con el Viejo, eh?

Gustavo recoge como un premio el tono de camaradería. Una bocanada de ternura lo obliga a decir algo, cualquier cosa.

—¿Qué hacés en la oficina?

—Y... trabajo.

—Pero... ¿en qué trabajás?

—Informo expedientes, firmo resoluciones.

Por un instante, Gustavo imagina a su padre trepado en un alto pupitre, firmando resoluciones, informando expedientes, todos voluminosos como la Historia Sagrada. Pero enseguida acomoda la imagen en su modesta realidad.

—Entonces... ¿sos un jefe?

—Claro.

El muchacho se echa hacia atrás, con las manos en la cintura, recorriendo posesivamente el cinturón de elástico azul. A menudo el Viejo le trae regalitos. Siempre adivina cuál es la menudencia que él desea con máximo fervor.

—Cuando pase el examen de ingreso, podría entrar en tu oficina.

El padre ríe, complacido.

—Estás loco. A tu edad no se puede. Y además, yo quiero que estudies.

El Viejo mira los pinos gemelos y echa humo por la nariz. Gustavo sabe con absoluta precisión qué se espera de él.

—¿Qué materia te gusta más?

—Historia.

Mentira. Le gustan las cuentas. Pero confesarlo equivale a seguir arquitectura. O ingeniería, como le pasó al hermano del Tito.

—No hay ninguna carrera que se base en la historia.

—Por eso mismo... lo mejor será que me emplee en tu oficina.

El padre suelta una carcajada. Evidentemente está encantado con la maniobra.

—Así que historia, ¿eh...? Si no supiera que multiplicás y dividís como una maquinita...

Gustavo se pone colorado. No le hace gracia el elogio. Él quiere entrar en la oficina, colocarse junto al enorme pupitre del padre, alcanzarle los expedientes para que los autorice y pasar el secante sobre la firma.

—No te recomiendo la oficina —dice el Viejo, que después de muchas maniobras ha conseguido escupir una hebra de tabaco.

Al final del camino, hamacándose lentamente como un pato, ha aparecido un hombre de oscuro, un importuno.

—Mamá dijo una vez que no vale la pena estudiar.

—Tu madre, la pobre, está cansada y a veces no sabe lo que dice.

—Pero...

—En cambio vos no estás cansado y a mí no me gusta oírte hablar así.

El padre se ha puesto serio y Gustavo se siente disminuido. El hombre-pato ahora está cerca y se ha detenido a observar una araucaria.

—¿Y no podría ser... que estudiase... y además... trabajase contigo?

—¿Y no podría ser —parodia deliberadamente el Viejo— que te quedaras tranquilo? Total... sólo tenemos ocho años más para pensarlo.

Gustavo sabe que, como siempre, el padre está en lo cierto. Tiene la sensación de que está representando el papel del tonto. Sin embargo, ahora también el padre sonríe, comprensivo. Sonríe con sus labios delgados y también con sus ojos grises, bondadosos.

El hombre-pato se ha detenido frente a ellos.

—Hola —dice.

—Hola —dice el Viejo, que no lo había visto acercarse.

—¿Así que éste es su chico?

—Sí.

Evidentemente, el Viejo está molesto. El hombre-pato tiene ojos mezquinos. Le tiende a Gustavo su mano pegajosa.

—Mire qué casualidad encontrarlo aquí... ¿Está de licencia?

—Sí.

—Yo tenía que cobrar unas cuentitas por Larrañaga, pero el sol está tan agradable, que me decidí a cruzar por este lado.

—Cierto, aquí se respira bien —comenta el Viejo, por decir algo.

También Gustavo está incómodo. Daría cualquier cosa para que el tipo se esfumase. Pero no, se ha establecido. Gustavo se fija en los detalles. Del bolsillo del saco le asoma un pañuelo que debiera ser blanco. El pantalón tiene sobre la rodilla un zurcido grosero y evidente.

—¿Y cuándo vuelve?

—Mañana.

—Bueno, entonces iré a verlo.

El padre se agita. Tira el cigarrillo y lo aplasta con el zapato. De pronto hace un gesto raro, como señalando al chico. Gustavo no entiende el ademán, pero comprende perfectamente que el padre está molesto. El tipo, en cambio, no ve nada.

—Tengo que llevarle un regalito... ¿eh...? Para que camine aquella orden de pago...

Ahora el padre hace un gesto desesperado.

—Mañana hablamos. Mañana.

Gustavo siente que se le va la cabeza, pero tiene una horrible curiosidad. Una vez le había dado al pecoso Farías un rabioso puñetazo en la nariz, sólo porque había dicho: «Anoche en la cena, papá dijo que tu viejo es buena pieza».

—Si no recuerdo mal, es un papelito de cien..., ¿qué le parece?

—Mañana hablamos. Mañana.

Gustavo nota que el padre ha envejecido diez años. Se ha puesto otra vez el saco, ha juntado las piernas y está doblado hacia adelante.

Al fin, el tipo ha comprendido a medias.

—Bueno, me voy. Adiós amigo.

El Viejo no responde. Gustavo toca apenas la mano blanda y pegajosa. El hombre-pato se aleja, hamacándose lentamente, disfrutando del sol. Atrás, le cuelga el forro descosido del saco.

Sin hacer un gesto, el padre se levanta y empieza a caminar en dirección opuesta a la del tipo. Gustavo siente ahora en su mano la palma seca, rugosa, del Viejo. A veces, la madre le toma el pelo porque a él todavía le gusta que lo lleven de la mano.

Sin levantar la vista, el padre carraspea, y el muchacho intuye que algo le va a ser explicado. Quisiera pedir a Dios que algo le sea explicado.

—Mejor no le digas a tu madre que encontramos a éste...

—No —dice Gustavo.

Aún no sabe exactamente qué le está pasando. Por lo pronto, libera su mano, la mete en el bolsillo del pantalón y se muerde el labio hasta hacerlo sangrar.

(1955)

No ha claudicado

Muchas noches había cumplido en sueños esto que ahora hacía: apretar el botón del timbre en la vieja casa de Millán. Siempre se despertaba rencoroso, fastidioso consigo mismo por esa debilidad del subconsciente, dispuesto a reintegrarse cuanto antes al odio de veinticinco años, a la rabia con que, sin poderlo evitar, solía murmurar el nombre de su hermano. Cierto que había evitado las explicaciones —¿de qué sirven en un caso así?— para no enturbiar el recuerdo de la madre con tanta sordidez. Tal vez alguien creyese que él había hecho números sobre el probable valor del anillo todo brillantes, el collar de perlas legítimas, las caravanas de topacios. Mentira. A Pascual sólo le importaba que hubieran pertenecido a la madre, saber que efectivamente la habían acompañado en su época buena, cuando vivía el padre y ella tenía aún color en las mejillas. Hubiera ofrecido en cambio la chacra de Treinta y Tres que le había tocado en el reparto y a la que ni siquiera visitaba.

No había querido pedir explicaciones. Simplemente había cortado el diálogo con Matías. Que se las guardara. Que las vendiese si quería. Y que entregase su alma al diablo también. Había sido una decisión relativamente fácil, no hablar más del asunto; después de todo se sentía cómodo, casi complacido en su silencio.

¿Y Matías? Matías, por supuesto, había aceptado la situación sin buscar la oportunidad de aclararla. Pascual no recordaba quién había evitado a quién. Sencillamente, no se habían hablado más y ninguno de ellos había buscado al otro. Pascual creía entenderlo: «Hace bien, se cura en salud».

Desde muy temprano se había preparado para esto. Pascual se acordaba con nitidez de la época de la glorieta. Matías tenía entonces catorce y él doce años. A la hora de la siesta, mientras los padres descansaban y llegaba de la cocina el ruido de platos y de ollas y el runrún de las negras que durante el fregado intercambiaban los chismes del día, mientras el aire desidioso y caliente empujaba las hojas y de vez en cuando desprendía de ellas un bichopeludo repugnante y sedoso, Matías y él se tendían sobre los bancos de la glorieta a leer sus libros de vacaciones. Matías —arrollado, menudo, nervioso— miraba con desprecio las lecturas de Pascual (preferentemente, Buffalo Bill y Sandokan). Pascual, por su parte, dirigía algún vistazo reprobatorio a los títulos de ominosa sensiblería que exhibían los libros de su hermano *(La hija del vizconde, Madre y destino, La última lágrima).*

Entonces no coincidían en las lecturas; tampoco coincidieron luego en los amigos. Los compañeros de Pascual, que habían llegado trabajosamente hasta segundo de medicina, eran bromistas, enérgicos, desaforados. Los de Matías, que se aburrieron durante años en la misma mesa de café, eran desocupados de vagarosa abulia, tirando flojamente a intelectuales.

También Susana, la parienta pobre, los había separado. Matías fue el primero en enamorarse, y Pascual, que hasta ese momento se había fijado poco o nada en la primita, decidió impresionarla con sus torpes requiebros. Después de todo, un doble fracaso, ya que sorpresivamente Susana atrapó a un vejestorio adinerado y decidió confinarse en un hogar respetable, con razonables miras a una holgada viudez.

En una oportunidad, es cierto, los hermanos se habían unido y hasta regodeado en el asombro de sentirse solidarios: militaron en el mismo partido político y hasta figuraron en la lista del club. A menudo se encontraron discutiendo, hombro a hombro, contra algún descreído, contra algún candidato a tránsfuga que registraba las promesas incumplidas, las fallas individuales de los prohombres. Pascual había pensado que, pese a sus disensiones, acaso no fuera demasiado tarde para sentir un arranque fraterno.

El padre ya había buscado y encontrado su síncope, de modo que noche a noche se quedaban a acompañar a la madre para distraerla en lo posible de ese farragoso quebranto que iba a oprimir sin remedio sus últimos años. Después Matías se casó, y Pascual, que todavía hoy se aferraba a su paz de soltero, había dejado que se extinguiera esa modesta camaradería de la que, sin embargo, conservaron ambos un recuerdo agridulce.

Pero llegó la muerte de la madre, el único afecto estable que habían sostenido y del que Pascual no convalecería tan fácilmente. No hubo, en ninguno de sus frecuentes sueños, pesadilla más oprimente que esa visión de la pobre vieja queriendo desesperadamente irse de este mundo, con los gastados ojos llenos de zozobra cada vez que un bienintencionado le inventaba esperanzas. Pascual hubiera preferido una enfermedad con un síndrome y un foco precisos; no podía sobreponerse a la idea de que ella se hubiera muerto pura y exclusivamente de ganas de morir, de enrarecido hastío, de no querer aferrarse a nada. Sin embargo, a la compungiva sensación de no haberse hecho indispensable, de no haber conseguido que la madre desease, por lo menos, vivir por él, Pascual no podía, empero, rodearla de vergüenza. En él pesaba más la piedad, forzosamente deslumbrada por aquellos labios que no querían hablar, por aquellos ojos que no tenían ni siquiera tristeza.

Cuando ella terminó de morir, Matías y Susana tuvieron que ocuparse de todo, porque él estaba desquiciado, en un estado de semipostración y de sorpresa que no le dejaba mirarse a sí mismo sin compadecerse. Durante muchos días tuvo horror de que le hablaran de cifras, de intereses, de títulos. Una sola pregunta esperaba con ansia. Si Matías le hubiera ofrecido las joyas, las habría aceptado. Estaba dispuesto a entregar todo en cambio; se le había convertido en una estéril obsesión el guardar para sí aquel tesoro que cabía en una mano. No sabía exactamente por qué, pero le parecía lo más cercano a la madre, lo único que podía contenerla con mayor propiedad que aquel pobre cuerpo de los últimos meses. Ese collar, ese anillo, esos pendientes, eran aún la madre que sonreía, que todavía iba a fiestas, que daba el brazo al padre y lo invitaba a recorrer el jardín en remotas tardes de sombra vacilante.

Pero Matías no tocaba el tema. Intentó hablar de acciones; de tierras, de depósitos. Nada de las joyas. Pascual asentía: «Arréglalo como quieras. Me da lo mismo». Un pudor infrangible le vedaba extorsionar a Matías con su propio desamparo. Se sentía toscamente un pobre huérfano, tan desvalido como si hubiera tenido siete años, pero con la tediosa sensación de su chocante madurez, de que en adelante el llanto sólo iba a valer como un débil conjuro de la piedad ajena.

Un día el hermano no vino a la entrevista concertada. «No quiere hablar. Mejor. Todo está claro.» En la conciencia de Pascual quedó definitivamente confirmada la trampa de Matías, y cuando, dos meses más tarde, se cruzó con él en Mercedes y Piedad, ignoró provocativamente el pasito corto, la galera impecable, el habano legítimo, detalles que conocía tan bien como sus propios tics, como sus opacos y metódicos vicios.

No obstante, algo había que admitir. Gracias a la tenacidad de ese odio flamante, lleno en verdad de posibilidades, Pascual había logrado sobreponerse a la parálisis en que tendió a sumirle su autolástima. El odio a Matías lo había revivido, había dado pábulo a su diaria cavilación, creado el impulso útil para reintegrarle a su mundo de pocos estallidos, de esperadas y lentas repeticiones. Las joyas y su anhelada posesión terminaron por retroceder, por hacerse recuerdo, por conformarse con exaltar la bilis y apuntalar aquel ritual de abominación y de desprecio.

El collar, el anillo, los pendientes, que constituían el último nexo con la madre, y que, de todos modos, parecían afirmar su recuerdo, habían pasado a ser la imagen prócer que sostenía una oscura tradición, tan sólo eso.

Pascual soportaba la integridad de sus rencores. Reconocía que eran cuenta pendiente entre él y su hermano, nada más. No tenía por qué hablarlo con Sienra, el abogado de Matías, ni con sus cada vez menos amigos personales, ni siquiera con Susana, que una o dos veces por mes venía a tomar el té a su apartamento de soltero (él la dejaba invitarse) y soltaba siempre, como al descuido, alguna preguntita destinada a averiguar qué misteriosa afrenta había ocasionado la ruptura. La confianza de tantos años autorizaba a Pascual a contener la arremetedora curiosidad de la prima con un «qué te importa», que, sin llegar a molestarla, estaba visto que tampoco la saciaba, ya que en el té siguiente volvía a la carga con renovados bríos.

Susana se había convertido en una cincuentona costosamente vestida, pero el buen pasar de su viudez no había alcanzado para aligerarla de grasas ni menos aún para postergar una vejatoria y hombruna calvicie que, fuera de toda duda y bajo cualquier peluca, constituía el infranqueable martirio, la compensación abyecta de su buena vida. A veces Pascual, hombre de pocas y olvidadas pasiones, la contemplaba atento, como si no pudiera dar crédito a sus ojos, que inevitablemente tendían a compararla con la agradable coqueta de otrora, aquella buena pieza que en bailes y paseos, en carnavales de carruajes y flores, los había hecho suspirar a Matías y a él, por la posesión de su adorable cuerpecito.

Pero, francamente, ¿por qué iba a hablar con ella? Susana visitaba también a Matías y a su mujer. Los domingos generalmente almorzaba con ellos, después iban al Parque Rodó, a caminar por el borde del lago, a soportar sin comentarios el escándalo de los chicos en la calesita, para volver a eso de las siete, llenos de buen aire, sobre el vaivén del mismo tranvía. Susana no hallaba palabras para encarecerle a Pascual los deliciosos platos de Isoldita, la mujer de Matías, que hasta los cincuenta y tres años se había indignado puntualmente cada vez que alguien la llamaba con el diminutivo, pero que luego, cansada de su propia defensa, se había resignado —ya con dentadura postiza y reumatismo— a sentirse Isoldita.

Pascual no se conocía demasiado a sí mismo; en cambio conocía por experiencia los sorpresivos arranques de su prima. Una sola vez que hubiera hablado con ella de las joyas, habría bastado para asegurar la inmediata trasmisión a Matías de la equívoca, casi hedionda querella. En resumidas cuentas, Pascual había cortado el diálogo con su hermano y no tenía intención de renovarlo.

¿No tenía esa intención? Muchas veces había cumplido en sueños esto que ahora hacía: apretar el botón del timbre en la vieja casa de Millán. Siempre se había despertado rencoroso, pero ahora... ahora estaba implacablemente despierto, ahora no claudicaba sólo en el sub-consciente, ahora estaba creando, en la realidad y con sus manos, su propia y necesaria humillación.

Todavía no podía creerlo. No lo había creído la tarde en que, al regresar del sepelio de Susana, se encontró con la notita de Sienra. No lo había creído una semana más tarde, cuando decidió llamar al abogado y éste le dijo que Matías quería hablarle, que (palabras de Matías) se trataba de algo impostergable, que fuera enseguida por la casa de Millán, porque él no podía salir, estaba enfermo. No lo había creído en el momento en que Sienra le arrancó la promesa y ahora, sin embargo, estaba aquí, desorientado, todavía indeciso, cuando en rigor ya de nada servía la indecisión. Había cedido, el timbre sonaba adentro y su corazón estaba viejo. Susana, la pobre y cargante Susana, se había ido, con peluca y todo, al fondo de la tierra. A Pascual le parecía sentir que en toda existencia, como en la diaria jornada, también llegaba una hora del Ángelus, y que él estaba viviendo esa hora. Susana era ya un recuerdo inescrutable, que él no amaba ni nunca hubiera podido amar, pero que había dejado un módico vacío circundante.

Tanteó la puerta de hierro, sabiendo lo que hacía, y comprobó que estaba abierta. La empujó suavemente para que no rechinara, y penetró, después de veinticinco años, en el jardín de siempre. A la derecha, el cantero de malvones blancos y la estatua con los tres angelitos que seguían orinando. Después la piedra larga, donde en las mañanas de verano había jugado interminables solitarios de payana. Luego el abeto del Cáucaso, que había llegado en su cajoncito de procedencia europea, aunque no precisamente del Cáucaso, y que todos anunciaron que se iba a secar. Allá atrás, medio oculta por la casa, la glorieta; uno de los bancos se había roto, y las hojas —quién sabe— parecían más débiles y oscuras.

Entonces la puerta se abrió y Pascual vio algo así como la madre de Isoldita, o la tía, o acaso una parienta vieja, que no sabía exactamente qué decir. Pero la sonrisa conservaba su nombre. «¿Cómo le va, Isoldita?», dijo con cierta vergüenza. Ella le tendió la mano y él sintió la obligación de entrar, la horrible curiosidad de introducirse en la sala y enfrentarse al gran retrato al óleo de la madre, hecho por aquel pintor vasco que había cobrado trescientos pesos por olvidar el tiempo y las arrugas. No se detuvo allí, pasó rápidamente siguiendo a Isoldita, pero la ojeada le bastó para comprobar qué poco recordaba de aquel rostro. La cuñada llevaba luto, por Susana, claro, y toda la casa estaba a oscuras, las persianas cerradas y hasta un toldo corrido. «Matías está arriba», dijo ella, como disculpándose. Pascual se sintió levemente mareado. En rigor le vino una bocanada de asco al sentir un dolor agudo en las coyunturas por el esfuerzo de subir esa misma escalera que antes había trepado en cuatro saltos.

Isoldita abrió la puerta y con las cejas le indicó que entrara. Era el antiguo dormitorio de la madre pero estaba él —¿era «eso» Matías?— en el lado izquierdo de la cama con una bufanda grisácea, los ojos abotagados y el cabello en mechones. Pascual se acercó, cada paso costándole una vida, y Matías dijo, sin esfuerzo aparente: «Sentate allí, por favor». Se sentó, no había abierto la boca y el otro ya agregaba: «Mirá, tenía que hablarte. Ha habido un mal entendido ¿sabés?». Pascual sintió un repentino calor en las sienes y movió los labios: «¿Te parece?». Matías estaba nervioso, con las manos estrujaba la colcha y no hallaba acomodo.

De pronto empezó a hablar, lo dijo todo casi de un tirón. Más tarde Pascual iba a recordar confusamente que él había querido interrumpir la explicación, pero que de nada había servido. Matías, afiebrado, incrustando las palabras en su propia tos, gritando a veces, acomodando maquinalmente la almohada que siempre tendía a resbalársele detrás de la cabeza, parecía afanoso por llegar al final, por convencerse de que el otro entendía: «Voy a serte franco. Claro, quizás ya no sea tiempo de ser franco. Pensarás así y tendrás razón, toda la razón del mundo. Lo cierto es que cuando murió mamá... el quince hizo veinticinco años, parece mentira... yo dejé de verte, de hablarte... te juro que habías terminado para mí... Sí, ya sé, no viniste a verme, me negaste el saludo, eso fue lo peor, porque yo creía que no querías hablarme de las joyas... Claro, claro... Ya sé que no, pero entonces lo ignoraba todo. Sólo comprendía que no querías hablarme porque te habías llevado el collar, los anillos, los pendientes... Para mí eso era indiscutible, porque habían desaparecido y vos no hablabas de ese tema prohibido. Yo no sé qué habrán representado para vos; para mí, al menos, eran la presencia de mamá. Por eso no podía perdonarte, ¿me entendés? No podía perdonarte que no quisieras hablar del asunto, y, a la vez (aquí está mi necedad), no quería hablarte yo. Comprendé que yo no podía pedirte nada. Esperé que vinieras, no sabés con qué ansia esperé que vinieras. ¡Pero cómo te odiaba! Durante veinticinco años, día por día, ¿no te parece francamente horrible? Quién sabe hasta cuándo se hubiera estirado ese rencor si no muere Susana... Nos llamó hace unos días, ¿sabés? Apenas podía hablar, pero nos dio las joyas. Era ella, la cretina. Se las había llevado cuando la muerte de mamá. Ella, la inmunda, Isoldita la miraba y no podía creerlo. Veinticinco años... ¿te das cuenta? Y yo sin hablarte... yo sin verte...».

Sólo entonces parece aflojarse y relajar un poco músculos y nervios. Pero enseguida recuerda lo demás y se apoya en la mesita de noche. Las manos le tiemblan un poco, pero abre ruidosamente uno de los cajones y saca un paquete verde y alargado. «Tomá», dice, y lo tiende a Pascual. «Tomá, te digo. Quiero castigarme por mi necedad, por mi desconfianza. Ahora que al fin tengo las joyas, quiero que te las lleves. ¿Entendés?»

Pascual no dice nada. Tiene sobre las rodillas el paquetito verde y se siente como nunca ridículo. Trata de pensar: «De modo que Susana...», pero ya Matías ha arrancado de nuevo y habla a los tirones: «Hay que recuperar el tiempo perdido. Quiero tener otra vez un hermano. Quiero que vengas a vivir con nosotros, aquí, en tu casa. Isoldita también te lo pide».

Pascual balbucea que lo va a pensar, que ya habrá tiempo para discutirlo con calma. No puede más, eso es lo grave. Quiere salir de la sorpresa, saber a ciencia cierta qué piensa de esto, pero la voz del otro lo acorrala, le exige —como el más adecuado recibo de las joyas— el fétido perdón.

Matías tiene ahora otro acceso de tos, mucho más violento que los anteriores, y Pascual aprovecha la tregua para ponerse de pie, murmurar cualquier evasiva, prometiendo volver, y estrechar el sudor de aquella mano que parece gemela de la suya. La cuñada que ha asistido, sin pronunciarse, a todo el arrepentimiento, lo acompaña otra vez hasta la puerta. «Adiós, Isolda», dice, y ella, agradecida, no le exige que vuelva.

Mira sin nostalgia la piedra larga y los angelitos, cierra la puerta de hierro de modo que rechine, y de nuevo se encuentra en la calle. A decir verdad, no ha claudicado. La mano izquierda sigue apretando el paquete y él siente de pronto unas ganas irrefrenables de fumar. Entonces se detiene en la esquina, enciende un cigarrillo, y al sentir en el paladar la vieja fruición del humo, ve repentinamente todo claro. Ahora las joyas ya no importan, el odio hacia Matías sigue intacto; la prima Susana que en paz descanse.

(1955)

Almuerzo y dudas

El hombre se detuvo frente a la vidriera, pero su atención no fue atraída por el alegre maniquí sino por su propio aspecto reflejado en los cristales. Se ajustó la corbata, se acomodó el gacho. De pronto vio la imagen de la mujer junto a la suya.

—Hola, Matilde —dijo y se dio vuelta.

La mujer sonrió y le tendió la mano.

—No sabía que los hombres fueran tan presumidos.

Él se rió, mostrando los dientes.

—Pero a esta hora —dijo ella— usted tendría que estar trabajando.

—Tendría. Pero salí en comisión.

Él le dedicó una insistente mirada de reconocimiento, de puesta al día.

—Además —dijo— estaba casi seguro de que usted pasaría por aquí.

—Me encontró por casualidad. Yo no hago más este camino. Ahora suelo bajarme en Convención.

Se alejaron de la vidriera y caminaron juntos. Al llegar a la esquina, esperaron la luz verde. Después cruzaron.

—¿Dispone de un rato? —preguntó él.

—Sí.

—¿Le pido entonces que almuerce conmigo? ¿O también esta vez se va a negar?

—Pídamelo. Claro que... no sé si está bien.

Él no contestó. Tomaron por Colonia y se detuvieron frente a un restorán. Ella examinó la lista, con más atención de la que merecía.

—Aquí se come bien —dijo él.

Entraron. En el fondo había una mesa libre. Él la ayudó a quitarse el abrigo.

Después de examinarlos durante unos minutos, el mozo se acercó. Pidieron jamón cocido y que marcharan dos churrascos. Con papas fritas.

—¿Qué quiso decir con que no sabe si está bien?

—Pavadas. Eso de que es casado y qué sé yo.

—Ah.

Ella puso manteca sobre la mitad de un pancito marsellés. En la mano derecha tenía una mancha de tinta.

—Nunca hemos conversado francamente —dijo—. Usted y yo.

—Nunca. Es tan difícil. Sin embargo, nos hemos dicho muchas veces las mismas cosas.

—¿No le parece que sería el momento de hablar de otras? ¿O de las mismas, pero sin engañarnos?

Pasó una mujer hacia el fondo y saludó. Él se mordió los labios.

—¿Amiga de su mujer? —preguntó ella.

—Sí.

—Me gustaría que lo rezongaran.

Él eligió una galleta y la partió, con el puño cerrado.

—Quisiera conocerla —dijo ella.

—¿A quién? ¿A esa que pasó?

—No. A su mujer.

Él sonrió. Por primera vez, los músculos de la cara se le aflojaron.

—Amanda es buena. No tan linda como usted, claro.

—No sea hipócrita. Yo sé cómo soy.

—Yo también sé cómo es.

El mozo trajo el jamón. Miró a ambos inquisidoramente y acarició la servilleta. «Gracias», dijo él, y el mozo se alejó.

—¿Cómo es estar casado? —preguntó ella. Él tosió sin ganas, pero no dijo nada. Entonces ella se miró las manos.

—Debía haberme lavado. Mire qué mugre...

La mano de él se movió sobre el mantel hasta posarse sobre la mancha.

—Ya no se ve más.

Ella se dedicó a mirar el plato y él entonces retiró la mano.

—Siempre pensé que con usted me sentiría cómoda —dijo la mujer—, que podría hablar sencillamente, sin darle una imagen falsa, una especie de foto retocada.

—Y a otras personas, ¿les da esa imagen falsa?

—Supongo que sí.

—Bueno, esto me favorece, ¿verdad?

—Supongo que sí.

Él se quedó con el tenedor a medio camino. Luego mordió el trocito de jamón.

—Prefiero la foto sin retoques.

—¿Para qué?

—Dice «¿para qué?» como si sólo dijera «¿por qué?», con el mismo tonito de inocencia.

Ella no dijo nada.

—Bueno, para verla —agregó él—. Con esos retoques ya no sería usted.

—¿Y eso importa?

—Puede importar.

El mozo llevó los platos, demorándose. Él pidió agua mineral. «¿Con limón?» «Bueno, con limón.»

—La quiere, ¿eh? —preguntó ella.

—¿A Amanda?

—Sí.

—Naturalmente. Son nueve años.

—No sea vulgar. ¿Qué tienen que ver los años?

—Bueno, parece que usted también cree que los años convierten el amor en costumbre.

—¿Y no es así?

—Es. Pero no significa un punto en contra, como usted piensa.

Ella se sirvió agua mineral. Después le sirvió a él.

—¿Qué sabe usted de lo que yo pienso? Los hombres siempre se creen psicólogos, siempre están descubriendo complejos.

Él sonrió sobre el pan con manteca.

—No es un punto en contra —dijo— porque el hábito también tiene su fuerza. Es muy importante para un hombre que la mujer le planche las camisas como a él le gustan, o no le eche al arroz más sal de la que conviene, o no se ponga guaranga a media noche, justamente cuando uno la precisa.

Ella se pasó la servilleta por los labios que tenía limpios.

—En cambio a usted le gusta ponerse guarango al mediodía.

Él optó por reírse. El mozo se acercó con los churrascos, recomendó que hicieran un tajito en la carne a ver si estaba cruda, hizo un comentario sobre las papas fritas y se retiró con una mueca que hacía quince años había sido sonrisa.

—Vamos, no se enoje —dijo él—. Quise explicarle que el hábito vale por sí mismo, pero también influye en la conciencia.

—¿Nada menos?

—Fíjese un poco. Si uno no es un idiota, se da cuenta de que la costumbre conyugal lava de a poco el interés.

—¡Oh!

—Que uno va tomando las cosas con cierta desaprensión, que la novedad desaparece, en fin, que el amor se va encasillando cada vez más en fechas, en gestos, en horarios.

—¿Y eso está mal?

—Realmente, no lo sé.

—¿Cómo? ¿Y la famosa conciencia?

—Ah, sí. A eso iba. Lo que pasa es que usted me mira y me distrae.

—Bueno, le prometo mirar las papas fritas.

—Quería decir que, en el fondo, uno tiene noticias de esa mecanización, de ese automatismo. Uno sabe que una mujer como usted, una mujer que es otra vez lo nuevo, tiene sobre la esposa una ventaja en cierto modo desleal.

Ella dejó de comer y depositó cuidadosamente los cubiertos sobre el plato.

—No me interprete mal —dijo él—. La esposa es algo conocido, rigurosamente conocido. No hay aventura, ¿entiende? Otra mujer...

—Yo, por ejemplo.

—Otra mujer, aunque más adelante esté condenada a caer en el hábito, tiene por ahora la ventaja de la novedad. Uno vuelve a esperar con ansia cierta hora del día, cierta puerta que se abre, cierto ómnibus que llega, cierto almuerzo en el Centro. Bah, uno vuelve a sentirse joven, y eso, de vez en cuando, es necesario.

—¿Y la conciencia?

—La conciencia aparece el día menos pensado, cuando uno va a abrir la puerta de calle o cuando se está afeitando y se mira distraídamente en el espejo. No sé si me entiende. Primero se tiene una idea de cómo será la felicidad, pero después se van aceptando correcciones a esa idea, y sólo cuando ha hecho todas las correcciones posibles, uno se da cuenta de que se ha estado haciendo trampas.

«¿Algún postrecito?», preguntó el mozo, misteriosamente aparecido sobre la cabeza de la mujer. «Dos natillas a la española», dijo ella. Él no protestó. Esperó que el mozo se alejara, para seguir hablando.

—Es igual a esos tipos que hacen solitarios y se estafan a sí mismos.

—Esa misma comparación me la hizo el verano pasado, en La Floresta. Pero entonces la aplicaba a otra cosa.

Ella abrió la cartera, sacó el espejito y se arregló el pelo.

—¿Quiere que le diga qué impresión me causa su discurso?

—Bueno.

—Me parece un poco ridículo, ¿sabe?

—Es ridículo. De eso estoy seguro.

—Mire, no sería ridículo si usted se lo dijera a sí mismo. Pero no olvide que me lo está diciendo a mí.

El mozo depositó sobre la mesa las natillas a la española. Él pidió la cuenta con un gesto.

—Mire, Matilde —dijo—. Vamos a no andar con rodeos. Usted sabe que me gusta mucho.

—¿Qué es esto? ¿Una declaración? ¿Un armisticio?

—Usted siempre lo supo, desde el comienzo.

—Está bien, pero, ¿qué es lo que supe?

—Que está en condiciones de conseguirlo todo.

—Ah sí... ¿y quién es todo? ¿Usted?

Él se encogió de hombros, movió los labios pero no dijo nada, después resopló más que suspiró, y agitó un billete con la mano izquierda.

El mozo se acercó con la cuenta y fue dejando el vuelto sobre el platillo, sin perderse ni un gesto, sin descuidar ni una sola mirada. Recogió la propina, dijo «gracias» y se alejó caminando hacia atrás.

—Estoy seguro de que usted no lo va a hacer —dijo él—, pero si ahora me dijera «venga», yo sé que iría. Usted no lo va a hacer, porque lógicamente no quiere cargar con el peso muerto de mi conciencia, y además, porque si lo hiciera no sería lo que yo pienso que es.

Ella fue moviendo la mano manchada hasta posarla tranquilamente sobre la de él. Lo miró fijo, como si quisiera traspasarlo.

—No se preocupe —dijo, después de un silencio, y retiró la mano—. Por lo visto usted lo sabe todo.

Se puso de pie y él la ayudó a ponerse el abrigo. Cuando salían, el mozo hizo una ceremoniosa inclinación de cabeza. Él la acompañó hasta la esquina. Durante un rato estuvieron callados. Pero antes de subir al ómnibus, ella sonrió con los labios apretados, y dijo: «Gracias por la comida». Después se fue.

(1956)

Se acabó la rabia

Aunque la pierna del hombre apenas se movía, Fido, debajo de la mesa, apreciaba grandemente esa caricia en los alrededores del hocico. Esto era casi tan agradable como recoger pedacitos de carne asada directamente de las manos del amo. Hacía ya dos años que, en contra de su vocación y de su contextura (patas gruesas y firmes, cogote robusto, orejas afiladas), Fido se había convertido en un perro de apartamento, condición que parecía avenirse mejor con los cuzcos afeminados, histéricos y meones, que desprestigiaban el segundo piso.

Fido no pertenecía a una raza definida, pero era un animal disciplinado, consciente, que por lo general aplazaba sus necesidades hasta el mediodía, hora en que lo sacaban a la vereda para que efectuara su revista de árboles. Sabía, además, cómo aguantarse en dos patas hasta recibir la orden de descanso, traer el diario en la boca todas las mañanas, emitir un ladrido barítono cuando sonaba el timbre y servir de felpudo a su dueño y señor cuando éste volvía del trabajo. Pasaba la mayor parte del día echado en un rincón del comedor o sobre las baldosas del cuarto de baño, durmiendo o simplemente contemplando el verde sedante de la bañera.

Por lo general, no molestaba. Cierto que no sentía un afecto especial hacia la mujer, mas como era ella quien se preocupaba de prepararle el sustento y de renovarle el agua, Fido hipócritamente le lamía las manos alguna vez al día, a fin de no perturbar servicios tan vitales. Su preferido era, naturalmente, el hombre, y cuando éste, después de almorzar, acariciaba la nuca o la cintura o los senos de la mujer, el perro se agitaba, celoso y receloso, en el rincón más sombrío del comedor.

Los grandes momentos del día eran, sin duda: las dos comidas, el paseo diurético por la vereda, y especialmente, este solaz después de la cena, cuando el hombre y la mujer charlaban, distraídos, y él sentía junto al hocico el roce afectuoso de los pantalones de franela.

Pero esta noche Fido estaba extrañamente inquieto. El golpeteo de la cola no era, como en otras sobremesas, una señal de mimo y reconocimiento, una treta habitual de perro viejo. En esta noche el pasado inmediato pesaba sobre él. Una serie de imágenes, bastante recientes, se habían acumulado en sus ojitos llorosos y experimentados. En primer término: el Otro. Sí, una tarde en que estaba solo en el apartamento, durmiendo su siesta frente a la bañera, la mujer llegó acompañada del Otro. Fido había ladrado sin timidez, se había comportado como un profeta. El tipo lo había llamado repetidas veces en un falsete cariñoso, pero a él no le gustaban ni aquellos cortantes pantalones negros ni el antipático olor del hombre. Dos o tres veces pudo dominarse y se acercó husmeando, pero al final se había retirado a su rincón del comedor, donde el olor de la frutera era más fuerte que el del intruso.

Esa vez la mujer sólo había *hablado* con el Otro, aunque se había reído como nunca. Pero otro día en que ella estaba sola con Fido y apareció el tipo, se habían tomado de las manos y terminaron abrazándose. Después, aquella cara redonda, con bigote negro y ojos saltones, apareció cada vez con más frecuencia. Nunca pasaban al dormitorio, pero en el sofá hacían cosas que le traían a Fido violentas nostalgias de las perritas de cierta chacra en que transcurriera su cachorrez.

Una tarde —quién sabe por qué— volvieron a notar su presencia. Desde el comienzo, Fido había comprendido que no debía acercarse, que los ladridos proféticos del primer día no podían repetirse. Por su propio bien, por la continuidad de los servicios vitales, por el ansiado paseo a la vereda. No lamía la mano de nadie, pero tampoco molestaba. Y, sin embargo, ellos habían advertido su presencia. En realidad, fue la mujer, y era natural, porque con el tipo no tenía nada en común. Acaso ella tuvo especial conciencia de que el perro existía, de que estaba presente, de que era un testigo, el único. Fido no tenía nada que reprocharle, mejor dicho, no sabía que tenía algo para reprocharle pero estaba allí, en el baño o en el comedor, mirando.

Y bajo esa mirada húmeda, lagañosa, la mujer acabó por sentirse inquieta y no tardó en ser atrapada por un odio violento, insoportable.

Naturalmente, poco de esto había llegado a Fido. Pero una cosa lo alcanzaba y era el rencor con que se le trataba, la desusada rabia con que se admitía su obligada vecindad.

Y ahora que recibía la diaria cuota de afecto, ahora que sentía junto al hocico el roce y el olor preferidos, se sabía protegido y seguro. Pero, ¿y después? Su problema era un recuerdo, el más cercano. Hacía un día, dos, tres —un perro no rotula el pasado— el tipo había tenido que irse con apuro (¿por qué?) y había dejado olvidada la cigarrera, una cosa linda, dorada, muy dura, sobre la mesita del *living*.

La mujer la había guardado, también con apuro (¿por qué?) bajo una cortina de la despensa. Y allí, no bien estuvo solo, fue a olfatearla Fido. Aquello tenía el olor desagradable del tipo, pero era dura, metálica, brillante, una cosa cómoda de lamer, de empujar, de hacer sonar contra las tablas del piso.

La pierna del hombre no se movió más. Fido entendió que por hoy la fiesta había concluido. Perezosamente fue estirando las patas y se levantó. Lamió todavía un pedacito de tobillo que estaba al descubierto, entre el calcetín raído y el pantalón. Después se fue sin gruñir ni ladrar, con paso lento y reumático, a su rincón tranquilo.

Pero sucedió entonces algo inesperado. La mujer entró al dormitorio y regresó enseguida. Ella y el hombre hablaron, al principio relativamente calmos, después a los gritos. De pronto la mujer se calló, descolgó el saco de la percha, se lo puso a los tirones y —sin que el hombre hiciera ningún ademán para impedirlo— salió a la calle, dando un portazo tan violento que el perro no tuvo más remedio que ladrar.

El hombre quedó nervioso, concentrado. A Fido se le ocurrió que éste era el momento. Nada de venganza; en realidad, no sabía qué era. Pero el instinto le indicaba que éste era el momento.

El hombre estaba tan ensimismado, que no advirtió enseguida que el perro le tiraba de los pantalones. Fido tuvo que recurrir a tres cortos ladridos. Su intención era clara y el hombre, después de vacilar, lo siguió con desgano. No fue muy lejos. Hasta la despensa. Cuando el perro apartó la cortina, el hombre sólo atinó a retroceder, después se agachó y recogió la cigarrera.

En realidad, Fido no esperaba nada. Para él, su hallazgo no tenía demasiada importancia. De modo que cuando el hombre dio aquel bárbaro puñetazo contra la pared y se puso a gritar y a llorar como un cuzco del segundo piso, no pudo menos que, también él, retroceder asustado ante la conmoción que provocara. Se quedó silencioso, pegado al marco de la puerta, y desde allí observó cómo el hombre, con los dientes apretados, gritaba y gemía. Entonces decidió acercarse y lamerlo con ternura, como era su deber.

El hombre levantó la cabeza y vio aquel rabo movedizo, aquel cargoso que venía a compadecerlo, aquel testigo. Todavía Fido jadeó satisfecho, mostrando la lengua húmeda y oscura. Después se acabó. Era viejo, era fiel, era confiado. Tres pobres razones que le impidieron asombrarse cuando el puntapié le reventó el hocico.

(1956)

Caramba y lástima

Inclinado sobre los canelones a la crema, segundo plato del menú fijo, Ortega vio venir la pelota de miga y tuvo tiempo de echarse atrás. El proyectil rebotó en la frente de Silva; olvidado de todas las pelotas de miga que él había arrojado en incontables despedidas de soltero, Silva se puso furioso y respondió con la mitad de un marsellés. En el otro extremo de la mesa se derramó el vino y Canales se levantó de un salto, con los pantalones a la miseria.

Por ese entonces, ya se tiraba la manteca al techo y el Flaco había recurrido a una honda para arrojar las aceitunas.

—¡Que hable Gómez! —dijo alguien que no era Gómez.

—¡Que hable! —confirmó el coro, exhalando un débil hipo de vino chileno, mientras un mozo rubio, de ojos descoloridos, llenaba por cuarta vez todas las copas.

Gómez, en una esquina, se puso de pie y lo bajaron de un servilletazo. El *maître* cara-de-garbanzo sonrió comprensivo.

—¡Déjenlo! ¡Déjenlo hablar! —gritó Canales, y lo dejaron, satisfechos del tácito armisticio que les permitía a todos terminar el corderito.

Gómez, ingenuo, rechoncho y siempre fatigado, creía aún que era posible tomar en serio sus aires de orador y desde la mañana había preparado un complicado brindis, que era, con pocas variantes, cuanto su memoria había podido conservar de su propia despedida de soltero.

—Yo... bueno... en realidad... ¿qué voy a decir... y no me creo el más indicado... que no sea desearle aquí al amigo Ruiz la mejor de las felicidades... y que... al comenzar esta nueva etapa... junto a la compañera que ha elegido...

—¡Bien, gordo, bien! —gritó el coro—. ¡Así se habla!

Pese a las palmaditas en la espalda y a los frenéticos aplausos, Gómez quería seguir. Frente al peligro, Ortega optó por levantarse; tosió, se puso serio, y en medio de las risas contenidas de aquellos pocos que ya sabían lo que venía, habló lentamente, con tono solemne y ceremonioso.

—Las palabras del compañero, tan sinceras y humanas, sin falsos oropeles, han logrado una vez más conmoverme. Sé que el amigo Ruiz, feliz destinatario de las mismas, es todo modestia, todo corazón.

Pero yo, si estuviera en su lugar, y creo que con esto no hago más que interpretar su sentir, le hubiera respondido con aquella vieja canción del Sur. (Aquí se detuvo, tieso aún; de pronto, como impulsado por un resorte y con su mejor expresión de energúmeno, se puso a berrear.) ¡Andacagaar aandacagaar!

La explosión fue unánime. En tanto que la risa y los eructos lo permitieron, todos coreaban la vieja canción del Sur. Gonzalito, tomándose el estómago y quejándose como una parturienta, se recostaba en el pecho transpirado de Silva, que tampoco podía con su propia risa. Canales, a quien el chiste había sorprendido mientras bebía, se había atorado y distribuía vino chileno mediante una tos seca, eléctrica, en tanto que Valdés había encontrado un buen pretexto para darle trompadas entre los hombros. Gómez, el pobre, se había sentado y movía los labios como si rezara. Pero no rezaba.

Lo cierto era que nadie se ocupaba en ese momento de Ruiz, quien de todos modos era el festejado. Cuando Gómez había empezado su discurso, cuatro o cinco cabezas se volvieron para mirarle y él se puso encarnado, no por el vino, ya que sólo bebía agua mineral. Después lo olvidaron. Mejor, a él no le gustaba este modo ruidoso de ponerse alegre. Tenía veintitrés años, se casaba mañana y llevaba consigo el secreto de su virginidad. Hacía siete años se había cruzado con Emilia y había prometido dedicarle esa ofrenda: iría puro al matrimonio. Era, naturalmente, tímido, y eso lo había ayudado a cumplir. A veces no se daba cuenta de que para él hubiera sido mayor sacrificio abordar una mujer que evitarla.

«¡Contate el de la sirvientita!», le pidió Gonzalito a Ortega, sobre los últimos despojos de su copa melba. Y Ortega contó también el de la sirvientita. Cuando concluyó: «¡No, vieja, que estoy con la barra!», unos pocos golpearon la mesa y otros se echaron hacia atrás en las sillas buscando escape a una risa incontenible. Todo un éxito.

Emilia. Tenía diecinueve años y parecía más joven aún. La nariz respingada y las mejillas lisas, sin lunares ni pecas. Ojos gris verde. Linda. Sobre todo fresca.

—Che, Ruiz, tenés que tomar algo.

Se habían acordado de él. Mala pata. Estaba tan tranquilo.

—Me hace mal.

—¿Qué te va a hacer? Pero, ¿qué sos...? ¿una florcita?

—Vos sabés que nunca tomo... Por el hígado.

—Pero, viejo, si hoy no te echás la cana al aire... no sé para cuándo. Te queda poco.

Emilia. Una cosita frágil. Reía, sonreía, lagrimeaba en el cine, siempre parecía digna de piedad. A él le gustaba pasarle un brazo por los hombros y a ella le gustaba sentirse protegida. Hija natural; el padrastro, un energúmeno, siempre la había castigado. Mañana: la liberación. Él había repasado varias veces los pormenores de su futuro tratamiento de ternura.

—Así me gusta... No faltaba menos. ¿Qué somos? ¿Machos o renacuajos?

—Renacuajos —chilló alguien.

—Tomá otra copita, que para un estreno este chilenito es lo más apropiado.

Sentía calor en las mejillas y un absurdo optimismo. Emilia. Viva Emilia. Todos eran simpáticos, generosos, alegres; eran sus compañeros, sus hermanos, su vida. Otra copita, así me gusta.

—Ahora mandate las recomendaciones, Flaco —dijo Gonzalito.

—Sí, las recomendaciones —confirmó el otro.

Nadie las ignoraba, pero estaban dispuestos a reírse de nuevo, estaban dispuestos a cualquier sacrificio con tal de reírse. Ortega, por ejemplo, ya había vomitado sobre una silla desocupada. El Flaco sacó un papel del bolsillo, y así, sentado nomás, con las letras que le bailaban frente a los lentes, leyó el famoso decálogo.

—El matrimonio es una institución a la que es preciso entrar con cuidado, lubricando el ardiente deseo con el mágico ungüento de la ternura y de la comprensión...

Ruiz, desde luego mareado, quitó para sí mismo de un manotazo el velo de corrección que cubría aquella vieja obscenidad. Festejó con los otros y entre las carcajadas le salió algún gallo, como si estuviera cambiando la risa.

Entonces alguien lo tomó de un brazo, uno de sus hermanos generosos y alegres, viva Emilia. Otra botella que se rompe. «Nos vamos.» En buena hora. Pasaron a los tumbos entre las sillas vacías, frente al *maître* con cara de garbanzo, que ya no sonreía, más bien parecía decirle al mozo rubio, de ojos claros: «Estos taraditos toman cuatro copas y ya se creen obligados a vomitar».

Mañana la liberación. Por primera vez recuerda a Emilia en términos de sexo. ¿Cómo será ella? ¿Cómo será todo? Él, precavido, había leído a Van de Velde, los tres volúmenes. Nadie va a sufrir.

—A mí los bravos —dijo Ortega, ya repuesto del vómito.

—Vamos a la ruleta.

—Si te dejan entrar.

—Vayan ustedes —dijo Silva—. Nosotros vamos a mostrar a este niño lo que es un cabaret.

Se apuntaron el Flaco y Gonzalito. Gómez se escurrió disculpándose con cara de hogar.

Entraron a duras penas en el autito de Silva. Ruiz lo veía manejar por Colonia, siguiendo la milonga de la radio, pero lo hallaba natural, una pavada de tan fácil. Hasta él hubiera podido empuñar el volante. Era tan sencillo.

No cabían en la mesa. Cuatro hombres y cuatro mujeres. Él sentía los pelos rubios y gruesos de la muchacha en su mentón semilampiño. El Flaco bailaba con la más petisa, en el centro mismo de la pista, un dedo en alto y haciéndose el nene. Silva arrimaba su aliento fogoso al rostro impávido de la pardita y a toda costa quería emprenderla con el seno izquierdo. Gonzalito, en cambio, catequizaba a la suya en un lenguaje inesperado: «¿A vos no te explicó nadie el misterio de la Santísima Trinidad? La virginidad de María se originó en un error de traducción». La bofetada sonó como un tiro. «A mí no me insultés, podridito.»

Entonces Ruiz, que empuñaba la copa de champagne como si fuera un cetro, lo vio al fin todo claro. Su virginidad era un error de traducción. La cintura de la mujer, desnuda bajo el vestidito y que podía ser palpada sin desperdicio, le había ayudado mucho a comprenderlo. Era un error. Gonzalito, su fiel hermano, su viejo camarada, se lo había revelado.

El Flaco discutía ahora con un diputado de la catorce sobre las cuatro épocas de Gardel. La petisa se aburría y él, para conformarla, le palmeaba las nalgas y le daba whisky. Silva, menos ensimismado, había desaparecido con la pardita.

De pronto Ruiz se encontró bailando. A la mujer le faltaban dos dientes cuando sonreía. Si se ponía seria, no estaba mal. La espalda de ella sudaba en su mano derecha. Emilia.

—¿Qué te parece si levantamos campamento? —preguntó el Flaco—. Yo voy a establecerme por ahí con la petisa. ¿Y vos?

¿Cuándo y cómo habían entrado? La muchacha, de frente a él, tenía en el vientre una cicatriz profunda pero antigua.

—¿Cómo te la hiciste?

—¡Ufa! Qué pesado. Jugando a la escoba me la hice.

Vestida parecía más delgada. Pero no; había donde agarrarse. El espejo le mostraba, además, una franja de urticaria a la altura del riñón. Veinte años, acaso veintiuno. Emilia tenía diecinueve.

—Decime... ¿Estás borracho perdido o de veras sos nuevito? ¡Qué changa! Voy a recomendarte a mi tía, que es educacionista...

Claro que es nuevo. Justamente. Emilia merece esta pureza.

Con el peso de la mujer, el elástico suena lánguidamente. El brazo de ella por poco lo asfixia. *Era* nuevo. Caramba.

—¿Qué hora es? —dijo en voz alta para sí y estaba despejándose.

Por entre los dientes que mordían un alfiler de gancho, la mujer dijo algo que podía ser: «Las tres».

Las tres del día primero. Horrible, todo perdido, nada para ofrecer. Emilia. Emilia. Emilia. La liberación, precisamente hoy. Nada más que hoy. Sólo queda hoy. Pucha qué lástima.

(1956)

Tan amigos

—Bruto calor —dijo el mozo.

Pareció que el tipo de azul iba a aflojarse la corbata, pero finalmente dejó caer el brazo hacia un costado. Luego, con ojos de siesta, examinó la calle a través del enorme cristal fijo.

—No hay derecho —dijo el mozo—. En pleno octubre y achicharrándonos.

—Oh, no es para tanto —dijo el de azul, sin énfasis.

—¿No? ¿Qué deja entonces para enero?

—Más calor. No se aflija.

Desde la calle, un hombre flaco, de sombrero, miró hacia adentro, formando pantalla con las manos para evitar el reflejo del ventanal. En cuanto lo reconoció, abrió la puerta y se acercó sonriendo.

El de azul no se dio por enterado hasta que el otro se le puso delante. Sólo entonces le tendió la mano. El otro buscó, de una ojeada rápida, cuál de las cuatro sillas disponibles tenía el hueco de pantasote que convenía mejor a su trasero. Después se sentó sin aflojar los músculos.

—¿Qué tal? —preguntó, todavía sonriendo.

—Como siempre —dijo el de azul.

Vino el mozo, resoplando, a levantar el pedido.

—Un café… livianito, por favor.

Durante un buen rato estuvieron callados mirando hacia afuera. Pasó, entre otras, una inquietante mujercita en blusa y el recién llegado se agitó en el asiento. Después sacudió la cabeza significativamente como buscando el comentario, pero el de azul no había sonreído.

—Lindo día para ser rico —dijo el otro.

—¿Por qué?

—Te echás en la cama, no pensás en nada, y a la tardecita, cuando vuelve el fresco, empezás otra vez a vivir.

—Depende —dijo el de azul.

—¿Eh?

—También se puede vivir así.

El mozo se acercó, dejó el café liviano, y se alejó con las piernas abiertas, para que nadie ignorase que la transpiración le endurecía los calzoncillos.

—Tengo la patrona enferma, ¿sabés? —dijo el otro.

—¿Ah, sí? ¿Qué tiene?

—No sé. Fiebre. Y le duelen los riñones.

—Hacela ver.

—Claro.

El de azul le hizo una seña al lustrador. Éste escupió medio escarbadientes y se acercó silbando.

—Hace unos días que andás de trompa —dijo el otro.

—¿Sí?

—Yo sé que la cosa es conmigo.

El lustrador dejó de embetunar y miró desde abajo, con los dientes apretados, entornando los ojos.

—Lo que pasa es que vos embalás enseguida.

—¿De veras?

—Se te pone que un tipo estuvo mal y ya no hay quien te frene. ¿Vos qué sabés por qué lo hice?

—¿Por qué hiciste qué?

—¿Ves? Así no se puede. ¿Qué te parece si hablamos con franqueza?

—Bueno. Hablá.

Ambos miraban el zapato izquierdo que empezaba a brillar. El lustrador le dio el toque final y dobló cuidadosamente su trapito. «Son veinticinco», dijo. Recogió el peso, entregó el vuelto y se fue silbando hacia otra mesa, mientras volvía a masticar la mitad del escarbadientes que había conservado entre las muelas.

—¿Te creés que no me doy cuenta? A vos se te ocurrió que yo le hablé al Viejo para dejarte mal.

—¿Y?

—No fue para eso, ¿sabés? Yo no soy tan cretino...

—¿No?

—Le hablé para defenderme. Todos decían que yo había entrado a la Gerencia antes de las nueve. Todos decían que yo había visto el maldito papel.

—Eso es.

—Pero yo sabía que vos habías entrado más temprano.

Un chico rotoso y maloliente se acercó a ofrecer pastillas de menta. Ni siquiera le dijeron que no.

—El Viejo me llamó y me dijo que la cosa era grave, que alguien había loreado. Y que todos decían que yo había visto el papel antes de las nueve.

El de azul no dijo nada. Se recogió cuidadosamente el pantalón y cruzó la pierna.

—Yo no le dije que habías sido vos —siguió el otro, nervioso, como si estuviera a punto de echarse a correr, o a llorar—. Le dije que habían estado antes que yo, nada más... Tenés que darte cuenta.

—Me doy cuenta.

—Yo tenía que defenderme. Si no me defiendo, me echa. Vos bien sabés que no anda con chiquitas.

—Y hace bien.

—Claro, decís eso porque sos solo. Podés arriesgarte. Yo tengo mujer.

—Jodete.

El otro hizo ruido con el pocillo, como para borrar la ofensa. Miró hacia los costados, repentinamente pálido. Después, jadeante, desconcertado, levantó la cabeza.

—Tenés que comprender. Figurate que yo sé demasiado que vos si querés me liquidás. Tenés como hacerlo. ¿Me iba a tirar justamente contra vos? No tenés más que telegrafiar a Ugarte y yo estoy frito. Te lo digo para que veas que me doy cuenta. No me iba a tirar justamente contra vos, que tenés flor de banca con el Rengo... ¿Me entendés ahora?

—Claro que te entiendo.

El otro hizo un ademán brusco, de tímida protesta, y sin querer empujó el vaso con el codo. El agua cayó hacia adelante, de lleno sobre el pantalón azul.

—Perdoná. Es que estoy nervioso.

—No es nada. Enseguida se seca.

El mozo se acercó, recogió los más importantes trozos de vidrio. Ahora parecía sufrir menos el calor. O se había olvidado de aparentarlo.

—Por lo menos, dame la tranquilidad de que no vas a telegrafiar. Anoche no pude pegar los ojos...

—Mirá... ¿querés que te diga una cosa? Dejá ese tema. Tengo la impresión de que me tiene podrido.

—Entonces... no vas a...

—No te preocupes.

—Sabía que ibas a entender. Te agradezco. De veras, che.

—No te preocupes.

—Siempre dije que eras un buen tipo. Después de todo tenías derecho a telegrafiar. Porque yo estuve mal... lo reconozco... Debí pensar que...

—¿De veras no podés callarte?

—Tenés razón. Mejor te dejo tranquilo.

Lentamente se puso de pie, empujando la silla con bastante ruido. Iba a tender la mano, pero la mirada del otro lo desanimó.

—Bueno, chau —dijo—. Y ya sabés, siempre a la orden... cualquier cosa...

El de azul movió apenas la cabeza, como si no quisiera expresar nada concreto. Cuando el otro salió, llamó al mozo y pagó los cafés y el vaso roto.

Durante cinco minutos estuvo quieto, mordiéndose despacio una uña. Después se levantó, saludó con las cejas al lustrador, y abrió la puerta.

Caminó sin apuro, hasta la esquina. Examinó una vidriera de corbatas, dio una última chupada al cigarrillo y lo tiró bajo un auto.

Después cruzó la calle y entró en la Oficina de Telégrafos.

(1956)

Familia Iriarte

Había cinco familias que llamaban al Jefe. En la guardia de la mañana yo estaba siempre a cargo del teléfono y conocía de memoria las cinco voces. Todos estábamos enterados de que cada familia era un programa y a veces cotejábamos nuestras sospechas.

Para mí, por ejemplo, la familia Calvo era gordita, arremetedora, con la pintura siempre más ancha que el labio; la familia Ruiz, una pituca sin calidad, de mechón sobre el ojo; la familia Durán, una flaca intelectual, del tipo fatigado y sin prejuicios; la familia Salgado, una hembra de labio grueso, de esas que convencen a puro sexo. Pero la única que tenía voz de mujer ideal era la familia Iriarte. Ni gorda ni flaca, con las curvas suficientes para bendecir el don del tacto que nos da natura; ni demasiado terca ni demasiado dócil, una verdadera mujer, eso es: un carácter. Así la imaginaba. Conocía su risa franca y contagiosa y desde allí inventaba su gesto. Conocía sus silencios y sobre ellos creaba sus ojos. Negros, melancólicos. Conocía su tono amable, acogedor, y desde allí inventaba su ternura.

Con respecto a las otras familias había discrepancias. Para Elizalde, por ejemplo, la Salgado era una petisa sin pretensiones; para Rossi, la Calvo era una pasa de uva; la Ruiz, una veterana más para Correa. Pero en cuanto a la familia Iriarte todos coincidíamos en que era divina, más aún, todos habíamos construido casi la misma imagen a partir de su voz. Estábamos seguros de que si un día llegaba a abrir la puerta de la oficina y simplemente sonreía, aunque no pronunciase palabra, igual la íbamos a reconocer a coro, porque todos habíamos creado la misma sonrisa inconfundible.

El Jefe, que era un tipo relativamente indiscreto en cuanto se refería a los asuntos confidenciales que rozaban la oficina, pasaba a ser una tumba de discreción y de reserva en lo que concernía a las cinco familias. En esa zona, nuestros diálogos con él eran de un laconismo desalentador. Nos limitábamos a atender la llamada, a apretar el botón para que la chicharra sonase en su despacho, y a comunicarle, por ejemplo: «Familia Salgado». Él decía sencillamente «Pásemela» o «Dígale que no estoy» o «Que llame dentro de una hora». Nunca un comentario, ni siquiera una broma. Y eso que sabía que éramos de confianza.

Yo no podía explicarme por qué la familia Iriarte era, de las cinco, la que llamaba con menos frecuencia, a veces cada quince días. Claro que en esas ocasiones la luz roja que indicaba «ocupado» no se apagaba por lo menos durante un cuarto de hora. Cuánto hubiera representado para mí escuchar durante quince minutos seguidos aquella vocecita tan tierna, tan graciosa, tan segura.

Una vez me animé a decir algo, no recuerdo qué, y ella me contestó algo, no recuerdo qué. ¡Qué día! Desde entonces acaricié la esperanza de hablar un poquito con ella, más aún, de que ella también reconociese mi voz como yo reconocía la suya. Una mañana tuve la ocurrencia de decir: «¿Podría esperar un instante hasta que consiga comunicación?» y ella me contestó: «Cómo no, siempre que usted me haga amable la espera». Reconozco que ese día estaba medio tarado, porque sólo pude hablarle del tiempo, del trabajo y de un proyectado cambio de horario. Pero en otra ocasión me hice de valor y conversamos sobre temas generales aunque con significados particulares. Desde entonces ella reconocía mi voz y me saludaba con un «¿Qué tal, secretario?» que me aflojaba por completo.

Unos meses después de esa variante me fui de vacaciones al Este. Desde hacía años, mis vacaciones en el Este habían constituido mi esperanza más firme desde un punto de vista sentimental. Siempre pensé que en una de esas licencias iba a encontrar a la muchacha en quien personificar mis sueños privados y a quien destinar mi ternura latente. Porque yo soy definidamente un sentimental. A veces me lo reprocho, me digo que hoy en día vale más ser egoísta y calculador pero de nada sirve. Voy al cine, me trago una de esas cursilerías mejicanas con hijos naturales y pobres viejecitos, comprendo sin lugar a dudas que es idiota, y sin embargo no puedo evitar que se me haga un nudo en la garganta.

Ahora que en eso de encontrar la mujer en el Este, yo me he investigado mucho y he hallado otros motivos no tan sentimentales. La verdad es que en un balneario uno sólo ve mujercitas limpias, frescas, descansadas, dispuestas a reírse, a festejarlo todo. Claro que también en Montevideo hay mujercitas limpias; pero las pobres están siempre cansadas. Los zapatos estrechos, las escaleras, los autobuses, las dejan amargadas y sudorosas. En la ciudad uno ignora prácticamente cómo es la alegría de una mujer. Y eso, aunque no lo parezca, es importante. Personalmente, me considero capaz de soportar cualquier tipo de pesimismo femenino, diría que me siento con fuerzas como para dominar toda especie de llanto, de gritos o de histeria. Pero me reconozco mucho más exigente en cuanto a la alegría. Hay risas de mujeres que, francamente, nunca pude aguantar. Por eso en un Balneario, donde todas ríen desde que se levantan para el primer baño hasta que salen mareadas del Casino, uno sabe quién es quién y qué risa es asqueante y cuál maravillosa.

Fue precisamente en el Balneario donde volví a oír su Voz. Yo bailaba entre las mesitas de una terraza, a la luz de una luna que a nadie le importaba. Mi mano derecha se había afirmado sobre una espalda parcialmente despellejada que aún no había perdido el calor de la tarde. La dueña de la espalda se reía y era una buena risa, no había que descartarla. Siempre que podía yo le miraba unos pelitos rubios, casi transparentes, que tenía en las inmediaciones de la oreja, y, en realidad me sentía bastante conmovido. Mi compañera hablaba poco, pero siempre decía algo lo bastante soso como para que yo apreciara sus silencios.

Justamente, fue en el agradable transcurso de uno de éstos que oí la frase, tan nítida como si la hubieran recortado especialmente para mí: «¿Y usted qué refresco prefiere?». No tiene importancia ni ahora ni después, pero yo la recuerdo palabra por palabra. Se había formado uno de esos lentos y arrastrados nudos que provoca el tango. La frase había sonado muy cerca, pero esa vez no pude relacionarla con ninguna de las caderas que me habían rozado.

Dos noches después, en el Casino, perdía unos noventa pesos y me vino la loca de jugar cincuenta en una última bola. Si perdía, paciencia; tendría que volver enseguida a Montevideo. Pero salió el 32 y me sentí infinitamente reconfortado y optimista cuando repasé las ocho fichas naranjas de aro que le había dedicado. Entonces alguien dijo en mi oído, casi como un teléfono: «Así se juega: hay que arriesgarse».

Me di vuelta, tranquilo, seguro de lo que iba a hallar, y la familia Iriarte que estaba junto a mí era tan deliciosa como la que yo y los otros habíamos inventado a partir de su voz. A continuación fue relativamente sencillo tomar un hilo de su propia frase, construir una teoría del riesgo, y convencerla de que se arriesgara conmigo, a conversar primero, a bailar después, a encontrarnos en la playa al día siguiente.

Desde entonces anduvimos juntos. Me dijo que se llamaba Doris. Doris Freire. Era rigurosamente cierto (no sé con qué motivo me mostró su carnet) y, además, muy explicable: yo siempre había pensado que las «familias» eran sólo nombres de teléfono. Desde el primer día me hice esta composición de lugar: era evidente que ella tenía relaciones con el Jefe, era no menos evidente que eso lastimaba bastante mi amor propio; pero (fíjense qué buen pero) era la mujer más encantadora que yo había conocido y arriesgaba perderla definitivamente (ahora que el azar la había puesto en mi oído) si yo me atenía desmedidamente a mis escrúpulos.

Además, cabía otra posibilidad. Así como yo había reconocido su voz, ¿por qué no podría Doris reconocer la mía? Cierto que ella había sido siempre para mí algo precioso, inalcanzable, y yo, en cambio, sólo ahora ingresaba en su mundo. Sin embargo, cuando una mañana corrí a su encuentro con un alegre «¿Qué tal, secretaria?», aunque ella enseguida asimiló el golpe, se rió, me dio el brazo y me hizo bromas con una morocha de un jeep que nos cruzamos, a mí no se me escapó que había quedado inquieta, como si alguna sospecha la hubiese iluminado. Después, en cambio, me pareció que aceptaba con filosofía la posibilidad de que fuese yo quien atendía sus llamadas al Jefe. Y esa seguridad que ahora reflejaban sus conversaciones, sus inolvidables miradas de comprensión y de promesas me dieron finalmente otra esperanza. Estaba claro que ella apreciaba que yo no le hablase del Jefe; y, aunque esto otro no estaba tan claro, era probable que ella recompensase mi delicadeza rompiendo a corto plazo con él. Siempre supe mirar en la mirada ajena, y la de Doris era particularmente sincera.

Volví al trabajo. Día por medio cumplí otra vez mis guardias matutinas, junto al teléfono. La familia Iriarte no llamó más.

Casi todos los días me encontraba con Doris a la salida de su empleo. Ella trabajaba en el Poder Judicial, tenía buen sueldo, era la funcionaria clave de su oficina y todos la apreciaban.

Doris no me ocultaba nada. Su vida actual era desmedidamente honesta y transparente. Pero, ¿y el pasado? En el fondo a mí me bastaba con que no me engañase. Su aventura —o lo que fuera— con el Jefe, no iba por cierto a infectar mi ración de felicidad. La familia Iriarte no había llamado más. ¿Qué otra cosa podía pretender? Yo era preferido al Jefe y pronto éste pasaría a ser en la vida de Doris ese mal recuerdo que toda muchacha debe tener.

Yo le había advertido a Doris que no me telefoneara a la oficina. No sé qué pretexto encontré. Francamente, yo no quería arriesgarme a que Elizalde o Rossi o Correa atendieran su llamada, reconocieran su voz y fabricaran a continuación una de esas interpretaciones ambiguas a que eran tan afectos. Lo cierto es que ella, siempre amable y sin rencor, no puso objeciones. A mí me gustaba que fuese tan comprensiva en todo lo referente a ese tema tabú, y verdaderamente le agradecía que nunca me hubiera obligado a entrar en explicaciones tristes, en esas palabras de mala fama que todo lo ensucian, que destruyen toda buena intención.

Me llevó a su casa y conocí a su madre. Era una buena y cansada mujer. Hacía doce años que había perdido a su marido y aún no se había repuesto. Nos miraba a Doris y a mí con mansa complacencia, pero a veces se le llenaban los ojos de lágrimas, tal vez al recordar algún lejano pormenor de su noviazgo con el señor Freire. Tres veces por semana yo me quedaba hasta las once, pero a las diez ella discretamente decía buenas noches y se retiraba, de modo que a Doris y a mí nos quedaba una hora para besarnos a gusto, hablar del futuro, calcular el precio de las sábanas y las habitaciones que precisaríamos, exactamente igual que otras cien mil parejas, diseminadas en el territorio de la República, que a esa misma hora intercambiarían parecidos proyectos y mimos. Nunca la madre hizo referencia al Jefe ni a nadie relacionado sentimentalmente con Doris. Siempre me dispensó el tratamiento que todo hogar honorable reserva al primer novio de la nena. Y yo dejaba hacer.

A veces no podía evitar cierta sórdida complacencia en saber que había conseguido (para mi uso, para mi deleite) una de esas mujeres inalcanzables que sólo gastan los ministros, los hombres públicos, los funcionarios de importancia. Yo: un auxiliar de secretaría.

Doris, justo es consignarlo, estaba cada noche más encantadora. Conmigo no escatimaba su ternura; tenía un modo de acariciarme la nuca, de besarme el pescuezo, de susurrarme pequeñas delicias mientras me besaba, que, francamente, yo salía de allí mareado de felicidad, y, por qué no decirlo, de deseo. Luego, solo y desvelado en mi pieza de soltero, me amargaba un poco pensando que esa refinada pericia probaba que alguien había atendido cuidadosamente su noviciado. Después de todo, ¿era una ventaja o una desventaja? Yo no podía evitar acordarme del Jefe, tan tieso, tan respetable, tan incrustado en su respetabilidad, y no lograba imaginarlo como ese envidiable instructor. ¿Había otros, pues? Pero, ¿cuántos? Especialmente, ¿cuál de ellos le había enseñado a besar así? Siempre terminaba por recordarme a mí mismo que estábamos en mil novecientos cuarenta y seis y no en la Edad Media, que ahora era yo quien importaba para ella, y me dormía abrazado a la almohada como en un vasto anticipo y débil sucedáneo de otros abrazos que figuraban en mi programa.

Hasta el veintitrés de noviembre tuve la sensación de que me deslizaba irremediable y graciosamente hacia el matrimonio. Era un hecho. Faltaba que consiguiéramos un apartamento como a mí me gustaba, con aire, luz y amplios ventanales. Habíamos salido varios domingos en busca de ese ideal, pero cuando hallábamos algo que se le aproximaba, era demasiado caro o sin buena locomoción o el barrio le parecía a Doris apartado y triste.

En la mañana del veintitrés de noviembre yo cumplía mi guardia. Hacía cuatro días que el Jefe no aparecía por el despacho; de modo que me hallaba solo y tranquilo, leyendo una revista y fumando mi rubio. De pronto sentí que, a mis espaldas, una puerta se abría. Perezosamente me di vuelta y alcancé a ver, asomada e interrogante, la adorada cabecita de Doris. Entró con cierto airecito culpable porque —según dijo— pensó que yo fuese a enojarme. El motivo de su presencia en la oficina era que al fin había encontrado un apartamento con la disposición y el alquiler que buscábamos. Había hecho un esmerado planito y lo mostraba satisfecha. Estaba primorosa con su vestido liviano y aquel ancho cinturón que le marcaba mejor que ningún otro la cintura. Como estábamos solos se sentó sobre mi escritorio, cruzó las piernas y empezó a preguntarme cuál era el sitio de Rossi, cuál el de Correa, cuál el de Elizalde. No conocía personalmente a ninguno de ellos, pero estaba enterada de sus rasgos y anécdotas a través de mis versiones caricaturescas. Ella había empezado a fumar uno de mis rubios y yo tenía su mano entre las mías, cuando sonó el teléfono. Levanté el tubo y dije: «Hola». Entonces el teléfono dijo: «¿Qué tal, secretario?» y aparentemente todo siguió igual. Pero en los segundos que duró la llamada y mientras yo, sólo a medias repuesto, interrogaba maquinalmente: «¿Qué es de su vida después de tanto tiempo?» y el teléfono respondía: «Estuve de viaje por Chile», verdaderamente nada seguía igual. Como en los últimos instantes de un ahogado, desfilaban por mi cabeza varias ideas sin orden ni equilibrio. La primera de éstas: «Así que el Jefe no tuvo nada que ver con ella», representaba la dignidad triunfante. La segunda era, más o menos: «Pero entonces Doris...» y la tercera, textualmente: «¿Cómo pude confundir esta voz?».

Le expliqué al teléfono que el Jefe no estaba, dije adiós, puse el tubo en su sitio. Su mano seguía en mi mano. Entonces levanté los ojos y sabía lo que iba a encontrar. Sentada sobre mi escritorio, fumando como cualquier pituca, Doris esperaba y sonreía, todavía pendiente del ridículo plano. Era, naturalmente, una sonrisa vacía y superficial, igual a la de todo el mundo, y con ella amenazaba aburrirme de aquí a la eternidad. Después yo trataría de hallar la verdadera explicación, pero mientras tanto, en la capa más insospechable de mi conciencia, puse punto final a este malentendido. Porque, en realidad, yo estoy enamorado de la familia Iriarte.

(1956)

Retrato de Elisa

Había montado en el caballo del Presidente Tajes; había vivido en una casa de quince habitaciones con un cochero y cuatro sirvientas negras; había viajado a Francia a los doce años y todavía conservaba un libro encuadernado en piel humana que un coronel argentino le había regalado a su padre en febrero de mil ochocientos setenta y cuatro.

Ahora no tenía ni un cobre, vivía de la ominosa caridad de sus yernos, usaba una pañoleta con agujeros de lana negra y su pensión de treinta y dos pesos estaba menguada por dos préstamos amortizables. No obstante, aún quedaba el pasado para enhebrar recuerdo con recuerdo, acomodarse en el lujo que fue, y juntar fuerzas para odiar escrupulosamente su miseria actual. A partir de la segunda viudez, Elisa Montes había aborrecido con toda su increíble energía aquella lenta sucesión de presentes. A los veinte años se había casado con un ingeniero italiano, que le dio cuatro hijos (dos muchachas y dos varones) y murió muy joven, sin revalidar su título ni dejarle pensión. Nunca quiso mucho a ese primer marido, inmovilizado ahora en fotos amarillentas, con agresivos bigotes a lo Napoleón III y ojitos de mucho nervio, finos modales y asfixiantes problemas de dinero.

Ya en esos años, ella hablaba largamente de su antiguo cochero, sus sirvientas negras, sus quince habitaciones, a fin de que el hombre se sintiera hostigado y poca cosa en su modesto hogar con jardincito y sin sala. El italiano era callado; trabajaba hasta la madrugada para alimentarlos y vestirlos a todos. Por fin no aguantó más y se murió de tifus.

En esa desgraciada ocasión, Elisa Montes no pudo recurrir a sus parientes, pues estaba enemistada con sus tres hermanos y con sus tres cuñadas; con éstas, porque habían sido costureras, empleaditas, cualquier cosa; con aquéllos, porque les habían dado el nombre. En cuanto a los bienes familiares hacía tiempo que el difunto padre los había dilapidado en juego y malas inversiones.

Elisa Montes optó por recurrir a las viejas amistades, luego al Estado, como si unas y otro tuviesen la obligación de protegerla, pero halló que todos (el Estado inclusive) tenían sus penurias privadas. En este terreno las conquistas se limitaron a algunos billetes sueltos y a la humillación de aceptarlos.

De modo que cuando apareció don Gumersindo, el estanciero analfabeto, también viudo pero que le llevaba veinte años y pico, ella se había resignado a hacer puntillas que colocaba en las tiendas más importantes, gracias a una recomendación de la señora de un general colorado (en el tapete a raíz del último cuartelazo) con la cual había jugado al volante y al diábolo en lejanos otoños de una dulce, imposible modorra.

Hacer puntilla era el principio de la declinación, pero escuchar las insinuaciones soeces y las risotadas estomacales de don Gumersindo, significaba la decadencia total. Tal hubiera sido la opinión de Elisa Montes de haberle ocurrido eso a alguna de sus pocas amigas, pero dado que se trataba de ella misma, tuvo que buscar un atenuante y aferrarse tercamente a él. El atenuante —que pasó a ser uno de los grandes temas de su vida— se llamó: los hijos. Por los hijos se puso a hacer puntillas; por los hijos escuchó al estanciero.

Durante el breve noviazgo, don Gumersindo Olmedo la cortejó usando la misma ternura que dedicaba a sus vacas, y la noche en que, recurriendo a su macizo vocabulario, le enumeró la lista de sus bienes, ella acabó por decidirse y aceptó la rotunda sortija. Sin embargo, los varones ya eran mayorcitos: Juan Carlos tenía dieciocho años, había cursado tres de inglés y dos de italiano, pero vendía plantas en la feria dominical; Aníbal Domingo tenía dieciséis y llevaba los libros de una mensajería. Las muchachas, que eran dóciles, prácticas y bien parecidas, se fueron al campo, acompañando a la madre y al padrastro.

Fue allí que tuvo lugar la primera sorpresa: Olmedo, en su rudimentaria astucia, había confesado las vacas, los campos de pastoreo, hasta la cuenta bancaria, pero de ningún modo los tres robustos hijos de su primer matrimonio. Desde el primer día, éstos se comieron con los ojos a las dos hermanas, que, aunque gorditas y coquetonas, no habían franqueado aún la pubertad. Elisa tuvo que intervenir en dos oportunidades a fin de que la rijosa urgencia de los chicos no pasara a menores.

Instalado en su estancia, el viejo no era el mismo bruto inofensivo que había camelado a Elisa en Montevideo. Rápidamente, las muchachas y la madre aprendieron que no era cosa de reír cuando lo veían acercarse por el patio de piedra, las piernas muy abiertas y las puntas de las botas hacia afuera. En su feudo, el hombre sabía mandar. Elisa, que se había casado por sus hijos, se resignó a que las muchachas y ella misma pasaran hambre, porque Olmedo no aflojaba ni un cobre y se encargaba personalmente de las escasas compras. Tenía la obsesión del aprovechamiento de las horas libres, y por más que, para un extraño, su avaricia pudiera resultar divertida, las hermanas no opinaban lo mismo cuando el padrastro las tenía durante horas enderezando clavos.

Allí empezó Elisa su letanía favorita y en las noches de sexo y mosquitero se permitía recordarle a Olmedo las excelencias de su primer marido. El viejo sudaba y nada más. Todo parecía indicar que sería lo bastante fuerte como para resistir las maldiciones. Pero cinco días después del sexto aniversario le empezó un dolor en el estómago que lo tumbó, primero en el lecho y ocho meses más tarde en el panteón familiar.

En esos ocho meses Elisa lo cuidó, lo trajo a Montevideo y deseó con fervor que reventara de una buena vez. Pero aquí fue donde Gumersindo le hizo la mejor de sus trampas. Los tres médicos que lo atendieron habían sido informados y sabían que aquí sí podía aplicarse el radio. El radio era tremendamente costoso y ocho meses de aplicaciones y sanatorio alcanzaron para que Olmedo consumiera su hacienda antes de morirse. Pagados que fueron los médicos, las deudas y el entierro, arregladas algunas diferencias con sus entenados, quedaron para Elisa aproximadamente cuatrocientos pesos, que resultaban un precio excesivamente módico para haber enajenado la lujosa dignidad familiar.

Elisa se quedó en Montevideo e intentó volver a las puntillas. Pero el general colorado cuya esposa la había recomendado en las grandes tiendas, se consumía ahora en un honroso exilio correteando artículos de escritorio en Porto Alegre. Ya no era posible seguir descendiendo.

Más abajo de las puntillas estaba la chusma y Elisa tenía un agudo sentido de las jerarquías. De modo que hizo trabajar a sus hijas. Josefa y Clarita se convirtieron en pantaloneras de militares. Por lo menos eso, pensaba Elisa, por lo menos arrimarse al Ejército. Ella, por su parte, empezó a fastidiar tesoneramente a Ministros, Directores de Oficinas, Jefes de Sección, Conserjes, y hasta a los peluqueros de los prohombres.

A los dos años de hacerse insoportable en cualquier antesala, obtenía una increíble pensión cuyos fundamentos nadie sabía a ciencia cierta. Tuvo la felicidad de casar a sus hijas en el mismo año y desde entonces se dedicó a los yernos.

El marido de Josefa era un tipo tranquilo, comilón. Había heredado del padre una ferretería de barrio, y él, sin reformar el menor detalle, sin agregar un solo renglón, había seguido empujando el negocio por el cauce de siempre. El otro yerno, marido de Clarita, era un fogoso teniente de artillería, que decía los buenos días con la música de «De frente ¡march!» y que en los ratos de ocio, escribía el segundo tomo de una historia de la Guerra Grande.

Elisa se fue a vivir con los hijos solteros, pero pasaba los fines de semana con las hijas casadas. Su influencia no se limitaba al sábado o al domingo. Casi todas las peleas entre el teniente y Clarita se basaban en algún párrafo inocente pronunciado por Elisa entre el fiambre y los ravioles del último domingo; y casi todas las bromas que, de parte de Josefa, debía soportar el paciente ferretero, se debían a algún susurro deslizado por la suegra en el oído predispuesto de la muchacha, cuando ya el marido se retiraba a disfrutar la siesta sabatina.

Al teniente, Elisa le reprochaba su rigidez, sus ideas políticas, sus modales para comer, su pasión por la historia, su ansia de viajar, sus resfríos, su estatura breve. Al ferretero, en cambio, le recriminaba su blandura, su conformismo, su salud a toda prueba, su inocuidad política, su inclinación por los mariscos, su risa rebotona, su cargazón de anillos.

Pocas veces se reunían todos en una mesa familiar, pero una sola ocasión en seis meses bastó para que Elisa embarcara a sus yernos en una agria discusión sobre la batalla del Marne, de la que salieron enemistados para siempre. El teniente (perdón, ahora el capitán) tampoco se hablaba con sus dos cuñados, porque Elisa había informado largamente a su yerno de la intensa ociosidad desplegada por Juan Carlos y Aníbal Domingo, pero a Juan Carlos y a Aníbal Domingo les había comunicado que el cuñado opinaba que eran un par de zánganos.

Por otra parte, los años trajeron nietos y los nietos disgustos. Los dos varones del ferretero, de siete y ocho años respectivamente, intentaron meter los deditos de la nena del capitán en un enchufe eléctrico, pero fueron vistos por Elisa, que los contuvo y le pegó a la nena. Más tarde convenció a Clarita de que la culpa era de los muchachos y aun le quedó aliento para conseguir una paliza para éstos, pero no de su padre sino del tío militar, de modo que el correctivo sirviera también para que los concuñados se insultasen a gritos y estallase asimismo en Josefa y en Clarita el anacronismo de unos celos, a duras penas filiales y curiosamente retrospectivos.

En cada visita a sus hijas, Elisa recibía como un confesor la puesta al día de sus resentimientos. Predicaba una sostenida tolerancia, «salvo que te ofendan en algo muy sagrado». Naturalmente, ¿qué más sagrado que la madre? En ese caso sí debían decir cuatro verdades, recordarle al teniente, por ejemplo, que su abuelo había sido un cura párroco; al ferretero, que su tío se había suicidado por estafa. Si eso les ofendía, mejor, mucho mejor; un hombre alterado («podrías aprender de mis padecimientos con tu padre y con el otro») siempre es más fácil de conducir, de pescarle en contradicciones, de hacerle pronunciar alguna idiotez irreparable. Lo malo era que a veces perdían los estribos y recurrían a los golpes, pero no había que desalentarse. Una bofetada recibida era siempre una buena inversión: significaba, por lo menos un largo semestre de concesiones y arrepentimientos.

Pero Elisa no había tenido en cuenta el sexo. Es cierto que en sus dos matrimonios había disfrutado menos que una tabla. Pero las hijas estaban mejor dotadas y no desperdiciaban sus buenas noches. Los yernos eran derrotados en la vigilia con los argumentos que ponía Elisa en labios de sus hijas, pero vencían en el lecho con los argumentos que les diera Dios. Era —es cierto— una lucha despareja. Con vergüenza, pero sin titubeos, con la convicción de que se jugaban en eso su más deseado placer, las hijas le suplicaron que no viniera más, que preferían ir ellas a verla de cuando en cuando. Josefa, que había sido su preferida, no apareció nunca, pero Clarita a veces le escribía o se encontraba con ella en el Centro.

Elisa se quedó sola con Aníbal Domingo, que se estaba poniendo duro y a quien no le gustaban las novias. Juan Carlos era agente viajero, y venía por algunas horas una vez por quincena. Pero como esas horas eran de recriminaciones y de sospechas («quién sabe con qué perdidas andarás ahora»), acabó por quedarse en el Interior y bajar a Montevideo dos o tres veces al año.

Cuando el dolor hizo su aparición, Elisa Montes no atinó a engañarse. Era, evidentemente, el mismo mal que había volteado a Gumersindo. Le pidió al médico que le dijera la verdad, y el médico se la dio con pormenores, como desahogándose por todas las otras veces en que había sentido conmiseración. Sabiéndose perdida sin remedio, no se le ocurrió, como a tantos otros, repasar su conciencia, indagar su verdad. En los ratos en que la morfina le entibiaba el sufrimiento, escarbaba todavía con restos de fruición en las vidas inocuas que la habían rodeado. En los otros, cuando la horrible punzada apretaba, ni siquiera se sentía con ánimo para fingir, ya que aquello era realmente atroz.

Aníbal Domingo, tímido, inerte y servicial, la asistía sin fervor y recibía sus blasfemias. Sólo un tipo así, agostado, insensible, podía aguantar hasta el fin ese proceso de acabamiento, de soledad, de olvido. Pero aun él experimentó cierto alivio cuando una mañana la encontró sin vida, arrollada e implacable, como si la última paz la hubiese rechazado.

No publicó avisos, pero llamó a las hermanas, a Juan Carlos, a los cuñados; tuvo pereza de buscar a los viejos tíos. Todos se enteraron, sin embargo; hasta Juan Carlos, que dijo después no haber recibido a tiempo el telegrama. Pero sólo vinieron el capitán y el ferretero.

Detrás de la carroza, módica y casi sin flores, iba el coche de los deudos. Hacía años que los tres hombres no se dirigían la palabra, y ahora tampoco hablaban. El capitán miraba fijo hacia la calle, como asombrado de que alguna mujer se persignara al paso del mezquino cortejo.

Aníbal Domingo contemplaba hipnotizado la nuca enrojecida del chofer, pero a veces abarcaba también el espejito retroscópico donde se veía, siempre a la misma distancia, el otro coche enviado por la funebrera y que nadie había querido aprovechar. A Aníbal Domingo se le había ocurrido que por culpa de la muerta no había tenido novias, y aún no se había acostumbrado a esa agradable revelación.

La sección nueva del Cementerio del Norte estaba cubierta por un sol alegre; aquí y allá, la tierra removida como para labranza. Al descender del coche, el ferretero tropezó y los otros dos lo tomaron del brazo para sostenerlo. Él dijo «Gracias» y hubo menos tensión.

A un costado, sobre el pasto, habían depositado un cajón muy liso, de cuatro agarraderas. Los deudos se acercaron, pero tuvo que ayudarlos el chofer, porque faltaba uno.

Avanzaron despacio, como si encabezaran un nutrido cortejo. Luego, dejaron el camino principal y se detuvieron frente a un pozo sencillo, exactamente igual a otros quince o veinte que también esperaban. Después de un golpe seco, el cajón quedó inmóvil en el fondo. El chofer se sonó la nariz, dobló el pañuelo como si estuviera limpio, y retrocedió despacio hasta el camino.

Entonces los otros se miraron, inexplicablemente solidarios, y nada les impidió arrojar los puñados de tierra con los que aquella muerte se igualó a las otras.

(1956)

Los novios

1.

Al principio yo la saludaba desde mi vereda y ella me respondía con un ademán nervioso e instantáneo. Después se iba a los saltos, golpeando las paredes con los nudillos, y, al llegar a la esquina, desaparecía sin mirar hacia atrás. Desde el comienzo me gustaron su cara larga, su desdeñosa agilidad, su impresionante saco azul que más bien parecía de muchacho. María Julia tenía más pecas en la mejilla izquierda que en la derecha. Siempre estaba en movimiento y parecía encarnizada en divertirse. También tenía trenzas, unas trenzas color paja de escoba que le gustaba usar caídas hacia el frente.

Pero, ¿cuándo fue eso? El viejo ya había puesto la mercería y mamá hacía marchar el fonógrafo para copiar la letra de *Melenita de Oro*, mientras yo enfriaba mi trasero sobre alguno de los cinco escalones de mármol que daban al fondo; Antonia Pereyra, la maestra particular de los lunes, miércoles y viernes, trazaba una insultante raya roja sobre mi inocente quebrado violeta, y a veces rezongaba: «¡Ay, Jesús, doce años y no sabe lo que es un común denominador!». Doce años. De modo que era en 1924.

Vivíamos en la calle principal. Pero toda avenida 18 de Julio en un pueblo de ochenta manzanas, es bien poca cosa. A la hora de la siesta yo era el único que no dormía. Si miraba a través de la celosía, transcurría a veces un bochornoso cuarto de hora sin que ningún ser viviente pasase por la calle. Ni siquiera el perro del señor Comisario, que, según decía y repetía la negra Eusebia, era mucho menos perro que el señor Comisario.

Por lo general, yo no perdía tiempo en esa inercia contemplativa; después del almuerzo me iba al altillo y, en lugar de estudiar el común denominador, leía como un poseído a Julio Verne. Leía sentado en el suelo, incómodamente tirado hacia adelante, con la prevista consecuencia de unos alegres calambres en las pantorrillas o una opresión muscular en el estómago. Bueno, qué importaba. Después de todo, era un placer cerrar la puerta que me comunicaba con el mundo y con mamá, no porque yo fuera un solitario vocacional, ni siquiera por vergüenza o resentimiento. Tan sólo era un disfrute disponer de dos horas para mí mismo, construirme una intimidad entre esas paredes rugosamente blancas, y acomodarme en la franja de sol, cuidando, claro, de que Verne permaneciera en la sombra.

La dulce modorra, el compacto silencio de esas tardes, estaban aliviados por voces lejanísimas, gritos que eran casi susurros, ruidos indescifrables, y también unas bocinas tan gangosas como después no he vuelto a escuchar. Frente a mí el cielo estaba quieto, sin una nube, como otra pared. A veces esa monotonía celeste me ponía los párpados pesados y mi cabeza acababa por inclinarse hacia un costado, por lo menos hasta que encontraba la pared y el polvo de cal me llenaba la oreja.

No guardo una excesiva nostalgia de mi infancia. Conservo en cambio un melancólico recuerdo de ese altillo vacío, sin muebles ni estanterías, con sus toscas paredes, su cielo incandescente y sus baldosas de un desvaído color remolacha.

La soledad es un precario sucedáneo de la amistad. Yo no tenía amigos. Los mellizos de Aramburu, el hijo del boticario Vieytes, el Tito Lagomarsino, los primos Alberto y Washington Cardona, venían a menudo a casa, ya que sus madres y la mía mantenían una antigua relación llena de hábitos comunes, de chismes cruzados, de comuniones compartidas. Así como hoy se habla de profesionales de la misma promoción, en 1924 las mujeres de una capital departamental se sentían amigas a partir de su encuentro en un solo nivel histórico: el de la primera comunión. Confesar, por ejemplo: «Con Elvira y con Teresa tomamos juntas la primera comunión», significaba, lisa y llanamente, que a las tres las unía un vínculo casi indestructible, y si alguna vez, por un imprevisto azar que podía tomar la forma de un viaje repentino o una pasión avasallante, una compañera de comunión se apartaba del grupo, de inmediato su descomedida actitud era incorporada a la lista de las más increíbles traiciones.

Que nuestras madres fueran amigas y se besuquearan toda vez que se encontraban en la plaza, en el Club Uruguay, en los Grandes Almacenes Gutiérrez, en la afelpada penumbra de sus días de recibo, no alcanzaba para decretar una gentil convivencia entre los más ilustres de sus vástagos. Cualquiera de nosotros que acompañase a la madre en alguna de sus visitas semanales, después de pronunciar un respetuoso: «Yo bien, ¿y usted, doña Encarnación?», pasaba automáticamente al fondo a jugar con los hijos de la dueña de casa. Jugar significaba las más de las veces apedrearse de árbol a árbol, o, en mejores ocasiones, acabar a las trompadas, revolcados en la tierra, los bolsillos desgarrados y las solapas definitivamente mustias. Si yo no me peleaba con más asiduidad era por temor a que María Julia se enterase. Por encima de sus pecas, María Julia contemplaba el mundo con una sonrisa de satisfecha comprensión, y lo curioso era que esa comprensión abarcaba también al equipo de adultos.

Era un año menor que yo; sin embargo, cuando le hablaba tenía que sobreponerme previamente a esa misma bocanada de timidez que complicaba mis relaciones con los viejos, con Antonia Pereyra, con los respetables en general.

Ella vivía en la calle Treinta y Tres, a cuatro cuadras de la plaza, pero pasaba muy a menudo (por lo menos, tres veces en la tarde) por la puerta de la mercería. Eso al menos había oído decir a mamá y a Eusebia, pero la muerte de sus padres era un tema prohibido. El Tito Lagomarsino me procuró la versión que circulaba en la cocina de su casa: que el padre, antiguo empleado de la Sucursal del Banco República, había falsificado cuatro firmas y se había suicidado antes de que nadie hubiera descubierto la módica estafa de veinticinco mil pesos. Según la misma fuente de rumores, poco después «la madre había muerto de dolor».

Había, por lo tanto, dos sentimientos muy diversos, casi contradictorios, en las relaciones del pueblo con María Julia: la lástima y el desprecio. Era la hija de un estafador, estaba por lo tanto deshonrada. De modo que no resultaba una compañía especialmente deseable, ni siquiera una aceptable camarada de juegos para el renglón hijas en aquel reducido mercado departamental. No obstante ello, era una inocente, y esta teoría había sido convenientemente difundida por el padre Agustín, un sacerdote panzón y gallego, que aprovechaba sus engoladas recomendaciones de piedad para cargar las tintas sobre el suicida, «un impío que jamás había pisado los umbrales de la casa de Dios». El resultado de esa dualidad era que las buenas familias estaban siempre dispuestas a sonreírle a María Julia cuando la encontraban en la calle, incluso a pasarle la mano sobre el pelo en desorden y después murmurar: «Pobrecita, ella no tiene la culpa». Con eso quedaba cumplida la cuota de cristiana misericordia, y a la vez se ahorraban fuerzas para cuando llegara la hora de cerrarle las puertas de todas las casas, apartarla de todas las cofradías infantiles y hacerle sentir que estaba algo así como marcada.

2.

Si hubiera dependido sólo de mi madre, estoy seguro de que no habría podido verme a menudo con María Julia. Mi madre tenía una normal capacidad de lástima y de comprensión; no constituía lo que Eusebia llamaba un corazón petrificado, pero era sin embargo una esclava de las convenciones y los ritos de aquella orgullosa *élite* de almaceneros, boticarios, tenderos, bancarios, empleados públicos. Pero el asunto también dependía de mi padre, que si bien podía ser un malhumorado, un tímido, un neurasténico, de ningún modo soportaba esas variantes semicanallescas de la injusticia. Claro que en su pasión por lo correcto, había también un destello de terquedad; uno no podía estar muy seguro en cuanto a ese impreciso límite en que él dejaba de ser exclusivamente digno, para ser, además, simplemente porfiado.

Bastó, por lo tanto, que en el curso de una cena, mamá dejara constancia de la aprensión con que la aristocracia del pueblo miraba la presencia de la hija del estafador, para que el viejo se pusiera automáticamente de parte de la chiquilina.

Y allí terminó mi soledad. No la soledad angustiosa y amarga que después iba a convertirse en mal endémico de mis treinta años, sino la soledad atrayente y buscada, la soledad exclusiva que todas las tardes me esperaba en el altillo, ese reducto hasta el que llegaba el pulso tranquilo de la siesta del pueblo, de la siesta total. A ese feudo de mi primera, entrañable intimidad, tuvo acceso un día el saco azul de María Julia. Y María Julia, claro. Pero el saco azul fue lo que más me impresionó: todo su contorno resaltaba sobre la cal de las paredes y hasta parecía estar inscripto en un halo celeste, de vacilantes límites.

Ella llegó una tarde, autorizada por mi padre para jugar conmigo, y la encandilante novedad de tenerla allí, agregada a la preocupación de doblegar mi timidez no me dejaron comprender, en un primer momento, la claudicación que eso significaba. Porque María Julia penetró en tierra conquistada y allí se instaló, como si sus derechos sobre el altillo fueran equivalentes a los míos, cuando en verdad ella era una recién llegada y yo en cambio había demorado un año y medio en imaginar en todos sus detalles aquella especie de refugio inexpugnable, del que cada mancha en la pared tenía un contorno que para mí representaba algo: la cara de un viejo contrabandista, el perfil de un perro sin orejas, la proa de un bergantín. En rigor, la invasión de María Julia sólo tuvo efecto sobre las paredes reales, el cielo azul, la ventana real. Como esos países provisoriamente subyugados, que, por debajo de las botas del invasor, mantienen una subterránea vivencia de sus tradiciones, así preservaba yo, en vigilado secreto, todo cuanto había imaginado respecto al altillo, a mi altillo. María Julia podía mirar las paredes, pero no podía ver qué representaba cada mancha; podía tal vez, escuchar el cielo, pero no sabía reconocer en aquel silencio la llamada lejana de las bocinas, los amortiguados fragmentos de los gritos. A veces, nada más que para confirmar el mantenimiento de mi zona privada, le preguntaba qué podía representar esta o aquella mancha. Ella miraba la pared con ojos bien abiertos, y luego, con voz de quien dicta una ley, se expedía con lacónica certeza: «Es una cabeza de caballo», y aunque yo sabía que en realidad era una cabeza de perro sin orejas, no por eso dejaba que en mi boca se formara ni una sola sonrisa de presunción o de desprecio.

Pero no todo aquel período estuvo colmado por sus aires de dominadora o mi estrategia de dominado. En alguna ocasión María Julia dejaba caer imprevistamente alguna confidencia. Creo que en el fondo de su nervioso orgullo, ella me reconocía el rango y el derecho de ser su primer y único confidente. «Yo sé que en todo el pueblo me miran como un bicho raro. ¿Y sabés por qué? Porque papá hizo un calotito en el Banco y después se mató.» Así llamaba a la estafa: no calote sino calotito. Lo decía con una naturalidad cuidadosamente fabricada, como si en lugar de muertes y delitos estuviera hablando de juguetes o navidades. «Tía dice siempre que lo que la gente le reprocha a papá, no es el calotito sino el suicidio.»

A mí el tema me dejaba bastante confuso. En casa no existía el hábito de llamar a las cosas por su nombre. El arma preferida de mamá era el rodeo; el viejo, en cambio, usaba y abusaba del silencio alunado. Por eso, o quién sabe por qué, lo cierto era que yo no tenía la costumbre de la franqueza, así que no podía responder de inmediato cuando María Julia me apremiaba con preguntas como ésta: «¿Vos qué pensás? El suicidio, ¿es una cobardía?». Once años. Tenía once años y preguntaba eso. Claro, me obligaba a interrogarme. A veces, cuando ella se iba y yo me quedaba solo, me ponía a pensar tensamente, trabajosamente, y al cabo de media hora no había conseguido solucionar ningún problema de metafísica infantil, pero en cambio había logrado un dolor de cabeza estrictamente adulto.

En definitiva no podía imaginar el suicidio. Tampoco la muerte lisa y llana. Pero por lo menos la muerte era algo que un día llegaba, algo no buscado. El suicidio, en cambio, era sentir gusto por esa estéril, repugnante nada, y eso era horrible, casi una locura. Que esa locura fuese asimismo arrojo, o simplemente cobardía, significaba para mí un problema sólo secundario.

No vaya a pensarse, sin embargo, que fuéramos criaturas anormales, de esos pequeños monstruos que en cualquier época y en cualquier familia se alzan de pronto para trastrocar el sistema y los ritos de la infancia, raros engendros que en vez de jugar con muñecas o con trompos, extraen mentalmente raíces cuadradas o conversan sobre silogismos. No. Sólo ahora aquellos temas solemnes adquieren para mí una importancia que entonces no tuvieron; sólo mis posteriores contactos con el misterio o la muerte, otorgan una aureola de muerte o de misterio a nuestros diálogos de entonces. Cuando yo tenía doce años y ella once, el suicidio, la nada, y otros rubros no menos sobrecogedores, sólo representaban una breve interrupción en la lectura o en el juego.

La imagen esclarecedora llegó un sábado de tarde, no en mi altillo sino en la plaza. Yo venía con mi madre de los Grandes Almacenes Gutiérrez. Frente al busto de Artigas, mi madre y su tía se saludaron y todos nos detuvimos. Era una experiencia nueva, vernos y hablarnos en público. En realidad, sólo vernos. Mientras las mujeres hablaban, ella y yo permanecimos callados y quietos, como dos artefactos. En el momento no comprendí bien. Yo era tímido, eso estaba claro, pero, ¿y ella? De pronto, la tía nos miró y le dijo a mi madre: «¿Vio, doña Amelia? Son inseparables». Maldita la gracia que le hizo a mi madre. «Sí, son buenos compañeros», asintió con angustia. Pero a la otra no la desviaban así como así: «Mucho más que buenos compañeros, son realmente inseparables». Y agregó después con un guiño de empalagosa complicidad: «¿Quién sabe, eh, doña Amelia, qué pasará en el futuro?». Toda la zona del pescuezo que bordeaba el saco azul, quedó roja a manchones. Yo sentí un imprevisto calor en las orejas. Pero a esa altura ya sonaba otra vez la voz áspera y sin embargo confianzuda: «Mire, doña Amelia, cómo se ponen colorados». Entonces mamá me atenazó el hombro y dijo: «Vamos». Todos dijimos adiós, pero yo miraba fijo el busto de Artigas. Sólo después, cuando mamá y yo entramos en la Farmacia Brignole a comprar creta mentolada, sólo entonces me di cuenta de que había adquirido una certeza.

De modo que dos días después, en el altillo, lo que pasó fue una mera confirmación. Yo leía *Bertoldo, Bertoldino y Cacaseno;* era divertido, pero no me reía. Nunca pude reírme cuando leo en voz baja. De pronto levanté los ojos y encontré la mirada de María Julia. Vi que se mordía el labio superior. Me sonrió, nerviosa. «No podés leer, ¿verdad?» Yo podía leer, claro. Pero me dio no sé qué contradecirla y meneé la cabeza. «¿Y sabés por qué?» Quedé inmóvil, esperando. «Porque somos novios.» Yo cerré el libro y lo dejé al costado. Después, suspiré.

3.

«Un hombre derecho», dijo Amílcar Arredondo, señalando el cajón. Yo hubiera querido levantar la cabeza y mirarlo, nada más que para ver cómo era eso, cómo lucía el rostro imperturbable del hombre que había arruinado y enfermado al viejo.

«No le sentó el trasplante. Una de esas personas acostumbradas a su pueblo. Lo sacaron de allí y ya vieron: se acabó.» Ahora sí lo miré. En ese momento encendía el cigarrillo de don Plácido, mi padrino, y su rostro estaba casi tan compungido como ufano. «Puta, qué asco», murmuré, y Arredondo, que captó por lo menos mi mirada, se acercó a ponerme una mano en la nuca. «Hay que resignarse, Rodolfo. Hay que aprender del coraje de tu pobre viejo.» Las cosas que hay que oír. El coraje de mi pobre viejo.

Después de todo, qué importaba Arredondo. Era un canallita, como tantos otros, de aquí o del Interior. Al viejo le había visto enseguida el lado flaco. O quizá desde el principio el viejo fue consciente de que este avivado iba a ser su ruina. Un canallita como tantos otros. No todas las víctimas se morían. El viejo, en cambio (callado, como siempre) se murió.

Algo de cierto había en eso de la falta de adaptación al trasplante. En Montevideo, el viejo se aburría. Ya no había piezas de género que extender sobre el gastado mostrador, ni viejas clientas que revisaran el muestrario de festones, ni solteronas que compraran sedalina. Durante treinta años había anhelado el descanso con modesto fervor, una vez que lo había obtenido, se había quedado inmóvil, con los ojos lejanos, cada vez más incrustado en sí mismo.

Yo podía comprenderlo. Mamá, no. Ella, a los quince días de pormenorizar su nostalgia de la vida pueblerina, a los quince días de repetir y repetir que la ciudad le resultaba asfixiante, ya había conseguido amistades: dinámicas señoras de impertinentes y busto horizontal, dedicadas fervorosamente al chisme y a la beneficencia, tranquilas porque sus hijos concurrían a la Sagrada Familia y sus maridos al Club de Bochas, siempre mejor dispuestas a perdonar los excrementos de sus perritas que las contestaciones de sus sirvientas, buenas amas de casa que se esperaban de zaguán en zaguán para comentar, con aterrorizados movimientos de cejas y de labios, el eficacísimo vaivén de las tres o cuatro pizpiretas del barrio.

Mamá no podía comprenderlo, porque ella siempre fue patológicamente sociable, pero yo sí podía entender al viejo. Sin necesidad de esforzarme, sólo mediante el fácil recurso de exagerar hasta la caricatura mis primeras reacciones, mi propio desacomodamiento ante el trasplante.

Después que don Silberberg compró la mercería, vino un período que pareció de fiesta. Mamá hablaba abundantemente en las comidas, haciendo proyectos, acomodando imaginarios muebles, diseñando futuras alfombras. Papá sonreía. Pero era una sonrisa sin alegría, la mueca amable, desanimada, de un hombre que se retira del trabajo sin odiarlo, simplemente porque le llegó la hora del descanso. Allá, en el pueblo, todavía lo sostenía la actividad del último inventario, las despedidas de los amigos, la puesta en marcha de su sucesor. Luego, en Montevideo, cuando alquilamos el apartamento de la calle Cerro Largo, el viejo se desarmó, creo que debe haber pensado que su vida se había quedado sin motivo y sin sostén.

Yo a veces me le acercaba y trataba de hablarle. Quise llevarlo al fútbol, al cine, a pasear simplemente. Sólo me aceptaba la última de esas invitaciones, una vez cada diez, y nos íbamos al Prado, en un ruidoso tranvía de La Comercial. En el trayecto iba tan callado, que algún optimista le hubiera creído nada más que absorbido por el espectáculo de la gente, del tránsito de las calles con tupida arboleda. Pero en realidad él no miraba nada. Se dejaba llevar, simplemente. Y sólo por afecto hacia mí, a fin de que yo creyese que él se estaba distrayendo, a fin de que yo me sintiera verdaderamente influyente, seguro de mí mismo, vocacionalmente poderoso.

Alguna tarde, después de caminar un rato entre los árboles, se sentaba en un banco y me dirigía alguna pregunta que quería ser personal y, como nunca llegaba a serlo, me dolía. «Y bueno, ahora que tenés veinte años, ahora que ya votás y sos un hombre, ¿qué es lo que te preocupa?» Mi respuesta no importaba. Tampoco él estaba demasiado atento. Formulando la pregunta, había cumplido, y no era cosa de golpear dos veces en la misma conciencia.

Cuando apareció Arredondo, con el proyecto de colocar ventajosamente los pocos miles de pesos obtenidos con la venta de la mercería, más otros pocos que el viejo tenía en títulos, más un seguro a mi nombre que vencía en esos meses, cuando apareció Arredondo con todas sus falsas cartas en la mano, todo estaba maduro para recibirlo. El viejo se dejó convencer con una expresión de incredulidad que en cualquier otro hubiera sido de fastidio. Esa noche, después de la cena, mientras mamá estaba en la cocina, le pregunté: «¿No le ves cara de cretino, de vividor?». «Posiblemente», dijo, y se acabó. No hubo otro comentario. Simplemente, cuatro días más tarde, hubo la aceptación del plan Arredondo, quien recibió la noticia con una sonrisa de oreja a oreja y unos ojos que inadvertidamente subastaban su alma. En realidad, no podía creer en tanta dicha.

Todo falló, naturalmente: desde las acciones de Fiecosa hasta los préstamos en cadena. Mamá gritó tenazmente durante cuatro horas, después tuvo un colapso. No bien se recuperó, empezó a reprocharle al viejo de la mañana a la noche la desgraciada inversión. Quizá el viejo no había contado con esa cantinela. Quizá había confiado en derrotar por una sola vez a su intuición. Lo cierto fue que el derrumbe lo consumió, lo deshizo, literalmente acabó con él. Cuando mamá se dio cuenta de que la hora del reproche había pasado, el médico ya había pronunciado la palabra trombosis.

Ahora el viejo estaba allí, junto a Arredondo y junto a mí. Yo tenía una tristeza que excedía el ánimo, una tristeza que también era corporal. Me miraba las manos y éstas también estaban sucias de tristeza. Hasta ese momento yo había oído decir «triste» y el corazón se me había llenado de una oleada romántica, de una agradable melancolía. Pero esto era otra cosa. Me sentía triste y pesado, triste y vacío. La tristeza, ahora que la tocaba, era algo más bien asfixiante, pegajoso, una cosa fría que uno no podía sacarse de la cara, de los pulmones, del estómago. Quizá yo habría deseado para él una vida mejor. Mejor no es tampoco la palabra. Que su vida hubiera tenido una pasión vitalizadora, un odio estimulante, qué sé yo, algo que le hubiera puesto en los ojos ese mínimo de energía que parece indispensable para sentirse poseedor de una rebanada de verdad.

Nos habíamos tenido afecto, era cierto. ¿Y eso qué? Probablemente no habíamos sabido nada el uno del otro. Una incapacidad de comunicación nos había mantenido a prudente distancia, postergando siempre el intercambio franco, generoso, para el cual, por otras razones, estábamos bien dotados. Ahora él estaba allí, rígido, ni siquiera en paz, ni siquiera definitivamente muerto, y toda consideración era ya inútil, por lo menos tan inútil como puede parecer un brillante alegato cuando ya ha vencido sin remedio la última de las prórrogas.

Abrí los ojos y Arredondo no estaba. Respiré con alivio. Sin embargo, había una mano apoyada en mi hombro. Una mano liviana, o, por lo menos, que se afanaba en no pesar. Yo no estaba en disposición de adivinar, de hacer pronósticos, de modo que pensé en un nombre, un solo nombre. Después de todo, era bastante insólito que pensase en María Julia, pero acaso se debiese al cansancio. No la veía desde antes de que bajáramos a la capital. Sin embargo, era ella. Primero tomé su mano, después la senté a mi lado, en el sofá. No lloraba. «Una fina atención de su parte», pensé, y me sentí profundamente ridículo. En la tristeza se fue abriendo paso una cuña de afecto, de infancia compartida. María Julia, entonces. Parecía más tranquila. Y más alta, claro. Y quizá menos segura de sí. Y con menos pecas. Y sin el saco azul.

Durante un buen rato, estuvo callada. Su mirada no era la corriente moneda de pésame. Evidentemente, me investigaba a fondo, pero hubo además algún parpadeo de cariño, de cosa recuperada, de precisa memoria.

Fue a partir de ese momento que me sentí mejor.

4.

En la casa de la calle Dante, yo me sentaba siempre en la misma silla, frente al mismo cuadro alegórico (una mujer desnuda, con un pálido rostro puro ojos, que surgía intacta de una terrible hoguera, en la que había innumerables llamas con cabezas de monstruos) y hacía repiquetear los dedos en la misma veta de la mesa de roble. Yo llegaba a las nueve de la noche y por lo común me recibía la tía, vestida siempre de impecable negro, con un encaje pectoral que dejaba entrever una zona ineluctablemente fláccida surcada de venitas casi violáceas y con dos verrugas simétricas que contribuían a dejar malparado el sentido estético de Dios o por lo menos el de sus vicarios en el acto de crear cuerpos al azar.

«Nena, llegó tu novio», decía la tía, volviendo la cabeza hacia el fondo y pronunciando la ve corta como sólo consiguen hacerlo ciertas maestras de primer grado. Desde su cuarto, María Julia gritaba: «Ya voy, Rodolfo», y entonces comenzaban a correr los inevitables quince minutos de monólogo exterior, durante los cuales la señora me abrumaba a preguntas acerca de mi trabajo, de política, de bueyes perdidos.

En realidad, ella no tenía necesidad de mis respuestas. Con una sola carraspera sabía dar un tema por clausurado, y así, casi sin que el respiro tuviese una repercusión en el inocuo encaje, encontrar algo de pecaminoso en todo cuanto caía en la órbita de su observación, de su conocimiento, de su fantasía, la cual no era, por cierto, abundante, ni siquiera concentrada, pero incluía en cambio una activa disposición para desglosar el chisme y revitalizarlo.

María Julia comparecía, al fin: «¿Verdad que hoy está hecha un primor?», preguntaba la tía y yo quedaba automáticamente sumido en un silencio en el que se diluían todos mis cumplidos. El primor era una muchacha de veintiocho años, que empezaba a perder su expresión infantil sin haber adquirido aún otra sucedánea, de mayor plenitud, con el pelo corto y suelto, los brazos desnudos y un vestido con un prendedor de colores vivos y un cinturón ancho, liso, de un solo tono (generalmente verde oscuro o marrón), con hebilla dorada.

Me daba la mano, retirándola enseguida. Después se sentaba en la silla número dos, la que tenía manchado el tapizado. Entonces la tía me decía: «Con tu permiso, Rodolfo». Arrancaba con un impulso que parecía imposible de ser frenado por lo menos hasta la cocina, pero en realidad se detenía en la habitación contigua, desde donde iniciaba su vigilancia, dispuesta a aparecer en el espacio que mediaba entre el segundo beso y el tercero.

La medida de precaución era más vale innecesaria, ya que la sobrina sabía defenderse; y se defendía. No precisamente con reproches o con falsos pudores, ni siquiera con un amanerado desamor. Su defensa era más sutil que todo eso, algo que quizá podía calificarse como una denodada resistencia a la emoción, o como el designio de contemplar desde fuera todo transporte sentimental en el que ella misma estuviese implicada. Por ejemplo: para besar nunca cerraba los ojos. Por otra parte, si estábamos de pie y abrazados, yo tenía conciencia de que ella, por encima de mi hombro, se miraba en el espejo de la pared. Su divisa podría haber sido: «No entregarse», siempre que esa no entrega se hubiera referido a algo más que al sosegado cuerpo.

Aparte de eso, no oponía resistencia. Me abandonaba sus manos («de pianista» decía la tía), se prestaba mansamente a mis caricias, incluso revelaba cierto placer cuando yo le pasaba una mano por el pelo, ahora bastante más oscuro que la paja de escoba. Pero lo peor de todo era que esa actitud estaba impidiendo algo más importante: que yo mismo me sintiera inscripto en aquel marco de escenas que debían ser de amor.

Hablábamos, también. Ella se refería con frecuencia a un tema que era de su predilección: la muerte de mi viejo. Claro que no se detenía en la muerte y retrocedía más aún, hasta llegar a Arredondo y su ingenua, previsible, trampa. Parecía entender que la palabra estafa nos hacía socios, colegas, camaradas, qué sé yo. Su padre había sido estafador; el mío había sido estafado. Con su entusiasmo en tratar este asunto, María Julia parecía querer inculcarme la convicción de que ella y yo (ya que la deshonestidad había rozado tanto a su padre como al mío) éramos algo así como hijos de la estafa. «Cuando a tu papá le hicieron el calotito»; decía refiriéndose al plan Arredondo y empleaba el mismo diminutivo que había usado, diecisiete años atrás, en el altillo, al narrarme los motivos de aquel suicidio.

Martes y jueves eran noches de visita, pero los sábados íbamos al cine. Los tres. No sé por qué la tía no se sentaba nunca junto a María Julia, sino junto a mí. Quizá, a los efectos de cumplir su guardia, desde allí la visibilidad era mejor. De todos modos, su proximidad no era lo que se dice un placer. Había un suspiro entrecortado que siempre terminaba en tos asmática, y, más aún, en aquellos casos en que el film apelaba a las mejores reservas sentimentales del espectador, la tía lloraba con un hipo casi eléctrico que provocaba un desagradable temblor en varios respaldos a la redonda. Afortunadamente María Julia no participaba de esa permeabilidad a la emoción. En la pantalla podía aparecer la más estremecedora de las escenas, desde una simple abuelita rodeada de nietos inefables, hasta el fantasma de la tuberculosis provocando toses premonitorias en una noche de bodas; las buenas mujeres de la platea podían sonar sus narices cuando el apuesto teniente no volvía de la guerra a los amantes brazos de su novia encinta. Todo podía ser extremadamente conmovedor; sin embargo, al encenderse las luces, era más que seguro que María Julia tendría sus ojos brillantes pero secos, y, además, que formularía su comentario de rigor: «Qué cosa. Nunca puedo olvidarme de que no están viviendo, sino representando».

En mis relaciones con María Julia, con la tía, con la casa entera, había barreras que yo nunca podría atravesar, de eso estaba seguro. Jamás llegaría a saber qué se pretendía exactamente de mí. La tía siempre me hacía propaganda de María Julia (su peinado, sus labores, sus postres) en el mejor estilo de las suegras del Centenario, pero nunca manifestaba urgencia ni preocupación respecto al casamiento. La sobrina, por su parte, no hacía preparativos. Cuando las de Corrales o las de Uslenghi, que a veces abandonaban la casa de la calle Dante en el preciso momento de mi arribo, le hacían alguna broma sobre «el ajuar», ella sólo decía: «Ya habrá tiempo de pensar, ya habrá tiempo». Yo a veces tenía la impresión de que las dos mujeres me consideraban como algo demasiado seguro, y eso sólo en parte me fastidiaba, ya que en el fondo más infalible de mí mismo tenía que reconocer que era cierto que yo era un candidato demasiado seguro.

Tenía mis dudas, claro. Siempre las tuve. Sobre todo dudas acerca de mis propios sentimientos. ¿Quería yo a María Julia? Más claramente, ¿la quería como para hacerla mi mujer? Quizá mi teoría y mi versión del amor fueran rudimentarias, pero de todas maneras uno tiene sus sueños y en los sueños uno jamás es rudimentario. Bueno, ella no se correspondía con esos sueños. Yo la necesitaba, sin embargo, y esa necesidad se hacía patente de muy diversos modos: por ejemplo, cuando pasaba varios días sin verla me entraba una desazón, una extraña inquietud que iba desacomodando los sucesivos niveles y compartimientos de mi vida diaria. Aquí y allá me ocurrían cosas de las que yo sabía por adelantado que en María Julia no hallarían otro eco, otra repercusión, que un simple comentario, tan bien educado como insincero. Pese a todo, tenía que hablar con ella, tenía que saber que ella estaba juzgando mis acciones y mis reacciones, que era mi testigo, en fin. Llegaba el martes, llegaba el jueves, y cuando sentados frente a frente en el comedor, yo comenzaba a hablar de mis modestas peripecias, la sensación de necesidad se me diluía sólo con ver sus ojos.

Estaba, asimismo, el deseo. Mi deseo. Ella no tenía esas preocupaciones. Para mis manos era mujer, *la mujer* tal vez. Es bastante probable que la primera mujer que tocamos pueda llegar a convertirse en la unidad de deseo para el resto de nuestros días, y sobre todo, de nuestras noches. Yo deseaba a María Julia, pero ¿cuándo?, pero ¿cómo? No habría podido darme cuenta de que ella besaba con los ojos abiertos, si yo, a mi vez, no hubiera abierto los míos.

En cierta oportunidad mi madre me dijo algo que me molestó: «No te olvides de avisarme el día en que María Julia te haga feliz». Pero, naturalmente, mi madre nunca la había podido tragar.

5.

El día en que cumplí treinta y siete años, me encontré con el Tito Lagomarsino en Mercedes y Río Branco. Estaba feliz porque Marta, la hija de Nélida Roldán, había salvado un examen monstruo. Lo cierto fue que caminamos hasta Dieciocho y Ejido, y allí estaban Nélida y la muchacha. Hacía como cinco años que yo no veía a Marta. La felicité por su éxito y ella contó entonces cómo se le había caído el lápiz de labios en pleno examen y cómo ella y el presidente de la mesa se habían agachado al mismo tiempo para recogerlo, y cómo se habían mirado por debajo de la mesa: «Yo creo que el pobre tipo me salvó nada más que para que yo no les contara a los profesores lo ridículo que quedaba allá abajo, con la peluca ladeada sobre la oreja».

De pronto me sentí reír, y casi me asusté. Parecía la risa de otro, la risa de algún ser afortunado, poseedor de una vida plena, altamente satisfactoria, casi diría triunfante. No es conveniente reírse con una risa ajena, así que de inmediato me quedé serio y desconcertado. Marta, en cambio, parecía muy segura de sí misma y de su anécdota, y a la tercera mirada me di cuenta de que era simpática, linda, dulce, alegre, inteligente, etc. Cuando Tito mencionó no sé qué entrevista para la que estaban citados a las tres y cuarto, y yo tuve que separarme y le di la mano a Marta, me prometí solemnemente volver a verla, sin testigos de estorbo.

Sólo dos meses después pude cumplir mi promesa. Encontré a Marta en un café, frente a la Universidad. Estuvimos hablando exactamente una hora y media. De nuevo reí con la risa del otro, pero esa vez me preocupó menos. En la hora y media supe yo de ella, y ella de mí, mucho más de lo que hubiera podido caber en todas las conferencias intercambiadas con María Julia en nuestros años de noviazgo y costumbre. Todo fue tan fluido, tan espontáneo, tan natural, que a ninguno de los dos nos pareció nada raro que de pronto mi mano estuviera en su mano, que nos miráramos a los ojos como dos adolescentes o dos tontos. Menos extraño pudo parecer que una semana después nos acostáramos juntos y que por primera vez se cumpliera el deseo de mi padre y me sintiera vocacionalmente poderoso.

Hay que reconocer que Marta era, sobre todo, un cuerpo, pero como tal no tenía desperdicio. Ahora bien, en Marta el espíritu no molestaba para nada, puesto que se adaptaba espléndidamente al impecable envase. Tenerla abrazada, estrecha o laxamente, pasar mis manos por cualquier zona de su piel, era siempre una experiencia tonificante, una transfusión de optimismo y de fe. En las primeras veces asistí, con una especie de ingenuo asombro, a la comprobación de cuán insuficiente podía ser mi primitiva unidad de deseo; pero pronto aprendí a multiplicarla.

Era casi maravilloso que mis manos, mis vulgares e inhábiles manos de siempre, de buenas a primeras pudieran volverse tan eficaces, tan activas, tan creadoras. Había por fin una carne que respondía, una piel con la que era posible dialogar. Marta no me preguntaba nunca por mi novia. Perdón. Ahora me acuerdo que me interrogó: «¿Alguna vez te acostaste con ella?». Respondí que no, en voz tan alta que yo mismo quedé sorprendido. Mi negativa sonó como un rechazo, casi como un exorcismo. Marta primero sonrió divertida, luego me miró con piadoso estupor.

En definitiva falté algún jueves a la calle Dante. De parte de María Julia no hubo admoniciones ni reproches. Sólo la tía me consagró una larga advertencia sobre el tedio que conduce al pecado. En lo sustancial, estuve totalmente de acuerdo.

6.

La tía me alcanzó el pocillo. Como siempre, poca azúcar. Revolví lentamente el café con la cucharita imitación plata peruana. Como siempre, me quemé los dedos.

Hacía dos años que habían quitado el cuadro con la hoguera simbólica y la mujer puro ojos. En su lugar habían colgado uno de esos almanaques suizos que tienen un Enero 1952 con asombrosas montañas pulcramente nevadas y primorosas casitas a las que sólo falta darles cuerda para que entonen su *Stille Nacht*. Las sillas habían sido retapizadas con una tela a franjas, verdes y grises, que no coincidía con la variante criolla de estilo inglés en que había sido concebido el comedor.

Tampoco la tía permanecía invariable. No más encaje pectoral. Una bufandita de dacrón y lana rodeaba el pescuezo de gallina. La mirada era pálida y llorosa. Cuando la mano derecha llevaba a los labios el pocillo, la izquierda temblaba y hacía tintinear sonoramente la cucharita sobre el plato. Hacía ya algunos meses que me trataba de usted y había suspendido sus elogios acerca de las habilidades domésticas de la sobrina.

No había perdido la costumbre de preguntar, pero ahora la estructura del interrogatorio era el caos en estado de pureza. Una serie de preguntas podía incluir, pongamos por caso, averiguaciones sobre la próxima huelga del transporte, sobre la fecha de mi licencia anual, sobre una receta de ravioles de choclo que mi madre guardaba como un tesoro.

El otro jueves me había mirado en los ojos con una chispa de amargura. Luego, con la resignada displicencia de alguien que ha guardado mucho tiempo una moneda y de pronto se da cuenta de que la misma ha perdido todo su valor, me había soltado la revelación: «Nos equivocamos con usted, Rodolfo. María Julia creyó que podía dominarlo para siempre. Pero es usted quien ha ganado. Ayudado por el tiempo, claro».

La confesión no me había sonado del todo extraña. Era como si, sin decírmelo a mí mismo, yo hubiese tenido conciencia de que ése había sido mi mejor recurso. ¡Y era la tía quien lo había visto! Y no sólo visto, sino pronunciado. Por mero formulismo, le pregunté qué había querido decir, pero ya ella se había reintegrado a su anarquía mental, y solamente se consideró obligada a agregar: «Es horrible cómo han subido los precios del lavadero. No se puede vivir».

Ahora no decía nada. Simplemente hacía ruido con la boca cuando sorbía el café y aun cuando no lo sorbía. Para mí, no había dudas. María Julia, hija de un estafador, me había a su vez estafado a mí, hijo de un estafado. Su estafa se había nutrido de recuerdos infantiles, de comprensión cuando la muerte del viejo, de paciencia sin reclamos durante tantos años de noviazgo, de afectuosa pasividad frente a mi muestrario de caricias. Su estafa consistía en haber rodeado nuestras relaciones de suficientes sucedáneos del amor y del deseo como para hacerme creer que ella y yo habíamos sido realmente novios a través de cuatro lustros, deformados ahora en la memoria por la malsana corrección y el largo aburrimiento. La estafa había sido, analizándola mejor, una venganza contra aquel pueblo de ochenta manzanas que la había señalado, que la había despreciado y, lo peor de todo, que la había tolerado. Sin buscarlo, yo había asumido la representación de ese pueblo, me había convertido en una especie de símbolo. Ahora, sólo ahora podía reconstruirse todo el cálculo, todo el planteo, desde la estudiada declaración del altillo («¿Y sabés por qué? Porque somos novios») hasta el exagerado interés por la cretinada de Arredondo, desde la amistosa mano sobre mi hombro en la última jornada junto al viejo, hasta nuestros veinte años de pobres besos en el comedor. Era evidente que los soportes de su cálculo habían sido mi timidez y su paciencia. Si bien María Julia no había hecho jamás ningún reclamo, si bien no me había recriminado nunca la prolongación de nuestras relaciones, había estado siempre fanáticamente segura de que yo no tomaría la iniciativa ni para casarme ni para romper.

Ésta, sobre todo, había sido su carta de triunfo: mi cortedad le permitía vengarse en mí de la injusticia de todos, pero, además, le permitía reducirme a cero, aniquilar mi vida para siempre. Claro que María Julia no había contado con Marta. Tal vez su único error de cálculo. Oh, fueron pocos meses. Marta está ahora en Paysandú, casada con Teófilo Carreras, arquitecto y contratista. Pero esos pocos meses le alcanzaron a ella (Dios la bendiga) para realizar su obra, su admirable obra de salvar a un condenado, de hacer rendir los sentidos (mis sentidos) muy por encima de su valor de tasación. Porque, evidentemente, en eso a María Julia se le había ido la mano: me había tasado demasiado bajo.

Aparentemente, todo había seguido igual, pero su reseca, perpleja virginidad había sabido registrar que mis manos no eran ya las mismas, y, también, que su pasividad había empezado a provocar en mí un amago de asco. Toda una novedad. Por otra parte, ya era tarde para cualquier transformación (hasta besaba con los ojos cerrados) pero no lo era para que ella intuyese que alguna decisión se aproximaba. Para mí, en cambio, todavía no era tarde. En absoluto.

Le devolví el pocillo a la señora, y ella dijo: «Está refrescando. Siempre refresca a esta hora». Después se levantó y me dejó solo. A los cinco minutos apareció María Julia, María Julia de cuarenta años, mi novia. Se sentó junto a mí, me mostró y demostró su profundo cansancio, parpadeó cuatro veces seguidas. Su mano estaba posada sobre el ángulo de la mesa de roble; tenía una especie de urticaria, esos lamparones de insuficiencia hepática que le vienen cuando come frituras.

Hablaba de sus amigas, las de Uslenghi: «Gladys quiere que la acompañe a Buenos Aires. ¿A vos qué te parece?». Sentí que la odiaba con un poder casi inagotable. Sentí que no la necesitaba, que nunca más la necesitaría. Sentí que Marta me había limpiado de una monstruosa pesadilla, de una asquerosa presión sobre mi inerme, desarticulada conciencia.

«¿A vos qué te parece?», repitió con voz de condenada. Y era cierto, estaba condenada. La libertad tenía sus ventajas, pero ahora (ahora que ella estaba segura de mi alejamiento, desconcertada por mi rechazo) mucho mejor que la libertad era el desquite. De modo que decidí decírselo con toda naturalidad, como si hablara del tiempo o del trabajo. «No, mejor no vayas. Así te vas aprontando. Quiero que nos casemos a mediados de julio.»

Tragué saliva y, simultáneamente, me sentí feliz, me sentí miserable. El calotito estaba realizado.

(1958)

Los pocillos

Los pocillos eran seis: dos rojos, dos negros, dos verdes, y además importados, irrompibles, modernos. Habían llegado como regalo de Enriqueta, en el último cumpleaños de Mariana, y desde ese día el comentario de cajón había sido que podía combinarse la taza de un color con el platillo de otro. «Negro con rojo queda fenomenal», había sido el consejo estético de Enriqueta. Pero Mariana, en un discreto rasgo de independencia, había decidido que cada pocillo sería usado con su plato del mismo color.

«El café ya está pronto. ¿Lo sirvo?», preguntó Mariana. La voz se dirigía al marido, pero los ojos estaban fijos en el cuñado. Éste parpadeó y no dijo nada, pero José Claudio contestó: «Todavía no. Esperá un ratito. Antes quiero fumar un cigarrillo». Ahora sí ella miró a José Claudio y pensó, por milésima vez, que aquellos ojos no parecían de ciego.

La mano de José Claudio empezó a moverse, tanteando el sofá. «¿Qué buscás?», preguntó ella. «El encendedor.» «A tu derecha.» La mano corrigió el rumbo y halló el encendedor. Con ese temblor que da el continuado afán de búsqueda, el pulgar hizo girar varias veces la ruedita, pero la llama no apareció. A una distancia ya calculada, la mano izquierda trataba infructuosamente de registrar la aparición del calor. Entonces Alberto encendió un fósforo y vino en su ayuda. «¿Por qué no lo tirás?», dijo, con una sonrisa que, como toda sonrisa para ciegos, impregnaba también las modulaciones de la voz. «No lo tiro porque le tengo cariño. Es un regalo de Mariana.»

Ella abrió apenas la boca y recorrió el labio inferior con la punta de la lengua. Un modo como cualquier otro de empezar a recordar. Fue en marzo de 1953, cuando él cumplió treinta y cinco años y todavía veía. Habían almorzado en casa de los padres de José Claudio, en Punta Gorda, habían comido arroz con mejillones, y después se habían ido a caminar por la playa. Él le había pasado un brazo por los hombros y ella se había sentido protegida, probablemente feliz o algo semejante. Habían regresado al apartamento y él la había besado lentamente, morosamente, como besaba antes. Habían inaugurado el encendedor con un cigarrillo que fumaron a medias.

Ahora el encendedor ya no servía. Ella tenía poca confianza en los conglomerados simbólicos, pero, después de todo, ¿qué servía aún de aquella época?

«Este mes tampoco fuiste al médico», dijo Alberto.

«No.»

«¿Querés que te sea sincero?»

«Claro.»

«Me parece una idiotez de tu parte.»

«¿Y para qué voy a ir? ¿Para oírle decir que tengo una salud de roble, que mi hígado funciona admirablemente, que mi corazón golpea con el ritmo debido, que mis intestinos son una maravilla? ¿Para eso querés que vaya? Estoy podrido de mi notable salud sin ojos.»

La época anterior a la ceguera. José Claudio nunca había sido un especialista en la exteriorización de sus emociones, pero Mariana no se ha olvidado de cómo era ese rostro antes de adquirir esta tensión, este resentimiento. Su matrimonio había tenido buenos momentos, eso no podía ni quería ocultarlo. Pero cuando estalló el infortunio, él se había negado a valorar su amparo, a refugiarse en ella. Todo su orgullo se concentró en un silencio terrible, testarudo, un silencio que seguía siendo tal, aun cuando se rodeara de palabras. José Claudio había dejado de hablar de sí.

«De todos modos deberías ir», apoyó Mariana. «Acordate de lo que siempre te decía Menéndez.»

«Cómo no que me acuerdo: Para Usted No Está Todo Perdido. Ah, y otra frase famosa: La Ciencia No Cree en Milagros. Yo tampoco creo en milagros.»

«¿Y por qué no aferrarte a una esperanza? Es humano.»

«¿De veras?» Habló por el costado del cigarrillo.

Se había escondido en sí mismo. Pero Mariana no estaba hecha para asistir, simplemente para asistir, a un reconcentrado. Mariana reclamaba otra cosa. Una mujercita para ser exigida con mucho tacto, eso era. Con todo había bastante margen para esa exigencia; ella era dúctil. Toda una calamidad que él no pudiese ver; pero ésa no era la peor desgracia. La peor desgracia era que estuviese dispuesto a evitar, por todos los medios a su alcance, la ayuda de Mariana. Él menospreciaba su protección. Y Mariana hubiera querido —sinceramente, cariñosamente, piadosamente— protegerlo.

Bueno, eso era antes; ahora no. El cambio se había operado con lentitud. Primero fue un decaimiento de la ternura. El cuidado, la atención, el apoyo, que desde el comienzo estuvieron rodeados por un halo constante de cariño, ahora se habían vuelto mecánicos. Ella seguía siendo eficiente, de eso no cabía duda, pero no disfrutaba manteniéndose solícita. Después fue un temor horrible frente a la posibilidad de una discusión cualquiera. Él estaba agresivo, dispuesto siempre a herir, a decir lo más duro, a establecer su crueldad sin posible retroceso. Era increíble cómo hallaba a menudo, aun en las ocasiones menos propicias, la injuria refinadamente certera, la palabra que llegaba hasta el fondo, el comentario que marcaba a fuego. Y siempre desde lejos, desde muy atrás de su ceguera, como si ésta oficiara de muro de contención para el incómodo estupor de los otros.

Alberto se levantó del sofá y se acercó al ventanal.

«Qué otoño desgraciado», dijo. «¿Te fijaste?» La pregunta era para ella.

«No», respondió José Claudio. «Fijate vos por mí.»

Alberto la miró. Durante el silencio, se sonrieron. Al margen de José Claudio, y sin embargo, a propósito de él. De pronto Mariana supo que se había puesto linda. Siempre que miraba a Alberto, se ponía linda. Él se lo había dicho por primera vez la noche del veintitrés de abril del año pasado, hacía exactamente un año y ocho días: una noche en que José Claudio le había gritado cosas muy feas, y ella había llorado, desalentada, torpemente triste, durante horas y horas, es decir, hasta que había encontrado el hombro de Alberto y se había sentido comprendida y segura. ¿De dónde extraería Alberto esa capacidad para entender a la gente? Ella hablaba con él, o simplemente lo miraba y sabía de inmediato que él la estaba sacando del apuro. «Gracias», había dicho entonces. Y todavía ahora la palabra llegaba a sus labios directamente desde su corazón, sin razonamientos intermediarios, sin usura. Su amor hacia Alberto había sido en sus comienzos gratitud, pero eso (que ella veía con toda nitidez) no alcanzaba a depreciarlo. Para ella, querer había sido siempre un poco agradecer y otro poco provocar la gratitud. A José Claudio, en los buenos tiempos, le había agradecido que él, tan brillante, tan lúcido, tan sagaz, se hubiera fijado en ella, tan insignificante. Había fallado en lo otro, en eso de provocar la gratitud, y había fallado tan luego en la ocasión más absurdamente favorable, es decir, cuando él parecía necesitarla más.

A Alberto, en cambio, le agradecía el impulso inicial, la generosidad de ese primer socorro que la había salvado de su propio caos, y, sobre todo, ayudado a ser fuerte. Por su parte, ella había provocado su gratitud, claro que sí. Porque Alberto era un alma tranquila, un respetuoso de su hermano, un fanático del equilibrio, pero también, y en definitiva, un solitario. Durante años y años, Alberto y ella habían mantenido una relación superficialmente cariñosa, que se detenía con espontánea discreción en los umbrales del tuteo y sólo en contadas ocasiones dejaba entrever una solidaridad algo más profunda. Acaso Alberto envidiara un poco la aparente felicidad de su hermano, la buena suerte de haber dado con una mujer que él consideraba encantadora. En realidad, no hacía mucho que Mariana había obtenido la confesión de que la imperturbable soltería de Alberto se debía a que toda posible candidata éra sometida a una imaginaria y desventajosa comparación.

«Y ayer estuvo Trelles», estaba diciendo José Claudio, «a hacerme la clásica visita adulona que el personal de la fábrica me consagra una vez por trimestre. Me imagino que lo echarán a la suerte y el que pierde se embroma y viene a verme».

«También puede ser que te aprecien», dijo Alberto, «que conserven un buen recuerdo del tiempo en que los dirigías, que realmente estén preocupados por tu salud. No siempre la gente es tan miserable como te parece de un tiempo a esta parte».

«Qué bien. Todos los días se aprende algo nuevo.» La sonrisa fue acompañada de un breve resoplido, destinado a inscribirse en otro nivel de ironía.

Cuando Mariana había recurrido a Alberto, en busca de protección, de consejo, de cariño, había tenido de inmediato la certidumbre de que a su vez estaba protegiendo a su protector, de que él se hallaba tan necesitado de amparo como ella misma, de que allí, todavía tensa de escrúpulos y quizá de pudor, había una razonable desesperación de la que ella comenzó a sentirse responsable. Por eso, justamente, había provocado su gratitud, por no decírselo con todas las letras, por simplemente dejar que él la envolviera en su ternura acumulada de tanto tiempo atrás, por sólo permitir que él ajustara a la imprevista realidad aquellas imágenes de ella misma que había hecho transcurrir, sin hacerse ilusiones, por el desfiladero de sus melancólicos insomnios. Pero la gratitud pronto fue desbordada. Como si todo hubiera estado dispuesto para la mutua revelación, como si sólo hubiera faltado que se miraran a los ojos para confrontar y compensar sus afanes, a los pocos días lo más importante estuvo dicho y los encuentros furtivos menudearon. Mariana sintió de pronto que su corazón se había ensanchado y que el mundo era nada más que eso: Alberto y ella.

«Ahora sí podés calentar el café», dijo José Claudio, y Mariana se inclinó sobre la mesita ratona para encender el mecherito de alcohol. Por un momento se distrajo contemplando los pocillos. Sólo había traído tres, uno de cada color. Le gustaba verlos así, formando un triángulo.

Después se echó hacia atrás en el sofá y su nuca encontró lo que esperaba: la mano cálida de Alberto, ya ahuecada para recibirla.

Qué delicia, Dios mío. La mano empezó a moverse suavemente y los dedos largos, afilados, se introdujeron por entre el pelo. La primera vez que Alberto se había animado a hacerlo, Mariana se había sentido terriblemente inquieta, con los músculos anudados en una dolorosa contracción que le había impedido disfrutar de la caricia. Ahora no. Ahora estaba tranquila y podía disfrutar. Le parecía que la ceguera de José Claudio era una especie de protección divina.

Sentado frente a ellos, José Claudio respiraba normalmente, casi con beatitud. Con el tiempo, la caricia de Alberto se había convertido en una especie de rito y, ahora mismo, Mariana estaba en condiciones de aguardar el movimiento próximo y previsto. Como todas las tardes la mano acarició el pescuezo, rozó apenas la oreja derecha, recorrió lentamente la mejilla y el mentón. Finalmente se detuvo sobre los labios entreabiertos. Entonces ella, como todas las tardes, besó silenciosamente aquella palma y cerró por un instante los ojos. Cuando los abrió, el rostro de José Claudio era el mismo. Ajeno, reservado, distante. Para ella, sin embargo, ese momento incluía siempre un poco de temor. Un temor que no tenía razón de ser, ya que en el ejercicio de esa caricia púdica, riesgosa, insolente, ambos habían llegado a una técnica tan perfecta como silenciosa.

«No lo dejes hervir», dijo José Claudio.

La mano de Alberto se retiró y Mariana volvió a inclinarse sobre la mesita. Retiró el mechero, apagó la llamita con la tapa de vidrio, llenó los pocillos directamente desde la cafetera.

Todos los días cambiaba la distribución de los colores. Hoy sería el verde para José Claudio, el negro para Alberto, el rojo para ella. Tomó el pocillo verde para alcanzárselo a su marido, pero antes de dejarlo en sus manos, se encontró con la extraña, apretada sonrisa. Se encontró además, con unas palabras que sonaban más o menos así: «No, querida. Hoy quiero tomar en el pocillo rojo».

(1959)

El resto es selva

Amigos, nadie más. El resto es selva.
JORGE GUILLÉN

1.

De un piso alto cayó algo sobre su cabeza, algo que quizá fueran brasas o excremento. No quiso averiguarlo. Se limpió como pudo con una hoja del *Herald Tribune* y en ese momento decidió dejar para más tarde su encuentro bautismal con la noche blanca de Times Square. Era imprescindible que regresara al hotel para darse la tercera ducha de la jornada.

Al día siguiente de haber llegado a Nueva York, un calor húmedo y hollinoso había envuelto a Orlando Farías. La camisa de nailon se había convertido en un cilindro de goma, permanentemente empapado, que apenas si le dejaba respirar.

En la Quinta Avenida y la calle 34, la gente frenaba una carrera bastante loca, nada más que porque el semáforo se empecinaba en el rojo. El propio Farías sufrió el contagio y contuvo su montevideana tendencia a la contravención. Durante la espera, contabilizó una gota que formaba una resbaladiza tangente de sudor a partir de su tetilla izquierda. Puteó en alta voz y, a su lado, una señora pecosa, rubia, cargada de paquetes, le sonrió afablemente, como si él sólo hubiera hecho un comentario sobre el tiempo.

Ya estaba a punto de sentir vergüenza, cuando la muchedumbre arrancó, sobrepasándolo. El semáforo marcaba verde. Farías pensó que semejante impulso era anacrónico o, por lo menos, anaestacional. Un arranque así correspondía a una temperatura de quince grados bajo cero, y no a este horno. Caminó lentamente, más lentamente que en cualquier otra ciudad del mundo, sólo por resentimiento. En dos oportunidades se detuvo frente a vidrieras que liquidaban diminutas radios a galena, con una actualizada forma de misiles. Era el primer rostro de la ciudad recién inaugurada.

En el hotel lo esperaba un mensaje. Lo había llamado Mr. Clayton, en realidad T. H. Clayton. Farías conocía a Clayton desde 1956. En ese año, el crítico norteamericano había pasado quince horas en Montevideo y dos días en Punta del Este, en un meritorio intento de informarse sobre literatura y folklore locales. Farías recordaba la obsesión con que Clayton se había interesado en el *merengue* (lo llamaba «miringo»). Alguien le había hecho creer que ése era el baile típico del Cono Sur. Después había puesto tres sillas en hilera y se había tirado sobre ellas, mirando al techo y haciendo preguntas sobre *call girls*.

Hasta ahora, Farías se las había arreglado bastante bien con su inglés de lector. A veces se daba cuenta de que hablaba en el estilo del *New Yorker*, pero igual lo entendían. Comunicarse por teléfono era otro cantar. Mr. T. H. Clayton habló con su voz apretada y monótona, y él pudo distinguir algunas palabras sueltas como *American Council, very glad* y *dinner*. ¿Lo estaría invitando a comer? Por las dudas, dijo que encantado, y tomó nota, con aparatosa fluidez, de una dirección que ya conocía.

Tenía poco tiempo. Subió al 407 y durante cinco minutos disfrutó del aire acondicionado. Después encendió la televisión y empezó a desnudarse.

Algo marchaba mal en aquel aparato. Un señor de lentes, que hablaba con la boca casi cerrada, en un perfecto estilo comisural, empezó a descender vertical e incesantemente. No había botón capaz de sujetarlo. Ya en pleno goce de la ducha alcanzó a entender que aquel pobre señor en perpetuo descenso se aferraba a una especie de estribillo: «And this is our reality».

2.

«Llámeme Ted, por favor», dijo Mr. T. H. Clayton. El tono era realmente amable. El gesto, en cambio, tenía la monolítica seriedad de un hombre que se aburre, pero que está orgulloso de su aburrimiento. Comparándolo con sus recuerdos de años atrás, Farías lo encontraba menos delgado y más ostensiblemente miope.

«El gran problema es llamarlo a usted por su nombre.» Trató, por vigésima vez, de decir: «Orlando», pero sólo le salió una especie de bocinazo, gutural e incoloro. «Creo que va a ser mejor que lo llame Orlie.»

Estaban en un *basement-room* de Greenwich Village, rodeados de libros, discos y botellas. En la ventana desfilaban piernas: con pantalones, desnudas, con zoquetes. Farías dedicó una mirada a la biblioteca y encontró que los lomos de los libros eran de colores mucho más vivos y brillantes que los de un anaquel rioplatense.

«Hoy vienen varios de los escritores nuevos, por eso quise que usted los conociera: Bradley, Cook, Blumenthal, Alippi. No todos son exactamente *beatniks*...»

«¿Larry Alippi?», preguntó Farías, «¿el de San Francisco?».

«Ése. ¿Conoce algo suyo?»

«Hace un tiempo leí *More or less*.»

«¿Le gusta?»

«No.»

«Es curioso. A los latinos no les agrada la poesía de Larry. En cambio, creo que a los americanos nos agrada precisamente porque...»

«Norteamericanos, dirá.»

«Claro, claro. Creo que a los norteamericanos nos agrada porque nos parece latina.»

«¿O porque Alippi es un nombre latino?»

«No sé. No estoy seguro.»

«De Cook no conozco nada.»

«Terriblemente influido por Mailer. ¿Compró *Advertisements for Myself*?»

«Todavía no.»

«Cómprelo. Cook tiene, por supuesto, un lenguaje original.»

En la ventana se había estacionado un par de piernas femeninas y sucias. Un chorrete de mugre no demasiado reciente singularizaba en cierto modo un tobillo vulgar. Uno de los pies a veces se replegaba y pisaba al otro. Si uno se olvidaba de que se trataba de algo tan común, podía hasta convencerse transitoriamente de que eran dos tímidos monstruos, con vida y móviles propios.

«¿Vio esto?» Clayton le alcanzó un ejemplar de *The New York Times*. Había sido doblado en una página interior; un óvalo rojo cercaba un párrafo de una nota breve. Farías leyó que en la nueva edición del *American College Dictionary* sería incluida una definición de la *beat generation*. Repitió en voz alta: «*Beat generation: miembros de la generación que alcanzó la mayoría después de la Segunda Guerra Mundial y la Guerra de Corea, se unió en el común propósito de aflojar las tensiones sociales y sexuales, y abogó por la antirregimentación, la desafiliación mística y los valores de simplicidad material, suponiéndose que todo ello fue un resultado de la desilusión que trajo consigo la guerra fría*».

El rostro de Clayton se conservó impasible. Al cabo de unos segundos, se permitió una sonrisa que tenía un poco de burla y otro poco de satisfacción.

«Esto es casi como ingresar a la Academia», dijo Farías, con un tono provisorio.

«¿Sabe qué quiere decir eso de *desafiliación mística*?», preguntó Clayton, desentendiéndose de toda probable ironía.

«No exactamente», dijo Farías, cuya ignorancia en el rubro era completa.

«Es una de las tantas formas de dialecto conceptual usado por los *beatniks* y que sólo es comprendido por quienes están en el secreto.»

«Ah.»

«*Desafiliación* es un término usado en varios artículos que Lawrence Lipton escribió en *The Nation* acerca de esta actitud de los nuevos intelectuales. Lipton colocó un epígrafe de John L. Lewis, que sólo decía: *Nosotros nos desafiliamos.*»

«Y... ¿de qué se desafilian?», preguntó Farías, sintiéndose terriblemente provinciano.

Pero sonó el timbre y Clayton tuvo que ir hasta la puerta. Eran dos mujeres y tres hombres. Antes de las presentaciones, una de las mujeres se quitó los zapatos. Después de las presentaciones, la otra mujer (más formal) también se los quitó.

«Ann, Joe, Tom, Bradley, Mary, Jim Blumenthal», había enumerado Clayton. Farías observó que los notables eran presentados con apellido. Le gustó la cara de Blumenthal. Un tipo muy joven, no más de veinticinco años. Lentes y barba. Sin bigote. Tenía, además, unos ojos de rara vivacidad, de los que no era posible desprenderse así nomás. Difícil saber si se trataba de un ingenuo, o de alguien dispuesto a estrangular a un niño con una sonrisa de beatitud.

Los demás llegaron todos a la vez, exactamente a la hora programada. «Asquerosamente puntuales», pensó Farías. Eddie, un negro alto y con un cordoncito de barba marcándole la mandíbula, miraba a los demás como a través de un vidrio esmerilado. Todos, menos el negro y una pareja que estaba en el rincón, junto al estante de los NO japoneses, se habían sacado los zapatos. Dentro de los suyos, Farías movió maquinalmente los dedos. Si le llegaban a pedir que se los quitara, simplemente diría que no. No sabía por qué, pero en ese momento sentía que quedarse en calcetines era más indecente que quedarse en calzoncillos o sin ellos. «Ésta es la pornografía del olor», pensó y no pudo menos que sonreír, imaginando cómo le habrían festejado el diagnóstico en la rueda del *Sportman*.

De pronto vio una caja de cigarrillos frente a sus ojos, un chesterfield más salido que los otros, invitante. «No, gracias, no fumo», dijo al salir de su distracción. Blumenthal, el ofertante, bajó la mano y sonrió, comprensivo. «Perdón», murmuró, «lamentablemente, hoy no tengo marihuana».

Farías no dijo nada. En realidad, ahora no sabía si se sentía provinciano o feliz. No podía desengañarlo, eso era todo. Igual que si a él, mañana o pasado, alguien lo convenciera de que los yanquis no mastican chicles.

Larry Alippi, el de San Francisco, había llegado solo. Cualquier cosa, menos italiano. ¿Sería un seudónimo? Las manos le temblaban un poquito. Éste sí tenía marihuana. Era tal la consigna de anticelebridad, que Farías lo reconoció por la afectada indiferencia de los otros, de esos otros que sin embargo eran sus admiradores.

Pusieron un viejo disco de Bessie Smith, casi inaudible. Sólo el rasguido de la púa se oía a la perfección. Tres parejas bailaban, de a ratos. Farías nunca había asistido a una diversión tan desolada. Hello, Jack. Hello, Mary. Hello, Orlie. Farías se sintió ridículo con ese nombre de aeropuerto. Sin el tuteo, era imposible comunicarse a fondo.

«Attention, please», dijo alguien, desde un sillón profundo y negro. Era el llamado universal de los transatlánticos. Pero aquí era sólo una voz delgada, un hilo de voz. El alguien era un muchachito deshuesado y descarnado, algo así como un croquis de persona, con unas orejas puntiagudas como alitas y unas manos danzantes.

«¿Quién ha sentido esta semana el éxtasis natural?», dijo una gorda descalza, mientras se frotaba lánguidamente el tobillo peludo y varicoso.

«¡Yo!», dijo el etéreo Alguien del sillón. Farías conjeturó que aquello debía ser un diálogo preparado, una especie de libreto para visitantes extranjeros. «Yo sentí el éxtasis natural», siguió diciendo el Croquis, «fue el miércoles pasado, durante quince minutos».

Ahora Farías pudo decidirse. No. No se sentía feliz. Sólo provinciano. Experimentó, sin poderlo evitar, la tibia vergüenza de no haber sentido nunca el éxtasis natural. Después de todo, ¿qué sería? ¿Un nuevo modelo de cosquilla, una tos, una alergia inédita? Pensó en alguna lejana borrachera de la Aguada, pero decidió rápidamente que eso no podía ser.

No podía ser. No podía ser que ese contacto húmedo que estaba sintiendo en la nuca fuese una lengua. Giró lentamente, no tanto para evitar el derrame del asqueroso *bourbon* que tenía en el vaso, como para irse acostumbrando a lo que iba a encontrar. Después de todo, era una lengua. Su propietaria: una mujer flaca, alta, con intermitentes huellas de viruela o algo semejante. Debía andar por el décimo *bourbon* y Farías no tuvo inconveniente en suministrarle el undécimo. Un ventiladorcito que ahora estaba detrás suyo, le hizo sentir un frío desagradable en la región de la nuca que había quedado húmeda de saliva.

«Orlie», dijo la flaca, «después de Dag Hjalmar Agne Carl Hammarskjold, debe ser el nombre más hermoso que he escuchado jamás. ¿Puedo besarlo?».

Farías sonrió, mecánicamente, no supo bien por qué, pero no dijo nada.

«No, en la boca no. Eso es muy *square*. Detrás de la oreja. Así.»
Otra vez sintió aquella cosa húmeda, y otra vez el ventilador lo hizo
estremecerse. La mujer se encogió como si quisiera guarecerse debajo
de la oreja, y allí se quedó inmóvil. La mano que sostenía la copa se
aflojó lentamente y se derramaron algunas gotas de *bourbon* sobre el
cenicero egipcio. Clayton no se preocupaba más de él, pero enfrente,
desde una silla Windsor, Larry Alippi sonreía con los ojos entornados.
Farías se dio cuenta de que la mujer se había dormido. Tomó la copa,
la colocó junto al cenicero egipcio y se sintió obligado a cargar con la
flaca. Le pasó una mano por debajo de los brazos, otra a la altura de
los muslos, y la levantó en el mejor estilo de *noche-de-bodas* hollywoodense. Entonces se le ocurrió vengarse de la sonrisa de Alippi.
Caminó hacia él y depositó la carga en sus rodillas. Tuvo la sensación
de que se *desafiliaba* de aquella mujer. Pero Alippi siguió sonriendo,
simplemente, por el costado del cigarrillo, empezó a cantar una *ninna-
nanna* con la pronunciación de Anthony Franciosa.

Farías se alejó un poco, todo lo que era posible alejarse en aquel
reducto, y se dejó caer en un sillón. Cerró los ojos. Sin abrirlos, extrajo
el pañuelo y se limpió primero la nuca, después la oreja. Ahora que no
veía, le llegaba una mezcla de voces, jazz, vasos rotos, ronquidos, y el
tartajoso canto de Alippi. Durante diez o quince minutos tuvo la agradable sensación de que nadie lo miraba. Nadie, con una excepción. Sintió que la excepción estaba frente a él y abrió los ojos. Era Blumenthal.

«¿Está cansado?»

«Un poco. Debe ser el día en que he hablado y escuchado más
inglés en toda mi vida. Si no se está acostumbrado, eso agota.»

«Sí», dijo Blumenthal y se quedó mirándolo. «Mientras usted
estuvo semidormido, me dediqué a contemplar su bigote.»

«¿De veras?»

«¿Usted escribe sólo cuentos? ¿O también escribe poemas?»

«¿Por qué?»

«Por nada.»

«No. Sólo escribo cuentos.»

«¡Qué lástima!»

«¿Prefiere poemas?»

«Dije qué lástima, porque usted tendría que escribir un poema
inspirado en su bigote.»

Farías se rió, pero no estaba seguro. Blumenthal se quedó serio.

«¿Me permite que le toque su bigote?», dijo, y ya alargaba índice
y pulgar.

Farías le tomó con fuerza la muñeca. Entonces el otro hizo un
gesto resignado, y bajó la mano.

Eran las dos y cuarto. Como inauguración, ya era suficiente. Vio que el tambaleante Clayton no estaba en condiciones de echarlo de menos. Se acercó a la puerta. Alippi se había dormido sobre su durmiente. Blumenthal, uno de los pocos que no estaban borrachos o dopados, le hizo un gesto con la mano, totalmente desprovisto de rencor. Salió al aire libre. Respiró; más aún, disfrutó respirando.

Empezó a caminar hacia la Avenida de las Américas y de pronto vio que alguien venía con él. Era Eddie, el negro grandote, uno de los tres que no se habían quitado los zapatos, el único quizás que le había dicho una cosa inteligente: «Ustedes los latinoamericanos siempre se interesan por el problema negro en los Estados Unidos y además simpatizan con nosotros. Yo me he preguntado por qué será. Y he llegado a la conclusión de que debe ser porque el Departamento de Estado a ustedes los trata como a negros».

«¿Qué le parece todo esto?», preguntó ahora Eddie.

El negro tenía la expresión tranquila de alguien que ya está de vuelta del asombro. Caminaba con las manos en los bolsillos y la cabeza levantada.

«¿Por qué lo hacen?», preguntó a su vez Farías.

«Oh, es difícil de explicar.»

«¿De veras es tan difícil?»

«Se niegan a mirar. Eso es todo. Huyen.»

«Pero... ¿de qué?»

Habían llegado a la Sexta Avenida. Eddie le hizo señas de que venía el ómnibus. Farías le estrechó la mano. Después subió de un salto.

Desde la vereda llegó la voz del negro, más grave que de costumbre: «Llámele realidad, si quiere...».

3.

Desde Phoenix hasta Albuquerque hay una hora y media de vuelo. Los primeros treinta minutos los pasó hablando en inglés con su vecino de asiento. Era un gordito achatado, semicalvo, que sudaba copiosamente en cada pozo de aire. A Farías le llamó la atención lo bien que se entendía con él. Por fin un tipo que usaba un inglés sin giros inéditos, sin novedades idiomáticas. De pronto entró a sospechar. Contó las veces que el gordo usaba el verbo *to get*. Sólo una vez en tres minutos. Ése no era norteamericano. «¿Where are you from?», preguntó, receloso. «Ar-yen-ti-na», silabeó el gordito. «¿Desde cuándo Aryentina?», protestó Farías, en estallante español, «¡y hace media

hora que nos estamos jodiendo con este inglés de biógrafo!». El otro
rió y le tendió la mano: «¿Montevideo?». «Montevideo», confirmó
Farías. «Lo conocí por el *jodiendo*. Ustedes lo emplean bastante más
que nosotros.»

De ahí en adelante el gordo se volvió imparable. Le contó su
vida, le contó su beca, le contó su ruta. No. No se quedaba en Albuquerque (Farías respiró). Sólo media hora de espera para tomar otro
avión hasta Dallas. Sus frases empezaban siempre a lo porteño: «Ustedes tienen la suerte de ser un país chico, casi insignificante, pero nosotros que, etc.», o también: «Felices de ustedes que tienen la lana, y
pare de contar; en cambio, nosotros que tenemos la desgracia de ser
uno de los países más ricos del mundo, etc.», o por último: «Y bueno,
fiftyfifty, como dicen aquí; nosotros jugamos el mejor fútbol del mundo y ustedes ganan los campeonatos». «Ganábamos», murmuró Farías con la cabeza vuelta hacia el pasillo.

Para el gordo, Estados Unidos era un *bluff*. Con excepción de
los puentes («y eso mismo, ¿qué importancia tiene?») todo en la Argentina era mejor. «No me hable de la comida, no me hable. El postre que usted come en Wyoming tiene el mismo gusto a material
plástico que el que come en Washington, D. C.» Se veía a las claras
que hacía muy poco se había enterado de que existía otro Washington, el «Evergreen State». «No me hable del baseball, no me hable.
¿Usted entiende esa porquería? Con decirle que prefiero el golf...
¡Cómo va a comparar eso con el fútbol rioplatense!» Farías entendió perfectamente que el término *rioplatense* era una concesión, una
especie de deferencia de la Casa Central hacia la mejor atendida de
sus sucursales.

Sobrevino otro pozo de aire. El argentino balbuceó: «Con-su-per-
mi-so» y se inclinó violentamente sobre la bolsita de la TWA. Después
se calló y cerró los ojos. Sólo durante quince minutos, porque las ruedas del DC-8 no tardaron en tocar la pista de Albuquerque.

«Mr. Olendou Feriess. Mr. Olendou Feriess. Required at the
TWA counter.» A Farías siempre le costaba entender la voz de los parlantes, inclusive cuando éstos vociferaban en español. De modo que
tuvieron que llamarlo cuatro o cinco veces. «Es a usted», dijo el argentino, que también había bajado para esperar su conexión.

Junto al mostrador de TWA había una mujer flaca, más aún, fla-
quísima, de unos sesenta o sesenta y cinco años, lentes con aro metálico y un sombrero horroroso, lleno de pinchos que salían hacia todos
los puntos cardinales. «¿Mr. Farías?», preguntó. «Yo soy Miss Agnes
Paine. Vengo a recibirlo en nombre de las poetisas de Albuquerque.»
Farías estrechó los huesos de aquella mano y tuvo la impresión de que

podían quebrarse en el apretón. «Esperaremos un momento más», agregó Miss Paine, «va a venir también Miss Rose Folwell». Farías averiguó si ella, Miss Paine, escribía poemas. «Sí, claro», dijo ella, y extrajo del bolso negro un volumen delgado, de tapas duras. «Es mi último libro —tengo tres—, son treinta y nueve poemas.» Farías leyó de una ojeada el sorprendente título: «*Annihilation of Moon and Carnival*». «Gracias», dijo, «muchas gracias». Pero Miss Paine ya agregaba: «En realidad, quien es verdaderamente importante es Miss Folwell». «Ah...» «Sí, ella ha colaborado nada menos que en el *Saturday Evening Post*.» Farías pensó que todo era relativo; tirajes y primores tipográficos aparte, allí eso debería ser algo parecido a colaborar en *Mundo Uruguayo*.

«Allá viene», exclamó Miss Paine, súbitamente iluminada. En la escalera que comunicaba con el *lobby*, Farías pudo distinguir la figura de una viejecita increíblemente viejita (podía tener ochenta años, o ciento quince, daba lo mismo), levemente temblorosa pero nada encorvada. Miss Paine y Farías se acercaron a ella. «Mr. Farías», presentó Miss Paine, «Miss Rose Folwell, destacada poetisa de Albuquerque, colaboradora del *Saturday Evening Post*». Miss Folwell detuvo un momento su temblor y le dedicó su mejor sonrisa del siglo XIX. «Hagámosle probar comida mexicana», dijo Miss Folwell, dirigiéndose a Miss Paine. «Sí, claro», dijo la aquiescente colega.

Farías se encaminó lentamente hacia la salida, con sus dos valijas y sus dos viejitas. Desde el *lobby*, el argentino lo saludó con grandes ademanes y guiños descomunales. Farías supo desde ya cuál iba a ser la versión del gordo, al final de la beca: «Estos uruguayos son un caso. Allá en Estados Unidos conocí a uno que tenía el berretín de irse de farra con unas calandracas impresionantes».

Dejaron las valijas en el hotel, le concedieron cinco minutos para que se lavara las manos y se peinara, y arrancaron nuevamente en el auto de Miss Paine hacia el restaurante mexicano. Fueron ellas (en realidad, Miss Folwell) quienes ordenaron la comida. Las mesas eran atendidas por unas indiecitas que hablaban español con acento inglés, e inglés con acento español.

Entonces dijo Miss Paine: «Rose, ¿por qué no le recita a Mr. Farías alguno de sus poemas?». «Oh, tal vez no sea el momento», dijo Miss Folwell. «Pero sí, cómo no», se sintió obligado a agregar Farías. «¿Cuál le parece más adecuado, Agnes?», preguntó Miss Folwell. «Todos son hermosos», y agregó, dirigiéndose a Farías, con el tono de quien lo dice por primera vez: «Miss Folwell es colaboradora del *Saturday Evening Post*.» «¿Qué le parece *Divine Serenade of The Navajo*?» «Magnífico», aprobó Miss Paine, de modo que, antes de que llegara el primer plato, Miss Folwell recitó con su tono vacilante pero implacable las veinticinco estrofas de la divina serenata. Farías dijo que el poema le parecía interesante. El rostro arrugado de Miss Folwell conservó la impasibilidad con que había acompañado la última estrofa. Farías se sintió impulsado a agregar: «Muy interesante. Realmente interesante». Era evidente que Miss Folwell estaba más allá del Bien y del Mal. Farías se dio cuenta de que sus frases no eran demasiado originales, pero se sintió reconfortado al ver que Miss Folwell condescendía a sonreír.

«Hagámosle probar tequila a Mr. Farías», dijo la colaboradora del *Saturday Evening Post*. Miss Paine llamó a la indiecita y ordenó tequila. Entonces Miss Folwell le dijo a Miss Paine: «Agnes, *también usted* tiene poemas hermosos. Dígale, por favor, a Mr. Farías, aquel que le publicaron en *The Albuquerque Chronicle*». Farías comprendió que esta última referencia estaba destinada a él, a fin de que apreciara la enorme distancia que mediaba entre una poetisa que colaboraba en el *Saturday Evening Post* y otra que colaboraba en *The Albuquerque Chronicle*. «¿Usted se refiere a *Waiting for the Best Pest*?», preguntó inocentemente Miss Paine. «Claro, a ése me refiero.» «Tal vez no sea el momento», dijo, sonrojándose, la viejita más joven. «Pero sí, cómo no», intervino Farías, tomando conciencia de que su frase formaba parte de un diálogo cíclico.

Miss Paine comenzó el recitado en el preciso instante en que Farías se llevaba a la boca una especie de empanada mexicana y sentía que el picante le invadía la garganta, el esófago, el cerebro, la nariz, el corazón, su ser entero. «Tome un trago de tequila», bisbiseó comprensiva Miss Folwell, en tanto que Miss Paine rimaba *muzzle* con *puzzle* y *troubles* con *bubbles*. Luego, con gestos sumamente expresivos, Miss Folwell le enseñó, sin pronunciar palabra, que el tequila se acompañaba con sal, poniendo unos granos en el dorso de la mano izquierda, entre el nacimiento del índice y el pulgar, y recogiendo la sal con la punta de la lengua. «Me lo enseñaron en Oaxaca», volvió a murmurar Miss Folwell, mientras Miss Paine terminaba por cuarta vez una estrofa con el estribillo: *«Bits of pseudo here and there»*. A Farías le pareció que el tequila, sobre el picante, era fuego puro. Miss Paine dijo el estribillo por séptima y última vez. Farías quiso decir: «Interesante», pero sólo pudo emitir una especie de gemido entrecortado. Tres cuartos de hora más tarde, tuvo conciencia de que las dos poetisas de Albuquerque le estaban recitando sus obras completas.

Sólo entonces pudo empezar a disfrutar del episodio. Entre el picante y el alcohol, cabeza y corazón se le habían convertido en sustancias maleables, indefinidas, dispuestas a todo. Sentía que lo iba invadiendo una incontenible ola de simpatía hacia las dos viejitas que, entre tequila y tequila, entre guindilla y guindilla, le iban propinando sus odas y serenatas, sus responsos y melancolías. Estaba viviendo un cuento, un cuento que no era necesario reelaborar, porque las viejitas se lo estaban dando hecho, pulido, acabado. Se sintió invadido por una especie de amor, generoso y espléndido, frente a aquellas dos muestras de lúcida sensibilidad, que habían sobrevivido inconmovibles a la extensa sucesión de tequilas. Él, en cambio, estaba bastante conmovido, y, como siempre que el alcohol lo encendía, tuvo conciencia de que iba a tartamudear. «¿Y cu-cuál de esos po-poemas fue pu-publicado por el *Saturday*?», preguntó en medio de su propia niebla, sin fuerzas para agregar *Evening Post*. «Oh, ninguno de éstos», respondió Miss Folwell desde su admirable serenidad y sin asomo de tartamudeo. «Qui-quiero que me di-ga los que le pu-publicó el *Satur...*» Por primera vez Miss Folwell se sonrojó levemente. «Fue uno solo», dijo con imprevista humildad. «Dígalo, Rose», insistió Miss Paine. «Tal vez no sea el momento», dijo Miss Folwell. «Pe-pero síííí...», balbuceó Farías automáticamente, y agregó con un énfasis sincero: «¡Adelante, Rose!».

Miss Folwell mojó sus labios con su último tequila, carraspeó, sonrió, parpadeó. Luego dijo: «*Now clever, or never*». Nada más. Farías dio cauce a su estupefacción con un soplido levemente irrespetuoso que expelió entre los labios apretados. Pero Miss Folwell agregó: «Eso es todo». Otro soplido. Entonces Miss Paine, discreta y servicial complementó: «Una verdadera proeza, Mr. Farías. Fíjese qué tremendo sentido en sólo cuatro palabras: *Now clever, or never*. Lo publicó el *Saturday Evening Post*, el 15 de agosto de 1949». «Tre-tremendo», asintió Farías, en tanto que Miss Folwell se levantaba en tres etapas y se dirigía a LADIES.

«Di-dígame, Agnes», empezó Farías lo que creyó iba a ser una frase mucho más larga, «¿po-por qué les gusta tanto el pi-cante y la po-poesía?». «Qué curioso que usted junte las dos cosas en una sola pregunta, Orlando», dijo Miss Paine correspondiendo al nuevo tratamiento y a la nueva confianza, «pero tal vez tenga razón. ¿Cree usted que sean dos formas de evasión?». «¿Po-por qué no?», dijo Farías, «pero ¿eva-vadirse de qué?». «De la sordidez. De la responsabilidad.» A Farías le pareció que Miss Paine elegía las palabras al azar, como quien escoge naipes de un mazo. Ella emitió un suspiro antes de agregar: «De la realidad, en fin».

4.

«Tenemos que recoger a Nereida Pintos en Georgetown», dijo el guatemalteco, «y después seguimos hasta casa de Harry. Van a ver qué gringo más divertido». «¿Y quién es la Nereida?», preguntó el chileno. «Mira, nació en Tegucigalpa, pero hace como mil años que está aquí en Washington. Dicen que cocina unos poemas muy pastoriles y unas albóndigas estupendas. Además es lesbiana, pobre...»

Desde el asiento trasero del Volkswagen, Farías los escuchaba y se dejaba llevar. Había conocido a Montes, el chileno, y a Ortega, el guatemalteco, en una fiesta del Pen Club, en Nueva York. Montes enseñaba literatura hispanoamericana en la Universidad de Notre Dame (*Notredéim*, pronunciaban los yanquis) y ahora estaba en Washington para alguna investigación en la Biblioteca del Congreso. Ortega no era profesor, ni poeta, ni siquiera periodista; sólo un arevalista repugnado del castillo-armismo y su colofón llamado Ydígoras. Desde hacía dos años, se las rebuscaba como podía en los Estados Unidos, particularmente en Washington, donde tenía un apartamentito y conseguía todo tipo de descuentos y oportunidades a los miembros de la colonia latinoamericana. Al apartamento concurrían con frecuencia norteamericanas jóvenes, desatendidas por sus maridos. Ortega tenía una explicación para esa infelicidad sexual: «Saben, chicos, estos gringos necesitan muchos *martinis* para tomar coraje, pero siempre les viene el sueño antes que el coraje».

Farías los oía hablar y reírse y blasfemar, y le parecía que esos dos, nacidos a tantos miles de kilómetros uno de otro, eran ciertamente más semejantes entre sí que cualquiera de ellos con respecto a él mismo. Uno venía de Cuajiniquilapa y otro de Valdivia, pero algo tenían en común: la fruta guatemalteca y el cobre chileno que les explotaba el gringo. Ése era el idioma único, latinoamericano, en que se entendían. En Nueva York le había dicho el chileno: «Ustedes los uruguayos tienen la suerte y la desgracia de que Estados Unidos no precise la lana. No les compra. No los explota. No los indigna».

«Y ya sabes, Farías», estaba recomendando Ortega, «si precisas radios o transistores, grabadoras, planchas, banlones, bolígrafos o cámaras, no vayas a caer en esos *Discount* que son unos gángsters. Me dices a mí y te consigo lo mejor, más todavía, te cedo la mitad de mi comisión. No te digo que te lleves una refrigeradora, porque a lo mejor te encuentra un guardia incomprensivo y te la sacan en tu aduana. Ustedes en el Sur tienen tanto melindre...».

Nereida salió de su casa no bien tocaron el timbre. A la vista de sus ojeras (anchas, profundas, moradas) Farías sintió una especie de choque que no era vértigo ni repugnancia, pero que participaba de ambas sensaciones. Tendría unos cincuenta años y unos noventa kilos, aunque estoicamente embretados en quién sabe cuántas fajas o sucedáneos. Se sentó atrás con Farías. Éste, por decir algo, elogió a Georgetown. «Ah, me encanta Georgetown», dijo ella, «me encanta Washington, me encanta Estados Unidos. Creo que jamás podría volver a Centroamérica». «¿Por qué, Nereida?», preguntó Ortega desde el frente, «¿somos salvajes?». «Son una sociedad feudal, eso es lo que son, con esos maridos que se creen Júpiteres Tonantes y esas mujeres que se creen felpudos de Júpiter. Aquí es un matriarcado, qué hermosura. Seguro que usted, Orlando, habrá sido invitado a cenar en un Typical American Home. ¿No le parecen un encanto esos americanitos rozagantes y con delantal, vigilando el pastel que pusieron en el horno? ¿Se fijó que aquí son las mujeres las que descorchan las botellas?» Se rió tan fuerte que Ortega la hizo callar. «Son estupendos», siguió Nereida, «yo estoy por el matriarcado. Por eso este país llegó a donde llegó». «¿Adónde llegó?», preguntó Montes. Nereida no dijo nada. En rigor, nadie se molestó en responder.

En Riverdale los esperaban Harry y su mujer. Farías pasó al auto del matrimonio. Era un privilegio al que le hacía merecedor su inglés deshilachado. Harry hablaba algo de español, pero Flora sólo sabía decir: «Hassssta la visssta». Lo miraba a Farías, le hacía adiós con la mano, decía: «Hassssta la visssta», y soltaba una carcajada. Farías la acompañó sin mayor convicción en varios de esos estallidos, pero a los quince minutos empezó a sentir un poco doloridas sus mandíbulas, y desde ese momento se limitó a sonreír con elaborada solidaridad.

«Los voy a llevar a un sitio maravilloso», dijo Harry, feliz de poder gastar su vocación de líder, y agregó enseguida: «¿Qué les pareció Nueva York?». «Fascinante, por muchas razones», contestó Farías. «¿Cuántas de esas razones usaban faldas?», inquirió Flora. Farías volvió a sonreír y sacudió la cabeza: «Ya sé, ya sé», dijo Flora, «ahora abandonó Nueva York y les dijo Hassssta la Visssta». Por primera vez, Harry acompañó a su mujer en la carcajada. «¿Estuvo en el Radio City?», preguntó Harry. «Claro que estuve. Es una de las cosas que más me fascinaron. Ese afán de hacerlo todo con mayúscula, esa falta de originalidad para ser originales. Dígame una cosa, Harry, ¿por qué cuando esa enorme orquesta, que sube y baja y da vueltas sobre su gigantesca plataforma, tiene que tocar un concierto para violín y orquesta, se elige que la solista toque corneta en vez de violín y vista de *shorts* en vez de largo? Me parece muy bien que las monjas norteamericanas vayan a escuchar *rock* y pataleen junto a las fans, pero no puedo tragar ese conglomerado de Sibelius y lindas pantorrillas.»

«Take it easy, Orlando», interrumpió Harry, «me parece que usted está influido por Fidel Castro». La diversión fue general. «Ahora le digo en serio. No crea que se puede ser musicalmente antiimperialista. Esa receta del Radio City no está mal, después de todo. Gracias a las lindas pantorrillas, el público deglute a Sibelius. Difusión cultural, ¿okei? De todos modos, lo que usted me cuenta es bastante mejor que el programa de la Navidad pasada, cuando Papá Noel volaba en helicóptero por el interior de la sala.»

El sitio maravilloso era Great Fall, estado de Maryland. Farías reconoció que el espectáculo de los saltos de agua valía la pena. «A ver esa formidable organización de picnic», dijo el guatemalteco refiriéndose a Harry. «Harry es el especialista», completó Nereida.

Entonces Harry extrajo del auto una valija, no demasiado voluminosa, y de ella sacó la pequeña heladera, un verdadero chiche, donde estaba la carne; luego, una especie de parrilla aerodinámica y desarmable, que en un minuto fue puesta en condiciones; también un combustible sintético (algo así como pelotas de carbón); por último, un pomo con un líquido inflamable, especial para carbón sintético, especial para picnics especiales. Farías encontró que el fósforo y el hambre eran los únicos puntos de contacto con un asado del Cono Sur. Flora infló unos almohadones de nailon y todos se sentaron alrededor de aquel fuego civilizado y sin problemas, excesivamente resuelto y preparado. Si no hubiera sido por el toque natural que representaba el salto de agua, el picnic podría haberse realizado en el piso 92 del Empire State Building.

Después del almuerzo miraron un rato la TV a transistores, especial para picnics, pero Nereida dijo que no le gustaban las de vaqueros. Entonces Harry extrajo su Polaroid, reunió al grupo junto a las cenizas esféricas del carbón sintético, e insistió en que Flora tomase una foto en la que él apareciese junto a los cuatro latinoamericanos. Hizo una broma sobre la diferencia entre sus 1,93 metros de altura y los 1,69 que medía el más alto de los otros. «Y son capaces de creer que no son subdesarrollados», dijo. A los cuatro minutos de haber tomado la foto, la copia ya estaba disponible. «Esto es civilización», dijo Harry respondiendo a los aplausos de Nereida. Farías no hubiera podido asegurar si el yanqui estaba orgulloso o sólo se burlaba de los hábitos nacionales. Quizás hubiese un poco de ambas cosas. Farías lo encontraba simpático y sincero. Flora le gustaba un poco menos, no sabía bien por qué. En ese momento, ella le estaba mostrando una botella de whisky que tenía agregados unos senos de plástico, monstruosamente inflados. «Esto lo trajo Harry de Nueva Orleans.» Nereida dedicó al artefacto una mirada ansiosa, casi masculina. El chileno se aburría y se fue a contemplar la cataratita, una especie de versión para *Reader's Digest* de las Niagara Falls.

Ortega se llevó discretamente a Farías hasta cerca del camino. «Harry es un buen tipo, ¿no te parece? Por lo menos, el producto corriente.» «Sí, me gusta bastante.» «Sabes, admite el American Way of Life, pero lo admite con cierta sorna, y eso en definitiva lo está salvando. No te voy a decir que nos entiende (eso es muy difícil aquí) pero se puede hablar con él de Guatemala o de Bolivia o hasta de Cuba, sin que se ponga histérico. Eso es mucho. Por lo menos, no cree que Roosevelt haya sido comunista.» «¿Y Flora?» «Bueno, Flora se considera una frustrada, porque en la casa Harry es el que manda. De acuerdo al esquema de Nereida, Harry es el que descorcha las botellas y Flora es la que cocina. Claro, no te olvides de que él vivió dos años en México. Tal vez allí se acostumbró...»

Flora andaba con Montes saltando entre las rocas. Harry fumaba con delectación junto al Volkswagen. Nereida leía un *Esquire*, recostada en un árbol. Ortega optó finalmente por unirse a los saltarines de las rocas, y entonces Farías se echó sobre la gramilla, la cabeza apoyada en el rollo que había hecho con su saco. Pensó que en el Uruguay siempre le había huido a los picnics. No tuvo tiempo de sacar conclusiones. Se durmió.

Dos horas más tarde, venía sentado junto a Harry y Flora en el asiento delantero del Chrysler 1960. Los otros se habían ido en el Volkswagen de Ortega, y el matrimonio se había ofrecido a llevarlo hasta Washington. Estaba contento. «Buena gente», pensó. Flora había cruzado las piernas. «Buenas piernas», pensó. Evidentemente, esta tarde sería un buen recuerdo.

«¿Por qué todos ustedes viven fuera de Washington?», preguntó por preguntar. «A mí me parece una ciudad muy agradable.» El perfil de Harry se transfiguró. «¿Cómo quiere que los seres humanos vivamos en Washington si aquí hay nada menos que un 65 % de negros?» Farías tragó. «¿Y eso qué?» Flora lo miró con dulzura, sin alterarse, seguramente compadecida frente a la incomprensión. «¡Cómo! ¿No entendió, Orlando? ¡65 % de negros!» Farías guardó silencio, pero se sintió horrible guardando silencio. Al final tuvo que decir: «Ustedes perdonen, pero no puedo entenderlo». Harry tenía una expresión cada vez más colérica.

En el cruce de Massachusetts Avenue y calle 4, el Chrysler tuvo que detenerse porque el semáforo estaba rojo. Por la franja reservada a peatones cruzó toda una familia de color. Los dos últimos negritos señalaron a Harry y se rieron. Se rieron como siempre se ríen, con toda la boca, mostrando hasta la campanilla. Eso ya era demasiado para

Harry. Dio un tremendo puñetazo sobre el volante y gritó dirigiéndose a Farías: «¡Y usted pregunta por qué no vivimos en Washington! ¡Fíjese, fíjese, ésta es nuestra realidad! ¡Nuestra realidad! ¿Entiende ahora?». «Take it easy, Harry», dijo Flora. «Sí, ahora entiendo», murmuró Farías, y pensó en el *party* de Greenwich Village, en las invictas viejitas de Albuquerque.

Lo dejaron frente al National. Farías tuvo que construir una larga frase de gracias por el paseo, el picnic, la comida, la copia de la Polaroid, el regreso al hotel. Harry le dio la mano y dijo, ahora más calmo: «Fue un gran placer conocerlo, Orlando, verdaderamente un gran placer». Flora le dio un beso en la mejilla.

Farías se quedó un momento en la puerta del hotel, esperando que el coche arrancara. En el instante en que el Chrysler 1960 empezaba a moverse, Flora hizo adiós con la mano y dijo con fruición: «¡Hasssta la visssta!»

(1961)

Déjanos caer

¿Van Daalhoff? Mucho gusto. ¿Así que Areosa le dio mi teléfono? ¿Está bien el hombre? Hace años que no lo veo. Aquí en la tarjeta dice que usted quiere tema para un cuento y que a él le parece que yo puedo ayudarlo. Bueno, no hace falta decirlo: siempre que pueda, encantado. Los amigos de Areosa, son mis amigos. ¿Ana Silvestre dijo? Seguro que la conozco. Lo menos desde 1944. Ahora está de novia. Qué cosita. Cómo no que hay tema para un cuento. Pero, eso sí, cámbiele el nombre. Además, usted no es de aquí. Lo publicará en su país, claro. Mejor, mucho mejor. Ana Silvestre. Como nombre de teatro, no me gusta. Nunca pude explicarme por qué no quiso conservar su nombre verdadero: Mariana Larravide. (Con hielo y soda, por favor.) En 1944 era lo que se dice una nena: diecisiete años. Siempre flacucha, inquieta, despeinada, pero ya en aquella época tenía algo, algo que ponía nerviosos a los muchachos e incluso a los más veteranos, como yo. ¿Cuántos años me da? No se pase, no se pase. Anteayer cumplí cuarenta y ocho, sí señor. Escorpión y a mucha honra. Sí, hace dieciséis años Mariana era una nenita. Lo mejor que tuvo siempre fueron los ojos. Oscuros, bien oscuros. Muy inocentes, mientras estuvo en la etapa inocente. Y muy depravados, en la otra. En esa época era todavía estudiante de Preparatorios. De Derecho, naturalmente. Estudiaba con los hermanos Zúñiga, el pardo Aristimuño, Elvira Roca y la bombita Anselmi. Eran inseparables, un grupito verdaderamente unido. Venían los seis por la vereda y usted tenía que bajarse, porque ellos no se abrían ni a garrote. Yo los conocía bien, porque era amigo de Arriaga, un profesor de filosofía al que la botijada veneraba como un dios, porque era campechano y venía a las clases en motocicleta. Así hasta que se escrachó, en Capurro y Dragones, contra un tranvía 22 que lo envió al Maciel con una pierna rota y otra también, jubilándolo para siempre del donjuanismo activo. Pero en ese entonces Arriaga ni soñaba con las muletas. A veces se sentaba conmigo en el café y veíamos entrar y salir a la barra dándose empujoncitos y gritándose chistes idiotas, de esos que sólo hacen reír cuando se está en la edad de los granos. Yo me daba cuenta de que Arriaga le tenía unas ganas bárbaras a Mariana, pero ella no le daba ni cero cinco en el terreno que a él le interesaba. Lo admiraba como profesor y nada más.

Elvira Roca y la bombita Anselmi, un año mayores que ella, ya se acostaban con todo el mundo, pero Mariana se mantenía incólume, deliberadamente confinada a la camaradería y sus toqueteos sin militancia. Debe haber sido la virginidad más publicitada del Mundo Libre. Hasta los mozos de café tenían conciencia de que le servían el cortado a una virgen. Lo más notable era que ella declaraba no tener prejuicios; simplemente, no se sentía impulsada hacia la peripecia sexual. Le aseguro que, considerando que no se sentía impulsada, se las arreglaba bastante bien para hacerse mirar, mediante escotes abismales, y estratégicos cruces de piernas. Nunca se pudo saber quién fue el primero. La bombita Anselmi desparramó la noticia de que había sido un adscripto del Vázquez, pero éste, que se llamaba —fíjese usted lo que son las coincidencias— precisamente Vázquez, una noche que tenía unas cuantas copas encima, confesó que había sido el segundo. (Gracias. Y otro cubito. Ahí está.) En realidad, para el placé había varios candidatos, yo entre ellos. Lo que pasaba era que Mariana le decía a todos que, antes de esa caída, sólo había habido «un hombre en su vida». Y uno se quedaba contento, de puro imbécil que era, porque allí ser segundón era casi lo mismo que ser pionero, y todo eso sin las desventajas del estreno. Una cosa hay que reconocer y es que Mariana siempre tuvo un estilo propio. Para la inocencia y para el relajo. Para la farra y para la tristeza. Gozaba de absoluta libertad, porque los padres estaban en Santa Clara de Olimar y ella vivía aquí con una tía que tiene por cierto su pasado glorioso. La casa era en Punta Carreta, cerca de la cárcel. Uno de esos conglomerados de Bello y Reborati, que siempre me hicieron acordar a un juego de armar casitas que tuve cuando botija. La tía se pasaba las semanas en Buenos Aires y Mariana quedaba como dueña y señora de la casa, con su enorme surtido de balconcitos y corredores. Era la ocasión de armar soberbias festicholas, con grapa, amores y discoteca. Arriaga era un habitué de esas reuniones y yo empecé a ir como invitado suyo. Por ese entonces a mí me gustaba la bombita Anselmi, que en el tercer san martín seco se ponía sentimental y había que consolarla de apuro en el altillo. Pensar que en esa época era un bibeló, todo lo redondita que se precisa, y hoy, como digna esposa del edil Rebollo, tiene unas cataplasmas que fueron, tiempo ha, soberbios pectorales. Bueno, pero a eso iba. Muchos de los asistentes a esos carnavalitos privados, se divertían con un solemne sentido del deber. Era una fiesta y había que gritar. Era un baile y había que bailar. Era una jauja y había que reír. Todo previsto. Pero Mariana, que en esa etapa ya no era una nena, no nos esperaba con la risa puesta, no señor. Cuando llegábamos siempre estaba seria, como si la idea no hubiera sido suya y la estuviéramos obligando a divertirse. Pero nosotros la conocíamos: sabíamos que necesitaba crearse un clima, entrar lentamente en caja. El menor de los Zúñiga decía un chiste intelectual, de esos tan rebuscados que cuando uno pesca el resorte, ya le vino el bostezo de tanto esperar; el pardo Aristimuño, como es de Bella Unión, contaba anécdotas de la frontera; Elvira Roca empezaba a tener calor y se sacaba la blusa y compañía; Arriaga, que había seguido cursos de fonética e impostación, recitaba cultísimas indecencias de la antigüedad clásica, y así Mariana empezaba a alegrarse de a poco, con verdadero ritmo, riendo sobre seguro. Fue Raimundo Ortiz, huésped de honor de uno de tales jolgorios, quien, asistiendo a ese ascenso progresivo de lo que él, como buen hombre de teatro, llamaba el clímax, le propuso a Mariana que ingresara en su conjunto «La Bambalina», de teatro independiente. Qué ojo. Desde el pique —me parece recordar que debutó en una obrita de O'Neill— Mariana fue la favorita de los críticos, que en ese entonces eran pocos pero malos. Ortiz primero, y después Olascoaga (cuando ella se fue de «La Bambalina» para «Telón de fondo», con motivo de los arañazos que le dio la Beba Goñi la noche en que Mariana le arrebató el papel de Ramera IV en una obra que entonces era de vanguardia y hoy es demodé) explotaron el filón y la hicieron representar todos los papeles de putitas de que dispone el repertorio universal. Le juro que, sobre el escenario, parecía extraída del «Blue Star» o del «Atlantic»: el mismo paso, las mismas caídas de ojos, el mismo ritmo de las caderas. (Gracias, todavía tengo en el vaso. Bueno, agréguele, ya que insiste. No se me olvide del cubito. Macanudo.) Nunca le daban papeles románticos o de característica; tampoco ella los reclamaba. Representando el papel de Prostituta (que es, después de Yerma, el más codiciado por las actrices con temperamento) se sentía segura y a sus anchas. En la vida diaria ponía una carita tan hábilmente maquillada de pureza que cuando subía al escenario y se quitaba esa crema llamada disimulo, quedaba brutalmente al natural su expresión de veterana precoz. Quienes la conocían sólo superficialmente, podían creer que su aspecto teatral era lo que se llama «composición del personaje», pero la verdad era que ella componía un solo personaje, el de Ana Silvestre, cuando se encontraba fuera de la escena. Yo que seguí palmo a palmo toda su carrerita, le puedo asegurar que Mariana estaba más hecha para el cinismo que para la introspección. Se burlaba de las más célebres seriedades del mundo, tales como la Iglesia, la Patria, la Madre y la Democracia. Recuerdo que una noche en la casa de Punta Carreta (para ser exacto, el 3 de febrero de 1958), le dio por organizar una especie de misa profana («misa gris» la llamaba ella) y de rodillas y con perfecto impudor, se puso a rezar: «Déjanos caer en la tentación».

Yo creo que se le fue la mano. Por lo menos, puedo asegurarle que allí empezó su claudicación, su lamentable frustración actual. Porque Dios —¿me entiende?— le tomó la palabra: la dejó caer en la tentación. Usted dirá qué tentaciones, si ya las sabía todas. Pero déjeme contarle, déjeme contarle. El conjunto de Olascoaga estaba ensayando una obrita de autor nacional, en aquel año que fue la epidemia debido a la subvención de Teatros Municipales. Feliz de usted que no asistió a ese auge. Había autores nacionales para regalar. Una vez éramos seis en lo de Chocho, y de los seis, cinco eran autores nacionales. Qué barbaridad. Sólo yo conservé el invicto. Bueno, la obra que ensayaba «Telón de fondo» no era precisamente de las peores. Creo, incluso, que sacó el Tercer Premio en las Jornadas. Tenía un airecito sentimental que tocó a los críticos directamente en el sistema circulatorio. Le soy franco y le confieso que no me acuerdo del planteo, ni del nudo ni —menos que menos— del desenlace. Pero sí me acuerdo de la figura central: una muchacha abonada a la pureza. El autor (¿sabe quién es? Edmundo Soria, hoy abogado y orador, dicen que se levantó económicamente con su campaña anticomunista; un ingenuo, en fin) bueno, Soria había abrumado a su protagonista con la calamidad universal. Moría el padre y ella era pura; el padrastro le pegaba y ella seguía pura; el novio la insultaba y ella seguía pura; la echaban del empleo y ella seguía pura; la agarraba una patota y ella seguía pura. Insoportable, lo que se dice insoportable. Al final moría, yo creo que de pureza. Puede ser que yo le haga la sinopsis con cierta mala leche, porque la verdad es que me dio relativa bronca que la pieza cayera bien y que algunos exigentes que yo conozco como si los hubiera barrido, justificaran a Soria con el raquítico argumento de que «cuando uno se propone hacer un melodrama, hay que meterse en él hasta el pescuezo». La verdad es que sin Mariana la pieza hubiera sido un desastre sin levante. Pero déjeme contarle. El papel de la pura no lo iba a hacer Mariana, qué esperanza. Durante tres meses había ensayado Alma Fuentes (nombre verdadero: Natalia Klappenbach) con un fervor y una memoria envidiables. Tres días antes del estreno, Almita cayó con rubéola y Olascoaga se enfrentó a un problema que más que artístico era de conformes. Había pagado por adelantado la mitad del arrendamiento de la Sala Colón —únicas tres semanas libres en todo el invierno— y no era cuestión de suspender la temporada. Yo estaba allí la tarde en que Olascoaga reunió al elenco e hizo esta pregunta de emergencia: «¿Quién de ustedes, muchachas, es capaz de hacer el sacrificio de aprenderse el papel de aquí al viernes y, con eso, salvar nuestras finanzas?». Cuando las siete preciosas recién empezaban los mutuos sondeos visuales, ya Mariana había respondido: «Yo ya me sé la letra».

«¿Vos?», saltó Olascoaga, con un estupor que era casi bronca. Lo miré y me di cuenta de qué estaba pensando: ¿cómo meter a la eterna ramera del elenco en un papel de pura sin claudicaciones? Pero también miré la cara de Mariana y vi que allí había empezado una transformación. Esta vez tenía una expresión, no le diré limpia, pero sí de ganas de limpiarse. Creo que Olascoaga vio lo mismo que yo, porque le dijo: «¿Verdaderamente te animás?». «Me animo», contestó ella. Y cómo se animó. Desde la primera noche, fue la revelación. Yo no podía creer lo que veía. Con decirle que sólo le faltaba el halo. Una santa, lo que se dice una santa. Cuando la agarraba la patota, daban ganas de fusilarlos. Criminales. Cuando el novio la insultaba, alguien llegó a gritar en la tertulia: «Morite, bestia». No importaba que el diálogo fuera idiota; ella le inyectaba una fuerza tan conmovedora que hasta yo lagrimeaba en las escenas de bravura. Cuando, al final de la segunda semana, Almita la vio («estás absolutamente descartada» le había dicho Olascoaga después de prometerle Fedra) tuvo un ataque de nervios y con razón; fíjese que la envidia le hacía temblar el pómulo izquierdo y el párpado derecho. Pobre Almita. Pero la gran sorpresa fue al final de la temporada (gracias al éxito frenético, se había extendido a seis semanas). La noche misma de la última función, cuando el telón todavía estaba cayendo, Mariana anunció que dejaba el teatro. Todos largaron la risa; todos, menos yo y Olascoaga. Nosotros sabíamos que era cierto. Nada más que para cumplir, Olascoaga inquirió el porqué. «Éste fue mi papel», dijo ella, sonriendo, con su nueva cara de ángel. «No quiero hacer ningún otro en el teatro.» Y agregó después, en voz tan baja que parecía estar hablando para ella sola: «Ni tampoco en la vida». ¿Se da cuenta? Lo que le dije: Dios se había vengado. (Epa, más whisky no. Bueno, ponga otro poquito. Pero definitivamente el último. Acuérdese del hielo. Gracias.) Sí señor, Dios se había vengado. La dejó caer en la tentación. Pero en la tentación del bien, que era la única que le faltaba. Desde entonces, nunca más. Se acabaron las festicholas. Se acabó el relajo. Hasta dejó la casa de la tía. Ahora lee una barbaridad. Escucha música, Mozart incluido. Hasta estudia guitarra. Se volvió buena, qué desastre. Lo peor es que creo que está convencida, así que ya no tiene salvación. Hace una semana la encontré en el Cordón y la invité a tomar un cafecito, bueno un cafecito ella y yo una grapa, porque tenía curiosidad de oírla hablar así, sin público, cara a cara conmigo que me la sé de memoria y ella lo sabe. Y bueno, ¿adivina lo que me dijo? «Soy otra, Tito, ¿podés creerlo? Antes de la obra de Soria, yo no le había tomado el gusto al lado bueno de las cosas, nunca había probado a sentirme pura, a sentirme generosa, a sentirme sencilla. Pero cuando me puse el personaje de

Soria como quien se pone un vestido de confección al que no es necesario hacer ningún arreglo, sentí que ésa era mi medida. Mirá, tampoco era un vestido. Era más bien como si me pusiera mi destino, ¿entendés? Y desde ese momento supe que estaba conquistada, ganada o perdida, llamale como quieras, pero que nunca más podría volver a ser lo que había sido. Cuando aprendí la letra, antes de la enfermedad de Almita, lo hice para burlarme, porque tenía el propósito de parodiarla en cualquiera de nuestras sesiones. Pero cuando vi la posibilidad de decir yo aquellas palabras, de figurarme que yo era así, tuve valor suficiente como para aferrarme a ella. Y cuando subí al escenario y las dije, te juro, Tito, que era yo misma la que hablaba, te juro que nunca había dicho cosas tan mías como esas palabras ajenas que alguien me había dictado.» Y después, agárrese bien, la revelación: «Estoy de novia, ¿sabés? No hagas ese gesto, Tito. Vos no podés convencerte de que ahora soy otra, pero yo sí lo sé, estoy segura. Es un argentino, de padres holandeses. Tiene lentes y parece que te mira hasta el alma, pero a mí no me importa porque ahora mi alma está limpia. No sabe nada de mi vida de antes. Sólo sabe de ésta que soy ahora y así le gusto. Yo no quiero que se entere, ¿sabés por qué? Porque soy otra. Es rubio y tiene cara de bueno. Yo no le miento, no le engaño, porque verdaderamente soy otra. Mide como dos metros, así que anda siempre como agachándose. Es un encanto. Tiene las manos largas y los dedos finos. Vino hace tres meses y se va dentro de dos. Lo principal es que me lleva con él y estoy salvada. No hay necesidad de que le cuente lo de antes, porque no es fuerte, no aguantaría el golpe... Vamos a vivir en Rotterdam. Y Rotterdam está lejos de Punta Carreta. Además, Dios está de mi parte. ¿Te das cuenta, Tito?». Lloraba la imbécil, pero lo peor era que lloraba de contenta, qué calamidad. Está más delgada, se le ha ondeado el pelo, qué sé yo. Ni siquiera tuve valor para darle la ritual palmadita en la nalga, como ha sido siempre nuestra despedida. Le confieso que estoy desorientado. Lo único que quisiera saber es quién es el imbécil que se la lleva a Rotterdam. Alto, rubio, de lentes. Manos largas, dedos finos. Como agachándose. Qué chiste, igual a usted. No me diga que... ¡Lo que faltaba! Ahora sí que está bueno. ¡Lo que faltaba! Usted tiene la culpa por hacerme tomar cuatro whiskies seguidos. Y su nombre es Van Daalhoff. Claro como el agua. Perdone por lo de imbécil. ¿Qué se va a hacer? Ahora ya no tiene arreglo. Pobre Mariana. Reconozca por lo menos que Dios no estaba de su parte.

(1961)

LA MUERTE Y OTRAS SORPRESAS

A Luz

Se miente más de la cuenta
por falta de fantasía:
también la verdad se inventa.
ANTONIO MACHADO

La muerte

Conviene que te prepares para lo peor.

Así, en la entonación preocupada y amiga de Octavio, no sólo médico sino sobre todo ex compañero de liceo, la frase socorrida, casi sin detenerse en el oído de Mariano, había repercutido en su vientre, allí donde el dolor insistía desde hacía cuatro semanas. En aquel instante había disimulado, había sonreído amargamente, y hasta había dicho: «No te preocupes, hace mucho que estoy preparado». Mentira, no lo estaba, no lo había estado nunca. Cuando le había pedido encarecidamente a Octavio que, en mérito a su antigua amistad («te juro que yo sería capaz de hacer lo mismo contigo»), le dijera el diagnóstico verdadero, lo había hecho con la secreta esperanza de que el viejo camarada le dijera la verdad, sí, pero que esa verdad fuera su salvación y no su condena. Pero Octavio había tomado al pie de la letra su apelación al antiguo afecto que los unía, le había consagrado una hora y media de su acosado tiempo para examinarlo y reexaminarlo, y luego, con los ojos inevitablemente húmedos tras los gruesos cristales, había empezado a dorarle la píldora: «Es imposible decirte desde ya de qué se trata. Habrá que hacer análisis, radiografías, una completa historia clínica. Y eso va a demorar un poco. Lo único que podría decirte es que de este primer examen no saco una buena impresión. Te descuidaste mucho. Debías haberme visto no bien sentiste la primera molestia». Y luego el anuncio del primer golpe directo: «Ya que me pedís, en nombre de nuestra amistad, que sea estrictamente sincero contigo, te diría que, por las dudas...». Y se había detenido, se había quitado los anteojos, y los había limpiado con el borde de la túnica. Un gesto escasamente profiláctico, había alcanzado a pensar Mariano en medio de su desgarradora expectativa. «Por las dudas ¿qué?», preguntó, tratando de que el tono fuera sobrio, casi indiferente. Y ahí se desplomó el cielo: «Conviene que te prepares para lo peor».

De eso hacía nueve días. Después vino la serie de análisis, radiografías, etc. Había aguantado los pinchazos y las propias desnudeces con una entereza de la que no se creía capaz. En una sola ocasión, cuando volvió a casa y se encontró solo (Águeda había salido con los chicos, su padre estaba en el Interior), había perdido todo dominio de sí mismo, y allí, de pie, frente a la ventana abierta de par en par, en su estudio inundado por el más espléndido sol de otoño, había llorado como una criatura, sin molestarse siquiera por enjugar sus lágrimas. Esperanza, esperanzas, hay esperanza, hay esperanzas, unas veces en singular y otras en plural; Octavio se lo había repetido de cien modos distintos, con sonrisas, con bromas, con piedad, con palmadas amistosas, con semiabrazos, con recuerdos del liceo, con saludos a Águeda, con ceño escéptico, con ojos entornados, con tics nerviosos, con preguntas sobre los chicos. Seguramente estaba arrepentido de haber sido brutalmente sincero y quería de algún modo amortiguar los efectos del golpe. Seguramente. Pero ¿y si hubiera esperanzas? O una sola. Alcanzaba con una escueta esperanza, una diminuta esperancita en mínimo singular. ¿Y si los análisis, las placas, y otros fastidios, decían al fin en su lenguaje esotérico, en su profecía en clave, que la vida tenía permiso para unos años más? No pedía mucho: cinco años, mejor diez. Ahora que atravesaba la Plaza Independencia para encontrarse con Octavio y su dictamen final (condena o aplazamiento o absolución), sentía que esos singulares y plurales de la esperanza habían, pese a todo, germinado en él. Quizá ello se debía a que el dolor había disminuido considerablemente, aunque no se le ocultaba que acaso tuvieran algo que ver con ese alivio las pastillas recetadas por Octavio e ingeridas puntualmente por él. Pero, mientras tanto, al acercarse a la meta, su expectativa se volvía casi insoportable. En determinado momento, se le aflojaron las piernas; se dijo que no podía llegar al consultorio en ese estado, y decidió sentarse en un banco de la plaza. Rechazó con la cabeza la oferta del lustrabotas (no se sentía con fuerzas como para entablar el consabido diálogo sobre el tiempo y la inflación), y esperó a tranquilizarse. Águeda y Susana. Susana y Águeda. ¿Cuál sería el orden preferencial? ¿Ni siquiera en este instante era capaz de decidirlo? Águeda era la comprensión y la incomprensión ya estratificadas; la frontera ya sin litigios; el presente repetido (pero también había una calidez insustituible en la repetición); los años y años de pronosticarse mutuamente, de saberse de memoria; los dos hijos, los dos hijos. Susana era la clandestinidad, la sorpresa (pero también la sorpresa iba evolucionando hacia el hábito), las zonas de vida desconocida, no compartidas, en sombra; la reyerta y la reconciliación conmovedoras; los celos conservadores y los celos revolucionarios; la frontera indecisa, la caricia nueva (que insensiblemente se iba pareciendo al gesto repetido), el no pronosticarse sino adivinarse, el no saberse de memoria sino de intuición. Águeda y Susana, Susana y Águeda. No podía decidirlo. Y no podía (acababa de advertirlo en el preciso instante en que debió saludar con la mano a un antiguo compañero de trabajo), sencillamente porque pensaba en ellas como cosas

suyas, como sectores de Mariano Ojeda, y no como vidas independientes, como seres que vivían por cuenta y riesgo propios. Águeda y
Susana, Susana y Águeda, eran en este instante partes de su organismo, tan suyas como esa abyecta, fatigada entraña que lo amenazaba.
Además estaban Coco y sobre todo Selvita, claro, pero él no quería,
no, no quería, no, no quería ahora pensar en los chicos, aunque se
daba cuenta de que en algún momento tendría que afrontarlo, no
quería pensar porque entonces sí se derrumbaría y ni siquiera tendría fuerzas para llegar al consultorio. Había que ser honesto, sin
embargo, y reconocer de antemano que allí iba a ser menos egoísta, más increíblemente generoso, porque si se destrozaba en ese pensamiento (y seguramente se iba a destrozar) no sería pensando en sí
mismo sino en ellos, o por lo menos más en ellos que en sí mismo, más
en la novata tristeza que los acechaba que en la propia y veterana
noción de quedarse sin ellos. Sin ellos, bah, sin nadie, sin nada. Sin
los hijos, sin la mujer, sin la amante. Pero también sin el sol, este sol;
sin esas nubes flacas, esmirriadas, a tono con el país; sin esos pobres,
avergonzados, legítimos restos de la Pasiva; sin la rutina (bendita,
querida, dulce, afrodisíaca, abrigada, perfecta rutina) de la Caja
Núm. 3 y sus arqueos y sus largamente buscadas pero siempre halla-
das diferencias; sin su minuciosa lectura del diario en el café, junto al
gran ventanal de Andes; sin su cruce de bromas con el mozo; sin los
vértigos dulzones que sobrevienen al mirar el mar y sobre todo al
mirar el cielo; sin esta gente apurada, feliz porque no sabe nada de
sí misma, que corre a mentirse, a asegurar su butaca en la eternidad
o a comentar el encantador heroísmo de los *otros;* sin el descanso
como bálsamo; sin los libros como borrachera; sin el alcohol como resorte; sin el sueño como muerte; sin la vida como vigilia; sin la vida,
simplemente.

Ahí tocó fondo su desesperación, y, paradójicamente, eso mismo
le permitió rehacerse. Se puso de pie, comprobó que las piernas le respondían, y acabó de cruzar la plaza. Entró en el café, pidió un cortado, lo tomó lentamente, sin agitación exterior ni interior, con la mente
poco menos que en blanco. Vio cómo el sol se debilitaba, cómo iban
desapareciendo sus últimas estrías. Antes de que se encendieran los
focos del alumbrado, pagó su consumición, dejó la propina de siempre, y caminó cuatro cuadras, dobló por Río Negro a la derecha, y a
mitad de cuadra se detuvo, subió hasta un quinto piso, y oprimió el
botón del timbre junto a la chapita de bronce: Dr. Octavio Massa,
médico.

—Lo que me temía.

Lo que me temía era, en estas circunstancias, sinónimo de lo peor. Octavio había hablado larga, calmosamente, había recurrido sin duda a su mejor repertorio en materia de consuelo y confortación, pero Mariano lo había oído en silencio, incluso con una sonrisa estable que no tenía por objeto desorientar a su amigo, pero que con seguridad lo había desorientado. «Pero si estoy bien», dijo tan sólo, cuando Octavio lo interrogó, preocupado. «Además», dijo el médico, con el tono de quien extrae de la manga un naipe oculto, «además vamos a hacer todo lo que sea necesario, y estoy seguro, entendés, seguro, que una operación sería un éxito. Por otra parte, no hay demasiada urgencia. Tenemos por lo menos un par de semanas para fortalecerte con calma, con paciencia, con regularidad. No te digo que debas alegrarte, Mariano, ni despreocuparte, pero tampoco es para tomarlo a la tremenda. Hoy en día estamos mucho mejor armados para luchar contra...». Y así sucesivamente Mariano sintió de pronto una implacable urgencia en abandonar el consultorio, no precisamente para volver a la desesperación. La seguridad del diagnóstico le había provocado, era increíble, una sensación de alivio, pero también la necesidad de estar solo, algo así como una ansiosa curiosidad por disfrutar la nueva certeza. Así, mientras Octavio seguía diciendo: «... y además da la casualidad que soy bastante amigo del médico de tu Banco, así que no habrá ningún inconveniente para que te tomes todo el tiempo necesario y...», Mariano sonreía, y no era la suya una sonrisa amarga, resentida, sino (por primera vez en muchos días) de algún modo satisfecha, conforme.

Desde que salió del ascensor y vio nuevamente la calle, se enfrentó a un estado de ánimo que le pareció una revelación. Era de noche, claro, pero ¿por qué las luces quedaban tan lejos? ¿Por qué no entendía, ni quería entender, la leyenda móvil del letrero luminoso que estaba frente a él? La calle era un gran canal, sí, pero ¿por qué esas figuras, que pasaban a medio metro de su mano, eran sin embargo imágenes desprendidas, como percibidas en un film que tuviera color pero que en cambio se beneficiara (porque en realidad era una mejora) con una banda sonora sin ajuste, en la que cada ruido llegaba a él como a través de infinitos intermediarios, hasta dejar en sus oídos sólo un amortiguado eco de otros ecos amortiguados? La calle era un canal cada vez más ancho, de acuerdo, pero ¿por qué las casas de enfrente se empequeñecían hasta abandonarlo, hasta dejarlo enclaustrado en su estupefacción? Un canal, nada menos que un canal, pero ¿por qué los focos de los autos que se acercaban velozmente, se iban reduciendo, reduciendo, hasta parecer linternas de bolsillo? Tuvo la sensación de que la baldosa que pisaba se convertía de pronto en una isla, una baldosa leprosa que era higiénicamente discriminada por las baldosas saludables. Tuvo la sensación de que los objetos se iban, se apartaban locamente de él pero sin admitir que se apartaban. Una fuga hipócrita, eso mismo. ¿Cómo no se había dado cuenta antes? De todos modos, aquella vertiginosa huida de las cosas y de los seres, del suelo y del cielo, le daba una suerte de poder. ¿Y esto podía ser la muerte, nada más que esto?, pensó con inesperada avidez. Sin embargo estaba vivo. Ni Águeda, ni Susana, ni Coco, ni Selvita, ni Octavio, ni su padre en el Interior, ni la Caja Núm. 3. Sólo ese foco de luz, enorme, es decir enorme al principio, que venía quién sabe de dónde, no tan enorme después, valía la pena dejar la isla baldosa, más chico luego, valía la pena afrontarlo todo en medio de la calle, pequeño, más pequeño, sí, insignificante, aquí mismo, no importa que los demás huyan, si el foco, el foquito, se acerca alejándose, aquí mismo, aquí mismo, la linternita, la luciérnaga, cada vez más lejos y más cerca, a diez kilómetros y también a diez centímetros de unos ojos que nunca más habrán de encandilarse.

El altillo

Está allá arriba. Lo veo desde aquí. Siempre quise un altillo. Cuando tenía nueve años, cuando tenía doce. Lo veo desde aquí y es bueno saber que existe. Tiene la luz encendida. Es una bombilla de cien bujías, pero desde el patio la veo apenas como un resplandor. Siempre quise un altillo, para escaparme. ¿De quién? Nunca lo supe. Francamente, yo quisiera saber si todos están seguros de quién escapan. Nadie lo sabe. Puede ser que lo sepa un ratón, pero yo creo que un ratón no es lo que el doctor llama un fugitivo típico. Yo sí lo soy. Quise un altillo como el de Ignacio, por ejemplo. Ignacio tenía allí libros, almanaques, mapas, postales, álbumes de estampillas. Ignacio pasaba directamente del altillo a la azotea, y desde allí podía dominar todas las azoteas vecinas, con claraboyas o sin ellas, con piletas de lavar ropa o macetas en los pretiles. En ese momento ya no tenía ojos de fuga sino de dominador. Dominar las azoteas es aproximadamente lo mismo que dominar las intimidades. La gente cuelga allí ropa interior, amontona trastos viejos, toma el sol sin pedantería, hace gimnasia para sí misma y no para las muchachas, como sucede en la playa. La azotea es como una trastienda. Claro que hay azoteas que tienen perros y eso es un inconveniente; pero siempre queda el recurso de tirarles piedras o simplemente espantarlos con gritos. De todos modos, ni a Ignacio ni a mí nos gustaba que un perro nos estuviera mirando. Una azotea con perro pierde su soledad y entonces no sirve, especialmente si el perro tiene ojos de persona. A mí ni siquiera me gustan los perros con ojos de perro. Los gatos me importan menos. Son como un decorado y nada más. Puedo sentirme perfectamente solo con el cielo, un avión, una cometa y un gato. Incluso con Ignacio podía sentirme casi solo. Sería tal vez porque no hablaba. Tomaba los gemelos de teatro, miraba detenidamente la azotea de los Risso, y una vez que se cercioraba de que ni Mecha ni Sonia habían subido todavía, entonces me los alcanzaba a mí, y yo miraba detenidamente hacia la azotea de los Antuña hasta cerciorarme de que ni Luisa ni Marta habían subido. Siempre quise un altillo. El de Ignacio era un lindo altillo, pero tenía el inconveniente de que no era mío. Ya sé que Ignacio nunca me hizo sentirme extranjero, ni intruso, ni enemigo, ni pesado, ni ajeno; pero yo sentía todo eso por mí mismo, sin necesidad de que nadie me lo recordara. Para huir, para escapar de algo que uno no sabe bien qué es, hay que hacerlo solo. Y cuando yo escapaba (por ejemplo, cuando hice añicos los anteojos de mi tía y los tiré por el water y ella perdió todo su aplomo y se puso furiosa y me gritó tarado de porquería, linda consecuencia de las borracheras de tu padre, aunque según el doctor no es seguro que mi atraso tenga que ver con las papalinas de mi viejo, que en paz descanse) y cuando yo escapaba al altillo de Ignacio para estar solo, no podía estar solo porque, claro, estaba Ignacio. Y también a veces el perro del vecino, que es de los que miran con ojos de persona. Todo eso a los doce años y también a los nueve. A los trece se acabó el altillo porque empecé a ir al colegio de fronterizos. No recuerdo nada de lo que hice en el colegio. Hay que ver que fui solamente tres días; después me pegó el grandote malísimo y estuve mucho tiempo en cama sin poder abrir este ojo que ahora abro, y además conteniendo la respiración. Todo debido a la costilla rota, claro. Pero al final tenía que respirar porque me ponía colorado, colorado, primero como un tomate y después como una remolacha. Entonces respiraba y el dolor era enorme. Se acabó el colegio de fronterizos, dijo mi tío. Después de todo es casi normal, dijo mi tía. Yo estaba agachado y de pronto sentí el frío de la llave en el ojo. Me aparté de la cerradura y me puse el camisón. Ella vendrá a enseñarte aquí desde mañana, dijo mi tía, antes de arroparme y darme un beso en la frente. Yo no tenía todavía mi altillo, ni tampoco podía ir al de Ignacio porque su papá se peleó con mi tío, no a las trompadas sino a las malas palabras. Ella vino a enseñarme todas las mañanas. No sólo me enseñaba las lecciones. También me enseñaba unas piernas tan peludas que yo no podía dejar de mirarlas. Le advertí que yo era casi normal y ella sonrió. Me preguntó si había alguna cosa que me gustaba mucho, y yo dije que el altillo. Enseguida me arrepentí porque era como traicionar a Ignacio, pero de todos modos ella lo iba a saber porque su mirada era de ojos bien abiertos. Yo creo que nunca cerraba los ojos, o quizá pestañeaba en el instante en que yo también lo hacía. Algunas veces yo demoraba más, a propósito, pero ella se daba cuenta de mi intención y también demoraba su pestañeo, y tal vez luego parpadeaba junto conmigo porque nunca le vi cerrar los ojos. Mejor dicho, la vi una sola vez, pero ésa no vale porque estaba muerta. Los ex alumnos le llevamos un ramo de flores. Yo era ex alumno pero no la quería demasiado. Quería sus piernas, eso sí, porque eran peludas, pero la persona de ella también tenía otras partes. Así que sólo duró un mes y medio. Una lástima porque había mejorado mucho, dijo mi tía. Ya sabía la tabla del ocho, dijo mi tío. Yo sabía también la del nueve, claro que nunca dije nada porque algún secreto hay que tener. Yo no sé cómo hay gente capaz de vivir sin secretos. Ignacio dice que el secreto más secreto de sus secretos es que. Pero yo no lo voy a decir porque le juré no comunicarlo a nadie. Fue sobre el perro muerto que lo juré. No sé exactamente cuándo. Siempre se me mezclaron las fechas. Acabo de hacer algo y sin embargo me parece muy lejano. En cambio, hay ocasiones en que una cosa bien antigua, me parece haberla hecho hace cinco minutos. A veces puedo saber cuándo, sobre todo ahora que el tío me regaló el reloj que fue de mamá que en paz descanse. Pobrecito, así se entretiene, dijo mi tía. Pero yo no quiero entretenerme, es decir no quería, porque eso fue a los doce años y ahora tengo veintitrés, me llamo Albertito Ruiz, vivo en Solano Antuña cinco seis nueve, mi tío es el señor Orosmán Rivas, y mi tía la señora Amelia T. de Rivas. La T es de Tardáguila. Al fin conseguí el altillo. Para mí solo. Lo conseguí ayer, anteayer, o hace cinco años. No me importa el plazo. Mi altillo está. Lo veo desde aquí. Siempre quise mi altillo. Dice el doctor que no es exactamente un fronterizo, suspiró mi tía, y por el ojo de la cerradura yo vi exactamente su suspiro, o sea cómo se levantaba la pechera y luego bajaba, cómo se levantaba el collar con la crucecita y luego bajaba. Luego bajaba del altillo y mi tío estaba tomando mate y preguntaba qué tal. Lindo, dije. Mi altillo tiene una portátil con una bombilla que oficialmente es de setenta y cinco bujías. Yo hice trampa y le puse una de cien bujías, pero la tía cree que es una de setenta y cinco. A veces me molesta en los ojos tanta luz. El tío se dio cuenta de que, aunque en la bombilla dice setenta y cinco, en realidad es de cien bujías, pero yo sé que no me va a denunciar frente a la tía, porque en su mesa de noche él también tiene una de setenta y cinco cuando la tía sólo le ha dado permiso para tener una de cuarenta bujías. Bujías quiere decir bichitos. Si Ignacio no hubiera venido hace un rato, yo estaría ahora en el altillo. Pero vino y hacía muchos años que no lo veía. Él dijo que once. Yo supe que se habían mudado y que él no tenía más altillo. Hola, dijo. Ignacio nunca habló mucho, ni siquiera en la época en que tenía su altillo y estaba tan orgulloso. Ahora yo tengo el mío. De tarde me gusta salir a la azotea y por suerte aquí no hay perros con mirada de persona. Hay uno chiquito en la azotea de Tenreiro, uno chiquito que se llama Goliat, pero ése tiene mirada de perro así que no me preocupa tanto. Hola, dije yo también. Pero me di cuenta a qué venía. Enseguida me di cuenta. Él dijo que hacía once años que no nos veíamos y que estaba en tercero de Facultad. Me pareció que tenía bigote. A mí no me crece el bigote. Tu tío me dio permiso para que viniera a verte, dijo para disimular. Tu tío dice que estás mucho mejor, dijo otra vez para disimular. Dice tantas macanas mi tío. Se acercó a la ventana. Miró el cielo. También el cielo lo miró a él. Paf.

Qué tal, me preguntó mi tío cuando bajé. Lindo, dije. Yo dejé la luz encendida y desde aquí veo el resplandor. A mí no me va a quitar nadie el altillo. Nunca. Nadie. Nunca. Yo a él no lo traicioné, y ahora viene y se pone el muy falluto a mirar disimuladamente el cielo. Todos sabemos que él perdió su altillo, pero yo no tengo la culpa. Qué tal, preguntó mi tío. Lindo, dije. La luz está encendida, la bombilla de cien bujías, pero estoy seguro que a Ignacio no le molesta, porque antes de bajar dije perdón y le cerré los ojos.

Réquiem con tostadas

Sí, me llamo Eduardo. Usted me lo pregunta para entrar de algún modo en conversación, y eso puedo entenderlo. Pero usted hace mucho que me conoce, aunque de lejos. Como yo lo conozco a usted. Desde la época en que empezó a encontrarse con mi madre en el café de Larrañaga y Rivera, o en este mismo. No crea que los espiaba. Nada de eso. Usted a lo mejor lo piensa, pero es porque no sabe toda la historia. ¿O acaso mamá se la contó? Hace tiempo que yo tenía ganas de hablar con usted, pero no me atrevía. Así que, después de todo, le agradezco que me haya ganado de mano. ¿Y sabe por qué tenía ganas de hablar con usted? Porque tengo la impresión de que usted es un buen tipo. Y mamá también era buena gente. No hablábamos mucho ella y yo. En casa, o reinaba el silencio, o tenía la palabra mi padre. Pero el Viejo hablaba casi exclusivamente cuando venía borracho, o sea casi todas las noches, y entonces más bien gritaba. Los tres le teníamos miedo: mamá, mi hermanita Mirta y yo. Ahora tengo trece años y medio, y aprendí muchas cosas, entre otras que los tipos que gritan y castigan e insultan, son en el fondo unos pobres diablos. Pero entonces yo era mucho más chico y no lo sabía. Mirta no lo sabe ni siquiera ahora, pero ella es tres años menor que yo, y sé que a veces en la noche se despierta llorando. Es el miedo. ¿Usted alguna vez tuvo miedo? A Mirta siempre le parece que el Viejo va a aparecer borracho, y que se va a quitar el cinturón para pegarle. Todavía no se ha acostumbrado a la nueva situación. Yo, en cambio, he tratado de acostumbrarme. Usted apareció hace un año y medio, pero el Viejo se emborrachaba desde hace mucho más, y no bien agarró ese vicio nos empezó a pegar a los tres. A Mirta y a mí nos daba con el cinto, duele bastante, pero a mamá le pegaba con el puño cerrado. Porque sí nomás, sin mayor motivo: porque la sopa estaba demasiado caliente, o porque estaba demasiado fría, o porque no lo había esperado despierta hasta las tres de la madrugada, o porque tenía los ojos hinchados de tanto llorar. Después, con el tiempo, mamá dejó de llorar. Yo no sé cómo hacía pero cuando él le pegaba, ella ni siquiera se mordía los labios, y no lloraba, y eso al Viejo le daba todavía más rabia. Ella era consciente de eso, y sin embargo prefería no llorar. Usted conoció a mamá cuando ella ya había aguantado y sufrido mucho, pero sólo cuatro años antes (me acuerdo perfectamente) todavía era muy linda y tenía buenos colores. Además era una mujer fuerte. Algunas noches, cuando por fin el Viejo caía estrepitosamente y de inmediato empezaba a roncar, entre ella y yo lo levantábamos y lo llevábamos hasta la cama. Era pesadísimo, y además aquello era como levantar un muerto. La que hacía casi toda la fuerza era ella. Yo apenas si me encargaba de sostener una pierna, con el pantalón todo embarrado y el zapato marrón con los cordones sueltos. Usted seguramente creerá que el Viejo toda la vida fue un bruto. Pero no. A papá lo destruyó una porquería que le hicieron. Y se la hizo precisamente un primo de mamá, ese que trabaja en el Municipio. Yo no supe nunca en qué consistió la porquería, pero mamá disculpaba en cierto modo los arranques del Viejo porque ella se sentía un poco responsable de que alguien de su propia familia lo hubiera perjudicado en aquella forma. No supe nunca qué clase de porquería le hizo, pero la verdad era que papá, cada vez que se emborrachaba, se lo reprochaba como si ella fuese la única culpable. Antes de la porquería, nosotros vivíamos muy bien. No en cuanto a plata, porque tanto yo como mi hermana nacimos en el mismo apartamento (casi un conventillo) junto a Villa Dolores, el sueldo de papá nunca alcanzó para nada, y mamá siempre tuvo que hacer milagros para darnos de comer y comprarnos de vez en cuando alguna tricota o algún par de alpargatas. Hubo muchos días en que pasamos hambre (si viera qué feo es pasar hambre), pero en esa época por lo menos había paz. El Viejo no se emborrachaba, ni nos pegaba, y a veces hasta nos llevaba a la *matinée*. Algún raro domingo en que había plata. Yo creo que ellos nunca se quisieron demasiado. Eran muy distintos. Aun antes de la porquería, cuando papá todavía no tomaba, ya era un tipo bastante alunado. A veces se levantaba al mediodía y no le hablaba a nadie, pero por lo menos no nos pegaba ni la insultaba a mamá. Ojalá hubiera seguido así toda la vida. Claro que después vino la porquería y él se derrumbó, y empezó a ir al boliche y a llegar siempre después de medianoche, con un olor a grapa que apestaba. En los últimos tiempos todavía era peor, porque también se emborrachaba de día y ni siquiera nos dejaba ese respiro. Estoy seguro de que los vecinos escuchaban todos los gritos, pero nadie decía nada, claro, porque papá es un hombre grandote y le tenían miedo. También yo le tenía miedo, no sólo por mí y por Mirta, sino especialmente por mamá. A veces yo no iba a la escuela, no para hacer la rabona, sino para quedarme rondando la casa, ya que siempre temía que el Viejo llegara durante el día, más borracho que de costumbre, y la moliera a golpes. Yo no la podía defender, usted ve lo flaco y menudo que soy, y todavía entonces lo era más, pero quería estar cerca para avisar a la policía.

¿Usted se enteró de que ni papá ni mamá eran de ese ambiente? Mis abuelos de uno y otro lado, no diré que tienen plata, pero por lo menos viven en lugares decentes, con balcones a la calle y cuartos de baño con bidé y bañera. Después que pasó todo, Mirta se fue a vivir con mi abuela Juana, la madre de papá, y yo estoy por ahora en casa de mi abuela Blanca, la madre de mamá. Ahora casi se pelearon por recogernos, pero cuando papá y mamá se casaron, ellas se habían opuesto a ese matrimonio (ahora pienso que a lo mejor tenían razón) y cortaron las relaciones con nosotros. Digo nosotros, porque papá y mamá se casaron cuando yo ya tenía seis meses. Eso me lo contaron una vez en la escuela, y yo le reventé la nariz al Beto, pero cuando se lo pregunté a mamá, ella me dijo que era cierto. Bueno, yo tenía ganas de hablar con usted, porque (no sé qué cara va a poner) usted fue importante para mí, sencillamente porque fue importante para mamá. Yo la quise bastante, como es natural, pero creo que nunca pude decírselo. Teníamos siempre tanto miedo, que no nos quedaba tiempo para mimos. Sin embargo, cuando ella no me veía, yo la miraba y sentía no sé qué, algo así como una emoción que no era lástima, sino una mezcla de cariño y también de rabia por verla todavía joven y tan acabada, tan agobiada por una culpa que no era la suya, y por un castigo que no se merecía. Usted a lo mejor se dio cuenta, pero yo le aseguro que mi madre era inteligente, por cierto bastante más que mi padre, creo, y eso era para mí lo peor: saber que ella veía esa vida horrible con los ojos bien abiertos, porque ni la miseria, ni los golpes, ni siquiera el hambre, consiguieron nunca embrutecerla. La ponían triste, eso sí. A veces se le formaban unas ojeras casi azules, pero se enojaba cuando yo le preguntaba si le pasaba algo. En realidad, se hacía la enojada. Nunca la vi realmente mala conmigo. Ni con nadie. Pero antes de que usted apareciera, yo había notado que cada vez estaba más deprimida, más apagada, más sola. Tal vez fue por eso que pude notar mejor la diferencia. Además, una noche llegó un poco tarde (aunque siempre mucho antes que papá) y me miró de una manera distinta, tan distinta que yo me di cuenta de que algo sucedía. Como si por primera vez se enterara de que yo era capaz de comprenderla. Me abrazó fuerte, como con vergüenza, y después me sonrió. ¿Usted se acuerda de su sonrisa? Yo sí me acuerdo. A mí me preocupó tanto ese cambio, que falté dos o tres veces al trabajo (en los últimos tiempos hacía el reparto de un almacén) para seguirla y saber de qué se trataba. Fue entonces que los vi. A usted y a ella. Yo también me quedé contento. La gente puede pensar que soy un desalmado, y quizá no esté bien eso de haberme alegrado porque mi madre engañaba a mi padre. Puede pensarlo. Por eso nunca lo digo. Con usted es distinto.

Usted la quería. Y eso para mí fue algo así como una suerte. Porque ella se merecía que la quisieran. Usted la quería, ¿verdad que sí? Yo los vi muchas veces y estoy casi seguro. Claro que al Viejo también trato de comprenderlo. Es difícil, pero trato. Nunca lo pude odiar, ¿me entiende? Será porque, pese a lo que hizo, sigue siendo mi padre. Cuando nos pegaba, a Mirta y a mí, o cuando arremetía contra mamá, en medio de mi terror yo sentía lástima. Lástima por él, por ella, por Mirta, por mí. También la siento ahora, ahora que él ha matado a mamá y quién sabe por cuánto tiempo estará preso. Al principio, no quería que yo fuese, pero hace por lo menos un mes que voy a visitarlo a Miguelete y acepta verme. Me resulta extraño verlo al natural, quiero decir sin encontrarlo borracho. Me mira, y la mayoría de las veces no me dice nada. Yo creo que cuando salga, ya no me va a pegar. Además, yo seré un hombre, a lo mejor me habré casado y hasta tendré hijos. Pero yo a mis hijos no les pegaré, ¿no le parece? Además estoy seguro de que papá no habría hecho lo que hizo si no hubiese estado tan borracho. ¿O usted cree lo contrario? ¿Usted cree que, de todos modos, hubiera matado a mamá esa tarde en que, por seguirme y castigarme a mí, dio finalmente con ustedes dos? No me parece. Fíjese que a usted no le hizo nada. Sólo más tarde, cuando tomó más grapa que de costumbre, fue que arremetió contra mamá. Yo pienso que, en otras condiciones, él habría comprendido que mamá necesitaba cariño, necesitaba simpatía, y que él en cambio sólo le había dado golpes. Porque mamá era buena. Usted debe saberlo tan bien como yo. Por eso, hace un rato, cuando usted se me acercó y me invitó a tomar un capuchino con tostadas, aquí en el mismo café donde se citaba con ella, yo sentí que tenía que contarle todo esto. A lo mejor usted no lo sabía, o sólo sabía una parte, porque mamá era muy callada y sobre todo no le gustaba hablar de sí misma. Ahora estoy seguro de que hice bien. Porque usted está llorando, y, ya que mamá está muerta, eso es algo así como un premio para ella, que no lloraba nunca.

Ganas de embromar

Al principio no quiso creerlo. Después se convenció, pero no pudo evitar el tomarlo a la chacota. El ruidito (a veces, como de fichas que caían; otras, como un sordo zumbido) era inconfundible para oídos expertos. Armando no sabía el motivo, pero la verdad era que su teléfono estaba intervenido. No se sentía honrado ni perseguido; simplemente, le parecía una idiotez. Nunca había podido conciliar el sentido importante, misterioso, sobrecogedor, de la palabra espionaje, con un paisito tan modesto como el suyo, sin petróleo, sin estaño, sin cobre, a lo sumo con frutas que, por distintas razones, no interesaban al lejano Norte, o con lanas y carnes que figuraban entre los rubros considerados por los técnicos como productos concurrentes.

¿Espionaje aquí, en este Uruguay 1965, clasemediano y burócrata? ¡Vamos! Sin embargo, le habían intervenido el teléfono. Qué ganas de embromar. Después de todo, el contenido de sus llamadas telefónicas no era mucho más confidencial que el de sus artículos. Claro que, por teléfono, su estilo era menos pulcro, incluso descendía a veces a una que otra puteada. «Nada de descenso», sostenía el entusiasta Barreiro, «no te olvides de que hay puteadas sublimes».

Como la institución del espionaje, al menos en este sitio, le parecía ridícula, Armando se dedicó a un gozoso ejercicio de la imprudencia. Cuando lo llamaba Barreiro, que era el único que estaba en el secreto, decían deliberadamente chistes agresivos contra los Estados Unidos, o contra Johnson, o contra la CIA.

—Esperate —decía Barreiro—. No hables tan rápido, que el taquígrafo no va a poder seguirte. ¿Qué querés? ¿Que lo despidan al pobre diablo?

—¿Cómo? —preguntaba Armando—, ¿es un taquígrafo o es un grabador?

—Normalmente es un grabador, pero parece que se les recalentó, se les descompuso, y ahora lo han sustituido por un taquígrafo. O sea un aparato que tiene la ventaja de que no se recalienta.

—Podríamos decirle al tipo algo grave y confidencial, para que haga méritos, ¿no te parece?

—¿Lo de la sublevación, por ejemplo?

—No, che, sería prematuro.

Y así por el estilo. Después, cuando se encontraban en el café, se divertían de lo lindo, y se ponían a tramar el libreto para el día siguiente.

—¿Y si empezáramos a decir nombres?

—¿Falsos?

—Claro. O mejor, nombrándolos a ellos. Por ejemplo, que Pedro sea Rodríguez Larreta; que Aníbal sea Aguerrondo; que Andrés sea Tejera, que Juan Carlos sea Beltrán.

Sin embargo, a los pocos días de inaugurar el nuevo código, y en medio de una llamada nada comprometedora, un nuevo elemento hizo su aparición. Había telefoneado Maruja y estaba hablando de esos temas que suele tocar una novia que se siente olvidada y al margen. «Cada vez me das menos corte», «Cuánto hace que no me llevás al cine», «Supongo que tu hermano atiende mejor a Celia», y cosas de ese tipo. Por un instante, él se olvidó del espionaje telefónico.

—Hoy tampoco puedo. Tengo una reunión, ¿sabés?

—¿Política? —preguntó ella.

Entonces, en el teléfono sonó una carraspera, y enseguida otras dos. La primera y la tercera, largas; la del medio, más corta.

—¿Vos carraspeaste? —preguntó Maruja.

Armando hizo rápidos cálculos mentales.

—Sí —contestó.

Aquella triple carraspera era en realidad la primera cosa emocionante que le ocurría desde que su teléfono estaba intervenido.

—Bueno —insistió ella—, total, no me contestaste: ¿es o no una reunión política?

—No. Es una despedida de soltero.

—Ya me imagino las porquerías que dirán —rezongó ella, y cortó.

Maruja tenía razón. Celia era bien atendida por su hermano. Pero Tito era de otra pasta. Armando siempre lo había admirado. Por su orden, por su equilibrio, por su método de trabajo, por la corrección de sus modales. Celia, en cambio, se burlaba a menudo de semejante pulcritud, y a veces, en broma, reclamaba alguna foto de cuando Tito era un bebé. «Quiero comprobar —decía— si a los seis meses ya usaba corbata».

A Tito no le interesaba la política. «Todo es demasiado sucio», rezaba su estribillo. Armando no tenía inconveniente en reconocer que todo era demasiado sucio, pero aun así le interesaba la política. Con su flamante título, con sus buenos ingresos, con su estudio bien aireado y mejor iluminado, con sus fines de semana sagrados, con sus misas dominicales, con su devoción por la madre, Tito era el gran ejemplo de la familia, el monumento que todo el clan mostraba a Armando desde que ambos iban juntos al colegio.

Armando hacía chistes con Barreiro sobre el teléfono intervenido, pero nunca tocaba el tema con su hermano. Hacía tiempo que habían sostenido el último y definitivo diálogo sobre un tópico político, y Tito había rematado su intervención con un comentario áspero: «No sé cómo podés ensuciarte con esa gente. Convencete de que son tipos sin escrúpulos. Todos. Tanto los de derecha, como los de izquierda, como los del centro». Eso sí, Tito los despreciaba a todos por igual. También ahí lo admiraba Armando, porque él no se sentía capaz de semejante independencia. Hay que ser muy fuerte para no indignarse, pensaba, y quizá era por eso que Tito no se indignaba.

La triple carraspera (larga, corta, larga) volvió a aparecer en tres o cuatro ocasiones. ¿Un aviso, quizá? Por las dudas, Armando decidió no hablar con nadie de ese asunto. No sólo con Tito o con su padre (después de todo, el viejo era de confiar), sino tampoco con Barreiro, que era sin duda su mejor amigo.

—Mejor vamos a suspender lo de las bromas telefónicas.

—¿Y eso?

—Simplemente, me aburrí.

Barreiro las seguía encontrando muy divertidas, pero no insistió.

La noche en que prendieron a Armando, no había habido ningún desorden, ni estudiantil ni sindical. Ni siquiera había ganado Peñarol. La ciudad estaba en calma, y era una de esas raras jornadas sin calor, sin frío, sin viento, que sólo se dan excepcionalmente en algún abril montevideano. Armando venía por Ciudadela, ya pasada la medianoche, y al llegar a la Plaza, dos tipos de Investigaciones se le acercaron y le pidieron documentos. Armando llevaba consigo la cédula de identidad. Uno de los tiras observó que no tenía vigencia. Era cierto. Hacía por lo menos un semestre que debía haberla renovado. Cuando se lo llevaban, Armando pensó que aquello era un fastidio, se maldijo varias veces por su descuido, y nada más. Ya se arreglará todo, se anunció a sí mismo, a medio camino entre el optimismo y la resignación.

Pero no se arregló. Esa misma noche lo interrogaron dos tipos, cada cual en su especialidad: uno, con estilo amable, cordial, campechano; el otro, con expresión patibularia y modales soeces.

—¿Por qué dice tantas inconveniencias por teléfono? —preguntó el amable, dedicándole ese tipo de miradas a la que se hacen acreedores los niños traviesos.

El otro, en cambio, fue al grano.

—¿Quién es Beltrán?

—El Presidente del Consejo.

—Te conviene no hacerte el estúpido. Quiero saber quién es ese al que vos y el otro llaman Beltrán.

Armando no dijo nada. Ahora le clavarían alfileres bajo las uñas, o le quemarían la espalda con cigarrillos encendidos, o le aplicarían la picana eléctrica en los testículos. Esta vez iba en serio. En medio de su preocupación, Armando tuvo suficiente aplomo para decirse que, a lo mejor, el paisito se había convertido en una nación importante, con torturas y todo. Por supuesto tenía sus dudas acerca de su propia resistencia.

—Era sólo una broma.

—¿Ah, sí? —dijo el grosero—. Mirá, ésta va en serio.

La trompada le dio en plena nariz. Sintió que algo se le reventaba y no pudo evitar que los ojos se le llenaran de lágrimas. Cuando la segunda trompada le dio en la oreja, la cabeza se le fue hacia la derecha.

—No es nadie —alcanzó a balbucear—. Pusimos nombres porque sí, para tomarles el pelo a ustedes.

La sangre le corría por la camisa. Se pasó el puño cerrado por la nariz y ésta le dolió terriblemente.

—¿Así que nos tomaban el pelo?

Esta vez el tipo le pegó con la mano abierta pero con más fuerza que antes. El labio inferior se le hinchó de inmediato.

—Qué bonito.

Después vino el rodillazo en los riñones.

—¿Sabés lo que es una picana?

Cada vez que oía al otro mencionar la palabra, sentía una contracción en los testículos. «Tengo que provocarlo para que me siga pegando —pensó—, así a lo mejor se olvida de lo otro». No podía articular muchas palabras seguidas, así que juntó fuerzas y dijo: «Mierda».

El otro recibió el insulto como si fuera un escupitajo en pleno rostro, pero enseguida sonrió.

—No creas que me vas a distraer. Todavía sos muy nene. Igual me acuerdo de lo que vos querés que olvide.

—Dejalo —dijo entonces el amable—. Dejalo, debe ser cierto lo que dice.

La voz del hombre sonaba a cosa definitiva, a decisión tomada. Armando pudo respirar. Pero inmediatamente se quedó sin fuerzas, y se desmayó.

En cierto modo, Maruja fue la beneficiaria indirecta del atropello. Ahora estaba todo el día junto a Armando. Lo curaba, lo mimaba, lo besaba, lo abrumaba con proyectos. Armando se quejaba más de lo necesario, porque, en el fondo, no le desagradaba ese contacto joven. Hasta pensó en casarse pronto, pero tomó con mucha cautela su propia ocurrencia. «Con tanta trompada, debo haber quedado mal de la cabeza.»

La caricia de aquella mano cálida de pronto se detuvo. Armando abrió los ojos y allí estaban todos: el padre, la madre, Barreiro, Tito, Celia.

—¿Cómo hiciste para no hablar? —preguntaba Barreiro, y él volvía a dar la explicación de siempre: que sólo le habían dado unos cuantos golpes, eso sí, bastante fuertes. Lo peor había sido el rodillazo.

—Yo no sé qué hubiera pasado si me aplican la picana.

La madre lloraba; hacía como tres días que sólo lloraba.

—En el diario —dijo el padre— me dijeron que la Asociación publicará una nota de protesta.

—Mucha nota, mucha protesta —se indignó Barreiro—, pero a éste nadie le quita las trompadas.

Celia le había apoyado una mano enguantada sobre el antebrazo, y Maruja le besaba el trocito de frente que quedaba libre entre los vendajes. Armando se sentía dolorido, pero casi en la gloria.

Detrás de Barreiro, estaba Tito, más callado que de costumbre. De pronto, Maruja reparó en él.

—¿Y vos qué decís, ahora? ¿Seguís tan ecuánime como de costumbre?

Tito sonrió antes de responder calmosamente.

—Siempre le dije a Armandito que la política era una cosa sucia.

Luego carraspeó. Tres veces seguidas. Una larga, una corta, una larga.

Todos los días son domingo

Quand on est mort, c'est
tous les jours dimanche.
JEAN DOLET

La campanilla del despertador penetra violentamente en un sueño vacío, despojado, en un sueño que sólo era descanso. Cuando Antonio
Suárez abre los ojos y alcanza a ver la telaraña de siempre, aún no
sabe dónde está. En el primer momento le parece que la cama está invertida. Luego, lentamente, la realidad va llegando a él, y le impone,
objeto por objeto, su presencia. Sí, está en su habitación, son las once
de la mañana, es viernes cuatro.

El sol penetra a través de la celosía y forma impecables estrías
sobre la colcha. Inexorable y rutinaria, la pensión organiza su ruido.
Doña Vicenta discute con el cobrador del agua y sostiene que no puede haber consumido tanto.

—Tal vez haya una pérdida —dice el cobrador.

—Pero para ustedes es una ganancia, ¿no? —contesta ella, enojada, afónica, impotente.

Alguien tira de la cadena del cuarto de baño. A esta hora no
puede ser otro que Peralta, quien siempre ha sostenido con orgullo:
«En esto, soy un cronómetro». El avión de propaganda pasa y repasa:
suautoloespera endelasovera. Por qué no te morís, dice, a nadie, Antonio, también como parte de la rutina. Se sienta en la cama y el
elástico cruje. Se despereza violentamente, pero debe interrumpir-
se porque tiene un calambre en el pie derecho. Al detenerse, tose.
La boca está amarga. El pijama, limpio pero arrugado, queda sobre la
cama.

Hoy no se va a bañar, no tiene ganas. Además se bañó ayer, antes
de ir al diario. Ufa con el calambre. Apoya el pie sobre la cama y se da
unos masajes. Por fin se calma. Mueve un poco los dedos antes de meter el pie en la zapatilla. Camina hasta la mesita donde está el primus.
Le pone alcohol y lo enciende. Coloca encima la caldera, que anoche
dejó con agua.

Está desnudo frente al espejo. Se pasa los dedos a los costados de
la nariz, como alisando la piel. Advierte un granito y, con ayuda de la
toalla, lo revienta. Abre la canilla. Entre el jabón verde y el jabón
blanco, elige el verde. Se enjabona enérgica y rápidamente la cara, el
pescuezo, las axilas. Luego abre al máximo la canilla y se enjuaga,
mientras da grandes resoplidos y desparrama bastante agua. Se fric-

ciona con la toalla y la piel queda enrojecida. Se lava los dientes y las encías le sangran.

Antes de empezar a vestirse, llená el mate y le echa un poco de agua, para que la yerba se vaya hinchando. Recoge el diario que alguien deslizó por debajo de la puerta y lo arroja sobre la cama. Abre a medias una persiana. No hace mucho calor y en cambio hay viento, así que cierra la ventana. Aparta un poco el visillo y mira hacia afuera. Por la vereda de enfrente pasa un cura. Después, un tipo con portafolio. Ahora, una muchachita con la cartera colgando del hombro. Pero la imagen es estorbada por la masa de un ómnibus. Seguramente un *expreso*. Por la calle Marmarajá no pasa ninguna línea. Después del ómnibus ya no hay más muchacha.

Antonio se sienta sobre la cama y se pone los calcetines, luego los zapatos. Siempre igual. Todas las mañanas se pone los zapatos antes que los calzoncillos y después éstos se le ensucian al pasar los tacos. Todas las mañanas se propone invertir el orden. Ahora ya es tarde, paciencia. La ropa interior está sobre la silla. En invierno la camiseta le aprieta en las axilas. Por eso es mejor ahora, en otoño; no hace falta camiseta. Pero hoy se pondrá camisa y corbata. Antes de ir al diario, tiene que pasar por el cementerio. Se cumplen cuatro meses.

—Antonio, tiene gente —dice, desde el patio, doña Vicenta.

Él da vuelta a la llave, abre la puerta, y se hace a un lado para que pase un hombre de estatura mediana, semicalvo, fornido.

—¿Qué tal?

El recién llegado le tiende la mano y se acomoda en una de las dos sillas, la que tiene almohadón.

—¿Querés un mate?

—Bueno.

—¿A qué hora te fuiste ayer?

—Hice dos horas extra. Se armó un pastel de la gran siete.

—Por suerte yo no tuve que quedarme. Estaba reventado.

El recién llegado chupa a conciencia la bombilla. Chupa hasta que la yerba se queja.

—Está fenómeno —dice, al alcanzarle el mate a Antonio—. Vengo por encargo de Matilde.

—¿Está bien Matilde?

—Sí, está bien. Dice si querés venir a comer con nosotros el domingo.

Antonio se concentra en la bombilla.

—Mirá, Marcos, no sé. Todavía no tengo ganas de andar saliendo.

—Tampoco te podés quedar aquí, solo. Es peor.

—Ya sé. Pero todavía no tengo ganas.

Antonio se queda un rato mirando en el vacío.

—Hoy se cumplen cuatro meses.

—Sí.

—Voy a ir al cementerio.

—¿Querés que te acompañe? Tengo tiempo.

—No, gracias.

Marcos cruza la pierna y aprovecha para atarse los cordones del zapato.

—Mirá, Antonio, vos dirás que qué me importa. Pero lo peor es quedarse solo. Le empezás a dar vuelta a los recuerdos y no salís de ahí. Qué le vas a hacer. Vos bien sabés cómo queríamos nosotros a María Esther. Matilde y yo. Vos bien sabés cómo lo sentimos. Ya sé que tu caso no es lo mismo. Era tu mujer, carajo. Eso lo entiendo. Pero, Antonio, ¿qué le vas a hacer?

—Nada. Si yo no digo nada.

—Eso es lo malo, que no decís nada.

Antonio abre un cortaplumas y se pasa la hoja más pequeña bajo las uñas.

—Es difícil acostumbrarse. Son veinte años juntos. Todos los días. Yo hablo poco. Ella también hablaba poco. Además, no tuvimos hijos. Éramos ella y yo, nada más. Del trabajo a casa, y de casa al trabajo. Pero ella y yo juntos. No importaba que no habláramos mucho. Una cosa es estar callado y saberla a ella enfrente, callada, y otra muy distinta estar callado frente a la pared. O frente a su retrato.

Marcos no puede evitar una mirada al portarretrato de cuero, con la sonrisa de María Esther.

—Está igualita.

—Sí, está igualita.

—La colorearon bien.

—Sí, la colorearon bien. Me la regaló cuando cumplimos quince años de casados.

Por un rato sólo se escucha el ruido de la yerba, cada vez que el mate se queda sin agua.

—¿Sabés cuál fue mi error? No haber aprendido nada más que mi oficio. No haberme preocupado por tener otro interés en la vida, otra actividad. Ahora eso me salvaría. Claro que después de una jornada de linotipo, uno queda a la miseria. Además, nunca se me pasó por la cabeza que fuera a quedarme viudo. Ella tenía una salud de roble. Yo, en cambio, siempre tuve algún achaque. Sí, la salvación hubiera sido tener otra actividad.

—Siempre estás a tiempo.

—No, ahora no tengo ganas de nada. Ni siquiera de entretenerme.

—Y al fútbol ¿no vas nunca?

—No iba ni de soltero. Qué querés, no me atrae.

Antonio pone otra vez la caldera sobre el primus, a fuego lento.

—¿Por qué no usás un termo?

—Se me rompió la semana pasada. Tengo que comprar.

Marcos vuelve al ataque.

—¿Realmente te parece conveniente seguir viviendo en la pensión?

—Son buena gente. Los conozco desde que era chico. No habrás pensado que fuera a conservar el apartamento. Allí sería mucho peor. Menos mal que el dueño me rescindió el contrato.

—A él le convino. Ahora debe estar sacando el doble.

—Pero yo se lo agradecí. No quería volver más. No he pasado ni siquiera por la esquina.

Marcos descruza las piernas. Empieza a silbar un tango, despacito, pero enseguida se frena.

—No precisa que te lo repita. En casa, el altillo está a tu disposición. Tiene luz. Y enchufe. Y no es frío. Además, tendrías toda la azotea para vos.

—No, viejo. Te lo agradezco. Pero no me siento con ánimo de vivir con nadie. Ustedes no me arreglarían. Y yo los desarreglaría a ustedes. Fijate qué negocio.

Marcos echa un vistazo al despertador.

—Las doce ya.

Se pasa una mano por la nuca.

—¿Supiste que la semana pasada estuvo el viejo Budiño en el taller? Fue en la noche que tenés libre.

—Algo me contaron.

—Se mandó el gran discurso. Aquello de poner el hombro y yo me siento un camarada de ustedes. Siempre hay alguno nuevo a quien le llena el ojo. Yo lo miraba a ese botija que entró de aprendiz. Tenés que ver cómo abría los ganchos. Parecía que estaba escuchando a Artigas. A la salida lo pesqué por mi cuenta. Pero me miraba con desconfianza. No hay caso. Eso no se puede aprender con la experiencia de otros.

—¿Viste el editorial de hoy?

—Qué hijo de puta.

—Me tocó componerlo a mí. Le encajé una errata preciosa, pero ya vi que la corrigieron.

—Tené ojo.

—Ese crápula no afloja ni cuando está enfermo.

—¿Será cierto que está enfermo?

—Dicen que sí. Algo en las tripas.

—Ojalá reviente.

Marcos deja el mate sobre la mesita, junto al primus.

—¿Te vas?

—Sí, ya que no querés que te acompañe, me voy a casa.

—¿Hoy tenés libre?

—Sí.

—Bueno, dale saludos a Matilde y decile que voy a pensar lo del domingo.

—Animate y vení, hombre.

—De aquí al domingo, hay tiempo. Te contesto en el diario.

Después que cierra la puerta, Antonio se queda un rato tirado en la cama, con los pies afuera para no manchar la colcha. Media hora después, se pone el saco y se va.

Camina sin apuro hasta Agraciada; luego, por Agraciada hasta San Martín. No recuerda si el ómnibus es 154 o 155. Una lástima no haber tenido un hijo. Aunque hubiese sido callado, tan callado como él y María Esther. Por lo menos, ahora tendría a alguien que respaldara su silencio. Edmundo Budiño. Una bazofia. ¿Será un síntoma de vida, una probabilidad de recuperación, sentir aún esta rabia tranquila? Cuando los editoriales del viejo Budiño llegan a su linotipo y no tiene más remedio que componerlos, se le revuelve el estómago. Esa capacidad para despreciar, esa insensibilidad para mentir, ese encarnizamiento para venderse, qué asco.

Es el 154: Cementerio del Norte. Tiene que hacer un esfuerzo para subir con el ómnibus en movimiento. Desalentadamente, el guarda estimula a que se corran en el pasillo. Antonio trata de avanzar, pero no puede. Una mujer ancha, con un chico en brazos, obstruye sus buenas intenciones. El chico tiene como doce años. Un hombre de *overall,* que ocupa un asiento, mira de pronto hacia arriba, ve aquel conglomerado humano y encuentra además la mirada compulsiva de la mujer, una mirada que exige un asiento. El hombre ríe, con la boca cerrada y soplando por la nariz.

—Tome asiento, señora —dice al levantarse.

La mujer se sienta y coloca al muchacho sobre sus rodillas. Las robustas piernas del chico cuelgan hacia el pasillo. El mismo hombre de *overall* aprovecha para vengarse.

—¿Adónde lleva al nene? ¿A que lo afeiten?

Las risas de los treinta y dos pasajeros sentados y los veintiocho pasajeros de pie que autoriza el reglamento municipal, cubren totalmente la acusación de guarango que, enardecida, formula la mujer. También Antonio se ríe, pero la vergüenza del muchacho le inspira lástima.

Al llegar a Larrañaga, consigue asiento. No trajo el diario. Últimamente lee apenas los títulos, además de lo que le toca componer en el taller. Pero no es lo mismo. Tantos años de oficio; al final, todo se vuelve mecánico. Le da lo mismo componer Sociales que Deportes, Policía que Gremiales. Lo único que atrae su atención es la letra enorme, nerviosamente construida con lápiz de carbonilla, de los editoriales. Siempre vienen llenos de manchas, probablemente de grasa. Lo revuelven, pero lo atraen. En varios aspectos, son los originales más sucios que Antonio ha compuesto en su vida.

Bajan varias mujeres. Menos mal. Para descender, espera que el ómnibus se detenga totalmente. En la puerta del cementerio, se acerca al puesto de flores.

—Éstas ocho pesos y éstas doce —dice el hombre por el costado del cigarrillo.

Naturalmente, es un robo. Pero no puede hacerle *eso* a María Esther. No puede ponerse a regatear.

—Deme las de doce.

Avanza por el camino central, a pasos largos. La tierra está húmeda y él no trajo zapatos de goma. Son tan parecidas las lápidas. Esa que dice: *A Carmela, de su amante esposo*, es casi igual a la que él busca y encuentra. Nada más que esto: *María Esther Ayala de Suárez.* ¿Para qué más? Antonio deposita los cartuchos. Después introduce las manos en los bolsillos del pantalón. A su izquierda, a cinco o seis metros de distancia, una mujer de saco negro, llora en silencio. Por un momento, Antonio sigue con interés aquellos estremecimientos. Después vuelve a mirar la lápida. *María Esther Ayala de Suárez.* ¿Qué más? Por la avenida central va entrando lentamente un cortejo. Ocho, diez, doce coches. Todo aquí va despacio. Aun las palabras de aquellos dos peones que preparan un pozo. *María Esther Ayala de Suárez.* La zeta negra no sigue la línea, ha quedado más abajo que el resto de las letras. Las mayúsculas son lindas. Sencillas, pero lindas. ¿Qué más? En este instante, toma la resolución de no volver. María Esther no está con él, pero tampoco está aquí. Ni en un cielo lejano, indefinido. No está, simplemente. ¿A qué volver? No sirve de nada. La mujer del saco negro se suena ruidosamente la nariz.

Antonio saca las manos de los bolsillos y empieza a caminar hacia la avenida central. Otro cortejo desemboca en la entrada. Se va acercando lentamente. Desde el interior de uno de los autos, una chiquilina, flaca y de trenzas, mira a Antonio y le muestra la lengua. Antonio espera que cierre la boca a ver si sonríe. Al fin, ella guarda la lengua, pero se queda seria.

Sólo ahora, Antonio se fija en las iniciales que ostenta la carroza: E. B. Por un instante le salta el corazón. No sabía que aún tuviese semejante vitalidad. Trata de serenarse, diciéndose a sí mismo que no puede ser, que esas iniciales no pueden corresponder a Edmundo Budiño. No es un entierro suficientemente rico. Además, cada clase tiene su cementerio, y la de los Budiño no corresponde precisamente al Cementerio del Norte.

Con todo, se acerca a uno de los coches, que está momentáneamente detenido, y pregunta al chofer de la funeraria:

—¿Quién?

—Barrios —dice el otro—. Enzo Barrios.

Los bomberos

Olegario no sólo fue un as del presentimiento, sino que además siempre estuvo muy orgulloso de su poder. A veces se quedaba absorto por un instante, y luego decía: «Mañana va a llover». Y llovía. Otras veces se rascaba la nuca y anunciaba: «El martes saldrá el 57 a la cabeza». Y el martes salía el 57 a la cabeza. Entre sus amigos gozaba de una admiración sin límites.

Algunos de ellos recuerdan el más famoso de sus aciertos. Caminaban con él frente a la Universidad, cuando de pronto el aire matutino fue atravesado por el sonido y la furia de los bomberos. Olegario sonrió de modo casi imperceptible, y dijo: «Es posible que mi casa se esté quemando».

Llamaron un taxi y encargaron al chofer que siguiera de cerca a los bomberos. Éstos tomaron por Rivera, y Olegario dijo: «Es casi seguro que mi casa se esté quemando». Los amigos guardaron un respetuoso y afable silencio; tanto lo admiraban.

Los bomberos siguieron por Pereyra y la nerviosidad llegó a su colmo. Cuando doblaron por la calle en que vivía Olegario, los amigos se pusieron tiesos de expectativa. Por fin, frente mismo a la llameante casa de Olegario, el carro de bomberos se detuvo y los hombres comenzaron rápida y serenamente los preparativos de rigor. De vez en cuando, desde las ventanas de la planta alta, alguna astilla volaba por los aires.

Con toda parsimonia, Olegario bajó del taxi. Se acomodó el nudo de la corbata, y luego, con un aire de humilde vencedor, se aprestó a recibir las felicitaciones y los abrazos de sus buenos amigos.

Musak

«A la porra. Y gangrena.» Así dijo, textualmente. Un disparate. Lo de «a la porra», vaya y pase. Aunque hay modos más claros de decirlo, ¿no te parece? Pero ¿«y gangrena»? Estaba sentado, como siempre, en *ese* escritorio. Había estado escribiendo a máquina, seguramente algún comentario sobre básquetbol. Al final del campeonato siempre se hace un balance de la temporada. No sé para qué. Total, siempre se opina lo mismo: no son los jugadores los culpables, sino el técnico. Dijo: «A la porra», y yo le pregunté: «¿Qué dijiste, Oribe?». No porque no hubiera entendido, sino porque lo que había entendido me parecía un poco extraño. Entonces me miró, o más bien fijó la mirada, por sobre mi cabeza, en *este* almanaque, y pronunció el resto: «Y gangrena». A partir de ese momento, ya nadie lo pudo detener. «A la porra. Y gangrena. A la porra. Y gangrena.» Llamé a Peretti y él me ayudó. Entre los dos lo llevamos a la enfermería. No opuso resistencia. Transpiraba, y hasta temblaba un poco. Yo le decía: «Pero, Oribe, viejo, ¿qué te pasa?». Y él con su cantinela: «A la porra. Y gangrena». Después de quince años de trabajar juntos (bueno, vecinos por lo menos; él Deportes, yo Policía), una cosa así impresiona. Sobre todo que Oribe es un tipo simpático, expansivo, que siempre está contando hasta los más insignificantes pormenores de su vida. Mirá, yo creo que conozco todos los rincones de su casa, y eso que nunca he estado allí. Los conozco, nada más que por la minuciosidad de sus descripciones. Te puedo hacer un plano, si querés. Te puedo decir qué guarda su mujer en cada cajón del trinchante, dónde deja el botija la cartera del colegio y de qué color son los cepillos de dientes y dónde esconde sus libros sobre marxismo. ¿Sabías que es bolche? Quince años de conocerlo a fondo. De repente, esto. Un golpe para todos, te aseguro. Cuando se lo contamos a Varela, se puso pálido y fue a vomitar. La impresión, sencillamente la impresión. A Laurita, la telefonista, se le llenaron los ojos de lágrimas. Y yo mismo, esa noche no probé bocado. Podés decirme: no será la primera vez que un compañero del diario cae enfermo. Claro que no. Eso pasa todos los días. Hoy un resfrío, mañana una úlcera, pasado una nefritis, traspasado un cáncer. Uno tiene preparado el ánimo para cosas así. Pero que un tipo deje de escribir a máquina y se quede mirando un almanaque y empiece a decir:

«A la porra. Y gangrena», y ya no se detenga más, eso es algo que no ha pasado nunca, al menos que yo sepa. Ahora poné atención. ¿Vos sabés a qué atribuye Recoba la causa del trastorno? Al musak, che. Otro disparate. Cosa más inocente, imposible. Recoba dice que a él también el musak lo saca de quicio. Recoba dice que esa melodía constante, ni cercana ni lejana, a él no lo deja trabajar porque tiene la impresión de que es como una droga, un somnífero muy sutil, cuyo cometido no es precisamente adormecer el organismo sino amortiguar las reacciones mentales, la capacidad de rebeldía, la vocación de libertad, qué sé yo. Tiene siempre preparado un gran discurso sobre el tema. A mí me parece una reverenda idiotez. Te diré más: prefiero mil veces trabajar con musak. Es tan suave. Incluso, los temas violentos, como por ejemplo la Rapsodia Húngara o la Polonesa, en el musak quedan desprovistos de agresividad, y además yo creo que siempre agregan muchos violines, y entonces suenan casi casi como un bolero, y eso tiene efecto de bálsamo. Uno se tranquiliza. Mirá, hay días en que llego al diario con la cabeza hecha un bombo, lleno de problemas, líos de plata, discusiones con mi mujer, preocupaciones por las malas notas de la nena, últimos avisos del Banco, y sin embargo me coloco frente al escritorio y a los cinco minutos de escuchar esa musiquita que te penetra con sus melodías dulces, a veces un poquito empalagosas, lo confieso, pero en general muy agradable, a los cinco minutos me siento poco menos que feliz, olvidado de los problemas, y trabajo, trabajo, trabajo, como un robot, ni más ni menos. Total, no hay que pensar mucho. Un crimen siempre es un crimen. Para los pasionales, por ejemplo, yo tengo mi estilo propio. No me manejo con lugares comunes ni términos gastados. Nada de cuerpo del occiso, ni decúbito supino, ni arma homicida, ni vuelta al lugar del crimen, ni representantes de la autoridad, ni cruel impulso de un sentimiento de celos, nada de eso. Yo me manejo con metáforas. No pongo el hecho escueto, sino la imagen sugeridora. Te doy un ejemplo. Si un tipo le da a otro cinco puñaladas, yo no escribo como cualquier cronista sin vuelo: «El sujeto le propinó cinco puñaladas». Eso es demasiado fácil. Yo escribo: «Aquel prójimo le abrió tres surcos de sangre». ¿Captás la diferencia? No sólo le añado belleza descriptiva sino que además le rebajo *dos* puñaladas, porque, paradójicamente, así queda más dramático, más humano. Un tipo que da cinco puñaladas es un sádico, un monstruo, pero uno que sólo asesta tres es alguien que tiene un límite, es alguien que siente el aguijón de la conciencia. Claro que yo nunca escribo «aguijón de la conciencia» sino «ansia que remuerde». ¿Percibís el matiz? O sea que tengo mi estilo. Y el lector lo reconoce. Bueno, en ese sentido a mí el musak me ayuda. Y me he acostumbrado tanto a su presencia que cuando, por cualquier razón, no funciona, ese día el estilo se me achata, me sale sin metáfora. ¿Te das cuenta? Yo te digo sinceramente que para mí el caso de Oribe es muy claro. De que está loco, no me cabe duda. Pero ¿qué lo volvió loco? A mí, qué querés que te diga, me parece que su chifladura empezó con sus lecturas marxistas. Porque antes, bastante antes de su insistencia en «A la porra, y gangrena», Oribe se fue paulatinamente desequilibrando. Entonces no me daba cuenta, pero ahora uno hace cálculos. Por ejemplo, cuando Vilma, la cronista de Sociales, elucubraba una nota de compromiso sobre cualquier fiesta de beneficencia, él silbaba para adentro y decía: «Yo no soy partidario de la caridad, sino de la justicia social». Iturbide lo llamaba en broma Jota Ese, por esa manía de la justicia social. Escuchá, escuchá. Ahora empezó el musak. Hoy, ¿ves?, está macanudo. Qué violines, che, qué violines. Una locura, arremeter contra la caridad. Decime qué de malo hacen las pitucas veteranas jugando al rummy de beneficio. Y otra cosa. Una noche, cuando yo bajaba al taller para armar mi página (como para olvidarme: fue nada menos que aquel lunes en que el bichicome de Capurro, «incalificable sujeto» escribieron mis colegas, pero yo puse «patética escoria humana», atropelló y violó *sur le champ* a la cuñadita del senador Fresnedo), escuché en la escalera cómo Oribe le decía al Doctor (asombrate, al Doctor): «Lo que pasa es que usted es oligarca hasta cuando eructa». Decime un poco, ¿eso es normal? Hoy el musak está suavecito como nunca. Debe ser en homenaje a vos. A ver si me visitás más a menudo. Jubilado y todo, pero esto ¿eh? siempre te tira. Fijate en esa cadencia. ¡Cómo va a ser la música la causa del trastorno! Escuchá ese clarinete. Es el tema de *Night and Day*, ¿te acordás? Aunque pienso que no me importa reconocer o no el tema. Lo esencial es que suene. Y que te tranquilice. ¿A vos no te tranquiliza? Claro como el agua que fue el marxismo lo que lo enloqueció. Otra vez me dijo que el deporte era una anestesia que se le daba al pueblo para que no pensara en cosas más importantes. ¿Te parece que el fútbol es una anestesia? Escuchá esa trompeta. Así, amortiguada, parece que le suena a uno en el cerebro. Y en realidad, yo creo que suena en el cerebro. Mirá, justo aquí, donde tengo el remolino. Qué querés, yo soy un fanático del musak, y no me avergüenzo. Un fanático del musak, sí señor. Escuchá esa guitarra eléctrica. Bárbara ¿no? Pero qué importancia tiene que sea eléctrica o no. Un fanático del musak. ¿Vos no? ¿Vos no sos un fanático? Ah ¿no? Entonces ¿querés que te diga una cosa? Escuchá, escuchá qué trémolo. ¿Te digo una cosa? Andate a la porra. Eso es: a la porra. Y gangrena. A la porra. Y gangrena. A la porra. Y gangrena. A la porra. Y gangrena. A la porra. Y gangrena.

La expresión

Milton Estomba había sido un niño prodigio. A los siete años ya tocaba la Sonata N. 3, Op. 5, de Brahms, y a los once, el unánime aplauso de crítica y de público acompañó su serie de conciertos en las principales capitales de América y Europa.

Sin embargo, cuando cumplió los veinte años, pudo notarse en el joven pianista una evidente transformación. Había empezado a preocuparse desmesuradamente por el gesto ampuloso, por la afectación del rostro, por el ceño fruncido, por los ojos en éxtasis, y otros tantos efectos afines. Él llamaba a todo ello «su expresión».

Poco a poco, Estomba se fue especializando en «expresiones». Tenía una para tocar la Patética, otra para Niñas en el Jardín, otra para la Polonesa. Antes de cada concierto ensayaba frente al espejo, pero el público frenéticamente adicto tomaba esas expresiones por espontáneas y las acogía con ruidosos aplausos, bravos y pataleos.

El primer síntoma inquietante apareció en un recital de sábado. El público advirtió que algo raro pasaba, y en su aplauso llegó a filtrarse un incipiente estupor. La verdad era que Estomba había tocado la Catedral Sumergida con la *expresión* de la Marcha Turca.

Pero la catástrofe sobrevino seis meses más tarde y fue calificada por los médicos de amnesia lagunar. La laguna en cuestión correspondía a las partituras. En un lapso de veinticuatro horas, Milton Estomba se olvidó para siempre de todos los nocturnos, preludios y sonatas que habían figurado en su amplio repertorio.

Lo asombroso, lo realmente asombroso, fue que no olvidara ninguno de los gestos ampulosos y afectados que acompañaban cada una de sus interpretaciones. Nunca más pudo dar un concierto de piano pero hay algo que le sirve de consuelo. Todavía hoy, en las noches de los sábados, los amigos más fieles concurren a su casa para asistir a un mudo recital de sus «expresiones». Entre ellos es unánime la opinión de que su *capolavoro* es la Appassionata.

Datos para el viudo

1.

Hubiera deseado que no quedase nadie, que todos —los ofendidos, los desconcertados, los alegres— estuvieran de nuevo en sus casas suspirando de tranquilidad porque la complicación era de otros, y no arriesgaban nada, conversando con sus mujeres, sus hijos, sus sirvientas, acerca de esa muerta que él les había ofrecido, lo bastante joven como para traer alusiones románticas o fastidiosas citas de un Manrique chacoteado, lo bastante hermosa como para provocar algún brinco de vigor en sus cansados lechos conyugales después de leer el crimen cotidiano, ya que él, Jaime Abal, les había dado su muerta sin excusarse, sin importarle mucho que se la llevaran, como quien ofrece un aperitivo a los amigos y ellos después de contemplar su nariz afilada, sus labios de cartón amarillo, sus pómulos hoscos, todavía desafiantes, se acostumbraron de inmediato a su ausencia, la aprendieron, casi la reanudaron; pasaban junto a él, tartamudeaban algo, le estrechaban la mano, y hasta hubo una voz —¿de quién?— inesperadamente sincera, que supo decirle: «No hay consuelo», y entonces él, que venía respondiendo alternativamente: «Es horrible», «Gracias», «Es horrible», «Gracias», sin preocuparse del rumbo exacto de cada pésame, sintió una suerte de alivio, se dio cuenta de que al fin respiraba porque alguien había pronunciado su única verdad, la sola ley vigente de un nuevo, áspero código, al que era necesario acostumbrarse y con el cual era preciso convivir como si fuera una presencia de carne y hueso, una socia oculta y sin embargo terriblemente poderosa, porque eso era la muerte de ella, la vacilante, insegura muerte joven que se había resistido a ser nombrada, a escuchar su tímido reclamo, porque no podía ser, porque ella misma parecía tener lástima de su propia actitud, de su encogida búsqueda del fin, como si existiera aún en el pasado una esperanza inmóvil que jamás nadie podría anular, una posibilidad que ni se alejase ni viniese en su busca, pero a la que acaso fuera posible acertar en esa partida de azar estricto, rabiosamente leal, que juegan los supersticiosos frente a sí mismos, como si en el futuro quedaran disponibles un viaje, una fiesta, un accidente, cualquier cosa que abriera de golpe el tupido presente, iluminándolo, dejándolo libre de la forzosa y forzada voluntad, de una desesperación espuria y conocida, dejándolo libre, dejándola libre —¿por qué no?— de Jaime Abal, y esa sospecha interceptaba cada posible obtención del consuelo, porque nada se sabe, porque siempre es innoble forcejear con la propia conciencia, porque para ver claro habría sido inútil que no quedase nadie.

2.

«Eso es todo —pensó Jaime Abal— pero ¿por qué? Ya estoy de vuelta, inerme y repetido. Me han amputado una mujer, eso es todo. Pero ¿por qué? Aguardé a que se acomodara voluntariamente, a que se comprometiera en mi mundo como yo me había comprometido en el suyo. ¿Juventud frustrada? Puede ser. Pero no siempre es dable elevarse, afirmarse sobre los demás, oír a desconocidos pronunciar nuestro nombre; no siempre es posible convertirse en alguien. Tal vez se equivocara acerca del amor. Pero el nuestro tuvo alguna vez un sentido».

Sólo habían quedado su madre y Ramona. A los demás les pidió que se fueran. Desde allí, sentado frente al escritorio, escuchaba el trajín de la madre, haciendo con rapidez el trabajo diario que *ella* había cumplido siempre lentamente, con acompasado desgano.

Nada se movía en aquel mezquino espacio. El ruido de la calle se elevaba hasta este decimosexto piso como un opaco, enfurruñado rumor, y sólo alguna bocina, que allá abajo quizá fuera estridente, llegaba de vez en vez como un grito lejano, como un débil llamado arrepentido.

De un momento a otro entraría la madre con el té. Se lo había hecho anunciar por Ramona: «Dice la señora mayor que usted debe tomar algo, que no puede seguir así». En el oscuro rostro de la mujer, un poco ajado de tanto lloro, de tanto comentario en la cocina acerca de la señora Marta y otras muertas, había intentado abrirse paso la sonrisa servil, los dientes blanquísimos, pero un viejo mohín de llanto, refractario a toda plausible serenidad, había aflojado otra vez los resortes de aquella cara simple y compasiva.

Miró, en la biblioteca, los anchos lomos encuadernados en piel. Eso también era todo hasta ayer. Siempre que llegaba de la oficina, con el olor de la calle aplastado en la ropa, en el rostro, en las manos, como si fuese el único enemigo del mundo, acorralado, sediento, incapaz de soportar un solo bandazo más de humanidad, entonces la simple presencia inerte de esos libros, de esos mundos posibles acechando su vuelta, bastaba para calmarlo, para hacerle olvidar la penuria del día. Se quedaba leyendo en el estudio, hasta medianoche. Se prometía mucho menos; en realidad, mentía prometerse. Pero cuando se acostaba, ella estaba durmiendo. ¿Sería esa culpa la razón del castigo? ¿Qué era en definitiva esta muerte? ¿Un reproche? ¿Un perdón? ¿Simplemente un silencio?

Sobre el hombro izquierdo, sonó la voz acostumbrada de la madre: «Aquí está el té. Tenés que tomar algo, Jaime, no podés seguir así».

3.

«¿Pero quién es? ¿Cómo es?», preguntó Jaime. «Dice que se llama Pablo Pierri y que usted no lo conoce.» «¿Que no lo conozco?» «Así dijo. Y también que quiere hablarle de la pobre señora.» ¿Quién podría? «Bueno, que pase.»

Mientras Ramona iba en busca de Pierri, Jaime pensó que ese intruso iba a llevarlo a una zona prohibida, sin luz, y experimentó cierta repugnancia hacia su propia curiosidad inevitable.

Pero el hombre apareció y no era antipático. Algo más bajo que Jaime, de unos treinta a treinta y cinco años, con ojos oscuros y pelo rubio, sin entradas. El traje era gris, de confección; la camisa, blanca y barata; los zapatos, marrones y sin lustre. Pero el conjunto, inesperadamente, no irradiaba vulgaridad. Metido sin mayor compromiso en aquella ropa que contrastaba con su pulcra afabilidad, Pierri sometía instantáneamente a su interlocutor, aunque éste estuviese, como Jaime, incómodo y aletargado. Jaime adivinaba, además, que el inseguro equilibrio de su mutua presentación, de las primeras palabras medidas por la costumbre, del examen recíproco de sus reacciones, se habría roto inevitablemente con la sola, imposible presencia de Marta. Su muerte neutralizaba toda violencia, suavizaba las cosas hasta el punto de que él pudiera encontrar tolerable que un tipo cualquiera, un desconocido llamado Pierri, pusiera a su disposición un pasado inédito, una vida marginal, otra Marta.

«Usted no esperaba este sufrimiento», decía ahora, «y por eso se encuentra indefenso, con un poco de dolor y otro poco de miedo. No sé si me explico: miedo a la soledad. ¿O acaso me equivoco?». «Sí, se equivoca», dijo Jaime, con esfuerzo, «se equivoca por completo. Es cierto que todavía no he alcanzado el verdadero punto de separación con la vida de Marta, con mi hábito de Marta que sale a mi encuentro cuando menos lo espero, pero aun así puedo asegurarle que estoy tan lejos del dolor como del miedo. Fíjese que la soledad ya no tiene importancia. No tengo a quien referirla. Más bien estoy perplejo». «Una mera variante del miedo o, acaso, un anticipo. Cuando se quede sin sorpresa, enfrentado a su propia alma, a la desaparición de su dolor, flotando en el alivio de saberse consolado, no se irrite aún. Todavía no habrá terminado con ella, con usted mismo en tiempo de ella. Le quedará su miedo, su miedo sin sorpresa, definitivo, inmóvil.» «Pero ¿miedo a qué?» «Usted dice que la soledad no tiene importancia. Y es natural que lo diga, porque está sin impulso, porque este repentino abismo en la costumbre le ha henchido de una serenidad desusada, le ha permitido encontrarse más fuerte de lo que alguna vez esperó, y en medio de todo se mira tranquilo y sin fastidio. Pero cuando deje atrás esta zona que podríamos llamar de depresión eufórica, usted verá cómo resbala sin más hacia el futuro, sin que ninguna voluntad alcance a detenerlo.»

Un repentino enojo se apoderó de Jaime. En realidad, la situación era bastante absurda: que un desconocido se permitiera rezongarle, advertirle, señalar su posible trayectoria, prohibirle las disculpas, los efugios corrientes, personales. Pero lo que más le enojaba era reconocer que, de a poco y sin quererlo, iba admitiendo la credibilidad de la advertencia. «Bueno», dijo amoscado, «todos resbalamos hacia el futuro». «Sí», replicó el otro, sin pausa, «pero éste puede ser atroz. Usted sabrá entonces que es posible revivir, volver a sentir la dureza, la fuerza recurrente de la vida. Y sólo allí temerá la soledad, porque si una vez usted estuvo vinculado a una mujer, y esa mujer sin embargo pasó, y después de ella usted no puede referir a nadie su soledad, también sabrá que cada vez que quiera a otra mujer, ésta pasará, y usted se quedará sin nadie a quien referir su soledad. ¿O acaso pretende que exista una soledad más sola, más interminablemente hundida en el futuro? En realidad —agregó sonriendo— es admisible que se sienta miedo».

Se produjo un silencio corto, suficiente sin embargo para que Jaime buscara otra salida. «Usted... ¿conoció a Marta?» No bien lo dijo, comprendió que su impaciencia era un modo de confesarse humillado. No debía haberlo preguntado. Pero ya era tarde. Pierri ya estaba respondiendo: «Hace muchos años que conocí a su mujer». «Ah.» «Pero nunca la perdí de vista.» El tipo se mostraba ahora más cordial que nunca; no era posible rechazarlo. «Por favor», dijo Jaime. Estaba sentado ominosamente en el sofá, pero enrojeció como si hubiese caído de rodillas y tuviera sólo a cinco centímetros de sus ojos los zapatos sin lustre del intruso. «Por favor, hábleme de ella.» «Naturalmente», dijo Pierri, dueño de sí mismo, de la habitación, de Jaime, del pasado, «pero antes de hablarle de Marta, es preciso que le hable de Gerardo».

4.

«Gerardo solía pegarme», dijo Pierri, «no obstante, yo no tenía suficientes razones para quererle mal. Me llevaba dos años y algunos viciosos brotes de ventaja. Fumaba, tenía un gran repertorio pornográfico, conocía los gestos obscenos de más éxito. Sin embargo, yo experimentaba un apacible interés por su futuro inmediato y expuesto. A menudo tuve la sensación de que ocultaba su pureza como si fuese una llaguita, una de esas lastimaduras que nunca acaban de curarse y se transforman con el tiempo en obsesiones. Recuerdo que habíamos ido hasta la carretera. A las siete pasaba el autobús de Montevideo, y Gerardo debía recoger un paquete de libros. Echado en el pasto, yo me sentía contento. Se me había dormido una pierna y el filo del terraplén me arruinaba los riñones, pero el cielo cercano y malva me rozaba los ojos. Claro que Gerardo prefería hablar, y esa tarde, sorpresivamente, se embarcó en confidencias. Con cierto aburrimiento, consciente tan sólo de que estaba desbaratando mi silencio, yo lo escuchaba murmurar. De pronto me enteré de las palabras, me di cuenta de que se ponía cochino, que me relataba sus vicios solitarios, y, sin yo desearlo en absoluto, me sentí enrojecer. Entonces me miró, me gritó ¡idiota! y me pegó dos veces en la cara, con la mano abierta. Ahí perdí toda la vergüenza y me puse a reír. Por un lado, no tenía ánimos para responder a su reacción, y por otro, era quizá la mejor salida, la más barata. Luego vino el ómnibus, recogimos los libros, y nos fuimos sin ganas de hablar, deseando separarnos. No le guardé rencor. Comprendí que, sencillamente, yo le había fallado. Había intentado mostrarme su vida culpable, clandestina, y cometí el doble error de avergonzarme y avergonzarlo. De modo que los golpes estaban bien y pensé que quedábamos a mano. Pero sospecho que él nunca me lo perdonó. Otra vez hablábamos de mi madre. Mi madre era alta, naturalmente encorvada, y a mí me provocaba una tierna desazón verla aún más inclinada sobre los canteros de nuestro jardincito, donde ella decía que mataba el tiempo y donde realmente el tiempo la mataba. Gerardo no tenía madre y experimentaba una admiración un poco agria hacia la mía. De modo que yo no me demoraba en tibios escrúpulos al contarle mis recuerdos de ella, mis cercanísimos recuerdos de aquella mañana, de aquel mediodía, de esa misma tarde, antes de que perdieran su vida aislada y empezaran a fundirse con los otros recuerdos normalmente incorporados a mi afecto. No entiendo eso, dijo. Quise entonces pormenorizarle la anécdota: cómo había espiado a mi madre desde una rendija del galpón; cómo ella, creyéndose sola, se había detenido ante unas rosas abatidas, y las había mirado, simplemente mirado. No entiendo, repitió. Apelando entonces a un inconsciente fondo de crueldad, recurrí a una subdivisión de pormenores: cómo su mirada había recorrido las rosas, cómo había en su actitud algo de amargura, de insólita depresión frente a aquella ausencia repentina de dolor, de belleza, de vida. De pronto Gerardo se me vino encima, fuera de sí, dispuesto a todo, y entonces comprendí que ahora sí había entendido. Sin embargo, lo peor fue con Marta. Marta era más o menos de mi edad. Parecía mayor cuando entornaba los párpados y los labios se le movían casi imperceptiblemente, como si pronunciaran ideas en lugar de palabras. A veces salíamos los tres en bicicleta. Marta era muy nerviosa. Siempre que aparecía un vehículo en sentido contrario, era posible distinguir un rápido temblor en su bicicleta, como si vacilase entre arrojarse bajo las ruedas que se acercaban, o tirarse directamente a la cuneta. En esos casos yo sabía lo que tenía que hacer: me adelantaba por la izquierda, colocándome entre su máquina y el paso del vehículo, de modo que pudiese sujetarla o por lo menos propinarle un empujón hacia la derecha. Fue eso precisamente lo que pasó esa tarde. El autobús venía inclinado hacia nuestro lado y eso aumentó la nerviosidad de Marta. La vi vacilar dos veces amenazadoramente. Cuando el ómnibus estaba ya sobre nosotros, levantó los brazos aterrorizada. Se caía sin remedio y preferí empujarla a la cuneta. Gerardo, que iba adelante y se había dado vuelta, alcanzó a distinguir mi ademán, no mi intención. Bajó de la bicicleta y contempló el cuadro que formábamos. Marta sucia de barro, con las rodillas ensangrentadas; yo, pasmado como un imbécil, sin atinar a ayudarla. Gerardo vino, le limpió las rodillas como pudo, y acercándoseme, sin decir nada, casi tranquilo, me dio un tremendo puñetazo en la sien. No sé qué hizo Marta ni qué dijo, si es que dijo algo. Creo recordar que subieron de nuevo en sus bicicletas y se fueron despacio, sin mirarme. Quedé un poco mareado, con la impresión de que todo aquello era un malentendido. No me era posible sentir odio por un malentendido, por algo que más tarde seguramente se aclararía. Pero nunca se aclaró. Nunca supieron ellos que quedé ahí llorando, desconcertado, hasta que la noche me entumeció de frío».

5.

«Mi casa quedaba frente a la parada ferroviaria», decía ahora Pierri, «la de Gerardo, a una legua de la mía. Sólo la de Marta daba a la carretera. Lo que nos unía, lo que teníamos en común, era nuestro ocio, nuestro tiempo vacío. No sabíamos hablar, no teníamos tema, no deseábamos nada; nuestra vida se formaba de excursiones improvisadas, de vagabundeos, de juegos ásperos. A Marta la tratábamos como a otro varón. En los años de colegio, habíamos ido juntos hasta el pueblo. Ahora que todo el tiempo era nuestro, compartíamos los mutismos, el río, las caminatas. Gerardo vivía con unos tíos acomodados, que poco o nada se ocupaban de él. La familia de Marta tenía en ese entonces (cuando usted la conoció, ya lo habían vendido) un lindo chalet, con un auto y dos perros en el jardín, y tres o cuatro mujeres en la cocina. Pero los padres permanecían en Montevideo semanas enteras, durante las cuales nada estorbaba la libertad de Marta. En cuanto a mí, vivía con mi madre en la casa *que le había puesto* don Elías, un estanciero que según decían todos había sido mi padre y ahora descansaba en el cementerio de la cuchilla. Yo pensaba que eso no era cierto, primero porque mi madre nunca me hablaba de él, y luego porque en Los Arrayanes envejecía aún la viuda de don Elías con sus cuatro hijos varones. Yo no sabía de dónde venía la plata. Sin embargo, vivíamos pasablemente sin que ni mi madre ni yo tuviéramos que esforzarnos. No sobraba nada; tampoco faltaba. Después que abandoné el colegio, fui durante unos años el vago más integral de la región. Se me veía en el galpón, leyendo novelones que me prestaba Gerardo o tirado en el pasto, contemplando el cielo, de puro holgazán, o subido al ombú, frente a la cocina. Mi placer mayor consistía en la bicicleta, en ir en busca de Marta o de Gerardo o en que ellos pasaran a buscarme. Cuando Gerardo enfermó, íbamos a verlo cada dos o tres días. Lo hallábamos suave, casi desconocido. Nunca supe por qué, pero parecía como si la fiebre le volviera dulces los ojos y la voz. Nos hablaba despacio, sin torpeza, con una ternura nada convencional, mostrando una imprevista aptitud para la paz, para la fantasía. Cierta tarde llegó a tomarnos una mano a Marta y otra a mí, y murmuró: "¡Ah, viejos!", rodeándose de una sonrisa tan desaforada que nos dejó con miedo, con recelo. Cuando salíamos, Marta dijo que lo encontraba raro. Yo opiné que sería la fiebre. Pedaleamos unos diez minutos. El camino estaba desierto. Atrás, en la cuchilla, podía verse el sol en su brillo penúltimo. Los árboles que íbamos pasando quedaban grises, como si imitaran —con pesadez, sin imaginación— sus propias siluetas del mediodía. Delante de mí, Marta se dejaba ir en un declive. Por primera vez tuve noción de su edad, de su sexo, de su libertad, de su pelo castaño. Quedé hipnotizado por aquellas desgarbadas, tiesas pantorrillas que mantenían firmes los pedales. Sentí que me aflojaba, que perdía las fuerzas en el descubrimiento. En ese instante, Marta, desprevenida, dio vuelta la cabeza y encontró mi asombro, mi pregunta, todo mi ser cambiado. Se fue irremediablemente a la cuneta. Cuando me detuve para ayudarla, cuando tartamudeamos algo acerca de la rueda averiada, cuando reanudamos la marcha sin mirarnos, yo sabía que la amistad había concluido, y ella también sabía que empezaba otro odio, otra riña, otro juego. Desde entonces, si iba a ver a Gerardo enfermo, me gustaba ir solo, de mañana temprano, cuando únicamente podía cruzarme con los tres o cuatro obreros de la fábrica de aceite que dejaban el turno de la noche. Acababa de descubrir, o quizá de inventar, la sinrazón de mi ocio, y me gustaba cavilar sobre lo poco que había hecho, sobre lo mucho que pensaba hacer. Mientras pedaleaba, recorría, sólo ahora consciente, la relativa paz económica de mi madre, el nombre sin recuerdos de don Elías, mi incansable, tediosa holgazanería. Me venía entonces una bocanada de vergüenza, de vida inútil. Deshonesto, me sentía deshonesto. Por mi madre, por mí, por la inexistencia de don Elías, que ya estaba bien muerto. Todavía no había juntado fuerzas para recostarme en un símbolo más importante, para conseguir el atrevimiento que me pusiera a salvo. Todavía me parecía inevitable un tímido porcentaje de procacidad, de desvergüenza. No me desesperaba, porque en realidad no estaba endurecido, mis vicios de pensamiento, mis hábitos de poca cosa, estaban huecos de pasión, equivalían tan sólo a una dirección elegida al azar, como si el bien y el mal hubieran tenido partes iguales en ese antiguo futuro que era difícil reconquistar en su pureza, como si el mal hubiese venido a mí clandestinamente, miserablemente, por la espalda, sin dejarme lugar a una sola pregunta. El mal era mi nacimiento, la plata de don Elías, el silencio de mi madre, los golpes de Gerardo. El mal era cualquier cosa absurda, reiterada, insufrible; era una crisis en mis relaciones entre el mundo y yo, entre Gerardo y yo, entre Marta y yo. Era el deseo de olvidarme y también el ridículo que amenazaba ese deseo. Era la conciencia desvaída, con sus deliberadas omisiones y sus temblores de entresueño. Era, en fin, lo que Marta decía. Sí, Marta —todavía disponible, equivocada, grave— había echado la cabeza hacia atrás, había esperado que yo deseara su gesto, se había concedido aun una breve postergación de mi imagen suya, antes de desaparecer, antes de convertirse en otra. Sólo entonces dijo: "Y además está lo de tu madre". Todo lo otro, pues, lo que había estado enumerando durante casi media hora (sus futuros estudios, nuestras edades, las prevenciones de sus padres, mi ineptitud general para lo útil) eran meros subproductos del *no puede ser* inicial, pero en cambio esto, lo de mi madre, era algo grave, sólido, cierto, era el *no puede ser* en su brutal franqueza. Lo de mi madre era yo mismo, la plata de don Elías, la imposibilidad de que la hija del agrimensor y el hijo de la puta se dieran la mano y se contaran los dedos, como hacen los idiotas y los felices. Así, pues, si iba a ver a Gerardo enfermo, de mañana temprano, bajo un cielo clemente, empalagoso, convenciéndome de que no era un deber, sabiendo que yo estimaba más al violento de antes que a este melifluo febril que me recibía sereno, casi como una hermana, y me decía señalando el sillón verde: "Vení, sentate aquí", si iba a verlo era porque sabía que al final tendría que decírselo, que mi secreto surgiría inevitablemente en algún forzoso silencio que aún me faltaba elegir. Pero esa vez el silencio se eligió a sí mismo. Lo vi formarse, anunciarse ostensiblemente en las cadencias del diálogo, en la dirección latente de las palabras. Fue cuando iba a estallar, cuando había apoyado mis brazos en los besuqueantes pajaritos de la colcha, fue precisamente cuando yo iba a empezar: "Debo hablarte de Marta", que él se incorporó afirmando los codos sobre la almohada, me miró sin asombro, con todo el rostro, tan prolijamente como si estuviera contándome los granos, las pequeñas arrugas, y comenzó a decirme: "Debo hablarte de Marta".»

6.

Ya hacía un buen rato que Pierri se había despedido con un breve apretón de manos. Ni amistad ni reconciliación; ni siquiera cortesía. Fue simplemente el obligado restablecimiento de esa nada que había existido entre ellos, la vuelta a las mismas preguntas, al peor aislamiento. De modo que ella tampoco había querido a Pierri. De modo que éste no era el enemigo. De modo que —al menos Pierri así lo aseguraba— ella tampoco había querido a Gerardo. «Él se restableció lentamente», había dicho Pierri, «pero yo no fui más. Marta sí lo siguió viendo, aunque aparentemente no le importaba mucho. A decir verdad, no sé cuándo ni cómo Gerardo le habrá hecho el amor. No los vi juntos hasta un año después, una tarde que había baile en el pueblo. Ellos nunca iban, yo tampoco. Pero esa vez fui con dos muchachas». Qué diferente cuando ella le dijo, antes de casarse, no eres el primero, qué diferente contestar no importa, total todo era prisa y desnudarla, qué diferente a imaginarla ahora junto a hombres concretos, altos, bajos, imberbes con caritas de manzana y granos asquerosos, y otros más varoniles, con duros ojos de codicia y manos que no imaginan, manos que recorren simplemente la carne. «Las dejé bailando porque estaba aburrido y deseaba que la noche terminara cuanto antes. Entré en aquella pieza porque la confundí con otra que oficiaba de guardarropa, y encendí la luz. Me di vuelta tan rápido, que ellos, abrazados, besándose, no tuvieron tiempo de separarse. Estaban tan juntos que...»

En ese instante él se había puesto de pie y había dicho: «Bueno, basta», y luego, ante el silencio desganado del otro: «Ahora, váyase». Entonces Pierri le había dado la mano. Las comisuras de los labios se le levantaban, como si no pudiera dejar de sonreír. «No lo tome así. Aunque no le otorgue mayor tranquilidad, puedo asegurarle que ella no quiso nunca a Gerardo. Pero digamos mejor que ella nunca quiso a Gerardo más de lo que pudo quererlo a usted. Y si esta afirmación le sigue pareciendo aventurada, digamos entonces que a Gerardo no lo quiso más que a mí.»

7.

mis proyectos, pero ahora ¿qué pasa, qué me pasa? No puedo aguantar su educada tolerancia, no puedo aguantarlo así, todo lecturas, metido siempre en su asquerosa humildad, en su contenida rebelión. ¿Por qué contenida, Dios mío? Miseria de mártir, con sus empalagosos ojos de agachado, de fugitivo, de advertido. ¿Qué tengo yo que ver con ese huesudo cuerpo ajeno, con esas manos sudorosas, con ese disculpable disculpado? No quiero un sedante, no quiero un tipo que me mire con ojos de ternero. Quiero un hombre en la cama. Ana, tú lo sabes, ya no tenemos veinte años para que nos desinfectemos después de manosear los pecados capitales. La cosa es destruirnos o lograrlo. Pero ¿podré contra estos solitarios envilecidos, modestos sacerdotes viscerales, contra estos crápulas irreprochables, Jaime, la madre, los amigos? Después de todo, acaso usemos y defendamos morales opuestas, acaso la de ellos y la mía sean éticas de mercachifle. Pero lo cierto es que no puedo seguir este engaño. No existen trampas para cazar el afecto. Te diré más, no tengo interés en cazarlo. Estoy virtualmente llena de odio y, lo que es peor, he empezado a disfrutarlo. Me gusta ofenderle, hacerle patente su ignorancia de mí, me gusta derribar sus escasos impulsos, sus pocas ambiciones. ¿Si te dijera que a veces quisiera verle caído, caído para siempre, con una bala entre los ojos, despatarrado, inerte? También hay días en que aspiro a que la bala sea para mí. Ana, yo no he tenido suerte. No quiero blasfemar, pero sólo pienso barbaridades, cosas demasiado obscenas acerca de Dios y su cortejo. Yo no he tenido suerte, Ana. Y eso no me da tristeza sino rabia. Y más rabia me da que él desconozca que no he tenido suerte, que ignore lo de Gerardo, lo de Pierri, lo de Luis María. Lo de Luis María, especialmente porque ignorando eso lo desconoce todo. ¿Puedo acaso

A imagen y semejanza

Era la última hormiga de la caravana, y no pudo seguir la ruta de sus compañeras. Un terrón de azúcar había resbalado desde lo alto, quebrándose en varios terroncitos. Uno de éstos le interceptaba el paso. Por un instante la hormiga quedó inmóvil sobre el papel color crema. Luego, sus patitas delanteras tantearon el terrón. Retrocedió, después se detuvo. Tomando sus patas traseras como casi fijo punto de apoyo, dio una vuelta alrededor de sí misma en el sentido de las agujas de un reloj. Sólo entonces se acercó de nuevo. Las patas delanteras se estiraron, en un primer intento de alzar el azúcar, pero fracasaron. Sin embargo, el rápido movimiento hizo que el terrón quedara mejor situado para la operación de carga. Esta vez la hormiga acometió lateralmente su objetivo, alzó el terrón y lo sostuvo sobre su cabeza. Por un instante pareció vacilar, luego reinició el viaje, con un andar bastante más lento del que traía. Sus compañeras ya estaban lejos, fuera del papel, cerca del zócalo. La hormiga se detuvo, exactamente en el punto en que la superficie por la que marchaba, cambiaba de color. Las seis patas hollaron una N mayúscula y oscura. Después de una momentánea detención, terminó por atravesarla. Ahora la superficie era otra vez clara. De pronto el terrón resbaló sobre el papel, partiéndose en dos. La hormiga hizo entonces un recorrido que incluyó una detenida inspección de ambas porciones, y eligió la mayor. Cargó con ella, y avanzó. En la ruta, hasta ese instante libre, apareció una colilla aplastada. La bordeó lentamente, y cuando reapareció por el otro lado del pucho, la superficie se había vuelto nuevamente oscura porque en ese instante el tránsito de la hormiga tenía lugar sobre una A. Hubo una leve corriente de aire, como si alguien hubiera soplado. Hormiga y azúcar rodaron. Ahora el terrón se desarmó por completo. La hormiga cayó sobre sus patas y emprendió una enloquecida carrerita en círculo. Luego pareció tranquilizarse. Fue hacia uno de los granos de azúcar que antes habían formado parte del medio terrón, pero no lo cargó. Cuando reinició su marcha, no había perdido la ruta. Pasó rápidamente sobre una D oscura, y al reingresar en la zona clara, otro obstáculo la detuvo. Era un trocito de algo, un palito acaso tres veces más grande que ella misma. Retrocedió, avanzó, tanteó el palito, se quedó inmóvil durante unos segundos. Luego empezó la tarea de carga.

Dos veces se resbaló el palito, pero al final quedó bien afirmado, como una suerte de mástil inclinado. Al pasar sobre el área de la segunda A oscura, el andar de la hormiga era casi triunfal. Sin embargo, no había avanzado dos centímetros por la superficie clara del papel, cuando algo o alguien movió aquella hoja y la hormiga rodó, más o menos replegada sobre sí misma. Sólo pudo reincorporarse cuando llegó a la madera del piso. A cinco centímetros estaba el palito. La hormiga avanzó hacia él, esta vez con parsimonia, como midiendo cada séxtuple paso. Así y todo, llegó hasta su objetivo, pero cuando estiraba las patas delanteras, de nuevo corrió el aire y el palito rodó hasta detenerse diez centímetros más allá, semicaído en una de las rendijas que separaban los tablones del piso. Uno de los extremos, sin embargo, emergía hacia arriba. Para la hormiga, semejante posición representó en cierto modo una facilidad, ya que pudo hacer un rodeo a fin de intentar la operación desde un ángulo más favorable. Al cabo de medio minuto, la faena estaba cumplida. La carga, otra vez alzada, estaba ahora en una posición más cercana a la estricta horizontalidad. La hormiga reinició la marcha, sin desviarse jamás de su ruta hacia el zócalo. Las otras hormigas, con sus respectivos víveres, habían desaparecido por algún invisible agujero. Sobre la madera, la hormiga avanzaba más lentamente que sobre el papel. Un nudo, bastante rugoso, de la tabla, significó una demora de más de un minuto. El palito estuvo a punto de caer, pero un particular vaivén del cuerpo de la hormiga aseguró su estabilidad. Dos centímetros más y un golpe resonó. Un golpe aparentemente dado sobre el piso. Al igual que las otras, esa tabla vibró y la hormiga dio un saltito involuntario, en el curso del cual perdió su carga. El palito quedó atravesado en el tablón contiguo. El trabajo siguiente fue cruzar la hendedura, que en ese punto era bastante profunda. La hormiga se arrimó al borde, hizo un breve avance erizado de alertas, pero aun así se precipitó en aquel abismo de un centímetro y medio. Le llevó varios segundos rehacerse, escalar el lado opuesto de la hendedura y reaparecer en la superficie del siguiente tablón. Ahí estaba el palito. La hormiga estuvo un rato junto a él, sin otro movimiento que un intermitente temblor en las patas delanteras. Después llevó a cabo su quinta operación de carga. El palito quedó horizontal, aunque algo oblicuo con respecto al cuerpo de la hormiga. Ésta hizo un movimiento brusco y entonces la carga quedó mejor acomodada. A medio metro estaba el zócalo. La hormiga avanzó en la antigua dirección, que en ese espacio casualmente se correspondía con la veta. Ahora el paso era rápido, y el palito no parecía correr el menor riesgo de derrumbe. A dos centímetros de su meta, la hormiga se detuvo, de nuevo alertada. Entonces, de lo alto apareció un pulgar, un ancho dedo humano, y concienzudamente aplastó carga y hormiga.

El fin de la disnea

Aparte de sus famas centrales y discutibles (fútbol, parrillada, llamadas del Barrio Palermo), Montevideo incluye otra anexa celebridad, ésta sí indiscutible: posee el récord latinoamericano de asmáticos. Por supuesto, ya no cabe decir *posee* sino *poseía*. Justamente, es ese tránsito del presente al pretérito imperfecto lo que aquí me propongo relatar.

Yo mismo soy, pese a mis treinta y nueve años, aún no cumplidos, un veterano de la disnea. Dificultad de respirar, dice el diccionario. Pero el diccionario no puede explicar los matices. La primera vez que uno experimenta esa dificultad, cree por supuesto que llegó la hora final. Después uno se acostumbra, sabe que tras esa falsa agonía sobrevendrá la bocanada salvadora, y entonces deja de ponerse nervioso, de arañar empavorecidamente las sábanas, de abrir los ojos con desesperación. Pero la primera vez basta advertir, con el correspondiente pánico, que el ritmo de espiraciones e inspiraciones se va haciendo cada vez más dificultoso y entrecortado, para de inmediato calcular que llegará un instante en que los bronquios clausuren su última rendija y sobrevenga la mortal, definitiva asfixia. No es agradable. Tampoco es cómodo para los familiares o amigos que presencian el ahogo; su desconcierto o su impotencia se traducen a veces en auxilios contraproducentes. Lo mejor que se puede (o se podía) hacer, frente a un asmático en pleno ataque, es dejarlo solo. Cada uno sabe dónde le aprieta el pecho. Sabe también a qué debe recurrir para aliviarse: la pastilla, el inhalador, la inyección, la cortisona, el cigarrillo con olor a pasto podrido, a veces un simple echar los hombros hacia atrás, o apoyarse sobre el lado derecho. Depende de los casos.

La verdad es que el asma es la única enfermedad que requiere un estilo, y hasta podría decirse una vocación. Un hipertenso debe privarse de los mismos líquidos que otro hipertenso: un hepático debe seguir el mismo tedioso régimen que otro hepático; un diabético ha de adoptar la misma insulina que otro diabético. O sea (si queremos elevar el caló alopático a un nivel de metáfora): todos los islotes de Langerhans pertenecen al mismo archipiélago. Por el contrario, un asmático no perderá jamás su individualidad, porque la disnea (lo decía mi pobre médico de mutualista, para disimular decorosamente su ignorancia profesional sobre el escabroso tópico) no es una enfermedad sino un síntoma. Y aunque para llegar a la disnea haya que pasar previamente por la aduana del estornudo, lo cierto es que hay quien empieza el jadeo a partir de un sándwich de mariscos, pero hay otros que llegan a él mediante el polvillo que levanta un plumero, o al mancharse los dedos con papel carbónico, o al registrar en las fosas nasales la vecindad de un perfume, o al exponerse excesivamente a los rayos del sol, o tal vez al humo del cigarrillo. Para el asma, todo eso que Kant llamaba *Ding an sich* puede ser factor determinante. De ahí el sesgo casi creador de la disnea.

No es cuestión de caer ahora en un chauvinismo bronquial, pero los asmáticos solemos (o solíamos) hacer una pregunta que siempre sirvió para desconcertar a los críticos literarios no asmáticos: ¿habría concebido Marcel Proust su incomparable *Recherche* de no haberlo obligado el asma a respirar angustiosamente sus recuerdos? ¿Podría alguien asegurar que el célebre bollo de magdalena o los estéticos campanarios de Martinville no fueran el origen de lo que hoy llamaríamos su primera y bienaventurada disnea alérgica? No hay que confundir la disnea con la anhelación o el jadeo, proclama hoy la ciencia. No obstante, es probable que en época de Proust todavía se confundieran, y la disnea fuera casi anhelación, digamos un anhelo en desuso, o mejor aún cierta incómoda presión en la conciencia.

Los lectores que siempre han respirado a todo pulmón y a todo bronquio, no pueden ni por asomo imaginar el resguardo tribal que proporciona la condición de asmático. Y la proporciona (o la proporcionaba) justamente por ese rescate de lo individual que, a diferencia de lo que sucede con otros achaques, siempre aparece preservado en la zona del asma. ¿Qué podrán preguntarse, por ejemplo, dos crónicos de la próstata? No es conveniente, por razones obvias, entrar aquí en detalles, pero la verdad es que lo que rige para uno, rige para todos. Tal monotonía es asimismo válida para quienes se encuentran en la sala de espera de un cardiólogo, entre el segundo y el tercer infarto, o para quienes, homeopatía mediante, coleccionan en etiquetadas cajitas sus cálculos muriformes, o sea urinarios de oxalato cálcico. Desde los lejanos tiempos de los cuatro humores de Hipócrates, un gotoso siempre ha sido igual a otro gotoso. Pero un asmático, con respecto a otro asmático, no es *igual* (he aquí el matiz diferencial y decisivo) sino *afín*.

Por eso, hasta hace dos años (o sea hasta la aparición del CUR-HINAL) Montevideo era para nosotros los asmáticos una ciudad riesgosa, pero también una ciudad envidiable. Masonería del fuelle, nos llamó un resentido, reconozcamos que con cierta razón. Los asmáticos nos distinguimos y nos atraemos desde lejos. Un leve hundimiento del pecho, o un par de ojos demasiado brillantes, o una nariz que aletea casi imperceptiblemente, o unos labios resecos y entreabiertos; siempre hay algún dato físico que sirve de contraseña. Eso, sin contar con los detalles marginales: el bulto particular que forma en el bolsillo del saco el aparato inhalador, o el concienzudo interrogatorio al mozo del restorán sobre posibles riesgos de mayonesa, o la rápida huida ante una polvareda, o la discreta operación de abrir una ventana para que se despeje el humo de cigarrillos. Cuando un asmático reconoce alguno de esos rasgos fraternales, se acerca rápidamente al cofrade y entabla con él uno de esos diálogos que constituyen la sal de la vida disneica.

«¿Qué tal? Asma ¿verdad?» «Sólo nasal.» (Hay un poco de vergüenza en este reconocimiento, porque el asmático exclusivamente nasal está considerado como un neófito, como un aprendiz. Entre un asmático bronquial y otro nasal, existe la misma diferencia que entre un profesional y un simple idóneo.) Pero el cofrade puede ser también un bronquial, y entonces sí la camaradería se establece sin trabas: «Esta época es terrible». «Como todos los otoños.» «¿Usted puede creer que para mí es peor la primavera?» «Mire, yo hace tres noches que no pego los ojos.» «¿Usa inyecciones o inhalador?» «Inhalador. Tengo miedo de habituarme a las inyecciones.» «A mí me pasa igual. Claro que desde que fabrican el líquido aquí en el país, ya no destapa como antes.» «¿Verdad que no? Se precisa por lo menos el triple de bombazos.» «¿Usted con cuántos bombazos se destapa?» «En los accesos leves, seis o siete; en los más fuertes, quince o veinte.» «A mí me recomendó el médico que nunca pase de diez.» «Sí, claro, pero siempre que use líquido importado.» «Bueno, yo siempre encuentro alguno que me trae dos o tres frasquitos de París.» Y así sucesivamente. El diálogo puede durar diez minutos o tres horas. Como cada asmático es un mundo aparte, un paciente aislado y personal, también su historial tiene originalidad e inevitablemente atrae el interés del compañero.

Durante varios años sufrí una suerte de discriminación. A partir de una fiebre tifoidea (según consta en los archivos del Servicio de Certificaciones Médicas, durante la epidemia de 1943/44 fui el primer caso comprobado en las filas de la Administración Pública, excluidos los Entes Autónomos), comencé a padecer primero asma nasal, luego disnea. Sin embargo, el médico de la familia se obstinó en diagnosticar: fenómenos asmatiformes. Bajo esa denominación, yo me sentía absolutamente disminuido, algo así como un esnob del asma. Si se me ocurría abrir una ventana para que se disipase el humo de esos cigarrillos que no fumaba, y alguien se me acercaba solícito a preguntarme:

«¿Es usted un bronquial?», yo me sentía muy desalentado cuando me veía obligado a responder con inflexible franqueza: «No, no. Son sólo fenómenos asmatiformes». De inmediato advertía que se me hacía objeto de discriminación: nadie me preguntaba por pastillas, inhalaciones, nebulizaciones, jeringas, adrenalina, hierbas curativas, u otros rasgos de veteranía. Fue un largo calvario, de médico en médico. Hasta me cambié de mutualista. Siempre la misma respuesta: «No se preocupe, amigo. Usted no es asmático. Apenas son fenómenos asmatiformes». Apenas. Esa palabrita me molestaba más que todos los accesos.

Hasta que un día llegó a Montevideo un doctor suizo especialista en asma y alergia, e instaló un estupendo consultorio en la calle Canelones. Hablaba tan mal el español que no halló (así lo creo) la palabra *asmatiforme*, y me dijo que, efectivamente, yo padecía asma. Casi lo abrazo. La noticia fue la mejor compensación a los cien pesos que me salió la consulta.

De inmediato se corrió la voz. Confieso que contribuí modestamente a la difusión. Ahí comenzó mi mejor época de asmático. Sólo entonces ingresé en eso que mi resentido amigo llamaba la masonería del fuelle. Los mismos veteranos disneicos que antes me habían mirado con patente menosprecio, se acercaban ahora sonriendo, me abrazaban (discretamente, claro, para no obstruirnos mutuamente los bronquios), me hacían preguntas ya del todo profesionales, y comparaban sin tapujos sus estertores sibilantes con los míos. Entre los asmáticos propiamente dichos, nunca hubo discriminación religiosa, o política, o racial. Yo, que cursé Primaria y Secundaria en la Sagrada Familia, y que actualmente soy democristiano, he tenido formidables conversaciones especializadas, ya no diré con integrantes del Partido Nacional, con quienes tengo una afinidad extradisneica, sino con colorados agnósticos, con socialistas y hasta con comunistas.

A este respecto, tengo bien presente una noche en que nos encontramos (en una embajada de atrás de la Cortina) un protestante, un batllista ateo, un marxista-leninista de la línea pekinesa, y yo. Los cuatro asmáticos. Jamás aprendí tanto sobre expectoraciones como en esa noche de vodka y cubalibre. El metodista hablaba de paroxismos previos a la expectoración; el agnóstico era un erudito en expectoración espumosa; el marxista dejó constancia de que sus accesos eran infebriles (vaya novedad) y de escasa expectoración. Entonces yo dejé caer mi frase morosamente acuñada: «No hay que confundir la disnea con la anhelación o el jadeo». Los tres me miraron con repentino interés, y a partir de ese momento noté un nuevo matiz de respeto, y hasta diría de admiración, en el trato que me dispensaron.

La nómina sería larga, pero puedo asegurar que he hablado sobre asma con judíos, con negros, con diarieros, con changadores, con todo el mundo, bah. Confieso, eso sí, que mi único brote discriminativo aparecía cuando alguien me confesaba, con lágrimas en los ojos, que no padecía de asma sino de fenómenos asmatiformes. Si hay algo que no puedo soportar, es el esnobismo.

Claro, la época gloriosa no duró eternamente. Es decir, duró hasta la aparición del CUR-HINAL. Lo peor, lo más incómodo, yo diría lo fatal, fue que no se tratase de una droga descubierta en Finlandia, o en Argelia, o en el golfo Pérsico, o sea algo que uno pudiera ignorar olímpicamente o por lo menos no introducir al país invocando la escasez de divisas o cualquier otro pretexto sensato. No, lo peor es que se trata de un invento nacional. Alguien, un oscuro médico del interior, vino un día a Montevideo, convocó a una conferencia de prensa, y anunció que había descubierto una droga que curaba definitivamente el asma: el CUR-HINAL. Sonrieron los periodistas, como sonreiríamos usted, lector, y yo mismo, si un vecino nuestro anunciara de pronto que él es el vencedor del cáncer. Sin embargo, el oscuro médico extrajo del portafolio un aparato inhalador y dirigiéndose a dos periodistas asmáticos, los invitó a que probaran el CUR-HINAL. Uno rechazó orgullosamente la oferta, pero el otro estaba en pleno acceso y se propinó dos tímidos bombazos. La disnea cesó como por encanto. Pero a veces también cesaba con los inhaladores tradicionales. El agregado asombroso consistió en que aquel jadeante cronista nunca más volvió a padecer asma. A lo largo de ocho o diez meses, los médicos hicieron sesudas declaraciones previniendo a la población sobre peligrosos contratiempos provocados por la droga; las autoridades pidieron prudencia, y hasta prohibieron la venta en farmacias. No obstante, el oscuro colega los venció (como dirían los marxistas no asmáticos) con la *praxis*. A los diez meses de aquella espectacular y demagógica conferencia de prensa, los comunicados médicos oficiales seguían apareciendo en los diarios, pero a esa altura, ya todos los asmáticos se habían curado. Un buen día, el Superior Gobierno, que siempre ha sido comprensivo con los vencedores, resolvió iniciar un sumario administrativo a todos los impugnadores del CUR-HINAL. El oscuro médico del interior fue nombrado Ministro de Salud Pública y propuesto continentalmente para el Nobel de Medicina.

Confieso que este último giro me deja totalmente indiferente. Quédese el doctorcito (que nunca fue personalmente asmático, ni siquiera asmatiforme) con su ingenua panacea. Lo que yo quiero mencionar aquí no es por cierto el encumbramiento del facultativo, sino la defección de mis cofrades. Al principio se formó, con la mejor intención, una Comisión Nacional del Asmático, que trató de poner orden en el imprevisto caos. Hay que admitir que cada asmático tuvo que luchar con su propia alternativa: darse cuatro bombazos de CUR-HINAL y aliviarse para siempre de estertores sibilantes y no sibilantes, de expectoraciones espumosas o sobrias, de toses secas y resecas, de paroxismos y jadeos; o seguir como hasta entonces, es decir, sufriendo todo eso pero sabiéndose partícipe de una congregación internacionalmente válida, sabiéndose integrante de una coherente minoría cuyo poder se afirmaba noche a noche. Personalmente, me pronuncié por la opción tradicionalista, por el asma clásica. Debo reconocer, sin embargo, que la unidad fue rápidamente corroída por la flaqueza corporal del ser humano. En la propia Comisión Nacional del Asmático, hicieron ominosa irrupción los bombazos sacrílegos del CUR-HINAL. Cierta prensa, generalmente bien informada, ha sugerido la posible infiltración de izquierdistas no asmáticos. Yo me resisto a creerlo. La cobardía corporal, he aquí la causa de esta disgregación suicida.

Poco a poco empecé a notar que todos mis antiguos amigos asmáticos pasaban a respirar con normalidad. Sus hombros agobiados volvían a su sitio primitivo. Su tórax se enderezaba. Sus estornudos pasaban a ser pobres, disminuidos y esporádicos. Su dieta volvía a incluir mayonesas. Empecé a sentirme solo, arrinconado, colérico, retraído. Un eremita en plena muchedumbre. Aquel mismo resentido que una vez me había hablado de una Masonería del Fuelle, me dijo ahora que yo era un rebelde sin causa. Y otra vez comprendí que tenía razón. Porque yo venía preservando mi disnea de toda corrupción, nada más que para sentirme miembro de un clan selecto, de una minoría escogida. Pero si mis compañeros de clan defeccionaban, si uno a uno iban vendiendo su dignidad de asmáticos por el mezquino precio de una salud masificada, entonces, ¿dónde quedaba mi extraño privilegio?, ¿a quién podría allegar mi bien razonada complicidad? Por otra parte, la conciencia culpable de los ex asmáticos, esa noción secreta de su lamentable deserción, los llevaba (otra vez) a discriminarme, a mirarme con resentimiento, a guardar silencio cuando yo me acercaba.

Finalmente me vencieron. El día en que tuve conciencia de que yo era el único asmático del país, concurrí personalmente a la farmacia, pedí un frasquito de CUR-HINAL (ahora viene mejor envasado e incluye un aparatito inhalador) y me fui a casa. Antes de darme los cuatro bombazos de rigor, tuve plena conciencia de que ésa era mi última disnea. Juro que no pude contenerme y solté el llanto.

Hoy respiro sin dificultad y reconozco que ello significa algún progreso. Un progreso meramente somático. Claro que nunca volverán para mí los buenos tiempos. Yo, que fui uno entre pocos, debo ahora resignarme a ser uno entre muchos. Alguien propuso reunir a los ex asmáticos en una suerte de asociación gremial, concebida a escala panamericana. Fue un fracaso. Nunca hubo quórum y al final se disolvió con más pena que gloria. A veces me cruzo en la calle con algún ágil ex asmático (yo mismo subo los repechos sin problema) y nos miramos con melancolía. Pero ahora ya es tarde. Se trata de un proceso irreversible: para la plenitud no hay efecto retroactivo. Probamos a intercambiar frases como éstas: «¿Te acordás de cuando te hacías nebulizaciones?», «¿Cómo se llamaban aquellos cigarrillos contra el asma que largaban un olor a pasto podrido?», «¿Preferías el líquido nacional o el importado?», «¡Qué tremendo cuando llegaba el otoño!, ¿verdad?». Pero no es lo mismo. No es lo mismo.

La noche de los feos

1.

Ambos somos feos. Ni siquiera vulgarmente feos. Ella tiene un pómulo hundido. Desde los ocho años, cuando le hicieron la operación. Mi asquerosa marca junto a la boca viene de una quemadura feroz, ocurrida a comienzos de mi adolescencia.

Tampoco puede decirse que tengamos ojos tiernos, esa suerte de faros de justificación por los que a veces los horribles consiguen arrimarse a la belleza. No, de ningún modo. Tanto los de ella como los míos son ojos llenos de resentimiento, que sólo reflejan la poca o ninguna resignación con que enfrentamos nuestro infortunio. Quizá eso nos haya unido. Tal vez *unido* no sea la palabra más apropiada. Me refiero al odio implacable que cada uno de nosotros siente por su propio rostro.

Nos conocimos a la entrada del cine, haciendo cola para ver en la pantalla a dos hermosos cualesquiera. Allí fue donde por primera vez nos examinamos sin simpatía pero con oscura solidaridad; allí fue donde registramos, ya desde la primera ojeada, nuestras respectivas soledades. En la cola todos estaban de a dos, pero además eran auténticas parejas: esposos, novios, amantes, abuelitos, vaya uno a saber. Todos —de la mano o del brazo— tenían a alguien. Sólo ella y yo teníamos las manos sueltas y crispadas.

Nos miramos las respectivas fealdades con detenimiento, con insolencia, sin curiosidad. Recorrí la hendedura de su pómulo con la garantía de desparpajo que me otorgaba mi mejilla encogida. Ella no se sonrojó. Me gustó que fuera dura, que devolviera mi inspección con una ojeada minuciosa a la zona lisa, brillante, sin barba, de mi vieja quemadura.

Por fin entramos. Nos sentamos en filas distintas, pero contiguas. Ella no podía mirarme, pero yo, aun en la penumbra, podía distinguir su nuca de pelos rubios, su oreja fresca, bien formada. Era la oreja de su lado normal.

Durante una hora y cuarenta minutos admiramos las respectivas bellezas del rudo héroe y la suave heroína. Por lo menos yo he sido siempre capaz de admirar lo lindo. Mi animadversión la reservo para mi rostro, y a veces para Dios. También para el rostro de otros feos, de otros espantajos. Quizá debería sentir piedad, pero no puedo. La verdad es que son algo así como espejos. A veces me pregunto qué suerte habría corrido el mito si Narciso hubiera tenido un pómulo hundido, o el ácido le hubiera quemado la mejilla, o le faltara media nariz, o tuviera una costura en la frente.

La esperé a la salida. Caminé unos metros junto a ella, y luego le hablé. Cuando se detuvo y me miró, tuve la impresión de que vacilaba. La invité a que charláramos un rato en un café o una confitería. De pronto aceptó.

La confitería estaba llena, pero en ese momento se desocupó una mesa. A medida que pasábamos entre la gente, quedaban a nuestras espaldas las señas, los gestos de asombro Mis antenas están particularmente adiestradas para captar esa curiosidad enfermiza, ese inconsciente sadismo de los que tienen un rostro corriente, milagrosamente simétrico. Pero esta vez ni siquiera era necesaria mi adiestrada intuición, ya que mis oídos alcanzaban para registrar murmullos, tosecitas, falsas carrasperas. Un rostro horrible y aislado tiene evidentemente su interés; pero dos fealdades juntas constituyen en sí mismas un espectáculo mayor, poco menos que coordinado; algo que se debe mirar en compañía, junto a uno (o una) de esos bien parecidos con quienes merece compartirse el mundo.

Nos sentamos, pedimos dos helados, y ella tuvo coraje (eso también me gustó) para sacar del bolso su espejito y arreglarse el pelo. Su lindo pelo.

«¿Qué está pensando?», pregunté.

Ella guardó el espejo y sonrió. El pozo de la mejilla cambió de forma.

«Un lugar común», dijo. «Tal para cual.»

Hablamos largamente. A la hora y media hubo que pedir dos cafés para justificar la prolongada permanencia. De pronto me di cuenta de que tanto ella como yo estábamos hablando con una franqueza tan hiriente que amenazaba traspasar la sinceridad y convertirse en un casi equivalente de la hipocresía. Decidí tirarme a fondo.

«Usted se siente excluida del mundo, ¿verdad?»

«Sí», dijo, todavía mirándome.

«Usted admira a los hermosos, a los normales. Usted quisiera tener un rostro tan equilibrado como esa muchachita que está a su derecha, a pesar de que usted es inteligente, y ella, a juzgar por su risa, irremisiblemente estúpida.»

«Sí.»

Por primera vez no pudo sostener mi mirada.

«Yo también quisiera eso. Pero hay una posibilidad, ¿sabe?, de que usted y yo lleguemos a algo.»

«¿Algo como qué?»

«Como querernos, caramba. O simplemente congeniar. Llámele como quiera, pero hay una posibilidad.»

Ella frunció el ceño. No quería concebir esperanzas.

«Prométame no tomarme por un chiflado.»

«Prometo.»

«La posibilidad es meternos en la noche. En la noche íntegra. En lo oscuro total. ¿Me entiende?»

«No.»

«¡Tiene que entenderme! Lo oscuro total. Donde usted no me vea, donde yo no la vea. Su cuerpo es lindo, ¿no lo sabía?»

Se sonrojó, y la hendedura de la mejilla se volvió súbitamente escarlata.

«Vivo solo, en un apartamento, y queda cerca.»

Levantó la cabeza y ahora sí me miró preguntándome, averiguando sobre mí, tratando desesperadamente de llegar a un diagnóstico.

«Vamos», dijo.

2.

No sólo apagué la luz sino que además corrí la doble cortina. A mi lado ella respiraba. Y no era una respiración afanosa. No quiso que la ayudara a desvestirse.

Yo no veía nada, nada. Pero igual pude darme cuenta de que ahora estaba inmóvil, a la espera. Estiré cautelosamente una mano, hasta hallar su pecho. Mi tacto me transmitió una versión estimulante, poderosa. Así vi su vientre, su sexo. Sus manos también me vieron.

En ese instante comprendí que debía arrancarme (y arrancarla) de aquella mentira que yo mismo había fabricado. O intentado fabricar. Fue como un relámpago. No éramos eso. No éramos eso.

Tuve que recurrir a todas mis reservas de coraje, pero lo hice. Mi mano ascendió lentamente hasta su rostro, encontró el surco de horror, y empezó una lenta, convincente y convencida caricia. En realidad mis dedos (al principio un poco temblorosos, luego progresivamente serenos) pasaron muchas veces sobre sus lágrimas.

Entonces, cuando yo menos lo esperaba, su mano también llegó a mi cara, y pasó y repasó el costurón y el pellejo liso, esa isla sin barba, de mi marca siniestra.

Lloramos hasta el alba. Desgraciados, felices. Luego me levanté y descorrí la cortina doble.

El Otro Yo

Se trataba de un muchacho corriente: en los pantalones se le formaban rodilleras, leía historietas, hacía ruido cuando comía, se metía los dedos en la nariz, roncaba en la siesta, se llamaba Armando. Corriente en todo, menos en una cosa: tenía Otro Yo.

El Otro Yo usaba cierta poesía en la mirada, se enamoraba de las actrices, mentía cautelosamente, se emocionaba en los atardeceres. Al muchacho le preocupaba mucho su Otro Yo y le hacía sentirse incómodo frente a sus amigos. Por otra parte, el Otro Yo era melancólico y, debido a ello, Armando no podía ser tan vulgar como era su deseo.

Una tarde Armando llegó cansado del trabajo, se quitó los zapatos, movió lentamente los dedos de los pies y encendió la radio. En la radio estaba Mozart, pero el muchacho se durmió. Cuando despertó el Otro Yo lloraba con desconsuelo. En el primer momento, el muchacho no supo qué hacer, pero después se rehízo e insultó concienzudamente al Otro Yo. Éste no dijo nada, pero a la mañana siguiente se había suicidado.

Al principio la muerte del Otro Yo fue un rudo golpe para el pobre Armando, pero enseguida pensó que ahora sí podría ser íntegramente vulgar. Ese pensamiento lo reconfortó.

Sólo llevaba cinco días de luto, cuando salió a la calle con el propósito de lucir su nueva y completa vulgaridad. Desde lejos vio que se acercaban sus amigos. Eso le llenó de felicidad e inmediatamente estalló en risotadas. Sin embargo, cuando pasaron junto a él, ellos no notaron su presencia. Para peor de males, el muchacho alcanzó a escuchar que comentaban: «Pobre Armando. Y pensar que parecía tan fuerte, tan saludable».

El muchacho no tuvo más remedio que dejar de reír, y, al mismo tiempo, sintió a la altura del esternón un ahogo que se parecía bastante a la nostalgia. Pero no pudo sentir auténtica melancolía, porque toda la melancolía se la había llevado el Otro Yo.

El cambiazo

Mierda con ellos. Me las van a pagar todas juntas. No importa que, justo ahora, cuando voy a firmar la decimoctava orden de arresto, se me rompa el bolígrafo. Me cago en la putísima. Y el imbécil que pregunta: «¿Le consigo otro, mi coronel?». Por hoy alcanza con diecisiete. Ayer Vélez recobró la libertad convertido en un glorioso guiñapo: los riñones hechos una porquería, un brazo roto, el ojo tumefacto, la espalda en llaga. Ya designé, por supuesto, la correspondiente investigadora para que informe sobre las irregularidades denunciadas por ciertos órganos de la prensa nacional. Algún día tendrán que aprender que el coronel Corrales no es un maricón como sus predecesores sino un jefe de policía con todo lo que hace falta

        hipnotizada frente al televisor, Julita no se atreve ni a parpadear. No es para menos. Lito Suárez, con su rostro angelical y sus puñitos cerrados, ha cantado Siembra de Luz y enseguida Mi Corazón Tiene un Remiendo. Grititos semejantes a los de la juvenil teleaudiencia salen también de la boca de Julita, quien para una mejor vocalización acomoda el bombón de menta al costado de la muela. Pero ahora Lito se pone solemne: «Hoy tengo una novedad y se llama El Cambiazo. Es una canción y también es un juego. Un juego que jugaremos al nivel de masas, al nivel de pueblo, al nivel de juventud. ¿Qué les parece? Voy a cantarles El Cambiazo. Son sólo cuatro versos. Durante la semana que empezará mañana, lo cantaremos en todas partes: en la ducha, en las aulas, en la calle, en la cama, en el ómnibus, en la playa, en el café. ¿De acuerdo? Luego, el domingo próximo, a esa misma hora, cambiaremos el primero de los cuatro versos. De las propuestas por escrito que ustedes me hagan llegar, yo elegiré una. ¿Les parece bien?» Síííííííí, chilla la adicta, fanática, coherente adolescencia. «Y así seguiremos todas las semanas hasta transformar completamente la cuarteta. Pero tengan en cuenta que en cada etapa de su transformación, la estrofa tendrá que cumplir una doble condición: variar uno de sus versos, pero mantener un sentido total. Es claro que la cuarteta que finalmente resulte, quizá no tenga el mismo significado que la inicial; pero ahí es justamente donde reside el sabor del juego. ¿Estamos?» Síííííííí. «Y ahora les voy a cantar el texto inicial.» Julita Corrales traga por fin el bombón para no distraerse y además para concentrarse en la memorización del Evangelio según San Lito. «Paraquená dieeeeee loimpida, paraquetuá mooooooor despierte, paravosmí vooooooooz rendida, paramisó loooooooo quererte.» Julita se arrastra hasta la silla donde ha dejado el draipén y el block, anota nerviosamente la primera variante que se le ocurre, y antes de que el seráfico rostro del cantante desaparezca entre los títulos y los créditos finales del programa Lito Con Sus Muchachos, ya está en condiciones de murmurar para sí misma: «Paraquevén gaaaaaaaas querida, paraquetuá mooooooor despierte, paravosmí vooooooooz rendida, paramisó loooooooo quererte

      decimé, podridito, ¿vos te creés que me chupo el dedo? Ustedes querían provocar el apagón, ¿no es cierto? Seguro que al buenazo de Ibarra se la hubieran hecho. Pero yo soy un jefe de policía, no un maricón. Conviene que lo aprendas ¿Tenés miedo, eh? No te culpo. Yo no sólo tendría miedo sino pánico frente al coronel Corrales. Pero resulta que el coronel Corrales soy yo, y el gran revolucionario Menéndez sos vos. Y el que se caga de miedo también sos vos. Y el que se agarra la barriga de risa es otra vez el coronel Corrales. ¿Te parece bien? Decímelo con franqueza, porque si no te parece bien volvemos a la electricidad. Sucede que a mí no me gustan los apagones. A mí me gustan los toquecitos eléctricos. Me imagino que todavía te quedarán güevos. Claro que un poco disminuidos, ¿verdad? ¿Quién te iba a decir que los güevos de avestruz se podían convertir en güevos de paloma? Así que apagón. Buena pieza. Me imagino que ustedes, cuando conciben estas hermosas películas en que son tan cojonudos, también tendrán en cuenta los riesgos. Vos estás ahora en la etapa del riesgo. Pregunta número uno: ¿quién era el enlace para el apagón? Pregunta número dos: ¿dónde estuviste el jueves pasado, de seis a siete y veinticinco? Pregunta número tres: ¿hasta cuándo creés que durará tu discreción? Pregunta número cuatro: ¿te comieron la lengua los ratones, tesoro?

      se muerde las uñas, pero lo hace con personalidad. Empieza por los costados, a fin de no arruinar demasiado la aceptable media luna creada por el fino trabajo de la manicura. De todos modos, se come las uñas, y sus razones tiene. Lito Suárez va a anunciar cómo ha quedado El Cambiazo después de la primera transformación. «Durante una semana todos hemos cantado la canción que les enseñé el domingo pasado. La oí cantar hasta en el Estadio. Hasta en la sala de espera del dentista. Muy bien. Justamente era eso lo que yo quería. Recibí cinco mil cuatrocientas setenta y tres propuestas para cambiar el primer verso. En definitiva, elegí ésta: Paraquseá braaaaaaaa laherida.» Hiiiiiiii, dice la muchedumbrita del Canal. «De modo que pórtense bien y canten El Cambiazo desde ahora hasta el próximo domingo, tal como yo lo voy a cantar ahora: Paraqueseá braaaaaaaa laherida, paraquetuá mooooooor despierte, paravosmí voooooooz rendida, paramisó looooooooo quererte.» Decepcionada, Julita deja de comerse las uñas. Su brillante propuesta quedó entre las cinco mil cuatrocientas setenta y dos desechadas. «Dentro de una semana sustituiremos el segundo verso. ¿De acuerdo?» Síííííí, chilla la juventud.

el coronel muestra los dientes. «Sí, Fresnedo, estoy con usted. Las nuevas canciones son una idiotez. Pero, ¿qué hay de malo en eso? La verdad es que la muchachada se entretiene, se pone juvenilmente histérica, pide autógrafos, besa fotografías, y mientras tanto no piensa. Me imagino que también usted habrá escuchado la imbecilidad de esta semana. ¿Cómo es? Espere, espere. Si hasta yo me la sé de memoria. Paraqueseá braaaaaaa laherida, paraquetuá mooooooor despierte, paravosmí voooooooz rendida, paramisó looooooooo quererte. Siempre es mejor que canten eso y no la Internacional.» «Perdone, mi coronel pero usted no está al día. A partir del domingo pasado cambió el segundo verso. Ahora es así: Paraqueseá braaaaaaa laherida, paraqueusé mooooooos lasuerte, paravosmí voooooooz rendida, paramisó looooooooo quererte

por fin ha conseguido una imagen de Lito. Un ángel, eso es. Besa la foto con furia, con ternura, también con precauciones para no humedecerla demasiado. Papá se burla, claro. Papá es viejo, no entiende nada. Papá el pobre es militar, y se ocupa de presos, de política, de sanear el país. Papá no tiene sentido del ritmo, a lo sumo tararea algún tango bien calandraca. Papá no entiende a los jóvenes, tía Ester tampoco. La diferencia es que tía ni siquiera entiende a los viejos. Lito es divino, divino, y cómo nos entiende. Hiiiiiiiiiiiii. ¿Cómo sería papá a los dieciséis años? ¿Tendría las mismas arrugas y manías que ahora? Y a mí qué me importa. Lo principal es inventar el tercer verso. Tiene que acabar en ida. Por ejemplo: paratidés coooooooo nocida, o también: paralanó cheeeeeeeen cendida, o quizá paratufé miiiiiiii guarida. No, queda confuso. Y además no va bien con el cuarto verso, y Lito recomendó que siempre debía ser coherente. ¿Y si fuera: paratusuer teeeeeeee miherida? Qué estúpida. Ya el primer verso termina en herida. Tendría que acabar, digamos, en sorprendida. Ya está. Paratupiel sooooooooor prendida. Queda regio, regio.

el calor todo lo ablanda. Hasta las charreteras, el cinturón, la chaquetilla, la visera. Sólo las condecoraciones permanecen duras, indeformables. El calor penetra por las persianas y se instala en la frente del coronel. El coronel transpira como un sargento cualquiera, como la negra, ¿se llamaba Alberta?, a la que hace mucho (cuando él sólo era teniente Corrales) montó concienzudamente en un quilombo de mala muerte, allá por Tacuarembó. Vida podrida, después de todo. Cuando el viejo lo metió en el ejército, la argumentación incluyó encendidos rubros patrios. El viejo era ateo, pero sólo en cuanto a la pobre Iglesia; en lo demás, era religioso. La patria era para él un equivalente de la Virgen María. Sólo le faltaba persignarse cuando cantaba el himno. De entusiasmo sublime inflamó. Y al final resultaba que ser soldado de la patria no era precisamente defender el suelo, las fronteras, la famosa dignidad nacional, de los fueros civiles el goce defendamos el código fiel, no, ser soldado de la patria, mejor dicho, coronel de la patria, era joder a los muchachos, visitar al embajador, joder a los obreros, recibir la visita del subsecretario del secretario del embajador, joder a uno que otro cabecilla, dejar que los estimados colaboradores de esta Jefatura den rienda suelta a su sadismo en vías de desarrollo, insultar, agraviar, joder, siempre joder, y en el fondo también joderse a sí mismo. Sí, debe ser el calor que todo lo ablanda, hasta el orgullo, hasta el goce del poder, hasta el goce del joder. El coronel Corrales, sudoroso, ablandado, fláccido, piensa en Julita como quien piensa en un cachorro, en un gato, en un potrillo que tuvo cuando era capitán en la frontera. Julita única hija, hija de viudo además, porque María Julia se murió a tiempo, antes de este caos, antes de esta confusión, cuando los oficiales jóvenes todavía tenían ocasión y ganas de concurrir al Teatro Solís, especialmente en las temporadas extranjeras, mostrando a la entrada la simpática medallita cuadrangular, y sentándose luego en el Palco donde ya estaba algún precavido y puntual capitán de fragata que siempre conseguía el mejor de los sitios disponibles, como, por ejemplo, la noche del estornudo, la noche en que Ruggiero Ruggieri daba su Pirandello en una atmósfera de silencio y tensión y a él le empezó la picazón en la nariz y tuvo conciencia de que el estornudo era inminente e inevitable, y se acordó del ejemplo de María Julia que siempre aguantaba tomándose el caballete entre el pulgar y el índice y de ese modo sólo le salía un soplidito tenue, afelpado, apenas audible a veinte centímetros, y él quiso hacer lo mismo y en realidad cumplió rigurosamente todo el rito exterior y se apretó el caballete con el pulgar y el índice pero cuando vino por fin el estornudo en el preciso y dramático instante en que Ruggiero hacía la pausa más conmovedora del segundo acto, entonces se escuchó en la sala, y la acústica del Solís es realmente notable, sólo comparable a la de la Scala de Milán según los entendidos, se escuchó en la sala una suerte de silbato o bocina o pitido estridente y agudo, suficiente para que toda la platea y el mismísimo Ruggiero Ruggieri dirigieran su reojo al palco militar donde el capitán de fragata hacía todo lo posible para que el público entendiera inequívocamente que él no era el dueño de la bocina. Sí, Julita, hija de viudo, es decir, Julita o sea la familia entera, pero cómo entender qué pasa con Julita. No estudia ni cose ni toca el piano ni siquiera colecciona estampillas o cajas de fósforos o botellitas, sino que oye de la mañana a la noche los discos de ese pajarón infame, de ese Lito Suárez con su cerquillo indecente y sus patillas indecentes y su dedito indecente y sus ojitos revoloteantes y sus pantalones de zancudo y sus guiños de complicidad, y por si eso fuera poco, hay que aguantarlo todos los domingos en el *show* de cuatro horas, Lito y Sus Muchachos, como un nuevo integrante de la familia, instalado en la pantalla del televisor, incitando a la chiquilinada a que cante esa idiotez, ese Cambiazo, y después todas las caritas, más o menos histéricas, y el hiiiiiiiiiiii de rigor, y el suspiro no menos indecente de Julita, a su lado, sudando también ella pero feliz, olvidada ya de que su tercera propuesta ha sido también desechada como las otras y cantando con Lito y con todos la nueva versión del Cambiazo: paraqueseá braaaaaaa laherida, paraqueusé moooooooos lasuerte, paranosó troooooooos lavida, paramisó looooooooo quererte

       apaga la luz. Ha intentado leer y no ha podido. Pese a los fracasos, no puede renunciar a inventar el cuarto y decisivo verso. Pero la presencia de Lito, el ángel, es ahora algo más que una estrofa. El calor no afloja y ella está entre las sábanas, con los ojos muy abiertos, tratando de decirse que lo que quiere es crear el cuarto verso, por ejemplo: paravosmí maaaaaaaa nofuerte, pero en realidad es algo más que eso, algo que más bien se relaciona con el calor que no cede, que lo enciende todo. Julita sale de entre las sábanas, y así, a oscuras, sin encender la luz, va hacia la puerta y le pasa llave, y antes de volver a la cama, se quita el pijama y aparta la sábana de arriba y se tiende bocabajo, y llorando besa la foto, sin importarle ya que se humedezca

       menos mal que refrescó. Fresnedo se cuadra. «Vamos, olvídese por hoy de la disciplina», dice el coronel. Menos mal que refrescó. Cuando refresca, el coronel Corrales suele sentirse optimista, seguro de sí mismo, dueño de su futuro. «Desde que prohibimos los actos públicos, vivimos más tranquilos, ¿no?» «Sin embargo, hoy había un acto, mi coronel, y autorizado.» «¿Cuál?» «El del cantante.» «Bah.» «Vengo de la Plaza. Eran miles y miles de chiquilines y sobre todo de muchachitas. Verdaderamente impresionante. Decían que allí él iba a completar la canción, que allí iba a elegir el cuarto verso. Usted dirá que yo soy demasiado aprensivo, mi coronel, pero ¿usted no cree que habría que vigilarlos más?» «Créame, Fresnedo, son taraditos. Los conozco bien, ¿sabe?, porque desgraciadamente mi hija Julita es uno de ellos. Son inofensivos, son cretinos, empezando por ese Lito. ¿Usted no cree que es un débil mental?» Fresnedo abre desmesuradamente los ojos, como si de pronto eso le sirviera para escuchar mejor. En realidad, el griterío ha empezado como un lejano murmullo. Luego se va introduciendo lentamente en el inexpugnable despacho. El coronel se pone de pie y trata de reconocer qué es lo que gritan. Pero sólo es perfectamente audible la voz de alguien que está en la calle, junto a la puerta. Acaso el oficial, quizá un guardia exterior. «No tiren, que son criaturas.» El primer tiro suena inesperadamente cercano y viene de afuera. El coronel abre la boca para decir algo, quizá una orden. Entonces estalla el cristal de la ventana. El coronel recibe el tercer disparo en el cuello. Fresnedo logra esconderse detrás de la mesa cargada de expedientes, y sólo entonces puede entender qué es lo que chillan los de afuera, qué es lo que chillan esos mocosos y mocosas, cuyos rostros seráficos e inclementes, decididos e ingenuos, han empezado a irrumpir en el despacho: «Paraqueseá braaaaaa laherida, paraqueusé mooooooooos lasuerte, paranosó trooooooooos lavida, paracorrá leeeeeeees lamuerte».

Para objetos solamente

Las cosas tienen un ser vital.
RUBÉN DARÍO

Por el momento nadie entra en la habitación, pero, si alguien entrara, o, mejor aún, si sólo penetrara una mirada, sin tacto, sin gusto, sin olfato, sin oído, sólo una mirada, y decidiera fríamente hacer un ordenado inventario visual de sus objetos, comenzando, digamos, por la derecha, lo primero que habría de encontrar sería un amplio sofá, forrado de terciopelo verde oscuro, ya bastante deteriorado y con dos quemaduras de cigarrillo en el borde del respaldo. Sobre el sofá hay un montón de diarios y revistas, pero la hipotética mirada sólo estaría en condiciones de ver la revista que está arriba de todo, es decir un ejemplar no demasiado nuevo de *Claudia*, y a lo sumo conjeturar, gracias a las características especiales de su tipografía, que el trozo de periódico que asoma por debajo de otros diarios, aunque no incluye ningún título ni indicación directa, puede pertenecer a *BP-Color*. También sobre el sofá, a unos treinta centímetros de los diarios y revistas, hay un libro boca abajo, con un cortapapeles metido entre sus primeras hojas. En uno de los ángulos hay una mancha verdosa, con varios granitos más oscuros, como de yerba. En la pared que está detrás del sofá hay un almanaque de la Panadería La Nueva. La hoja que está a la vista es de noviembre 1965 y tiene dos anotaciones, hechas con bolígrafo azul, y una más con bolígrafo rojo. Las azules corresponden al día 4 («Beatriz, 15.30») y al día 13 («M. ¿O. K.? OK»); la roja está en la línea del día 19 («Ensayo gral.»). El sofá llega hasta la segunda pared. Junto al tramo inicial de la misma hay una banqueta de madera con un cenicero repleto de puchos, todos torcidos de la misma manera y sin manchas de carmín. Más allá está un ropero de roble, modelo antiguo pero todavía en buenas condiciones, sin espejo exterior, con una hoja cerrada y otra abierta. Por el espacio que deja la hoja abierta puede distinguirse ropa de hombre, prolijamente colgada de sus perchas: un impermeable gris, un gabán de cuello amplio, varios sacos que quizá sean trajes completos, ya que los pantalones o chalecos pueden estar ocultos bajo los sacos. El ropero tiene tres cajones, todos cerrados, aunque del tercero surge un pliegue blanco de ropa, que presumiblemente corresponde a una camisa. En el suelo, junto a una de las patas del ropero, hay un papel irregularmente rasgado, algo así como la mitad de una hoja de carta, color crema, que alguien hubiera partido en dos. Está escrito con una letra menuda y muy pareja, de curvas suaves, con los puntos de las jotas y las íes muy por encima de su ubicación clásica. Si la mirada quisiera detenerse a leer, podría comprobar que las palabras, y trozos de palabras, que contiene el papel, son los siguientes:

masiado para mí. Bien
tu inteligencia y tu sen
la imprudente esperan
en tu capacidad de
esfuerzos por volve
única y comprensible
para compensar mi a
tantos desencantos, de
pistas. Creo que en
acuerdo conmigo: es i
segura de que me q
mi modesta felicidad
la tuya, pero, buen
y en mí, zonas inco
inevitable y morbos
y la de mí incurab
prejuicios, anacronis
insistir en quererte
no podés ni podr
cuerpo de mujer, as
mío. Te juro que
decisión con est
a que nunca h
narme a enfren
es sencillamente
corregible que a
rojo que maría

Después del ropero, casi sin espacio que los separe, hay una mesita de pino, sin cajones, con una portátil negra, un despertador chico, de cobre, un bloc de notas en cuya primera página hay sólo una palabra *(chau)*, dos bolígrafos de la misma marca y un portarretrato con la fotografía de una mujer joven que en el ángulo inferior derecho tiene una leyenda: «A Fernando, con fe y esperanza, pero sin caridad. Beatriz». Junto a la mesita, una cama (tendida, una plaza, de bronce) cuya cabecera se apoya en la segunda pared; el flanco derecho sigue la línea de la pared tercera. La colcha blanca cubre también la almohada. Sobre la colcha blanca, tres objetos: un encendedor, un cepillo de ropa, un programa de teatro doblado en dos. Sólo está a la vista la mitad inferior, donde consta el reparto: Vera— Amanda Blasetti. Jacinto— Fernando Montes. Octavio— Manuel Solano. Rita— María Goldman. Ernesto— Benjamín Espejo. Debajo de la cama, un par de mocasines marrones. En el rincón que forman la tercera y la cuarta pared, hay un tocadiscos. Sobre el plato, un disco de doce pulgadas, detenido; no obstante, si la mirada quisiera detalles, podría comprobar que se trata del volumen III del álbum de Bessie Smith. Debajo del tocadiscos, un casillero con varios álbumes, pero en sus lomos sólo constan números romanos, y además no están en orden. Junto al mueblecito hay una alfombra (medida aproximada: un metro por setenta y cinco centímetros) de lana marrón con franja negra. Sobre ella está depositado el sobre de cartón correspondiente al disco de Bessie Smith. A esta altura, a la mirada le quedarían apenas tres objetos para completar el inventario. El primero es una cocinita a gas, de dos hornillas. No hay nada sobre ellas. Una de las hornillas tiene la llave hacia la izquierda; la otra, hacia la derecha. El segundo objeto es un cuerpo humano, totalmente inmóvil. Es un muchacho. Pelo oscuro, la nuca apoyada en un almohadoncito. Tiene puestas sólo dos prendas: un *short* azul claro, y, en el cuello (suelto, sin anudar) un pañuelo rojo de seda. Los ojos están cerrados. No hay el menor movimiento, ni en las fosas nasales ni en la boca. El tercer y último objeto es un trozo de papel color crema, algo así como la mitad de una hoja de carta que alguien hubiera partido en dos, escrito con una letra menuda y muy pareja, de curvas suaves y con los puntos de las jotas y las íes muy por encima de su ubicación clásica. Si la mirada quisiera detenerse a leer, comprobaría que las palabras, y los trozos de palabras, que contiene el papel, son los siguientes:

sabes cómo aprecio
sibilidad, bien sabés
za que puse en vos,
recuperación, en tus
r a la normalidad como
exigencia que te impongo
mor de tantos años, de
tantas hermosas y falsas
el fondo estarás de
inútil insistir. Estoy
nerés y que querés
tal como yo quiero
as o malas, hay en ti
mpatibles: la de tu
a inclinación por Manuel,
le resistencia (llamale
mo, lo que quieras) a
, consciente como soy de que
ás nunca entendiste con un
i sea tan corriente como el
miro mi propia e irrevocable
aña melancolía. Acaso se deba
asta ahora había querido resig-
tar la realidad, que en mi caso
TV realidad. Mirá si seré in-
qui te dejo aquel pañuelo
Elena me trajo de Italia y

Miss Amnesia

La muchacha abrió los ojos y se sintió apabullada por su propio desconcierto. No recordaba nada. Ni su nombre, ni su edad, ni sus señas. Vio que su falda era marrón y que la blusa era crema. No tenía cartera. Su reloj pulsera marcaba las cuatro y cuarto. Sintió que su lengua estaba pastosa y que las sienes le palpitaban. Miró sus manos y vio que las uñas tenían un esmalte transparente. Estaba sentada en el banco de una plaza con árboles, una plaza que en el centro tenía una fuente vieja, con angelitos, y algo así como tres platos paralelos. Le pareció horrible. Desde su banco veía comercios, grandes letreros. Pudo leer: Nogaró, Cine Club, Porley Muebles, Marcha, Partido Nacional. Junto a su pie izquierdo vio un trozo de espejo, en forma de triángulo. Lo recogió. Fue consciente de una enfermiza curiosidad cuando se enfrentó a aquel rostro que era el suyo. Fue como si lo viera por primera vez. No le trajo ningún recuerdo. Trató de calcular su edad. Tendré dieciséis o diecisiete años, pensó. Curiosamente, recordaba los nombres de las cosas (sabía que esto era un banco, eso una columna, aquello una fuente, aquello otro un letrero), pero no podía situarse a sí misma en un lugar y en un tiempo. Volvió a pensar, esta vez en voz alta: «Sí, debo tener dieciséis o diecisiete», sólo para confirmar que era una frase en español. Se preguntó si además hablaría otro idioma. Nada. No recordaba nada. Sin embargo, experimentaba una sensación de alivio, de serenidad, casi de inocencia. Estaba asombrada, claro, pero el asombro no le producía desagrado. Tenía la confusa impresión de que esto era mejor que cualquier otra cosa, como si a sus espaldas quedara algo abyecto, algo horrible. Sobre su cabeza el verde de los árboles tenía dos tonos, y el cielo casi no se veía. Las palomas se acercaron a ella, pero enseguida se retiraron, defraudadas. En realidad, no tenía nada para darles. Un mundo de gente pasaba junto al banco, sin prestarle atención. Sólo algún muchacho la miraba. Ella estaba dispuesta a dialogar, incluso lo deseaba, pero aquellos volubles contempladores siempre terminaban por vencer su vacilación y seguían su camino. Entonces alguien se separó de la corriente. Era un hombre cincuentón, bien vestido, peinado impecablemente, con alfiler de corbata y portafolio negro. Ella intuyó que le iba a hablar. ¿Me habrá reconocido?, pensó. Y tuvo miedo de que aquel individuo la introdujera nuevamente en su pasado. Se sentía tan feliz en su confortable olvido. Pero el hombre simplemente vino y preguntó: «¿Le sucede algo, señorita?». Ella lo contempló largamente. La cara del tipo le inspiró confianza. En realidad, todo le inspiraba confianza. «Hace un rato abrí los ojos en esta plaza y no recuerdo nada, nada de lo de antes.» Tuvo la impresión de que no eran necesarias más palabras. Se dio cuenta de su propia sonrisa cuando vio que el hombre también sonreía. Él le tendió la mano. Dijo: «Mi nombre es Roldán, Félix Roldán». «Yo no sé mi nombre», dijo ella, pero estrechó la mano. «No importa. Usted no puede quedarse aquí. Venga conmigo. ¿Quiere?» Claro que quería. Cuando se incorporó, miró hacia las palomas que otra vez la rodeaban, y reflexionó: Qué suerte, soy alta. El hombre llamado Roldán la tomó suavemente del codo, y le propuso un rumbo. «Es cerca», dijo. ¿Qué sería lo cerca? No importaba. La muchacha se sentía como una turista. Nada le era extraño y sin embargo no podía reconocer ningún detalle. Espontáneamente, enlazó su brazo débil con aquel brazo fuerte. El traje era suave, de una tela peinada, seguramente costosa. Miró hacia arriba (el hombre era alto) y le sonrió. Él también sonrió, aunque esta vez separó un poco los labios. La muchacha alcanzó a ver un diente de oro. No preguntó por el nombre de la ciudad. Fue él quien le instruyó: «Montevideo». La palabra cayó en un hondo vacío. Nada. Absolutamente nada. Ahora iban por una calle angosta, con baldosas levantadas y obras en construcción. Los autobuses pasaban junto al cordón y a veces provocaban salpicaduras de un agua barrosa. Ella pasó la mano por sus piernas para limpiarse unas gotas oscuras. Entonces vio que no tenía medias. Se acordó de la palabra medias. Miró hacia arriba y encontró unos balcones viejos, con ropa tendida y un hombre en pijama. Decidió que le gustaba la ciudad.

«Aquí estamos», dijo el hombre llamado Roldán junto a una puerta de doble hoja. Ella pasó primero. En el ascensor, el hombre marcó el piso quinto. No dijo una palabra, pero la miró con ojos inquietos. Ella retribuyó con una mirada rebosante de confianza. Cuando él sacó la llave para abrir la puerta del apartamento, la muchacha vio que en la mano derecha él llevaba una alianza y además otro anillo con una piedra roja. No pudo recordar cómo se llamaban las piedras rojas. En el apartamento no había nadie. Al abrirse la puerta, llegó de adentro una bocanada de olor a encierro, a confinamiento. El hombre llamado Roldán abrió una ventana y la invitó a sentarse en uno de los sillones. Luego trajo copas, hielo, whisky. Ella recordó las palabras hielo y copa. No la palabra whisky. El primer trago de alcohol la hizo toser, pero le cayó bien. La mirada de la muchacha recorrió los muebles, las paredes, los cuadros. Decidió que el conjunto no era armónico, pero estaba en la mejor disposición de ánimo y no se escandalizó. Miró otra vez al hombre y se sintió cómoda, segura. Ojalá nunca recuerde nada hacia atrás, pensó. Entonces el hombre soltó una carcajada que la sobresaltó. «Ahora decime, mosquita muerta. Ahora que estamos solos y tranquilos, eh, vas a decirme quién sos.» Ella volvió a toser y abrió desmesuradamente los ojos. «Ya le dije, no me acuerdo.» Le pareció que el hombre estaba cambiando vertiginosamente, como si cada vez estuviera menos elegante y más ramplón, como si por debajo del alfiler de corbata o del traje de tela peinada, le empezara a brotar una espesa vulgaridad, una inesperada antipatía. «¿Miss Amnesia? ¿Verdad?» Y eso ¿qué significaba? Ella no entendía nada, pero sintió que empezaba a tener miedo, casi tanto miedo de este absurdo presente como del hermético pasado. «Che, miss Amnesia», estalló el hombre en otra risotada, «¿sabés que sos bastante original? Te juro que es la primera vez que me pasa algo así. ¿Sos nueva ola o qué?». La mano del hombre llamado Roldán se aproximó. Era la mano del mismo brazo fuerte que ella había tomado espontáneamente allá en la plaza. Pero en rigor era otra mano. Velluda, ansiosa, casi cuadrada. Inmovilizada por el terror, ella advirtió que no podía hacer nada. La mano llegó al escote y trató de introducirse. Pero había cuatro botones que dificultaban la operación. Entonces la mano tiró hacia abajo y saltaron tres de los botones. Uno de ellos rodó largamente hasta que se estrelló contra el zócalo. Mientras duró el ruidito, ambos quedaron inmóviles. La muchacha aprovechó esa breve espera involuntaria para incorporarse de un salto, con el vaso todavía en la mano. El hombre llamado Roldán se le fue encima. Ella sintió que el tipo la empujaba hacia un amplio sofá tapizado de verde. Sólo decía: «Mosquita muerta, mosquita muerta». Se dio cuenta de que el horrible aliento del tipo se detenía primero en su pescuezo, luego en su oreja, después en sus labios. Advirtió que aquellas manos poderosas, repugnantes, trataban de aflojarle la ropa. Sintió que se asfixiaba, que ya no daba más. Entonces notó que sus dedos apretaban aún el vaso que había tenido whisky. Hizo otro esfuerzo sobrehumano, se incorporó a medias, y pegó con el vaso, sin soltarlo, en el rostro de Roldán. Éste se fue hacia atrás, se balanceó un poco y finalmente resbaló junto al sofá verde. La muchacha asumió íntegramente su pánico. Saltó sobre el cuerpo del hombre, aflojó al fin el vaso (que cayó sobre una alfombrita, sin romperse), corrió hacia la puerta, la abrió, salió al pasillo y bajó espantada los cinco pisos. Por la escalera, claro. En la calle pudo acomodarse el escote gracias al único botón sobreviviente. Empezó a caminar ligero, casi corriendo. Con espanto, con angustia, también con tristeza y siempre pensando: Tengo que olvidarme de esto, tengo que olvidarme de esto. Reconoció la plaza y reconoció el banco en que había estado sentada. Ahora estaba vacío. Así que se sentó. Una de las palomas pareció examinarla, pero ella no estaba en condiciones de hacer ningún gesto. Sólo tenía una idea obsesiva: Tengo que olvidarme, Dios mío haz que me olvide también de esta vergüenza. Echó la cabeza hacia atrás y tuvo la sensación de que se desmayaba.

Cuando la muchacha abrió los ojos, se sintió apabullada por su desconcierto. No recordaba nada. Ni su nombre, ni su edad, ni sus señas. Vio que su falda era marrón y que su blusa, en cuyo escote faltaban tres botones, era de color crema. No tenía cartera. Su reloj marcaba las siete y veinticinco. Estaba sentada en el banco de una plaza con árboles, una plaza que en el centro tenía una fuente vieja, con angelitos y algo así como tres platos paralelos. Le pareció horrible. Desde el banco veía comercios, grandes letreros. Pudo leer: Nogaró, Cine Club, Porley Muebles, Marcha, Partido Nacional. Nada. No recordaba nada. Sin embargo, experimentaba una sensación de alivio, de serenidad, casi de inocencia. Tenía la confusa impresión de que esto era mejor que cualquier otra cosa, como si a sus espaldas quedara algo abyecto, algo terrible. La gente pasaba junto al banco. Con niños, con portafolios, con paraguas. Entonces alguien se separó de aquel desfile interminable. Era un hombre cincuentón, bien vestido, peinado impecablemente, con portafolio negro, alfiler de corbata y un parchecito blanco sobre el ojo. ¿Será alguien que me conoce?, pensó ella, y tuvo miedo de que aquel individuo la introdujera nuevamente en su pasado. Se sentía tan feliz en su confortable olvido. Pero el hombre se acercó y preguntó simplemente: «¿Le sucede algo, señorita?». Ella lo contempló largamente. La cara del tipo le inspiró confianza. En realidad, todo le inspiraba confianza. Vio que el hombre le tendía la mano y oyó que decía: «Mi nombre es Roldán. Félix Roldán». Después de todo, el nombre era lo de menos. Así que se incorporó y espontáneamente enlazó su brazo débil con aquel brazo fuerte.

Acaso irreparable

Cuando los parlantes anunciaron que las Líneas Centroamericanas de Aviación postergaban por veinticuatro horas su vuelo número 914, Sergio Rivera hizo un gesto de impaciencia. No ignoraba, por supuesto, la clásica argumentación: siempre es mejor una demora impuesta por la prudencia que una dificultad («acaso irreparable») en pleno vuelo. De cualquier manera, esta demora complicaba bastante sus planes con respecto a la próxima escala, donde ya tenía citas concertadas para el siguiente mediodía.

Decidió autoimponerse la resignación. La afelpada voz femenina del parlante seguía diciendo ahora que la Compañía proporcionaría vales a sus pasajeros para que cenaran, pernoctaran y desayunaran en el Hotel Internacional, cercano al aeropuerto. Nunca había estado en este país eslavo y no le habría desagradado conocerlo, pero por una sola noche (y aunque el Banco del aeropuerto estaba atendiendo a los pasajeros en tránsito) no iba a cambiar dólares. De modo que fue hasta el mostrador de LCA, hizo cola para recibir los vales y decidió no pedir ni un solo extra durante la cena.

Nevaba cuando el ómnibus los dejó frente al Hotel. Pensó que era la segunda vez que veía nieve. La otra había sido en Nueva York, en un repentino viaje que debió realizar (al igual que éste, por cuenta de la Sociedad Anónima) hacía casi tres años. El frío de dieciocho bajo cero, que primero arremetió contra sus orejas y luego lo sacudió en un escalofrío integral, le hizo añorar la bufanda azul que había dejado en el avión. Menos mal que las puertas de cristal se abrieron antes de que él las tocara, y de inmediato una ola de calor lo reconfortó. Pensó que en ese momento le hubiera gustado tener cerca a Clara, su mujer, y a Eduardo, su hijo de cinco años. Después de todo, era un hombre de hogar.

En el restorán, vio que había mesas para dos, para cuatro y para seis. Él eligió una para dos, con la secreta esperanza de comer solo y así poder leer con tranquilidad. Pero simultáneamente otro pasajero le preguntó: «¿Me permite?», y casi sin esperar respuesta se acomodó en el lugar libre.

El intruso era argentino y tenía un irrefrenable miedo a los aviones. «Hay quienes tienen sus amuletos», dijo, «sé de un amigo que no sube a un avión si no lleva consigo cierto llavero con una turquesa. Sé de otro que viaja siempre con una vieja edición de *Martín Fierro*. Yo mismo llevo conmigo, aquí están, ¿las ve?, dos monedas japonesas que compré, no se ría, en el Barrio Chino de San Francisco. Pero a mí no hay amuleto que me serene de veras».

Rivera empezó contestando con monosílabos y leves gruñidos, pero a los diez minutos ya había renunciado a su lectura y estaba hablando de sus propios amuletos. «Mire, mi superstición acaba de sufrir la peor de las derrotas. Siempre llevaba esta Sheaffer's pero sin tinta, y había una doble razón: por un lado no corría el riesgo de que me manchara el traje, y, por otro, presentía que no me iba a pasar nada en ningún vuelo mientras la llevara así, vacía. Pero en este viaje me olvidé de quitarle la tinta, y ya ve, pese a todo estoy vivo y coleando.» Le pareció que el otro lo miraba sin excesiva complicidad, y entonces se sintió obligado a agregar: «La verdad es que en el fondo soy un fatalista. Si a uno le llega la hora, da lo mismo un Boeing que la puntual maceta que se derrumba sobre uno desde un séptimo piso». «Sí», dijo el otro, «pero así y todo, prefiero la maceta. Puede darse el caso de que uno quede idiota, pero vivo».

El argentino no terminó el postre («¿quién dijo que en Europa saben hacer el *mousse* de chocolate?») y se retiró a su habitación. Rivera ya no estaba en disposición de leer y encendió un cigarrillo mientras dejaba que se asentara el café a la turca. Se quedó todavía un rato en el comedor, pero cuando vio que las mesas iban quedando vacías, se levantó rápidamente para no quedar último y se fue a su pieza, en el segundo piso. El pijama estaba en la valija, que había quedado en el avión, así que se acostó en calzoncillos. Leyó un buen rato, pero Agatha Christie despejó su enigma mucho antes de que a él le viniera el sueño. Como señalahojas usaba una foto de su hijo. Desde una lejana duna de El Pinar, con un baldecito en la mano y mostrando el ombligo, Eduardo sonreía, y él, contagiado, también sonrió. Después apagó la veladora y encendió la radio, pero la enfática voz hablaba una lengua endiablada, así que también la apagó.

Cuando sonó el teléfono, su brazo tanteó unos segundos antes de hallar el tubo. Una voz en inglés dijo que eran las ocho y buenos días y que los pasajeros correspondientes al vuelo 914 de LCA serían recogidos en la puerta del Hotel a las 9 y 30, ya que la salida del avión estaba anunciada «en principio» para las 11 y 30. Había tiempo, pues, para bañarse y desayunar. Le molestó tener que usar, después de la ducha, la misma ropa interior que traía puesta desde Montevideo.

Mientras se afeitaba, estuvo pensando cómo se las arreglaría para intercalar en el resto de la semana las entrevistas no cumplidas. «Hoy es martes 5», se dijo. Llegó a la conclusión de que no tenía más remedio que establecer un orden de prioridades. Así lo hizo. Recordó las últimas instrucciones del Presidente del Directorio («no se olvide, Rivera, que su próximo ascenso depende de cómo le vaya en su conversación con la gente de Sapex») y decidió que postergaría varias entrevistas secundarias para poder dedicar íntegramente la tarde del miércoles a los cordiales mercaderes de Sapex, quienes, a la noche, quizá lo llevaran a aquel cabaret cuyo *strip-tease* tanto había impresionado, dos años atrás, al flaco Pereyra.

Desayunó sin compañía, y a las nueve y media, exactamente, el ómnibus se detuvo frente al Hotel. Nevaba aun más intensamente que la víspera, y en la calle el frío era casi insoportable. En el aeropuerto, se acercó a uno de los amplios ventanales y miró, no sin resentimiento, cómo el avión de LCA era atendido por toda una cuadrilla de hombres en mameluco gris. Eran las doce y quince cuando la voz del parlante anunció que el vuelo 914 de LCA sufría una nueva postergación, probablemente de tres horas, y que la Compañía proporcionaría vales a sus pasajeros para almorzar en el restorán del aeropuerto.

Rivera sintió que lo invadía un vaho de escepticismo. Como siempre que se ponía nervioso, eructó dos veces seguidas y registró una extraña presión en las mandíbulas. Luego fue a hacer cola frente al mostrador de LCA. A las 15 y 30, la voz agorera dijo, con envidiable calma, que «debido a desperfectos técnicos, LCA había resuelto postergar su vuelo 914 hasta mañana, a las 12 y 30». Por primera vez, se escuchó un murmullo, de entonación algo agresiva. El adiestrado oído de Rivera registró palabras como «intolerable», «una vergüenza», «qué falta de consideración». Varios niños comenzaron a llorar y uno de los llantos fue bruscamente cortado por una bofetada histérica. El argentino miró desde lejos a Rivera y movió la cabeza y los labios, como diciendo: «¿Qué me cuenta?». Una mujer, a su izquierda, comentó sin esperanza: «Si por lo menos nos devolvieran el equipaje».

Rivera sintió que la indignación le subía a la garganta cuando el parlante anunció que en el mostrador de LCA el personal estaba entregando vales para la cena, la habitación y el desayuno, todo por gentileza de la Compañía. La pobre muchacha que proporcionaba los vales, debía sostener una estúpida e inútil discusión con cada uno de los pasajeros. Rivera consideró más digno recibir el vale con una sonrisa de irónico menosprecio. Le pareció que, con una ojeada fugaz, la muchacha agradecía su discreto estilo de represalia.

En esta ocasión, Rivera llegó a la conclusión de que su odio se había vuelto comunicativo y se sentó a cenar en una mesa de cuatro. «Fusilarlos es poco», dijo, en plena masticación, una señora de tímida y algo ladeada peluca. El caballero que Rivera tenía enfrente, abrió lentamente el pañuelo para sonarse; luego tomó la servilleta y se limpió el bigote. «Yo creo que podrían transferirnos a otra compañía», insistió la señora. «Somos demasiada gente», dijo el hombre del pañuelo y la servilleta. Rivera aventuró una opinión marginal: «Es el inconveniente de volar en invierno», pero de inmediato se dio cuenta de que se había salido de la hipótesis de trabajo. A ella, por supuesto, se le hizo agua la boca: «Que yo sepa, la Compañía no ha hecho ninguna referencia al mal tiempo. ¿Acaso usted no cree que se trata de una falla mecánica?». Por primera vez se escuchó la voz (ronca, con fuerte acento germánico) del cuarto comensal: «Una de las azafatas explicó que se trata de un inconveniente en el aparato de radio». «Bueno», admitió Rivera, «si es así, la demora parece explicable, ¿no?».

Allá, en el otro extremo del restorán, el argentino hacía grandes gestos, que Rivera interpretó como progresivamente insultantes para la Compañía. Después del café, Rivera fue a sentarse frente a los ascensores. En el salón del séptimo piso debía haber alguna reunión con baile, ya que de la calle entraba mucha gente. Después de dejar en el guardarropa todo un cargamento de abrigos, sombreros y bufandas, esperaban el ascensor unos jovencitos elegantemente vestidos de oscuro y unas muchachas muy frescas y vistosas. A veces bajaban otras parejas por la escalera hablando y riendo, y Rivera lamentaba no saber qué broma estarían festejando. De pronto se sintió estúpidamente solo, con ganas de que alguna de aquellas parejitas se le acercara a pedirle fuego, o a tomarle el pelo, o a hacerle una pregunta absurda en ese imposible idioma que al parecer tenía (¿quién lo hubiera creído?) sitio para el humor. Pero nadie se detuvo siquiera a mirarlo. Todos estaban demasiado entretenidos en su propio lenguaje cifrado, en su particular y alegre distensión.

Deprimido y molesto consigo mismo, Rivera subió a su habitación, que esta vez estaba en el octavo piso. Se desnudó, se metió en la cama, y preparó un papel para rehacer el programa de entrevistas. Anotó tres nombres: Kornfeld, Brunell, Fried. Quiso anotar el cuarto y no pudo. Se le había borrado por completo. Sólo recordó que empezaba con E. Le fastidió tanto esa repentina laguna que decidió apagar la luz y trató de dormirse. Durante largo rato estuvo convencido de que ésta iba a ser una de esas nefastas noches de insomnio que años atrás habían sido su tormento. Para colmo, no tenía esta vez el recurso de la lectura. Una segunda Agatha Christie había quedado en el avión. Estuvo un rato pensando en su hijo, y de pronto, con cierto estupor, advirtió que hacía por lo menos veinticuatro horas que no se acordaba de su mujer. Cerró los ojos para imponerse el sueño. Hubiera jurado que sólo habían pasado tres minutos cuando, seis horas después, sonó el teléfono y alguien le anunció, siempre en inglés, que el ómnibus los recogería a las 12 y 15 para llevarlos al aeropuerto. Le daba tanta rabia no poder cambiarse de ropa interior, que decidió no bañarse. Incluso tuvo que hacer un esfuerzo para lavarse los dientes. En cambio, tomó el desayuno alegremente. Sintió un placer extraño, totalmente desconocido para él, cuando sacó del bolsillo el vale de la Compañía y lo dejó bajo la azucarera floreada.

En el aeropuerto, después de almorzar por cuenta de LCA, se sentó en un amplio sofá que, como estaba junto a la entrada de los lavabos, nadie se decidía a ocupar. De pronto se dio cuenta de que una niña (rubia, cinco años, pecosa, con muñeca) se había detenido junto a él y lo miraba. «¿Cómo te llamas?», preguntó ella en un alemán deliciosamente rudimentario. Rivera decidió que presentarse como Sergio era lo mismo que nada, y entonces inventó: «Karl». «Ah», dijo ella, «yo me llamo Gertrud». Rivera retribuyó atenciones: «¿Y tu muñeca?». «Ella se llama Lotte», dijo Gertrud.

Otra niña (también rubia, tal vez cuatro años, asimismo con muñeca) se había acercado. Preguntó en francés a la alemancita: «¿Tu muñeca cierra los ojos?». Rivera tradujo la pregunta al alemán, y luego la correspondiente respuesta al francés. Sí, Lotte cerraba los ojos. Pronto pudo saberse que la francesita se llamaba Madeleine, y su muñeca, Yvette. Rivera tuvo que explicarle concienzudamente a Gertrud que Yvette cerraba los ojos y además decía mamá. La conversación tocó luego temas tan variados como el chocolate, los payasos y los sendos papás. Rivera trabajó un cuarto de hora como intérprete simultáneo, pero las dos criaturas no le daban ninguna importancia. Mentalmente, comparó a las rubiecitas con su hijo y reconoció objetivamente que Eduardo no salía malparado. Respiró satisfecho.

De pronto Madeleine extendió su mano hacia Gertrud, y ésta, como primera reacción, retiró la suya. Luego pareció reflexionar y la entregó. Los ojos azules de la alemancita brillaron, y Madeleine dio un gritito de satisfacción. Evidentemente, de ahora en adelante ya no hacía falta ningún intérprete, y las dueñas de Lotte e Yvette se alejaron, tomadas de la mano sin despedirse siquiera de quien tanto había hecho por ellas.

«LCA informa», anunció la voz del parlante, menos suave que la de la víspera pero creando de todos modos un silencio cargado de expectativas, «que no habiendo podido solucionar aún los desperfectos técnicos, ha resuelto cancelar su vuelo 914 hasta mañana, en hora a determinar».

Rivera se sorprendió a sí mismo corriendo hacia el mostrador para conseguir un buen lugar en la cola de los aspirantes a vales de cena, habitación y desayuno. No obstante, debió conformarse con un octavo puesto. Cuando la empleada de la Compañía le extendió el ya conocido papelito, Rivera tuvo la sensación de que había logrado un avance, tal vez algo parecido a un ascenso en la Sociedad Anónima, o a un examen salvado, o a la simple certidumbre del abrigo, la protección, la seguridad.

Estaba terminando de cenar en el hotel de siempre (una cena que había incluido una estupenda crema de espárragos, más Wienerschnitzel, más fresas con crema, todo ello acompañado por la mejor cerveza de que tenía memoria) cuando advirtió que su alegría era decididamente inexplicable. Otras veinticuatro horas de atraso significaban lisa y llanamente la eliminación de varias entrevistas y, en consecuencia, de otros tantos acuerdos. Conversó un rato con el argentino de la primera noche, pero para éste no había otro tema que el peligro peronista. La cuestión no era para Rivera demasiado apasionante, de modo que alegó una inexplicable fatiga y se retiró a su pieza, ahora en el quinto.

Cuando quiso reorganizar la nómina de entrevistas a cumplir, se encontró con que se acordaba solamente de dos nombres: Fried y Brunell. Esta vez el olvido le causó tanta gracia que la solitaria carcajada sacudió la cama y le extrañó que en la habitación vecina nadie reclamara silencio. Se tranquilizó pensando que en algún lugar de la valija que estaba en el avión, había una libretita con todos los nombres, direcciones y teléfonos. Se dio vuelta bajo aquellas extrañas sábanas con botones y acolchado, y experimentó un bienestar semejante a cuando era niño y, después de una jornada invernal, se arrollaba bajo las frazadas. Antes de dormirse, se detuvo un instante en la imagen de Eduardo (inmovilizada en la foto de las dunas, con el baldecito en la mano) pero la creciente modorra le impidió advertir que no se acordaba de Clara.

A la mañana siguiente, miró casi con cariño su muda ya francamente sucia, por lo menos en los bordes del calzoncillo y en los tirantes de la camiseta. Se lavó tímidamente los ojos, pero casi enseguida tomó la atrevida decisión de no cepillarse los dientes. Volvió a meterse en la cama hasta que el teléfono dijo su cotidiano alerta. Luego, mientras se vestía, consagró cinco minutos a reconocer la bondad de la Compañía que financiaba tan generosamente la involuntaria demora de sus pasajeros. «Siempre viajaré por LCA», murmuró en voz alta, y los ojos se le llenaron de lágrimas. Por esa razón tuvo que cerrarlos y cuando los abrió, lo primero que distinguió fue un almanaque en el que no había reparado. En vez de jueves 7, marcaba miércoles 11. Sacó la cuenta con los dedos, y decidió que esa hoja debía pertenecer a otro mes, o a otro año. En ese momento opinó muy mal de la rutina burocrática en los estados socialistas. Luego se levantó, desayunó, tomó el ómnibus.

Esta vez sí había agitación en el aeropuerto. Dos matrimonios, uno chileno y otro español, protestaban ruidosamente por las sucesivas demoras y sostenían que, desde el momento que ellos viajaban con un niño y una niña respectivamente, ambos de pocos meses, la Compañía debería ocuparse de conseguirles los pañales pertinentes, o en su defecto facilitarles las valijas que seguían en el avión inmóvil. La empleada que atendía el mostrador de LCA se limitaba a responder, con una monotonía predominantemente defensiva, que las autoridades de la Compañía tratarían de solucionar, dentro de lo posible, los problemas particulares que originaba la involuntaria demora.

Involuntaria demora. Demora involuntaria. Sergio escuchó esas dos palabras y se sintió renacer. Quizá era eso lo que siempre había buscado en su vida (que había sido todo lo contrario: urgencia involuntaria, prisa deliberada, apuro, siempre apuro). Recorrió con la vista los letreros del aeropuerto en lenguas varias: Sortie, Arrivals, Ausgang, Douane, Departures, Cambio, Herren, Change, Ladies, Verboten, Transit, Snack Bar. Algo así como su hogar.

De vez en cuando una voz, siempre femenina, anunciaba la llegada de un avión, la partida de otro. Nunca, por supuesto, del vuelo 914 de LCA, cuyo paralizado, invicto avión, seguía en la pista, cada vez más rodeado de mecánicos en *overalls,* largas mangueras, jeeps que iban y venían trayendo o llevando nuevos operarios, o tornillos, u órdenes.

«Sabotaje, esto es sabotaje», pasó diciendo un italiano enorme que viajaba en primera. Rivera tomó sus precauciones y se acercó al mostrador de LCA. De ese modo, cuando el parlante anunciara la nueva demora involuntaria, él estaría en el primer sitio para recoger el vale correspondiente a cena, habitación y desayuno.

Gertrud y Madeleine pasaron junto a Rivera, tomadas de la mano y ya sin muñecas. Las chiquilinas (¿serían las mismas, u otras muy semejantes?, estas rubiecitas europeas son todas iguales) parecían tan conformes como él con la demora involuntaria. Rivera pensó que ya no habría ninguna entrevista, ni siquiera con la gente de ¿cómo era? Se probó a sí mismo tratando de recordar algún nombre, uno solo, y se entusiasmó como nunca cuando verificó que ya no recordaba ninguno.

También esta vez se encontró con un almanaque frente a él, pero la fecha que marcaba (lunes 7) era tan descabellada, que decidió no darle importancia. Fue precisamente en ese instante que entraron en el vasto *hall* del aeropuerto todos los pasajeros de un avión recién llegado. Rivera vio al muchacho, y sintió que lo envolvía una sensación de antiguo y conocido afecto. Sin embargo, el adolescente pasó junto a él, sin mirarlo siquiera. Venía conversando con una chica de pantalones de pana verde y botitas negras. El muchacho fue hasta el mostrador y trajo dos jugos de naranja. Rivera, como hipnotizado, se sentó en un sofá vecino.

«Dice mi hermano que aquí estaremos más o menos una hora», dijo la chica. Él se limpió los labios con el pañuelo. «Estoy deseando llegar.» «Yo también», dijo ella. «A ver si escribís. Quién te dice, a lo mejor nos vemos. Después de todo, estaremos cerca.» «Vamos a anotar ahora mismo las direcciones», dijo ella.

El muchacho empuñó un bolígrafo, y ella abrió una libretita roja. A dos metros escasos de la pareja, Sergio Rivera estaba inmóvil, con los labios apretados.

«Anotá», dijo la muchacha, «María Elena Suárez, Koenigstrasse 21, Núremberg. ¿Y vos?». «Eduardo Rivera, Lagergasse 9, Viena III.» «¿Y cuánto tiempo vas a estar?» «Por ahora, un año», dijo él. «Qué feliz, che. ¿Y tu viejo no protesta?»

El muchacho empezó a decir algo. Desde su sitio no pudo entender las palabras porque en ese preciso instante el parlante (la misma voz femenina de siempre, aunque ahora extrañamente cascada) informaba: «LCA comunica que, en razón de desperfectos técnicos, ha resuelto cancelar su vuelo 914 hasta mañana, en hora a determinar».

Sólo cuando el anuncio llegó a su término, la voz del adolescente fue otra vez audible para Sergio: «Además, no es mi viejo sino mi padrastro. Mi padre murió hace años, ¿sabés?, en un accidente de aviación».

Péndulo

El primero de sus llantos fue poderoso y traspasó fácilmente las cuatro paredes, cubiertas de pálidas guirnaldas. Después de todo, nacer siempre ha sido importante, aunque el nacido sólo sea capaz de advertir esa importancia con mucho atraso. Por lo pronto, tampoco el médico partero parecía advertirlo, ya que su profesionalísimo alarde de sostener con una sola mano aquel cuerpecito de un remolacha tenue, no se correspondía con el significado metafísico del momento. En el lecho, la madre se desprendía de los últimos gajos de sufrimiento para así poder arrellanarse en su incipiente felicidad. Él le dedicó la segunda de sus miradas (la primera había encontrado el blanco cielo raso), pero aún ignoraba que aquello era su madre, la oscura cueva de donde había emergido. Lo metieron en el baño con infinitas precauciones, y sintió el agua en las manos diminutas. Se hundía, se hundía, pero al fin dominó el calambre y salió a flote. La costa estaba cerca, pero él no hacía pie y aquel torniquete podía volver en cualquier momento. En consecuencia, empezó a bracear lentamente, sin dejarse dominar por los nervios y tratando de respirar en el ritmo debido. Había tragado agua en abundancia, pero sobre todo había tragado pánico. Su compás de brazadas era ahora parsimonioso y el corazón ya le golpeaba menos. Cuando pasó junto a Beba, que hacía la plancha con el abandono de quien duerme la siesta en un catre, tuvo incluso ánimo suficiente como para pellizcarla, aguantar sus gritados reproches, y pensar que su mujer no estaba mal con el traje de baño de dos piezas, y que a la noche, sin ellas, estaría aún mucho mejor. Cuando hizo definitivamente pie, sintió que las piernas se le aflojaban, y hasta le pareció que se le iba la cabeza. En realidad, sólo en ese instante aquilató la tremenda injusticia que habría representado su muerte en plena luna de miel. Entonces Agustín, desde la arena, le tiró violentamente la pelota y él tuvo que dar un salto para alcanzarla. No sólo se le pasó el mareo sino que también tuvo fuerzas para tirar la pelota contra el almanaque que estaba allí, a los pies de la camita. La pelota rebotó y volvió a él, que la golpeó con repentino entusiasmo. La madre, fresca, rozagante, con una bata color crema, apareció en la puerta del baño, y él se calmó. Dejó la pelota para tenderle los brazos y sonreír, entre otras razones, por la perspectiva alimenticia que se abría. «¿Tenés hambre, tesoro?», preguntó ella, y él exteriorizó violentamente su impaciencia. La madre lo sacó de la cama, se abrió la bata y le dio el pecho. El pezón estaba dulce, todavía con gusto a jabón de pino. Los primeros tragos fueron rápidos, atolondrados. La pobre garganta no daba abasto. No obstante, pasada la primera urgencia, la voracidad decreció y él tuvo tiempo para dedicarse a un disfrute adicional: el roce de los labios contra la piel del pecho. Cerró los ojos por dos motivos: para concentrarse en goce tan complejo, y para no seguir mirando ciertos poros hipnotizantes. Cuando los abrió, el seno de Celeste llenaba su mano. Examinó aquellas venitas azules que siempre le resultaban turbadoras, pero de paso miró también el despertador. «Vestite», dijo, «tengo que irme». Celeste se movió suavemente, como una gata, pero no se incorporó. «Yo, en cambio, puedo quedarme», dijo. Él pensó que ella lo estaba provocando. Sólo imaginarlo era un disparate, pero a él no le gustaba irse y dejarla allí, desnuda, aunque quedase sola, aunque su desnudez fuera, a lo sumo, para el espejo ovalado y eunuco. Quizá sólo quería retenerlo media hora más, pero no podía ser. Beba lo esperaba en la puerta del cine. Ya en este momento lo estaría esperando, y él no quería más incidentes, más celos, más llanto. «Quedate, si querés», dijo, «pero vestite». Levantó el puño para acompañar la orden, pero aún lo tenía en alto cuando se dio cuenta de que el golpe sobre el cristal del tocador sonaría a destiempo. Y así fue. Con un tono culpable, murmuró: «Perdón, tío», pero el silencio del viejo fue bastante elocuente. Estaba claro que no perdonaría. «Estos arranques te pueden costar caro. Ahora no importa demasiado que quiebres el cristal del escritorio. Pero a lo mejor estás también quebrando tu futuro.» Qué comparación lamentable, pensó él. «Ya dije perdón», insistió. «Pedir perdón es humillante y no arregla nada. La solución no es pedir perdón, sino evitar los estallidos que hacen obligatorias las excusas.» Sintió que se ponía colorado, no sabía si de vergüenza de sí mismo o de la situación. Pensó en la mala suerte de ser huérfano, pensó que su padre lo había traicionado con su muerte prematura, pensó que un tío no puede ser jamás un segundo padre, pensó que sus propios pensamientos eran en definitiva mucho más cursis que los del tío. «¿Puedo irme?», preguntó, tratando de que su voz quedara a medio camino entre la modestia y el orgullo. «Sí, será mejor que te vayas.» «Sí, será mejor que te vayas», repitió Beba entre lágrimas, y él sintió que otra vez empezaba el chantaje, porque el llanto de su mujer, aunque esta vez fuera interrumpido por las nerviosas chupadas al cigarrillo, despertaba en él inevitablemente la conmiseración y cubría los varios rebajamientos del amor, verificados en nueve años de erosión matrimonial. Él sabía que dos horas después se reencontraría con su propio disgusto, con sus ganas irrefrenables de largarlo todo, con su creciente desconfianza hacia la rutina y la mecánica del sexo, con su recurrente sensación de asfixia. Pero ahora tenía que aproximarse, y se aproximó. Puso la mano sobre el hombro de Beba, y sintió cómo su mujer se estremecía y a la vez cómo ese estremecimiento significaba el final del llanto. La sonrisa entre lágrimas, esa suerte de arco iris facial, lo empalagó como nunca. Pese a todo, la rodeó con sus brazos, la besó junto a la oreja, le hizo creer que el deseo empezaba a invadirlo, cuando la verdad era que él se imponía a sí mismo el deseo. Ella dejó el cigarrillo encendido en el borde de la mesa de noche, y se tendió en la cama. Él se quitó la camisa, y antes de seguir desnudándose, se inclinó hacia ella. De pronto pegó un salto: el cigarrillo le había quemado la espalda. Profirió un grito ronco y no pudo evitar que los ojos se le humedecieran. «Bueno», dijo el hombre de marrón al hombre de gris, «por ahora no lo quemés más». La voz sonó cansada, opaca, al costado del chicle. «Mirá que sos porfiado», dijo el de gris, y él no hizo ningún comentario, entre otras cosas porque el dolor y la humillación le habían quitado el aliento. «Fijate, botija, que no te estamos pidiendo nombres. No te estamos pidiendo que traiciones a nadie. Te pedimos una fecha, sólo eso. Mirá qué buenos somos. La fecha de la próxima bombita. Andá, ¿qué te cuesta? Así nos vamos todos a dormir, y mientras vos soñás con Carlitos Marx, nosotros soñamos con los angelitos. ¿No tenés ganas de dormir un rato, digamos, quince horas? A ver, Pepe, mostrale una almohada. ¿O estás desvelado? A ver, Pepe, prendé la otra luz. No, ésa no, sólo tiene doscientas bujías. Prendé mejor el reflector.» El reflector no importaba. Él podía aguantar sin dormirse. Estos tipos subestimaban siempre la resistencia física de los jóvenes. Un viejo puede ser que cante, porque está gastado, porque siente pavor ante la mera posibilidad del sufrimiento físico, pero un muchacho sabe por qué y por quién se sacrifica. «Bueno, Pepe», dijo el de marrón, «si el botija sigue callado no vas a tener más remedio que encender otra vez el cigarrillo». Él escuchó, sin mirar, el ruido que hizo el fósforo al ser frotado contra la suela del zapato. Todo su cuerpo se organizó para la resistencia, pero seguramente descuidó alguna zona, porque de pronto su boca se abrió, independientemente de su voluntad, como si fuera la boca de otro, y pronunció con claridad pasmosa: «Dieciocho de agosto». La voz del tipo de marrón sonó secretamente decepcionada: «Francamente, creí que eras más duro. Soltalo, Pepe, ponele una curita sobre la quemadura, devolvele las cosas y que se largue». Él sintió una presión repentina en el estómago, pero esta vez el sufrimiento no venía de afuera. Se inclinó un poco hacia adelante y al fin pudo vomitar. Cuando cesaron las arcadas, vio el mar allá abajo, que golpeaba contra el costado del barco. Después del esfuerzo, sus músculos se relajaron y se sintió mejor. Se apartó de la borda y sólo entonces advirtió que José Luis lo había estado mirando. Trató de alejarse, pero el otro lo atajó: «¿Te sentís mal?». «No, ya pasó», dijo él, sintiéndose irremediablemente ridículo y limpiándose la boca con el pañuelo. «No mirés hacia abajo», dijo José Luis. «Mejor vamos al bar y tomás algo fuerte.» Él se dejó llevar y pidieron un whisky y un vodka. José Luis tenía razón: desde el primer trago, la bebida le cayó bien, y terminó de acomodarle el estómago. «¿Estás contento de regresar?», preguntó José Luis. Él demoró unos segundos, tratando de reconocer en sí mismo si estaba o no contento de su vuelta. «Creo que sí», dijo. «No sabés cuánto me tranquiliza», comentó José Luis, «que hayas acabado por fin con aquellos escrúpulos idiotas». «Bueno, no tan idiotas.» «Mirá, lo peor son las medias tintas. Vos y yo sabemos que esto no es limpio. Por algo nos da tanta plata. Pero también hay una ley: una vez que uno se decide, ya no se puede seguir jugando a la conciencia. Dejá la conciencia para los que no cobran, así se entretienen, pobres.» Él apuró de un solo trago lo que quedaba en el vaso, y se puso de pie. «Me voy a dormir.» «Como quieras», dijo José Luis. Él salió al pasillo, que a esa hora estaba desierto. Desde el salón de segunda clase llegaba un ritmo amortiguado, y de vez en cuando el alarido de un saxo. Pensó que siempre se divertían más los de segunda que los de primera. Dobló por el pasillo de la derecha. No había dado cinco pasos cuando se apagó la luz. Vaciló un momento, y luego siguió caminando. Le pareció que detrás de él sonaban pasos. Trató de encender un fósforo, pero la mano le tembló. Los pasos se acercaban y él sintió ese miedo primario, elemental, para el que nunca tuvo defensas. Caminó algo más rápido, y luego, pese a los vaivenes del barco, terminó corriendo. Corrió, corrió, esquivando los árboles, y además saltando sobre las sombras de los árboles. Allá adelante estaba el balneario con sus luces. Él no quería ni podía mirar hacia atrás. Los pasos crujían ahora sobre la alfombra de hojas y ramitas secas. Si me salvo de ésta, nunca más, pensó. La víspera había invocado sus doce años recién cumplidos para que lo dejaran ir solo a la casa de Aníbal. El viaje de ida no importaba. Pero el de vuelta. Nunca más. A veces sus pasos parecían coincidir exactamente con los del perseguidor, y entonces la duplicación camuflaba los de éste hasta casi borrarlos. Si viene al mismo ritmo que yo, pensó, me alcanzará, porque ha de tener las piernas mucho más largas. Corrió con mayor desesperación, tropezando con piedras y ramas caídas, pero sin derrumbarse. Ni siquiera se tranquilizó cuando llegó a la carretera. Recorrió los pocos metros que lo separaban del chalet, trepó la escalera de dos en dos, encendió la luz, pasó doble llave, y se tiró de espaldas en la cama. El alocado ritmo de su respiración se fue calmando. Qué linda esta seguridad, qué suerte esta bombilla eléctrica, qué cerrada esta puerta. De pronto sintió que la cama era arrastrada por alguien. Es decir, la camilla. La sábana le llegaba hasta los labios. Sin saber por qué, recurrió urgentemente a la imagen de Celeste. Cuántos años. Qué curioso que en este instante no recordara ni sus senos si sus muslos, sino sus ojos. Sin embargo, no pudo detenerse demasiado en aquella luz verde, casi gris. El dolor del vientre volvió con todos sus cuchillos, sus dagas, sus serruchos. «Dele otra», dijo la túnica que estaba a su derecha. «Esperemos que sea la última», dijo la túnica que estaba a su izquierda. Sintió que le quitaban la sábana; luego, vino el pinchazo. Poco a poco los cuchillos regresaron a sus vainas. Cerró los ojos para encontrarse a sí mismo, y luego los abrió para agradecer. La mirada permaneció largamente abierta. Se produjo un blanquísimo silencio. Entonces el péndulo dejó de oscilar.

Cinco años de vida

Miró con disimulo el reloj y confirmó sus temores. Las doce y cinco. Si no empezaba inmediatamente a despedirse, perdería el último *métro*. Siempre le sucedía lo mismo. Cuando alguien, empujado por la nostalgia, propia o ajena, o por el alcohol, o por cierta reprimida vocación de *vedette*, se lanzaba por fin a la confidencia, o alguna de las mujeres presentes se ponía de pronto más bonita o más accesible o más tierna o más interesante que de costumbre, o alguno de los más veteranos contertulios, generalmente algún anarquista de la vieja hornada, empezaba a relatar su versión personal y colorida de la lucha casa por casa en el Madrid de la guerra civil, es decir, cuando la reunión por fin se rescataba a sí misma de las bromas de mal gusto y los chismes de rutina, precisamente en ese instante decisivo él tenía que hacer de aguafiestas y privar a su antebrazo del efectivo estímulo de alguna mano femenina, suave y emprendedora, y ponerse de pie y decir, con incómoda sonrisa: «Bueno, llegó mi hora fatal», y despedirse, besando a las muchachas, y palmeando a los hombres, nada más que para no perder el último *métro*. Los demás podían quedarse, sencillamente porque vivían cerca o —los menos— tenían auto, pero Raúl no podía permitirse el lujo de un taxi y tampoco le hacía gracia (aunque en dos ocasiones lo había hecho) la perspectiva de irse a pie desde Corentin Celton hasta Bonne Nouvelle, anodina hazaña que equivalía a atravesar medio París.

De modo que, ya decidido, tomó uno por uno los dedos finos de Claudia Freire, que en la última hora habían reposado solidariamente en su rodilla derecha, y los fue besando, en actitud compensadora, antes de dejarlos sobre la pana verde del respaldo. Luego dijo, como siempre: «Bueno, llegó mi hora fatal», aguantó a pie firme los discretos silbidos reprobatorios y el comentario de Agustín: «Guardemos un minuto de silencio en homenaje a Cenicienta, que debe retirarse a su lejano hogar. No vayas a olvidarte el zapatito número cuarenta y dos». Raúl aprovechó las carcajadas de rigor para besar las mejillas calientes de María Inés, Nathalie (única francesa) y Claudia, y las inesperadamente frescas de Raquel, pronunciar un audible «chau a todos», cumplir el rito de agradecer la invitación a los muy bolivianos dueños de casa, y largarse.

Hacía bastante más frío que cuatro horas antes, así que levantó el cuello del impermeable. Casi corrió por la rue Renan, no sólo para quitarse el frío, sino también porque eran las doce y cuarto. En recompensa alcanzó el último tren en dirección Porte de la Chapelle, tuvo el raro disfrute de ser el único pasajero del último vagón, y se encogió en el asïento, dispuesto a ver el vacío desfile de las dieciséis estaciones que le faltaban para la *correspondance* en Saint-Lazare. Cuando iba por Falguière, se puso a pensar en las dificultades que un escritor como él, no francés (le pareció, para el caso, una categoría más importante que la de uruguayo), estaba condenado a enfrentar si quería escribir sobre este ambiente, esta ciudad, esta gente, este subterráneo. Precisamente, advertía que «el último *métro*» era un tema que estaba a su disposición. Por ejemplo: que alguien, por una circunstancia imprevista, quedara toda la noche (solo, o mejor, acompañado; o mejor aún, bien acompañado) encerrado en una estación hasta la mañana siguiente. Faltaba hallar el resorte anecdótico, pero era evidente que allí había un tema aprovechable. Para otros, claro; nunca para él. Le faltaban los detalles, la menudencia, el mecanismo de esta rutina. Escribir sin ellos, escribir ignorándolos, era la manera más segura de garantizar su propio ridículo. ¿Cómo sería el procedimiento del cierre? ¿Quedarían las luces encendidas? ¿Habría sereno? ¿Alguien revisaría previamente los andenes para comprobar que no quedaba nadie? Comparó estas dudas con la seguridad que habría tenido si el eventual relato se relacionara, por ejemplo, con el último viaje del ómnibus 173, que en Montevideo iba de Plaza Independencia a Avenida Italia y Peñón. No es que supiera *todos* los detalles, pero sí sabía cómo decir lo esencial y cómo insertar lo accesorio.

Todavía estaba en esas cavilaciones, cuando llegó a Saint-Lazare y tuvo que correr de nuevo para alcanzar el último tren a Porte des Lilas. Esta vez corrieron con él otras siete personas, pero se repartieron en los cinco vagones. Previsoramente volvió a subir en el último, calculando que así, en Bonne Nouvelle, quedaría más cerca de la salida. Pero ahora no iba solo. Una muchacha se ubicó en el otro extremo, de pie, pese a que todos los asientos estaban libres. Raúl la miró detenidamente, pero ella parecía hipnotizada por un sobrio aviso que recomendaba a los franceses regularizar con la debida anticipación sus documentos si es que proyectaban viajar al exterior en las próximas *vacances*. Él tenía el hábito de mirar a las mujeres (especialmente si eran tan aceptables como ésta) con cierto espíritu inventariante. Por las dudas. Así que inmediatamente comprobó que la chica tenía frío como él (pese a su abriguito claro, demasiado claro para la estación, y a la bufanda de lana), sueño como él, ganas de llegar como él. Almas gemelas, en fin. Siempre se estaba prometiendo entablar una relación más o menos estable con alguna francesa, como un medio insustituible de incorporarse definitivamente al idioma, pero, llegado el caso, sus amistades, tanto femeninas como masculinas, se limitaban al clan latinoamericano. A veces no era una ventaja sino un fastidio, pero la verdad era que se buscaban unos a otros para hablar de Cuernavaca o Antofagasta o Paysandú o Barranquilla, y quejarse de paso de lo difícil que resultaba incorporarse a la vida francesa, como si ellos hicieran en verdad algún esfuerzo para comprender algo más que los editoriales de *Le Monde* y la nómina de platos en el *self service*.

Por fin Bonne Nouvelle. La muchacha y él salieron del vagón por distintas puertas. Otros diez pasajeros bajaron del tren, pero se dirigieron a la salida de la rue du Faubourg-Poissonnière; él y la muchacha, hacia la de rue Mazagran. Los tacos de ella producían un extraño eco; los de él en cambio eran de goma y la seguían siempre a la misma y silenciosa distancia. Toda la carrera se convirtió de pronto en algo risible, cuando, al llegar a la puerta de salida, advirtieron que la reja corrediza estaba cerrada con candado. Raúl escuchó que la muchacha decía «Dios mío», así, en español, y se volvió hacia él con cara de espanto. Del lado exterior llegaban los espléndidos ronquidos de un *clochard*, ya instalado en su grasiento confort junto a la reja. «No se ponga nerviosa», dijo Raúl, «la otra puerta tiene que estar abierta». Ella, al oír hablar en español, no hizo ningún comentario pero pareció animarse. «Vamos rápido», dijo, y empezó a correr, desandando el camino. Pasaron nuevamente por el andén, que ahora estaba desierto y a media luz. Desde el andén de enfrente un hombre de *overall* les gritó que se apuraran porque ya iban a cerrar la otra puerta. Mientras seguían corriendo juntos, Raúl recordó sus dudas de un rato antes. Ahora podré hacer el cuento, pensó. Ya tenía los detalles. La muchacha parecía a punto de llorar, pero no se detenía. En un primer momento, él pensó adelantarse para ver si la puerta de Poissonnière estaba abierta, pero le pareció que sería poco amable dejarla sola en aquellos corredores desiertos y ya casi sin luz. Así que llegaron juntos. Estaba cerrada. Ella se asió a la reja con las dos manos, y gritó: «*¡Monsieur! ¡Monsieur!*». Pero aquí ni siquiera había *clochard*, cuanto menos *monsieur*. Desierto total. «No hay remedio», dijo Raúl. En el fondo no le desagradaba la idea de pasar la noche allí, con la muchacha. Se limitó a pensar, de puro disconforme, que era una lástima que no fuese francesa. Qué larga y agradable clase práctica podía haber sido.

«¿Y el hombre que estaba en el otro andén?», dijo ella. «Tiene razón. Vamos a buscarlo», dijo él, con escaso entusiasmo, y agregó: «¿Quiere esperar aquí mientras yo trato de encontrarlo?». Muerta de miedo, ella suplicó: «No, por favor, voy con usted». Otra vez corredores y escaleras. La muchacha ya no corría. Parecía casi resignada. Por supuesto, en el otro andén no había nadie; igual gritaron, pero ni siquiera contestó el eco. «Hay que resignarse», insistió Raúl, que aparentemente había jugado todas sus cartas a la resignación. «Acomodémonos lo mejor posible. Después de todo, si el *clochard* puede dormir afuera, nosotros podemos dormir adentro.» «¿Dormir?», exclamó ella, como si él le hubiese propuesto algo monstruoso. «Claro.» «Duerma usted, si quiere. Yo no podría.» «Ah no, si usted va a quedarse despierta, yo también. No faltaba más. Conversaremos.»

En un extremo del andén había quedado una lucecita encendida. Hacia allí caminaron. Él se quitó el impermeable y se lo ofreció. «No, de ninguna manera. ¿Y usted?» Él mintió: «Yo no soy friolento». Depositó el impermeable junto a la muchacha, pero ella no hizo ningún ademán para tomarlo. Se sentaron en el largo banco de madera. Él la miró y la vio tan temerosa, y a la vez tan suspicaz, que no pudo menos que sonreír. «¿Le complica mucho la vida este contratiempo?», preguntó, nada más que por decir algo. «Imagínese.» Estuvieron unos minutos sin hablar. Él se daba cuenta de que la situación tenía un lado absurdo. Había que irse acostumbrando de a poco. «¿Y si empezáramos por presentarnos?» «Mirta Cisneros», dijo ella, pero no le tendió la mano. «Raúl Morales», dijo él, y agregó: «Uruguayo. ¿Usted es argentina?». «Sí, de Mendoza.» «¿Y qué hace en París? ¿Una beca?» «No. Pinto. Es decir: pintaba. Pero no vine con ninguna beca.» «¿Y no pinta más?» «Trabajé mucho para juntar plata y venir. Pero aquí tengo que trabajar tanto para vivir, que se acabó la pintura. Fracaso total, porque además no tengo dinero para el pasaje de vuelta. Sin contar con que el regreso sería una horrible confesión de derrota.» Él no hizo comentarios. Simplemente dijo: «Yo escribo», y antes de que ella formulara alguna pregunta: «Cuentos». «Ah. ¿Y tiene libros publicados?» «No, sólo en revistas.» «¿Y aquí puede escribir?» «Sí, puedo.» «¿Beca?» «No, tampoco. Vine hace dos años, porque gané un concurso periodístico. Y me quedé. Hago traducciones, copias a máquinas, cualquier cosa. Yo tampoco tengo plata para la vuelta. Yo tampoco quiero confesar el fracaso.» Ella tuvo un escalofrío y eso pareció decidirla a colocarse el impermeable de él sobre los hombros.

A las dos, ya habían hablado de los respectivos problemas económicos, de las dificultades de adaptación, de la sinuosa avaricia de los franceses, de los defectos y virtudes de las respectivas y lejanas patrias. A las dos y cuarto, él le propuso que se tutearan. Ella vaciló un momento; luego aceptó. Él dijo: «A falta de ajedrez, y de naipes, y de intenciones aviesas, propongo que me cuentes tu historia y que yo te cuente la mía. ¿Qué te parece?». «La mía es muy aburrida.» «La mía también. Las historias entretenidas pasaron hace mucho o las inventaron hace poco.» Ella iba a decir algo, pero le vino un estornudo y se le fue la inspiración. «Mirá», dijo él, «para que veas que soy comprensivo y poco exigente, voy a empezar yo. Cuando termine, si no te dormiste, decís vos tu cuento. Y conste que si te dormís, no me ofendo. ¿Trato hecho?». Fue consciente de que su última intervención había sido una buena maniobra de simpatía. «Trato hecho», dijo ella, sonriendo francamente y tendiéndole, ahora sí, la mano.

«Dato primero: nací un quince de diciembre, de noche. Según cuenta mi viejo, en pleno temporal. Sin embargo, ya ves, no salí demasiado tempestuoso. ¿Año? Mil novecientos treinta y cinco. ¿Sitio? No sé si sabés que en la generación anterior, regía una ley casi infalible: todos los montevideanos habían nacido en el Interior. Ahora no, cosa rara, nacen en Montevideo. Yo soy de la calle Solano García. No la conocés, claro. Punta Carretas. Tampoco te dice nada. La costa, digamos. De chico fui una desgracia. No sólo por ser hijo único, sino porque además era enclenque. Siempre enfermo. Tuve tres veces el sarampión, con eso te digo todo. Y escarlatina. Y tos convulsa. Y rubeola. Y paperas. Cuando no estaba enfermo, estaba convaleciente. Incluso cuando los demás decían que estaba sano, yo me la pasaba sonándome la nariz.»

Habló un poco más de la etapa infantil (colegio, maestra linda, primas burlonas, tía melosa, indigestión de merengues con olor a nafta, impenetrabilidad del mundo adulto, etc.), pero cuando quiso pasar a la próxima secuencia cronológica, advirtió claramente, y por primera vez, que lo único medianamente interesante de su vida había sucedido en su infancia. Decidió jugar la carta de la sinceridad e hizo precisamente esa confesión.

Mirta lo ayudó: «No querrás creerme, pero la verdad es que no tengo anécdotas para contar. Casi te diría que no tengo recuerdos. Porque no puedo llevar a esa prestigiosa categoría las vulgares palizas (confieso que tampoco eran demasiado crueles) que recibí de mi madrastra; ni la rutina de los estudios, en los que nunca conseguí (ni quise) destacarme; ni las opacas amistades del barrio; ni mi época detrás de un mostrador, en Buenos Aires, como vendedora de lapiceras y bolígrafos en un comercio de la calle Corrientes. Con decirte que esta temporada en París, aun con las escaseces que paso y el sentimiento de frustración y soledad que a veces me invade, debe ser sin embargo mi período más brillante».

Mientras hablaba, miraba hacia el otro andén. Pese a la poca luz, Raúl advirtió que la muchacha tenía los ojos llorosos. Entonces tuvo un gesto espontáneo; tan espontáneo que cuando quiso frenarlo, ya era tarde. Extendió la mano hacia ella, y le acarició la mejilla. Lo inesperado fue que la muchacha no pareció sorprenderse; más aún, Raúl tuvo la casi imperceptible sensación de que ella apoyaba por un instante la mejilla en su palma. Era como si las extrañas circunstancias hubieran instaurado un nuevo patrón de relaciones. Después él retiró la mano y se quedaron un rato inmóviles, callados. Sobre sus cabezas sonaba a veces algún tableteo, algún rumor, algún golpe, que revelaban la presencia lejana y amorfa de la calle, que allá arriba seguía existiendo.

De pronto él dijo: «En Montevideo tengo una novia. Buena chica. Pero hace dos años que no la veo, y, cómo te diré, la imagen se va volviendo cada vez más confusa, más incongruente, menos concreta. Si te digo que me acuerdo de sus ojos, pero no de sus orejas ni de sus labios. Si hago caso de la memoria visual, tengo que concluir que tiene labios finos, pero si recurro a la memoria táctil, tengo la impresión de que eran gruesos. Qué lío, ¿verdad?». Ella no dijo nada. Él volvió a la carga: «¿Vos tenés novio, o marido, o amigos?». «No», dijo ella. «¿Ni aquí ni en Mendoza ni en Buenos Aires?» «En ninguna parte.»

Él bajó la cabeza. En el piso había una moneda de un franco. Se agachó y la recogió. Se la pasó a Mirta. «Guardala como recuerdo de esta *Stille Nacht*.» Ella la metió en el bolsillo del impermeable, sin acordarse de que no era el suyo. Él se pasó las manos por la cara. «En realidad, ¿para qué voy a mentirte? No es mi novia, sino mi mujer. Lo demás es cierto, sin embargo. Estoy aburrido de esta situación, pero no me animo a romper. Cuando se lo insinúo por carta, me escribe unas largas tiradas histéricas, anunciándome que si la dejo se mata, y, claro, yo comprendo que es un chantaje, pero ¿y si se mata? Soy más cobarde de lo que parezco. ¿O acaso parezco cobarde?» «No», dijo ella, «parecés bastante valiente, aquí, bajo tierra y sobre todo comparándote conmigo, que estoy temblando de miedo».

La próxima vez que él miró el reloj, eran las cuatro y veinte. En la última media hora no habían hablado prácticamente nada, pero él se había acostado en el enorme banco, y su cabeza se apoyaba en la mullida cartera negra de Mirta. A veces ella le pasaba la mano por el pelo. «Cuántos remolinos», dijo. Nada más. Raúl tenía la sensación de hallarse en el centro de un delicioso disparate. Sabía que así estaba bien, pero también sabía que si quería ir más allá, si intentaba aprovechar esta noche de inesperada excepción para tener una aventura trivial, todo se vendría irremediablemente abajo. A las cinco menos cuarto se incorporó y caminó algunos pasos para desentumecer las piernas. De pronto la miró y fue algo así como una revelación. Si hubiera estado escribiendo uno de sus pulcros cuentos, inexorablemente anticursis, no se habría resignado a mencionar que esa muchacha era su destino. Pero afortunadamente no estaba escribiendo sino pensando, así que no tuvo problema en decirse a sí mismo que esa muchacha era su destino. Después de eso, suspiró; podía ser interpretado como un suspiro de inauguración. La emoción subsiguiente fue algo más que un estado de ánimo; realmente fue una exaltación orgánica que abarcó orejas, garganta, pulmones, corazón, estómago, sexo, rodillas.

La excitación y el enternecimiento lo llevaron a romper el silencio: «¿Sabés una cosa? Daría cinco años de vida por que todo empezara aquí. Quiero decir: que yo ya estuviera divorciado y mi mujer hubiera aceptado el hecho y no se hubiera matado, y que yo tuviera un buen trabajo en París, y que al abrirse las puertas saliéramos de aquí como lo que ya somos: una pareja». Desde el banco, ella hizo con la mano un vago ademán, apenas como si quisiera espantar alguna sombra, y dijo: «Yo también daría cinco años», y luego agregó: «No importa, ya nos arreglaremos».

El primer síntoma de que la estación reanudaba su rutina, fue una corriente de aire. Ambos estornudaron. Luego se encendieron todas las luces. Raúl sostuvo el espejito mientras ella se ponía presentable. Él mismo se peinó un poco. Cuando subían lentamente las escaleras, se cruzaron con la primera avalancha de madrugadores. Él iba pensando en que ni siquiera la había besado y se preguntaba si no se habría pasado de discreto. Afuera no hacía tanto frío como la víspera.

Sin consultas previas, empezaron a caminar por el boulevard Bonne Nouvelle, en dirección a la sucursal de Correos. «¿Y ahora?», dijo Mirta. Raúl sintió que le había quitado la pregunta de los labios. Pero no tuvo oportunidad de responder. Desde la acera de enfrente, otra muchacha, de pantalones negros y buzo verde, les hacía señas para que la esperaran. Raúl pensó que sería una amiga de Mirta. Mirta pensó que sería una conocida de Raúl. Al fin la chica pudo cruzar y los abordó con gran dinamismo y acento mexicano: «Al fin los encuentro, cretinos. Toda la noche llamándolos al apartamento, y nada. ¿Dónde se habían metido? Necesito que Raúl me preste el Appleton. ¿Puedes? ¿O acaso es de Mirta?».

Quedaron mudos e inmóviles. Pero la otra arremetió. «Vamos, no sean malos. De veras lo preciso. Me encargaron una traducción. ¿Qué les parece? No se queden así, como dos estatuas, por no decir como dos idiotas. ¿Van al apartamento? Los acompaño.» Y arrancó por Mazagran hacia la rue de l'Échiquier, acompañando su apuro con un bien acompasado movimiento de trasero. Raúl y Mirta caminaron tras ella, sin hablarse ni tocarse, cada uno metido en su propia expectativa. La chica nueva dobló la esquina y se detuvo frente al número 28. Los tres subieron por la escalera (no había ascensor) hasta el cuarto piso. Frente al apartamento 7, la muchacha dijo: «Bueno, abran». Con un movimiento particularmente cauteloso, Raúl descolgó del cinto su viejo llavero, y vio que había, como siempre, tres llaves. Probó con la primera; no funcionó. Probó con la segunda y pudo abrir la puerta. La chica atropelló hacia el estante de libros que estaba junto a la ventana, casi arrebató el Appleton, besó en ambas mejillas a Raúl, luego a Mirta, y dijo: «Espero que cuando venga esta noche hayan recuperado el habla. ¿Se acuerdan de que hoy quedamos en ir a lo de Emilia? Lleven discos, please». Y salió disparada, dando un portazo.

Mirta se dejó caer sobre el sillón de esterilla. Raúl, sin pronunciar palabra, con el ceño fruncido y los ojos entornados, comenzó a revisar el apartamento. En el estante encontró sus libros, señalados y anotados con su inconfundible trazo rojo; pero había otros nuevos, con las hojas a medio abrir. En la pared del fondo estaba su querida reproducción de Miró; pero además había una de Klee que siempre había codiciado. Sobre la mesa había tres fotos: una, de sus padres; otra, de un señor sospechosamente parecido a Mirta; en la tercera estaban Mirta y él, abrazados sobre la nieve, al parecer muy divertidos.

Desde que apareciera la chica del Appleton, no se había atrevido a mirar de frente a Mirta. Ahora sí la miró. Ella retribuyó su interés con una mirada sin sombras, un poco fatigada tal vez, pero serena. No la ayudó mucho, sin embargo, ya que en ese instante Raúl tuvo la certeza, no sólo de que había hecho mal en divorciarse de su esposa montevideana, histérica pero inteligente, malhumorada pero buena hembra, sino también de que su segundo matrimonio empezaba a deteriorarse. No se trataba de que ya no quisiera a esa delgada, friolenta, casi indefensa mujer que lo miraba desde el sillón de esterilla, pero para él estaba claro que en sus actuales sentimientos hacia Mirta quedaba muy poco del ingenuo, repentino, prodigioso, invasor enamoramiento de cinco años atrás, cuando la había conocido en cierta noche increíble, cada vez más lejana, cada vez más borrosa, en que, por una trampa del azar, quedaron encerrados en la estación Bonne Nouvelle.

CON Y SIN NOSTALGIA

*Los hechos
son siempre vacíos,
son recipientes
que tomarán
la forma
del sentimiento
que los llene.*
JUAN CARLOS ONETTI

Los astros y vos

Hijo de un maestro primario y de una costurera; delgado, de buena estatura, ojos oscuros y manos suaves, podía haber pasado por un habitante promedio de Rosales, ese pueblito aséptico, alfabetizado e industrioso, con su destino más visible ligado a dos fábricas [poderosas, humeantes, cuadradas] de capital extranjero. Oliva era comisario como pudo haber sido albañil o bancario, es decir no por vocación, sino por azar. Por otra parte, durante largos años la policía casi no había tenido sentido en la vida cotidiana de Rosales, ya que allí nadie delinquía. El último crimen, un recuerdo que tenía por lo menos veinte años, había sido un típico crimen de amor: el almacenero don Estévez había matado a su mujer, enferma de un cáncer incurable, nada más que para ahorrarle las últimas semanas de insoportable agonía. Alguna que otra noche asomaban en la plaza, dignificada por la iglesia y la jefatura, dos o tres alcohólicos moderados, pero la policía nunca intervenía porque esos tipos tenían la borrachera alegre y se limitaban a entonar viejas milongas o a rememorar un evangelio de chistes que ellos creían indiscutiblemente procaces y que en realidad eran de una inocencia casi adolescente.

El comisario frecuentaba el café, donde jugaba a la generala con el dentista o el boticario, y a veces hasta aparecía por el Club, donde discutía amigablemente con el periodista Arroyo sobre deportes y política internacional. En rigor, la especialidad periodística de Arroyo no eran ni los deportes ni la política internacional, sino la sabia, escurridiza astrología, pero en su diaria sección de horóscopos [«Los astros y vos»] hacía a menudo referencias muy concretas y muy verificables sobre distintos matices de un futuro presumiblemente cercano. Y eran matices en tres zonas: la internacional, la nacional y la pueblerina. Tantos aciertos se había anotado en los tres órdenes, que su sección astrológica en *La Espina de Rosales* [diario de la mañana] era consultada con atención y respeto no sólo por las mujeres, sino por todos los rosaleros.

Quizá valga la pena aclarar que el nombre del pueblo no era —ni es— Rosales. Aquí se lo adopta sólo por razones de seguridad. En el Uruguay de hoy no sólo las personas, los grupos políticos o los sindicatos, han ido pasando a la ilegalidad; también hay barrios y pueblos y villas, que se han vuelto clandestinos.

Es a partir del golpe del 73 que el comisario Oliva sufre una radical transformación. El primer cambio visible fue en su aspecto externo: antes no usaba casi nunca el uniforme, y en verano se le veía a menudo en mangas de camisa. Ahora el uniforme y él eran inseparables. Y ello había dado a su rostro, a su postura, a su paso, a sus órdenes, una rigidez y un autoritarismo que un año atrás habrían sido absolutamente inverosímiles. Además había engordado [según los rosaleros, se había «achanchado»] rápida e inconteniblemente.

Al principio, Arroyo miraba aquel cambio con cierta incredulidad, como si creyera que el comisario estaba simplemente desarrollando un gran simulacro. Pero la noche en que mandó detener a los tres borrachitos de rigor, por «desórdenes y vejámenes al pudor», cuando la verdad era que habían cantado y contado como siempre; esa noche Arroyo comprendió que la transformación iba en serio. Y al día siguiente las columnas de «Los astros y vos» comenzaron a expresar un pronóstico sombrío para el futuro cercano y rosalero.

El único liceo del pueblo tuvo por primera vez un paro estudiantil. Al igual que en otras localidades del Interior, asistían al liceo jóvenes de muy desparejas edades: unos eran casi niños y otros eran casi hombres. En este paro inaugural, los muchachos protestaron contra el golpe, contra el cierre del Parlamento, contra la clausura de sindicatos, contra las torturas. Totalmente desprevenidos con respecto al cambio operado en Oliva, desfilaron con pancartas alrededor de la plaza, y antes de concluir la segunda vuelta, ya fueron detenidos. Todavía los policías les pidieron disculpas [algunos eran tíos o padrinos de los «revoltosos»], agregando a nivel de susurro, entre crítico y temeroso, que eran «cosas de Oliva». De los sesenta detenidos, antes de las veinticuatro horas el comisario soltó a cincuenta, no sin antes propinarles una larga filípica, en el curso de la cual dijo, entre otras cosas, que no iba a tolerar «que ningún mocoso lo llamara fascista». A los diez restantes [los únicos mayores de edad] los retuvo en la comisaría, incomunicados. A la madrugada se oyeron claramente quejidos, pedidos de auxilio, gritos desgarradores. A los padres [y sobre todo a las madres] les costó convencerse de que en la comisaría estaban torturando a sus muchachos. Pero se convencieron.

Al día siguiente, Arroyo se puso aún más sombrío en su anuncio astrológico. Soltó frases como éstas: «Alguien acudirá a siniestras formas represivas destinadas a arruinar la vida de Rosales, y eso costará sangre, pero a la larga fracasará». En el pueblo sólo había un abogado que ejercía su profesión, y los padres acudieron a él para que defendiera a los diez jóvenes, pero cuando el doctor Borja se lanzó a la búsqueda del juez, se encontró con que éste también estaba preso. Era ridículo, pero además era cierto. Entonces se armó de valor y se presentó en la comisaría, pero no bien mencionó palabras como *habeas corpus,* derecho de huelga, etc., el comisario lo hizo expulsar del recinto policial. El abogado decidió entonces viajar a la capital; no obstante, y a fin de que los padres no concibieran demasiadas esperanzas, les adelantó que lo más probable era que en Montevideo apoyaran a Oliva. Por supuesto, el doctor Borja no regresó, y varios meses después los vecinos de Rosales empezaron a enviarle cigarrillos al penal de Punta Carretas. Arroyo pronosticó: «Se acerca la hora de la sinrazón. El odio comenzará a incubarse en las almas buenas».

Sobrevino entonces el episodio del baile, algo fuera de serie en los anales del pueblo. Una de las fábricas había construido un Centro Social para uso de sus obreros y empleados. Lo había hecho con el secreto fin de neutralizar las eventuales rebeldías laborales, pero hay que reconocer que el Centro Social era usado por todo Rosales. Los sábados de noche la juventud, y también la gente madura, concurrían allí para charlar y bailar. Los bailes de los sábados eran probablemente el hecho comunitario más importante. En el Centro Social se ponían al día los chismes de la semana, arrancaban allí los futuros noviazgos, se organizaban los bautizos, se formalizaban las bodas, se ajustaba la nómina de enfermos y convalecientes. En la época anterior al golpe, Oliva había concurrido con asiduidad. Todos lo consideraban un vecino más. Y en realidad lo era. Pero después de la transformación, el comisario se había parapetado en su despacho [la mayoría de las noches dormía en la comisaría, «en acto de servicio»] y ya no iba al café, ni concurría al Club [su distanciamiento con Arroyo era ostensible] ni menos aún al Centro Social. Sin embargo, ese sábado apareció, con escolta y sin aviso. La pobrecita orquesta se desarmó en una carraspera del bandoneón, y las parejas que bailaban se quedaron inmóviles, sin siquiera desabrazarse, como una caja de música a la que de pronto se le hubiera estropeado el mecanismo.

Cuando Oliva preguntó: «¿Quién de las mujeres quiere bailar conmigo?», todos se dieron cuenta de que estaba borracho. Nadie respondió. Dos veces más hizo la pregunta y tampoco respondió nadie. El silencio era tan compacto que todos [policías, músicos y vecinos] pudieron escuchar el canto no comprometido de un grillo. Entonces Oliva, seguido por sus capangas, se acercó a Claudia Oribe, sentada con su marido en un banco junto al ventanal. En el sexto mes de su primer embarazo, Claudia [rubia, simpática, joven, bastante animosa] se sentía pesada y se movía con extrema cautela, ya que el médico la había prevenido contra los riesgos de un aborto.

«¿Querés bailar?», preguntó el comisario, tuteándola por primera vez y tomándola de un brazo. Aníbal, el marido, obrero de la construcción, se puso de pie, pálido y crispado. Pero Claudia se apresuró a responder: «No, señor, no puedo». «Pues conmigo vas a poder», dijo Oliva. Aníbal gritó entonces: «¿No ve la barriga que tiene? Déjela tranquila, ¿quiere?». «No es con vos que estoy hablando», dijo Oliva. «Es con ella, y ella va a bailar conmigo.» Aníbal se le fue encima, pero tres de los capangas lo sujetaron. «Llévenselo», ordenó Oliva. Y se lo llevaron. Rodeó con su brazo uniformado la deformada cintura de la encinta, hizo con la ceja una señal a la orquesta, y cuando ésta reinició desafinadamente la queja interrumpida, arrastró a Claudia hasta la pista. Era evidente que a la muchacha le faltaba el aire, pero nadie se animaba a intervenir, entre otras contundentes razones porque los custodias sacaron a ventilar sus armas. La pareja bailó sin interrupción tres tangos, dos boleros y una rumba. Al término de ésta, y con Claudia a punto de desmayarse, Oliva la trajo otra vez hasta el banco, dijo: «¿Viste cómo podías?», y se fue. Esa misma noche Claudia Oribe abortó.

El marido estuvo incomunicado durante varios meses. Oliva disfrutó encargándose personalmente de los interrogatorios. Aprovechando que el médico de los Oribe era primo hermano de un Subsecretario, una delegación de notables, presidida por el facultativo, fue a la capital para entrevistarse con el jerarca. Pero éste se limitó a aconsejar: «Me parece mejor no mover este asunto. Oliva es hombre de confianza del gobierno. Si ustedes insisten en una reparación, o en que lo sancionen, él va a comenzar a vengarse. Éstos son tiempos de quedarse tranquilo y esperar. Fíjense en lo que yo mismo hago. Espero ¿no?».

Pero allá en Rosales, Arroyo no se conformó con esperar. A partir de ese episodio, su campaña fue sistemática. Un lunes, la columna «Los astros y vos» expresó en su pronóstico para Rosales: «Pronto llegará la hora en que alguien pague». El miércoles añadió: «Negras perspectivas para quien hace alarde de la fuerza ante los débiles». El jueves: «El autoritario va a sucumbir y lo merece». Y el viernes: «Los astros anuncian inexorablemente el fin del aprendiz. Del aprendiz de déspota».

El sábado, Oliva concurrió en persona a la redacción de *La Espina de Rosales*. Arroyo no estaba. Entonces decidió ir a buscarlo a la casa. Antes de llegar les dijo a los custodias: «Déjenme solo. Para entenderme con este maricón hijo de puta, yo me basto y me sobro». Cuando Arroyo abrió la puerta, Oliva lo empujó con violencia y entró sin hablarle. Arroyo no perdió pie, y tampoco pareció sorprendido. Se limitó a tomar cierta distancia del comisario y entró en la única habitación que daba al zaguán y que oficiaba de estudio. Oliva fue tras él. Pálido y con los labios apretados, el periodista se situó detrás de una mesa con cajones. Pero no se sentó.

—¿Así que los astros anuncian mi fin?

—Sí —dijo Arroyo—. Yo no tengo la culpa. Son ellos que lo anuncian.

—¿Sabés una cosa? Además de hijo de puta, sos un mentiroso.

—No estoy de acuerdo, comisario.

—¿Y sabés otra cosa? Ahora mismo te vas a sentar ahí y vas a escribir el artículo de mañana.

—Mañana es domingo y no sale el diario.

—Bueno, el del lunes. Y vas a poner que los astros dicen que el aprendiz de déspota va a vivir muchos años. Y que los va a vivir con suerte y con salud.

—Pero los astros no dicen eso, comisario.

—¡Me cago en los astros! Vas a escribirlo. ¡Y ahora mismo!

El movimiento de Arroyo fue tan rápido que Oliva no pudo ni siquiera intentar una defensa o un esquive. Fue un solo disparo, pero a quemarropa. Ante los ojos abiertos y estupefactos de Oliva derrumbándose, Arroyo agregó con calma:

—Los astros nunca mienten, comisario.

Escuchar a Mozart

Pensar, capitán Montes, que hubieras podido seguir durmiendo tu siesta. En realidad, estás cansado. Hay que reconocer que la faena de anoche fue dura, con esos doce presos que llegaron juntos, ya bastante maltrechos, y ustedes tuvieron que arruinarlos un poquito más. Eso siempre te deja un malestar, sobre todo cuando no se consigue que suelten nada, ni siquiera el número de zapatos o el talle de la camisa. Las pocas veces en que alguien habla, pensando [pobre ingenuo] que eso quizá signifique el final del infierno, entonces el trabajo sucio te deja por lo menos una satisfacción mínima. Después de todo, te enseñaron que el fin justifica los medios, pero vos ya no te acordás mucho de cuál es el fin. Tu especialidad siempre fueron los medios, y éstos deben ser contundentes, implacables, eficaces. Te metieron en el marote que estos muchachitos tan frescos, tan sanos, tan decididos [vos agregarías: y tan fanáticos], eran tus enemigos, pero a esta altura ya ni siquiera estás demasiado seguro de quiénes son tus amigos. Por lo menos sabés a ciencia cierta que el coronel Ochoa no es tu amigo. El coronel, que jamás se mancha el meñique con ningún trabajo que apeste, te considera un débil, y te lo ha dicho delante del teniente Vélez y del mayor Falero. Vos no siempre alcanzás a comprender cómo Falero y Vélez pueden efectuar tan calmosamente un interrogatorio tras otro, sin perder nada de su compostura, sin que se les afloje un botón ni se les desacomode el peinado, negro y engominado en Falero, ondeado y pelirrojo en Vélez. La siesta te deja siempre de mal humor. Pero hoy estás especialmente malhumorado. Quizá porque Amanda te sugirió anoche, tímidamente, después de haber hecho el amor con una tensión inevitable y frustránea, *si no sería mejor que*, y vos estallaste, casi rugiste de indignación y despecho, acaso porque también pensabas lo mismo, pero a quién se le ocurría ahora pedir el retiro, algo que siempre despierta fastidiosas sospechas y aprensiones. Y además, en «época de guerra interna», el pretexto tendría que ser tremendo, nunca menos que cáncer, desprendimiento de retina o cirrosis. Pero lo lamentable es que Amanda lo haya pensado, simplemente pensado. «Pienso en Jorgito y me da pánico.» ¿Y qué se cree? ¿Que vos vislumbrás un porvenir espléndido? Y eso que ella no sabe los pormenores de cada jornada. No sabe cómo te sentiste cuando a la muchacha que cayó en La Teja hubo que irle sacando los dientes, uno por uno, con paciencia y con celo. O cuando tuviste conciencia de que, al cabo de una sola sesión de trabajo, aquel obrerito mofletudo había quedado listo para que le amputaran el testículo. Ella no sabe nada. Incluso a veces te comenta si será cierto lo que dicen las malas y peores lenguas: que en el cuartel tal y en el regimiento cual, arrancan confesiones mediante espantosos procedimientos. Y es increíble que te diga: «Ojalá nunca te ordenen hacer algo así. Porque, claro, tendrías que negarte, y vaya a saber qué sucedería». Y vos tranquilizándola como de costumbre, sin poderle confesar que cuando te lo ordenaron la primera vez ni siquiera esbozaste una tímida negativa, porque no le podías dar al coronel Ochoa ese pretexto en bandeja. Fue en esa amarga jornada cuando te jugaste tu carrera y decidiste no perder, y aunque de noche estuviste vomitando durante horas, y Amanda, al despertarse con el fragor de tus arcadas, te preguntó qué te pasaba y vos inventaste lo del lechón que te había caído mal, la cosa no terminó ahí y durante muchas noches soñaste con aquel muchacho que, cada vez que recomenzaba el castigo, abría la boca sin emitir sonido alguno y apretaba los ojos y ponía el pescuezo duro como una viga. Ahora pensás, claro, a qué darle más vueltas. Una vez que te decidiste, chau. De todas maneras, vos creés que tenés motivos morales para hacer lo que hacés. Pero el problema es que ya casi no te acordás del motivo moral, sino pura y exclusivamente de una boca que sangra o un cuerpo que se dobla. De modo que aparentemente es bastante lógico que conectes el tocadiscos y coloques en el plato una cualquiera de las sinfonías de Mozart. Hasta hace poco la música te limpiaba, te equilibraba, te depuraba, te ajustaba. Ahora mismo, en esta ascensión espiritual, en este brío juguetón, te alejas de las imágenes sombrías, del patio del cuartel, de los gritos desgarradores, de tu propia vergüenza. Los violines trabajan como galeotes, las violas acompañan como hembras fidelísimas, el corno interroga sin demasiada convicción. Pero no importa. Vos también a veces interrogás sin convicción, y si aplicás la picana es precisamente por eso, porque no tenés confianza en tus argumentos, porque sabés que nadie va a convertirse de pronto en traidor nada más que porque vos evoques la patria o lo putees. Mozart te gusta desde que ibas con Amanda a los conciertos del Sodre, cuando todavía no había Jorgito ni subversión, y la faena más irregular de los cuarteles era tomar mate, y por cierto qué bien lo cebaba el soldado Martínez. Mozart te gusta, no desde siempre sino desde que Amanda te enseñó a gustarlo. Y fijate qué curioso, ahora Amanda no tiene ganas de escuchar música, ninguna música, ni Mozart, ni un carajo, sencillamente porque tiene miedo y teme atentados y vela por Jorgito, y claro a Mozart no se lo puede escuchar con miedo sino con el espíritu libre y la conciencia tranquila. O sea que mejor apagá el tocadiscos. Así está bien. De todas maneras, los violines ¿viste? quedan sonando como un prodigio que lentamente se deteriorara, tal como a veces quedan sonando en el cuartel los alaridos de dolor cuando ya nadie los profiere. Estás solo en la casa. Linda casa. Amanda fue a ver a su madre, vieja podrida y meterete, apuntás. Y Jorgito no volvió aún del Neptuno. Hijito lindo, apuntás. Estás solo, y por el ventanal del *living* entra la soleada imagen del jardín. Ochoa estará ahora con Vélez y Falero. El coronel les da confianza nada más que para conseguir aliados contra vos. Porque te odia, claro. Nadie lo pone en duda. Puede ser que vos odies a los presos, nada más que porque ellos son el pretexto del odio de Ochoa. Rebuscado, ¿no? Hacés méritos y sin embargo comprendés que es inútil. Por fuerte o desalmado que seas, o parezcas, demasiado sabés que Ochoa nunca te perdonará. Porque fuiste vos el que una noche, entre interrogatorio e interrogatorio, le preguntó si era cierto que su hija «había pasado a la clandestinidad». Se lo preguntaste con cautela, y también con un amago de solidaridad, ya que, pese a tus encontronazos con el tipo, después de todo tenés bien arraigado el «espíritu de cuerpo». Nunca vas a olvidarte de la mirada resentida que te dedicó, porque claro, era cierto, aquella esplendorosa piba, Aurora Ochoa, alias Zulema, había pasado a la clandestinidad y era requerida en los comunicados de las ocho, y el coronel había encontrado una frase exorcista a la que se aferraba con unción: «No me mencionen a esa degenerada; ya no es mi hija». Sin embargo, a vos no te la dijo, y eso fue acaso lo más grave. Simplemente te taladró con la mirada, y ordenó: «Capitán Montes, retírese». Y vos, después del saludo ritual, te retiraste. No se lo habías preguntado con mala leche, sobre todo porque te hacías cargo de lo que representaba para Ochoa el hecho [escalofriante para cualquier oficial] de que la subversión se hubiera colado en su propio hogar. Pero te borraste, y a partir de esa reculada comprendiste que mientras Ochoa estuviera al frente de la unidad, estabas liquidado. Ahora te servís whisky, por más que no te gusta empezar tan temprano. Pero no te tortures, torturador; no es posible que de una sola vez te quedes sin Mozart y sin whisky. Por lo menos el whisky tiene menos exigencias que Mozart. Al menos, para disfrutar cada trago, no es imprescindible que tengas la conciencia tranquila. Más aún, mala conciencia con dos cubitos de hielo, es una *bella combinazione*, como bien dice el capitán Cardarelli, de tu derecha, cuando se concede una tregua a medianoche, después de administrar una compleja sesión de picana en paladar, submarino seco y trompadas en los riñones. ¿Alguna vez pensaste qué habría sido de vos si te hubieras negado? Claro que lo pensaste. Y tenés datos muy cercanos y esclarecedores: la brutal sanción al teniente Ramos y la humillante degradación del capitán Silva, de tu izquierda. Ellos no se animaron a hacerse cargo del trabajo mugriento, no se autorizaron a sí mismos aunque con esa decisión mandaran su carrera a la mierda. O quizá fueron simplemente decentes, andá a saber. Decentes e indisciplinados. Una pregunta por el millón: ¿Hasta dónde te llevará tu sentido de disciplina, capitán Montes? ¿Te llevará a cometer más crímenes en nombre de otros? ¿A rehuir tu imagen en los espejos? ¿Hasta dónde te llevará tu sentido de disciplina, capitancito Montes? ¿A ir cancelando tu capacidad de amor? ¿A convertir tus odios en rutina? ¿O a permitir que tu rutina agreda, hiera, perfore, fracture, viole, ampute, asfixie, inmole? ¿A lograr que cada inmolación te deje más reseco, más frío, más podrido, más inerte? ¿Hasta dónde te llevará tu sentido de disciplina, capitán, capitancito? ¿Pensaste alguna vez que el sancionado Ramos y el degradado Silva acaso puedan escuchar a Mozart, o a Troilo [o a quien se les dé en los forros], aunque sea en la memoria? Ahora que por fin ha vuelto Jorgito y se acerca a besarte, no estaría mal que pensaras en él. ¿Crees que con el tiempo tu hijo te perdonará lo que ahora ignora? A lo mejor lo querés. A tu manera, claro. Pero tu manera también ha cambiado. Antes eras franco con él. La rígida disciplina no sólo te había inculcado el rigor, sino algo que vos llamabas, sin precisión alguna, la verdad. Antes, en el cuartel empuñabas tus armas, sólo para ejercicios, simulacros. Y en tu casa empuñabas la verdad, también para ejercicios, simulacros. Cuando sorprendías a Jorgito en una insignificante mentira, descargabas en él tu cólera sagrada. Tu santísima trinidad estaba integrada por Dios, el Comandante en Jefe, y la Verdad. Muchas veces le pegaste a Jorgito porque se le había quedado a Amanda con un mísero vuelto, o porque decía saber la tabla del siete y no era cierto. Hace tanto; y en realidad tan poco, de esos arranques. La subversión era todavía atendida en la órbita meramente policial, y ustedes seguían tomando mate en los cuarteles. Pero esas veces en que el botija recibió sin una lágrima las primeras trompadas de su vida, fueron, ¿te acordás?, inevitablemente seguidas por las primeras y frustráneas noches en que no fuiste capaz de seguir escuchando a Mozart. En una ocasión hasta perdiste la calma, y, ante el estupor de Amanda, hiciste añicos el concierto para flauta y orquesta, y como consecuencia de la rabieta hubo que reparar el Garrard. Pero hace mucho que te borraste de la verdad. La santísima trinidad se redujo a una dualidad todavía infalible: Dios y el Comandante en Jefe. Y no es demasiado aventurado pronosticar desde ya la unidad final: el Comandante en Jefe a secas. Ahora no le exigís perentoriamente a Jorgito que te cuente la verdad estricta, inmaculada, despojada de adornos y disimulos, quizá porque jamás te atreverías a decirle la verdad, la escandalosamente sucia verdad de tu trabajo. Pensar, capitán Montes, capitancito, que podías haber seguido durmiendo la siesta, y en ese caso aún no habrías enfrentado [quizás tendrías que enfrentarla mañana, aunque nunca se sabe cómo funcionan en los chicos las claves del olvido] la pregunta que en este instante te formula tu hijo, sentado frente a vos en la silla negra: «Pa, ¿es cierto que vos torturás?». Y tampoco te habrías visto obligado, como ahora, después de tragar fuerte, a responder con otra pregunta: «¿Y de dónde sacaste eso?», aun sabiendo de antemano que la respuesta de Jorgito va a ser: «Me lo dijeron en la escuela». Y claro, decís, masticando cada sílaba: «No es cierto. No es cierto como te lo dijeron. Pero, hijito, tenés que comprender que estamos luchando con gente muy pero muy peligrosa que quiere matar a tu papá, a tu mamá, y a muchas otras personas que vos querés. Y a veces no hay más remedio que asustarlos un poco, para que confiesen las barbaridades que preparan». Pero él insiste: «Está bien, pero vos... ¿torturás?». Y de pronto te sentís cercado, bloqueado, acalambrado. Sólo atinás a seguir preguntando: «¿Pero a qué le llamás tortura?». Jorgito está bien informado para sus ocho años: «¿Cómo a qué? Al submarino, pa. Y a la picana, y al teléfono». Por primera vez esas palabras te taladran, te joden. Sentís que te ponés rojo, y no tenés modo de evitarlo. Rojo de rabia, rojo de vergüenza. Intentás recomponer de apuro cierta imagen de serenidad, pero sólo te sale un balbuceo: «¿Se puede saber cuál de tus compañeritos te mete esas porquerías en la cabeza?». Pero ya lo ves, Jorgito está implacable: «¿Para qué querés saberlo? ¿Para hacer que lo torturen?» Eso es demasiado para vos. De pronto advertís —no sabés exactamente si horrorizado o estupefacto— que te has vaciado de amor. Depositás sobre la alfombrita marrón el vaso con el resto de whisky, y empezás a caminar, a pasos lentos y marcados. Jorgito sigue en la silla negra, con sus verdes ojos cada vez más inocentes y despiadados. Das un largo rodeo para situarte detrás del respaldo, acariciás con ambas manos aquel pescuezo desvalido, exculpado, con pelusa y lunares, y empezás a decirle: «No hay que hacer caso, hijito, la gente a veces es muy mala, muy mala. ¿Entiende, hijito?». Y no bien el pibe dice con cierto esfuerzo: «Pero pa», vos seguís acariciando esa nuca, oprimiendo suavemente esa garganta, y luego, renunciando [ahora sí] para siempre a Mozart, apretás, apretás inexorablemente, mientras en la casa linda y desolada sólo se escucha tu voz sin temblores: «¿Entendiste, hijito de puta?».

La colección

—Tranquilo, tranquilo —dijo el Flaco.

Alberto no podía apartar los ojos del arma que lo apuntaba. Tampoco podía hablar. Estaba realmente asustado. Los otros tres [el Rubio, el Pecoso, la Negra] que habían entrado cuando él abrió la puerta, se distribuyeron rápidamente por el apartamento.

—Si te quedás quietito no te va a pasar nada.

El Flaco sonrió, pero Alberto no podía.

—¿Quiénes están en la casa?

Alberto dio un brevísimo resoplido.

—Nosotros nomás, los chicos —pudo al fin articular.

—¿Cuántos son?

—Mi hermano Joaquín y yo.

—¿Cómo? ¿No tenés una hermana vos?

—Sí, Miriam.

—¿Ella también está?

—Sí.

—¿Y por qué no la nombraste?

Alberto se mordió el labio inferior.

—Porque es paralítica.

El Flaco optó por guardar el arma.

—¿Cuántos años tenés?

—Doce.

—¿Y tu hermano?

—¿Joaquín? El viernes cumplió nueve.

—¿Y tu hermana lisiada?

—Creo que diecisiete.

—¿Cuándo vuelven tus viejos?

—Mañana de tarde.

—¿Y siempre los dejan solos?

—No siempre. A veces quedan las sirvientas.

—Y a ustedes ¿por qué no los llevan a Punta del Este?

—Será que quieren pasarla tranquilos.

—¿Sos muy travieso vos?

—Un poco.

—¿Te gusta el fútbol?

—Claro. Soy golero. Y quiero jugar en Nacional.

—Mirá vos.

—¿Y usted?

—¿Yo qué?

—¿Es de Nacional?

—Parece que se te pasó el cagazo.

—Un poco sí.

—Yo también soy de Nacional. Mejor dicho, era.

—¿Ahora es de Peñarol?

—No. Ahora ya no soy hincha.

—Qué macana ¿no?.

El Flaco se rascó una oreja. El chico metió las manos en los bolsillos.

—En los bolsillos no.

—¿No puedo?

El chico puso otra vez cara de asustado.

—Bueno, ponelas si querés. Pero portate bien.

Volvieron los otros, acompañados de Joaquín y Miriam. La Negra empujaba la silla de ruedas.

—Dicen que no saben dónde guarda el padre la colección.

—Ah, no saben.

—Dicen que el padre tiene una colección, pero creen que no la
guarda aquí.

El Flaco miró a Miriam.

—¿Vos tampoco sabés nada?

—No.

—Sin embargo, a mí me parece que tenés que saber algo.

—No.

Miriam parecía tranquila. A veces movía las manos sobre la frazada que le cubría las piernas inertes, nada más.

—Claro, como estás así, pensás que te vamos a tener lástima.

—¿Y no me tienen?

—No sé si es lástima. Es jodido pasar la vida así. Pero por lo menos vivís en un apartamento bien confortable. Hay quienes pueden
caminar y sin embargo la pasan mucho peor.

—Mejor si no me tienen lástima. Estoy podrida de la lástima ¿sabés?

—Me imagino. También me imagino que sabés dónde está la colección.

—Te imaginás mal.

Al principio, Joaquín lloriqueaba un poco, pero ahora parecía
fascinado con los visitantes. Miriam tenía un gesto decidido.

—¿Los niños pueden irse a dormir?

—Si quieren. Pero no creo que tengan sueño.

Miró a Joaquín.

—¿Tenés sueño vos?

—No.

—Entonces quédense. A lo mejor terminan recordando dónde guarda el papi la colección.

—Yo nunca la vi.

—Pero sabés que tiene una.

—Sí.

—¿Sabés cuántas piezas tiene la colección?

—Un montón —dijo Joaquín.

—¿Cómo sabés que son un montón si nunca las viste?

—Porque mami siempre le está diciendo a papi que ahora es peligroso tener ese montón de armas.

—¿Y para vos cuánto es un montón?

—Y yo qué sé. Como mil.

—¿Y a vos te gustan?

—Me gustan las de la televisión.

El Flaco empezó a revisar la enorme biblioteca. Apartaba pilas de diez o veinte libros para ver si aparecía algún escondite, alguna llave, algún indicio. Miriam seguía en silencio sus movimientos. El Flaco se sintió vigilado.

—¿Leyó tu viejo todos estos libros?

—No creo.

—¿Y para qué los tiene? ¿Como decoración?

—Puede ser.

El Flaco hizo señas al Rubio y al Pecoso, como encargándoles que hicieran otra revisación a fondo por todo el apartamento.

—La Negra y yo alcanzamos para vigilar a este trío.

Miriam se miró las manos. Le sonrió a Alberto. Ahora parecía tranquilo, pero le brillaban los ojos.

—¿Tenés frío?

—Un poquito.

Con un gesto casi imperceptible, la muchacha llamó la atención del Flaco.

—¿Le das permiso a mi hermano para que vaya a buscar un pullover?

El Flaco estuvo un rato callado. Después miró a la Negra.

—Acompáñalo, ¿querés?

Ella le puso al chico una mano en el hombro, y así salieron.

—¿Puedo sentarme? —preguntó Joaquín.

—Ufa. Sí, podés.

El chico se acomodó en un sillón. El Flaco enfrentó de nuevo a Miriam.

—Y a vos, ¿te volvió la memoria?

—No.

—Digamos que si te vuelve, me vas a contar dónde están las armas de tu viejo.

—Tengo la impresión de que no me va a volver.

El Flaco encendió un cigarrillo y le ofreció otro a Miriam.

—Gracias, no puedo fumar. No sólo mis piernas son una porquería. Tampoco mis pulmones son de primera.

Ahora el Flaco registraba las paredes. Les daba golpecitos con los nudillos, como buscando algún punto que sonara a hueco.

—¿Vos estás de acuerdo con tu viejo?

—¿En qué?

—Por ejemplo, en política.

—Generalmente no.

—¿Por qué?

—No voy a entrar en detalles acerca de mis diferencias con mi padre.

—¿Sabés que tu viejo genera odios muy firmes?

—Me lo imagino.

—Y vos ¿lo odiás un poco?

—No.

—¿Le querés entonces?

—Ya te dije que no pienso entrar en detalles.

—Sin embargo, a veces es bueno desahogarse con alguien. Tenemos toda la noche, si querés.

—Decime, ¿vos qué sos? ¿Guerrillero o analista?

—¿No puedo ser las dos cosas?

—Ah, caramba.

—Tate tranqui. Casi no soy lo primero, pero mucho menos lo segundo.

—¿Por qué casi no sos lo primero?

—Porque no tengo vocación.

—¿Y por qué lo hacés?

—Digamos que lo considero un deber.

—¿Sólo por eso?

—Bueno, hay más cosas. Pero yo tampoco voy a entrar en detalles.

—Touché.

—Por lo menos decime una cosa: ¿para qué quiere las armas tu viejo?

—Igual que con los libros.

—¿Decoración?

—Más o menos.

El tono bajo de las dos voces ha terminado por adormecer a Joaquín. Miriam se pasa la mano por la frente.

—¿Estás cansada?

—Un poco. Pero tengo aguante, no te preocupes.

—¿De veras no me vas a decir dónde está la colección?

—Buscala. Siempre creí que cuando ustedes decidían llevar a cabo una de estas operaciones, ya venían con la información completa.

—Eso es lo ideal. Pero no siempre es así. Tenemos que irnos con la colección, ¿entendés?

—Claro que entiendo. ¿Me vas a pegar?

—¿De veras pensás que podría pegarte?

—¿Por qué no? A ustedes cuando los agarran les dan duro ¿no?

—No es lo mismo.

—Ya sé que no es lo mismo.

El Flaco parecía dispuesto a seguir aquel tableteo verbal. Pero volvió la Negra con Alberto.

—Flaco, éste se está cayendo. ¿Puede dormir?

—Si no lo autorizo, igual se va a dormir ¿no?

—Quise decir: si puede dormir en su cama.

—Mejor que duerma aquí, en el sofá. Ya el otro claudicó. En todo caso, tráeles frazadas.

Volvieron el Rubio y el Pecoso. No estaban satisfechos.

—¿Y?

—Nada.

—¿Revisaron bien? ¿Revisaron todo?

—Milímetro por milímetro.

—Sin embargo, es seguro que están aquí.

—Quién sabe. ¿No te parece que mejor nos vamos?

—No, no me parece. Tenemos tiempo y seguridad para buscar.

—Mirá que aquí no hay nada. Ni colección ni un corno. Ni siquiera un revólver de fulminante. Nada.

—Mirá que hay. Estoy seguro.

Miriam se movió en su silla de ruedas. Maniobró hasta colocarse frente a la Negra.

—Tendría que ir al baño. ¿Me llevás?

—¿La llevo, Flaco?

—Sí, claro.

La Negra empujó la silla por un corredorcito. Abrió la puerta del baño e introdujo allí a Miriam. Iba a cerrar nuevamente la puerta desde afuera, cuando Miriam la llamó con un gesto, y también con un gesto le indicó que cerrara la puerta desde adentro.

—¿Qué pasa? ¿Te sentís mal?

—No.

—Entonces te dejo sola. ¿O precisás ayuda?

—No, no preciso ayuda, pero quedate.

—¿Qué querés entonces?

Miriam se agitó un poco en la silla. Se le colorearon las mejillas antes de responder.

—Decile al Flaco que vaya a la cocina. A la derecha de la ventana. El tercer azulejo floreado.

Sobre el éxodo

Es obvio que el éxodo empezó por razones políticas. En el extranjero los periodistas empezaron a escribir que en el paisito la atmósfera era irrespirable. Y en verdad era difícil respirar. Los periodistas extranjeros siguieron escribiendo que allí la represión era monstruosa. Y realmente era monstruosa. Pero el hecho de que esas verdades fueran recogidas y difundidas por periodistas foráneos, dio pie a las autoridades para una inflamada invocación al orgullo nacional. El error gubernamental fue quizá haber puesto la invocación en boca del presidente, ya que en los últimos tiempos, no bien asomaba en los receptores de radio y las pantallitas de televisión la voz y/o la imagen del primer mandatario, la gente apagaba de apuro tales aparatos. De modo que los pobladores jamás llegaron a enterarse de la invocación al orgullo nacional que hacía el gobierno. Y en consecuencia se siguieron yendo.

Primero se fueron todos los sospechosos que andaban sueltos. Después se empezaron a ir los parientes y los amigos de los sospechosos [presos o sueltos]. Al principio, aunque eran muchos los que emigraban, siempre eran más los que iban a despedirlos a puertos y aeropuertos. Pero el día en que partió un barco con mil emigrantes y fueron despedidos por sólo venticuatro personas, el hecho insólito fue registrado por la indiscreta cámara de un fotógrafo extranjero, y la publicación de tal testimonio en un semanario de amplia circulación internacional dio lugar a una nueva invocación patriótica del presidente, y en consecuencia al momentáneo y preventivo apagón de los pocos receptores que aún contaban con radioescuchas y de las escasas pantallitas que aún tenían televidentes. Lo curioso fue que el gobierno no pudo verosímilmente castigar ese nuevo hábito, ya que, a partir de la crisis petrolera, había exhortado a la población a no escatimar sacrificios en el ahorro del combustible y por tanto de energía eléctrica. ¿Y qué mayor sacrificio [decía el pretexto popular] que privarse de escuchar la esclarecida y esclarecedora voz presidencial? No obstante, debido tal vez a esa circunstancia fortuita, el pueblo tampoco esta vez llegó a enterarse de que su orgullo patrio había sido invocado por el superior gobierno. Y siguió yéndose.

Cuando los sospechosos que andaban sueltos, más sus amigos y familiares, emigraron en su casi totalidad, entonces empezaron a irse los que pasaban hambre, que no eran pocos. La última encuesta Gallup había registrado que el porcentaje de hambrientos era de un 72,34 %, comprobación importante sobre todo si se considera que el 27,66 % restante estaba en su mayor parte integrado por militares, latifundistas, banqueros, diplomáticos, cuerpos de paz, mormones y agentes de la CIA. El de los hambrientos que se iban representó un contingente tanto o más importante que el de los sospechosos y «sospechosos de sospecha». Sin embargo, el gobierno no se dio por enterado y como contrapropaganda empezó a difundir, por los canales y emisoras oficiales, un tratamiento de comidas para adelgazar.

Cierto día circuló el rumor de que en Australia había gran demanda de obreros especializados. Inmediatamente se embarcaron rumbo a Oceanía unos treinta mil obreros, cada uno con su mujer, sus hijos y su especialización. Es sabido que, en cualquier lugar del mundo, los grandes industriales captan rápidamente las situaciones claves. Los del paisito también las captaron, y al comprender que sus fábricas no podían seguir produciendo sin la mano de obra especializada, desmontaron urgentemente sus planes y plantas industriales y se fueron con máquinas, dólares, musak, familia y amantes. En algunos contados casos dejaron en el país un solo empleado para que presentara la liquidación de impuestos, pero en cambio no dejaron ninguno para que la pagara.

Otro día circuló el rumor de que, también en Australia, había gran demanda de servicio doméstico. Inmediatamente se embarcaron rumbo a Sidney cuarenta mil sirvientas, mucamos, etc., incluido en el etcétera un ex mayordomo que estaba sin trabajo desde el secuestro del embajador británico. En las grandes familias de la oligarquía ganadera, las damas de cuatro a seis apellidos también captaron rápidamente la situación, y al comprender que, sin servicio doméstico, habrían tenido que ocuparse ellas mismas de la comida, la limpieza, el lavado de ropa [los lavaderos y tintorerías hacía meses que habían emigrado] y la higiene de letrinas y fregaderos, convencieron a sus maridos para que organizaran con urgencia el traslado familiar a algún país medianamente civilizado, donde al oprimir un botón de inmediato acudieran sirvientitas que hablaran inglés, francés, y no tuvieran piojos ni hijos naturales. Porque aquí, en el mejor de los casos, al llamado del timbre sólo aparecían los piojos. Y no se sabía por cuánto tiempo seguirían apareciendo.

Hay que reconocer que los militares fueron de los que se quedaron hasta el final. Por disciplina, claro, y además porque percibían suculentos gajes. En el momento oportuno, su voluntad de arraigo les había hecho emitir un comunicado especialmente optimista, en el que se señalaba que en el último año había disminuido en un 35,24 % la cantidad de personas que habían sufrido accidentes de tránsito. Los periodistas extranjeros, con su habitual malevolencia, intentaron minimizar ese evidente logro, señalando que no constituía mérito alguno, ya que en el territorio nacional había cada vez menos gente para ser atropellada. El único diario que reprodujo este insidioso comentario, fue clausurado en forma definitiva.

Sí, los militares [y los presos, claro, pero por otras razones] se quedaron hasta el final. Sin embargo, cuando el éxodo empezó a adquirir caracteres alarmantes, y los oficiales se encontraron con que cada vez les iba siendo más arduo encontrar gente joven para someterla a la tortura, y aunque a veces remediaban esa carencia volviendo a torturar a los ya procesados, también ellos, al encontrarse en cierta manera desocupados, empezaron a buscar pretextos para emigrar. Las becas que proporcionaba la gran nación del Norte para cursos de perfeccionamiento antiguerrillero en la Zona del Canal, comenzaron a ser masivamente aceptadas. Aproximadamente la mitad de los oficiales en servicio fueron canalizados hacia el Canal. En cuanto a la mitad restante, se dividió en dos clanes que empezaron a luchar por el poder. Eso duró hasta que una tarde, un coronel medianamente lúcido reunió en el casino del cuartel a sus camaradas de armas y les zampó esta duda cruel: «¿A qué luchar por el poder si ya no queda nadie a quien mandar? ¿Sobre quién carajo ejerceremos ese poder?». El efecto de semejante duda filosófica fue que al día siguiente se embarcaron para el exterior el noventa por ciento de los oficiales que quedaban. Los que permanecieron [casi todos muy jóvenes, pertenecientes a las últimas promociones], felices de hallarse por fin sin jefes, intentaron organizar un partidito de fútbol en la plaza de armas, pero cuando advirtieron que el total de fieles servidores de la patria no alcanzaba a los veintidós que marca la reglamentación de la FIFA, decidieron suspender el partido. Y al día siguiente se fueron en el alíscafo.

El último de los militares en irse, fue el director del Penal. Cuando se alejó, sin despedirse siquiera de los presos políticos [aunque sí de los delincuentes comunes], dejó el gran portón abierto. Durante una hora los presos no se atrevieron a acercarse. «Es una trampa para matarnos», dijo el más viejo. «Es un espejismo», dijo el más cegato. «Es la tortura psicológica», dijo el más enterado. Y estuvieron de acuerdo en no arriesgarse. Pero cuando transcurrió otra hora y desde afuera sólo venía el silencio, el más joven de los reclusos anunció: «Yo voy a salir». «¡Salgamos todos!», fue la respuesta masiva.

Y salieron. En las calles no se veía a nadie. Junto a un árbol hallaron dos revólveres y una metralleta abandonada. «Habría preferido encontrar un churrasco», dijo el más gordo, pero acaso por deformación profesional tomó uno de los revólveres. Y avanzaron, primero con cautela y luego con relativa intrepidez. «Se fueron todos», dijo el más viejo. «Ojalá hayan dejado también a las presas», dijo el más enterado. Y ante la carcajada general, agregó: «No sean mal pensados. Lo digo preocupado fundamentalmente en la tarea de repoblar el país». «¡Falluto! ¡Falluto!», gritaron varios.

Demoraron dos horas en llegar al Centro. En la plaza tampoco había nadie. El héroe de la Patria, desde su corpulento caballo de bronce, por primera vez en varios años tenía un aire optimista. También por primera vez el monumento no estaba decorado por los excrementos de las palomas, tal vez porque las palomas se habían ido.

El que llevaba el revólver empujó lentamente la gran puerta de madera y penetró con cierta parsimonia en la Casa de Gobierno. Los demás lo siguieron, un poco impresionados porque aquel edificio había sido algo inaccesible. En una habitación de la planta alta encontraron al presidente. De pie, silencioso, con las manos en los bolsillos del saco negro.

—Buenas tardes, presidente —dijo el más viejo. Disimuladamente alguien le alcanzó el revólver que recogieran durante la marcha.

—Buenas tardes —dijo el presidente.

—¿Por qué no se fue? —preguntó el más viejo.

—Porque soy el presidente.

—Ah.

Los ex reclusos se miraron con una sola pregunta en los ojos: «¿Qué hacemos con este tarado?». Pero antes de que nadie hallara una respuesta, el más viejo le alcanzó el arma al presidente.

—Señor, queremos pedirle un favor. Péguese un tiro.

El presidente tomó el arma y todos observaron que la mano le temblaba. Pero algunos lo atribuyeron a que fumaba demasiado.

—No sé si ustedes saben que soy cristiano. Y a los cristianos les está prohibido suicidarse.

—Bueno —dijo el más viejo—. Tampoco hay que ser tan esquemático. Es cierto lo que usted dice, pero hasta cierto punto. Usted es un cristiano, señor presidente, pero un cristiano de mierda, y a esa subespecie sí les está permitido suicidarse.

—¿Usted cree?

—Estoy seguro, señor —dijo el más viejo.

El presidente se sonó las narices y se acomodó el nudo de la corbata.

—¿Permiten por lo menos que me vende los ojos?

El más viejo miró a los demás.

—¿Le dejamos que se vende los ojos?

—¡Sí! ¡Que se los vende! —dijeron todos.

Como el blanco pañuelo del presidente estaba sucio por haberse sonado las narices, uno de los ex reclusos tomó una servilleta que había sobre una mesa, y con ella le vendó los ojos. El presidente alzó entonces su mano con el revólver, y antes de arrimarlo a la sien derecha, dijo con voz ronca:

—Adiós, señores.

—Adiós —dijeron todos, con los ojos secos, pero sin alegría.

El tiro sonó extraño. Como un proyectil que se hunde en paja podrida.

Aún resonaba la estela opaca del estampido, cuando empezaron a oírse los tamboriles de los primeros jóvenes que regresaban.

Gracias, vientre leal

«A nadie», había dicho el Colorado, «a nadie, ni siquiera a tu mujer. ¿Estamos?». Y él había contestado: «Estamos». «Ni el menor indicio, ¿eh? Bastante caro hemos pagado ya esos y otros liberalismos. Y la acción de mañana es particularmente riesgosa. Aun extremando las medidas de seguridad, vos y Alfredo van a correr mucho peligro. Eso lo sabés, ¿verdad?» «Está bien, está bien», había dicho él. El Colorado había resoplado antes de concretar: «Bueno, a las siete te recogerá Alfredo en Durazno y Convención».

Ahora Marta le servía lo que ella denominaba «costillitas de cerdo a la riojana, versión libre». Siempre, para bromear, le ponía un papelito sobre el plato con el menú del día. Ñoquis a la romana. Escalope a la viena. Crème parmentière. Y así por el estilo. Esto de «a la riojana» le había quedado de cierta vez que fueron a Buenos Aires y a él le había gustado aquella combinación. Era la época en que todavía podían ir de compras cada tres meses, y de paso veían cine, teatro, exposiciones. A ellos, que en Montevideo vivían rodeados de padres, suegros, tíos, primos, sobrinos, aquellas escapadas les servían como una puesta al día de su mejor intimidad. Se sentían más unidos, más pareja, caminando del brazo por Corrientes que en su propia casa donde había ojos en todos los rincones y en todos los retratos. Pero hacía tiempo que esas «lunas de miel» se habían acabado. Ahora había que hacer milagros con la plata.

—¿Te llamó tu madre? —preguntó Marta.

—Sí. Veinte minutos. De un tirón.

—¿Qué quería?

—Lo de siempre: compasión. Pobre vieja. Cómo se mira el ombligo. El mundo puede venirse abajo, pero para ella no hay nada más importante que el almacenero que le cobró de más y le pesó de menos.

—¿Sabés lo que pasa? Es bravo llegar a los setenta, y estar sola, y no haber hecho otra cosa que pensar en sí misma. Además, a esa edad, ¿vas a pretender cambiarla?

—Ni se me ocurre. Apenas si alguna vez le digo: «Vieja, ¿por qué no lees los diarios? Así a lo mejor te enteras de la gente que muere de hambre en el Nordeste brasileño, de los niños que en Vietnam son quemados diariamente con napalm, y también de los botijas que aquí, en tu país, no han probado jamás leche. Enterate de todo eso y vas a ver cómo mañana vas corriendo a darle un besito al almacenero que, con toda humildad, apenas si te afanó treinta pesos».

Cuando iba por la mitad de la última frase, se fijó de pronto en lo linda que estaba Marta esta noche. No venía nadie, y sin embargo se había puesto el vestidito azul. O sea que era por él, nada más que por él. Simultáneamente con la comprobación de lo bien que le quedaba el vestido, le vinieron unas tremendas ganas de quitárselo. Pero se contuvo.

—Qué linda estás hoy.

—¿Hoy nomás?

Ese juego de frases era casi una tradición entre ellos. Tenían varias series de esos dialoguitos automáticos. A veces funcionaban bien y provocaban otros dialoguitos, éstos sí improvisados. Otras veces, en cambio, sonaban a rutina. Dependía de tantas cosas: del estado de ánimo de uno, o de los dos; de la buena o mala digestión; de la noticia desalentadora escuchada en la radio; hasta de la niebla, la lluvia o el sol, que podía registrarse en la ventana del *living*.

—Vos en cambio estás feo.

—El hombre es como el oso, ¿no?

—Sí, cuanto más feo más espantoso.

En realidad, la variante era de él, pero ella se había reído mucho cuando él la había incorporado al folklore doméstico.

—¿Te pido algo? No limpies la cocina esta noche. Dejala para mañana.

—¿Vos me ayudás mañana?

Él vaciló, y ella se dio cuenta.

—Ah, no me ayudás.

—Mirá, no voy a ayudarte mañana, porque tengo que salir temprano. Pero igual te pido que no limpies la cocina esta noche.

—Bueno, el argumento no es muy convincente.

—¿Y la mirada?

—La mirada sí.

—¿Entonces no limpiás?

—Entonces no limpio.

Todo estaba implícito. Ocho años de matrimonio, ocho buenos años de matrimonio, crean rutinas, claro, pero también crean entrelíneas, claves, contraseñas. «No tenemos que dejar que nos aplaste la costumbre», decía él a menudo. «Siempre hay que crear, siempre hay que inventar.» «¿Y yo te empujo mucho a la costumbre?», preguntaba Marta. «No, en absoluto. Porque no alcanza con que invente un solo integrante de la pareja; no alcanza con que se renueve uno solo. Algunas noches vos me hacés una caricia nueva, una caricia inédita, y fijate qué curioso, esa caricia nueva también sirve para revitalizar las viejas caricias, como si las contagiara de su novedad.»

—Vení. Quiero quitarte yo el vestido.

—¿Qué pasa, amor?

—Nada. Sólo que quiero quitarte yo el vestido. Ya que es tan lindo.

Marta se enfrentó a él, alegre y sorprendida, como dispuesta a iniciar un juego del que aún no había captado totalmente el sentido.

—Quite, pues.

Él descorrió lentamente los cierres, desabotonó lo que había que desabotonar, y luego presionó hacia abajo. El vestido azul quedó arrollado a los pies de Marta. Ella iba a recogerlo, pero él dijo: «Después». «Se va a arrugar.» «No importa.» La hizo girar frente a sí, le desprendió el sostén.

—Realmente estás mucho más linda que cuando nos casamos.

—Pero ¿qué pasa, amor?

—Eso es lo que quería confirmar. Ya lo he confirmado. Ahora vení.

—¿Usted no se piensa desvestir, compañero?

—¿Lo crees necesario?

—Absolutamente.

«A nadie», había dicho el Colorado, «ni siquiera a tu mujer». Quizá por eso, él sentía oscuramente que en este acto de amor iba a haber una trampa. Pero estaba resuelto a trampear. Estaba resuelto, aun en el instante de empezar a recorrer morosamente el cuerpo de Marta. Sus manos estaban esta noche como nuevas. Su tacto tenía hoy una increíble sensibilidad, todo lo captaba, todo lo excitaba, todo lo enamoraba. Le pareció incluso que sus manos se habían vuelto repentinamente memoriosas, ya que al acariciar un pecho, o un trozo de cintura, o un muslo, recobraba con sorpresa sensaciones muy anteriores, es decir, volvía a sentir [junto con el tacto nuevo] un recuperado tacto antiguo.

Marta advirtió que ésta era una noche excepcional. No sabía la razón. Pero dejó para averiguarlo luego. No era ésta una noche para estar pasiva, dejándose amar y punto. Era una noche para amar ella también activamente, entre otras cosas, porque se sentía invadida por un deseo tierno, fuera de serie. Él le susurraba: «Linda, tierna, buena», y ella sentía que efectivamente lo era, en ese instante al menos. Por su parte, ella no decía nada. Le gustaba que él le dijera cosas, pero ella callaba. Sólo sus ojos y sus manos hablaban. Y eso bastaba. Mientras los ojos y las manos de Marta hablaran, a él no le importaba que no hubiera palabras. Las palabras las ponía él. Siempre había alguna nueva, y la palabra nueva era como una nueva caricia, y también enriquecía las palabras de siempre.

Sólo en un instante, cuando él sintió que se conmovía casi hasta el llanto, ella abrió desmesuradamente los ojos, suspendió todo ritmo y murmuró en su oído: «¿Qué hay?». Él balbuceó promesas, pidió perdones, juró amor, pero todo en un lenguaje cifrado que ella no alcanzó a comprender. Allí el deseo reclamó sus derechos, y también esa duda quedó para después.

Quedaron fatigados, satisfechos, unidos. Él pasó el brazo bajo el cuello de Marta, y permanecieron en silencio, los dos fumando.

—Hacía mucho que... —empezó él.

—¿Verdad que sí? ¿Por qué será? Después de todo, somos los mismos hoy que la semana pasada.

—Quién sabe.

—Estoy contenta, ¿sabés?

—¿De qué? ¿De que el país ande como el diablo?

—No. Estoy contenta porque nosotros andamos bien. Lo del país me amarga, claro. Pero te confieso que todavía no soy lo suficientemente generosa como para anteponer el destino del país al destino nuestro.

—¿No te parece que el destino del país nos incluye a nosotros?

—Sí, claro.

—¿Y entonces?

—Ya te dije que no soy lo suficientemente generosa.

—No es cierto.

—Bueno, a veces soy generosa casi por egoísmo. Con vos, por ejemplo. ¿Cómo no ser generosa con vos? Pero eso también es egoísmo.

—Todo mezclado, como dice Guillén.

—Pero estoy contenta. ¿Y vos?

—También.

—Estoy contenta porque intuyo que todo lo nuestro va a ir cada vez mejor. Y a corto plazo.

—Ojalá Dios mejore de su sordera.

—¿Y eso?

—Es mi modo de decir que Dios te oiga.

Ella sonrió por entre el humo.

—Decime: ¿pensás seguir militando?

—Sí.

—¿Lo crees realmente necesario?

—Sí, Marta, lo creo. Sobre todo para mí, para nosotros.

—A veces tengo miedo. Todo se está complicando tanto. No sé si vale la pena el sacrificio.

—Siempre vale la pena.

—Ese miedo es la única nube a la vista. Ya han caído tantos. ¿Puedo pedirte algo?

—Claro.

—No asumas riesgos mayores.

—No hay riesgos mayores y riesgos menores. Hay riesgos. Punto. Y a ésos no pienso sacarles el cuerpo.

—Vos bien sabés a qué me refiero. No podría soportar que te pasara algo.

—No me va a pasar nada.

—Ya sé. Ya sé. Pero...

—¿Vos me querrías si supieras que le escapo a los riesgos, que me acobardo y flaqueo?

—No sé. No creas que es tan simple. A lo mejor mi cabeza te haría reproches, pero creo que mi vientre te querría igual. ¿Sabés una cosa? Mi cabeza puede atenerse a principios, y hasta asumir compromisos. Pero para mi vientre vos sos mi único compromiso. Lo que pasa es que es un vientre leal, ¿no crees?

Él siguió fumando en silencio, conmovido. Ella esperó la respuesta, luego insistió.

—¿Qué? ¿No lo crees?

—Sí, lo creo.

Y la volvió a abrazar. Esta vez sin otra intención que saberla cerca, y sentir de paso la lealtad de aquel vientre.

Se durmieron de a poco, despertándose o semidespertándose sólo para sentirse confortados con la piel del otro, como si el simple tacto los pusiera a salvo de toda desgracia.

Él se despejó por completo diez minutos antes de que sonara el despertador. Durante la noche Marta se había apartado y ahora dormía boca abajo, sin sábana: realmente una gloria. No la tocó siquiera. Se levantó en silencio, fue al baño, se vistió de apuro. La miró una vez más. En un papel garabateó una frase: «Gracias, vientre leal», y lo dejó sobre la cama en desorden.

Salió a la calle y miró el reloj: tenía el tiempo justo para encontrarse con Alfredo en Convención y Durazno.

Pequebú

Le parecía a veces que sus propios gritos salían de otra garganta, y sólo entonces lograba situarse más allá del dolor estéril, feroz. Aunque su cuerpo se encogiera y se estirase [como un bandoneón de cambalache, llegó a pensar], él casi podía sentirlo como una cosa ajena. A diferencia de otros que dijeron no sé, y no hablaron, y sobre todo a diferencia de aquellos pocos que dijeron no sé y sin embargo hablaron, él había preferido inaugurar una nueva categoría: los que decían sí sé, pero no hablaban. Ahora que aparentemente el tipo deja la máquina, y la máquina deja a su cuerpo, sabe que sin embargo falta aún la patada en los huevos. Es un ritual. Y la patada viene. Todavía no ha llegado a desprenderse tanto de su pobre cuerpo como para no sentir la patada ritual. En ese instante no siente sus testículos como algo ajeno sino como algo irremediablemente suyo. No tiene más remedio que doblarse. «Así que Pequebú ¿eh?», suelta el tipo con una risa que es también bostezo. De modo que hasta eso saben. Pequebú. El mote había nacido aquella noche, en el boliche del gallego Soler, cuando Eladio vio que traía dos libros y le preguntó qué estaba leyendo. El mozo había puesto encima la bandejita con tostadas, así que él se limitó a apartar la bandeja para que el otro viera los autores: Hesse y Machado. «Así que Pequebú, ¿eh? Como alias, no está mal», volvió a festejar el tipo, tal vez haciendo alguna mueca para sus silenciosos compinches, y él empezó lentamente a desenroscarse, porque sabía que ahora venía la tregua. «No sé cómo estarás vos, pendejo, pero yo estoy fané. Así que vamos a descansar una horita y después reiniciamos el trabajo, ¿qué te parece?» Esperó que sonara el portazo y que se alejaran los pasos de los cinco. Sólo entonces se estiró en el piso mugriento, donde el olor a sangre, propia y ajena, se mezclaba con el tufo a sudor y vómitos de la capucha. «Lecturas pequeñoburguesas», había sentenciado Raúl, y él se había encogido de hombros. Sí, pero le gustaban. Eladio había echado la ceniza en la taza, usando la cucharita para aplastarla contra la agotada bolsita de té. Después había sonreído, sobrador. «Lo que pasa es que vos, Raúl, aún no te has percatado de que Vicente no sólo se dedica a lecturas pequeñoburguesas, sino que él mismo es un pequeñoburgués.» «Pequebú», dijo Raúl, y todos rieron. A partir de esa noche, la barra entera lo llamó así. Sólo algunas de las muchachas, con esa manía tan femenina por las abreviaturas, lo llamaban Peque. Cursaban Preparatorios de Derecho, pero él era el único que, además, escribía. No sólo poemas, como cualquier neófito; también escribía cuentos. Hablaba poco, pero disfrutaba escuchando. Ahora que el dolor parece ceder un milímetro, puede recordar cómo disfrutaba escuchando. Y mientras escuchaba hacía cálculos, retratos, pronósticos y diagnósticos, sobre los que hablaban. Era tan tímido que nunca mostraba a nadie lo que escribía. Tenían poco menos que arrancarle los originales, y entonces alguien [generalmente, una de las muchachas] los leía en voz alta. Después venía la sesión crítica. «Pequebú, te pasaste. Te solazás demasiado en las cosas lindas.» Él preguntaba si lo decían por las mujeres. Las muchachas aplaudían. «No, eso está bien. Son las únicas cosas lindas que, además, son indispensables.» Falluto. Demagogo. «Digo por las cosas nomás, por los objetos. En tus cuentos, cuando se describe un cuadro, un sillón o un armario, aunque vos no les hagas propaganda con adjetivos, igual uno se da cuenta de que son cosas lindas.» «¿Y qué querés? A mí me gustan las cosas lindas, ¿a vos no?» Ésta sí que fue puntada, carajo. ¿Cuánto más aguantará, no ya sin hablar [él sabe que no va a hablar] sino sin morirse? «Ése no es el problema: me gustan o no me gustan, todo eso es subjetivismo. Lo cierto es que en el mundo también hay cosas feas, ¿o no?» Él le había preguntado si le gustaban esas cosas feas. «No es ése el asunto, te lo repito. El problema es que existen y vos las ignorás.» ¿Quién le había dicho que las ignoraba? Estaban también, pero ellos no se fijaban. Sólo les chocaban las cosas lindas. «Pequebú, vos tenés unas lagunas ideológicas que son casi océanos.» Puede ser, reconocía, pero de paso les pedía que se fijaran: las lagunas por lo general están quietas, y los océanos se mueven y cómo. A lo sumo durará dos sesiones de máquina. El derecho es como si no existiera. Pero el izquierdo, puta cómo duele. Cuando se creó la agrupación, él quiso participar, pero no hubo caso. «Nosotros te queremos, viejo, pero en estas épocas el cariño no es una prioridad, ¿sabés?» Eladio fue el primero en advertir que el argumento no era suficiente. «Mirá, Pequebú, con vos quiero ser franco. La militancia viene brava, ¿tamo?» Y él no estaba claro, ¿era eso? «Puede ser que me equivoque, no soy infalible. Pero tenés muchos resabios: en tus gustos, en tus costumbres, en tus lecturas, hasta en lo que escribís.» ¿Porque escribía sobre cosas lindas? «No sólo por eso. Por ejemplo, en tus cuentos nunca hay obreros.» Era cierto, no había. «Y eso está mal. Si vos supieras que la clase trabajadora...» Lo sabía, lo sabía. «¿Y entonces?» Él trataba de hacerles comprender que en sus cuentos no había obreros, sencillamente porque los respetaba. Y algo más: «Vos sabés que yo vengo de una familia de clase media, ¿no?». «Bastante que se nota.» «Nunca he frecuentado los medios obreros. Varias veces he tratado de poner laburantes en mis cuentos. Y no me sale. Después releo el fragmento y me suena a falso. Todavía no logré la clave para hacerlos hablar, ¿comprendés? No incluyo obreros para que no suenen a hueco. Porque yo sé que cuando hablan, y menos aún cuando actúan, los laburantes no son nada huecos.» Aquí el otro le ponía como ejemplo los cuentos de Rossi, que ya tenía dos libros publicados. «Él también es clase media, y sin embargo escribe sobre obreros.» ¿Realmente le gustaban los cuentos de Rossi? «Eso es otro asunto. Vos todo lo subjetivizás: ¿te gustan?, ¿no te gustan? También esa pregunta es pequeñoburguesa.» Tenía razón: por lo menos era subjetiva, vas ganando uno a cero. Pero ¿le gustaban o no? «Y dale con la mocha. Yo no entiendo de literatura.» Claro que no, pero ¿gustaban? Por fin la confesión: «Me aburren un poco. Pero, claro, yo no entiendo». Le aburrían, no porque no entendiera sino porque le sonaban a hueco; porque esos personajes no eran laburantes sino esquemas. Esquemones, más bien. El dolor en cambio no era un esquema, sino una realidad sin escapatoria. ¿Sería también una actitud pequeñoburguesa sentir este dolor de mierda? Eso sí, tenía que hacerse una autocrítica: haber dicho que sabía. ¿Para qué? Total, ni él mismo tenía conciencia cabal de si era mucho o importante lo que ahora ocultaba, lo que empecinadamente se negaba a decir. ¿Habrá dicho que sabía, nada más que para probarse a sí mismo, para confirmar que podía aguantar hasta el fin sin delatar a nadie? Allá no lo habían aceptado. Por sus lagunas, claro. Además, la agrupación no admitía el ingreso de la pequeña burguesía. Él igual había seguido concurriendo a la mesa del café. Un poco se burlaban de él, y otro poco lo respetaban. Sobre todo respetaban su falta de rencor. E incluso una vez que habían llegado demasiado temprano y estaban los dos solos en la mesa, Martita, una de las pibas más lindas de la barra, le preguntó con cara de culpable de qué trataban esos libros que él siempre leía. Y él le había dicho unos versos de Machado: «La primavera ha venido. / Nadie sabe cómo ha sido». Y también: «Creí mi hogar apagado, / y revolví la ceniza... / Me quemé la mano». Y cuando Martita había vacilado al preguntar: «¿Machado es pequeñoburgués, como vos?», se había visto obligado a aclarar que, en todo caso, él era pequeñoburgués como Machado. La prioridad siempre para el troesma. Entonces Martita se había puesto muy colorada y había dicho, bajando aquellos tremendos ojos negros: «No se lo vayas a decir a Eladio ni a Raúl, pero a mí me gustan esos versos, Vicente». No lo había llamado Pequebú, ni siquiera Peque, sino simplemente Vicente. Él había sonreído como un idiota, pero en verdad estaba bastante conmovido. Por él mismo, y también por Machado. Y nada más. Porque llegó Raúl, casi corriendo. El horno no estaba para bollos. La represión se había puesto dura. La cana se había llevado a Eladio: lo levantaron a la salida de clase. Así que la consigna era esfumarse. Y se habían esfumado. Nunca más la vio a Martita. Una semana después alguien trajo el chisme de que Eladio había aflojado, pero él no lo creyó, ni siquiera ahora lo cree. Los comunicados oficiales siempre dejan entrever que todos aflojan. Pero sólo afloja uno cada cien. Aunque sufre como un condenado [¿acaso no es un condenado?, nunca había pensado que una frase hecha podía convertirse en realidad], en el fondo se siente tranquilo porque a esta altura está igualmente seguro de dos cosas: que él no va a ser ese único en cien, pero también que va a morir. «¿Y ha de morir contigo el mundo tuyo, / la vieja vida en orden tuyo y nuevo? / ¿Los yunques y crisoles de tu alma / trabajan para el polvo y para el viento?» No hay caso, no puede desprenderse del viejo Machado. Cayó y no lo podía creer. No había militado. En realidad, no lo habían dejado militar. Hace como veinte días que cayó, o quizá sean dos meses, o cuatro días. Bajo la capucha es difícil calcular el tiempo. No ha hablado con nadie, es decir, con nadie que no sea el tipo que diariamente le hace ver las estrellas. Otro lugar común que se ha vuelto verdad. Cuando la máquina empieza a funcionar y él aprieta los ojos, siempre ve las estrellas. En rigor quien habla, pregunta e insulta, es el otro. Al principio él decía no; luego, se limitaba a negar con la cabeza. Ahora responde sólo con el silencio. Sabe que eso lo pone al otro más furioso, pero no importa. Al comienzo le daba vergüenza llorar, pero ahora no, sería estúpido gastar energía en aguantar las lágrimas. Además no blasfema, ni maldice. Sabe que eso también pone frenético al otro, pero tampoco importa. Por lo menos se ha construido un reducidísimo campo donde es él quien impone las reglas del juego. Y una de esas reglas [que no figura en los planes del otro] es morir. Y está seguro de que va a imponer su juego. Los va a joder, aunque sea muriéndose. Ya no tiene músculos ni nervios ni tendones ni venas ni pellejo. Sólo un gran dolor generalizado, algo así como una náusea gigante. Y sabe que vomitará cualquier cosa [desde la inmunda comida hasta los míseros pulmones] menos los nombres, domicilios y teléfonos que el otro reclama. Ellos pueden ser dueños de la picana, de las patadas, del submarino [el húmedo y el seco], del caballete, de la crueldad en fin. Pero él es dueño de su negativa y de su silencio. ¿Por qué se oirán tan claramente los pasos en el corredor? Señores, va a empezar la tercera sesión de la jornada. ¿Sonará en ésta? A más tardar, en la de mañana. Las dos últimas veces perdió el sentido y, por lo que escuchó cuando volvía lentamente en sí, les costó tiempo y esfuerzo traerlo nuevamente a la vida. Es por eso que en el fondo se sabe poderoso. Todos sus sentidos están consagrados a ganar esta última batalla. A veces, como destellos, ve bajo la capucha los rostros de sus viejos, el altillo en que solía estudiar, los árboles de su calle, la ventana del café. Pero ya no tiene sitio para la tristeza. Sólo hay algo que le trae un poquito de amargura, la última tal vez, y es la certidumbre de que los muchachos jamás se enterarán de que Pequebú [Vicente, para Martita] va a morir sin nombrarlos. Ni a ellos, ni a Machado.

Oh quepis, quepis, qué mal me hiciste

1.

El obrero le dijo al militar progresista: «Buenas intenciones tal vez, pero serás mandón hasta la muerte». El militar progresista le dijo al blanco nacionalista: «¿Querés que te sea franco? Tu reforma agraria cabe en una maceta». El blanco nacionalista le dijo al batllista: «Lo que pasa es que ustedes siempre se olvidan de la gente del Interior». El batllista le dijo al demócrata cristiano: «Yo escribo dios con minúscula ¿y qué?». El demócrata cristiano le dijo al socialista: «Comprendo que seas ateo, pero jamás te perdonaré que no creas en la propiedad privada». El socialista le dijo al anarco: «¿No se te ocurrió pensar por qué ustedes no han ganado nunca una revolución?». El anarco le dijo al trosco: «Son un grupúsculo de morondanga». El trosco le dijo al foquista: «Estás condenado a la derrota porque te desvinculaste de las masas». El foquista le dijo al bolche: «También ustedes tuvieron delatores». El bolche le dijo al prochino: «Nosotros nos apoyamos en la clase obrera: ¿también en esto nos van a llevar la contra?». Y así sucesivamente. «Apunten, ¡fuego!», dijo el gorila acomodándose el quepis, y un camión recogió los cadáveres.

2.

El batllista le dijo al blanco nacionalista: «Y bueno, hay que reconocer que ustedes han tenido a veces una actitud antiimperialista que nos faltó a nosotros». El blanco nacionalista le dijo al socialista: «Quizá a mí me falta tu obsesión por la justicia social». El socialista le dijo al demócrata cristiano: «Yo creo que nuestras discrepancias acerca del cielo no tienen por qué entorpecer nuestras coincidencias sobre el suelo». El demócrata cristiano le dijo al anarco: «¿Sabés qué rescato yo de tus tradiciones? Ese metejón que tienen ustedes por la libertad». El anarco le dijo al prochino: «Pensándolo mejor, no está mal que se abran las cien flores». El prochino le dijo al bolche: «¿Qué te parece si hacemos una excepción y coincidimos en eso de la justicia social?». El bolche le dijo al trosco: «Ojalá fuera cierto lo de la revolución permanente». El trosco le dijo al foquista: «¡Ustedes por lo menos se arriesgan, carajo!». El foquista le dijo al militar progresista: «No creo que ustedes, como institución, vayan alguna vez a estar del lado del pueblo. Pero puedo creer en vos como individuo». El militar progresista le dijo al obrero: «Cuando suene aquello de Trabajadores del Mundo, uníos, ¿me hacés un lugarcito?». Y así sucesivamente. «Apunten», dijo el gorila acomodándose el quepis. Entonces los soldados le apuntaron a él. Por las dudas no gritó: «¡Fuego!». Se quitó el quepis, lo arrojó a la alcantarilla, y algo desconcertado se retiró a sus cuarteles de invierno.

El hotelito de la rue Blomet

Quizá se debiera a la vieja costumbre de no reconocerse en público. Lo cierto es que en el *métro* no se hablaron. De vez en cuando él la miraba y ella esbozaba una sonrisa tristona y nada más. Era la complicada hora del cierre comercial. El vagón iba repleto y había un olor agridulce, mezcla de sobaco y chanel. Igual que en el 65.

Fue un alivio llegar por fin a la estación Vaugirard. Él tomó la valijita con la que ella había aparecido, dos horas antes, en la Gare de Lyon. Ahora nevaba, y cómo.

—¿Compramos *baguettes, gruyère* y *beaujolais*?

—Sí, claro, como siempre.

—Así no salimos a cenar.

—Mejor. La calle está asquerosa.

—Por lo menos en la *mansarde* hay calefacción.

—Qué bueno.

Hicieron las compras. Agregaron *gaulois* y fósforos para él; chocolate para ella. Ella cargó con los nuevos paquetes, y él otra vez con la valija. Remontaron la rue Cambronne, del brazo y bien apretaditos para protegerse de la nieve, pero caminando despacio para no resbalar.

En el hotelito de la rue Blomet, madame Benoit los saludó con la sonrisa afilada y distante de costumbre. A ella le tendió la mano y le dijo la frasecita clásica: se alegraba de que la señora Méndez [madame Mandés] hubiera llegado bien. Ella sonrió y balbuceó en respuesta otra amabilidad banal. Él recogió su llave y subieron a la habitación.

Era una *mansarde* con una sola ventanita, en cuyo antepecho se juntaba la nieve. Cerca de la ventana había una mesa y dos sillas. La cama doble tenía una colcha azul. En la pared, una descolorida reproducción de Renoir. La sencillez era suficiente y acogedora.

—No pude conseguir la misma habitación. La 42 está ocupada.

—No importa. Es linda, y además hace calorcito.

Sin embargo, ella no se quitó el abrigo. Estaba helada. Abrió la valijita y empezó a sacar algunas prendas.

Él abrió las puertas de un armario casi enano.

—Te dejé libre todo el lado derecho.

Ella no contestó, pero empezó a acomodar su ropa en los estantes y perchas que él le había adjudicado. Él fue hasta el lavabo, abrió la canilla y esperó que el agua saliera caliente. Se lavó las manos. Luego se puso a deshacer los paquetes y fue colocando los comestibles sobre la mesa. Descorchó la botella. Cortó cada *baguette* en dos partes y fue distribuyendo las rebanadas de queso.

Ella estaba todavía acomodando sus cosas en el armarito cuando él se acercó por detrás y le puso una mano en el hombro. Ella inclinó la cabeza hacia ese costado para sentir el contacto de la mano. Entonces él la quiso abrazar.

—Ahora no. Tengo hambre.

—Yo también.

Ella se lavó la cara. Después se acercó a la mesa. Durante un buen rato masticaron en silencio.

—Qué banquete.

—Debo confesarte que ésta es mi cena de casi todas las noches.

—Una maravilla. Estaba muerta de hambre. En el ferrocarril comí poquísimo, me sentía un poco mareada.

—¿Y ahora?

—Ahora no. El vino y el queso me devolvieron la vida.

—Te volvió el color a las mejillas. Estabas pálida.

—De hambre.

—Antes no comías con tanto apetito.

—¿Antes aquí o antes Uruguay?

—Ni aquí ni allá. Siempre estabas inapetente.

—Pues ahora ya viste que no. Debe ser una especie de desquite. La verdad es que cuando tuve que borrarme en el 72, pasé hambre. Hambre de veras.

—Ya lo sé. En el cuartel la comida era asquerosa. Nunca es exquisita la comida de los perros, pero de todos modos era comida. Y bajé la barriga, además.

—Sí, se te ve muy en línea.

—Vos estás linda.

—Bah.

—No sé si linda. Tenés otra expresión. Como si ahora fueras más mujer.

—Caramba.

Ella empezó a juntar las cáscaras de queso en una bolsita de papel.

—¿Y vos ¿te sentís más hombre?

—No sé. En algún sentido, estoy conforme conmigo mismo, porque aguanté sin hablar, sin delatar a nadie. En aquellos días de mierda, se convertía en una obsesión. No hablar, sobre todo no hablar.

—¿Y te parece poco? Entre otras cosas, yo estoy aquí porque vos no hablaste.

—¿Nada más que por eso?

—No. Quiero decir que si hubieras hablado, y aunque yo estuviese borrada, habrían tenido datos para llegar a mí. O para impedirme salir.

—¿Nada más que por eso estás aquí?

—No seas bobo. Bien sabés que estoy aquí porque quería verte.

—Yo también quería verte. Y quería que vos quisieras verme.

—Uyuy, qué difícil.

—No sé decirlo más sencillo.

Ella suspiró.

—Bueno, aquí estamos.

—En el hotelito de la rue Blomet. ¿Quién iba a decir, en el 65, que íbamos a pasar lo que pasamos?

—Nadie.

—¿Querés que te diga una cosa? Yo creo que ni los milicos sabían.

—¿No sabían qué cosa?

—Por ejemplo: que podían ser tan inhumanos.

—Quizá. Pero lo más importante fue que nosotros no sabíamos. Qué ensalada de abstracciones, ¿no te parece?

Él le tomó una mano.

—Me parece. Pero ahora vos sos algo muy concreto y me gustás. Se acabaron las abstracciones.

Ella recuperó su sonrisa tristona.

—También Laura es algo muy concreto. Y te gusta. Vos sabés que no es un reproche. También Óscar es algo igualmente concreto. Y me gusta. Son datos objetivos, ¿no?

—Sí, claro.

—¿Laura sabe que nos íbamos a ver en París?

—No me atreví. Y te juro que no fue por falta de sinceridad. Pero se está reponiendo muy de a poco. Lo de Chile fue para ella una segunda catástrofe.

—¿Para quién no?

—¿Y Óscar sabe?

—Óscar sí.

—¿Cómo lo tomó?

—Bien. Es decir, todo lo bien que se puede tomar una cosa así. Sabía que no podía sentirse seguro de mi relación con él, hasta que yo no volviera a verte.

—¿Y vos?

—Quizá me pase lo mismo.

—Todos estamos inseguros, ¿no? Yo también. Tengo una buena relación con Laura. Pero también la tuve contigo. No sé. Si vos y yo hubiéramos roto por algún conflicto personal, por alguna gresca de pareja, sería distinto. Pero vos y yo éramos una linda pareja, ¿no?

—Éramos, sí.

—Vení.

Ambos fueron sin tocarse hasta la cama. Cada uno se desvistió por su cuenta y dándose la espalda.

—¿Ya estás?

—Ya estoy. Vení.

Lentamente se dieron vuelta, como si fueran esclavos de una coreografía simétrica. También como si estuvieran repitiendo un ritual antiguo. Quedaron frente a frente, desnudos. Él la atrajo. Entonces ella se aflojó sin remedio. Abrazada al hombre, empezó a sollozar, sin poderse contener, sin tratar de contenerse. Él sentía cómo las lágrimas de ella le mojaban el pescuezo, los vellos del pecho. Una lágrima más gorda que las otras se deslizó hasta su ombligo y allí se detuvo.

Él le acariciaba el cabello. A veces se lo echaba hacia atrás para besarle las orejas. Ella seguía llorando, no se sabía bien si feliz o desconsoladamente. Él bajó sus manos y acentuó su caricia. Casi insensiblemente se fueron reclinando sobre la cama. De pronto él sintió que las lágrimas que resbalaban por su cara también podían ser suyas. Estaba conmovido y deseoso. Las manos de ella empezaron a recuperar aquel cuerpo que era su viejo conocido, su complementario. Y de a poco los sollozos se fueron transformando en otra cosa.

Ambos están todavía acostados. Él fuma, ella come su chocolate. La mano libre del hombre se posa sobre el vientre de ella.

—Cómo nos jodieron.

—Sí.

—Nos rompieron.

—Sí.

—Nos partieron en dos.

—Sí.

—¿Estás decidida?

—Estoy.

—Yo no sé, no sé.

—¿Por qué?

—No quisiera hacerle mal a Laura. Pero tampoco quiero joderme yo.

—Estás jodido. Estoy jodida. Tenemos que entenderlo de una vez por todas. También están jodidos Óscar y Laura. Nunca nos tendrán del todo. Pero si vos y yo nos volviéramos a juntar, ellos no podrían vivir, porque son mucho más débiles que vos y yo. Y en esa situación, nosotros no la pasaríamos bien. ¿Es así o te conozco mal?

—Me conocés bien.

La mano de él descendió un corto tramo y se detuvo, tibia.

—Va a ser difícil, ¿no?

—Sobre todo desde hoy.

La mano de ella cubrió la mano de él.

—Nos partieron en dos.

—Más que eso —dijo ella—, nos partieron en pedacitos.

Relevo de pruebas

Hoy traigo dos pecados, padre. ¿Sabe cuál es el número uno? Que no me confieso ni comulgo desde hace dos años. El número dos es más complicado, y además muy largo de explicar. Pero a alguien tenía que contárselo. Tengo que desahogarme, padre. No puedo hablarlo ni con mis amigas, ni con mis hermanas, porque es algo secreto. Muy secreto. Ni menos que menos con mi novio, usted ya se va a dar cuenta por qué. Así que me dije: ¿quién mejor que el padre Morales? Primero, porque usted fue muy bueno conmigo cuando estaba en la otra parroquia. Eso lo primero. Y también porque usted está obligado a guardar el secreto de la confesión. ¿O estoy equivocada? Ah, bueno. Y otra cosa: no estoy tranquila con mi conciencia. Cómo le diré, padre, creo que estoy en pecado y tengo miedo de que sea mortal. ¿Usted tiene tiempo ahora? Porque si no tiene, vengo otro día. Lo que pasa es que es un poco largo, ¿sabe? Entonces, ya que tiene tiempo, empezaré por el principio. Usted sabe que desde hace cinco años yo trabajo como manicura en la peluquería de caballeros Ever Ready. La clientela es muy buena, gente fina, realmente caballeros. Lo noto por las manos. La piel suave, ¿entiende, padre? Además, el patrón no deja que los clientes se metan con una. Porque ése es el peligro de mi oficio. Como una tiene inevitablemente que tocar las manos del cliente, éste a veces se cree otra cosa, se hace ilusiones, qué sé yo. Además, yo también tengo la piel muy suave, y eso ayuda a que ellos piensen que mi ademán profesional no es sólo eso sino una semicaricia. Pero el patrón es muy responsable, y, mientras corta el pelo, se la pasa vigilando. No es como el patrón de la otra peluquería, el Salón Eusebio, que más bien favorecía las arremetidas de los clientes. Por eso cambié de trabajo. También hay que considerar que al Ever Ready vienen no sólo jefes bancarios, gerentes, diputados, ediles, incluso algún ministro, sino también diplomáticos. Éstos siempre quieren que les haga las manos. No sé, será que tienen más tiempo disponible. O más plata. También hay otros que son diplomáticos a medias. Quiero decir: ellos dicen que no son, pero yo me doy cuenta de que sí son. Justamente mi problema empezó por uno de éstos. En la peluquería lo llaman míster Cooper, se pronuncia cúper, pero vaya a saber cómo se llama. Siempre se hacía las manos conmigo, y eso que somos tres las manicuras. Muy respetuoso. Habla español perfectamente, pero, claro, hay palabras que las dice mal. Alguna vez hablaba del tiempo, o del cine, o de su país, o de Punta del Este, pero por lo general se quedaba callado, contemplándome mientras yo trabajaba. A mí eso no me pone nerviosa, porque después de tantos años de oficio estoy acostumbrada. Una manicura, padre, es casi como una actriz. Sólo que el público es una sola persona, y aplaude nada más que con los ojos. Bueno, una tarde, míster Cooper me dice: «Señorita [nunca me llamó Claudia, como hacía el resto de la clientela, sino muy respetuosamente: señorita], hay un trabajo bien remunerado, para el que se precisan dos condiciones: belleza y discreción. De usted sé que tiene la primera, pero no sé nada sobre la segunda». En el primer momento me sorprendió, porque la verdad es que aquello era y no era un piropo. Como si me dijera: «Usted es linda y a mí qué me importa». Claro que, en aquel momento, lo importante para mí era la posibilidad de tener una entrada extra, y no podía dejarla escapar. Siempre, por supuesto, que se tratase de un trabajo honesto y moral. Ya ve, padre, que no he echado en saco roto sus consejos. Entonces le dije que podía preguntarle al patrón acerca de mi discreción. «Ya le pregunté», dijo, «pero quería saber qué concepto tiene usted de sí misma». Qué complicado. Era un trabajo muy confidencial, muy reservado. Me hizo varias preguntas sobre política. ¿Se da cuenta, padre? Preguntas sobre política, nada menos que a mí. Sobre marxismo y democracia y libertad y cosas así. Siempre supe muy poco de todo eso. Sin embargo, parece que quedó conforme porque me citó para una entrevista en su oficina. «No lo hable con nadie, señorita», me recomendó. Así que no lo pude consultar ni siquiera con el patrón. Me hice ilusiones de que aquello sería como una película de espías, así de emocionante. Pero fue sencillísimo, al menos al principio. Consistía nada más que en ir a una *boîte* con alguno que otro señor, generalmente extranjeros, y sonsacarle algunos datos. Nada importante: simplemente detalles familiares. Ya la primera vez, averigüé todo lo que quería míster Cooper. Facilísimo. Me pagaron una ponchada de pesos. En tres meses, hice cinco o seis de esos trabajitos: el asunto siempre consistía en ir a cenar, o a bailar, y conseguir datos. Para mi novio tuve que inventar alguna explicación, así que, con permiso de míster Cooper, le dije que había empezado a trabajar para una agencia que atendía turistas extranjeros. Yo no sé cómo hacía míster Cooper, pero se las ingeniaba muy bien para organizar mi actividad. Con esos trabajitos yo ganaba muchísimo más que con la peluquería, pero no dejé el trabajo de manicura, no sólo por las dudas sino también porque míster Cooper decía que era mejor que lo conservara. Todo fue muy bien hasta que vino el asunto del cubanito.

Desde el principio me di cuenta de que esta vez la cosa iba a ser distinta. Una tarde me hizo ir a su oficina y estuvo hablándome como dos horas, antes de decirme francamente de qué se trataba. Primero me explicó todo eso del castrismo y del peligro que representaba para el Mundo Libre, porque esa gente era comunista y de los peores, y a las madres les arrancaban los hijos para enviarlos a Rusia, y a todos los que no eran comunistas, los mandaban al paredón. Claro que a mí todo eso me parecía espantoso, y así se lo dije. De pronto se calló, me miró fijo, y me preguntó: «Usted me va a perdonar la impertinencia, señorita, pero necesito saberlo para decidir si puedo encomendarle una misión que esta vez será más importante: ¿usted es virgen?». Qué pregunta, padre, qué pregunta. Le dije: «Pero míster Cooper», y entonces él, muy fino, con mucho tacto, me explicó que yo no tenía obligación de contestarle, pero que, claro, en ese caso no me podría dar ese nuevo trabajo, el cual estaría mejor remunerado que de costumbre. En realidad, yo ya me había habituado a los nuevos ingresos. Además, usted bien sabe, padre, cómo ha subido todo y que ahora la plata no alcanza para nada. Yo no soy virgen, padre, y usted lo sabe mejor que nadie porque vine a confesarme con usted y se lo dije. Pero fue solamente con mi novio. Ya sé, padre, ya sé, que eso no justifica mi pecado, pero no me va a negar que es mucho menos grave que si fuese con otro cualquiera. Entonces le dije a míster Cooper o como se llame: «Mire señor, yo no tendría por qué decírselo, pero soy virgen, ¿qué se había creído?». Ya sé, padre, que es mentira, pero no es sacerdote como usted y por lo tanto no está obligado a guardar el secreto. Además, en las películas de espionaje siempre graban las conversaciones comprometedoras. En cambio, ustedes los curas no graban. Al menos, así lo creo. No, padre, si yo estoy tranquila. Decía nomás. En cuanto le aseguré que era virgen, se quedó muy pero muy satisfecho. Y sólo entonces me puso en antecedentes del asunto, o por lo menos de lo que yo entonces creía que era el asunto. Resulta que en la embajada cubana trabajaba un muchacho que era muy buena persona, y, claro, estaba a disgusto, pero como se sentía prisionero del comunismo, no se animaba a dejarlo todo. Por miedo a que lo mataran, pobre. Después supe que era el encargado de las claves. Me dijo míster Cooper que ellos [en realidad, yo no sé todavía a quiénes se refería exactamente cuando decía «nosotros»] lo querían ayudar para que se salvara. Y a su vez míster Cooper quería que yo les diera una mano. ¿Cómo? Nada menos que seduciendo al muchacho. Por eso era tan importante que yo fuera virgen, a fin de que él no desconfiara, es decir que no me tomara por una profesional. «Todos tenemos algo personal que ofrecer a la democracia y al mundo cristiano», me dijo míster Cooper. «Usted lo que tiene para ofrecer es su belleza. Es su mejor arma y también su mejor argumento.» Otra vez sentí que aquello era y no era un piropo. Sin embargo, eso que me dijo fue en cierto sentido importante para mí. Padre, con usted puedo ser franca: yo sé que no sólo soy linda sino que además estoy, cómo le diré, muy bien dotada para el amor. No para el amor divino, como usted, sino para el humano, ese que ustedes llaman carnal. Le diré más: a veces me preocupa, porque creo que estoy demasiado dotada. Bueno, una de las formas de terminar con esa preocupación era darle un sentido moral. Lo que míster Cooper me pedía era que yo cumpliera una actividad [mirada fríamente, suele ser considerada pecaminosa] que iba a estar al servicio de una causa enaltecedora y altamente moral. Lo pensé cinco minutos y le dije que sí. No, padre, éste no es el pecado número dos que le anuncié al principio. Yo no lo considero pecado, padre, no sé qué piensa usted, pero me acuerdo que, cuando estaba en la otra parroquia, usted siempre nos decía que había que estar dispuesto a los mayores sacrificios con tal de defender la moral cristiana y luchar contra el comunismo y [lo recuerdo perfectamente] otras formas del anticristo. Éste es mi sacrificio. Así que no es pecado, estoy segura. No, por favor, no me interrumpa ahora, padre, déjeme primero contarle toda la historia. Una de las maneras que habían ideado para ayudar al muchacho, y animarlo a que dejara la embajada castrista y pidiera asilo, era hacer que se enamorara de mí. Eso al menos me dijo. Después fue un poco distinto. Además hubo un aspecto en que míster Cooper no estuvo bien: no me dijo que el muchacho era casado. Fíjese, padre, que eso cambia bastante las cosas. No, tampoco por eso lo considero pecado. Pero debía habérmelo dicho, ¿no le parece? Le voy a abreviar. Sí, se enamoró de mí. Perdidamente. Cuando íbamos al apartamento de uno de sus amigos uruguayos [sí, padre, íbamos a un apartamento] y nos quedábamos un rato acostados después de hacer el amor [claro, padre, que hacíamos el amor], me decía cosas muy lindas, llenas de imágenes, me comparaba con flores y plantas que yo no conozco ni nunca había oído nombrar ni tampoco me acuerdo ahora de sus nombres para decirle a usted cuáles eran. Eduardo [porque se llama Eduardo] estaba tan preocupado con lo mucho que yo le gustaba, que no tenía muchas ocasiones para hablarme de política. Pero una tarde me habló. Imagínese mi sorpresa, padre, cuando me entero de que él no quería dejar su trabajo y que, por el contrario, estaba muy conforme con el castrismo y el paredón y todo eso. Lo que él quería era dejar a su esposa, no al comunismo. Al día siguiente fui y se lo dije a míster Cooper y él me aseguró que Eduardo hablaba así porque tenía miedo de que yo fuera y contara. Pero yo bien sabía que no le inspiraba miedo. Ningún tipo de miedo. Deseo sí le inspiraba, y cómo. Perdone, padre. Pero nunca miedo. A mí no me dejó conforme la explicación de míster Cooper. Eduardo se quedaba a veces callado, mirando el techo, pero nunca tan abstraído como para entretanto no hacerme caricias. Acaricia tan bien. A mí, lo reconozco, me gustaba el trabajo, pero no comprendía claramente qué pretendía de mí míster Cooper. El sábado llegué yo la primera al apartamento [los dos tenemos llave], y Eduardo, que conmigo ha sido siempre muy puntual, no llegaba nunca. Al final apareció como dos horas más tarde de lo convenido. Estaba pálido, alterado. Al principio no quería decirme qué le pasaba. «Complicaciones del trabajo», decía. Después nos acostamos. Ese día lo hizo con desesperación. Más tarde me contó todo. Parece que iba solo, por Dieciocho, y de pronto, a la altura de Yaguarón, sintió que lo llamaban desde un auto estacionado. Se acercó. En el auto había dos tipos. Entonces uno le preguntó, sin ningún preámbulo, si no quería colaborar con ellos. Él preguntó: «Y ustedes, ¿quiénes son?». «Somos nosotros, y basta», contestó uno de los hombres y le mostró un montón de billetes. Según Eduardo, allí había por lo menos cinco mil dólares. Eran todos billetes de a cien. «Esto es sólo la mitad de lo que te corresponderá si colaborás con nosotros.» Dice Eduardo que él cometió el error de preguntar qué pretendían que hiciera. «Las claves», dijo el hombre. Eduardo dijo que ni por esa plata, ni por ninguna plata. Entonces el otro hombre, que hasta ese momento no había hablado, sacó del bolsillo una foto. En la foto aparecíamos Eduardo y yo, saliendo de una casa, no del apartamento sino de una casa de citas [porque las dos primeras veces habíamos ido a una casa de citas]. «Si te ponés empecinado y no ayudás, le enviaremos esto a tu mujer. Así que pensalo un momento.» Entonces uno de los hombres bajó del coche, fue hasta la esquina donde había una mujer que vendía bananas, le compró tres, y se acercó nuevamente al auto. Le tendió una a Eduardo, y él dice que estaba tan nervioso que la tomó. Entonces el tipo dijo: «También hemos fotografiado este cordial incidente». «Para qué», preguntó Eduardo. «Para enviárselo a tu gobierno, así comprueban con qué gusto aceptás un platanito [Eduardo no dice "bananita" sino "platanito"] de gente como nosotros.» Entonces lo hicieron bajar del coche, le metieron el fajo de dólares en un bolsillo y lo dejaron solo. Por eso había demorado. Me di cuenta que no sospechaba nada de mí. El pobre no sabía que yo de algún modo participaba en la operación. Le pregunté qué pensaba hacer y dijo que entregaría el dinero en su embajada y contaría todo. «¿Y tu mujer?» «Al carajo mi mujer.» Perdone, padre, pero él dijo así. Y en cierta manera, a mí me gustó que lo dijera. Después yo me fui. Tomé un taxi, y, aunque era sábado, pensé que a lo mejor míster

Cooper estaba trabajando en su oficina, así que allí me dirigí. Sí, estaba trabajando. Le conté lo que me había dicho Eduardo, y me dio la impresión de que él ya lo sabía. «Eso no está bien, míster Cooper», le dije, «usted no puede obligarme a hacer cosas así. Nunca me sentí tan mal, créamelo. Una cosa es que el muchacho sea comunista, y cada vez estoy más segura de que él está conforme con serlo, y otra muy distinta que a mí me compliquen con semejante chantaje». Hasta que dije la palabra «chantaje», míster Cooper sonreía, pero a partir de ese momento se le cambió la expresión. Él, que siempre había sido tan respetuoso, murmuró no sé qué cosa en inglés, y después me dijo furioso: «Basta de estupideces». Yo abrí tamaños ojos, porque la verdad era que no me esperaba esa grosería, y él agregó: «Puede quedarse tranquila. Nunca más trabajará conmigo. ¿Y sabe por qué? Porque es demasiado estúpida. Confío, sin embargo, en que su escasa inteligencia le alcance para darse cuenta de que no puede hablar con nadie de este asunto. Con nadie, ¿está claro? Si habla con alguien, nosotros tenemos cómo averiguarlo y entonces aténgase a las consecuencias». Yo solté el llanto, padre, no pude evitarlo, pero ese hombre es un insensible, verdaderamente un insensible. ¿Cree que se ablandó? Nada. En tono más furioso aún, agregó: «Y ni intente siquiera comunicarse con el otro imbécil. Prohibido, ¿me entiende? Aquí tiene el dinero». Vi el sobre de siempre, quizá más abultado que otras veces. Pero no pude tomarlo. No pude. Lo dejé sobre la mesa y salí. Eso fue el sábado pasado, padre. ¿Ve cómo todavía lloro, cuando me acuerdo? Fue una cosa humillante. Y además a mí me gusta Eduardo. Y no podré verlo nunca más. Y yo eso no lo puedo soportar. Y aquí viene mi segundo pecado, aunque no estoy segura de que lo sea. Dígame francamente, padre Morales: ¿Usted cree que es pecado mortal enamorarse de un comunista casado?

Compensaciones

Pedro Luis le llevaba un año a Juan Tomás, pero eran tan exactamente iguales que todos los tomaban por mellizos. Además, como Pedro Luis se había atrasado un año en primaria debido a una escarlatina con complicaciones, a partir de ese momento habían hecho juntos el resto del colegio, todo el liceo y los dos años de Preparatorios [que fue de Arquitectura] así que la gente se había habituado a verlos por partida doble. Tanto los compañeros de clase como los profesores, cuando se dirigían a uno u otro empezaban inquiriendo de cuál de los dos se trataba. Sus jugarretas en Preparatorios pasaron a integrar el folklore estudiantil: cuando preparaban los exámenes se repartían las materias, y de ese modo sólo estudiaban la mitad, ya que cada uno daba dos veces [una como Juan Tomás y otra como Pedro Luis] la misma asignatura. Así pasaban de año aplicando la ley del mínimo esfuerzo. Su solidaridad y colaboración fraternales llegaban a tales extremos que en más de una ocasión atendieron intermitentemente a alguna noviecita.

Sólo al entrar en Facultad sus caminos se bifurcaron, y fue por causas políticas: Pedro Luis tomó hacia la izquierda, Juan Tomás hacia la derecha. Pero ni uno ni otro se limitaron a opinar, sino que se lanzaron de lleno a las respectivas militancias. Juan Tomás empezó vinculándose a ciertos grupos de agitadores anticomunistas. Pedro Luis, a un movimiento clandestino de extrema izquierda. Una sola vez discutieron a fondo, todavía en los comienzos de la bifurcación, pero no pudieron entenderse, de modo que el tema quedó tácitamente abolido. Ambos siguieron viviendo en casa de los padres; por consideración a los viejos, que no acababan de entender la ruptura, había entre ambos el acuerdo tácito de no introducir tópicos conflictivos en las conversaciones hogareñas. Pero Juan Tomás sabía —por sus compinches— de las andanzas ilegales de Pedro Luis; y éste también estaba al tanto —por sus compañeros— de las faenas parapoliciales de su hermano menor.

Cuando estaban en segundo año de Facultad, Juan Tomás abandonó los estudios y se incorporó formalmente a los planteles policiales. Con frecuencia le llegaban a Pedro Luis noticias de que su hermano era responsable y ejecutor de torturas varias. El mayor, en cambio, siguió sus estudios, aunque no con el mismo ritmo, ya que la militancia le absorbía mucho tiempo. Durante este período cada uno desconfiaba del otro, y andaban por caminos tan separados, que ya nadie los confundía. Para los compañeros de Pedro Luis, aunque sabían de la sórdida existencia de Juan Tomás, virtualmente no contaba la presencia física de éste; para los socios y colegas de Juan Tomás, aunque conocían la militancia de Pedro Luis [si no lo habían detenido hasta ahora, por algo sería] no había adquirido importancia el problema de la increíble semejanza. Por otra parte, se diferenciaban hasta en el vestir: Juan Tomás llevaba casi siempre camisa, corbata roja, campera negra, y usaba portafolio, en tanto que Pedro Luis, fiel a la informalidad estudiantil, andaba con vaqueros, polera, y un bolsón de viaje colgado del hombro.

La situación culminó un sábado de tarde. Pedro Luis había estudiado la noche anterior hasta muy tarde, así que, después del almuerzo familiar [minestrón, ravioles, cerveza] decidió echarse una siestita. Tenía sueño liviano, sabía que con una horita le alcanzaba: sólo hasta las tres, luego tenía reunión con los compañeros. Se despertó a las seis, sin embargo, la cabeza horriblemente pesada. Ya no podía llegar a la reunión, qué joda, así que se duchó y se afeitó. Cuando abrió el ropero, se encontró con que allí no estaban ni los vaqueros, ni la polera, ni el bolso. Fue sólo un relámpago [«el hijo de puta me puso una pichicata en la cerveza»], suficiente para imaginar a sus compañeros, reunidos con Juan Tomás y proporcionándole toda la vital información que éste buscaba. Ya era tarde. Imposible avisar a nadie. Sencillamente: el desastre.

Pedro Luis entró como una tromba en el dormitorio de Juan Tomás. Abrió el ropero, y no se sorprendió al encontrar allí la camisa, la corbata roja, la campera negra, el portafolio. En cinco minutos se vistió con la ropa de su hermano, abrió el portafolio, comprobó su contenido, y salió disparado, sin despedirse siquiera de los viejos. Tomó un taxi, que le dejó frente a la «oficina» de Juan Tomás. Cuando entró los policías lo saludaron con familiaridad, y él les hizo un guiño. En el segundo pasillo, un muchachón robusto se cruzó con él, le preguntó qué tal había salido «aquello», y él dijo que bárbaro.

Acabó por orientarse cuando un segundo robusto, que llevaba como él campera negra, le señaló una puerta cerrada: «Te espera el Jefe». Golpeó con los nudillos, cautelosamente, y alguien, de adentro, lo invitó a pasar. En mangas de camisa, el Jefe, sudoroso y eléctrico, conversaba con otros dos. Cuando vio de quién se trataba, interrumpió un momento el diálogo: «¿Te fue bien?». «Claro, como siempre», dijo Pedro Luis. «Ya termino. Quiero que me cuentes.» Pedro Luis se apartó y quedó de espaldas a la ventana.

El Jefe empezó a dar rápidas instrucciones a los dos hombres. Era obvio que quería quedar libre para disfrutar de las buenas nuevas. De modo que Pedro Luis pudo hasta permitirse el lujo de no abrir enseguida el portafolio donde estaba —lustroso, contundente y neutro— el treinta y ocho largo de Juan Tomás.

Las persianas

Marcelo llegó como todas las noches a su apartamento de solo. Lentamente se fue despojando: sobre la mesita dejó el llavero, el bolígrafo, los lentes, la billetera, la cajita de preservativos [siempre llevaba una, por las dudas, aunque por lo general acababa rota o arrugada, de tanto vegetar en el bolsillito delantero del pantalón], el portafolios, el peine, el reloj con almanaque, el escarbadientes de plástico, las pastillas de pepsina y pancreatina, el pañuelo, la cédula de identidad con su cara de pocos amigos.

Había en el ambiente un tufo bien espeso, así que puso en marcha el acondicionador de aire, no en el punto más violento [siempre que lo ponía, acababa resfriándose] sino en el más suave y silencioso. Se quitó el saco y la corbata, se arremangó la camisa. Abrió la ventana. Desde el exterior venía un vaho caliente. Miró hacia el otro bloque del edificio. Casi todas las ventanas y persianas estaban cerradas. Le costó bastante cerrar las persianas. «Voy a tener que cambiarle la falleba.»

Sumando los dos bloques, el edificio tenía sesenta y cuatro apartamentos. En realidad, él tenía poca o ninguna relación con los otros habitantes. A veces, cuando asistía a la asamblea de propietarios, conversaba cinco minutos con uno u otro, los suficientes para ofrecer o aceptar un cigarrillo o lamentarse juntos por el calamitoso estado de las cañerías.

Sabía, eso sí [se enteró por azar] que en un apartamento del otro bloque, precisamente el que quedaba frente al suyo, vivía una mujer sola, ya madura pero todavía muy presentable. En las asambleas la llamaban «señora Galván». Nunca se encontraban en el ascensor, ya que cada bloque tenía su ascensor propio, pero en alguna rara ocasión habían coincidido en el ritual de abrir o cerrar ventanas y persianas, y se habían saludado con un discreto movimiento de las cabezas: semicalva la de él, pelirroja la de ella.

Marcelo encendió el televisor y empezó a recorrer los canales. En el primero, una parejita rubia y casi etérea corría grácilmente en la mitad primaveral de un bosque, para concluir, al cabo de los treinta segundos de rigor, en la oferta de un *shampoo* sin lugar a dudas maravilloso. [La noche anterior había visto, en un comercial de botas y botitas, la mitad invernal del mismo bosque.] Otro canal: la pantera rosa. Cambio urgente. Ahora un señor gordito, con voz de falsete, entrevista compulsivamente a un espigado industrial que maneja como un prócer los monosílabos. Es obvio que el gordito se siente frustrado ante ese laconismo que no figuraba en sus planes. En su desesperación, formula preguntas cada vez más largas y complejas, pero el industrial sigue respondiendo con monosílabos que, aunque esto suene a disparate, son cada vez más breves. Un alevoso primer plano muestra la frente del gordito [¿cómo dicen los cronistas de boxeo?], ah sí, «perlada de sudor». Marcelo quisiera sentir piedad pero no puede, y acude esperanzado al próximo canal. Teleteatro, por fin. Elige conscientemente la propuesta. Nunca pudo evitar que lo fascinaran esos forcejeos sentimentales, a cuál más gelatinoso. Ya ha aprendido el secreto. De marzo a octubre todos los amores son *no correspondidos,* pero a principios de noviembre ya la mayoría de ellos empiezan a corresponderse. Y es lógico, porque la telenovela debe concluir, antes de Navidad, con un desenlace edificante. Marcelo hace una prueba que otras noches le ha resultado entretenida. Baja el sonido del televisor y comienza a imaginar los diálogos. El actor está un poco tieso, recostado en la pared de utilería [quizá la aparente tiesura sólo sea miedo a un posible derrumbe] y la expresión de la actriz, que está a un metro y medio de distancia, es de gran exaltación. Las palabras que, en su pasatiempo, coloca Marcelo en labios del actor, son de persuasiva conquista. Las que luego pone en boca de la actriz son de angustioso y progresivo acatamiento. Qué pasión, carajo. La muchacha se acerca prometedora al hombre que, canchero, no mueve ni el meñique; tan sólo mira. Ya está, piensa Marcelo, ahora se abrazan. Pero no. La bofetada fue tan tremenda que, aun sin sonido, a Marcelo le pareció sentirla. «Una cosa por lo menos está clara: yo jamás serviría para libretista de televisión.»

Como tratamiento homeopático de alienación, ya es suficiente. Así que apaga el televisor. Sin la combustión de santa ira que propagaba la pantallita, el ambiente parece ahora más fresco. Marcelo se desviste, se ducha en silencio [años atrás habría cantado *El último organito,* ideal para acompañar el enjuague]. Vuelve así, desnudo, al ambiente único, secándose aún con la toalla a cuadros.

Se enfrenta al espejo del placard y, como siempre, la imagen de su propia panza lo desalienta. Ya no sabe qué dejar de comer y de beber: suspendió el pan, las bebidas gasificadas, ¡los ravioles!, la sal, los postres. Todo en vano. La cintura apenas disminuyó tres centímetros en cinco meses. Cinco meses que fueron, en cuanto a alimentación, los más aburridos de sus treinta y nueve años. En ese preciso instante decide que el sacrificio no vale la pena, y para mañana se promete un almuerzo con pastas, vino tinto y copa melba. Reconoce que la decisión es cobarde pero también estimulante.

Nuevamente se mira al espejo, y le parece notar cierto bultito en la ingle. Se acerca más al espejo pero no alcanza a distinguir de qué se trata, ya que esa zona está cubierta de vello. Entonces se coloca los anteojos y vuelve a examinarse: eh, es algo así como un forúnculo todavía inmaduro. Se tranquiliza.

De frente a la ventana cerrada hace ejercicios respiratorios durante cinco minutos. Luego los suspende porque no quiere sudar. Hace ademán de ponerse el pijama, pero desiste. Con este calor será mejor dormir desnudo. Enciende la radio portátil y suena el viejo y querido bandoneón de Troilo. Como burlándose de sí mismo, baila unos pasos de tango [¡qué desastre!], así como está, solo y desnudo, con cortes y todo.

Pero el bandoneón deja paso al *informativo gigante* [«¿cómo será un informativo enano?»] y por ahora las noticias no son bailables. Puede que lo sean cuando muera Franco, pero ¿morirá? Entonces se acuesta, lee un rato, pero este Séptimo Círculo no es muy entretenido. Apronta el despertador, apaga la portátil, y trata de dormir. Entonces llega el consabido calambre del pie izquierdo. Los dedos se le encogen, como si quisieran pellizcar la sábana. Putea un poco, con la escasa convicción de quien no tiene destinatario a la vista. No hay otro remedio que encender la luz, levantarse, saltar en un solo pie, absolutamente ridículo, masajearse durante un largo rato la zona acalambrada hasta que los cinco ganchos vuelven a ser dedos.

Otra vez se acuesta, y ahora sí se duerme enseguida, como escurriéndole el bulto al próximo calambre. La pesadilla no es demasiado terrible: él camina por un puente que no está sobre un río sino sobre la tierra, y abajo, junto a un arbusto rojizo, está Mabel, su antigua novia de provincia; él quiere gritarle, llamarla, pero aunque mueve los labios no le sale la voz; ella mira obstinadamente a otra parte, como buscando o esperando a alguien que, por supuesto, no es él.

No lo sacude el despertador; en realidad lo despierta la luz del nuevo día. En un primer instante cree estar despertando de una larga siesta, pero enseguida advierte su error y se sobresalta cuando comprende cuál es la causa de tanta luz: las persianas están abiertas, o mejor dicho se abrieron después que él las cerró [«esa falleba de mierda»]. Vale decir [y aquí el respingo es mayor] que todas sus boludeces de la víspera, o sea la búsqueda del forúnculo, los pasos de tango, los ejercicios respiratorios, los saltitos cuando el calambre, todo eso pudo ser visto por la vecina de enfrente. Ya se imagina a la señora Galván telefoneando al mediodía a sus buenas amigas: «¿Vos podrás creer que anoche había un tipo en pelota en el apartamento de enfrente? ¡No te imaginás todo lo que hizo! Bailó, saltó, y se revolvía los pelos ahí adelante... ¿entendés?». Y la amiga le diría: «¿No será un exhibicionista?». Y la señora Galván dirá que no, que ella lo conoce [sólo de vista, claro] y es un tipo serio, ya grande. Y la amiga le dirá que ésos son los peores. Ajá. Pero ¿y si la señora Galván dice que no lo había pensado pero que efectivamente puede ser un exhibicionista, con qué cara va a mirarla de ahora en adelante? Porque una cosa es desnudarse, y desnudar a una linda hembrita, así es bárbaro, pero que semejante pelotudo brinde un estúpido *show* con las persianas abiertas, eso le parece sencillamente una porquería.

Se viste rápidamente, se lava la cara y los dientes. En verano siempre prefiere bañarse de noche. Además quiere salir lo más temprano posible, a fin de no encontrarse en el *hall* del edificio con la señora Galván. Antes de salir, casi cierra las persianas. ¿Para qué? Tarde piaste.

Baja en el ascensor número dos, pero al abrir la puerta en planta baja, ve a la señora Galván. Evidentemente, el encuentro para ella es un *shock*. Marcelo, por su parte, no la puede mirar de frente. Pide permiso y se queda unos minutos en la puerta de la calle, esperando a nadie. La mujer permanece un momento junto a la puerta del ascensor. Lo mira, pero cuando le parece advertir que Marcelo también la mira o va a mirarla, entonces aparta la vista. Por fin Marcelo percibe que ella va a acercarse. Está a punto de huir despavorido, pero prefiere aclarar la situación. Hay que cortar por lo sano.

La señora Galván se para junto a él: «Señor, quiero decirle que comprendo perfectamente que usted esté asombrado, estupefacto, y hasta que no me mire, y apenas me salude». «¿Yo?», balbucea Marcelo. «Sí, usted. Pero no quiero que piense mal de mí. Soy una distraída, eso lo admito, pero nada más, ¿sabe? Yo tenía la secreta esperanza de que usted no se hubiera dado cuenta. Pero su actitud es demasiado elocuente, señor. Y aunque usted tiene todo el derecho de pensar que soy una fresca o una mentirosa, le aseguro que anoche yo creí que había cerrado mis persianas.»

Transparencia

A Diana y Juan, y a su rebanada de felicidad.

Desde la muerte de Jorge, Claudia venía todas las tardes a recostarse en esta baranda, como si le agradara contemplar el río de gente. Hombres maduros con su valijita rectangular de casi ejecutivos, lentos viejos en la etapa del bastón, muchachas de espléndido vaivén, señoras con perro, trabajadores de *overall,* policías, mendigos, todos concurrían y transcurrían. En aquella esquina clave, donde tantas veces había esperado a Jorge cuando salía del Banco a encontrarse con ella, Claudia sabía, estaba absolutamente segura, que en algún instante [nunca era el mismo] aparecería Jorge, la imagen de Jorge, caminando entre los otros, pero mucho más simpático y apuesto que los demás.

Era una imagen nítida, poco menos que real, sólo que transparente. Todo en él [traje, brazos, piernas, hasta los zapatos] era transparente. Todo, menos la mirada. Quizá esto se debiera a que lo último vivo que recordaba de Jorge eran sus ojos. O tal vez se debiera a que Jorge tenía ojos muy cálidos y a la vez penetrantes. Lo cierto era que en la visión aquellos ojos no eran transparentes. Más bien tenía la sensación de que ella se volvía transparente cuando esos ojos [que ella conocía tanto] la miraban. Y esto no sólo acontecía en el presente espejismo; también en la realidad había sido así.

Era tan transparente la imagen que, a través de ella, Claudia distinguía a los demás transeúntes como detrás de un cristal coloreado. Porque se trataba de una transparencia de color. Como el traje azul que vestía Jorge era transparente, ella veía, por ejemplo, los brazos bajo las mangas, pero como los brazos eran a su vez transparentes, no ocultaban el pedacito de calle o de gente que permanecía detrás.

Claudia no se inmutaba. No creía en absoluto que aquello fuese algo mágico. Una noche se lo contó a Germán, y éste sonrió y le tocó la frente con el índice: «Lo que pasa es que lo tenés aquí». Entonces ella le tomó el dedo con una mano y lo apoyó sobre su propio corazón: «Y también aquí». Pero ambos sabían [y sobre todo Claudia] que la imagen era una proyección de muchas cosas más.

En su momento había llorado, claro. Había llorado mucho. Pero a esta altura ya había admitido para sí misma la muerte de Jorge. Sin embargo, la imagen venía todas las tardes, y ella no podía evitar el venir a esperarla. «Después de todo, es una forma insólita de asumir tu duelo», le diagnosticó Lidia, que era sólo cuñada de un analista pero manejaba con espíritu *amateur* la jerga profesional. Claudia asentía con la cabeza, pero en el fondo sabía que no. En realidad, ya había tenido su «duelo» y se había sentido destruida; «hecha bolsa» como dice su sobrina adolescente, o «hecha mierda» como se decía ella misma cuando se miraba al espejo y veía el trajinado dolor, no sólo en sus ojeras [que es lo clásico] sino también en su pelo, en su boca, en su pescuezo. Lo que más le costó aceptar era que Jorge muriera cuando vivían su etapa más feliz como pareja. Nunca se había sentido tan cerca de Jorge como en la mañana de ese puto día en que él se quedó de pronto mudo e inmóvil, no ya en medio de una frase sino en mitad de una palabra. Todavía recordaba con exactitud el sonido de la sílaba viva, pero aún no tenía el coraje de imaginar, de hacer sonar para sí misma, la impronunciable sílaba muerta. No obstante, había acabado por aceptar hasta esa palabra rota.

La recuperación del ánimo vino de a poco. «No te martirices tratando de animarte artificialmente», le había dicho Germán. «Sos una tipa muy vital, y si dejás que el tiempo pase, simplemente pase, ya vas a ver cómo la vida te invade de nuevo.» Y fue rigurosamente cierto. El tiempo pasó, simplemente pasó, y una mañana se miró al espejo y tuvo un poco de vergüenza al encontrarse linda. Pero se encontró. Días después advirtió en la calle que era contemplada con atención, y el que la miraba era un tipo joven [«de ojos verdes», lo fichó al pasar] y por primera vez, después de tanto tiempo, eso la estimuló. En dos semanas más, se le pasó la vergüenza de sentirse cada día mejor.

Pero igual iba a recostarse todas las tardes, a la misma hora, en aquella baranda, para esperar a Jorge el transparente. La imagen se acercaba caminando, al mismo ritmo que los otros, y también se iba con los otros, no sin antes mirarla, y era la mirada honda que ella conocía.

En realidad, no eran muchos los que estaban en el secreto: Germán, Lidia, Héctor. Pero Lidia y Héctor se preocupaban demasiado cuando ella empezaba a hablar de la transparencia. Quizá les parecía que ese espejismo podía desembocar en una neurosis, o en un simple desajuste mental. Trataban entonces de tomarlo a broma, pero inmediatamente advertían que eso podía agravar a Claudia. Y cambiaban de tema.

Germán en cambio la escuchaba con naturalidad, y si le preguntaba: «¿Cómo estaba hoy? ¿Triste, alegre?», Claudia sabía que no había en la pregunta el menor atisbo de burla o de ironía. Sencillamente, Germán quería saber de qué talante había estado Jorge, la transparente imagen de Jorge. Y era lógico que así fuera, porque Germán también lo había querido mucho. Cuando Jorge murió, para Germán había sido algo así como la pérdida de un hermano. Por eso ella se encontraba tan cómoda con él; porque ambos recordaban a Jorge sin ningún preconcepto [ni posconcepto] y hasta se reían a veces cuando evocaban una situación embarazosa, o ridícula, de un pasado que incluía a los tres.

A veces, después de ver la transparencia, Claudia se encontraba con Germán e iban al cine. También iba al cine con Héctor, o con Lidia, o con ambos a la vez, pero nunca después de la baranda. Porque después de la baranda ella quedaba en un estado de ánimo muy particular [no exactamente de tristeza, ni de nostalgia, ni siquiera de euforia, pero de todos modos un estado de ánimo especial] que sólo Germán era capaz de bancar. Él sabía que cuando la encontraba después de la baranda, tenía que quedarse callado una media hora, y él respetaba escrupulosamente el convenio tácito. A veces ella hablaba antes de cumplirse el plazo, y entonces, por supuesto, Germán continuaba el diálogo. Pero en ese caso no importaba, porque la responsabilidad era de ella.

Una de esas tardes no fueron al cine, pero sí a la casa de Claudia. Muchas veces había ido Germán, en vida de Jorge, y también después. Pero esa tarde se dio una especial comunicación. Tal vez todo empezó cuando ella le ofreció un trago: ¿whisky?, ¿vodka?, ¿ron? Él dijo vodka, y casi se arrepintió. Ella se dio cuenta: «¿Qué pasa?». «Nada, sólo pensé que la vodka me gusta helada. No con hielo, sino helada.» «Claro. Está en la heladera», dijo ella, y él celebró largamente ese alarde de cultura etílica.

Después hablaron largamente, como cuatro horas. Un poco acerca de Jorge, pero como Germán recordara las opiniones políticas de Jorge, el tema de pronto se amplió. «Eso me gustaba en él», dijo Germán. «Era claro, era concreto. No te tiraba por la cabeza todas sus lecturas. A mí personalmente no me gusta cuando alguien me empieza a apabullar con todos los Marx y Lenin que en el mundo han sido. La pucha. Me siento un pigmeo. Y Jorge tenía eso de bueno. No te aplastaba. Vos pensabas que te estaba hablando de un tema tan cercano como la huelga de carniceros, y sólo después te dabas cuenta que había estado desarrollando su personalísimo enfoque de las relaciones sociales de producción. Su conversación era eso: una conversación. No un ensayo, con notas al pie.»

Claudia se quedó un rato como absorta. Ella también podía haber aportado, a ese respecto, sus propias reminiscencias y experiencias: por ejemplo aquellas madrugadas que los encontraban, a Jorge y a ella, discutiendo [él, en la cama, apoyado en un codo, fumando y fumando; ella, fumando también, pero sentada a la turca, con la pared como respaldo] sobre las contradicciones entre práctica y teoría, o la fórmula para evitar las caídas en el elitismo de vanguardia, o la manera de encontrar el punto medio entre obrerismo e intelectualismo, o [un tema que a ella la fascinaba] cómo distinguir el gusto legítimo del pueblo, de ese otro gusto, también popular pero deforme y estragado, que es producto de una alienante cursilería, minuciosamente planificada por un clan internacional de canallas y especialistas. A veces los encontraba el día en ese intercambio, y Jorge concluía por trabar el despertador diez minutos antes de que sonara [«para que no chille la histérica del octavo»]. Luego, durante la jornada, andaban como zombis, pero valía la pena.

Sobre eso cavilaba Claudia, tan ensimismada que no percibió la mirada de Germán. De pronto él dijo: «¿Sabés qué es lo que más me gusta de vos?». Claudia se sobresaltó, un poco porque estaba en otra cosa, y otro poco porque se erizó frente a la chocante posibilidad de que, en aquel preciso instante, Germán le soltara un piropo. Pero él completó: «Lo que más me gusta de vos, es que tengas la vodka en la heladera». Claudia rió, desarmada. Y a partir de ese momento crítico, la afirmación en la confianza mutua tuvo mucha importancia.

Al día siguiente, la transparencia de Jorge demoró un poco en aparecer. Claudia, apoyada en la baranda, no se impacientó. Sabía que llegaría. Y así fue: surgiendo entre un lustrador de zapatos y un hombre de guardapolvo gris, estuvieron de pronto la transparencia y la mirada de Jorge. La mirada la miró, como sonriendo. Y desapareció antes que de costumbre.

Más tarde se encontró con Germán y fueron al cine. La película era tan melancólica, que Claudia no tuvo más remedio que tomar una mano de Germán. Después la película dejó atrás su melancolía, pero las manos siguieron juntas. Claudia se sorprendió con cierto inesperado despertar de su piel. La mano de Germán fue persuasiva. También ingenua, pero sobre todo persuasiva. Cuando salieron, caminaron varias cuadras, sin hablar. Claudia no se habituaba así nomás a sus nuevas sensaciones.

A la mañana se miró al espejo y se halló tan linda como en tiempos de Jorge. No se sintió incómoda. Ni culpable. Fue como de costumbre a la baranda. La gente estaba más apurada o más nerviosa o más tensa que de costumbre. En alguna parte sonaban estridentes sirenas de ambulancias, bomberos o coches policiales. Nunca había sabido cuál era cuál: todos la asustaban. Algunos muchachos pasaron corriendo. Otras personas se limitaban a mirar, tratando infructuosamente de parecer lejanas. De pronto, en medio de un grupo de gente que se acercaba, le pareció distinguir a Germán. Al principio no quiso creerlo. Pero efectivamente era Germán. Él miró hacia la baranda, y Claudia agitó la mano. Le gustó que él hubiese tenido la osadía de venir a buscarla allí, precisamente allí. Él levantó los dos brazos, como haciéndole entender, aun desde lejos, que estaba contento de encontrarla. Le costaba acercarse. Había mucha gente y muchos automóviles. Además era viernes, y los viernes el mundo parece crecer y a la vez apretujarse.

Por fin, Germán pudo avanzar entre el gentío. Subió de a dos los escalones y llegó a la baranda. La besó en la mejilla, como siempre, pero le puso un brazo sobre los hombros. Qué alto es, pensó ella. Se alejaron lentamente. Desde lejos, parecían una pareja. Desde cerca, también.

Sólo cuando habían caminado dos cuadras, Claudia tomó conciencia de que la transparente imagen de Jorge había faltado a la cita. Entonces supo que, de ahora en adelante, aunque ella siguiese viniendo a la baranda, Jorge no iba a volver. Estaba segura. No iba a regresar más. Era como si él se hubiera propuesto una misión y la hubiese cumplido. No, no iba a volver. Ella lo conocía mejor que nadie.

Los viudos de Margaret Sullavan

Uno de los pocos nombres reales que aparecen en mis primeros cuentos [«Idilio», «Sábado de Gloria»] es el de Margaret Sullavan. Y aparece por una razón sencilla. Es inevitable que en la adolescencia uno se enamore de una actriz, y ese enamoramiento suele ser definitorio y también formativo. Una actriz de cine no es exactamente una mujer; más bien es una imagen. Y a esa edad uno tiende, como primera tentativa, a enamorarse de imágenes de mujer antes que de mujeres de carne y hueso. Luego, cuando se va penetrando realmente en la vida, no hay mujer de celuloide —al fin de cuentas, sólo captable por la vista y el oído— capaz de competir con las mujeres reales, igualmente captables por ambos sentidos, pero que además pueden ser disfrutadas por el gusto, el olfato y el tacto.

Pero la actriz que por primera vez nos corta el aliento e invade nuestros insomnios, significa también nuestro primer ensayo de emoción, nuestro primer borrador de amor. Un borrador que años después pasaremos en limpio con alguna muchacha —o mujer—, que seguramente poco o nada se asemejará a aquella imagen de inauguración, pero que en cambio tendrá la ventaja de sus manos tangibles con mensajes de vida, de sus labios besables sin más trámite, de sus ojos que no sólo sirvan para ser mirados, sino también para mirarnos.

Sin embargo, el amor de celuloide es importante. Significa algo así como un preestreno. Frente a aquel rostro, a aquella sonrisa, a aquella mirada, a aquel ademán, tan reveladores, uno prueba sus fuerzas, hace la primera gimnasia de corazón, y algunas veces hasta escucha campanas. Y como, después de todo, no se corre mayor riesgo [la imagen por lo general está remota, en un Hollywood o una Cinecittà inalcanzables], uno se deja soñar, desinhibido, resignado y veraz, aunque el fondo de tanta franqueza sea un amor de ficción.

Margaret Sullavan había sido eso para mí. Es claro que, cuando escribí los cuentos, ya no era por cierto un adolescente. Aunque todavía daban en los cines montevideanos alguna que otra película de su última época, y aunque por supuesto no me perdía ninguna, yo ya había pasado más de una vez en limpio aquel borrador de amor, y en consecuencia podía verlo con distancia y objetividad, pero también con una cálida nostalgia, con una alegre gratitud, como siempre se mira, a través del tiempo esmerilado, a la mujer que de alguna manera nos ha iniciado en el viaje amoroso.

No obstante, sólo años después advertí con precisión qué lugarcito había ganado en mi vida la incanjeable, maravillosa protagonista de *Y ahora qué* y *El bazar de las sorpresas*. En enero de 1960 estaba con mi mujer en Nueva York. Una tarde nos encontramos con cuatro amigos uruguayos y decidimos cenar temprano e ir luego a un teatro del Village donde se representaba *Our Town,* de Thornton Wilder, en la notable versión de José Quintero. La pieza llevaba ya varios meses en cartel, pero no era fácil conseguir entradas en las horas previas a cada función; de modo que, mientras los otros se instalaban en un restorán italiano de ruidosa clientela, yo me largué hasta el teatro a ver si conseguía localidades para seis.

De entrada me sorprendió que el boletero no tuviera aspecto de tal, aunque si alguien me hubiese obligado a una definición, no habría sabido decir cómo era el aspecto de un boletero inconfundible. Éste era joven, delgado; tenía unos anteojos de armazón oscura y cristales de miope; su aspecto era de estudiante de letras o de primer clarinete. El vestíbulo del teatro estaba desierto y eso estimuló mis esperanzas. Pero la razón de esa paz era muy simple: no había localidades. Cuando pregunté si existía alguna remota posibilidad de conseguir seis entradas [«sólo seis entradas, señor»], el muchacho levantó la vista de un ajado ejemplar del *New Yorker* y me miró con tajante desprecio: «¿A esta hora seis localidades? ¿En qué mundo vive?». El tipo tenía razón. Yo no estaba nada seguro del mundo en que vivía. Pero me sentí como un provinciano al que rezongan porque no se atreve con la escalera mecánica o con el teléfono público. A pesar de todo, no me fui enseguida. Me quedé unos minutos mirando las fotografías del elenco, tal vez con la secreta esperanza de que alguien viniera a devolver seis entradas, ni una más, ni una menos.

Entonces sonó el teléfono. El muchacho hizo un nuevo gesto de fastidio, ya que debía interrumpir otra vez su lectura del *New Yorker,* o quizá porque estaba cansado de repetir con voz gangosa que no había localidades. De pronto su rostro se transfiguró. Se quitó los anteojos con un gesto rabioso, y dijo casi sollozando: «¡No! ¡No! ¡No puede ser!». Después colgó, con un gesto brusco y desprendido, tan maquinal como marginal, y hundió la vencida cabeza entre los dedos flacos y temblorosos.

Yo era el único testigo de aquella congoja. Pese a la agresiva respuesta que me había propinado, pensé que podía sentirse mal y me acerqué. Le toqué apenas un brazo, sólo para que notara mi presencia. Le pregunté si le sucedía algo, si había recibido una mala noticia, si lo podía ayudar, etc. Entonces levantó la cabeza, y me miró con los ojos sin cristales, como a través de una ventana con lluvia o de un recuerdo inmóvil.

«Murió Margaret Sullavan.» Lo dijo lentamente, marcando cada sílaba, como si quisiera dejar bien claro que se sentía indefenso, que se sentía desgraciado, y que no se estaba mandando la parte.

Entonces fui yo el que dije, en otro estilo y en otro idioma, claro, como para mí mismo y para nadie más: «No, no puede ser». El muchacho no entendió las palabras en español, pero seguramente comprendió mi asombro, mi tristeza. Me recosté contra la pared, porque necesitaba algo en que apoyarme. Nos miramos el boletero y yo: él, un poco asombrado de haber hallado imprevistamente a otro viudo de Margaret, allí, en el teatro, al alcance de su mano huesuda; yo, apenas consciente de que en ese instante se extinguía el último rescoldo de mi ya lejana adolescencia.

De pronto el boletero se pasó una mano por los ojos, a fin de arrastrar sin disimulo las lágrimas, y me preguntó con la voz entrecortada, pero ya no gangosa: «¿Cuántas entradas dijo que quería? ¿Seis?». Abrió un cajoncito y extrajo seis entradas, unidas por un alfiler, y me las dio. Le pagué, sin decir nada. Darle una propina en aquellas circunstancias habría sido un agravio; algo absolutamente descartable entre dos viudos de la misma imagen. Nos dimos la mano y todo. Como dos deudos. Casi como hubiera podido sentirse James Stewart, pareja de Margaret en tantas películas.

Cuando salí en dirección al restorán italiano, yo también me froté los ojos, pero en mi estilo: no con la palma sino con los nudillos. En realidad, no conocía cuál podía ser el grado o la motivación del amargo estupor del boletero, irascible y cegato. Pero en mi caso sí que lo sabía: por primera vez en mi vida había perdido a un ser querido.

La vecina orilla

1.

No sé por qué, pero cuando los viejos fueron a despedirme a Carrasco, y sobre todo cuando iba camino del avión y miré hacia arriba y los vi juntos, y a la vez separados, levantando las manos para saludarme, la vieja arrimando los nudillos a los anteojos porque seguramente había aparecido algún lagrimón, y yo mismo, carajo, refregándome un ojo con la mano que me quedaba libre, bueno, cuando los vi allí, como la pareja inexplicable que siempre fueron, quizá mal unidos por mí, me vino de alguna parte un lejanísimo recuerdo, tan lejano que al principio creí que no era mío, pero sí era, porque después, en el avión, o sea ahora, sentado en la fila nueve [donde está la puerta de emergencia y hay más sitio para acomodar estas largas piernas que Dios me ha dado], me pongo a completar el recuerdito, y lo voy apuntalando con detalles, hasta que casi lo reconstruyo del todo, y decido empezar precisamente con él esta libreta de apuntes, que acaso nadie nunca lea, o quizá sí. Y es de este modo: la familia estaba almorzando, es decir los mayores: mi viejo, mi vieja [que entonces eran menos viejos], el abuelo, el tío, y quizá alguien más, y yo, que tenía cuatro o cinco años, andaba en el triciclo recién estrenado, y me iba al jardín y entraba otra vez haciendo un ruido con la boca que creía igualito a la bocina del ómnibus interdepartamental, y el viejo me hacía señas para que no armara tanto bochinche y yo no le hacía caso. Y de pronto vino y en medio de uno de mis mejores bocinazos me agarró de una oreja y vi hasta la constelación de Orión, aunque en ese entonces desconocía su nombre. Por aquellos tiempos no era vengativo, tampoco ahora lo soy, pero vaya a saber por qué mecanismo emocional, o simplemente deportivo, dejé con toda frialdad el triciclo frente a la puerta, arrimé una silla, me senté junto a mi tío, y le zampé al viejo este inesperado testimonio: «Anoche miré bajo la mesa, y vos y Clarita tenían las piernas juntas». Mamá abrió unos ojos de este tamaño, no me lo olvido; el viejo apretó los labios y me miró con una terrible resignación. Casi como un anticristo que ordenara: «Impedid que los niños se acerquen a mí», o quizá sencillamente: «Botija podrido», vaya uno a saber. Lo cierto es que a partir de ese momento el viejo y la vieja pasaron como tres meses sin hablarse. Y mamá me sugería en voz alta: «Decile a tu padre que te dé dinero para la leche». Y el viejo también tenía su iniciativa: «Decile a tu madre que hoy no vendré a cenar». Por supuesto, Clarita no se apareció más por nuestro hogar dulce hogar, y hoy me atrevo a creer que al viejo le gustaba mucho aquella gurisa [como diez años menor que él y como cinco menor que mamá] delgada, rubia, de ojos verdolaga, con cara de sueño, pero de lindo sueño, no de pesadilla, y que tenía un modo tranquilo de mirar, y manos delgadas y suaves, con unas venitas azulosas, casi imperceptibles pero que todo el mundo percibía, incluso un estúpido de cinco [¿o serían seis?] años como el suscrito. Porque en verdad se necesita ser estúpido para haberle arruinado la vida al pobre viejo con ese comentario jodido. Sobre todo porque yo creo que a Clarita también le gustaba el viejo. Simplemente habrá tenido miedo de la presencia acalambrante de mamá, que desde el pique le tomó cierta inquina. Yo no diría que eran celos de esposa desconfiada. Más bien se trataba de un odio hecho y derecho, cultivado lentamente y palmo a palmo.

Cuando la azafata se acerca a ofrecerme la cocacola de rigor, estoy en pleno mea culpa. Nadie me quita del marote que con esa maldita intervención, lo siniestré para siempre al viejo. Porque ya entonces se llevaba muy mal con la vieja. Casi diría que no se llevaban. Nunca he visto dos tipos tan distintos y tan deshechos el uno para el otro. El viejo siempre fue un sujeto sensible, cálido, demasiado tímido para mi gusto, todo lo culto que puede ser un casi ingeniero [que no es demasiado, pero siempre un poquito más que un ingeniero]. Siempre ha sido un buen lector, le gustan la pintura y la música, y por suerte no cree, como algunos de sus casi colegas, que la vida es un logaritmo. Mamá en cambio es bastante terca [para plantearlo sin subjetivismo, cosa vedada a un hijo amantísimo, habría que decir que es terca como una mula], reseca en sus sentimientos [sólo se conmueve con sus propias penurias, nunca con las ajenas], orgullosa de su enciclopédica ignorancia, refractaria a la lectura y a las artes en general, hábil en tareas manuales, de buen fondo [aunque para encontrarlo haya que hacer tremenda prospección], más propensa al reproche que a la tolerancia, en fin: un hueso duro de roer. Creo que hubo dos cosas que impidieron la verdadera liberación [también llamada segunda independencia] del viejo: a) mi investigación en la submesa, que hizo fracasar desde el inicio una relación que prometía, y b) el incurable catolicismo de mi progenitor, que le nublaba siempre la posibilidad de un divorcio, que después de todo habría sido su salvación y su rescate. Si me atengo a mis vagos recuerdos, Clarita era alegre, linda, tan simpática que hasta me había conquistado a mí. Más de una vez he pensado, ahora que ya tengo mis diecisiete años [por otra parte, dignamente cumplidos en una celda] que me gustaría encontrar, no a Clarita, claro, ya que hoy debe ser, si todavía vive, una vieja de treinta y ocho años, pero sí a una mujercita que fuese hoy como era Clarita cuando arrimaba, bajo la mesa, sus lindas piernas a los pantalones del viejo.

2.

Lo que pasó en estos últimos meses debe haber sido una de las pocas cosas que han unido a mis padres. Sintetizando: estuve en cana. Por eso estaban tan emocionados en el aeropuerto, ahora que por fin consiguieron mandarme a Buenos Aires. Comprendo que para ellos es una tranquilidad. Para mí, también. No quiero ver otro calabozo ni en película. De ahora en adelante, las películas se dividen para mí en dos categorías: las que tienen cárceles y las que no. Sólo pienso ver las de la segunda categoría. Con sólo treinta y cuatro días, quedé podrido de cárceles. Agoté el tema, como quien dice. Eso sí, para que ustedes [¿quiénes son ustedes?] no se hagan ilusiones pensando que soy un joven revolucionario, o un rebelde con causa, o cualquiera de esas categorías insignes, quiero aclarar que yo no caí por razones políticas sino por boludo. Para mí es doloroso confesarlo, pero ésa es la ingrata verdad: caí por boludo. Nunca me metí en política, lo confieso. En mi clase había algunos que no se metían en política porque les gustaba estudiar, y la política quita tiempo, eso es cierto. Pero a mí no me gusta estudiar. De mí se puede decir cualquier cosa, menos que soy un traga. O sea que en mi clase era el único ejemplar de una especie a punto de extinguirse: la de aquellos que no aman ni el estudio ni la política. Aclaro que tampoco era un caso perdido: siempre pasé de año, o sea que estudié lo estrictamente necesario. Más bien diría que con atender al profe cuando se mandaba la lata, ya me alcanzaba. Tengo la apreciable virtud de que los datos, las fechas, las fórmulas y los nombres, se me fijan indeleblemente en el mate. Tampoco vayan a pensar que en política soy un indiferente. Eso no. Si estoy contra las matemáticas, ¿cómo no voy a estar contra el fascismo? A mí no me gusta que nadie me empuje, y mucho menos que me empujen con una metralleta. Eso está claro. Lo que no me agrada de la militancia política son las discusiones interminables, las votaciones a la madrugada, y sobre todo la autocrítica, que me trae el recuerdo de mis lejanas y aguadas épocas de confesionario, otra cosa que tampoco me gustaba. Y no porque haya tenido o tenga nada que esconder. Nada importante, quiero decir. Uno siempre tiene algo que esconder. Pero nunca tuve una culpa gorda para el confesionario o la autocrítica. Tal vez por eso no me gustan. Quizá les tenga un poco de envidia a esos tipos que disfrutan relatando sus pecados mortales al cura atónito, o vociferando sus resabios pequeño-burgueses en una asamblea estudiantil. Sin embargo, no caí [repito] por las buenas razones, sino por boludo. Resulta que el jueves 22 se conmemoraba un año de la muerte de Merceditas Pombo, quizá hayan visto el nombre en los diarios [no en los de Monte sino en los de Baires], una piba de primera que se les murió en la máquina. Dicen que le aplicaron el submarino seco, y como ella era asmática ¿no? Bueno, la iniciativa empezó a crecer de a poco [la idea original fue de Eduardo] y al final el programa se redondeó: el jueves teníamos que venir todos con una rosa roja y dejarla en la mesa del [o de la] profe. La operación se hizo en un secreto total. Como yo nunca milité, me dejaron para el final. Pero igual les dije que sí. Cuando no hay reuniones interminables ni votaciones a la madrugada ni autocrítica, siempre los acompaño. Además, eso de traer una rosa roja me gustó. Era una provocación, cómo les diré, poética; una provocación imaginativa. Y traje la rosa, que por supuesto capiangué de un jardín vecino, perteneciente a un te-erre, o sea [para los ignaros] teniente retirado. Todos trajeron su rosa. Y las fueron dejando. No falló ni uno. Entonces nos sacaron a todos de las aulas, y nos pusieron en el patio, contra la pared. No tienen sensibilidad poética, qué se va a hacer. Posteriormente vinieron los botones y también la pregunta de cajón: quién era el autor de la idea. Todos sabíamos que había sido Eduardo pero nadie dijo nada. Era lindo aquel silencio. Empezaron a llamar por grupitos de cinco, y nos interrogaban en la bedelía. Fue precisamente ahí donde caí de boludo. En mi grupo, fui el primero de los cinco. El coso me preguntó si sabía de quién había sido la idea. Y le dije que la idea de mi rosa había sido mía, pero que no sabía de quién había sido la idea de las otras rosas. Me pareció que esa boludez era el colmo de la habilidad. Pero no. Entonces el segundo dijo lo mismo: que la idea de su rosa había sido suya, pero que no sabía de quién había sido la idea de las otras rosas. Los otros tres dijeron lo mismo. Y no sé por qué misterioso conducto, la martingala llegó rápidamente al patio y cuando entró el siguiente quinteto las cinco respuestas fueron las mismas, y así sucesivamente. A medida que el cansancio empezó a desfibrar la actitud inflexible de la primera media hora, algunos muchachos comenzaron a hacerme señas de aprobación, de saludo, y hasta de aplauso. Yo no tengo pasta de héroe, pero debo confesar que empecé a sentirme contento. Había sido fácil. No sé de dónde me vino la idea, pero había dado resultado. Sin embargo, los milicos me marcaron. Porque fui el primero en dar la explicación. Deben haber pensado que yo era un líder o algo así. Me volvieron a llamar. «Así que vos sos el autor intelectual», me dijo uno de bigotito fino, que además tenía un eccema asqueroso bajo el ojo. Empecé a decirle que sencillamente se me había ocurrido traerle una rosa a la profe, porque era muy buena y enseñaba muy bien la materia, que era nada menos que matemáticas. Lo que se llama una mentira piadosa, porque a la tipa esa jamás le entendí un corno, y además la odiaba, no porque fuera odiosa, sino porque enseñaba matemáticas. Pero el individuo no sólo no mostró el menor convencimiento frente a mi lúcido planteo, sino que me encajó una piña en el pómulo derecho, que rápidamente pasó a primer plano. Es seguro que este detalle habría servido también para aumentar el volumen de mi prestigio en el patio, pero no tuve la ocasión de inflar mi vanidad. Dos de los preguntones me agarraron de un brazo y me sacaron violentamente de la bedelía. De ahí a la chanchita, y en ella a jefatura. De entrada les aclaré que era menor y por lo tanto. Golpe en los riñones. Que eso estaba contra la ley. Patada en el tobillo. Ergo: renuncio al tema de la minoría de edad. Me llevaron a una celdita repugnante: el olor a mierda me volteaba. Durante el mes que estuve allí, me sacaron varias veces, sólo para golpearme. Por lo general no me hacían preguntas; se limitaban a darme la biaba. Ni picana ni submarino, apenas trompadas y patadas. Lo que se dice un privilegiado. Y tengo plena conciencia de serlo, ya que asistí a sesiones de picana y submarino. Creo que me llevaban para ablandarme. A mí me daba miedo, a quién no. Los torturados no eran menores como yo, pero tampoco eran veteranos. Había uno solo que era un jovato, no sé si tenía canas porque siempre lo llevaban de capucha, pero se le veían las pulpas flojas de la gente con más de treinta y cuatro. Pero cómo aguantaba ese viejo. Los más jóvenes no hablaban, no confesaban nada, ni decían los nombres y datos que los otros querían, pero cuando les aplicaban la máquina gritaban como condenados. El jovato en cambio, no les daba ni ese gusto. No sé ni siquiera si tenía voz gruesa o finita. Cerraba los puños y chau. Y cuando terminaba la sesión, que a veces duraba horas, salía caminando, ni siquiera se desmayaba. Uno de los muchachos perdió el conocimiento y parece que no lo recuperó más. Eso les da mucha bronca. Es lo peor que les puede hacer un detenido: morirse. Enseguida llaman al médico para que lo resucite. Y el doctor hijo de puta [el mismo que dice hasta qué punto se puede torturar sin que el tipo espiche] hace lo posible, pero a veces los finados son tercos, y no hay quien los convenza de que vuelvan a respirar. Entonces los verdugos putean al médico, y él no dice ni mu, porque claro, son capaces de torturarlo también a él. Mientras tanto, al inerte le tiran agua en la cabeza, le dan palmadas para que reaccione, es la única ocasión en que parecen apostar a la vida. Pero algunos los joden: se mueren. Y entonces vienen los mutuos reproches. Un día hubo dos que se agarraron a piñazos. Creí que se iban a aplicar la picana entre ellos, pero naturalmente no exageran. A mí me tenían encapuchado; sólo me sacaban la capucha cuando me llevaban de espectador. Algunas veces vomité; una de ellas sobre el pantalón de un tira. No lo hice adrede, pero no estuvo mal. Me la ligué, claro. Fue la noche que me dieron como en bolsa; creí que iba a terminar en la máquina, pero no. Se ve que tenían instrucciones: a los menores sólo piñazos y patadas. Alguna vez pude hablar con dos de la celda vecina. Yo estaba solo en la mía, que era minúscula y maloliente, pero la de ellos era más amplia y por consiguiente con más olor a mierda. Allí había como tres: un estudiante, un bancario y un obrero. Cuando se recuperaban un poco, y empezaban a respirar normalmente, enseguida se ponían a discutir: que el foco, que el partido, que las deformaciones pequeñoburguesas, que el desviacionismo, que el revisionismo, y dale que dale. Igual que en las asambleas del liceo. A veces discutían tan violentamente que los gritos se oían en todo el piso. Yo no entendía un carajo, tampoco ahora entiendo. La cana les aplicaba la máquina a los tres por igual. O sea que para la cana los tres eran lo mismo: pueblo. La cana sí tiene un criterio unitario.

Un mes estuve. Sin visitas. Sólo ropa para cambiarme. Sin libros. En algún momento temí que me trajeran un libro de matemáticas, como tortura adicional. Pero ni eso. Entre patada y patada, entre piñazo y piñazo, me aburría como una ostra. Es claro que prefería aburrirme a que me doliera el hígado o los huevos. Una tarde creí que me habían fracturado una pierna, pero en una semana bajó la hinchazón. Al principio me hacían preguntas; después me amasijaban sin preguntarme. Sin embargo, hay una cosa que debo reconocer: así como ya les dije que caí por boludo, creo que también por boludo salí. Porque tuve por lo menos esa coherencia: seguí hasta el fin con mi versión original y el poético origen de mi rosa. No creo que se lo hayan creído. Lo que sí deben haber pensado es que yo era mongólico o fronterizo. O quizá haya surtido algún efecto una conversa que tuvo el viejo con un ce-erre [para los ignaros: coronel retirado] que él conocía desde sus épocas sanduceras. Aunque no es seguro, sobre todo porque ese coronel está ahora preso, así que no debía tener demasiada muñeca. O será subversivo, bah. Después que me enteré que el padre Barrientos había caído porque le encontraron un berretín en la sacristía, nada puede asombrarme. Con razón le gustaba tanto el *Cantar de los Cantares*. Seguro que ése no cayó por boludo.

Bueno, una mañana me sacaron la capucha, me hicieron dos chistecitos que recibí con razonable desconfianza, me devolvieron un bolígrafo, una cajita de preservativos, la billetera y el cinto, todo lo cual me había sido quitado el primer día. Nadie mencionó en cambio el reloj de oro, regalo de abuelo. Casi caigo en la inocencia de reclamarlo, pero un rápido vistazo me salvó de esa pifia: el tacho estaba, muy brillante, en la muñeca del musculoso que me estaba otorgando la salida.

3.

Si voy a ser franco, Buenos Aires me gusta. Y no es que la compare con el calabozo. Después de eso, claro, cualquier cosa está bien. Sin embargo, creo que me gustaría menos si estuviera de turista. Tiene plazas, oh. Tiene árboles, oh. Tiene grandes tiendas, oh. [Este *oh* lo digo en nombre de mi vieja.] La gente anda tal vez demasiado apurada para mi gusto, pero así y todo me cae simpática. Tiene pósters, oh. Tiene subte, oh. Tiene muchachas, oh. Nunca vi mujeres tan bien vestidas. Bueno, tampoco había salido hasta ahora de la tacita de plata. Mire que eran cursis los de antes: ¡tacita de plata! Ahora es una escupidera de lata, pero bah, tampoco hay que andarlo pregonando. Baires tiene colectivos, oh. No tiene playas, ay. Eso sí lo lamento. Sin embargo, me gusta la ciudad. Lo único incómodo son los «intercambios de disparos», pero cuando suena algún tableteo me meto en una galería. Aquí siempre hay alguna galería a mano. Suerte, ¿no? Ayer vi pasar a la presidenta. Iba sentada muy derechita, casi como un maniquí. No sé por qué, siempre que pienso en un maniquí, lo asocio con los cuentos que hace mi viejo acerca de los maniquíes de la Casa Spera. Era una sastrería de hombres, allá en Monte, calle Sarandí, al costado de la Catedral. Parece que tenía unos maniquíes antiquísimos, y mi viejo dice que aunque ponían caras de jóvenes, uno se daba cuenta que eran contemporáneos del presidente Viera o del negro Gradín, de la llegada del *Plus Ultra* o de la *troupe* Oxford primera época. Mi viejo decía que, además, ningún traje les quedaba bien, como si al maniquí gordo le hubieran puesto el saco del maniquí flaco, y viceversa. Bueno, la presidenta parecía un maniquí, pero no de la Casa Spera, epa, sino de Christian Dior.

Me paso recorriendo las calles. Todas son nuevas para mí. A veces tomo el subte, me bajo en una estación cualquiera. Pienso, por ejemplo: voy hasta la primera que empiece con V, y entonces me clavo porque llego a Lacroze y no había ninguna que empezara con V. Y allá por Lacroze no hay mucho que ver. Pero entonces aprendo y en la próxima oportunidad pienso: voy hasta la primera que empiece con C, que es una letra más fácil, y tomo otra línea y me bajo en Congreso, y estuve fenómeno porque emerjo de las profundidades y estoy en una zona animadísima, llena de comercios y de gente, como a mí me gusta, y me vengo por Callao mirando las vidrieras y las muchachas, aunque sin apurar el trámite porque para unas y otras se precisa guita y yo estoy pelado, es decir con la escasísima que me dieron mis ancestros en Carrasco, y yo lo comprendo porque el viejo no había cobrado el sueldo [comunico que los ingenieros cobran honorarios, pero los casi ingenieros sólo cobran sueldos] y la vieja tuvo que pedirle prestado a tío Felipe para mi pasaje. Y además me llevó unos cuantos días ir localizando los boliches baratos, porque aquí uno se desorienta y se desalienta y de pronto ve un restorancito de morondanga y piensa aquí mismo, pero no es de morondanga, porque ahí lastran de vez en cuando Palito Ortega o Leonardo Favio, y a los parroquianos los fajan y con razón porque no van por el bife de chorizo sino por el autógrafo o el chisme, y entonces de qué se quejan. Así que sigo tranquilito por Callao, entre otras razones porque siguiendo y siguiendo y doblando más allá a la derecha y después a la izquierda, descubrí una pizzería que parece una porquería y [por suerte] es una porquería, o sea que allí no van famosos sino los ignotos de siempre, vendedoras de tienda con uniforme naranja y cuellito marrón, laburantes varios que mientras comen ordenan papeles, y claro, la pizza no es como la de Capri [por lo menos la que se ve en las películas norteamericanas que transcurren en Capri] y quizá por eso la sigo eructando hasta el próximo desayuno. Ni comparación con la de Tasende, allá en Monte, que comíamos con la barra a la salida de clase, después de patiar treinta cuadras para ahorrarnos el trole.

Sin embargo, no llego a la pizzería porque al cruzar Cangallo con luz roja [uno tiene sus principios] escucho mi nombre pronunciado por una cascada voz femenina que resulta ser la señora de Acuña, ex amiga íntima de mi vieja pero que de todos modos sigue siendo amiga no íntima, y que está de paso por «esta ciudad divina», donde ha venido a hacer unas compritas aprovechando el cambio favorable «antes de que se den cuenta» y «estos ladrones lo ajusten de nuevo». Está con el marido y las nenas, una de las cuales es de mi edad y la otra de la suya. Y la de mi edad nació en Libra, igual que yo, y es la excepción estúpida que confirma la regla inteligente. El señor Acuña, por su parte, tiene una cara de fatiga que da ídem, y se toma un buen trabajo para resoplar con cierta calculada intermitencia, a fin de que su esposa legal aquilate su sacrificio. Digo esposa legal porque yo le conozco la amante clandestina, y él conoce que yo conozco: una vez los vi entrando taxicómicamente en la modesta amueblada de la calle Rivera, y la clandestina no estaba mal, el veterano no es zonzo, o sea que la nena no salió a él. De modo que cuando la señora de Acuña dijo que ahora no me soltaban y que tenía que cenar con ellos, así les contaba toda la historia de mis prisiones [no sé por qué la vetusta emplea el plural], dije que sí porque como el señor Acuña conoce que yo conozco, no va a ponerse amarrete con el menú. La nena que no tiene mi edad sino la suya, y que ahora capté se llama Sonia, me sonrió permanentemente, y a mí no me gusta que me sonrían porque me pongo colorado y eso nunca es bueno, así que me pongo a mirar obstinadamente a la que tiene mi edad y es estúpida y se llama Dorita, porque como me da asco y principio de náuseas, me provoca la palidez cadavérica necesaria para compensar la roja vergüenza que me provoca la sonrisa constante de Sonia. De modo que mirando intermitentemente a una y otra de las chicas, mis mejillas, mi nariz y mi frente adquieren un color natural que, sin embargo y como acabo de explicar, es cuidadosamente fabricado. La señora Acuña insiste con las prisiones, y yo le aclaro modestamente que fue una sola y que no pienso convertirla en plural. El señor Acuña, como conoce que yo conozco, festeja el chiste cual si fuera de Hupumorpo, todo para quedar bien conmigo y cuidarse las espaldas sin percatarse de que yo puedo ser chantajista pero no demagogo. Sin embargo cuando Sonia me pregunta con la voz temblorosa si me torturaron, narro mi historia con lujo de detalles, claro que sin darle ninguna importancia, que es la forma más segura de dársela. Dorita entonces me pone la mano sobre el brazo [náusea, palidez, etc.] y a Sonia se le mueven los dedos de la mano derecha, pero lamentablemente está demasiado lejos para tocarme. Con el fin de dominar mis tensiones, me consagro al jamón con melón, la milanesa con papas fritas, y el helado (doble) de dulce de leche, todo acompañado por dos balones de rebosante cerveza. Sintetizando: pagó juiciosamente el señor Acuña, poniéndole así la firma al convenio tácito.

4.

Mi pensión tiene chinches y cucarachas, vive Dios, y las paredes sudan. Yo también. Además, hay un solo baño para siete habitaciones, que en realidad se reducen a seis, pues una está ocupada por dos franchutes jóvenes, que no son lo que se dice fanáticos de la ducha. Él tiene una melena que huele a estofado, y ella unas sandalias abier-

tas que permiten a la opinión pública enterarse de sus uñas de azabache. Sin embargo, franchutes aparte, el problema del baño es bastante grave, porque si a los efectos de la ducha son seis habitaciones, en
cambio a los efectos defecatorios volvemos a ser siete: los galos no se
bañan, pero en cambio exoneran el vientre con europea regularidad.
O sea que mi alojamiento no pertenece a la cadena del Hilton ni a la
cadena del Sheraton, sino [apronten la carcajada] ¡a la cadena del
Water! Lástima que no se me ocurrió este horrible chiste cuando estuve con el señor Acuña y su sagrada familia. Habría tenido que festejarlo, muy piola él, porque conoce que yo conozco. En la pensión,
que se llama, como es lógico, Hirondelle, porque la dueña dice que sus
huéspedes somos aves de paso, en la pensión digo, hay mucha vida.
Vamos a entendernos: cuando yo digo vida, quiero decir relajo. Por
ejemplo: en la pieza 3 reside un punguista. Él exige que lo llamen Pick-
pocket, porque se formó en la escuela británica, pero es muy largo
como apodo; así que todos lo llaman Pick, y hasta Picky, y él se enoja
porque dice que es nombre de perro, pero a esta altura ya no tiene
arreglo porque el tercer apodo ingresó a lo que mi profe de historia
llamaba la tradición oral. En la número 4 vive una parejita joven, de
la cual [puesto que yo vivo en la 5] conozco involuntariamente todos
sus ruidos amorosos, que en el caso específico de ella son sencillamente estereofónicos y que me obliga a imaginarla sin ropas con más frecuencia de lo que yo quisiera. El marido, o lo que sea, se da perfecta cuenta de mi insoportable situación, pero en vez de tenerme piedad
me toma el pelo y cuando se cruza conmigo me dice su estribillo cap-
cioso: «Che, hoy te noto más turbado que ayer, ¿qué te sucede?». Yo
lo puteo en silencio, por respeto a la dama sonora, pero él se ríe como
el pájaro loco.

En la 6 viven los franchutes, cuyo aroma se cuela a veces por las
rendijas, pero debo reconocer que nunca hacen ruidos venéreos. Ruidos de otro tipo sí hacen, ya que él a veces toca la guitarra y ambos
cantan canciones de protesta, en un español que les sale directamente
de las amígdalas. No se meten con nadie. Si olieran mejor, les tendría
simpatía.

En la 7 viven dos botijas, dos nenas, bah, que se la pasan escribiendo a máquina. A veces me despierto de madrugada y sólo oigo las
sirenas de la cana y la maquinita de ellas. ¿Qué escribirán?

Aclaro que la 1 y la 2 no las tomo en cuenta porque son las que
se reserva la patrona, cuyo nombre es Rosa. Doña Rosa. Se sabe [en
realidad es imposible no saberlo, porque ella lo narra dos o tres veces
por semana] que es viuda y que su marido fue peronista de la primera época, cuando Evita. Una tarde se puso confidencial y bajando la

voz, me dijo en tono cómplice: «Ahora él sería otra cosa, ¿me comprende?».

5.

Tengo que conseguir trabajo, porque la guita se va acabando y no puedo estar pendiente de lo que puedan mandarme los viejos, que por otra parte siempre va a ser poco. Ya fui a dos o tres comercios de Once que pedían personal en los avisos de *Clarín*, pero no bien se enteran de que aún no tengo residencia, dicen un *no* conmovedor. Ahorro hasta en los puchos, pero me parece un sacrificio idiota. Además hay veces que me vienen incontenibles ganas de fumar, y no tengo. Menos mal que ayer me encontré con el flaco Diego y le estuve mangando puchos toda la santa noche. También vino rajado de la cana. Es claro que él la pasó bastante peor, porque no cayó de boludo como yo, sino por más prestigiosas razones. Dos veces lo agarraron [la primera, escribiendo con aerosol en los muros del Cementerio del Buceo una consigna contra los milicos, y la segunda con un volante que no era precisamente oficialista]. Las dos veces lo movieron lindo, con picana y todo; se aguantó como un tronco y lo largaron. Pero él se dijo: «La tercera es la vencida», y se tomó el alíscafo de Villadiego.

Yo lo conocía poco, porque me lleva como cuatro años, y además él siempre militaba. «Así que vos también sonaste», me dijo, cuán amable. «Quién iba a decir, con lo que siempre te cuidaste.» Es difícil explicarle a un tipo como él, más quemado que el ave Fénix, por qué yo no militaba. Traté de decírselo, pero no entendía nada. «Excusas, botija, excusas.» Me revienta que un carajito, que apenas me lleva cuatro años, me diga «botija» con ese dejo sobrador. «Ta bien, ta bien. Pero y ahora ¿vas a militar?» Le pregunto cómo quiere que milite en este caos. No sé por qué se me ocurrió decir caos. «Siempre se puede», dice él. Le aclaro que antes que nada tengo que hallar trabajo. «Sí, eso está bien. Yo ya estoy laburando. Si querés te ayudo.» Claro que quiero. Anoto un nombre y una dirección. Tengo que ir mañana. «Ahora vení conmigo.» Caminamos como veinte cuadras. Yo hubiera tomado un colectivo, pero él dice que cuando se lleva una vida sedentaria, es muy útil caminar, eso beneficia la circulación. Mi tío Felipe, que es naturista, dice esas mismas aburrideces. Por fin nos detenemos frente a un edificio de varios pisos. Subimos hasta el 15. Un tipo de pelo largo y con colgajos, nos abre la puerta. Hay como quince, todos jóvenes. Discuten, pero no puedo enterarme sobre qué. La terminología me pasa por encima del jopo, no pesco ni una. En un rincón está una piba que casi nunca participa. Tiene cara de tedio, pero es ella la que me dice: «¿Te aburrís?». Me encojo de hombros; tal vez sea un encogimiento afirmativo, porque ella dice: «Vení», y se mete por un pasillo. La sigo y subimos por una escalera de madera, con alfombra. No es un apartamento común, sino un *penthouse*. Después de la escalera salimos a una galería, y de allí a un jardín. Sí, hay un jardín, con árboles y todo, y es un piso 15. También hay sillas, mesas, y algo así como un sofá veraniego. «Vení», vuelve a decir y se sienta en el sofá veraniego. Yo me siento también y por primera vez la miro con atención; por las dudas sonrío. Es morocha, de ojos lindos, oscuros. Será de mi edad o un poco más. El escote es profundo. No está mal. «¿Te gusto?», pregunta muy serena. Es probable que se me haya depravado un poco la sonrisa. Hay algo de maternal en su carita y a mí siempre me gustaron las madres. «Bueno, sí, sobre todo como anticipo.» Ella ríe francamente, y sin desabrocharse siquiera la chaqueta, puesto que hay espacio suficiente, mete una mano y saca un pecho limpito. Yo me siento autorizado a ayudarla, pero ella me frena de manera inequívoca. «No pienses mal. De todos modos, hoy es imposible. Regla de tres compuesta, ¿tamos?» Y como yo dejo traslucir cierto desencanto, agrega: «Perdón, perdón. Lo hice sólo porque te vi tan aburrido». Y guarda otra vez el pechito.

6.

Las señas que me dio Diego corresponden a una Editorial, presumiblemente de izquierda. Esta vez mi condición oficial de turista no impide la contratación. «Ya buscaremos la solución», dice el encargado. «Lo esencial es que empieces a trabajar, porque imagino que tenés que comer, ¿o imagino mal?» Le digo, por supuesto, que imagina bien, y me asigna un sueldo que es bastante bueno, sobre todo considerando las circunstancias algo irregulares de mi permanencia aquí. Le doy las gracias, y él dice que los argentinos, tantas veces exiliados en Uruguay, tenían ahora el deber de prestarnos solidaridad, ya que esta vez éramos nosotros los jodidos. «Cuando yo era chico, mi viejo estuvo como dos años en Montevideo, haciendo y vendiendo empanadas, y la gente lo ayudó mucho.» No saben cómo me alegro de que mi gente oriental haya ayudado a su viejo porteño. Además, me vienen unas ganas locas de comer empanadas. Eso me ocurre con cierta frecuencia: que alguien menciona una comida, o un postre, o un helado, y el estómago se me empieza a retorcer de tantas ganas. En tales casos, soy capaz de pagar cualquier cantidad con tal de tener la comida en cuestión, pero como casi nunca tengo cualquier cantidad, debo quedarme con las ganas, y en realidad no es una catástrofe. De todas maneras, éste es un problema que tenemos los desvalidos y que me permite comprender el odio de clases.

Mi trabajo en la Editorial consiste por ahora en corrección de pruebas. Alguna vez hice en Monte suplencias de corrector. Perdí injustamente ese laburo cuando dejé pasar una errata que el autor consideró inadmisible, humillante y soez: *orínico* por *onírico*. No era para tanto, creo. Convengamos en que el intelectual es por definición un susceptible. Espero que los de aquí no sean tan delicados.

Ya comencé con mis nuevas funciones, así que le escribí a la vieja que se queden tranquilos: no moriré de hambre. Aunque, eso sí, no descarto la muerte al cruzar Libertador o si me pesca una bala perdida en cualquiera de los tiroteos que amenizan esta gran urbe. Esto último lo puse para que tengan de qué preocuparse, ya que sólo cuando están ansiosos mejoran sus relaciones conyugales.

A cada rato me encuentro con gente de la vecina orilla. Aunque tal vez no sea correcto nombrarlos así. He notado con cierta alarma que los únicos que decimos «la vecina orilla» somos nosotros con respecto a Baires, pero no los porteños en relación con Monte. Los cronistas deportivos de aquí, sobre todo los de radio, cuando se refieren a nosotros dicen «la otra banda». Tampoco escriben «allende el Plata», o sea que jamás podrían hacer deportes en *El Diario* o *La Mañana*.

Casi todos los compatriotas que encuentro y/o conozco ya se hallan trabajando, aunque casi ninguno tiene vivienda más o menos estable, y hasta me topé con uno que ni siquiera tiene documento. No cometo la indelicadeza de preguntarle cómo entró. Puede haberlo perdido, claro. Uno de los compatriotas me enseña dónde queda el consulado uruguayo. Por las dudas, cruzo a la vereda de enfrente. En esta zona veo muchas caras conocidas de la patria chica, pero prefiero dirigir mi seductora mirada hacia otro punto cardinal, ya que la mayoría son tiras que en otro tiempo frecuentaban los cafetines del Cordón. El flaco Diego, que se las sabe todas, aconseja no concurrir a los cafés ni a las pizzerías de Corrientes, sobre todo entre el Obelisco y Callao, porque allí anda suelto tanto tiraje oriental que hasta se vigilan entre ellos. Una lástima, porque a mí me gusta Corrientes, sobre todo de noche.

En vista de que voy a tener sueldo, aflojo un poco mi política de ahorro y compro cigarrillos. Mamá siempre dice que si sigo fumando así voy a morir de cáncer al pulmón como mi abuelo, pero él crepó de ochenta y uno, así que me faltan nada menos que sesenta y cuatro, a qué me voy a angustiar desde ahora, tampoco hay que pasarse de previsor. Capaz que me secuestran o me acribillan la semana que viene, cruz diablo, y me voy al purgatorio sin haber tenido siquiera este disfrute. O sea que en media hora fumo más que tres murciélagos juntos. Digo esto por simple hábito coloquial, ya que en realidad nunca vi fumar a un murciélago, mucho menos a tres. En rigor, debería decir «más que tres monos», ya que, aunque no hayan ingresado al diccionario de modismos, hay monos que son empedernidos fumadores, y de eso sí soy testigo porque sé de uno que fumaba en Villa Dolores y otro más en Palermo, y este último además sacudía la ceniza sobre la palma ahuecada de la mona, flor de masoca la simia.

Cuando le digo a doña Rosa que por fin he conseguido laburo, da rienda suelta a su entusiasmo y me besa casta y sudorosamente en ambas mejillas. Como el baño está ocupado por la dama sonora, debo esperar como treinta y ocho minutos si quiero lavarme el pegote. Claro que la vieja no lo hace con intención aviesa, pero igual me jode. Es buena, menos mal. Aunque para mi gusto, se pasa de entusiasmo. Personalmente opino que éstas no son épocas para entusiasmar a nadie. Hasta el fútbol da lástima. Tengo la impresión de que ahora nos amamos con los porteños, porque ellos y nosotros estamos a cuál más patadura en el viril deporte. Unidos en la desgracia. Bueno, doña Rosa se entusiasma con Vélez. Es el colmo. Ni siquiera es hincha de un cuadro importante, como Boca o River. Escucha el partido íntegro por la radio, y a la noche vuelve a ver los goles por televisión, que para mayor aberración no son los que metió Vélez sino los que le metieron. Otra masoca. Por eso dejo que me bese casta y sudorosamente las mejillas, a fin de que canalice de algún modo su entusiasmo potencial. Y bueno, cuando por fin sale la dama sonora, entro al baño y me lavo el pegote.

7.

Al menos en esta primera semana, el trabajo me gusta bastante. Hasta ahora no he tenido quejas. Es claro que al final de la tarde tengo el balero que es una matraca. Fatiga intelectual. Quién me iba a decir a mí [como estudiante evité siempre el *surmenage*] que iba a terminar haciendo semejante concesión: fatiga intelectual, nada menos, como un traga cualquiera. Para peor, a la salida me encuentro con Leonor y su hija. Esa familia siempre me cayó bien, pero hoy me dejaron en ruinas. El marido de Leonor está en el penal de Libertad. Ella lo vio antes de venirse, y dice que envejeció diez años en cuatro meses. Lo han reventado. Él fue quien les pidió que se vinieran. Leonor no quería, pero parece que él se angustiaba tanto que al final ella le prometió que sí. Ahora no saben qué hacer. Laura, la hija, me mira esperanzada, como si yo pudiera darles una idea salvadora. Pero, aunque me estrujo el cerebelo no se me ocurre nada. Y Leonor que llora despacito, sin armar escombro. Ni siquiera llora para Laura o para mí. No, llora para ella. Le pregunto a Laura por Enrique, su hermano, que en primaria fue mi compañero de banco. «Hace un año que no sabemos de él. Está borrado. Todos los días compramos los diarios de Montevideo para ver si aparece en alguna nómina, mejor dicho, con el pánico de que aparezca en alguna.» Y yo parado como un imbécil, sin saber qué decirles, ni qué hacer. Les cuento que trabajo en una editorial, les digo que si llego a saber de algún trabajo para Laura, les aviso. Me dejan el teléfono de unos amigos. Después se van, apretadas una contra otra, como protegiéndose. No puedo comer nada. Una vergüenza. A la noche, cuando me acuesto, de repente me viene como una sacudida, un estremecimiento, qué sé yo, y lloro como un cuarto de hora. Y todo, por una desgracia que no es mía. ¿O será?

8.

A Celso Dacosta lo había visto sólo un par de veces, allá en el Prado, cuando ambos frecuentábamos el club Atahualpa. Pero cuando me ve en Pueyrredón y Viamonte, me grita por entre los colectivos y cruza a las zancadas. Me abraza, me pregunta si estoy viviendo aquí, me vuelve a abrazar. Que ahora no puede, porque va muy apurado, pero que tenemos que vernos. Por lo pronto, quiere saber si tengo libre la noche del sábado. Que hay una reunioncita en casa de unos amigos, «platudos pero izquierdosos, el pueblo bien vestido jamás será vencido». Que no vacile más. Que aquí tengo la dirección. Que llegue después de las diez. Bueno, digo.

Y voy. Es bruto piso, esta vez en Libertador. Llego a las diez y media, pero Celso no está. Me encuentro bastante perdido. Hay como sesenta personas. Y es toda gente conocida. Son caras que he visto en *Gente* o en *Siete Días*. Me presentan a tres o cuatro, pero en cuanto puedo me quedo solo, con un vaso en la mano, contemplando con gesto admirativo un cuadro de mierda. Afortunadamente se olvidan de mí. Entonces puedo mirar a todos. Vine con la mejor ropa que tengo, pero cualquiera puede advertir que mi pozo es de otro sapo. Ellos están de sport, pero qué sport, mama mía. Las mujeres se ríen para adentro, a fin de que el maquillaje no se les desarme. Sus carcajadas suenan como en una cavernita. Y los hombres les hacen más y más chistes, para joderlas, claro, y al final siempre consiguen que alguna lance la carcajada hacia fuera y en consecuencia desplanche las arrugas.

Cuando por fin llega Celso, me pesca mirando de soslayo a una morocha silenciosa que lo único que hace es tomar jugo de naranja. Que si sé quién es. Que si quiero me la presenta. Y antes de que yo responda, estamos presentados. Y allí nos deja, ella con su jugo y yo con mi whisky. Ella da un resoplidito, como diciendo qué pesado [Celso, claro] y yo, por hacer algo, frunzo el ceño. Le digo que la he visto en *Sueñorreal* y que me parece que ella tiene condiciones para más, mucho más. «Es una porquería», dice. Cuando habla, aunque sólo diga esa banalidad, su atractivo se multiplica por cinco o por diez. Sucede que cuando está callada, su expresión es muy dura, casi agresiva. Cuando habla, en cambio, se ablanda, se vuelve cálida. Se lo digo. «Así que sos buen observador.» No, generalmente no lo soy. Me ha gustado observarla a ella, eso es todo. «¿Por qué?» Bueno, porque es linda [risita de ella, soplido mío], pero además porque tiene una mirada misteriosa [levanta las cejas], no de gran misterio, sino de misterio pequeño, breve. Suelta una carcajada, sin la menor preocupación por el maquillaje. «¿Así que misterio breve? ¿Y por qué breve?» Porque en cualquier momento se disipa, se resuelve. «¿Y se puede saber con quién tiene que ver ese misterio?» Hasta este momento me las arreglé para evitar el tuteo o el usteo, pero aquí no tengo más remedio que decidirme y sigo: «Con vos». El voseo la sorprende [debe tener veintiséis años, o más], no lo esperaba, pero menos aún esperaba lo que el voseo dice. Toma un poco de jugo para hacer tiempo. Los ojos oscuros le brillan. «¿En qué trabajás?» Se lo digo. «¿Por qué no venís mañana a buscarme después del ensayo?» Me gusta y no. Me gusta su físico, especialmente su cara, también sus manos y sus piernas. Me gusta también ese misterio que le inventé. Pero no me gustan tres cosas: que sea actriz, que sea famosa, y que sea tan vieja. Figúrense, yo con una vieja de veintiséis años. Pero la tentación es grande. «¿Tenés miedo? No voy a comerte. Es para que conversemos, sólo eso. ¿Y sabés por qué? Me gustó eso que me dijiste. Creo que tenés razón: hay un misterio pequeño y breve, un misterito, y tiene que ver conmigo misma. A lo mejor me ayudás a resolverlo.» Ahora soy yo quien trago whisky para ganar tiempo.

9.

Digamos que se llama Isabel. Claro, ése no es su nombre. Pero no quiero quemarla. Aunque siempre es posible que mañana o pasado,

Antena o *Radiolandia* informen que la hermosa protagonista de *Sue-ñorreal* [tampoco ése es el título] fue vista en compañía de un espiga-do joven. Así que digamos se llama Isabel. El espigado joven pasa va-rias horas pensando que irá a buscarla a la salida del ensayo. El problema es la ropa. Pero lo resuelvo fácilmente. En vista de que no puedo competir por lo alto, decido vestirme a lo reo. Y sin complejos. Como si estuviera orgulloso de la tricota tejida por mi vieja.

Llego tan puntual que me da vergüenza, así que doy tres vueltas a la manzana antes de establecerme en la puerta del teatro. En reali-dad, podría haber dado diecisiete vueltas, porque ella demora una hora, nueve minutos, veinte segundos. Mantengo un cruento enfrenta-miento [como diría Radio Carve] con mi dignidad, cuyo insistente consejo es que me vaya y deje plantada a la destacada intérprete. Sin embargo, me quedo. No sé bien por qué, pero me quedo. Podrido de esperar, pero me quedo. Por fin aparece. Sale del ascensor, con todo un clan. Soy el único que está esperando, así que no hay confusión posi-ble. Pero ella pasa, riéndose y manoteando [en este momento me pare-ce vulgar], me mira como quien mira una cornisa, una bisagra o una cucaracha, y sigue riéndose y manoteando con sus pares. Yo soy im-par. Montan en tres autos y arrancan con un ruido infernal. O sea que el espigado jovencito no será mencionado en *Radiolandia* ni en *Ante-na*. Entonces me doy cuenta de que estoy sudando. Debe ser que la tricota que me hizo la vieja es demasiado abrigada.

10.

Fumo un cigarrillo y me siento mejor. Después de todo, ¿qué tengo que ver con ese mundo? Porque acá, ser actor o ser actriz no es lo mis-mo que en Monte, donde uno puede encontrar a Candeau en el trole, o a Estela Medina en la panadería. No sé si es mejor o peor, pero no es lo mismo. Allá nadie hace mucha guita en el oficio. Además, no hay cine. Aquí sí, y en el cine corren los millones. Siempre están hablando de que el contrato es por tantos y cuántos palos. Y en la televisión, y hasta en el teatro. Y qué aparato de propaganda, con chismes y todo. ¿Cómo no va a creer esta gente que es lo más importante del mundo y sus alrededores?

A esta hora ya no hay subte y los colectivos escasean. Hay taxis, claro, pero yo estoy seco. De modo que regreso caminando a la Pen-sión Hirondelle. Deben ser unas ciento veinte cuadras. O quizá sean trescientas quince. Pero me hace bien. Paso primero por la decepción, luego por la bronca, y finalmente asumo una relativa calma. ¿Será que he alcanzado la madurez? ¡Jamás! ¡Renuncio solemnemente a madurar! Como bien dijo Heráclito, la fruta madura es la que está más cerca de pudrirse. Bueno, no sé si fue Heráclito, pero siempre hay que mencionar una fuente prestigiosa. A lo mejor no lo dijo nadie y entonces aprovecho y lo firmo yo. Cuando la alternativa es Madurar o Morir, entonces por supuesto prefiero la Muerte. Si antenoche se lo hubiera dicho a Isabel, tal vez se habría acordado de mí. No hay que tener miedo a las palabras. Las palabras consiguen cosas. Y mujeres.

No todas las ciudades son lindas por la noche, sobre todo si uno las camina en plena decepción. Pero Baires me gusta aun en estas inclementes condiciones. Siempre tiene algún perro vagabundo que decide acompañar a los espigados y abandonados jovencitos, y a veces, como esta noche, son cuatro los perros vagabundos. Se amontonan, se separan, se vuelven a reunir, me acompañan en cada cruce, no sin antes fijarse a diestra y siniestra [debe haber sido un diestro el que inventó que la izquierda era siniestra ¿no?] y esperar que pase rugiendo el larguísimo camión-tanque, para luego flanquearme otra vez en la vereda de enfrente, tan conscientes de su papel de custodios, que ni siquiera husmean los tachos de basura ni se montan los unos a los otros, para decirlo en lenguaje bíblico, todo lo cual es una muestra de que consideran su desfile nocturno, no como un alarde de hedonismo sino como un austero acto de servicio. Y así vamos los cinco, con paso preocupado y sin darnos respiro, viendo cómo aquí el viento arremolina los papeles sucios de la jornada, y cómo allí un tipo de nariz ganchuda propina dos trompadas cautelosas [como si no quisiera romperle el tímpano] a una puta opulenta que ni mosquea y a su vez le da al musculoso una bruta patada en el cóndito femoral [¿vieron cómo sé de esqueleto?]. Más allá, afortunadamente fuera de mi contorno inmediato, los ululantes carromatos policiales de siempre. Y aunque ese riesgo transcurre lejos, los cuatro perros se detienen y me miran ansiosos, como esperando de mí una definición, un diagnóstico o un alerta. Pero yo sigo caminando indiferente. Entonces los cuatro se consultan y deciden continuar con su marcha solidaria. Diez cuadras más allá, dos botones advierten de lejos nuestras presencias y se detienen a esperarnos. Pero se ve que los cinco imponemos respeto, ya que pasamos frente a ellos sin que se atrevan a molestarnos.

11.

En la Editorial corrijo pruebas, hasta quedar estúpido. Hace una quincena que estoy dale que dale con una revista de economía. Primero fue un ensayo de setenta páginas, sobre desarrollo económico de Inglaterra en las etapas previas a la revolución industrial. Encontré quince erratas en la cría de ovinos, veinte en los hurtos de tierras comunales, y doce en el patrimonio eclesiástico. El tema no es precisamente una diversión. De noche sueño con residuos feudales y racionalización del proceso productivo. El artículo que me toca hoy trata de la utilización de las leyes económicas. Ahí encuentro nueve erratas en la acción espontánea de las leyes objetivas; dieciocho, en la necesidad natural de la producción social, y apenitas cuatro en la acción concordada de los trabajadores. O sea que esta noche soñaré con las normas tecnicoeconómicas científicamente fundamentadas y el tiempo medio socialmente necesario. ¡Y a mí que me aburrían las matemáticas! Mientras voy corrigiendo, decido no poner atención al tema, por dos razones. Una: que ni aun poniendo atención, entiendo de qué se trata. Dos: que si intento empaparme en el asunto, se me escapan las erratas. En una ocasión vuelvo atrás, porque me distraje, y lo bien que hice [no en distraerme sino en volver atrás] porque se me habían pasado nada menos que *congunto* y *eslavones*.

A veces me ocurre que leo y leo sin pestañear, y los ojos se me ponen duros de tanto tenerlos abiertos. Ya sé que es idiota, pero de a ratos me parece que si pestañeo, en ese preciso instante se me va a pasar la errata que espera agazapada entre tantas leyes económicas. Entonces lo que hago es señalar con la uña [dicho sea de paso, tengo que limpiármela] la palabreja en que me detengo, miro hacia el costado, pestañeo cómodamente varias veces seguidas y vuelvo a la galera con los ojos ya más humedecidos y menos rígidos. Y sólo entonces retiro la uña, luego de limpiarla con una tarjetita.

12.

A Dionisio —veintidós años, vecino de barrio, estudiante de química— lo encuentro en Córdoba y Canning. Hace sólo seis meses que no lo veo, pero parece que hubieran pasado por él como diez años. Ha perdido vitalidad, dinamismo, travesura, qué sé yo. No está histérico, sin embargo, como tanto compatriota que encuentro. No, él está calmo. No sé qué es peor. Porque su calma es sobre todo una tristeza bárbara. Al principio no sé qué decirle, qué preguntarle. Siempre fue más lúcido, más inteligente y más seguro que todos nosotros. Cómo voy yo ahora a aconsejarle, a compadecerlo, a ayudarlo. Además, ¿compadecerlo de qué? Le digo si quiere que tomemos una cerveza. Y acepta.

Cuando el mozo deja frente a nosotros los dos balones, Dionisio sonríe por primera vez, pero es una sonrisa gris, sin impulso, apagada: «¡Qué seguro estaba yo! ¿Te acordás?». Claro que me acuerdo. Ya no puedo seguir sin preguntarle. Y le pregunto. Estuvo preso, claro, quién no. Sólo cuatro meses. Los agarraron a él y cinco más, incluido Ruben, en una reunión en lo de Vicky. «¿Te acordás de Vicky?» Por supuesto. No es para olvidarla. Casi le digo eso, pero me freno, quizá porque tengo la impresión de que está a punto de llorar y que ahí está el nudo del problema. Vicky era su noviecita. Y todo tenía aspecto de amor eterno. Siempre se los veía juntos: en el parque, en las asambleas estudiantiles, en el ómnibus, en el cine, en la Facultad. «La llevaron con nosotros. Al principio nos trataron correctamente. Era el "bueno". Como no consiguieron sacarnos nada, nos pasaron al "malo", que ni siquiera se demoró en la etapa de los piñazos. Directamente a la máquina. No sabés lo que es eso. Sufrís por vos y por los otros. Nunca nos amasijaban simultáneamente. Se la agarraban con uno, y que los demás imaginaran lo peor, bajo la capucha. Tan es así que cuando llega el momento de que te la apliquen a vos, tratás de gritar lo menos posible [aunque es imposible no gritar] para joder menos a los que escuchan y no ven. Así estuvimos quince días.» De pronto veo que se afloja, que se tapa la cara con las dos manos. La voz empieza a llegarme entrecortada, por entre sus dedos húmedos y crispados. «La única vez que me sacaron la capucha fue cuando la violaron frente a mí. Me tenían amarrado, desnudo. Y a ella a tres metros, desnuda, con las muñecas y los tobillos atados a una tabla ancha, en el suelo. Fueron como diez. Y ella sabía que yo estaba allí, impotente. Al principio gritó como loca, luego se desmayó, pero ellos siguieron, siguieron. Yo quería cerrar los ojos, pero los tipos se daban cuenta y me los abrían a la fuerza. Tuvieron que llevarla al Hospital Militar. Casi se les muere. Un mes después nos soltaron a todos, menos a Ruben.» No sé qué hacer. Le pongo una mano en el brazo. La gente del café lo mira gemir y balbucear. El mozo viene a preguntar si «su amigo se siente mal» y tengo que inventar que «le han comunicado una desgracia familiar». Dice «pobre» y se aleja con el cinzano y las aceitunas que le pidieron de otra mesa. Dionisio se va calmando, y yo le pregunto dónde y cómo está ahora Vicky. «Vive pero no existe ¿entendés? Nunca se recuperó. No volvió a hablar. La vi, le hablé. No responde, no reconoce a nadie. El viejo tiene guita y la quiere llevar a Europa, a ver si allí pueden hacer algo. Los médicos recomendaron que yo no la viera más, al menos por ahora: era contraproducente, según ellos. Además, a mí me fueron a buscar dos veces a casa. Al final, tuve que salir, y todavía no sé cómo lo conseguí. Salí por Rivera a Brasil, luego por

Uruguayana a Argentina, y me vine hasta aquí haciendo dedo. Demoré veinte días.» No puedo quitarme del mate la imagen de Vicky, tan linda, tan emprendedora, tan deportiva, tan buena estudiante. Dionisio levanta la cabeza, los ojos ya sin lágrimas, y mirándose la punta del zapato, dice despacito: «Y todavía falta lo peor de la historia». Tengo que estirarme para oír: «Está embarazada». ¿Vieron? La puta vida también puede ser cursi.

13.

Me refugio en una galería de Santa Fe, porque el tiroteo suena cercano. Y empiezo a mirar vidrieras, para hacer tiempo. Hay una muchedumbre en la galería. Los dueños de las *boutiques* salen ganando con estos tableteos de ametralladora. Porque la gente se pone a salvo en las galerías y siempre termina comprando algo. Además, los que se resguardan compran por cábala, por agradecimiento a ese azar que los pone cerca de Santa Fe cuando van a empezar los tiros. No es lo mismo que la «balacera» [como dice la TV] te pesque en Santa Fe y Talcahuano, o que te agarre cuando cruzás 9 de Julio, o sea en pleno descampado de asfalto. No tengo un podrido mango para comprar nada, así que simplemente miro la vidriera de los cassettes, después la de la ropa de los *playboys,* más allá la de colgajos para hippies, más aquí la de cerámicas, y la de velas de colores, y la de grabadores, y la de cámaras fotográficas. Ya sólo me quedan las *boutiques* femeninas, y me paro frente a una de ellas, sin ver nada, indeciso. De pronto noto que desde adentro alguien saluda con la mano. Tiene que volver a hacer señales, porque en el primer momento pienso que el saludo es para otra de las personas que andan haciendo tiempo o esperando que cesen los tiros. Sólo cuando sonríe me doy cuenta de que es, digamos, Isabel. Saludo sin muchas ganas, y ella me hace señas de que la espere. No la había conocido porque tiene otro peinado, otro color de piel [está como más cobriza] y sobre todo otro atuendo: en vez del vestidito deportivo que llevaba cuando la conocí, o el saco largo de cuando me dejó plantado hace veinte días, ahora lleva uno de esos conjuntos con chaqueta ajustada y pantalones amplísimos. Recuerdo que mi vieja los llama «palazzo» pero yo creo que simplemente son pijamas de calle.

Sale por fin, cargada de paquetes, y no me mira como a cucaracha ni cornisa sino como a joven espigado. Además me besa levemente en la mejilla. El perfume funciona. No sé si me entienden [¿quiénes son ustedes?]. Suave, pero tremendo. De pronto me parece que toda la galería tiene ese perfume. Suave. Pero tremendo.

Está alegre hoy. No taciturna y aburrida como la noche de la reunión, ni ruidosa y frívola como la noche que me dejó plantado. Alegre nomás. Y no menciona la cita incumplida. Tampoco la menciono yo. Nombrarla sería humillarme. Hoy estoy de camisa. También puede ser que la otra noche no me haya reconocido porque llevaba la tricota que me tejió la vieja. Pero, en ese caso, tendría que reprocharme que no fuera a buscarla. O quizá no me lo reprocha para no humillarse ella. «¿Qué hacés aquí? ¿Andás de compras?» Aclaro que me metí en la galería a causa de los tiros. «Yo también. Pero me salió caro. Mirá todo lo que compré.» La ayudo con los paquetes. «Vení conmigo. ¿O tenés algo que hacer?» No, no tengo qué hacer. «El auto está a media cuadra. Y ya se acabaron las balas. Por hoy, al menos.» Es cierto. La gente se va reintegrando lentamente a la calle. La avenida recupera su enloquecido ritmo de siempre. La gente grita, ríe, se llama. Dos convertibles, tripulados por varios maricones a todo color, se meten veloces entre los colectivos y los taxis para poder llegar al próximo cruce antes de que se encienda el rojo. Nadie diría que este año ya ha habido novecientos muertos por razones políticas.

Antes de que lleguemos a la playa de estacionamiento, empieza a lloviznar. Así y todo, firma dos autógrafos: a una jovencita de voz chillona y a una señora respetable. Tengo la impresión de que disfruta con el asedio. Otra gente no le pide nada, pero la señala. Ahora la llovizna se transforma en lluvia. Yo me siento libre, nadie me tiene en cuenta, aleluya. Ella acomoda los paquetes en el asiento de atrás. «Qué frío, che. Vení, vamos a casa a tomar un trago. Después de tantos tiros y tantas compras, nos hace falta, ¿no? Además, tenemos que festejar el encuentro.»

El apartamento no es lo que se dice suntuoso, pero en cambio es muy confortable. Yo me desparramo en un mueble extraño: muy chico para ser cama y muy grande para ser sofá. Me quedaría horas echado ahí. Desde el fondo de *aquello,* empiezo a examinar el ambiente único. Decido que un apartamento así será el ideal de mi vida cuando ésta se vuelva sedentaria. Por ahora no, porque soy nómada. He notado que los sedentarios siempre son viejos. O maduritos como, digamos, Isabel. Le pregunto si se considera sedentaria. «¿Qué es eso?», inquiere a su vez, con las palabras medio acuosas, porque se está lavando los dientes en el baño. Le aclaro que sedentarios son los que no andan loqueando de domicilio en domicilio, de pradera en pradera, de país en país; éstos, en cambio, se llaman nómadas. Si me oyera la profe de historia, estaría orgullosa de mí. Pero no está orgullosa; está presa. «Entonces soy sedentaria. Odio las praderas. Odio las mudanzas.» Ya me parecía. Eso le sucede por tener cosas que mudar. En cambio, todo mi equipaje soy yo mismo. «Qué lindo eso, parece de Antonio Machado. ¿Sabés que yo empecé haciendo un recital de Antonio Machado?» No, no sé. Evidentemente, ésta se cree que todos estamos al tanto de su biografía. Pero para que vea que sé quién es Antonio Machado, le recito: «Arde en tus ojos un misterio, virgen [pausa] esquiva y compañera [pausa]. No sé si es odio o es amor la lumbre [pausa] inagotable de tu aljaba negra». La cita le hace asomar la cabeza. La cabecita, bah. Digamos Isabel. «Cultísimo, joven, cultísimo. Aprobado por unanimidad.» Ahora está con un buen jean y una polera azul. Se cambió en dos patadas. Como se cambian las actrices, bah. «El whisky ¿lo querés solo o con hielo?» Con hielo, claro. Viene con los dos vasos y se sienta en la alfombra, pose de Buda. «No te quedés en ese camastro. Vení, descendé hasta el pueblo.» Me da lástima dejar el mueble extraño. Además, no me gusta sentarme en el suelo, aunque esta vez medie, entre el suelo y yo, una alfombra tan suave y mullida como ésta; tengo las piernas muy largas y nunca sé dónde ponerlas. Cuando me siento en el suelo, me parece que por todas partes me rodean mis piernas. Pero era más incómodo mirarla desde el camastro, así lo llamó ella, y después de todo no es desagradable sentarme en la alfombra no sólo rodeado por mis piernas sino también por Digamos Isabel en un apartamento de un solo ambiente donde no hay nadie más que rompa los forros.

«La otra noche me dijiste que yo tenía un misterio pequeño y breve. Y también que ese misterio tenía que ver conmigo.» Tengo la impresión de que ya se me pasó el rencor. En los últimos minutos, he empezado a tratarla mejor. Pero de a poco, de a poco. Hay pendejos que se mueren por las actrices. Yo no. Me gustan o no me gustan, pero no me muero por ellas. Ésta, por ejemplo, me gusta. Tampoco ella está tranquila del todo. Y eso que debe tener bruta cancha para tratar con nosotros, los jóvenes espigados.

«¿Sabés cuál es el misterio pequeño y breve que tiene que ver conmigo?» Entre dos tragos de Escocia, mi cabeza dice no. Si ella supiera que eso lo dije la otra noche, nada más que para salir del paso. Debe pensar que soy astrólogo o quiromántico. «El misterio es que estoy viviendo en falso.» Ah. «Lo que me dijiste me siguió dando vueltas en el moño. Me costó admitirlo ¿sabés?» Ajá. «Fue por eso que la otra vez, a la salida del ensayo, hice como que no te veía.» Proyecto decir ajajá, pero el estornudo me saca del apuro; además, me sueno discretamente las narices. «¿Te resfriaste con la lluvia? Sí, fue por eso que pasé riéndome como una tarada. Porque no estaba segura.» ¿Segura de qué? «Bueno: de que realmente quería hablar con vos de todo esto. Así que lo dejé al azar. A lo mejor no sabés que los actores somos horriblemente supersticiosos, cabuleros. Si lo encuentro, se lo digo. Si no lo encuentro, se acabó.» Y me había encontrado.

Digamos Isabel está ahora como transfigurada. No sé qué le pasa. Está luminosa. O transparente. La gran siete ¿me estaré enamorando? Ya perdió la transparencia, menos mal. Pero tengo que andar con cuidado. «Sí, estoy viviendo en falso. Fijate, yo no era así. Era bastante mejor que esto. Vengo de una familia bien proleta. ¿Verdad que no lo parece? Hasta hace tres años, mi viejo todavía trabajaba en la fábrica, y mi vieja cosía para las damas del barrio. Ahora no, porque yo gano bastante y les compré una casita y los ayudo. Aparte de que el viejo se jubiló. Y también mi hermano los ayuda. Es traductor simultáneo, gana bien. Pero ¿a qué venía todo esto? Ah, sí. Te decía que vengo de familia proleta. Y por eso mi vocación de actriz, que sí la tengo, no era para llegar a porquerías como *Sueñorreal*.» [No es el título, ya saben.] «Yo siempre quise ser actriz, pero el objetivo esencial era hacer algo útil, ayudar a que la gente entendiera cosas, y no a confundirla, como ahora hago. En el fondo, también ayudo a confundirme.»

Digamos Isabel vacila. Se pone linda cuando vacila. Se interrumpe, y entonces tomo otro trago de Escocia, pero éste es el último. «Sé que algún día tendré que tomar una decisión. Y será grave. Porque: o sigo confundiendo y confundiéndome, o me libero de toda esta mierda. No es fácil. Para vos puede ser fácil, porque estás en cero. Como dijiste hace un rato, sos tu único equipaje. Pero yo he ido fabricándome tentaciones, y cayendo en ellas. Viste, te sentaste un cuarto de hora en ese monstruo, y cuando te pedí que vinieras a la alfombra, te costó abandonarlo. Todo es así. El confort es muelle, cada vez más muelle; ablanda, aquieta, inmoviliza. Y si a pesar de todo te movés, es para ganar más plata, a fin de conseguir más confort. Ese mueblazo me lo compré para leer con comodidad. Pero debo confesarte que nunca lo he usado para leer sino para dormir la siesta. Que es para lo único que sirve, porque ni siquiera es bueno para hacer el amor.»

Sospecho que esto quiere decir algo, pero Digamos Isabel no parece estar insinuando nada. ¿O estará insinuando y no me doy cuenta? ¿Por qué seré *tan* adolescente, Dios mío? Por lo pronto me sirve otro whisky, ya que ha dejado la botella al alcance de la mano, junto a la alfombra. ¿Habrá querido decir que el mueblazo no sirve, pero la alfombra sí? Decido mirar a Digamos Isabel, pero de pronto me doy cuenta de que tampoco yo estoy insinuante. Debe ser que el tema es demasiado grave. Le pregunto qué la hace sentirse tan mal en su trabajo. «Mirá, quizá sea la tremenda distancia entre lo que podría hacer y lo que efectivamente hago.» ¿Y por qué no lo hace, carajo? «Razón número uno: tengo miedo. Pero es un miedo bastante complicado. Incluye, por supuesto, el pánico a que me pongan una bomba o me secuestren o me amenacen o me maten. Mientras haga estas boludeces de ahora, estoy a salvo, porque no se me oculta que indirectamente colaboro con ellos, les sirvo. La cursilería como factor de alienación. Así tituló su ponencia un sociólogo amigo mío, y el muy cínico me la dedicó. Pero hay otro miedo. Por ejemplo: el pánico a perder el nivel de vida, este apartamento, el confort, el auto, el mueblazo, la alfombra, el whisky escocés. Y te juro que no sé cuál de esos dos miedos es el más importante; cuál el que me frena y a la vez me liquida. Porque fijate: yo podría elegir un punto intermedio, algo por lo menos decoroso. No creo que los ovarios me den para hacer teatro o recitales políticos, porque hoy en día eso te puede costar el pellejo. Pero sí podría hacer teatro o cine o recitales con textos decentes, textos buenos. Ya que no me animo a trabajar por la justicia, y mucho menos por la revolución, podría trabajar al menos por la cultura.» ¿Y? «Pero así no se gana plata. Yo conozco esta mugre. Estoy en ella. Conozco cómo se fabrica un éxito. Te aseguro que es un asco.»

Ya hace un rato que la oigo como a través de una niebla, y cada vez le doy menos importancia a lo que está diciendo. Está a pocos centímetros de mi mano, bocarriba en la alfombra, con la mirada fija en algún centímetro del cielo raso. La polera se le ha subido un poco y queda a la vista una franjita de piel cobriza. Hacia allí extiendo mi mano. Siento que la piel se le estremece como la de un caballo cuando espanta las moscas. Pero yo no me espanto. La piel tostada de Digamos Isabel es además suavísima. Ella suspende la frase en un punto y coma. Quizá la tomé de sorpresa. No dice nada. Simplemente me deja hacer. Hay un cierre metálico que se atranca, como siempre. Entonces ella baja sus manos y me ayuda. Actúa fríamente, como si hubiera llegado a un punto inevitable. Lo sorprendente es que su cuerpo es increíblemente joven, como de quince y no de veintiséis. Me quito la ropa despacito, como si yo también tomara las cosas con calma. También puedo ser actor, qué joder. Incluso tengo presencia de ánimo como para tenderme luego junto a ella [la verdad es que tengo un poco de frío] que sigue bocarriba mirando el cielo raso. Con una mano le doy vuelta la cabeza, para verle los ojos. Está llorando. Eso no lo esperaba, y no puedo evitar que me conmueva. Le paso con suavidad los dedos por la mejilla. Ella dice: «Así como estamos hay menos diferencia entre vos y yo. No importa que mis ropas sean modelos exclusivos y en cambio las tuyas sean tan baratas como las que yo usaba cuando iba al colegio de San Nicolás. No importa, quedaron ahí, en ese montón, y ya no nos discriminan. Y cuando me acaricies

[¿me vas a acariciar?], no importa que no tengas un mango y yo en cambio posea una jugosa cuenta bancaria. Los cuerpos no tienen bolsillo, ¿viste? Tampoco importa que vos vengas huyendo de tu policía, y yo en cambio esté huyendo de mí. Mirá, tus vellos y los míos son casi del mismo color». Yo los arrimo, para que Digamos Isabel y yo podamos comparar. Efectivamente, son casi del mismo color. Se mezclan y no se nota la diferencia. Todo parece formar parte del mismo vellón.

14.

Dionisio se ha propuesto analizar la derrota: la del país y la suya propia. «¿Tengo derecho a sentirme deshecho, simplemente porque a Vicky la convirtieron en un cactus, y a mí en un testigo lleno de odio y de vergüenza? ¿No te parece imperdonable que sólo hayamos calculado nuestra victoria y jamás nuestra derrota?» No sé qué decirle. La verdad es que yo, personalmente, no calculé nada: ni victoria ni derrota. ¿Será porque odio las matemáticas? Ni siquiera calculé las patadas y piñazos que me dieron en San José y Yi. «Ésta es la prueba de que estábamos inmaduros. Pensamos que el enemigo era un caballero conservador y resultó ser una bestia asesina. ¿Querés decirme qué puedo hacer ahora con este odio? Te aseguro que no es un odio creador. En todo caso es un odio ciego, porque no sé quiénes son: cuando me sacaban la capucha, ellos se la ponían. Recuerdo las voces, claro, nunca las olvidaré, pero ¿cómo reconstruir un rostro y un nombre a partir de una voz? Porque lo más jodido, desde un punto de vista político, es que en este momento el triunfo me importa menos que la posibilidad de reventarles la cabeza a quienes nos arruinaron a Vicky y a mí. Y eso no está bien. Pero no puedo evitar sentirlo así.»

Al final, yo mismo casi lo siento como él. O me figuro que lo siento. Es difícil meterse en el pellejo de otro. Y a mí me es más difícil porque probablemente nunca he estado enamorado de una muchacha como Dionisio lo estaba de Vicky, y entonces es imposible que yo imagine qué se siente cuando un montón de tipos se van montando por turno sobre la muchacha que es todo para uno. O casi todo, que ya es bastante. Vamos a ver, ¿qué sentiría yo si viera que una docena de esos monos se la dan a Digamos Isabel mientras a mí me tienen amarrado e impotente? Es claro que yo no estoy enamorado de Digamos Isabel, pero de cualquier manera debe ser muy jodido ser testigo de una cosa así. Y debe ser jodido aunque uno ni conozca a la mujer. Digo que yo no debo estar enamorado de Digamos Isabel porque, si bien me gustó mucho la jam-session de la otra tarde, y realmente ella tiene una piel que es una maravilla y un cuerpito que es un monumento, en realidad yo no siento [al menos, todavía] esa locura que otros me han contado que sienten. Cosas como querer estar toda la vida junto a ella, o sentir una opresión en el pecho [al punto que a veces se parece al infarto] o venirle a uno incontenibles ganas de salir a caminar solo y bajo la luna, y si no hay luna bajo los semáforos. No, ése no es mi caso. Me sentí prodigiosamente libre y disfrutante, sin ninguna opresión en el pecho pero sí con un deseo mayúsculo, como nunca antes había experimentado en mi larga vida. Ella también me deseaba, y cómo, y me gustó que no sintiera vergüenza de demostrármelo. Es claro que está el otro problema: todas esas dudas que ella tiene sobre lo que hace y lo que debería hacer. Mi pronóstico es que va a ser difícil que retroceda. El confort atrapa, y mucho. ¡Cómo atrapará, que hasta yo siento un poquito de nostalgia del mueblazo y de la alfombra, sobre todo de la alfombra! Y no es sólo eso. Está la gente que la detiene en la calle, la que la mira pasar y la señala, la que le pide autógrafos. Ella dice que no, pero también eso le gusta y la entrampa. Yo no la juzgo. Más bien la comprendo. Probablemente si yo fuera famoso y las muchachas me pararan en la calle y me miraran con la boca abierta, tendría más berretines que ella. A lo mejor la vanidad es proporcional al talento y yo no tengo vanidad sencillamente porque no tengo talento. ¿No tendré? También es posible que ahora no me interese tener talento, y después sí. Ahora me alcanza con ser joven; después, algún día, cuando yo sea un carcamal de treinta y cinco años, a lo mejor me interesa tener talento. El problema es si uno puede adquirir el talento mediante un extraordinario esfuerzo de voluntad. Depende de muchas cosas, claro. Porque conozco a algunos tipos que no podrían ser talentosos ni aunque se herniaran en el esfuerzo. Después de todo, ¿para qué quiero yo *ahora* el talento? Tremenda incomodidad. Tremenda responsabilidad. Tremendo laburo. Además, pienso que cuando uno es un bocho [como Dionisio, por ejemplo] no tiene más remedio que amargarse con lo que está pasando. Y yo no quiero amargarme. Me parece que la única forma de mantenerme joven es no amargarme. ¿Podré?

15.

La espero a la salida del ensayo y esta vez sí me hace una seña desde lejos y cuando se acerca me besa livianito y me presenta a la compañía, empezando por una mujerona que, por supuesto, es la actriz de carácter. Y luego el director, y el iluminador, y el escenógrafo. Y un ambiguo jovenzuelo que no me saca los ojos de encima. Y a todos les dice: «Éste es Eduardo», con tanta naturalidad, que al rato yo mismo empiezo a creer que me llamo Eduardo. Pero no. Ahora bien, ya que me inventa un nombre, podría haber buscado uno más clandestino, como Asdrúbal o Eusebio o Saúl. «Che, Eduardo», me llama el iluminador, y yo, claro, de puro distraído no respondo y el tipo se ofende y me da la espalda, y entonces caigo en que Eduardo soy yo, y le pregunto si me llamaba, y él entonces elogia mis reflejos.

Vamos en patota a cenar. Yo no como nada, porque «ya había cenado». El problema es que si voy y como, tengo que pagar, como es lógico, y éstos van a comer al Edelweiss, donde te cobran hasta el escarbadientes. De modo que veo pasar frente a mí, detrás de mí, y a mis costados, brochettes, ensaladas, liebres a la cazadora, ñoquis a la bolognesa, y yo haciéndome el saciado, con las glándulas salivares superactivas y en realidad pasando un hambre del carajo. Para completar la desgracia no sólo quedo ubicado lejos de Digamos Isabel [después de todo, yo creí que iba a encontrarme con ella y no con toda esta comparsa] sino que resulto premiado: tengo a mis flancos al ambiguo y a la actriz de carácter, y sencillamente no sé qué hablar con ellos. Los únicos temas que se me ocurren tienen que ver con digestiones, menús, condimentos, etc., y no quiero mencionarlos; tengo miedo de quedarme sin saliva, y eso siempre es peligroso.

Allá lejos, en la otra punta de la mesa Digamos Isabel festeja los chismes en cadena que narra el iluminador. No me gusta cómo sacude esa peluca. Tampoco me gusta cómo le queda el iluminador. De pronto ella me ficha desde lejos, y me hace un guiño y un mohín con los labios. Yo no hago nada. Quizá el hambre me vuelva resentido. Entonces abre el bolso, saca un papel, anota algo, lo dobla en cuatro, y le pide al mozo que me lo alcance: «Dentro de un rato nos vamos a casa. Vos y yo». Lo vuelvo a doblar en cuatro, y lo meto en el bolsillo. La miro nomás, pero sin mensaje.

Entonces el escenógrafo empieza a hablar de política. Que hay quienes dicen que están torturando. Y que es cierto: torturan. Pero él está de acuerdo. Ya que esos nenes quieren cambiar el país, ya que quieren que el país deje de ser occidental y cristiano, ya que quieren acabar con la propiedad privada olvidando que para los padres de la patria, como Rivadavia o Saavedra, la propiedad privada fue siempre algo sagrado, ya que quieren acabar con la familia, con el culto a la madre, con la Navidad, con nuestras lindas vaquitas, o sea con todo lo bueno que ha heredado esta generación, bueno, entonces que paguen, che, y si el precio es la tortura, entonces que los torturen, che, y aclara que a él no se le va a mover un pelo. La actriz de carácter me susurra: «Claro, si es pelado».

Pienso en Dionisio y en Vicky. Es otra represión, claro. ¿Será otra? Oigo al escenógrafo y no puedo borrar la imagen de Vicky, violada frente a Dionisio, y luego viva y muerta, refugiada para siempre en su automarginación. Y no puedo. Entonces saludo a la actriz de carácter y al ambiguo [«mañana tengo que madrugar»], miro hacia el otro extremo de la mesa donde Digamos Isabel ya no sacude su peluca y quizá por eso puede observar cómo me pongo de pie y hago un discreto adiós y me retiro. Antes de abrir la puertita que da a la calle, miro hacia atrás, y allá quedan todos, humeantes y espesos, masticando.

16.

¿Hasta cuándo podré seguir escribiendo esta libreta? Lo de hoy me hace dudar. Vengo de la Editorial por Rivadavia, y hay, a la altura de Billinghurst, un extraño movimiento. No retrocedo, eso siempre despierta sospechas. Cientos de tipos contra la pared, con las manos en alto. Los soldados no los revisan, sin embargo; sencillamente, los vigilan. Llegan cuatro Ford Falcon con energúmenos y metralletas, y los tipos se lanzan a la calle con los coches aún en movimiento. Al parecer, los candidatos son una pareja. Ella es pelirroja, con un tapado claro y un bolso de lana; él es alto, morocho, de bigote, con un portafolios negro. El ataque toma a ambos de sorpresa. Ella cae al suelo, sobre el barro. Él hace un ademán para protegerla, pero dos integrantes del comando lo voltean con cuatro o cinco golpes secos, contundentes. El hombre se recupera, sin embargo, e inicia otro gesto de rebeldía. Pero esta vez el golpe lo desmaya. La mujer, sujeta entre tres, grita desaforadamente: «¡Somos Luis y Norma Sierra! ¡Somos Luis y Norma Sierra! ¡Avisen que nos secuestran!». Un culatazo le revienta la boca y entonces sólo subsiste un gemido entrecortado, algo así como la música de aquella letra. Estoy a treinta metros, en una esquina. Mientras dura el episodio, los soldados siguen vigilando a los de la pared. Nadie hace el menor ademán en defensa de la pareja. Yo tampoco. Nunca hasta ahora me había sentido tan poca cosa, tan despreciable cosa. Al muchacho, que sigue desvanecido, lo meten entre dos en el primer Falcon; a ella, sangrante y embarrada, en el tercero. Los cuatro vehículos arrancan y se alejan como bólidos hacia Congreso. Los de la pared son autorizados a bajar los brazos y a seguir caminando. Yo me voy por Billinghurst.

Tengo vergüenza de que me vean por Rivadavia. Me hacen falta los perros de la otra noche.

17.

No he visto más a Digamos Isabel. La noche del Edelweiss me dejó sin ganas. No sabe dónde llamarme. Yo sí sé su dirección, tengo su teléfono, y además, puedo ir a esperarla a la salida del ensayo. Pero no quiero. ¿Para qué? Comprendo que no todos son como el escenógrafo. Me consta que hay actores y actrices que se la juegan; que suben al escenario y saben que en cualquier momento los pueden bajar, porque allí son un blanco móvil [y a veces inmóvil]. Sí, me consta que muchos de ellos van a las fábricas y escenifican los conflictos de ese lugar determinado, y su trabajo ayuda, hace que la gente vea más claro cuando un actor dice algo que se parece a los pensamientos de todos. Sí, me consta. Hasta Digamos Isabel me lo dijo, con un poco de envidia, claro, porque ella tiene miedo. Sí, me consta, y en todo caso me gustaría hablar con esos tipos. Pero ¿qué tengo yo en común con los que fueron a cenar al Edelweiss?, ¿con ese chisporroteo de ironías que rápidamente se gasta y genera una mufa espantosa?, ¿con ese rencor acumulado, esa envidia entrecortada, ese hábito de maledicencia? Digamos Isabel no está mal, y trabajándola un poco, sacudiéndola un poco, puede que se convierta en flor de piba. Pero yo no estoy para grandes empresas patrióticas. La mejor empresa que tengo a mi alcance es sentirme vivo.

Dionisio está mejor. Recibió carta de su gente en Monte, y por primera vez le dan esperanzas con respecto a Vicky: desde el jueves pasado llora, a veces durante largo rato, y su mirada ha empezado a expresar algo, no se sabe bien qué. Los médicos están ahora más optimistas. Si mejorara lo bastante como para resistir el trance, tratarían de que abortara. Sería lo mejor. El padre de Vicky le escribe que el domingo alguien mencionó a Dionisio, y ella sonrió. Casi imperceptiblemente, pero sonrió. Hay que ver cómo se aferra Dionisio a ese amago de sonrisa.

Nos encontramos en un café frente a Plaza Italia. Dionisio me muestra la carta y yo le doy más ánimo aún: «Vas a ver cómo se arregla todo. La traés aquí y empiezan a vivir». «¿Vos crees?» Claro que lo creo. Hay que creer, no hay más remedio.

Voy a Caballeros. Me estoy lavando las manos, cuando entra un pibe bien pibe [doce o trece años] y me dice todo apurado, con los cachetes bien encendidos: «Dice su amigo que se fue corriendo. Está la cana». «¿Aquí?» «No, en la esquina.» No le digo ni gracias. Con las manos a medio enjuagar, salgo del baño y enfilo hacia la puerta. El mozo advierte mi raje y piensa lógicamente que me quiero ir sin pagar, así que me grita desde lejos. Le dejo un billete [con propina y todo] sobre una baranda y salgo a la calle. Pero el alarido del gallego ha alertado a la policía. «Ése», dice uno. «Aquél», transmite el otro. No me siento nada orgulloso de tanta notoriedad. Corro como un gamo, como dos gamos, como tres gamos. Hay todo un entrevero policial detrás del suscrito. No sé todavía cómo haré. Pero sé que esta vez no caeré de boludo. Ni de boludo ni de nada. No caeré. Me filtro entre siete u ocho colectivos de los que después toman por Las Heras. Es cierto que por escapar casi caigo bajo unas ruedas. Fue un resbalonci-to casi insignificante, pero recupero el equilibrio trepando a un 60. Ni el chofer ni los pasajeros hacen el menor comentario, aunque es evi-dente que yo no vengo de una boda. Los milicos siguen desparramados e histéricos. Detienen los colectivos, miran adentro, a veces suben, quizá estén pidiendo documentos. Un señor de corbata se pone de pie, y me conmina. «Siéntese.» Comprendo y me siento. De paso me peino el jopo. Ya estoy presentable. La policía detiene el vehículo. «¿No subió uno corriendo?» El chofer arruga el ceño. «Yo subí corriendo», dice el ángel de la guarda que me dio el asiento. «Bah...», dice el cana, con menosprecio y con fatiga. «Dale, seguí», le ordena al conductor. El señor ángel ni me mira. Los demás, tampoco. Cuando llegamos a La-prida, me tiro del colectivo y me meto en un supermarket. Hago vein-te minutos de cola y en definitiva me descapitalizo adquiriendo seis cajas de fósforos. La cajera me mira azorada, como si yo fuera Nerón. Acaso tenga ganas de llamar a los bomberos.

18.

En Once la vida se ha puesto imposible. Siempre llevo conmigo los documentos, la plata, esta libreta. Nunca se sabe. También Dionisio se salvó, pero raspando. Él dice que escapó debido al escándalo que se armó conmigo. Y todo por el gallego desconfiado. «Estás fichado», me avisa Dionisio, y yo también lo creo. Cada uno de los que gritaba «¡Ése!» me guardó en su retina. «No», dice Dionisio, «estás fichado desde antes. En la sección uruguaya de la calle Moreno. Me lo dijo el flaco Diego. Vos sabés, aquél siempre tiene sus contactos. Hay uno que vio la lista. Él no está todavía. Pero por las dudas se cuida. Dice que lo llames mañana donde vos sabés».

Está bien. No me sorprende demasiado. Voy a la pensión. Mejor dicho: me acerco. Dos cuadras antes me encuentro con el marido de la dama sonora. Me agarra un brazo: «Dice doña Rosa que ni te acerques. Esta mañana vinieron a buscarte. Te estábamos esperando en las cuatro calles, para que el primero que te viera te avisara». Me da un bolso, mi bolso de Pluna. «Es tu ropa. Dice doña Rosa que algún día la llames, pero que no digas tu nombre. Que digas Servando.» Por fin un nombre que suena a clande: Servando.

19.

Diego me consiguió dónde dormir por una semana. «Tenés que borrarte totalmente. Después de esta semana, ya veremos dónde te guardamos.» Él mismo se encargó de hablar con el patrón de la Editorial; ésa es gente que entiende, estoy seguro. «Decime, flaco, ¿por qué?» «¿Por qué qué?» «¿Por qué tengo que borrarme también aquí?» «Porque te están buscando, tarado, ¿o querés que te chapen? Mirá que acá no se andan con chiquitas. Te limpian y chau. Ley de fuga.» «Ta bien, pero ¿por qué?» «¡Ufa!» «Todo lo político que hice en mi vida fue llevar una rosa.» «¿Y te parece poco?»

Busco en la agenda el número de Digamos Isabel. La llamo desde un café. «¿Quiéeeen?», contesta la voz del escenógrafo, por lo tanto cuelgo. No siento ningún dolor en el pecho, así que después de todo no tengo infarto ni estoy enamorado. Menos mal.

Me jode tener que esconderme, pero qué voy a hacer. Camino unas cuadras por Vicente López [el Barrio Norte es todavía una semigarantía]. Antes de borrarme quiero llegar a la sucursal de Correos. En la librería compro un lindo sobre-bolsa, y en él escribo las señas y el verdadero nombre de Digamos Isabel. Antes de meter esta libreta en el sobre, mi draipén verde anota en la tapa, con grandes letras de imprenta: «Tengo que irme. Un beso. Esto es para que lo leas bien cómoda en el mueblazo. Te lo mando porque a lo mejor todavía sos rescatable».

GEOGRAFÍAS

*A Liber Seregni
en general
y en particular*

*Pero vino la paz. Y era un olivo
de interminable sangre por el campo.*
RAFAEL ALBERTI

Florecerás cuando todo florezca.
JAIME SABINES

Geografías

Pavadas que uno inventa en el exilio para de algún modo convencerse de que no se está quedando sin paisaje, sin gente, sin cielo, sin país. Las geografías, qué delirio zonzo. Al menos una vez por semana, Bernardo y yo nos encontramos en el café Cluny para sumergirnos (frente a un *beaujolais,* él; frente a un *alsace,* yo) en las dichosas geografías. Un juego elemental y más bien opaco, que sólo se explica por la mufa. Pero la mufa, qué joder, es una realidad. Mufo, luego existo. Y por lo tanto el juego tiene su cosquilla. Es así: uno de los dos pregunta sobre un detalle (no privado, sino público) de la lejanísima Montevideo: un edificio, un teatro, un árbol, un pájaro, una actriz, un café, un político proscripto, un general retirado, una panadería, cualquier cosa. Y el otro tiene que describir ese detalle, tiene que exprimir al máximo su memoria para extraer de ella su postalita de hace diez años, o darse por vencido y admitir que no recuerda nada, que aquella figura o aquel dato se borraron, no se alojan más en su archivo mnemónico. En este último caso pierde un punto, siempre y cuando quien formula la pregunta posea efectivamente la respuesta. Y como el reglamento es harto estricto, si tal respuesta no satisface al perdedor, el punto queda pendiente de resolución hasta que el controvertido detalle pueda ser cotejado con una fotografía o con uno de los tantos eruditos que pueblan (y asolan) el *Quartier.* Esta vez Bernardo me lleva dos puntos. O sea que el *score* hasta el momento es el siguiente: Bernardo 15, Roberto 13. Siempre que me saca alguna ventaja se pone ensoberbecido y pedante, pero debo honestamente aclarar que hoy me va ganando gracias a una pregunta muy rebuscada, casi fraudulenta, sobre no sé qué detalle de la pata delantera del caballo en el monumento al Gaucho, y a otra, no menos ponzoñosa, acerca de las ventanas del Palacio Salvo, undécimo piso, que dan a la Plaza Independencia. A mí eso me parece juego sucio, ya que, por mi parte, le hago preguntas normales, verosímiles y sencillas, digamos qué café está (o estaba) en la crucial esquina de Rivera y Comercio, o cuántas puertas de entrada tiene (o tenía) la tribuna Colombes en el estadio Centenario, o dónde está (o estaba) la parada final de la línea de ómnibus 173. Ya ven qué diferencia. Así que dejo sentada mi formal protesta y en el preciso instante en que Bernardo me responde, entre engreídas carcajadas, que lo que pasa es que siempre he sido y seré un mal perdedor, «como todos los de Aries», veo a Delia, nada menos que a Delia, que está esperando resignadamente el *passez piétons* o su verde metáfora en el cruce del *Boul Mich*. Hace ocho o nueve años que no la veo y sin embargo la reconozco ipso facto. Más delgada pero siempre linda. Su postura irradia la misma seguridad que en lejanas primaveras. Allá por el 69, antes del delirio militante y la locura represiva y las pintadas en los muros y la irreversible clandestinidad, pasamos buenas noches y mejores siestas, ella y yo. Es decir, que la veo allí, esperando la luz verde, y (esto es algo más fuerte que mi proverbial discreción) la desnudo con *il pensiero*. Sin embargo, nuestra antigua relación no fue tan sólo física. Delia es una tipa macanuda, inteligente, sensible, con una sonrisa que alegra la vida, no sólo la mía en particular sino la vida en general. Buena no sólo en el trance del amor sino antes y después. Si no hubiéramos sido tan gurises en aquella etapa, tal vez nos habríamos casado, pero con qué. Yo empezaba segundo de ingeniería y vivía de changuitas. Ella, que tenía a los viejos en Paysandú, estaba un poco más atrasada, también en ingeniería, y sacaba algunos mangos vendiendo artesanías en la feria de Tristán Narvaja. Así y todo nos encontrábamos y nos amábamos, por decirlo pudorosamente, dos veces por semana. Después vino la época dura y las respectivas militancias nos empezaron a separar. Los horarios (también la lucha política tiene horarios y qué severos) conspiraban contra nosotros. A veces pasábamos quince días viéndonos tan sólo en alguna asamblea, y aun así, empezamos a no coincidir: más de una vez, en el instante clave de las votaciones de madrugada, yo levantaba la mano y ella no, o ella alzaba la suya, y la mía en el bolsillo. En un abril que políticamente fue más bien calentito, nos encontramos una sola noche, y, sin que en ese instante lo supiéramos, fue la última. Cuarenta y ocho horas después, tuve que borrarme, y ella, tres días más tarde. Sólo en agosto, al recalar apresuradamente en Buenos Aires, me enteré de que Delia estaba en cana desde mediados de julio. Se comió más de ocho años. Se portó bien, o sea que las pasó mal. Pero hasta aquí no sabía que había podido salir del país. Aunque parezca mentira, recorro todo el currículum durante esos minutos en que ella espera la luz verde y, como telón de fondo, Bernardo sigue desarrollando su insoportable ponencia sobre mi demostrada condición de mal perdedor. Así, hasta que el especialista en ventanas de undécimo piso y patas de caballo estatuario, también la distingue y dice mirá ésa de marrón, pero si es Delia, ¿te acordás de Delia? Claro que me acuerdo. Y la llamamos a dúo, con gritos y grandes gestos, no se nos vaya a escapar. Justo cuando ella tropieza con un negro grandote de tricota roja, ve por fin nuestro *show* y casi se derrumba. Se pone una mano en la mejilla como diciendo no puede ser. Pero es. Abre la boca para un grito que no sale, y entra corriendo en el Cluny y su bolso descontrolado casi le da en la cabeza a una hippy de lujo. Y nos abraza y nos besa y qué increíble encontrarlos aquí y pensar que estuve a punto de desviarme en la rue des Écoles y no los hubiera visto, todo fue porque recordé que hoy todavía no había comprado *Le Monde* y vine hasta el quiosco de enfrente y además allí pensé que debía buscar un libro de Foucault en La Hune y por eso crucé para seguir por Saint-Germain. Nos calmamos de a poco. Los tres. Pero sentate mujer, qué tomás. Sólo una *Vittel-menthe*. A ver, a ver, de qué hablaban, díganme por favor de qué hablaban, estoy haciendo una encuesta del santiamén. La ponemos al tanto de las geografías. Queda un poco desconcertada, pero ríe. Le voy ganando, dice Bernardo muy orondo, flor de paliza. Con trampas, digo yo. Ella ríe y lo hace estupendamente. Llegó hace tres meses, directamente de allá. La soltaron hace un año pero sólo ahora pudo salir. La pasaste mal eh, dice Bernardo con el ceño fruncido y tan inoportuno como de costumbre. Sí, dice ella, pero por favor de eso no quiero hablar. Es cuando yo irrumpo, salvador. Así que traés noticias frescas, imágenes frescas, postales nuevas, cómo está todo, qué piensa la gente, contá carajo. Y durante media hora (Bernardo pide otro *beaujolais* y yo otro *alsace,* dos extras en homenaje al feliz encuentro) nos dice que la gente está perdiendo el miedo y que la oposición va pasito a pasito ganando su espacio, con sabiduría y sin aventurerismo. Ah, pero creo que ustedes no reconocerían la ciudad. Ese juego de las geografías lo perderían los dos. ¿Por ejemplo? Dieciocho de Julio ya no tiene árboles ¿lo sabían? Ah. De pronto advierto que los árboles de Dieciocho eran importantes, casi decisivos para mí. Es a mí al que han mutilado. Me he quedado sin ramas, sin brazos, sin hojas. Insensiblemente, el juego de las geografías se transforma en una ansiosa indagación. Empezamos a repasar la ciudad, la nuestra, la mía y de Bernardo, con preguntas acuciosas. A Bernardo se le ocurre preguntar por La Platense. Uy, qué antigüedad, dice Delia. La echaron abajo, ahí está ahora el Banco Real, un edificio moderno, bastante lindo, pletórico de cristales. Digo que La Platense cumplió su faena en la nutrida historia de la cursilería vernácula, jamás olvidaré sus vidrieras, con aquellos cuadros chillones, de esmirriados viejitos con gordísimas lágrimas, e indigentes niños de pobreza generosamente reconstruida. Delia interrumpe para decirme que no sea injusto, que en aquellas vidrieras también había lápices y compases y acuarelas y pinceles y pasteles y marcos y cartulinas. Sí, claro. ¿Qué? ¿El teatro Artigas? Sanseacabó, muchachos. Hay una playa de estacionamiento, un *parking* como dicen ahora. Mierda. Bernardo rememora una época de oro en que el Artigas daba buen cine porno, qué otra nostalgia puede esperarse de un tipo que cuenta las ventanas del undécimo piso. Yo en cambio pienso en la noche en que Michelini pronunció allí un discurso. Y también en que mi viejo contaba que en esa sala había bailado Alicia Alonso. ¿Broqua & Scholberg? *Kaputt.* Hay una oficina del Registro Civil. ¿Y La Mallorquina? ¿La Góndola? ¿Angenscheidt? Tres veces *kaputt.* Además, informa Delia, por todas partes hay andamios de obras suspendidas, o solares con escombros. Son remanentes del *boom* de la construcción, que duró poco, es decir hasta las devaluaciones porteñas en cadena. Ah, el Palacio Salvo: lo están limpiando. Va a quedar blanquito, blanquito. No puedo imaginarme un Palacio Salvo empalidecido, sin aquella conquistada «pátina del tiempo», tan asquerosamente gris, tan conmovedora. Delia se levanta para ir al *toilette* y entonces, viéndola subir la escalera, Bernardo murmura gran tipa, vos tuviste algo con ella, eh. Tiempo pasado, digo. Donde hubo fuego, caricias quedan, dice herniándose el especialista en patas de caballo broncíneo. Él está seguro, fuente fidedigna che, de que en la cana la reventaron y la gurisa nada, le hicieron de todo y la gurisa nada. Le pregunto si no ha oído que Delia no quiere hablar de eso. Bueno, yo tampoco. Perdoná, viejo, perdoná, pero los hechos son porfiados, como dijo el que vos sabés. Pues me cago en los hechos y en sus descendientes. Perdoná, viejo, no te sulfures así, yo decía nomás. Delia está de vuelta y su sonrisa sigue alegrando la vida. La verdad es que tiene un aire liviano y optimista, elegante y zumbón, tal como si viniera de una tarde de canasta uruguaya o de una playa mediterránea, y no de la picana transatlántica. Y hablamos un rato más: del plebiscito, de la crisis, del desempleo, de los periódicos clausurados porque osan escribir que no hay libertad de prensa, de la creciente actividad teatral, de los cantantes populares, de cómo se cultiva el arte de la entrelínea, de cómo los públicos pescan todo en el aire. En el mayo luciente de París, y desde la mesita que nos justifica a los tres, el verde esmeralda de la *Vittel-menthe* confirma abusivamente la esperanza. Bernardo se reivindica ante mí cuando dice que infortunadamente debe dejarnos porque a las siete y media Aurora lo espera en Raspail y Boissonade. Besos mejillones a Delia, abrazotes a mí, y a ver si ahora nos vemos seguido che, dejale tus señas al Roberto, así nos juntamos, falta mucho para que nos pongamos al día y además vas a ser un árbitro ideal para las geografías, y ya sobre el estribo: pórtense bien. Menos mal que introduce esta última joda, así puedo preguntarle enseguida a Delia qué te parece, nos portamos bien o nos portamos mal. Pero Delia me defrauda porque no responde y tengo la impresión de que mira por sobre mi hombro, pero no hacia el río de gente de todo pelaje que va por Saint-Germain, sino hacia el infinito. Y por primera vez su sonrisa (porque a pesar de todo está sonriendo) no me alegra la vida. Es como un gesto retroactivo. Como si le estuviera sonriendo no a alguien sino a algo. Entonces, en una decisión de apuro, me da por filosofar sobre el exilio, hablo de este tema por decir algo, como podría haberme referido a los ecologistas alemanes o a los arenques holandeses. Sin embargo, es suficiente para que ella baje a tierra y ya no sonría a algo sino a alguien, digamos a mí. Su mano está sobre la mesita. Levemente tensa, aunque no crispada. Es el único síntoma de que no se siente en el mejor de los mundos. Qué puedo hacer sino mover mi mano hacia la suya y allí depositarla, simplemente dejarla estar. Me mira con una nueva atención y dice cuánto tiempo eh, cuánto tiempo y cuántas cosas. De pronto le han caído en el rostro como diez años, no con arrugas ni ojeras ni patas de gallo, sino con abatimiento y con tristeza. Y no con una tristeza del instante, provisional, efímera, sino otra incurable, atornillada a los huesos, con raíces en algún enigma que para ella no lo es. Cinco minutos de silencio. Lo poco que digo, lo dice en realidad mi palma sobre sus nudillos. Me temo que no sea una idea feliz, pero de todas maneras propongo: mi covacha está a sólo tres cuadras. Su respuesta afirmativa viene en tres etapas: se peina un poco, toma el bolso y se pone de pie en espera de que yo pague. Otra vez está joven. En realidad, la distancia son seis cuadras y media. En Monsieur Le Prince, para ser exacto. Le hice un descuento para que fuera más fácil. Vamos del brazo, sin hablarnos, pero el contacto rehace una historia. De vez en cuando le vigilo el perfil y compruebo que no mira al infinito sino que al pasar va examinando las vidrieras y los vestidos y los precios y hasta comenta que todavía no se ha habituado a calcular en francos. Todo le parece carísimo o demasiado barato, y nunca acierta. No se asombra, cuando llegamos, de que mi covacha sea tan modesta. No se asombra de que en el casi decenio transcurrido mi *status* siga estancado en el subdesarrollo. Tercer mundo en pleno corazón de París. Mi frase genial merece su condescendiente visto bueno. Y mientras se quita la chaqueta y el pañuelo verde y deposita el bolso sobre un banquito que luce, impúdico, un par de calcetines y una camisa sucia, va examinando los afiches y una foto de mis viejos. Después se sumerge en los libros. Nada de matemáticas, qué desquite, etc. Tampoco ella. Y entonces qué. Historia, sociología, literatura a veces, pero sólo poesía. Yo en cambio economía, ciencias políticas, literatura también pero sólo novela. Ah. Dos horas nos lleva la consideración y ampliación de temas marginales. Qué estamos haciendo, de qué vivimos. Yo de guardias nocturnas en un hotelito de la rue Monge. Ella, de traducciones, todavía clandestinas, porque no tiene residencia. Y otras cuestiones: el carácter de los franceses, los engorros de la documentación, los compatriotas y el *ghetto,* la soledad no es la misma aquí que allá, la nostalgia como detergente, la nostalgia como corrosión, la nostalgia como consuelo. En los cuatro por cinco de superficie caminamos, nos sentamos, me tiendo en el camastro, se recuesta en la pared, miramos por la ventana, nos lavamos las manos, hago café (soy poseedor de una prodigiosa cafetera italiana, regalo de un chileno que regresó a Temuco), miramos fotos, revisamos recortes, nos acariciamos al pasar, nos besamos pero en el pelo. Y de pronto se hace un silencio. Un silencio espeso después de tanta charla transparente. Estoy sentado en el borde del camastro, y ella está cerca, en mi única silla, los codos apoyados en mi renga y apolillada mesa. Entonces la atraigo. Suavemente, como quien recupera un proyecto inconcluso, pero ahora con más tino, más experiencia, más hondura, más ganas de hacerlo realidad. Ella se deja abrazar y hasta diría que me abraza, pero gracias al espejo de mi afeitada cotidiana, puedo ver que de nuevo está mirando al infinito. La aparto con todo el cariño de que dispongo, que es bastante, y le tomo la cara con las manos. Estoy conmovido y sin embargo encuentro fuerzas para preguntarle qué pasa, qué le pasa. Murmura algo en un tono tan quedo que no alcanzo a captar ni una sola palabra. Me toma una mano y la guía lentamente hasta su suéter marrón, en realidad hasta uno de sus pechos bajo la lana peinada. No sé por qué comprendo que aquel gesto no tiene su significado más obvio. Los ojos que me miran están secos. No puede ser, no va a ser, no hay regreso, entendés. Eso es lo que dice. No puede ser, por mí y por vos. Eso es lo que dice. Todos los paisajes cambiaron, en todas partes hay andamios, en todas partes hay escombros. Eso es lo que dice. Mi geografía, Roberto. Mi geografía también ha cambiado. Eso es lo que dice.

En cenizas derribado

o durmiendo en cenizas derribado
PABLO NERUDA

Por tercera vez sueña con la mesa pulida y larga, y aquellos diez o doce rostros que lo enfrentan, unos interrogantes, otros agresivos y otros más con ojos indiferentes, tal vez vacíos. El sueño tiene rupturas, vaivenes, y a veces expresiones e imágenes aumentadas, como para que su memoria de soñador las fije y así pueda recuperarlas cuando despierte. Curiosamente, tiene una oscura sensación de que está soñando y sin embargo no quiere todavía despertar. El gesto de Olmos, allá en el fondo, con su ostentosa carpeta de cuero labrado y una pila de expedientes a su derecha, no es de comprensión ni tolerancia sino de implacable juicio. Va tomando cada expediente, lo abre, y enseguida le lanza preguntas estridentes, de extremo a extremo de la mesa pulida, y esto qué, y esto otro qué, eh, eeeeeeeh. Y cada vez que él comienza a desenrollar un argumento, el coro de los directivos lo frena, no expresa sino tácitamente, porque nombra y repite rubros contables: Deudores a Cobrar, Resultados de Explotación, Acreedores Varios, Cuentas de Orden. Y allí sobreviene una suerte de *flash* con el rostro de Clara y él comienza a explicar sus razones, exclusivamente para ella, pero el coro de los directivos sube de tono y los Deudores a Cobrar, los Promitentes Compradores, los Acreedores Varios, impiden que él escuche con nitidez la respuesta de Clara, y sólo con intermitencias va detectando que quizá ella le esté diciendo te quiero así, te quiero íntegro, te quiero hombre de principios, te quiero así. Es claro que para ser precisamente así, él tiene que hallar un medio, una forma, un sistema, destinado a mostrar sus argumentos, un espacio para explicar convincentemente cómo y por qué apuesta por la esperanza, eso es, la esperanza, palabra suficientemente ambigua ya que tiene vestigios de Jesús y de Marx, de teleteatro y de academia de ciencias, palabra suficientemente ambigua como para que esos pétreos se ablanden, o por lo menos empiecen a dudar de la infalibilidad de su esclerosis. Pero no hay espacio, y sólo cuando Olmos hace un gesto autoritario el coro de los otros se llama a silencio, pero él ya no puede hablar porque es Olmos quien lleva la batuta y con una voz afiladísima, que corta el humo de los cigarrillos hasta alcanzarlo como una bofetada, pronuncia por primera vez la frase que desde ya tiene el aire de un futuro estribillo, en un basurero, ahí va a terminar usted, en un basurero, y cambiando luego el tono, pero sin bajarlo, lo conmina a explicar su increíble generosidad con bienes ajenos, porque así es fácil conseguir el apoyo laboral, qué duda cabe, y el coro aplaude mientras silabea Pér-di-das-a-en-ju-gar, y Olmos detiene el apoyo, unánime y divertido, sólo con levantar las cejas pobladísimas y negras, y él nunca ha podido explicarse cómo Olmos puede levantar las cejas sin que se le frunza el ceño, lo ha probado innumerables veces frente al espejo y jamás lo ha logrado y su ridículo intento ha hecho reír abundantemente a Clara, que sólo se pone seria cuando le dice por entre la neblina te quiero así. Olmos, en cambio, ello es evidente, no lo quiere así. Olmos lo quiere aquiescente y chupamedias, anuente y lameculos, en realidad no puede soportar que esté al margen del coro que ahora dice Inmuebles en Construcción, Letras de Cambio, y de inmediato Resultados de Explotación, pero esto último mediante un crescendo de la voz colectiva, más o menos como cuando en el himno se llega al Tiranos Temblad. En algún momento del sueño siempre aparece el petiso Suárez repartiendo el café y entonces sí que se hace un discreto silencio a fin de que el personal no vaya a enterarse del relajo en las altas esferas, silencio como ahora, porque efectivamente el petiso llega con su bandeja y va dejando un pocillo delante de cada uno de los titulares y los suplentes, pero a Olmos le deja además un vaso de soda con dos cubitos de hielo, y a él en cambio no le deja nada, ni tampoco esperaba que le dejaran algo, pero el petiso no tiene la culpa, sencillamente cumple órdenes y por eso, cuando pasa junto a él con la bandeja vacía, le susurra perdóneme yo habría querido traerle a usted también un pocillo, pero entienda que no puedo arriesgar así nomás mi salario, tengo mujer, tres hijos, y además una suegra infecta, pobre señora, a la que, como bien dice el contador Ferlosio, hay que incluirla en Pérdidas del Ejercicio Anterior. Ante esa intromisión susurrada y sin embargo audible, los otros se sienten indirectamente aludidos e interrumpen la ruidosa acción de sorber el ex humeante café para reiniciar, casi atorándose, la cantilena de Terrenos Prometidos en Venta, Caja y Bancos, Sueldos y Jornales, y ya gozosa, triunfalmente, otra vez Resultados de Explotación. Es claro que en algún momento han de tragar, y entonces él, como no tiene frente a su corbata ni café ni vaso con cubitos de hielo sino tan sólo la mesa pulida, aprovecha para señalar (apresuradamente, porque el trago de los otros no dura mucho) que su gestión, o mejor dicho la originalidad de su gestión, de ningún modo significa un desembolso efectivo para la empresa sino más bien un dividendo del futuro mediato, y que incluso en países desarrollados y subdesarrollados el procedimiento tiene gloriosa tradición como lo avalan, bah, avalan nada dice Olmos, antes, en medio y después de un lluvioso estornudo, y sepa que me paso ese testimonio por los huevos, y no me venga aquí con esa terminología repugnantemente universitaria. El coro aplaude a rabiar y ahora sí él empieza a considerar la posibilidad de despertarse, pero justo en ese instante vuelve el *flash* con el rostro cada vez más dulce, más seductor y también más exigente de Clara que mueve exageradamente los labios para que él pueda descifrar, por sobre el coro atronador de los Resultados de Explotación, que ella le está diciendo te quiero así. Bueno, él también la quiere y se quiere así, pero la pregunta de los diez millones es cómo y de qué manera y en ese momento el *flash* se borra detrás del humo tabaquero y aparece nuevamente la rompiente figura de Olmos para señalarlo con un índice que ya no es conminatorio sino perforante, taladrante, acuchillante, y gritarle a voz en cuello quiere saber dónde va a terminar su puta vida, mi querido y estúpido amigo, va a terminarla en un basurero, ah pero no se haga ilusiones no será el basurero de la historia, sino uno con basura real, con porquerías tangibles de este Montevideo verídico. La referencia al basurero de la historia a él le parece más bien superflua, por más que, aun soñando, sabe que él no tiene ideología, sabe que apenas posee un primario olfato de lo justo, y, aun soñando, comprende que eso solo no alcanza para nada y que de algún modo está condenado, porque si bien sobreviven en su ánimo zonas de fortaleza y de dignidad, que limitan con la tozudez y el amor propio, también le quedan otras de timidez, temor y falta absoluta de osadía. Y, aun soñando, intenta por una vez desarrollar, en quimérica voz alta, su famosa ponencia sobre el aprovechamiento efectivo y residual de las mejores actitudes y predisposiciones del trabajador y la trabajadora, siempre y cuando aquél y ésta consideren que son tratados como seres humanos y no como bujes. Y, aun soñando, advierte que ahora hay dos manos femeninas apoyadas en los hombros de Olmos, allá en el fondo, o sea en el otrísimo extremo de la mesa pulida, y él no alcanza a ver, debido a la neblina y a las sombras, el rostro de la dueña de esas manos, pero sí empieza a reconocer la pulsera de Clara en una de las muñecas, y, aun soñando, considera que ésa no es prueba suficiente ni concluyente ya que Olmos puede haberle quitado la pulsera a Clara o también haber comprado otra igual, de cualquier manera las venden, y no tan caras, en cualquier joyería de Dieciocho, y de ese modo no sea obligatoriamente Clara la dueña de las manos que ahora acarician el cuello sudado y casi porcino de Olmos, y él sabe que a partir de tal momento ya no habrá más *flashes* con Clara moviendo visiblemente los labios, tan besables y besados, para que él entienda que lo quiere así, es decir, tal vez, lo quería. Bueno, no hay ese *flash*, pero en cambio hay otros dos, inesperados. El primero es un instante, largo y a la vez fugacísimo, en que él está a solas con Olmos y casi se siente capaz de odiarlo pero después no puede porque en el fondo también él tiene una porción olmósica, esa que siempre le ha impedido decidirse, ir más allá de las palabras y las normas, agarrarse a los hechos que pasan frente a él, agarrarse aunque sólo sea al furgón de cola. Y en ese primer instante a solas con Olmos, éste no le grita pero sí le dice en el oído, tal como si le estuviera confiando un secreto para evadir impuestos, al basurero eh al basurero, mi querido y estúpido amigo. En el segundo *flash* no distingue las manos ni los brazos de alguien que podría, o no, ser Clara rodeando el rollizo pescuezo de Olmos, pero en cambio aparece, tras el telón de humo y sin conexión demostrable con aquellas manos, el rostro indudable de Clara, aunque esta vez sin decir nada, simplemente moviendo la cabeza hacia un lado y hacia el otro, como negándose a algo o a alguien, y él, aun soñando, nota cómo el pelo rojizo cuelga primero hacia un lado y luego hacia el otro, y, aun soñando, le vienen ganas de introducir sus manos largas en ese pelo suelto y acogedor, en ese pelo que está tan lejos. Pero ahora otra vez están los brazos, y la pulsera está de nuevo, y el coro de los directivos se estabiliza en Deudores a Cobrar, Deudores a Cobrar, Deudores a Cobrar, como si la púa no pudiera salir del surco en un *longplay* de rubros gregorianos. La insistencia le resulta esta vez insoportable, y sólo ahora, aislado y distante en un extremo de la mesa larga y pulida, comprende que el sueño no da para más, que ahora sólo resta despertar. Y despierta. Se despereza lentamente, estirando sus largas piernas al máximo. Para él no es ninguna sorpresa enterarse de sus pantalones rotos, de sus manos de uñas mugrientas, de sus zapatos con las suelas a medio desprender. Se incorpora sobre el amoldado lecho de diarios viejos, extrae del bolsillo una botella con un líquido azul, pasa la mano por el pico y sorbe un largo trago. Lleva una gabardina manchada que algún día fue de marca, y de un bolsillo extrae un trozo de pan francés. Se levanta y camina, por un salvaje sendero de vidrios rotos, latas vacías y ceniza, hasta un tarro de desperdicios que está semivolcado. Allí revuelve un poco, recogiendo varios restos y descartándolos, hasta que encuentra un pedazo mordido de algo que quizá fue queso. Primero lo huele, luego le pasa no la palma sino los nudillos para despojarlo de inmundicias. Después lo pone sobre el trozo de pan francés y empieza a comerlo, masticando cuidadosamente cada bocado. Está en un pequeño montículo, desde allí puede distinguir el resto del basural. En realidad lo mira sin mirar, como si estuviera distraído, pensando en otra cosa, por ejemplo en que no hay por qué desanimarse y que lo principal es que dispone de todo el día para preparar argumentos y razones con que enfrentarse a Olmos en el próximo sueño.

Como Greenwich

—Usted no es mallorquín, ¿verdad? —dice la adolescente desde la mesa vecina.

—¿Cómo? ¿Qué? —se sobresalta Quiñones y casi se atora con el jerez seco.

—¿Lo asusté? —la muchacha no parecía burlona sino divertida.

—Me tomó de sorpresa, lo reconozco. Aquí en Palma no me conoce nadie. Estoy de paso.

—Así que no es mallorquín. Ni siquiera español.

—Quememos etapas en la investigación: soy argentino.

—Me parecía.

—¿Por qué? —Quiñones se fija más detenidamente en la chiquilina, de pantalones oscuros y blusa blanca, poco formada aún pero con futuro.

—No sé. Por la raya del pantalón, por la manera de encender el fósforo, por el modo de mirar a las mujeres.

—Todo un progreso. Antes sólo nos conocían cuando decíamos yuvia, caye, yorando.

—Yo diría que tiene cuarenta y tres.

—Cuarenta y uno.

—¿Se quita años?

Las maneras descaradas de la muchacha tienen cierta originalidad. Quiñones se siente a gusto.

—Yo soy uruguaya. Tengo catorce.

—Está bien.

—¿No le interesa?

—¿Por qué no? Pero la verdad es que en estos últimos años no es extraño encontrar rioplatenses en Europa.

—Me llamo Susana. ¿Y usted?

—Quiñones.

Susana había pedido una limonada pero aún no la había probado.

—Se le va a calentar esa limonada. No olvide que estamos en agosto.

—No me caen bien las bebidas heladas.

Rodea el vaso con una mano para medir su temperatura, pero tampoco ahora se decide.

—¿Le gustan todas estas suecas y holandesas y alemanas que desfilan aquí en el Borne y usted contempla con fascinación?

—Bueno, depende. Hay holandesas y holandesas.

—¿Cuáles le atraen más? ¿Las de pechitos gráciles o las de celulitis?

Quiñones la mira intrigado.

—¿Dónde aprendiste semejante vocabulario?

—Ah, nos tuteamos, qué bien.

—Sí, claro.

—Bueno, no soy analfabeta.

—Yo diría que más bien demasiado alfabeta para tus catorce.

Susana queda callada, mirándose los brazos delgados, como si examinara la piel poro a poro.

—Siempre que tomo mucho sol me salen pecas.

—A mí también —asiente Quiñones, por decir algo.

—El dúo Los Pecosos. ¿Sabés cantar?

—Desafino como un gallo sordo, ¿y vos?

—Yo desafino como cualquier violín.

—No hay que generalizar. Hay violines que.

—Todos desafinan. Si lo sabré. Mi tío era violinista y maullaba todo el santo día. O sea que suspendemos lo del dúo.

—¿Por qué decís *era* violinista? ¿Ya no lo es?

—Ahora es carpintero. Desafina con el serrucho. Cosas del exilio.

—Ah, sos exiliada.

—Claro.

—No tan claro. Hay uruguayos y argentinos que no son exiliados.

—La mitad por lo menos lo son.

—Pero la otra mitad...

—Hijos de exiliados. Yo en realidad pertenezco a esa segunda mitad. ¿Y vos?

—A la primera.

—¿Cuánto hace que saliste de Buenos Aires?

—De Tucumán. Buenos Aires no es toda la república.

—Ta bien.

—Cuatro años.

—¿Y qué hacés en Palma?

—Ahora estoy de vacaciones, pero normalmente vendo. Vendo publicidad. En toda España.

—Qué interesante. Yo vivo en Alemania.

—¿Y qué tal?

—Bien. Son alemanes.

Quiñones sonrió y aprovechó para tomar un traguito del jerez.

—Decime un poco, ¿por qué empezaste a hablarme?

—No sé. Quizá porque no te conozco.

—¿Ganas simplemente de hablar?

—No exactamente. En realidad, tenía que decirle a alguien que pienso suicidarme. Es demasiada noticia para llevarla a solas.

De pronto la muchacha se había puesto seria. Quiñones tragó de nuevo, pero sólo saliva.

—¿Viniste sola a Palma?

—No. Con mi viejo.

—Menos mal.

—Y con una amiga de mi viejo. Dentro de un rato vendrán a buscarme.

—¿Y tu mamá?

—En Alemania. Hace tiempo que no están juntos. Ella también tiene un amigo, un compañero, qué sé yo.

—¿Es por eso que querés suicidarte?

—Ah, lo creyó.

—¿Era una broma?

—Nada de broma. Pero pensé que nadie me lo creería. No, no es por eso.

Él volvió a mirar la procesión de turistas. Por lo general, se quedaba aquí, en las mesitas exteriores del café Miami, por lo menos hasta que veía llegar la camioneta con los periódicos de Madrid. Entonces cruzaba hasta el quiosco y compraba dos diarios y alguna revista, a fin de no perder contacto con el mundo.

—¿Vas a contarme más?

—Puede ser. Parecés buen tipo. A pesar de ese nombre horrible, Quiñones.

—¿No te gusta?

—Francamente, es asqueroso. Claro que lo importante no es el nombre. ¿Sos buena gente o no?

—Creo que sí.

—Entonces sos. Si no lo fueras, habrías dicho que estabas seguro.

—Tenés tus métodos vos.

—Y sí. Hay que revolverse.

El camarero pasa con la bandeja vacía y Quiñones aprovecha para pedirle otro jerez.

—Ése debe tomarme por un corruptor de menores.

—O a mí por una corruptora de mayores.

—Que también las hay.

—Seguro. ¿Estuviste preso vos?

Volvió a sobresaltarse. Para disimular se quitó los lentes y empezó a limpiarlos con el pañuelo sucio.

—Tres años.

—¿Estás solo en España?

—Solo.

—¿No tenés mujer ni hijos?

—Mujer. Pero acordate de que la que quiere suicidarse sos vos y no yo.

—Tenés razón. Pero me parece que no me tomás en serio.

—Te lo digo de veras. Quisiera no tomarte en serio. Sería más cómodo. Pero no.

—¿No te extraña que quiera suicidarme en edad tan temprana?

—Si pudieras hablar en un estilo menos periodístico, te lo agradecería. No, no me extraña.

—Nadie lo sabe.

—¿Cómo nadie? Yo lo sé.

—Pero vos no vas a traicionarme. Digo, me parece.

—¿Por qué no hablás con tu padre?

—No entiende un corno.

—¿Y yo entiendo?

—No estoy segura. Estoy probando, nada más. Sos bastante viejo para entender, pero tenés ojos jóvenes. Así que a lo mejor.

—Gracias por ese margen.

—¿Cómo tengo yo los ojos?

—De desconcierto.

—Vos también tenés tus métodos.

—Y sí. Hay que revolverse.

Ella se pasa las manos por los pantalones, en un gesto no premeditado, casi ritual.

—¿Alguna vez probaste drogas? —deja caer Quiñones con el tono más natural del mundo.

—Sí, pero no sirven. No se acostumbraron a mí, ni yo me acostumbré a ellas. Incompatibilidad de caracteres.

—Mejor para vos.

—O peor, no sé. Lo cierto es que no marchó.

Quiñones registra la llegada de la camioneta y la descarga de los diarios madrileños, pero no se levanta, más tarde habrá tiempo. Por ahora permanece aquí, junto a la muchacha.

—¿También tu padre estuvo preso?

—Ajá.

—¿Lo pasó mal?

—Ajá. Además, no me llamo Susana.

—No me digas.

—Me llamo Elena.

—¿Y eso?

—No sabía si podía confiar.

—¿Y ahora?

—Ahora creo que sí.

—Pues yo, lo siento mucho, me sigo llamando Quiñones.

—Lástima. Con la esperanza que tenía de que también fuera falso.

—*Sorry.*

—¿Nunca tomás precauciones?

—A veces sí. Pero no tenés pinta de agente de la CIA.

Quiñones se decide a inaugurar la segunda copa de jerez.

—¿Qué tal? ¿Está bueno?

—Sí.

—Nunca he probado jerez.

—¿Querés que te pida uno?

—No. El alcohol me da urticaria. El alcohol y los tangos.

—Decime, ¿tengo que preguntarte los motivos de tus ganas de suicidarte?

—No son ganas. Es una decisión.

—Una decisión se toma por alguna causa.

—¿En qué quedamos? ¿Me vas a preguntar?

—Bien, ¿por qué tomaste esa decisión?

—Cóctel de causas. Mi viejo, mi vieja, la amiga de mi viejo, el amigo de mi vieja, lo que ellos y otros cuentan de allá, lo que yo y otros encontramos acá.

—¿Dónde es acá?

—Alemania, Europa, todo este camping. ¿Te gusta leer?

—Sí, pero no soy fanático.

—¿Música?

—Ídem. ¿Y a vos?

—Ídem, ídem. Pero qué importa.

—¿Por dónde vas a empezar?

—Por el principio, como los clásicos. Cuando vinimos a Europa, rajados, rajadísimos, yo tenía ocho. Mi hermano en cambio sólo tenía dos.

—Así que tenés un hermano, qué sorpresa.

—¿Por qué sorpresa?

—Habría jurado que eras hija única.

—En realidad, tengo taras de hija única. Pero además tengo un hermano. Él no se acuerda de nada. Era muy chico. Yo sí me acuerdo.

Una casita de dos plantas, con jardín, en Punta Carretas. ¿Conocés Montevideo?

—Estuve sólo dos veces, hace mucho. Pero sé dónde está Punta Carretas. El faro, y todo eso.

—Te aclaro que desde mi casa no se veía el faro. Sí se veía la cárcel.

—Lagarto lagarto.

—Cuando llegamos a Alemania los viejos todavía estaban juntos. Juntos pero nerviosísimos. Discutían por todo. Menos mal que de noche hacían el amor.

—¿Te consta, lo imaginabas o los espiabas?

—Me consta el ruido que hacía el elástico de la cama. Para mí esa señal era importante, no como precoz curiosidad sexual, entendeme bien, sino como prueba de que se necesitaban. Soy una tipa normal, después de todo, y quizá por eso no me gustaba que aquello se rompiera.

—Pero se rompió.

—Discutían muchísimo, sobre todo sobre política. Son de izquierda los dos, pero la cagada es que no militan en el mismo grupo. Así que se echaban mutuamente las culpas de la derrota. Yo entendía poco. Era desagradable. A veces me tapaba los oídos pero igual los oía. En cambio mi hermano lloraba a grito pelado y al final tenían que callarse para que él se calmara.

—¿Tu hermano también está en Palma?

—No. Quedó con la vieja. Nos repartimos. Uno y una.

—¿Y qué más?

—Así pasaba el tiempo, hasta que de pronto una noche la cama no hizo ruido y me di cuenta de que aquello estaba fatal. O sea que no me tomaron de sorpresa la tarde en que consiguieron impulso para decirme mirá nena, tenés que comprender, son cosas de la vida, papá y mamá se van a separar, etc. Lo peor fue el etcétera.

Elena, ex Susana, toma por fin media limonada, mientras Quiñones sucumbe a un bostezo incontenible.

—¿Te aburro?

—No, muchacha, es el calor.

—Mirá que si te aburro, dejamos. ¿Sabés por qué te cuento toda esta historia patria? Porque nunca más nos vamos a ver.

—¿Tan segura?

—Sacá la cuenta. Pasado mañana nos vamos y yo acabaré dentro de unos días. No lo hago aquí, porque los trámites serían más complicados para el viejo, y además no quiero arruinarle la vacación. Así que esta conversa es un chau al mundo.

—Primera vez que me siento mundo.

—Después el viejo se arregló con esa amiga, o compañera, qué sé yo, que es compatriota, no faltaba más, y la vieja se arregló con su amigo o compañero, también compatriota, qué te crees. Todo queda en casa. La patria o la tumba. Ellos la patria y yo lo que sigue.

—¿Y ahí hay muchos compatriotas?

—Unos cuantos. Se visitan y hablan todo el tiempo de allá. Que allá hay miseria y desempleo, que allá clausuran diarios, que allá prohíben canciones, que allá confiscan libros, que allá persiguen, que allá torturan, que allá matan.

—Así es.

—Ya lo sé. Pero es como una noria, sobre todo para los que no vivimos todo eso, sino que simplemente lo escuchamos. Y de a poco vamos odiando aquel allá. Digo nosotros, los que vinimos chicos. Pensá que en Alemania mi viejo puede trabajar tranquilo, mi vieja también, y no los matan ni torturan, y los jóvenes estudiamos y tenemos amigos.

—¿Y esas bellezas qué tienen que ver con tu proyecto?

—Paciencia, Quiñones.

—Escucho.

—Un día mi hermano, que ahora tiene ocho años, o sea los mismos que yo tenía cuando vinimos, se paró frente al viejo y le dijo que nunca más iba a volver al Uruguay, ¿qué te parece? El viejo casi se cae de culo. Y antes de que le preguntaran por qué, mi hermano le dijo que aquel país era un país de mierda, y ahí el viejo perdió el casi y se cayó de culo. Te sintetizo las conclusiones para no aburrirte: quienes lo habían convencido de todo eso eran precisamente el viejo y la vieja y los demás de la tribu oriental. ¿Sabés lo que pasa? Hablan y hablan, discuten y gritan como si no existiéramos, como si fuéramos rocas y no esponjas. Pero somos esponjas. Absorbemos.

—¿También vos sos esponja?

—Sí, pero un poco distinta. Vine más grande que mi hermano, así que por lo menos me acuerdo del jardincito de la casa de Punta Carretas. Pero entiendo a mi hermano y creo que su argumento tiene fuerza.

La muchacha habla con rapidez, se ha animado, y a Quiñones le gusta el brillo inquieto de aquellos ojos verdes. Se siente en la obligación de decir algo alusivo.

—¿Querés que te diga una cosa? Si por casualidad no llegás a suicidarte, cuando tengas cinco años más vas a hacer estragos en la juventud masculina.

Ella resopla, divertida.

—¿En la juventud masculina de la RFA?

—En cualquier juventud masculina.

—Ahora me doy cuenta de que es un piropo. No te estarás enamorando de mí, ¿eh?

—No, m'hija, quédese tranquila. Seguí nomás.

—Aunque recuerde el jardincito, eso no alcanza. No soy tan categórica como mi hermano. Pero yo tampoco pertenezco realmente a lo de allá. Puede ser que a Punta Carretas, pero no a todo el país, ni siquiera a toda la ciudad.

—Eso quiere decir que te sentís alemana.

—Ni pensarlo. ¿Me ves asimilada a la *Kartoffelsalat*?

—Perdón, a mí me gusta.

—Los porteños son distintos.

—Tucumanos.

—Son distintos.

—¿Y por qué no te sentís alemana? ¿No hiciste aún buenos amigos, amigas?

—*Jawohl*. Buenos amigos, buenas amigas, buenos perritos, buenos gatitos, pero hasta los gatitos saben que nunca seré alemana.

—¿Hablás con acento?

—Hablo un alemán mejor que el de Willy Brandt. Pero me falta el otro acento.

—¿Cuál? ¿El del espíritu?

—Por Dios, no seas tan cursi, me da náuseas.

—Perdón, perdón. Pero ¿cuál es entonces ese otro acento?

—El otro, y chau. ¿Acaso hay necesidad de ponerle nombre? Ves, ése es un síntoma de que, pese a los ojos jóvenes, tenés efectivamente cuarenta y pico. Pertenecés a una generación que a todo le pone nombres.

—Exactamente. La generación del diccionario. ¿Y?

—La historia no es tan simple.

—Ya lo veo.

—A veces vivo con la vieja y su amigo. Me cae bien el ciudadano. Paternalista pero honrado. Otras veces vivo con el viejo y su Rosalba. Digamos que ella me cae menos bien. Admito que son prejuicios, nada más.

—Y nada menos.

—Pero entre medio hogar y medio hogar, me siento algo así como deshogarada.

—¿Y ése es finalmente el motivo?

—Paciencia, Quiñones. Cuando se van los unos, me quedo en casa de los otros, y viceversa. Pero una vez se fueron los cuatro, más bien los cinco, porque también viajó mi hermano. Dos hacia el Este, tres hacia el Oeste. Y yo quedé en el medio, como Greenwich. Toda una gran ciudad a mi disposición. Primera vez. Y entonces ocurrió.

Quiñones percibe que la muchacha ha perdido algo de su postura de Diana siglo xx.

—¿Qué ocurrió?

—Poca cosa —dijo ella con voz opaca—. Me violaron.

—¿Qué decís?

—Me violaron, Quiñones. Venía sola, de noche, y un tipo enorme salió de pronto de las sombras. Igual que en las películas. Un clásico. Me llevó a los tirones hasta una obra en construcción. Con su manaza me tapaba la boca. Un gesto inútil, porque yo estaba muda de pánico, ni siquiera entreví la posibilidad de pedir auxilio. Cumplió su trabajo, se ve que tenía experiencia. Para mí fue un estreno jodido. Y fijate lo que son las cosas. Mientras duró aquella porquería, de lo único que me acordaba era del ruido del elástico en la cama de los viejos. Ridículo, ¿eh? Además, el tipazo decía cosas que yo no entendía. No era alemán.

—¿Qué era?

—Imposible saberlo. Hablaba como en gorgoritos. Pero unos gorgoritos roncos. No sé explicarme. Bastante horrible.

—Te explicas perfectamente. ¿Y qué hiciste después?

—Cuando el señor se dio por satisfecho, me dio un golpe bastante duro y salió corriendo. Me levanté como pude, estaba toda magullada y sangrante, pero nada grave, así que pude llegar hasta mi media casa, la de la vieja, que estaba sólo a dos cuadras, y claro, no había nadie. De modo que nadie se enteró. Nadie se ha enterado todavía. Bueno, vos. Sos el primero.

—Pero ¿cómo no se lo contaste ni siquiera a tu madre?

—¿Para qué?

—Debía haberte visto un médico.

—Quizá, pero no me gustan esas revisaciones. Durante un tiempo tuve la preocupación de haber quedado embarazada. Y fui entonces que lo decidí. Quiero decir el suicidio.

—Pero si no quedaste.

—Claro que no. Por eso lo decidí. Si quedaba embarazada, tenía que vivir. Por el niño y todo eso, ¿entendés? Y en ese caso no me habrían importado los problemas familiares, sociales. Ah, pero si no quedaba, tenía que liquidarme.

—No entiendo nada.

—Me imagino. Por eso es que no lo he contado a nadie. Pensé que vos, por aquello de los ojos jóvenes. Me equivoqué.

—Pero Susana, Elena, qué sé yo. Escuchame un poco.

—No sé si te habrás dado cuenta de que no lloro, nada más que para que no te lleven preso. Por molestar a una niña.

—Gracias. No sabés cómo aprecio el gesto. Pero escuchame.

—No es tan complicado. Allá no pertenezco. Aquí no pertenezco. Y encima me ataca y me viola alguien que no es de aquí ni de allá. A lo mejor era un marciano. Y ni siquiera me hace un hijo, que por lo menos sería de aquí. O de allá. O de samputa, para llamar de alguna manera la desconocida patria del bestia. Me hago un nudo, como ya te habrás dado cuenta.

—¿Y si empezamos por deshacer el nudo?

—No se puede. O quizá, a esta altura, no quiero.

—Se puede probar, por lo menos.

—¿Pero no entendés? Desde aquella noche, estoy como fuera de todo, como al margen. ¿Ves a todos esos suecos, holandeses, alemanes, que desfilan, aburridos y rojos, frente a nosotros? Bueno, me importan un pito.

—Tampoco a mí me importan. Y no me violaron.

—Sí, reconozco que fue un argumento flojo. Pero también veo a mi madre y al compañero de mi madre, a mi padre y a la amiga de mi padre, y hasta a mi hermano y a mis amigos uruguayos y a mis amigos alemanes, y tampoco me importan. Porque estoy afuera. Me han dejado afuera. Como se deja un objeto. Un objeto usado, averiado, para el que no hay repuestos.

—Acordate que dijiste que no ibas a llorar.

—Para que no te lleven preso. Tendrías que apreciar el sacrificio, porque en realidad tengo unas ganas bárbaras de llorar.

—Sin embargo, hay una cosa que para vos tendría que ser reveladora. El solo hecho de que estés haciendo pucheros, de que tengas esas bárbaras ganas de llorar, eso significa que no estás fuera, que no estás al margen. Si realmente estuvieras al margen, te sentirías seca, más aún, reseca.

—¿Y vos cómo lo sabés?

Quiñones ha tomado un cigarrillo y trata de encenderlo, pero la operación demora un poco porque al fósforo le ha dado un inexplicable temblor.

—¿Cómo lo sé, eh? Porque yo sí he estado seco. Reseco.

Ella hace otro puchero, pero ya no de catorce sino de cinco años. Se domina otra vez y por fin acaba con la limonada. Va a decir algo, pero Quiñones percibe cómo de pronto cambia de expresión, cómo se pone una máscara.

—Ojo, ahí vienen.

Todo un anticlímax. Porque el viejo y una mujer que seguramente es la Rosalba, se acercan con los grandes e inútiles pasos de la gente que llega tarde a una cita.

—Ah, qué suerte que estás aquí —dice Rosalba respirando fuerte—. Teníamos miedo de que te hubieras cansado de esperarnos.

—Se nos hizo tardísimo —aclara el viejo—. No podemos ni siquiera sentarnos a tomar algo fresco. Estamos citados en el hotel con los Elgueta, aquellos chilenos, ¿te acordás?, que conocimos la otra noche en Barcelona.

—Papá, Rosalba —dice la muchacha mientras va recogiendo sus cosas—. Les presento al señor Quiñones. Es un argentino de Tucumán.

—Encantado —dicen al unísono Quiñones, el viejo y la Rosalba.

—Ha sido muy amable el señor Quiñones —agrega la muchacha—. No sólo me ha hecho agradable la larga espera, sino que me ha convencido de que no me suicide.

Rosalba sonríe, un poco desorientada, pero el viejo lanza una risotada.

—Señor cómo dijo...

—Quiñones.

—Señor Quiñones, le pido disculpas por esta hija. Las cosas que dicen los jóvenes.

—Yo la encuentro inteligente y simpática.

—Es usted muy amable —agrega el viejo—. Pero ahora la llevamos y usted verá qué paz.

—Gracias, Quiñones —dice la muchacha.

Como el viejo y Rosalba están ahora atentos a la aparición de un taxi, aprovecha a llevarse dos dedos a los labios y soplarle a Quiñones un beso clandestino.

—Por favor, tenemos que irnos —insta el viejo, esta vez con cierta angustia.

—Sí —dice Rosalba—. Tu padre tiene razón. Vamos, Inés.

Verde y sin Paula

Cuando se incorpora en la arena, dobla cuidadosamente la toalla, respira con fruición, camina hasta la orilla y se introduce lentamente en el mar, siente que no ha dejado nada a la improvisación. Allá arriba, sobre la almohada, en la habitación 512 del Hotel Cóndor, está el sobre con las cinco palabras en rojo: Para entregar a Paula Acosta. Lo recogerá la mucama cuando llegue, como siempre, a las doce. Le ha costado tres meses la decisión, pero a esta altura es irreversible. Francamente, ya no se soporta, hay que concluir. No tiene por qué apurarse, sin embargo.

Cuando el agua le enfría los tobillos, sabe que ha comenzado el último capítulo. Uno de los primeros se remonta a otra playa, Atlántico por medio, con su madre y el padrastro, Víctor, caminando enlazados por la dura arena de Portezuelo, Joaquín tocando en la armónica una milonga cualquiera, y Mastín, minúsculo y húmedo, ladrando como siempre el bochorno de su nombre. Tiempos de candidez o de sordera, de inocencia o de soberbia, no lo sabe bien. Tiempos de acomodar sus diez o doce años saludables en el compacto bienestar, en las lenguas de sol, en la bocanada salitrosa, en las rocas limpísimas. Su madre y Víctor, tan jóvenes entonces y sin embargo (para él) tan antiguos. Y el padre que nadie menciona y a quien nunca conoció, aunque sí logró juntar pedacitos de su confusa historia a través de las revelaciones del primo José Carlos. La inesperada fuga, poco menos que delictiva, a algún lugar del extranjero, sin explicaciones ni carta, sólo noticias indirectas, desprendiéndose sin pudor de la mujer y el hijo. Imágenes de la madre llorando por horas y semanas, y también recuerdos de su recuperación seis años después, gracias a Víctor, que es atlético y bueno pero antiguo. En realidad, todos eran antiguos menos José Carlos y Paula, sus pares.

Después de todo, se trata de un repaso consciente. No va a esperar la tradicional y vertiginosa película del ahogado promedio. Para qué. Tiene todo el tiempo disponible para ver la historia con calma. De modo que cuando el Mediterráneo roza sus rodillas, puede elegir el tramo adolescente, con sus notas brillantes y los veranos plácidos y la sincera alegría de Víctor, casi un padre, cuando él triunfa en los ochocientos metros llanos a nivel liceal, corriendo rezagado hasta los seiscientos para mostrar entonces toda su garra y pasar a los otros como a postes en el *sprint* final. Tiempo de lecturas, de primeros libros importantes y formativos. Y Paula. Regresos del liceo, tardecitas en el parque, descubrimiento de la Vía Láctea.

Puede elegir las imágenes y hasta organizar el montaje. Es él, con los pies descalzos sobre las piedras del fondo, tan pulidas, y el agua ya en los muslos, es él quien traza inexorable el esquema. Por ejemplo el distanciamiento con Joaquín, que ya no toca milongas en la armónica y justifica frenéticamente la todavía apocada represión, se enrola en los grupúsculos de la ultraderecha, señala con el dedo a compañeros de clase. Y Paula. Química Orgánica con besos. Química Inorgánica con caricias. Física con todo. La madre en cambio tiene arrugas, pese a la cremoteca, y Víctor, a contrapelo de su paz interior, consigue una úlcera duodenal. El tiempo pasa. Unos abren los ojos, otros los cierran.

La olita suave y traicionera le encoge los testículos. Aquí lleva tiempo adentrarse hasta lo hondo hasta no hacer pie. La olita palpa el sexo. Paula también y ahí se quedó. Él creyó que para siempre y ella también. Se ha mantenido, en fin. Es él quien se va. La abandona por el mar infinito, por la paz enigmática. Paula es un cuerpo que él vio crecer, formarse, florecer, madurar, alojar un carácter. Y algo más. Paula, o la tentación de vida. Es arduo sobreponerse. Pero ya está. Todavía un ramalazo con la muerte de Víctor, en aquel desgraciado accidente del kilómetro 97, y el profundo desgarro de la madre, otra vez sola, más antigua que nunca.

Sólo cuando el agua transparente le llega al estómago, la memoria estalla. No piensa en balaceras porque detesta el léxico de las seriales norteamericanas, pero en realidad son eso: balaceras o ráfagas o fuego graneado. ¿Cuándo había arrancado la pesadilla? Tal vez cuando empezaron a caer los estudiantes. ¿Cómo quedarse quieto, arrinconado, a buen seguro? Y Paula. Otra forma de amor, casi un orgasmo comunitario. ¿Cómo no hacer algo, no participar? Y Paula. Qué riqueza, qué conmoción estrechar aquella vida fresca, igual y tan distinta. Qué riesgoso paraíso entrar en ella, fumar juntos, hacer proyectos, y volver a entrar en ella. Y salir después a las reuniones escondidas, donde hasta los gritos se murmuraban. Qué ciudad increíble, desacostumbrada, solidaria, discreta, osadísima, cordial, entrañable. Dos timbrazos en clave y puertas que se abren, mate, café, cerveza, planos de un trazo casi escolar, quién tiene fósforos, quemalo, chau. Y Paula. Por suerte ella no estaba cuando los pescaron en el chalecito de Atlántida. Fue a mediodía, entre turistas, bicicletas y vendedores ambulantes. Nadie pudo hacer nada. Lo habían previsto todo menos esa hora facilonga, ritual: el podrido mediodía.

Los brazos horizontales, acariciando el agua, para que la olita lambetee por fin sus sobacos erizados. Es claro que había previsto la tortura y las obvias defensas mentales y los principios. Pero la realidad. Siete días y siete noches buscando y rebuscando algo para decirles que fuera verosímil y hasta medianamente cierto y que a la vez fuera inútil. Algo para que lo dejaran simplemente respirar. Y soltó aquella dirección, aquel apartamento donde ya no había nadie, porque una semana atrás ya todos se habían ido, dispersado. Y sin embargo le siguieron dando, larga, duramente, cuatro días y cuatro noches más, ya que, a partir de aquel dato, le exigían confirmaciones, continuaciones, epílogos. La vieja dirección donde ya no había nadie. Pero había. Carajo había. Mierda había. Y gracias a él, gracias a su desliz imperdonable, habían sorprendido a Omar, sólo a Omar, y se había defendido y lo habían acribillado. Ocho años desde aquello. Y nunca.

El agua cada vez más fría es una soga alrededor de su pescuezo. Nunca pudo aceptarlo ante sí mismo. Aunque nadie lo supiera. Porque nadie lo supo, salvo Paula. Él mismo se lo dijo, aquí en Europa, ya aparentemente libre, porque un pasado así era demasiado para una sola memoria. Y él agradeció que ella no lo disculpara ni lo perdonara ni lo justificara ni le dijera qué vas a hacer ya pasó, él agradeció que sólo se abrazara a él y le dijera pobrecito mío. Porque eso era más o menos. Un pobre tipo con Omar a cuestas. Con Omar a quien nunca había visto, pero a quien sin quererlo había ayudado a liquidar. Y Paula. Desde ahí la relación fue otra. Porque ella comprende, comprende que él se sienta así. Sabe que él se apoya noche a noche en la altísima, infranqueable muralla de aquella muerte absurda que es como su propiedad privada y que lo separa de los otros, del mundo. Y ella se arrima y se recuesta con él en la lúgubre muralla, pero de ningún modo niega que ésta exista. Lo ayuda a encontrar soluciones, pero nunca falsas coartadas sino salidas reales. Pero no hay. Salvo ésta de entrar lentamente en el mar. Después de todo, no se va a asombrar cuando su cabeza, y con ella su pasado, su presente y su futuro, queden para siempre bajo el agua. Tiene experiencia de ese ahogo. Y el agua del Mediterráneo, pese a las denuncias sobre contaminación, es muchísimo más limpia que la del tanque con mierda de los cuarteles. O sea que es una compensación, algo como un premio que se otorga a sí mismo: ahogarse en un agua limpia, purificada y purificadora. Y Paula. La dejó bastante tranquila, en Barcelona, porque inventó que tenía que hablar sobre el Comité con Tito y Beatriz, que pasaban aquí sus vacaciones. Pero en rigor vino a hablar con el mar, con el Mediterráneo tan verde y sin Paula.

Ese mismo Mediterráneo que ahora está en su mentón y sube hasta sus labios la salmuera de siempre. Y el sabor llega contemporáneamente con el grito, agudísimo en su desesperación. Sólo el ruido del agua y enseguida retorna, desgarrándose, más lejos en el aire, más adentro en el mar. No puede ni tiene derecho a hacer cálculos o a reflexionar. Dispone apenas de uno, dos segundos. El grito, que puede ser auxilio, o socorro, o simplemente ay, vuelve a quebrar la paz, esa paz enigmática ya a punto de acogerlo. Y no tiene otra opción que alzarse, sacudirse, flotar, detectar de dónde viene, y nadar, nadar, nadar con todo el vigor y la práctica de que dispone. La niña, aterrada y rubia, emerge y se hunde y emerge y se hunde y emerge y él aprovecha para asirla del pelo y sostenerla y acomodar su cuello bajo su brazo e impulsarse hacia la orilla con el otro, racionalmente, sin perder la calma, y nadar, nadar, nadar, con una nueva, acumulada, dinámica obsesión.

Todo sucede como en un largo instante. Por fin la muchachita está tendida sobre la arena, y él contempla, con ojos acuosos y lejanos, cómo dos o tres robustos le aplican todos sus conocimientos sobre respiración artificial y boca a boca. Por lo menos cincuenta personas rodean el cuerpo tendido, y a cada rato alguno o alguna salen del ruedo y se le acercan y le tocan un hombro o le sonríen o le dicen bravo hombre o gracias a usted o si no es por su coraje o amigo te ganaste el día. Porque de pronto advierte que lo empiezan a tutear y la muchachita ha podido incorporarse y le han vuelto los colores y pregunta dónde está el que la trajo. Todo se va normalizando, pues. Y, sin que nadie se lo haya preguntado, alguien informa que son las once y media. Entonces él, sin el menor estupor y sin ninguna duda, es consciente de que debe subir corriendo hasta el hotel, a ver si consigue llegar a la habitación 512 antes de que la mucama recoja el sobre.

De puro distraído

Nunca se consideró un exiliado político. Había abandonado su tierra por un extraño impulso que se fraguó en tres etapas. La primera, cuando lo abordaron sucesivamente cuatro mendigos en la Avenida. La segunda, cuando un ministro usó la palabra Paz en la televisión e inmediatamente comenzó a temblarle el párpado derecho. La tercera, cuando entró a la iglesia de su barrio y vio que un Cristo (no el más rezado y colmado de cirios sino otro alicaído, de una nave lateral) lloraba como un bendito.

Quizá pensó que si se quedaba en su país se iba a desesperar a corto plazo y él bien sabía que no estaba hecho para la desesperación sino para el vagabundeo, la independencia, el modestísimo disfrute. Le gustaba la gente pero no se encadenaba. Se entretenía con el paisaje pero al final se empalagaba de tanto verde y añoraba el hollín de las ciudades. Saboreaba las tensiones metropolitanas pero llegaba un día en que se sentía cercado por los imponentes bloques de cemento.

Así como había vagado por las calles y los caminos de su tierra, empezó a vagar por los países, las fronteras y los mares. Era terriblemente distraído. A menudo no sabía en qué ciudad se encontraba, pero no por eso se decidía a preguntar. Simplemente seguía caminando, y, en todo caso, si se equivocaba, no le importaba salir del error. Si precisaba algo, ya fuera para comer o para dormir, disponía de cuatro idiomas para buscarlo y siempre había alguien que lo comprendía. En el peor de los casos, le quedaba el esperanto de los gestos.

Viajaba en ferrocarril o en autobús, pero normalmente lograba que lo recogieran en algún auto o camión. Inspiraba confianza. La gente le creía las cosas más absurdas, y no se equivocaba, porque todo en él era un poco absurdo. Por lo común andaba solo, y era lógico, ya que ningún hombre ni, menos aún, ninguna mujer, habría sido capaz de soportar tanta incuria y tanto desorden.

Cuando pasaba por una frontera, mostraba el pasaporte con un gesto displicente o mecánico, pero inmediatamente se olvidaba de qué frontera se trataba. Permanecía poco tiempo en el centro de las ciudades. Prefería los barrios marginales, donde se llevaba bien con los niños y los perros.

A veces surgía algún detalle que le servía de orientación. Pero no siempre. Una mañana se halló junto a un canal y creyó que estaba en Venecia, pero era Brujas. Confundir el Sena con el Rin, y viceversa, le ocurrió por lo menos en tres ocasiones. No llevaba brújula sino que se orientaba por el sol, pero cuando le tocaban días tormentosos, de cielo oscuro, no tenía la menor idea de dónde quedaba el norte. Y eso tampoco lo afectaba, ya que no tenía preferencia por ninguno de los puntos cardinales.

Cierto mediodía se enteró de que caminaba por Helsinki porque vio una cabina telefónica que decía PUHELIN. Era uno de sus escasos datos sobre Finlandia. Otro día sintió un alarmante tirón de hambre en el estómago y extrajo de su morral un poco de queso; cuando masticaba con fruición advirtió que se había recostado a una columna que le trajo el recuerdo de las de mármol pentélico que había visto en alguna foto del Partenón, y claro, a partir de esa asociación se dio cuenta de que efectivamente estaba en la Acrópolis. Sí, era terriblemente distraído. En otra ocasión nevaba y para protegerse del frío se metió en las galerías comerciales del moderno subsuelo de Les Halles. Cuando, un semestre después, emergió de otras galerías subterráneas en pleno centro de Estocolmo, se alegró sinceramente de que ya no nevara.

De vez en cuando iba a los aeropuertos, pero casi nunca viajaba en avión, entre otras cosas porque, después de presentarse en el mostrador correspondiente y despachar su liviano equipaje, se iba a la terraza a ver cómo despegaban y aterrizaban las grandes aeronaves y no prestaba la menor atención a los altavoces, que repetían su nombre con insistencia.

En cierta ocasión, sin embargo, y vaya a saber por qué extraño mecanismo, permaneció junto a la puerta de embarque y subió confiadamente al avión con los demás pasajeros. Cuando llegó a destino y mostró su pasaporte, tan displicentemente como de costumbre, un funcionario de emigración lo miró con atención y le dijo: «Venga conmigo». Él lo siguió mansamente por un corredor desierto. Cuando llegaron a una puerta con un letrero *Prohibido el paso*, el funcionario la abrió y lo conminó a entrar. Así lo hizo, desprevenido. Pensó acercarse a una mesa que había en el centro de la habitación, pero de improviso no vio nada. Alguien, desde atrás, le había colocado una capucha. Sólo entonces comprendió que, de puro distraído, se encontraba de nuevo en su patria.

Más o menos custodio

Quien primero le habló del Ángel fue el tío Sebastián. Mucho antes de que el Ángel apareciera. Quien primero negó al Ángel fue el tío Eduardo. Pero Ana María estaba en la edad de creer en los ángeles, de modo que se dejó convencer por el tío Sebastián, que además de tío por parte de madre, era cura por parte de Dios padre. Y sencillamente ella se puso a esperar al Ángel. Sebastián decía que debía llamarlo Ángel de la Guarda, pero Ana María le quitaba el apellido, lo llamaba Ángel y punto. Quizá porque el almacenero de la esquina se llamaba Manolo de la Guarda y ella no podía aceptar que un Ángel fuera pariente de aquel barrigón.

Según Sebastián, cada hombre y cada mujer, pero sobre todo cada niño y cada niña, podían tener su Ángel de la Guarda, o sea una presencia protectora que muchas veces les avisaba de un riesgo o los apartaba de un peligro. Pero a medida que los años pasaban, a medida que dejaban de ser niños, los hombres y mujeres se iban volviendo egoístas y sórdidos, iban perdiendo pureza y generosidad, y sus respectivos custodios iban quedando en el camino, tan confundidos como olvidados.

«Pavadas», decía el tío Eduardo, ateo y materialista, «sólo un zoquete como Sebastián puede creer en esas tonterías. En realidad me importa poco que él se mueva en ese submundo de beatas y santurrones, pero sí me indigna que se aproveche de la candidez de mi sobrina para meterle en la cabeza tales disparates». Y hablaba con su hermano Agustín, padre de Ana María. Pero Agustín tenía demasiadas tribulaciones de primer orden como para ocuparse además de un rubro tan prescindible como el *status* de los ángeles. Sebastián por su parte hablaba con su hermana Ester, madre de Ana María, para prevenirla contra la nefasta influencia que su concuñado podía ejercer sobre la sobrina de diez años, apartándola de su natural vocación religiosa, pero tampoco Ester tomaba partido.

En realidad no era una vocación religiosa lo que llevaba a Ana María a esperar a su Ángel. Con la misma expectativa habría aguardado a un marciano o a un lobizón. Sólo que las prédicas de Sebastián hacían más verosímil la presencia del Ángel, que para ella no implicaba ningún sentido religioso sino que tendía a ser la gozosa concreción de un sueño lindo.

De modo que cuando el Ángel hizo por fin acto de presencia, y Ana María, que aquel lunes iba rumbo a la escuela con su repleta cartera a cuestas, lo vio caminando a su lado, no prorrumpió en gritos de histeria precoz ni se quedó con la boca abierta ni dio tres vueltas de carnero. Simplemente dijo buenos días, Ángel, aunque eso sí los ojos verdes se le iluminaron.

Vestía como un ser corriente (vaqueros, camisa blanca, tricota azul) pero no importaba, ella sabía que era un Ángel. Al parecer, también él simpatizó con ella, porque a partir de ese lunes la acompañó todas las mañanas en su ruta escolar. Los domingos y feriados el Ángel no comparecía, probablemente porque no había clases o porque también los ángeles descansan.

De todos modos Ana María guardó el secreto. No lo reveló a ninguna de sus compañeras por temor a que se burlaran, como cuando les había confesado que conversaba con el perro del abuelo y aunque Trifón no le contestaba con palabras, por razones obvias, sí le sonreía, le hacía guiños de complicidad o asentía con la cabeza. Ni siquiera habló con el tío Sebastián de la presencia del Ángel, sencillamente porque intuyó que el cura iba entonces a jeringar diariamente al tío Eduardo con la impertinencia de su victoria, y ella no buscaba eso, ya que, tema angélico aparte, quería verdaderamente al tío Eduardo y hasta lo compadecía un poco porque no era capaz de creer en los ángeles.

Lo cierto era que Ana María disfrutaba mucho con su nuevo acompañante. Éste no hablaba, se limitaba a mirar. Con ojos que, como el cielo, unas veces estaban nubosos y otras veces despejados. Ella le contaba toda su jornada escolar y también las peripecias familiares. En contadas ocasiones el Ángel sonreía y Ana María se sentía entonces ampliamente recompensada y feliz.

En la casa la vida era sin embargo menos apacible. El tío Eduardo se había hecho humo y nadie lo mencionaba. Cuando Ana María preguntaba por él, su madre la recriminaba con la mirada. Por fin pudo averiguar en qué consistía el misterio. El tío Eduardo estaba preso. Curiosamente, al tío Sebastián le parecía bien que estuviera preso, y por eso no se podía tocar el tema ni en el desayuno ni en el almuerzo ni siquiera en la cena, sobre todo cuando estaba presente el tío Sebastián, ya que Agustín no estaba en absoluto de acuerdo con la opinión de su cuñado y la discusión convertía en indigestas las papas fritas y las milanesas. Al tío Eduardo lo acusaban de unas cosas horribles, pero Ana María nunca las creyó, y así se lo dijo al Ángel, cuya mirada fue tierna y aprobatoria.

Una mañana los padres de Ana María la llamaron aparte y le informaron que los tres se irían del país. ¿Cuándo? Mañana. Ana María no preguntó la razón de semejante estampida, primero porque no le importaba demasiado y luego porque su primer pensamiento fue para el Ángel. Estar separados iba a ser para ambos algo muy triste. Se atrevió a insinuar que ella podía quedarse con los abuelos, así no perdía el año de colegio. Pero ni Agustín ni Ester admitieron excusas. Viajarían los tres, ya estaba decidido.

Ana María salió un momento a la calle, sin ninguna esperanza de encontrar al Ángel y sin embargo estaba allí, como si hubiera sabido que se trataba de una despedida. Casi llorando, ella le transmitió la mala noticia, y los ojos del Ángel, como era de esperar, se nublaron. Ana María habría querido acariciarlo, como hacía con Trifón, pero es sabido que los ángeles no son acariciables. Se limitó a preguntarle si no sería posible que él también viajara y hasta agregó que el tío Sebastián le había dicho que los ángeles custodios seguían a su custodiado dondequiera que éste se trasladase. Al Ángel se le nublaron los ojos más aún y sacudió la cabeza con inesperada resignación. Ella se sintió un poquito defraudada. Lo había creído más osado, más decidido, más solidario.

Para Ana María la ruptura fue traumática. Cuando meses o años después, ya en Europa, sus padres y los amigos de sus padres llegaban de la calle con el invierno a cuestas y tomaban un trago fuerte para entrar en calor, no bien dejaban de temblar empezaban a hablar del país lejano. Calles, gentes, sol, libros, aulas, playas, muchachas, pinos, plazas, tangos, lluvias, neblinas, todo se introducía en la nostalgia. Para Ana María en cambio el país era el Ángel. Era sus caminatas matutinas. Era aquella mirada transparente que acogía las confidencias y luego se nublaba. Muchas noches había oído a sus padres y a los amigos de sus padres quejarse de que el exilio era duro. A esa altura ella comprendía que eso era aproximadamente cierto. El primer semestre había sido de penurias y hasta habían pasado un poco de hambre. Ahora no. Ya estaban mejor, el padre trabajaba, la madre también, ella misma había aprendido rápidamente la nueva lengua y no tenía problemas en la escuela. De a poco se habían ido adaptando a la situación. Sin embargo, para Ana María el exilio seguía siendo más duro que para los demás, sencillamente porque no estaba el Ángel.

Así y todo fue una buena nueva la sorpresiva reaparición del tío Eduardo. Ella nunca se atrevió a preguntarle si lo habían soltado o simplemente se había escapado. Prefería creer que se había escapado y, tal como sucedía en las seriales de televisión, se había sumergido en el río y respirado por una cañita hueca a fin de salvarse de los enormes perros que lo perseguían. El tío Eduardo se alegró de verla. Ella también, pero lo encontró cansado, vacilante, casi como si estuviera enfermo. En una ocasión Ester le preguntó si sabía algo de Sebastián, y el tío Eduardo pareció animarse o tal vez encenderse de rencor cuando respondió que prefería no hablar de ese sujeto. Y al fin lo soltó: había sido un soplón. Ester dijo, sin mucha convicción, que no podía creer eso de su hermano. Ana María echó de menos al Ángel: cómo habría querido contarle aquella impresionante novedad.

Meses después, sin embargo, cuando ya era por fin otoño y Ana María caminaba pensativa bajo los castaños de una avenida muy concurrida y muy amplia, sintió que la invadía un extraño bienestar, algo así como si de pronto aquella ciudad tuviera el mismo aroma que la vieja calle del colegio al otro lado del océano. Antes de verlo, ya sabía que era él. Sentado en un banco estaba el Ángel, un poquito más gordo y menos pálido, pero sus ojos estaban por suerte despejados.

Ana María no pudo contener un grito de alegría y enseguida se puso a contarle con todo detalle sus dos años de exilio y también le hizo un centenar de preguntas. El Ángel la escuchó con paciencia, pero era indudable que de a ratos se distraía. En un instante en que Ana María se tomó un respiro, aprovechó para decir: «Estuve preso». Después de asombrarse, ella le preguntó si había sido preso político. «No exactamente», dijo el Ángel, «te fuiste y me quedé sin trabajo porque no me autorizaron a seguirte, nunca supe por qué, y entonces, como misión transitoria, me encargaron de la guarda de un preso político».

Ana María casi no podía creer que el Ángel hablara, pero era cierto, había hablado. Con una voz que tenía la misma transparencia de sus ojos cuando no estaban nublados. Ella le preguntó cómo era la cárcel, y él dijo: «Horrible». Y como sobre ese tema había escuchado muchas veces la letanía de sus padres, Ana María se atrevió a preguntarle si lo habían torturado. «Sí y no. Aunque son especialistas, en mi caso no podían castigar un cuerpo, pero en cambio me hacían doler los recuerdos, el cariño, la risa. Nunca olvidaré la noche en que me rasgaron la confianza de arriba abajo. Aún no ha cicatrizado.» Ana María le preguntó si había estado en la misma prisión que el tío Eduardo. «Sí, en la misma. Él no cree en mí, ya me lo has contado, pero yo sí creo en él, es un tipo admirable.» A ella le gustó mucho que el Ángel elogiara al tío Eduardo, pero más todavía le gustó que hablara. Un Ángel parlante. ¿No era maravilloso? Ahora sí valía la pena el exilio. Así y todo le extrañó que el Ángel, a diferencia del tío Eduardo, no estuviera desmejorado ni nervioso; sólo parecía asustarse de los gritos y los bocinazos y aun de las castañas que a veces caían de las ramas altas. Por otra parte, las pocas veces en que los ojos se le nublaban, a ella le parecía advertir un cierto nimbo de crueldad. Pero inmediatamente se corregía: debía ser el lógico resentimiento por haber sufrido.

Nunca había tenido alas, o por lo menos no habían sido visibles, pero Ana María, que antes no se había fijado en esa carencia profesional, sólo ahora lo encontró desalado. El mismo hecho de que hablara significaba algo, de eso estaba segura, pero no caía en la cuenta de cuál era ese significado. Sin embargo, aun con esos descuentos, estaba conforme, casi feliz. Una Europa con Ángel era algo mucho más entretenido que una Europa desangelada.

Por las dudas empezó a hacer proyectos. Estaba decidida a ahorrar para viajar con el Ángel. Ahora casi no tenía oportunidades de ahorro, porque sus padres ganaban poco y nadie en la familia tenía permiso para soñar con viajes y vacaciones, ni siquiera con una modesta bicicleta. Pero ella trabajaría, ella encontraría la manera de ganar algún dinerito y en consecuencia de ahorrar. Ir con el Ángel a la montaña o a la playa, entrar con él en algún parque de diversiones, alguno de esos tan completos que por aquí se estilan, todo integraba un futuro que se había convertido en alcanzable.

No obstante, debía admitir que su comunicación con el Ángel no era aquí tan fluida como en sus antiguas caminatas. A veces transcurría una semana sin que apareciera. Ana María vivía en constante expectativa y cuando el Ángel por fin aparecía ella se esforzaba en ocultar sus zozobras. Se le figuraba que si el Ángel advertía hasta qué punto era extrañado y querido, podía volverse vanidoso, engreído, pedante; bueno, exactamente como ocurre con las criaturas y sobre todo con las criaturitas de carne y de hueso. O sea que Ana María se propuso velar por la educación del Ángel, ser un poco la custodia de su custodio.

Cuando por fin aparecía, Ana María le formulaba discretas preguntas destinadas a averiguar en qué consumía su jornada, pero el Ángel se había vuelto extrañamente reservado. Sólo mostraba algún interés cuando le hacía preguntas sobre el tío Eduardo, qué hacía ahora, si trabajaba, dónde vivía. Por lo demás escuchaba los relatos de Ana María, menos coherentes tal vez que los de antaño, dado que ahora ella no podía sobreponerse al temor de aburrir al Ángel. Y cuando éste bostezaba sin el menor disimulo, ella sentía que estaba fracasando y el corazón se le estrujaba. Lo que sí estaba era adelgazando debido a tanta ansiedad, y eso fue advertido al fin por Agustín y Ester, que, como seguían ignorando la existencia del Ángel, no encontraron nada mejor que llevarla al médico, un doctor compatriota, claro, porque los otros cobraban una barbaridad.

El médico la miró, no como quien mira a una niña que está concluyendo su infancia, sino más bien como se mira a un florero sin flores.

Le acarició la cabeza y empezó a hacerle preguntas tontísimas acerca de por qué comía tan poco en su casa y si no engulliría los bizcochos demasiado de prisa en los recreos y por fin (haciéndole un guiño a la madre) si no estaría enamorada. Gran risotada final. Ana María lo despreció tan profundamente que ni siquiera enrojeció. Sin embargo, cuando salieron a la calle y Ester le preguntó cómo se sentía, ella dijo que bien, pero lo cierto era que se estaba preguntando si, como había dicho el médico, no estaría enamorada. Enamorada del Ángel, por supuesto. Siguió pensando en eso hasta que llegaron a la casa, y allí comió abundantemente, simulando un apetito voraz, sólo para que la dejaran tranquila.

Esta vez el Ángel estuvo diez días sin comparecer. Ana María salía a veces de paseo con el tío Eduardo, pero nunca hablaban del Ángel. No obstante, una vez fue el tío Eduardo quien tocó el tema. Le preguntó si todavía le preocupaba aquella fantasía de Sebastián. Ella se dio cuenta de que decía *fantasía* y no estupidez o bobería, nada más que para no herirla. Ana María se limitó a sonreír y a recordarle que a ella siempre le habían gustado los ángeles, así que quién sabe. El tío Eduardo rió francamente y comentó que se estaba poniendo muy linda y que dentro de poco él ya sabía qué clase de ángeles le iban a arrastrar el ala. Ella no se atrevió a confesarle que su Ángel no tenía alas. Además le vino cierta aprensión de que apareciera justamente ahora, cuando ella paseaba con el tío, y que esta presencia lo espantara. Pero ni rastros.

Apareció en cambio al día siguiente, cuando ella iba sola, otra vez en la avenida de los castaños. A Ana María le dio la impresión de que también esta vez la estaba esperando. Quiso contarle la entrevista con el médico, pero el Ángel le ganó de mano. Últimamente estaba muy locuaz. «Te esperaba porque quería decirte algo. Algo importante.» Ana María sintió primero un escalofrío y luego un extraño calor en las mejillas. Se recostó en un árbol para recibir la revelación. «No voy a venir más.» Ana María creyó no haber oído bien. Pero él repitió: «No voy a venir más por aquí». Y como ella permaneció muda, el Ángel se creyó obligado a agregar: «No puedo ser más tu Ángel de la Guarda». El «¿por qué?» de Ana María sonó como un gemido. «Porque ahora soy la guarda de otra persona.» Ella respiró hondo antes de inquirir: «¿Otra niña?». «No. Otra mujer.» A Ana María la invadió una mansa desesperación. Se sentía capaz de competir con otra muchachita pero no con una mujer. Para peor, los ojos del Ángel estaban gloriosamente despejados y en cambio los de ella se nublaron. «Eso significa que me han ascendido», dijo el Ángel, «ser el custodio de una mujer es mucha responsabilidad». «Te felicito», dijo ella, y consiguió agregar: «Pero alguna vez vendrás, aunque sea a visitarme ¿no?». «No, está prohibido», dijo el Ángel sin la menor tristeza. La siguiente pregunta fue apenas un balbuceo: «¿Y cómo es la mujer?». «Hermosa, muy hermosa.» Fue en ese preciso instante que a Ana María le pareció que el Ángel ahora tenía alas. No precisamente en la espalda sino en la mirada. Tenía la mirada de los que vuelan. Eso ya era demasiado. No le quedó otra salida que decir chau y salir corriendo.

Durante cuatro días lloró copiosamente, aunque siempre en la clandestinidad. Al quinto, le asaltó el temor de que tanta congoja aumentara su flacura y que en consecuencia la llevaran de nuevo al médico que preguntaba sandeces. Así que resolvió suspender radicalmente el llanto. Al sexto día, ya bastante recuperada, salió de paseo con el tío Eduardo.

No fueron a la avenida de los castaños. Ella propuso otro rumbo, así que estuvieron revisando libros en los puestos callejeros. Luego se instalaron en un café. Era un día agradable, soleado. La gente lucía optimista y elegante. Las sirenas de los bomberos eran valses nobles y sentimentales. Los perros burgueses, tras regar el árbol de sus sueños, emitían ladriditos de contento antes de regresar junto a las relumbrosas botas de sus amas. Hasta los policías se sentían obligados a sonreír. El tío Eduardo pidió una cerveza y Ana María un helado de limón.

«¿Sabés una cosa, tío?», dijo Ana María. «Creo que siempre tuviste razón. No existen.»

Balada

La primera vez que los vi fue en el Paseo Marítimo. No diré que parecían dos tortolitos, porque él tendría unos treinta y cinco y ella un poco menos, pero sí que eran la imagen viva de la pareja que se lleva bien y para eso no era preciso que caminaran abrazados o se detuvieran cada veinte metros para besarse. Ramírez me preguntó si los conocía, y ante mi negativa por sobre el bocadillo de jamón, qué raro che, son compatriotas tuyos, como si yo estuviera obligado a conocer todo el espinel del exilio, y en vista de mi ignorancia completó el informe, él era arquitecto y se llamaba Matías Falcón, ella diseñaba, Patricia Arce. Habían estado presos allá en tu/mi barrio, cada uno por su lado, él seis años, ella cuatro y medio, pero aunque te parezca mentira se conocieron en España, más de un año que andan juntos, viven cerca de la Plaza, un estudio con buena luz pero el edificio es absolutamente vetusto, quinto piso y sin ascensor, no me jodan, ya no estoy para esos gólgotas, y además son extraños, concluyó Ramírez. Yo los encontraba visiblemente normales, pero él, claro, apenas los viste pasar y ya emitís tu diagnóstico infalible, yo en cambio los conozco desde hace tiempo, he estado con ellos en varias reuniones, te digo que son extraños, no entró en detalles esclarecedores ni yo tampoco se los pedí, el hecho de que fueran compatriotas no me habilitaba para hurgar en su anecdotario ni mucho menos para meterme en sus vidas paralelas.

La ciudad me conquistó de entrada, con ese sabor a queso rancio y a pescado fresco, y un paisaje mediterráneo que te entra hasta por las orejas. Por otra parte, según Ramírez, aquí había oportunidades de trabajo, y al menos ves el mar, no me digas que no te hace falta el mar. Claro que me hace falta, Madrid es formidable, mejor dicho sería formidable si estuviera en la costa, viste, es una ciudad amable, tiene animación, disfruta su primavera cultural y exhibe su abundancia de piscinas, pero la piscina es al mar como el renacuajo al cocodrilo. Yo soy medio hipocondríaco, decía Ramírez, y a veces me entra una mufa terrible que no se me va ni con la siesta, yo la llamo mufa en profundidad, sabés cómo la curo, sencillamente asomándome a una calle desde donde se divise el mar y entonces lo veo y me río solo, lo veo y respiro.

De a poco me fui adaptando a este mercado que como cualquier otro tiene sus peculiaridades, y cuando saqué a relucir mis viejas dotes publicitarias enseguida capté que llevaba una apreciable ventajita, aquí nadie conoce los eslóganes que yo y otros estimados colegas acuñamos y ventilamos en el Montevideo de los sesenta y pico, en la etapa anterior al milicaje, sólo necesito hacer las previsibles adaptaciones al medio, pero lo que fue bueno para vender dulce de leche en el Cono Sur, con ligeras modificaciones ha de prestarse para colocar natillas en la madre patria y quien coloca natillas coloca champúes o juguetes bélicos, todo es uno y lo mismo, increíble que esta buena gente que ha soportado inquisición, guerra civil, franquismo, aceite de colza, sequías e inundaciones, se haya perdido nada menos que el dulce de leche, y ya estoy decidido, no bien reúna algunas pelas seguro que instalo una fabriquita, pobre pero honrada, de esa delicia nacional.

Una mañana en que discutía acaloradamente sobre publicidad en las oficinas centrales de Mantequerías Ledesma, volví a ver a Patricia Arce, que había traído un diseño a nombre de la empresa en que trabajaba. El gerente miró alternativa y atentamente las dos propuestas y por supuesto eligió la mía, no faltaba más. La de ella era inconmensurablemente mejor desde el punto de vista estético, pero la mía, es decir la que yo había sugerido a mi diseñador, quien a su vez la había dibujado a regañadientes porque según su respetable opinión mi idea genial era un mamarracho, la mía demostraba, si no un mayor conocimiento del gusto popular español, al menos una vasta erudición sobre el gusto de los gerentes.

Y claro, me dio un poco de lástima, porque el dibujo rechazado era de ella, y sobre todo porque era compatriota, o sea que en desagravio la invité a una horchata y contra lo esperado aceptó, pero a condición de que pudiera cambiar la horchata por un cortado, con lo cual la fiché entre las tradicionales, y me sugirió que fuéramos hasta el Siena, donde había quedado en encontrarse con su, y ahí vaciló mientras yo estornudaba por solidaridad y eso la desinhibió y pudo por fin saltar el obstáculo, encontrarse con su compañero. Por supuesto fuimos al Siena, aprovechando las siete cuadras arboladas para intercambiar nuestras historias personales, y allá había estudiado diseño nada menos que con Tomasito Boggio, arquitecto y pintor talentoso y/o frustrado a quien yo conocía ampliamente y que, en los penúltimos tramos, desalentado porque nunca lo admitían en el Salón Nacional se había dedicado a la venta de inmuebles, es decir se dedicó hasta que un sábado la cana fue informada de que llevaba a cabo reuniones subvertientes en un apartamento sin estrenar, resumiendo que lo colocaron a la sombra por un lustro completo a pesar de que nada ni nadie logró moverlo de su versión primeriza, le estaba mostrando el pisito a varios muchachos que querían un local para un club de ajedrez. Patricia no me habló de su temporada de encierro, acabábamos de conocernos y nunca se sabe, y además en eso apareció Matías, desgarbado y atento pero con una mirada gris y miope que parecía buscar infructuosamente cómo extraerse de la melancolía, fue presentado como Matías mi compañero, y yo como El Compatriota que Acaba de Quitarme un Trabajo, tanto gusto, ah es dibujante dijo Matías sin animosidad y tuve que aclararle todo, mi actividad pasada y la actual, mis tres años de exilio voluntario, el motivo de haberme instalado aquí, mi enamoramiento del mar, este mar, cualquier mar. Y él, claro que el mar es siempre atractivo, pero lo dijo con el tono de quien no tiene la cabeza llena de dunas y gaviotas sino a lo sumo de postales de *windsurfing*, de modo que parecíamos destinados a desencontrarnos, sólo faltaba que fuera hincha de Peñarol, no, no le atrae el fútbol, y sin embargo me cayó bien, incluso mejor que Patricia, lo que es mucho decir. No era tan retraído como su desgarbo parecía anunciar, aunque tampoco habló por los codos.

A partir de ese encuentro casual nos vimos con frecuencia, pronto se incorporaron Ramírez y Emita su mujer, una boliviana franca y redondita, hija de valencianos, que tenía una lejana memoria de su infancia en Tarija, y un mes después ya éramos siete porque se agregó el matrimonio chileno, Pepe y Alicia, único verdaderamente legal, y dos meses más tarde somos ocho porque me decido a insertar a Montse, sola oriunda del grupo, que en los últimos tiempos se había insensiblemente convertido en mi (por favor, que alguien estornude) compañera. No era corriente que saliéramos todos juntos, porque los horarios de trabajo, y por ende los de descanso, rara vez coincidían, y cuando Ramírez estaba libre yo en cambio laburaba, o cuando el chileno, intérprete el desgraciado, estaba tapado de excursiones, a Matías, que hacía todo el trabajo real en el estudio de un arquitecto doméstico que en recompensa ponía su firma, le llegaba el descanso. Con las mujeres no había problema de horario, pero eran machistamente leales al tiempo libre u ocupado del varón respectivo. Además, casi nunca había acuerdo para ir al cine, generalmente a causa del doblaje, ya que Pepe y Alicia y también Emita no hacían concesiones, versión original o nada, o sea que iban al cine dos veces al año. En Madrid es mejor, decía el chileno. Sí, hay v.o. pero no hay mar, objetaba el repetitivo Ramírez, nacido en Mar del Plata, y los demás lo acompañábamos al cine, con el interés adicional de intentar reconocer qué personaje del hondo drama escandinavo iba a hablar con la voz de la entrañable abejita Maya.

Pocas veces me encontraba a solas con Ramírez, pero fue en una de ellas que aprovechó para indagar, bueno y qué te parecen ahora Matías y Patricia. Dije que estupendos, había sido una suerte conocerlos, aquí somos tan pocos los del *quartier latin*, y como la pregunta estaba en el aire decidí ganarle de mano, acaso te siguen pareciendo extraños, sí con la cabeza y yo como un idiota, parecen felices, ¿no?, extrañamente felices, complementó Ramírez, esta vez sin envidia y con preocupación, y pasó a explicarse. Se llevan magníficamente, se quieren, quién podría dudarlo, se ayudan, se complementan, se animan mutuamente, son algo así como un paradigma de la pareja humana, y sin embargo. Y aquí soltó prenda, vos has visto que alguna vez intercambien alguna mirada de amor, digo de amor físico, eh, has visto que se estrechen, se acaricien, se tomen las manos, se rocen las mejillas, como los demás, eh. Bueno, hay gente, dije, que no tienen el hábito de exhibir en público sus sentimientos, y al decirlo supe que estaba profanando algo, y además me sentí el portavoz oficial del *Reader's Digest* y de la Organización de Padres Demócratas, así que rápidamente pregunté a qué lo atribuís. No sé, dijo el marplatense, sólo sé que hay algo raro, pero entendeme, estoy seguro de que son dos tipos estupendos, sobre esto no tengo dudas, pero a veces, en algunas pausas, cuando estamos todos juntos y los ocho guardamos silencio, me parece que rozamos una explicación secreta, y esa explicación que nunca llega y que en realidad no sé en qué consiste, me deja con un nudo en la garganta, ya sé lo que pensás, soy un tarado. Por fin pude decirle que personalmente no había efectuado sus mismas observaciones, pero que siempre me habían llamado la atención los ojos de Matías y de Patricia, eran felices, estaban contentos de estar juntos y también, aunque en menor grado, de haberse hecho amigos de todos nosotros, y sin embargo sus ojos tenían una congoja inevitable y seguía siendo congoja hasta cuando reían.

Nuestra amistad a ocho voces y a siete vasos, porque Matías era abstemio y confesaba muy serio que había contraído ese vicio en la cárcel, nuestra amistad continuó normalmente su ritual de invitaciones, brindis, discusiones, alguna que otra excursión, lecturas compartidas, proyectos en común. En el Siena o en un restaurante italiano que descubrió Montse o en alguna de las respectivas viviendas, nos seguíamos encontrando dos o tres veces por semana, no hablábamos mucho de política, tal vez porque las noticias que venían de nuestro sur no estimulaban aún esperanzas reales o porque no nos gustaba remover así nomás nuestros propios y cercanos rescoldos.

Una noche que estábamos en el estudio que Matías y Patricia alquilaban cerca de la Plaza, sobrevino uno de esos silencios que tanto angustiaban a Ramírez. Yo no encontraba nada que decir y casi como una excusa empecé a recorrer con la mirada aquel ambiente donde, a diferencia del nuestro o el de Ramírez o el de los chilenos, no había ningún afiche de denuncia, sólo dos xilografías de Frasconi, con sus hermosas y sugerentes bandadas de aves migratorias. De pronto Montse, que también sentía la opresión de aquel silencio y no sabía cómo interrumpirlo, dijo ayer conocí a un cordobés de la Córdoba vuestra, quince días que lleva en España, pasó siete años en una cárcel de provincia en Argentina, y le hicieron de todo. Sentí, sentimos una rara sensación, bastante parecida a un escalofrío, pero era verano, nadie miró a nadie y empecé a escuchar un sonido casi imperceptible, casi diría un ruidito intermitente, y entonces no sé por qué miré a Patricia y el sonido provenía de su sollozo mínimo, por lo menos hasta que Matías se levantó y se colocó frente a ella sin preguntarle nada, simplemente le puso una mano en el hombro. Pepe hizo una seña y nos pusimos de pie, Patricia exhausta alzó la cabeza, perdónenme no sé qué me pasa, y Matías sonriendo, cada vez más triste, sencillamente está agotada, esta semana tuvo muchísimo trabajo. Cuando llegamos a la calle, Montse me miró azorada, estuve horrible, enseguida me di cuenta, estuve horrible pero por qué. No sé, le dije, y verdaderamente no sabía, así que la abracé y estaba temblando, y así, medio abrazados, nos fuimos a casa.

Lo de Patricia fue un detalle mínimo, y sin embargo a partir de aquella noche el grupo no fue el mismo. Matías y Patricia no nos llamaban, y cuando nosotros los llamábamos no estaban o tenían una jornada ocupadísima así que no podían juntarse con nosotros. En parte era cierto, porque Matías había empezado a trabajar en otro estudio de arquitectos y aún no había dejado el anterior, pero la ausencia de ellos nos desarmó a todos, así que sólo nos veíamos por azar y aunque seguíamos amigos como siempre, nadie convocaba a cenas o excursiones o películas dobladas, y ya ni siquiera nos fijábamos si exhibían alguna en v.o. Pero el jueves pasado, al salir de un Banco encontré a Ramírez, estás apurado o tomamos un café, y lo tomamos, claro, todo un rodeo para entrar en materia. Prometí no hablar de esto con nadie, dijo Ramírez, y conste que no se lo he dicho ni siquiera a Emita, pero ya no puedo soportarlo a solas, hace una semana estuve en Barcelona y encontré a un viejo amigo sevillano, no te diré el nombre, perdoname, y dale con el exilio y sus penurias y las que los exiliados le agregamos y enseguida un caso que le había impresionado por su drama humano, así me dijo, por su drama humano, y del que se había enterado por razones y medios que tampoco quiso enumerar, ya vi que se trataba de un chisme discretísimo, y sorpresivamente me di cuenta de que estaba hablando de Matías aunque nunca mencionó el nombre y el sevillano no sospechaba que yo lo conociese, pero se me fue revelando por ínfimos detalles, era Matías torturado en prisión hasta límites inimaginables, milagrosamente recuperado al obtener su libertad, milagrosamente menos en un rubro, se había acabado la etapa viril, nunca nunca más. Y era Patricia, aunque tampoco mencionó el nombre, pero lo fui deduciendo, Patricia torturada, violada, destruida, y maravillosamente recuperada al salir, maravillosamente pero con una excepción, también para ella se había acabado el sexo, ese imposible, qué dúo che, nacidos para no amar, dirían las revistas del cuore, jodida vida, la puta que lo parió, no se conocían pero se hallaron en España y cada uno supo del otro, del infierno del otro, y decidieron no tener vergüenza, para qué, y hablar del tema hasta agotarlo y hablaron tres días y tres noches, lo recorrieron en sus infinitas y escuetas posibilidades, y sin insolencia ni malicia ni hipocresía ni blasfemia, pero con un insólito realismo y una esperanza cavilosa y un suplicio furtivo, decidieron juntar sus imposibles y vivir, o por lo menos intentar vivir, y lo están haciendo.

En medio de mi azoro sentí que el chisme redondeaba la explicación y confirmaba que los hubiésemos hallado extraños, y también aquel sollozo como un ruidito intermitente, sin embargo la loca empresa era un delirio demasiado cercano a lo quimérico, y opiné que no podía ser verdad, que nadie es capaz de obligar a su propio cuerpo a semejantes colmos de ansiedad y frustración, si fuera cierto no podría haber durado tanto tiempo y una cosa era que Patricia se hubiese literalmente derrumbado tras la impremeditada referencia de Montse a la tortura, y otra muy distinta que haya compartido con Matías una aventura tan descabellada. Y Ramírez que él pensaba lo mismo, pero que no obstante en la extraña historia podía haber una pequeña dosis de verdad, no olviden señores que él había advertido algo de extraño y que yo mismo había reconocido en aquellas miradas una congoja sin futuro. Y tras el café un cortado y luego un jerez seco y más tarde un coñac, porque no podíamos dejar de darle vueltas y más vueltas al tema, sin ninguna gana de reconocernos inútiles para encontrar una solución a aquella pesadilla. Y de tanto en tanto decíamos otra vez que sin embargo parecían, y sin duda eran, felices y poco menos que enamorados y siempre necesitados el uno del otro y que no podía ser que las secretas imposibilidades no se reflejaran de modo más explícito en la vida cotidiana, ni siquiera en la apariencia cotidiana, o sea que teníamos que volver a llamarlos como antes, y otra vez reunirnos, porque si sólo era una fábula no había por qué dejar caer aquella amistad tan entrañable y la consiguiente armonía del grupo, y si en cambio el cuento era historia real, si aquellos dos estaban llevando a cabo un infernal experimento, con más razón había que apuntalarlos, estar siempre junto a ellos, darles en cada jornada nuevos incentivos y conseguir para nuestra fraternidad un contorno espiritual, de inteligencia, de sensibilidades, de esperanzas y hasta de desparpajo, que nos elevara a todos pero a ellos les brindara un nuevo nivel para sentirse recíprocamente necesarios y necesitados. Por supuesto no lo íbamos a hablar con Montse ni con Emita ni con Pepe ni con Alicia, entre otras cosas porque si todos entrábamos en la clave iba a ser inevitable que segregáramos algo así como una piedad tribal, y eso sería tan horrible como inútil. En cambio podíamos llevar la relación del octeto por el derrotero que Ramírez y yo nos afanáramos en trazar y quizá de eso surgiera una clase de concertación poco menos que inédita. Entre el humo y los tragos llegamos a vislumbrar una rendija de lucidez para este exilio tan estéril y repetido, y cuando nos despedimos, luego de telefonear a Montse y a Emita para que no se preocuparan por nuestra tardanza, estábamos seguros de que Matías y Patricia encontrarían un atajo y nosotros con ellos.

Esa noche Montse y yo cenamos tarde y me quedé trabajando mientras ella dormía. Luego, ya acostado, me desvelé pensando que no podía ser, pero sí era. Al día siguiente me desperté más tarde que de costumbre, sin el menor presentimiento de que la jornada iba a ser de mierda. Al fin de cuentas, todo lo vino a descubrir la pobre Emita, que a eso de las diez fue a buscarlos sin despertar a Ramírez, y como nadie respondía en el estudio a su serie de timbrazos, tuvo de pronto un temor absurdo, recordó que la portera tenía una llave y diez minutos más tarde no pudo siquiera gritar cuando vio aquel lecho grande, las sábanas limpísimas donde yacían cara al techo los dos cuerpos, desnudos y asombrosamente jóvenes, llenos de cicatrices y sin embargo apacibles, la mano de Patricia sobre el muslo de Matías, la mano de Matías que no llegaba a ser puño, sellados los labios como en un pacto, y cerrados los ojos que nunca más verían las bandadas de aves migratorias.

Jules y Jim

Fue un sábado de tarde, en plena siesta, cuando sonó la primera llamada. Aún medio aturdido, había alargado el brazo hasta el teléfono, y una voz masculina, ni demasiado grave ni demasiado aguda, había inaugurado el ciclo de amenazas con aquello, después tan repetido, de: hola, Agustín, te vamos a matar, no sabemos si en esta semana o en la próxima, lo único seguro es que te vamos a matar; chau, Agustín. Esa vez la sorpresa no le permitió decir ni hola ni quién habla, pero en la siguiente, también sábado de tarde, logró al menos preguntar por qué, y le respondieron vos bien sabés, no te hagas el imbécil.

Desde entonces se habían acabado para Agustín las siestas sabatinas. Pensó en motivos políticos, comerciales, amorosos. Pero ninguno le proporcionó una pista medianamente fiable. Su actividad política en el 71 se había limitado a los comités de base y había sido por cierto bastante floja. Compartía las preocupaciones y actitudes de aquella linda y despierta muchachada, pero no aguantaba las fervorosas e interminables discusiones hasta la medianoche, de modo que se hacía humo no bien se presentaba una aceptable coyuntura. Es cierto que había aportado su cuota, ayudado en lo que podía, pero nunca se consideró un auténtico militante. Después del golpe, sencillamente se borró.

Por otra parte, su vida comercial no provocaba envidias ni animadversiones. Había pocos empleados en la modesta ferretería que heredara del viejo y nunca había tenido conflictos con su personal. Dos de los empleados vivían también en Pocitos y más de una vez se habían encontrado en las reuniones del comité barrial. Sólo que ellos se quedaban siempre hasta el final de las discusiones, y al día siguiente, en el trabajo, él no se animaba a preguntarles a qué conclusión habían llegado, sencillamente porque nunca le había gustado que la política se introdujera en la ferretería.

En el rubro mujeres, su soltería, que en el filo de los cuarenta se iba volviendo inexpugnable, no le impedía una relación casi estable con una antigua amiga de su hermana (la que ahora vivía en Maldonado, casada con un dentista), cuya atractiva madurez había reencontrado hacía casi cinco años durante un viaje a Buenos Aires. A partir de esa buena y agradable vinculación con Marta, había renunciado a los inestables y a menudo riesgosos mariposeos de años atrás. De manera que tampoco ese sector privado podía ser caldo de cultivo para resentimientos o chantajes.

En el ámbito familiar no había problemas. Toda su parentela, no muy abundante, estaba repartida en ciudades y pueblos del interior: los tíos en Paysandú, la madre en Sarandí del Yi, las dos hermanas y una sobrina en Maldonado. Raras veces bajaban a la capital, y él, por su parte, casi sin darse cuenta, había ido espaciando las visitas.

Al principio no tomó en serio la nueva situación. Se dijo que ya no eran los duros tiempos del 72 o el 73, cuando estas anomalías podían tener causas y pretextos muy diversos y hasta verosímiles. Cabía la posibilidad de que fuese una broma, pero quién de sus pocos amigos podía ser tan pesado como para mantener durante varias semanas un juego así de oscuro. Un chantaje tal vez, pero qué enemigo podía ser tan sádico como para molestarlo de esa manera impúdica y siniestra. Y además, quién podía ignorar que la ferretería daba para vivir y nada más.

Lo cierto es que había decidido no abandonar el apartamento en las tardes de los sábados. Su lema personal, adecuado a las circunstancias, era que al sadismo de los amenazadores él correspondía con su masoquismo de amenazado. Pero semejante tozudez tenía una lógica: si desaparecía los sábados, la previsible respuesta del fantasma agresor consistiría en trasladar la llamada intimidatoria para el martes o el viernes.

Así fue que el mundo empezó a tener otro color y otro ritmo para Agustín. Por las mañanas, cuando concurría a la ferretería, ya no usaba el auto. Aunque desde el comienzo había aceptado que si alguien planeaba acabar con él, las precauciones estaban de más, de todos modos había tomado algunas medidas primarias, elementales. Por ejemplo, viajar en autobús. Caminaba una cuadra y media y tomaba el 121, que rara vez venía repleto, o sea que viajaba cómodo. Le acompañaban sin embargo suficientes pasajeros como para que el supuesto enemigo lo pensara dos veces antes de emprenderla a tiros. Pero ¿por qué precisamente a tiros? Alguien podría terminar con él, por ejemplo, en un ascensor, digamos el de su edificio, entre el segundo y el tercer piso, o quizá viceversa, y como eso tampoco era descartable, empezó a usar el ascensor sólo cuando lo compartía con otros habitantes del inmueble. ¿Y si el autor de las llamadas fuera precisamente un habitante del inmueble? Durante una semana bajó los ocho pisos por la escalera, pero no le fue difícil admitir que, en ciertas horas de poco movimiento, una agresión entre piso y piso podía no ser algo descabellado. De modo que volvió a usar el ascensor.

Carmen, la mujer que tres veces por semana venía a cocinar y a hacer la limpieza, estaba con él desde el 70 y era de absoluta confianza, pero así y todo le hizo discretas preguntas acerca de su ex marido (hace más de un año que no sé nada de él, don Agustín) o de su hermano (se fue a Australia, qué otra cosa iba a hacer el pobre, un obrero especializado como él y aquí con los brazos cruzados). Por un viejo acuerdo, Carmen no venía los sábados ni los domingos, de modo que nunca le había tocado atender una de aquellas llamadas, y Agustín tampoco la había prevenido, tal vez porque pensaba que ella podía asustarse y dejarlo plantado.

Por otra parte, Marta nunca venía al apartamento. Agustín siempre había preferido concurrir al suyo, en el Cordón, y aunque ella le preguntó por qué ahora venía sin el auto, él sólo invocó la suba de la nafta. Después de todo, qué solucionaba transmitiéndole a ella su ansiedad. No obstante, en una relación tan regular y sin rupturas como la de la casi pareja que ellos constituían, cada cuerpo aprende a reconocer los desajustes y tensiones del otro, aunque no medien gestos ni palabras, y eso fue precisamente lo que detectó el lindo cuerpo de Marta. Él mencionó el trabajo, la crisis, los acreedores, las minidevaluaciones, bah. Pero tres días más tarde y por primera vez en cinco años, Agustín fue un fracaso en la cama, y aunque Marta apeló a sus mejores reservas de comprensión y de ternura, él no osó decirle que sus pensamientos frecuentemente andaban lejos de aquel busto y aquel pubis, tan atractivos como de costumbre.

Ir y volver. Vigilar y sentirse vigilado. Se metía a veces en el cine pero no conseguía concentrarse en la película, salvo que ésta se enredase en amenazas y atentados, en crímenes y secuestros. Y cuando ello ocurría, entonces le escapaba al desenlace, no quería saber si la víctima sucumbía o se libraba.

En la ferretería, sólo una vez hubo una llamada sospechosa. Le tocó a Luis, el cajero. Era una voz de hombre, preguntó por usted, don Agustín, le dije que estaba atendiendo a una clienta, y entonces comentó que no importaba, que lo llamaría como siempre a su casa, el sábado por la tarde, pero no quiso dejar el nombre, me pareció un poco raro. Y él, que no se preocupara, que ya sabía quién era, y el sábado a las tres y media la voz de siempre llamó para decir su estribillo: hola, Agustín, te vamos a matar, no sabemos si en esta semana o en la próxima, lo único seguro es que te vamos a matar; chau, Agustín. Él nunca colgaba en primer término, dejaba que la voz completara su mensaje, pero tampoco hacía preguntas, no quería que el otro lo volviera a apabullar con aquel estrambote, vos bien sabés, no te hagas el imbécil.

En tiempos pretelefónicos (como él los llamaba para sí mismo, con extraña nostalgia), aquellas tardes en que no iba a lo de Marta, llegaba al apartamento, se daba una ducha, se servía un trago, encendía el tocadiscos. En materia de música, había dos cosas que le atraían y le descansaban: los solos de guitarra y las canciones latinoamericanas. Hasta el 72 había escuchado casi diariamente a Viglietti, Los Olimareños, Zitarrosa, Soledad Bravo, Alicia Maguiña, Mercedes Sosa. Después que las cosas se complicaron, los escuchaba menos y siempre con auriculares. No quería que algunos vecinos recientes (los porteños del séptimo, los copetudos del noveno) sacaran conclusiones políticas de sus preferencias musicales. Pero, a partir de las llamadas, no tenía ganas de sentarse a escuchar nada, ni guitarra ni canciones, nada. La ducha sí, el trago también, pero en vez de Narciso Yepes o Víctor Jara, prefería un segundo trago y a veces un tercero.

Hasta aquel martes de tarde en que, al cerrar la ferretería, se encontró por azar con Alfredo Sánchez, no había hablado con nadie de su problema. Durante diez años no había sabido de Sánchez, pero el hecho de encontrarlo y también la satisfacción de que el otro a su vez lo reconociera, lo arrancaron de su habitual discreción. Fueron a un café, charlaron largamente, se pusieron al día. Sánchez había sido su compañero de clase en los tiempos del liceo Rodó, cuando Agustín obtenía notas brillantes y era el orgullo de los profesores y sobre todo de las profesoras, y Sánchez en cambio pasaba de año a duras penas, siempre con alguna previa de contrapeso, pero salvándola al fin, tras pagar el odioso precio de quedarse sin vacaciones para estudiar como un condenado. Agustín siempre había percibido la callada envidia de Sánchez, o tal vez lo que él creía que era envidia o resentimiento y sólo era timidez, retraimiento, cortedad. Agustín le ofrecía ayuda, lo invitaba a que estudiaran y repasaran juntos, pero Sánchez, orgulloso y casi hosco, siempre se negaba. Después, en Preparatorios, como Agustín se decidió por química y Sánchez por abogacía, se habían visto bastante menos y quizá por eso la relación había seguido cauces más normales. Años después, y sin que Agustín recordara si había existido algún motivo concreto, sus vidas se habían bifurcado.

Ahora, cuando repasaban en todos sus detalles los respectivos itinerarios, Agustín registraba una curiosa contradicción y se la decía sin ambages al compañero reencontrado: él, Agustín, el ex brillante, ni siquiera había concluido Preparatorios (a la muerte del viejo, tuvo que hacerse cargo de la ferretería y ya no pudo seguir estudiando, o le dio sencillamente pereza, al ver que su situación económica se normalizaba) y Sánchez, en cambio, el estudiante que parecía mediocre y avanzaba a los tumbos, ahora era abogado, tenía un estudio con dos socios de primera, asesoraba a importantes compañías nacionales y extranjeras, era en fin alguien mucho más encumbrado que el modesto ferretero. Además, Sánchez se había casado, tenía tres hijos, dos niñas y un varón, le mostró las fotos, linda mujer, preciosos chiquilines. Agustín, en cambio, solterón empedernido (no tenía por qué mencionar a Marta) o sea que la soledad lo esperaba, agazapada, implacable y paciente, qué se va a hacer. Y fue después de tanto intercambio, de tanto repaso de antiguos profesores y compañeros de clase (Casenave murió, ¿lo sabías?, y el Pulpo, aquel de Matemáticas, se fue a los Estados Unidos y allí es un capo, y la gordita Moreno se casó con un árbitro de fútbol, quién iba a decir), fue después de tanta amistad recuperada que Agustín abrió las compuertas de la confidencia y por primera vez le narró a alguien su tortura privada. Sánchez le dedicó una atención que Agustín le agradeció en el alma. Y el remate de toda la historia (a esta altura ya no sé qué hacer, estoy desorientado, y además, a vos puedo confesártelo, tengo miedo) halló la sonrisa franca, estimulante, del nuevo Alfredo. Así no podés seguir, qué esperanza, y se quedó un rato pensando, con la mirada fija en la pared. Mirá, si han pasado siete semanas y te siguen llamando y no te ha ocurrido nada, lo más probable es que sea una broma o simplemente ganas de joder. Cuando ocurre una cosa así, uno genera un miedo real, pero también, y es lógico que así suceda, uno inventa otra porción de miedo. Vos que siempre supiste de música: ¿conocés un tango de Eladia Blázquez que habla de los miedos que inventamos? «Los miedos que inventamos / nos acercan a todos.» Ah, no estoy de acuerdo. Esos miedos que inventamos son los más peligrosos. De ésos tenés que librarte, y con urgencia, porque los miedos que inventamos son los únicos que nos pueden enloquecer. Agustín, ha sido una suerte que te encontrara, o que me encontraras, porque voy a sacarte del cepo. Este sábado vas a venir conmigo. Siempre paso los fines de semana con la familia en un lindo rancho que tengo en las afueras, casi en el campo. No me gustan las playas, sabés, demasiada gente, demasiado ruido. Yo soy tipo de pastito y no de arena. Precisamente este sábado mi familia no puede ir y no me gusta pasarla solo, así que te venís conmigo y se acabó. Allá tenés libros, música, naipes, cuadros, televisor. Te hace falta un fin de semana sin sobresaltos.

Así quedaron. El sábado, poco después del mediodía, tras bajar la cortina metálica del comercio, fue recogido por Sánchez en un flamante Mercedes. Almorzaron en un boliche medio escondido de la Ciudad Vieja. Nadie lo conoce, dijo Sánchez en tono casi conspirativo, pero aquí se come estupendamente. A Agustín no le pareció tan estupendo, pero valoró el gesto y la invitación. Se sentía bien, por primera vez en varias semanas. Narrarle a Sánchez toda la absurda historia había sido para él casi como haberla traspasado. Se sentía más libre, casi sereno. Menos mal, che, que me topé con vos, ya estaba como para internarme, no sé si en el nosocomio, en el manicomio o en la morgue. No digas pavadas, dijo Sánchez, y él no tuvo más remedio que reírse.

La carretera estaba fatal, o sea como en cualquier tarde de sábado, pero Sánchez no se inmutaba. ¿Qué te gusta ahora en música? ¿Lo clásico? Sí, pero sobre todo guitarra. ¿Y en la canción? Bueno, rioplatenses, latinoamericanas. Ah. ¿Viglietti? ¿Chico? ¿Los Olima? ¿Silvio y Pablo? Sí, todos ésos me gustan. Decime Agustín: en música vos fuiste siempre medio subversivo. No tanto, che, además ahora es difícil conseguir esos discos. Por supuesto, pero yo los consigo, tengo mis medios, qué te parece.

El rancho no era rancho sino espléndida casa, con jardín y un cerco de troncos, bastante alto. Por los perros, sabés, explicó Sánchez. Los perros. Eran verdaderamente impresionantes. Ante la presencia del extraño se abalanzaron mostrando su admirable dentadura, pero Sánchez los llamó a sosiego: ¡Jules! ¡Jim! Hay que tener estos bichos, no hay más remedio, ha habido muchos robos y asaltos en la zona, y además aquí estamos demasiado aislados, más vale prevenir. Quien se encargó de adiestrarlos fue mi primo el comisario (eh, no pienses mal) y por eso son una garantía, mejor que todas las armas y las alarmas. Hay un viejo que viene todas las tardes (camina como un kilómetro, pero él dice que le hace bien) a darles de comer. Menos los fines de semana, porque venimos nosotros.

Cuando pasó, no demasiado tranquilo, entre Jules y Jim (es mi modesto homenaje a Truffaut, te acordás de la película, a mí me encantó), Agustín se asombró de su tamaño. ¿Y los tenés siempre sueltos? Claro, encadenados no me servirían. Además, si estamos nosotros aquí, los de la familia, obedecen y no atacan, pero cuando vengo con los botijas y salen a jugar al jardín, entonces sí los ato, por las dudas.

El interior del «rancho» era muy confortable. Sánchez le mostró la habitación que le había destinado y le ofreció ropa liviana, para que se cambiara, bah creo que tenemos el mismo talle, después si hace frío encendemos la estufa. Mientras Sánchez aprontaba los tragos, nada menos que Chivas, Agustín fue revisando los libros, los discos, los cassettes. Había para todos los gustos. ¿Quién iba a pensar que aquel botija taciturno, medio lerdo para los números, casi un pichón de hipocondríaco, se iba a convertir con los años en este tipo abierto, enterado, comprensivo, que sabía vivir, y que hasta lo había empezado a curar de su miedo inventado? Mirá, Agustín, con las amenazas pasa como con los perros bravos: si les tenés miedo, se te echan encima. Si en cambio los afrontás con serenidad, entonces te respetan.

Cuando sonó el teléfono, a Agustín casi se le cae el vaso. Sánchez advirtió su sofocón, tranquilo, viejo, aquí no te va a llamar nadie, aunque sea sábado. Él mismo atendió la llamada, escuchó con aire de sorpresa y no te preocupes, salgo enseguida, andá llamando al médico para ganar tiempo. El gesto era más de fastidio que de preocupación. Qué pasa. Nada, nada, anoche el más chico de los pibes tenía un poquito de fiebre pero ahora de golpe le subió a casi cuarenta. Es bastante frágil, sabés, así que cada vez que se enferma mi mujer se muere de susto. Puta qué lástima, tengo que irme.

Voy contigo, dijo Agustín. De ningún modo, vos te quedás aquí, descansando, tranquilo, recuperando fuerzas, leyendo lo que quieras, escuchando guitarra (tengo a Segovia, Julien Bream, Carlevaro, Yepes, Williams, Parkening, podés elegir) o lo que se te antoje. Nadie sabe que viniste, así que nadie te va a llamar. Ahí te queda la heladera, llena de carne, verduras, fruta, bebidas, como para que te alimentes una semana a cuerpo de rey. Pero yo de cualquier manera vengo a buscarte mañana por la tarde, a más tardar. Eso sí, no salgas al jardín. Por los perros, entendés, te saltarían encima, por eso las ventanas tienen rejas, aquí estarás tranquilo. Te hace falta reposo. Y tranquilidad. Aprovechate, gaviota.

Sánchez recogió rápidamente el bolso, la boina, el llavero, que al entrar habían quedado sobre una mesa ratona. Antes de salir le dio un semiabrazo. Que no sea nada lo del botija, dijo Agustín. No te preocupes, se pondrá bien, ya conozco esos vaivenes, es más el susto de mi mujer que la fiebre del chico. Pero tengo que ir.

Y, cuando ya salía, me dijiste que te gustan los Olima, ¿no? Mirá, en aquel estante está su último cassette. Donde arde el fuego nuestro. Me la mandaron de Barcelona unos amigos. Te la recomiendo, sobre todo la cara B, donde figura Ta' llorando, es para conmover hasta las piedras. Y además es clandestina, así que sos un privilegiado, no te la pierdas.

Cerró la puerta con un golpe seco. Agustín escuchó los ladridos de los perrazos (¡Jules! ¡Jim! ¡Quietos! ¡Basta!) y luego el Mercedes que arrancaba. Estaba un poco desconcertado por el inesperado cambio de programa. Así y todo, se dispuso a pasarla lo mejor posible. Pobre Sánchez, con la buena voluntad que había puesto para que él se recuperara. Se quedó saboreando y terminando el segundo Chivas y mirando uno a uno los cuadros. En realidad eran reproducciones (Miró, Torres García, Pollock, Chagall) pero excelentes. Había que hacer balance. De pronto toma una decisión. Si llega a librarse de los miedos inventados y, por supuesto, también de los reales, se casará con Marta.

Lo sobresaltó un ruido en la ventana y distinguió, tras las rejas, las cabezas impresionantes de Jules y Jim. No ladraban, simplemente lo miraban con fijeza, como asegurando un objetivo. Evidentemente, esos mastines no eran un símbolo de hospitalidad, así que empezó a mirar los discos y los cassettes. Qué estúpido, no le había pedido a Sánchez el número de su teléfono en la ciudad, para llamarlo más tarde y preguntarle cómo sigue el botija. Así y todo, aunque con vestigios de recelo, se acercó al teléfono y levantó el tubo. La línea estaba muerta. Se ve que con la última llamada se estropeó. Mejor, así estoy seguro de que el de los sábados no llama. Otra vez los cassettes. Eligió una de Segovia y también la de Los Olimareños que le recomendara Sánchez. Colocó la del guitarrista y oprimió la tecla *play*.

Con la cajita en una mano y el vaso en la otra, fue siguiendo el repertorio mientras escuchaba: Fantasía, Suite, Homenaje ante la tumba de Debussy, Variaciones sobre un tema de Mozart. La guitarra sonaba cálida y acogedora en aquel ambiente que, de tan impecable, parecía virgen de ocupantes. Aprovechó aquella paz (sólo perturbada por la visión de Jules y Jim en la ventana) para examinar el desasosiego de sus últimos y penúltimos sábados. Mañana, cuando Sánchez venga a buscarlo, le diré que, gracias a él, ya se siente libre de Los Miedos Que Inventamos. Sólo le queda el Miedo Real, pero ahora sí tiene la impresión de que éste es menos grave, más gobernable. La guitarra concluye grave y melancólica y el aparato se frena automáticamente. Retira la cassette de Segovia y pone la de Los Olimareños (se fija bien que sea la cara B) pero antes de oprimir de nuevo la tecla *play*, se sirve otro Chivas y toma un trago largo. Es cómodo y simpático el ranchito, jajá, del amigo Sánchez, del amigazo Alfredo Sánchez. Carajo, estoy borracho, se dice al advertir que la enorme estantería va perdiendo nitidez, entremezclando sus colores. ¿Cómo será ese Ta' llorando? Oprime por fin la tecla, hay un espacio de zumbante silencio, y luego el formidable equipo estereofónico se limita a decir: hola, Agustín, te vamos a matar, no sabemos si en esta semana o en la próxima, lo único seguro es que te vamos a matar; chau, Agustín.

Firmó doscientas mil

A Federico Álvarez
y Elena Aub

1.

El 21 de noviembre de 1975, Buenos Aires empezó siendo una mañana fría, soleada, menos húmeda que de costumbre. Como todos los viernes, las calles del centro eran desde temprano un nudo de gritos, bocinazos, apurones, grescas frente a las pizarras de noticias, diarieros que dosificaban su aullido profesional.

Daniel iba a desayunar en La Fragata con Mercedes, Sonia y Andrés, y en el momento de cruzar Corrientes, vio que los tres ya habían alcanzado uno de sus grandes objetivos: una mesa para cuatro, junto a la ventana.

—¿Y qué? —preguntó en un bostezo, mientras se quitaba la bufanda.

Lo recibieron con *Clarín* y *La Opinión*, desplegados entre los cafés y las medias lunas.

—¿Así que murió por fin?

—Viejo duro.

—Se ve que no pudo soportar la falta de su amiguete —dijo Andrés.

—¿Qué amiguete?

—¿Cuál va a ser? El Juan Domingo.

—Me ratifico en lo dicho. Viejo duro.

—Éstos siempre son duros. Adenauer, Churchill, Stalin, De Gaulle. Mala hierba.

—Tampoco vas a meter a todos en el mismo saco.

—Sí, en el saco de los durísimos.

—Tengo la impresión de que estás un poco monocorde —dijo Sonia.

—Monocorde y durísimo —completó Daniel, con otro bostezo.

—Mi viejo —dijo Mercedes— destapó anoche un vino de Rioja que tenía reservado para este acontecimiento.

—Flor de *bouquet* debía tener —dijo Daniel—. ¿Se imaginan? Con cuarenta años de antigüedad.

—¿Así que tu viejo es gaita? —preguntó Sonia a Mercedes.

—No exactamente. Es de Huelva.

—Dejate de matices. Aquí todos son gaitas.

—Gaita de veras era el difunto —dijo Andrés—. Lo dice el diario: nació en El Ferrol, 1892.

Daniel pidió su capuchino con tostadas y echó un vistazo al currículum.

—Que lo parió.

Todos lo miraron.

—¿Se puede saber —preguntó Andrés— a qué obedece ese agudo y sutil comentario matinal?

—A nada en particular. Y a todo. Por ejemplo: a cuánta gente fue liquidando. Aquí dice que firmó doscientas mil sentencias de muerte.

—Carajo y compañía. Adhiero al «que lo parió» del señor diputado.

—Aunque la nota sólo menciona a los conspicuos.

—¿Los qué?

—Los conspicuos.

—Si vos lo decís.

—No sean analfas —intervino Mercedes—. Conspicuos quiere decir los conocidos, los que sobresalen.

—A ver, vos, Sonia —sugirió Daniel—, mencioná tres conspicuos. Sin pensarlo mucho.

—Y bueno: Leonardo Favio, Astor Piazzolla... Y el Lole Reutemann.

—Como feminista sos un fiasco. Ni una *donna* en el trío, ¿no te da vergüenza?

—¿Y quién te dijo que yo era feminista? No faltaba más.

—A ver, Mercedes. Tres conspicuos.

—Cortázar, Ongaro y Eva Perón.

—¿Sos opa vos? Hablá más bajo, nena.

—Éste ya está con la persecuta.

—¿Y Andresito?

—¿Conspicuos nacionales o conspicuos internacionales?

—No hay caso. Vos siempre mostrás la hilacha de la penetración cultural. Nacionales ¿oíste?

—Ah, nacionales. ¿Cadáveres o vivientes?

—Mejor vivos y coleando. Y basta de prórrogas. Al grano.

—Yo diría, por ejemplo, Guillermo Vilas, que va primero en el Grand Prix...

—¡Oportunista!

—Y Jorge Luis Borges, candidato al Nobel...

—¡Oportunista!

—Y... Atahualpa Yupanqui.

—Te salvaste en los descuentos.

—Y vos, Daniel, que fuiste el introductor de los conspicuos...

—Fácil. Muy fácil. Norma Aleandro, Nacha Guevara y Mercedes Sosa.

—La imaginación al poder, o cóctel Pink Milk Punch. ¿Te acordaste de espolvorearlo con nuez moscada? Después de todo, fuiste el más feminista.

—No vale. Era en joda. Son tres conspicuas, claro, pero yo pregunto como test. La respuesta sólo es válida si es espontánea. Y la mía no fue espontánea.

—Así que joda, ¿eh? Ya te habría dado joda el finado de El Ferrol.

—*Requiescat in pace.*

—*Oremus.*

2.

Portafolio en mano, Daniel comenzaba su ronda por las papelerías. Papel carbónico, carpetas, libretas de hojas móviles, tinta china, material de dibujo, bolígrafos, gomas de borrar, papel de avión, sobres, balanzas para cartas. Los encargados de compras hacían los pedidos con extraña reticencia.

—La crisis, viejo.

—Qué crisis ni qué pelotas. Vivo de las comisiones. ¿O no lo sabés?

—Ya lo sé, ya lo sé. Pero no puedo llegar a las mismas cifras que el mes pasado. Las ventas están disminuyendo.

—¿Ah, sí? Seguro que la gente escribe menos. ¿A quién se la vas a contar, Claudio Peretti? Precisamente, cuando hay crisis, todo el mundo escribe más cartas solicitando préstamos, prórrogas, hipotecas, garantías. Y en consecuencia consume más papel, más carbónicos, más cintas de máquina, más gomas de borrar, más bolígrafos.

—Para que aprecies mi buena voluntad: aquí te anoto cincuenta bolígrafos y una balancita para correspondencia, que justamente me encargaron ayer.

—Che, qué manirroto.

—¿Supiste que Franco estiró la pata?

—No te me vayas ahora por las ramas.

—Bueno, te agrego diez libretas de hojas móviles.

—Ya lo vi.

—¿Qué vas a ver si lo estoy anotando ahora?

—Quiero decir que ya vi que murió Franco.

—Aleluya.

—Murió ¿y qué? Para nosotros es lo mismo.

—Para gente como vos y yo, puede ser. Pero para veteranos como mi abuelo, la cosa es distinta. Anoche el jovato estaba como renacido. En aquella época la pasó muy mal.

—Claro, el exilio y todo eso.

—Sí, uno dice: el exilio y todo eso. Y es una frase. Pero ellos la vivieron. El abuelo salió por Francia, ya en pleno desbande, y se comió una larga temporada en campos que eran más o menos de concentración. Y menos mal que pudo viajar hacia aquí en el último barco de refugiados. Y al principio le fue mal. Pasaron seis meses antes de que pudieran venir la abuela y sus dos hijas. Una de esas hijas fue después mi vieja.

—¿Así que tu vieja es gaita?

—Claro. En cambio el viejo es tano de pura cepa.

—Ah Peretti mascalzone. Favorisca la casa, o sea pedime algunas Parker, che. Ésas sí dejan un lindo porcentaje. Prego, signore.

—Cuatro Parker, y se acabó. Ahora chau, Danielito, hay tres clientas y no voy a desperdiciarlas. Y por hoy ya me arruinaste.

—Scusi, Peretti. A rivederla.

3.

Al mediodía, el sol había caído como un tajo en las calles angostas, de grandes moles grises, pero a las cuatro de la tarde ya estaba nublado y Daniel no llevaba paraguas ni piloto. Así que por las dudas se trepó al colectivo 59 y casi no pudo creer cuando detectó un asiento libre, aunque fuera sólo el del medio en los cinco del fondo. Mercedes lo llamaba el sitial del faraón, aceptado en las enéadas divinas, con un gran pasillo o escalinata al frente y flanqueado por los pasajeros o divinidades encargadas de protegerlo.

El vecino de la derecha leía *La Nación,* que registraba en grandes titulares el óbito del Generalísimo, y en vez de protegerlo, le dio al faraón Daniel, de la XIV dinastía, un codazo relativamente brutal y sin embargo cómplice, al tiempo que le señalaba la foto del muerto célebre.

—Sonó por fin.

El faraón, para ganar tiempo, movió el portafolio con las muestras de papelería y de paso subió un poco sus pantalones porque de lo contrario se le formaban implanchables rodilleras.

—Ya me enteré.

—¿No le vienen ganas de ponerse de pie y gritar hurra?

—¿Aquí?

—Aquí o en cualquier parte.

—Quizá, pero...

—Este servidor, en lo que va de la gloriosa jornada, ya gritó hurra siete veces y todavía no ha concluido. Siete veces. Dos en el Banco Central, exactamente frente a la gerencia. Tres en el subte, estación Miserere, una indirecta ¿sabe? Una más en Plaza Once, junto a la parada de taxis, y la última en Corrientes y Esmeralda, en la mismísima jeta de dos milicos estupefactos.

—Siempre es un desahogo.

—Nada de desahogo. Justicia nomás, justicia. Y no es que yo venga de españoles, no señor. Fíjese que mi apellido es Walcott. Patricio Walcott, para servirlo.

—¿Y de dónde le viene la pinta criolla?

—Gracias, amigo. Es un honor que usted me hace. Y algo de razón tiene, ante todo porque nací en Córdoba, no la calle sino la provincia. Y luego porque el primer Walcott que concurrió a la cuenca del Plata lo hizo nada menos que con las invasiones inglesas, así que en estos casi ciento setenta años hemos tenido tiempo de acriollarnos, ¿no le parece?

A la izquierda del faraón, otro porteño, quizá descendiente de judíos polacos o de rusos blancos, había abierto provocativamente otro periódico, con la efigie impávida del cadáver del día, y evidentemente hacía rato que quería intervenir.

—Por estos pagos se precisaría gente así.

—¿Como quién? ¿Como el coso ese? —estalló irrefrenable el Walcott cordobés.

—Sí, señor. Para acabar con tanto melindre, tanta corrupción y tanta subversión.

Las manos de ambos contendientes, convertidas unas veces en índices conminatorios y otras en puños crispados, se enfrentaban sin pudor sobre el portafolio del faraón.

—Ése ya tuvo aquí aventajados discípulos. ¿Se acuerda de Rojas?

—El almirante Rojas.

—¿Y de Onganía?

—El general Onganía.

—Lindas berenjenas, tanto uno como otro.

—No se lo permito, ¿me entiende?, no se lo permito.

—¿Ah, no?

Entonces el último de los Walcott se puso de pie y agitando los dos brazos hacia el resto del pasaje que, o miraba azorado o se hacía el distraído, gritó con voz más adecuada para el estadio de Boca que para el colectivo 59:

—¡Hurra! ¡Murió Franco! ¡Hurra! —y dirigiéndose confidencialmente a Daniel—. Ya van nueve.

El silencio unánime incluyó varios pánicos y algunas sonrisas. Sólo el chofer, allá adelante, levantó un brazo y, sin volverse, acompañó con voz de bajo:

—¡Hurra!

4.

A las seis y media, cuando Daniel volvió a encontrarse con Mercedes, ya había dejado el portafolio en la oficina y se sentía liviano, optimista, solidario.

—¿Solidario con quién? —preguntó Mercedes, que había comparecido en el café Las Violetas, recién bañadita y dispuesta a comprenderlo todo. O casi todo.

—No sé con quién. Solidario y punto.

—¿Ves? En eso se te nota que sos uruguayo. En eso, y cuando decís botija y caldera y ta. ¿Cómo vas a sentirte solidario sin saber con quién?

—La solidaridad es un estado de ánimo —agregó Daniel con cara de axioma.

—Pero a propósito de algo, de alguien.

—¿Vos nunca te sentiste solidaria y nada más?

—Nunca.

—¿Ves? En eso se te nota que sos porteña. En eso, y cuando decís chanta y faso y vissssste.

—Eso es plagio.

—Entonces voy a ser original. Hoy estás sensacional, estás para comerte. Hace tiempazo que no estabas tan linda. Como cinco minutos hace.

—Claro, te ves perdido y te agarrás a la tabla del piropo salvación.

—Ya sé. Ya sé con quién me siento solidario. Con los gaitas.

—¿Por lo del Caudillo?

—Che, por favor, no lo llames así. Caudillo era Artigas, por ejemplo.

—Y Facundo Quiroga, por ejemplo.

—Concedido. Y bueno, porque me siento solidario con los gaitas, quiero que vayamos a ver a Sebastián.

—¿Al viejo? ¿Ahora?

—Sí, al viejo. Ahora. Seguro que está radiante. Cuarenta años de rencor, ¿qué te parece?

—Yo ya me habría aburrido del rencor.

—Pero no Sebastián. Peleó como un bravo en la batalla de Guadalajara. Y eso no me lo contó él. ¿Conociste a su mujer?

—¿A Remedios? Sólo en sus últimos meses, en el hospital, cuando ya estaba muy enferma.

—¿Venís conmigo?

—Está bien. Si lo considerás tan importante.

—Y otra cosa. Vamos a llevarle champán. El viejo se lo merece.

5.

El taller queda en Flores, en el fondo de un amplio patio, pobretón y comunitario. Sebastián trabaja en madera de olivo o en la que consiga. Hace platos, collares, destapadores, ceniceros, lechuzas, cascanueces. Había aprendido el oficio en la adolescencia, y de eso ha vivido durante el larguísimo exilio.

Cuando Daniel y Mercedes se asoman, el viejo levanta sus ojos miopes y, al reconocerlos, saluda agitando una gubia.

—Enhorabuena, Sebastián.

No hay que explicar nada. El viejo deja las herramientas, se limpia las manos en el mandil y se acerca a saludarlos, con una sonrisa más bien apagada.

—Gracias.

—¿No está contento? —pregunta Mercedes.

—¿Contento? No es la palabra. Esto es como asistir a una caída de telón, ¿sabéis? Pero no de una comedia ni de un drama. Es el final de una tragedia, y cuando acaba una tragedia, nadie puede quedar alegre. Y menos aún si el protagonista ha estado lamentable.

El párrafo ha sido largo y carraspeado, y Sebastián no tiene más remedio que toser ásperamente. La falta de costumbre.

—De todos modos, gracias por venir. Este que habéis tenido conmigo es un gesto lindo, solidario.

Daniel mira a Mercedes, y viceversa, pero el viejo no está para sutilezas, y además cada día ve menos.

—Trajimos champán para brindar con usted —dice Mercedes.

—Siglos que no lo pruebo. Casi no me acuerdo de esa cosquilla.

—Bueno, Sebastián, ésta es la ocasión.

—Ya me quedan pocas.

—No se queje —dice Daniel—. Franco se fue y usted en cambio está aquí, con nosotros. Usted ganó.

—Tal vez. ¿Y el pasado? Ése sí lo perdí, y no tiene vuelta.

Daniel le pasa un brazo sobre los hombros.

—Vamos, Sebastián. Dígame dónde están los vasos.

—Allí, en el segundo estante. Pero sólo hay dos. ¿Para qué quiero más? Y aun así, sobra uno.

—No se preocupe —dice Mercedes—. El pequeño es para usted, y Daniel y yo tomaremos del grande. O viceversa.

Mercedes lava cuidadosamente los vasos en el chorro de la pileta vacía. Daniel se dispone a aflojar el tapón de la botella, pero el viejo hace señas de que lo esperen. Él también quiere lavarse las manos. Mientras se las enjabona, mira hacia la pared, con los labios apretados. Deja correr bastante agua y después se seca lentamente con la única toalla.

—Bien, ya estoy pronto.

El tapón sale estallante hasta chocar con una mancha húmeda en un ángulo del techo, desgarra allí una telaraña y cae luego rebotando sobre unos trozos de madera.

Daniel llena los vasos.

—A mí sólo un poco —dice Sebastián—. Sólo para acompañaros.

Daniel levanta el brazo para brindar y se encuentra un poco retórico cuando dice:

—Salud. Por su España, Sebastián.

Al viejo le tiemblan los labios resecos cuando responde con una voz que parece en tinieblas:

—Por vosotros.

Daniel le pasa el vaso grande a Mercedes, pero ella bebe sólo un traguito.

—Arriba, Sebastián.

—No sabéis cómo aprecio vuestro recuerdo. Os pido disculpas por no estar alegre. No puedo estarlo, sencillamente porque no está Remedios. Tú la conociste, Daniel. Creo que tú también, Mercedes. Remedios no fue sólo mi mujer. Fue mucho más que eso. Vosotros no sabéis, por suerte, lo que es el exilio. Perder de pronto el suelo que siempre hollasteis, los olivos que visteis crecer, el sabor y el olor de aquel viento, el color único de aquella tierra. Aquí hay cosas cercanas, queridas, semejantes, pero son otras. Son vuestro suelo, vuestros árboles, vuestro viento. No los míos. No los de Remedios. Y esa amputación se la debemos a ese que desde ayer es muerto remoto, cadáver tardío. Remedios lo odiaba con su cabeza, con su corazón, con su estómago, con su vientre. Lo odiaba más que yo, si ello es posible. Fue ese odio el que la mantuvo viva durante tantos años, a pesar de su mala salud. Este día habría sido una fiesta para ella. Y para mí, si hubiera estado ella. Pero, ya lo veis, no está. Por eso no canto, no celebro, casi no puedo tragar vuestro champán. Porque ese hijo de perra sólo se decidió a morir cuando ya no éramos dos. Nos robó todo, hasta ese abrazo entrañable que Remedios y yo nos habíamos prometido para un día como éste.

—Sebastián —empezó Mercedes, pero no supo cómo continuar.

Fábula con Papa

Doblé la esquina y el Papa estaba allí, solo y bostezando, con su atuendo blanquísimo, recostado en la pared de ladrillos. Siempre supe que lo iba a encontrar, pero no pensé que sería tan pronto. Tenía los ojos cerrados, o quizá entrecerrados, como los de un miope al que el sol le molesta. Pero estaba nublado.

—Hola, Santidad —dije tentativamente.

Levantó con pereza una mano en signo de saludo. Estaba cansado y sin carisma. Me dio un poco de vergüenza haberlo sorprendido en una soledad tan privada. Pero al fin de cuentas estábamos en la calle, o sea en un ámbito comunitario.

—¿Qué quieres? ¿La bendición?

—No, Santidad.

Hizo un esfuerzo y abrió del todo los ojos. Me pareció un poco desconcertado. Un segundo antes, en un gesto casi automático, había empezado a extender la mano para el beso ritual, pero se contuvo y desvió el ademán; tras una vacilación, se pasó los dedos por la frente.

—¿Le duele la cabeza?

—Un poco sí. Mucha gente, demasiada. Les pido silencio y siguen gritando. No me dejan hablar. A veces creo que vitorean lo contrario de lo que he dicho.

—¿Quiere una aspirina?

—No, gracias.

La calle estaba desierta, pero allá lejos se oía un imponente murmullo coral, con salvas, vivas, alaridos, ovaciones.

—¿Cómo pudo evadirse, Santidad?

—Tretas de viejo.

Sonrió casi imperceptiblemente, como si se tratara de la sonrisa de otro.

—Pero a usted le gusta que lo aplaudan, le gusta todo ese éxito. Se le nota.

—Puede ser, pero no es por mí mismo. A quien aplauden y aman es al Vicario de Cristo, al Sucesor de Pedro, al Obispo de Roma...

—Etcétera.

—Soy simplemente un pastor.

—¿Sabe? A mí todo esto me trae el recuerdo del culto a la personalidad. Todo un ritual. En su momento fue muy cultivado por Stalin y De Gaulle.

El Papa apretó las mandíbulas y me miró con increíble dureza. Si no se hubiera tratado del Santo Padre, yo habría dicho que la mirada tenía su pizca de odio, pero seguramente se trataba de firmeza en los principios o algo por el estilo. O quizá no le cayó bien que lo comparara con De Gaulle.

—Santidad, usted a veces me desconcierta.

—¿Por qué?

—Eso del aborto.

—Nunca se puede legitimar la muerte de un inocente.

—Hay casos y casos.

—Quien negara la defensa de la persona humana más inocente y más débil, a la persona humana ya concebida, aunque todavía no nacida, cometería una gravísima violación del orden moral.

Noté que había empezado a usar su célebre tono declamatorio.

—Tengo la impresión de que usted se preocupa más de los niños no nacidos que de los que ya nacieron.

—Oh, no. Sobre los ya nacidos he dicho que deben recibir educación religiosa.

—¿Sabe Su Santidad que en lo que va del año ya murieron en América Latina más de un millón de criaturas?

—Algo de eso leí en una nota al pie, de *L'Osservatore Romano*.

—¿Y entonces?

—Hago mías las palabras del apóstol: «No hagáis nada por espíritu de rivalidad o vanagloria».

—Se mueren de hambre, Santidad.

—La familia es la única comunidad en la que el hombre es amado por sí mismo, por lo que es y no por lo que tiene.

—Esos niños no son amados por lo que tienen, porque no tienen nada, ni menos aún por lo que son, ya que son menesterosos.

—La familia...

—También la familia se muere de hambre.

El Papa volvió a pasarse los dedos por la frente.

—Dame esa aspirina, hijo.

—Sírvase, Santidad.

La tragó en seco e hizo un gesto de asco, no como el Vicario de Cristo que es, sino como el oscuro párroco de pueblo que pudo ser.

—Como dijo el apóstol: «Me deleito en la ley de Dios, según el hombre interior, pero siento otra ley en mis miembros que repugna a la ley de mi mente».

—Santidad.

—Dime.

—¿Por qué es usted tan conservador? A veces parece preconciliar.

—¿Preconciliar yo?

—Sí, pero de Nicea.

—¿Cuál Nicea? ¿Año 325 o año 787?

—Digamos 787.

—Menos mal.

El Papa volvió a bostezar.

—¿Le aburro?

—No, hijo.

—Entonces dígame. Usted que ha beatificado a Ángela Guerrero, andaluza de alpargatas, ¿cómo se sentirá luego en el Vaticano, rodeado de tanto boato, de tanta riqueza?

—¿Boato y riqueza?

—Sí. ¿*Totus tuus?*

—Qué va. Todos los bienes son de Dios y Él los reparte a algunos como administradores suyos. Ya lo dije.

—Sí, pero cuando lo dijo, agregó: ... para que los repartan con los pobres.

—¿Eso dije?

—Sí, Santidad.

—Me habré referido a otros bienes. Probablemente a los del espíritu.

El Papa levantó lentamente sus dos brazos, como cuando saluda a las multitudes.

—Aquí no hay nadie, Santidad.

Bajó los brazos y volvió a entrecerrar los ojos.

—¿Puedo ser franco?

—La franqueza no figura entre las virtudes teologales.

—Comprendo.

—Ni siquiera entre las cardinales.

—Comprendo. Pero ¿puedo ser franco?

Inclinó la cabeza en un signo neoescolástico de afirmación.

—Disculpe, Santidad, pero el Papa Juan XXIII me caía mejor. Juan XXIII es, después de Cristo, la figura de la cristiandad que me cae mejor.

Movió lentamente los labios, como si rezara. Pero no rezaba. Tal vez decía algo en polaco.

—Sólo pretendo ser un buen pastor.

—Y también un buen actor, ¿no?

—Lo fui en Cracovia, hace mucho.

—Y todavía.

—Es conveniente seguir purificando la memoria del pasado.

Ahora soy yo quien precisa una aspirina, pero me siento incapaz de tragarla en seco, como él. Me duelen las sienes. Y la nuca. El Obispo de Roma mira sin alegría las viejas baldosas que está pisando.

—Escucho a muchos, hablo con pocos, decido solo.

—Y en eso que decide solo ¿es infalible?

—Naturalmente. La infalibilidad papal existe desde hace 112 años, cuando el Concilio Vaticano I la aprobó por 451 votos contra 88.

—Qué bien.

—¿La infalibilidad?

—No. Qué bien esos 88. Le confieso que siempre he sido antiinfalibilista.

—Ah. ¿Como Döllinger, Darboy, Ketteler?

—Si usted lo dice.

—¿Como Hefele y Dupanloup?

—No sé quiénes son esos señores.

—Yo sí sé.

Examinó su albo ropaje y advirtió que se había manchado al arrimarse al muro de ladrillos. Trató de limpiar la tela con sus manos suaves, pero sólo consiguió que la mácula se extendiera. Miró hacia arriba (seguía nublado) y se encogió de hombros.

A esa altura creí que iba a despertar y que probablemente sería frente a un televisor, donde, sin que yo pudiera refutarlo, el Papa me estaría diciendo: «Porque la Iglesia, respetando gustosamente los ámbitos que no le son propios...». Pero no. No desperté. Seguí soñando a pierna suelta. De modo que pude ver cómo el Papa se alejaba por la calle vacía, en dirección a la lejana multitud y sus vítores. Su paso cansino era el de un veterano actor que, después de un breve mutis, volviera a escena dispuesto a recitar el papel de Lear, o el de Titus Andronicus, o el de Coriolanus, o el de Karol Josef Wojtyla.

Escrito en Überlingen

No es que la perspectiva me haga feliz, pero hace una semana pensaba que iba a ser difícil y en cambio ahora estoy convencido de que es viable. ¿Por qué he elegido esta pequeña ciudad alemana? Quizá porque mi padre me hablaba siempre de Überlingen, aunque él había nacido bastante más al norte, en Stuttgart. Fue una lástima que no llegara a Montevideo como turista o al menos como emigrante, sino como marinero del *Graf Spee*, en diciembre de 1939. Jamás olvidó aquel sepelio de sus compañeros, muertos en la batalla contra los cruceros británicos, y cuando cantaba despacito *ich hatte einen Kameraden,* como lo había hecho entonces, se le nublaban los ojos. Durante muchos años iba todos los domingos a la costa, nada más que para contemplar durante horas y en silencio los restos del acorazado que emergían de las aguas.

Nunca se adaptó. Se quedó en Uruguay sólo porque conoció a mi madre, que era de Minas, y el desconcierto, la derrota y la nostalgia se le transformaron en amor. Un amor elemental, primario, sin matices, pero amor al fin. Mi madre demostró un extraño coraje, porque para todos, en aquel tiempo, mi padre era un nazi, y la boda significó para ella la ruptura con toda su familia. Yo ni siquiera conozco a mis tíos y primos. Muchas veces ella me narró los pormenores de esa etapa sombría, pero la verdad es que se mantuvo firme.

Eso de que mi padre era nazi no era un chisme ni una calumnia; efectivamente lo era, lo fue hasta su muerte. Cuando la derrota del acorazado de bolsillo, él abrió un paréntesis, pero seis años más tarde, al concluir la guerra, lo cerró bruscamente y nunca se repuso de semejante conmoción. Trabajó siempre como mecánico, en un taller de la Aguada. Con los años logró hacerse socio y al final se convirtió en único propietario. Ésa fue su vida. Llegaba del taller cuando ya estaba oscureciendo, se metía en el baño por una hora o más, es decir el tiempo que necesitaba para quitarse aquella mugre. Luego se sentaba con mi madre en el jardincito que teníamos en el fondo de la casa, y eran los únicos momentos en que le veía sonreír. Nunca quiso estudiar en profundidad el español, y cuando decía las frases imprescindibles para desempeñarse en su trabajo, tenía un acento mucho más duro que el de otros miembros de la colonia. Mi madre en cambio aprendió fácilmente el alemán y éste era el idioma que se hablaba corrientemente en casa.

Tanto a mí (que había nacido en 1941) como a mi hermano (dos años menor), mi padre trató de inculcarnos sus creencias, sus fervores, sus prejuicios, su fanatismo. Conmigo lo logró en buena parte; no así con mi hermano, que siempre se rebeló. Ni siquiera consiguió hacerle escuchar por las noches los programas de onda corta en alemán. Hay que decir que no bien juntó unos pesos se compró un receptor de radio de extraordinario alcance. A mí consiguió inscribirme, años después, en el Liceo Militar, pero mi hermano se negó y prefirió hacer la secundaria en el Rodó.

En realidad, nada de esto es lo que importa ni lo que quiero escribir. Lo que quiero escribir es algo así como una última parrafada, casi un testamento. Mi nombre es Alberto (mejor dicho Albrecht, pero nadie, salvo mi padre, me llamó nunca así) Scheffel, exactamente comandante Scheffel, cuarenta y un años, desertor. Puedo escribir y deletrear esta palabra porque mi padre está muerto, de lo contrario no me habría atrevido. Todavía recuerdo su mirada cortante cuando mi hermano le anunció, en abierto desafío, que se había afiliado a la juventud comunista.

¿Por qué empecé a torturar? Decir que por obediencia y disciplina es lo más fácil, pero ni yo me lo creo. Relatar que lo conversé con mi padre, ya bastante enfermo, y que él me dio su visto bueno, casi su bendición, es más complicado, pero tampoco es una razón última. Contar con pormenores que asistí por varios meses a los cursos norteamericanos de la Zona del Canal y que allí me convencieron y adiestraron, es verdad y tiene su peso, pero tampoco es lo esencial. Si torturé es porque acepté conscientemente hacerlo. Nadie tuvo que convencerme ni pedírmelo ni obligarme. La última y violenta discusión que tuve con mi hermano fue por esa razón. Terminamos gritándonos los peores agravios y sólo la atribulada intervención de mamá impidió que nos tomáramos a golpes.

Durante un par de años apliqué concienzudamente eso que el viejo Bordaberry llamaba «el rigor y la exigencia en los interrogatorios». No me casé. Equivocado o no, siempre pensé que el matrimonio iba a debilitarme, a hacerme vulnerable. Mis relaciones con mujeres eran por lo general breves y provisionales. Sólo una vez estuve a punto de enamorarme, o tal vez me enamoré realmente. Fue el capítulo de Celia (no era éste su nombre, pero da lo mismo). El marido había muerto en un accidente de carretera y le había dejado una hija, Inesita, que en aquella época tendría nueve o diez años. La botija se encariñó conmigo y hasta entonces nadie me había dicho «Alberto» con tanto afecto y tanta expectativa.

También Celia tenía su propia expectativa y además un cuerpo sin desperdicio. Seguramente habrá pensado más de una vez que la solución ideal era casarse conmigo. El inconveniente era que yo no quería casarme con ella. Confieso que cuando desbaraté esa eventual maniobra y nunca más aparecí por su apartamento de la calle Industria, tuve que sobreponerme a dos nostalgias: el insustituible cuerpo de Celia, claro, pero también las alegres bienvenidas de Inesita. En aquella etapa yo era sólo teniente. Desconfié y tal vez cometí un error, pero tampoco me estimulaba cargar con una viuda. Nunca más vi a Celia. Años después supe que se había casado con un bancario divorciado, que también tenía una hija, y que las muchachas se llevaban bien. Enhorabuena, pensé.

Bueno, tampoco era esto lo que quería escribir. ¿O sí? De todas maneras, me voy acercando. Lo cierto es que nunca tuve sentimientos de culpa en relación con mi diario ejercicio del rigor y la exigencia. Desarrollé una extraordinaria capacidad de borrar de mi memoria ciertos episodios. En ese archivo sólo se instalaba lo que tenía mi visto bueno, de manera que nunca la imagen de un preso, desesperado y aullante, me quitó el sueño ni el apetito. Extraje alguna información, es cierto, pero mucho menos de lo previsto. Nunca alcancé a comprender por qué la gente es tan estúpidamente leal.

¿Por qué entonces estoy aquí? Si en verdad era tan consciente del significado y el valor de mi trabajo, aparentemente sucio pero de una utilidad concreta, ¿por qué entonces lo he abandonado de manera tan indigna? Eso sí, quiero dejar constancia de que el motivo de mi deserción no es pasarme al enemigo, entonar el mea culpa y darle información. Los idiotas que eligen esa actitud creen que así hacen méritos con vistas al futuro. Pobres diablos.

No, el motivo es otro. Todo empezó una madrugada. Estaba verdaderamente cansado y por eso no me estaba encargando personalmente de los interrogatorios. A pesar de las horas extras el personal a mis órdenes estaba medianamente satisfecho porque esta vez los había autorizado, en una suerte de compensación, a que emplearan sus argumentos sexuales con unas cinco o seis estudiantes que habían caído en una redada y que hasta ese momento no habían abierto la boca.

Yo estaba en la habitación contigua y oía los alaridos, los llantos, los golpes, los insultos, los sollozos. Un teniente apareció en la puerta, saludó militarmente y dijo: «Mi comandante, le hemos dejado la mejor del lote. Ni la hemos tocado». Era una muestra de confianza pero también una prueba: la manera indirecta de reclamarme solidaridad. De modo que aunque estaba un poco desganado no tuve más remedio que levantarme y decir: «Gracias». Pasé al otro ambiente y me enfrenté a aquel montón de cuerpos sangrantes, gimientes o inertes. Todas las muchachas tenían su capucha. En el centro había un único colchón, mugriento y rotoso, y allí estaba, encogida, mi recompensa.

Me acerqué y tuve un impulso realmente inexplicable y sobre todo imperdonable, algo insólito en alguien de mi experiencia: de un tirón le arranqué la capucha. Aquel rostro aterrorizado se volvió hacia mí. Las mejillas estaban tiznadas y los ojos se abrieron de forma desmesurada. Fue entonces que aquella infeliz balbuceó: «Alberto».

Percibí que todos esperaban mi reacción. Yo no los miraba, pero advertía su espera, su ansiedad. Y era lógico. Que yo hubiese quitado la capucha era una transgresión grave, pero mucho más grave era que una detenida me reconociese. Me quité el cinto y empecé a desabrocharme el pantalón, con una rabia que sentía crecer. Que justamente Inesita me pusiera en una situación tan comprometida. Se podía haber callado, ¿no? De modo que la poseí con verdadera furia y mi indignación llegó a su colmo cuando me di cuenta de que, para mayor calamidad, era anacrónicamente virgen. Lo único que faltaba. Ni siquiera gritó. Era sencillamente un témpano. Un témpano sangrante. No sé por qué se me fijó con tanta nitidez la imagen del témpano. Y en medio de mi mecánico vaivén podía ver sus ojos castaños, asombrados, incrédulos, secos.

Quedé un poco nervioso, aunque me hice el propósito de tomarlo con calma. Esa noche soñé con Inesita. Algo previsible, ya lo sé. Para mí también había sido una violencia. Tres noches después volví a soñar, pero esta vez no era la Inesita de la realidad sino apenas un enorme bloque de hielo, de cuyo extremo superior emergía la cara de Inesita, que decía «Alberto» y luego me miraba con sus ojos castaños, asombrados, incrédulos, secos. En el sueño trataba de penetrarla, pero cuando mi sexo rozaba el hielo se empequeñecía hasta casi desaparecer. Mi alarma era espantosa. Buscaba con mi mano y mi sexo no estaba. Varias noches me desperté gritando.

Decidí cortar por lo sano. Llamé a una amiga de emergencia y fui a su apartamento. Pero en la cama resulté un fiasco. Cuando iba a culminar la noche me acordé del témpano (no de Inesita sino del témpano) y me achiqué. Fue algo decepcionante. No podía ir a un médico, y menos aún a un médico militar, a contarle mi historieta con niña violada, bloque de hielo y mengua erótica.

Así no podía seguir. Una noche, tras mi enésimo abrazo onírico con el bloque de hielo y los ojos de Inesita, tomé la decisión. Había que poner distancia entre la realidad y mis sueños. Y mejor si era un océano. Comuniqué que estaba con gripe, sólo para que mi ausencia no se notara de inmediato. Retiré mi dinero del Banco, lo cambié por dólares, fui a Carrasco y compré el billete en el mismo aeropuerto. No avisé a nadie. Mis viejos ya estaban muertos y a mi hermano no iba a llamarlo. Al día siguiente llegué a Frankfurt.

Por fin dormí sin sueños. Respiré aliviado y me congratulé de que Inesita y el témpano hubieran quedado al otro lado del Atlántico. Estimé que había sido muy sagaz. Fue entonces que pensé en Überlingen. Sabía que era un lugar tranquilo, especialmente apto para hacer balance y recuperarme. Alquilé un auto y viajé sin prisa, practicando satisfactoriamente mi alemán en hostales y cervecerías. Cuando pernocté en Friedrichshafen, recordé que el viejo me había contado que allí había estado la base de ensayos de los zepelines.

Tomé una habitación en esta *Gasthaus* junto al lago. Indudablemente es la mejor época. El agua está templada, muy adecuada para nadar, el paisaje es hermoso, el desayuno es exquisito, la gente es amable y, curiosamente, todavía hay unos cuantos que añoran al Führer. Allá enfrente está Konstanz y, en el lado suizo, Romanshorn. Un ambiente muy propicio para tomar una decisión.

Transcurrió una semana y cada vez me sentía mejor y más seguro. Pero de pronto todo se vino abajo. Volví a soñar, qué maldición. Con el témpano, la cabeza de Inesita, la boca que dice «Alberto», los ojos castaños, asombrados, incrédulos, secos. Ya van diez noches: llevo la cuenta. Sé que no lo podré soportar. Prefiero matarme a volverme loco. Ahora lo recuerdo. Aquella vez que hablé con mi padre sobre la tortura, él me dijo que lo comprendía, que entendía que era mi deber, pero que de todos modos lo pensara bien, porque en esas duras faenas siempre se corría un riesgo. Le pregunté qué riesgo, y él, casi sin mover los labios, dijo: «*Der Wahnsinn*». La demencia, claro.

Éste es mi *auf Wiedersehen*. O un testamento, qué sé yo. Si estaré solo en esta podrida existencia que mi única familia es mi hermano, a quien no aguanto. Que no se ilusione: no voy a dejarle mis dólares ni mi casa en Pocitos. Prefiero que todo quede para Inesita. Por eso anoto su nombre en el sobre. Y si esto no sirve como última voluntad (soy un comandante, no un leguleyo), bueno, que se joda.

Conste que no lo hago por piedad ni por arrepentimiento. No practico esos lujos. Es sólo una botella al mar, una apuesta conmigo mismo, y sobre todo una invitación a que me deje tranquilo en la región que me está esperando y no sé muy bien cuál es. También le dejaré estas páginas, sólo para que se entere (si todavía está viva) de todo el mal que me hizo, quizá sin intención. Si puede y quiere, que rece por mí, ella sabrá a quién. Mi única preocupación es que esté muerta y en consecuencia la vuelva a encontrar en esa región que no sé bien cuál es.

Mañana será el día. Una vez tomada la decisión, la muerte ya no me importa. Todo está claro, por fin. Ayer fui a Lindau a comprar las pastillas porque la farmacia local no tenía. Pero luego, pensándolo mejor, creo que usaré el arma. Soy un comandante, carajo. *Alles in Ordnung,* diría mi padre. Y nada más. Sólo un pedido: que no se culpe a nadie de mi vida.

Ayer escribí lo anterior. Estaba equivocado. No voy a matarme. En la noche volví a soñar, como siempre, con el témpano, pero esta vez los labios de Inesita no se limitaron a decir: «Alberto», sino que además agregaron: «No te dejaré, nunca te dejaré». Me lancé sobre el bloque de hielo y el frío espantoso me penetró en el vientre como un cuchillo. O un serrucho. O una tenaza. Los ojos de Inesita. O un cuchillo. Los castaños, asombrados, incrédulos, secos ojos de Inesita me miraron con tal intensidad que ya no tuve dudas. Me seguirían vigilando desde ése u otro témpano, más allá de mi muerte. Esa cretina cumplirá su palabra.

Sé que ayer escribí que antes de enloquecer preferiría matarme. Pero ya no puedo matarme. Creo que voy a enloquecer. Mi dolor de cabeza es horroroso. ¿Volver? ¿A quién? ¿Adónde? ¿Para qué? Creo que voy a enloquecer. *Der Wahnsinn,* dijo el viejo. A enloquecer. El témpano. Ése es el témpano. El témpano. El témpano. El témpano. El tém

El reino de los cielos

Llegaron a Salidas Internacionales de Barajas con el tiempo justo, de modo que tuvieron que situarse de inmediato en la cola de Iberia, vuelo 987 a Buenos Aires. Ninguno de los tres hablaba. La noche anterior habían llegado en auto desde Francia. En realidad, ni a Asdrúbal ni a Rosa les gustaba esta partida, esta separación, pero lo habían resuelto de común acuerdo: Ignacio debía ir a Montevideo. Ahora tenía once años, estaba en Europa desde los cinco, y el riesgo era que se convirtiera en un francés. Nada contra los franceses, pero el botija era uruguayo y enviarlo ahora a Montevideo para que pasara un mes con los cuatro abuelos y se familiarizara con los tíos y primos, y también con las calles y las playas, era una maniobra cuidadosamente planificada, una idea nacida aquella tarde en que Rosa lo había sorprendido contando casi clandestinamente un, deux, trois, quatre, cinq, six, cuando hasta ese momento siempre lo había hecho en español.

—Tené cuidado con esta bolsita roja —dijo por fin Asdrúbal cuando todavía estaban a dos lugares del mostrador—. Aquí están el pasaporte, el pasaje, algunos dólares.

—Y no te preocupes a la llegada —agregó Rosa—. En Ezeiza estarán los abuelos, y a lo mejor el tío Ambrosio. Vendrán especialmente desde Montevideo.

—Y además —dijo Asdrúbal— cuando desciendas del avión una azafata te acompañará hasta dejarte con los abuelos.

Ignacio respondió con monosílabos. Una semana con el mismo estribillo. Ya que debía irse, y él no lo había pedido ni resuelto, lo mejor era arrancar de una buena vez.

—Contale a los abuelos cómo vivimos, cómo es el barrio, cómo son los vecinos —dijo Rosa—. La escuela a la que vas, las buenas notas que tuviste este semestre. Así a los viejos se les cae la baba.

—Sí, mamá.

—Y a Roberto que me conteste enseguida sobre la consulta que le hago.

—Sí, papá.

—Mirá que aquí hace calor y allá en cambio vas a llegar en pleno invierno. Antes del descenso ponete el abrigo.

—Sí, mamá.

Ya estaban junto al mostrador. No había valija a despachar. Todo lo suyo, incluidos los regalos, cabía en un bolsón de mano.

—¿Viaja solo el niño?

—Sí, aquí está todo.

—Bueno, ya es un hombrecito.

El hombrecito enrojeció como un semáforo, tal vez porque la empleada era lindísima y además le estaba dedicando su sonrisa profesional para U.M. *(Unaccompanied minor)*.

—Ya puede ir pasando por el control. Puerta cinco. Buen viaje, Ignacio.

Ignacio se sorprendió de que aquella muchacha ya se hubiera enterado de su nombre.

—La conquistaste —dijo Asdrúbal—. Qué flechazo, che.

Se acercaron lentamente a la entrada para pasajeros. Casi lloriqueando, Rosa le arregló el cuello de la campera, le acomodó el bolsón grande en el hombro derecho, luego lo besó varias veces y le dio un abrazo tan apretado que el cuello se le volvió a torcer. Asdrúbal fue mucho más sobrio pero tenía los ojos brillantes. Él, en cambio, no hizo concesiones.

Asdrúbal y Rosa estuvieron atentos hasta que Ignacio pasó los controles, les hizo varias veces adiós con la mano que le quedaba libre y desapareció con los demás pasajeros en busca de la puerta cinco.

Por su parte Ignacio, cuando ya no los pudo ver, dejó de hacer adiós y respiró con cierto alivio. Éste era su primer despegue. Pero ya en plena independencia sintió un poco de nostalgia de su dependencia, como si le costara habituarse a esta inauguración que le habían impuesto.

En la puerta cinco había una multitud. También allí le preguntaron si viajaba solo, y él, en estado de inexpugnable mudez, fue mostrando el sagrado contenido de la bolsita roja. Se sentó en uno de los pocos asientos que estaban separados del resto, a la espera de la orden de embarque. Al principio le pareció que todos lo miraban, entonces comenzó a mirar a todos y los demás apartaron la vista. Cuando dieron la orden de embarque en tres idiomas, vino una empleada de la empresa, menos linda que la del mostrador, le preguntó si era Ignacio y lo acompañó hasta el avión, siempre sonriendo y dándole palmaditas en el hombro, y allí lo entregó a una de las azafatas.

La gente estaba entrando atropelladamente en el avión y luego se demoraba un siglo acomodando las maletas de mano y los abrigos. Atravesando con pericia esa selva, la azafata lo acompañó hasta la fila 17 y lo situó junto a otro *unaccompanied minor*, más o menos de su edad.

—Él también viaja solo. A ver si se hacen compañía.

Y la azafata se fue por el pasillo.

—Hola —dijo el que estaba sentado.

—Hola.

Ignacio acomodó el bolsón bajo el asiento, y, recordando el decálogo de Rosa, se abrochó el cinturón de seguridad.

—¿Sos argentino o uruguayo?

—Uruguayo.

—Yo también.

Sólo ahora se dedicó a observarlo. Era robusto y algo pecoso y le faltaba un diente de arriba. Estaba rigurosamente peinado y llevaba una corbatita angosta.

—¿Cómo te llamás?

—Ignacio. ¿Y vos?

—Saúl.

—¿Vas a Buenos Aires?

—Sí, pero después a Montevideo.

—Ah, yo también.

A la derecha de Ignacio estaba el pasillo, pero a la izquierda de Saúl había una señora con anteojos que seguía muy complacida el diálogo incipiente. Al sentirse observados, los muchachos se callaron.

Vino otra azafata distribuyendo diarios, y sin preguntar nada a los chicos, los omitió en el reparto. En compensación, la señora de anteojos escogió dos.

Ignacio pensó que en el bolsón grande habría seguramente algún libro colocado por Rosa por si en el viaje quería leer. Pero prefirió esperar a que el otro mostrara sus propios materiales. No quería hacer el ridículo, exhibiendo lo que su madre entendía por lecturas para niños.

Por otra parte el avión estaba en pleno despegue y eso siempre le había fascinado (éste era por lo menos su cuarto vuelo, aunque el primero en solitario) y a la vez cubierto de pánico. Vio que Saúl se aferraba con ambas manos al cinturón de seguridad y entonces hizo un esfuerzo y aflojó las suyas. Pasaron varios minutos antes de que el avión tomara altura y se serenara. Ignacio siempre esperaba y disfrutaba ese instante. Era un colmo de serenidad. Ni siquiera era comparable a volar. Era más que volar. Era como deslizarse entre las nubes, era acercarse al sol.

La señora se quitó las gafas y los miró con una solicitud tan maternal que ambos sintieron la primera náusea del viaje.

—Niños —dijo con dulzura—. Ahora sí podréis decir que habéis estado en el reino de los cielos.

Parece española, pensó Ignacio. Sonrieron. Saúl además dejó escapar un gruñidito.

—¿Vais a la iglesia, verdad?

—Sí —dijo Saúl.

—No —dijo Ignacio y de inmediato se arrepintió. Se había condenado estúpidamente a escuchar doce horas de catecismo. Pero no. Su negativa tuvo la virtud de que la señora quedara muda. Agraviada, pero muda.

Fue Saúl el que le preguntó, casi en el oído, si era cierto que no iba.

—Claro que es cierto.

—¿Son ateos en tu casa?

—Creo que sí.

Saúl se quedó con la boca abierta, pero enseguida se animó.

—Debe ser divertido no ir a la iglesia.

—¿Por qué?

—No sé. Se me ocurre. No ir es lo contrario de ir. Y además ir es tan aburrido.

—¿Y allí qué hacés?

—¿Cómo qué hago? Me confieso, comulgo. ¿Vos tomaste la primera comunión?

—Creo que no. A lo mejor cuando era chico. No me acuerdo.

—¿Pero no decís que tus padres son ateos?

—Sí, pero tengo una abuela católica.

—¿Dónde está?

—En Montevideo. Pero ahora me va a estar esperando en Ezeiza. ¿A vos te esperan?

—Claro. También vienen a Buenos Aires.

—A mí me van a esperar mis cuatro abuelos.

—Yo sólo tengo tres, porque la vieja de mi viejo murió hace diez años. Seguro que estará mi otra abuela.

—Ah.

—¿Vos vivís en España o en Uruguay?

—En Francia.

—¿Te gusta?

—Bastante.

—¿Más que Uruguay?

—No me acuerdo. Era muy chico cuando vine.

Ignacio tenía ganas de orinar pero todavía estaba encendido el letrero de ajustarse los cinturones. Saúl, en cambio, sin decir palabra se desabrochó el cinturón y se puso de pie, pero antes de que diera dos pasos ya la azafata lo estaba devolviendo a su sitio con un gesto severo.

El chico enrojeció. Ante semejante provocación, a Ignacio le aumentaron las ganas de orinar. Pero imposible.

—¿Cuándo se apagará ese podrido letrero? —preguntó Saúl casi llorando.

—Cuando salgamos de las nubes —dijo Ignacio con autoridad.

—¿Y qué de malo tienen las nubes?

—Que el piloto no puede ver por dónde va.

Sólo veinte minutos después llegó el permiso para desabrocharse los cinturones. Entonces pudieron por fin levantarse, primero Saúl y luego Ignacio. Éste creyó alarmadísimo que no llegaba a tiempo. Pero llegó. Y hasta se lavó las manos y olió el frasquito de perfume que había junto al lavabo. Era demasiado fuerte. Casi estornudó.

No bien volvieron a sus asientos, llegó la comida. Ignacio tenía hambre pero odiaba comer en los aviones porque siempre se le desparramaba algún durazno en almíbar, y además era incomodísimo cortar la carne en esa posición absurda y con tanta estrechez. Así que sólo se dedicó al jamón y al pan. Que estaba duro. Saúl en cambio dejó limpia la bandeja y no derramó nada. Ignacio se moría de envidia. Al ver el plato de Ignacio casi intocado, la azafata le preguntó si no le había gustado. Dijo cortésmente que le gustaba pero que era demasiado abundante. Sonrisas varias. En venganza tomó café, algo que Rosa le tenía prohibido porque, según ella, lo ponía nervioso y después en la noche tenía pesadillas.

—¿Vos tenés pesadillas?

—Tengo.

—No sé qué me pasa. Sé que las tengo porque mi vieja dice que algunas noches me pongo a gritar.

Fue una suerte que les retiraran las bandejas. Ya estaba cansado de contemplar aquel pedazo de carne medio cruda. La señora le ofreció su quesito a Saúl, que dignamente lo rechazó. A él no se lo ofreció, seguramente porque no iba a misa. O tal vez porque advirtió que él no había comido su quesito propio. De pronto se sintió discriminado, hambriento, abandonado y pletórico de rencor. Sin embargo, no le vinieron ganas de llorar sino de morder, como cuando era mucho más chico y Rosa lo mandaba en penitencia a la cama y él mordía las sábanas hasta rasgarlas. Se lo había contado a Gérard, el número uno de la clase, y éste le explicó que eso que había hecho se llamaba resistencia pasiva, como la de Gandhi.

—¿Vos hacés resistencia pasiva?

—¿Qué es eso?

—Morder las sábanas.

—Puaj. Debe ser asqueroso.

Tenía sueño pero todavía no quería dormir. La señora de anteojos ya estaba desdoblando su manta, pero no acababa nunca con el apronte. Se zangoloteaba hacia un lado y hacia otro con tan poco cuidado que Ignacio temió por la estabilidad del avión.

—Tu familia —preguntó de pronto Saúl— ¿por qué se vino a Francia?

—Somos exiliados.

—¿Sí? Qué bueno. Es la primera vez que hablo con un exiliado.

—Bueno, exiliados son mis viejos. Yo vine muy chico, por eso puedo volver.

—¿Y ellos no pueden?

—No.

—¿Es comunista tu viejo?

—No.

—¿En qué trabaja?

—Es profesor.

—Así que no pueden volver.

—No.

—¿Es tupamaro entonces?

—Tampoco.

—Lástima. Me habría gustado conocer a un tupamaro.

—Tengo un tío que a lo mejor es. Creo que también vendrá a Ezeiza. Así conocés por lo menos a uno.

—No estás seguro.

—No. Pero hace como un año oí que el viejo le decía a la vieja: si tu hermano no se hubiera metido a redentor.

—¿Redentor?

—Claro. Frente a mí hablan en clave, pero ya me di cuenta que redentor es tupamaro.

Saúl bostezó y no cerró la boca hasta que Ignacio se contagió del bostezo. Entonces cada uno se acurrucó bajo su manta. El zumbido del avión era tan sereno, tan acogedor, que Ignacio ni siquiera advirtió que los ojos se le iban cerrando.

Horas después, cuando volvió a abrirlos, el pasillo era un corso. La gente se despertaba, hacía cola para el lavabo, y regresaba lavada, peinada y pulida. La señora de al lado aún roncaba con placidez, pero en cambio Saúl ya estaba totalmente despierto e Ignacio se encontró con su mirada.

—Estaba esperando que te despertaras para preguntarte cómo te llamás.

—Ya te dije que Ignacio.

—Sí, pero Ignacio qué.

—Ignacio Ávalos.

—¿Ávalos y qué más?

—Ufa, qué pesado. Ávalos Bustos.

Otra vez las bandejitas. Ahora con menos cosas. Ignacio se propone comer algo esta vez. De lo contrario puede desmayarse. Así que come.

—¿Vos también venís de Francia?

—Sí, estuve tres semanas. ¿En Francia vas al fútbol?

—A veces.

—¿De qué cuadro sos hincha?

—Del Saint-Étienne. ¿Y vos?

—De Wanderers.

—Eso allá. Yo digo en Francia.

—De ninguno. Estuve muy poco. Sólo fui a visitar a mi hermana. Vive en París. Hacía como tres años que no la veía.

—Es exiliada.

—No, qué va a ser.

—¿Y te gustó París?

—Algunas cosas sí. Otras no. Mi hermana dice que hay muchos negros.

—¿Y qué hace tu hermana? —preguntó Ignacio

—Está casada con un médico. Un médico francés.

—Sí, claro. Pero ella ¿qué hace?

—¿Ella? ¿No te digo que está casada con un médico? Hace eso, nomás. Bueno, a veces mira la tele.

Se llevan las bandejas e Ignacio guarda el sobre con la toallita. Así se ahorra el lavado de cara. Y además es un perfume suave, no hace estornudar.

—¿Te llevás bien con tu tío?

—¿Cuál? Tengo cinco.

—Ese que te va a esperar.

—Ah, tío Ambrosio. Ya ni me acuerdo de su cara. Pero siempre me escribe. Es macanudo.

—¿Estuvo en cana?

—No, hasta ahora se ha escapado. Menos mal. Los revientan, ¿sabés?

La señora de los anteojos se despertó por fin. Ignacio la mira y la encuentra más vieja. Mueve la boca como si estuviera masticando, pero no mastica. Qué raro, ¿no? Además, está procurando que le calce nuevamente uno de los zapatos que se había quitado, pero aparentemente no puede. Resopla con fuerza, y el aire, caliente y un poco agrio, llega hasta Ignacio. Éste resuelve que es el momento para usar la toallita perfumada.

Saúl ha extraído de su bolsillo un juego electrónico y lo disfruta a solas. De vez en cuando aquella maquinita hace pip pip e Ignacio se da cuenta de que él también está pendiente del ruidito.

De pronto Saúl interrumpe el juego y mira a Ignacio.

—Mi viejo dice que soy un mocoso.

—¿Y no sos?

—Un mocoso de mierda, dice.

—Eso ya es distinto. ¿Y por qué te dice eso?

—No sé. A veces me mira y me llama mocoso de mierda. Le voy a demostrar que no lo soy. ¿Tu viejo te dice cosas así?

—Ésas no. Me dice otras. ¿Y vos cómo te sentís?

—Me quedo mudo. A lo mejor me lo dice con cariño. Eso dice la vieja.

—A lo mejor. ¿Tu viejo vendrá a esperarte?

Fue en ese instante cuando el avión tocó tierra y el sacudón los dejó sin habla. La señora de anteojos emitió un leve estertor.

—Qué bárbaro.

—Medio bruto, ¿no?

—Lo hacen a propósito. Para que a los pasajeros les venga el cagazo.

El avión fue rodando lentamente hasta el edificio del aeropuerto. Cuando los motores al fin se silenciaron, Ignacio se acordó del consejo de Asdrúbal y se aferró a la bolsita roja con el pasaporte, el pasaje y los dólares. También se acordó del consejo de Rosa y se puso el abrigo. Saúl ya se había colocado la bufanda. Abrieron la puerta y entró una ráfaga de aire congelante.

—No creo que me esté esperando —dijo Saúl—. Siempre tiene mucho trabajo.

—¡Qué frío! —dijo Ignacio—. ¿Y en qué trabaja?

Saúl estornudó y se sonó la nariz antes de contestar.

—Es coronel.

No era rocío

Siempre había sido animal de ciudad y disfrutaba siéndolo. Era evidente que lo estimulaban las complejidades y las vibraciones de ese laberinto, el olor a gasolina aunque llegase a ser casi nauseabundo, la liturgia zumbona de las fábricas periféricas, la aureola fétida de los basurales, el alarido metálico de ambulancias y policías, y hasta las cándidas luces del centro, vale decir todos los lugares comunes de la poesía urbana y algunos más de la vendimia tanguera. Pero también era cierto que le permitían encontrarse a sí mismo ciertas instantáneas tan aisladas e irrepetibles como aquel diariero doblado de aburrimiento y sueño sobre su perecedera mercancía, o la sonrisa de dos pibes descalzos sobre una pirámide de baldosas rotas, o la prostituta de esquina que leía a Lobsang Rampa para matizar la espera del parroquiano en cierne. Estaba convencido de que sus pulmones precisaban el humo y la contaminación tanto como los del montañés necesitan el aire transparente del mediodía.

Por las noches dormía densa, insondablemente, pero sólo si la vigilia lo despedía con un contrapunto de alborotos cercanos y bocinas lejanas. En cambio, siempre que pernoctaba en algún pueblito insignificante y aislado, el silencio compacto, casi ensordecedor, le provocaba insomnio y entonces no tenía más remedio que dejar la cama o el catre para llevar su desvelo a la intemperie y vigilar sin la menor simpatía aquel cielo hosco y centelleante que para él constituía el colmo del ostracismo. Su marco natural nunca había sido el paisaje sino el prójimo, con sus histerias y miserias, con sus enigmas y sorpresas. Hasta demostración en contrario, siempre apostaba a la bondad y sus lealtades anexas. Y ni siquiera lo había desalentado, a lo largo de cuarenta y cinco febreros, su granada colección de desencantos y traiciones. Era un filatelista de gestos imborrables, de fidelidades mínimas, de invisibles solidaridades. Así se había movido en los lances políticos, sin la menor vocación de poder personal, sabiéndose mucho más fértil y en definitiva más útil en el codeo fraternal de la plaza repleta que en las tribunas de la retórica. Por lo general el mensaje obvio (con el cual normalmente concordaba) le revelaba menos arcanos que un paréntesis improvisado, o que el curtido ceño del pobre insigne orador, o que el impulso disneico de la brillante parrafada que iba a transformar la modorra en ovación.

Después de todo, el obligado exilio había sido para él una maldición y simultáneamente un descubrimiento. Sólo tres meses después de la azarosa escapada, tuvo tiempo y ocasión de comprender, ya en tierra ajena, que sus presuntos delitos no habían sido políticos sino estrictamente humanos. Había ayudado, es cierto, sin pensar demasiado en qué pero sabiendo a quién. Es claro que compartía muchas de las quejas enarboladas por los muchachos, pero en su solidaridad nada profesional ése no había sido nunca el factor decisivo. Siempre tenía más peso su conocimiento personal del acosado de turno, el saber por ejemplo que había sido uno de sus cientos de alumnos, a veces ni siquiera brillante. Más importante que su ficha ideológica era haberlo visto con frecuencia en el barrio, moviendo sin usura la globa en el campito y festejando los goles como si el mundo estuviera realmente vacunado contra el holocausto. Aquí y allá daba una mano, pero no como una obligación cívica o un deber militante, sino apenas como un gesto espontáneo, inevitable. Es claro que de tanto dar una y otra mano, faltó poco para que se las esposaran.

Sí, por varias y matizadas razones, el exilio había sido un descubrimiento. En primer término, le había servido para detectar en sí mismo zonas hasta entonces inexploradas. Verse y juzgarse aislado, sin su contexto natural, rodeado ahora por barreras de extranjería, borrón sin cuenta nueva, entregado a una suerte, que todavía no era buena ni mala, como a un temporal omitido en el parte meteorológico. Todo le había servido para advertir qué pesado puede ser el azar, qué inclemente.

En segundo término había descubierto qué echaba de menos y qué no, y eso fue asimismo un balance inesperado, ya que pudo comprender, relativamente asombrado, que algunos *grandísimos valores* le importaban un corno, y en cambio le producían una ansiedad muy sutil la ausencia de un murallón de piedra y mugre, del letrero *despacio escuela* que lo frenaba todas las mañanas cuando iba al centro en el destartalado citroën, o la recurrente secuencia del veterano melenudo a quien solía ver desde su ventana retozando con su gran danés por la playa desierta en pleno invierno. Por supuesto que añoraba todo eso con los ojos resecos porque los animales de ciudad no lloran.

Y en tercer término había descubierto también que el nuevo alrededor, con sus rostros tajantes como acantilados y sus tradiciones frondosas e insobornables, le reservaba sin embargo, detrás de su tupido orgullo, una vulnerable zona de ternuras pueriles, de ayudas a buscar, de obstinaciones generosas. Y hasta había llegado a entender que la soledad entre iguales, la soledad libremente elegida para un instante o un semestre, podía ser un aceptable venero, una fuente de buenas nuevas, en tanto que la soledad de la diáspora, la soledad proscripta, solía ser una mala noticia. Todo en ella era extraño, desde las paredes pulcras hasta el cielo avarísimo, desde los simples buenos días hasta el relumbre del consumismo, desde los fastos de la miseria hasta los bustos de la televisión.

Las habitaciones de albergue, las camas por una noche, los desayunos en la barra, las caminatas nocturnas, las sumas y restas en la agendita para ver cuánto le quedaba, los teléfonos («no dejes de llamarme cuando llegues») que clamaban destemplados en ámbitos indigentes o suntuosos, eran simples volutas de esa soledad, meros adornos, nunca soluciones. Por eso, cuando por fin aparecía alguien que abría una puerta e invitaba a la confianza, cuando llegaba un rostro que reconocía en el acosado los síntomas de un acoso mayor, casi ecuménico, entonces las sobrias desesperaciones se iban desprendiendo como las capas de una cebolla.

Es verdad que ninguno de estos descubrimientos, ni siquiera la suma de los mismos, le había llevado a la abolición de sus nostalgias. Náufrago momentáneamente a salvo, siguió empero haciendo señales para el regreso. Y fue una de esas señales la que finalmente convocó la contraseña esperada, el pretexto clave. Siempre había tenido pereza de abarcar la gastada patria como una tierra prometida. El escudo, la bandera y el himno, bautismos anacrónicos, desafíos de otra época, qué podían significar, al fin de cuentas, si eran indiscriminadamente usados tanto por los muchachos que se pudrían de rencor en los calabozos como por los canallas que los verdugueaban. Sin embargo, la patria se le fue armando como un rompecabezas, hallando aquí un rostro que se correspondía con una esquina, allá una cometa que buscaba su nube. La patria se le fue componiendo sin bandera, sin himno, sin escudo. Más bien como se reconstruye un árbol genealógico, una partida de ajedrez o un palimpsesto. Y así la saudade se le convirtió en olfato, en tacto, en gusto, antes que en oído o en visión. Tuvo necesidad de oler el viejo salitre, de apoyar las palmas en el roble de su mesa, de hundir los dientes en un durazno a punto. De modo que cuando la posibilidad, aunque riesgosa, se le puso a tiro, enseguida supo que la iba a aprovechar.

La operación no era tan complicada. Sólo atravesar el océano, instalarse brevemente en el país contiguo y conectar allí con gente amiga que lo arrimase a una zona peculiar de la frontera. Las instrucciones eran atravesarla a pie, con sólo una mochila. Del otro lado no habría contactos ni gente esperándolo. Simplemente caminar. Eso sí: con una brújula, un mapa de la región, y en todo caso una ambigua apariencia de hippy o *globetrotter*. Y eso lo había hecho. El jeep de los compinches lo había dejado a dos kilómetros de la imaginaria línea fronteriza. No encontró a nadie en el trayecto. Anduvo varias horas a campo traviesa, recibiendo el sol en la frente habituada a la clausura. Una vez que pasó la frontera, las novedades fueron una liebre asombrada, una víbora que se alejó prudente, dos alacranes vagabundos. Y aquí y allá una brisa intermitente que doblaba los pastos, las espigas.

Sabía que tendría que caminar muchas horas y muchas más al día siguiente, de modo que cuando el sol amenazó con hundirse en el horizonte, también él decidió internarse en la discreta espesura. Cuando halló un árbol que le pareció amistoso, resolvió pasar la noche bajo su inerme protección. Ni siquiera se preguntó qué árbol sería, ya que él era, después de todo, animal de ciudad y disfrutaba siéndolo. Pero hacía frío. Aprendió dócilmente que en el campo hacía frío. La mochila se transformó rápidamente en saco de viaje. Se introdujo por primera vez en aquella suerte de mínimo hogar, disfrutó del calorcito que le empezó a subir desde las piernas, y esta vez, a pesar del silencio cercano y la calma lejana, durmió profundamente, sin preocuparse de bichos ni de heladas.

Soñó pues con fruición y en colores particularmente nítidos. Que se acercaba por fin a su antigua casa de la ciudad, pero lo precedía una ambulancia y él se quedaba en la acera de enfrente, a la expectativa. Que de la casa extraían un cuerpo en una camilla, alguien tapado con una frazada oscura, pero era obvio que se trataba de él mismo. Sólo cuando la ambulancia partía, él se decidía a cruzar la calle, metía su vieja llave en la cerradura de siempre, la puerta se abría sin rechinamientos, y él inopinadamente despertaba.

Despertaba a la mañana fresca y radiante, a la realidad de pájaros e insectos, y también de unas ramas altas que se balanceaban nítidas ofreciéndole trozos disponibles de cielo. Despertaba a una jornada en que se sentía particularmente vivo. Nunca se había interesado por los sueños, propios o ajenos, y sin embargo en ese instante resolvió que aquel bulto inerme llevado por la soñada ambulancia era la parte acabada de su vida, era su antiguo ser timorato y doliente. Miró a su alrededor con una curiosidad tan premiosa que casi le dio vértigo, y respiró a todo pulmón, como si tomara fuerzas para empezar a contar desde cero. Por cierto le extrañó que no cantara un gallo, pero éste iba a ser tan sólo el primer esquema a descartar. Le asombró asimismo que esa vida silvestre, que él había diseñado tantas veces en términos hostiles y abstractos, fuera allí tan concreta y sin embargo tan acogedora. Bostezó reverente, sin hacer ruido, y de a poco fue sacando las piernas del saco de dormir. De pronto advirtió que a su izquierda la vegetación se ahuecaba como un lecho. Entonces, libre y sin testigos, salvo la mirada de un pájaro negro allá en la rama alta, se arrojó sobre esa patria verde, metiendo la cabeza en el colchón de hojas. Cuando por fin el animal de ciudad, ese obstinado, levantó la frente, vio que las hojas más cercanas estaban húmedas. Debe ser el rocío, pensó todavía en borrador, todavía en esquema. Para comprobarlo decidió pasar la lengua por las cuatro gotas. Cuatro gotas saladas. No era rocío.

Puentes como liebres

iremos, yo, tus ojos y yo, mientras descansas,
bajo los tersos párpados vacíos,
a cazar puentes, puentes como liebres,
por los campos del tiempo que vivimos.
                                    PEDRO SALINAS

1.

Había oído mencionar su nombre, pero la primera vez que la vi fue un rato antes de subir al vapor de la carrera. Mis viejos y mis hermanas habían venido a despedirme y estaban algo conmovidos, no porque viajara a Buenos Aires a pasar una semana con mis primos sino porque a mis dieciséis años nunca había ido solo «al extranjero».

Ella también estaba en la dársena pero en otro grupo, creo que con su madre y con su abuela. Fue entonces que mamá le dijo discretamente a mi hermana mayor: «Qué linda se ha puesto la hija de Eugenia Carrasco. Pensar que hace dos años era sólo una gurisa». Mamá tenía razón: yo no podía saber cómo lucía dos años atrás la hija de Eugenia, pero ahora en cambio era una maravilla. Delgada, con el pelo rojizo sujeto en la nuca con un moño, tenía unos rasgos delicados que me parecieron casi etéreos y en el primer momento atribuí esa visión a la neblina. Luego pude comprobar que, con niebla o sin niebla, ella era así.

Al igual que yo, viajaba sola. Poco después, ya con el barco en movimiento, nos cruzamos en un pasillo y me miró como reconociéndome. Dijo: «¿Vos sos el hijo de Clara?», exactamente cuando yo preguntaba: «¿Vos sos la hija de Eugenia?». Nos avergonzamos al unísono, pero fue más cómodo soltar la risa. Tomé nota de que, cuando reía, podía ser una pícara que se hacía la inocente, o viceversa.

Inmediatamente cambié mi rumbo por el suyo. Iba pensando proponerle que cenáramos juntos y ensayaba mentalmente la frase cuando nos encontramos con el restaurante, así que se lo dije. «Y mirá que tengo plata.» Me gustó que aceptara de entrada, sin recurrir al filtro de negativas e insistencias tan usado por los adultos en los años treinta.

«Ah, pero somos algo más que el hijo de Clara y la hija de Eugenia, ¿no te parece? Yo me llamo Celina.» «Y yo Leonel.» El mozo del restaurante nos tomó por hermanos. «Qué aventura», dijo ella. Estuve por decir *aventura incestuosa,* pero pensé que iba demasiado rápido.

Entonces ella dijo «aventura incestuosa» y no tuve más remedio que ruborizarme. Ella también pero por solidaridad, estoy seguro.

Me preguntó si sabía en qué estaba pensando. Qué iba a saber. «Bueno, estoy pensando en la cara que pondría mi abuela si supiera que estoy cenando con un muchacho.» Albricias: el muchacho era yo. Y el mozo que me preguntaba si iba a pedir el menú económico. Por supuesto. Y el mozo que preguntaba si mi hermanita también. Y ella que sí, claro, «por algo somos inseparables». Se fue el mozo y dije: «Ojalá». «Ojalá qué». Me di cuenta de que había conseguido desorientarla. «Ojalá fuéramos inseparables.» Ella entendió que era algo así como una declaración de amor. Y era.

Cuando estábamos terminando la crema aurora, me preguntó por qué había dicho eso, y estaba seria y lindísima. Yo no estaba lindísimo pero sí estaba serio cuando imaginé que la mejor respuesta era enviarle mi mano por entre el tenedor y las copas, pero ella: «Ay no, acordate que somos hermanitos». Hay que ver los problemas que tenían los chicos, allá por 1937, en los preámbulos del amor. Era como si todos, las madres, las tías, las madrinas, las abuelas, los siglos en fin, nos estuvieran contemplando. Entonces, con las manos muy quietas pero crispadas, le contesté por fin que le había dicho eso porque me gustaba, nada más. Y ella: «Me gusta cómo decís que te gusto». Ah, pero a mí me gustaba que a ella le gustara cómo decía yo que me gustaba. Sí, ya sé, qué pavadas. Pero a nosotros nos sonaban como clarinadas de genio, de esas que aparecen en los diccionarios de frases famosas.

Cuando estábamos en el churrasco ella dijo que hasta ahora no se había enamorado, pero quién sabe. «Además, sólo tengo quince años.» Y yo dieciséis. Pero quién sabe. Y desplegaba su sonrisa. Comparada con la suya, la de la Gioconda era una pobre mueca. Debo agregar que, a pesar de sus rasgos etéreos, demostró un apetito voraz. Del churrasco no quedaron ni huellas. Yo por lo menos dejé una papa, nada más que para que el mozo no pensara que éramos unos muertos de hambre.

En el postre nos contamos las vidas. En su clase había quien le tenía ojeriza porque era la única que obtenía sobresalientes en matemáticas. «A mí también me entusiasman las matemáticas», exclamé radiante y hasta me lo creí, pero sólo era una mentira autopiadosa, ya que entonces las odiaba y todavía hoy me dura el rencor. Sus padres estaban separados, pero lo había asimilado bien. «Era mucho peor cuando estaban juntos y se insultaban a diario.» Lamenté profundamente que mis padres no se hubieran divorciado, más bien estaban contentos de estar juntos. Lo lamenté porque habría sido otra coincidencia, pero la verdad es que no me atreví a modificar de ese modo la historia. «Leonel, no lo lamentes, es mucho mejor que se lleven bien, así se ocupan menos de vos. Si viven agraviándose, se quedan con una inquina espantosa y después se desquitan con uno.»

Tomamos café, que estaba recalentado, casi diría que repugnante, pero sin embargo nos desveló. Al menos ni ella ni yo teníamos ganas de volver a nuestros respectivos camarotes. Celina compartía el suyo con dos viejas; yo, con tres futbolistas. Menos mal que la noche estaba espléndida. Aquí ya no había niebla y la Vía Láctea era emocionante. Estuvimos un rato mirando el agua, que golpeaba y golpeaba, pero hacía frío y decidimos sentarnos adentro, en un sofá enorme. Ella se puso un saquito porque estaba temblando, y yo, para transmitirle un poco de calor, apoyé mi largo brazo sobre sus hombros encogidos. El ruido del agua, el olor salitroso que nos envolvía y los pasillos totalmente desiertos, creaban un ambiente que me pareció cinematográfico. Era como si actuáramos dentro de una película. Nosotros, la pareja central.

Estuvimos callados como media hora, pero los cuerpos se contaban historias, hacían proyectos, no querían separarse. Cuando apoyó la cabeza en mi hombro, yo balbuceé: «Celina». Movió apenas el cabello rojizo, sin mirarme, a modo de saludo. Un largo rato después, cuando yo creía que estaba dormida, dijo despacito: «Pero quién sabe».

2.

La segunda vez fue siete años más tarde. Me había quedado solo en Montevideo. Toda la familia estaba en Paysandú, con mis tíos. Yo no había podido acompañarlos porque había dejado de estudiar y trabajaba en una empresa importadora. El gerente era un inglés insoportable: o sea que estaba totalmente descartado el que yo pidiera una semana libre. El *leitmotiv* de su puta vida eran los repuestos para automóviles, que constituían el principal renglón de la empresa. Hablaba de pistones, pernos, válvulas de admisión y de escape, aros, cintas de freno, bujías, etc., con una fruición casi sibarítica. Reconozco que también hablaba de golf y los sábados siempre aparecía con los benditos palos, porque al mediodía, cuando cerrábamos, se iba con el hijo al Club, en Punta Carretas, y allí se hacían la farrita.

Era un mediocre, un torpón, y sin embargo autoritario, enquistado en un gesto definitivamente agrio que también incluía al hijo, que era flaquísimo y curiosamente se llamaba Gordon. Al viejo sólo lo vi hacer bromas y reírse en falsete cuando venía de inspección, cada tres meses, el director general, un yanqui retacón de cogote morado, nada torpe por cierto, que no jugaba al golf ni entendía demasiado de pernos y bujes, pero que vigilaba el negocio como un sabueso y en el fondo despreciaba profundamente a aquel británico de medio pelo y ambición chiquita. Reconozco que esos matices los advierto ahora, a varios lustros de distancia, pero en aquel entonces no hacía distingos: odiaba a ambos por igual.

Mi trabajo era múltiple. Vendía accesorios en el mostrador, atendía la caja, cotejaba cada factura con la mercadería correspondiente (se habían detectado varias evasiones de pistones) y en los ratos libres, o en horas extras, el gerente me llamaba para dictarme cartas que yo tomaba taquigráficamente. Ocho o nueve horas en ese ritmo me dejaban aturdido y fatigado. De más está decir que no era un trabajo esplendoroso.

Esa tarde estaba en el mostrador midiendo unos pernos que pedía un mecánico, cuando se hizo un silencio. Eso siempre ocurría en las escasas ocasiones en que entraba al comercio una mujer joven. Nuestros artículos no eran especialmente atractivos para el público femenino. Sin embargo, además de los accesorios para automóviles vendíamos linóleo, motores fuera de borda y cajas de herramientas, y dos o tres veces al año entraba alguna dama a pedir precios en cualquiera de esos rubros, aclarando siempre que se trataba de un regalo o de un encargo.

Yo seguí con los pernos, discutiendo además con el mecánico, que juraba y perjuraba que no eran para un Ford V8, como yo le decía. Al fin pude convencerlo con argumentos irrebatibles y pagó su compra con cara de derrotado. Levanté los ojos y era Celina. Al principio no la reconocí. Se había convertido en una mujercita de primera. Ya no era etérea, pero irradiaba una seguridad y un aplomo que impresionaban. Además, no era exactamente linda sino hermosa. Y yo, con las manos sucias del aceite de los pernos, no salía de mi estupor.

«Pero, Leonel, ¿qué hacés entre tantos fierros?» Lo sentí como un agravio personal: para ella todos aquellos carísimos accesorios que proporcionaban pingües ganancias a la empresa, eran sólo fierros. «¿Y vos? ¿Venís a comprar alguno?» No, simplemente se había enterado de que yo trabajaba allí y se le ocurrió saludarme. ¿Dónde se había metido desde aquella vez? Nunca más había sabido de ella. Hasta las mujeres de mi familia le habían perdido el rastro. «Estuve en Estados Unidos, en realidad todavía vivo allí, pero la historia es larga, no querrás que te la cuente aquí.» De ninguna manera, y menos ahora que el inglés ha empezado a pasearse con las manos atrás, y yo conozco ese preludio. Así que quedamos en encontrarnos esta noche. ¿Dónde? En mi casa, en la suya, en un café, donde quiera. «Tiene que ser hoy, ¿sabés?, porque mañana me voy de nuevo.» Y el gerente, en vez de disfrutar de aquellas piernas que se alejaban taconeando, me miró con su severidad despreciativa y colonizadora. Por las dudas, escondí mi nariz en una caja de arandelas.

Vino a mi casa y yo no había tenido tiempo de decirle que estaba solo. Ahora pienso que tal vez no se lo habría dicho aunque hubiese tenido tiempo. El proyecto era tomar unos tragos e irnos a cenar, pero al llegar me dio un abrazo tan cálido, tan acompañado de otras sustentaciones y recados, que nos quedamos allí nomás, en un sofá que se parecía un poco al del barco, sólo que esta vez no apoyó su cabeza en mi hombro y además no temblaba sino que parecía inmune, segura, ilesa.

Con siete años de incomunicación, tuvimos que contarnos otra vez las vidas. Sí, se había ido a los Estados Unidos, enviada por la familia. Estaba estudiando psicología, quería concluir su carrera y luego regresar. No, no le gustaba aquello. Tenía amigos inteligentes, pródigos, entretenidos, pero observaba en la conducta de los norteamericanos un doble nivel, un juego en duplicado: y esto en la amistad, en el sexo, en los negocios. Herencia del puritanismo, tal vez. Todos tenemos una dosis más o menos normal de hipocresía, pero ella nunca la había visto convertida en un rasgo nacional.

No podía conformarse con que yo estuviera vendiendo accesorios de automóviles. «¿No lo hago bien?» «Claro que lo hacés bien, ya vi cómo convenciste a aquel mecánico tan turro. Se ve que sos un experto en fierros. Pero estoy segura de que podés hacer algo mejor. ¿No te gustaban tanto las matemáticas?» «Nada de eso, aquella noche lo dije para que tuviéramos un territorio común. Además estoy seguro de que, si hubieras estado junto a mí, al final me habrían gustado, pero desapareciste, y mañana te vas.»

Se va y no puedo creerlo. Por primera vez tomo conciencia de mi desamparo, por primera vez me digo, y se lo digo, que con ella puedo ser mucho y que sin ella no seré nada. Responde que sin mí ella tampoco será nada, pero que no hay que obligar al azar. «Ves como nos separamos y él viene y nos junta. Quién puede saber lo que vendrá. A lo mejor yo me caso, y vos también, por tu lado. No hay que prometer nada porque las promesas son horribles ataduras, y cuando uno se siente amarrado tiende a liberarse, eso es fatal.»

Era lindo escucharla, pero era mejor sentirla tan cerca. En ese momento me pareció que ella también tenía un doble nivel, pero sin hipocresía. Quiero decir que mientras desarrollaba todo ese razonamiento tan abierto al futuro, sus ojos me decían que la abrazara, que la besara, que iniciara por fin los trámites básicos de nuestro deseo. Y cómo podía negarle lo que esos ojos tan tiernos y elocuentes me pedían. La abracé, la besé. Sus labios eran una caricia necesaria, cómo podía haber vivido hasta ahora sin ellos. De pronto nos separamos, nos contemplamos y coincidimos en que el momento había llegado. Pero cuando yo alargaba mi mano hasta su escote, casi dibujando por anticipado el ademán de ir abriendo el paraíso, en ese instante llegó el ruido de la cerradura en la puerta de abajo.

«Mis padres», dije, «pero si iban a regresar mañana». No eran mis padres sino mi hermana mayor. «Hola, Marta, qué pasó.» Mamá se había sentido mal, por eso ella venía a buscarme. Le pregunté si era algo serio y dijo que probablemente sí, que papá estaba con ella en el sanatorio. «Perdón, con la sorpresa omití presentarte a Celina Carrasco. Ésta es Marta, mi hermana.» «Ah, no sabía que se conocían. ¿Pero no estabas en el extranjero?» «Sí, vive en los Estados Unidos y regresa mañana.» «Bueno», dijo Celina con la mayor naturalidad, «ya me iba, todavía tengo que hacer las valijas, ya saben lo que es eso. Espero que no sea nada serio lo de tu mamá». «Gracias y buen viaje», dijo Marta.

3.

El azar estuvo esta vez muy remolón, ya que la ocasión siguiente sólo apareció en 1965. Yo ya no trabajaba entre los *fierros*. Unos meses después de la muerte de mamá, el viejo me llamó muy solemnemente y me comunicó que su propósito era hacer cuatro porciones con el dinero y los pocos bienes que tenía: él se quedaría con una, y las otras tres serían para mí y mis dos hermanas. Me indigné, traté de convencerlo: que él todavía era joven, que podía necesitar ese dinero, que nosotros teníamos nuestros ingresos, etc., pero se mantuvo. Le alcanzaba perfectamente con la jubilación y en cambio para nosotros ese dinero podía ser la base para algún buen proyecto. Y que concretamente en mi caso ya estaba bien de vender válvulas y cintas de freno. Y que no se admitían correcciones a la voluntad paterna.

Así fue. Marta se buscó una socia y abrió una *boutique* en la calle Mercedes; mi hermana menor, Adela, menos emprendedora, simplemente invirtió la suma en bonos hipotecarios; por mi parte, dije adiós sin preaviso al gerente golfista y su mal humor e instalé (viejo sueño) una galería de arte. Le puse un nombre obviamente artístico: La Paleta. Algunos amigos quedaron desconsolados con mi escasa imaginación, pero yo, cuando venía por Convención y contemplaba desde lejos el letrero Galería La Paleta, me sentía casi ufano.

Ah, me olvidaba de algo importante: en 1950 me había casado. Creo que tomé la decisión cuando supe, por un pintor uruguayo residente en Nueva York, que Celina se había casado en los Estados Unidos con un arquitecto venezolano. Mi mujer, Norma, trabajaba en un Banco y de noche era actriz de un teatro independiente. Tuvo algunos buenos papeles y los aprovechó. Yo iba siempre a los estrenos y en compensación ella venía a La Paleta cuando se inauguraba una muestra. Pero debo reconocer que nos veíamos poco.

En una ocasión (creo que era una obra de autor italiano) Norma debía aparecer desnuda tras una mampara no transparente sino traslúcida. Digamos que no se veía pero se veía. La noche del estreno me sentí ridículo por dos razones: la primera, que una platea repleta presenciara (ay, en mi presencia) y aplaudiera el lindo cuerpo de mi mujer, y la segunda: si éramos civilizados no podía ser que yo me sintiera mal, y sin embargo me sentía. Ergo, era un producto de la barbarie. Después de esa autocrítica, me divorcié.

No pude sin embargo contarle esa historia a Celina porque si bien vino al cóctel de La Paleta (se inauguraba la muestra retrospectiva de Evaristo Dávila), lo hizo acompañada de su arquitecto venezolano, quien para colmo se interesaba abusivamente por la pintura y no sólo me hizo poner una tarjeta de *adquirido* bajo dos lindas acuarelas de Dávila (eran más baratas que los óleos) sino que se prometió y me prometió venir nuevamente por la galería antes de emprender regreso a Los Ángeles, y todo ello «porque a esta altura del partido, los cuadros son la mejor inversión».

Celina me acribilló a preguntas. Sabía que me había casado, pero cuando me preguntó por mi mujer («Ya sé que es encantadora, ¿tenés hijos?, de qué se ocupa, se llama Norma ¿no?») se quedó con la boca abierta cuando le dije que nos habíamos divorciado. Emergió como pudo de aquel bache, sobre todo porque el arquitecto frunció el ceño y ella no tuvo más remedio que dedicarse a elogiar la galería. «¿Viste como yo tenía razón? Era un crimen que estuvieras enterrado en aquella empresa espantosa, con aquel gerente tan desagradable. Supe que tu mamá había fallecido, pero no habrá sido precisamente aquella noche en que llegó tu hermana, ¿verdad?» Sí, había sido precisamente aquella noche.

Me dije que seguía siendo muy atractiva pero que sin embargo había perdido un poco, no demasiado, de su frescura, y eso se advertía sobre todo en su risa, que ya no estaba a medio camino entre la inocencia y la picardía, sino que era primordialmente sociable. Me dije todo eso, pero a ella en cambio le aseguré que se la veía muy rozagante. Me

pareció que el arquitecto esbozaba una sonrisa de comisuras iróni-
cas, pero quizá fue un falso indicio. Seguían viviendo en Estados Unidos,
pero querían mudarse a San Francisco. «Es la única ciudad norteamericana que soporto, debe ser porque tiene cafés y no sólo cafeterías y
te podés quedar sentado durante horas junto a una ventana leyendo el
diario con un solo exprés.» Por fortuna el arquitecto se encontró con
un viejo amigo, el abrazo fue entusiasta y los palmoteos en las respectivas nucas sirvieron de prólogo a un aparte íntimo en el que presumiblemente se pusieron al día. Yo aproveché para mirarla a los ojos y
hacerle una pregunta que evidentemente ella había tratado de frenar
mediante aquella superflua animación: «¿Cómo estás realmente?».
Cerró los ojos durante unos segundos y cuando los abrió era la Celina
de siempre, aunque más apagada. «Mal», dijo.

4.

A la hora convenida, ya no recuerdo cuál era, la gente había aparecido simultáneamente desde las calles laterales, desde los autos estacio-
nados, desde las tiendas, desde las oficinas, desde los ascensores, des-
de los cafés, desde las galerías, desde el pasado, desde la historia,
desde la rabia. Ya hacía dos semanas que, como respuesta al golpe
militar, la central de trabajadores había aplicado la medida que tenía
prevista para esa situación anómala: una huelga general.

Mientras caminaba, como los otros miles, por Dieciocho, pensé
que a lo mejor era sólo un sueño. Todo había sido tan vertiginoso y
colectivo. Además la gente se movía como en los sueños, casi ingrávi-
da y sin embargo radiante. Cada uno tenía conciencia de los riesgos y
también de que participaba en un atrevido pulso comunitario, casi un
jadeo popular. Era como respirar audiblemente, osadamente, con mis
pulmones y los de todos. Nunca sentí, ni antes ni después de aquel lunes 9 de julio del 73, un impulso así, una sensación tan nítida y envol-
vente de adónde iba y a qué pertenecía. Nos mirábamos y no precisá-
bamos decirnos nada: todos estábamos en lo mismo. Nos sentíamos
estafados pero a la vez orgullosos de haber detectado y denunciado
al estafador. Creíamos que nadie podría con nosotros, así, desarma-
dos e inermes como andábamos, pero sin la menor vacilación en cuanto
a desembarazarnos de esos alucinantes invasores que nos apuntaban,
nos despreciaban, nos temían, nos arrinconaban, nos condenaban.
Y cuanto más terreno ganaba la tensión, cuanto más rápido era el
paso de hombres y mujeres, de muchachos y muchachas, tanto más
verosímil nos parecía ese remolino de libertad.

Recuerdo que en los balcones había mucho público, como si fuéramos los protagonistas de una parada antimilitar. De pronto me acordé: alguna vez había estado en uno de esos balcones, cuando había pasado el general De Gaulle bajo un terrible aguacero, chorreante y enhiesto como el obelisco de la Concorde. Y también recordé cómo bullía la avenida allá por el 50, cuando contra todos los vaticinios la selección uruguaya le había ganado a la brasileña en la final de Maracaná. Y más atrás, cuando la reconquista de París en la segunda guerra. Por la avenida siempre había pasado el aluvión.

Y ahora también. Uno se cruzaba con el amigo o el vecino y apenas le tocaba el brazo, para qué más. No había que distraerse, no había que perder un solo detalle. También nos cruzábamos con desconocidos y a partir de ese encuentro éramos conocidos, recordaríamos esa cara no para siempre, claro, pero al menos hasta la madrugada, porque nuestras retinas eran como archivos, queríamos absorber esa entelequia, queríamos concretarla en transeúntes de carne y hueso. Nada de abstracciones, por favor. Los labios apretados eran conscientes y reales; las sonrisas del prójimo, sucintas y ciertas. La calle avanzaba incontenible, con sus vidrieras y balcones; la calle articulaba, en inquietante silencio, su voluntad más profunda, su dignidad más dura. Los obreros, esos que pocas veces bajan al centro porque la fábrica los arroja al hogar con un cansancio aletargante, aprovechaban a mirar con inevitable novelería aquel mundo de oficinistas, dependientes, cajeras, que hoy se aliaba con ellos y empujaba. No había saña, ni siquiera rencor, sólo una convicción profunda, y hasta ahí no llegaba lo planificado. Las convicciones no se organizan; simplemente iluminan, abren rumbos. Son un rumor, pero un rumor confirmado que sube del suelo como un seísmo.

Y así, como un rumor, como un murmullo que venía en ondas, empezó a oírse el himno, desajustado, furioso y conmovedor como nunca. Cuando unos silabeaban *y que heroicos sabremos cumplir,* otros, más lentos o minuciosos, estaban aún estancados en *el voto que el alma pronuncia.* Pero fue más adelante, en el *tiranos temblad,* o sea en pleno bramido con destinatarios, cuando la vi, a diez metros apenas, cantando ella también como una poseída. Y en esta cuarta vez, además del lógico sacudimiento, sentí también un poco de recelo, un amago casi indiscernible de desconcierto, la sospecha de haberme quedado no sólo lejos de su vida, como siempre había estado, sino fuera de su mundo y fuera también de su belleza, que aun a sus cincuenta (en octubre cumpliría cincuenta y uno) seguía siendo persuasiva; fuera de sus noticias, de su vida cotidiana, de sus ideas, y fuera también de este entusiasmo atronador en que estábamos envueltos, porque no lo habíamos alcanzado juntos sino cada uno por su lado, coleccionando destrozos y solidaridades. Sin embargo, de una cosa no me cabía duda: era la única mujer que realmente me había importado y aún me importaba. Hacía algunos meses, cuando había vendido La Paleta y abierto una librería de viejo en el Cordón (los amigos esta vez me convencieron de que no la llamara *Tomo y Lomo,* como había sido mi intención, sino sencillamente *Los Cielitos*), un cliente me dijo al pasar que el arquitecto Trejo y su mujer pensaban regresar de San Francisco para quedarse en Montevideo. En qué momento. Dejé pasar unas semanas y cuando estaba averiguando sus nuevas señas, vino el golpe y no sólo ese propósito sino todos los propósitos quedaron aplazados. El país entero quedó aplazado.

Y ahora ella estaba allí. La veía y enseguida la perdía de vista. A veces distinguía su tapado azul, o su cabeza que ya no era roja, pero de nuevo la perdía. Y así avanzaba, procurando no dar codazos porque en aquella muchedumbre no había enemigos. Pero ella, que no me había visto, también se movía y no precisamente hacia mí. Fue entonces que hubo un aaah de alerta, que fue creciendo, y luego gritos y corridas y gente que tropezaba y caía, porque la represión había empezado y sonaban disparos y tableteos y había humo y palos y yo queriendo verla, intentaba correr hacia ella, pero en la confusión las distancias variaban de minuto en minuto y ya era bastante la furia que se descargaba sobre nosotros y había que escapar, tiranos temblad, quizá el temblor era ese tableteo, y todo seguía aconteciendo en un nivel onírico, sólo que esos uniformados no eran ingrávidos y el sueño se había convertido en pesadilla.

5.

La quinta vez fue en Atocha, antes de que tomáramos el tren nocturno que iba a Andalucía, un domingo de octubre de 1981. Yo llevaba cinco años viviendo en Madrid, como tercera escala del exilio. Dos días después de aquel imborrable 9 de julio, fueron a buscarme a casa de Norma, mi ex mujer, quien tuvo el buen tino de decirles que, aunque estábamos separados, tenía la impresión de que yo había viajado al extranjero. ¿Dónde? «Ni idea, él siempre viaja mucho y lógicamente, dada nuestra actual situación, no se molesta en comunicármelo.» Buena actriz, por suerte. Y yo, un sedentario congénito, tuve que irme a hurtadillas. Pero aun así, antes de cruzar la frontera, escondido en casa de amigos por tres o cuatro días, pude averiguar que Celina había sido detenida. También su hijo. Me aseguraron que el arquitecto no salía de su estupor, y que era un estupor con doble llave.

Primero estuve en Porto Alegre, luego en París, por fin en Madrid, donde no me fue fácil conseguir trabajo. Durante seis meses viví de lo poco que me mandaban mis hermanas, pero esa ayuda me provocaba (resabios de machismo, claro) una incomodidad casi a flor de piel. Me sentía un *gigolo* de mis propias hermanas, y eso, en mi marco de pequeñoburgués progresista, era un escándalo. Por suerte, un buen grabador mexicano a quien yo conocía desde tiempo atrás porque había expuesto sus litografías en La Paleta, me presentó a la propietaria de una rimbombante galería del barrio de Salamanca, habló maravillas de mi conocimiento del ramo y como resultado empecé a trabajar. La dueña, una noruega veterana y buena tipa, pese a que no creyó una sola palabra del panegírico, se mostró dispuesta a sacarme del pozo. Más tarde se fue convenciendo de que yo podía serle de utilidad y empezó a mandarme a provincias a fin de que descubriera jóvenes promesas. Reconozco que descubrí varias, y doña Sigrid, como yo la llamaba, me fue tomando confianza.

Esta vez me enteré rápidamente de la presencia de Celina en Madrid. Había pasado tres años en la cárcel, acusada de servir de correo internacional, al servicio de actividades «subversivas». La habían tratado mal, pero no tan mal como a otras mujeres, casi todas mucho más jóvenes, que cayeron en aquellas jornadas de espanto. Por un lado su edad (cuando fue detenida tenía cincuenta y dos y al salir cincuenta y cinco) y sus maneras dignas y seguras que establecían una inevitable distancia con aquellos omnipotentes en bruto, y por otro sus vinculaciones con medios diplomáticos y políticos, hicieron que los militares le guardaran cierta consideración, aunque ésta siempre estuviera ligada a algo que para ellos constituía un enigma: por qué una dama culta, de buena familia, de aspecto impecable, de hábitos refinados, había arriesgado su confort, su libertad y hasta su matrimonio, comprometiéndose en una tarea loca, irresponsable, y para ellos sobre todo delictiva. Como en el fondo querían ser suaves con ella (aunque por supuesto sin hacerse acreedores a ningún tirón de orejas, ni de galones) fabricaron para sí mismos una explicación que les pareció verosímil: el hijo había estado metido hasta el pescuezo en faenas conspirativas y ella simplemente le había dado una mano. Una vez que la motivación adquirió un tinte maternal, y por ende familiar, occidental y cristiano, ya estuvieron en condiciones de tolerar su propia tolerancia. Hubo, es cierto, un suboficial que en un interrogatorio especialmente duro, frente a los altivos desplantes de la detenida perdió la compostura y la abofeteó varias veces, partiéndole el labio y dejándole un ojo tumefacto, pero también es cierto que el impulsivo fue sancionado. Celina (todo lo fui sabiendo de a poco, por amigos comunes) se sentía, en medio de todo, una privilegiada, ya que luego compartió su celda con varias muchachas que estaban literalmente reventadas. En cuanto a su hijo, sólo pudieron probarle una mínima parte de la pirámide de acusaciones, pero a él sí lo torturaron con delectación y estuvo cuatro meses en el Hospital Militar. Cumplió su condena de cinco años y luego lo deportaron. Ahora vivía con su mujer en Gotemburgo.

Para Celina esos años fueron decisivos. La prisión había cortado su vida en dos, y la libertad la había esperado con una pródiga canasta de problemas. En primer término, su matrimonio. La falta de solidaridad demostrada por el arquitecto (siempre había sido un hombre estrechamente vinculado a las transnacionales) había liquidado la convivencia conyugal, ya seriamente deteriorada en el momento de la detención. Fueron seis meses de discusiones interminables y por fin Celina decidió romper una unión que había durado nada menos que treinta años. Cuando todo estaba resuelto y habían por lo menos llegado al acuerdo de iniciar el divorcio una vez que Trejo regresara de un corto viaje a su paraíso norteño, el proyecto tuvo una brusca e imprevista modificación, ya que el arquitecto sufrió un síncope en el aeropuerto Kennedy, exactamente cuando los altavoces llamaban para su vuelo de Pan American. Mientras el hijo siguió en el penal, Celina permaneció en Montevideo, a pesar de que el muchacho, en cada visita, le pedía que se fuera: «Yo sé por qué te lo digo. Andate vieja». Pero la vieja sólo hizo sus bártulos cuando él le telefoneó desde Estocolmo que había llegado bien.

Precisamente, Celina venía ahora de Suecia, donde había pasado un mes con el hijo y la nuera. Su proyecto era estar dos meses en España y luego decidiría. Su situación económica le daba cierta seguridad, y aunque ayudaba frecuentemente al hijo, no pasaba dificultades.

Cuando la localicé por teléfono, gritó «Leonel» antes de que le aclarara quién la llamaba. Teníamos que vernos, claro, pero le dije que el domingo yo debía partir por tren nocturno hacia Andalucía y le propuse que me acompañara, así aprovechábamos el viaje a Huelva y Málaga y Granada para contarnos una vez más quiénes éramos. Hubo veinte segundos de silencio que me parecieron media hora y por fin dijo que bueno. Yo me encargaría de los billetes y de reservar los compartimientos, individuales y de primera por supuesto. ¿De acuerdo? De acuerdo. Imaginé que estaría sonriendo y que aún ahora la Gioconda saldría perdidosa.

La noche del domingo llegué a Atocha media hora antes de lo convenido. Ella en cambio apareció con veinte minutos de atraso.

Desde lejos venía pidiendo perdón, perdón, y lo siguió diciendo ya muy quedo junto a mi oído cuando nos abrazamos. No había tiempo para ternuras, de modo que fuimos casi corriendo hasta el andén y por el andén hasta el final, donde estaba nuestro vagón. En realidad subimos dos minutos antes de que el convoy comenzara a moverse. Un tipo bastante amable nos acompañó hasta nuestras respectivas cabinas individuales, tal vez un poco extrañado de que no tuviéramos una doble.

Dejamos el equipaje y los abrigos y sólo entonces tuvimos tiempo de mirarnos. «En marzo voy a ser abuela», fue lo primero que me dijo. Algo así como un alerta. «Ah, yo no. Para no correr ese riesgo espantoso, tomé la precaución de no tener hijos.» Nos volvimos a mirar, pero indirectamente, gracias al cristal de la ventanilla. «Leonel, ¿será que por fin estaremos tranquilos vos y yo?» «Querida, has cometido tu primer error: yo no estoy tranquilo.» Tomé su mano y la conduje hasta ese reloj llamado cuore. El mío, claro. «Falluto, es por la corrida. A tus años. Mirá que no quiero chantajes cardiovasculares.» Mi desilusión debió notarse porque apartó la mano del reloj y la pasó por mi pelo. «Quiero empezar por un comunicado oficial», dijo, «he llegado a la conclusión de que te quiero». «¿Y cuándo fue eso?» «En la cárcel. Una noche me di varias veces la cabeza contra el muro. Por estúpida. Hace siglos que te quiero.» «¿Y entonces por qué desaparecías y te ibas a los Estados Unidos y te casabas y todas esas cosas horribles?» «Yo también podría preguntarte por qué te quedabas y te desgastabas entre los fierros y llegaba de improviso tu hermana y te casabas y te divorciabas y todas esas cosas horribles.» Sí, era cierto. En algún momento deberé darme la cabeza contra el muro.

Fuimos a cenar al vagón restaurante, pero no había ni crema aurora ni churrasco, así que tuvo que ser jamón de York y trucha a la almendra. «¿No te parece que desperdiciamos la vida?» «También hubo cosas buenas. Pero si te referís a la vida nuestra, a la vida vos-y-yo, estoy de acuerdo, la desaprovechamos.» Avancé la mano, como en el vapor de la carrera, por entre las copas y el tenedor, y ella la aceptó: «Aquí no somos hermanitos». Tuve la impresión de que recordábamos todas nuestras frases (después de todo, no eran tantas) pronunciadas desde 1937 hasta ahora. Glosé otro versículo: «Tampoco somos inseparables». «¿Te parece que no? Fíjate que siempre volvemos a encontrarnos». Venía el camarero, traía y llevaba platos, vino, agua mineral, postres, café, y no sentíamos vergüenza de que nos sorprendiera mirándonos, y no como rutina, sino así, encandilados.

Pagamos, volvimos al vagón, estuvimos un rato en el pasillo vigilando las luces que llegaban, nos cruzaban y se iban. Le rodeé los hombros y ella recostó la cabeza. Como por ensalmo, los cuerpos empezaron a contarse historias, a hacer proyectos. No querían separarse. «Mañana en el hotel podríamos tener una habitación doble», dije. «Podríamos.»

De pronto me apretó el brazo, no dijo nada y se metió en su cabina. Me quedé un rato más en el pasillo, luego entré en la mía. Me quité la ropa, me puse el pijama, me lavé los dientes, bebí un vaso de agua. Sin demasiada convicción saqué de mi maletín los cuentos de Salinger que pensaba leer. Pero antes de acostarme toqué suavemente con los nudillos en la puerta doble que separaba los compartimientos.

Del otro lado también hubo nudillos y algo más. El cerrojo de la segunda puerta sonó duro, decidido. También descorrí el de mi lado. Nunca se me había ocurrido que si dos pasajeros se ponen de acuerdo en abrir la puerta doble, las cabinas pueden comunicarse.

Celina. Ya no es pelirroja ni delgadita ni sus rasgos etéreos han de confundirse con la niebla. También yo soy otra imagen. No preciso buscarme en el espejo desalentador. Sé que dos fiordos anuncian una calvicie que ni siquiera es prematura. Tengo un poco de barriga, vello blanco en el pecho, manos con las inconfundibles manchas del tiempo.

Ella apaga la luz, pero a veces algún foco atraviesa las estrías de la persiana y nuestros cuerpos aparecen, pero con barrotes de sombra, casi como dos cebras, esos pobres animales que jamás están desnudos. Nosotros sí. Nunca habíamos tenido nuestras desnudeces. Es un descubrimiento. Los besos del goce, las lenguas del apremio, los vellos contiguos por fin se reconocen, se piden, se inquieren, se responden.

Es incómodo hacer el amor en un ferrocarril, pero mucho más incómodo es no hacerlo. El jadeo del tren se funde con el nuestro, es un compás como el de un barco. Fuera el viento golpea como hace tantos años golpeaba el río como mar, y en realidad es mi adolescencia la que penetra alborozada en los quince años de mi único amor.

DESPISTES Y FRANQUEZAS

*Cuando la vida se detiene, se escribe
lo pasado o lo imposible.*
JOSÉ HIERRO

Despistes

¿Qué es este intervalo que hay entre mí y mí?
FERNANDO PESSOA

La sirena viuda

A partir de 1980, yo había estado varias veces en Copenhague y siempre había cumplido con el rito de rendir homenaje a la legendaria sirenita de Eriksen. Debo reconocer, sin embargo, que sólo en esta última ocasión me pareció advertir en su rostro, y hasta en su postura, una casi imperceptible expresión de viudez.

Cierta noche, estimulado tal vez por varias jarras de Carlsberg, me atreví a mencionar el tema ante varios amigos latinoamericanos, verdaderamente expertos en exilios daneses. Por las dudas, y a fin de que no me creyeran más borracho de lo que estaba, traté de darle al comentario un ligero tono de autoburla, pero, para mi sorpresa, todos se pusieron serios y uno de ellos, un santafecino llamado Alfredo, dijo lentamente, como si estuviera midiendo las sílabas: «No se trata de que sólo tenga expresión de viuda; en realidad, es viuda».

Ahí nomás se me pasó la borrachera, y entonces fue Julio, exiliado chileno, quien tomó la palabra: «El protagonista de esta historia es compatriota mío. Aunque te parezca mentira, fue Pinochet quien lo empujó hacia la sirenita. Después de soportar castigos y humillaciones en cárceles chilenas, Rodrigo, natural de Concepción, recaló en Copenhague. No habían transcurrido veinticuatro horas desde su llegada (antes aún de cumplir el primero de los trámites complementarios para confirmar su estatuto de exiliado), cuando ya estaba perdidamente enamorado de la sirenita. Fue un amor a primera vista, aunque, eso sí, rodeado de imposibles, como ocurre, después de todo, siempre que alguien se enamora de un personaje inalcanzable y célebre. Digamos, de Catherine Deneuve, Ana Belén, Sonia Braga. O también de la sirenita de Copenhague. Es claro que Rodrigo tenía sus rarezas, pero tú, que hasta no hace mucho también fuiste exiliado, bien sabes que en el exilio lo raro es apenas un matiz de lo normal. Por otra parte, Rodrigo hablaba pocas veces de su pasión recién estrenada.

»Simplemente, reservaba alguna hora de su jornada para contemplar a la sirenita, como una forma de comprobar que en sí mismo iba creciendo un amor, tan desacostumbrado como indestructible. Además, cuando se enteró de que la sirenita, en lejanos y cercanos pretéritos, había sufrido escarnios, castigos y hasta mutilaciones, halló en ese pasado una nueva zona de afinidad con su propia y escarmentada historia. Así hasta que un día resolvió transformar lo imposible en verosímil. Estábamos en pleno invierno (aquí es una estación realmente inhóspita) pero a él no le pareció justo postergar su proyecto hasta la primavera. Por razones obvias, eligió las horas de la madrugada: no quería arriesgarse a que se formara un corrillo de curiosos (incluido algún indiscreto policía) y que decenas o centenares de ojos mancillaran su más gloriosa intimidad. Eran las tres y cuarto de un domingo de enero cuando Rodrigo llegó hasta el objeto de su amor. Ella estaba como siempre, inocentemente desnuda, y Rodrigo pensó que no era lícito que él permaneciera miserablemente vestido. De manera que, a pesar de los doce grados bajo cero, se fue despojando, una por una, de todas sus prendas, que quedaron dobladas y en orden junto a sus pies descalzos y ateridos. Ahora sí estaban en igualdad de condiciones su amada y él. Castigados, desnudos, estremecidos. A esa altura, Rodrigo debe haber apretado sus dientes para que no castañetearan y por fin debe haber abrazado tiernamente a su sirena, en el tramo más feliz de su nueva existencia. Que fue breve, claro, porque allí lo hallaron, horas después, dulcemente yerto, sin nueva vida y también sin vida vieja. Y es por eso ¿entiendes? que la pobre sirenita tiene esa cara de viuda que le has visto. Más aún, te diré que desde entonces ha pasado a ser una de los nuestros. Una exiliada más, inmóvil junto al mar, que sueña con la vuelta».

Manualidades

En las puertas de hoy ya no se usan, pero en las viejas puertas había siempre alguna mano (de hierro, de bronce) que era antes que nada un llamador. A Inés le habían atraído estas manos desde que era niña. Y a partir de los quince comenzó a coleccionarlas. En ocho años había conseguido nada menos que veinte. Por lo menos la mitad procedían de las ferias de Tristán Narvaja y de San Telmo, pero en la familia siempre había algún viajero que se acordaba de conseguirle alguna otra en el Rastro o en el Marché aux Puces o en Plainpalais o en Portobello. Seis eran manos derechas (casi siempre de hierro), más escasas y en consecuencia más valiosas; las catorce restantes eran manos izquierdas (normalmente, de bronce). No todas eran originales; algunas eran copias, fácilmente reconocibles porque en ellas la palma estaba hueca. Las manos originales tenían palmas carnosas, aunque esa carne fuera sólo de hierro.

Inés las cuidaba, las lustraba, las interrogaba. Era también una forma de interrogarse. ¿Qué autoridad habría llamado, por ejemplo, con esta mano férrea, seguramente de un golpear sonoro, audible en toda la casa grande? ¿O con esta otra, de dedos crispados, apropiada para el aldabonazo represivo o para la leva siempre inquerida? ¿Quién habría usado la más exigua, con su puño de forjado encaje, digna de ser pulsada por un amador necesariamente discreto, que sólo pretendiera hacerse oír por su amada a la espera? Inés empuñaba una u otra de aquellas manos con historias y enigmas y les inventaba gestos, consecuencias, desenlaces. De noche las miraba antes de dormirse y volvía a mirarlas al amanecer, como consultándolas.

Una noche se durmió y las veinte manos entraron en su sueño. Cada una estaba en una puerta. Inés las fue reconociendo, acariciando y finalmente empuñando para efectuar sus convocatorias, sus llamadas pusilánimes o intrépidas, que repercutían largamente en corredores esotéricos, ocultos, provocando a veces ecos estremecedores. Inés llamaba y llamaba y cada mano le transmitía fuerza y osadía, aunque ella no estuviera muy segura de a quién o a qué llamaba. Sólo sabía que quería tocar aquellas manos ajenas con sus propias manos, y si las usaba para llamar tenía conciencia de que se trataba de un uso solitario: llamaba porque ésa era la función de aquellas manos, llamaba porque así les brindaba, y además aseguraba, su razón de ser.

Despertó sudorosa y balbuciente y en el primer momento no advirtió nada raro, pero cuando, en un gesto ritual, quiso tocarse la frente con su mano derecha, comprobó que con esa mano suya venía otra, ésta fuerte, veterana y de hierro. Y no era su propia mano la que empuñaba a la otra, sino que era la de hierro la que estrechaba la suya. Y así supo que aquello también era un acto solitario. No tuvo dudas de que aquella mano oscura, fiable, robusta, era la portavoz de las veinte manos (de hierro o de bronce, diestras o siniestras) que así le agradecían la dura faena del reciente sueño. Y era también una forma de decirle que no se preocupara porque nadie hubiera respondido. Lo esencial era llamar. Y ellas (las manos e Inés) habían llamado.

El hombre que aprendió a ladrar

A Tito Monterroso,
este agradecido complemento
de «El perro que deseaba ser un ser humano»

Lo cierto es que fueron años de arduo y pragmático aprendizaje, con lapsos de desaliento en los que estuvo a punto de desistir. Pero al fin triunfó la perseverancia y Raimundo aprendió a ladrar. No a imitar ladridos, como suelen hacer algunos chistosos o que se creen tales, sino verdaderamente a ladrar. ¿Qué lo había impulsado a ese adiestramiento? Ante sus amigos se autoflagelaba con humor: «La verdad es que ladro por no llorar». Sin embargo, la razón más valedera era su amor casi franciscano hacia sus hermanos perros. Amor es comunicación. ¿Cómo amar entonces sin comunicarse?

Para Raimundo representó un día de gloria cuando su ladrido fue por fin comprendido por Leo, su hermano perro, y (algo más extraordinario aún) él comprendió el ladrido de Leo. A partir de ese día Raimundo y Leo se tendían, por lo general en los atardeceres, bajo la glorieta, y dialogaban sobre temas generales. A pesar de su amor por los hermanos perros, Raimundo nunca había imaginado que Leo tuviera una tan sagaz visión del mundo.

Por fin, una tarde se animó a preguntarle, en varios sobrios ladridos: «Dime, Leo, con toda franqueza: ¿qué opinas de mi forma de ladrar?». La respuesta de Leo fue escueta y sincera: «Yo diría que lo haces bastante bien, pero tendrás que mejorar. Cuando ladras, todavía se te nota el acento humano».

Autobiografía

El editor milanés le había dicho que por ahora no le trajera más novelas. Una sabrosa autobiografía, eso sí. Convéncete, muchacho, empezó el *boom* de las autobiografías. Ése será el género del siglo XXI. Así que trépate al carro mientras puedas. Dante Falconi prometió que lo intentaría, aunque aclaró que su vida no era interesante ni aventurera ni escandalosa. Toda vida puede ser interesante o aventurera o escandalosa, dijo el editor milanés con una sonrisa plena de futuro, si el autor pone sabor cuando la cuenta. Vamos a ver, ¿nunca mataste a un gato o te masturbaste o le hiciste una zancadilla a tu santa madre o tuviste inclinaciones homosexuales o descubriste que tu viejo tenía una querida o hiciste trampas en el examen o abofeteaste a tu novia o estuviste preso por estupro o torturaste o fuiste torturado o firmaste un cheque sin fondos o te fracturaste la cadera o ganaste una fortuna en el casino o perdiste una fortuna en el casino o confundiste un pegamento con el dentífrico o estuviste a punto de ahogarte o plagiaste a Ungaretti o aprendiste esperanto o plagiaste a Pasolini o tuviste un flemón? Te lo dice un experto: con cualquiera de esas menudencias puede escribirse una autobiografía de clase A. Sí, comprendo, pero yo. No me digas que tu vida ha sido tan pero tan aburrida como para no registrar ningún episodio medianamente atractivo. Ni siquiera es obligatorio que sea morboso, con que sea morbosito ya alcanza. No, pero yo. Nada de pero yo. Mañana mismo te pones a escribir tus escalofriantes memorias, reales o inventadas y te prometo que en la próxima *Fiera de Milano* serás un best-seller.

A partir de aquella charla tan compulsiva sobrevinieron días de angustia para el pobre autor provinciano. Horas de pánico y frustración frente a la hoja en blanco. El editor milanés había dictaminado: lo esencial es lanzarse, hay que empezar con una frase que de entrada seduzca al lector inocente, algo que le prometa confidencias y emociones. De modo que Dante Falconi se lanza: Durante varios lustros la modestia me ha impedido escribir sobre mí mismo. De inmediato aquello le parece detestable. Tacha modestia y pone vanidad: Durante varios lustros la vanidad me ha impedido escribir sobre mí mismo. Dos días después hace trizas el papel y escribe, ahora sí con alguna esperanza: Volver al pasado es también regresar a las raíces. Bah, eso carece de humor, y el editor milanés le ha recomendado burlarse de sí mismo como una aceptable fórmula autobiográfica. Entonces escribió: La verdad es que no sé si acudir en busca de mis raíces o irme sencillamente por las ramas. Se rasca la cabeza. Reflexiona: No soy ni quiero ser un árbol. También la nueva hoja va al canasto. Lástima que Chaplin iniciara sus memorias con recurso tan manido como: Nací el 16 de abril de 1889, a las ocho de la noche, en East Lane, Walworth. Algo que automáticamente le impide ahora empezar las suyas con equivalentes y verídicos pormenores: Nací el 22 de agosto de 1949, a las diez de la mañana, en Foligno, Umbría. Lástima sobre todo que Elias Canetti inaugurara su evocación de *La lengua absuelta* de esta manera tan siniestra como cautivante: Mi recuerdo más remoto está bañado de rojo. Él en cambio no podría vincular sus primeros recuerdos con el rojo. Ni con ningún otro color. Ni siquiera gris. Tal vez empezar: Mi primer sueño fue con. Nada. La verdad es que nunca sueña y en consecuencia no hubo primer sueño. Si por lo menos Nabokov no hubiera comenzado *Habla, memoria* con este destello: La cuna se balancea sobre el abismo... En su caso personal, piensa, la cuna, tras los primeros balanceos, se habría precipitado sencillamente al abismo y así hoy no tendría problemas autobiográficos. No obstante, en su mente atormentada se enciende de pronto una luz, y no precisamente mortecina. Le parece que ha encontrado cómo arrancar, de un modo espectacular y que además sirva para desconcertar al autoritario, presuntuoso, oportunista editor milanés. Pone un nuevo papel en la Olivetti y teclea con decisión, inocencia y coraje: Nel mezzo del cammin di nostra vita. Mira como hipnotizado aquella línea, luego se pone de pie y va hasta el baño. Dante Falconi se enfrenta al espejo y se dice a sí mismo, impotente y furioso: Definitivamente, no soy aquel Dante, no soy aquel Dante del espíritu. Y ahí es cuando advierte que ha dado en el clavo. Está seguro de que ahora sí su comienzo entusiasmará al editor milanés. Vuelve a su mesa, cambia la hoja en la Olivetti y escribe, esta vez con plena confianza en sí mismo: No soy aquel Dante del espíritu, soy apenas un Dante de mierda.

Idilio

La noche en que colocan a Osvaldo (tres años recién cumplidos) por primera vez frente a un televisor (se exhibe un drama británico de hondas resonancias), queda hipnotizado, la boca entreabierta, los ojos redondos de estupor.

La madre lo ve tan entregado al sortilegio de las imágenes que se va tranquilamente a la cocina. Allí, mientras friega ollas y sartenes, se olvida del niño. Horas más tarde se acuerda, pero piensa: «Se habrá dormido». Se seca las manos y va a buscarlo al *living*.

La pantalla está vacía, pero Osvaldo se mantiene en la misma postura y con igual mirada extática.

«Vamos. A dormir», conmina la madre.

«No», dice Osvaldo con determinación.

«Ah, no. ¿Se puede saber por qué?»

«Estoy esperando.»

«¿A quién?»

«A ella.»

Y señaló el televisor.

«Ah. ¿Quién es ella?»

«Ella.»

Y Osvaldo vuelve a señalar la pantalla. Luego sonríe, candoroso, esperanzado, exultante.

«Me dijo: querido.»

Bestiario

La asamblea anual de la Fauna Artística y Literaria fue convocada, en primera citación, a las 20 horas, y en segunda a las 21, pero sólo se logró el quórum necesario en el segundo llamado.

Faltaron con aviso el Mastín de los Baskerville, el Cisne de Saint-Saëns y Moby Dick de Melville; sin aviso, las Moscas de Sartre y la Trucha de Schubert. Estuvieron presentes: el Loro de Flaubert, el Asno de Buridán, la Paloma de Picasso, los Centauros de Darío, el Cuervo de Poe, el Rinoceronte de Ionesco y las Avispas de Aristófanes.

En el Orden del Día figuraba un punto único: la designación del Rinoceronte de Ionesco como presidente vitalicio y omnímodo.

El Centauro (Orneo) de Darío comenzó diciendo: «Yo comprendo el secreto de la bestia».

El Asno de Buridán no pronunció palabra pero dio a entender que ni fu ni fa.

El Loro de Flaubert tuvo una intervención tripartita e insólita: «Cocu, mon petit coco», «As-tu déjeuné, Jako?», «J'ai du bon tabac».

Otro Centauro (Caumantes) de Darío apoyó a su congénere Orneo: «El monstruo expresa un ansia del corazón del Orbe».

El Rinoceronte de Ionesco movió lentamente el cuerno pálido y manchado, como un modo sutil de darse por aludido.

La Paloma de Picasso se acercó volando y su breve excremento cayó como un decisivo comentario sobre la impenetrable testa del candidato.

No obstante, la propuesta de los Centauros de Darío flotaba en el aire, de modo que las Avispas de Aristófanes opinaron *a cappella*: «No, nunca, jamás, mientras me quede un soplo de vida».

El Loro de Flaubert, reiterativo, pretendió intervenir: «Cocu, mon petit coco», pero el Cuervo de Poe abrió por fin su pico. Todos callaron, hasta el Loro.

Dijo el Cuervo: «Nunca más».

El sexo de los ángeles

Una de las más lamentables carencias de información que han padecido los hombres y mujeres de todas las épocas, se relaciona con el sexo de los ángeles. El dato, nunca confirmado, de que los ángeles no hacen el amor, quizá signifique que no lo hacen de la misma manera que los mortales.

Otra versión, tampoco confirmada pero más verosímil, sugiere que si bien los ángeles no hacen el amor con sus cuerpos (por la mera razón de que carecen de los mismos) lo celebran en cambio con palabras, vale decir con las adecuadas.

Así, cada vez que Ángel y Ángela se encuentran en el cruce de dos transparencias, empiezan por mirarse, seducirse y tentarse mediante el intercambio de miradas que, por supuesto, son angelicales.

Y si Ángel, para abrir el fuego, dice: «Semilla», Ángela, para atizarlo, responde: «Surco». Él dice: «Alud», y ella, tiernamente: «Abismo».

Las palabras se cruzan, vertiginosas como meteoritos o acariciantes como copos.

Ángel dice: «Madero». Y Ángela: «Caverna».

Aletean por ahí un Ángel de la Guarda, misógino y silente, y un Ángel de la Muerte, viudo y tenebroso. Pero el par amatorio no se interrumpe, sigue silabeando su amor.

Él dice: «Manantial». Y ella: «Cuenca».

Las sílabas se impregnan de rocío y, aquí y allá, entre cristales de nieve, circulan el aire y su expectativa.

Ángel dice: «Estoque», y Ángela, radiante: «Herida». Él dice: «Tañido», y ella: «Rebato».

Y en el preciso instante del orgasmo ultraterreno, los cirros y los cúmulos, los estratos y nimbos, se estremecen, tremolan, estallan, y el amor de los ángeles llueve copiosamente sobre el mundo.

Su amor no era sencillo

Los detuvieron por atentado al pudor. Y nadie les creyó cuando el hombre y la mujer trataron de explicarse. En realidad, su amor no era sencillo. Él padecía claustrofobia, y ella, agorafobia. Era sólo por eso que fornicaban en los umbrales.

Fidelidades

A sus treinta y cinco años, Ileana Márquez tenía marido (Dámaso) y amante (Marcos). Saberse querida, o al menos deseada por ambos, no le causaba la menor ansiedad, más bien le otorgaba una evidente seguridad ante sí misma y ante los demás. Por otra parte, tanto en cuerpos como en temperamentos, Dámaso y Marcos eran, por así decirlo, complementarios. De ahí que lo que la atraía en uno de ellos no la llevaba a desamar al otro. Cuando estaba en brazos de Dámaso no pensaba en Marcos, ni viceversa. Dámaso y Marcos se conocían. No eran amigos, pero no se llevaban mal. Como era obvio, Marcos era consciente de que Ileana se acostaba con su marido, pero en cambio éste ignoraba el verdadero alcance de la otra relación. Por su parte Ileana se consideraba, paradójicamente, fiel a ambos, ya que nunca se había sentido tentada por ningún otro hombre. Sabía perfectamente el atractivo físico que su cuerpo, cuidado y hermoso a pesar de (o tal vez debido a) su madurez, tenía para el marido y para el amante. Su propia piel, tersa y con un perfume propio, disfrutaba por igual con la piel aterciopelada de Marcos y la casi rugosa de Dámaso. Se sentía una mujer plena, dueña y señora de las dos provincias de su sexo.

El primer alerta sobrevino una noche en que el marido concluyó desganadamente su función, y esa apatía se repitió otra noche y otra más, hasta que el acto amoroso se fue convirtiendo en un trámite esporádico, por otra parte sólo provocado por ella. Primero pensó en la tan mentada astenia sexual, ocasionada por el estrés o el excesivo trabajo, pero luego fue tendiendo a la autoinculpación. ¿Qué pasa conmigo?, se preguntaba frente al veterano espejo que reflejaba la imagen de siempre, ni más ni menos. ¿Qué pasa con mi cuerpo? Lentamente fue llegando a la conclusión de que Dámaso tenía una amante y ello la amargó profundamente. No podía tolerar esa infidelidad esencial. Sin embargo calló.

Su consuelo pasó a ser Marcos, que seguía sirviéndola en el mejor de los sentidos. Nada le dijo sobre los cambios de Dámaso, debido sencillamente a que temió que ello disminuyera su atractivo ante Marcos. Había leído que uno de los mayores atractivos para un amante estable era que la mujer fuera profundamente deseada por su marido.

Lo triste fue que una noche empezó en Marcos el mismo proceso que en Dámaso.

Dijo que estaba cansado y no hicieron nada. Y luego otra vez, y otra. A Ileana le entró una depresión profunda, y eso fue lo peor, ya que las ojeras provocadas por sus insomnios, y cierta palidez que invadía todo su cuerpo, desde las mejillas hasta el pubis, pasando por los pechos, antes sólidos y erectos, y ahora fláccidos y derrengados, todo ello la hacía (y ella era consciente de la metamorfosis) cada vez menos deseable, no sólo para Dámaso o para Marcos, sino para cualquier hombre. Su fidelidad bicéfala la había conducido a una dura decepción, pero lo más grave era que todavía no alcanzaba a admitir la causa real de ese fracaso. En el caso de Marcos, la astenia sexual le parecía menos verosímil que en Dámaso. ¿Habría decidido Marcos cambiar su cuerpo por el de otra amante? ¿O quizá tuviera novia? ¿Se estaría por casar y no se atrevía a confesarlo? En rigor, el desapego de Marcos la había herido más aún que el de Dámaso, pues la ensayística erótica y las novelas del siglo XIX le habían enseñado que el tedio sexual era más corriente en los maridos que en los amantes.

Un fin de semana tomó una decisión. Seguiría los pasos de Marcos, en primer término, y luego los de Dámaso. Quería saber la verdad definitiva. Sólo así saldría del pozo. Ella conocía bien las rutinas de sus hombres. Marcos salía a las seis de la tarde de su despacho y generalmente se dirigía a pie hasta su casa, ya que no vivía lejos. De modo que el lunes ella estacionó su coche a pocos metros de la oficina de Marcos y poco después de las seis vio que salía con algunos compañeros. En la esquina se separaron y Marcos tomó un taxi. Ileana tuvo que apresurarse a arrancar (por las dudas, tenía el motor encendido), ya que no había calculado ese gesto. El taxi, tras dos o tres cambios de calles, tomó por Agraciada, luego por 19 de Abril y así hasta el Prado, donde se detuvo. Ileana también frenó su coche, siempre a distancia prudencial. Marcos descendió del taxi y tomó por uno de los caminos internos del parque. Ileana dejó que se alejara un poco, luego bajó del auto y empezó a seguirlo. Vio que Marcos doblaba a la derecha y ella apresuró el paso para que no se le perdiera.

Cuando por fin desembocó en el nuevo sendero, apenas iluminado por un sol que se iba, vio algo que en el primer instante la dejó estupefacta, y de inmediato le restituyó, como por encanto, su antigua y bienamada seguridad. Marcos y Dámaso se alejaban, de espaldas a ella, tomados de las manos.

San Petersburgo

El marciano llegó en una nave reducida, casi portátil, algo así como un Volkswagen del espacio. Además de su propia lengua, sólo hablaba inglés, pero no el de la BBC sino el de Shakespeare, o sea que a cada rato decía *thou* en vez de *you*.

Cuando la cápsula de bolsillo aterrizó en Piccadilly Circus, fue inmediatamente rodeada por veinte curiosos y ciento treinta periodistas. El viajero abrió la ventanilla de la minúscula nave y asomó su cabeza, que para asombro de los presentes no tenía antenas sino una boina casi vasca.

Entonces señaló a uno de los periodistas (Bob Peterson, del *Manchester Guardian*) y le dijo a quemarropa: Vengo con poco, poquísimo tiempo. Busco cierto juguete antiguo, de unas dos pulgadas de largo, un carrito de bomberos con un letrerito que dice Birmingham Fire Brigade, y que, según un catálogo de Miller's Antiques Price Guide, estaba en venta en una sucursal de San Petersburgo. Es urgente, muy urgente. ¿Queda muy lejos San Petersburgo?

Unos setenta y cinco años, dijo el periodista, sin perder su flema. Muchas, muchas gracias, dijo el marciano. Cerró rápidamente (realmente, estaba apurado) la ventanilla, y de inmediato la cápsula empezó a elevarse y en pocos segundos se borró en la niebla londinense.

Eso

Al preso lo interrogaban tres veces por semana para averiguar «quién le había enseñado *eso*». Él siempre respondía con un digno silencio y entonces el teniente de turno arrimaba a sus testículos la horrenda picana.

Un día el preso tuvo la súbita inspiración de contestar: «Marx. Sí, ahora lo recuerdo, fue Marx». El teniente, asombrado pero alerta, atinó a preguntar: «Ajá. Y a ese Marx ¿quién se lo enseñó?». El preso, ya en disposición de hacer concesiones, agregó: «No estoy seguro, pero creo que fue Hegel».

El teniente sonrió, satisfecho, y el preso, tal vez por deformación profesional, alcanzó a pensar: «Ojalá que el viejo no se haya movido de Alemania».

Salvo excepciones

En la sala repleta circuló un aire helado cuando don Luciano, con todo el peso de su prestigio y de su insobornable capacidad de juicio, al promediar su conferencia tomó aliento para decir: «Como siempre, quiero ser franco con ustedes. En este país, y *salvo excepciones,* mi profesión está en manos de oportunistas, de frívolos, de ineptos, de venales».

A la mañana siguiente, su secretaria le telefoneó a las ocho: «Don Luciano, lamento molestarlo tan temprano, pero acaban de avisarme que, frente a su casa, hay como quinientas personas esperándolo». «¿Ah, sí?», dijo el profesor, de buen ánimo. «¿Y qué quieren?» «Según dicen, se proponen expresarle su saludo y su admiración.» «Pero ¿quiénes son?» «No lo sé con certeza, don Luciano. Ellos dicen que son las excepciones.»

El Niño Cinco Mil Millones

En un día del año 1987 nació el niño Cinco Mil Millones. Vino sin etiqueta, así que podía ser negro, blanco, amarillo, etc. Muchos países, en ese día, eligieron al azar un niño Cinco Mil Millones para homenajearlo y hasta para filmarlo y grabar su primer llanto.

Sin embargo, el verdadero niño Cinco Mil Millones no fue homenajeado ni filmado ni acaso tuvo energías para su primer llanto. Mucho antes de nacer, ya tenía hambre. Un hambre atroz. Un hambre vieja. Cuando por fin movió sus dedos, éstos tocaron la tierra seca. Cuarteada y seca. Tierra con grietas y esqueletos de perros o de camellos o de vacas. También con el esqueleto del niño número 4.999.999.999.

El verdadero niño Cinco Mil Millones tenía hambre y sed, pero su madre tenía más hambre y más sed y sus pechos oscuros eran como tierra exhausta. Junto a ella, el abuelo del niño tenía hambre y sed más antiguas aún y ya no encontraba en sí mismo ganas de pensar o de creer.

Una semana después el niño Cinco Mil Millones era un minúsculo esqueleto y en consecuencia disminuyó en algo el horrible riesgo de que el planeta llegara a estar superpoblado.

Hay tantos prejuicios

Por lo menos habían transcurrido quince años sin que Ignacio supiera nada de Martín o de Alfonso. Nada, de modo directo, claro, ya que indirectamente le habían llegado esporádicas referencias. Así que encontrarlos en el aeropuerto de Carrasco (ellos llegaban de Santiago de Chile; él partía hacia Porto Alegre) fue todo un acontecimiento. Apenas tuvieron diez minutos para reconocerse (a duras penas, debido a la actual barba espesa de Ignacio, la vertiginosa calvicie de Martín, el respetable abdomen de Alfonso), abrazarse, ponerse sumariamente al día (Martín estaba casado por segunda vez, Alfonso había enviudado, Ignacio se mantenía incólume en su soltería), dejar expresa constancia de la triple voluntad de encontrarse cuanto antes e intercambiar rápidamente tarjetas, con teléfonos y domicilios.

Luego, durante el vuelo, Ignacio fue repasando sus recuerdos. Esos dos, y también Javier, hoy catedrático en Ciudad de México, habían constituido su «barra», su clan de inseparables, primero en el colegio de la Sagrada Familia, después en el liceo Elbio Fernández, y poco más. De pronto, casi sin advertirlo, cada uno empezó a seguir su rumbo propio. Javier fue el primero en desaparecer: emigró a México con sus padres y allí había concluido su doctorado y se había casado con una guatemalteca. Ignacio se recibió de escribano. Alfonso había llegado hasta tercero de Medicina pero luego, a la muerte de su padre, se hizo cargo de la estancia en Soriano y sólo bajaba a Montevideo tres o cuatro veces al año. Martín, que parecía tan enclenque en su infancia, se había dedicado al atletismo con bastante éxito (había quedado a sólo dos décimas del récord nacional en los cuatrocientos metros llanos) y después, ya metido en el mundo del fútbol, fue preparador físico de algún equipo local y varios del exterior, de modo que viajaba constantemente, con residencias prolongadas en Colombia, Honduras y Chile. Los únicos que se veían con cierta frecuencia eran Martín y Alfonso, ya que tenían algunos negocios en común y era por esa razón que habían ido a Santiago.

Tras su regreso de Brasil, Ignacio dejó pasar un par de días y luego telefoneó a Martín: quedaron en encontrarse los tres en un restaurante del Puerto y allí escribir conjuntamente una postal que mandarían al lejano Javier.

Otra vez los abrazos y las rituales bromas sobre barbas, calvicies y barrigas. Y entre lenguas a la vinagreta y colitas de cuadril, entre un excelente vino chileno y el champán del reencuentro, hubo lugar para el consabido repaso de los recuerdos compartidos, así como para el envite del «¿te acordás de?» y la solidaria réplica «qué plomo, Dios mío», o la tierna evocación de aquella estilizada piba de la que todos estuvieron enamorados y que años más tarde se había casado con un secretario de la embajada norteamericana. «Allá ella», murmuró Alfonso con rencorosa nostalgia.

Ya en los postres, Martín se dirigió a Ignacio: «¿A que no te acordás del padre Arnáiz, el implacable de Matemáticas, cuando tuvo la ocurrencia de preguntarnos a los cuatro qué aspirábamos a ser cuando mayores?».

Alfonso acotó: «Recuerdo que Javier dijo que profesor, y lo es. Vos, Martín, dijiste que atleta, y lo fuiste. Yo dije que estanciero, y lo soy. Ya lo ves, Ignacio: fuiste el único que no cumpliste. Qué vergüenza».

«Es cierto», dijo Ignacio con voz ronca. «No cumplí.»

«¿Verdaderamente recordás lo que dijiste entonces?», preguntó Martín.

«Naturalmente. Son cosas que no se olvidan. Antropófago. Dije que quería ser antropófago.»

Los otros soltaron la risa y Alfonso inquirió: «¿Y? ¿Qué pasó?».

Ignacio resopló, incómodo. «Toda una frustración», dijo entre dientes. «Somos una sociedad demasiado provinciana. Hay tantos prejuicios. Tantas inhibiciones.»

Orden del día

En la ciudad de Montevideo, a las nueve horas y cuarenta minutos del día quince de mayo del año mil novecientos ochenta y siete, se reúne el Directorio de Abecé, S. A., en la sala de conferencias de su Casa Central, bajo la presidencia de don Tomás Olarte, ejerciendo la Secretaría don Virgilio Sánchez, y con asistencia de los vocales, doña Magdalena Bravo de Maura, y los señores Orosmán Nieto, Alberto J. Salas, Prudencio Solanas Gómez, Eliseo H. Matta, José Pedro Vilches, Javier Zamora Aguirre y Juan Jacinto Lozano.

El señor Secretario da lectura al acta anterior, que es aprobada con una observación del señor Zamora Aguirre acerca de lo que entiende como error de sintaxis en la redacción del párrafo cuarto línea siete, corrección que es aprobada por mayoría, con la observación, esta vez del señor Vilches, quien no considera haya error alguno de sintaxis en la redacción del mencionado párrafo.

El Presidente recuerda que el Orden del Día de la presente sesión consta sólo de dos puntos: 1) Estado de las negociaciones con Silver Inc., de Sioux City, Iowa, y 2) Ajustes del presupuesto.

Al entrar a considerar el primer punto, toma la palabra el señor Solanas Gómez para informar que las negociaciones con Silver Inc., de Sioux City, Iowa, siguen un curso normal y bastante favorable a los intereses de Abecé, S. A. Recuerda que, tras la primera oferta de la compañía norteamericana (de la que existe cumplida constancia en el acta número ciento cincuenta y cuatro, correspondiente a la sesión celebrada el cuatro de abril próximo pasado) y la contraoferta de Abecé, S. A. (cuyo texto íntegro fue transcrito en el acta número ciento cincuenta y cinco de la sesión correspondiente al once del mismo mes), las conversaciones mantenidas desde entonces por él (o sea el señor Solanas Gómez) con el enviado de la compañía ofertante, Mr. Oswald Browning, se hallan bien encaminadas, habiéndose designado el pasado día doce, con el conocimiento y el aval del señor Presidente, una comisión especial, integrada por dos miembros de cada parte, a fin de estudiar de manera exhaustiva el procedimiento más apto y menos riguroso de eludir las pesadas cargas impositivas a las que la operación en trámite estaría sometida en una y otra nación.

A las diez horas y doce minutos y por razones obvias, se resuelve pasar a cuarto intermedio con el propósito de analizar el informe elevado por la mencionada comisión.

A las diez horas y cuarenta minutos, se da por levantado el cuarto intermedio y se reanuda la sesión, pasándose entonces a tratar el segundo punto del Orden del Día: Ajustes del presupuesto.

Toma la palabra el señor Matta para expresar que, en su opinión personal y en la de sus inmediatos asesores, y ya que, debido a las limitaciones que imponen las normas vigentes, no es posible bajar los sueldos y jornales del personal de la Casa Central y las tres sucursales de Abecé, S. A., pero teniendo en cuenta que muchas de las tareas contables y administrativas se han visto notoriamente simplificadas con la adopción de excelentes equipos de computación, por todo ello considera necesario planificar con urgencia una drástica reducción del personal que hasta ahora estaba asignado a funciones de contabilidad y administración. Añade el señor Matta que actualmente se está estudiando a cuánto llegaría el monto de las indemnizaciones por despido que sería imprescindible abonar, sin perjuicio de que, por supuesto, se utilicen aquellos resquicios y ambigüedades que toda ley inevitablemente incluye, a fin de que las mencionadas erogaciones se reduzcan al mínimo. De todas maneras, concluye el señor Matta, el ahorro que representarán a la empresa, por distintas razones, los equipos de computación recientemente adquiridos, compensarán con creces y en poco menos de un año, el eventual desembolso que ocasionen las susodichas indemnizaciones.

A continuación pide la palabra doña Magdalena Bravo de Maura para señalar que no está en absoluto de acuerdo con los despidos de personal que propone el señor Matta, ya que ésa no fue nunca la política de su difunto esposo, don Norberto Maura, fundador de la Empresa, quien siempre tuvo muy en cuenta las buenas relaciones con el personal y defendió la dignidad humana del trabajador.

El señor Matta pide una interrupción para exponer que, con todos los respetos debidos, debía recordarle a doña Magdalena Bravo de Maura que su marido, que en paz descanse, siempre había sido un pésimo negociante, una suerte de romántico *après la lettre*, alguien que manejó la empresa puede que con mucha dignidad humana pero con escasos dividendos, y que en los más calificados círculos mercantiles del país y de la Bolsa, siempre había sido considerado un tarado *(sic)*, y, en opinión de los más severos, un imbécil *(sic)*.

Interviene el señor Nieto para decir que no le permite al señor Matta expresarse de ese modo ofensivo sobre el respetado fundador de la Empresa, y menos aún agraviar de esa manera gratuita y sin fundamentos a su viuda doña Magdalena.

El señor Matta responde que se caga *(sic)* en el fundador, a quien califica de mero chantapufi, y en cuanto a lo dicho por el señor Nieto añade que qué otra cosa podía esperarse de semejante cara de culo *(sic)*.

Interviene el señor Presidente para pedir encarecidamente a los señores miembros del Directorio que no empleen vocablos no autorizados por la Academia de la Lengua.

Aclara el señor Matta que el vocablo culo figura en el Diccionario de la Academia, pero el señor Presidente señala a su vez que él no se refería al vocablo culo sino al vocablo chantapufi.

Pide entonces la palabra el señor Nieto para señalar que más cara de culo tendrá el señor Matta, y que además todo el mundo está cumplidamente enterado de las cuantiosas comisiones que dicho miembro del Directorio ha percibido hasta ahora de la calificada compañía que instaló los equipos de computación.

El señor Matta interviene a su vez para proclamar que lo que sí todo el mundo cumplidamente sabe es que un apuesto y joven empleado (aclara que no dice su nombre para no tener conflictos con el sindicato) de Abecé, S. A., tiene desde hace tiempo relaciones más íntimas que comerciales con la señora Nieto, y que, en consecuencia, un infecto cornudo *(sic, sic)* como el señor Nieto no tiene ninguna autoridad moral para acusar, ni a él (o sea el señor Matta) ni a nadie, de delitos que sólo existen en su mente afiebrada.

El señor Nieto pide autorización al señor Presidente para ponerse de pie, y una vez que el permiso le es concedido, se traslada hacia el sitio que ocupa el señor Matta y sin pedir anuencia le propina un fuerte golpe de puño en pleno rostro. El señor Matta responde con un rápido y enérgico manotazo, pero, a pesar de ese intento defensivo, es inmediatamente inmovilizado por un segundo golpe del señor Nieto, que en esta oportunidad le alcanza en el mentón, sólo a medias protegido por una barba de corte francés. El señor Matta exige que quede constancia en actas de la actitud descomedida del señor Nieto.

En vista de que el señor Matta sangra abundantemente y que doña Magdalena Bravo de Maura ha sufrido un desvanecimiento, el Presidente propone, a las once horas y ocho minutos, que el Directorio pase a cuarto intermedio, y así se resuelve.

A las doce horas y treinta minutos, se levanta el cuarto intermedio y se reanuda la sesión, con la ausencia, debidamente justificada, de doña Magdalena Bravo de Maura, y de los señores Matta y Nieto. El señor Presidente deja constancia de que doña Magdalena ha regresado a su domicilio, por no encontrarse en la adecuada disposición de ánimo como para seguir el curso de la sesión con la atención que ésta merece; que el señor Matta recibe a esta altura los debidos cuidados en la sala de primeros auxilios de un Sanatorio de reconocido prestigio, y que el señor Nieto ha decidido, *de motu proprio,* faltar con aviso al resto de la sesión.

La secretaria toma nota de esas justificadas ausencias, y tras un breve y cordial intercambio de ideas, se resuelve postergar la consideración del punto segundo del Orden del Día hasta la próxima sesión, que, salvo indicación en contrario, tendrá lugar el próximo veintidós de mayo, a las nueve y treinta horas.

Siendo las doce horas y cuarenta y ocho minutos, se levanta la sesión.

Larga distancia

«Oh, you know me, Walter. You've known me a long time». A click and nothing.

TRUMAN CAPOTE

—Hola. ¿Quién?

　　—Buenos días. ¿René?

　　—Sí. ¿Quién es?

　　—No importa quién soy.

　　—¿Cómo que no importa?

　　—Verás que no.

　　—Un momento. Quiero saber con quién estoy hablando.

　　—Ya lo sabrás. A su tiempo.

　　—No estoy para bromas. Adiós.

　　.............

　　—Hola.

　　—¿Otra vez?

　　—Sí.

　　—¿Vas a decir el nombre?

　　—Por ahora no.

　　—Entonces.

　　—Pero hombre, no seas esquemático.

　　—Chau.

　　..........

　　—Hola.

　　—Aquí estoy de nuevo.

　　—¡Qué pesado! O pesada. No sé bien.

　　—¿Y no tenés curiosidad por averiguarlo?

　　—Bah.

　　—René, no cortes esta vez. Es larga distancia.

　　—¿De dónde llamás?

　　—De alguna parte.

　　—Ufa.

　　—Después te diré mi nombre. Te lo prometo.

　　—¿Cuándo?

　　—Después. No seas impaciente.

　　—¿Se puede saber a qué tanto misterio?

　　—Te conozco.

　　—¿Y yo a vos?

　　—También, pero menos.

—¿Desde cuándo?

—Desde hace bastante tiempo. ¿Te acordás de cuando cumpliste catorce años? El 22 de julio de 1940.

—¿Me conocés desde entonces?

—Desde antes. Pero ¿te acordás de ese cumpleaños?

—Yo qué sé. Nada especial, supongo. Lo habré pasado con mis viejos y mi hermana. Y amigos.

—¿En la casa del Cordón?

—Probablemente.

—Digamos, la de la calle Magallanes 1424.

—Qué precisión. ¿Se puede saber quién sos, carajo?

—En aquel cumpleaños estuve presente. Todos jugamos al ping-pong.

—Siglos que no juego. Me gusta bastante.

—Lo hacías muy bien. Tenías un ataque débil, pero en cambio una defensa formidable. Llevaba horas hacerte un tanto y vos siempre contabas con que el otro perdía la compostura, la paciencia y por último el partido.

—Jugaba con todo el mundo, un partido tras otro, como un poseído. ¿Cómo puedo recordar con quiénes jugué el 22 de julio de 1940?

—Sólo lo mencioné para que tuvieras un dato de referencia y para que aguzaras la imaginación. Por lo general, cuando jugabas te ponías una camisa de diseño escocés. Creo que lo hacías simplemente por cábala.

—Cierto. ¿Ves? De eso sí me acuerdo. Quiero decir, me acuerdo ahora que lo decís. Pero lo había olvidado. Los detalles se borran.

—No tiene importancia. Quizá otros detalles más significativos también se te hayan borrado, ¿o no?

—¿Por ejemplo?

—Por ejemplo Estela.

—¿Qué Estela?

—Estela nomás. Para vos hubo una sola. ¿O me equivoco?

—¿Estela Dumas?

—Claro, ¿cuál otra iba a ser?

—Y vos ¿qué sabés de Estela Dumas?

—Bueno, somos contemporáneos, ¿no es así?

—También somos contemporáneos de Brigitte Bardot.

—Sí, pero con Estela compartimos una realidad, una época.

—No me has contestado qué sabías de Estela.

—¿Antes o después de que se casara con el ingeniero Melogno?

—Pará un poco. ¿Sos Melogno vos?

—Le erraste como a las peras.

—¿Sos Estela entonces?

—Como a las peras y a los duraznos.

—Entonces no sé.

—¿Pero ni siquiera podés diferenciar una voz masculina de otra femenina? Eso es grave, René.

—Tenés una voz ambigua, o por lo menos suena así. Como si hablaras a través de un pañuelo.

—¿Aquel pañuelito blanco? Esta vez acertaste. Estoy hablando a través de un pañuelo. Un pañuelo que me pertenece y que tiene la inicial R.

—¿Ricardo?

—Frío, frío.

—No contestaste lo de Estela.

—Hace tiempo que no sé de ella. Pero lo último que supe es que la madurez le sentaba bien. Y que Melogno la hacía feliz.

—¿Dónde?

—En la cama, muchacho. ¿Dónde va a ser?

—Quise decir: dónde viven.

—En Salto. Tienen dos hijos. Decime ahora: después de esta larga temporada ¿por fin tenés claro por qué la perdiste?

—Sí, por cobardía.

—Ah.

—Pero ¿por qué voy a hablar contigo de este tema o de cualquier otro?

—Porque tenés necesidad de hacerlo con alguien.

—Puede ser. Pero nunca con un desconocido.

—No soy un desconocido. Ya verás.

—Pero es como si lo fueras.

—¿Así que por cobardía? ¿A tal punto Estela era un riesgo?

—Sí.

—¿En qué sentido?

—En todo sentido. Es claro que era un riesgo maravilloso. Mirá, nada más nombrarla y ya me duelen las mandíbulas.

—¿Las mandíbulas? Qué romántico.

—Siempre que estoy tenso o me conmuevo o me pongo furioso o me invade la ternura, me duelen las mandíbulas.

—¿Te dolieron por ejemplo cuando el problema laboral de Ipecsa?

—Seguramente.

—¿Qué te pasó esa vez? Vos conocías los entretelones.

—Pará un poco. ¿Sos Rafael, verdad?

—Frío, frío.

—Sí, conocía los entretelones. Pero yo no era el responsable. Por tanto no tenía por qué asumir un papel que no me correspondía.

—Ésa es la explicación normal, la que está en los papeles, pero ¿y la otra?

—Pará. ¿Sos Raquel?

—No, viejo, no.

—¿Roberto?

—Tampoco.

—¿Qué otra explicación?

—La que te das a vos mismo. La que te diste. Porque te habrás dado alguna, ¿no?

—Conocía los entretelones pero los demás no confiaban en mí.

—¿Por alguna razón concreta?

—No sé. Tal vez porque yo no confiaba en ellos.

—Amor a primera vista.

—Yo diría incomprensión a segunda vista. Pero nunca hay un solo culpable.

—Si tuvieras que resumir en una sola palabra tu actitud de entonces, ¿cuál elegirías?

—No hay una sola que lo incluya todo.

—Ya lo sé. Pero ¿si tuvieras que elegir una?

—La más aproximada sería cobardía.

—¿También era un riesgo comunicar a la gente aquellos entretelones?

—Sí, pero éste no era un riesgo maravilloso. La prueba es que ahora, al mencionarlo, no me duelen las mandíbulas.

—Tengo una duda, René. Si ya te reconociste dos veces cobarde, ¿cómo se explica que prestaras tu apartamento para aquella reunión ilegal?

—¿Qué apartamento? ¿Cuál reunión?

—Vamos, René, no estés tan a la defensiva. No olvides que soy un especialista en tu biografía.

—No me gusta hablar de esos temas por teléfono. Y menos aún si es larga distancia.

—Indudablemente es una buena precaución. Aunque vos y yo sabemos que otras veces no has sido tan precavido.

—No sé a qué te referís.

—Seguro que sabés a qué me refiero.

—Mi palabra contra la tuya.

—Empate, pues. El partido se decidirá mediante ejecución...

—¿Ejecución?

—De penales. ¿Acaso pensabas en otra ejecución?

—No pensaba nada.

—Sí pensabas.

—Otra vez tu palabra contra la mía.

—Llamémosle así, ya que te gusta.

—Llamémosle.

—Pero vuelvo a preguntarte: si te reconocés cobarde...

—Suena horrible.

—Digamos pusilánime, ¿te gusta más?

—Lo importante no es la palabra sino el estado de ánimo.

—Buena observación. Entonces ¿por qué prestaste tu apartamento?

—¿Sinceramente?

—Sinceramente.

—Te va a salir cara esta llamada.

—No te preocupes.

—Bueno, creo que lo presté porque esa vez el riesgo era muy reducido y sin embargo servía para reivindicarme de pasadas flaquezas.

—Y no sirvió.

—No sirvió. Pero ya no vale la pena lamentarlo.

—Y está el problema del dinero.

—Me gustaría saber de qué estás hablando.

—Del poder que te dejó el tío Ignacio cuando se fue a Europa y que vos utilizaste para...

—Pará un poco. ¿Sos Renata?

—Tibio, tibio.

—Así que sos Renata.

—No. Soy René.

—¿Tocayos? Eso sí que no me lo esperaba.

—Más o menos tocayos.

—¿René con una «e» o con dos?

—Da lo mismo. Lo que cuenta es cómo suena. ¿Todavía no sabés si soy hombre o mujer?

—¿René Oribe?

—Frío.

—¿René Azuela?

—Congelado.

—¿René...? No conozco más Renés.

—¿Estás seguro?

—Al menos, no me acuerdo.

—¿Te duelen las mandíbulas?

—Ahora no.

—¿Y anoche?

—Tampoco. Anoche sí me dolió el pecho. Fuerte. Muy fuerte. Hubo un instante en que creí perder la conciencia.

—Qué imprudencia. Nunca hay que extraviarla. No hay repuestos, ¿sabés?

—Quise decir que estuve a punto de perder el conocimiento.

—¿Y no lo habrás perdido?

—Creo que no. Me sentí muy extraño.

—¿Y ahora?

—También. Pero más lúcido, mucho más lúcido.

—Eso es bueno.

—Y además, tocayo o tocaya, quiero saber de una vez tu nombre, tu nombre completo. ¿No te parece que tengo derecho?

—Claro que tenés. Soy René Casares.

—Vamos, no jodas, René Casares soy yo.

—O sea que somos, ¿cómo se dice?, homónimos.

—¡René Casares soy yo!

—No grites, por favor.

—¡René Casares soy yo!

—Eras.

Lázaro

Un tal Lázaro Vélez se incorporó en su tumba, se despojó lentamente de su sudario, abandonó el camposanto y empezó a caminar en dirección a su casa. A medida que iba siendo reconocido, los vecinos se acercaban a abrazarlo, le daban ropas para que cubriera su desnudez, lo felicitaban, le palmeaban la espalda huesuda.

Sin embargo, a medida que la voz se fue corriendo, la bienvenida ya no fue tan cálida. Un hombre que había ocupado su vacante en la sucursal de Correos, le increpó duramente: «Tu regreso no me alegra. Vas a reclamar tu puesto y quizá te lo den. O sea que yo me quedaré en la calle. Recuerda que en mi casa tengo cinco bocas para alimentar. Prefiero que te vayas».

La viuda de Lázaro Vélez, que, pasado un tiempo prudencial, se había vuelto a casar, le incriminó: «¿Y ahora qué? ¿Acaso pretendes que me condenen por bígama? Si quieres que sea feliz, desaparece de mi vida, por favor».

Un sobrino, que en su momento había heredado sus cuatro vacas y sus seis ovejas, le reprochó airado: «No pretenderás que te devuelva lo que ahora es legalmente mío. Vete, viejo, y no molestes más».

Lázaro Vélez resolvió no seguir avanzando. Más bien comenzó a retroceder, y a medida que desandaba el camino se iba despojando de las ropas que al principio le habían brindado.

Por fin, un viejo amigo que lo reconoció y no le reprochó nada (quizá porque nada tenía) se acercó a preguntarle: «Y ahora ¿adónde irás?». Y Lázaro Vélez respondió: «A recuperar mi sudario».

El profeta

El profeta lo dijo en la plaza: «Dentro de veinte años el Señor descenderá nuevamente a la tierra. Y habrá justicia», pero los descreídos le gritaron: «Es muy cómodo predecir lo que va a suceder dentro de veinte años. ¿Quién va a pedirte cuentas si te equivocas?».

El profeta lo dijo en la plaza: «No bien comience el nuevo siglo, el sol se oscurecerá y habrá dos noches por jornada», pero los descreídos le gritaron: «Bah, es muy fácil anunciar lo que va a ocurrir el año 2001. ¿Quién va a reclamarte si te equivocas?».

El profeta lo dijo en la plaza: «Dentro de tres años la tierra se arrugará formando colinas y promontorios nuevos y en más de una llanura se abrirán cráteres», pero los descreídos le gritaron: «Es muy trivial pronosticar lo que va a acaecer dentro de tres años. Si tu profecía falla ¿dónde te encontraremos para lapidarte?».

Entonces el profeta, sin perder la calma, dijo en la plaza: «Dentro de diez segundos os mostraré mi lengua», y antes de que algún descreído lo pusiera en duda, el profeta mostró su lengua innegable y probada, vaticinada y roja.

Mucho gusto

Se habían encontrado en la barra de un bar, cada uno frente a una jarra de cerveza, y habían empezado a conversar, al principio, como es lo normal, sobre el tiempo y la crisis, luego de temas varios y no siempre racionalmente encadenados.

Al parecer el flaco era escritor; el otro, un señor cualquiera. No bien supo que el flaco era literato, el señor cualquiera empezó a elogiar la condición de artista, eso que llamaba «el sencillo privilegio de poder escribir».

«No crea que es algo tan estupendo», dijo el flaco. «También hay momentos de profundo desamparo, en los que uno llega a la conclusión de que todo lo que ha escrito es una basura. Probablemente no lo sea, pero uno así lo cree. Mire, sin ir más lejos, no hace mucho junté todos mis inéditos (o sea el trabajo de varios años), llamé a mi mejor amigo y le dije: "Mira, esto no sirve, pero comprenderás que para mí es demasiado doloroso destruirlo. Así que hazme un favor: quémalo. Júrame que lo vas a quemar". Y me lo juró.»

El señor cualquiera quedó muy impresionado ante aquel gesto autocrítico, pero no se atrevió a hacer ningún comentario. Tras un buen rato de silencio, se rascó la nuca y empinó la jarra de cerveza. «Oiga don», dijo sin pestañear. «Hace rato que hablamos y ni siquiera nos hemos presentado. Mi nombre es Ernesto Chávez, viajante de comercio.» Y le tendió la mano.

«Mucho gusto», dijo el otro, oprimiéndola con sus dedos huesudos. «Franz Kafka, para servirle.»

Traducciones

Siempre le pasaba lo mismo. Cuando alguien traducía uno de sus poemas a una lengua extranjera (al menos, de las que él conocía), sus propios versos le sonaban mejor que en el original. Por eso no le sorprendió que la versión francesa de su poema «El tiempo y la campana» le pareciera estupenda, grácil, sustanciosa.

Dos años más tarde, un traductor italiano, que no sabía español, tradujo aquella versión francesa, y aunque él nunca había sido partidario de las versiones indirectas (no olvidaba, sin embargo, que muchos años atrás había conocido a través de ellas a Tolstoi, Dostoievski y también a Confucio), disfrutó grandemente de su poema «in italico modo».

Transcurrieron otros tres años y un traductor inglés, que, como la mayoría de los traductores ingleses, no sabía español, se basó en la versión italiana, basada a su vez en la versión francesa. Pese a tan lejano origen, fue la que mayor placer le produjo al primigenio autor hispanoparlante. Sólo le asombró un poco (en realidad, lo atribuyó a una errata de tantas) que esta nueva versión indirecta se titulara «Burnt Norton» y que el nombre del presunto autor fuera un tal T. S. Eliot. Sin embargo, le gustó tanto que decidió encargarse personalmente de traducirla al español.

Persecuta

Como en tantas y tantas de sus pesadillas, empezó a huir, despavorido. Las botas de sus perseguidores sonaban y resonaban sobre las hojas secas. Las omnipotentes zancadas se acercaban a un ritmo enloquecido y enloquecedor.

Hasta no hace mucho, siempre que entraba en una pesadilla, su salvación había consistido en despertar, pero a esta altura los perseguidores habían aprendido esa estratagema y ya no se dejaban sorprender.

Sin embargo esta vez volvió a sorprenderlos. Precisamente en el instante en que los sabuesos creyeron que iba a despertar, él, sencillamente, soñó que se dormía.

Un boliviano con salida al mar

Nunca he podido confirmarlo, pero dicen que en plena guerra de las Malvinas le preguntaron a Borges qué solución se le ocurría para el conflicto, y él, con su sorna metafísica de siempre, respondió: «Creo que Argentina y Gran Bretaña tendrían que ponerse de acuerdo y adjudicar las Malvinas a Bolivia, para que este país logre por fin su salida al mar».

En realidad, la ironía de Borges (siempre que la cita sea verdadera) se basaba en una obsesión que está presente en todo boliviano, ese alguien que siempre parece estar acechando el horizonte en busca del esquivo mar que le fue negado. Tiene el Titicaca, por supuesto, pero el enorme lago sólo le sirve para que crezca su frustración, ya que en vez de conducirlo a otros mundos, sólo lo conduce a sí mismo.

De todas maneras, cuando algún boliviano llega al mar, aunque éste sea ajeno, siempre se trata de un blanco, nunca de un indio. Hubo un indio, sin embargo, nacido junto a las minas de Oruro, que por un extraño azar pudo alcanzar el mar prohibido.

Debió ser un niño simpático y bien dispuesto, ya que una dama paceña, que estaba de paso en Oruro y pertenecía a una familia acaudalada, lo vio casualmente y se lo trajo a la capital, allá por los años cincuenta. Rebautizado como Gualberto Aniceto Morales, aprendió a leer y aprendió a servir. Y tan bien lo hizo, que cuando sus patrones viajaron a Europa, lo llevaron consigo, no precisamente para ampliar su horizonte sino para que los auxiliara en menesteres domésticos.

Así fue que el muchacho (que para ese entonces ya había cumplido quince años) pudo ir coleccionando en su memoria imágenes de mar: desde la tibieza verde del Mediterráneo hasta los golfos helados del Báltico. Cuando al cabo de un año sus protectores regresaron, Gualberto Aniceto pidió que lo dejaran viajar a su pueblo para ver a su familia.

Allí, en su pobreza de origen, en la humilde y despojada querencia, ante la mirada atónita y el silencio compacto de los suyos, el viajero fue informando larga y pormenorizadamente sobre farallones, olas, delfines, astilleros, mareas, peces voladores, buques cisternas, muelles de pescadores, faros que parpadean, tiburones, gaviotas, enormes trasatlánticos.

No obstante, llegó una noche en que se quedó sin recuerdos y calló. Pero los suyos no suspendieron su expectativa y siguieron mirándolo, esperando, arracimados sobre el piso de tierra y con las mejillas hinchadas por la coca. Desde el fondo del recinto llegó la voz del abuelo, todavía inexorable, a pesar de sus pulmones carcomidos: «¿Y qué más?».

Gualberto Aniceto sintió que no podía defraudarlos. Sabía por experiencia que la nostalgia del mar no tiene fin. Y fue entonces, sólo entonces que empezó a hablar de las sirenas.

Lingüistas

Tras la cerrada ovación que puso término a la sesión plenaria del Congreso Internacional de Lingüística y Afines, la hermosa taquígrafa recogió sus lápices y papeles y se dirigió hacia la salida abriéndose paso entre un centenar de lingüistas, filólogos, semiólogos, críticos estructuralistas y desconstruccionistas, todos los cuales siguieron su garboso desplazamiento con una admiración rayana en la glosemática.

De pronto las diversas acuñaciones cerebrales adquirieron vigencia fónica:

—¡Qué sintagma!

—¡Qué polisemia!

—¡Qué significante!

—¡Qué diacronía!

—¡Qué *exemplar ceterorum*!

—¡Qué *Zungenspitze*!

—¡Qué morfema!

La hermosa taquígrafa desfiló impertérrita y adusta entre aquella selva de fonemas.

Sólo se la vio sonreír, halagada y tal vez vulnerable, cuando el joven ordenanza, antes de abrirle la puerta, murmuró casi en su oído: «Cosita linda».

Todo lo contrario

—Veamos —dijo el profesor—. ¿Alguno de ustedes sabe qué es lo contrario de IN?

—OUT —respondió prestamente un alumno.

—No es obligatorio pensar en inglés. En español, lo contrario de IN (como prefijo privativo, claro) suele ser la misma palabra, pero sin esa sílaba.

—Sí, ya sé: insensato y sensato, indócil y dócil, ¿no?

—Parcialmente correcto. No olvide, muchacho, que lo contrario del invierno no es el vierno sino el verano.

—No se burle, profesor.

—Vamos a ver. ¿Sería capaz de formar una frase, más o menos coherente, con palabras que, si son despojadas del prefijo IN, no confirman la ortodoxia gramatical?

—Probaré, profesor: «Aquel dividuo memorizó sus cógnitas, se sintió dulgente pero dómito, hizo ventario de las famias con que tanto lo habían cordiado, y aunque se resignó a mantenerse cólume, así y todo en las noches padecía de somnio, ya que le preocupaban la flación y su cremento».

—Sulso pero pecable —admitió sin euforia el profesor.

El puercoespín mimoso

—Esta mañana —dijo el profesor— haremos un ejercicio de zoomiótica. Ustedes ya conocen que en el lenguaje popular hay muchos dichos, frases hechas, lugares comunes, etcétera, que incluyen nombres de animales. Verbigracia: vista de lince, talle de avispa, y tantos otros. Bien, yo voy ahora a decirles datos, referencias, conductas humanas, y ustedes deberán encontrar la metáfora zoológica correspondiente. ¿Entendido?

—Sí, profesor.

—Veamos entonces. Señorita Silva. A un político, tan acaudalado como populista, se le quiebra la voz cuando se refiere a los pobres de la tierra.

—Lágrimas de cocodrilo.

—Exacto. Señor Rodríguez. ¿Qué siente cuando ve en la televisión ciertas matanzas de estudiantes?

—Se me pone la piel de gallina.

—Bien, señor Méndez. El nuevo ministro de Economía examina la situación del país y se alarma ante la faena que le espera.

—Que no es moco de pavo.

—Entre otras cosas. A ver, señorita Ortega. Tengo entendido que a su hermanito no hay quien lo despierte por las mañanas.

—Es cierto. Duerme como un lirón.

—Ésa era fácil, ¿no? Señor Duarte. Todos saben que A es un oscuro funcionario, uno del montón, y sin embargo se ha comprado un Mercedes Benz.

—Evidentemente, hay gato encerrado.

—No está mal. Ahora usted, señor Risso. En la frontera siempre hay buena gente que pasa ilegalmente pequeños artículos: radios a transistores, perfumes, relojes, cosas así.

—Contrabando hormiga.

—Correcto. Señorita Undurraga. A aquel diputado lo insultaban, le mentaban la madre, y él nunca perdía la calma.

—Sangre de pato, o también frío como un pescado.

—Doblemente adecuado. Señor Arosa. Auita, el fondista marroquí, acaba de establecer una nueva marca mundial.

—Corre como un gamo.

—Señor Sienra. Cuando aquel hombre se enteró de que su principal acreedor había muerto de un síncope, estalló en carcajadas.

—Risa de hiena, claro.

—Muy bien. Señorita López, ¿me disculparía si interrumpo sus palabras cruzadas?

—Oh, perdón, profesor.

—Digamos que un gángster, tras asaltar dos bancos en la misma jornada, regresa a su casa y se refugia en el amor y las caricias de su joven esposa.

—Éste sí que es difícil, profesor. Pero veamos. ¡El puercoespín mimoso! ¿Puede ser?

—Le confieso que no lo tenía en mi nómina, señorita López, pero no está mal, no está nada mal. Es probable que algún día ingrese al lenguaje popular. Mañana mismo lo comunicaré a la Academia. Por las dudas, ¿sabe?

—Habrá querido decir por si las moscas, profesor.

—También, también. Prosiga con sus palabras cruzadas, por favor.

—Muchas gracias, profesor. Pero no vaya a pensar que ésta es mi táctica del avestruz.

—*Touché*.

Estornudo

Cuando Agustín sintió un fuerte dolor en el pecho, anunció de inmediato a sus familiares: «Esto es un infarto». Sin embargo, el médico diagnosticó aerofagia. El dolor se aplacó con una cocacola y el regüeldo correspondiente.

Fue en esa ocasión que Agustín advirtió por vez primera que la forma más eficaz de exorcizar las dolencias graves era, lisa y llanamente, nombrarlas. Sólo así, agitando su nombre como la cruz ante el demonio, se conseguía que las enfermedades huyeran despavoridas.

Un año después, Agustín tuvo una intensa punzada en el riñón izquierdo, y, ni corto ni perezoso, se autodiagnosticó: «Cáncer». Pero era apenas un cálculo, sonoramente expulsado días más tarde, tras varias infusiones de *quebra pedra*.

Pasados ocho meses el ramalazo fue en el vientre, y, como era previsible, Agustín no vaciló en augurarse: «Oclusión intestinal». Era tan sólo una indigestión, provocada por una consistente y gravosa paella.

Y así fue ocurriendo, en sucesivas ocasiones, con presuntos síntomas de hemiplejia, triquinosis, peritonitis, difteria, síndrome de inmunodeficiencia adquirida, meningitis, etcétera. En todos los casos, el mero hecho de nombrar la anunciada dolencia tuvo el buscado efecto de exorcismo.

No obstante, una noche invernal en que Agustín celebraba con sus amigos en un restaurante céntrico sus bodas de plata con la Enseñanza (olvidé consignar que era un destacado profesor de historia), alguien abrió inadvertidamente una ventana, se produjo una fuerte corriente de aire y Agustín estornudó compulsiva y estentóreamente. Su rostro pareció congestionarse, quiso echar mano a su pañuelo e intentó decir algo, pero de pronto su cabeza se inclinó hacia adelante.

Para el estupor de todos los presentes, allí quedó Agustín, muerto de toda mortandad. Y ello porque no tuvo tiempo de nombrar, exorcizándolo, su estornudo terminal.

El ruido y la imagen

Lo dijeron y lo repitieron esclarecidos portavoces de Algo: «Se acabó la escritura. La literatura está condenada a morir. De ahora en adelante sólo existirá la Cultura del Ruido y de la Imagen». Y comenzó la planificada destrucción. Los escritores y compositores se sintieron tan abochornados que paulatinamente fueron dejando de escribir y componer y se dedicaron a la informática, a la política, a la pesca, al psicoanálisis, al tenis y a otros oficios más o menos rentables.

No obstante, aún quedaban en librerías y bibliotecas numerosos poemas, novelas, cuentos, dramas, letras de canciones, partituras musicales. Con verdadera astucia, los cultores del Ruido y de la Imagen decidieron no destruir autoritariamente toda esa escoria del pasado; prefirieron gastarla a un ritmo vertiginoso, a fin de que (sin que nadie pudiera acusarlos de violar los derechos humanos y otras majaderías) se consumiera definitivamente y no volviera más su vetusta blandura.

En poco tiempo, las teleseries y los filmes para cable consumieron todo el *stock* mundial de novelas, dramas y guiones y ya nadie se atrevió a contar nada en la pantalla. Las imágenes aprendieron a no narrar, simplemente estallaban. La agonía de la música fue más lenta pero también llegó. Ya nadie se acordaba de Mozart ni de Bartók ni de los Beatles ni de Sting ni de Chico Buarque.

Dentro de la más absoluta libertad de expresión, los letristas de canciones fueron conminados a reducir sus textos a lo mínimo. Fue así que en octubre de 1997, el *hit number one* llevó como letra una sola línea infinitamente repetida: «Voy, vengo, y no voy más, nunca más nunca máaaaaaaaas». En abril de 1999, la letra del *number two* tenía seudoreminiscencias criptolíricas: «Después del martes viene el miércoles, aaaay». Por supuesto que en inglés tales letras sonaban bastante mejor. El advenimiento del nuevo siglo fue saludado con un *hit* que los entendidos consideraron como una obra maestra de síntesis socioeconómica: «Lancémonos lancémonos», pero tres meses después la erosión tautológica la había reducido a «Monooooos».

Mucho más tarde, con el desarrollo del pos-posmodernismo (popularmente conocido como el *pospós*) y el estallido del preneo-cavernismo (popularmente conocido como el *preneo*), coincidente este último con la celebración del segundo decenio del Quinto Centenario del

Descubrimiento de América, la cultura del Híper Ruido y el Súper Temblor de la Imagen acabó por imponerse y suprimió radicalmente toda huella de melodía, esa cosa inútil, y todo rescoldo de palabra, esa basura. Los conjuntos que aparecían en la ex pantallita y ahora pantallota se limitaban a emitir gritiros, gruñidos, alaridos, que no llegaban ni siquiera a ser sílabas, ya que esto habría sido considerado como una grave señal de conservadurismo. Sin embargo, semejante mutación oral no fue debidamente registrada a nivel popular en toda su magnitud, pues a esta altura la diaria catarata de macrodecibeles había dejado sumido en la sordera a todo un mundo de neoanalfabetos (también llamados *neoanalfas*). Cabe asimismo recordar que las campañas de desalfabetización, a nivel mundial, cuidadosamente planificadas por los Ministerios de Defensa y de Ataque de los cinco continentes, habían sido el mayor logro de todo un quinquenio.

Fue entonces cuando un memorioso de la tercera edad, en realidad un veterano polizón (advertencia para correctores: no confundir con *polizonte*) que en el año MMIV había llegado al puerto de Palos en una de las piraguas que redescubrieron Europa, y luego se había escondido, para leer viejos folios, en cierta catacumba llamada Subsuelo V, se animó a salir a la superficie y a la consideración pública.

Todavía no se sabe cómo lo hizo, pero lo cierto es que consiguió editar, con tipografía gastada y papel muy modesto, un breve folleto titulado *Caperucita Roja golpea otra vez* (identificado en las más refinadas catacumbas como *Little Red Riding Hood Strikes Again*). En vista del neoanalfabetismo circundante, el ex polizón subió a un banco de la plaza y noche a noche fue narrando su historia a los transeúntes. Después de todo, a la gente siempre le ha gustado que le cuenten cosas. Así que el memorioso leía y volvía a leer el breve folleto de su autoría ante un público cada vez más numeroso y los dejaba a todos con la boca abierta.

Memoria electrónica

Todas las tardes, al regresar de su trabajo en el Banco (sección Valores al Cobro), Esteban Ruiz contemplaba con deleite su nueva adquisición. Para el joven poeta inédito, aquella maquinita de escribir era una maravilla: signos para varios idiomas, letra redonda y *bastardilla*, tipo especial para **Titulares,** pantallita correctora, centrado automático, selector de teclado, tabulador decimal y un etcétera estimulante y nutrido.

Ah, pero lo más espectacular era sin duda la Memoria. Eso de escribir un texto y, mediante la previa y sucesiva presión de dos suaves teclas, poder incorporarlo a la memoria electrónica, era algo casi milagroso. Luego, cada vez que se lo proponía, introducía un papel en blanco y, mediante la previa y sucesiva presión, esta vez de cinco teclas, la maquinita japonesa empezaba a trabajar por su cuenta y riesgo e imprimía limpiamente el texto memorizado.

A Esteban le agradaba sobremanera incorporar sus poemas a la memoria electrónica. Después, sólo para disfrutar, no sólo del sorprendente aparato sino también de su propio lirismo, presionaba las teclas mágicas y aquel prodigioso robot escribía, escribía, escribía.

Esteban (26 años, soltero, 1,70 m de estatura, morocho, ojos verdes) vivía solo. Le gustaban las muchachas, pero era anacrónicamente tímido. La verdad es que se pasaba planificando abordajes, pero nunca encontraba en sí mismo el coraje necesario para llevarlos a cabo. No obstante, como todo vate que se precie debe alguna vez escribir poemas de amor, Esteban Ruiz decidió inventarse una amada (la bautizó Florencia) y había creado para ella una figura y un carácter muy concretos y definidos, que sin embargo no se correspondían con los de ninguna de las muchachas que había conocido, ni siquiera de las habituales clientas jóvenes, elegantes y frutales, que concurrían a la sección Valores al Cobro. Fue así que surgieron (y fueron inmediatamente incorporados a la retentiva de la Canon S-60) poemas como *«Tus manos en mí»*, *«De vez en cuando hallarte»*, *«Tu mirada es anuncio»*.

La memoria electrónica llegaba a admitir textos equivalentes a 2.000 espacios (que luego podían borrarse a voluntad) y él ya le había entregado un par de poemas de su serie de amor/ficción. Pero esos pocos textos le bastaban para entretenerse todas las tardecitas, mientras saboreaba su jerez seco, haciendo trabajar a la sumisa maquinita, que una y otra vez imprimía y volvía a imprimir sus breves y presuntas obras maestras. Ahora bien, sabido es que la poesía amorosa (aun la destinada a una amada incorpórea) no ha de tratar pura y exclusivamente de la plenitud del amor; también debe hablar de sus desdichas.

De modo que el joven poeta decidió que Florencia lo abandonara, claro que transitoriamente, a fin de que él pudiera depositar en pulcros endecasílabos la angustia y el dolor de esa ruptura. Y así fue que escribió un poema (cuyo título se le ocurrió al evocar una canción que años atrás había sido un *hit* pero que él confiaba estuviese olvidada), un poema que le pareció singularmente apto para ser incorporado a la fiel retentiva de su imponderable Canon S-60.

Cuando por fin lo hizo, se le ocurrió invitar a Aníbal, un compañero del Banco (sección Cuentas Corrientes) con el que a veces compartía inquietudes y gustos literarios, para así hacer alarde de su maquinita y de sus versos. Y como los poetas (jóvenes o veteranos) siempre están particularmente entusiasmados con lo último que han escrito, decidió mostrar al visitante la más reciente muestra de su inspiración.

Ya Aníbal había pronunciado varios ¡oh! ante las novedosas variantes de la maquinita, cuando Esteban decidió pasmarlo de una vez para siempre con una sencilla demostración de la famosa memoria. Colocó en la maquinita con toda parsimonia un papel en blanco, presionó las teclas consabidas y de inmediato se inició el milagro. El papel comenzó a poblarse de elegantes caracteres. La cassette impresora iba y venía, sin tomarse una tregua, y así fueron organizándose las palabras del poema:

> *¿Por qué te vas? ¿O es sólo una amenaza?*
> *No me acorrales con esa condena.*
> *Sin tu mirada se quedó la casa*
>
> *con una soledad que no es la buena.*
> *No logro acostumbrarme a los rincones*
> *ni a las nostalgias que tu ausencia estrena.*
>
> *Conocés mi delirio y mis razones.*
> *De mi bronca de ayer no queda nada.*
> *Te cambio mi perdón por tus perdones.*
>
> *¿Por qué te vas? Ya aguardo tu llegada.*

Al concluir el último verso, Esteban se volvió ufano y sonriente hacia su buen amigo a fin de recoger su previsible admiración, pero he aquí que la maquinita no le dio tiempo. Tras un brevísimo respiro, continuó con su febril escritura, aunque esta vez se tratara de otro texto, tan novedoso para Aníbal como para el propio Esteban:

> *¿Querés saber por qué? Pues te lo digo:*
> *no me gustás, querido, no te aguanto,*
> *ya no soporto más estar contigo,*
>
> *últimamente me has jodido tanto*
> *que una noche, de buenas a primeras,*
> *en lugar del amor, quedó el espanto.*
>
> *Odio tu boca chirle, tus ojeras,*
> *que te creas el bueno de la historia.*
> *Con mi recuerdo, hacé lo que prefieras.*
>
> *Yo te voy a borrar de esta memoria.*

Triángulo isósceles

El abogado Arsenio Portales y la ex actriz Fanny Araluce llevaban doce apacibles años de casados. Desde el comienzo, él le había exigido a Fanny que dejara la escena. Al parecer, no era tan liberal como para tolerar que noche a noche su linda mujer fuera abrazada y besada por otros.

A ella le había costado mucho aceptar esa exigencia, que le parecía absurda, machista y carente de un mínimo sentido profesional. «Por otra parte», había agregado él como justificación a posteriori, «no creo que tengas las imprescindibles condiciones para triunfar en teatro. Sos demasiado transparente. En cada uno de tus personajes siempre estás vos, precisamente allí donde debería estar el personaje. Demasiado transparente. El verdadero actor debe ser opaco como ser humano; sólo así podrá ser otro, convertirse en otro. Por más que te vistas de Ofelia, Electra o Mariana Pineda, siempre serás Fanny Araluce. No niego que tengas un temperamento artístico, pero deberías encauzarlo más bien hacia la pintura o las letras. Es decir, hacia la práctica de un arte en el que la transparencia constituya una virtud y no un defecto».

Fanny lo dejaba exponer su teoría, pero en realidad él nunca la había convencido. Si había renunciado a ser actriz, era por amor. Él no lo entendía ni lo valoraba así. Sin embargo, en la vida cotidiana, privada, Fanny era ordenada, sobria, casi una perfecta ama de casa.

Probablemente demasiado perfecta para el doctor Portales. En los últimos dos años, el abogado había mantenido otra relación, tan clandestina como estable, con una mujer apasionada, carnal, contradictoria, y, por si todo eso fuera poco, particularmente atractiva.

Como lugar adecuado para esos encuentros, Portales alquiló un apartamento a sólo ocho cuadras de su casa. Había sido minucioso en la organización de su cándido pretexto: por borrosos motivos profesionales debía viajar semanalmente a Buenos Aires. Como sólo estaba ausente las noches de los martes, le recomendaba a Fanny que no le telefoneara, pero, por si las moscas, le había dado el teléfono de un colega porteño, que tenía instrucciones precisas: «¿Arsenio? Fue a una reunión que creo se va a prolongar hasta muy tarde». Fanny nunca llamó.

Ella, que conocía como nadie las necesidades y manías de su marido, se encargaba de aprontarle el pequeño maletín y le llamaba el taxi. Portales se bajaba ocho cuadras más allá, subía al apartamento clandestino, se ponía cómodo, aprontaba los tragos, encendía el televisor; a la espera de Raquel, que, como también era casada, debía aguardar a que su marido emprendiera su inspección semanal a la estancia. En realidad, si se veían los martes había sido por complacer a Raquel, pues ése era el día que el hacendado había elegido para atender sus campos. «Y para dejarnos el campo libre», bromeaba Arsenio.

Cuando por fin llegaba Raquel, cenaban en casa, ya que no podían arriesgarse a que los vieran juntos en un cine o en un restaurante. Luego hacían el amor de una manera traviesa, juvenil, alegre, casi como si fueran dos adolescentes. Cada martes Portales se sentía revivir. Cada miércoles le costaba un poco regresar a las buenas costumbres del hogar lícito, genuino, sistemático.

Para la vuelta, no sabía bien por qué, exageraba las precauciones. Llamaba un taxi, hacía que lo dejara en el aeropuerto de Carrasco; después de un rato, tomaba otro taxi para regresar a su casa. Dentro de esa rutina, Fanny cumplía con interesarse en cómo le había ido, y entonces él inventaba con esmero los pormenores de las aburridas sesiones de trabajo con sus clientes bonaerenses, dejando siempre constancia, eso sí, de lo bueno que era estar de vuelta en casa.

Llegó por fin el martes en que se cumplían dos años de la furtiva y estimulante relación con Raquel, y Portales consiguió un collar de pequeños mosaicos florentinos. Se lo había hecho traer desde Italia por un cliente, éste sí verdadero, que le debía algunos favores. Instalado en su lindo y confortable bulín, Portales puso el champán en la heladera, aprontó las copas, se acomodó en la mecedora, y se puso a esperar, más impaciente que otras veces, a Raquel.

Ésta llegó más tarde que de costumbre. Su demora estaba justificada, ya que también ella, en vista del aniversario subrepticio, había ido a comprar su regalito: una corbata de seda, con franjas azules sobre fondo gris. Fue entonces que Arsenio Portales le dio el estuche con el collar. A ella le encantó. «Voy un momento al baño, así veo cómo me queda», dijo, y como anticipo de otros tributos, lo besó con ternura y calidez. Como era natural, él consideró ese beso como un presagio de una noche gloriosa.

Sin embargo, Raquel demoraba en el baño y él empezó a inquietarse. Se levantó, se arrimó a la puerta cerrada y preguntó: «¿Qué tal? ¿Te sentís bien?». «Estupendamente bien», dijo ella. «Enseguida estoy contigo.»

Ya sin preocupación, aunque igualmente ansioso por la expectativa, Portales volvió a sentarse en la mecedora. Cinco minutos después la puerta del baño se abría, mas, para sorpresa del hombre a la espera, no para dar paso a Raquel sino a Fanny Araluce, su mujer, que lucía el collar florentino.

Portales, estupefacto, sólo atinó a exclamar: «¡Fanny! ¿Qué hacés aquí?». «¿Aquí?», subrayó ella. «Pues, lo de todos los martes, querido. Venir a verte, acostarme contigo, quererte y ser querida.» Y como Arsenio seguía con la boca abierta, Fanny agregó: «Arsenio, soy Fanny y también Raquel. En casa soy tu mujer, Fanny A. de Portales, pero aquí soy la ex actriz Fanny Araluce. O sea que en casa soy transparente y aquí soy opaca, ayudada por el maquillaje, las pelucas y un buen libreto, claro».

«Raquel», balbuceó Arsenio Portales.

«Sí: Raquel. ¿Te das cuenta? Me has traicionado conmigo misma. Ahora, tras dos años de vida doble, tenés que elegir. O te divorciás de mí, o te casás conmigo. No estoy dispuesta a seguir tolerando esta ambigüedad. Y algo más: después de este éxito dramático, después de dos años con esta obra en cartel, te anuncio solemnemente que vuelvo al teatro.»

«Tu voz», murmuró Arsenio. «Algo extraño había en tu voz. Pero ni siquiera el color de tus ojos es el mismo.»

«Claro que no. ¿Para qué existen las lentes de contacto verdes? Siempre te oí decir que te encandilaban las morochas de ojos verdes.»

«Tu piel. Tu piel tampoco era la misma.»

«Ah no, querido, lamento decepcionarte. Aquí y allá mi piel siempre ha sido la misma. Sólo tus manos eran otras. Tus manos me inventaban otra piel. Al fin de cuentas, ni yo misma sé ahora cuál es mi piel verdadera: si la de Fanny o la de Raquel. Tus manos tienen la palabra.»

Portales cerró los puños, más desorientado que furioso, más abatido que iracundo.

«Me has engañado», dijo con voz ronca.

«Por supuesto», dijo Fanny/Raquel.

Franquezas

¿Estoy contando algo más que una fábula?
ENRIQUE LIHN

Un reloj con números romanos

No se culpe a nadie de mi vida.
JULIO CORTÁZAR

¿Te llama la atención mi reloj? ¿Verdad que es lindo? A mí siempre me gustaron los relojes con números romanos. ¿Crees que está atrasado porque marca las once y cuarto? No, no está atrasado. Simplemente, hace diez años que está detenido en esa hora. ¿Por qué? No es tan simple de contar. Nunca hablo de eso, nada más que por miedo a que no me crean. ¿Serías capaz de creerme? Entonces te lo cuento. Más que un recuerdo, es un homenaje. Diez años. Recuerdo la fecha, porque todo ocurrió al día siguiente de mi cumpleaños. Tenía quince y estaba bastante orgulloso de mi nueva edad. Pasaba ese verano en casa de mis tíos, en un pueblecito mallorquín, en medio de un increíble paisaje montañoso. Después de las muchedumbres y el tránsito enloquecido de Barcelona, aquello era un paraíso. Por las mañanas me gustaba ir a la cala que quedaba allá abajo; en hora tan temprana estaba siempre desierta. En esa época nadaba muy mal, así que nunca me alejaba mucho de la orilla porque en ciertos momentos del día las olas, altísimas y todopoderosas, eran siempre un peligro. Me bañaba desnudo y eso constituía todo un disfrute en aquel agosto particularmente caluroso. Esa mañana descendí casi corriendo por el sendero irregular y pedregoso que llevaba a la cala, y una vez allí, sin mirar siquiera a mi alrededor, me quité el *short*. Iba a meterme en el agua, cuando sentí que alguien me gritaba, algo como buenos días. Miré entonces y vi a una mujer joven, morena, hermosa. Llevaba una mínima tanga, pero su busto estaba al descubierto. Sentí un poco de vergüenza y me tapé con las manos, pero ella empezó a caminar y enseguida estuvo junto a mí. No tengas vergüenza, dijo (en un correcto español pero con acento extranjero, como si fuese inglesa o alemana). Mira, yo también me quito esta menudencia, agregó, y así estamos iguales. Preguntó cómo me llamaba y le dije que Tomás. Tom, repitió ella. Eres lindo, Tom. Creo que me puse rojo. Ven, dijo, y tendió su mano hacia mí. Yo le di la mía. Ven, repitió y me miró calmosamente. Sonreía, pero era una sonrisa triste. ¿Nunca has estado con una mujer? Dije que no, pero sólo con la cabeza. ¿Y qué edad tienes? Ayer cumplí quince, contesté con mi orgullo algo recuperado. Entonces empezó a acariciarme, primero los hombros, luego el pecho (yo reí porque me hizo cosquillas), la cintura, siempre sonriendo con infinita tristeza. Cuando llegó a mi sexo, éste ya la estaba esperando. Entonces sonrió más francamente y con un poco menos de tristeza, pero no se detuvo allí, continuó acariciándome y así llegó a mis tobillos y a mis pies llenos de arena. En ese momento comprendí que me estaba enseñando algo y resolví ser un buen alumno. También yo empecé a acariciarla, pero en sentido inverso, de abajo hacia arriba, pero cuando llegué a aquellos pechos tan celestiales, me sentí desfallecer. De amor, de angustia, de esperanza, de nueva vida, qué sé yo. Nunca más he sentido una sensación así. Entonces, sin decirnos nada, nos tendimos un poco más allá, donde el agua apenas lamía la arena, y ella prosiguió minuciosamente su clase de anatomía. La verdad es que a esa altura yo ya no precisaba más lecciones y la cubrí sin ninguna timidez, casi te diría que con descaro. Y mientras disfrutaba como un loco, recuerdo que pensaba, o más bien deliraba: esta mujer es mía, esta mujer es mía. Cuando todo acabó, continuó besándome durante un rato. Luego se quitó el reloj (precisamente este reloj) de su muñeca y me lo dio. Mira, se ha detenido, eso quiere decir algo, guárdalo contigo. Y yo, que siempre había querido tener un reloj con números romanos, lo puse en mi muñeca, a ella le dije gracias y la besé otra vez. Entonces dijo: Eres lo mejor que me podía haber pasado, justamente hoy. Ahora me voy contenta, porque nos descubrimos y fue algo maravilloso, ¿no te parece? Sí, maravilloso, pero adónde vas. Al mar, Tom, me voy al mar. Tú te quedas aquí, con el reloj que se ha detenido, y no digas nada a nadie. A nadie. Me besó por última vez y su lengua estaba salada, como si fuera un anticipo del mar que la esperaba. Empezó a caminar lentamente, se metió en el agua y de inmediato fue rodeada por el coro de las olas, que cada vez se fueron encrespando más. Ella siguió avanzando, sin nadar, dejándose llevar, empujar, acosar violentamente por aquel mar que (lo pensé entonces) era un viejo celoso, desbordante de ira y de lujuria. Un viejo que no la iba a perdonar y a mí me salpicaba como escupiéndome. Y así hasta que la perdí de vista, porque las olas, una vez que golpeaban en las rocas, regresaban con ímpetu y la llevaban cada vez más lejos, más lejos, hasta que por fin tomé conciencia de mi abandono y empecé a llorar, no como un muchacho de quince años sino como un niño de catorce, sobre los despojos de mi brevísima, casi instantánea felicidad. Jamás apareció su cuerpo en las costas de Mallorca, nunca supe quién era. Durante unos meses quise convencerme de que tal vez fuese una sirena, pero luego descartaba esa posibilidad, ya que las sirenas no usan relojes con números romanos. Bueno, creo que no usan relojes en general. Aun hoy, cuando voy de vacaciones a Mallorca, bajo siempre hasta la cala y me quedo allí, desnudo y a la espera, dispuesto a darle cuerda nuevamente al reloj no bien ella surja desde el mar, huyéndole a las olas iracundas de aquel viejo rijoso. Pero ya ves, en mi reloj de números romanos las agujas siguen marcando las once y cuarto, igual que hace diez años.

La víspera

Hacía por lo menos veinte años que Aníbal Sastre conocía a Bernardo Giudice y Amanda Doria. Ni uno ni otra integraban el círculo más o menos estrecho de sus amigos, pero Bernardo y él habían estudiado en el Elbio Fernández (aunque Giudice era un año mayor y en consecuencia también había regresado un año antes) en tanto que Amanda (Mandita para los allegados) era, y continuaba siéndolo, la mejor amiga de sus primas. Precisamente fue una de éstas la que le informó que Mandita y Bernardo se casaban. Él registró la noticia como un dato más de la actualidad generacional. Nunca había sido muy propenso al matrimonio, pero no tenía objeciones contra quienes voluntariamente se arrojaban al precipicio. Allá ellos, solía decirse frente al espejo que registraba su competente imagen de soltero en perpetua disponibilidad.

La víspera de la boda se enteró de que esa misma noche le daban a Bernardo Giudice la consabida despedida de soltero. No era suficientemente amigo como para que lo invitaran, de modo que no le dio a esa omisión la menor importancia. Por otra parte, se había comprometido a asistir a un cóctel que daban en la embajada francesa, donde tenía no pocos amigos, así que decidió concurrir.

Llegó cuando la reunión estaba bastante animada. Desde lejos detectó la presencia de Amanda (le llamó la atención, pues recordó que esta noche era su víspera), saludada y felicitada, seguramente con motivo de su boda tan cercana. Amanda hablaba francés casi sin acento, con extraordinaria fluidez, y esa habilidad indudablemente le había servido para granjearle amigos entre los miembros de la colonia. Aníbal Sastre estuvo en varias ruedas, whisky primero y luego champán en mano. Hablaron de Mitterrand, de Le Pen, del próximo Bicentenario de la Revolución, del referéndum sobre la Ley de Caducidad de la Pretensión Punitiva del Estado (*oh là là, c'est un nom en trois volumes,* bromeó un recién nombrado profesor del Lycée Français, y otro, más veterano: *Ce n'est qu'une périphrase*).

De pronto sintió en la nuca una mirada insistente, se dio vuelta y encontró, en el otro extremo de la sala, los ojos de Amanda Doria. Le hizo con la mano un saludo amistoso y decidió acercarse para felicitarla él también. Amanda estaba radiante, más linda que de costumbre, y lo recibió con una sonrisa luminosa. En homenaje a los anfitriones, se besaron a la francesa, en ambas mejillas, y, como era previsible, Aníbal preguntó por Bernardo. Allá estará, dijo ella, en su despedida, espero que no me lo deterioren demasiado, a veces hay despedidas que son brutales. No te preocupes, dijo él, eso sólo sucedía antes, la dictadura y la crisis nos han vuelto más cautelosos y menos guarangos. Hablaron de la luna de miel (sería en Río), de la linda casita que les habían regalado los padres de Bernardo.

De pronto Amanda se calló, Aníbal se quedó por unos instantes sin tema, y entonces ella dijo: Aunque no lo parezca, estoy muy fatigada, ha sido una jornada de muchas emociones. Aníbal, ¿te vendría muy mal llevarme a casa? Por supuesto que no, vámonos cuando quieras, a mí también me cansan estas reuniones de compromiso. Salieron sin hacerse notar y por separado. Ella esperó en la puerta y a los cinco minutos apareció Aníbal con su Volkswagen. ¿Tus padres siempre viven en la Aguada? Ella asintió. ¿Y vos, dónde estás ahora, desde que sos todo un ejecutivo? Acabo de comprar un apartamento en Pocitos, a dos cuadras de la Rambla. Qué bien, dijo ella, me encantaría conocerlo. Por supuesto, dijo Aníbal, cuando vos y Bernardo regresen de Río, lo combinamos y se vienen una noche. Ella le aceptó un cigarrillo, dejó que él se lo encendiera y aspiró ansiosamente el humo. ¿Sería mucho pedirte que me lo mostraras hoy, ahora? ¿Ahora?, repitió Aníbal, algo sobresaltado. Sí, ahora, dijo ella, obstinada. Naturalmente, vamos. Ni él ni ella dijeron nada más, cada uno sumido en sus cavilaciones.

Cuando llegaron, Aníbal abrió automáticamente la puerta del garaje, la ayudó a descender y entraron en el ascensor. Mientras subían, el espejo les devolvió la imagen de un Aníbal bastante perplejo y una Amanda nerviosa pero decidida. Ya en el apartamento, él dijo: Ponete cómoda, ¿querés un traguito? Sí, para agarrar coraje, dijo ella y se quitó el tapado. Él fue a buscar botella, hielo y vasos. Cuando regresó, Amanda estaba en el amplio sofá, semitendida y sin zapatos. Aníbal había empezado a servir el whisky, cuando ella lo interrumpió: Sentate aquí, conmigo. Él no vaciló en dejar la botella y seguir la sugerencia.

Aunque a esta altura ya no se sorprendía de nada, se quedó con la boca abierta cuando ella le preguntó si la encontraba atractiva. Mucho, dijo, reponiéndose, y hoy estás particularmente linda. Ella le tocó suavemente la mejilla y dijo: Vos también me gustás. Todo estaba claro, así que Aníbal besó aquella mano con alianza y cintillo, luego atrajo lentamente a su dueña, la besó ahora en los labios, todavía sin lujuria, pero ésta compareció de inmediato ante la inequívoca respuesta de la otra boca.

El brazo de Aníbal investigó en la espalda de ella hasta que encontró la cremallera y fue abriendo el cierre. Ella se puso de pie para que el vestido resbalara hasta el suelo. No llevaba sostenes, así que los pechitos quedaron a merced de las manos del hombre. Éste la tomó en brazos y la llevó al dormitorio. Mientras se iba quitando su propia ropa, y a pesar de la excitación, que en cierta manera le complicó el despojo de los pantalones, Aníbal no conseguía resolver el problema, por qué conmigo y precisamente esta noche, a pocas horas de, etcétera. Pero el deseo pudo más que la cavilación y lo acercó definitivamente a aquel cuerpo perfecto que, como pudo comprobar algunos minutos más tarde, aún no había sido estrenado.

Amanda aguantó lo mejor que pudo el dolor pertinente, y al final, sólo al final, y debido en buena parte a la experimentada dulzura que el hombre imprimió a su vaivén, pudo disfrutar también ella del festín. Mandita, decía él, yo no sabía, Mandita, sos bárbara vos. Por fin él fue a buscar los postergados tragos y brindaron por el instante, tres hurras por el instante. Ella parecía tan feliz y él se sentía tan pletórico, que media hora más tarde volvieron a hacerlo y ahora todo anduvo mejor, casi sin sufrimiento y con mucho placer. Después ella dijo: Ya es tarde, tengo que irme, y empezó a vestirse. También él. ¿Te llevo? Si sos tan bueno.

Bajaron al garaje sin encontrarse con nadie, subieron al Volkswagen y, una vez en la calle, Aníbal se dirigió hacia la Aguada. Durante el viaje, ella de vez en cuando le tomaba el brazo o, como ahora, le acariciaba la nuca. Todo estuvo estupendo, dijo ella. Sí Mandita. Seguramente te preguntarás por qué lo hice. Sí, me lo pregunto, pero no tenés que explicarme nada. Ya sé, pero voy a explicártelo. Después de todo, tenés el derecho de saberlo, ¿no? Lo quiero mucho a Bernardo, pero siempre tuve la obsesión de no llegar virgen al sacrificio. ¿Qué iba a pensar Bernardo de mí, si yo llegaba virgen? Pues, lo que se piensa en estos tiempos: que era una puritana, una pacata, una monjita. Además, hacerlo en la víspera, no lo convierte en cornudo, lo que sería horrible, yo jamás lo haría. Y, por último, quiero que, desde el comienzo, él sepa que no es mi descubridor, que no es mi amo. Aníbal la miró, sorprendido y sonriente: ¿Y se puede saber quién es tu descubridor, quién es tu amo? Ante el tonito presuntuoso, ella soltó una carcajada: Tampoco vos, querido, porque no me negarás que, después de todo, fui yo la que te usé, con muchísimo gusto, lo reconozco, pero te usé.

Sólo entonces Aníbal se decidió a retirar con su propia mano y de su propia nuca, aquella otra mano, suave, sensual y voluntariosa, que a partir de ese instante dejó de ser la de Mandita para convertirse en la de Amanda Doria, inminente señora de Giudice.

Truth on the rocks

Amílcar, viejo compinche: Te extrañará recibir esta carta quilométrica, pero a alguien tengo que contarle mi historia y por algo sos mi amigo, ¿no? Vos bien sabés que *técnicamente* nunca he sido un borracho. Y eso está avalado por un dato irrefutable: apenas me he mamado cinco veces en mis cuarenta años de vida. Y además he decidido que la quinta fuera también la última. Ahora bien, no te hagas ilusiones, esto no significa que no vaya a beber en el resto de mis días y de mis noches, sino pura y exclusivamente que no volveré a ingresar en el estado de beodez. Sin embargo, mis papalinas han tenido en mi vida un carácter tan particular que de algún modo quiero dejar constancia escrita de las mismas. Y te elegí a vos como filatélico de mis cuitas.

Una de las razones por las que he decidido no emborracharme más, es que cuando sumerjo mi cerebro en alcohol me vuelvo insoportablemente veraz. O sea que me emborracho de verdad y también de verdades. *Truth on the rocks.* Y ésa es una combinación muy peligrosa. Todavía conservo, colgadito en la pared, aquel letrero que vos me conseguiste hace años en el Rastro madrileño: Más vale borracho conocido que alcohólico anónimo. Pero la decisión está tomada y tengo mis razones. Uno de los rasgos determinantes de mi alcoholismo profundo es que nunca adquiero aspecto de curda. Parezco completamente sobrio, pero no. Mi primera papalina de antología fue causada por la indignación, la dignidad ofendida y el amor por la justicia, todo junto, una suerte de *salade niçoise* de la moral privada. Tenía diecinueve años y jugaba en El Torrente F. C., de tercera o cuarta extra, no recuerdo bien. Mi puesto en el equipo era de *back* fierrero, como se estilaba antes y, con distinta nomenclatura, también se estila hoy. La verdad es que siempre fui ecologista, aun en mis definitorias zancadillas dentro del área, ya que el delantero en cuestión quedaba cuan largo era y algo quejoso, pero sin ninguna señal condenatoria en el tobillo zancadillado. ¿Querés creer que nunca me cobraron un penal? Yo había desarrollado una técnica impecable para que en ese santiamén en que cometía el desaguisado, árbitro y/o jueces de línea estuvieran mirando hacia otra parte, no importaba cuál. Si en cambio alguno del trío me tenía en su mira, entonces me dejaba driblear sin problema. Digamos que hasta la próxima. Todo eso forma parte, como vos bien sabés, ya que has sido entrenador en Albania y en Bangladesh, de una tradición no escrita pero no por eso menos real, del peloteo en el área chica. Ah, pero hubo un árbitro, un tal Gómez, que a mí me tenía caliente. No porque se comiera algún orsái o pitara un penal cuando sólo había sido dramaturgia del caído. Todo eso se admite. Lo que yo no le perdonaba era que lo hacía por guita. Justamente, en un partido que jugamos con el Gloria Celeste, verdadera final aunque todavía faltaban tres fechas, perpetró una de sus infamias a menos de un metro de este servidor. El flaco Robles, volante del Gloria, venía con la pelota casi sobre la línea, ya muy cerquita del banderín del córner, y entonces yo (que lo marcaba) vi, y el árbitro también, que la pelota se le iba como veinte centímetros al óbol, y en consecuencia suspendí el asedio, pero aquel avivado siguió avanzando, quedó solo frente al golerito y se mandó el zapatillazo. Gol y punto. Protestas y punto. No le dije nada al Gómez, pero lo miré tan pero tan fuerte, que nada más que por eso me expulsó. Entonces empecé la vigilancia. El juececito iba siempre al mismo café, de apelativo El Titán, y yo empecé a marcarlo. Un día en que él no me había visto, al salir de Caballeros registré, con estos ojos, que recibía un fajo de billetes de manos del doctor Soca, que era presidente vitalicio del Gloria Celeste, bueno vitalicio hasta por ahí nomás porque al año siguiente lo sacaron a patadas. Le dejé tiempo a Gómez para que introdujera su platal deshonesto en el bolsillo izquierdo del pantalón, y luego regresé a mi mesa como si ellos no existieran. Sin embargo, dos días después fui nuevamente a El Titán (el Gómez estaba en el fondo, leyendo el diario) y me mandé a bodega cuatro grapas con limón, una tras otra ¿para agarrar coraje? puede ser, pero sobre todo para decirle cuatro verdades a aquel ganso. De modo que, acabada que fue la cuarta grapa, me levanté como pude, me acerqué a Gómez y le dije en voz alta: Oiga, podrido, a ver si no se vende más, al menos cuando jugamos nosotros. Usted sabe mejor que nadie que la pelota había salido al óbol, ya que todo ocurrió al ladito suyo. El desgraciado no se inmutó, se quedó sentado, levantó la vista y murmuró, aparentemente tranquilo: Es una opinión pero también hay otras, unos dicen que salió y otros que no, pero lo que yo quisiera saber es por qué dice que me vendí. ¿Por qué?, grité, en un tono tan alto que yo mismo me puse un dedo sobre los labios como pidiéndome silencio. ¿Por qué, eh? Pues porque hace unos días, en este mismo café, pude presenciar cómo el doctor Soca le daba un fajo y usted se lo guardaba sin la menor alergia. Gómez no dijo nada, inclinó la cabeza como humillado y de pronto me di cuenta de que estaba llorando. Fijate vos si seré turro que me dio pena de aquel delincuente y hasta me arrepentí un poco de mi párrafo agraviante y me le acerqué y hasta le puse la mano en el hombro. Fue entonces que de improviso concluyó el llanto y me encajó un piñazo verdaderamente histórico. Al parecer caí de espaldas. Digo al parecer porque cuando recuperé el sentido estaba en la farmacia de la esquina y me hacían oler amoníaco. Después de eso, Gómez, limpiada su honra con aquel piñazo propinado a un pobre borracho (ergo: yo), siguió arbitrando y con los años llegó a Primera. Yo nunca más pisé una cancha. Y todo por ser veraz, alcohólicamente veraz.

Mi segunda papalina tuvo lugar años después, cuando trabajaba en el importante estudio de Iturralde & Morales. Yo les conocía todas sus trapisondas, pero en general me trataban bien y me pagaban decorosamente. Una mañana me llamó Iturralde a su despacho y me dijo: Oiga, Soria, hoy viene un comerciante inglés, de nombre William Roberts, todo un señor que maneja capitales inmensos, tanto propios como ajenos, y prácticamente está decidido a que lo representemos aquí, lo cual va a redundar en beneficio de todos, incluido usted, claro. Ni Morales ni yo podremos almorzar con él, en mi caso porque estoy citado en una embajada para tratar otro asunto de importancia, y en el de Morales porque el pobre está con gripe. Así que le pido lleve, claro que con cargo al estudio, a Mr. Roberts a algún buen restaurante y lo entretenga, como usted sabe hacerlo, y le haga los gustos. Mire que chupa como dos esponjas, pero usted facilíteselo todo. Mañana yo me encargaré de él para concretar el negocio, pero hoy queda a su cargo la operación simpatía. Y sonrió. En Iturralde la sonrisa es un equivalente del punto y aparte. O sea que al mediodía me fui a un Gran Restaurante con don William, quien resultó un british simpaticón e hijo de puta, digo esto último con conocimiento de causa, ya que con el pretexto de su vocación bebedora, me convirtió a mí también en esponja. Y, como siempre, me vino la fiebre de la verdad. *Truth on the rocks*. Carajo. Cuando coincidíamos en el tercer whisky, él estaba campeón y yo vicecampeón. Pero mientras que él tragaba suave y dejaba una pregunta envenenada sobre mi plato, yo en cambio tragaba fuerte (a veces no sabía si el ruido era mío o del ventilador) y dejaba respuestas inocentes sobre el suyo. Qué manía la verdad, ¿no? Lentamente, sin tartamudear (él sí tartamudeaba) ni toser (él sí tosía) ni estornudar (él tampoco estornudaba), con la pulcritud de un veterano locutor de la BBC (porque hablábamos en inglés, por algo hice seis años en el Anglo), le fui pormenorizando la historia real de chantajes, contrabandos, coimas, estafitas, cheques sin fondo y otras menudencias, que conformaban el historial clandestino de los patrones míos y eventuales representantes suyos. Mientras tanto, él me estimulaba con envidiable pericia, y tras regar las brochetas con tinto y el salmón con blanco, dejaba caer preguntitas adicionales que yo satisfacía con respuestas no menos adicionales. La cuenta fue fenomenal, pero yo había traído suficiente dinero del estudio. Como corolario, don William me dijo que nunca olvidaría este almuerzo y me entregó una tarjeta con sus señas en Birmingham. Al despedirnos, me abrazó como a un hijo y elogió mi acento de la BBC. Corolario II: nunca más fue visto en el territorio nacional ni en sus alredededores. Tampoco yo volví a ver ni a Iturralde ni a Morales, pues el british, antes de partir, les hizo una llamada demoledora desde Carrasco, gracias a la cual, se supone, yo quedé como la mierda. O sea que me despidieron poco menos que a tiros de bombarda y sin indemnización alguna. ¿Qué otra cosa podía esperar de aquellos necios?

La tercera papalina tuvo lugar muchos años después, en mi entonces hogar dulce hogar. Yo ya había progresado bastante. Creo que esa parte de mi currículum la conoces. Para refrescarte la memoria electrónica: era subgerente de una fábrica de heladeras, cuya marca no menciono para no caer en la propaganda epistolar (nunca ha servido de nada). Concretando: Elisa y yo celebrábamos esa noche nuestros cinco años de casados. Ella había traído una botella de whisky, etiqueta negra (por las mismas razones antes citadas, no menciono la marca) y podés suponer que yo no iba a tener la indelicadeza de no brindar con ella. El problema no fue que brindáramos una o tres veces. El problema fue que nos tomamos toda la botella, con etiqueta negra y todo. *Truth on the rocks.* Cuando terminábamos una copa y nos servíamos otra, echando cada vez más whisky y menos cubitos, yo me temía que esa noche iba a terminar diciendo verdades. El whisky recorría mi cuerpo (por dentro, ¿eh?) como un río de sinceridad. Nos besábamos, nos abrazábamos, nos volvíamos a besar, recordábamos tal o cual anécdota de nuestra amorosa vida en común, y cuando ya estaba todo listo para acudir al lecho, que nos esperaba comprensivo, con sus sábanas recién estrenadas, preparado para que allí sonaran los tiernos cascabeles de nuestro bien entrenado erotismo (¿qué te parece la metáfora, colega?), justamente entonces la verdad empezó a salirme en incontenibles bocanadas. Cuando le dije, solícito y lleno de cariño, a mi recién encuerada esposa, que no tenía dudas de que su adorado cuerpecito era infinitamente más hermoso que el de todas las mujeres con las que había hecho el amor en los últimos cinco años, ella no pareció advertir el maravilloso e infrecuente elogio que le estaba brindando, de modo que encogió sus esplendorosas piernas, como si en vez de ocultarme las mieles de su sexo, estuviera más bien defendiendo Dien Bien Phu o el alcázar de Toledo, y simplemente se dispuso a escucharme, sin que de sus labios se borrara la sonrisa. Y yo, borracho de whisky y de verdades, incontinentemente veraz y avasalladoramente honesto, le fui hablando de Mónica y nuestro encuentro casi casual en Río (viaje de negocios), de Alicia y nuestro brevísimo idilio en un lugar tan poco internacional como Durazno, de mis furtivas intimidades con Rosita (en este caso concreto había un agravante: era su mejor amiga), de mi agradable semana en Mar del Plata (Congreso de Ejecutivos Refrigeradores) con su modista Valeria, siempre dejando constancia (porque yo era veraz) de que ninguna de esas buenas féminas podía mostrar un cuerpo tan perfecto como el suyo. Cuando sólo me quedaban dos nombres en la lista, advertí de pronto que Elisa estaba cada vez menos desnuda, aunque enseguida me di cuenta de que en realidad se estaba vistiendo. Tuve conciencia de que se había puesto todo: ropa interior, vestido, medias, zapatos, collares, reloj y hasta una sólida cartera de cuero de cocodrilo. Justamente, de esta solidez tuve comprobación inmediata, ya que fue un horrible carterazo el que me abolló la nariz de manera alevosa. Cuando, tras el portazo de rigor, advertí mi condición de abandonado y la sangre empezó a derramarse sobre mi boca, creí percibir que en aquel manantial no sólo había hematíes sino también verdades, bochornosas verdades y algunos decilitros de scotch etiqueta negra. Resumiendo: el divorcio demoró dos años, ya que a Elisa no le fue fácil conseguir testigos de mis adulterios (ni Rosita ni Valeria accedieron a serlo) y mucho menos de mi presunta inclinación (por otra parte, tan esporádica) a la bebida. Lo que Elisa no comprendió fue que yo la quería entrañablemente y que todos aquellos insignificantes deslices sólo habían sido *scherzi,* oberturas, preludios, divertimentos en fin, nunca comparables a la gran sinfonía amorosa que durante cinco años había tenido lugar entre su cuerpo y el mío. No necesito aclararte que no me emborraché para consolarme. Simplemente me resigné y me autoflagelé con una prolongada abstinencia erótica. Una semana o algo así.

La cuarta papalina sucedió no hace mucho y fue en una despedida de soltero. Te aseguro que yo le había tomado cierto pánico a la verdad alcohólica, ya que siempre me había traído malas consecuencias. Cada vez que me había emborrachado, la necedad de mis prójimos pasaba sobre mi veracidad como un *bulldozer.* Y eso me había alejado del alcohol y su verdad anexa. Pero en la despedida de Arturito, la cosa fue con vino tinto, y tal vez por eso no me fue tan mal. Ya estábamos en la peligrosa curva de los chistes verdolagas y de las burlas sangrientas sobre noches de bodas en general. Todos teníamos un aliento a bodega que daba asco. La diferencia consistía en que los otros estaban borrachos sólo de vino, y yo en cambio de vino y de verdad. Cuando capté que se reían del pobre Arturito haciendo los más delirantes y abusivos pronósticos acerca de su Noche, se me iluminó la sesera, pensé debo defender a mi amigo, y entonces dije en voz alta (cuando me emborracho subo siempre el volumen), Arturito, no será para tanto y si no pedile informes a Fermín, que a tu noviecita él la conoce bien. Fijate que sólo dije eso, ni siquiera agregué que la conocía en el sentido bíblico. Bueno, se hizo un silencio, no diré de funeraria sino más bien de nosocomio (primeros auxilios). Fermín y Arturito estaban frente a frente, sólo separados por platos, fuentes, botellas, copas, etcétera, que en pocos segundos pasaron a ser ex platos, ex fuentes, ex botellas, ex copas, ex etcétera. Lo peor fue que Fermín puso cara de culpable (claro, lo que yo había dicho es rigurosamente cierto) y como Arturito, que es buen amigo mío, sabía que mi borrachera y la verdad siempre fueron hermanitas siamesas, ni uno ni otro se ocuparon de mí, que en realidad sólo había cumplido el papel de *vox populi vox Dei,* y ahora había pasado a ser el espectador privilegiado de un *round* que podía ser definitorio. Fermín había tomado precautoriamente una botella por el pico, pero el piñazo de Arturito lo envió al piso con botella y todo. Además, el novio saltó por sobre la mesa (ni te cuento lo que fue aquel estropicio) y trató de seguir amasijándolo en el suelo, pero Fermín, aun en su vuelo privado, había seguido aferrado a su improvisada arma defensiva, de modo que estuvo en condiciones de propinarle a Arturito un botellazo en plena testa, con lo cual el casorio quedó, primero en suspenso y luego definitivamente cancelado, ya que cuando la novia se enteró de que había sido el *leitmotiv* de la despedida, dijo que después de esa vergüenza y de esa calumnia (mejor se hubiera quedado en lo de vergüenza) nunca nunca jamás se casaría. En realidad, como vos seguramente recordarás, se casó seis meses después con un turista yanqui que se la llevó a Massachusetts. Con Arturito seguimos siendo amigos, porque cree que con mi alcohólica verdad lo salvé de un vía crucis. Él dice esas cosas porque es muy católico. Y aquí me ves ahora, sobrio para siempre.

Ah, pero me falta contarte la quinta y última, que es la principal. Me la pesqué en mi casa, solitos la botella y yo. Lo hice adrede, calculadamente, sabiendo además que sería la última. Por eso, debido a la importancia del evento, elegí un Chivas (propaganda postal pero ya no me importa). Y fui empinando, copa tras copa, *truth on the rocks* una vez más. Cada veinte minutos me miraba en el espejo, a fin de ir detectando mi progresión (en realidad, mi última fuga) hacia la verdad. Estaba vestido de oscuro y con corbata. La cosa iba en serio. Cuando yo mismo dictaminé que estaba listo, levanté el tubo del teléfono, marqué el número de Elisa, oí su voz tan amada, le dije Elisa soy yo, por favor te pido que no cortes. Estoy borracho, me emborraché pura y exclusivamente para que me creas, para que sepas que te digo la verdad y además te juro, con mi mano puesta sobre la Crencha Engrasada, de Carlo de la Púa, que nunca más me emborracharé. Elisa, te quiero, te adoro, sos lo que más quiero en mi vida, Elisa volvé conmigo, te extraño una barbaridad, si no volvés conmigo sé que me va a venir un infarto o un tumor o una hemiplejia o algo así, Elisa te quiero, te adoro, etcétera. En el otro extremo del cable se produjo un silencio profundo, significativo, espiritual, qué sé yo, en realidad un silencio del carajo. Y yo temblando, sabiendo que en ese silencio se jugaba mi vida. Al final sonó su voz: Te creo, te creo porque estás borracho y sé, por amarga experiencia, que en esas circunstancias decís la verdad. Yo también te adoro, vos lo sabés. Pero te creo con una condición: después de esta vez, nunca más me digas la verdad. Te lo juro, Elisita, por eso te prometo que nunca más me emborracharé. Al alcohol puedo sobreponerme pero a la verdad no. Entonces ella dijo querido y yo dije Elisita y no sigo contándote porque su teléfono y el mío quedaron todos babeados de amor. Así que ya lo sabés todo, Amílcar. Soy por fin otro hombre, cómo te diré, sobrio y mentiroso, dispuesto a comenzar una nueva vida. Elisita, que está a mi lado, también te manda recuerdos. Gracias por la paciencia y un fuerte abrazo.

Maison Lucrèce

Oiga, che —me dijo Medardo Robles, a eso de las dos de la madrugada, en el Café y Bar La Redoblona, mientras empinaba despacito su
quinto o sexto espinillar—, ¿por qué no escribe un cuento sobre las
putas de mi pueblo? Hasta le doy el título: Las cortesanas de San Pascual. ¿Qué le parece? Ojalá tuviera yo ese don para tentar personalmente la empresa. Mire, viejo, estoy tan seguro de que nunca lo escri-
biré, que le voy a regalar los datos esenciales. Tómelo como una
prueba de amistad, que en estos tiempos no es poca cosa. Usted sabe
que yo soy del Litoral, de un pueblo ni grande ni chico, ni representa-
tivo ni insignificante, pero sí muy especial: San Pascual, más bien conservador y bastante ilustrado. Fíjese que un profesor de liceo (porque
tenemos liceo, qué se cree) consagró varios años de su fecunda vida a
coleccionar nombres de escritores oriundos de San Pascual y encontró
nada menos que quince poetas y nueve prosistas. Por supuesto, todos
terminaron yéndose a Montevideo. Ahora bien, yo creo que un caso
como el de nuestras hetairas (¿vio qué fino?) sólo pudo darse en San
Pascual, ya que es un pueblo que siempre tuvo su cultura propia y
nunca necesitó que los sabihondos de la capital vinieran con sus chá-
charas patriarcales a enseñarles atajos o recovecos artísticos. Allí la
gente escucha en silencio y por lo común no hace preguntas. Claro
que cuando las hace, el conferenciante empieza a tartamudear. Recuerdo aquella vez que nos visitó un poeta de corbata jaspeada y camisa rosa y disertó largamente en el Club Social sobre El Infierno del
Dante y la estructura de la violencia. Había pedido un pizarrón y allí
escribió, antes de empezar la conferencia: Umano, Spoglia, Rinnova,
agregando que ésos eran los tres estados del alma, correspondientes al
infierno, el purgatorio y el paraíso. Y luego, tras una hora de sesudas
explicaciones, concluyó diciendo que el gran personaje dantesco era
Francesca de Rimini, a la que definió como Primera Mujer del Mundo
Moderno. Tras los discretos aplausos de rigor, se ofreció a contestar
preguntas del auditorio. Y entonces el pelado Freirías dijo que él no
tenía preguntas pero sí un par de observaciones: a) que en el primer
estado del alma, escrito en el pizarrón, umano, faltaba la hache; b) que,
en su modesta opinión, la Primera Mujer del Mundo Moderno no era
esa tal Francesca sino doña Luisa (propuesta recibida con una salva

de aplausos), que había parido diecisiete veces y todos sus hijos estaban vivos y trabajaban en San Pascual, y *c)* que estaba dispuesto a escuchar los argumentos del disertante en defensa de la tal Francesca y luego él expresaría los suyos en apoyo de doña Luisa. Después de aclarar que había puesto *umano* sin hache porque así se escribe en italiano, el pobre conferenciante trató de evadirse aclarando que la opinión sobre Francesca de Rimini en realidad pertenecía al destacado crítico y polígrafo italiano Francesco de Sanctis, pero el pelado Freirías le preguntó amablemente por qué entonces la había dado como propia. O sea que doña Luisa ganó por abandono. Le cuento esto simplemente para que usted asimile que a la gente de San Pascual no era posible intimidarla con erudiciones varias. En todo caso, respetaba la sabiduría, pero sólo cuando ésta era expresada con modestia. Entrando ahora en nuestro tema, empiezo por señalarle que en las afueras del pueblo estaba (y sigue estando) la que entonces era la única casa de dos plantas, que, con su lindo cartel Maison Lucrèce, anunciaba la presencia de un burdel con caracteres propios. Su fundación se remontaba al año 1919, cuando Madame Lucrèce había recalado en nuestro país como una misteriosa secuencia de la Primera Guerra Mundial, imponiendo desde el vamos a sus pupilas un estilo pluralista, casi ecuménico, que fue mantenido por la Maison aún después de la muerte de su fundadora, acaecida en 1939, curiosamente dos días antes de que la Wehrmacht invadiera Polonia. O sea que aquella ilustrada embajadora de Eros (así la llamó en cierta ocasión el diputado Inclán) cubrió casi exactamente nuestro período de entreguerras. Su norma básica era: Debéis entender, señoras mías, que éste no ha de ser un lugar de perdición sino de hallazgo. Es fundamental que aquí se sientan cómodos, y hasta felices, desde el boticario hasta el juez de paz, desde el estanciero hasta el comisario, desde el rematador hasta el cura párroco. Fue Madame Lucrèce la que trajo consigo la cultura. Cada una de las muchachas tenía su bibliotequita en su aposento de trabajo, y en los espacios libres, es decir cuando todavía no habían llegado los huéspedes consuetudinarios o ya habían abandonado aquel lugar de sano esparcimiento, Madame Lucrèce celebraba con sus pupilas verdaderas mesas redondas sobre temas directa o vagamente culturales. Usted se estará preguntando cómo una mujer de esa categoría había elegido, para un menester en el que evidentemente era experta, venir a enterrarse en un oscuro villorio de un país de sexo tan frugal como el nuestro. Le confieso que yo se lo pregunté, al final de una noche en que habíamos intercambiado criterios sobre Schopenhauer, las presuntas bases científicas del simbolismo y las influencias que pudo tener en Freud el método catártico de Breuer. Y su tajante y reveladora respuesta fue que, en la esfera tan inestable de la sexualidad marginal, siempre había preferido la rústica candidez a la pericia metropolitana, y en ese sentido los suburbios de lo rural, más aún que lo rural propiamente dicho, le parecían el medio más apto para llevar a la práctica su cismática hipótesis. Y aquí quiero agregarle otro detalle: en San Pascual todos nos hemos tratado siempre de usted. Lo atribuyo a una extraña admiración por el mundo anglosajón, donde el tuteo no existe o a lo sumo lo reservan para chamuyarle a Dios. Pues bien, como una señal inequívoca de la capacidad de adaptación de Madame Lucrèce, le diré que en la Maison nadie tuteaba a nadie, y menos aún lo trataba de vos. Esa norma establecía un peculiar estilo en las relaciones humanas, tanto en las vestidas como en las en cueros. Otro detalle era que las chicas, mientras llevaban a cabo la ceremonia erótica, se dedicaban también a la lectura. Recuerdo que mi sorpresa fue mayúscula cuando, reciente acólito de aquella cofradía, me encontré con que Augusta, mi elegida inaugural, hojeaba con interés un ejemplar de las *Selecciones del Reader's Digest* mientras yo trataba de demostrar mi hombría. Después supe que las demás juzgaban que Augusta no tenía una buena formación. Hasta para un burdel, el *Reader's Digest* significaba poca cosa. Con el tiempo fui conociendo los gustos de las demás. Renata dejaba que uno le hiciera el amor mientras ella leía *Fortunata y Jacinta*; Maruja se dedicaba a Romain Rolland; Colette admiraba (chocolate por la noticia) a Colette; Brunildita, a Thomas Mann. Quizá a usted le parezca extraño, pero hoy puedo confesarle que nunca, a todo lo largo de mi agitado currículum, pude alcanzar un orgasmo tan refinado, enriquecedor y sabroso, como cuando cumplí mi calistenia erótica en la Maison Lucrèce con una puta esplendorosa, de carnes tibias y labios como dagas, que se llamaba Ondine: mientras con la mano izquierda demostraba un increíble conocimiento de la piel masculina y de la hiperestesia de sus mínimos poros, con la derecha iba pasando morosamente las páginas de las *Confesiones* de San Agustín. ¿Qué le parece? Bueno, confío en haberle asesorado con esmero. Le di el tema, el ambiente, la singularidad de aquel quilombo de órdago, los rasgos asombrosos de su fundadora. Ahora sólo le falta hacer el cuento, pero no me va a negar que eso es lo más fácil. Sólo un detalle más. ¿Le parece mucho atrevimiento si le pido que, cuando lo escriba, se lo dedique a este humilde servidor? Para darme dique, ¿sabe?, con las chicas actuales. Admito que de vez en cuando todavía me alcanzan el ánimo y las hormonas para darme una pasadita por San Pascual, y por supuesto les hago la visita de rigor. Lamentablemente, ahora leen a Bukowski. Comprenderá usted que no es lo mismo. Quién va a comparar los rudimentos venéreos de Bukowski con el erotismo culposo de las *Confesiones,* en especial el de aquellos trozos en que el célebre obispo y doctor de la Iglesia nos transmite el cenagal de su concupiscencia y la inquietud tenebrosa del amor impuro *(sic).* Quién va a comparar, ¿eh? Y ya termino. A modo de estrambote de este soneto costumbrista, le regalo una verdad como un puño: hay que ser un santo si se quiere alcanzar de veras la lujuria.

Vaivén

Vení a dormir conmigo;
no haremos el amor, él nos hará.
JULIO CORTÁZAR

Como casi siempre, al descubrirse, el desnudo y la desnuda se asombran de sus desnudeces. Como casi siempre, éstas son mejores que las de la memoria. Por supuesto, son jóvenes. Él es el primero en quebrar el encantamiento y la inercia. Sus manos se ahuecan para buscar y encontrar los pechos de ella, que al mero contacto lucen, se renuevan. Entonces, acariciando persuasivamente entre índice y pulgar los extremos radiantes, él dice o piensa: «No es que carezca de sentido de culpa, pero la verdad es que no me atormento. Las sensaciones llegan y se van, son aves migratorias, y cuando vuelven, si vuelven, ya no son las mismas. Se fueron frescas, espontáneas, recién nacidas, y regresan maduras, inevitablemente programadas. Entonces ¿a qué ahogarse en el deber? El deber, al igual que el dolor (¿o será otra filial del dolor?) es un cepo. Esto hay que saberlo de una vez para siempre, si queremos que su gesto amargo, rencoroso, no nos sorprenda o nos frustre».

> *El niño, calato como un ángel pero sin alas, inocente de su propia inocencia, camina por la playa desierta y madrugona, hundiendo cautelosamente sus pies, todavía rosados, todavía fríos, en esa cambiante frontera que separa la arena de la olita. Descubre un tibio placer en ese gesto neutro, misterioso, que lame sus tobillos. No reflexiona. Simplemente disfruta. El mar no tiene para él ni pasado ni futuro. Es tan sólo una lengüeta que viene a acariciarlo, a darle bienvenidas. Y él corresponde y sonríe, a veces hasta ríe con breves carcajadas. En realidad, juega consigo mismo y con el mar. Y todavía no sabe que éste no se entera, todavía ignora que el mar es de una indiferencia insoportable, que el mar es la única tumba móvil, que el mar es la muerte en estado de pureza. En ese punto, el niño se detiene y ve a la niña.*

Las colonizadoras manos de ella acarician la colonizada espalda de él, y empiezan a invadirlo, a abrazarlo, a tenerlo. Entonces ella dice o piensa: «Todo eso lo sé. Y sin embargo, en mí hay una vocación de permanencia, que, por otra parte, nunca he visto cumplida. Es obvio que el futuro está lleno de amenazas, de riesgos, de inseguridades, pero yo creo (de *creer en* y de *crear*), para mi uso personal, un cielo despejado. De lo contrario, el goce se me gasta antes de tiempo. Vos te aferrás al instante, ése es tu estilo. Mi instante, en cambio, quiere ser prólogo de otro, aunque lo más probable es que luego ese otro instante no comparezca. Algo o alguien puede matar mi futuro, pero quiero que sepas que mi futuro no es suicida».

Lejos, en términos infantiles, pero bastante cerca en cualesquiera otros, la niña, calata como otro ángel pero también sin alas, viene a su encuentro por la arena que aquí y allá se alza y vuela gracias al aire matinal y marino. No se atreve todavía a pisar el agua, sólo permite que la arena livianísima suba y baje por entre los finos dedos de sus pies brevísimos. Allá arriba, entre pinos y eucaliptus, están las casas de los padres, los tíos, los adultos en fin, que todavía se reponen de la fiesta de anoche. Al igual que el niño, tampoco ella reflexiona. Apenas si siente una repentina curiosidad por esa imagen rosácea que se acerca (o tal vez es ella la que se va acercando ¿o serán ambos?) y le vienen ganas de hacerle una señal, un saludo, un signo. La niña abre los brazos y ve que la imagen rosácea también abre los suyos. Entonces se forma en sus labios una sonrisa primaria, en soledad, tan espontánea como autosatisfecha.

Ahora la boca del hombre se ha detenido en la oreja de ella y opta por pensar o decir: «¿Sabés una cosa? Tu oreja no siempre está desnuda. Sólo lo está cuando vos lo estás. Me gusta tu oreja desnuda, tal vez como una consecuencia de que me gustás así, como estás ahora. Después de todo, tenés razón: el instante es mi estilo. Es allí que lo juego todo. No ahorro disfrutes para vivir de esa renta en la tercera edad. Beso tu oreja como si nunca hubiera besado otra oreja. Por eso tu oído escucha estas palabras que nunca escuchó antes. Ni dije o pensé antes. El amor no es repetición. Cada acto de amor es un ciclo en sí mismo, una órbita cerrada en su propio ritual. Es, cómo podría explicarte, un puño de vida. El amor no es repetición».

El niño y la niña se han ido acercando y se detienen cuando apenas un metro los separa. O ya no. Porque la niña avanza una mano hasta posarla en el hombro del niño, y nota que es un poco más alto que el hombro de ella. «¿Cómo te llamás?», dice él para de alguna manera expresar el gusto que le da aquel contacto. «Claudia, ¿y vos?» «Marcos.» Él consigue suficiente coraje como para que su brazo derecho también avance hacia el brazo izquierdo de Claudia. «¿Siempre venís a la playa?», pregunta él. «No, pero desde ahora vendré todos los días.» Marcos siente que está conmovido y Claudia ve que él se sonroja. También ella se sonroja, pero por solidaridad. Durante la pausa, ambos se miran en lo que son y en lo que difieren. Claudia dice, todavía inocente de su propia inocencia: «¿Qué tenés ahí?». Y se lo toca. Es un contacto leve, pero Marcos experimenta la primera alegría importante de sus seis años de vida.

La mujer mueve la cabeza hasta que sus labios rozan los de él y entonces dice o piensa: «Ya lo ves, has repetido que no es repetición. Y eso quiere decir algo. Digamos que es y no es. Todo es verdad. A mí, por ejemplo, me gusta repetir el amor, aunque reconozco que cada fase tiene un final distinto, una bisagra original que la une con la fase que vendrá. La repetición está en el comienzo y es como un eco, un recordatorio de la piel. A mí siempre me enternece recordar tu piel, pero sobre todo que tu piel me recuerde tu piel. No tengas miedo, en el amor (al menos, en mi amor) la repetición no se vuelve rutina. El acto mecánico, físico, puede (o no) ser igual o semejante, pero tu cuerpo y mi cuerpo nunca son los mismos. El sexo que hoy vas a ofrecerme no es el mismo del sábado pasado ni será, estoy segura, el del próximo martes, y el surco mío que lo reciba tampoco es ni será el mismo. El amor es y no es repetición».

El veterano ha tenido un sueño frágil y bastante más joven que sus años reales. Mira el reloj en la mesa de noche y son las tres de la madrugada. A su lado la veterana duerme y sonríe, y es una sonrisa que él no le ve desde hace tiempo. El calor se introduce a través de las persianas. También entra el ruido de la discoteca de la planta baja. El veterano aprovecha el oasis del insomnio para evaluar su propia desnudez. Las varices lo insultan y él se resigna. Las articulaciones se quejan y él quisiera aceitarlas, pero ya no viene aceite para tales bisagras. A su derecha, la sábana de ella se ha deslizado al piso y él tiene ocasión de comprender una vez más ese cuerpo conocido y contiguo. Ella eleva un brazo para apoyar o medir su propia cabeza y el mechón canoso se confunde con la blancura de la almohada. Él acerca su mano, sin tocarla aún, y ella permanece inmóvil, con los ojos cerrados, despierta. Él retira su mano. Allá abajo, la discoteca es como otro reloj: marca el tiempo, lo desvela y revela.

Él se aparta un poco para mejor unirse, o sea para que sus manos, y de a ratos sus labios, puedan ir recorriendo colinas y hondonadas, rincones y llanuras. La piel de ella alternativamente se eriza o se abandona, en tanto que allá arriba la boca se entreabre y los ojos comienzan a cerrarse. Entonces él piensa o dice: «¿Cómo voy a programar o a calcular el amor de mañana o pasado, si tengo aquí esta concreta recompensa (o castigo) que sos vos, hoy? No te engaño si en este momento te confieso que te quiero toda, cuerpo y alma y alrededores, pero ¿para qué voy a hacerle descuentos a este deleite pronosticando qué sentiré el martes o el jueves? Si aparto mi mirada de tu vientre húmedo y contemplo allá enfrente el muro blanco, o más allá, si trato de vislumbrar el tallado infinito, me encontraré inexorablemente con esa última viga que es la muerte, y ésta es, por definición, el no-amor. ¿Cómo no preferir mirarte a vos, que sos la vida o por lo menos una de sus más incitantes imitaciones?».

La veterana siente que algo o alguien se inmiscuye en su sueño y entonces se dispone trabajosamente a abrir sus ojos. Allí, a su izquierda, está la mirada de él. Le pregunta si no puede dormir, y él le responde que sí puede pero que no quiere. Ella comenta que, para la estación, ésta es una noche demasiado calurosa y que el ruido de abajo parece inacabable. Él asiente y luego dice: «Mañana se cumplen veintiocho años, ¿te acordás?». Ella no hace comentarios, salvo con el ceño, que se encoge y se estira, vaya a saber por qué. Él inicia otro lento recorrido con su brazo. Ella no lo mira pero intuye que el brazo está viniendo. Cuando éste se detiene a pocos centímetros de su rostro, ella acerca su cabeza hasta lograr que su mejilla descanse sobre la palma que se ofrece.

Hay un silencio cálido, inexpugnable, que envuelve los dos cuerpos. De pronto, el hombre decide apoyar su oído sobre el poderoso ombligo de la mujer. Es como si a través del *omphalos,* esa cicatriz genérica, esa boca muda, la mujer murmurara o vibrara en el oído del hombre: «Quisiera tenerte siempre, pero me resigno a tenerte hoy. Quizá la diferencia resida en que mientras tu goce es explosivo, fulgurante, el mío, que acaso es más profundo, tiene ojeras de melancolía. No puedo evitar prever desde ahora, junto al buen azar de tenerte, el anticipo de la nostalgia que sentiré cuando no estés. Ya lo sé. Demasiado lo sé. Todo está claro. Todo estuvo claro desde el vamos. Pero que me resigne no incluye que te mienta. Y esto que yo, ombligo, dejo en vos, oído, es para que alguna vez te zumbe y al menos te preguntes qué será ese zumbido».

*El veterano siente el otro cuerpo. No como antes, poro a poro,
pero lo siente. Ambos saben de memoria qué cuenca de ella se
corresponde con qué altozano de él. Encajan uno en otra, otro en
una, como si conformaran un paisaje clásico, de postal o museo.
Sólo que antes eran paisajes del último Van Gogh y ahora son del
primer Ruysdael. Él demora en encenderse y ella lo sabe pero no
se impacienta. El mensaje de la discoteca se filtra implacable por
entre las persianas. La humedad de la madrugada los remite a
otros otoños. Él sabe que aquí no vale rememorar la pasión
como quien recorre un viejo códice. Pero esa misma distancia lo
conmueve y percibe por fin que esa filtrada emoción es la legata-
ria, la penúltima Thule, el corolario normal de la pasión antigua.
Sólo entonces se siente crecer. Sólo entonces ella siente que él
crece.*

Ni el desnudo, ni la desnuda oyen campanas. Eso pasaba antes,
en las fábulas familiares de las abuelas o, más cándidamente, en alguna marchita película de Burgess Meredith. Éstos de ahora escuchan
truenos lejanísimos, bocinas de ansiedad, ambulancias que aúllan,
rock en ondas, y más confidencialmente, labios que se disfrutan, comunión de salivas. La mujer se estira en toda la extensión de su piel
sabrosa, abre brazos y piernas, tal como si se desperezara pero más
bien perezándose. Siente que la boca del hombre va ascendiendo a su
boca y cuando por fin cada lengua se encuentra con su prójima, ambas
proponen o resuelven o gimen: «Qué importa si es o no repetición, qué
importa si es prólogo o desenlace. Estamos. Somos. Una y uno. Deje-
mos que la muerte nos odie desde lejos. Desde muy lejos. Somos. Estamos. Tan cerca de vos que soy vos. Tan cerca de mí que sos yo. Una
+ uno = une». Se unen, pues. El mundo queda fuera, con sus culpas,
sus deberes, sus ropas. El desnudo y la desnuda son únicos testigos
del amor sin testigos. Uno sobre otra, o viceversa, la humedad de sus
vientres es de ambos. Los cuerpos (esos futuros, inevitables proveedores de ceniza) borran de un placerazo sus condenas y también se
reconocen y trabajan. Trabajan y se gozan, únicos en el mundo, por
fortuna olvidados. Entonces ella piensa o grita: «Vení», y él canta o
piensa: «Voy». Y así, poco a poco (y al final, mucho a mucho) se ensi-
misma y celebra, se alucina y consuma el va-i-vén.

Cleopatra

El hecho de ser la única mujer entre seis hermanos me había mantenido siempre en un casillero especial de la familia. Mis hermanos me tenían (todavía me tienen) afecto, pero se ponían bastante pesados cuando me hacían bromas sobre la insularidad de mi condición femenina. Entre ellos se intercambiaban chistes, de los que por lo común yo era la destinataria, pero pronto se arrepentían, especialmente cuando yo me echaba a llorar, impotente, y me acariciaban o me besaban o me decían: Pero, Mercedes, ¿nunca aprenderás a no tomarnos en serio?

Mis hermanos tenían muchos amigos, entre ellos Dionisio y Juanjo, que eran simpáticos y me trataban con cariño, como si yo fuese una hermanita menor. Pero también estaba Renato, que me molestaba todo lo que podía, pero sin llegar nunca al arrepentimiento final de mis hermanos. Yo lo odiaba, sin ningún descuento, y tenía conciencia de que mi odio era correspondido.

Cuando me convertí en una muchacha, mis padres me dejaban ir a fiestas y bailes, pero siempre y cuando me acompañaran mis hermanos. Ellos cumplían su misión cancerbera con liberalidad, ya que, una vez introducidos ellos y yo en el jolgorio, cada uno disfrutaba por su cuenta y sólo nos volvíamos a ver cuando venían a buscarme para la vuelta a casa.

Sus amigos a veces venían con nosotros, y también las muchachas con las que estaban más o menos enredados. Yo también tenía mis amigos, pero en el fondo habría preferido que Dionisio, y sobre todo Juanjo, que me parecía guapísimo, me sacaran a bailar y hasta me hicieran alguna «proposición deshonesta». Sin embargo, para ellos yo seguía siendo la chiquilina de siempre, y eso a pesar de mis pechitos en alza y de mi cintura, que tal vez no era de avispa, pero sí de abeja reina. Renato concurría poco a esas reuniones, y, cuando lo hacía, ni nos mirábamos. La animadversión seguía siendo mutua.

En el carnaval de 1958 nos disfrazamos todos con esmero, gracias a la espontánea colaboración de mamá y sobre todo de la tía Ramona, que era modista. Así mis hermanos fueron, por orden de edades: un mosquetero, un pirata, un cura párroco, un marciano y un esgrimista. Yo era Cleopatra, y por si alguien no se daba cuenta, a primera vista, de a quién representaba, llevaba una serpiente de plástico que me rodeaba el cuello. Ya sé que la historia habla de un áspid, pero a falta de áspid, la serpiente de plástico era un buen sucedáneo. Mamá estaba un poco escandalizada porque se me veía el ombligo, pero uno de mis hermanos la tranquilizó: No te preocupes, vieja, nadie se va a sentir tentado por ese ombliguito de recién nacido. A esa altura yo ya no lloraba con sus bromas, así que le di al descarado un puñetazo en pleno estómago, que lo dejó sin habla por un buen rato. Rememorando viejos diálogos, le dije: Disculpá, hermanito, pero no es para tanto, ¿cuándo aprenderás a no tomar en serio mis golpes de karate?

Nos pusimos caretas o antifaces. Yo llevaba un antifaz dorado, para no desentonar con la pechera áurea de Cleopatra. Cuando ingresamos en el baile (era un club de Malvín) hubo murmullos de asombro, y hasta aplausos. Parecíamos un desfile de modelos. Como siempre nos separamos y yo me divertí de lo lindo. Bailé con un arlequín, un domador, un paje, un payaso y un marqués. De pronto, cuando estaba en plena rumba con un chimpancé, un cacique piel roja, de buena estampa, me arrancó de los peludos brazos del primate y ya no me dejó en toda la noche. Bailamos tangos, más rumbas, boleros, milongas, y fuimos sacudidos por el recién estrenado seísmo del *rock-and-roll*. Mi pareja llevaba una careta muy pintarrajeada, como correspondía a su apelativo de Cara Rayada.

Aunque forzaba una voz de máscara que evidentemente no era la suya, desde el primer momento estuve segura de que se trataba de Juanjo (entre otros indicios, me llamaba por mi nombre) y mi corazón empezó a saltar al compás de ritmos tan variados. En ese club nunca contrataban orquestas, pero tenían un estupendo equipo sonoro que iba alternando los géneros, a fin de (así lo habían advertido) conformar a todos. Como era de esperar, cada nueva pieza era recibida con aplausos y abucheos, pero en la siguiente era todo lo contrario: abucheos y aplausos. Cuando le llegó el turno al bolero, el cacique me dijo: Esto es muy cursi, me tomó de la mano y me llevó al jardín, a esa altura ya colmado de parejas, cada una en su rincón de sombra.

Creo que ya era hora de que nos encontráramos así, Mercedes, la verdad es que te has convertido en una mujercita. Me besó sin pedir permiso y a mí me pareció la gloria. Le devolví el beso con hambre atrasada. Me enlazó por la cintura y yo rodeé su cuello con mis brazos de Cleopatra. Recuerdo que la serpiente me molestaba, así que la arranqué de un tirón y la dejé en un cantero, con la secreta esperanza de que asustara a alguien.

Nos besamos y nos besamos, y él murmuraba cosas lindas en mi oído. También acariciaba de vez en cuando, y yo diría que con discreción, el ombligo de Cleopatra y tuve la impresión de que no le pareció el de un recién nacido. Ambos estábamos bastante excitados cuando escuché la voz de uno de mis hermanos: había llegado la hora del regreso. Mejor te hubieras disfrazado de Cenicienta, dijo Cara Rayada con un tonito de despecho, Cleopatra no regresaba a casa tan temprano. Lo dijo recuperando su verdadera voz y al mismo tiempo se quitó la careta. Recuerdo ese momento como el más desgraciado de mi juventud. Tal vez ustedes lo hayan adivinado: no era Juanjo sino Renato. Renato, que despojado ya de su careta de fabuloso cacique, se había puesto la otra máscara, la de su rostro real, esa que yo siempre había odiado y seguí por mucho tiempo odiando. Todavía hoy, a treinta años de aquellos carnavales, siento que sobrevive en mí una casi imperceptible hebra de aquel odio. Todavía hoy, aunque sea mi marido.

Los vecinos

Cuando mi padre se arruinó con la farmacia de Tacuarembó, la familia pasó, casi sin transición, de la vida confortable a la casi miseria. Fuimos a dar a una casucha con techo de zinc en los alrededores de Colón. Si malamente nos manteníamos era gracias a que mi madre iba pignorando, uno tras otro, los regalos de su boda: un juego de té de porcelana Meissen, una jarra de plata y cristal, una lámpara de Gallé (sólo con esta venta sobrevivimos un semestre), etcétera. Mi padre no podía trabajar en ninguna parte, al menos legalmente, porque la implacable Liga Comercial había embargado de antemano todos sus posibles haberes en nombre de una retahíla de acreedores. Lo más que conseguía, gracias a la buena voluntad de algún viejo amigo o camarada de estudios, eran changas clandestinas. Me consta que trabajó, en distintas épocas, como boletero eventual de un cine de barrio, y también que gastó zapatos haciendo una suplencia de visitador médico. Varios años después consiguió un puesto como químico en el laboratorio de una repartición pública (allí el sueldo era por fin inembargable), pero en aquel entonces ese logro estaba todavía muy lejos y en el ambiente familiar había siempre tensiones y rabias contenidas y cuando a la noche sacaba las cuentas mi padre daba de pronto un puñetazo de impotencia sobre la mesa y el hule a cuadros verdes y blancos quedaba durante unos minutos marcado por el castigo. Mientras tuvimos radio, mi madre se quedaba en un rincón escuchando el episodio del día, pero cuando también hubo que vender la antigua Philips de dos piezas, simplemente callaba y se ponía a hojear revistas viejas, deteniéndose sólo en los avisos.

Recuerdo esta escena porque así estábamos distribuidos, casi como en el cierre de un capítulo de D'Amicis, cuando en la puerta de la cocina sonaron golpes de miedo. Mi padre, más pálido que de costumbre, se levantó y fue a abrir. Nunca olvidaré el aspecto del vecino, Saverio Tarchetti, que apareció en el marco de la puerta con una impresionante herida en el hombro y otra más leve en una mano. Un hermano mayor, Dino, lo sujetaba de un brazo y le pidió a mi padre que los acompañara hasta el médico más cercano, cuya casa quedaba a unas cinco cuadras, en el Camino Garzón. Antes hubo que hacerle al herido una cura elemental, sumarísima, y mi madre no vaciló en rasgar una de nuestras únicas tres sábanas a fin de que mi padre pudiera hacer un precario vendaje. Por allí no había teléfono público ni privado para llamar a la Asistencia. El teléfono más próximo, dijo Dino, quedaba más lejos aún que la casa del médico.

Era medianoche. Días después supimos con detalles qué había pasado. Los Tarchetti eran una laboriosa familia italiana, magnífica gente, generosa y alegre durante casi todo el año, pero inusualmente agresiva en Navidad, Año Nuevo y en los cumpleaños familiares. Sólo en tales celebraciones tomaban vino en abundancia y el resultado era siempre lamentable. En un cumpleaños anterior, el ahora herido había rociado el exterior de la vivienda con abundante nafta y seguramente la habría incendiado, pero en el instante en que iba a arrojar un fósforo encendido, unos vecinos a quienes la tradición familiar había vuelto vigilantes, se le echaron encima hasta reducirlo. En la pasada Navidad, Ruggero, otro de los cinco hermanos, había saltado, con las botas puestas, sobre el vientre de un *fratello*, Paolo, que estuvo varias semanas orinando sangre. Un quinto hermano, Giorgio, el menor, que en la ocasión era el dueño del cumpleaños, le había asestado esta vez dos puñaladas a nuestro huésped de medianoche.

Cuando al fin mi padre se dispuso a salir con Dino y Saverio, mi madre dijo que ella por nada del mundo se iba a quedar sola, de modo que me tomó de la mano y así emprendimos la marcha. Mis siete años, recién cumplidos, iban temblando, pero no de frío. La noche era cálida y serena, y la luna hacía más blancos los trozos de sábana que iban poco a poco tiñéndose de sangre a la altura del hombro y la mano del herido. Éste no decía palabra, ni siquiera se quejaba, como si concentrara todas las energías que le quedaban en dar un paso tras otro, flanqueado y ayudado por Dino y por mi padre. Mi madre y yo éramos la retaguardia, formando una comitiva casi fantasmal. Yo me aferraba a la mano materna, con la vista fija en aquellas manchas de sangre que crecían, oscureciendo la pálida contribución de la luna.

Después de una eternidad (el paso del herido era cada vez más lento y vacilante) llegamos a casa del médico, pero ahí todo estaba cerrado y oscuro. Dino empezó entonces a aporrear la puerta y a gritar una y otra vez: «¡Dottore Acosta! ¡Dottore Acosta!». Pasó una segunda eternidad antes de que *il dottore Acosta* abriera cautelosamente un postigo y asomara su personal modorra. Rápidamente se despejó, sin embargo, no bien le echó un vistazo a nuestro miserable quinteto. Nos abrió la puerta y entramos todos. Afortunadamente hacía diez días que el doctor tenía teléfono, así que, en una breve secuencia tartamuda, le indicó a mi padre que pidiera una ambulancia, mientras él atendía al derrengado Saverio, que a esta altura había optado por desmayarse.

Estuvimos allí una tercera eternidad hasta que por fin se hizo presente la ambulancia y se llevó a Saverio, a Dino y al médico.

Mis padres y yo emprendimos el regreso, más bien cabizbajos, y recuerdo que el viejo respiró profundamente y dijo: «Siempre hay alguien que está peor que uno», y enseguida agregó: «Pero eso tampoco arregla las cosas». Luego me tomó de la mano y pasó el otro brazo sobre el hombro de mamá y no sé si a ella se le aguaron los ojos o es que así me parecía a través de mis lágrimas. Y bien, esta imagen última, con los tres caminando, enlazados y tristes, bajo la luna solidaria, es en verdad el recuerdo más entrañable que conservo de mi infancia, que no fue lo que se dice un paraíso.

Ah, me olvidaba. Saverio se salvó. En el siguiente Año Nuevo, el segundo de los hermanos empujó al cuarto desde la azotea y el salto terminó en doble fractura de la pierna derecha. Pero nosotros ya no estábamos allí y quizá para esa época ya había teléfono.

Los Williams y los Peabody

Por segundo año consecutivo, los Williams y los Peabody se encontraban en el agosto de Puerto Pollensa. Como tantos ingleses, franceses, escandinavos, se sentían atraídos por la relativa bonanza de ese balneario, más acogedor que otros puntos de la costa mallorquina. Tres años antes, los Peabody habían pasado su agosto en Arenal, pero tanto el bullicio nocturno como la muchedumbre que diariamente se arracimaba en la arena (a veces era difícil hallar un sitio para extender simplemente una toalla) les hizo huir despavoridos hacia algún otro punto de la isla.

El Mediterráneo les encantaba, pero aspiraban a un poco de tranquilidad. Hugh Peabody era ingeniero, trabajaba en Liverpool y llegaba al verano completamente exhausto. De modo que su aspiración primordial era descansar, durmiendo reparadoras siestas al estilo español, leer novelas de entretenimiento, comer mejillones, gambas y lenguados, en busca del fósforo que tanta falta le hacía en el año laboral, y nadar durante horas en esa hermosa piscina natural que era la bahía de Pollensa, con el decorativo paisaje de las barquitas de turismo y los desnudos bustos de las jóvenes nórdicas que se tostaban concienzudamente y al *spiedo*.

El taxista que los había traído desde el aeropuerto de Palma había resultado todo un sociólogo y, al encontrarse con que los Peabody entendían español, se consideró habilitado para desarrollar su teoría de que los franceses y alemanes vienen a las playas mallorquinas sencillamente para atesorar salud, pero que en cambio los ingleses y los nórdicos vienen como una demostración de *status*. Por eso permanecen toda la jornada con sus encremados pellejos al sol: al regresar a Londres o a Copenhague o a Oslo, su trabajosamente adquirido color moreno será el irrefutable documento de que efectivamente estuvieron en el Mediterráneo y lograrán así que los vecinos de menos recursos los envuelvan con sus miradas de admiración y envidia.

Hugh soltó una carcajada tartamuda, o sea británica, ante el diagnóstico del taxista, pero su español no le alcanzó para inquirir acerca de las fuentes del mismo. El locuaz disertante captó la duda en el aire y dijo que por favor no fueran a pensar que todo era una improvisación suya: la tarde anterior se lo había escuchado a un especialista en turismo que tenía un programa en una emisora local de FM.

Luego, ya en el hotel, Hugh les comentó a Diana, su mujer, y a Peter, hijo de ambos, que ahora entendía por qué siempre habían venido a Mallorca tantos escritores extranjeros: el Mediterráneo, con sus aguas transparentes, sus nubes lentas y algodonosas, su sol radiante, estimulaba sin duda la imaginación. Si un simple taxista lugareño —argumentaba Hugh— es capaz de un *gossip-fiction* de tal envergadura (lo del programa de radio era seguramente pura invención) uno puede conjeturar qué notables resultados artísticos habrán sido capaces de obtener en este clima gentes como George Sand o Robert Graves.

Los Williams venían de otro nivel, hasta de otra clase. No se alojaban en un hotel del Puerto, sino en una suntuosa residencia del pueblo de Pollensa, a unos veinte kilómetros del puerto y de la playa, pero de todas maneras, como su hija Mary Ann y el chico Peabody se habían hecho buenos amigos el año anterior, los dos matrimonios solían encontrarse dos veces por semana.

El ingeniero Peabody era laborista, pero su compatriota Fred Williams no era un conservador cualquiera: digamos que estaba situado a la derecha de la Thatcher. Dueño de «una fábrica y media» (la mitad de la segunda fábrica pertenecía al primo Harold, aunque esa coparticipación nunca había sido motivo de inquietud, ya que el pariente se preocupaba mucho más de salir de caza, tanto de zorros como de mujeres, que de verificar la marcha de la empresa) hacía ya varios años que pasaba julio y agosto en Pollensa con su familia.

Los Williams eran propietarios de la confortable casa con piscina y nunca descendían a tomar el sol, menos aún a bañarse, en la playa del Puerto. Para eso estaba su elegante piscina. «Jamás podría bañarme en unas aguas que incluyen los escupitajos, los orines y los excrementos de toda esa gente que viene a los hoteles», decía con un mohín de repugnancia Katty Williams, madre de Mary Ann. A diferencia de sus padres, la muchacha tenía el pelo de un negro azabache y unos ojos verdes que desde el primer momento fascinaron a Peter.

Hugh y Diana, que formaban parte de «esa gente que viene a los hoteles», se sentían más que indirectamente aludidos, y aunque nunca lo comentaban, ni siquiera entre ellos, no podían dejar de evocar sus propios orines, escupitajos y excrementos. A veces Hugh tenía la impresión de que los Williams, de tan finos que eran, no tenían necesidades fisiológicas; eso lo dejaban para los obreros de su «fábrica y media».

En homenaje a la buena amistad de Mary Ann (diecisiete años) y Peter (sólo quince), en los encuentros familiares no se hablaba de política sino de bóbilis bóbilis. A veces Hugh y Fred debían dar tremendos rodeos para no caer en la plusvalía, la seguridad social o el derecho de huelga, pero lo cierto es que se las arreglaban para no transitar por esas zonas vedadas.

Los Williams poseían, entre otras cosas, un lindo y moderno barquito, el *Karen*, siempre atracado en el muelle del Puerto, frente a la Lonja, y a veces salían a navegar los tres, con el agregado de Peter. Y éste observaba: la diferencia entre Mary Ann y sus padres no era sólo de la piel, el cabello y los ojos. A pesar del trato normalmente familiar, Peter advertía una casi imperceptible frontera entre los mayores y la muchacha. Es claro que también la había entre él y sus propios padres, pero (aunque todavía no le había puesto nombre) tenía conciencia de que en su caso la distancia era la del *gap* generacional. Lo de los Williams era otra cosa. Peter detectaba a veces en los azules ojos de Katty Williams un breve relámpago de acero cuando miraba a la muchacha, y también en los ojos verdes de ésta un destello que podía ser de temor o por lo menos de aprensión.

«Quiero que cuando naveguemos vengas siempre con nosotros», era el pedido que Mary Ann le formulaba a Peter en presencia de sus padres. Éstos no hacían comentarios, pero normalmente lo invitaban. Y Peter encantado de la vida, ya que a esta altura, como era previsible, se había enamorado perdidamente de Mary Ann. Su jornada entera era de expectativa y cuando la muchacha aparecía en el Puerto, no siempre con los padres (a veces la traía el chófer en el Mercedes gris), y a pesar de las prevenciones de Katty, nadaban juntos y luego se tendían al sol. Peter no lograba, pese a todos sus esfuerzos, apartar sus ojos ansiosos de los desnudos pechitos morenos de Mary Ann, sin importarle las atrevidas evoluciones que tres aviones norteamericanos hacían y rehacían sobre la placidez de la bahía.

En la última semana un nuevo personaje había hecho irrupción en el clan Williams. No iba a la casa de Pollensa, sino que se encontraba con ellos en el puerto, y cuando Mary Ann y Peter se alejaban caminando por el muelle, el recién llegado y los Williams se quedaban tomando tragos en la Lonja. Al principio Peter temió que aquel intruso (de unos veinticinco años), con un aspecto que por cierto no era nada británico, fuera un cortejante de Mary Ann, o candidato a serlo, pero pronto advirtió su error. Le preguntó a la muchacha quién era el personaje. «¿Quién? ¿Ése? Un tipo que mis padres conocieron el año pasado en Southampton. Creo que tiene algo que ver con sus negocios.» Él quedó feliz y tranquilo, ya que notó cierto desapego en el tono de la muchacha.

Cierta tarde, Peter y Mary Ann salieron después del almuerzo en el *Karen*, pero una vez alejados de la costa detuvieron el motor y se tendieron en cubierta a tomar el sol. Mary Ann se quitó la blusa y a la vista de aquellos pechitos que ya conocía del pasado agosto y que ahora empezaban a entrar en sazón, Peter sintió que estaba a punto de marearse, pero no a causa del suave vaivén del barco.

Mary Ann sonrió, con lo cual no contribuyó, por cierto, a que el muchacho recuperara la calma. «¿Te sientes mal?», se limitó a preguntar. «No, creo que me siento insoportablemente bien. Lo que ocurre es que eres muy hermosa.» Y mientras decía algo tan convencional, su mirada parecía fascinada por el alegre busto de su amiga. «¿Te gustan?», preguntó ella. Él dijo que sí, pero sólo con la cabeza. En verdad no se sentía capaz de articular ni una sola palabra. «¿Quieres tocarlos?» Peter acercó lentamente su mano y ella, para ayudarle, la llevó hasta uno de sus pequeños promontorios. Para el muchacho fue como si el barquito, la bahía, los hoteles de la costa, las velas del *windsurfing*, el mundo entero, hubieran desaparecido. Sólo él y Mary Ann.

«Mejor vamos abajo», dijo ella, esta vez sin sonreír y con la voz más grave. De modo que bajaron. Como la litera era estrecha, se tendieron en el piso. Previamente ella se quitó el pantaloncito y, para que todo fuera más fácil, también ayudó a Peter a quitarse el *short*. «¿Nunca lo hiciste, verdad?», preguntó ella. Peter negó con la cabeza. «Yo tampoco. Mejor, así aprendemos juntos.» Hay que reconocer que, ahora sí, el vaivén del barco les ayudó bastante y hasta les permitió improvisaciones, ejercicios de la imaginación. Después de un rato de silenciosa paz, lo hicieron una segunda vez. Mary Ann encendió un cigarrillo y él también quiso fumar, pero ella dijo: «No, todavía no. Eres un niño. Por Dios, cómo has cambiado en sólo un año». Él recostó su cabeza rubia en aquel vientre recién descubierto, y ella dijo: «No te hagas ilusiones, ¿eh? Quería hacerlo contigo y lo hicimos, quería que tú me estrenaras, sencillamente porque me encantas, de veras me encantas, pero yo llevo conmigo toda una historia: una historia que no puedo contarte». «¿Qué historia? ¿Es porque eres mayor que yo?» «No, Peter. Es otra historia. No puedo contártela. Además no creo que Fred y Katty me traigan consigo el año próximo.» «¿Puedo preguntarte una cosa? ¿Por qué son ellos tan rubios y tú eres morena?» «Caprichos de los genes, Peter, ¿sabes qué son los genes?» Por supuesto, él no sabía. Quedaron callados. Luego ella dijo: «Tenemos que regresar. No quiero que el chófer llegue a buscarme antes de que atraquemos el barco. No olvides que también es clandestino el simple hecho de que nos embarquemos». Sin embargo, cuando se iban acercando a la Lonja, divisaron la figura gris y un poco siniestra del chófer. «Señorita», dijo éste, antes aún de que desembarcaran, «hace veinte minutos que la espero».

Tres días después, Peter estaba en la terraza del hotel y, como Hugh le había prestado los prismáticos alemanes, podía examinar el Puerto casi metro por metro. Eran las diez de la mañana. De pronto, al enfocar la Lonja, se encontró sorpresivamente con el Mercedes gris. El chófer estaba de pie junto al coche. Más allá, en el muelle, caminaban los tres Williams. Llegaron al barco donde el intruso los esperaba. Evidentemente, todo estaba listo para zarpar. Así fue. El barco se fue alejando lentamente, no tanto sin embargo como para que su imagen saliera del campo visual de Peter y sus prismáticos. Serían las once cuando el barco no avanzó más: quedó detenido allá lejos. Peter estuvo horas contemplando aquel punto en que le iba la vida. Cuando Hugh y Diana lo llamaron para almorzar, dijo que no tenía apetito.

Llegó un momento en que el *Karen* empezó nuevamente a moverse y emprendió el regreso. Cuando Peter calculó que llegaría al muelle en veinte minutos, bajó hasta su cuarto, guardó los prismáticos en el estuche y salió desalado hacia el muelle. Cuando el barco llegó, él lo estaba esperando. Sólo bajaron Fred, Katty y el intruso. Peter se acercó y Katty, al verlo, dijo con su tono de siempre: «Hello, Peter» y se quedó esperando la pregunta que vino: «¿Y Mary Ann?». «Bueno, nos encontramos con el barco de unos viejos amigos y Mary Ann pasó al de ellos.» «¿Y cuándo volverá?» «Oh, no sé. Son gente muy divertida. Seguramente la retendrán una semana o más.» Peter aparentó serenidad o tan sólo la razonable aflicción de verse separado de su amiga. Luego saludó y se fue caminando despacio, mientras el chófer, los Williams y esta vez también el intruso, ascendían al Mercedes gris y se alejaban rápidamente en dirección al pueblo.

Peter regresó al hotel y desde el *lobby* llamó a su padre. Hugh bajó, preocupado por el tono de la llamada, y le preguntó qué pasaba. Peter le contó lo del barco, su salida al mar, la vigilancia con los prismáticos, la llegada al muelle, la ausencia de Mary Ann y la explicación de Katty. «Es una pena», dijo Hugh, «porque Mary Ann es una linda chica y buena amiga tuya, pero quizá también se sienta cómoda con esos antiguos conocidos. Tampoco es para tomarlo a la tremenda, ¿no?». Peter, que se había puesto pálido, carraspeó. «Lo que ocurre», dijo, «es que estuve todo el tiempo mirando con los prismáticos y te aseguro que ningún barco se acercó al de los Williams».

Hermanito

Estoy segura de que no figuraba en tus previsiones recibir una carta de tu hermana Rita. Pues aquí estoy, todavía viva, aunque en alguna ocasión no quise estarlo. Ya no sé cuánto hace que nos vimos la última vez, en algún recoveco del Mercado del Puerto. Recuerdo que te dije: «Estamos reventados», y verdaderamente lo sentía así. Hace tiempo que intento dar con vos, pero no encontraba a nadie que supiera tu paradero. Hasta que encontré, en una librería de viejo de la calle Corrientes (hace ya unos años que vivo en Buenos Aires), una novela de un tal Gary Winter, traducida nada menos que por vos, y fue entonces que decidí escribirte a las señas de la Editorial. Ya sé que es como arrojar una botella al mar, pero ojalá te llegue.

¿Te cuento? Empiezo por decirte que ya no me siento reventada. Después de un par de años en Tucumán, estuve viviendo en Córdoba, en Mendoza, y finalmente me instalé en Buenos Aires. Te parecerá mentira: pude desprenderme de la droga, pero, mientras no pude, quiero decirte que aquello fue un infierno. Nada supe de la familia ni me interesaba saberlo. A vos siempre te tuve cariño, así que a veces aparecías en mis paréntesis de lucidez, pero de los demás no tengo un recuerdo que me llame, que me atraiga. Quizá a la vieja no pude perdonarle que agrediera tanto al viejo, y al viejo no pude perdonarle su flojera. Y con Isabel, bueno, con mi hermanita nunca tuvimos nada en común, salvo el apellido. Lo cierto es que, con razón o sin ella, uno puede hallar en sí mismo una cierta capacidad para ser cruel. Mi crueldad, por ejemplo, eligió el recurso de poner distancias, tal vez porque yo misma me sentía al margen de todo.

Cuando por fin recuperé mi lugar en el mundo, cuando volví a ser Rita, decidí romper con mis socios dolientes, con aquel entorno de perturbación. Para ello era imprescindible alejarme físicamente, geográficamente. Me vine a Argentina. De a poco me fui enterando de la muerte de los viejos; de cómo mi hermana llegó a colaborar con los milicos; de tus años en cana, de la muerte del tío. Te confieso que entonces no fui a Montevideo, sencillamente porque tuve miedo. La droga me había dejado débil, deteriorada. Me costó mucho reponerme, liberarme. Mis pocas fuerzas las había gastado precisamente en desprenderme de ese lastre. Ahora podés estar tranquilo. Nunca más.

Pero entonces no tenía el ánimo suficiente para correr riesgos, y sobre todo tenía pánico de que me detuvieran, no por motivos políticos sino con el pretexto de mi narcopasado. Tenía terror a que se ensañaran con mi cuerpo convaleciente. Y así me fui quedando.

¿Te cuento? Me hice fotógrafa y, aunque te asombres, no lo hago mal. Trabajo como *free-lance,* sobre todo en conexión con publicidad. Después de todo, me descubrí una vocación que ignoraba. Disfruto con lo que enfoco, con lo que va apareciendo en el visor, con las imágenes que elijo, ya sea al azar o con premeditación, y en definitiva con los resultados que consigo. Y parece que mi trabajo tiene cierta originalidad, porque me llaman de aquí y de allá. Siempre les pido que no me asignen un plan inamovible sino que me permitan cierta flexibilidad, así puedo inventar un poco, que es lo que me gusta. Comprendo que mirar siempre en el cuadradito del visor es también una forma de ignorar el resto del panorama. Pero la verdad es que ese panorama, con la insoportable soberbia castrense otra vez en alza, me deprime bastante. Con todo, te diré que logré unas tomas excelentes de las Madres de Plaza de Mayo, con rostros individuales y colectivos que son toda una historia. Naturalmente, ésas no son fotos para vender, ya que las Madres incomodan a quienes cada día inventan nuevas concesiones, nuevas aflojadas. No, ésas son fotos para mí, ilustraciones que acompañarán mi historia personal. A veces pienso: si a mí me hubieran desaparecido ¿habría salido mi vieja a la calle enarbolando mi foto? ¿Vos qué pensás? ¿Te hiciste alguna vez esa pregunta? Ahora no estoy sola. Creo que sola no habría podido recuperarme. Estoy con Marcos.

¿Te cuento? Le llevo dos años pero es mucho más maduro que yo. ¿Sabes de qué se ocupa? Rock. Te confieso que no soy una entusiasta, en todo caso cuando tocan algo que me gusta trato de estar lejos, ya que de cerca el volumen altísimo me marea. Una vez me desmayé y en otra ocasión me puse a vomitar. Prefiero escucharlo en casa, en el cassetero, porque ahí soy yo la que decide el volumen. Tengo la impresión de que hay que ser muy joven para no desmayarse con esos decibelios. Cuando nosotros vinimos al mundo, nos mandaron con orejas (o con oídos, bah) aptos para escuchar a Gardel, a Vivaldi, a Bessie Smith, a Smetana, a Gershwin, a lo sumo a los Beatles, y por eso no nos sirven para disfrutar de estos escandalosos. A veces voy a tirarles algunas fotos en pleno recital, voy porque Marcos me lo pide, pero me pongo tapones para evitar el vahído, y así y todo a veces me siento al borde del colapso. Sin embargo ya ves, nos entendemos bien Marcos y yo cuando no hay ruido, y no sólo en la cama, también en la vida cotidiana. Resumiendo: es un buen tipo, me ha hecho bien. No sabría decirte si estoy lo que se dice enamorada, pero tenemos una buena relación, y eso no es poco, ¿verdad?

¿Te sigo contando? Por una gente también rockera que vino de Montevideo supe que te habías ido a México y entonces sí me entró la ansiedad por reencontrarte. Creo que sos lo único que rescato del pasado. Los méritos restantes son para el presente y para el futuro. ¿Sabes que me he vuelto optimista? Increíble, ¿verdad? Pero es así. Si nos encontramos algún día (ojalá) verás que esta Rita tiene poco que ver con la que de alguna manera despediste en el Mercado del Puerto. El mes pasado cumplí treinta y seis años. Te imaginarás todas las cosas que tengo para reprocharme. Eso me angustiaba. Así que una noche me instalé frente a una hoja en blanco y empecé a anotar justamente eso: todo lo que me reprochaba. Te aseguro que la nómina fue sincera y nutrida: una autocrítica rigurosa, intransigente. La leí varias veces y, claro, acabé llorando. La pucha. Mis siete pecados capitales eran como veinticuatro. Entonces me levanté, fui al baño, me enfrenté al espejo y pregunté: «¿Sos recuperable?». Para mi sorpresa, vi que aquella cabeza mísera y desgreñada, asentía. Y me convenció. Así que, ya ves, soy recuperable, ya tragué mis culpas. Por eso te escribo, para que lo sepas. Me atrevo a pensar que la noticia te caerá bien. Si es que no has cambiado demasiado. Si tenés los mismos ojos claros y confiables que yo recuerdo.

¿Y vos? Contame de vos. Sé que antes de caer en cana te habías casado, y también sé lo que pasó después. Todo. Pero hoy, en México, ¿qué hacés además de traducir novelas policíacas? ¿Estás solo? ¿Tenés mujer, hijos, amigos? ¿Pensás volver, ahora que los milicos reposan en sus cuarteles de invierno? ¿Qué pasará cuando lleguen los cuarteles de primavera? Contame de tus proyectos. Hermanito, tenemos que descubrirnos, que reencontrarnos. Después de todo, vos y yo somos la familia que nos queda, ¿no?

Siesta

Nicolás siempre había sabido los datos verdaderos de aquel personaje singular, pero el nombre de guerra era Gabriel y así había que nombrarlo. Alguna vez (de eso hacía ya un par de años) habían hablado largamente y sus diferencias de criterio habían quedado en claro. Definitivamente, Nicolás no creía en las posibilidades de la lucha armada, y Gabriel, en cambio, había decidido jugarse la vida en ese rumbo. De todas maneras, ya desde aquella lejana ocasión, a Nicolás le había asombrado la profundidad de su análisis, la lucidez pragmática y la capacidad de comprender al prójimo, que se escondían tras la apariencia rústica, los gestos elementales y la verba apenas murmurada de aquel hombre, ya cuarentón, que le exponía sus razones sin la menor esperanza de convencerlo.

Cada dos o tres meses se encontraban en sitios inesperados (siempre propuestos por Gabriel), en apariencia los menos adecuados para alguien que andaba clandestino. Pero Gabriel fundamentaba esa actitud: jamás estarás tan oculto como en medio de la multitud. En uno de esos encuentros, se atrevió a decir: Ya sé lo que pensás y también sé que no vas a cambiar, pero sólo quiero preguntarte si estarías dispuesto a ayudarnos, haciendo algunas cositas que, por razones obvias, vos podés hacer y nosotros no. Si no te parece bien, te aseguro que nada va a cambiar entre nosotros. Amigos como siempre. Nicolás pidió veinticuatro horas para pensarlo, y luego de pedir datos adicionales, respondió afirmativamente.

En razón de su trabajo, que tenía que ver sobre todo con transacciones comerciales con el exterior, Nicolás viajaba con frecuencia a Europa, a los Estados Unidos, a países del Tercer Mundo. Lo que le pedía Gabriel era que, en algunas de esas salidas, llevara, convenientemente camuflados, mensajes o documentos o pasaportes en blanco, que debía entregar a determinados contactos, o a veces simplemente despachar en un correo específico. El riesgo estaba realmente en la salida, pero la corriente actividad de Nicolás, con sus normales y regulares salidas de Carrasco, lo situaba más allá del bien y del mal.

Para la entrega de aquellos encargos, Gabriel había diseñado otra táctica, cambiando la muchedumbre por la siesta. Sostenía que en el verano todo el país dormía su siesta, incluidos *tiras* y policías varios. De modo que citaba a Nicolás en cafés de barrio, que a esa hora tenían escasos parroquianos. Ellos pedían un cortado y un *chop*, siempre lo mismo, como si se tratara de piezas de un ritual, conversaban un rato para no llamar la atención, pero ya no discutían de variantes o contradicciones ideológicas, sino de fútbol o cine o de mujeres. Y cuando el mozo volvía a la barra y les daba la espalda, Gabriel deslizaba el paquetito, que Nicolás metía en su portafolio. Y en medio de un comentario, por ejemplo, sobre la Copa Libertadores, Gabriel musitaba: son pañuelos o es turrón o son caramelos.

Nicolás había ido entregando regularmente los paquetitos en París, en Ámsterdam, en México, en Bombay, en Lima. Casi siempre acudían receptores que estaban tensos y miraban sin disimulo a diestra y siniestra, como alimañas perseguidas por los dueños del bosque. Casi nunca hablaba con ellos, en primer término porque no habría sabido de qué, y en segundo, porque ellos desaparecían casi de inmediato, tras un saludo sumarísimo o tajante.

Esa vez Gabriel había hecho que lo citaran en un cafecito de la calle Marmarajá, a las tres de la tarde. La norma obligatoria de esos encuentros era la más estricta puntualidad, así que a Nicolás, cuando se iba acercando, no le sorprendió que, con absoluta simetría, Gabriel viniera, pero en sentido contrario, por la misma calle. Llegaron casi juntos a la puerta del café. Miraron hacia adentro y el espectáculo los dejó estupefactos. Había sólo dos clientes, cada uno en una mesa distinta, pero ambos dormidos y con la boca abierta. Lo más asombroso, sin embargo, estaba en el mostrador. Un hombre fornido, que tenía todo el aspecto de ser el dueño, se había reclinado junto a la caja (por si las moscas) y, con la cabeza apoyada sobre los brazos cruzados, también dormía y de vez en cuando emitía un discreto resoplido. Todo era allí paz y bochorno. Sólo unas moscas revoloteaban alrededor de una fuente con croasanes. Gabriel sonrió, divertido, y apenas murmuró: Sería un crimen despertarlos, ¿no te parece? Nicolás asintió con la cabeza. El otro le pasó un sobre. Es una colección de postales. Luego le dio una palmada en el hombro, dijo chau y se fue caminando despacio en dirección contraria a Agraciada. Nicolás también se fue por donde había venido, pero al cabo de unos metros se dio vuelta y miró hacia atrás. Gabriel, que ya estaba en la otra esquina, levantó un brazo, a modo de saludo pero sin volver la cabeza, y siguió su camino. Para Nicolás fue la última imagen de Gabriel.

Dos días después abrió el diario y se encontró con el rostro, estático, sin vida. Lo habían seguido hasta un café de 8 de Octubre, lo esperaron a la salida, le dieron la voz de alto (eso al menos decía la crónica), él había sacado el arma con rapidez, no tanta sin embargo como para evitar que lo acribillaran.

Cuando, quince días después, Nicolás entregaba la colección de postales en el aeropuerto de Frankfurt, la muchacha de vaqueros y campera verde, que vino a recibirlo, dijo gracias y se echó a llorar.

Llamaré a Mauricio

Aliiiirio. Aliiiirio Bengoa. Demasiado clamor para ser escuchado a las siete y media de la mañana. Pero allí está el hombre, agitando los brazos desde la vereda de enfrente y gritando Aliiiirio, mientras los autobuses y los camiones pasan entre él y yo. Y yo, que efectivamente soy Alirio Bengoa, no consigo enterarme de quién es el gritón.

Cuando el semáforo se pone rojo, el tipo cruza corriendo entre un auto y un camión que han frenado, y antes de que yo intente el menor ademán de esquive o de defensa, me aprisiona en un abrazo que no deja lugar a dudas ni tampoco espacio para respirar.

Sólo entonces lo reconozco, no precisamente por su voz o el estilo de su efusión, sino por el fogoso aliento que me da justo en la oreja. Es Mauricio, claro. Mauricio Lemos. Por lo menos quince años sin vernos. En su aspecto actual viene a ser como un tío gordo de aquel Flaco Mauricio que trabajaba en el Banco.

Exige que tomemos un café, un cortado, una cerveza, cualquier cosa con tal de que yo no me escape. Son quince años, viejo, y vos estás igualito, alguna canita aislada y nada más, cómo hacés para mantenerte así, porque vos tenés como cuarenta y pico, ¿no? Y siete. Ya lo decía yo, ya lo decía, y sin embargo nadie te da más de cuarenta y seis. Se ríe con gran estrépito, porque está convencido, como siempre, de que su chiste es campeón.

Yo sonrío, solidario o idiota, no sé bien. Y claro, vamos al café. Hago un gran esfuerzo por recordar el nombre de su mujer. ¿Y Maruja? Olvidada, che, olvidada, después vino Carlota. ¿Y qué tal? Olvidada, che, olvidada; ahora estoy con Sandra. ¿Olvidada? Estás loco, Sandra es una joyita, no chafalonía como las otras, Sandra es oro macizo. Hago un gesto ambiguo, inmotivado, busco el pañuelo en el bolsillo trasero y limpio minuciosamente los lentes, que por supuesto no estaban empañados. En realidad no sé qué hacer, qué decir, qué esperar de este Mauricio que lo recuerda todo. Entre risas y muecas enumera mis éxitos, mis fracasos, mis amores, mis inquinas, todo lo sabe, incluso cosas de las que ya no me acuerdo.

Así que estuviste exiliado, ¿dónde? No me digas que se te escapó ese dato fundamental. Bueno, sé que estuviste en México, Francia, España. Bueno, te falta Holanda. Tenés razón, me falta Holanda. Le pregunto por su salud, de algo hay que hablar. No sólo me falta Holanda, también me falta medio estómago. Y se ríe con ganas. Un tumor, un asunto feo, pero ya ves, sobrevivo, y aquí estoy, no sé por cuánto.

De pronto su euforia se diluye. Sus mejillas, tan rozagantes, se agrisan. Estoy jodido, Alirio, me queda poco. Su sollozo no es estridente. Tampoco ahora sé qué hacer. Lo último que esperaba era descubrir que este macizo, este reidero, este radiante, estuviera condenado. Adquiere un tono natural y austero para pedirme disculpas, no se lo digo a nadie, nunca me gustó el papel de víctima, pero vos siempre me inspiraste confianza y si no lo digo a nadie (porque ni Sandra está enterada) me asfixio, es mucha noticia, sabés, para gastarla a solas.

Apoyo mi mano sobre su brazo, no se me ocurre otra cosa, no encuentro nada que decirle, en materia de comunicación soy un fracaso. De pronto se levanta, me deja una tarjetita con su dirección y su teléfono, dice chau Alirio, fue bueno encontrarte, y se va tal como vino, corriendo entre los autos y los camiones.

Después de todo, hace sólo dos meses que regresé, tras doce años de distancias. La ciudad es y no es la misma. Las mismas baldosas flojas de la vereda, el mismo sol que se filtra por entre las hojas de los plátanos, la misma hermosura frugal/frutal de las muchachas mañaneras, las mismas galerías de fulgor devaluado. Pero hay también un deslustre, un deterioro, que son nuevos. Hay una sombra en las miradas, una fatiga en los pasos, una lejanía entre prójimo y prójimo, que son otras, distintas de las que empezaban a vislumbrarse quince años atrás.

En cada esquina, en cada quiosco, hay un notorio despliegue de diarios, semanarios, revistas. La gente se detiene a leer los titulares, pero son pocos los que compran. Evidentemente, para enterarse de las noticias está la radio, que es gratis, y además un diario cuesta más que un litro de leche.

Hola, don Alirio, me saluda el diariero de quien fui cliente durante casi diez años. Cuándo volvió. Le recito la ficha que he memorizado para responder a la pregunta de siempre. Usted que sabe, usted que ha viajado, dígame si por esos pagos la cosa está tan jodida como aquí. Está también, pero es otra manera de estar jodido, hay una miseria del consumismo. Qué suerte, ¿no? Gente que sabe me ha dicho, don Alirio, que la miseria del consumismo es una maravilla. No es una maravilla, qué va a ser, pero cómo explicárselo. Le compro un diario como pretexto para decirle chau.

Y sigo solo, nadando entre la muchedumbre que está llegando pero atrasada. Pasan los portafolios, los bolsos, los pantalones remendados, los zapatos sin medias, las polleras del año pasado. Pasan los ojos irritados, los labios mal pintados, las calvicies precoces, las manos que se abren y cierran como monologando.

Ayer pregunté por tres amigos de los años sesenta. Dos murieron. Uno en un accidente; otro se roció con nafta y se prendió fuego. El sobreviviente se incineró de otra manera. Colaboró con los milicos, hizo pingües negocios, hoy tiene bruto piso en Bulevar, un lujoso rancho en la Barra de Maldonado, y además se casó con la hija segunda de un barraquero de primera. Cuando el gobierno hace alarde de un PNB de más de tres mil dólares per cápita, él aprueba en silencio con su cápita propia.

Y bien, soy de aquí. Ojo, no lo afirmo, más bien me lo pregunto. ¿Soy de aquí? Después del trago amargo de la identidad, un té de boldo, por favor. En doce años olvidé detalles, esquinas, apellidos, direcciones, teléfonos, anécdotas. Contemporáneamente construí vínculos, paisajes, imágenes, sonidos, abrazos, lealtades. Tengo nostalgia de los lugares donde sentí nostalgia. Y sin embargo creo, casi estoy seguro, que soy de aquí.

Si rengueo es por algo que también es mi culpa. Cada pozo es mi pozo. Esa descomunal basura de Mercedes y Florida es también mi basura, mi detritus, mis escombros. Tengo mi cuota en las desavenencias, en los pequeños y grandes odios, en los puentes derribados, en las cerrazones del corazón, en los murmuradores solitarios, en las mezquindades a flor de piel.

Mi extrañeza, mi incomunicación, no constituyen en realidad mucha noticia (como la tan terrible de Mauricio) sino poca, poquísima noticia, pero de todos modos no estoy dispuesto a gastarla a solas. Mañana sin falta llamaré a Mauricio.

Lejanos, pequeñísimos

«¿Y eso por qué?», preguntó Montse en su tercera sesión de café montevideano.

«Sencillamente porque la dictadura nos dejó una herencia de mezquindad», respondió Jorge, «un legado de resentimientos, envidias, frustraciones, pequeños rencores. Hoy, hasta la solidaridad se nos empieza a escurrir entre los dedos».

«¿Y eso por qué?», insistió Montse.

«Bueno, veníamos de aletargados desengaños, de derrotas injustas pero irreversibles, y estábamos convencidos de que en nosotros ya no había lugar para la expectativa sino tan sólo para la expiación. Y sin embargo, cuando sobrevino el borroso amanecer político, todavía con espesos nubarrones y sin fantasías, comprobamos que, pese a todo, en nosotros quedaban expectativas (todavía no sé cómo habíamos podido conservarlas) y así, poquito a poco, la costra del desánimo se nos fue cayendo, recuperamos la vocación de hacer proyectos, de imaginar un después y no limitarnos a las veinticuatro horas de la palpable jornada, de hacer creíble una alternativa (quizá distinta para cada uno), de figurarnos otra convivencia, de despojarnos de una ansiedad casi profesional y divagar acerca de un futuro que no se pareciera demasiado a un pasado entrevisto y entreoído en el ámbito clandestino y familiar, o semiolvidado en la competitiva faena por el sustento. Y entonces, un día cualquiera, aquella vislumbre se fue concretando, fue dejando de ser un espejismo. La moderada expectativa se tiñó de euforia, olvidó las garantías de la sensatez y la perseverancia; especuló con que el cambio estaba hecho, la recuperación sería automática, y sobre todo que se haría justicia.»

«Perdón», interrumpió Montse, «¿pero no era un planteo demasiado ingenuo?».

«Mirá, Montse, vos naciste en España y venís de allí y sólo te llegaron los últimos coletazos del franquismo. Para entender nuestra fase de ingenuidad, ese brote tardío de inocencia, o, si querés, ese explicable fardo de bobería, tendrías que ponerte en nuestro lugar, tras casi un decenio de alertas, de zonas de silencio, de (aparentes) espirales y (verdaderos) círculos viciosos. Lo cierto es que habíamos estado enfermos de miedo y que éste no sólo era contagioso sino que además generaba desconfianza y escepticismo. Y todo lo llevábamos en nosotros mismos, aunque no se lo mencionáramos a nadie y se lo ocultáramos hasta al espejo. La unidad familiar se había deshecho, y eso, que quizá no sea tan grave en otras partes, aquí sí lo era, porque siempre fuimos muy "familiares", ¿sabés? ¿Y quién no tenía un padre, una madre, un tío, un hermano, huido, oculto, emboscado o preso. Pero siempre al margen, segado del afecto cotidiano, extirpado como un tumor maligno, quitado hasta del habla callejera y la comunicación telefónica porque había que manejarse con metáforas y apodos, hasta que unas y otros se gastaban y era preciso sustituirlos con nuevos tapujos que obviamente debían ser sencillos, elementales, ya que la menor extravagancia los volvía sospechosos. Tenés que situarte en esa franja oscura para entender por qué la primera claridad nos desacomodó, nos tomó de sorpresa, nos llenó de infundadas ilusiones.»

«Después de todo, los militares se retiraron», dijo ella.

«En apariencia sí. Los presos recuperaron el mundo y todo volvía a ser nombrado. En realidad nos devolvían el permiso de nombrarlo. En los calabozos sólo quedaban los alaridos, las sombras, los delirios, las pesadillas, los fantasmas en fin. Abrazábamos los huesos de los escuálidos queridos, besábamos las cabezas rapadas y con huellas. Todavía no éramos capaces de narrarnos nuestras vidas de dentro y de fuera, y no porque hubiese custodios como antes, sino porque de pronto la memoria era un caos, un mercado persa, un arca de Noé. Se lloraba, claro, pero era un llanto de fiesta, y los escasos prudentes que exhortaban a pensar en mañana, no tenían el menor éxito, porque la gala era hoy, y después ya se vería.»

«Y se vio, naturalmente.»

«Por supuesto. Las promesas se hicieron humo. Ese humo nos irritó los ojos y empezamos a mirar, primero con desconfianza, luego con desencanto y más tarde con desesperación. Y allí fue que apareció el legado del que te hablaba: la herencia de la mezquindad. Cuando te clausuran el rumbo de la ecuanimidad, cuando da lo mismo ser reo que inocente, y la víctima inicia su trámite de pasaporte o de jubilación codo a codo con su verdugo, algo se quiebra en la comunidad, algo se infecta en la relación con el prójimo.»

«A veces», sugirió Montse, «la venganza puede ser un aliciente. En España, después de la guerra civil, hubo miles de derrotados que se aferraron a la idea de la revancha; casi te diría que sobrevivieron gracias a ese rencor inextinguible. Es claro, a lo largo de cuarenta años de franquismo, casi todos fueron muriendo en el exilio, con el rencor intacto».

«Pero no, mujer. No se trata de venganza. Si el sentimiento prioritario fuera ése, ya se habría concretado en hechos (después de todo, no es tan difícil). No se trata de venganza ni de ajuste de cuentas ni de ley del talión. Se trata de no quedar inermes ante el odio demencial, sólo eso. Y si no tenés esa seguridad, si la justicia, obligada por las pobres circunstancias, te quita su respaldo y caés de culo, eso viene a ser algo como un fraude moral. Ya sé que la palabra «moral» no está de moda, pero ¿de qué otra manera vas a llamarlo? Es un fraude moral, y cuando te sentís moralmente trampeado, es entonces cuando empezás a volverte mezquino.»

«Si es así», dijo Montse, «hay que inventar una vacuna contra la mezquindad».

«No es mala idea», murmuró Jorge, resignándose por primera vez a sonreír.

Pero ya empezaban a llegar los otros. Todos fueron besando puntual y ordenadamente a Montse (exclusiva turista europea en varios meses a la redonda) y luego, como siempre, arrimaron otra mesa y varias sillas.

Hablaron atropelladamente de otras cosas, más frívolas pero menos conflictivas. Montse pidió asesoramiento sobre prendas de lana, ceniceros de cuarzo y otros *souvenirs* posibles. Nancy y Mónica se ofrecieron a acompañarla en las tiendas y a aleccionarla en el regateo. Montse elogió el sol montevideano («nunca había visto un otoño tan luminoso»), la amabilidad de la gente, y el churrasco, sobre todo el churrasco.

Cuando al cabo de dos horas el grupo se desgranó, Jorge y Montse salieron juntos del café.

«Quiero mostrarte la costa», dijo Jorge, «es lo mejor que tenemos».

Hizo cálculos mentales sobre el contante de su billetera y el sonante de su bolsillo, y ante el resultado ajustadamente satisfactorio, le hizo señas a un taxi.

En Pocitos, la rambla estaba muy concurrida, pero la arena estaba libre. De pronto Montse, sin mirar a Jorge, le tomó una mano, y así anduvieron un buen rato, esquivando a menudo las olitas que terminaban débiles junto a la resaca acumulada en la orilla.

Entonces ella dijo: «¿Y si vinieras conmigo a España? Allá lucharíamos juntos contra la mezquindad. La de aquí y la de allá».

Jorge la miró, sorprendido, y encontró los ojos de ella, no menos asombrados. En realidad, fue como si la observara a través de unos prismáticos invertidos. La vio pequeñísima y lejana, y tuvo la impresión de que ella, a su vez, también lo estaba viendo lejano y pequeñísimo.

Rutinas

A mediados de 1974 explotaban en Buenos Aires diez o doce bombas por noche. De distinto signo, pero explotaban. Despertarse a las dos o las tres de la madrugada con varios estruendos en cadena, era casi una costumbre. Hasta los niños se hacían a esa rutina.

Un amigo porteño empezó a tomar conciencia de esa adaptación a partir de una noche en que hubo una fuerte explosión en las cercanías de su apartamento, y su hijo, de apenas cinco años, se despertó sobresaltado.

«¿Qué fue eso?», preguntó. Mi amigo lo tomó en brazos, lo acarició para tranquilizarlo, pero, conforme a sus principios educativos, le dijo la verdad: «Fue una bomba». «¡Qué suerte!», dijo el niño. «Yo creí que era un trueno.»

Miles de ojos

Sólo una cosa no hay. Es el olvido.
Jorge Luis Borges

Desde temprano habían menudeado las llamadas de felicitación. Para el ex torturador (todavía no se sentía cómodo con esa partícula: ex) ya no había peligro. La tan cuestionada ley de amnistía ahora tenía el aval del voto popular. A las felicitaciones él había respondido con risas, con murmullos de aprobación, con entusiasmo, sin escrúpulos. Sin embargo no se sentía eufórico. Desayunó a solas, como siempre. A pesar de sus cuarenta, se mantenía soltero. Estaba Eugenia, claro, pero en una zona siempre provisional. Recogió los diarios que habían deslizado bajo la puerta, pero se salteó precisamente aquellas páginas, aparatosamente tituladas, que analizaban la ahora confirmada amnistía. Sólo se detuvo en Internacionales y en Deportes. Luego se dedicó a regar las plantas y el césped del fondo. La recomendación oficial decía que, hasta nuevo aviso, era imprescindible ahorrar agua corriente y prohibía especialmente el riego de jardines. Pero él gozaba de amnistía. Todo le estaba permitido. Si le habían perdonado torturas, violaciones y muertes, no lo iban a condenar por un gasto excesivo de agua. Democracia es democracia. El agua salía con fuerza tal que algunos tallitos, los más débiles, se inclinaban e incluso hubo uno que se quebró. Lo apartó con el pie. Así estuvo dos horas. Regaba y volvía a regar, dos o tres veces las mismas plantas, que ya no agradecían la lluvia. Cuando sintió en los pies el frío de las zapatillas húmedas, cerró por fin la canilla, entró en la casa y se vistió informalmente para ir al supermercado. Una vez allí, hizo un buen surtido de bebidas y comestibles hasta llenar prácticamente el carrito y se puso en la cola de la caja. Un signo de igualdad y fraternidad, pensó: aunque estaba amnistiado, de todos modos se resignaba a hacer la cola. De pronto sintió que una mano fuerte le tomaba el brazo y experimentó una corriente eléctrica. ¿Como una picana? No. Simplemente una corriente eléctrica. Se dio vuelta con rapidez y con cierta violencia y se encontró con un vecino de rostro amable, un poco sorprendido por la reacción que había provocado. Disculpe, dijo el señor, sólo quería avisarle que se le cayó la billetera. Él sintió que las mejillas le ardían. Emitió un breve tartamudeo de excusas y agradecimiento y recogió la billetera. Precisamente en ese momento había llegado su turno, así que fue colocando sus compras frente a la cajera, pagó, y metió todo en la bolsa que había traído a esos efectos. Cuando abandonaba el supermercado, oyó que alguien le decía, al pasar, enhorabuena, nadie hizo comentario alguno pero él comprobó que uno de los clientes, un bancario que pasaba a diario frente a su casa haciendo jogging, levantaba inequívocamente las cejas. Pensó en los perros de caza, cuando, al detectar la proximidad de la presa, levantan las orejas. ¿Él sería la presa? Boludeces, muchacho, boludeces. Estoy amnistiado. Un hombre sin deudas con la sociedad. Todo lo hice por obediencia debida (con alguna yapa, como es natural), mi conciencia y yo estamos en paz. Ya en la casa, fue vaciando la bolsa, metió en la heladera lo que correspondía, y lo demás en la despensita, sin mayor orden. Mañana, cuando viniera Antonia a hacer la limpieza, sabría a qué estante pertenecía cada cosa. Encendió la radio pero sólo había rock, así que la apagó y se quedó un buen rato contemplando el techo y sus crecientes manchas de humedad. Llamar al constructor, anotó mentalmente. Después fue al dormitorio, se desnudó, se duchó, se vistió de nuevo pero con ropa de salir, fue al garaje, encendió el motor del Peugeot, pensó hacer todo el camino por la Rambla pero mejor no, siempre es más seguro por Bulevar España y Maldonado. Qué tontería. ¿Más seguro? Vamos, vamos, si estoy amnistiado. Y rumbeó hacia la Rambla. No había muchos coches. A la altura del puertito del Buceo, lo pasó un Mercedes, que de pronto frenó. El conductor le hizo señas para que se detuviera. Él vaciló. Sólo por una décima de segundo. El corazón le golpeaba con fuerza. La Rambla jamás es segura. Fue sólo un instante, pero en ese destello calculó que, si bien había suficiente distancia como para esquivar al otro coche y huir, el motor del otro era mucho más potente y le daría alcance sin problemas. De modo que se resignó y frenó junto al Mercedes. El otro asomó una cara sonriente. Lleva la valija abierta, amigo, ¿no se había dado cuenta? No, no se había dado cuenta, así que dijo gracias, ha sido muy amable, y se bajó para cerrar la valija. Sin embargo, la valija no estaba abierta. Todo él se llenó de sospecha y prevención, pero el Mercedes ya había arrancado y se había perdido tras la curva. Miró hacia atrás, hacia el costado, hacia adelante. No había otros coches a la vista. ¿Podría ser que la valija se cerrara sola? ¿Por qué no? Boludeces, muchacho, boludeces. Pero cuando volvió a empuñar el volante, dejó abierta la gaveta donde estaba el revólver y por supuesto no siguió por la Rambla. Cuando llegó al Centro, y a pesar de que en esa cuadra había dos sitios libres, no se arriesgó a dejar el coche en la calle y lo llevó a una playa de estacionamiento. Recordó que debía comprarse una camisa. Entró en una tienda y le dijo al vendedor que la quería blanca, de mangas largas, para vestir. ¿Es para usted? Sí, es para mí. ¿La quiere con el cuello flojo o más bien apretado? ¿Cómo apretado, qué quiere decir con eso? Oh, no lo tome a mal, me parece bien que lo quiera flojo, hoy en día nadie usa una camisa que lo estrangule. Hoy en día. Naturalmente. Hoy en día nadie. Estoy amnistiado. Nadie quiere que lo estrangulen. Ya no se usa. Se llevó la camisa blanca, para vestir, de mangas largas y de cuello flojo (39 en vez de 38, que era su número). Le pareció carísima, pero no quería llamar la atención, así que pagó con un gesto de soberbia y a la vez de despreocupación por el dinero, y empezó a caminar por Dieciocho. Desde un auto, detenido porque el semáforo estaba en rojo, un desconocido le gritó: felicidades. ¿Quién será? Por las dudas saludó con la mano y entonces el otro le mostró la lengua. Su intención fue acercarse, pero el semáforo se había puesto verde y el auto arrancó con estruendo, entre las risotadas de sus ocupantes. Guarangos, sólo eso, se dijo. Pero por qué lo de felicidades. ¿Por la amnistía? ¿O simplemente había sido una palabra amable, destinada a servir de contraste con el gesto ofensivo que la iba a seguir? Vaya, después de todo no era la primera lengua que veía, por cierto había visto otras, más dramáticas que la de ese idiota. Cosas del pasado. Abur. Por orden del presidente, la buena gente había cerrado los ojos de la nuca. Ahora ya no iban a escribir verdugos a la cárcel, verdad y justicia, y otras sandeces. Ahora habían aprendido a decir: se le cayó la billetera; enhorabuena; amigo, lleva la valija abierta; felicidades. Almorzó solo, en un restaurante donde nadie le conocía. Sin embargo, cuando estaba en el churrasco a la pimienta, vio que desde otra mesa alguien lo saludaba, pero estaba tan lejos que su miopía no le permitió distinguir quién era. Al rato vino el mozo con una tarjetita. El nombre era del corresponsal de una agencia internacional, y había unas líneas recién escritas: Tengo sumo interés en hacerle una entrevista. Sobre la amnistía, ya se lo habrá imaginado. Le pidió al mozo que le dijera a ese señor que muchas gracias, pero que no era posible. Ya no pudo seguir comiendo a gusto. Al concluir no pidió café sino un té de boldo, pero ni así. Salió rápidamente, sin mirar al corresponsal, que se quedó en el fondo, haciendo señas en vano. Iría a lo de Eugenia, era la hora. Ella le había telefoneado bien temprano para decirle que lo esperaba con champán. Un alivio. Por lo menos aquel apartamento, que él había financiado, era tierra conocida y no devastada. Eugenia estaba vestida poco menos que para una fiesta. Estarás tranquilo ahora, me imagino, fue la bienvenida. Sí, bastante. Pero no lo estaba y ella lo advirtió. No seas estúpido, mi amor, ese asunto se acabó, ya lo dijo el presidente, ahora hay que mirar hacia adelante. En una ocasión como ésta, y tras el brindis de rigor (por la democracia, dijo Eugenia, y soltó una carcajada) estaba más que cantado que irían a la cama. Y fueron. Durante todo el trámite, él estuvo con la cabeza en otra parte, pero así y todo pudo cumplir como un buen soldado. En un momento, ella había apretado su abrazo de forma exagerada y él sintió que se asfixiaba. Por un momento tuvo pánico, casi se mareó. ¿Será el abrazo, o el anís tendría algo? ¿Será posible? ¿Nada menos que Eugenia? Afortunadamente, todo pasó, Eugenia había aflojado el abrazo, dijo que había estado regio, él pudo respirar normalmente, y ella empezó a besarlo, como lo hacía siempre en la etapa *post coitum,* de abajo hasta arriba. De pronto él anunció que se iba. ¿Ya? Esta noche tengo una reunión y quiero estar despejado, quiero dormir un poco. ¿Es por la amnistía? No, dijo él, receloso, es por otra cosa. ¿Y dónde es? Él la miró, desconfiado. A esta altura del partido, no iba a caer en trampa tan ingenua. También podía suceder que, precisamente por ser tan ingenua, no fuese trampa. Todavía no lo sé, me avisarán esta tarde. Nublado está, mi cielo, dijo ella, sí, es mejor que te vayas, a ver si mañana estás menos tenso. Estoy cansado, sólo eso. Bajó a la calle, caminó unas cuadras hasta donde había dejado el auto y antes de arrancar lo examinó con cuidado. Esta vez no tomó por la Rambla, entre otras cosas porque soplaba un viento que auguraba tormenta. Trató de ir esquivando (antigua precaución) las esquinas con semáforos, que obligaban siempre a detenerse y de hecho convertirse en blanco fijo. Cuando llegó a casa, notó con asombro que la luz de la cocina estaba encendida. ¿Y eso? ¿La habré encendido yo mismo hoy temprano, y luego, cuando me fui, como era de día, no me di cuenta? Vaya, todo estaba en orden. Quería descansar. Abrió la cama, se quitó la ropa (siempre dormía desnudo) y tomó un somnífero suave, suficiente para descansar unas horas. Por supuesto, no tenía ninguna reunión esta noche. Experimentó un cosquilleo de satisfacción cuando advirtió que sus ojos se iban cerrando. Sólo cuando estuvo profundamente dormido, comenzó a recorrer un corredor en tinieblas, una suerte de túnel interminable, cuyas paredes eran sólo ojos, miles y miles de ojos que lo miraban, sin ningún parpadeo. Y sin perdón.

Pacto de sangre

A esta altura ya nadie me nombra por mi nombre: Octavio. Todos me llaman abuelo. Incluida mi propia hija. Cuando uno tiene, como yo, ochenta y cuatro años, qué más puede pedir. No pido nada. Fui y sigo siendo orgulloso. Sin embargo, hace ya algunos años que me he acostumbrado a estar en la mecedora o en la cama. No hablo. Los demás creen que no puedo hablar, incluso el médico lo cree. Pero yo puedo hablar. Hablo por la noche, monologo, naturalmente que en voz muy baja, para que no me oigan. Hablo nada más que para asegurarme de que puedo. Total, ¿para qué? Afortunadamente, puedo ir al baño por mí mismo, sin ayuda. Esos siete pasos que me separan del lavabo o del inodoro, aún puedo darlos. Ducharme no. Eso no podría hacerlo sin ayuda, pero para mi higiene general viene una vez por semana (me gustaría que fuese más frecuente, pero al parecer sale muy caro) el enfermero y me baña en la cama. No lo hace mal. Lo dejo hacer, qué más remedio. Es más cómodo y además tiene una técnica excelente. Cuando al final me pasa una toalla húmeda y fría por los testículos, siento que eso me hace bien, salvo en pleno invierno. Me hace bien, aunque, claro, ya nadie puede resucitar al muerto. A veces, cuando voy al baño, miro en el espejo mis vergüenzas y nunca mejor aplicado el término. Mis vergüenzas. Unas barbas de chivo, eso son. Pero confieso que la toalla fría del enfermero hace que me sienta mejor. Es lo más parecido al «baño vital» que me recomendó un naturista hace unos sesenta años. Era (él, no yo) un viejito, flaco y totalmente canoso, con una mirada pálida pero sabihonda y una voz neutra y sin embargo afable. Me hizo sentar frente a él, me dio un vistazo que no duró más de un minuto, y de inmediato empezó a escribir a máquina, una vieja Remington que parecía un tranvía. Era mi ficha de nuevo paciente. A medida que escribía, iba diciendo el texto en voz alta, probablemente para comprobar si yo pretendía refutarlo. Era increíble. Todo lo que iba diciendo era rigurosamente cierto. Dos veces sarampión, una vez rubeola y otra escarlatina, difteria, tifus, de niño hizo mucha gimnasia, menos mal porque si no hoy tendría problemas respiratorios; varices prematuras, hernia inguinal reabsorbida, buena dentadura, etcétera. Hasta ese día no me había dado cuenta de que era poseedor de tantas taras juntas. Pero gracias a aquel tipo y sus consejos, de a poco fui mejorando. Lo malo vino después, con años y más años. Años. No hay naturista ni matasanos que te los quite. Ahora que debo quedarme todo el tiempo quieto y callado (quieto, por obligación; callado, por vocación), mi diversión es recorrer mi vida, buscar y rebuscar algún detalle que creía olvidado y sin embargo estaba oculto en algún recoveco de la memoria. Con mis ojos casi siempre llorosos (no de llanto sino de vejez) veo y recorro las palmas de mis manos. Ya no conservan el recuerdo táctil de las mujeres que acaricié, pero en la mente sí las tengo, puedo recorrer sus cuerpos como quien pasa una película y detener la cámara a mi gusto para fijarme en un cuello (¿será el de Ana?) que siempre me conmovió, en unos pechos (¿serán los de Luisa?) que durante un año entero me hicieron creer en Dios, en una cintura (¿será la de Carmen?) que reclamaba mis brazos que entonces eran fuertes, en cierto pubis de musgo rubio al que yo llamaba mi vellocino de oro (¿será el de Ema?) que aparecía tanto en mis ensueños (matorral de lujuria) como en mis pesadillas (suerte de Moloch que me tragaba para siempre). Es curioso, a menudo me acuerdo de partículas de cuerpo y no de los rostros o los nombres. Sin embargo, otras veces recuerdo un nombre y no tengo idea de a qué cuerpo correspondía. ¿Dónde estarán esas mujeres? ¿Seguirán vivas? ¿Las llamarán abuelas, sólo abuelas, y no habrá nadie que las llame por sus nombres? La vejez nos sumerge en una suerte de anonimato. En España dicen, o decían, los diarios: murió un anciano de sesenta años. Los cretinos. ¿Qué categoría reservan entonces para nosotros, octogenarios pecadores? ¿Escombros? ¿Ruinas? ¿Esperpentos? Cuando yo tenía sesenta era cualquier cosa menos un anciano. En la playa jugaba a la paleta con los amigos de mis hijos y les ganaba cómodamente. En la cama, si la interlocutora cumplía dignamente su parte en el diálogo corporal, yo cumplía cabalmente con la mía. En el trabajo no diré que era el primero pero sí que integraba el pelotón. Supe divertirme, eso sí, sin agraviar a Teresa. He ahí un nombre que recuerdo junto a su cuerpo. Claro que es el de mi mujer. Estuvimos tantas veces juntos, en el dolor pero sobre todo en el placer. Ella, mientras pudo, supo cómo hacerlo. Puede ser que se imaginara que yo tenía mis cosas por ahí, pero jamás me hizo una escena de celos, esas porquerías que corroen la convivencia. Como contrapartida, cuidé siempre de no agraviarla, de no avergonzarla, de no dejarla en ridículo (primera obligación de un buen marido), porque eso sí es algo que no se perdona. La quise bien, claro que con un amor distinto. Era de alguna manera mi complemento, y también el colchón de mis broncas. Suficiente. Le hice tres varones y una hembra. Suficiente. El ataque de asma que se la llevó fue el prólogo de mi infarto. Sesenta y ocho tenía, y yo setenta. O sea que hace catorce años. No son tantos. Ahí empezó mi marea baja. Y sigue. ¿Con quién voy a hablar? Me consta que para mi hija y para mi yerno soy un peso muerto. No diré que no me quieren, pero tal vez sea de la manera como se puede querer a un mueble de anticuario o a un reloj de cuco o (en estos tiempos) a un horno de microondas. No digo que eso sea injusto. Sólo quiero que me dejen pensar. Viene mi hija por la mañana temprano y no me dice qué tal papá sino qué tal abuelo, como si no proviniera de mi prehistórico espermatozoide. Viene mi yerno al mediodía y dice qué tal abuelo. En él no es una errata sino una muestra de afecto, que aprecio como corresponde, ya que él procede de otro espermatozoide, italiano tal vez puesto que se llama Aldo Cagnoli. Qué bien, me acordé del nombre completo. A una y a otro les respondo siempre con una sonrisa, un cabeceo conformista y una mirada, lacrimosa como de costumbre, pero inteligente. Esto me lo estoy diciendo a mí mismo, de modo que no es vanidad ni presunción ni coquetería senil, algo que hoy se lleva mucho. Digo inteligente, sencillamente porque es así. También tengo la impresión de que ellos agradecen al Señor que yo no pueda hablar (eso se creen). Imagino que se imaginan: cuánta cháchara de viejo nos estamos ahorrando. Y sin embargo, bien que se lo pierden. Porque sé que podría narrarles cosas interesantes, recuerdos que son historia. Qué saben ellos de las dos guerras mundiales, de los primeros Ford a bigote, de los olímpicos de Colombes, de la muerte de Batlle y Ordóñez, de la despedida a Rodó cuando se fue a Italia, de los festejos cuando el Centenario. Como esto lo converso sólo conmigo, no tengo por qué respetar el orden cronológico, menos mal. Qué saben, ¿eh? Sólo una noticia, o una nota al pie de página, o una mención en la perorata de un político. Nada más. Pero el ambiente, la gente en las calles, la tristeza o el regocijo en los rostros, el sol o la lluvia sobre las multitudes, el techo de paraguas en la Plaza Cagancha cuando Uruguay le ganó tres a dos a Italia en las semifinales de Ámsterdam y el relato del partido no venía como ahora por satélite sino por telegramas. (Carga uruguaya; Italia cede córner; los italianos presionan sobre la valla defendida por Mazali; Scarone tira desviado, etc.) Nada saben y se lo pierden. Cuando mi hija viene y me dice qué tal abuelo, yo debería decirle te acordarás de cuando venías a llorar en mis rodillas porque el hijo del vecino te había dicho che negrita y vos creías que era un insulto ya que te sabías blanca, y yo te explicaba que el hijo del vecino te decía eso sólo porque tenías el pelo oscuro, pero que además, de haber sido negrita, eso no habría significado nada vergonzoso porque los negros, salvo en su piel, son iguales a nosotros y pueden ser tan buenos o tan malos como los blanquísimos. Y vos dejabas de llorar en mis rodillas (los pantalones quedaban mojados, pero yo te decía no te preocupes, m'hijita, las lágrimas no manchan) y salías de nuevo a jugar con los otros niños y al hijo del vecino lo sumías en un desconcierto vitalicio cuando le decías, con todo el desprecio de tus siete años: che blanquito. Podría recordarte eso, pero para qué. Tal vez dirías, ay abuelo, con qué pavadas me venís ahora. A lo mejor no lo decías, pero no quiero arriesgarme a ese bochorno. No son pavadas, Teresita (te llamas como tu madre, se ve que la imaginación no nos sobraba), yo te enseñé algunas cosas y tu madre también. Pero por qué cuando hablás de ella decís, entonces vivía mamá, y a mí en cambio me preguntás qué tal, abuelo. A lo mejor, si me hubiera muerto antes que ella, hoy dirías, cuando vivía papá. La cosa es que, para bien o para mal, papá vive, no habla pero piensa, no habla pero siente.

El único que con todo derecho me dice abuelo es, por supuesto, mi nieto, que se llama Octavio como yo (al parecer, tampoco a mi hija y a mi yerno les sobraba la imaginación). Ahí está la clave. Cuando le digo Octavio. Le digo. Porque con mi nieto es con el único ser humano con el que hablo, además de conmigo mismo, claro. Esto empezó hace un año, cuando Octavio tenía siete. Una vez yo estaba con los ojos cerrados y, creyéndome solo, dije en voz no muy alta pero audible, carajo, me duele el riñón. Pero no estaba solo. Sin que yo lo advirtiera había entrado mi nieto. Pero abuelo, estás hablando, dijo con un asombro alegre que me conmovió. Le pregunté si había alguien en la casa y como dijo que no, que no había nadie, le propuse un convenio. Por un lado él mantenía el secreto de que yo podía hablar, y por otro, yo le contaría cuentos que nadie sabía. Está bien, dijo, pero tenemos que sellarlo con sangre. Salió y volvió casi enseguida con una hoja de afeitar, un frasco de alcohol y un paquete de algodón. Se las arregla muy bien y además conoce esos trámites desde que le dieron toda una serie de inyecciones con una vacuna contra la alergia. Con toda tranquilidad me hizo un tajito minúsculo y él se hizo otro, ambos en las muñecas, suficientes como para que salieran unas gotas de sangre, luego juntamos nuestras heridas mínimas y nos abrazamos. Octavio humedeció el algodón con un poco de alcohol, lo apoyó en ambas señales secretas hasta que no salió más sangre y salió corriendo a dejar todo su instrumental en el botiquín. Desde entonces, y siempre que quedamos solos en la casa, algo que ocurre con frecuencia, él viene a que, en cumplimiento del pacto, le cuente cuentos desconocidos, inéditos. Cuando salen mi hija y mi yerno, le dicen a ver si cuidás al abuelo, y él responde que sí, con un gestito de fastidio para disimular, pero enseguida me hace un guiño cómplice, y no bien se escucha el portazo que garantiza nuestra intimidad, trae una silla, la coloca junto a mi mecedora o a mi cama y se queda a la espera de mis cuentos, que, como exigencia irrenunciable de nuestro pacto de sangre, deben ser totalmente nuevos. Y ahí viene mi problema, porque buena parte del día me la paso con los ojos cerrados, como si durmiera, pero en realidad pergeñando el próximo cuento y cuidando hasta los mínimos detalles, ya que si en un cuento anterior el zorro se había lastimado una pata en una trampa y ahora anda corriendo en busca de gallinas, Octavio de inmediato me hace notar que aún no tuvo tiempo de curarse y entonces debo improvisar una fe de erratas oral y donde dije corre debe decir renquea. Y si el viejo brujo de la montaña se había quedado calvo por el esfuerzo de azotar diariamente a los gnomos del bosque y en un cuento posterior se peinaba mirándose en la laguna, Octavio enseguida observa, pero cómo, ¿no era calvo? Y ahí puedo salir un poco mejor del atolladero, ya que el brujo, por el mero hecho de ser brujo, puede, mediante un ensalmo, recuperar el pelo. Y el nieto pregunta si se da el caso que él quede pelado, también podrá recuperar el pelo. Vos no, lo desengaño, porque no sos ni serás brujo. Y él dice que lástima y tiene un poco de razón, porque si yo hubiera sido brujo también me habría hecho crecer el pelo que perdí sin remedio antes de los cincuenta. No soy yo el único que narra, también él me cuenta lo que ocurre en el colegio, en la calle, en la televisión, en el estadio. Es hincha de Danubio y se asombra de que yo sea de Wanderers. Trato de hacer proselitismo, pero evidentemente no hay nadie capaz de convertirlo en tránsfuga. Entonces le cuento viejos partidos o jugadas célebres, como cuando Piendibeni le hizo el célebre gol al divino Zamora, o cuando el manco Castro usaba con alevosía su muñón en el área penal, o cuando el flaco García mantuvo invicta su valla (claro que los backs eran nada menos que Nazassi y Domingos da Guía) durante una rueda y media, o cuando Ghiggia hizo el gol de la victoria en Maracaná, o cuando o cuando o cuando, y él me escucha como a un oráculo y yo pienso qué suerte que todavía puedo hablar para crear este asombro suyo y este placer mío.

La verdad es que no recuerdo cómo eran mis hijos cuando tenían la edad que hoy tiene Octavio. El mayor murió. ¿Cuánto hace que murió Simón? Fue después de lo de Teresa. Al fin y al cabo ¿qué importa la fecha? Murió y se acabó. No tuvo hijos, creo, ¿o los habré olvidado? Nunca estoy seguro de mis lagunas, que a veces son océanos. El segundo, Braulio, sí los tuvo, pero todos están en Denver, ¿qué habrá ido a hacer allí? La verdad es que no recuerdo. A veces manda fotos, tomadas con su encantadora Polaroid, o alguna postal, con un abrazo para el Viejo. Soy yo. Él no me dice abuelo, me dice Viejo. Me cago en la diferencia. Reconozco que una vez me mandó una radio a transistores. Todavía la tengo y a veces la oigo. Pero a menudo se queda sin pilas y tendría que pedirlas. Pero no pido nada. Nunca pido nada. Reconozco que soy un orgulloso de mierda, pero a esta altura no voy a reeducarme, ¿no es cierto? Total, el que me jodo soy yo, porque si la radio tuviera siempre pilas, podría escuchar alguno que otro partido, no muchos porque los locutores en general me cansan con su entusiasmo fingido y sus fallas de sintaxis. También podría escuchar el Sodre cuando pasan música clásica, que es la única que digiero. La alegría que tuve aquella tarde en que pude escuchar el Septimino. Lo tenía en disco, hace tiempo, vaya a saber dónde está. Quizá lo de las pilas podría solucionarse, sin mengua de mi podrido orgullo, diciéndoselo a mi nieto, para que éste, en cumplimiento de nuestro pacto de sangre y guardando siempre nuestro secreto, le dijera a mi hija, mirá la radio del abuelo, está sin pilas, y entonces lo mandaran a la ferretería de la esquina para que me las trajera. Con eso alcanza. Yo las sé colocar, aunque a veces las pongo al revés y la radio no funciona. En alguna ocasión me ha llevado un buen cuarto de hora hallar la posición adecuada para las cuatro de 1,5 voltios, pero igual me sirve para entretenerme un poco. ¿Qué más puedo hacer? Leer, ya no puedo. Televisión, tampoco. Pero escuchar la radio o cambiarle las pilas, sí. Mi tercer hijo se llama Diego y está en Europa, enseña en Zúrich, me parece, sabe alemán y todo. Tiene dos hijas que también saben alemán, pero en cambio no saben español. Qué cagada, ¿verdad? Diego es menos escribidor que Braulio, y eso que su especialidad es la literatura, pero, naturalmente, la literatura suiza. Para las navidades manda también su tarjeta, en la que las niñas ponen sus saludos pero en alemán. Yo no sé alemán, apenas un poco de inglés para defenderme en correspondencia comercial, de la que yo mismo me encargaba cuando era gerente de La Mercantil del Sur, Importaciones y Exportaciones. Digamos, frasecitas como *I acknowledge receipt of your kind letter,* o *Very truly yours,* lo suficiente para que los de allá puedan contestar *Dear sirs,* o *Gentlemen.* También ese hijo menor a veces me manda algún regalito, verbigracia un llavero suizo de oro 18 quilates. En esa ocasión sonreí, como diciendo qué lindo, pero en realidad pensando qué boludo, para qué quiero yo un llavero de oro 18, si estoy aquí semipostrado.

De modo que mis contactos con el mundo se reducen a mi hija, cuando entra y me dice qué tal abuelo, a mi yerno cuando ídem, de vez en cuando al médico, al enfermero cuando viene a lavar mis pelotas ya jubiladas, y también el resto de este cuerpo del delito. Bueno, y sobre todo, está mi nieto, que creo es lo único que me mantiene vivo. Es decir, me mantenía. Porque ayer por la mañana vino y me besó y me dijo abuelo, me voy por quince días a Denver con el tío Braulio, ya que saqué buenas notas y me gané estas vacaciones. Yo no podía hablar (y no sé si hubiera podido, porque tenía un nudo en la garganta) ya que también estaban en la habitación mi hija y mi yerno y ni yo ni mi nieto íbamos a violar nuestro pacto de sangre. Así que le devolví el beso, le apreté la mano, puse un instante mi muñeca junto a la suya como testimonio de lo que ambos sabíamos, y sé que él entendió perfectamente cuánto lo iba a extrañar ya que no iba a tener a quien contarle cuentos inéditos. Y se fueron. Pero tres o cuatro horas más tarde volvió a entrar Aldo, sólo Aldo, y me dijo mire, abuelo, que Octavio no se fue por quince días sino por un año y tal vez más, queremos que se eduque en los Estados Unidos, así aprende desde niño el idioma y tendrá una formación que va a servirle de mucho. Él no se lo dijo porque tampoco lo sabía. No queríamos que empezara a llorar, porque él lo quiere mucho, abuelo, siempre me lo dice, y yo sé que usted también lo quiere, ¿no es así? Se lo vamos a decir por carta, aunque mi cuñado lo va a ir preparando. Ah, y otra cosa. Cuando ya se había despedido de nosotros, volvió atrás y me dijo, dale un beso al abuelo y que sepa que estoy cumpliendo nuestro pacto. Y salió corriendo. ¿Qué pacto es ése, abuelo? Cerré los ojos por pudor, aunque como siempre lagrimeo, nadie sabe nunca cuándo son lágrimas de veras, e hice un gesto con la mano como diciendo: cosas de niños. Él se quedó tranquilo y me abandonó, me dejó a solas con mi abandono, porque ahora sí que no tengo a nadie, y tampoco a nadie con quien hablar. Me tomó de sorpresa todo esto. Pero quizá sea lo mejor. Porque ahora sí tengo ganas de morir. Como corresponde a un despojo de ochenta y cuatro años. A mi edad no es bueno tener ganas de vivir, porque la muerte viene de todos modos y a uno lo toma de sorpresa. A mí no. Ahora tengo ganas de irme, llevándome todo ese mundo que tengo en mi cabeza y los diez o doce cuentos que ya tenía preparados para Octavio, mi nieto. No voy a suicidarme (¿con qué?), pero no hay nada más seguro que querer morir. Eso siempre lo supe. Uno muere cuando realmente quiere morir. Será mañana o pasado. No mucho más. Nadie lo sabrá. Ni el médico (¿acaso se dio cuenta alguna vez de que yo podía hablar?) ni el enfermero ni Teresita ni Aldo. Sólo se darán cuenta cuando falten cinco minutos. A lo mejor Teresita dice entonces papá, pero ya será tarde. Y yo en cambio no diré chau, apenas adiosito con la última mirada. No diré ni chau, para que alguna vez se entere Octavio, mi nieto, de que ni siquiera en ese instante peliagudo violé nuestro pacto de sangre. Y me iré con mis cuentos a otra parte. O a ninguna.

Vení Pigmalión

A las diez de la mañana el Jefe de Redacción lo había llamado a su despacho y él captó de inmediato que el gesto era severo. Gilardi, voy a encargarle una nota importante, espero que no me decepcione. Como único comentario, él apretó los labios, sabedor de que eso no lo comprometía a nada. El 8 de marzo de 1971, empezó el Jefe, o sea dentro de tres días, se cumple el primer aniversario de la muerte del diputado Mateo Prado, quien, como usted sabe, gozó siempre, dentro y fuera de su partido, de una justa fama de hombre probo, inteligente y honesto. Como usted también sabe, ingresó al Parlamento en representación de F, su departamento, y yo diría que en especial de Y, su ciudad natal. Tengo la intención de que el diario cubra generosamente este aniversario: habrá por lo tanto un nutrido currículum, opinarán dirigentes políticos de variada procedencia (aunque cuidadosamente elegidos), se incluirán fotografías reveladoras de sucesivos capítulos de su vida, y por supuesto habrá un editorial austeramente laudatorio, como es nuestro estilo. Y voy al grano: quiero que mañana temprano viaje usted a Y, y allí busque y encuentre a gente que conoció a Prado. Puede hacer todas las entrevistas que considere convenientes. A esta altura ya habrá advertido que lo que pretendo es un retrato plural, con muchas voces y entrañables evocaciones. Quiero un Mateo Prado fundamentalmente humano, el hombre corriente que fue en Y antes de consagrarse a la política. Eso sí, y esto no se le olvide, un retrato que sirva de complemento al homenaje. Yo sé que usted no comulga con las ideas que defendió Prado, pero también sé que usted es un buen profesional y en consecuencia sabrá esconder sus reticencias. Hay que ser generoso, Gilardi, hay que ser generoso. Hoy es lunes; el miércoles a la tarde quiero su nota sobre mi mesa. Puede explayarse si quiere, hasta doce folios. Esta vez no se va a quejar de la falta de espacio.

El martes al mediodía el ómnibus interdepartamental depositaba a Gilardi en la plaza Independencia de Y. Como primera medida, tomó una habitación en el hotel Imperial, se refrescó un poco y dejó allí el maletín con la muda de ropa interior, la camisa de recambio, el cepillo de dientes, el dentífrico y pocas cosas más, entre ellas la novela de Conrad que había empezado a leer durante el viaje. Cuando entregó la llave en la recepción, adoptó un aire distraído para preguntar al empleado si don Mateo Prado se había alojado alguna vez en el hotel. ¿Quién? ¿El diputado? No, no creo, tenía familiares aquí, así que se alojaría con ellos. Pero ¿le conoció? Qué más remedio, contestó el otro. Gilardi cruzó lentamente la plaza soleada y se instaló en el café Moderno. Cuando el mozo le trajo el cortado, él deslizó el nombre. El otro lo miró con desconfianza, como si tratara de descubrir la intención última de la pregunta. Desde que se instaló en Montevideo, el diputado venía poco por estos pagos, dijo con cautela. Ya lo sé, pero ¿usted lo conocía de antes? Claro, quién no. Gilardi explicó que era periodista y que el diario lo había enviado a Y para recoger opiniones sobre Prado. ¿Y van a figurar los nombres? No, incluso no tiene por qué darme el suyo. Lo reclamaron de otras mesas y probablemente aprovechó la tregua para reflexionar, pero diez minutos después estaba nuevamente junto al periodista. Mire, joven, a mí no me gusta hablar de lo que no conozco, detesto repetir lo que dicen de alguien. Está bien, no lo haga, pero usted también debe tener una impresión directa, personal. Sólo de eso puedo hablar. Cuando aún vivía en Y, Prado venía casi todas las noches al café y jugaba a los dados o al póker con cuatro o cinco parroquianos que no siempre eran los mismos, y bueno, les hacía trampas, no todas las veces, claro, para que así ellos tomaran confianza, pero la noche en que decidía trampear, entonces los esquilmaba, ya que, naturalmente, cuanto más perdían, más fuerte jugaban. ¿Y la policía toleraba el juego? Por ese lado no había problema, el comisario siempre supo darse su lugar. Y los parroquianos ¿no se daban cuenta de que él los estafaba? No, en ese entonces le tenían demasiado respeto (por el padre, ¿sabe?) como para desconfiar. Después, bastante después, se lo perdieron, pero él ya no se aparecía por aquí. ¿Y usted cómo se daba cuenta? Y bueno, son muchos años: el fullero tiene tics profesionales, gestos rutinarios pero reveladores, un particular brillo en los ojos cuando el fraude culmina.

Antes de almorzar, Gilardi entró en la farmacia. Un boticario es siempre un portavoz. Pero éste no mordió el anzuelo. El diputado era un cliente como cualquiera. Recuerdo que consumía demasiadas aspirinas. Ignoro cómo habrá combatido años después las jaquecas parlamentarias, que son las peores. En realidad, no había que alejarse mucho para encontrar un restaurante medianamente acogedor, punto de encuentro de agentes viajeros y comerciantes locales. Eligió una mesa junto a la ventana, así tenía una panorámica de la plaza, con la iglesia, el supermercado, el café Moderno, el hotel Imperial. Trató de imaginar el ambiente en que se había desenvuelto aquel Mateo anterior a la política, pero todavía le faltaban elementos. Con todo, y gracias a dos fugaces conversaciones (una en el quiosco de periódicos, otra en la librería Rodó), ahora por lo menos sabía que el padre de Mateo había sido estanciero, con excelentes campos de pastoreo. En los años cuarenta había ganado mucho dinero, pero en los cincuenta lo había perdido en varias urgentes y desastrosas excursiones a los casinos de Carrasco y Punta del Este. En 1958 se había pegado un tiro. Sólo dejó un papel con un garabato: Perdónenme, pero me conozco y sé que no podría soportar la pobreza.

Cuando Gilardi estaba todavía estudiando la carta de vinos, un individuo alto, sesentón, de traje gris, camisa blanca y corbata azul, le pidió permiso para sentarse a su mesa. Por supuesto, dijo Gilardi. El otro se presentó como Juan Pedro Suárez. Se dieron la mano. Gilardi advirtió que la del tipo estaba húmeda, pero no con una humedad circunstancial sino poco menos que congénita. Así que van a homenajear periodísticamente al Gran Hombre, dijo, irónico, y al sonreír se le formaron nuevas arrugas en el rostro cuarteado. ¿Cómo lo sabe? Aquí todo se sabe. Dicen que somos una ciudad, pero en verdad somos un pueblo grande. ¿Y usted qué piensa del Gran Hombre? Que se murió, y basta. Llevo aquí sólo unas horas, pero tengo la impresión de que no lo querían demasiado. Bueno, no todos: eso pasa siempre con los jugadores. ¿Usted sabía que hacía trampas? Naturalmente, yo era uno de los que perdía. ¿Y por qué se dejaba timar impunemente? Tenía mis razones y no pienso decírselas. Se quedaron un rato en silencio, mirando hacia la plaza, como si el vaivén de los árboles y el idóneo afán de dos lustrabotas constituyeran un espectáculo apasionante. En este pueblo no pasan muchas cosas, dijo cansinamente Suárez, de modo que hacerse lustrar los zapatos en la plaza es una experiencia fundamental, casi diría un signo de poder. A ver, haga un esfuerzo y cuénteme algo bueno de Mateo Prado. Haré el esfuerzo. Por lo pronto, era un excelente lector. Carecía de formación universitaria, pero entre ocio y ocio se había hecho su culturita. En lejanos tiempos llegó a escribir un ensayo sobre Francisco Acuña de Figueroa, autor de dos himnos, que por cierto mereció una breve pero elogiosa reseña en la *Revista Nacional,* pero no reincidió, era demasiado holgazán para un esfuerzo continuado. Mientras duró el padre, vivió a costillas de don Fermín. Luego, el descalabro de éste le dejó un resentimiento oscuro. Yo diría que se convirtió en un parricida frustrado, retroactivo, pero al menos aprendió que el juego limpio y legal llevaba siempre a la bancarrota, por eso se convirtió en un fullero, pero siempre a un nivel modesto y local, ya que consideraba, con buen criterio, que defraudar a los casinos estaba fuera de su alcance. La madre murió dos años después que don Fermín, y él, que era hijo único, se casó rápidamente con María Ester, la hija menor de Pedro Lemos, el dueño unánime del supermercado, la ferretería y el bazar, además de buenas tierras. La chica era (y es) más bien feúcha y por lo tanto difícilmente colocable, lo que explica la condescendencia de don Pedro para entregarla a un (con perdón) pelotudo como Mateo. Después de todo no hizo tan mal negocio, ya que desde que el yerno se fue a la capital y se metió en política, sus puntos ascendieron considerablemente. Y además, y no es poca cosa, le dio dos nietas. O sea, interrumpió Gilardi, que las virtudes serían, por un lado, una modesta cultura de autodidacta, y por otro, cierta capacidad para engendrar. No simplifiquemos, no sólo eso. Desde que resultó electo diputado, presentó varios proyectos favorables a Y: terminación de la carretera hasta Z, ampliación de la red telefónica, construcción de un nuevo liceo. Ninguno tuvo andamiento, claro, pero él achacó el fracaso a luchas internas en su partido. Ahora explíqueme cómo, dijo Gilardi, con esa mediocre trayectoria que usted me relata, pudo Prado conseguir votos para obtener la misma banca en dos legislaturas. El dinero de don Pedro, ésa es la única explicación, mi amigo. El viejo financió toda la campaña, no sólo en Y, sino a nivel departamental. Tiene mucha plata don Pedro, y además fue sembrando seductoras promesas a nombre de Mateo y así fue conquistando a los caudillos, subcaudillos y caudillitos de la región. Todo para que su hija llegara a señora de diputado, y llegó. ¿Y cómo se comportaba Mateo cuando venía a Y? ¿Seguía jugando al póker en el café Moderno? De ninguna manera. La verdad es que venía muy de vez en cuando, y además, ya era representante nacional, no se le olvide. Un diputado no está para estafitas de poca monta. Cuando se enfrentaron al flan casero, Gilardi agradeció toda la información recibida y consultó al espontáneo acerca de otros posibles testimonios. Usted pregunte donde pueda, pero además anote esta dirección: calle 25 de Agosto 741. Pregunte por Leonor Rivas. No diga que yo lo mando, claro. El tal Suárez concluyó el flan, dobló con cuidado la servilleta, se puso de pie, volvió a extender su mano pegajosa, y se fue sin más, sin amagar siquiera con el pago de la doble cuenta, como si desde el comienzo hubiera estado sobrentendido que los datos proporcionados exigían esa mínima retribución. Resignado, Gilardi echó un vistazo a la plaza y comprobó que ésta ya había entrado en su sopor de siesta (hasta los lustrabotas estaban ociosos y soñolientos), tomó un café lavado y más bien asqueroso, pagó la cuenta y caminó lentamente hasta el Imperial. Quería poner en borrador sus notas mentales (en el Interior, los grabadores suelen provocar rechazo y desconfianza) y sobre todo descansar un poco. El guiso de mondongo no le había caído demasiado bien.

A las seis se duchó, se cambió de camisa y salió en busca de otras opiniones. Al pasar junto a los lustrabotas, advirtió que uno de ellos estaba desocupado y reclamó sus servicios. Cuando el segundo zapato comenzó a brillar, dejó caer el nombre de Mateo. El hombre fue parco: nunca dejaba propinas. ¿Y qué más? Nada más, señor, nunca dejaba propinas y eso para nosotros es suficiente, no necesitamos averiguar otros detalles. Evidentemente, no iba a extraerle otras revelaciones, de modo que, cuando el hombre le golpeó suavemente el zapato izquierdo para comunicarle que su labor había concluido, dejó la propina correspondiente y cruzó pausadamente la plaza, en la que cinco o seis chiquilines peloteaban frente a un arco poco menos que imaginario. Entonces vio el aviso giratorio de la peluquería y decidió entrar. Barba, ordenó amablemente, con la esperanza de recoger algún dato adicional. Pero esta vez no tuvo suerte. Cuando, después de los consabidos comentarios sobre deportes, tiempo y política, pronunció el nombre del diputado, el barbero mantuvo unos segundos la navaja en vilo y dijo con rencor y menosprecio: por favor, no me nombre a ese desgraciado.

Estaba un poco desganado cuando salió de la peluquería y se dirigió a la calle 25 de Agosto, que estaba a sólo dos cuadras de la plaza. El número 741 correspondía a una casa de una planta, con paredes blancas y persianas verdes. No había timbre sino un llamador en forma de mano. Los dos golpes sonaron opacos. Al fin la puerta se abrió y una mujer, todavía joven, inquirió: ¿Señor? Quiero hablar con la señorita Leonor Rivas, dijo Gilardi. Leonor Rivas soy yo. El anuncio le tomó de sorpresa, ya que la había imaginado con otro aspecto. No era hermosa, pero indudablemente poseía un atractivo especial. Delgada, de ojos oscuros y vivaces, lucía (verdaderamente lo lucía) un vestidito floreado de entrecasa y unas zapatillas deportivas pero con tacos bajos. Curiosamente, el conjunto tenía un sello de elegancia. Gilardi, tras apreciar con ojo experimentado el buen torneado de las piernas, explicó el motivo de su visita (tuvo la impresión de que ella estaba al tanto), pidiéndole excusas por no haberla llamado previamente. Ella dijo con naturalidad que no importaba y lo condujo a un patio interior, donde una prodigiosa santa rita recibía las últimas franjas del sol de la tarde. Un pulido gato gris se movía silencioso entre baldosas en rombo. Venga, sentémonos aquí, a esta hora el patio es más agradable que la sala. El gato trepó silenciosamente a un pretil rugoso y allí se instaló, vigilante. Tengo entendido que usted conoció a Mateo Prado, fue la programada introducción del periodista. Sí, fui su querida, y lo fui hasta su muerte. Gilardi tragó saliva porque no esperaba una franqueza tan rápida. Puedo decirle muchas cosas de Mateo, siguió ella, pero no va a poder publicarlas. ¿Usted no quiere que se publiquen? No, yo no cuento, pero el día de su homenaje no parece la ocasión propicia para revelar su lado ilícito, su región clandestina, ¿no le parece? Sin embargo, igualmente quiero hablarle de él, sólo para que usted sepa, y además, porque con quién voy a hablar de Mateo si ya no está Mateo. A usted no lo conozco, pero no importa. Precisamente, no hablaría de esto con la gente que conozco. Leonor salió un momento en busca del café, dejando a Gilardi a solas con el gato, que desde el pretil lo seguía mirando, interesado pero sin recelo. Debía tener preparado el café, porque regresó enseguida. Era un buen café (y se lo dijo), por cierto mucho mejor que la lavativa del restaurante (esto se lo calló). Soy todo oídos, dijo él. No se haga muchas ilusiones. No voy a revelarle ningún pasaje secreto, ningún hijo natural, ningún tesoro escondido. Simplemente, voy a hablarle de un Mateo bastante distinto del diputado Prado, habitante de la capital, y del ciudadano de Y, sobre quien ya habrá recogido probablemente opiniones varias. No muy favorables por cierto, acotó Gilardi. Ya sé, a Mateo no lo querían aquí y confieso que tenían sus razones. ¿Las trampas en el juego? Sí, claro, y otras cosas peores. Mateo tenía un lado oscuro, casi diría siniestro, que es el que ignoran en Montevideo y en cambio conocen aquí. Sin embargo, no era el único Mateo. Yo fui su querida durante doce años y puedo dar fe. ¿Por qué dice *querida,* preguntó Gilardi, que es una palabra ya en desuso? ¿Sabe por qué? Porque devuelvo a la palabra su significado original. Me llamo así a mí misma porque siempre me sentí querida por Mateo. No obstante, acotó Gilardi, se casó con la hija de Lemos. ¿Y eso qué tiene que ver? Es sólo un capítulo de su lado oscuro. Otra trampa, bah, igual que las del póker. Una forma, la más simple que encontró, de asegurarse económicamente. Al igual que su padre, Mateo no habría sido capaz de soportar la pobreza. No era un santo, como quizá usted ya se habrá dado cuenta. No obstante, aun en esa, digamos, operación conyugal, hubo algo en que cumplió lo prometido. Le hizo dos hijas a la María Ester y el viejo Lemos quedó satisfecho. Está bien, pero ahora hábleme del otro Mateo, deme la versión de su *querida,* en la acepción original de la palabra. ¿Sabe una cosa? Es imposible comprender a Mateo si no se llega a una condición que es la que da la clave de su carácter, y esa condición es: debilidad. Ésa es la ventaja que le llevo a los otros: siempre supe que Mateo era un hombre débil. Tal vez por eso me quería, él, que no quería casi a nadie. En nuestra relación no había tapujos. El día en que nos conocimos, en un baile del Club Uruguay, me preguntó, mientras dábamos vueltas en la pista, qué pensaba de él, y yo le dije: usted es un débil, aunque probablemente ni usted mismo lo sepa. Me miró asombrado, como si hubiera escuchado una revelación, se quedó callado, y cuando terminó el tango me depositó en mi silla, me saludó con cierta frialdad y se fue del local. Sin embargo, al día siguiente me telefoneó y quiso encontrarse conmigo en el café Moderno. Yo le dije que allí no, pero que si quería podía ser en la confitería Podestá, frente al río. Cuando estuvimos allí, lo primero que me pidió fue que le explicara por qué yo creía que él era un débil. Le dije que había actitudes de ciertos individuos que eran reprobadas, generalmente con razón, por la sociedad, pero que tales actitudes podían ser el producto de un carácter fuerte, desprejuiciado, definido, incluso cruel (en rigor eso ocurría la mayoría de las veces), pero también podían ser la expresión de un carácter débil, alguien que simulaba decisión, tozudez y hasta valor, simplemente para ocultar sus carencias, su timidez y hasta su cobardía. Me preguntó si le estaba llamando cobarde y le respondí que creía que la cobardía era uno de sus ingredientes pero no el primordial. Entonces, en contra de lo que yo esperaba, me sonrió abiertamente y dijo, tuteándome: Voy a demostrarte que no carezco totalmente de valor. Se puso casi rojo antes de decirme, sin bajar la mirada: ¿Querés ser mi amante? Confieso que la palabrita me sonó tenebrosamente ambigua, pero no me puse roja, creo que más bien me puse pálida. Reflexioné unos instantes antes de contestarle: No, no quiero ser tu amante, sólo aceptaré ser tu querida. No era nada tonto, así que captó la diferencia. Apoyó su mano en la mía y así quedó sellado el pacto. No hubo besos ni otras zalemas, pero supe que aquello era de por vida. Por entonces yo ya vivía sola, en esta misma casa. Tres días después vino aquí y se quedó toda la noche. Pero antes de hacer el amor hablamos como tres horas. Entre ambos fuimos abriendo su vida como si fuera un cofre de pirata. Preguntame, decía, preguntame más, es la forma de que yo me vaya conociendo. Y yo le preguntaba. Por ejemplo, por qué no trabajaba. Tengo una holgazanería congénita, casi diría que existencial; no sólo no puedo trabajar sino ni siquiera imaginarme trabajando. Pero la plata se te acabará pronto. Ya lo sé; tampoco entonces trabajaré, alguna solución aparecerá. Soy débil, tenés razón, pero tengo cierto ingenio para buscar salidas. ¿Por qué hacés trampas? Porque no tengo coraje para ser honesto. Admiro sinceramente a los honestos. Las trampas son para los débiles. ¿Y si un día te descubren? No me van a descubrir, estate tranquila, sé administrarme, soy fullero pero no ambicioso. Otros tramposos aspiran a ser millonarios, pero yo sólo aspiro a no trabajar. No me vas a negar que hay una diferencia, y en cierto modo, la sociedad de Y, aunque me reprueba, en el fondo respeta la modestia de mis delitos. En el amor era muy tierno. Aquella primera noche, cuando se dio cuenta de que yo era virgen, lloró como una criatura. Le pregunté por qué y dijo que no iba a casarse conmigo. Lo repetía sin cesar: voy a quererte siempre pero no voy a casarme contigo. Lo tranquilicé como pude. Le aseguré que yo también iba a quererlo siempre pero que no pensaba casarme con él. ¿Y con quién? Con nadie, Mateo, con nadie. Pues yo sí voy a casarme con la María Ester. Le pregunté si ella lo sabía. Todavía no. Sólo lo sabe el padre. De manera que entre él y yo las cosas estuvieron claras desde el comienzo. Le aseguro que para mí fue la felicidad, restringida pero felicidad. Creo que no podré querer a otro. La debilidad de Mateo era muy seductora, al menos para mí. Me sentía una privilegiada porque tenía junto a mí al Mateo que nadie conocía. Era un hombre fundamentalmente bondadoso, pero carecía de la fuerza necesaria para mostrarse ante los demás tal como era. Hacia fuera, era esclavo de la imagen que él mismo había ayudado a crear. Sólo conmigo se sinceraba. Era tierno, pero le costó habituarse a su propia ternura. Yo lo ayudé, naturalmente, y él se iba de a poco descubriendo. Disfrutaba como un niño cuando detectaba en sí mismo sentimientos que para él eran toda una novedad. Cuando venía a quedarse conmigo y llegaba la noche y se acostaba, apagaba la luz y me decía, despacito, muy suave: Vení, Pigmalión. Y yo iba. Gilardi no tomaba notas, simplemente escuchaba. A esta altura tenía la impresión de que Leonor Rivas no se dirigía a él; simplemente monologaba, ensimismada. Sólo ante una pausa de ella se atrevió a comentar con cautela, como temeroso de romper un hechizo: Tengo entendido que en los últimos años venía poco por Y. Sí, muy poco, y cuando llegaba no nos veíamos. Claro que igual nos encontrábamos. Mateo había comprado una sencilla casita en J, bastante aislada del pueblo. Allí nadie nos conocía y nos juntábamos dos o tres veces por mes. ¿Lo echa de menos? Mucho, pero de algo me sirve evocar nuestra relación, sus pormenores. Como siempre estábamos solos, la nuestra era una intimidad muy dulce, sin miradas extrañas, sin interferencias. Para los demás estaba su vida vulgar, rutinaria, oportunista. Yo en cambio tenía su vida real, y además la fui cambiando y él me lo agradecía. Si no fuera por vos, yo sería sólo un canallita. Ahora sigo siendo un canallita, pero también soy este otro que vos descubriste en mí. ¿Y alguna vez tuvo con usted un gesto generoso? Me refiero a lo económico. No era necesario, dijo Leonor, tengo esta casa, que fue de mis padres, y una rentita que me alcanza y me sobra. Cuando compró la casita de J quiso ponerla a mi nombre y fui yo la que no quise. Imagínese que yo, precisamente yo, no podía disfrutar de un dinero que en realidad no era de Mateo sino de María Ester o del viejo Lemos. Poco después de la muerte de Mateo, me citaron en una escribanía de Montevideo y me dieron un paquetito que él me había dejado. Allí había una alianza y un cintillo de mucho valor (éstos, ¿ve?) y una tarjeta: Esto quiere decir que vos fuiste mi verdadera mujer. Cuando lo recibas, yo no estaré, pero cuando escribo estas líneas todavía estoy y te confieso que no aguanto más, quiero decir que el hombre decente que vos descubriste no soporta más al canallita. Nadie va a saber que mi muerte será un suicidio, pero a vos no podía engañarte. Gilardi apenas pudo balbucear: Entonces ¿se mató? Sí, pero no vaya a decirlo en su artículo porque nadie se lo va a creer. Mateo tomó todas las precauciones: su suicidio fue parsimonioso, le llevó dos meses y diagnosticaron septicemia. Ahora dígame, ¿no cree que después de todo se merece el homenaje? Gilardi tuvo la impresión de que con aquella pregunta terminaba la confidencia. Leonor tenía los ojos brillantes pero sin lágrimas. Desde el pretil el gato se lamió una pata y luego se deslizó junto a su dueña. Gilardi interpretó ese traslado como una señal inequívoca de que la entrevista había concluido. Se puso de pie, dijo dos veces gracias, Leonor, ella inclinó apenas la cabeza, sin mirarlo, y él se encaminó hacia la puerta de la calle. La viuda clandestina de Mateo Prado no lo acompañó. Permaneció en el patio, que ya estaba en sombras, mirando obstinadamente la santa rita. El gato sí fue con él, tal vez para asegurarse de que realmente se iba.

No entrevistó a nadie más. ¿Para qué? Regresó al hotel, recogió su maletín, pagó la cuenta y fue, con tiempo de sobra, a tomar el ómnibus interdepartamental de las 20 y 30. Horas más tarde, cuando llegó a su casa, se acostó sin cenar, apenas tomó un vaso de leche. Desde su dormitorio, la madre le gritó que lo habían llamado del diario para recordarle que mañana debía presentar la nota que le habían encargado. Puso el despertador a las siete, se desvistió, se lavó los dientes y se metió en la cama. Por un momento barajó la posibilidad de no hacer la nota (y en consecuencia renunciar de hecho a su puesto de redactor), pero la vacilación duró muy poco. Mientras llegaba el sueño, empezó a redactar mentalmente el reportaje que teclearía por la mañana en su casa y depositaría en horas de la tarde sobre la mesa del Jefe de Redacción: Hace hoy exactamente un año que fallecía en Montevideo el ciudadano Mateo Prado, rodeado del afecto de su joven esposa, etcétera. Tras la consabida introducción, plena de latiguillos, el párrafo esencial arrancaría así: Y hoy este cronista puede decirle al lector que ha sido conmovedor verificar la imagen de hombre lúcido, recto, desinteresado, laborioso, que en Y transmiten los modestos ciudadanos de a pie. Desde el mozo de café hasta el simple lustrabotas, desde un ocasional compañero de juego hasta la dama de tradición y alcurnia, desde el barbero locuaz hasta el boticario lacónico, los testimonios aislados van componiendo, como coloridas piezas de un puzzle, el retrato veraz de un hombre íntegro. Etcétera, pensó quedamente Gilardi, y se durmió.

El tiempo que no llegó

*La guitarra se queja por
el tiempo que no llegó, o fue
desbarrancado a su debido tiempo.*
FRANCISCO URONDO

Recuerdos olvidados

La richezza della vita è fatta di ricordi, dimenticati.
CESARE PAVESE

1.

Ésta debe ser la trigésima despedida. Es un trámite que Fernando Varengo conoce de sobra. Como testigo, claro; no como viajero. Asistir a la normal y apasionada discusión de Miguel y Carmen con el empleado de Iberia que, con buenas razones, pretende cobrarles quince mil pesetas por el exceso de equipaje (cuatro valijas grandes, dos medianas, varios ilevantables bolsos de mano); comprobar sin embargo que el tipo no resulta tan obstinado como su rostro goyesco anunciaba y accede por fin a cobrarles un importe meramente simbólico, que ellos a su vez aceptan casi lagrimeando de gratitud y ahorro; presenciar, una vez obtenidas las tarjetas de embarque, el desfile tartarinesco de cajas de turrones, radiocassettes, osito de peluche (para la sobrina de Miguel), puzzle gigante (para el sobrino de Carmen), bolsas, bolsones, cámara japonesa, y en medio de esa pirámide de Keops, a los dos conmovidos y agitados viajeros que, debido a la abundancia de equipaje de mano (Miguel, en particular, parecía un dios Siva del siglo XX), no estaban en condiciones de abrazar, pero sí de ser abrazados por Fernando y los pocos que iban quedando en el oasis de Madrid, y verlos por fin, tras el control de pasaportes, ahora sí llorando de veras y haciendo adiós con la mano izquierda mientras la derecha va retirando los bultos que seguramente estarán surgiendo a borbotones del oscuro teloncito de la inspección de seguridad. Y luego, ya desaparecidos los viajeros en su búsqueda de la puerta 12 (o sea la *gueite namber tuguelfe,* según dicen los altavoces de Iberia cuando se ponen políglotas), mirarse con los otros que se quedan como él, sin decir nada porque en realidad no hay mucho que decir, y Norma que propone si querés te llevo, y Fernando que no, de veras te agradezco, hoy voy con otro rumbo, aunque no sea cierto, va en el rumbo de siempre, pero quiere ir solo en el bus del aeropuerto y apearse en la bajada de Serrano para quedarse un rato contemplando a la gente que pasa, aunque sea tarde, gente que pasa desde los cafés y restaurantes o hacia los cines, gente que, como él, se queda en Madrid. Sí, debe ser por lo menos la trigésima despedida. Antes se fueron Andrés, Mauricio, Alejandra, Claudio, Marta, José Carlos, Irene, Pablo, Omar, Gladys, Washington, Victoria, Pepe, Magda, Horacio, Manolo, Nicolás, María Luisa, Agustín, Sara, y otros, otras. Todos regresan al país, aunque después algunos regresen del regreso. Allá van, los más ignorando a qué. Saben por qué y eso les alcanza. Todos vuelven menos él, que ha decidido quedarse. Ahora, en el bus del aeropuerto que lo llevaba hasta Serrano, Fernando supo que, sin Miguel y sin Carmen, se iba a sentir más solo pero también más extranjero. Los franceses se las arreglaban mejor para expresar esta sensación. *Étranger* significa a la vez *extraño* y *extranjero*. Fernando a veces se sentía *extranjero* (a pesar de, o sobre todo por la gran pirotecnia del Quinto Centenario), pero otras veces se sentía *extraño*, y no podía definir qué era peor. O mejor. Porque la extranjeridad o el extrañamiento no incluían sólo desventajas. También permitían cierta valoración objetiva (de la que no era capaz, por ejemplo, cuando juzgaba a su país y a sus compatriotas) y hasta algún disfrute que nunca dejaba de ser mínimamente turístico. Siempre hay un trozo de historia, una catedral gótica, una noticia de anteayer, un tercio de banderillas (cuando el pobre toro aún alienta esperanzas), la simpatía extrovertida y sin embargo entrañable de algunos andaluces que no ascienden a yuppies; la belleza nueva de las muchachas madrileñas (¡cómo han mejorado en apenas un decenio de democracia!); las manos vibrantes de Paco de Lucía; los leones de Cibeles con bucles y barbas de hielo; el azul contaminado y hermoso del Mediterráneo; los niños que se suicidan porque les quedaron asignaturas pendientes; las turistas nórdicas en pelota y los indignados y fieles mirones del Opus Dei; siempre hay algo a descubrir cotidianamente en esta España que intenta a toda costa ser europea pero aún no encontró la garrocha (aquí le dicen pértiga) para saltar sobre los Pirineos.

2.

Cinco pisos sin ascensor dicen que es algo bueno para el sistema circulatorio. Mejor aún para el presupuesto mensual, ya que si amor con amor se paga, piso con ascensor también. Así y todo los cuarenta y cinco de Fernando (que no son muchos pero parecen más cuando el individuo cultiva la escritura sedentaria) le exigen un descanso, dónde, pues como su nombre lo indica, en el descansillo, que está en este inmueble frente al 3.º A (inicial inútil si las hay, ya que sólo existe una vivienda por planta). Apenas cuando viene a visitarlo el asma profesional de Leonardo, Fernando se arrepiente un poco de ese ahorro, al que no considera signo de mezquindad sino de carencia. Sin embargo,

Leo y su asma son viejos conocidos, entre sí y también del anfitrión. Cuando al fin llega al 5.º, Leo cumple el ritual de derrumbarse en el sillón de cuero para aplicarse ansioso el aerosol. Antes eran más primitivos, dice entre jadeos más o menos sibilinos, pero no contribuían, como éstos tan modernos y portátiles, a aumentar el agujero en la capa de ozono de la Antártida. No sé si sabes que Lezama Lima llamaba *saxofón sutil* a aquellas bombitas indisimulables, valetudinarias y ruidosas, que nos metían en los bronquios la clásica adrenalina con la misma función dilatadora con que estos elegantes aparatitos, con apariencia de desodorantes, nos introducen el salbutamol o el bromhidrato de fenoterol o el bromuro de ipratropio o el sulfato de tebutalín, u otros aportes de la postmodernidad bronquial. Concretando: vengo por mandato del insigne Prada. Como no tenés contestador automático, entre otras razones porque no tenés ni siquiera teléfono y además sos por lo general inencontrable, no tuve otro remedio que escalar tu himalaya. Si no te hubiera encontrado, te habría dejado bajo el felpudo un escueto mensaje de rasgos temblorosos, con el premeditado objeto de que aumentara, si aún te queda margen, tu sentimiento de culpa ante mi sacrificio. Leonardo o la Martirio, dice Fernando, y qué quiere Prada. Cómo qué quiere. Que escribas, carajo. Dos notas por semana, qué te parece. Lo que me parece es que es un Harpagón. Por favor, Fernando, ¿te vas a poner fino aquí y ahora, vos que no tenés residencia ni contrato de trabajo ni carnet de partido alguno, ni siquiera de la oposición? Y antes de que el otro le recite de memoria la Ley de Extranjería, mirá, decile a Prada que haré los artículos, pero que al menos me sugiera temas, o me mande algún libro, ¿no? Y además los detalles: cuántas carillas o, como dicen ahora, cuántos golpes de máquina; y si firmo con iniciales o con nombre completo o con seudónimo o simplemente no firmo. ¿Pero qué pasa? ¿No tenés principios vos? ¿O estás en una crisis de escepticismo? Escepticismo, no; desaliento total. Enhorabuena, viejo, todavía no llegaste a la desesperación. Se ríen como antídoto, o como exorcismo. Pero a Leo la risa le provoca disnea y sólo han transcurrido veinte minutos desde el bombazo o soplido anterior, así que se pone serio aunque la risa le sale por los ojos, la nariz, las orejas. ¿Ni siquiera me vas a convidar con un miserable churrasco en agradecimiento por la *bonne nouvelle*? Leo, sólo puedo ofrecerte melón, jamón serrano, melocotones en almíbar, leche completa. ¿Leche completa? ¿Pero acaso no sabes que la leche es alergena, y más alergena cuanto más completa? ¿Y el whisky, che, también es alergeno? Sólo si es nacional. No te rías, que te viene el espasmo.

3.

El pisito que alquilan los Pinto (Felipe y Andrea) en una sexta planta (con ascensor, no faltaba más) de la calle Canillas, sólo adquiere un orden mediano y provisional cuando recibe a los amigos. Sin deliberación ni el menor reproche, ni siquiera mental, la mirada de Fernando conjetura, casi sabe que ese montón de libros y aquella pila de discos estaban hasta hace poco desparramados sobre la alfombra de yute. Los ceniceros están en la repisa, pero sobrevive algún pucho. También hay que reconocer que con tres niños (cinco, cuatro y dos años) es casi imposible mantener despejado ningún hogar que se precie de serlo. Después de todo, los afiches de arte y los pósters políticos iluminan el ambiente y muestran cómo querrían los dueños de casa que luciera el conjunto. Están Norma y Aníbal, Joaco y Teresa, y también dos granadinos: Inma y Carlos. Fernando le pregunta a Aníbal por qué decidió volver a Madrid después de estar un mes y medio en Montevideo. Aníbal dice que fue solo, para ver qué posibilidades había de hallar trabajo y proyectar entonces el traslado familiar. Pero no hay caso, no encontré nada, sería una aventura arriesgarnos así, no olvides que tenemos dos chavales. Botijas, enmienda nada menos que el andaluz, y todos se miran asombrados. Botijas, claro. Cuesta decidirse a no ir, afincarse definitivamente aquí, viajar allá sólo en las vacaciones, y eso si las cosas ruedan bien durante el año. Ya veo, dice Inma, el dilema es: IVA aquí o IVA allá. Pero cómo, pregunta Joaco, ¿este joven no se IVA? Silencio unánime y congelado. Sólo Norma ríe, solidaria, pero retorna al tema. Y ahora se acabó la excusa del exilio: residentes o mierda. ¿Y vos, Fernando? Mierda. Ni residencia he conseguido. Pero ya lo decidí: me quedo, y no porque allá me sea difícil encontrar trabajo. Me quedo; sólo eso. Y no tengo chavales. Ni botijas. Ah. Por qué será, se atreve a inquirir Joaco, que los porteños siempre se analizan y nosotros nunca. Bueno, no tanto, conozco un sanducero que se analiza en Barcelona con un entrerriano. Influencia de Artigas, che: Provincias Unidas del Río de la Plata. Sabés una cosa, yo creo que el analista no me va a revelar nada que yo no sepa. Pero Aníbal, a vos hay que alfabetizarte y con premura. El analista no va a *revelarte* nada, sencillamente (o complicadamente, eso no importa) va a ayudarte a que vos te descubras. Yo recomendaría que dejáramos el tema para 1992, como parte del Quinto Centenario. Inma rompe de pronto su silencio y dice que en Andalucía la gente se psicoanaliza mediante el flamenco. Asombro número dos. Nadie osa contradecirla. Y vos, Fernando, ¿te analizaste para saber por qué no vas? Recurro a mi flamenco propio.

Empero. Tácito acuerdo de no insistir. El horno no está para bollos. Ni para fainá. Tragos y hielo bienvenidos. Sin embargo, ya no es como antes. Nadie brinda por el pronto regreso. Los que ya se fueron no están para brindar. Y los que se quedan, ya no brindan. Hoy el acontecimiento social es que el gato Matías y el menor de los Pinto hicieron caca al unísono frente a la heladera. O más bien frente a la nevera, ya que tanto Matías como Tito son oriundos de Castilla la Vieja.

4.

Fernando sabía que Lucía era chilena y exiliada. Los chilenos continúan siendo, por ahora, exiliados forzosos y no voluntarios, como es ahora Fernando. En la fiestita que dio Joaco para celebrar sus trece aciertos en la quiniela futbolística, Lucía estaba en un rincón, como ajena. Había sido una quiniela gorda, con pocos *unos,* muchos *dos* y casi ninguna *equis,* pero había perdido sorprendentemente el Real, percance que le impidió alcanzar los catorce aciertos; así y todo el premio consuelo le alcanzaría a Joaco para ir con Teresa hasta Atenas, algo que siempre había sido su aspiración secreta: es un crimen estar en Europa y no conocer la Hélade. La Hélade, mon dieu, qué exquisitez. Che, si acertando trece resultados te vas a la Hélade, capaz que si acertabas los catorce, te ibas a Karachi. Vete al ídem, camarada. Fernando se acercó a la chilena y trató de introducirla en el festejo. Ella también trató. Norma le hizo a Fernando desde lejos un gesto que claramente significaba que la dejara tranquila. Pero pasada la medianoche se fueron todos y Fernando y Lucía caminaron juntos. No sirvo para esto, dijo ella. Cuanta más alegría veo, más me acosa la idea de la muerte. Fernando advirtió que estaban caminando sin rumbo. En el 73 mataron a Eduardo. No sólo lo mataron a él sino que *me* lo mataron. He quedado seca, reseca, como si me hubieran planchado el corazón, qué sé yo. Tomaron un taxi y ella dio sus señas. El barrio no estaba mal y el edificio daba a una placita. Sube conmigo si quieres. Pero su mirada era de no te hagas ilusiones. Mientras ella hacía café, él se arrimó a la ventana, y la plaza, bajo aquella luna de otoño, le pareció insolidaria. Después del café, él no sabía qué *decir,* pero sintió que debía *hacer* algo. No sentía deseo, sólo voluntad de ayudar, no sabía cómo. Le acercó una mano y ella al comienzo no se movió. Luego empezó a llorar silenciosamente y Fernando comprendió que ante esa tristeza no cabía decir nada. Sólo estar. A Lucía le hizo bien llorar, sobre todo cuando dejó de hacerlo silenciosamente y volcó su cabeza sobre la mano extendida de Fernando. Él entendió que esa noche debía quedarse allí. Quedarse y nada más. Lucía le trajo una frazada para que durmiera en el sofá de la salita y ella se fue al dormitorio. Pero antes Fernando le pasó la mano por el pelo y ella dijo me hace bien saber que estás aquí.

5.

Cuando Lucía sube al piso de Fernando la conversación es menos tensa que cuando Fernando sube al de Lucía. Ella se siente más aliviada en el ámbito creado por el nuevo amigo, transitoriamente liberada de su soledad y sus fantasmas, del culto de sus fotos y sus cartas. Y entonces no permanece callada ni se echa a llorar. Encara su situación con mayor serenidad y pone al día a Fernando sobre sus últimos movimientos y gestiones. Por fin ha conseguido trabajo, y para colmo en una librería. Alguien le presentó a don Fermín, el viejo librero, precisamente cuando éste buscaba una empleada que fuera capaz de vender libros como los libros que son y no como licuadoras o zapatos. El amigo común no necesitó explicarle al viejo quién era Lucía y de dónde venía, para que entendiese todo el resto. Es un sabio, dice ahora Lucía, pero un sabio al estilo medieval, esos que lo conocían todo y sin embargo no se deshumanizaban. Me siento bien con él y además el trabajo me gusta. Ella había sido periodista allá en Santiago, ay Fernando, pero en España eso es algo casi inalcanzable, gremio cerrado y excluyente como pocos, todavía hay muchos de la otra época y ésos no abandonan ni por infarto. Ella quisiera escribir de tantas cosas: las que ha visto, las que ha sufrido, las que ha dejado atrás. Pero aquí el sufrimiento pasó de moda como tema periodístico, ¿no te parece? Y fíjate, no les echo en cara ese rechazo. La tortura agota a sus víctimas, pero también se agota como noticia. No más de esa barbarie, por favor, parecen decirte con su penúltima simpatía, déjanos escuchar a Madonna y a Julio Iglesias, déjanos ver nuevamente *Dinastía* y recordar cómo era *Dallas*, guárdate a ese carroza de Pinochet y déjanos con Lady Di, con Stephanie, con Boris Becker, con la farándula de Marbella. No le pidas peras al olmo. No es nada fácil comprender a América Latina desde Europa, ni siquiera desde España, que parece (y, pese a todo, es) lo más cercano. Y esto es así aun cuando exista buena voluntad. Imagínate si no existiera. Bueno, es humano. Cuando estás en medio del confort, y tiendes a la seguridad, y trabajas todo el año en función del ocio de agosto, hay que ser muy solidario o muy masoquista o simplemente exiliado, para amargarte la vida pensando en el hambre o la tortura que sufren prójimos lejanísimos. Yo, por principio o por orgullo (todavía no lo tengo bien claro) ya no menciono la palabra tortura. Me resulta insoportable la repugnancia solidaria. Casi prefiero la repugnancia a secas. Estarás pensando que estoy un poco rayada, y no lo descarto. Tengo motivos varios, pero no quisiera estarlo. Si a Eduardo lo mataron por asfixia, no quiero que a mí me asfixien con la desesperanza. Lo primero, dijo entonces Fernando, es que vos misma te rescates. Mira que cuando uno tiene el ánimo en un pozo, nadie puede ayudar, el único que puede hacer algo es uno mismo. Sin embargo tú me ayudaste, dijo Lucía, me sacaste de los pelos cuando estaba a punto de hundirme. Bah, vos también lo hiciste conmigo. Aquella primera noche en tu casa, cuando te soltaste a llorar, sentí que, sin que vos misma lo supieras, también llorabas por mí. Con una habilidad que a él mismo le asombra, Fernando pone a punto su tortilla a la española, o sea una tortilla de papas pero bien hecha, tal vez su mayor deuda con la Patria Madrastra. Sirve el vino catalán, ya verás qué delicia, y se atreve a brindar: por todo lo que nos falta. Ella sonríe y comenta: eso es casi como brindar por el mundo.

6.

Fernando, solo en su himalaya, ha resuelto dejar por un rato la Hermes con la hoja a medio llenar, cebarse un mate y sentarse en la mecedora. De vez en cuando es bueno hacerse un espacio para la reflexión. Cuando se llega a los cuarenta y cinco años en soledad (tras lapsos en compañía y en semisoledad) se sufre un poco pero también se le toma el gusto a la vida en singular. Mira a su alrededor y reconoce que su covacha de hombre solo no está mal. Libros por doquier, discos, pósters. Una de las paredes está casi totalmente cubierta con afiches de arte, entre los que se destaca uno estupendo de Botero, adquirido en Oslo, con esa gorda implacable e inmensa que empieza a vestirse, mientras en la cama de dimensión olímpica yace, agotado y ya dormido, o simulando estarlo, el insignificante complemento conyugal, ese pobre hombrecito que convoca piedades completas. En las repisas hay detalles (un cenicero búlgaro, una virgen negra de Barcelona, un caballito bicolor de Sargadelos, un candelabro de Atenas, un balconcito de Tenerife, un sanmartín de Tours, un mannekenpis de Bruselas, un gallito de Lisboa) que en conjunto son un muestrario de su exilio. Bueno, no sólo de su exilio; también de las salidas al exterior que debe efectuar cada tres meses puesto que en España no le dan residencia (no puede documentar que recibe dinero del extranjero, entre otras cosas porque no lo recibe, y tampoco puede demostrar que gana lo suficiente para sobrevivir sin asaltar a nadie, y todo eso porque, considerando que no posee residencia, tampoco puede lograr contrato de trabajo y, en consecuencia, sus faenas de traductor y periodista son vergonzantes y clandestinas). O sea que con lo que gana en un trimestre no sólo debe comer, pagar el alquiler de la covacha y comprarse alguna camisa y dos calzoncillos, sino además juntar suficientes *pelas* para su periódica salida. Su salvación (se incorpora a medias para tocar con la punta de los dedos una tabla de dibujo, o sea madera sin patas) ha llegado con la traducción de novelas policíacas. Merced a esa ganga, ha podido extender el radio de sus safaris, y eso, por varios motivos, le vino bien. La verdad es que estaba un poco aburrido de sus obligatorias visitas trimestrales a Perpignan (ya lo conoce de memoria), que era la salida más módica. Fue así que pudo conocer París, Oslo, Bruselas, Roma, Atenas, Lisboa. Está también el chanchito de Pomaire que le regaló Lucía y que tiene un valor adicional ya que fue de las poquitas cosas que ella pudo sacar de Chile. Y aquella pipa que le dio un viejo griego, con quien pasó uno de los episodios más recordables de su exilio. Estuvieron casi dos horas, en una esquina primero, luego en un café de Atenas, bebiendo ouzo y conversando o más bien haciendo que conversaban, es decir hablando cada uno su lengua y sin embargo comunicándose, con gestos, con miradas, con risas, con palmadas en el hombro ajeno o en la frente propia, con acompañamiento de las manos, con dibujos en el aire o en las servilletas, como si aquello fuera un ensayo de una pantomima a cuatro manos. Él no había desconfiado en ningún momento, y el viejo parece que tampoco. Fernando sabía que allí le había quedado un amigo, a quien en cualquier lugar del mundo podría reconocer. Al final el viejo (que se llamaba Andreas, eso quedó claro, gesticulación mediante) le regaló su pipa y Fernando le dio su bufanda, que el otro se puso de inmediato pero en la cabeza. Ambos rieron, hicieron un último brindis con los restos del tercer ouzo, y ése fue el adiós. Fernando recuerda que nunca pensó que aquel trago heleno fuera tan traicionero, porque no bien se puso de pie, toda Atenas le dio vueltas como una calesita homérica y sólo pudo regresar a su hotel de una sola estrella apoyándose en los rugosos muros de la antigua Grecia y en las lisas paredes de la moderna. En otro estante hay un llavero que es además un pequeño mosaico, obtenido en Florencia de las cuidadas manos de una boloñesa, con la que sí habló largamente (en este caso, cada uno entendía y hasta chapurreaba el idioma del otro) y además terminó la jornada acostándose con ella. La cosa fue de lo más normal, no con amor porque eso es imposible en veinticuatro horas (en Europa no existe la especialidad «a primera vista») pero sí con un crescendo de simpatía. Resultó que Claudia era nada menos que profesora de arte en Bolonia y había venido a confirmar algunos datos e impresiones en la Galleria degli Uffizi. Fue allí donde se encontraron. Como ella había concluido sus apuntes en la víspera, pasaron el día juntos, en realidad cada vez más juntos. Él trató de llevarla a su pensión de mala muerte, pero el cancerbero de rigor no permitió la entrada de la *signorina*, de modo que tuvieron que trasladarse al hotel de buena vida en que Claudia se alojaba. En consonancia con sus cuatro estrellas, era menos pudibundo y la única precaución consistió en emplear distintos ascensores. En esa única noche Claudia fue muy tierna, y aun ahora, o sea tres años después, a Fernando el corazón no se le estruja pero se permite una breve taquicardia. Cuando se despidieron, él le dio sus señas en Madrid. Quizá algún día te busque, dijo ella, pero no le dio las suyas. Es por mi marido, ¿sabes?, lo puede tomar a mal. O sea que era casada, vaya vaya. La noticia como adiós.

7.

La gratitud puede ser un afluente del amor. Pero cuando la corriente de gratitud se junta con el caudal del amor, siempre sobreviene una etapa indecisa, en que no se sabe a ciencia cierta cuál es cuál. En esa ambigüedad se movieron Lucía y Fernando. Dos o tres veces a la semana Lucía trepaba las cinco plantas y en otras ocasiones también Fernando la acompañaba a casa. No obstante, ella prefería venir a verlo; se sentía mejor en la intimidad ya asentada de aquel exiliado que aparentemente se había jugado por el no regreso. Fernando no tenía teléfono, así que ella no podía avisarle. Sabía que podía llegar en cualquier momento, abrazar a Fernando, besarlo en ambas mejillas (hay costumbres europeas que tienen su gracia) y desparramarse por fin en aquella mecedora que se había convertido casi en un territorio propio, o por lo menos en un enclave de su amistad. Él siempre la recibía con cariño y hasta con euforia. Se le iluminaba la mirada cuando sonaba el timbre y era ella. Fernando cultivaba su soledad con el mismo refinamiento que si se tratara de la violeta africana que Miguel y Carmen le habían dejado en custodia cuando decidieron volver a Uruguay. Él reconocía que, a sólo dos meses del primer encuentro en lo de los Pinto, Lucía había empezado, casi sin darse cuenta, a formar parte de su vida. Hablaban o callaban; eso no era lo importante. Lo esencial era saberse en compañía. Ya se habían contado sus respectivas historias (el fracaso matrimonial y la prisión de él en Montevideo, la odisea de ella en Santiago) pero una sola vez y con pudor, sin entrar en el detalle del contraído espanto o la monstruosa crispación, sin ponerse a rememorar las fisuras del miedo o la contigüidad del desvarío. La gratitud no se teñía de súplica; simplemente instaba, sin proponérselo, a la solidaridad y la obtenía. En realidad, era una operación de ida y vuelta. La solidaridad de las palabras empezó usufructuando puentes levadizos pero acabó construyendo puentes estables, estableciendo así un vínculo peculiar, cada vez con menos heridas y más necesidad del otro. La solidaridad era también manos que se encontraban, abrazos casi furtivos, o la compartida visión de la noche a través del angosto ventanal de la buhardilla. Casi siempre cocinaba él, pero ella solía traer, ya preparadas, unas ensaladas exquisitas. Por fin llegó una noche en la que Fernando sin ninguna premeditación, se encontró inaugurando una nueva fase: Lucía, hemos sido cuidadosos, prudentes, maduros, respetuosos del otro, cuerdos, tal vez demasiado cuerdos. Nos hemos respetado para poder querernos. Lo que pasaste se hermanó con lo que pasé. Tengo la impresión de que nos necesitamos. Yo por lo menos te necesito. Pero quiero decírtelo francamente: tal vez hubiera sido un grueso error precipitar las cosas cuando nos conocimos, pero creo que ahora sería un error no menos grave que nos priváramos de nuestros pobres y escarmentados cuerpos, yo del tuyo, vos del mío. Cuando nos abrazamos, casi a escondidas de nosotros mismos, yo quisiera abrazarte toda. Sé que para vos es difícil, alguna vez tocamos el tema pero con pinzas. Ahora bien, ¿acaso no es más difícil mantenernos a profiláctica distancia? No podemos saber qué nos traerá el futuro; en cambio sí sabemos qué nos trajo el pasado. Apenas tenemos una aleatoria y frágil potestad sobre el presente y en él estamos, en él estoy contigo. Y vos ¿estás conmigo? Lucía pestañeó por fin. Es claro que estoy contigo, Fernando. Me siento conmovida, pero creo que podría confirmar todo cuanto has dicho. Pero tengo miedo. No sabes cuántas veces comprobé y reconocí mis ganas de tu cuerpo. Cuántas veces advertí tu deseo del mío. Es más que deseo, Lucía; o mejor dicho, es deseo y algo más. Es cierto, pero igual tengo miedo. Ignoro (y me dirás que nunca lo sabré si no paso por la prueba) hasta dónde los mandatos de mi cuerpo serán capaces de vencer a las amonestaciones de ese mismo cuerpo. Somos adultos, Lucía. Por supuesto que lo somos, pero la crueldad ajena, Fernando, nos ha hecho más viejos. Tus canas están a la vista; yo las tapo pero las tengo. Más viejos o más maduros, no lo sé bien, pero también más indefensos. Tú a tus cuarenta y cinco, yo a mis treinta y siete, no somos adolescentes, no faltaba más. ¿Pero de cuánto adolecemos? ¿Por qué, a pesar de nuestras edades, llegamos, cada uno solo, a esto que es más un cruce que un encuentro? Uno puede enviciarse con la propia soledad y en ocasiones (es casi una droga) envenenarse con ella. Es arduo abrirle de pronto la puerta y decirle: Vámonos, vamos a encontrarnos con otra soledad, con otro desamparo. Y esto aunque se trate de un querido desamparo, como el tuyo. Fernando asintió con la cabeza pero no dijo nada. Dio unos pasos hacia la ventana, como si tuviera interés en la noche exterior, con escasas pero suficientes estrellas y con ondas de voces y chirridos metálicos. Pensó que su noche interior, en cambio, estaba oscura y muda. Cuando llegaba a la conclusión de que se había apresurado, de que se había dejado llevar por un impulso y que tal vez el arrebato echara a perder para siempre su relación con Lucía, sintió que los brazos de ella lo ceñían desde atrás y luego empezaban lenta, morosamente a desabrocharle la camisa, de arriba abajo. A pesar de la sorpresa, él no intentó darse vuelta, enfrentarla. Sólo podía ver, reflejado en el vidrio de la ventana, aquel rostro único, irrepetible, que asomaba sobre su hombro. Cuando aquellas manos que tan bien conocía, desabrocharon el último botón, sintió junto al oído este presagio: No sé qué pasa, pero de pronto me he quedado sin miedo. Me has dado tanto, Fernando, me has dado tanto. Yo quiero darte mi soledad, que es lo único que verdaderamente poseo. Y voy a dártela ahora.

8.

Quiero ser otra vez mujer sentirme mujer y el deseo me devuelve a la vida porque es mío y es suyo quiero sentir mi piel y por suerte la siento quiero que mis manos recuperen el tacto y por fortuna disfrutan lo que tocan lo que acarician lo que abarcan quiero querer y me atrevo a admitir que estoy queriendo no como quise a eduardo pobrecito mío nada es repetible sólo una vez se es nueva sólo una vez la sorpresa es dolor y el dolor es entrega y la entrega es el color del mundo el placer del mundo la esperanza del mundo pero quiero ser otra vez mujer y lo estoy siendo no como un esmero solitario sino porque fernando es dulce va seduciendo centímetro a centímetro mis poros sedientos de sus palmas hambrientos de sus labios fernando es dulce y su peso no me pesa sus huesos se amoldan a mis cuencas y reconozco sin ambages la jugosa tristeza de ser feliz no como con eduardo claro porque esta bienaventuranza es asimismo parte de mi duelo este auge también es parte de mi quebranto pero el cuerpo es pragmático y nos salva me salva por el goce como este que ahora me penetra nos salva por las lenguas que comunican y consuelan nuestras soledades nos purifica en el gemido que es llamado y es respuesta y así voy y vengo vas y vienes fernando en mí yo hogar de ti cuna de ti lecho de ti dime otra vez lucía porque con tu clamor me das mi identidad me das mi cuerpo me das mi entraña me das me das oh cuánto me estás dando fernando eduardo fernando eduardo fernando fernando fernando otra vez soy.

9.

¿Por qué no hablo nunca de Ana? Nunca. Con nadie. ¿Es un capítulo cerrado? ¿Qué culpas trato de esquivar? Ana, mi mujer. Por cinco años. Ana y Fernando. Fernando y Ana. Las fintas del amor duraron tres: dos años para creer que nos queríamos y sólo uno para convencernos de que no. Después el deterioro, otro año inacabable. Los larguísimos silencios, el regreso a la palabra sólo para agraviarnos. Y el último, destinado a convencer a los cuerpos de que ya no se necesitaban. Al fin se convencieron, y ella se fue con Sergio. A compartir con él la militancia y la cama. Quedé solo, exultante y a la vez harto de mi aislamiento. La contradicción duró en realidad sólo seis meses porque una noche me llevaron, y entonces, entre movida y movida, la soledad tuvo otro color, otro sentido, al menos era una sola, podrida soledad. Cierto día de un agosto cualquiera, en uno de los sórdidos y no obstante bienvenidos recreos, supe que Sergio y Ana habían desaparecido en Buenos Aires. Eran dos de los treinta mil. Entonces, en la lobreguez de la celda, enfrentado siempre a las mismas manchas de la misma pared, me dediqué a repasar la vida de Ana, el personaje de Ana, el cuerpo de Ana, los ojos de Ana. Y también a mascullar mi ambigua culpa: que si se hubiera quedado conmigo, que si no le hubiera resultado insoportable seguir conmigo, y en consecuencia no se hubiera ido con Sergio, quizá habría estado presa como yo pero no desintegrada, perdida, desvanecida en la nada. Y me resultaba insoportable la idea de que no existiera, de que su boca, sus manos, sus caricias, sus insultos, sus rencores, sus silencios, sus reconciliaciones, sus invectivas, sus violentos portazos, ya no existieran. Ana era un ser contradictorio, injusto, pero a la vez tierno, sensible como pocos. En la horrible tregua de aquellas noches, en el tenso sosiego, con el cuerpo martirizado y memorioso, pese a todo movía mis labios para decirle viejas dulzuras o para besarla, pero ella no comparecía, y entonces decidía insultarla, mirarla con rencor para ver si de esa manera se sentía por fin aludida, pero tampoco comparecía. Dialogué infatigablemente con su mutismo, le repetía cosas que alguna vez le había dicho y me repetía cosas que alguna vez me había dicho. Pero todo era inútil, estaba desaparecida y nada se sabía de ella ni de Sergio. Años después, cuando por fin salí, me dijeron que un cura argentino casi tropezó en el patio de cierta unidad militar con un cuerpo reventado y que de éste surgió una voz que era un hilo, padre, soy Sergio Morán, diga allá afuera que a ella la mataron, que a Ana la mataron, y que a mí, ya lo ve, también. O sea que acabaron con Ana y sin embargo nunca hablo de ella. Nunca. Con nadie. Ni siquiera con Lucía, que sólo sabe que estuve casado y me separé. No la menciono ni en las descargas con Joaco o Felipe. ¿Por qué? ¿No puedo añorarla porque se fue con otro? ¿No puedo admitir mi duelo porque no supe o no pude retenerla, porque no estuve junto a ella cuando la destruyeron? En estos años, uno se vuelve un especialista en fabricarse culpas y después es difícil separar las falsas de las reales. No puedo borrar de mi vida mis cinco años con Ana y mucho menos puedo recuperarla. Sé y me lo repito que cuando se fue ya no nos queríamos ni nos necesitábamos. Pero eso no alcanza para imaginarla destruida. Y además ¿sería cierto que no nos queríamos ni nos necesitábamos? ¿O nos habremos portado como dos tontos inexpertos, rencorosos, indignos, como dos pésimos humanos? ¿O me habré portado yo, sólo yo, como un tonto inexperto, rencoroso, indigno, como un pésimo humano? Lo cierto es que no me siento capaz de hablar de Ana. Sólo hablo de ella conmigo mismo. Y Ana, por su parte, quizá en uno de sus crónicos berrinches, se ha sumido en un ominoso silencio del que nunca nadie habrá de rescatarla. Mi escollo tal vez consista en que todavía no sé si la quise o no, si la quiero o no.

10.

Fernando y Lucía vivían sus nuevos tiempos. Separados o juntos. Cada uno en su recinto, con sus paredes, con su trabajo, con su necesidad del otro. Y cada dos, tres días, juntándose, siempre en el quinto cielo de Fernando, como cábala porque allí se buscaron, se encontraron, allí cayeron por fin las vallas y el amor renovó, rehízo, remodeló sus cuerpos, les quitó herrumbre y tufo a soledad, los hizo deseables y visibles, les mezcló las congojas y los disfrutes, les reveló semejanzas y desemejanzas, identidad de sí mismos y del contiguo. Separados o juntos. Pero la separación ya no fabricaba como antes sus excusas de lucidez y molicie a fin de persuadir de su sentido a cada respectivo solitario, sino que también dirigía sus antenas al (o a la) que estaba allá, en el otro extremo del tenso bramante. Hubo una fase del amor lacrado, de sueños al abrigo, de negarse a someterlo al viento helado del febrero madrileño, tiempo de no mostrarse a otros, de salvaguardar la intimidad y cultivarla, de ponerse al día y sobre todo de ponerse a la noche, de mirarse juntos para luego recordarse separados, de dialogar interminablemente para irse familiarizando con cada recodo, con cada misteriosa guarida del otro. El pasado llegaba en ondas discontinuas, con imágenes, palabras, sensaciones y les hacía pagar un dividendo de angustia, pero ellos no le hurtaban el bulto, lo asumían con serenidad conscientes del lugar que esos trances ocupaban en sus vidas, pero también cuidando de no detenerse morosamente en el detalle, en la reseña de la mortificación o de la ansiedad y menos aún del infierno corporal. En una ocasión, Fernando sintetizó en un breve testimonio su relación con Ana, claro que sin nombrarla, y si bien Lucía no preguntó nada porque cualquier pregunta incorporaba un riesgo, absorbió el dato sin premeditación pero con toda su memoria disponible. Ella, por su parte, habló de Eduardo con naturalidad y sin entrar en pormenores. En rigor, se trataba de vínculos y experiencias distintas, pero en alguna medida la muerte ominosa los nivelaba, los devolvía a la niebla de su injusta expiación. Y llegó el día en que el enclaustramiento terminó y Fernando y Lucía, sin resolverlo expresamente, salieron a la calle con su amor a punto, lo sometieron a la prueba y el contacto de la primavera, y al llenar los pulmones y colmar las miradas con esa cíclica y siempre inaugural resurrección de la naturaleza, fantasearon que ésta les daba su visto bueno, que el cabeceo afirmativo de los árboles era la anuencia que les faltaba para sentirse bien, cada uno individualmente y también entre sí, y que el trino colectivo y ensordecedor de los pájaros retornantes era sencillamente una celebración a ellos destinada. Es claro que todo esto lo pensaban pero no siempre lo decían, porque cada uno se azoraba de la vecindad con lo cursi, sin recordar que el amor siempre hace equilibrio sobre esa cuerda floja, pero es difícil que se derrumbe (qué ridículo puede ser un beso visto desde fuera y sin embargo qué sabroso suele ser desde dentro). El buen tiempo fue permitiendo que los abrigos, las bufandas y las medias de lana se fueran soltando como escamas, y que otras escamas pero del ánimo (los prejuicios, las inhibiciones, los remilgos) también se fueran desprendiendo y quedaran inmóviles y nimias en la zona común de la falsa vergüenza y el invierno. Y la noche en que aparecieron juntos en lo de Joaco y Teresa, no fue preciso hacer ningún anuncio, ya que a esa altura nadie podía dudar de que eran (separados o juntos) una pareja.

11.

¿Entonces no sabes por qué no regresas? Sí, creo que lo sé, pero Lucía, se trata de una sensación, y nunca he sido muy ducho en eso de convertir una sensación en palabras, ya sean pocas o muchas. Lo cierto es que no quiero volver. Algo se rompió en mí, y no he podido recomponerlo, no he podido soldar esos pedazos. Lo malo es que tampoco soy de aquí. Tengo amigos, gente a la que quiero. Pero estoy afuera. Fíjate que te digo esto y simultáneamente me lo estoy diciendo a mí mismo. Soy más inseguro de lo que aparento. Simulo que soy y estoy seguro, sólo para que no me avasallen. Pero, Fernando, ¿quién quiere avasallarte? Que yo sepa, nadie, pero por las dudas ¿no? Lucía ríe con ganas. Te causa gracia, ¿eh?, pero vos ¿volverías? Mira, Fernando, lo veo como una posibilidad tan lejana que no quiero empezar a planteármelo desde ya. La situación en Chile no es la de Uruguay o Argentina, pero cuando el regreso sea posible para todos los chilenos, entonces sí creo que volvería. Fernando gruñe un poco pero no dice nada. ¿Qué pasa? ¿Piensas en nosotros? Fernando gruñe otra vez, pero esta vez agrega, cómo podría no pensar. Lucía sonríe, y es una sonrisa triste y tierna. ¿Para qué vamos a amargarnos desde ahora? Todo es transitorio, Fernando, todo es provisional. Estamos con un pie aquí y otro en la frontera. Es tu caso y es el mío. ¿Qué proyectos podemos hacer? Ahora conquistamos un trocito de bienestar y agradezcámoslo a Dios, al azar o a quien sea, y si la palabra bienestar te parece muy pomposa, digamos un pedacito de cariño, y qué bien que nos vino ¿o no? Disfrutémoslo, pué. Y no te me pongas hipocondríaco. ¿Pido permiso para abrazarte? ¿Me lo concede el oriental? Sí, el oriental se lo concede, y en pleno abrazo, con el beso de Lucía entibiando su mejilla, ve que su propio rostro lo contempla desde el reflejo de la ventana y le sorprende un poco que aquellos labios finos, suspicaces, perplejos, se muevan en silencio para decir Ana.

El césped

algo vuela hacia el sol y no se sabe
si es la pelota o si es la misma tierra
BALDOMERO FERNÁNDEZ MORENO

ante su red aguarda
la portería aún, araña parda
MIGUEL HERNÁNDEZ

1.

El césped. Desde la tribuna es un tapete verde. Liso, regular, atercio-
pelado, estimulante. Desde la tribuna quizá crean que, con semejante alfombra, es imposible errar un gol y mucho menos errar un pase.
Los jugadores corren como sobre patines o como figuras de ballet.
Quien es derrumbado, cae seguramente sobre un colchón de plumas,
y si se toma, doliéndose, un tobillo, es porque el gesto forma parte de
una pantomima mayor. Además, cobran mucho dinero simplemente
por divertirse, por abrazarse y treparse unos sobre otros cuando el
que queda bajo ese sudoroso conglomerado hizo el gol decisivo. O no
decisivo, es lo mismo. Lo bueno es treparse unos sobre otros mientras
los rivales regresan a sus puestos, taciturnos, amargos, cabizbajos,
cada uno con su barata soledad a cuestas. Desde la tribuna es tan disfrutable el racimo humano de los vencedores como el drama particular de cada vencido. Por supuesto, ciertos avispados espectadores
siempre saben cómo hacer la jugada maestra y no acaban de explicarse, y sobre todo de explicarlo a sus vecinos, por qué este o aquel
jugador no logra hacerla. Y cuando el árbitro sanciona el penal, el
espectador avispado también intuye hacia qué lado irá el tiro, y un
segundo después, cuando el balón brinca ya en las redes, no alcanza
a comprender cómo el golero no lo supo. O acaso sí lo supo y con
toda deliberación se arrojó al otro palo, en un alarde de masoquismo
o venalidad o estupidez congénita. Desde la tribuna es tan fácil. Se
conoce la historia y la prehistoria. O sea que se poseen elementos
suficientes como para comparar la inexpugnable eficacia de aquel
zaguero olímpico con la torpeza del patadura actual, que no acierta
nunca y es esquivado una y mil veces. Recuerdo borroso de una época en que había un *centre-half* y un *centre-forward*, cada uno bien
plantado en su comarca propia y capaz de distribuir el juego en serio
y no jugando a jugar, como ahora, ¿no? El espectador veterano sabe
que cuando el fútbol se convirtió en balompié y la *ball* en pelota y el
dribbling en finta y el *centre-half* en volante y el *centre-forward* en

alma en pena, todo se vino abajo y ésa es la explicación de que muchos lleven al estadio sus radios o transistores, ya que al menos quienes relatan el partido ponen un poco de emoción en las estupendas jugadas que imaginan. Bueno, para eso les pagan, ¿verdad? Para imaginar estupendas jugadas y está bien. Por eso, cuando alguien ha hecho un gol y después de los abrazos y pirámides humanas el juego se reanuda, el locutor idóneo sigue colgado de la «o» de su gooooooool, que en realidad es una jugada suya, subjetiva, personal, y no exactamente del delantero que se limitó a empujar con la frente un centro que, entre todas las otras, eligió su cabeza. Y cuando el locutor idóneo llega por fin al desenlace de la «ele» final de su gooooooool privado, ya el árbitro ha señalado un orsái que favorece, ¿por qué no?, al locatario.

Es bueno contemplar alguna vez la cancha desde aquí, desde lo alto. Así al menos piensa Benjamín Ferrés, veintitrés años, digamos delantero de un Club Chico, alguien últimamente en alza según los cronistas deportivos más estrictos, y que hoy, después de empatarle al Club Grande y ducharse y cambiarse, no se fue del estadio con el resto del equipo y prefirió quedarse a mirar, desde la tribuna ya vacía (sólo quedan los cafeteros y heladeros y vendedores de banderitas, que recogen sus bártulos o tal vez hacen cuentas), aquel campo en el que estuvo corriendo durante noventa minutos e incluso convirtió uno, el segundo, de los dos goles que le otorgan al Club Chico eso que suele llamarse un punto de oro. Sí, desde aquí arriba el césped es una alfombra, casi un paño verde como el del casino, con la importante diferencia de que allá los números son fijos, permanentes, y aquí (él, por ejemplo, es el ocho) cambian constantemente de lugar y además se repiten. A lo mejor con el flaco Suárez (que lleva el once prendido en la espalda) podrían ser una de las parejas negras. O no. Porque de ambos, sólo el Flaco es oscurito.

Ahora se levanta un viento arisco y las gradas de cemento son recorridas por vasos de plástico, hojas de diario, talones de entradas, almohadillas, pelotas de papel. Remolinos casi fantasmales dan la falsa impresión de que las gradas se mueven, giran, bailotean, se sacuden por fin el sol de la tarde. Hay papeles que suben las escaleras y otros que se precipitan al vacío. A Benjamín (Benja, para la hinchada) le sube una bocanada de desconsuelo, de extraña ansiedad al enfrentarse ¿por primera vez? con la quimera de cemento en estado de pureza (o de basura, que es casi lo mismo) y se le ocurre que el estadio vacío, desolado, es como un esqueleto de multitud, un eco fantasmal de esa misma muchedumbre cuando ruge o aplaude o insulta o agita banderas. Se pregunta cómo se habrá visto su gol desde aquí, desde esta tribuna generalmente ocupada por las huestes del adversario. Para los de abajo en la tabla, el estadio siempre es enemigo: miles y miles de voces que los acosan, los persiguen, los hunden, porque generalmente el que juega aquí, el permanente locatario, es uno de los Grandes, y los de abajo sólo van al estadio cuando les toca enfrentarlos, y en esas ocasiones apenas si acarrean, en el mejor de los casos, algunos cientos de fanáticos del barrio, que, aunque se desgañitan y agitan como locos su única y gastada bandera, en realidad no cuentan, es imposible que tapen, desde su islote de alaridos, el gran rugido de la hinchada mayor. Desde abajo se sabe que existen, claro, y eso es bueno, y de vez en cuando, cuando se suspende el juego por lesión o por cambio de jugadores, los del Club Chico van con la mirada al encuentro de aquel rinconcito de tribuna donde su bandera hace guiños en clave, señales secretas como las del truco. Y ésta es la mejor anfetamina, porque los llena de saludable euforia y además no aparece en los controles antidopping.

Hoy empataron, no está mal, se dice Benja el número ocho. Y está mejor porque todos sus huesos están enteros, a pesar de la alevosa zancadilla (esquivada sólo por intuición) que le dedicaran en el toletole previo al primer gol, dos segundos antes de que el Colorado empujara nuevamente la globa con el empeine y la colocara, inalcanzable, junto al poste izquierdo.

2.

Después de todo, la playa es mía. Desde hace quince años la vengo adquiriendo en pequeñas cuotas. Cuotas de sol y dunas. Todos esos prójimos, prójimas y projimitos que se ven tendidos sobre las rocas o bajo las sombrillas o corriendo tras una pelota de engañapichanga o jugando a la paleta en una cancha marcada en la arena con líneas que al rato se borran, todos esos otros están en la playa gracias a que yo les permito estar. Porque la playa es mía. Mío el horizonte con toninas remotas y tres barquitos a vela. Míos los peces que extraen mis pescadores con mis redes antiguas, remendadas. El aire salitroso y los castillos de arena y las aguas vivas y las algas que ha traído la penúltima ola. Todo es mío. ¿Qué sería de mí, el número ocho, sin estas mañanas en que la playa me convence de que soy libre, de que puedo abrazar esta roca, que es mi roca mujer o tal vez mi roca madre, y estirarme sin otros límites que mi propio límite o hasta que siento las tenazas del cangrejo barcino sobre mi dedo gordo? Aquí soy número ocho sin llevarlo en la espalda. Soy número ocho sencillamente porque es mi identidad. Un cura o un teniente o un payaso no necesitan vestir sotana o uniforme o traje de colores para ser cura o teniente o payaso. Soy número ocho aunque no lo lleve dibujado en el lomo y aunque ningún botija se arrime a pedirme autógrafos, porque sólo se piden autógrafos a los de los Clubes Grandes. Y creo que siempre seré de Club Chico, porque me gusta amargarles la fiesta, no a los jugadores que después de todo son como nosotros, sólo que con más suerte y más guita, ni siquiera a la hinchada grande por más que nos insulte cuando hacemos un fau y festeje ruidosamente cuando el otro nos propina un hachazo en la canilla. Me gusta arruinarles la fiesta, sobre todo a los dirigentes, esos industriales bien instalados en su cochazo, en su piso de la Rambla y en su mondongo, señores cuya gimnasia sabatina o dominical consiste en sentarse muy orondos, arriba en el palco oficial, y desde ahí ver cómo allá abajo nos reventamos, nos odiamos, nos derretimos en sudores, y cuando sus jugadores ganan, condescienden a llegar al vestuario y a darles una palmadita en el hombro, disimulando apenas el asco que les provoca aquella piel todavía sudada, y en cambio, cuando sus jugadores pierden, se van entonces directamente a su casa, esta vez por supuesto sin ocultar el asco. En verdad, en verdad os digo que yo ignoro si hacen eso, pero me lo imagino. Es decir, tengo que imaginarlo así, porque una cosa son las instrucciones del entrenador, que por supuesto trato de cumplir si no son demasiado absurdas, y otra cosa son las instrucciones que yo me doy, verbigracia vamo vamo número ocho hay que aguarle la fiesta a ese presidente cogotudo, jactancioso y mezquino, que viene al estadio con sus tres o cuatro nenes que desde ya tienen caritas de futuros presidentes cogotudos. Bueno, no sé ni siquiera si tiene hijos, pero tengo que imaginarlo así porque soy el número ocho, insustituible titular de un Club Chico y, ya que cobro poco, tengo que inventarme recompensas compensatorias y de esas recompensas inventadas la mejor es la posibilidad de aguarle la fiesta al cogotudo presidente del Grande, a fin de que el lunes, cuando concurra a su Banco o a su banca, pase también su vergüenza rica, su vergüenza suntuosa, así como nosotros, los que andamos en la segunda mitad de la tabla, sufrimos, cuando perdemos, nuestra vergüenza pobre. Pero, claro, no es lo mismo, porque los Grandes siempre tienen la obligación de ganar, y los Chicos, en cambio, sólo tenemos la obligación de perder lo menos posible. Y cuando no ganamos y volvemos al barrio, la gente no nos mira con menosprecio sino con tristeza solidaria, en tanto que al presidente cogotudo, cuando vuelve el lunes a su Banco o a su banca, la gente, si bien a veces se atreve a decirle qué barbaridad doctor porque ustedes merecieron ganar y además por varios goles, en realidad está pensando te jodieron doctor qué salsa les dieron esos petizos. Por eso a mí no me importa ser número ocho titular y que no me pidan autógrafos aquí en la playa ni en el cine ni en Dieciocho. Los partidos no se ganan con autógrafos. Se ganan con goles y ésos los sé hacer. Por ahora al menos. También es un consuelo que la playa sea mía, y como mía pueda recorrerla descalzo, casi desnudo, sintiendo el sol en la espalda y la brisa en los ojos, o tendiéndome en las rocas pero de cara al mar, consciente de que atrás dejo la ciudad que me espía o me protege, según las horas y según mi ánimo, y adelante está esa llanura líquida, infinita, que me lame, me salpica, a veces me da vértigo y otras veces me brinda una insólita paz, un extraño sosiego, tan extraño que a veces me hace olvidar que soy número ocho.

3.

Alejandra. Lo extraño había sido que Benja conociera sus manos antes que su rostro, o mejor aún, que se enamorara de sus manos antes que de su rostro. Él regresaba de San Pablo en un vuelo de Pluna. El equipo se había trasladado para jugar dos amistosos fuera de temporada, pero Benja sólo había participado en el primero porque en una jugada tonta había caído mal y el desgarramiento iba a necesitar por lo menos cinco días de cuidado, así que el preparador físico decidió mandarlo a Montevideo para que allí lo atendieran mejor. De modo que volvía solo. A la media hora de vuelo se levantó para ir al baño y cuando regresaba a su sitio tuvo la impresión de ser mirado pero él no miró. Simplemente se sentó y reinició la lectura de Agatha Christie, que le proponía un enigma afilado, bienhumorado y sutil como todos los suyos.

De pronto percibió que algo singular estaba ocurriendo. En el respaldo que estaba frente a él apareció una mano de mujer. Era una mano delgada, de dedos largos y finos, con uñas cuidadas pero sin color. Una mano expresiva, o quizá que expresaba algo, pero qué. A los dos o tres minutos hizo irrupción la otra mano, que era complementaria pero no igual. Cada mano tenía su carácter, aunque sin duda compartían una inquietante identidad. Benja no pudo continuar su lectura. Adiós enigma y adiós Agatha. Las manos se movían con sobriedad, se rozaban a veces. Él imaginó que lo llamaban sin llamarlo, que le contaban una historia, que le ofrecían respuestas a interrogantes que aún no había formulado; en fin, que querían ser asidas. Y lo más preocupante era que él también quería asirlas, con todos los riesgos que un acto así podía implicar, verbigracia que la dueña de aquellas manos llamara inmediatamente a la azafata, o se levantara, enfrentada a su descaro, y le propinara una espléndida bofetada, con toda la vergüenza, adicional y pública, que semejante castigo podía provocar. Hasta llegó a concebir, como un destello, un título, a sólo dos columnas (porque era número ocho, pero sólo de un Club Chico): conocido futbolista uruguayo abofeteado en pleno vuelo por dama que se defiende de agresión sexual.

Y sin embargo las manos hablaban. Sutiles, seductoras, finísimas, dialogaban uña a uña, yema a yema, como creando una espera, construyendo una expectativa. Y cuando fue ordenado el ajuste de los cinturones de seguridad, desaparecieron para cumplir la orden, pero de inmediato volvieron a poblar el respaldo y con ello a convocar la ansiedad del número ocho, que por fin decidió jugarse el todo por el todo y asumir el riesgo del ridículo, el escándalo y el titular a dos columnas que acabaran con su carrera deportiva. De modo que, tomada la difícil decisión y tras ajustarse también él el cinturón, avanzó su propia mano hacia los dedos cautivantes, que en aquel preciso momento estaban juntos. Notó un leve temblor, pero las manos no se replegaron. La suya prolongó aquel extraño contacto por unos segundos, luego se retiró. Sólo entonces las otras manos desaparecieron, pero no pasó nada. No hubo llamada a la azafata ni bofetada. Él respiró y quedó a la espera. Cuando el avión comenzaba el descenso, una de las manos apareció de nuevo y traía un papel, más bien un papelito, doblado en dos. Benja lo recogió y lo abrió lentamente. Conteniendo la respiración, leyó: 912437.

Se sintió eufórico, casi como cuando hacía un gol sobre la hora y la hinchada del barrio vitoreaba su nombre y él alzaba discretamente un brazo, nada más que para comunicar que recibía y apreciaba aquel apoyo colectivo, aquel afecto, pero los compañeros sabían que a él no le gustaba toda esa parafernalia de abrazos, besos y palmaditas en el trasero, algo que se había vuelto habitual en todas las canchas del mundo. Así que cuando metía un gol sólo le tocaban un brazo o le hacían desde lejos un gesto solidario. Pero ahora, con aquel prometedor 912437 en el bolsillo, descendió del avión como de un podio olímpico y diez minutos después pudo mirar discretamente hacia la dueña de las manos, que en ese instante abría su valija frente al funcionario aduanero, y Benja comprobó que el rostro no desmerecía la belleza y la seducción de las manos que lo habían enamorado.

4.

Benja y Martín se encontraron como siempre en la pizzería del sordo Bellini. Desde que ambos integraran el cuadrito juvenil de La Estrella habían cultivado una amistad a prueba de balas y también de codazos y zancadillas. Benja jugaba entonces de zaguero y sin embargo había terminado en número ocho. Martín, que en la adolescencia fuera puntero derecho, más tarde (a raíz de una sustitución de emergencia, tras lesiones sucesivas y en el mismo partido del golero titular y del suplente) se había afincado y afirmado en el arco y hoy era uno de los guardametas más cotizados y confiables de Primera A.

El sordo Bellini disfrutaba plenamente con la presencia de los dos futbolistas. Él, que normalmente no atendía las mesas sino que se instalaba en la caja con su gorra de capitán de barco, cuando Martín y Benja aparecían, solos o acompañados, de inmediato se arrimaba solícito a dejarles el menú, a recoger los pedidos, a recomendarles tal o cual plato y sobre todo a comentar las jugadas más notables o más polémicas del último domingo.

Era algo así como el *fan* particular de Benja y Martín y su caballito de batalla era hacerles bromas cada vez que, por azares del *fixture,* debían jugar frente a frente, ellos dos que eran tan amigos. Y el sordo mantenía al día su contabilidad particular. En los tres años que ambos llevaban en Primera A, Benja sólo le había hecho a Martín dos goles, pero de penal, y más de una vez el golero le había sacado a córner uno de esos fulminantes cabezazos que hacían el delirio de la hinchada y que constituían el más preciado don del número ocho. Cuando estoy frente al gol, decía Benja, mi obsesión es introducir la pelota en un ángulo absolutamente inalcanzable, y ahí no hay golero amigo que valga, pero si tengo la mala suerte de que el tipo que está en el arco me ataja el zurdazo o lo que sea, entonces prefiero que el que se luzca sea Martín y no otro.

El sordo llevaba la cuenta, con el mismo rigor que una computadora, de todas las atajadas de Martín, desglosándolas en varias categorías: con los puños, con una mano y al córner, retención con ambas manos, abandono momentáneo del arco a la manera de un *back* de antaño. Y también la nómina de los tiros al arco efectuados por Benja: de derecha, de zurda, de cabeza, de *chilena,* tiros muy desviados, apenas desviados, los que daban en el travesaño, en el poste izquierdo, en el derecho, los tantos anulados por «orsái», los penales errados y los acertados, y como corolario, los rotundos y gloriosos goles efectivamente convertidos.

A Benja y a Martín les divertía aquel culto singular, que oficiaba de memoria plural, pero si bien nunca lo admitían con todas las letras, ni siquiera en sus diálogos privados, en el fondo todo ello halagaba sus respectivas y modestas vanidades y constituía un motivo adicional (además de los ñoquis a la boloñesa y los capeletis a la caruso y el buen tinto de la casa) para hacerles coincidir, al menos una vez por semana, en el local de Bellini, que, aunque en los hechos (y en los precios) había ascendido con justicia a la categoría de *restaurante*, aún seguía mostrando en su refulgente neón bicolor su condición original de pizzería.

Sólo cuando, después de los comentarios y risotadas de rigor, el sordo consideró oportuno regresar a su puente de mando o sea la caja, Martín empezó a poner sus preocupaciones y dudas sobre la mesa. Comenzó con rodeos, aproximándose al tema pero sin abordarlo directamente. Por ejemplo, preguntándole a un Benja más callado que de costumbre si pensaba en España o en Brasil. Que no pensaba nada, dijo Benja, pero el otro fue contundente: pues yo sí. Benja comentó que hacía bien, que todo era cuestión de temperamento. O de alergias. Y Martín, qué temperamento ni qué alergias, vos podés pegar el brinco más fácilmente que cualquier otro; un buen delantero siempre es codiciable, ya que es un producto que no abunda; para los dirigentes los campeonatos se ganan con los goles que se meten, no con los que se evitan. Benja intenta refutar y recuerda que ha habido sonados pases de goleros. Sí, ya sé: Fillol, Pumpido, y ahora ese ruso Dassaev. Pero no vas a comparar, es tan raro que los intermediarios se rompan los cuernos por conseguir el pase de un arquero. Ustedes los delanteros son los que *maradonean*, los que prometen (y a veces consiguen) el paraíso; decime, Benja, cuántos números ocho tiene este país que puedan verdaderamente hacerte sombra; tenés que irte y si podés no cruces el charco chico sino el charco grande. España, Italia. Además, sos el modelito más codiciado aquí, allá y acullá, o sea el número ocho que colabora con la defensa, domina el medio campo, pasa como un maestro, y por añadidura, hace goles de campeonato. Te juro que si yo fuera delantero ya me había ido, pero no soy un metegoles sino un evitagoles y eso no cuenta. Si en un partido te meten tres, sabes cómo te putean: si te rompiste todo y no te hacen ninguno, si te pasaste los noventa minutos sacando pelotas imposibles y aguantaste todo el chaparrón de una delantera dribleadora, sorpresiva, potente, nadie se acuerda, pero si en un solo contraataque el número diez pescó a la defensa adelantada y corrió como un gamo e hizo el gol, el héroe es él, nunca el atajapelotas que quedó allá atrás, olvidado y a solas. En cambio, cuando el equipo contrario mete un gol, no se lo hace al cuadro entero sino al guardameta, es él quien falla en el instante decisivo, el que pese a la estirada no pudo alcanzar la pelota, el que tiene que ir mansa y humilladamente a recogerla en el fondo de la red, y también el que es enfocado por las cámaras para que el espectador pueda aquilatar su vergüenza, su bronca, su desconcierto, como contrapeso de la euforia, el estallido y la corrida triunfal del otro enfocado, o sea el autor del gòl. Y encima te pasan el *replay,* para que tu humillación se duplique, se triplique, se multiplique hasta el infinito.

Martín concluyó su parrafada y miró a Benja, como pidiéndole apoyo. Pero el número ocho tomó despacito media copa de tinto, se limpió la boca con la servilleta, sonrió al mundo en general, y dijo: «Tengo novia».

5.

En realidad, se había portado con paciencia y discreción. Tras el idilio manual del vuelo Pluna, dejó pasar tres días antes de llamar al 912437, cohibido tal vez por la secreta sospecha de que aquel número no existiera o sólo fuera una broma de la dueña de las manos. Por fin, el lunes (aprovechando que por suerte no había entrenamiento) se decidió a telefonear y si bien al comienzo la insistente llamada en el vacío pareció confirmar sus temores, precisamente cuando iba a colgar alguien decidió responder y él no dudó que aquella voz era la de ella.

Hola, soy el del avión, dijo como fórmula introductoria suficientemente ensayada. Ah, dijo la voz, yo soy la de las manos. Sí, claro, me llamo Benjamín. Ya lo sé, y te dicen Benja, yo soy Alejandra y me dicen Ale. Parece que a la gente ya no le gustan los nombres largos. No, más bien creo que es la ley del menor esfuerzo. ¿Te gustaría que nos encontráramos?, preguntó él haciendo lo posible para que la expectativa no se tradujera en tartamudeo. Me gustaría. Y la otra voz era firme, sin la menor preocupación por evitar las vacilaciones.

De modo que se encontraron, a la tarde siguiente, en Los Nibelungos. El lugar lo había sugerido Benja, que jamás iba a esa confitería, distinguida si las hay, creyendo sinceramente que era el sitio más adecuado para un primer contacto. Sólo después advirtió que cualquier boliche de barrio habría sido mejor.

A esa hora de la tarde, todas las mesas de Los Nibelungos estaban ocupadas. Las tortas de manzana, las frutillas *mit Sahne,* las caracolas, los ochos, los merengues, las palmitas alemanas, colmaban las bandejas de los camareros, entre los que todavía se contaban algunos veteranos que, a través de los años y las vicisitudes, habían atendido a varios estratos de burgueses alegres, burgueses contritos, burgueses monologantes, burgueses activos, burgueses retirados, y también a señoras locuaces, militares camuflados, nietos y bisnietos de ex nazis domésticos, jóvenes modelos de espalditas bronceadas, garbosos locutores de televisión, parlamentarios de ademán fatuo, terceros suplentes de mirada sumisa, y sólo excepcionalmente a algún turista, fogueado y pez gordo, sonriente entre aceitunas, precavidamente feliz con su muchacha en flor. El humo de los cigarrillos formaba una discreta calima, surcada por voces roncas o argentinas (en sus dos acepciones), carcajadas que intentaban no ser risotadas, ceños respetables que se fruncían y desfruncían al compás de temas y anecdotario. Por supuesto, también había clientes no particularmente diferenciados, gente que tomaba su chocolate con *stolen* o su cerveza con sándwiches surtidos y mientras tanto leía el diario o tomaba apuntes en libretas de tapas verdes. El conjunto era un solo rumor que amontonaba sílabas y sílabas pero no permitía identificar palabras y coexistía con una vaharada espesa de tabaco y miel, de alcohol y pan tostado.

Ale apareció con el mismo vestido que llevaba en el avión (¿no tendrá otro? pensó Benja, pero enseguida se avergonzó de su frivolidad), estaba linda y parecía contenta. El saludo, todavía formal, fue el pretexto para que las manos se reconocieran y lo celebraran. Hubo una ojeada de inspección recíproca y decidieron aprobarse con muy bueno sobresaliente.

Mientras esperaban el té y la torta de limón, ella dijo qué te parece si empezamos desde el principio. ¿Por ejemplo? Por ejemplo por qué te decidiste a tocar mis manos. No sé, tal vez fue pura imaginación, pero pensé que tus manos me llamaban, era un riesgo, claro, pero un riesgo sabroso, así que resolví correrlo. Hiciste bien, dijo ella, porque era cierto que mis manos te llamaban. ¿Y eso?, balbuceó el número ocho. Sucede que para vos soy una desconocida, yo en cambio te conozco, sos una figura pública que aparece en los diarios y en la televisión, te he visto jugar varias veces en el Estadio y en tu barrio, leo tus declaraciones, sé qué opinás del deporte y de tu mundo y siempre me ha gustado tu actitud, que no es común entre los futbolistas. No reniego de mis compañeros, más bien trato de comprenderlos. Ya sé, ya sé, pero además de todo eso, probablemente el punto principal es que me gustás, y más me gustó que te atrevieras con mis manos, ya que, dadas las circunstancias, se precisaba un poquito de coraje para que tu cerebro le diera esa orden a tus largos dedos. Tal vez no fuera el cerebro y sí el corazón, sugirió Benja pero no bien lo dijo le sonó empalagoso. Uyuy, quién te dice, a lo mejor tenés el corazón en el cerebro. O viceversa. Bah, una cosa es cierta. A pesar de que me gustás, jamás te hubiera enviado seña alguna, pero el hecho de que coincidiéramos en el mismo vuelo me pareció algo así como un visto bueno del azar, y yo con el azar me llevo bien, sigo moderadamente sus consejos, pero, claro, con la iniciativa de mis manos sobrepasé el consejo del azar, todavía me asombro, yo también arriesgué, ¿no? ¿Te arrepentís? Espero que no. Bueno bueno, parece que me conocés al dedíllo, así que mejor contame un poco de vos. Está bien: Alejandra Ocampo, veintidós años, nací en Mercedes pero vivo desde los nueve años en Montevideo, estudiaba Humanidades pero lo dejé porque tuve que trabajar, me gano la vida en publicidad, proyecto textos seductores destinados a convencer a la pobre gente de que ingrese al mercado de consumo, a menudo trato de poner algún alerta en las entrelíneas, pero no puedo hacerlo siempre porque el jefe es avispado y se da cuenta. ¿Tus padres? Zona amarga ésa, están y no. Mi padre es uno de los uruguayos desaparecidos en Argentina. Hace tiempo que admití ante mí misma que está muerto, pero mi madre jamás lo admitirá mientras no disponga del necesario, imprescindible cadáver, y en esa esperanza dura, incontrolable, ha ido perdiendo su equilibrio. Mi hermano me lleva dos años, es dibujante y trabaja en otra agencia de publicidad (ya te habrás enterado de que es uno de los pocos sectores en que hay laburo). Él y yo tratamos de convencer a mi madre de que es imposible que papá vuelva a estar entre nosotros (lo desaparecieron en el 74), pero ella nos mira recelosa, desconfiada, como si fuéramos cómplices de ese no-regreso. Y sin embargo la ausencia del viejo también para nosotros dos fue una catástrofe. Distinta a la de mamá, pero sin duda una catástrofe. Aunque me veas animada y bastante vital, tengo a veces mis bajones y lloro larga y desconsoladamente, claro que a escondidas de mamá. Lloro porque es algo injusto, porque el viejo era un hombre estupendo, al que quizá debo lo mejor de mí misma. Ahora bien, he observado que cada vez transcurre más tiempo entre uno y otro llanto. La frustración y el sentimiento permanecen, quizá más refinados y sutiles, pero la imagen física del viejo se va como desdibujando, es una lástima pero es así.

Benja avanzó una mano hasta la de ella. Caramba, Ale (ella sonrió ante el estreno del diminutivo), jamás habría imaginado una historia así, no tenés cara de desgracia. Onetti 1960, acotó ella. No, no tengo cara de desgracia, la llevo bien guardada, para no olvidarla, ¿sabés? No tengo cara de desgracia porque no quiero que, además de hundir a mi padre, me hundan también a mí, no en la muerte sin duelo sino en la tristeza. Sé que les cae mal que uno siga viviendo, y aunque fuera sólo por eso, vale la pena vivir y disfrutar la vida.

6.

Ahora Sobredo hace un pase largo de cuarenta metros destinado a Robles que no alcanza el esférico, el alero Pena ejecuta el óbol en dirección a Seoane pero el joven centrocampista es duramente marcado por Ortega, el árbitro dice aquí no ha pasado nada, y entonces Ortega elude diestramente a Menéndez y a Duarte, la acción es realmente espectacular y ahora toca la pelota muy suave en dirección al goleador Ferrés, el Benja Ferrés que cada vez juega mejor y que ahora entra como una saeta, mueve la pelota con la izquierda, cambia de pierna, se viene, se viene, el aguerrido defensa Murias intenta evitar el inminente disparo, pero el Benja lo engaña con un extraordinario vaivén, esto señores es un ballet, se viene, goooooooooool, el impresionante tiro del número ocho penetra en el ángulo izquierdo de la valla haciendo infructuosa la meritoria paloma del veterano Sarubbi, quien para algunos escépticos ya no está para estos trotes, gran jugada la del pibe Ortega y notable la definición del artillero Ferrés, este Benja que está reclamando a gritos su tan esperada inclusión en la selección nacional, pero ya no como número ocho sino como número nueve, pues es innegable su vocación de ariete. Es con estos notables valores, que se formaron en el campito, es con estos productos de la cantera doméstica, que podremos recuperar el prestigio que otrora, etcétera.

7.

En el tercer encuentro, que éste sí fue en un boliche, Benja y Ale decidieron vivir juntos. Desde el segundo encuentro había quedado claro que se necesitaban, tanto espiritual como físicamente. Ale había advertido: Está bien, pero no me lleves a una amueblada, ¿eh? Benja asintió con la cabeza, se quedó un rato pensando y luego dijo que, gracias a los premios a que se había hecho acreedor en la temporada pasada, había podido comprarse un apartamentito en el Cordón, pero todavía estaba vacío, sólo había heladera y cocina de gas. Ale dio un gritito de alegría: Lo amueblaremos juntos, yo también tengo ahorros.

Y lo amueblaron. De prisa. Aguijoneados por el deseo y también por una tímida confianza en ser felices. Empezaron por lo esencial, o sea cama, colchón, sábanas, fundas, almohadas. Luego, una mesa de cocina que serviría para todo. Había placares, de modo que se ahorraron el ropero. Mínima vajilla, cubiertos, platos, manteles, servilletas, hasta una cafetera eléctrica. Ella trajo dos cuadros que tenía en casa de su madre y él aportó unos telares artesanales que había traído de México, cuando fue con el equipo.

El día en que todo estuvo listo, llevaron sidra, brindaron (el orden fue meramente alfabético) por el amor, el fútbol y la publicidad, entre los dos tendieron la cama doble, besándose en cada cruce, con el mínimo pretexto de pasarse almohadas, fundas, portátiles. Luego se enfrentaron, conmovidos, entrelazaron sus manos ya que ellas habían sido las vanguardias, de tácito acuerdo empezaron a desvestirse mutuamente, amorosamente, hasta que el espectáculo de sus cuerpos, la plenitud de sus desnudeces, los exaltó más aún y se juntaron en el abrazo que tantas veces habían imaginado y que de a poco los fue volcando en el flamante lecho, que así quedó gloriosamente inaugurado.

8.

Nunca se lo he confesado a nadie, dijo Benja pocos días más tarde mientras desayunaban en la cocina, pero a vos quiero contártelo. Tengo sueños, ¿sabés? Todos tenemos, dijo Ale. Sí, pero los míos son sueños de fútbol. Qué romántico, dijo ella riendo. No te burles, contigo no necesito soñar porque sueño despierto. Sueño que estoy en la cancha, pero no con mis compañeros de hoy. Estoy con Nazassi, Obdulio, Atilio García, Piendibeni, Gambetta, el vasco Cea, Schiaffino, Petrone, Luis Ernesto Castro, Abbadie y gente así, de distintas épocas, todo entreverado. Pero, Benja, vos no los viste jugar. No, pero he oído hablar tanto de todos ellos, para mi padre y mis tíos siguen siendo ídolos y ellos me han hecho relatos tan vivos de sus jugadas más célebres, que es casi como si los hubiera visto. Y fíjate que no sueño con los de ahora, Ruben Sosa, Francescoli, De León, Ruben Paz, Perdomo, Seré, a los que admiro y he visto jugar, sino con aquellos veteranos. ¿Y qué hacen en tus sueños? ¿Qué hacen? Jugadas extraordinarias. Una de esas noches el vasco Cea me dio un pase notable y sólo tuve que tocarla para hacer el gol. Y desde el fondo llega la voz de Nazassi, alentándonos, amonestándonos, dirigiéndonos. ¿Y eso te sirve de algo en los partidos verdaderos? Sí que me sirve, en realidad lo más extraño me ocurre en los partidos reales. De pronto, en plena cancha, me veo jugar con los viejos y no con mis compañeros actuales. Cuando advierto (no en el sueño sino en la realidad) que quien va a ejecutar el córner no es el pardo Soria sino el fabuloso Mandrake, entonces sé que la pelota va a volar directamente hasta mi cabeza y sólo tendré que darle un suave frentazo para colocarla en el ángulo. Sin ir más lejos, eso fue lo que me ocurrió el domingo. Y cuando, ya en los vestuarios, le pregunté a Soria cómo hiciste para ponerla justito en mi cabeza, él me dijo yo qué sé, fue rarísimo, como si la pelota, después que la lancé, hubiera seguido su propio rumbo hasta donde vos estabas, fue como si yo le hubiera dado un efecto sensacional pero no le di nada. Otras veces voy avanzando con la pelota y dos segundos antes de que el defensa contrario llegue a hacerme una zancadilla más bien criminal, oigo desde lejos la voz del negro Obdulio, cuidado botija, y puedo esquivar a aquel *bulldozer*. Y te podría seguir contando. Es raro, dijo Ale, y encendió un cigarrillo para pensar mejor. Es raro, sí, repitió Benja, por eso no lo cuento a nadie.

9.

Desde que vivían juntos, Benja llevaba a Ale a la pizzería. El sordo Bellini la había recibido poco menos que con salvas, y la primera vez trajo un *chianti* para celebrarlo. Ale había caído bien entre los amigos de Benja, y especialmente Martín bromeaba preguntando al reducido auditorio qué le habría visto a Benja semejante preciosura. Algo habrá, decía el número ocho con aire de enigma, pero Ale se ponía colorada, así que no repitió la gracia.

Esta vez, cuando entró Martín, todos percibieron que venía radiante. Albricias, proclamó el sordo con su entusiasmo de costumbre, seguro que vos también te enamoraste. Frío frío, dijo Martín, cada vez más iluminado. Te sacaste la lotería, insinuó Ale. Frío frío. Te contrata Peñarol. Tibio tibio. ¿Nacional? Tibio tibio. Bueno, todavía no me enganchó nadie, pero el contratista Piñeirúa me aseguró esta mañana que hay un club español y otro italiano que se interesan por este joven y notable portero (te juro que dijo portero). Martín que no ni no, gritó Benja levantando los brazos. Hubo aplausos, abrazos, besos de Ale. Esperen, muchachos, vamos a no festejar antes de tiempo, parece que la decisión la tomará el domingo, justo el día que jugamos contra ustedes, Benja, de modo que cuando te enfrentes al arco pateá con ganas así me luzco. Pierda cuidado, míster, cumpliré sus instrucciones.

También él estaba contento, porque sabía cuánto deseaba su compinche dejar este mercadito deportivo para consagrarse en un supermercado de veras. A partir de ese momento todos fueron proyectos. Martín no tenía pareja, así que iría solo, y eso facilitaba las cosas. Ya te veo venir en las vacaciones con una galleguita colgada al pescuezo, intercambio cultural que le dicen. ¿Y por qué no? Mirá que han mejorado mucho, dijo Ale, ¿querés que te preste ¡Hola! para que vayas haciendo boca? Bueno, tampoco exageres, no vayas a culminar tu carrera como violador de menores. En todo caso, de menoras. No jodan, che, el trabajo es lo primero. Te desconozco, flaco. ¿Me da la bendición, padre Martín? Ahora hablando en serio, ¿qué tal te sentís para el domingo, Benja? Como un potrillo.

10.

Faltan apenas tres minutos para la conclusión de este excelente partido y el *score* se mantiene igualado en un gol por bando, resultado a todas luces justo y que a esta altura ya parece inamovible aunque ahora avanzan los anaranjados en lo que podría ser la última tentativa para vulnerar por segunda vez la valla de Martín Riera, que esta tarde (digamos que el único gol que le hicieron era sencillamente inatajable) ha confirmado su gran categoría al evitar varios goles que parecían cantados, en este momento lleva la pelota el puntero Suárez con su característica parsimonia, elude limpiamente a dos defensas y la cede a Henríquez quien sin dejarla picar la toca hacia Ferrés, que la empalma sin problema, la pisa de espaldas al arco, se la pone virtualmente en los pies a Soria, qué calidad señores, Soria sin pensarlo dos veces la devuelve a Ferrés, jugada de pizarrón pero qué pizarrón, se viene, falla el zaguero Zamora al intentar el quite, sigue el Benja con el esférico, va a tirar, se viene, tiró, goooooooooool, increíble mis amigos, el balón, impulsado con gran picardía, le ha pasado a Martín Riera por entre las piernas, sí señores, aunque parezca increíble le ha pasado por entre las piernas, es algo insólito, desacostumbrado, asombroso, rarísimo, y aquí me faltan los sinónimos, que un arquero de la experiencia y calidad de Riera, a punto de ser transferido a un famoso club europeo, haya cometido un error tan garrafal que no sería de extrañar hipoteque el futuro de su hasta ahora brillante historial deportivo. Como se imaginarán los radioescuchas, la astucia de Ferrés, el extraordinario número ocho de los anaranjados, es todavía ruidosamente festejada en las tribunas, etcétera.

11.

Cuando salían de la cancha, los abucheos y silbidos dedicados a Martín fueron de película. Benja no estaba en ánimo de festejar el triunfo, aunque en las duchas los demás cantaban a grito pelado y todos le abrazaban por aquel golazo fenomenal. Benja no podía dejar de pensar en Martín. La otra noche, en la pizzería, le había dicho: Cuando te enfrentes al arco, tirá con ganas, así me luzco. Bueno, y él había tirado con ganas. Cómo iba a imaginar que a un golero como Martín la pelota le fuera a pasar por entre las piernas. Benja bien sabía que, de aquí a la Polinesia, para un golero eso significaba la vergüenza universal. ¿Estaría el agente europeo en la tribuna? ¿Cómo podía el bueno de Martín tener tanta mala suerte?

Esa misma noche, Benja (solo, sin Ale) fue a casa de Martín pero no lo encontró. Estaba muy abatido, dijo el padre. Qué horrible, don Riera, que haya sido justamente yo. No te preocupes, él no te echa ninguna culpa. Sólo está furioso consigo mismo. Dice que pensó que vos ibas a tirar a un ángulo. Y tiré a un ángulo, don Riera, pero la pelota rozó apenas a un *back* de ellos, creo que nadie se dio cuenta y entonces la pelota se desvió y lo encontró a Martín totalmente descolocado. En las entrevistas que me hicieron al terminar el partido yo dije eso varias veces como explicación. Sí, él te lo agradece, se dio cuenta de tu intención, pero lo que queda de este partido es que a Martín le hicieron un gol por entre las piernas.

Benja fue a tres cafés que frecuentaba Martín y en el tercero lo encontró. Estaba un poco borracho, y eso era grave porque Martín nunca bebía. Se acabó el viaje, Benja, y no sólo eso, también se acabó mi carrera aquí, no hay golero que sobreviva a que le hagan un gol por entre las piernas. Benja dedicó dos horas a darle ánimos. Yo me siento tan mal como vos, Martín, no puedo acostumbrarme a la idea de que justamente yo te haya hecho eso. No, Benja, no me hiciste nada, todo me lo hice yo. No sirvo para golero. Ni para nada. ¿Pero estaba el contratista de España? Estaba. Y aunque no estuviera. Con las fotos que mañana aparecerán en los diarios, alcanza y sobra. Seguro que hasta las publican en España y en Italia. Cualquier día se van a perder ese manjar. Y no sólo la foto sino el comentario: Y ésta es la maravilla que íbamos a importar del Tercer Mundo. Por otra parte, ya me dijo el entrenador que, *por prudencia,* no voy a ser titular por tres o cuatro partidos. Mira, Benja, de esto no me repongo ni atajando tres penales en una sola tarde. Pero, Martín, no quiero verte así, tenés veintiún años, te queda la vida, toda la vida. ¿Sabés lo que pasa? Pasa que para mí la vida es el fútbol, más aún, mi vida son los tres palos. Es como si me hubiera quedado sin vida.

Por solidaridad, Benja también se emborrachó y luego lo acompañó, llorando a dúo, hasta la casa de sus padres. El viejo Riera estaba despierto y dijo: Gracias, Benja, sos el mejor amigo de mi hijo.

12.

El viernes, la noticia inauguró el noticiero de todos los canales: El ambiente futbolístico ha sido conmovido por un hecho inesperado y luctuoso. El conocido golero Martín Riera se ha pegado un tiro. Tanto el entrenador como sus compañeros de equipo atribuyen el suicidio a la profunda depresión que sufrió este excelente guardameta el domingo último, con motivo del fallo, realmente insólito en un jugador de su jerarquía, al serle marcado el segundo sol, casi sobre la hora, que significó precisamente la derrota de su equipo. Tanto este cronista como todo el equipo del noticiero, hacemos llegar a los familiares de Martín Riera nuestras más sentidas condolencias.

Benja estaba destruido y Ale no sabía qué hacer. Ni uno ni otra habían escuchado directamente la noticia. Fue el sordo Bellini quien telefoneó para comentarla y se encontró con que ellos la ignoraban. No puedo creerlo, decía aquel buenazo, no puedo creerlo. ¿Cómo puede matarse alguien sólo porque le metan un gol? Ni que estuviéramos en la Edad Media. Jamás se lo perdonaré, jamás, cómo puede habernos hecho eso a vos y a mí. No esperó a que Benja dijera algo (en realidad, habría esperado en vano, ya que el número ocho estaba temblando de tristeza, sentimiento de culpa y desconcierto), con la voz quebrada dijo chau Benja y colgó.

Benja lloró como una criatura. Ale también, de modo que sus caricias no servían de consuelo. Y pensar que yo lo llevé a eso. No seas tonto, Benja, decía ella, él mismo te pidió que lo emplearas a fondo porque quería lucirse ante el agente europeo. Ya lo sé, ya lo sé. Pero ¿por qué tuve que ser precisamente yo? Hubo por lo menos diez tiros peligrosos en ese segundo tiempo y él atajó todos como siempre, estirándose, arrojándose de palo a palo, alzando la pelota sobre el travesaño. Pero de eso nadie se acordó cuando la chiflatina del final, sólo lo juzgaron por ese maldito disparo mío. ¿Cómo podré entrar de nuevo en una cancha?

Ale lo besaba, lo abrazaba, lo defendía de sí mismo y de las fotografías que en las portadas del lunes habían documentado para siempre aquel gol de antología, así decía uno de los morbosos titulares. ¿Cómo voy a enfrentarme al viejo Riera, a ese pobre hombre que me dijo que yo era el mejor amigo de su hijo? ¿Y acaso no era cierto?

Besándose entre lágrimas, abrazándose poco menos que entre espasmos de dolor, de pronto advirtieron que una ola de ternura los había invadido y que, casi sin buscarlo, estaban haciendo el amor. Y Benja y Ale tuvieron en ese instante la certeza de que en esa misma jornada, cuando una vida cercana, entrañable, había decidido abando-

narlos, ellos estaban creando una nueva, que por supuesto se llamaría
Martín.

13.

Este cementerio es de pobres, sin grandes monumentos mortuorios ni
enormes lápidas de mármol con letras doradas. Este cementerio es de
cruces sencillas, de adioses casi cursis en placas herrumbrosas, de caminos con pozos y pastitos quebrados, de gente humilde doblada sobre flores.

Habló el presidente del Club y pareció sincero. Historió la trayectoria amateur y profesional de Martín Riera. Dijo que en estos momentos era el mejor golero del fútbol uruguayo, pero que además era
un formidable ser humano, un constante animador del equipo, un
gran compañero, y que incluso su trágico gesto era en cierto modo
un colmo de dignidad, un alarde de vergüenza en estos tiempos tan
desvergonzados.

Junto al féretro estaba todo el equipo, incluido el golero suplente, que ahora ascendía al primero y sin embargo maldecía esa buena
suerte. También había jugadores de los equipos de Primera A, incluso
de los dos Grandes.

Cuando todo terminó y aquella multitud todavía asombrada empezó a disgregarse (éstos habrían llenado la Colombes, murmuró
sombríamente un hincha del montón, quizá uno de los que lo habían
abucheado el último domingo), Benja y Ale se quedaron un rato, quietos y callados. No era fácil desprenderse de Martín.

Después, Benja puso su brazo sobre los hombros de la muchacha. Dejo el fútbol, Ale. Ella dijo que se lo temía, pero que tal vez era
mejor no tomar ninguna decisión apresurada, pues ahora estaba demasiado afectado por la muerte de Martín. No, dijo él, con los ojos
secos: Anoche, en esas dos horas que dormí, tuve uno de mis sueños.
¿Y? Y bueno, ya había terminado el partido, pero yo estaba todavía
en la cancha y no sé por qué tenía la pelota bajo el brazo (eso sólo
pasa en los sueños porque en la realidad la pelota se la lleva el árbitro), el público iba vaciando lentamente las tribunas, y de pronto sentí
que alguien me tocaba el codo, suavemente, como con afecto, y me di
vuelta. Eran Nazassi y Obdulio. A falta de uno, eran dos capitanes.
Y uno de ellos, no sé cuál, me dijo: Dame la pelota, botija, y se la di.
No tenés ninguna culpa, pero no tires más al arco. Siempre te vas a
acordar de Martín y así no es posible meter goles. Dejá la globa, pibe,
ahora que todos te quieren. Es duro dejar las canchas, nosotros bien

que lo sabemos, pero será mucho más duro si esperás a dejarlas cuando empiecen a chiflarte porque errás goles seguros, penales decisivos. Y los dos me miraban con un cariño tan sobrio, tan poco escandaloso, pero tan real, que dije que sí con la cabeza y los abracé, no como a fantasmas sino como a capitanes. Y es por eso que dejo, Ale, porque, como siempre, tienen razón.

Ale se arrimó más a su hombre. Le tomó las manos con sus manos, esas conocidas de siempre. Ya pensaremos después sobre el futuro, dijo ella. Sólo entonces empezaron a alejarse de Martín y su cruz, caminando a pasos lentos sobre ese pastito quebrado que es el césped del pobre. El césped.

BUZÓN DE TIEMPO

A los amigos y compañeros
de la Casa de las Américas
en sus cuarenta.

Il tempo tutto toglie e tutto dà;
ogni cosa si muta, nulla s'annichila.
(El tiempo todo lo quita y todo lo da;
todo cambia, nada se aniquila.)
GIORDANO BRUNO

Si no puedes soñar
golpea los baúles polvorientos.
FAYAD JAMÍS

Epistola enim non erubescit.
(Una carta no se ruboriza.)
CICERÓN

Señales de humo

Fin de semana

Esperó al padre en la puerta de la escuela. Como todos los viernes. A partir del divorcio, Fernando vivía con su madre, pero los fines de semana eran del padre. Antes de cualquier dictamen impuesto, ellos lo habían resuelto amigablemente, sobre todo para no herir al hijo con enfrentamientos inútiles. Nunca llegaba en hora, pero esta vez demoró más que de costumbre. Mientras compartió la espera con otros chicos, Fernando no se inquietó, pero uno a uno los fueron recogiendo y al final sólo quedaron él y el portero, un tipo que además detestaba a los escolares.

Marcelo apareció por fin, casi corriendo. Fernando se resignó a besar la mejilla, paterna y sudada. Eso no le gustaba, porque la boca le quedaba húmeda y le habían enseñado que no era correcto limpiarse con el puño.

—¿Estabas nervioso?

—No.

—Por favor, no le cuentes a tu madre sobre esta demora. Digo, para que no se preocupe. La verdad es que no me podía sacar de encima a un cliente que es un plomo.

No le cuentes a tu madre. Fernando no entendía por qué no decía: No le cuentes a Luisa.

Tomaron un taxi hasta el restaurante de todos los viernes. Fernando no precisaba leer el menú. Siempre había sido fiel al churrasco con ensalada.

—¿No querés pedir otra cosa?

—No.

—Yo me aburriría pidiendo siempre lo mismo.

—A mí me gusta. Por eso no me aburro.

Marcelo cumplió con el deber paterno de preguntarle por sus clases, sus maestras, sus compañeros. Como eran las preguntas de siempre, Fernando apeló a las respuestas de siempre.

—Y de todo lo que vas aprendiendo, ¿qué es lo que más te gusta?

—Las cuentas y los cuentos.

Como acompañamiento de un humor tan primario, Fernando esbozó su primera sonrisa de este viernes, y el padre no tuvo más remedio que reírse.

En el postre tampoco hubo novedad: helado de vainilla.

—Y tu madre ¿cómo está?

—Sola. Está sola.

—Bueno, no tan sola. Está contigo, ¿no?

—Sí, claro.

Llegaron al lindo apartamento sobre la Rambla y Fernando fue a su cuarto. Marcelo le había reservado ese espacio, donde, además de la cama y otros muebles, había juguetes (un mecano, un trencito eléctrico) de uso y disfrute solitarios. Y asimismo un pequeño televisor. También en casa de su madre tenía un ambiente propio, claro que con otros juguetes. A Fernando le gustaba esa doble franja de sus entretenimientos. Era como saltar de una región a otra, y viceversa.

Estuvo un rato jugando con el mecano (construyó algo que, si se lo miraba con buena voluntad, podía parecerse a un molino), vio en la tele un documental sobre las ardillas, dormitó un rato, así hasta que Marcelo lo llamó desde la terraza.

Allí lo esperaba una novedad: una muchacha, alta, rubia y con el pelo suelto, de vaqueros, que a Fernando le pareció linda y simpática.

—Fernando —dijo el padre—. Ésta es Inés, una buena amiga mía, que también va a ser una buena amiga tuya.

La buena amiga sólo dijo ¡hola!, pero le tomó de un brazo y lo acercó a su mecedora. Lo besó con suavidad y Fernando advirtió con alivio que aquella mejilla no estaba sudada. A él le cayó bien que Inés no le interrogara sobre la escuela, las clases, las maestras y los otros alumnos. En cambio, le hizo comentarios sobre películas y sobre fútbol. Le pareció increíble que una mujer supiera tanto de fútbol. Además, como al pasar, dijo que era hincha de Nacional. También él era bolsiyudo. Un buen comienzo. Marcelo, en cambio, era de Peñarol, pero asistía satisfecho a aquel estreno, como el autor clandestino de un buen libreto.

Inés había traído unos paquetes con comida, así que cenaron en casa. Después vieron un poco de televisión (noticias sobre hambrunas, inundaciones y atentados), pero como a Fernando se le cerraban los ojos, el padre lo mandó a la cama, no sin antes recomendarle que se lavara los dientes.

A medianoche lo despertó un ruido procedente del cuarto de baño. Alguien había tirado la cadena. Como la puerta de su cuarto estaba entornada, Fernando pudo espiar desde allí. Inés, de camisón, salió del baño y entró en la habitación de Marcelo.

Fernando volvió a su cama y durante un buen rato estuvo desvelado. Inés era linda y simpática y además de Nacional. Pero, antes de dormirse, Fernando decidió reforzar su lealtad a Luisa. A su madre no le importaba el fútbol, pero aun así a él le parecía más linda y más simpática.

El sábado y el domingo, Fernando disfrutó de su padre y éste de Fernando. No era el momento de hacer el balance de la situación. Como si hubiera concluido el guión de la película, Inés no habló más de fútbol. Estaba tan callada, que en la tarde del domingo Marcelo se le acercó, le acarició el lindo pelo y le preguntó si pasaba algo.

—Nada importante —dijo ella—. Sólo que tengo que acostumbrarme.

Lo dijo en un murmullo, sólo para Marcelo, pero Fernando la escuchó (la abuela siempre decía: «Este chico tiene un oído de tísico») y llegó a la conclusión de que también él tenía que acostumbrarse. ¿Se acostumbraría?

El domingo a la noche, Marcelo reintegró al chico al ámbito materno. Llamó desde abajo y cuando oyó algo parecido a la voz de su ex mujer, dijo: «Luisa, aquí te dejo a Fernando. Chau». «Gracias. Chau», dijo el intercomunicador, más afónico que de costumbre.

Fernando subió en el ascensor hasta el sexto piso. Allí lo esperaba Luisa. Lo besó, tenía la cara con un poco de pancake, pero a él no le importó.

Un rato después, ella le hizo un jugo de naranja. De pronto contempló a Fernando con curiosidad. Pensó que era absurdo, pero le pareció que de algún modo su hijo había crecido en sólo cuarenta y ocho horas.

Sólo por decir algo, Luisa preguntó:

—Y tu padre ¿cómo está?

Fernando pensó: ella tampoco dice «Marcelo» sino «tu padre». Tragó saliva antes de responder:

—Solo. Está solo.

Conciliar el sueño

Lo que ocurre, doctor, es que en mi caso los sueños vienen por ciclos temáticos. Hubo una época en que soñaba con inundaciones. De pronto los ríos se desbordaban y anegaban los campos, las calles, las casas y hasta mi propia cama. Fíjese que en sueños aprendí a nadar y gracias a eso sobreviví a las catástrofes naturales. Lamentablemente, esa habilidad tuvo una vigencia sólo onírica, ya que un tiempo después pretendí ejercerla, totalmente despierto, en la piscina de un hotel y estuve a punto de ahogarme.

Luego vino un período en que soñé con aviones. Más bien, con un solo avión, porque siempre era el mismo. La azafata era feúcha y me trataba mal. A todos les daba champán, menos a mí. Le pregunté por qué y ella me miró con un rencor largamente programado y me contestó: «Vos bien sabés por qué». Me sorprendió tanto aquel tuteo que casi me despierto. Además, no imaginaba a qué podía referirse. En esa duda estaba cuando el avión cayó en un pozo de aire y la azafata feúcha se desparramó en el pasillo, de tal manera que la minifalda se le subió y pude comprobar que abajo no llevaba nada. Fue precisamente ahí que me desperté, y, para mi sorpresa, no estaba en mi cama de siempre sino en un avión, fila 7 asiento D, y una azafata con rostro de Gioconda me ofrecía en inglés básico una copa de champán.

Como ve, doctor, a veces los sueños son mejores que la realidad y también viceversa. ¿Recuerda lo que dijo Kant? «El sueño es un arte poético involuntario.»

En otra etapa soñé reiteradamente con hijos. Hijos que eran míos. Yo, que soy soltero y no los tengo ni siquiera naturales. Con el mundo como está, me parece un acto irresponsable concebir nuevos seres. ¿Usted tiene hijos? ¿Cinco? *Excuse me*. A veces digo cada pavada.

Los niños de mi sueño eran bastante pequeños. Algunos gateaban y otros se pasaban la vida en el baño. Al parecer, eran huérfanos de madre, ya que ella jamás aparecía y los niños no habían aprendido a decir mamá. En realidad, tampoco me decían papá, sino que en su media lengua me llamaban «turco». Tan luego a mí, que vengo de abuelos coruñeses y bisabuelos lucenses. «Turco, vení», «Turco, quero la papa», «Turco, me hice pipí». En uno de esos sueños, bajaba yo por una escalera medio rota, y zas, me caí. Entonces el mayorcito de mis nenes me miró sin piedad y dijo: «Turco, jodete». Ya era demasiado, así que desperté de apuro a mi realidad sin angelitos.

En un ciclo posterior de fútbol soñado, siempre jugué de guardameta o golero o portero o goalkeeper o arquero. Cuántos nombres para una sola calamidad. Siempre había llovido antes del partido, así que las canchas estaban húmedas y era inevitable que frente a la portería se formara un laguito. Entonces aparecía algún delantero que me fusilaba con ganas, y en primera instancia yo atajaba, pero en segunda instancia la pelota mojada se escabullía de mis guantes y pasaba muy oronda la línea del gol. A esa altura del partido (nunca mejor dicho), yo anhelaba con fervor despertarme, pero todavía me faltaba escuchar cómo la tribuna a mis espaldas me gritaba unánimemente: traidor, vendido, cuánto te pagaron y otras menudencias.

En los últimos tiempos mis aventuras nocturnas han sido invadidas por el cine. No por el cine de ahora, tan venido a menos, sino por el de antes, aquel que nos conmovía y se afincaba en nuestras vidas con rostros y actitudes que eran paradigmas. Yo me dedico a soñar con actrices. Y qué actrices: digamos Marilyn Monroe, Claudia Cardinale, Harriet Andersson, Sonia Braga, Catherine Deneuve, Anouk Aimée, Liv Ullmann, Glenda Jackson y otras maravillas. (A los actores, mi Morfeo no les otorga visa.) Como ve, doctor, la mayoría son veteranas o ya no están, pero yo las sueño tal como aparecían en las películas de entonces. Verbigracia, cuando le digo Claudia Cardinale, no se trata de la de ahora (que no está mal) sino la de *La ragazza con la valigia*, cuando tenía veintiuno. Marilyn, por ejemplo, se me acerca y me dice en un tono tiernamente confidencial: «I don't love Kennedy. I love you. Only you». Sepa usted que en mis sueños las actrices hablan a veces en versión subtitulada y otras veces dobladas al castellano. Yo prefiero los subtítulos, ya que una voz como la de Glenda Jackson o la de Catherine Deneuve son insustituibles.

Bueno, en realidad vine a consultarle porque anoche soñé con Anouk Aimée, no la de ahora (que tampoco está mal) sino la de *Montparnasse 19*, cuando tenía unos fabulosos veintiséis años. No piense mal. No la toqué ni me tocó. Simplemente se asomó por una ventana de mi estudio y sólo dijo (versión doblada): «Mañana de noche vendré a verte, pero no a tu estudio sino a tu cama. No lo olvides». Cómo voy a olvidarlo. Lo que yo quisiera saber, doctor, es si los preservativos que compro en la farmacia me servirán en sueños. Porque ¿sabe? no quisiera dejarla embarazada.

Jacinto

A Willie y Lidia

Cuando Ludwig Kesten llegó de Alemania, sus tíos, radicados desde 1950 en Paysandú, quedaron asombrados de su buen aspecto. Pero en particular fue su prima, Gretel, la que lo encontró guapísimo sin atenuantes. De aspecto fornido, rubio, ojos azules, casi siempre sonriente, su presencia generaba simpatía. Ésa era la faceta positiva; la negativa, que era sordomudo. De nacimiento. Y además de sordomudo, huérfano. Hijo único, sus padres habían estado muy enfermos en los últimos años. Él, con alzheimer; ella, con una grave y misteriosa dolencia que ningún médico pudo etiquetar. Cuando él murió, su mujer le sobrevivió unos pocos meses. No tenían otros familiares en Múnich, donde siempre habían residido; tampoco en el resto de Alemania.

Los parientes germano-sanduceros recibieron un día una inesperada carta de un vecino muniqués, que les ponía al tanto, con todo detalle, de la desgraciada historia, y les planteaba la situación del muchacho, ahora veinteañero: debido a sus notorias carencias, era incapaz de trabajar regularmente e incluso de sobrevivir en tan precarias condiciones.

Los Kesten se conmovieron con el caso (después de todo, era alguien de su sangre) y gracias a la solidaria intervención del buen vecino, le enviaron un pasaje de Iberia. Fue ese mismo vecino quien lo llevó al aeropuerto, virtualmente lo colocó en el vuelo IB3631, después de las recomendaciones a la azafata jefa (tenía que cambiar de avión en Buenos Aires), y un 20 de febrero Ludwig desembarcó en el aeropuerto de Carrasco, donde sus tíos y su prima le esperaban. A pesar de que tenían fotos de Ludwig, más bien lo reconocieron por su andar sin rumbo y su desconcierto. Pidieron (y les fue concedida) autorización para entrar en la zona de llegada de los pasajeros, y allí se juntaron con él. Ludwig sonrió por vez primera de este lado del Atlántico, y todos viajaron de inmediato a Paysandú con la nueva incorporación al clan familiar.

La integración no fue fácil. Ludwig se comunicaba a través de una pizarra, pero sólo en alemán, una lengua que por supuesto dominaban sus tíos, pero no su prima. Los Kesten eran propietarios de una hermosa finca (casi una estancia) en el interior del departamento, con prolijos campos de pastoreo y adecuadas zonas agrícolas. La situación económica de la familia era holgada y se congratulaban de haber dejado la Alemania de posguerra y de haberse decidido (gracias a los consejos de varios compatriotas) por un país pequeño pero acogedor como Uruguay.

Siempre acompañado por algún familiar, Ludwig solía ir al campo y se quedaba como arrobado contemplando aquellas verdes llanuras, con sus vacas tranquilas, casi inmóviles. Sólo mugían a la hora del ángelus, pero él no se enteraba de esa tristeza. Algo hacía (o trataba de hacer) en la casa. Al menos, tendía y destendía su cama. A veces intentaba barrer la terraza, pero la tía le quitaba la escoba. ¿Para qué estaban las dos muchachas, que se encargaban de la comida y la limpieza?

Tenía buen apetito y disfrutaba comiendo. Su prima Gretel estaba tratando, con ayuda de una pizarra y también de un pizarrón, de enseñarle un poco de castellano. Pero no era fácil. Quien no oye ni habla, carece del goce del lenguaje, y Ludwig se aburría, aunque le gustaba que su linda prima le dedicara un poco de su tiempo.

Así hasta que un día el tío se apareció con un diario porteño y lo desplegó sobre la mesa del comedor. En Buenos Aires, un hipnotizador italiano, Luciano Pozzi, en el marco de un conocido programa de televisión, le había devuelto el habla (aunque no el oído) a un sordomudo. De inmediato hubo un conciliábulo de familia y se resolvió por unanimidad viajar a Buenos Aires, eso sí de inmediato, antes de que el mago regresara a Europa.

Y allá fueron. Ludwig no sabía muy bien cuál era el motivo del viaje, pero las miradas y los palmoteos de sus parientes le dejaron entrever que algo tenía que ver con él. Antes del traslado, y para ir sobre seguro, habían telefoneado al canal argentino y arreglado la fecha y la hora de la comparecencia de Ludwig en el programa de Luciano Pozzi, vedette del momento.

Como siempre, la sala estaba de bote en bote. Luciano situó a Ludwig en una silla de respaldo duramente vertical.

—Como ustedes saben, este atractivo joven es sordomudo. Al menos hoy, no estoy en condiciones de solucionar su sordera, pero sí intentaré devolverle el habla.

Ludwig seguía los movimientos de Luciano con una mirada que tenía algo de curiosidad, pero también algo de temor. Por fin el presunto mago acercó sus manos a los ojos del muchacho, hasta que éste bajó los párpados.

—Ahora duerme —dijo Luciano—. Tenemos que ir progresando de a poco. Cuando despierte no se largará a conversar conmigo o con ustedes. Más bien dirá una sola palabra. Empezará de a poco, ya se los dije. Bien, estoy tratando de que concentre toda su atención en el nombre de una planta liliácea, de flores acampanadas. O sea, que inaugure el habla con algo poético. Cuando yo lo despierte, él dirá: Jacinto.

Luciano volvió a situar sus manos frente a los ojos de Ludwig, que de pronto se abrieron, atónitos. El hipnotizador, de espaldas al público y señalando al joven, dijo:

—A ver, Ludwig, dinos algo.

Por supuesto, Ludwig no oyó el mandato, pero eso estaba previsto. Entonces Luciano señaló su propia boca con su dedo índice.

—Ja-cin-to —balbuceó audiblemente Ludwig.

El aplauso fue atronador. Ludwig estaba sorprendido. No oía, pero sí veía los aplausos. Una vez más abrió la boca y dijo, ahora con más soltura: Jacinto. Otra ovación.

Toda la familia Kesten subió al escenario para abrazar al mago. Luego partieron nuevamente a Paysandú. Ludwig venía contento y de vez en cuando decía: Jacinto.

No obstante, poco a poco la euforia inicial se fue calmando, porque Ludwig nunca aprendió una segunda palabra. Luciano Pozzi regresó a su Italia, vinieron otros hipnotizadores y la familia Kesten siempre aparecía con el pariente sordomudo. Varios de esos magos venían precedidos de cierta fama, pero ninguno de ellos consiguió que Ludwig pronunciara una segunda palabra.

Ahora, gracias a los buenos oficios de Gretel y la pizarra, se manejaba mejor con el idioma del país. Cuando alguna vez (y eso acontecía bastante a menudo) se quedaban solos en la casa campestre, Gretel no sólo le daba clases de idioma; también le enseñaba a hacer el amor. Él aprendió con rapidez, y como la discreción estaba asegurada, al culminar el acto ella aullaba «¡mi amor!», pero su amor no la oía. Sólo la miraba con ternura y decía: «Jacinto».

Como resultado de esas fiestas, Gretel quedó embarazada, y antes aún de enfrentar a sus padres con semejante noticia, se la escribió a Ludwig en la pizarra. La reacción del muchacho fue explosiva y radiante. Por lo pronto, dio varios atléticos saltos de júbilo. Luego, Gretel y él terminaron abrazados, besándose y besándose en medio de un doble llanto de alegría.

Después Ludwig/Jacinto se separó suavemente de Gretel, salió al jardín que atardecía, y mirando hacia la única nube que proponía el cielo, abrió los brazos y dijo: «Ni-ño, ni-ño».

Cambalache

Aquel equipo de fútbol, rioplatense (no daré más detalles ya que lo que importa es la anécdota y no el nombre de los actores), llegó a Europa sólo veinticuatro horas antes de su primer partido con una de las más prestigiosas formaciones del Viejo Continente (tampoco aquí daré más detalles). Apenas tuvieron tiempo para una breve sesión de entrenamiento, en una cancha más o menos marginal, cuyo césped era un desastre.

Cuando por fin entraron al verdadero campo de juego (el field, como dicen algunos puristas) quedaron estupefactos ante las descomunales dimensiones del estadio, las tribunas repletas y vociferantes y también ante la atmósfera helada de un enero implacable.

Como es habitual, se alinearon los dos equipos para escuchar y cantar los himnos. Primero fue, lógicamente, el del local, que fue coreado por público y jugadores, seguido por una cerrada ovación.

Luego vino el de los nuestros. La grabación era espantosa, con una desafinación realmente olímpica. No todos los jugadores conocían la letra en su totalidad, pero al menos coreaban la estrofa más conocida. Sólo uno de los deportistas, casualmente un delantero, aunque sí se acordaba del himno, decidió cantar en su reemplazo el tango *Cambalache*: «Que el mundo fue y será una porquería, / ya lo sé, / en el quinientos seis / y en el dos mil también». Sólo en el palco oficial, unos pocos aplaudieron por compromiso.

Cuando concluyó esa parte de la ceremonia, y antes del puntapié inicial, que estuvo a cargo de un arrugado actor del cine mudo, los jugadores rioplatenses rodearon al delantero díscolo y le reprocharon duramente que cantara un tango en lugar del himno. Entre otros amables epítetos, le dijeron: traidor, apátrida, saboteador y cretino.

El incidente tuvo inesperadas repercusiones en el partido. Por lo pronto, los otros jugadores evitaban pasarle la pelota al saboteador, de modo que éste, para hacerse con ella, debía retroceder casi hasta las líneas defensivas, y luego avanzar y avanzar, eludiendo a los fornidos adversarios y pasándola luego (porque no era egoísta) al que estaba mejor colocado para tirar al arco.

Los europeos jugaron mejor, pero faltaban pocos minutos para el final y ninguno de los equipos había logrado perforar la valla contraria.

Así, hasta el minuto 43 del segundo tiempo. Fue entonces que el apátrida recogió la pelota de un falso rebote y comenzó su desafiante carrera hacia el arco adversario. Penetró en el área penal, y en vista de que hasta ahora sus compañeros habían desaprovechado las buenas ocasiones que él les brindara, dribleó con tres geniales vaivenes a dos defensas, y cuando el guardameta salió despavorido a cubrir su valla, el cretino amagó que patearía con la derecha pero lo hizo con la izquierda, descolocando totalmente al pobre hombre e introduciendo el balón en un inalcanzable ángulo de la escuadra. Fue el gol del triunfo.

El segundo partido tuvo lugar en otra ciudad (no entro en detalles), en un estadio igualmente impresionante y con sus tribunas de bote en bote. Allí también llegó el momento de los himnos. Primero el local y luego el de la visita. Aunque la banda sonora iba por otro rumbo, los dieciocho jugadores, perfectamente alineados y con la mano derecha sobre el corazón, entonaron el tango *Cambalache,* cuya letra sí era sabida por todos.

Aunque se ganó también ese partido (no recuerdo exactamente el resultado), los indignados dirigentes resolvieron suspender la gira europea y sancionar económicamente a todos los jugadores, sin excepción, acusándoles de traidores, apátridas, saboteadores y cretinos.

Soñó que estaba preso

Aquel preso soñó que estaba preso. Con matices, claro, con diferencias. Por ejemplo, en la pared del sueño había un afiche de París; en la pared real sólo había una oscura mancha de humedad. En el piso del sueño corría una lagartija; desde el suelo verdadero lo miraba una rata.

El preso soñó que estaba preso. Alguien le daba masajes en la espalda y él empezaba a sentirse mejor. No podía ver quién era, pero estaba seguro de que se trataba de su madre, que en eso era una experta. Por el amplio ventanal entraba el sol mañanero y él lo recibía como una señal de libertad. Cuando abrió los ojos, no había sol. El ventanuco con barrotes (tres palmos por dos) daba a un pozo de aire, a otro muro de sombra.

El preso soñó que estaba preso. Que tenía sed y bebía abundante agua helada. Y el agua le brotaba de inmediato por los ojos en forma de llanto. Tenía conciencia de por qué lloraba, pero no se lo confesaba ni siquiera a sí mismo. Se miraba las manos ociosas, las que antes construyeron torsos, rostros de yeso, piernas, cuerpos enlazados, mujeres de mármol. Cuando despertó, los ojos estaban secos, las manos sucias, las bisagras oxidadas, el pulso galopante, los bronquios sin aire, el techo con goteras.

A esa altura, el preso decidió que era mejor soñar que estaba preso. Cerró los ojos y se vio con un retrato de Milagros entre las manos. Pero él no se conformaba con la foto. Quería a Milagros en persona, y ella compareció, con una amplia sonrisa y un camisón celeste. Se arrimó para que él se lo quitara y él, no faltaba más, se lo quitó. La desnudez de Milagros era por supuesto milagrosa y él la fue recorriendo con toda su memoria, con todo su disfrute. No quería despertarse, pero se despertó, unos segundos antes del orgasmo onírico y virtual. Y no había nadie. Ni foto ni Milagros ni camisón celeste. Admitió que la soledad podía ser insoportable.

El preso soñó que estaba preso. Su madre había cesado los masajes, entre otras cosas porque hacía años que había muerto. A él le invadió la nostalgia de su mirada, de su canto, de su regazo, de sus caricias, de sus reproches, de sus perdones. Se abrazó a sí mismo, pero así no valía. Milagros le hacía adiós, desde muy lejos. A él le pareció que desde un cementerio. Pero no podía ser. Era desde un parque. Pero en la celda no había parque, de modo que, aun dentro del sueño, tuvo conciencia de que era eso: un sueño. Alzó su brazo para también él brindar su adiós. Pero su mano era sólo un puño, y, como es sabido, los puños no han aprendido a decir adiós.

Cuando abrió los ojos, el camastro de siempre le transmitió un frío impertinente. Tembloroso, entumecido, trató de calentar sus manos con el aliento. Pero no podía respirar. Allá, en el rincón, la rata lo seguía mirando, tan congelada como él. Él movió una mano y la rata adelantó una pata. Eran viejos conocidos. A veces él le arrojaba un trozo de su horrible, despreciable menú. La rata era agradecida.

Así y todo, el preso echó de menos a la verde, agilísima lagartija de sus sueños y se durmió para recuperarla. Se encontró con que la lagartija había perdido la cola. Un sueño así ya no valía la pena de ser soñado. Y sin embargo. Sin embargo empezó a contar con los dedos los años que le faltaban. Uno dos tres cuatro y despertó. En total eran seis y había cumplido tres. Los contó de nuevo, pero ahora con los dedos despiertos.

No tenía radio ni reloj ni libros ni lápiz ni cuaderno. A veces cantaba bajito para llenar precariamente el vacío. Pero cada vez recordaba menos canciones. De niño también había aprendido algunas oraciones que le había enseñado la abuela. Pero ahora ¿a quién le iba a rezar? Se sentía estafado por Dios, pero tampoco él quería estafar a Dios.

El preso soñó que estaba preso y que llegaba Dios y le confesaba que se sentía cansado, que padecía insomnio y que eso lo agotaba, y que a veces, cuando por fin lograba conciliar el sueño, tenía pesadillas, en las que Jesús le pedía auxilio desde la cruz, pero Él estaba encaprichado y no se lo daba.

Lo peor de todo, le decía Dios, es que Yo no tengo Dios a quien encomendarme. Soy como un Huérfano con mayúscula. El preso sintió lástima por ese Dios tan solo y abandonado. Entendió que, en todo caso, la enfermedad de Dios era la soledad, ya que su fama de supremo, inmarcesible y perpetuo espantaba a los santos, tanto a los titulares como a los suplentes. Cuando despertó y recordó que era ateo, se le acabó la lástima hacia Dios, más bien sintió lástima de sí mismo, que se hallaba enclaustrado, solitario, sumido en la mugre y en el tedio.

Después de incontables sueños y vigilias, llegó una tarde en que dormía y fue sacudido sin la brusquedad habitual, y un guardia le dijo que se levantara porque le habían concedido la libertad. El preso sólo se convenció de que no soñaba cuando sintió el frío del camastro y verificó la presencia eterna de la rata. La saludó con pena y luego se fue con el guardia para que le dieran la ropa, algún dinero, el reloj, un bolígrafo, una cartera de cuero, lo poco que le habían quitado cuando fue encarcelado.

A la salida no lo esperaba nadie. Empezó a caminar. Caminó como dos días, durmiendo al borde del camino o entre los árboles. En un bar de suburbio comió dos sándwiches y tomó una cerveza en la que reconoció un sabor antiguo. Cuando por fin llegó a casa de su hermana, ella casi se desmayó por la sorpresa. Estuvieron abrazados como diez minutos. Después de llorar un rato ella le preguntó qué pensaba hacer. Por ahora, una ducha y dormir, estoy francamente reventado. Después de la ducha, ella lo llevó hasta un altillo, donde había una cama. No un camastro inmundo, sino una cama limpia, blanda y decente. Durmió más de doce horas de un tirón. Curiosamente, durante ese largo descanso, el ex preso soñó que estaba preso. Con lagartija y todo.

Conversa

—Perdón. ¿Puedo sentarme aquí, contigo, a terminar esta cerveza?

—Sí, claro.

—Mi nombre es Alejandro.

—Ah.

—Alejandro Barquero.

—Está bien. Yo soy Estela.

—Estaba en el otro extremo del café. No sé. Te vi tan sola.

—Me gusta estar sola.

—¿Siempre?

—No, siempre no. Hay días. ¿No te ocurre que de pronto te vienen ganas de hacer balance contigo mismo?

—A veces. Pero por lo general de noche. Mi problema es que padezco insomnio.

—De noche prefiero dormir.

—Yo también. Pero no siempre puedo.

—¿Mala conciencia?

—No. ¿Acaso tengo aspecto de delincuente o de violador?

—De violador, no.

—¿De delincuente?

—Vaya una a saber. No hace diez años que nos conocemos, sino cinco minutos.

—¿Siempre estás así, a la defensiva?

—Hay que cuidarse.

—¿Venís a menudo a este café?

—Dos o tres veces por semana.

—¿Trabajás por aquí cerca?

—Si el interrogatorio va a continuar de esta guisa, reclamo la presencia de mi abogado.

—¿De esta guisa? ¡Qué léxico! Me gusta que tengas sentido del humor.

—Y vos ¿qué hacés?

—Traduzco.

—¿Del inglés?

—También del inglés. Pero sobre todo del francés y del italiano. Y además soy soltero en español.

—¿Me hacés confidencias para que yo te haga las mías?

—No sabía que la soltería era una confidencia. Más bien creía que era un estado civil.

—Yo no soy soltera. Estoy separada.

—¿Y qué tal?

—¿Qué tal qué?

—¿Cómo te sentís en el nuevo estado?

—No tan nuevo. Hace un año que me separé. Ahora ya me acostumbré, pero al principio fue duro.

—No te pregunto si vivís sola, porque vas a pegar la espantada.

—¿Por qué? Vivo sola, claro.

—¿Y tu familia?

—Me queda poca. Mi vieja vive en Brasil, con mi hermano. Mi viejo se quedó en un infarto. Tengo una hermana, casada con un gringo, que reside en Los Ángeles. Y se acabó.

—¿Qué hora es?

—Las seis y veinte.

—Caramba. Tenía que estar a las seis en el Centro. Pero no importa. Total, ya no llego. Ni en taxi. Lo que pasa es que mi reloj está perezoso. ¿Ves que marca las cinco y diez? Además, no he perdido el tiempo. Me gustó conocerte.

—¿Conocerme? Mucho no hemos hablado.

—Lo suficiente. Y una relación no sólo se construye con palabras. También hablan los ojos ¿no?

—Ajá. ¿Y se puede saber qué te dijeron mis ojos?

—Reservado.

—Te gusta el cachondeo ¿eh?

—Me gusta pasarla bien.

—A costa de esta servidora.

—¿Se puede saber qué edad tenés?

—No se puede.

—Representás veintitrés.

—Frío, frío.

—Yo tengo veinticinco.

—Pues representás veinticuatro y medio.

—Esta vez te haré una pregunta que requiere una respuesta franca.

—Venga.

—¿Te caigo bien?

—¿En qué sentido?

—Vertical. Horizontal. El que prefieras.

—Digamos que sí. Aunque no sé por qué.

—¿Te lo explico?

—No, por favor. No soporto la vanidad masculina cuando se desata espontáneamente.

—¿No te parece como si nos conociéramos desde hace años?

—¿No te suena esa pregunta como de culebrón venezolano?

—Vos contestame. ¿Te parece o no te parece?

—¿Años? No. Me parece como si nos conociéramos desde hace veintiocho minutos.

—¿Alguien te dijo alguna vez que irradiás una simpatía tan fuerte que a uno lo marea?

—Bueno, una vez un muchacho me dijo que mi simpatía lo emborrachaba.

—¿Ves? Es así nomás. Y fijate que ni siquiera te he tocado una mano.

—Ni te atrevas.

—¿No me das permiso?

—Claro que no. Apenas si autorizo a mi mano a tocar la tuya.

—Bárbaro.

—Tenés una piel suave. Interesante. Se ve que nunca fuiste obrero.

—¿Y esta cicatriz en la muñeca?

—Ah sí. Con ese detalle ya lo sabés todo de esta joven marquesa. Hace dos años intenté matarme.

—¿Y qué pasó?

—Me salvaron. Unas vecinas. Lo bien que hicieron. Estoy contenta de seguir vivita y coleando.

—¿Mal de amores?

—No. Falta de amores. Vacío de amores.

—¿Droga quizá?

—Nada de eso. Ni siquiera fumo. Casi no tomo alcohol. ¿Vos nunca quisiste suicidarte?

—Soy demasiado pelotudo para tomar una decisión tan laboriosa.

—Ya me dijiste que sos soltero en español. Pero ¿tenés mujer, compañera, amante o noviecita?

—Nada, mi niña. Llevo tres meses y medio de virginidad sabática.

—Entonces voy a hacerte una confesión que confío aprecies en toda su buena fe.

—Así será.

—Y en toda su inocencia.

—Soy todo orejas.

—Quizá te parezca extraño, pero tengo ganas de verte desnudo.

El diecinueve

—¿Capitán Farías?

—Sí.

—¿No se acuerda de mí?

—Francamente no.

—¿No le dice nada el número 19?

—¿Diecinueve?

—El preso 19.

—Ah.

—¿Recuerda ahora?

—Eran tantos.

—No siempre. En el avión éramos pocos.

—Pero usted...

—¿Estoy oficialmente muerto?

—No dije eso.

—Pero lo piensa. Para su información le diré que no soy un espectro. Como puede comprobarlo, estoy vivo.

—No entiendo nada.

—Sí, es difícil de entender. Y sepa que no le voy a contar cómo sobreviví. Parece imposible ¿verdad? Ustedes trabajaban a conciencia y con todas las garantías. Pero un vuelo es un vuelo y el mar es el mar. En el mundo hay varios mares, pero en el mar hay varios mundos.

—No me venga con disparates. Esto no puede ser.

—Sí que puede.

—¿A qué vino? ¿Qué quiere?

Farías estaba recostado en el cerco de su jardincito. El 19 estaba de pie, apenas a un metro de distancia.

—Nada en especial. Sólo quería que me viera. Pensé: de pronto le quito un peso de la conciencia. Un muerto menos, ¿qué le parece? Aunque deben quedarle algunos otros que aún no contrajeron el vicio de resucitar.

—¿Es dinero lo que pretende?

—No, no es dinero.

—Entonces ¿qué?

—Conocer a su familia. Por ejemplo a su señora, que justamente es de Tucumán, como yo. Y también a los chicos.

—Eso nunca.

—¿Por qué no? No voy a contarles nada.

—Oiga, no me fuerce a asumir una actitud violenta. Ni a usted ni a mí nos haría bien.

—¿A mí por qué? Nada hay más violento que ingresar al mar como yo ingresé.

—Le digo que no me obligue.

—Nadie le obliga. Eso que hizo antes, hace ya tantos años, ¿fue por obligación, por disciplina o adhesión espontánea?

—No tengo que dar explicaciones. Ni a usted ni a nadie.

—Personalmente no las necesito. Lo hizo por una razón no tan extraña: no tuvo cojones para negarse.

—Qué fácil es decirlo cuando los cojones son de otro.

—Vaya, vaya. Una buena frase. Lo reconozco.

El otro se aflojó un poco. Se le notó sobre todo en la tensión del cuello.

—¿No me va a hacer entrar en su hogar dulce hogar? Ya le dije que a los suyos no les contaré «lo nuestro», y yo suelo cumplir lo que prometo.

Por primera vez, Farías lo miró con cierta alarma. Algo vio en los ojos del 19.

—Bueno, venga.

—Así me gusta. No se me oculta que este gesto suyo incluye algo de coraje.

De pronto, el 19 se encontró en un *living*, sencillo, arreglado con modestia pero también con mal gusto.

Farías llamó: «¡Elvira!». Y Elvira apareció. Una mujer con cierto atractivo, todavía joven.

—Este amigo —dijo Farías más o menos atragantado— es coterráneo tuyo.

—¿Ah sí? —la mirada de la mujer se alegró un poco—. ¿Es de Tucumán?

—Sí, señora.

—¿Y de dónde se conocen?

—Bueno —dijo Farías—, hace mucho que no nos veíamos.

—Sí, unos cuantos años —dijo el 19.

Hablaron un rato de bueyes perdidos y encontrados. Entraron los niños. El 19 repartió besos, les hizo las preguntas rituales.

—¿Usted es casado? —preguntó ella.

—Viudo.

—Caramba, lo siento.

—Hace cinco años que falleció mi mujer. Se ahogó.

—¡Qué terrible! ¿En la playa?

—Cerca de una playa.

Siguió un silencio helado. Farías encontró una salida.

—¡Vamos, chicos! A hacer los deberes, que ya es tarde.

—Y usted ¿vive solo? —preguntó Elvira.

—Sí, claro.

No le preguntó si tenía hijos, temiendo que también se hubieran muerto.

Con un movimiento casi mecánico, sólo por hacer algo, el 19 se sacudió con la mano los bajos del pantalón.

—Bueno, no quiero molestarlos. Además, tengo que estar en Plaza Italia a las siete.

Cuando el 19 apretó la mano de Elvira, tuvo una sensación extraña. Entonces ella se acercó más y lo besó en la mejilla.

—Siento mucho lo de su esposa.

—¡Vamos! —dijo Farías, a punto de estallar.

—Sí, vamos —apoyó con calma el 19.

El dueño de casa lo acompañó hasta la verja. Allí miró fijamente al 19, y de pronto, sin que nada lo hubiera anunciado, rompió a llorar. Era un llanto incontenible, convulsivo. El 19 no sabía qué hacer. Ese diluvio no figuraba en su programa.

De pronto el llanto cesó bruscamente, y Farías dijo, casi a los gritos, tuteándolo:

—¡Sos un fantasma! ¡Un fantasma! ¡Eso es lo que sos!

El 19 sonrió, comprensivo, dispuesto a hacer concesiones. Y también se incorporó al tuteo.

—Por supuesto, muchacho. Soy un fantasma. Al fin me has convencido. Ahora limpiate los mocos y andá a llorar en el hombro de tu mujercita. Pero a ella no le digas que soy un fantasma, porque no te lo va a creer.

No hay sombra en el espejo

No es la primera vez que escribo mi nombre, Renato Valenzuela, y lo veo como si fuera de otro, alguien lejano con el que hace tiempo perdí contacto. En otras ocasiones, frente al espejo, cuando termino de afeitarme, veo un rostro que apenas reconozco, como si fuera un borrador o una caricatura de otro rostro, al que estoy más o menos habituado. Entonces pienso que esa mirada no es la mía, que esas pupilas de rencor no me conciernen, que esas arrugas pertenecen a otra máscara, que esos fiordos de calvicie no se corresponden con mi geografía capilar. Es cierto que tales dispersiones suelen ser momentáneas, metamorfosis que duran lo que un suspiro, pero siempre me dejan inestable, desasosegado, indefenso. Es por eso, Renato Valenzuela, que tal vez haya llegado el momento de ajustar nuestras cuentas. Con el tiempo, con el pasado, con las heridas, con las promesas, contigo/conmigo. Todas.

No caigamos en la vulgaridad de achacarle todo lo ignominioso a la borrosa infancia. Allá quedó, detrás de la neblina. Mis recuerdos se dejan ver a través de un vidrio esmerilado llamado memoria. Te veo desnudo en el campo, bajo una lluvia que no discriminaba, los flacos brazos en alto, gozando de esa felicidad inaugural, que por cierto no volvería a repetirse, al menos con esa intensidad.

Te veo niño, asombrado ante el raro espectáculo del peoncito que fornicaba (vos creías que jugaba) con alguna oveja, pasiva e inerte, por supuesto ausente de aquella violación antirreglamentaria. Tu adolescencia fue un sueño. Soñabas incansablemente y cuando por fin yo despertaba vos seguías soñando. Con bosques, con olas, con pechos, con soles, con hambres, con manos, con muslos. Tus sueños eran de deseo y mis vigilias eran de censura.

A menudo surge algún sabio de pacotilla, capaz de asegurar que el espejo siempre es honesto. Mierda de honesto. El espejo es un farsante, un traidor, un ladino. Ese Renato Valenzuela que está ahí, mirándome socarrón, pálido de tanto insomnio, es un remedo frágil de mí mismo, un facsímil sin sangre, una cosa. ¿Dónde está, por ejemplo, el latido de mis sienes, el corazón rebosante de logros y fracasos, las manos que no son garras sino proveedoras de caricias?

La estampa del espejo es lo que no quise ser: un fantoche gastado que convoca a la muerte. Por esos falsos ojos circulan escombros de deseos, que ya ni siquiera puedo vislumbrar y menos aún rememorar. Ese Renato Valenzuela es un epílogo del Renato Valenzuela que digo ser. Que soy. ¿O no? ¿O será acaso, este yo de carne y hueso, el pobre duplicado del que se mueve en esa luna? Dijo el poeta: «El mar como un vasto cristal azogado / refleja la lámina de un cielo de zinc». Ese Renato de cristal azogado ¿reflejará la nada de mi cielo de zinc? ¿O acaso estará más cerca de lo que dice en la estrofa siguiente: «El sol como un vidrio redondo y opaco / con paso de enfermo camina al cenit»?

¿Dónde está, en esa copia servil que es el espejo, el veinteañero aquel que sedujo a Irene, o sea el seducido por Irene, el que tembló como una vara cuando ella lo enlazó con sus brazos de enigma? ¿Dónde quedó el que besó y besó aquel cuerpo indescriptible, se sumergió cándido en él, feliz sin asumirse, volado en el amor?

No hay sombra en el espejo. La sombra es de los cuerpos, no de las imágenes. Mi hijo Braulio tiene seis años de sombra. Nunca lo pongo frente al espejo, para que no la pierda. Irene, en cambio, ya no tiene imagen. Ni sombra. Se la llevó el espanto. Hay finales de paz, de dolor, de inercia, también de espanto. El suyo fue de espanto. Sin embargo, en los ojos del espejo no está su muerte. En los ojos de mí mismo sí lo está. Es imposible desalojarla, omitirla, extraviarla.

Mi hijo me mira con los ojos de Irene. Un río de tristeza circula por mis venas, pero me he olvidado de llorar. Con mis ojos y con los del espejo. A Braulio no lo traigo al espejo para que no se gaste, para que no empiece, tan niño, a envejecer, para que siga mirando con los ojos de Irene.

Aclaro que todo esto es de un pasado. Reciente, pero pasado. Reconozco que hoy tuve una sorpresa. Como todas las mañanas me enfrenté al espejo y le hablé. Le hablé y le hablé. Creo que hasta le grité. De pronto advertí que la boca del espejo permanecía cerrada. Volví a hablar, lo insulté. Y nada. Sus labios no se movieron. Curiosamente, su mirada era de retroceso.

Entonces sentí que me inundaba un extraño regocijo, un esbozo de felicidad.

Y no era para menos. Por vez primera lo había dejado mudo. Por vez primera lo había derrotado. Inapelablemente.

Asalto en la noche

Doña Valentina Palma de Abreu, cuarenta y nueve años, viuda desde sus cuarenta y uno, se despertó bruscamente a las dos de la madrugada. Le pareció que el ruido venía del *living*. Sin encender la luz, y así como estaba, en camisón, dejó la cama y caminó con pasos afelpados hacia el ambiente mayor del confortable piso. Entonces sí encendió la luz. Tres metros más allá, de pie y con expresión de desconcierto, estaba un hombre joven, de vaqueros azules y gabardina desabrochada.

—¡Hola! —dijo ella. Debido tal vez a la brevedad del saludo, logró no tartamudear.

—Usted perdone —dijo el intruso—. Me habían informado que usted estaba de viaje. Pensé que no había nadie.

—Ah. ¿Y a qué se debe la visita?

—Tenía la intención de llevarme algunas cositas.

—¿Cómo pudo entrar?

—Por la cocina. No tuve que forzar la cerradura. En estas lides soy bastante habilidoso.

—¿Puedo saber si está armado?

—No me ofenda. Siempre averiguo antes de llevar a cabo una operación. Esta vez no me informé bien, lo reconozco. Pero sólo decido operar cuando estoy seguro de que no voy a encontrar a nadie. Y si es así, ¿para qué necesito armas?

—¿Y qué cositas le habrían interesado? Me imagino que sabrá que a esta hora intempestiva no es fácil largarse con un televisor de veintidós pulgadas o un horno microondas, o una porcelana de Lladró.

—¿Tiene todo eso? Enhorabuena. Pero en estas excursiones de medianoche no me dedico a mercaderías de difícil transporte. Prefiero joyas, dinero en efectivo (si es posible, dólares, o en todo caso marcos), alguna antigüedad más bien chiquita, que quepa en un bolsillo de la gabardina. Cosas así, rendidoras, de buen gusto, de escaso riesgo o fáciles de convertir en vil metal.

—¿Desde cuándo se dedica a una profesión tan lucrativa y con tanto futuro?

—Dos años y cuatro meses.

—Qué precisión.

—Lo que pasa es que mi primer procedimiento lo efectué al día siguiente de mi cumpleaños número treinta y cuatro.

—¿Y qué lo impulsó a tomar este rumbo?

—Mire, señora, yo soy casi arquitecto. En realidad, me faltan tres materias y la carpeta final. Pero me estaba muriendo de hambre. Tal vez usted no sepa que aquí el trabajo escasea. Por otra parte, no tengo padres ni tíos que me financien la vida. Ni siquiera padrino. Como dicen en España, estoy más solo que la una. Y ya lo ve, desde que emprendí mis excursiones nocturnas, al menos sobrevivo. Y hasta ahorro. Cuando tenga lo suficiente, creo que me compraré un taxi. Sé de otros dos casi arquitectos y un casi ingeniero que se decidieron por el taxi y les va bien.

—¿Y en ese caso abandonaría estas gangas clandestinas?

—No lo creo. El taxi sería sólo un complemento.

Doña Valentina, viuda de Abreu, entendió que era el momento de sonreír. Y sonrió.

—¿Qué le parece si dejamos para más tarde la elección de las cositas que compondrán su amable pillaje de esta noche, y ahora nos tomamos un trago?

Al hombre le llevó unos minutos acostumbrarse a esta nueva sorpresa, pero al final asintió.

—Está bien. Veo que usted asume con serenidad las situaciones inesperadas.

—¿Qué quería? ¿Que me pusiera a temblar?

—De ninguna manera. Es mucho mejor así.

La dueña de casa se dirigió al barcito de caoba y extrajo dos vasos.

—¿Qué whisky prefiere? ¿Escocés, irlandés o americano?

—Irlandés, por supuesto.

—Yo también. ¿Con o sin hielo?

Una vez servidas las exactas medidas en los largos vasos de cristal azulado, posiblemente de Bohemia, el intruso levantó el suyo.

—Brindemos, señora.

—¿Por qué o por quién?

—Por la comprensión de la alta burguesía nacional.

—¡Salud! Y también por la frustración arquitectónica.

Cuando iban por la segunda copa, doña Valentina midió al hombre con una mirada que tenía un poco de cálculo y otro poco de seducción. Pensó además que era el momento de recuperar su sonrisa. Y la recuperó.

—Ahora dígame una cosa. En su botín de esta noche, ¿no le interesaría incluir mi camisón?

—¿Su camisón?

—Sí. Le advierto que bajo el camisón no tengo nada. Tiene autorización para quitármelo.

—Pero.

—¿Acaso éste es un cuerpo demasiado viejo para usted?

—No, señora, le confieso que usted luce muy bien.

—¿Quiere decir: muy bien para mis años?

—Muy bien, sencillamente.

—Hace ocho años que quedé viuda y desde entonces no me he acostado con nadie. ¿Qué opina de esa abstinencia mi asaltante particular?

—Señora, no necesito decirle que estoy a sus órdenes.

—Por favor, no me digas señora. Y tutéame.

—¿Te quito el camisón?

Ante el gesto aprobatorio de la mujer, y antes de dedicarse al camisón de marras, el buen hombre se quitó la gabardina, los vaqueros y el resto de su ropa, modesta pero limpia. A esa altura, ella había decidido no aguardar la iniciativa del otro y lo esperaba desnuda.

En la cama doble, el asaltante probó que no sólo era experto en rapiñas nocturnas, sino también en otros quehaceres de la noche. Por su parte, doña Valentina, a pesar de su prolongado ayuno de viuda, demostró a su vez que no había perdido su memoria erótica. Igual que con el whisky, también con el sexo repitieron el brindis. Al final, ella lo besó con franca delectación, pero a continuación vino el anuncio.

—Ahora vamos a lo concreto, ¿no te parece? Tenés que irte antes de que amanezca. Por razones obvias, que se llaman portero, proveedores, etcétera. Vamos, vestite. Y después veremos qué cositas podés llevarte.

Mientras él se vestía, y a pesar de su oferta anterior, ella volvió a ponerse el camisón.

Luego abrió las puertas de un placard, que en el fondo tenía un cofre. De éste fue extrayendo paquetitos de dólares y otras menudencias.

—¿Qué tal? ¿Hay algo que quisieras llevarte?

Sobre una mesita de roble fue depositando joyas de oro, brillantes, esmeraldas. También un reloj suizo («era de mi marido, es un Rolex legítimo»), una petaca de marfil y otras chucherías de lujo.

—También está este revólver de colección. Dicen que perteneció a un coronel nazi. ¿Te interesa?

Cuando el hombre, que había estado examinando las joyas, levantó la vista, ella oprimió el gatillo. El disparo alcanzó al tipo en la cabeza. Se derrumbó junto a la cama doble. Ella recogió todo el material en exhibición y lo volvió a guardar en el cofre. Todo, menos el revólver.

Luego de comprobar que el hombre estaba muerto, pasó cuidadosamente sobre el cadáver. Por un momento le puso el arma en la mano derecha, sólo para dejar constancia de sus huellas. Luego la recuperó y la dejó sobre la cama. Después fue al baño, se lavó varias veces la cara y las manos. También usó el bidet.

Entonces fue al *living,* reintegró la botella a su sitio, llevó los largos vasos de cristal azulado a la cocina y allí los lavó, los secó y volvió al *living* para guardarlos. Luego levantó el tubo del teléfono y discó un número.

—¿Policía? Habla doña Valentina Palma, viuda de Abreu, domiciliada en la avenida Tal, número Tal y Cual, apartamento 8-B. Les pido por favor que vengan aquí, urgentemente. Un asaltante entró, no sé cómo ni por dónde, en mi casa para robar. Por si eso fuera poco, intentó violarme. Constantemente me amenazaba con un revólver, pero se confió demasiado y de pronto no sé de dónde saqué fuerzas para arrebatarle el arma y sin vacilar le disparé. Tengo la impresión de que acabé con él. En defensa propia, claro. Vengan enseguida, porque la impresión y el susto han sido tremendos y les confieso que estoy a punto de desmayarme.

Viejo Tupí

A Pablo Rocca

El Tupí Viejo, situado frente al Teatro Solís, no era sólo un café con abolengo, era más bien una institución nacional. El turista que entonces (finales de los cincuenta) llegaba a Montevideo, sabía que los puntos clave de la ciudad, las postales que no podía omitir, eran el Palacio Legislativo, el Mercado del Puerto, el monumento a La Carreta, el Jardín Botánico, el casino del Parque Hotel, el Estadio Centenario, el Teatro Solís, la Rambla de Pocitos y por supuesto el Tupí Viejo.

La ciudad asumía en esos años un aire de nostalgia, pero no se sabía bien qué cosas añoraba. Tanto la clase alta como la más modesta pugnaban por mostrar una apariencia de clase media, que era en definitiva la que otorgaba al país su colorcito inconfundible. Desde ministros hasta líderes sindicales, todos apostaban en su atuendo por la discreción. Quizá la única diferencia notable se concentraba en el uso o el descarte de la corbata. La señal de poder y distinción que hoy otorga un Mercedes Benz la daba entonces la corbata.

No obstante, en las ruedas casi cotidianas del Tupí Viejo no se tenía en cuenta ese detalle. Allí se juntaban periodistas, actores, obreros, profesionales, futbolistas, diputados, bancarios, artesanos, vendedores ambulantes, y hasta algún integrante del Consejo de Gobierno (eran épocas de Colegiado), como Eduardo Víctor Haedo, que sustituía su corbata oficial por un pañuelo de seda italiana que él consideraba más proletario. La verdad es que a nadie convencía con ese trueque demagógico. Todos sabían que don Eduardo Víctor era un farsante, pero un farsante simpático y sin soberbia, que se reía un poco de todos y también de sí mismo; así que cuando aparecía, haciendo chirriar con su gravosa humanidad las tablitas, de añejo roble pero flojas, del viejo parquet, siempre le hacían un sitio en las animadas polémicas, a las que él llenaba de colorido. Hasta Biancamano, el camarero que era una suerte de prócer del Tupí Viejo, solía mirarlo con extraña devoción.

Otro concurrente casi diario era un experimentado homosexual, el Recio, que normalmente ocupaba una mesa solitaria junto a uno de los ventanales. Entre el teatro y el restaurante del Águila estaba la Escuela Municipal de Arte Dramático, donde Margarita Xirgú ejerció durante años su incanjeable docencia. Varios de los alumnos de la

Escuela solían invadir el Café en juvenil algarabía. Siempre había alguno con un toque afeminado y que hasta caminaba con cierto contoneo. El Recio los miraba con crítico distanciamiento y recordaba un pasado no tan remoto en que había tenido que defenderse a trompada limpia (había noqueado a más de cuatro) de ciertos patoteros de extrema derecha, defensores escandalosos de la moral, la familia y la patria. Su moraleja era siempre la misma: «En mi tiempo había que ser muy macho para ser marica». Los demás contertulios le festejaban frívolamente la salida, pero el Recio (que tenía su Unamuno bien leído) sabía que allí estaba condensado su «sentimiento trágico de la vida».

La erección de la imponente mole del Edificio Ciudadela determinó la agonía y la muerte del Tupí Viejo. (Por un par de años lo trasladaron a un local sombrío de la calle Colonia. Parte de la clientela lo siguió, pero con desgano. Sin un paisaje que incluyera al Solís y la Plaza Independencia, sin los amplios ventanales y sin el Recio, que tuvo la coherencia de morirse tres días antes del traslado, aquello era un café cualquiera, pero nunca el Tupí Viejo.)

La agonía propiamente dicha duró cuatro o cinco semanas. Biancamano, que había sido el gran oficiante en aquel templo del ocio creador y ahora tenía asegurada su jubilación, no podía aceptar la abolición de un espacio que durante veinte años había sido su hogar.

Todavía continuaron, aunque en franca decadencia, las tertulias de los fieles. Una tarde compareció el consejero Haedo y confesó que no vendría más (sólo faltaban quince días para el cierre definitivo) porque en la última sesión del Consejo se había acordado del Tupí y había estado a punto de llorar. «Imagínense si después aparece en los diarios una foto con el rostro del consejero Haedo bañado en lágrimas.» A la salida se encontró con el Recio, que ya andaba muy mal, y se abrazaron, tal y como si se les hubiera muerto un familiar querido.

Además, empezó a notarse un extraño desajuste en las ruedas de siempre. Ahora los obreros hablaban de teatro; los periodistas, de artesanía; los actores, de fútbol; los abogados, de crucigramas; los vendedores ambulantes, de política. Como si cada uno quisiera escaparse de su realidad inmediata.

El último día sólo quedaba Biancamano, con la mirada fija en la inmensa Plaza que iba a perder para siempre. Es claro que podía ser contemplada desde el otro extremo, pero la Plaza que él disfrutaba era la que aparecía en los ventanales del Café. Entonces llegó el último cliente, pero no era de los habituales. Era simplemente un periodista brasileño, que, enterado de este final de Norma, se había acercado para hacer una nota para *O Globo,* y acribilló a preguntas al pobre

Biancamano, que al final le imploró que lo dejara tranquilo. Y el buen hombre optó por retirarse.

Cuando se fueron apagando las luces, las del insobornable sol y las eléctricas de Ute, allí quedó, como recortada en la penumbra, la silueta del camarero de la triste figura.

Los robinsones

Los robinsones eran cinco: Sören hablaba danés; Gertrude, alemán; Paola, italiano; Flavio, portugués, y Louise, francés. Como lengua marginal pero abarcadora, adoptaron el inglés. Provenían de dos naufragios distintos, acaecidos en una sola noche de alucinante borrasca. Extrañamente, los cinco cuerpos, sobrevivientes pero derrengados, aparecieron, a pocos metros unos de otros, en un extremo del pequeño islote. Los primeros en recuperar el aliento fueron Sören y Louise. Juntando sus pocas fuerzas, arrastraron a los otros tres a un lugar más o menos protegido, bajo unos árboles que se doblaban hasta casi quebrarse.

Por fortuna, amaneció con el cielo despejado y un sol que les pareció maravilloso, sobre todo porque les secó la piel y les dio calor. La visibilidad era perfecta, pero no había ningún barco a la vista, ni hundido ni navegante. De pronto se miraron y tomaron conciencia de sus desnudeces. Flavio fue el primero en hablar: «Tendremos que acostumbrarnos». Todos asintieron, pero no fue fácil. Durante los primeros días se hablaban sin mirarse. Las tres mujeres trataron de encontrar hojas que les permitieran construirse por lo menos unos toscos taparrabos, pero fue inútil. Les importaba más cubrirse el pubis que taparse los senos. Los dos hombres en cambio no se preocupaban de sus propias desnudeces. Además, el clima no era un factor de riesgo, ya que por lo visto aquella zona era descaradamente tropical y sólo a la noche se levantaba una suave y bienvenida brisa.

La alimentación fue sin duda un problema, pero de a poco lo fueron solucionando. Las ramas que arrancaron de los árboles se convirtieron en instrumentos de caza, ante los cuales fueron sucumbiendo ratas, liebres, cangrejos, monos, jutías, algún pez que traían las olas. También se hicieron expertos en la construcción de trampas. Por otra parte Sören, el danés, cuya movida existencia incluía una etapa de explorador, sabía encender fuego con dos piedras, y esa habilidad fue un elemento básico en el primitivo arte culinario de aquellos robinsones.

Al cumplirse aproximadamente un mes de su llegada (no tenían la noción exacta de los días transcurridos), ya habían logrado construir, con ramas y hojas, una choza rudimentaria. Las hojas grandes eran un descubrimiento reciente y podían haber servido para crear un modelo inédito de taparrabo, pero a esa altura el pudor había quedado atrás. Ya estaban tan habituados a sus respectivas desnudeces, que a nadie se le ocurrió resguardar sus vergüenzas.

Durante el día se dedicaban, todos juntos, o en grupos de dos, a las tareas de supervivencia. Pero en los atardeceres se reunían junto a la choza y empezaron a contarse sus vidas. El mayor era Sören, cuarenta años, y la menor era Paola, veintidós. Flavio, treinta y siete años, casado, con dos hijos, nacido en Oporto, era arquitecto y tenía en Lisboa, con otro colega, un estudio que había ganado buena fama y trabajaba bien. Gertrude, soltera, veintinueve años, era traductora simultánea (en inglés, alemán y francés). Paola, italiana, veintidós años, soltera, modelo, se divertía enumerándoles sus pasarelas completas y sus destapes profesionales, que habían sido un involuntario entrenamiento para la desnudez actual. Louise, suiza, nacida en Ginebra, casada aunque en trámite de divorcio, sin hijos, cajera de un *shopping center*, había dejado, cuando se casó, sus estudios de Humanidades, pero seguía siendo una lectora obsesiva («aquí lo que más echo de menos es mi biblioteca»). En aquel hato de jóvenes, Sören era casi un patriarca; danés, cuarenta años bien llevados, barba tupida y semicanosa, carecía de un vínculo sentimental permanente, pero siempre le había ido muy bien con las mujeres; aparte de sus cinco años dedicados a la exploración y la investigación ecológica, ejercía el periodismo en uno de los principales diarios de Copenhague.

El hecho de que los cinco depositaran sobre las piedras (unos con soberbia y otros con timidez) aquellos breves compendios de sus biografías sirvió en cierto sentido para cambiar la atmósfera algo neutra de sus relaciones. Ya no se veían como objetos sino como personas, y también como cuerpos; se miraban con prevención, con asombro y también con simpatía, más o menos como acontece en la mayoría de las familias. Con una diferencia: aquí y ahora las desnudeces volvieron por sus fueros, y en consecuencia hubo vistazos de indagación y hubo rubores.

El islote era pequeño y lo recorrieron de costa a costa. No detectaron presencia humana, aunque sí algún indicio de que tal vez la había habido. Por ejemplo un cuchillo con hoja de acero inoxidable, que les fue muy útil en las tareas de caza, cocina y construcción. Había dos zonas boscosas y el resto eran tierras llanas, praderas de altos pastizales. Sólo existía una elevación, que concluía en un precipicio o despeñadero que daba al mar y provocaba un vértigo casi incontrolable. La única vez que ascendieron hasta allí y miraron hacia abajo, Paola dijo: «Qué incitación para el suicidio», y Sören agregó: «No es descartable que el dueño del cuchillo haya venido aquí y sucumbiera al vértigo». Nadie festejó la ocurrencia y todos volvieron callados al campamento.

De vez en cuando hacían giras de inspección. Una mañana se repartieron en dos grupos: Flavio, Gertrude y Paola fueron hacia el norte, los otros dos hacia el sur. Después de una larga caminata, Sören y Louise entraron en el bosquecito número dos. Se echaron en un lecho de hojas. De pronto él notó un brillo extraño en los ojos de la suiza, tan extraño que él advirtió en su miembro una repentina y firme erección. También Louise detectó esa incitante novedad. Entonces cerró los ojos, pero en los párpados le quedó un temblor. Él estiró un brazo hasta alcanzar su mano y ella fue abriendo lentamente sus piernas. El acto de amor fue intenso y singular, ya que las palabras que acompañaron las caricias primarias y las profundas no se entendieron tan hondamente como los cuerpos: las de Sören eran en danés y las de Louise en francés. El orgasmo no admite traducciones.

Cuando regresaron al campamento, los otros ya habían vuelto. No fue necesario dar ninguna explicación, ningún boletín de noticias. La nueva situación era evidente. «Enhorabuena», dijo Gertrude, y todos sonrieron. Sin embargo, a la noche Louise y Sören, por respeto a los demás, no durmieron juntos.

La segunda unión, de Flavio y Gertrude, no fue tan espontánea. Habían quedado solos en el campamento y lo discutieron largamente. Esta vez no hubo enamoramiento ni atracción irresistible. Más bien el resultado de un plan. El tema que Flavio depositó sobre las piedras, cada vez más lisas y gastadas, fue el de la exigencia de los cuerpos. «Tú y yo somos jóvenes y el cuerpo nos pide sexo. Por lo menos a mí. ¿A ti no?» «También a mí, pero no es tan fácil. Por ti puedo sentir una atracción física, provocada quizá por la prolongada abstinencia, pero no amor.» «¿Quién habla de amor? Se trata de necesidades.» «¿Y por qué me lo planteas a mí y no a Paola, que es más linda y más joven?» «Porque tú eres una persona mentalmente adulta, capaz de comprender de qué se trata, y Paola en cambio es mucho más inocente (y hasta diría pacata) de lo que parece. Un día lo hablé con ella, sin entrar en mayores precisiones, y me dio a entender que para ella el sexo sin amor no es erotismo sino pornografía.» «No está mal.» «Concretando: ¿cuál es tu respuesta?» «Te confieso que todo este intercambio de opiniones me ha ido, no diría calentando, sino entibiando el cuerpo. Así que cuando quieras.» «Hurra por el pragmatismo germánico.»

Se tendieron entre unos matorrales y allí fue donde los vio Paola. Ellos ni se dieron cuenta de su presencia, tan concentrados estaban en su nudo corporal. La italiana tuvo tiempo de ver y de asombrarse. Por lo común, una pareja, en la privada instancia de practicar su coito, suele vivir una instancia de prodigio; en cambio, para el que ve desde fuera, puede ser un motivo de excitación pero también de aversión, de repulsa. Así lo fue para Paola, que se retiró lentamente y se tendió en la choza, con un llanto amargo para el que no hallaba explicación. Cuando volvieron los otros cuatro, ella no quiso comer, dijo que le dolía la cabeza y quería descansar. En el largo insomnio se vio sola, aislada, excluida de los que se unían, y allí, mientras los demás dormían, tomó la decisión.

En una tabla que les servía de mesa, grabó con el cuchillo, en su escueto inglés para que todos lo entendieran: «Thanks. Good bye for ever. Paola». Después, extraviándose a veces en lo oscuro, caminó hasta el despeñadero. Era una noche de luna, así que pudo ver el mar, allá abajo, con olas gigantescas. Murmuró para sí misma una brevísima oración, se cruzó de brazos, y así, se arrojó al vacío.

A la mañana siguiente, el primero que vio la leyenda de despedida fue Flavio. Enseguida despertó a los otros. «Se ha matado», dijo Gertrude. «¿Recuerdan lo que dijo aquella vez que fuimos al despeñadero?», preguntó Sören. «Vamos allá.» Y hacia allá fueron, siguiendo algunas de sus débiles huellas. Abajo, bien abajo, entre las rocas asquerosamente puntiagudas, estaba el cadáver de la modelo. Ni siquiera las olas habían querido llevársela.

En las dos semanas que siguieron reinó el silencio. Se cumplían las tareas imprescindibles. No hubo más uniones de los cuerpos. Sólo cuando apareció el barco inglés recobraron el ánimo y empezaron a hacer frenéticas señales. Por fin fueron vistos y una lancha vino a recogerlos. En el viaje hasta La Coruña hablaron entre sí sólo lo indispensable. Los del barco les dieron ropas y la tripulación hizo una colecta para que tuvieran algo de dinero cuando desembarcaran. El barco no entró en el puerto; no estaba en su ruta. Avisó que traía cuatro náufragos y vinieron a recogerlos. Ya en tierra, cumplieron los trámites de rigor. Les permitieron que desde allí telefonearan a sus familias. Luego atravesaron el Paseo Marítimo y caminaron hasta la Plaza de Santa María del Campo. Fue allí que decidieron separarse. Por primera vez tras el suicidio de Paola, la tensión bajó, se abrazaron, intercambiaron direcciones y teléfonos. Luego Gertrude se fue sola; también Flavio se fue solo, pero en otra dirección. Sören y Louise, en cambio, se quedaron allí, indecisos pero abrazados.

Más o menos hipócritas*

—No, Sánchez, no está mal informado. Hace ocho años que no publico nada. Y algo más grave aún: hace ocho años que no escribo.

Sergio Govoni pronuncia la última frase como si estuviera leyendo una pancarta; con un tono levantado pero uniforme, hecho más de rutina que de convicciones. El periodista esboza una sonrisa escéptica.

—Con todos los respetos: me consta que lo primero es cierto, pero lo segundo no puedo creerlo. Después de publicar cinco libros de poemas y siete novelas, de haber obtenido premios internacionales nada despreciables y excelentes críticas en todas partes, resulta difícil admitir que usted decida en un santiamén borrarse de la literatura.

—¿En un santiamén? ¡Cuánto hacía que no escuchaba esa palabrita! Tiene su encanto ¿no?

—No se me escabulla, don Sergio.

—¿Borrarme de la literatura? Eso no. Ahí están mis libros. Buenos o malos, ahí están y nadie puede borrarlos. Lo que he decidido borrar son mis futuros libros.

—¿Y le parece justo?

—¿Qué tiene que ver con esto la justicia? Se trata de una decisión personal, nada más. ¿Por qué se sorprende tanto? ¿Acaso mis sesenta años le parecen una edad prematura para jubilarse? Fui precoz, pero en otros rubros. Nadie es precoz para jubilarse.

—Sesenta tiene ahora. Cuando publicó *Alientos y desalientos* tenía cincuenta y dos.

—Tiene razón. Después de todo, cualquier edad es buena para dejar un oficio. Fíjese en Salinger: hace más de veinte años que no publica. ¿Y qué me cuenta del poeta Enrique Banchs? En 1911 publicó *La urna,* y se acabó, y eso fue cincuenta y siete años antes de su muerte. ¿Y Rulfo? *Pedro Páramo,* su último libro, es de 1955, y murió treinta años después.

* Este texto formó parte, como primer capítulo, de la novela colectiva *La muerte hace buena letra* (Ediciones Trilce, Montevideo, 1993), en la que participaron once narradores uruguayos.

—Son excepciones. ¿Quiere que le diga una cosa? Durante muchos años pensé que usted, por su estilo, por su actitud vital, por la coherencia de su obra, era hombre de reglas y no de excepciones.

—No me joda, Sánchez. Nadie quiere ser excepción. Ni siquiera el más ambicioso. Para llegar bien alto, hay que seguir el caminito de las reglas. Las excepciones siempre se quedan en la ruta. Usted me dirá que luego pueden ser reconocidas y ensalzadas por la posteridad.

—Claro que se lo digo.

—Pero ¿a quién le importa la posteridad? Ni siquiera le importó a Kafka, y era un genio. Kafka se hizo ca[f]ca en la posteridad.

—Menos mal que el bueno de Max Brod estuvo ahí para salvaguardar las venerables heces. La posteridad, agradecida.

—Estamos de humor negro, ¿no?

—Olvídese de Kafka. ¿Puedo hacerle la primera pregunta?

—Ya era hora. Puede. También puede poner, como en las encuestas: «No sabe, no contesta».

—Sergio Govoni: ¿por qué dejó de escribir?

—No sabe, no contesta.

—Por favor, don Sergio, no me tome el pelo.

—¿Al pan pan?

—Al pan pan.

—Dejé de escribir porque me quedé sin temas, así de sencillo.

—No tan sencillo.

—Dígame, Sánchez, ¿usted quiere publicar las respuestas mías o las respuestas que usted imagina que son las mías?

—No es forzoso que no coincidan. Pero no. Quiero las suyas, claro.

—Déjeme pensar. Déjeme pensar. No me gusta que me empujen.

—¿Le cuesta tanto recomponer el motivo de una decisión tan importante?

—No es que me cueste. Lo que sucede es que ustedes a veces simplifican. Quieren una respuesta única, compacta, y por añadidura que sirva para el título del reportaje. ¿Qué provocó la crisis del Golfo? Y responden la invasión de Kuwait. Y no. Es mucho más complejo.

—¿Qué provocó su crisis del Golfo?

—Se imaginará que hay más de un motivo. Por una sola razón no habría dejado de escribir. Son varias.

Govoni abandona la mecedora y se acerca a un mueblecito de roble, de aquellos clásicos, con cortina y cajoncitos. Mientras él hurga en las gavetas inferiores, Sánchez puede echarle una ojeada a aquel ambiente un poco sofocante. No logra distinguir si las paredes, repletas de libros, lo protegen o lo amenazan. En tres o cuatro huecos aparentes, oprimidos por diccionarios y enciclopedias, hay un dibujo de Barradas y otro de María Carmen Portela, un gauchito de Blanes (¿será una copia?), un óleo maravilloso de Alfredo De Simone. Nadie de los actuales, anota mentalmente Sánchez, pero el De Simone lo llena de saludable envidia. Ni fax ni computadora. ¿Para qué, si ya no escribe? Sólo una vieja Remington, de teclas desniveladas y con ictericia, aparece como testigo de un pasado profesional.

Mientras el escritor le da la espalda, inclinado sobre unas carpetas en las que busca y rebusca, Sánchez se fija en cierta meseta de calvicie que no era perceptible cuando estaba erguido y de frente. Su aspecto general no revela un cuidado particular, ni siquiera esa coquetería de corredor de fondo en que suelen caer algunos veteranos, pero se le ve confortablemente instalado en la tercera edad. No obstante, cuando se endereza, con la (por fin) hallada carpeta en la mano, no puede evitar una breve mueca, como si alguna de sus bisagras hubiera rechinado. Le alcanza a Sánchez una fotografía. Se reserva otras.

—Ésta es Amparo, mi primera mujer.

La foto es en colores, pero algo desvaídos. Una muchacha posa con naturalidad, los brazos apoyados en una baranda de hierro, dedicándole al fotógrafo ocasional una sonrisa franca, cautivante. Sin embargo, lo que más atrae de esa presencia inmóvil son los ojos, penetrantes y oscuros.

—Es Amparo Serrano ¿verdad? Alcancé a verla en *Casa de muñecas*. Yo era un botija y me pareció maravillosa.

Govoni vuelve a la mecedora. Ahora parece menos tenso, pero también más desvalido.

—En realidad, su apellido no era Serrano sino Morente. Decía que le sonaba a muriente, y por eso se lo cambió para el teatro. Tiene usted razón: era maravillosa.

—¿Quiere hablarme de ella?

—Nunca hablo de ella. ¿Sabía usted que se suicidó?

—No. No sabía.

—Casi nadie lo sabe. Creo que sólo su madre y yo. Y el médico de familia, claro. En esos años, el suicidio era una gran vergüenza. Más o menos como el sida hoy. La prensa montevideana jamás mencionaba un suicidio doméstico, sólo los del exterior. De modo que lo ocultamos. Oficialmente fue un infarto. Vamos, Sánchez, no se conmueva así. Esto sucedió hace mucho.

—También usted se conmueve.

—Puede ser. Viví con ella siete años intensos. Y además su muerte fue algo inesperado. Nunca supe por qué lo hizo. Ni siquiera habíamos tenido una discusión.

—¿Quiere que apague el grabador y me lo cuenta?

—Apáguelo si quiere, pero ¿qué quiere que le cuente si no sé nada? Sólo puedo contarle mi desconcierto.

—¿Y la madre?

—Me echó la culpa. Como todas las madres. Nunca creyó en mi perplejidad. Ni mucho menos en mi congoja.

—Supongo que usted habrá barajado posibilidades.

—Todas. ¿Infidelidad de mi parte? Mi lema siempre ha sido: fiel, pero no fanático. No se ría. Pero justamente entonces llevaba tres años de fidelidad ininterrumpida. Y ella lo sabía. Las mujeres siempre saben esas cosas. Por intuición femenina, o por chisme de una amiga, pero las saben.

—Usted perdone. Pero ¿no pudo haber infidelidad de parte de ella? ¿O quizá un indicio de infidelidad? ¿No pudo acaso enamorarse de otro hombre y haberse sentido insoportablemente culpable?

—¡Cómo cambian los tiempos! O dicho de otro modo: cómo me he vuelto viejo. Si hace diez años, alguien me hubiera hecho esa pregunta insolente, sencillamente le habría roto la cara.

—Perdone, don Sergio. No pensé que... Además, le avisé que había detenido la grabación. Creí que hablábamos amigablemente, confidencialmente. Perdone.

—Está bien, está bien. No crea que no comprendo que en el periodismo actual la insolencia es una virtud. Y tal vez tengan razón. La intromisión en la vida privada tiene gancho, vende más. Por eso voy a responderle. No creo que Amparo tuviera otro hombre, o pensara siquiera en tenerlo. Estábamos muy unidos, ¿sabe? Éramos jóvenes. El sexo funcionaba admirablemente, los cuerpos se necesitaban, se echaban de menos. También hay que reconocer que los hombres no somos desconfiados y a veces nos pasan. Pero si somos confiados es por exceso de vanidad. ¿Cómo una mujer va a preferir a otro si me tiene a mí, que soy y estoy bárbaro? ¿Usted sabe aquello que del dicho al hecho hay un gran trecho? Bien, pero del machista al cornudo, ese trecho es menudo. Mal chiste, ya sé. No me haga caso, Sánchez. Hablo por hablar. Estoy totalmente seguro de que Amparo me era fiel.

Govoni se mece parsimoniosamente. Pero está en otra parte. Sánchez respeta aquel ensimismamiento. En realidad, no está muy seguro de cómo continuar el diálogo. Por fin Govoni vuelve a tierra, lo mira como extrañado de su presencia y advierte que tiene más fotos en la mano. Elige una y se la alcanza.

—Es Julia, mi segunda mujer. Segunda y última.

En la foto, Julia y Sergio, abrazados, no miran hacia la cámara. Se miran ellos. Tienen aspecto de felices. Con reticencias, pero felices.

—No elegía mal usted, ¿eh? Tiene un atractivo distinto al de su primera mujer, pero es hermosa.

—Ésta sí me dejó por otro.

—¿Otro intelectual?

—No. Un jugador de básquetbol. Otra forma de suicidio.

—¿Lo cree realmente así?

—No, no lo creo. Pero es una buena cita de mí mismo. La usaba un personaje de mi tercera novela. Pero él decía eso, porque su mujer lo dejaba por un obrero de la construcción. De todas maneras, es menos humillante. Un obrero de la construcción es algo, alguien. Pero un basquetbolista... ¿No es absurdo?

—No veo por qué.

—Lo que pasa es que usted piensa en un deportista culto, que también los hay ¿por qué no? Éste en cambio era bruto. Musculoso ¡y un metro ochenta y ocho de altura! Lo sé porque él siempre lo estaba proclamando, como si exhibiera un doctorado de La Sorbonne.

—Todavía le guarda un poquito de rencor ¿no?

—Nunca fui rencoroso. Más bien suelo aburrirme de mis rencores. Me pareció una idiotez de parte de Julia, sólo eso. Si bien admito que ella me gustaba (le aseguro que en la cama hacía portentos) nunca estuve francamente enamorado. Julia no es Amparo. Nunca la pudo remplazar. De modo que en algún sentido su partida fue una liberación. A los seis meses se cansó de su musculoso e intentó volver. Pero no quise. No por orgullo ¿entiende? Más bien por cierta estética de la dignidad. Lo cierto es que nunca más encontró acomodo. De vez en cuando me llegan noticias. Anduvo con un arquitecto, después con un fotógrafo, luego con un secretario de embajada. Del Este, claro. Lo último que supe de ella es que se había vuelto feminista.

—Dígame, Govoni. ¿La suspensión de su escritura arranca del suicidio de Amparo o del abandono de Julia?

—Cuando se mató Amparo escribí un largo poema, bastante desgarrado por cierto, que más tarde rompí. No podía soportarlo. Fue el último. Sin embargo, seguí escribiendo prosa y publicándola. Después que concluyó lo de Julia, ya no sólo no publiqué sino que tampoco escribí nada. ¿Quiere saber cuál es la diferencia? Cuando se mató Amparo, quedé vacío; cuando se fue Julia, me sentí libre. Ante aquella muerte, me encontré sin fuerzas; frente a este abandono, las recuperé. O sea que, al parecer, al menos en mi caso, ni la ausencia ni la libertad fueron motivo de inspiración.

—Pero usted dice que recuperó las fuerzas.

—Para vivir, pero no para escribir. Por eso hoy puedo mirar mis libros como si hubieran sido escritos por otro. Dejé de ser un autor mediocre para convertirme en un lector inteligente. Y le confieso que disfruto bastante en mi nueva condición.

—Ese párrafo podría haber figurado en su novela *La falsa modestia*. Honestamente, ¿usted cree que esa obra fue escrita por un autor mediocre?

—Es el caso, poco menos que milagroso, de una excelente novela, escrita por un novelista, no diría mediocre, pero sí mediano. ¿Qué le parece este autodiagnóstico?

—Un autoengaño. O quizá una simulación.

—Usted no me quiere demasiado, ¿eh?

—Hombre. Soy uno de sus lectores más fieles, y en consecuencia me siento frustrado por su silencio literario.

—Espero que comprenda que salvarlo de su frustración no es para mí incentivo suficiente para volver a escribir.

—Usted tampoco me quiere demasiado, ¿eh?

—No. ¿Y sabe por qué? Porque usted y yo somos dos hipócritas, pero yo le llevo la ventaja de mi madurez. La hipocresía inmadura me resulta insoportable.

—¿Y por qué carajo accedió entonces a concederme la entrevista?

—No se sulfure, mi amigo. No se sulfure. Le concedí la entrevista, es cierto, pero como me considero un hombre libre, ahora le retiro la concesión.

—Ya es tarde, Govoni. Todo está grabado.

—Lo sé, lo sé. Ahí fue cuando reconocí que usted era un hipócrita inmaduro: cuando me dijo que no estaba grabando y sin embargo seguía encendida la lucecita roja. Usted trataba de ocultarla, pero igual lo pesqué. Un hipócrita inmaduro.

—Ante todo soy un periodista. En el diario no me pidieron una entrevista de indagación literaria, sino que le hiciera una sola pregunta: ¿por qué dejó de escribir?

—¿Y usted cree que le respondí?

—Está grabado, Govoni.

—Sí, está grabado. Pero usted, muchacho, va a abrir ahora su aparatito, va a extraer el cassette y lo va a depositar tranquilamente sobre esta mesa. Usted y yo somos dos hipócritas, pero ambos sabemos que el cassette va a quedar aquí, ¿no es cierto?

Sánchez aprieta los labios, sin pestañear. Luego adelanta dos dedos y oprime la tecla *eject*.

Ausencias

1.

Obedeciendo a una nostalgia que era casi una costumbre, Fabián abrió su billetera y extrajo con cuidado el papel, ya amarillento, doblado en cuatro. Era la última esquela de Juliana, escrita cinco años atrás: «Fabianzuelo: qué bien lo pasamos ayer. No quiero pedirle más recompensas a la vida. Así ya está bien. ¿Para qué más? Creo que nunca antes me había sentido tan a gusto contigo y conmigo, con tu cuerpo y con mi cuerpo. Ahora tengo que irme, qué lástima, pero será apenas por una semana. Ya te estoy echando de menos, ya quisiera tenerte. Y que me tuvieras. Ojalá que nos dure esta necesidad del otro. Y nada más. No te mando besos de papel, porque no pueden competir con los verdaderos. Sólo de evocarlos, me estremezco. Hasta el sábado. Juliana».

Con el papel aún desdoblado en la mano, Fabián miró por la ventanilla. El autobús atravesaba una campiña levemente ondulada, con trigales a ambos lados de la carretera. Pero él miraba sin ver. Fabianzuelo. Fabianzuelo. Así le había puesto ella porque, decía, la había pescado y bien pescado, y por fortuna no la soltaba. Tenía razón: aquella jornada había sido como un milagro. Nunca había imaginado tanta compenetración, tanta angustiosa felicidad. Angustiosa porque él siempre había intuido que sería a término. Ojalá que nos dure, había escrito ella. Pero no duró. Juliana se había esfumado. Él la buscó, al principio con desconcierto, después con desesperación, luego con paciencia, con rigor, siempre con tristeza. Sabía que también la familia la había buscado con tenacidad, pero habían sido tiempos duros para cualquier búsqueda. Todos ignoraban, y los que acaso sabían no vacilaban en mentir. Mentían que ignoraban, pero nunca ignoraban que mentían. Para Fabián, la imagen de Juliana ocupaba todo su aforo de añoranzas. Una añoranza que él sentía en su boca, en sus ojos, en sus manos, en sus piernas, en su sexo. Juliana no era la ausente sino la Ausencia.

2.

¿Cuánto hacía que Fabián Alvez no pisaba los adoquines de San Jorge? Tenía la impresión de que no sólo sus pies sino también sus zapatos echaban de menos el asfalto de la Capital. Sin embargo, aquella tranquilidad casi abusiva le venía bien. Como si sólo ahora se enterara de que durante años había sentido nostalgia de esta calma. Las calles arboladas eran un marco adecuado para el paso cansino de la gente. Hasta los pájaros aportaban su ritmo de verano. Iban de árbol en árbol, sin armar alboroto, planeando con las alas inertes, o volaban con una alternancia perezosa, como si fueran pájaros de sueño. Pero no eran de sueño. Sólo que no estaban pendientes de las alarmas y los semáforos de la metrópoli. Las casas y las casitas eran modestas pero recién pintadas de un blanco sin brillo: un fondo más o menos adecuado para las ventanas y persianas verdes. Eran las siete de la tarde y entre los árboles asomaba el río.

La pensión Brescia aún sobrevivía. Pobre, decorosa y limpia. Le dieron una habitación amplia. Había una cama con barrotes de bronce bien pulidos, una mesa de pino nudoso, dos sillas y un ropero con las hojas algo desencontradas y los estantes con un pasado de polillas. Depositó la valija sobre la mesa pero ni siquiera la abrió. Se quitó el saco, el cinturón y los zapatos y se tendió en la cama, que chirrió, quejosa. En el techo había una mancha oscura, una suerte de círculo con flecos. Se puso los lentes para ver de qué color era el esperpento. La mancha era marrón. Mirándola, mirándola (se divirtió pensando: Pico della Mirandola), se quedó dormido.

Durante todo este tiempo de malquerida soledad, soñar con Juliana había sido un premio para él. Raras veces lo había merecido. Pero esta vez soñó con ella. La divisó desde lejos. Estaba sentada en un banco de la plaza, no en San Jorge sino en Cabañas. Tenía una blusa roja y una pollera clara. Ella lo saludó alzando un brazo, y él decidió acercarse. Pero a medida que avanzaba, el banco se iba alejando. Y Juliana con el banco. Al principio el sol le daba en la cara, pero, gracias a aquel desplazamiento, Juliana y el banco fueron entrando en la zona de sombra. Fabián tuvo que correr para alcanzarlos, y cuando al fin estuvo junto a ella, le tendió una mano y pudo librarla de aquella alienación. Esto más que un tiovivo parece un tiobobo, dijo él y ella sonrió. Le pasó un brazo por la cintura, todavía sin besarla, y le preguntó cuándo pensaba volver. Ella sonrió, cautivada y cautivante, pero en el preciso instante en que iba a hablar, él despertó.

3.

A la mañana siguiente, después del desayuno (café con leche, tostadas y mermelada de durazno), salió a reconocer, casi a recuperar el pueblo. En las acacias y paraísos de la plaza se notaba el tiempo transcurrido. Como si hubieran entrado en la tercera edad. El frente de la iglesia estaba descascarado, pero aun así infundía respeto. Cuatro o cinco chicos movían una pelota, se la pasaban con precoz elegancia y con la visible convicción de que les esperaba un futuro de estrellas.

Fabián cruzó la plaza en diagonal y tomó por la calle Dragones. Sabía lo que buscaba. Frente al número 12-A se detuvo. Nunca se había explicado el agregado de la A, pues no había ningún 12 a secas. Una de las persianas estaba cerrada; la otra no. Por la acera de enfrente pasaron dos parejas y un señor con bastón. Todos lo miraron con la curiosidad que suele provocar un rostro anónimo. Por fin decidió empuñar el pesado llamador de bronce y los golpes sonaron en la calle de domingo como dos martillazos. Las verdes persianas del 25 y el 28-A (tampoco había un 28 a secas) movieron sus pestañas. Por fin, después de un rato, la puerta se abrió. Apareció una muchacha, bien parecida, con una túnica blanca. Al principio lo miró con reprobación, luego sonrió. Él dijo buenos días y preguntó si allí vivía o había vivido Juliana Risso. «Sí, pero hace mucho.» «¿Sos su hermana?» «Sí.» «¿Carmela?» «Sí, ¿y vos quién sos?» «Fabián.» «Ah, el novio.» «Al menos eso fui en un tiempo, antes de que Juliana se esfumara.» Carmela pareció vacilar. Le dedicó una nueva mirada de evaluación. «¿Querés pasar?» «Si no molesto.»

4.

El patio interior era acogedor y luminoso. Una pared, casi totalmente cubierta por una enredadera invasora y compacta, atenuaba la sensación de bochorno. Con un gesto, la muchacha le sugirió que se quitara el saco y él obedeció. Ella quedó a la espera y él preguntó si tenía alguna noticia de Juliana. «Ninguna. Hace cinco años que dejó de escribirme, nunca más supe de ella. Ahora ya no lloro, pero lloré mucho. No sólo era mi hermana, también era mi amiga, mi compañera, mi confidente.» «¿Y a qué atribuís ese silencio?» «A que la desaparecieron, como a tantos. ¿Acaso no sabés que la democracia no llegó a los cementerios? Sólo los vencedores tienen tumbas.» «¿Y tus padres?» «Ellos no lucharon y por tanto no fueron vencedores, pero al menos tienen tumbas. El viejo murió hace tres años. Mamá, el año pasado.»

«¿Vivís sola?» «No, vivo con mi tío y con mi hermano, pero sólo vienen los fines de semana. Los dos trabajan en el campo.» «¿Y no has pensado en irte a Montevideo?» «¿Qué voy a hacer allá? Además, no puedo irme yo también, como Juliana, y dejarlos a ellos, que son lo único que me queda.» Por un momento Fabián se quedó sin tema, pero ella preguntó: «¿Y vos? ¿Por qué nunca viniste por acá?». «Es demasiado largo de contar, y tampoco estoy muy seguro de que quiera contarlo.» Ella echó su cabeza hacia atrás, como si la hubieran agredido. Fabián trató de tender un puente mínimo, todavía frágil: «¿Querés que te invite a almorzar? Si mal no recuerdo, había en la plaza una fonda donde se comía bien». Carmela se tomó un minuto para considerar la oferta. «No, mejor no.»

5.

A las once de la mañana el sol picaba. Con el saco en el brazo, Fabián se fue acercando al río. Cuando por fin llegó, se tendió en el césped, entre dos pinos todavía vigorosos. Este río, que casi no corría, tenía sin embargo su hechizo. Tal vez porque había aspirado a ser un lago y no lo era. Sólo se lo veía moverse en la orilla, donde de vez en cuando venía a lamer la escasa arena.

La relación con Juliana se había consolidado en Montevideo, pero en las pocas veces que venían a San Jorge, les gustaba compartir sus silencios con el silencio del río. Allí no se besaban, ni siquiera se abrazaban. Tan sólo se miraban, pero eran miradas que sobrellevaban una hondura que no tenía cabida en la ciudad grande. Sólo les sucedía eso junto al río. Los trepidares, las frenadas y bocinas de la carretera se burlaban un poco de esa calma antigua, pero estaban demasiado lejos como para desvirtuarla. Ahora Fabián, callado por nostalgia, registraba la ausencia de aquel silencio contiguo, de aquella mirada que penetraba en la suya y viceversa.

Durante los tres años que precedieron al mutis de Juliana, no había habido espacio ni pretextos para la infidelidad. La historia de sus sentimientos había estado como empotrada en la congoja social de esos años y los había limpiado de cualquier frivolidad a la hora de pensar en sí mismos. Después de todo, pensaba Fabián, la asunción de la tristeza no es tan negativa como parece. Hay una alegría extraña en saber que aún podemos estar tristes. Significa, entre otras cosas, que no estamos perdidos. A veces, recordaba Fabián, nuestro abrazo tan estrecho incluía desolación, no por nosotros sino por los otros. Y hasta el orgasmo podía convertirse, increíblemente, en una estación de duelo. Por suerte, lo mejorcito de la pena siempre arrastra consigo algo de amor.

Mientras tanto el río, obstinado en no fluir, en exhibirse casi inmóvil, era una versión nueva de aquel viejo silencio. Fabián se sintió en paz, pero una paz dolorosa, pródiga en enigmas, desprolija. Se miró las manos con un poco de lástima y otro poco de condescendencia. Le amargaba y a la vez le asombraba que las suyas fueran manos que no tocaban, no palpaban, no acariciaban. Manos solitarias, abandonadas, viudas.

6.

Con el paso de un otoño apacible, la habitación de la pensión Brescia fue adquiriendo intimidad. Ahora la mesa tenía libros, una libreta de apuntes, en la pared un afiche con árboles y una estatua de espaldas. La clientela de la pensión era gente de paso: por lo común, viajantes de comercio, que apenas se quedaban una noche, o sea que en el desayuno sólo había espacio para un ronco buenos días y un chau indiferente.

Por la mañana iba a la plaza a leer. Las palomas, más blancas que en otras partes, y que al principio alborotaban en su fuga ritual, ahora ya lo aceptaban como una presencia familiar. Alguna que otra tarde iba a lo de Carmela. No los sábados ni los domingos. No se sentía con ánimo de enfrentar el presumible interrogatorio del tío y el hermano.

Cada vez se sentía mejor con la muchacha. También ella se sentía cómoda, acompañada. Al principio hablaban casi exclusivamente de Juliana. Los recuerdos de Fabián y los de Carmela se complementaban y la imagen de la ausente iba adquiriendo forma. Carmela sostenía que su hermana siempre había tenido para ella una zona de misterio. La menor se abría ante Juliana como una mera táctica para estimular su confidencia, pero la otra no cedía a la provocación. Hablaba de muchas cosas (interesantes, reveladoras) pero no de sí misma.

Fabián sabía más (no mucho más) de Juliana, pero ya que ésta había callado, informar a Carmela de una peripecia o un rasgo adicionales, a él le parecía una minúscula pero evidente traición.

«Yo sé que vos sabés más cosas», decía Carmela, «pero comprendo que las guardes. Me imagino que serán algo así como las claves de tu relación con ella. ¿O no?». Fabián no lo negaba. Sólo sonreía, paciente y amigable. La simpatía de la muchacha era como una versión primaria, casi un borrador, del encanto imborrable de Juliana, pero también había tonos de voz, gestos durante el silencio, miradas insondables, que traían el recuerdo de la imagen en falta. Carmela era discreta. No indagaba. Simplemente, absorbía lo poco que contaba Fabián, y siempre hallaba en ese informe retaceado algún detalle inédito que incorporaba a su registro.

Llegó un día, sin embargo, en que la evocación de Juliana alcanzó su límite y los testimonios de una y otro empezaron a repetirse. Entonces entraron, sin ponerse de acuerdo, a dos territorios sin censura: la infancia de Carmela y la infancia de Fabián. Para ambos fue un alivio desenfundar la memoria sin entrelíneas ni cortapisas. Jugaron a recuperar imágenes o episodios determinantes. Hechos o palabras que abrieron un rumbo o clausuraron otro.

Carmela narró lo de Facundo, un niño, hijo de campesinos, que fue llevado por sus padres a la escuela rural, la misma en la que ella estaba terminando primaria. La maestra (sólo recordaba que se llamaba María Eusebia) la llamó y le dijo: «Aquí disponemos de pocos elementos, somos pobres, tenemos que ayudarnos. Vos sos (durante las clases habría dicho: tú eres) la mejor de la clase. Sabes leer y escribir perfectamente. Facundo, no. Así que desde mañana, cuando terminen las clases, te quedás una hora más y le vas enseñando. Ya lo hablé con tus padres y están conformes». Cuando Carmela emergió del asombro inicial, la idea le empezó a gustar. Facundo era analfabeto pero muy avispado. En realidad, no siguió ningún método, ni clásico, ni improvisado, pero el chico fue aprendiendo con una facilidad pasmosa. En pocos meses adquirió lo fundamental. Al comienzo, escribía con unas letras de imprenta, cuadradas y torpes, todas mayúsculas, pero de a poco se fue arriesgando y empezó a usar una caligrafía más fluida, todavía primaria, pero diferenciando mayúsculas y minúsculas. Años después, Carmela se enteró de que Facundo había alfabetizado a sus padres, como una forma de agradecerle a Carmela lo que había hecho por él. A ella, más que el aprendizaje directo de Facundo, la marcó esa continuidad, esa inesperada constancia de que su trabajo (que para ella, apenas una niña de sólo once años, había sido un sacrificio asumido con entusiasmo y rigor) no había concluido en el niño analfabeto sino que se había proyectado, no sólo hacia el futuro (Facundo terminó siendo maestro) sino hacia el pasado, o sea sus padres.

«Frente a tu relato tan conmovedor», dijo Fabián, «mi propia infancia se me desmenuza. Fijate que tu recuerdo es una instancia positiva: creaste y habilitaste a otro a seguir creando. Me parece maravilloso. Ojalá yo tuviera un recuerdo así. Pero no. Mi recuerdo determinante es triste, oscuro. Mis padres eran bastante pobres y vivíamos en un barrio muy humilde. Nuestra vivienda, al igual que las otras, era algo así como un ranchito, techado con viejas chapas de zinc. En una de esas casuchas vivía una señora, viuda, de unos sesenta años (para la escala de mis doce años, era una anciana), que, en pleitos sucesivos con algunos parientes de su marido, había perdido un no muy abundante legado que él había intentado dejarle. Vivía de una pensión exigua, con la que cubría a duras penas sus necesidades mínimas. No tenía amigos en Montevideo y era lo bastante orgullosa como para no pedir auxilio a unos sobrinos que vivían en Fray Bentos. Conmigo era cariñosa, decía que yo tenía un cierto parecido con "el difunto". Yo no sabía si agradecer o no esa semejanza. Lo cierto es que a menudo me llamaba para que le hiciera algún recado. Ni ella ni nosotros teníamos teléfono, así que, como nuestras viviendas eran casi contiguas, se asomaba a la puerta y hacía sonar una campana. Nunca le acepté propinas, ya que aun en esa edad me parecía que la propina entre pobres no sólo era humillante, como siempre lo es, sino además ridícula. Su propina bienvenida era el afecto. Conversaba conmigo, me preguntaba sobre el colegio, me narraba anécdotas, siempre entretenidas, de cuando ella y su compañero habían vivido en México. Me sentía a gusto, también yo le había tomado afecto. Una vez pasaron cuatro o cinco días sin que sonara la campana y decidí ir a verla, pensando que acaso estaba enferma y precisaba algo. Golpeé en la puerta pero no vino a abrirme. ¿Se habría ido sin avisarle a nadie? Me acerqué a la única ventana y miré al interior. Lo que entonces vi me estremeció. Mi vieja amiga se había ahorcado. No me preguntes cómo lo había logrado, pero ahí estaba colgando su esmirriado cuerpo. Salí corriendo y llorando a contárselo a mis padres, pero no quise ir con ellos a ver de nuevo a mi primera muerta. Luego han llegado otras, pero nunca olvidaré ese primer dolor, esa noción primaria de nuestra fragilidad, de cómo en el abandono puede ir cobrando fuerza la tentación de la muerte».

Cuando acabó su relato, Fabián miró a Carmela y vio que lloraba. Se le acercó y la abrazó con una ternura tan intensa que para él mismo resultó una novedad. Ella sólo dijo: «No te preocupes. Después de todo, como vos dijiste el otro día, hay cierta alegría en saber que aún podemos estar tristes».

7.

Al fin pudo llevarla a la fonda de la plaza. El dueño era un napolitano que se especializaba en ñoquis. En realidad, más que su plato especial, era, de lunes a viernes, su plato único, ya que sus otras ofertas, milanesas y spaghetti, sólo se incorporaban al menú los fines de semana. De modo que, como era jueves, pidieron obligatoriamente ñoquis. Que por cierto estaban muy sabrosos. También pidieron el *tinto de la casa,* y cuando se les ocurrió brindar, ambos dijeron casi simultáneamente: «Por nosotros». Carmela enrojeció y era un rubor de culpa. Fabián movió su mano sobre el papel blanco que cubría la mesa hasta alcanzar la mano de Carmela. «¿Qué te pasa?», preguntó sonriendo, «¿acaso no querés que nos vaya bien?». «Sí, claro», balbuceó Carmela, y optó por dedicarse a los ñoquis.

Después hablaron de San Jorge y su vida cotidiana. Era un pueblo quieto, con escaso movimiento, «tranquilo hasta la exasperación», opinaba Carmela. Según el último censo: ocho mil habitantes, con claro predominio de gente mayor y familias poco numerosas. Modesto centro de una zona rural, no eran muchos los jóvenes que se quedaban a trabajar en el campo. La mayoría huía hacia la capital, a seguir una carrera o en busca de un trabajo mejor remunerado. Buena parte de esa migración no lograba sus objetivos y se encogía en dos niveles de fracaso: los que deambulaban de changa en changa, a cual más miserable, y los que volvían, resignados y mustios, al duro trajín de la tierra. A cien metros de la plaza Constitución (un nombre que le quedaba grande) estaba el modesto Club Social, donde los sábados de noche se daba cine y cada tanto actuaba algún cantante folclórico. No obstante, el entretenimiento primordial era, como en todas partes, la televisión, y las antenas compartían con la ropa tendida el territorio de las azoteas. Ello contribuía a que aquel conglomerado de jubilados civiles y algunos retirados militares se enclaustrara en las salitas o en los dormitorios para ponerse al día con el acaecer del mundo ancho y ajeno y sobre todo para agitar el cóctel de sus sentimientos con el culebrón brasileño de turno.

Carmela tenía pocas relaciones en el pueblo. Casi todas sus compañeras de colegio se habían ido a Montevideo y ya ni siquiera venían a pasar las vacaciones en San Jorge. A veces se encontraba en la carnicería o en el supermercadito local con algunas de las mujeres, casi todas mayores, con las que intercambiaba saludos, sonrisas y comentarios intrascendentes que parecían fotocopias de los de la víspera y de todas las vísperas. Las más osadas llegaban a preguntar si había tenido noticias de su hermana y ella respondía lo de siempre. Y había una sola, con aire de bruja, que insistía con la misma pregunta: «¿De veras que no tenés novio?». Y agregaba: «Es raro, porque vos sos mucho más linda que tu hermana, la que se fue». Carmela apretaba los dientes y no decía nada.

8.

Cuatro o cinco días después, en una tarde de a ratos lluviosa, al comparecer una vez más en el 12-A, Fabián encontró una Carmela sombría, con los ojos llorosos, como si de pronto hubieran caído en su juventud cinco años más.

Ante la interrogante muda de Fabián, sólo dijo: «No te preocupes».

«¿Pasa algo?»

«No. No pasa nada. Sólo que soy tonta y a veces me deprimo sin motivo. ¿Querés que te sea franca? No sé por qué estuve llorando. Quizá se deba a esta llovizna que todo lo vuelve gris. Cuando no hay sol, me viene un desconsuelo.»

Justamente el mal tiempo impidió que se quedaran en el patio. Carmela dijo: «Vamos a la cocina, así te hago café». Luego, mientras ella vigilaba la cafetera, de espaldas a Fabián, éste la vio tan frágil, tan indefensa, tan invadida por un miedo inútil, que él también se sintió frágil, pero sobre todo conmovido. Sin pensarlo dos veces, se acercó a la muchacha y la abrazó desde atrás. Sin embargo, el abrazo no fue tan estrecho como para que ella no pudiera volverse y enfrentarlo.

Él empezó besando sus ojos, que otra vez tenían lágrimas, y cuando llegó a la boca, todavía de labios cerrados, sintió que algo pasaba en él. Y en ella, que de a poco y como a pesar suyo, fue entreabriendo los labios hasta recibir el beso con ansiedad y tristeza. Él tuvo suficiente presencia de ánimo como para estirar un brazo y apagar la cafetera, que empezaba a desbordarse, pero con el otro empezó a aflojar los botones de aquella túnica blanca, siempre impoluta, que era como un uniforme de Carmela. Lo dejó hacer, como resignada, pero cuando él terminó por quitarle la túnica, ella cruzó sus brazos sobre el pecho y repitió varias veces: «No sé, no sé, no sé».

«Sí que sabés», dijo él y acabó de desnudarla. Entonces ella lo abrazó, pero aún no como respuesta amorosa sino más bien para ocultar, ante Fabián y ante sí misma, su desnudez. Él la tomó en brazos (era tan liviana) y la llevó hacia el interior de la casa. Dedujo que en algún sitio habría una cama, pero tuvo que hallarla por sí mismo. Ella estaba demasiado ocupada con sus escrúpulos como para servir de guía.

Cuando por fin él estuvo, también sin ropa, tendido a su lado, ella pronunció un alerta honesto, un necesario aviso a la población: «Soy virgen». Fabián se limitó a susurrar en su oído: «La virginidad no es un estado saludable, ¿lo sabías?». A ella le causó gracia aquella salida extemporánea, sonrió como para sí misma y sólo entonces terminó aflojándose, disfrutando las caricias y acariciando.

9.

Fabián y Carmela se sentían a gusto en su nueva conjunción. Sin embargo, había una contradicción que compartían. Una contradicción llamada Juliana. Por un lado la añoraban y por otro eran conscientes de que su casi imposible regreso complicaría su relación naciente. ¿Pero cómo abrir o cerrar la puerta del futuro? En cada opción había ventajas y desventajas.

«Soy feliz contigo, pero a veces no me soporto», confesaba Carmela. Fabián sabía el porqué pero de todos modos preguntaba. «Pienso en Juliana», decía ella. «Juliana no está, Juliana se fue y no está», decía él sin demasiada convicción. Tenía sus motivos para esa incertidumbre: cuando hacía el amor con Carmela, pensaba en Juliana; cuando abrazaba el cuerpo tan joven de Carmela, añoraba el cuerpo más maduro de Juliana. Y Carmela era consciente de esa sustitución. Paradójicamente, el consecuente sinsabor se convertía para ella en un incentivo, en un nuevo grado de excitación erótica.

En los fines de semana, cuando el tío y el hermano de Carmela volvían del campo, Fabián no hacía sonar el llamador de bronce del 12-A. Se quedaba a trabajar en la pensión Brescia. En uno de esos domingos de rutina familiar, Carmela había informado, como al pasar y sin darle mayor importancia, de la presencia de Fabián en San Jorge. «Por problemas de trabajo», agregó precavida. Los hombres no hicieron ningún comentario. Bien le constaba a Carmela que nunca habían visto a Fabián con simpatía. Siempre habían atribuido a su influencia el hecho de que Juliana se comprometiera en una militancia absurda, misteriosa, y en consecuencia le hacían responsable, directo o indirecto, de su inexplicable desaparición.

En la pensión, la habitación de Fabián había ido adquiriendo un aspecto más o menos hogareño y tanto la dueña como el personal de servicio le otorgaban un trato familiar. Él aprovechaba los fines de semana sin Carmela para escribir los artículos que enviaba a un diario montevideano, cuya ideología no compartía y que le pagaba miserablemente, pero al menos le permitía sobrevivir. El horno no estaba para bollos. Es cierto que ya no había censura oficial y confesa, como en los doce años de dictadura, pero seguía existiendo la extraoficial e inconfesa que ejercían los responsables de cada periódico, señores que se curaban en salud.

Teniendo en cuenta su pasado mediato y algo tenebroso, Fabián se limitaba a comentarios literarios, reseñas de libros y enfoques lo suficientemente medidos como para que nadie requiriera su ficha y su historial. Aún sobrevivían impugnadores vocacionales para quienes Kafka, Svevo o Baudelaire podían ser corruptos de las nuevas hornadas, y también nuevas hornadas «posposmodernistas», creadoras de un nuevo género, la crítica con odio, que lo ignoraban todo acerca de Henry Miller, puede que algo pornógrafo pero con genio, y en cambio eran fanáticos alabanceros de Bukowski y Lyotard, a quienes tampoco habían leído.

Fabián sabía que no podía quedarse mucho tiempo en San Jorge sin viajar a Montevideo y pasar por la redacción del diario, a fin de que al menos el responsable de Cultura fuera consciente de su presencia autoral y no lo tratara como a un fantasma de segunda. Por otra parte, la única manera de cobrar sus magras regalías era comparecer en la apelotonada administración, no sin antes lograr el visto bueno y el sello cuadrado y violeta estampado por el jefe de Redacción.

De manera que el martes se apersonó en el 12-A y le comunicó a Carmela que debía irse a Montevideo por tres o cuatro semanas. Motivo (o quizá pretexto, rumió instantáneamente Carmela): su trabajo en el diario. Luego, en la cama, se esfumó la desconfianza y Carmela se sintió más mujer que nunca. Así, acariciando y penetrando a Carmela-Juliana, y sintiéndose acogido con un amor fresco, regocijado y no obstante suspicaz, Fabián pensó que quizá no fuera preciso que se quedara tanto tiempo en la capital.

10.

Encontró a Montevideo soleada y concurrida. Las ciudades con sol suelen ser acogedoras. Quizá por eso en el diario lo trataron mejor que de costumbre. Un tal Ferreiro, que era el nuevo responsable de Cultura, se mostró tan entusiasmado con sus artículos que resolvió aumentarle el estipendio.

De pronto Fabián se fijó más detenidamente en el aspecto del nuevo jefe, lo imaginó con diez kilos menos y ante la revelación le dijo en voz baja: «Pero decime un poco, ¿vos no eras Vélez?». Y el otro, no menos cauteloso: «Sí, era. Durante tres años, por cierto bastante moviditos. Pero en realidad nací Ferreiro. Tampoco vos eras Fabián, mi querido Medardo». Rieron con sordina y luego bajaron al café.

Sólo allí Ferreiro se decidió a preguntar: «Y de Melba ¿supiste algo?». Melba había sido el alias de Juliana. «Absolutamente nada.

No sé si desapareció o la desaparecieron, pero no dejó señas. Nadie sabe nada.» «O sabe y no quiere hablar.» «Todo es posible.»

Evocaron largamente aquella rebelión sin raíces y con muertes. A Ferreiro todavía le quedaba un rescoldo de optimismo, pero no era como para derrocharlo, no era un penacho para exhibir ni siquiera en la intimidad. Así resumió su menguada pero sobreviviente confianza: «Hay que reconocer que, con nuestro miedo, al menos logramos que ellos también tuvieran miedo. Fue una excursión difícil y fracasada, pero algo quedó, ¿no te parece?». A Fabián le parecía menos. Por lo pronto, había espacios vacíos que nadie se preocupaba en llenar. De la solidaridad se había pasado a la indiferencia, con una breve escala en la compasión. Para Ferreiro, esos espacios vacíos debían llenarse con demandas de justicia, con educación universal, con defensa de soberanía, pero sin armas, sólo con pueblo en la calle. «Fijate cómo quitaron en Brasil al corrupto de Collor de Mello; sin disparar un tiro, sólo con multitudes en la calle. Mirá en Indonesia: después de tanta guerra, fueron los estudiantes en la calle los que desalojaron a Suharto. Y no te olvides de Chiapas, con esa guerrilla indígena, insólita guerrilla de paz, que sólo quiere que no la dejen fuera de la Constitución. A mí me parece que la historia de México se va a dividir en dos épocas: antes de Chiapas y después de Chiapas. Hay que aprender, Medardo, no tanto de los gobiernos, que enseñan poco y mal, sino de la gente, que en última instancia sabe lo que quiere.»

11.

No fueron dos semanas sino tres las que Fabián debió permanecer en Montevideo, por problemas familiares más que laborales. Su madre, viuda desde 1985, no entendía por qué no se quedaba con ella. «Si todavía confiás en que Juliana reaparezca, te vas a anquilosar en esa espera. A los treinta años, tenés toda la vida por delante, pero no te va a ayudar que te entierres en un pueblo sin futuro como San Jorge.» «Allá trabajo más tranquilo.» «¿Trabajo? Articulitos, sólo eso. ¿Cuándo vas a escribir aquella novela que planeaste tan cuidadosamente cuando aún vivía tu padre? Él estaba muy ilusionado con tu futuro de escritor. Un futuro que se quedó en el pasado. En vez de novelista, simple gacetillero. Y no le echo la culpa a Juliana, la pobre, vaya a saber cómo terminó, sino a la política. Fue la política la que pudrió el futuro. Estudiabas agronomía. ¿Y ahora qué?» «Está bien, Lucía (nunca le había dicho mamá). Trataré de enmendarme.» «¿Dónde? ¿En San Jorge?»

12.

A San Jorge, y por supuesto a la pensión Brescia, volvió dos días después de la ríspida charla con su madre. La dueña lo recibió como a un hijo pródigo. Y él armó de nuevo su refugio provisional con apariencia de definitivo. Libros, papeles, esta vez se trajo además su computadora portátil. O sea que estaba completo. Pensó que no era tan desatinada la idea de su madre de que retomara su antiguo proyecto de novela. Después de todo era una historia de fantasmas, que hoy estaban de moda. Sin sábanas, pero fantasmas, que no sólo se esfumaban sino que además comían, se duchaban, corrían, fornicaban, lloraban y reían. Algo así como una humanidad clónica. Es claro que todo eso lo había pensado varios lustros antes de la oveja Dolly. Tenía que ajustar los detalles y la peripecia. Eso después. Ahora debía ocuparse del artículo de rigor. Había que aprovechar que el nuevo jefe era Ferreiro-Vélez, de modo que se despachó a gusto contra el Mercosur y su negativa influencia sobre la cultura de la zona. Almorzó en la fonda del napolitano (ñoquis, claro), volvió a la pensión para una siesta breve, y a media tarde, tras una ducha reparadora, fue a llamar al 12-A, sin imaginar lo que le esperaba.

La puerta no la abrió Carmela sino Juliana. Casi no pudo apreciar cómo lucía, ya que ella lo abrazó con ansia, llorando, casi gimiendo ¿de alegría? Sólo cuando pudo al fin apartarla y darle un pañuelo para ampararla en su llanto, sólo entonces pudo verificar que la Juliana de ahora no era la de siempre. Más delgada, más pálida, menos vital, con manos más afiladas y una tristeza que contaminaba todo el conjunto. Se ubicaron en el patio, frente a la enredadera invasora. Fabián lo asumió como una escena repetida. Aparentemente en la casa no había nadie más.

Se atrevió a preguntar: «¿Y Carmela?». «Carmela se fue», dijo Juliana, ya más tranquila. «Sé que con ella hiciste buenas migas. Te dejó recuerdos.» «Ah. Pero ¿adónde se fue?» «No quiso decírmelo. Sólo que estaba cansada de tantos años en San Jorge, y que, ya que yo había regresado y podía ocuparme del tío y de mi hermano Arnoldo, ella también reclamaba su derecho a desaparecer. ¿Qué podía objetarle yo, después de mi larga ausencia? Así como te lo transmito, suena como un desquite, pero ella me lo dijo sonriendo, acariciándome la cara, como si se quisiera convencer de que su hermana volvía a existir. Es tan buena Carmela, ¿no te parece?» «Sí que lo es», dijo Fabián.

Fueron a la cocina y Juliana encendió la cafetera. Otra escena repetida. Desde atrás, él evocó otro momento semejante y muy cercano, pero esta vez no tuvo el impulso de abrazar. Tomaron el café y Fabián dijo: «Bueno, ahora que te serenaste, contame cómo fue todo, qué pasó, por qué desapareciste». «No, Fabián, no voy a contar nada. Ni a vos ni a nadie. Tampoco voy a inquirir qué sucedió en tu vida durante este tiempo. No quiero saber si tuviste o tenés otra mujer. Creo que lo mejor para ambos es que no indaguemos en nuestros respectivos pasados, no los de antes, que los conocemos, sino los de ahora, que los ignoramos.» «Pero ¿por qué ese misterio? ¿Qué te hicieron? ¿Qué hiciste?» Ella le puso una mano sobre los labios, con la otra cubrió los suyos. «A veces es mejor vivir que revivir.»

Sólo ahora advirtió Fabián que Juliana llevaba puesta la túnica de Carmela. Ella le tomó una mano y lo llevó al dormitorio que había sido de Carmela pero que antes había sido el suyo. «Calmate, Fabianzuelo», dijo, y empezó a abrirle la camisa hasta quitársela, luego le desabrochó el cinturón, y entonces él decidió quitarse el *short*. Juliana abrió la túnica blanca de Carmela. Debajo estaba, sin otro impedimento, el cuerpo de Juliana.

Fabián la llevó al lecho y fue ella la que empezó el turno de caricias. Cuando él quiso imitarla y cuando sus manos se fueron deslizando por ese cuerpo que tanto había querido y aún quería, se encontraron de pronto con una profunda cicatriz en el vientre. Sintió que su erección desfallecía y se incorporó a medias. «¿Y esto qué es? ¿Qué te hicieron?» «No preguntes, mi amor, todo es historia vieja, transcurrida, borrada. No preguntes, mi amor. Disfrutémonos. Como antes, como ahora. Por favor, disfrutémonos. Estamos juntos ¿no? Entonces disfrutémonos, mi amor.»

De nuevo se sumió Fabián en ese cuerpo castigado y de a poco fue recuperándose. Sin embargo, en medio del vaivén erótico e incluso del orgasmo a dos voces, Fabián tomó conciencia de que sentía nostalgia de una nueva ausencia, comprobó con angustia que añoraba (y que añoraría para siempre) aquel otro cuerpo, el de Carmela, por él inaugurado. No pudo evitar que en el instante supremo se le escapara ese nombre y que Juliana, que tan obstinadamente se había negado a hablar de su próximo pasado, tuviera de pronto un doloroso acceso al pasado reciente de aquel hombre que la estaba penetrando, como si su cuerpo, el de Melba-Juliana, fuera el cuerpo de otra. Nada menos que el de su hermana, que era sólo Carmela, sin nombre clandestino.

Buzón de tiempo

fuera del tiempo

Con los delfines

María Eugenia: Creo que comprenderás por qué no inicio esta carta con «querida mamá», como cuando lo hacía desde la lejanía de mis antiguas vacaciones. A esta altura, vos y yo sabemos (vos lo supiste siempre; yo, tan sólo hace tres años) que no sos mi mamá, como tampoco Pedro Luis era mi padre. Ahora que él murió, me da un poco de pena saber que has quedado irremediablemente sola. Pero mucha más pena me dan mis padres verdaderos. Sé de buena fuente, como vos, que desde un avión los arrojaron al mar y que los arrojaron vivos. Ahora es casi imposible que alguien pueda demostrar que sí o que no, pero yo me inclino a creer que sí, ya que la comprobada saña de los amigos de Pedro Luis, aunque todavía nos desconcierte y nos repugne, fue algo real.

Durante el primer año de mi llegada a la casa de mis abuelos, todavía a veces soñaba contigo y con él, y no podía evitar un último estremecimiento de cariño. Entonces no sabía toda la verdad. Pero ahora, cuando Pedro Luis se me aparece en sueños, me despierto en plena náusea y casi siempre tengo que ir al baño a vomitar. Contigo es un poco distinto, ya que en cierto modo también fuiste víctima: te metieron en el escarnio sin molestarse en pedir tu consentimiento.

Ahora que reconstruyo nuestros ambiguos quince años de vida en común, puedo rememorar la extraña mirada que en ciertas ocasiones (cada vez con menos frecuencia) me dedicabas; una mirada que entonces sólo me provocaba extrañeza, pero que ahora puedo (o tal vez quiero) imaginar que quería decir: «He usurpado el puesto de otra» o «Creo que me quiere pero no lo merezco» o «Algún día me la quitarán». ¿Era así? Por otra parte tengo la impresión de que mi inopinada presencia no sólo no contribuyó a la unión de ustedes dos como pareja, sino que más bien provocó un deterioro que ya no tenía remedio, ya que en el peculiar estilo de nuestra vida en Mendoza, un divorcio o una simple separación era algo por lo menos inadecuado y que jamás habrían permitido los compañeros de armas de Pedro Luis. Pero ¿cómo podían ustedes convivir con un pasado tan miserable? ¿Cómo podían acostarse y hacer el amor (¿o ni siquiera lo hacían?) sabiendo que a un lado y otro de la cama comparecían y los miraban los fantasmas de mis padres verdaderos? ¿Cómo puede desarrollarse normalmente la vida cotidiana sabiendo que se basa en una acción despreciable?

Mis abuelos me quieren, me miman, me hablan de mis padres, tratan de crear en mí un nuevo estímulo para vivir, pero a mis dieciocho años actuales debo confesarte que mi vida está rota y hay en mis noches otra fantasía recurrente, en la que me arrojo yo también al mar. ¿Por qué? ¿Para qué? Pues para juntarme con mis padres. En el sueño ellos me reciben, muy juntos, con los brazos abiertos, rodeados por delfines solidarios que también se incorporan al festejo. Y cuando por fin me despierto aún permanece en mí la sensación de ternura más nítida de toda mi existencia.

Tengo en mi mesa de noche la foto de mis padres y sé que vengo de ellos y de nadie más. Las zalamerías de Pedro Luis siempre me sonaron a hipocresía y mi memoria no las olvida pero las rechaza. Creo en cambio que tus señales de cariño eran sinceras y las conservo como algo positivo en medio de una situación tramposa. Quizá algún día junte fuerzas para volver a verte, pero por ahora no. Todavía estoy llena de rencores y rencorcitos. Después de todas las comuniones, misas y homilías a que me llevaste, no sólo me he quedado sin padres sino también sin Dios. Me gustaría que me contaras qué le decías a tu confesor. Y sobre todo qué te decía él. ¿Haberse apropiado de una hija de padres desaparecidos y/o asesinados por tu gente es un pecado mortal o venial? Con quince padrenuestros y siete avemarías ¿queda limpio el currículum? No puedo rezarle a un Señor cuyos representantes arropaban cristianamente a los verdugos. Ahora comprendo el llamado en rebeldía del Cristo crucificado: Padre, por qué me has abandonado. Al menos dicen que él resucitó, pero mis padres sumergidos no volvieron. En el mejor de los casos, no están rodeados de apóstoles sino de delfines. Acaso Dios, si existe, no resida allá en lo Altísimo sino en el fondo más hondo de los mares. Y desde allí lo ignore todo, aunque de vez en cuando abra sus branquias y emita bendiciones. No descarto que en alguna de estas noches, yo, que no sé nadar, me decida por fin y me sumerja a buscarlo, así nomás, sin flotadores, pero con la mochila llena de reproches. Y nada más. Un chau. Paulina.

Terapia de soledad

Querido mío: Aquí estoy, en mi isla, que no es exactamente eso, ya que no está rodeada de mar sino de vegetación, de árboles, de campo propiamente dicho. Pero es una isla en un sentido espiritual. Aunque tampoco es eso, ya que estoy rodeada de lejanas presencias y cercanas ausencias, del recuerdo de otros y de las corrientes de mi propia memoria. ¿Te parezco complicada? Puede ser. Bien sabés que de un tiempo a esta parte sentía la necesidad de aislarme, de reencontrarme con mi soledad perdida (¡Marcel Proust viejo y peludo!). Por suerte lo entendiste y te confieso que esa comprensión aumentó mi amor (y también mi respeto) hacia vos. Estoy convencida de que el respeto por la soledad del ser amado es una de las menos frecuentes pero más entrañables formas del amor, ¿no te parece?

Creo que los diez años de bienllevado matrimonio precisaban de esta afirmación de nuestras dos identidades. Es un regalo del destino que seamos tan distintos, algo que nos habilita a descubrirnos casi a diario, a que cada uno celebre en su fuero interno el hallazgo del otro. Esto de «fuero interno» siempre me ha parecido una contradicción gastada, inadecuada e inútil. «Fuero» es tan parecido a «fuera» (ya sé que vienen de etimologías distintas) e «interno» tan cercano a «intimidad». Esa expresión, «fuero interno», ¿habrá querido expresar en sus orígenes una intimidad hecha pública, volcada hacia fuera, o sea lo contrario de lo que hoy significa?

Pero retomo el hilo de mi sabia reflexión. Seré caótica pero no tarada. Una pregunta indiscreta: ¿cómo te sentís sin mí? ¿Rodeado, como es habitual, de trabajo, de amigos leales y desleales, y también de mujeres guapas y guapísimas? Dada esa circunstancia, tendría buenos motivos para mis celos. Pero para mi condena, no soy celosa. Ah, no te ilusiones, puedo serlo. Vos en cambio no tenés ninguna razón para los celos, ya que aquí no estoy rodeada de hombres guapos, sino de pinos, eucaliptus, ranas canoras, amaneceres y crepúsculos, y, en ocasiones, de un silencio nocturno tan compacto que a veces me despierta y hasta me desvela, tan habituados estamos al ruido enloquecedor, cercano o lejano, de las ciudades. Sólo en algunos insomnios me acompañan los grillos, cuya monotonía coral me los confirma como precursores del canto gregoriano. ¿No estarás celoso de los grillos, verdad? Te aclaro que su pequeñez los hace invisibles, así que ni siquiera sé si son guapos (como grillos, claro). Supongo que también entre ellos habrá cánones de belleza; que habrá grillos equivalentes a Robert Redford y otros feos como Peter Lorre.

Lo cierto es que, dormida o despierta, he estado haciendo balance de mí misma. No te voy a contar, por ahora, cuál es el saldo. Para hacerlo, tengo que decírtelo en la cama, desnudo vos y desnuda yo, después de fornicar como Dios manda, mirándote a los ojos para que esos ojos tuyos me vayan comunicando tu respuesta o al menos tu comentario. Todavía creo (te lo dije hace mucho, cuando ya vivíamos juntos pero no habíamos cometido el pecado venial de casarnos) que nuestro mejor diálogo ha sido el de las miradas. Las palabras, consciente o inconscientemente, a menudo mienten, pero los ojos nunca dejan de ser veraces. Si alguna vez he pretendido mentir a alguien con la mirada, los párpados se me caen, bajan espontáneamente su cortina protectora, y ahí se quedan hasta que yo y mis ojos recuperamos la obligación de la verdad. Con las palabras todo es más complejo, pero aun así, si las palabras tratan de engañar, los ojos suelen desmentir a la boca.

Retomando de nuevo el hilo conductor, te diré que la soledad es como un tónico y también una cura de modestia. Un tónico porque, con tanto tiempo y espacio para reflexionar, una va detectando qué sirve y qué no sirve en los recovecos del alma propia. Y cura de modestia, porque en la estricta soledad no tienen cabida los halagos fallutos, ni los mimos a la vanidad, ni siquiera (no es mi caso) el perdón de los confesionarios.

Mi soledad está además poblada de pájaros. Siempre he sido una analfabeta en cuanto a ornitología, de modo que jamás pude ni podré diferenciar el canto de una calandria del de un zorzal, el monólogo de un mirlo del de un jilguero, y en este tramo de mi vida no pienso especializarme en ciencia pajarera, de modo que he decidido ponerles nombres. Verbigracia: a uno de esos cantautores alados lo llamo Fabricio; a otro, Segismundo; a otro, Venancio; a otro más, Rigoberto. Lo cierto es que cuando los llamo por los nombres de mi particular nomenclatura, ellos me responden con una parrafada de trinos.

... Querido: retomo esta carta una semana después de la parrafada de trinos. Ya llevo más de un mes en mi isla verde. Se me ocurre que ya he reflexionado lo suficiente y además he empezado a extrañarte de una forma casi enfermiza. Así como antes sentí la imperiosa necesidad de un aislamiento, ahora tengo una añoranza terrible de tus manos, de tu boca, de tu abrazo, de tu cuerpo en fin. Confío, compañero, que con estos conmovedores llamados no se le vaya a llenar el tafanario (aclaro que este sinónimo de culo lo aprendí ayer) de papelitos, eh.

Llegaré el lunes. Te aviso con tiempo suficiente como para que desalojes de nuestra confortable cama doble a cualquier intrusa y su cuerpo del delito. Te lo digo en broma, claro. O no. Te lo digo en serio. A desalojar, a desalojar, con música de Viglietti. Te anticipo que esta temporada de soledad me ha vuelto muy apetitosa. Besos y besos, de tu NATALIA.

Bolso de viajes cortos

Querida: Cuando me fui, cuando por fin decidí irme, porque ya no me era posible convivir con los antídotos del miedo, y sentía que de a poco iba odiando mis esquinas predilectas o los árboles cabeceadores, y ya no tenía tiempo ni ganas de guarecerme bajo la glorieta del barrio Flores, y los amigos de siempre comenzaron a ser de nunca, y había más cadáveres en los basurales que en las funerarias, entonces abrí el bolso de los viajes cortos (aunque sabía que éste iba a ser largo) y empecé a meter en él recuerdos al azar, objetos insignificantes pero entrañables, imágenes sintéticas de lo feliz, letras que juntándose narraban sufrimientos, últimos abrazos en la primera frontera, atardeceres sin ángelus y con tableteos, sonrisas que habían sido muecas y viceversa, desvanecimientos y corajes, en fin, una antología de la hojarasca que el viento de la costumbre no había conseguido borrar de la faz de la guerra.

Con ese bolso de los viajes cortos anduve por allá y más allá, por acá y más acá. De vez en cuando trabajaba con las manos ágiles y los ojos secos, para ganarme el pan, el vino, el techo y el colchón. Sin embargo, con el bolso de viajes cortos no tenía una relación estrecha. Yo era consciente de que dormía en el fondo de un armario, desvencijado por el tiempo y las polillas. Pero ¿a qué enfrentarme con un pasado en píldoras, unas nutrientes y otras envenenadas?

No obstante, algún domingo, cuando la soledad se volvía silencio insoportable, sacaba el bolso del armario y extraía algún recuerdo; sólo uno por vez, para no abrumarme. Así tuve en mis manos un libro que fue de cabecera y que debo haber leído unas veinte veces, pero ahora me metí en varias de sus páginas y no me dijo nada, no me preguntó ni respondió nada, me fue ajeno. Así que lo tiré.

Otro domingo rescaté una foto que se había vuelto sepia y allí estaban varios personajes que ocuparon lugarcitos en mi vida. Dos de ellos estarán quién sabe dónde; uno se mantiene fiel a sí mismo; tres encontraron cierta noche una muerte con charreteras; dos más se volvieron con el tiempo finos, elegantes delatores, y hoy gozan del respeto de la amnesia pública. El último soy yo, pero también soy otro, casi no me reconozco, tal vez porque si me enfrento al espejo no estoy en sepia. Después de todo, es una foto acabada, vencida. Así que la tiré.

Otro domingo extraje del bolso un reloj sumergible y antichoque. Es de una buena marca suiza, pero estaba detenido en un crono/ símbolo, o sea la hora, el minuto y el segundo, en que abatieron en la calle a Venancio, vos sabés quién es, o sea que ese tiempo fue mi Greenwich. ¿Para qué quiero un reloj que sólo cronometra y fija la desgracia? Así que lo tiré.

Domingo a domingo fui vaciando el bolso: cortaplumas, lapiceras, gafas de sol, recortes de diarios, tranquilizantes, agendas, pasaportes vencidos, más fotos, cartas de amigos y enemigos. La verdad es que todo me fue pareciendo caduco, inexpresivo, callado, inconexo, precario.

Sin embargo, ayer domingo metí otra vez mi mano en aquel pozo del pasado y la mano vino con algo tuyo: tu pañuelo de seda azul, ese que en tres de las cuatro estaciones te rodeaba el cuello lindo, joven, tan amado por mí. Ellos acabaron contigo, y yo estoy insoportablemente solo. Te mataron en vez de matarme a mí. Es duro admitir, carajo, que sos mi muerta suplente.

O sea que esta vez tiraré a la basura mi pobre bolso para viajes cortos y sólo conservaré tu pañuelo azul. Me quedaré contigo para el viaje largo.

La vieja inocencia

Querida Isabel: Me decidí a escribirte porque estamos viejos (al menos yo lo estoy), solos, y con un océano de por medio. Un océano que también es de sucesos, guerras y paces, frustraciones, quereres y desquereres, urgencias y tardanzas. Te escribo porque ahora, aislado y medio tullido, tengo tiempo de sobra para recorrer parsimoniosamente mi currículum, no el que solemos redactar para entrevistadores y universidades, sino el otro, el verdadero.

Por suerte, he ganado con mi trabajo lo suficiente como para tener un apartamento cómodo y bastante amplio, con estantes llenos de libros que ya no puedo leer, y paredes con varios de los muchos cuadros que dejó mi mujer, pertinaz en su oficio/arte hasta sólo unos meses antes de morir. Son muestras de una técnica correcta, impecable, con imágenes que transmiten sosiego y se solazan con la veracidad de sus colores. Nunca tuve el valor de confesarle que su pintura no me interesaba y tengo la impresión de que ella (que no era nada tonta) supo captarlo con resignación. Creo, además, que no tuvo el coraje de decirme que mis sesudos ensayos filosóficos la dejaban indiferente. Pero gracias a ese intercambio de discreciones, convivimos y nos quisimos; moderadamente, es cierto, pero nos quisimos. Y no te oculto que su muerte significó para mí, no una catástrofe, pero sí una deshilachada tristeza.

Tuvimos dos hijos que hace diez años se afincaron en Australia, donde fundaron una empresa (en Sidney) y les va bien, o al menos todo lo bien que les puede ir a dos expatriados voluntarios. Allí se casaron, el mayor con una australiana y el menor con una chilena. Me escriben dos o tres veces por año (para mi cumpleaños, para Navidad), pero no volvieron al país, ni siquiera de visita. No se los reprocho: la distancia es enorme y los pasajes cuestan una fortuna. De ellos tengo tres nietos, pero sólo los conozco en fotografías. Parecen lindos y saludables.

A lo largo de tantos años vos y yo hemos vivido recíprocamente ausentes. Ahora voy a cumplir ochenta y cuatro y vos debés andar por los ochenta y dos ¿no? ¿Te sentís bien? Sé que tenés una hija y que tampoco está contigo, aunque reside y enseña en Liverpool, de modo que no la tenés tan lejos y me imagino que de vez en cuando atravesará el Canal de la Mancha (sobre todo ahora que hay ferrocarril) para ir a verte. Te preguntarás cómo es que tengo tantos datos sobre vos. Los he ido obteniendo, al compás de los años, gracias a un amigo argentino, Edelberto Ruiz, al que seguramente conocés, ya que al fallecimiento de tu marido quedó como albacea. Fue él quien me proporcionó tu dirección y hasta tu e-mail, pero no me entiendo con esas maquinarias, así que he optado por el calmoso ritmo del correo, y ni siquiera le pondré al sobre la etiqueta autoadhesiva de *urgente,* en la convicción de que a nuestras edades ya no hay urgencias.

En realidad, resolví escribirte, después de mucho repasar mi camino, porque llegué a la conclusión de que te debo el momento más feliz y recordable de ese itinerario. Acaso vos también te acuerdes (ojalá), pero por las dudas te transcribiré lo que todavía es capaz de dictarme mi memoria, en cuyas repentinas lagunas es donde se nota especialmente mi edad vetusta (más que en el uso de mi bastón o en el moderado alerta prostático). Por suerte vos te has salvado (hasta ahora al menos) de los caprichos de mi olvido.

Tendrías catorce años. Te recuerdo con toda nitidez, en la misa de los domingos, sentada siempre en la misma fila, nunca de rodillas, como ordenaba el cura, junto a tu madre que sí se hincaba. El pelo castaño te caía sobre los hombros. Yo me situaba (tampoco me arrodillaba) dos hileras atrás. A veces, aprovechando que tu madre rezaba con los ojos cerrados, te volvías y nos mirábamos y nos sonreíamos. Como dos tontos de época.

Sólo después de tres o cuatro semanas de ese juego inútil, una tarde, a la hora de la siesta, nos encontramos al borde de un camino vecinal. No había nadie a la vista y todo surgió espontáneamente. Mi primer saludo fue abrazarte y la primera respuesta tuya fue abrazarme. Sin decir una sola palabra, nos besamos y besamos interminablemente, y como el bosquecito de pinos quedaba tan al alcance, sin ponernos previamente de acuerdo corrimos hacia allí. Además de los pinos había un espeso follaje. Ahí, sobre las hojas, nos estrenamos sexualmente, vírgenes y torpes pero encantados con nosotros mismos. ¿Te acordás ahora? ¿Qué pasó después? ¿Por qué no te volví a ver ni en la capilla ni en el camino vecinal ni en el bosquecito, sitios que fui recorriendo como si fueran una cadena de santuarios? Alguien me dijo que, precisamente el día siguiente a nuestro encuentro, te habías ido con tus padres. ¿Adónde? Nadie tenía noticias. ¿Acaso lo sabías cuando nos amamos? ¿Fue para no desperdiciar la única ocasión de que disponías? ¿O tus padres, fanáticos católicos, se enteraron de algo y decidieron ipso facto arrancarte de las garras del humilde satanás pueblerino que era este servidor?

Hoy este viejo te hace justicia confirmándote que nunca fue tan feliz como sobre aquellas hojas otoñales y cómplices. Durante esta larga vida que se acerca a su punto final, me he acostado con varias mujeres, pero esas brevísimas relaciones extraconyugales (después de todo, no fueron tantas, meras oportunidades durante algún largo *stage* universitario) significaron muy poca cosa. Desahogos sexuales, qué menos, pero ni siquiera borradores de amor. Es curioso que en nuestro acto inaugural y clandestino no necesitáramos palabras, sólo hablamos con nuestros cuerpos incipientes, inocentes, ajenos a todo sentimiento de culpa, o, en todo caso, gozosos practicantes del mejor de los pecados. Gracias, Isabel, por aquel placer intacto. Gracias por alegrar todavía mi memoria octogenaria. Te abraza, MATÍAS.

La muerte es una joda

Gerardo: ¿Qué tal? Estoy en México, distrito federal, o mejor dicho DF, para evitar la rima en la prosa, algo que, según recuerdo, figura entre tus alergias de lector. Hace quince días que llegué y tal vez me quede (ya te indicaré más adelante el porqué de esa inseguridad) quince días más. Como siempre que me sumerjo en esta combinación de historia precolombina y contaminación poshispana, ya me desmayé en dos ocasiones (una vez fue en la bañera y otra junto a la cama de este simpático hotel de tres estrellas), sin que nadie acudiera a socorrerme, y al cabo de cinco o diez minutos (no llevo conmigo un desmayómetro) resucité sin mayores consecuencias físicas. Y digo físicas, porque cada vez que me desmayo en México (en otros puntos del planeta sólo me desmayé una vez: a la vista del óleo con los zapatos de Cézanne, pero fue de emoción incontrolada), digo que cada vez que me desmayo en México DF, tengo la impresión de que en el alma me sale una verruga. Vos que sos licenciado en psicología tal vez puedas responderme: ¿existen las verrugas espirituales? Ustedes no las llaman así, ya lo sé, sería demasiado comprensible para vuestros inermes pacientes, pero yo, como no-licenciado en psicología, las llamo verrugas y se acabó.

De esta ciudad, en la que uno tiene la impresión de que vive media humanidad y que siempre está cubierta de humo o de bruma o de neblina, me gusta la gente, ufana y desenvuelta, con un enigmático mohín indígena, habituada al inevitable deterioro de sus pulmones y a la comparecencia pretérita y actual (y casi seguramente venidera) de los vecinos del norte que les robaron buena parte de su territorio. Los yanquis son en México la otra contaminación. Los aman y los odian. Es tan raro, che. Tengo aquí amigos entrañables a los que nunca les digo ni les escribo semejantes pelotudeces, acaso injustas. Sé que no escribís a los amigos (y menos aún a los enemigos), me consta que sos un estreñido postal, pero ahora que la humanidad se ha vuelto cibernauta, podrías agenciarte un modesto Windows 95 (todavía no el 98) para hacernos saber, en uso y abuso del e-mail, de tu vida y milagros, de tu tenaz y casi fanática solteronía, de tu siempre actualizada profesión, que tanta atracción ejerce sobre inexpertos catalanes y madrileños. Ya sé que los analistas porteños han copado el mercado peninsular, pero vos te metiste de a poco en ese ruedo casi exclusivo y ya tenés más pacientes (y sobre todo impacientes) que los coleccionados por el viejito Freud en su largo campeonato.

Pero ahora te estampo una consulta en serio, cuya respuesta a distancia confío no genere honorarios, debido 1) a nuestra larga, fecunda y leal amistad, 2) a que los giros bancarios suelen extraviarse, y 3) a que nunca creí demasiado en el psicoanálisis. Carajo, pensarás con toda razón, ¿y entonces para qué me consulta este tilingo? Bueno, en realidad este tilingo te consulta, no como reputado profesional, sino como amigo del alma, alma que en mi caso es más tacaña que mi esqueleto, pero mucho más sabia. La pregunta es la siguiente: ¿a qué altura de la existencia puede aparecer la obsesión de la muerte? Pavada de pregunta ¿no? Te confieso que nunca tuve ese metejón premortuorio. Siempre me desenvolví como si fuera eterno, es decir inmorible, un neologismo que me parece más adecuado a mi caso. Nunca padecí esa angustia, mejor dicho, nunca hasta hace dos meses, o sea hasta mis cincuenta y cuatro años recién cumplidos, cuando detecté un dolorcito estúpido en mi flanco izquierdo, y, por segunda vez en mi vida (la primera fue a los doce años, cuando tuve la tos convulsa) fui atendido por un médico, quien, tras hacerme varios análisis clínicos y ecografías, me volvió a citar en su consultorio, y allí, tras repantigarse como un gorila en un sofá francamente repulsivo y dedicarme una sonrisa odiosa, me espetó, escuetamente y sin anestesia, que el resultado de tantos exámenes era que yo tenía cáncer, y luego, sin darme ni un minuto de tregua, completó su diagnóstico augurándome que en el mejor de los casos me quedaban unos seis meses de roñosa vida. ¿Qué tal, pibe? Por eso me vine a México DF, ansioso por desmayarme por última vez en tierra de Pancho Villa y del subcomandante Marcos.

Ante semejante futuro ignominioso tal vez te sorprenda el tono bienhumorado y hasta jodón de mi misiva, pero no me creas. Es puro teatro. Desde cualquier ángulo que la mires, la muerte es una joda. En el fondo me siento como un escombro finisecular y prematuro. Te diré que lloro promedialmente cinco horas por noche. A veces seis. Mi última confianza es que en mi próximo desmayo mexicano no me despierte en esta confortable habitación 904 sino a la vera de San Pedro. Porque sigo convencido de que Dios no existe pero San Pedro sí. A la espera de tu carta de consuelo, aquí va un abrazote casi póstumo de tu amigo de siempre y hasta nunca, JUAN ANDRÉS.

Un sabor ácido

Soledad. Es un sabor ácido
del cual unos pocos se enamoran.
ÁNGEL RAMA

Querido don Matías:

Debe hacer un siglo que no sé de usted y que usted nada sabe de mí, pero usted fue y sigue siendo mi maestro, y en una situación como la que estoy viviendo, más solo que un anacoreta, usted ha pasado a ser mi único interlocutor válido.

La soledad es un estado de ánimo, pero puede convertirse en un vicio. Le confieso que, a lo largo de mis treinta y ocho años, las pocas veces que me he quedado sin soledad, la he echado de menos. Le advierto, sin embargo, que no es ése el caso actual. Esta vez la soledad me pesa, como suele pesarle el vicio (el alcohol, la droga) a cualquier adicto.

Al igual que todo lo que cuenta en la vida, también mi soledad arranca de mi infancia. Yo no tuve virtualmente madre, ya que la mía murió en el acto de darme a luz. Mi padre se vio enfrentado a la responsabilidad de ser simultáneamente padre y madre, y el pobre no lo hizo bien. No lo culpo. Por su trabajo debía viajar casi sin interrupción y me dejaba con mi tío, un hermano de mi madre que nunca nos tragó, ni a mi padre ni a mí. Él tenía cuatro hijos, todos varones, y yo era un agregado en esa nómina. Discutían y se peleaban entre ellos, pero en cambio se unían como una pandilla contra mí. Vivíamos en el campo, cerca del río y mi único refugio era escaparme a la orilla, esconderme entre los árboles y arbustos y allí establecer una suerte de natural convivencia con toda la fauna local (terrestre, acuática, aérea) que de a poco se iba habituando a mi presencia casi inmóvil. Después de todo, tanto los árboles como el agua se movían más que yo. Aquella soledad era un deleite. Todavía hoy la recuerdo como una de las más estimulantes etapas de mi vida.

Concurrir desde allí a la escuelita rural era toda una hazaña. Quedaba a quince kilómetros. Nos llevaban y nos traían a los cinco en una forchela desvencijada, y cuando aquella cachila amanecía reumática o baldada, sencillamente faltábamos a clase. Tampoco allí hice amistades duraderas. Los alumnos, por lo común hijos de peones (los hijos de estancieros iban a colegios privados de Montevideo), eran tímidos, retraídos, huraños, cada uno con su modesta soledad, pero sin demasiada conciencia de que la padecían.

Usted hizo su aparición en mi temprana adolescencia. El viejo por fin se dio cuenta (pese a que nunca le presenté mis quejas) de que ni su cuñado ni mis primos iban a contribuir a mi formación, de modo que decidió enviarme a Montevideo, no precisamente a los liceos privados donde estudiaban los hijos de buena familia, sino a un liceo público. Yo disponía de una habitación, pequeña pero confortable, en la casa de una prima de mi padre, cincuentona, flaca y soltera, que vivía sola en el Paso Molino y que me acogió como a una llevadera compañía, sobre todo porque mi padre le pasaba una mensualidad para atender a mis necesidades, que no eran demasiadas. Admito que me dejaba tranquilo y si alguna noche yo llegaba tarde no me rezongaba. Pero también debo reconocer que su comida era insulsa y algo escasa; sólo los tallarines le quedaban bastante ricos.

En el liceo sí hice algunos amigos. A lo mejor usted todavía se acuerda de un gordito al que le decían Bochinche; o el flaco Araújo, que era hijo y nieto de milicos; o el petiso Valentín, también llamado el Ñomo, o el moreno Valbuena, que nunca se reía. Éstos eran mi *barra,* para las grandes nimiedades y las pequeñas barbaridades. Después, con el tiempo, aquella piña se fue desmembrando. Bochinche se hizo músico y años después se afincó en México; Valbuena emigró a Cuba, encandilado con la Revolución; el flaco siguió el rumbo castrense de sus antecesores. Sólo seguí en contacto con el Ñomo, y a veces nos juntábamos para una churrasqueada o para ir al Estadio.

Sin embargo, para mí lo más destacable de esa temporada fue conocerlo a usted, no sólo por sus inolvidables clases de Historia sino, y sobre todo, por su comprensión ante los exabruptos e ingenuidades de aquella muchachada tan inclemente como heterogénea. Concluido el liceo, se acabó el estudio. Mi viejo estaba empeñado en que siguiera Derecho («en los tiempos que corren, y en los que correrán, siempre será bueno tener un abogado en la familia»), y cuando yo estaba por complacerlo, él murió, bastante joven aún, en un absurdo accidente de carretera. Ya sin nadie que me empujara, y asumiendo al fin mi primera soledad verdadera, decidí trabajar en cualquier cosa. Y esa cualquier cosa fue una papelería.

A usted lo veía muy de vez en cuando, especialmente cuando la soledad se me volvía insoportable. Le conocía bien sus recorridos y simulaba encuentros casuales para invitarlo a un café o una cerveza. Siempre me escuchó con una atención afectuosa, pero nunca me invitó a su casa. Eso me dolió y fui de a poco espaciando los «encuentros casuales».

Como decía mi viejo, los tiempos corrieron y un día me enamoré. Sabina era linda y simpática, teníamos gustos y disgustos compartidos. No nos casamos, pero nos fuimos a vivir juntos, en un apartamentito en la Aguada. Me quedé sin soledad, claro. A veces la echaba de menos, pero no era nada grave, porque en términos generales, era bastante feliz. Sabina era buena en la cama y en la convivencia. El problema era que nuestros horarios laborales pocas veces coincidían y sólo teníamos una aceptable vida en común los fines de semana. Y allí hizo aparición mi nuevo vicio: los celos.

Al principio era sólo un malestar. ¿Qué estará haciendo ahora en casa mientras yo trabajo? O, cuando a mi vez yo estaba en casa y ella en su horario laboral: ¿estará realmente en la oficina o andará por ahí, moviéndose entre machos? Entonces, con el menor pretexto, la llamaba por teléfono, pese a que me había dicho que a sus jefes no les gustaba que los empleados recibieran llamadas privadas. ¿Cómo serían después de todo esos malditos jefes que, de lunes a viernes, pasaban seis horas junto a ella, mirándole las curvas.

Los celos se me fueron convirtiendo en una costumbre, pero también en una tortura. Nunca le hice una escena, ni le dejé entrever mis sospechas, pero nuestra convivencia empezó a deteriorarse, y hasta nuestras relaciones sexuales se fueron vaciando de amor.

Cuando esa tensión se me volvió insoportable, opté por una solución que tal vez a usted le parezca ridícula: contraté un detective privado. ¿Qué le parece? No dependía de una agencia, pero, increíblemente, ese detalle me pareció una ventaja.

A los quince días de haberlo contratado, me esperó a la salida del trabajo, fuimos a un café y me dio su informe: «Tómelo con calma, pero lamento informarle que su esposa se encuentra a menudo con un hombre que la recoge en un BMW y se alejan en dirección a Pocitos». No le pedí más detalles, me preguntó si debía seguir la vigilancia y le dije que sí. Volvió a recomendarme que lo tomara con calma. «No vaya a cometer una barbaridad, ¿eh?» Lo tranquilicé, le dije simplemente que su informe confirmaba mis sospechas y que le agradecía su gestión y su eficacia.

No demoré mucho en decidirme. Teniendo en cuenta los problemas de inseguridad que existen aquí y en todas partes, ya hacía tiempo que había adquirido un revólver. Lo tenía bien escondido, ni siquiera Sabina estaba enterada. Al día siguiente, metí el arma en mi portafolio, fui a la papelería y pedí el día libre, con el pretexto de una gestión municipal. Ese día Sabina tenía horario matutino y regresaba a casa a eso de la una y media. Me situé en un zaguán, desde donde podía verla acercarse. Cuando apareció, a las dos menos veinte, fui a su encuentro con el portafolio semiabierto. Todavía no había advertido mi presencia cuando saqué el arma y le hice tres disparos. Sé que murió en el acto. En aquel pesado mediodía estival, no había nadie en las calles. Me alejé corriendo, dos cuadras después trepé a un ómnibus y me bajé al final del recorrido. Fui a refugiarme en lo del Ñomo, que por suerte estaba en casa. A él le conté toda la historia.

Allí estuve una semana. El Ñomo salía y hacía averiguaciones. Al cuarto día vino con una noticia que literalmente me destruyó. El detective me había mentido. Ningún hombre levantaba a Sabina en un BMW. Ñomo recogió de buena fuente la información de que el detective era un individuo con pocos escrúpulos, que explotaba la ansiedad de los maridos celosos, informándoles sobre infidelidades inexistentes a fin de que siguieran encomendándole pesquisas. Por eso trabajaba en forma independiente, ya que ninguna agencia quería desprestigiarse con sus trampas.

El Ñomo trató de conformarme, pero estuve llorando y gimoteando como dos horas. Porque yo a Sabina la quería. Fue entonces que decidí entregarme, porque con esta nueva, lastimosa soledad, no iba a andar huyendo por un mundo de mierda. Después de otros cuatro días, me despedí del Ñomo y salí a entregarme. Pero, eso sí, previamente cumplí un mero trámite: maté al detective. La verdad es que esa muerte no me pesa en la conciencia. Aunque a la hora de hacer justicia, me perjudicó bastante, claro, por aquello de la premeditación, y la jueza, implacable como son las mujeres, me encajó la máxima.

De todas mis soledades, ésta es la peor. Porque es una soledad con nostalgia. Nostalgia de Sabina, claro. La única visita que recibo, una vez al mes, es la del Ñomo. Sería tan lindo que en alguna ocasión viniera usted con él. Ah, si se decide a venir, tráigame por favor algún libro de historia, pero no de esclavos sino de libertos.

Don Matías, perdóneme esta tristeza. Espero que acepte el abrazo que aquí le mando. Entre reja y reja. EVARISTO.

Contestador automático

—*Usted ha llamado al número 5179617. En estos momentos no podemos atenderle. Si va a dejar un mensaje, hágalo después de escuchar la señal fónica.*

—Éste es un mensaje para Abilio y quien habla es Juan Alberto. ¿Te sorprendés, Abilio? Me imagino que sí. Hace cinco años que no tenías noticias mías. También hace cinco años que no tengo rostro ni cuerpo ni siquiera sombra. Curiosamente, tengo voz. Y con mi voz puedo aún visitarte, rememorarte cosas, acompañarte a pesar tuyo.

»El más nítido recuerdo que conservo de vos es el odio de tus ojos azules cuando dirigías el castigo que otros nos propinaban. Esa animadversión tuya, tan exagerada, siempre fue para mí un misterio. Nunca tuve enfrentamientos directos contigo, ni violé a tu mujer ni a tu hija, ni te traicioné, ni siquiera te escupí en la cara, como más de una vez tuve ganas. Vos, en cambio, te infiltraste entre nosotros, y nos fuiste vendiendo, uno por uno, a todos. Destruiste con paciencia nuestras vidas familiares, hiciste lo posible para que siempre tuviéramos presente la amenaza de muerte, como pan cotidiano.

—*Usted ha llamado al número 5179617. En estos momentos no podemos atenderle. Si va a dejar un mensaje, hágalo después de escuchar la señal fónica.*

—Según parece, tu contestador no tiene mucha capacidad. Así que continuaré mientras haya sitio. Le amargaste la existencia a nuestras mujeres y a nuestros hijos. Les hacías escuchar grabaciones con nuestras voces y nuestros aullidos cuando nos picaneaban. No se puede decir que seas un verdugo arrepentido, como ahora han aflorado algunos. Vos eras un ejecutor vocacional. Disfrutabas. Sin embargo, no te guardo rencor. En la dimensión en que ahora floto, el rencor no cabe; más te diría, es inconcebible. No voy a anticiparte cómo es este espacio, tendrás que averiguarlo por ti mismo, cuando te llegue el día, o la noche, como me llegó a mí.

»Un aviso. No creas que vas a encontrar a Dios. Ni el tuyo ni el de otros. Hasta ahora han brillado por su ausencia. Con toda tranquilidad, podés dejar de ir a misa. No pasa nada.

»Te confieso que en el fondo te tengo lástima. Sé que no podés dormir. Sé también que es tarde para que te arrepientas. Llevás demasiados muertos en el *container* de tu memoria.

»No sé si algún otro de tus cadáveres se asomará, como yo ahora, a tu contestador. Y no lo sé porque aquí no nos comunicamos. Somos una congregación de solitarios. ¿Sabías que la muerte es una interminable pradera gris? Te aseguro que no volveré a molestarte. Sí, la muerte es una interminable pradera gris. Una pradera gris. Sin aleluyas. Gris.

Testamento ológrafo

Dejo mis dedos espectrales
que recorrieron teclas, vientres, aguas, párpados de miel
y por los que descendió la escritura
como una virgen de alma deshilachada.
SEBASTIÁN SALAZAR BONDY
Testamento ológrafo

1.

Yo, Rogelio Velasco, dejo mis anteojos o lentes o gafas o espejuelos, a mi sobrino Esteban, para que pueda ver el mundo como yo lo he visto, a veces injusto, desarticulado, confuso, y otras veces generoso, ordenado, estimulante.

Recuerdo que vos, Esteban, cuando todavía eras un niño, te calzaste mis anteojos, que yo había dejado sobre la mesa, y de inmediato te los quitaste con inusitada violencia, casi con asco, porque, claro, no se acomodaban a tu visión de entonces. Tal vez ahora tu miopía se corresponda con la mía y ya no arrojes al suelo mis pobres lentes. En realidad, no son los mismos. De aquéllos tuve que cambiar uno de los cristales, el izquierdo, como resultado de ese desencuentro. De todos modos, hace como diez años que no me acompañan, pues los olvidé en un taxi. El chofer nunca vino a devolvérmelos, quizá porque el siguiente pasajero (un peso pesado que ascendió al coche cuando yo bajaba) se sentó sobre ellos y los hizo añicos.

Ya sos un hombre, casi un ingeniero, y en todo caso tus rechazos serán hoy más sustanciales. Al parecer, te costó bastante verte involucrado en un amor. Vos lo atribuías, así al menos me lo contaste, a las buenas pero retorcidas intenciones de tu padre, que, preocupado por tu timidez congénita, te depositó en los fláccidos brazos de una prostituta de toda su confianza, para que te iniciara en los placeres y sinsabores de la carne. Creo que de ese estreno de lenocinio sólo te quedaron los sinsabores, ya que nunca le perdonaste a mi cuñado un bautismo tan infortunado. Pasaron muchos años antes de que una mujer te atrajera, y claro, te casaste con ella. Rápida decisión antes de que te invadiera otra vez la repugnancia por un cuerpo ajeno. Menos mal que Maruja se las ha arreglado para acabar con tu apocamiento. Y hasta te ha dado un hijo. Inquieto, pero simpático. Un consejo, no dejes tus anteojos al alcance de Eduardito.

2.

Yo, Rogelio Velasco, divorciado y vuelto a emparejar, nacido en Mercedes hace sesenta y cinco años, dejo mi cámara fotográfica a mi ex mujer, porque fue con esta Rolleiflex que tratamos de fijar ciertos instantes de nuestra breve bienaventuranza. Todavía guardo algunas de las fotos en una caja de zapatos. Por ejemplo, la del zoo de Buenos Aires, donde estás mirando extasiada a la mona (una orangutana bastante despabilada) que, al verse enfocada por mi cámara, asumió una postura sorprendentemente fotogénica. Salvadas las distancias, traía el recuerdo de la Venus del Espejo.

También están las de la luna de miel. Entre otras, las que nos tomó el solícito camarero en un restaurante de Piriápolis. Además de escandalosamente jóvenes, parecemos felices y tal vez lo fuéramos. ¿Vos te acordás de cuál fue el origen de nuestro distanciamiento? Yo no. Sinceramente, no me acuerdo. Quizá fue un proceso lento. La conquista de la indiferencia también lleva su tiempo. Sin celos recíprocos, que son tan molestos pero que al menos otorgan vigor y sentido a una ruptura. Hoy, tantos años después, siento a veces un poco de nostalgia. Lo curioso es que no te añoro a vos. Más bien echo de menos ciertos lindos momentos que pasamos, cierta paz que edificamos y compartimos. ¿Vos no?

Ahora tengo mi pareja y vos tenés la tuya. No obstante, en mi caso al menos, no es lo mismo. Es una relación cómoda, agradable, estimulante, de diálogo fluido, pero sin inocencia. Ésta es irrecuperable, no admite simulacros ni parodias.

En otra foto estás vos sola, divertida, haciéndome una morisqueta. Reconozco que el humor era un buen ingrediente de nuestra convivencia. Sabíamos burlarnos uno del otro, y también cada uno de sí mismo. Sin dejar heridas. Eso también lo he perdido. Ahora cuando me burlo, hiero, y cuando se burlan de mí, me siento herido. ¿Será que con los años uno se vuelve necio y rencoroso?

La foto que prestigia la colección es una que te tomé en la playa, no me acuerdo cuál. Tu malla (que creo recordar era verde aceituna) es discreta, pero sabías lucir las piernas. Éstas eran —quizá todavía lo son— espléndidas, y vos bien que lo sabías.

3.

Yo, Rogelio Velasco, taquígrafo ya retirado, dejo mi máquina de escribir Underwood, o sea un dinosaurio preinformático, a mi ex colega y buen amigo Eusebio Palma, con quien compartí tantas conferencias de prensa, simposios, congresos, en una época en que los taquígrafos todavía éramos testigos y custodios de la palabra. Ahora los grabadores o magnetófonos o como carajo se llamen nos han expulsado de los consejos de dirección, de los paraninfos, de los parlamentos, de las aulas magnas. Antes los sistemas a elegir eran el Gregg, el Pitman, el Gabelsberger, el Taylor, y sobre todo el que nosotros practicábamos con entusiasmo, el Martí, insustituible para el español. Ahora en cambio los membretes a elegir son Toshiba, IBM, Sony, Philips, Panasonic, UHER, Geloso, etcétera. Lo nuestro era artesanal, riesgoso, fatigante, sometido a tensiones, presiones y oradores acelerados. A veces se nos perdía una palabra, o una frase completa, o dos ilegibles y casi impronunciables apellidos, con nueve consonantes y dos vocales, y entonces se nos hacía un nudo en la garganta, pero, decime un poco, Eusebio, ¿qué sucede ahora cuando el grabador se emberrenchina y nos borra media conferencia, y ésta es para colmo de un rector o de un vicepresidente o de un ilustre e irascible visitante? No hay nada tan confiable como la tracción a sangre.

¿Te acordás cuando el Pepe Troncoso apareció por primera vez en la sesión del Consejo con un magnetófono gigantesco, de reciente importación, y nos dijo muy ufano: Hoy éste va a trabajar por mí, agregando luego con una jodida sonrisa: Y a ustedes, pobres esclavos, los veré sofocarse desde mi sosiego? ¿Y te acordás que a los veinte minutos de comenzada la sesión extraordinaria empezó a salir del flamante aparato un líquido verde y pastoso, que fue el preludio de una inefable humareda? El Pepe no sabía dónde meterse y a la noche no tuvo más remedio que humillarse y pedirnos nuestra esforzada versión artesanal. Reconozcamos que después vinieron otros artefactos más confiables, que fueron precisamente los que nos desplazaron para siempre.

Así y todo, caro amico, le debemos a la taquigrafía algunos buenos momentos. Por ejemplo, las giras por todo el Interior que hacíamos con el senador Fresnedo, empeñado en difundir a toda costa su nuevo plan de educación física. Nos llevaba con él para que tomáramos versión taquigráfica de sus discursos en apariencia improvisados. Éstos estaban todos cortados por la misma tijera, virtualmente se los sabía de memoria, pero no se le podía trampear, porque si en Tacuarembó agregaba una frase que no había dicho en Durazno y en la versión ya mecanografiada nos atrevíamos a omitirla, de inmediato se daba cuenta y nos insultaba con burocrática unción. Después de su recurrente pieza oratoria, el senador respondía a preguntas del auditorio, y era admirable la desenvoltura con que llenaba sus lagunas y disimulaba su ignorancia.

Pero lo estimulante de esos viajes no era precisamente nuestra condición de oyentes y/o esclavos. Lo estimulante era que con nosotros viajaban unas estudiantes de Educación Física, preciosas y musculosas, que en cada ciudad, después de la intervención del senador, realizaban una exhibición gimnástica que era siempre muy aplaudida. Por supuesto el público masculino aplaudía más el donaire de sus piernas que la habilidad de sus atléticas cabriolas. Mientras ellas se lucían en la barra o en las cuerdas, nosotros traducíamos nuestros signos taquigráficos y casi siempre terminábamos nuestro trabajo al mismo tiempo que ellas su calistenia. Entonces nos íbamos todos (incluso el senador) a bailar en el club social de la localidad. ¿Te acordás o no? ¿No era una maravilla bailar apretaditos con aquellas minas tan perfectas? Todavía no había llegado el apogeo del rock y su insulso distanciamiento, de manera que confiábamos al venturoso y pausado tango nuestro apetito venéreo, que por cierto tenía una nueva oportunidad cuando viajábamos de noche en el amplio autocar y ellas estaban tan agotadas por la gimnasia y el bailongo, que se dormían en los brazos taquigráficos, cobijadas por nuestro insomnio lujurioso. Nunca olvidaré a la más cautivante de esas minas, de cuyas afeitadas axilas subía un chanel sudoroso que enamoraba mis fosas nasales. No voy a entrar en detalles confidenciales que vos conocés mejor que yo; sólo quería rememorar algunos beneficios marginales de nuestro bendito oficio secretarial.

La vieja Underwood te la dejo como pieza de museo, pero también como homenaje a tu asombrosa velocidad mecanográfica. Nunca olvidaré que escribiendo a máquina siempre fuiste más rápido que en taquigrafía y que incluso ganaste un certamen rioplatense. Curiosamente, sólo alcanzabas esa velocidad con la crepitante Underwood; con otras marcas eras mucho más lento. Vos y ella volaban. Qué envidia. Todavía me dura. Sólo una preguntita adicional: ahora que sos jefe de protocolo, la vieja taquigrafía ¿te sirve para algo? Te confieso que a veces, para no perder la mano, la practico frente a la televisión, sólo para registrar los gazapos de algún ministro.

4.

Yo, Rogelio Velasco, con la salud algo quebrantada y no sé si recuperable, dejo a mi segunda mujer mis brazos y mis piernas, en recuerdo de que con unos y con otras la abarqué y la ceñí, la incorporé a mi territorio, la gocé y logré que me gozara. También le dejo mis rabietas de verdugo y mis caricias de arrepentido; mis hoscas vigilias y mis nocturnos de minucioso amador; la melancolía que me provocan sus ausencias y el cielo abierto que acompaña sus regresos; la garantía de saberla dormida a mi lado y la certeza de que velará mi último sueño.

5.

Yo, Rogelio Velasco, dejo también una canción cadenciosa y pegadiza que mi madre cantaba en la cocina mientras revolvía el dulce de leche casero;

dejo un cristal con lluvia que me ponía alegremente melancólico;

dejo un insomnio con luna creciente y dos estrellas;

dejo la campanilla con la que llamaba a la esquiva buena suerte;

dejo una tijerita de acero inoxidable con la que, a través de los años, me fui cortando tres o cuatro prototipos de bigote;

dejo el cenicero de Murano que recogió sin inmutarse las cenizas de mis frustraciones;

dejo todos mis apodos y mis remordimientos clandestinos;

dejo una ficha de ruleta para que alguien la apueste al treinta y dos;

dejo el relámpago de la memoria, que a veces ilumina los baldíos de mi conciencia;

dejo el cuaderno tabaré cuadriculado donde fui anotando mis vagos presentimientos;

dejo un ejemplar del quijote en papel biblia con notas al margen que testimonian mi aburrida admiración;

dejo los gemelos de oro que me regalaron para mi segunda boda y que nunca estrené porque sólo uso camisas de manga corta;

dejo la cadenita de mi pobre perro que murió hace tres años porque no pudo soportar su viudez;

dejo un encuadernado ejemplar de la oda al carajo, única obra maestra del ubicuo bandolero que escribió nuestro himno y el de Paraguay;

dejo el antiguo calzador de mango largo que uso en mis temporadas de lumbago;

dejo mi valiosa colección de arrugadas expectativas;

dejo un cajoncito de cartas recibidas y no contestadas y otro cajoncito con copias de las cartas que no me contestaron;

dejo un termómetro enigmático y maravilloso porque siempre nos fue imposible leer en él la temperatura nuestra de cada día;

dejo la acogedora sonrisa de la preciosa pero intocable mujer de un buen amigo que es campeón de karate;

dejo el único piojo solitario, anacoreta, que ingresó hace doce años en mi geografía corporal y al que ultimé sin la menor piedad ecologista;

dejo un plano muy bonito de Montevideo, recuerdo de una época poscolonial y premoon;

dejo mi horóscopo con sus pronósticos nunca confirmados;

dejo un papel secante con la firma (invertida) de un ministro del ramo;

dejo un caracol gigante, recogido en una playa oceánica, que antes de expirar me miró con la tristeza de su odio salado;

dejo una antena de tv que sólo aportó inéditos fantasmas a mi pantalla;

dejo las ojeras de mi hipocondría y los ardides de mi falso olvido;

dejo un decilitro de ola atlántica que guardo en un frasco verdiazul para que no extrañe;

dejo un sueño erótico y su verdad desnuda, por cierto inalcanzable en la arropada vigilia;

dejo una bofetada femenina, injusta y perfumada;

dejo una patria sin himno ni bandera pero con cielo y suelo;

dejo la culpa que no tuve y la que tuve, ya que después de todo son mellizas;

dejo mi brújula con la advertencia de que el norte es el sur y viceversa;

dejo mi calle y su empedrado;

dejo mi esquina y su sorpresa;

dejo mi puerta con sus cuatro llaves;

dejo mi umbral con tus pisadas tenues;

dejo por fin mi dejadez.

Las estaciones

Primavera de otros

Miguel miró sus manos, esas dos manchas blancas que emergían de la oscuridad. Su covacha era la última de ese caserío, ahora, vaya a saber por qué, totalmente abandonado. Le constaba que el último ocupante había regresado a su Fraile Muerto de origen. Miguel heredó el catre, el primus, una linterna sin pilas, dos banquitos desvencijados y un cajón flamante que servía de alacena. Había traído su mate y su termo como único equipaje.

¿Por qué en ese tugurio? Adentro todo era lóbrego, pero afuera había luna. Y silencio. Hoy había mendigado en la placita, junto al monumento. La cosecha había sido de siete pesos y una tarjeta telefónica. Ésta le fue entregada por una chiquilina que le avisó: queda espacio libre para dos o tres llamadas. Después se fue, corriendo.

Un mes atrás, su última llamada había sido para Cecilia: «Me voy, no sé adónde. No te preocupes. Sabré arreglármelas. Sobre la heladera te dejo un adiós». Y el adiós decía: «No soporto el mundo. Quiero hallarme a mí mismo. Por una vez la soledad me es imprescindible. No estoy loco. No desvarío. Cuando esta noche te enfrentes a las noticias de la tele, y veas más esqueléticos negritos de Sudán, pateras con marroquíes que naufragan en el Estrecho, indígenas del Amazonas empujados a su desaparición, cursos básicos de violencia juvenil, así como la incontenible, programada destrucción de la naturaleza, y luego, en el mismo canal o en el contiguo, la soberbia de los gobernantes, demo o autocráticos, casi da lo mismo, exhibiendo sin pudor su fiebre de poder; su indiferencia hacia el prójimo, singular o plural, y asimismo las grandes bóvedas de la Bolsa, con la histeria millonaria de los apostadores; cuando veas todo eso quizá entiendas por qué ya no soporto el mundo. La noción exacta de mi impotencia, de mi incapacidad frente a tanto desastre, de una humanidad que de a poco se suicida, me hace sentir que no tengo el mínimo derecho al bienestar, ni a mi profesión, ni a tu amor, casi diría que no tengo derecho a estar vivo. Pero no te preocupes, no voy a eliminarme. Lo que no quiero para la humanidad, tampoco lo quiero para mí. Pero tengo que irme, borrarme, estar a solas conmigo, tratar de comprender este relajo cósmico, esta catástrofe sin dios, este dolor sin sentido. Tu nombre es una de las pocas palabras con sentido que dejo atrás. Tal vez mi única tentación de arrepentimiento antes de dar este paso, pero la vencí. Gracias para siempre, Miguel».

Sus propias manos, esas dos manchas blancas en la sombra, son también una constancia de sí mismo. Afuera, bajo la palidez lunar, otras constancias comparecen. Por detrás de la cuarta vivienda, irrumpe un muchacho. Su camisa clara, posiblemente blanca, atrae toda la atención de la luna, pero él se queda inmóvil, a la espera de algo.

El algo esperado llega bordeando la segunda casucha. Es una muchacha, claro. Miguel no alcanza a distinguir su rostro, pero sí que la chica es ágil, y al ver al que espera, camina lentamente hacia él y lo abraza. El *happy end,* piensa Miguel, de un producto hollywoodense de los sesenta. Pero la parejita no es de celuloide. Ahora se dedican a despejar someramente un espacio entre piedras, casi un lecho de césped. Luego empiezan a quitarse mutuamente las ropas. Miguel no puede dejar de mirarlos, asombrado, todavía incrédulo. Pero ellos ignoran que padecen un testigo involuntario y actúan con natural impunidad, como si insistieran en un ritual varias veces cumplido.

Miguel admite que, con el aporte lunar, aquellos dos cuerpos jóvenes, acariciándose sobre el césped, moviéndose en un vaivén tierno, acompasado, penetrándose, permaneciendo luego unidos en un abrazo que seguramente es tibio, pleno, final; Miguel admite que ese conjunto es como una metáfora, pero también un motivo de ser, una explicación primaria que comunica algo a pesar suyo.

Lentamente los muchachos vuelven a sus ropas, se ríen, festejan. Miguel no alcanza a captar qué dicen, pero aparentemente rebosan alegría. Tal vez se trate de una felicidad instantánea, sin futuro, quién puede saberlo. Por fin se alejan, abrazados, y Miguel queda otra vez ensimismado, solo en su desconcierto. Ya no mira sus manos, las introduce en los bolsillos y allí sólo encuentra la tarjeta telefónica.

Entonces se levanta, sale a la noche. Ya no hay luna. Las nubes han decidido cubrirla, al menos por un rato. Camina ocho, diez cuadras, con lentitud, indeciso, como frenándose. Cuando encuentra un teléfono público, se mete en la casilla, introduce en el aparato la tarjeta que le había dado la chiquilina y marca siete cifras. Del otro lado alguien levanta el tubo y él pregunta: «¿Cecilia?».

Nube de verano

De pronto estalló el verano. A Alejo le gustaba pasarlo y repasarlo frente al mar. El vaivén apacible de las olas, siempre repetido y siempre diferente, le fascinaba en todos los febreros. Con las gaviotas de aquí cerca y las toninas de allá lejos, mantenía una provocativa y tierna relación. No así con el mar cuando las aguas se encrespaban y desde la cresta de su oleaje amenazaban la vida terrestre.

A sus quince años, el mar le atraía pero también le daba vértigo. Aún no tenía motivos para suicidarse, pero de todas maneras era un proyecto que no le espantaba. Cuando su hermana Estela decidió eliminarse (tiro en la sien), él sufrió bastante, no tanto por su desaparición sino porque no se lo había dicho, ni siquiera insinuado. En el fondo, durante el velatorio, cuando todos rodeaban acongojados aquel cuerpo joven, él había sentido un poco de envidia. Digamos, de envidia piadosa. No había muchos motivos para vivir con ganas, eso pensaba. Uno era sin duda el mar, pero éste era asimismo un motivo para morir con ganas.

Esta vez los padres, aún no repuestos de la pérdida de Estela (sólo habían pasado dos años), los habían dejado, a él y a su primo Jaime, dieciocho años, en la casita de la playa. Pero Jaime se iba todos los días al centrito del pueblo, y a veces, de noche, a las discotecas. A menudo intentaba arrastrarlo a esas modestas movidas nocturnas, pero Alejo fue sólo una vez y su aburrimiento había sido colosal. Recordó haber leído, en un libro de Miguel Hernández que sustrajo de la biblioteca del tío Manolo, un poema que se refería a «la soledad de la costumbre». Él había dado vuelta el verso y se sentía cómodo en «la costumbre de la soledad».

Alejo llevaba un diario, con anotaciones casi cotidianas. Cuando al fin se desprendió del panorama acuático, y tras comer un churrasco en la cafetería llamada ramplonamente Pepe's, se retiró a sus cuarteles de verano, abrió la libreta con su diario, y escribió:

«Debo ser un poco raro. No me gusta divertirme. Si a los quince soy así, cómo seré a los treinta. Mamá me mira a menudo como buscando en mí algún rasgo que le recuerde a Estela. Creo que nos parecíamos en los ojos, aunque ella los tenía oscuros y yo verdes. Ah, pero la mirada era la misma. Sólo que ella miraba al Más Allá y yo al Más Acá.

»Para el viejo en cambio soy una incógnita. Siempre lo he desconcertado. Ya que él es ingeniero y ejerce como tal, habría querido que yo siguiera ese rumbo, y con el tiempo me convirtiera en su ayudante y más tarde en su sucesor. Pero yo no me llevo con las matemáticas. Me parecen difíciles y además inútiles. Hay que ver cuántas cosas construyeron los antiguos y hasta los antiquísimos, sin saber la regla de tres compuesta ni siquiera la tabla del nueve. Ya que dicen que uno vive varias vidas, yo debo haber sido secretario privado del hombre de Neanderthal. Para la próxima me postulo como guía turístico en Plutón, un planeta que por lo visto se las trae. Quién sabe cómo será allí la soledad de la costumbre.

»Pero volviendo a la Tierra, tengo la impresión de que a Jaime le atraen más los chicos que las chicas. Allá él. Cada uno es libre de hacer de su recto un chifle. A mí, en cambio, no me atraen ni los unos ni las otras. Bueno, tampoco soy un témpano. Incluso una vez estuve enamorado. Yo tenía catorce y ella trece. Me enamoré porque poseía una piel como de ébano (pero blanco, qué raro ¿no?) y unos brazos como de árbol. Es probable que yo también le gustara. Al menos me dijo una tardecita, a la hora del ángelus, que yo tenía ojos de ascua y pies de caricia. No estaba seguro del significado de ascua, y fui al diccionario: "Ascua: pedazo de cualquier materia sólida y combustible que por la acción del fuego se pone incandescente y sin llama". Que mis ojos pudieran ser combustibles fue para mí una revelación. En cuanto a mis pies de caricia, o sea propensos a acariciar, lo cierto es que a ella nunca la pude acariciar, ni con los pies ni con nada. Cultivaba sus personales métodos de huida, pero éstos no eran corpóreos ni tangibles, sino verbales. Por ejemplo me decía: "Alejo, tenés que comprenderlo: yo soy virgen". Y a mí qué me importaba. Nunca figuró en mi programa despojarla de su maldita virginidad. La habría tocado, eso sí, y hasta besado, por qué no. Pero ella se ponía la virginidad como una armadura. Yo también era (lo soy aún) virgen, y sin embargo no la abofeteaba con esa tontería. Al final me aburrió, o me aburrí, no recuerdo bien. Después de esa experiencia, no me enamoré más. Cuando me atrae alguna piba, antes que nada averiguo (eso siempre se puede saber) si es virgen. Pero a los trece o catorce casi todas lo son. Fue entonces que decidí inaugurar mi actual etapa de precoz anacoreta.

»Pese a que mi vida es notoriamente breve, debo reconocer que incluye algunos enigmas. No sólo para los demás sino también y sobre todo para mí mismo. Verbigracia: ¿de dónde o de quién habré sacado mi indiferencia frente a los seres y frente a las cosas? A veces me siento como una isla, pero aun así me falta el archipiélago. Veo el mundo como a través de una mampara, no esmerilada sino transparente. Es decir: me entero de todo, pero de nada participo.

»Otro enigma: ¿cómo se explica que, aun viviendo en esta atmósfera privada tan semejante a la tristeza, nunca apele al recurso o al desahogo del llanto? Creo que la última vez que lloré tenía diez años. Y no fue un dolor del alma sino del cuerpo: una moto enloquecida y gigante me aplastó el pie derecho y escapó zigzagueando en el tráfico. Todavía me queda un poquito de renguera. Luego llegarían más ocasiones para el llanto, pero yo me mantuve seco. La más notoria fue sin duda la muerte de Estela, pero esa noche mi desconsuelo era tan tremendo que me olvidé de llorar. Puede que tanta contención sea saludable, pero yo la veo como una carencia. ¿Se habrá agotado el stock de mis humildes sentimientos? ¿Será que mis emociones se arrugaron? Continuará en la próxima entrega.»

Alejo depositó la libreta del diario en su cajoncito personal. De nuevo se situó en la realidad de su entorno. Detrás del televisor había una pared con azulejos. Hoy es una de esas noches de obligada juerga, pensó; así que Jaime volverá muy tarde.

Había poco para elegir, así que se sentó en su mecedora predilecta y encendió la tele. Expulsados por el agresivo rectángulo luminoso, los azulejos se sumergieron en la sombra.

Noticias. Zapping. Más noticias. Zapping. Mediocre programa de preguntas y respuestas. Se le pregunta a los participantes sobre los nombres de los planetas. El más sabio llegó a tres: Tierra, Marte y Júpiter. Otro, menos informado, dijo: Marte y la Luna. Zapping. De nuevo noticias. Pero ahora Alejo queda extrañamente enganchado. La pantalla documenta la situación en Sudán. El contraste tiene su gancho. Por un lado muestra las ruinas provocadas por el bombardeo norteamericano. Por otro, una multitud de negros, a punto de morirse de hambre y de sed. Todo en el mismo país. De pronto la cámara enfoca a un negrito esquelético, con brazos y piernas que son palitos y una mirada que no es inquisidora ni humillada ni penosa ni lacerante. Es tan sólo una mirada, y ya es bastante. Entonces el negrito, haciendo un evidente esfuerzo, logra alzar un brazo y su dedo índice señala a la cámara, que se detiene intencionadamente en ese gesto. Al negrito no le quedan fuerzas ni para sonreír al extranjero.

Alejo entiende que aquel prójimo enclenque lo está señalando a él. Entonces comprueba, para su sorpresa, que sus ojos, tras cinco años de sequía, están ahora anegados en lágrimas. Alejo llora y llora, con sollozos y hasta con gemidos. Un llanto incontenible. Y cuando el negrito se va de la pantalla, él sigue llorando. Y tiene la sobrecogedora sensación de que no llora sólo por aquel niño famélico sino también por su hermana muerta y en última instancia por sí mismo. O quizá por el mundo.

Revelación de otoño

Arturo Rosales, cuarenta y ocho años, era músico, primera viola de la Filarmónica. Su mujer, Renata, cuarenta y tres años, profesora de literatura. Llevaban veinte años de casados, pero no tenían hijos. Llegó un momento en que ambos coincidieron en la sensación de que su trayectoria estaba incompleta; sin niños, su vida familiar era apenas la asunción de dos soledades contiguas. Si nunca habían llegado a los mutuos reproches, era por dos razones: la primera, que se querían con sinceridad, con ternura, y, *last but not least,* que en la cama funcionaban más que aceptablemente; la segunda, que eran conscientes de que nadie era culpable.

A última hora de la tarde siempre coincidían en casa, salvo cuando Arturo tenía ensayo o concierto (las obligaciones docentes de Renata concluían más temprano). En su nomenclátor muy privado, aquel espacio figuraba como «la hora del brindis»: él tomaba uno o dos whiskies y ella un par de martinis, pero era sobre todo el momento de la comunicación intelectual, profesional, artística, ideológica. O sea, el mejor trozo de la jornada.

Arturo solía decir que ejercer de primera viola era una cura de modestia, algo así como ser ciudadano de segunda. El ciudadano musical de primera era sin duda el primer violín. Era a él que el director de orquesta estrechaba la mano cuando la sala estallaba en aplausos.

No obstante, Arturo estaba conforme con su papel secundario, pero imprescindible, y trataba de desempeñarlo lo mejor que podía. Después de haber recorrido con su arco a tantos notables compositores, jugaba a hallar para cada uno de ellos una definición sintética. Por ejemplo: Bach era la exactitud; Vivaldi, la gracia; Beethoven, la nobleza; Brahms, la profundidad; Mozart, la alegría; Mahler, el rigor; Haendel, la devoción; Paganini, el desafío; Stravinsky, la sorpresa.

Por su parte, Renata se divertía con aquella distribución de etiquetas y su contribución al juego consistía en encontrar equivalentes literarios, algo así como complementos al fichero de Arturo. Y como era sólo un pasatiempo personal e irresponsable, no buscaba coincidencias cronológicas ni estilísticas sino más bien espirituales. A Bach, por ejemplo, le asignaba Goethe; a Vivaldi, Torquato Tasso; a Beethoven, Cervantes; a Brahms, Shakespeare; a Mozart, Voltaire; a Mahler,

Dante; a Haendel, San Juan de la Cruz; a Paganini, Molière; a Stravinsky, Apollinaire.

Tenían amigos, con quienes en general compartían posiciones políticas, pero en cambio discutían ardorosamente sobre arte. Vale decir, que llevaban una vida estimulante y plena. Y sin embargo, algo les faltaba.

El día en que el matrimonio Posadas, que tampoco tenía hijos, decidió adoptar un niño y finalmente llevó a cabo ese propósito, los Rosales llegaron a su «hora del brindis» con el tema de la adopción en el orden del día. Durante tres horas bordaron todo un entramado de riesgos y ventajas. Antes de la cena, la adopción fue aprobada por unanimidad: dos votos a favor, ninguno en contra.

No les fue fácil. Hubo varios intentos, pero a menudo acababan en frustraciones. Además, no siempre había suficientes garantías sanitarias. Por fin surgió la posibilidad esperada. Una joven soltera, muy sana, proveniente de la alta clase media, había quedado embarazada, y, pese a las presiones familiares, no había aceptado abortar. El padre, guardián celoso de un honor estrecho, aceptó al fin la decisión por razones humanitarias, pero con la condición de que la criatura fuera dada en adopción a un matrimonio sin hijos, de aceptable currículum, pero con un segundo, inexorable requisito: que jamás se restableciera ni se conociera el vínculo entre la criatura adoptada y su madre biológica.

A los Rosales la niña les encantó (fue bautizada como Florencia) y en la adopción se cumplieron todos los requisitos legales. Verdaderamente, a Arturo y Renata la incorporación de Florencia les cambió la vida y nunca se arrepintieron de su sabia decisión. Por su parte, Florencia se sentía querida, estimulada y cuidada.

Fieles cumplidores del compromiso contraído, Arturo y Renata nunca le dijeron la verdad. A veces lo discutieron, porque un psicólogo amigo les dijo que, por la salud física y espiritual de un niño adoptado, no era aconsejable que anduviera interminablemente por la vida con la carga de una falsa identidad. Los Rosales comprendían y hasta admitían el planteo, pero tenían un miedo cerval a que semejante revelación se volviera contra ellos y acabaran perdiendo a Florencia. No soportaban un futuro sin ella y hasta encontraban que la muchacha tenía claros rasgos de Arturo y también de Renata. Por lo pronto, le encantaban la música y los libros.

A través de los años, Florencia había ido avanzando limpiamente en su educación. Tanto en la etapa primaria como en la secundaria, siempre había sido una estudiante aprovechada y brillante.

La víspera de sus quince años, estaban los tres en el *living* del décimo piso, con toda la arboleda del Prado que el amplio ventanal les entregaba. Arturo pensó que nunca había conocido un otoño tan espléndido y en el que se pudiera respirar hondo con tanto disfrute. Todavía no se veían muchas hojas secas, pero las que había parecían de oro. Además, era evidente que también los árboles respiraban hondo. Por si todo eso fuera poco, Arturo estaba dispuesto a convertir este otoño en una metáfora de su presente, ya que tanto él como Renata, con sus sesenta y tres y cincuenta y ocho años respectivamente, estaban bien instalados en el otoño de sus vidas. Y para colmo, en el ensayo de hoy, la Filarmónica la había emprendido con el luminoso otoño de Vivaldi.

Mientras Arturo disfrutaba con su otoño, Renata se ocupaba de los preparativos de la fiestita de cumpleaños. Cuando Arturo se extrajo a sí mismo del éxtasis otoñal, Florencia fue a sentarse junto a él. Arturo se sintió afortunado como nunca. La acarició con ternura sinceramente paternal y le anticipó que mañana tendría una linda sorpresa.

De pronto Florencia se levantó, y enfrentándose a Arturo y Renata con una sonrisa sin tapujos, dijo lo inesperado:

—Hace cuatro días me enteré de algo que ignoraba acerca de mí misma. Ahora que ya soy grandecita, ¿puedo hacerles una pregunta? ¿Cómo era mi mamá? Eh ¿cómo era?

Arturo y Renata se miraron, como buscando un imposible socorro en el otro. Él no pudo evitar que, muy dentro suyo y a pesar de su pánico, y aunque allí no tenía lugar ninguna primera viola, sintiera los fraseos de *Muchachas en el jardín,* de Mompou. Ella, en cambio, como en un entresueño, se vio leyendo *La sirena varada,* de Casona.

Pero la pregunta se había instalado para siempre en las tres vidas y volvía a sonar con implacable insistencia:

—¿Cómo era mi mamá? ¿No me van a decir cómo era?

El invierno propio

El día en que cumplió ochenta años, el profesor Aníbal Esteban Couto estuvo rodeado de hijos, hijas, nueras, yernos, nietos, sobrinos. Esa amplia unidad familiar le dejó conforme. En el camino habían quedado su mujer y una hija, y recordarlas le traía sufrimiento, pero las otras presencias compensaban de alguna manera aquel castigo inmerecido.

Cuando llega la hora de que todos se vayan, son apenas las diez. Mañana temprano unos y otros tienen obligaciones: colegios, liceos, oficinas, despachos, universidades, mostradores, computadoras. Él no: la soledad no tiene obligaciones. Ni siquiera la de recoger en el *living* (que después de la tromba familiar se asemeja a las ruinas de Pompeya) los vasos, jarras, copas, botellas, platos, bandejas, fuentes, pocillos, etcétera. Después de todo, mañana le toca venir a Encarna, que tres veces por semana se afana en poner en patológico orden el saludable desorden.

Así que se instala en el estudio, frente a la biblioteca, por cierto impresionante. Durante la reunión con su clan privado, sólo había tomado media copa de champán para acompañar el brindis, pronunciado por el único yerno que le cae bien. Pero ahora elige su vaso personal, de verde cristal de Jena, y se sirve whisky (escocés, etiqueta negra) con tres cubitos de hielo.

La biblioteca es también una familia. Es cierto que él ha pasado largos años preparando clases, cursos, conferencias, seminarios, ponencias, o sea leyendo, con línea y rumbo predeterminados, mientras tomaba notas y confrontaba textos, citas, bibliografías. Siempre echó de menos un espacio de libertad para su vocación de lector; pero lector sin programa establecido, con títulos elegidos al azar y también con el ánimo dispuesto para el disfrute, para el goce ante el talento de los otros.

Nunca se había sentido inclinado a encarar por sí mismo una obra narrativa o poética, ni siquiera un destape autobiográfico, como solían pergeñar algunos de sus colegas universitarios, tan seguros de sí mismos. Su biografía está en él, ni agazapada ni tediosa, y no es ni lo bastante procaz ni lo bastante entretenida como para contársela a los demás.

Ahora, ya jubilado, por fin con todo el tiempo a su disposición, sus ojos no le responden como antes, también envejecieron. Aún puede leer con la ayuda de gafas (hace ocho o diez años le colocaron lentes de contacto y no los soportó), pero se fatiga, le duele la cabeza, se le irritan los ojos, en fin, que no vale la pena.

No obstante, la biblioteca está allí, como un testigo. Desde su mecedora, no alcanza a leer las leyendas de cada lomo, pero a la mayoría de los libros los reconoce por el color o el formato o la encuadernación o el logotipo o también (y en eso es un experto) por sus signos de senectud. No se levanta a confirmar sus presunciones. Más bien le gusta adivinar, y si no acierta, bah, no pasa nada. Es la única gimnasia que le queda.

Como un testigo. Aparte de los diccionarios, hay libros que nunca ha abierto (no son muchos), aunque en su momento los compró con la sana intención de leerlos, pero no les había llegado el turno, siguen haciendo cola. A veces pensaba que quizá en las vacaciones, pero en las vacaciones lo llamaban para cursos de verano, aquí o allá, y de nuevo a preparar textos, clases, seminarios, además de las valijas. Así y todo, siempre le había robado alguna horita al sueño para leer sin esquemas previos.

Al fin de cuentas, la biblioteca es su verdadera autobiografía. Aquí y allá asoman libros que han estado ligados a algún hecho o a algún sentimiento, decisivos o triviales, de su vida. Nunca se decidió a colocar sus miles de volúmenes por orden alfabético de autores, de manera que si lo aluden es desde el caos.

Por ejemplo, *Corazón*, responsable del llanto más importante de su infancia. Y *Madame Bovary*. Cuando Flaubert confiesa que Madame Bovary es él, lo entiende perfectamente, ya que también él es Madame Bovary. Por si las moscas, nunca ha hecho pública esa identificación.

Y también *El ombligo del mundo*. Es curioso que de esta obra sólo recuerde que pertenece a un poeta ecuatoriano. Es la palabra *ombligo* la que revive en él una peripecia que creía olvidada. Aventura más o menos pueril, durante un viaje profesional a Helsinki. Años cincuenta, ya casado, allí solitario como falso asceta en un invierno despiadado. Por eso mismo, le resultó maravilloso hacer el amor con aquella Venus nórdica (ya no recuerda si noruega, sueca o finlandesa, aunque sí que era eficaz intérprete simultánea) en una habitación del séptimo piso en un hotel (*****) casi elegante, con placentera calefacción y una amplia ventana que registraba, como en una pantalla, el pausado, melancólico descenso de los copos de nieve. Al final de los finales, ella le había anotado sus señas, y él le mandó, ya desde París, una postal que sólo decía: «En homenaje al más lindo ombligo del mundo». De ahí lo del título y su reminiscencia.

Un tramo más allá está el *Fausto* (no el de Estanislao del Campo sino el de Goethe). Reconoce que nunca pudo concluir su lectura. Su mérito es que lo conecta en la memoria con una película, tal vez alemana, bastante fáustica, *El estudiante de Praga,* en la que el protagonista hace un pacto diabólico y vende su imagen en el espejo. La había visto al comienzo de su adolescencia, y por un tiempo, cada vez que se enfrentaba a un espejo, temía que su imagen no compareciera. Pero sus temores resultaron infundados: a la desprevenida, inocente luna, siempre acudía su rostro de chiquilín sobrecogido y receloso.

En el otro extremo está *Tiempo de canallas,* tercer tomo de la espléndida trilogía de Lillian Hellman. Aníbal Esteban reconoce que ella los menciona con nombre y apellido. Siempre le ha envidiado ese coraje, porque él nunca lo tuvo para nombrar a los canallas de su tiempo.

Extrañamente, a su mujer no la enamoró con los versos entrañables de Neruda (*20 poemas de amor y una canción desesperada,* tercer estante del cuarto tramo) sino con poemas de Vallejo (*Obra poética completa,* segundo estante del tercer tramo) que no estaban relacionados con el amor sino con su redoble a los escombros de Durango. Cuando él le había leído, en un tono casi confidencial: «Padre polvo, sandalia del paria, / Dios te salve y jamás te desate, / padre polvo, sandalia del paria», ella tenía sus lindos ojos llenos de lágrimas y entonces él la consoló besándoselos. O sea que besó sus ojos antes que sus labios.

Y está el viejo, gastado ejemplar de *Más allá,* de Quiroga, con un cuento estremecedor, «El hijo», que fue como el anuncio de la muerte de su hija, también accidental, también de un tiro. Han pasado treinta y ocho años y aún no ha logrado asumir ese infortunio. Mientras mueve los labios húmedos para pronunciar una vez más: «Laurita», fija sus ojos en el estante inferior de la biblioteca, donde está *La muerte,* de Maeterlinck. Pese a sus lagunas, su memoria todavía rememora las varias hipótesis del autor acerca de la muerte. Al igual que Maeterlinck, él también se queda con la última.

A pesar de todo, su confesada condición de agnóstico se tambalea cuando medita, tal como si se hallara ante una bifurcación de autopistas: «¿Qué habrá después?». Tras ese indicio de última curiosidad, el profesor Aníbal Esteban Couto siente un cansancio repentino. Cierra entonces los ojos. Probablemente, no volverá a abrirlos.

EL PORVENIR DE MI PASADO

A Beto Oreggioni,
in memoriam.

¿Cuál será el porvenir de mi pasado?
JOSÉ EMILIO PACHECO

El porvenir de mi pasado

Eso fui. Una suerte de botella echada al mar. Botella sin mensaje. Menos nada. Nada menos. O tal vez una primavera que avanzaba a destiempo. O un suplicante desde el Más Acá. Ateo de aburridos sermones y supuestos martirios.

Eso fui y muchas cosas más. Un niño que se prometía amaneceres con torres de sol. Y aunque el cielo viniera encapotado, seguía mirando hacia adelante, hacia después, a renglón seguido.

Eso fui, ya menos niño, esperando la cita reveladora, el parto de las nuevas imágenes, las flechas que transcurren y se pierden, más bien se borran en lo que vendrá. Luego la adolescencia convulsiva, burbuja de esperanzas, hiedra trepadora que quisiera alcanzar la cresta y aún no puede, viento que nos lleva desnudos desde el suelo y quién sabe hasta (y hacia) dónde.

Eso fui. Trabajé como una mula, pero solamente allí, en eso que era presente y desapareció como un despegue, convirtiéndose mágicamente en huella. Aprendí definitivamente los colores, me adueñé del insomnio, lo llené de memoria y puse amor en cada parpadeo. Eso fui en los umbrales del futuro, inventándolo todo, lustrando los deseos, creyendo que servían, y claro que servían, y me puse a soñar lo que se sueña cuando el olor a lluvia nos limpia la conciencia.

Eso fui, castigado y sin clemencia, laureado y sin excusas, de peor a mejor y viceversa. Desierto sin oasis. Albufera.

Y pensar que todo estaba allí, lo que vendría, lo que se negaba a concurrir, los angustiosos lapsos de la espera, el desengaño en cuotas, la alegría ficticia, el regocijo a prueba, lo que iba a ser verdad, la riqueza virtual de mi pretérito.

Resumiendo: el porvenir de mi pasado tiene mucho a gozar, a sufrir, a corregir, a mejorar, a olvidar, a descifrar, y sobre todo a guardarlo en el alma como reducto de última confianza.

El gran quizás

Me voy en busca del gran quizás.
(últimas palabras pronunciadas
por Rabelais, antes de morir)

Viudeces

1.

Eugenia, Iris, Lucía y Nieves eran amigas desde Primaria. Salvo cuando alguna estaba de viaje, se reunían cada dos viernes para intercambiar chismes y nostalgias. Las cuatro estaban casadas, pero no tenían hijos. Gracias a las lucrativas profesiones de sus maridos (un abogado, dos contadores, un arquitecto), gozaban de un buen nivel de vida y lo aprovechaban para manejarse en un plausible estrato cultural.

Fue en uno de esos viernes que Iris aguardó a sus amigas con un planteo original.

—¿Saben qué estuve pensando? Que nuestros queridos maridos nos llevan algunos años, así que lo más probable es que se mueran antes que nosotras. Ojalá que no, pero es bastante probable. Mientras tanto ¿qué podemos hacer? Pensando y pensando, de insomnio en insomnio, llegué a la conclusión de que en ese caso infortunado, nosotras, cuatro viudas todavía presentables, podríamos alquilar (o adquirir) una casa bien confortable, con un dormitorio para cada una, con una sola mucama y una sola cocinera (¿para qué más?). Y un solo automóvil, a financiar colectivamente. ¿Qué les parece? Ya hablé con el Flaco y me dio su visto bueno.

Las otras tres se miraron casi estupefactas, pero al cabo de una media hora esbozaron una sonrisa no exenta de esperanza.

2.

Seis meses después de ese viernes tan peculiar, una de las cuatro, la pelirroja Lucía, sucumbió como consecuencia de un infarto totalmente inesperado. Para las otras tres fue un golpe sobrecogedor, algo así como si la infancia se les hubiera quebrado para siempre. También a Edmundo, el viudo de Lucía, le costó sobreponerse.

Sin embargo no había pasado un año desde aquella desgracia, cuando citó a su hogar de viudo a los otros tres maridos y les expuso su planteo:

—¿Saben qué estuve pensando? Que así como yo quedé viudo, eso también les puede ocurrir a ustedes. No es un pronóstico, entiéndanme bien, es sólo una posibilidad, un juego del azar. Y si eso ocurriera ¿qué harían? Pensando y pensando llegué a la conclusión de que en ese triste caso, nosotros, cuatro viudos con cierto margen de supervivencia, podríamos alquilar (o comprar) una casa bien cómoda, con cuatro dormitorios independientes, con una mucama, una cocinera y un solo coche de segunda mano pero en buen estado, que usaríamos y financiaríamos entre los cuatro. ¿Qué les parece?

Los otros tres quedaron con la boca abierta. Al fin uno estornudó, otro bostezó y el tercero se pellizcó una oreja. De pronto, y sin que ninguno lo advirtiera, en las tres miradas de hombres mayores, algo cansados, nació una expectativa.

Mellizos

Leandro y Vicente Acuña eran gemelos, tan pero tan iguales que ni siquiera los padres eran capaces de diferenciarlos. No era raro que uno de los dos cometiera un desaguisado y la bofetada correctiva la recibiera el otro. En la etapa estudiantil todas fueron ventajas. Se repartían cuidadosamente las materias. Si eran ocho, cada uno estudiaba cuatro y rendía dos veces el mismo examen, una como Leandro y otra como Vicente. Para ese par de aprovechados la sinonimia orgánica constituía normalmente una diversión, y cuando se encontraban a solas repasaban, a carcajada limpia, las erratas de la jornada.

Leandro era un centímetro más alto que Vicente, pero nadie andaba con un metro para comprobarlo. Por añadidura, ambos usaban boinas, una verde y otra azul, pero se las intercambiaban sin el menor escrúpulo.

El problema sobrevino cuando conocieron a las hermanas Brunet: Claudia y Mariana, también mellizas gemelas y turbadoramente idénticas. Como era previsible, los Acuña se enamoraron de las Brunet y viceversa. Dos a dos, seguro, pero quién de quién.

Claudia creyó prendarse de Leandro, pero su primer beso apasionado lo recibió Vicente. Ese error también originó el conflicto interno entre los Acuña, y no fue totalmente resuelto con el recurso del humor.

En otra ocasión, Vicente fue al cine con Mariana. Cuando la película llegó a su fin y se encendieron las luces, ella contempló el brazo desnudo del mellizo de turno, y dijo, con un poco de asombro y otro poco de sorna: «Ayer no tenías ese lunar».

El desenlace de aquellas semejanzas encadenadas fue más bien sorpresivo. Una tarde en que Claudia viajaba en un taxi junto a su padre, al chofer le vino un repentino desmayo y el coche se estrelló contra un muro. El chofer y el padre quedaron malheridos pero sobrevivieron. Claudia, en cambio, murió en el acto.

En el concurrido velatorio, Leandro y Vicente se abrazaron con una llorosa y angustiada Mariana. De pronto ella puso distancia con el doble abrazo, y se dirigió, con paso inseguro, a la habitación donde yacía el cuerpo de la pobre Claudia. Los mellizos se mantuvieron, en respetuoso silencio, simplemente como dos más en el grupo de dolientes.

Pasados unos minutos, reapareció Mariana. Con una servilleta, suplente de pañuelo, enjugó su última edición de lágrimas. Los mellizos la miraron inquisidoramente, como preguntándole: «Y ahora ¿con quién?».

Ella entonces englobó a ambos con una declaración que era sentencia irrevocable: «Espero que comprendan que ahora sólo soy la mitad de mí misma. Gracias por haber venido. Ahora váyanse. No quiero verlos nunca más».

Se fueron, claro, cabizbajos y taciturnos. Horas más tarde, ya en su casa, Leandro tomó la palabra: «Hermanito, creo que se acabó nuestro doblaje. De ahora en adelante, tenemos que diferenciarnos. Digamos que yo me tiño de rubio y vos te dejás la barba. ¿Qué te parece?».

Vicente asintió, con gesto grave, y sólo tuvo ánimo para comentar: «Está bien. Está bien. Pero te sugiero que mañana vayamos al fotógrafo para que nos tome nuestra última imagen de mellizos».

¿Quién mató a la viuda?

La prensa le había dado al crimen una cobertura destacadísima, casi escandalosa. El hecho de que la señora de Umpiérrez (argentina, natural de Córdoba) fuera una viuda de primera clase y que además formara parte de lo que en el Río de la Plata se suele nombrar como Patria Financiera, conmovió a las variadas capas sociales (argentinas, uruguayas) de Punta del Este.

El cadáver no había aparecido en su lujosa mansión, rodeada de césped cuidadísimo, sino encadenado a la popa de uno de los yates que en verano ocupan y decoran los muelles del puerto.

Ya habían pasado quince días de eso que los periodistas llamaron, como siempre, «macabro hallazgo». La policía había seguido numerosas pistas sin el menor resultado. En las comisarías y en las redacciones de Maldonado, Punta del Este y Montevideo se recibían a diario llamadas anónimas que proporcionaban datos siempre falsos. En casos como éste los bromistas cavernosos se reproducen como hongos.

Por fin llegó de Buenos Aires un tal Gonzalo Aguilar, famoso detective privado, a quien la acongojada familia Umpiérrez había encomendado la investigación y la eventual solución del caso.

Tras dos semanas de agotadores registros, gestiones, entrevistas, búsquedas, análisis, indagatorias y conjeturas, los periodistas presionaron a Gonzalo Aguilar para que concediera una conferencia de prensa. La reunión tuvo lugar en un amplio salón del hotel más lujoso del balneario.

El implacable bombardeo de los cronistas no turbó al detective, que siempre acompañaba sus ambiguas respuestas con una sonrisa socarrona.

Después de dos horas de áspero diálogo, un periodista porteño, más agresivo que los demás, dejó caer un comentario que era casi un juicio:

—Le confieso que me parece decepcionante que un investigador de su talla no haya llegado a ninguna conclusión acerca de quién cometió el crimen.

—¿Quién le ha dicho eso?

—¿Acaso usted sabe quién es el asesino?

—Claro que lo sé. A esta altura, ignorarlo significaría un fracaso que mi reputación profesional no puede permitirse.

—¿Entonces?

—Entonces, tome nota, muchacho. El asesino soy yo.

El detective abrió su portafolio y extrajo del mismo un revólver de lujo. Casi instintivamente, la masa de periodistas se contrajo en un espasmo de miedo.

—No se asusten, muchachos. Esta preciosa arma la compré en Zúrich, hace diez años. Fue con ella que maté a la pobre señora, después de un breve pero inquietante recorrido a bordo de su yate *Neptunia*. Me permitirán que, por lógica reserva profesional, me reserve los motivos de mi agresión. No quiero manchar su memoria ni la mía. Y bien: mi orgullo no puede permitir que otro colega, y menos si es un compatriota, descubra quién fue el autor de esa muerte tan misteriosa. Ah, pero además, como siempre me ha gustado que el culpable sufra su castigo, he decidido hacer justicia conmigo mismo. O sea que tienen un buen tema para primera página. Por favor, no se asusten con el disparo. Y un pedido casi póstumo: que alguno de ustedes se preocupe de que este hermoso revólver acompañe a mis cenizas.

Cinco sueños

En total, soñé cinco veces con Edmundo Belmonte, un tipo esmirriado, cuarentón, con expresión más bien siniestra, malquerido en todos los ambientes y tema obligado de conversación en las mesas de funcionarios o de periodistas.

En el primero de esos sueños, Belmonte discutía larga y encarnizadamente conmigo. No recuerdo bien cuál era el tema, pero sí que él me repetía, como un sonsonete: «Usted es un atrevido, un inventor de delitos ajenos», y a veces agregaba: «Me acusa y es perfectamente consciente de que todo es mentira». Yo le mostraba los documentos más comprometedores y él me los arrebataba y los rompía. Era en medio de ese desastre que yo despertaba.

En el segundo sueño ya me tuteaba y sonreía con ironía. Sus sarcasmos se basaban en mis canas prematuras. Generalmente, la broma explotaba en una sonora carcajada final, que por supuesto me despertaba.

En el tercer sueño yo estaba sentado, leyendo a Svevo, en un banco de la plaza Cagancha, y él se acercaba, se acomodaba a mi lado y empezaba a contarme los intrincados motivos que había tenido, allá por el 95, para herir de muerte a un comentarista de fútbol. Lógicamente, yo le preguntaba cómo era que ahora andaba tan campante, señor de la calle, y él volvía a sonreír con ironía: «¿Querés que te cuente el secreto?», pero fue precisamente en esa pausa que me desperté.

En el cuarto sueño me contaba con lujo de detalles que el gran amor de su agitada vida había sido una espléndida prostituta de El Pireo, a la que, tras un quinquenio de maravilloso ensamble erótico, no había tenido más remedio que estrangular porque lo engañaba con un albanés de poca monta. De nuevo insistí con mi pregunta de siempre (cómo era que andaba libre). «El narcotráfico, viejo, el narcotráfico.» Mi estupor fue tan intenso que, todavía azorado, me desperté.

Por fin, en mi quinto y último sueño, el singular Belmonte se apareció en mi estudio de proyectista, con una actitud tan absurdamente agresiva que no pude evitar que mis dientes castañetearan.

—¿Por qué me vendiste, tarado? —fue su vociferada introducción—. Te creés muy decente y pundonoroso, ¿verdad? Siempre te advertí que con nosotros no se juega. Y vos, estúpido, quisiste jugar. Así que no te asombres de lo que viene ahora.

Abrió bruscamente el portafolios y extrajo de allí un lustroso revólver. Me incorporé de veras atemorizado, pero antes de que pudiera balbucear o preguntar algo, Belmonte me descerrajó dos tiros. Uno me dio en la cabeza y otro en el pecho. Curiosamente, de este último sueño aún no me he despertado.

Conclusiones

Hubo un verano en que la muerte se aburrió de su comarca nocturna y decidió instalarse en la refulgente mañana. El sol se filtraba entre los rascacielos y se detuvo a sólo tres baldosas de su desamparada sombra.

La muerte enfocó con sus ojos grises el piso más alto de un imponente edificio. Allí, junto a una frágil baranda, estaba un hombre totalmente desnudo que abría y cerraba los brazos. Desde la concurrida plaza nadie miraba hacia arriba. Todos cuidaban sus pasos o esperaban el verde de los semáforos. La muerte comprendió que el hombre desnudo estaba a punto de arrojarse al vacío, pero ella no estaba en ánimo de recibirlo, así que simplemente parpadeó. Cuando volvió a mirar, el hombre desnudo ya no estaba asomado a la remota baranda, pero al cabo de un rato reapareció pulcramente vestido y con una sonrisa que desde abajo nadie era capaz de distinguir. Salvo la muerte.

Una pareja de jóvenes, quizá demasiado absortos en su amor, se aventuró en un cruce de peatones a pesar del semáforo en rojo. Un camión enorme se les vino encima; mejor dicho, se les venía, porque la muerte otra vez parpadeó y el camionero frenó bruscamente, no sin antes cubrir de prolijos insultos a los imprudentes. Éstos ni se dieron cuenta del peligro corrido y siguieron abrazados su camino.

La muerte decidió moverse. La grandiosa avenida, con sus rascacielos en fila y sus nudos de automóviles, le pareció el pretencioso borrador de un futuro camposanto. Para ella era indudable: toda aquella disparatada hipérbole acabaría algún día, centímetro a centímetro, kilómetro a kilómetro, cruz a cruz, en un oscuro destino sin regreso, en su hora suprema.

De pronto se dio cuenta de que el luminoso día la aburría aún más que la noche. De modo que regresó urgentemente a su lóbrego hábitat, donde sólo la luna podía desafiarla. Y empezó como siempre la rutinaria caravana.

Desde abajo, desde las tres o cuatro guerras que asolaban el mundo, se elevaban hálitos, manes, soplos vitales consumidos, huellas de espíritus. La muerte los acogía con su habitual pericia y los diseminaba en su franja de éter, unas veces como efluvios y otras veces como miasmas. Un trabajo verdaderamente agotador.

Menos mal que no hay Dios, masculló la muerte con su voz cavernosa. Si hubiera Dios y viniera a disputarme el azar, no tendría más remedio que morirme.

Datos sobre Braulio

Braulio era nuestro tema cotidiano. Ninguno de nosotros lo conocía, ni siquiera lo habíamos visto en fotografía, pero fue desde siempre el protagonista de nuestros coloquios y chismografías. El mayor de nuestra banda o clan o tribu, Lucas, tenía quince años. Yo era el menor con doce, y en el medio estaban Ramiro con trece y Luis con catorce.

Según informaciones que había recogido Ramiro, el invisible Braulio, algo mayor que nosotros, era dueño de una hermosa bicicleta con la que pedaleaba incansablemente por la carretera que lleva a Maldonado.

Para Lucas, en cambio, lo de la bicicleta era un cuento chino. Según pudo saber, Braulio había quedado cojo a raíz de una salvaje patada que le propinaron en una cancha de fútbol, y en consecuencia no parecía que fuera apto para el ciclismo.

Luis, por su parte, juraba y perjuraba que Braulio no tenía bicicleta, y no era rengo ni nada parecido, y añadía que no faltaban quienes decían haberlo visto participar en pruebas atléticas con excelentes marcas.

En lo que a mí respecta, tenía escasa bibliografía sobre la vida y milagros del inabordable Braulio.

Lucas y Ramiro llegaron a soñar con él, pero las imágenes del doblemente soñado no coincidían. Para Lucas era un tipo alto, rubio, huesudo; para Ramiro, en cambio, un petizo morocho, más bien barrigón.

Luis se entusiasmaba con la posibilidad de encontrarlo y convertirlo en nuestro compinche. Ramiro le advertía: «Si no se esfuman, hay que tener cuidado con los fantasmas».

Infortunadamente, el enigma no tuvo una plácida revelación. Una noche de primavera Luis y yo habíamos decidido ir al cine y con esa intención nos fuimos arrimando al Centro. De pronto, en una esquina particularmente oscura distinguimos un cuerpo inerte en plena calle. Nos acercamos y el hallazgo nos dejó estupefactos. Era nada menos que Ramiro, con el cuello sangrante. Al escuchar nuestras voces de angustia, abrió los ojos. Lo acosamos a preguntas: «¿Qué pasó? ¿Quién te dejó así? Ramiro, habla, por favor». Ramiro movió apenas los labios. Apenas balbuceó: «Braulio» y no pudo decir más. Estaba muerto.

El hallazgo

Genaro y Fermín se conocían desde los años escolares y, ahora, ya cuarentones, tenían el hábito de juntarse los sábados de tarde en la modesta cafetería Horizonte, que quedaba frente al parque.

Hablaban de recuerdos de infancia, de viejas películas recién repuestas, de libros que leían e intercambiaban, y a veces de temas que consideraban existenciales, por ejemplo el suicidio.

—Yo creo que nunca me suicidaría —dijo Genaro tras desperezarse con ganas—. ¿Para qué? El final llega sin que uno lo convoque, ¿no te parece?

—Yo, en cambio —dijo Fermín—, no me atrevería a descartarlo tan radicalmente.

—Pero ¿con qué motivo? ¿Angustia? ¿Miseria económica? ¿Enfermedad? ¿Desengaño amoroso?

—Nada de eso. Si en alguna tarde neblinosa, sin estruendo y sin ángelus, tomara esa decisión, sería simplemente por curiosidad. Para saber qué hay después. Puede que sea fascinante.

—Si es que hay algo.

—Mirá, por las dudas te aviso. Si alguna vez decidiera forzar el fin, y como resultado hallara algo, simplemente algo, la señal sería que, aunque no fuese otoño, empezaran a caer las hojas secas.

—¿Y eso?

—Lo soñé.

—Menos mal. Pensé que se te había aflojado algún tornillo.

Esa conversación tuvo lugar el último sábado de noviembre. El primer sábado del siguiente febrero, Genaro y Fermín concurrieron como siempre a la cafetería Horizonte.

Mantuvieron un largo silencio. Parecía que ya habían agotado todos los temas disponibles.

Fermín terminó su café y estuvo un buen rato masticando el aire.

De pronto se levantó, le dedicó a Genaro una mirada de afecto y dijo: «Chau».

Genaro lo vio alejarse hacia el bosque de pinos. Luego lo perdió de vista.

Media hora después, el disparo sonó rotundo y sin ecos. Tras el primer sobresalto y sin haberse repuesto aún de la sorpresa, Genaro advirtió que, en pleno verano, una bandada de hojas secas empezaba a caer sobre su mesa.

Reencuentro

Para Medardo Soria fue una linda sorpresa que cuatro de sus viejos amigos quisieran encontrarse con él. Hacía tiempo que les había perdido la pista, y lo lamentaba porque tenían muchos recuerdos en común, buenos y no tan buenos, pero que de todos modos significaban un enlace de las respectivas juventudes. Llegó con su habitual puntualidad al café Prometeo, pero ellos lo habían precedido. Allá estaban, en la mesa de un reservado, y desde lejos le hacían señas.

Lo primero fueron los abrazos y los reconocimientos físicos. «Gabriel, estás gordito.» «Bah, después de los cincuenta, la barriga es un signo de experiencia y sabiduría.» «En cambio vos, Felipe, estás más flaco que un ciclista del Tour de France.» «¿No sabías que la flacura es salud?» «Mariano, ¿lo tuyo son canas auténticas o peluca importada?» «Canas más genuinas que las del Papa.» «Juan Pedro, ¿cómo has conservado tus manos de pianista?» «A mi amado Pleyel tuve que pignorarlo.» Y un casi coro de los cuatro: «¿Cómo hacés, Medardo Soria, para conservarte tan garufa?». «Miren, no les enumero mis achaques, menores, medianos y mayores, para no introducir la tristeza como convidado de piedra de este lindo encuentro. Mejor, cuéntenme qué pasó con sus vidas desde que nos dispersamos por el ancho mundo.»

«Bueno, yo», empezó Mariano, «me radiqué en el campo. No era mío, sino de mi tío, pero al poco tiempo se murió y me quedé con la tierra y las ovejas. Les confieso que lo único lindo de esos latifundios son los atardeceres, cuando el sol se va haciendo el distraído y de pronto nos deja a solas con las penas. El resto es tedio. Nunca me he aburrido tanto como contando ovejas. Debe ser, después de los mendigos, el animal menos entretenido. Al final conseguí un perro, *Verdugo,* que durante un tiempo me acompañó con lealtad y hasta con cariño, pero también él se hastió de las ovejas y de los atardeceres. Una tarde prorrumpió en dos ladridos con carraspera y estiró la pata, o mejor las patas. Cuando acudí a mirarlo, el pobre *Verdugo* ya tenía cara de oveja».

«Yo me fui al Norte», intervino Felipe. «¿A Rivera?» «No, a Miami. El incentivo es que allí había muchos que hablaban español. Cubanos, claro. También llamados gusanos. Nunca me admitieron.

A los yanquis les dan coba, les lamen el culo, los estafan cuando pueden, pero a los otros latinoamericanos los miran con resquemor, con miedo de que los desbanquen en el amparo norteamericano. En cierto modo justifiqué sus aprensiones, ya que la única ciudadana que atendió por un tiempo mis menesteres eróticos, y lo hizo con gusto y sin mayores exigencias, fue una oriunda de Nashville, que tampoco se llevaba bien con la cubanía invasora. Tras un semestre de disfrutarnos, llegué a la conclusión de que lo mejor era volver al pago. Nos despedimos sin rencor, intercambiamos nuestras señas, pero la verdad es que nunca nos volvimos a buscar.»

Gabriel pidió la palabra y se la concedieron, pero se quedó varios minutos en silencio. «Es que no sé por dónde empezar. No sé si se acuerdan de que yo era huérfano. Así y todo, me las arreglé. Estudié Arquitectura y casi la terminé. Me quedaron colgadas tres materias. Las di dos veces y me bocharon ídem. Sin pensarlo demasiado, abandoné aquel barco y empecé mi vida de náufrago terrestre. Así hasta que pude comprarme un taxi y después otro y después otro. Los taxis han sido la razón de mi puta vida. Debo añadir que me casé tres veces, una por cada taxi. Todo un surtido. La primera, rubia; la segunda, morocha; la tercera, definitivamente negra. Aunque les parezca mentira, la más oscurita fue la mejor, pero tuve la mala suerte de que se me muriera en pleno orgasmo. O sea que quedé viudo para los famélicos sobrantes. Se me ocurrió escribir una autobiografía, pero a las setenta y tres páginas advertí que aquel engendro no iba a interesar a nadie. Ni siquiera a mí. Fue cuando vendí el último taxi y alquilé un apartamentito casi enano, pero con un amplio ventanal desde donde dialogaba con la luna. Cuando no la tapaban las nubes, *of course*. Y llegué a la conclusión de que la luna era mi cuarto y definitivo amor.»

Le tocó el último turno a Juan Pedro, el pianista. «Viví con la música, para la música y de la música. Más de una vez fui solista en algún concierto para piano y orquesta. Digamos más bien para piano y orquestita. Pero cuando el rock y otros desafinados invadieron la radio, los anfiteatros, la televisión y las discotecas, no tuve más remedio que apuntarme en el paro. Durante un tiempo sobreviví gracias a la venta del piano, cuyo producto, como era un Pleyel, me alcanzó para desenvolverme durante un año, cinco meses y nueve días. ¿Y luego? Bueno, luego conseguí un carrito bastante presentable y me dediqué a recoger basura en barrios de pro. Es otra música, pero bah.»

A esta altura, a Medardo Soria le pareció advertir que los cuatro viejos y queridos amigos lo observaban con una mirada que era en todos la misma. Los ocho ojos eran de pronto negros, rigurosos, lejanos.

Mariano habló en nombre de los cuatro: «Medardo, ha llegado el momento de ponerte al día. Nosotros hace tiempo que estamos muertos. El Más Allá es repetido, soporífero, insulso. Por eso resolvimos venir a verte y contarte nuestras historias. Por favor, no pongas esa cara de pasmado. No somos fantasmas. Somos muertos».

Medardo no pudo con su propio estupor. Se sintió desfallecer y que empezaba a derrumbarse. Y se derrumbó. La siguiente visión fue que los cuatro queridos finados lo recibían con los brazos abiertos.

La señorita Rodríguez

Oficina es rutina. Presumo que esto ha sido dicho y escrito por numerosos burocratólogos, no sé a ciencia cierta quiénes ni cuántos, pero como cabe la posibilidad de que todavía sea una frase inédita, por las dudas aquí la digo y la escribo. Es una rutina, claro, pero tiene sus luces y sus sombras. En la nuestra nos conocíamos tanto que ya nada quedaba por descubrir. Sabíamos de memoria todas las vicisitudes de nuestro diario vivir, nuestras relaciones familiares, nuestros muebles, nuestros platos preferidos, los problemas con nuestros padres o con nuestros hijos, nuestros números de camisa, nuestros autores dilectos, bah, lo sabíamos todo. Esa familiaridad era de un talante casi fraternal (aunque a veces nos peleábamos como verdaderos hermanos), pero con el tiempo se fue volviendo algo tediosa. Cuando preguntábamos algo, sabíamos de antemano la respuesta. Entre nosotros no había sorpresas ni estupores ni desconciertos. Lo que se llama «un colectivo», y aunque solíamos referirnos a nosotros mismos en plural, éramos conscientes de que pensábamos y actuábamos en singular. Que yo recuerde, sólo una vez nuestro letargo unánime fue violentamente sacudido.

En la oficina éramos siete, además del jefe, que poseía un despacho particular, al que teníamos acceso sin mayores restricciones. Éramos una familia, ni más ni menos. Asunción atendía los archivos; Remigio, la calculadora (todavía no eran tiempos de informática); Marcelo, la relación con otros departamentos; Antonio, la parte de dibujos y proyectos; María Eugenia (a quien todos conocían por señorita Rodríguez), la puesta en limpio de los informes; yo, la secretaría personal.

Todos éramos un poco grises, no demasiado locuaces, y aprovechábamos los paréntesis de ocio resolviendo palabras cruzadas (en ese sector, Marcelo era la estrella, porque las hacía en francés), que sabíamos ocultar precavidamente entre las hojas de algún expediente. Debo confesar que ese ambiente retraído y timorato cambió notablemente a partir de la incorporación a la oficina de la señorita Rodríguez, ya que María Eugenia era alegre, dicharachera, ocurrente, entretenida, y además (y no es poca cosa) bastante linda.

Aparte del despacho del jefe y del amplio espacio en que se alineaban nuestras siete mesas, había otra pequeña habitación, que incluía un lavabo con agua corriente. Allí teníamos un calentador, una cafetera, un termo y varios pocillos. El momento cumbre de cada jornada laboral era el de la hora del café. Sin embargo, como no podíamos dejar la oficina completamente vacía, íbamos al cuartito en grupos de a dos o de a tres. Por lo común, yo iba con Remigio y Asunción; Marcelo, con Antonio y Esmeralda, y el jefe (privilegios del poder) con la señorita Rodríguez.

Todos éramos más o menos normales (o vulgares, ¿por qué no?, no hay nada malo en ser vulgar); todos, con una excepción: Remigio, que era un poco raro. A veces se quedaba inmóvil frente a la calculadora, mirándola fijo, como si quisiera arrancarle alguna confidencia. Los cuentos y anécdotas de los demás eran verosímiles, hasta diría chatamente verosímiles. En cambio Remigio solía narrar como verdades ciertos episodios, casi siempre impresionantes, que luego se demostraba eran falsos. Fantasioso, poco menos que delirante, mentiroso en fin, también era necio, porque se enojaba, y hasta se alunaba, cuando alguien le demostraba que tal o cual suceso que él había narrado como verdadero era absolutamente irreal. Entonces no nos hablaba por cuatro o cinco días. Pero ninguno de nosotros le guardaba rencor; más bien nos divertía.

El hecho que (infortunadamente) rompió la rutina tuvo lugar durante una tranquila, habitual tarde de agosto. Yo estaba en el despacho del jefe, trabajando en una serie de asuntos atrasados que él quería despachar antes de fin de mes. De pronto la puerta se abrió (siempre llamábamos antes de entrar pero esta vez no se cumplió la norma) y apareció Remigio, transfigurado, tembloroso, con el pelo revuelto.

—Con usted quiero hablar —le espetó al jefe—. Y es urgente.

Hice ademán de levantarme para dejar el campo libre, pero Remigio me advirtió con firmeza:

—No te vayas. Quedate. Quiero que seas testigo.

El jefe, algo desconcertado, sólo atinó a ponerse en pie.

—¿Qué te pasa? ¿Por qué tenés esa cara de loco?

—¿Que qué me pasa? Usted, justamente usted, ¿no se imagina lo que me pasa?

—Calmate, muchacho.

—No me voy a calmar. De ninguna manera. Hoy usted fue a tomar café al cuartito con la señorita Rodríguez, ¿sí o no?

—Como todas las tardes.

—Pero hoy se olvidaron de pasar la llave y yo entré sin llamar. No sabía que ahí estaban ustedes, pero entré. Ni usted ni ella me vieron, estaban demasiado ocupados, pero yo sí los vi y se estaban besando. En la boca. Asquerosos.

—¿Pero de qué estás hablando?

—De que usted y ella se chuponeaban. Inmundos.

—No te lo permito. A ver si te portás con un poco de respeto. Tarado.

—¿Usted le tenía mucho respeto cuando la besuqueaba?

Remigio hizo un movimiento rápido y sacó un revólver del bolsillo del pantalón.

Pegué un salto tratando de frenar aquella locura, pero él me volvió a gritar:

—¡Vos no te muevas! ¡Vos sólo sos testigo! —con un pañuelo bastante sucio se secó el sudor de la frente.

—¿Quieren que les diga una cosa? A la señorita Rodríguez ya la maté. Allá está muerta, en el cuartito. Por cochina. Andá a besarla ahora, jefe, ya que te gusta tanto. Andá a buscar el cadáver, todavía está calentito.

—¡No inventes! —le grité ahora. La verdad es que yo no sabía qué hacer.

—No invento. Está bien muerta. Y ahora —apuntó al jefe— te voy a matar a vos, degenerado. Para que los velen juntos, como a Romeo y Julieta.

El movimiento del jefe fue sorpresivo e instantáneo, como de un tipo habituado a enfrentar situaciones límite. Era evidente que, mientras el otro vociferaba, había ido abriendo de modo casi imperceptible la gaveta de la derecha, y de pronto lo vi a él también empuñando un arma.

Ese instante fue decisivo. Los dos apretaron casi simultáneamente los gatillos, pero el jefe fue más rápido y sobre todo más certero. Remigio se derrumbó. Tuve la impresión de que estaba muerto. Y sí, estaba. El tiro de Remigio no había alcanzado a su destinatario, pero había roto el cristal de una ventana.

Con el arma todavía en la mano, el jefe respiró profundamente y luego se sentó. Estaba pálido. Parecía tener diez años más.

Los disparos habían resonado en todo el edificio. La puerta volvió a abrirse bruscamente y esta vez sirvió de marco a un racimo de diez o doce rostros, con grandes ojos abiertos y labios temblorosos. Y lo más inesperado: por detrás de todos ellos también apareció el rostro y sobre todo la voz de la señorita Rodríguez, preguntando entre sollozos: «¿Qué pasó?, ¡díganme qué pasó!, ¡por favor!, ¡por favor!, ¡díganme qué pasó!».

Demoramos como seis meses en volver a la rutina. Pero volvimos. Los cambios fueron pocos pero importantes. El cuartito del café fue clausurado y la señorita Rodríguez pidió traslado al Archivo General de la Nación y le fue concedido.

Por disposición gubernamental, en los últimos tiempos no se llenan las vacantes, así que en la oficina ahora somos sólo cinco, además del jefe, que, claro, sigue teniendo su despacho, al que solemos entrar sin mayores restricciones. La verdad es que somos una familia, ni más ni menos.

No

Se sabía condenada, y más aún cuando sentía en sus brazos desnudos aquellas manos como garras que la empujaban hacia adelante. La venda que le cegaba los ojos no le impedía ver en los treinta y ocho años de su vida. La infancia no importaba, era una bruma, con vaharadas de gritos y cantos inútiles, borrosos y borrados. La adolescencia sí valía, era por lo menos una huella de algo, una involuntaria vigilancia de los seres que llegaban y desaparecían. Ella había empezado verdaderamente a existir en una juventud un poco tardía, cuando la sorpresa del amor la hizo valerse por sí misma y fue consciente de los deseos, hasta allí ignorados, de su cuerpo.

Metida en el vaivén de su memoria, había aflojado el ritmo de sus pasos, pero las garras que la conducían la proyectaban otra vez hacia adelante.

¿Dónde había quedado? Ah, en las vísperas de Hilario. Mucho antes de conocerlo, ella se había incorporado a un grupo político, tal vez no demasiado revolucionario, pero bastante combativo. Ella no había empuñado armas, no había disparado un solo tiro, no tenía muertes en su haber. Sólo cumplía tareas importantes pero secundarias: llevaba mensajes decisivos, transmitía órdenes de los jefes, desde su aparente inocencia estudiantil averiguaba planes, programas de aniquilamiento, futuras redadas. En fin, vida de compañeros. Ahí conoció a Hilario y por primera vez se enamoró y sucumbió ante su poder de seducción. Noche a noche le fue entregando su cuerpo, su futuro, su vida. Hilario sabía de memoria su piel de estreno, su boca, sus pechos, su sexo.

Las manos como garras la oprimieron aún más. Tuvo la sensación de que al menos uno de sus brazos, el izquierdo, había empezado a sangrar, pero a esa altura qué importaba una primera sangre.

La dura revelación había ocurrido en una noche de sábado. En el vaivén erótico de Hilario ella intuyó de pronto un riesgo, una escondida amenaza. Él interrumpió de pronto su rutinaria oscilación, se incorporó en el lecho y le preguntó qué le pasaba. Nada, dijo ella, sólo que estoy cansada. Él escupió sobre la almohada, se vistió de prisa y se fue sin besarla ni siquiera mirarla. Ella quedó asombrada y exhausta. En ese instante supo que su amor era su delator.

Esta vez las garras la obligaron a detenerse. No le quitaron la venda pero le soltaron los brazos, a esta altura entumecidos, rígidos, maltrechos. Sus pies descalzos pisaron por última vez las piedras ásperas, hirientes.

El disparo sonó en sus oídos antes que en su pecho. Sólo dijo: No.

Témpano

No sabía de dónde venía el frío. No estamos en invierno, pensó. Sin embargo, las manos se le habían vuelto rígidas, las rodillas le temblaban, el alma no era alma sino témpano.

Se recostó en el muro, que le pareció excesivamente rugoso. Quería reflexionar, refugiarse por un rato en la cordura, sacar cuentas, imaginar con serenidad.

Aún no estaba en condiciones de asimilar ni de borrar la imagen de su Viejo muerto. Durante el último mes que el enfermo pasó en el sanatorio, Fermín fue a verlo, pero sobre todo a escucharlo. Nunca el Viejo le había dedicado tanto tiempo ni le había hablado con tanta franqueza.

—A tu madre la quise de veras pero no siempre le fui fiel. Esa doblez me provocaba amargura y hasta pesadillas. ¿Qué me pasaba? Que yo a veces me aburría de mi propio estilo de amar. Por otra parte, me parecía que ella, de tan ingenua, no era capaz de albergar celos o meras sospechas. Precisamente esa calma no me gustaba. ¿Por qué? Porque en el fondo quizá significara (al menos, eso creía) que no me juzgaba lo suficientemente atractivo como para provocar la atracción de otras mujeres. De mis varias relaciones clandestinas, la más prolongada fue la que mantuve con Amelia. ¿Te acordás de ella?

Fermín se acordaba, pero le dijo que no. No quería darle ese gusto. No quería que Amelia fuera el nombre de una triste deslealtad a su madre, cuando ella aún vivía, rozagante y vital. Que después, en su etapa de viudo alegre, tuviera sus amoríos, devaneos y chifladuras, no le afectaba. Allá él con su frivolidad.

En esta última visita, Fermín encontró al Viejo especialmente desmejorado. Balbuceaba, tartamudeaba, tenía dificultad para respirar. No obstante, llegó un momento en que se sobrepuso a sus señales de agonizante y retomó el hilo de sus testimonios.

—Bueno, después de todo no era tan ingenua. Me consta que en verdad yo me lo merecía, pero nunca imaginé que ella, nada menos que ella, me fuera infiel, me hiciera cornudo con no sé qué cretino. Quizá vos ignores que en sus relaciones conmigo nunca consiguió quedar encinta, que era una de las metas de su vida. Pero con el cretino, sí quedó.

Ante esa revelación de última hora, Fermín quedó anonadado, vacío de toda piedad. Y entonces fue él quien balbuceó:

—O sea que yo...

—O sea que vos (ya era hora de que te enteraras) no sos mi hijo.

El Viejo ya casi no podía hablar y Fermín se había arrollado en sí mismo.

—¿Me podrías decir, como último favor, quién es entonces mi padre verdadero?

—Puedo y quiero decírtelo. Es mi póstumo desquite. Pero acercate un poco más. Ya casi no tengo voz. Tu padre, o sea el cretino que preñó a tu madre, es... o fue...

Fermín no podía creerlo, pero la revelación quedó poco menos que arrugada, en un hueco del último estertor.

Y fue allí que Fermín empezó su invierno, fue allí que supo que su alma no era alma sino témpano.

Alguien

Alguien va a venir. Estoy seguro. Sé que alguien vendrá. Aunque me haya ido del mundo, no por muerte sino por soledad y algo de cobardía. Nunca he podido soportar el odio y sin embargo el odio me alcanzó.

Fue en la primavera de 2000. No estaba solo entonces. Tenía por lo menos cinco amigos de toda confianza. Especialmente uno: Matías. Nos reuníamos los fines de semana para practicar el ajedrez o el golf. Deportes no muy agitados, por cierto, pero que nos unían.

Otro tipo, un tal Freire, en varias ocasiones había tratado de incorporarse a nuestras reuniones, pero de una u otra manera le hicimos entender que no nos era grata su compañía. La verdad es que era insoportable.

Todo aconteció un jueves de octubre. Yo venía solo en mi coche. La carretera estaba completamente vacía. De pronto, junto a un muro semiderruido, vi una escena que me resultó espeluznante. Un hombre, de mameluco azul y zapatos sport, le estaba asestando varias puñaladas a una mujer que parecía joven.

Estuve a punto de detenerme, pero no estaba armado y aquel tipo era capaz de cualquier violencia. Simplemente, aminoré la marcha. El tipo por fin abandonó la horrible tarea y levantó la cabeza. Sólo entonces lo reconocí: era Freire. No estaba seguro de si él, a su vez, me había reconocido.

Agitado y confuso, aceleré de nuevo y una hora más tarde llegué a mi casa. Al día siguiente el crimen fue titular de casi todos los diarios. La muchacha, una azafata aérea, había muerto. No había datos del asesino, que estaba prófugo. Al parecer, no había testigos de la agresión.

Pasé un día entero cavilando y al fin me decidí: concurrí a la policía e hice la denuncia. Esa misma tarde apresaron a Freire. Tuve que ir a reconocerlo y él me dedicó una mirada de odio y murmuró entre dientes: «De algo podés estar seguro: me la vas a pagar».

La amenaza me golpeó. Seguramente él iba a ser condenado, pero esa misma noche dejé la capital. Sin avisar a nadie, ni siquiera a mis colegas de golf y de ajedrez, alquilé un chalecito en Colonia y allí me instalé.

Transcurrido el primer mes, el aislamiento me resultó insoportable y decidí llamar a mi amigo Matías. Le di las señas de mi nuevo alojamiento y le pedí que viniera cuanto antes.

A los tres días, o sea hoy, sonó el llamador. Pensé: debe ser Matías. Antes de abrir, miré por la ventana. No era Matías, sino el mismísimo Freire. Abrí un cajón del armario y tomé el revólver. Me moví con cautela hasta la puerta y la abrí. Freire me dedicó una irónica sonrisa, y dijo: «No aceptaron tu testimonio. Llegaron a la conclusión de que no había testigos. Además, tengo ahora buenos amigos en el poder. Ya ves, estoy libre».

Yo sabía lo que me esperaba. Vi que introducía la mano derecha en el bolsillo, pero le gané de mano y le metí dos balazos en el pecho.

Ahí está ahora, en el umbral, agonizando. Pero pudo escucharme: «Lo que son las cosas. Hoy tampoco hay testigos».

Después, veré lo que hago. Por lo pronto, borré a Matías de mi lista de amigos.

Utopía

Poste restante

Durante varios años, Verónica me había escrito una carta mensual. No diré que yo las olvidara, pero tal vez se hubieran quedado escondidas en el tedio del pasado de no sobrevenir la obligación de mi mudanza.

Estuve tres días vaciando roperos y armarios y de uno de éstos se desprendió una maleta que no tenía candado y en consecuencia se abrió al tocar el suelo. Y allí estaba el atado con las cartas que Verónica mandaba regularmente a mi casilla de correo. Quizá yo estaba cansado con tanta calistenia de traslado, pero al mismo tiempo me picó la curiosidad y me vinieron ganas de releer aquellas cartas de ayer y de anteayer. Aquí transcribo algunas:

Hola Martín: Aquí estoy en la terraza, sola, frente a la costa. No hay viento, el mar está quieto. Una confesión: la soledad ha dejado de herirme. Mejor aún: me permite revisar, casi diría descifrar, mi pasado sin gracia. En un platillo de la balanza coloco mis odios; en el otro, mis amores. Y he llegado a la conclusión de que las cicatrices enseñan; las caricias, también.

Ya hace dos meses que se fueron mi madre y mi hermana. Me gustó tenerlas conmigo, pero también sentí cierto alivio cuando me dijeron hasta pronto. Con mi hermana me llevo bastante bien. Pensamos diferente en muchos tópicos (ideología, política, cultura, y hasta deportes) pero por lo general evitamos los temas conflictivos. Lo esencial es el afecto y éste permanece. Mi madre, en cambio, es muy tozuda, y eso dificulta la relación, ya que es incómodo ser sincera con ella. Cuando puedas y quieras, ponme unas líneas.

Martín: Bueno, las vacaciones se terminaron y en estos días padezco eso que los nuevos psicólogos han bautizado como el trauma posvacacional. Por suerte, sé que no me dura mucho. La avalancha de trabajo barre con todas las melancolías.

Creo que no llegaste a conocer a mi jefe actual. Buena persona, pero más braguetero que Juan Tenorio. Las subordinadas tienen que andar con todas las alarmas encendidas, porque al menor descuido les toca el culo. Hay que reconocer que nunca va más allá de un acoso tan discreto. Al parecer, le alcanza con dejar esa constancia ambiental, algo que entre otras cosas le sirve al personal masculino para burlarse de las muchachas.

En mi caso particular, y en vista de que he alcanzado los cuarenta, mis nalgas ya están fuera de campeonato. Curiosamente, tal abandono me produce una doble sensación: una, por supuesto, de alivio, y otra, de cierta frustración, como si de pronto me hubieran jubilado del escrúpulo erótico y la lujuria abstracta. ¿Tú qué opinas? ¿También te jubilaste?

Hola Martín: El invierno siempre tuvo para mí un lado cavernoso, fantasmal, como si los vientos helados trajeran consigo las malas noticias y las lluvias implacables nos hicieran olvidar cómo era el sol. Abrigos no me faltan, pero debajo del sobretodo, la zamarra o los ponchos, sé que mi piel tirita y que un cierto destemple se me instala en el alma.

Este invierno, sin embargo, me llegó con otro ritmo. ¿Te acordás de Eusebio? ¿Aquel alto, de pelo revuelto, más bien parco, lector empedernido, que se complacía en rectificar al profesor de Historia? Bueno, me caso con él. La historia es más sencilla de lo que te imaginas, casi te diría que más sencilla de lo que yo misma podía haberla imaginado.

Una mañana se apareció en la oficina, no precisamente para hablar conmigo (ni siquiera sabía que yo trabajaba allí) sino con mi jefe querendón, pero como éste asistía a una reunión del Directorio que le iba a llevar varias horas, Eusebio me sugirió que nos fuéramos a almorzar, y de paso celebrar nuestro reencuentro.

Íbamos por la mitad del almuerzo cuando por fin nuestras miradas se encontraron. Y de pronto estuvo todo dicho. Tuvo la delicadeza de no llevarme a un hotel sino a su departamento de soltero. A mí, otra soltera. Aquí va la invitación. Ya sé que no podrás venir. El próximo viernes nos vamos a Río. No está mal, ¿verdad?

Martín: La última vez que te escribí (¿cuánto hace?, ¿dos años?) estaba dando el último toque a mi soltería. Ahora te escribo desde mi viudez recién inaugurada. Eusebio murió en un accidente carretero. Por favor, no me envíes ningún pésame. No corresponde. Iba con otra. La hija del gerente, su último amor, que también murió. Las dos noticias me llegaron juntas. Bah.

Hola Martín: Sólo para avisarte que no habrá más cartas. Gracias por los años y el vacío de tus silencios. Si alguna vez me hubieras contestado, te habría mandado un fax con dos o tres hurras. Pero no me contestaste. Paciencia. No sé si esto se acaba o si me acabo yo. Como avisan en el casino: No va más. Bien sabes que soy atea y que este mutis no servirá para evangelizarme.

Suicidio más / Suicidio menos

No es que Ezequiel Molina se sintiera desconforme con la vida, y menos con *su* vida, pero siempre había pensado que era útil (por si las moscas) tener a mano un repertorio de suicidios. Por lo pronto, le parecían una estupidez las autoeliminaciones que implicaban sufrimiento, digamos clavarse un cuchillo de cocina en el estómago, tragar dos alka-seltzer sin disolverlos previamente o zambullirse en pleno océano sin saber nadar.

Casado en terceras nupcias con Albertina Montes, conviene aclarar que el cese de sus precedentes uniones no se había debido a descalabros conyugales sino a abruptos percances del destino. Su primera mujer murió en un accidente ferroviario; la segunda, de un escape de gas.

Dos veces viudo y sin hijos, con una renta nada despreciable, heredada de un perezoso abuelo terrateniente, a los treinta y siete años no era un mal partido, y en el paulatino enamoramiento de Albertina Montes, su cuñada y primera actriz, hubo una red de seducción y un pelín de cálculo.

En sus tres años de matrimonio habían creado un bienhumorado sistema de convivencia, que incluía la indispensable armonía sexual y una admitida cuota de independencia, de la que por supuesto estaban descartados el engaño y la infidelidad.

Ezequiel se sabía constitucionalmente celoso, pero sus dos primeras mujeres no le habían dado motivo para la mínima desconfianza. Su relación con Albertina actriz tenía en cambio un matiz de cierto riesgo. Ezequiel jamás concurría a los espectáculos en que ella actuaba. No habría tolerado asistir, desde su platea, a los arrumacos, abrazos y hasta besos que un actor cualquiera, obediente al libreto, dedicara a su esposa, que por cierto era una intérprete más que aceptable. Él admitía que esas escenas formaban parte de un oficio. Aquellos arrebatos profesionales, meros amores de imitación, no tenían cabida en sus celos congénitos, pero por las dudas no quería presenciarlos. Después de cada función, ya en la cama conyugal compartida, Albertina se le entregaba con una pasión que no seguía otro libreto que su amor sincero, original e imaginativo.

Por otra parte, la independencia de Ezequiel no sólo consistía en reunirse periódicamente con sus amigos de siempre, sino también, y sobre todo, en disfrutar de su soledad. Había cuatro o cinco cafés, de clásico prestigio, en los cuales, sin que nadie lo supiera (ni siquiera Albertina, que por lo general a esas horas ensayaba), se refugiaba en alguna mesa de un rincón, y allí leía y sobre todo meditaba: sobre un caótico mundo a ajustar, sobre el Dios que seguramente no existía, sobre la vaga posibilidad de tener un hijo, y varios etcéteras de menor cuantía. La catástrofe sobrevino precisamente en uno de esos retiros, una húmeda tarde de niebla.

Estaba leyendo, con renovado interés, a Günter Grass, pero al dar vuelta una página de *El tambor de hojalata,* miró distraídamente hacia la calle ¿y qué vio? Nada menos que a la mismísima Albertina que caminaba tiernamente abrazada con un tipo alto, apuesto, de bigote, que por cierto no figuraba en su riguroso fichero de actores. Frente mismo a la mirada de Ezequiel, pero sin verlo, el abrazo se hizo más estrecho y él pudo comprobar la expresión alegre y hasta conmovida de su mujer. Ezequiel cerró el libro de un rudo golpe, pagó la consumición y allí mismo supo lo que iba a hacer. Cualquier cosa menos cornudo. No tenía vocación de asesino, en consecuencia no los iba a matar. Pero podía matarse él. Eso sí, matarse él.

Repasó mentalmente su viejo repertorio de suicidios, que nunca había creído utilizar. Pero ahora sí. Decidió que lo mejor (final sin sufrimiento) era el tiro en la sien. Tomó un taxi porque de pronto se sintió invadido por una extraña urgencia. En veinte minutos estuvo en su casa. Ya en su estudio, abrió el cajón de la derecha donde estaba el invicto revólver. Lo cargó cuidadosamente. Luego pensó que debía escribirle unas líneas a Albertina para explicarle su decisión. Y también para que sufriera un poco, qué joder. Porque estaba seguro de que iba a sufrir. Merecidamente. Dobló el papel, lo metió en un sobre, en cuyo exterior escribió: Para Albertina. Luego empuñó el arma.

Fue en ese penúltimo instante que sonó la voz alegre de su mujer: «¡Ezequiel! ¡Ezequiel! Llegó Rubén, mi hermano menor. Sin avisarme. ¿Qué te parece? Hace cinco años que no lo veía, lo dejé como un adolescente y mira ahora qué hombre. Aquí está». Y ahí estaba. Precisamente el hombre con el que ella había pasado abrazada frente al café.

Ezequiel escondió rápidamente el sobre en un tomo de ensayos y dejó caer el revólver en su gaveta de siempre. Después ya no pudo contenerse, y ante el estupor de los dos hermanos, rompió a llorar con desconsuelo.

Cuarteto

Marcela tuvo, desde siempre, tres enamorados: Felipe, Ambrosio y Gustavo. Increíblemente, el profundo vínculo que unía a los tres muchachos eran los celos. Se vigilaban con cariño y bonhomía, pero ninguno les perdía la pista a los otros dos. De todos modos, Marcela era siempre un referente, algo así como un barómetro o una escala. La extravagancia o la rareza no constituían méritos para nadie. Todos jugaban sus cartas a la normalidad y la cordura.

Hasta el ingreso a la Universidad habían estudiado juntos. Los sábados de noche salían de copas y de bailes. Marcela atendía por igual a cada integrante de su «terceto» y era en el abrazo tanguero cuando aparecía la inevitable competencia. Pero había que cuidarse, porque el que oprimía en exceso se desvalorizaba tanto como el que abrazaba con flojera.

A partir del nivel universitario, empezaron a verse mucho menos. Los encuentros eran en todo caso telefónicos. Felipe siguió Derecho y fue el primero en recibirse; Ambrosio se decidió por Arquitectura, pero su ritmo fue más lento; Marcela se inscribió en Humanidades, y Gustavo dio varios exámenes de Ingeniería. Pese a esa dispersión, se encontraban una vez al mes, ya no para copas o bailongos, sino para cenar en algún confortable restaurante de Pocitos. Los tres seguían enamorados de Marcela, pero ninguno se atrevía a dar el campanazo, pese a que ella, al parecer, seguía invicta, sin pareja.

Cosa rara: en una de esas cenas faltó Ambrosio, sin aviso. Cuando estaban en el flan con dulce de leche, sonó el celular de Felipe.

—¿Cómo? ¿Cuándo?

Felipe se había puesto pálido y su voz sonaba más aguda que de costumbre.

—Una maldita noticia. Ambrosio está preso. Me dicen (me cuesta creerlo) que intentó robar varios Rolex en una joyería del Centro, y como el dueño intentó resistirse, Ambrosio sacó un revólver y le pegó dos tiros. Al parecer, lo mató.

La reacción más dramática fue la de Marcela. Con un ademán brusco apartó su silla y se dobló sobre sí misma, llorando amargamente, casi con estertores. De inmediato los otros dos se levantaron y trataron de calmarla. Por fin Marcela se tranquilizó un poco, se arrimó de nuevo a la mesa y respiró en profundidad.

—Yo sabía que andaba en esos juegos peligrosos, por cierto sin ninguna necesidad. Pero nunca imaginé que anduviera armado y menos aún que estuviera dispuesto a matar.

Felipe y Gustavo se miraron, a cual más sorprendido, y unidos como siempre por los prehistóricos celos.

Marcela intentó sonreír entre sus lágrimas.

—Alguna vez, muchachos, tenía que decirles la verdad. Siempre supe que los tres estaban encariñados conmigo. Pero desde el comienzo, desde que estudiábamos juntos, yo sólo estuve enamorada de Ambrosio. Y hace cinco años que es mi compañero.

Luego se enfrentó a Felipe con una mirada más conminatoria que esperanzada.

—Vos que sos abogado, te encargarás de su defensa, ¿verdad?

Desde Ginebra

Aunque lo narro en presente, aclaro que esto lo escribo en mi recuperada sobriedad. Nunca hasta ahora me había emborrachado. Así que éste es un estreno. ¿En qué lo noto? Por ejemplo, advierto que el corazón me late en el lado derecho. O también que estoy en el centro de la infancia. Pero como la miro con ojos adultos, los otros niños se alejan, se alejan cada vez más, hasta que me dejan solo, no sé si con mi inocencia o con mis remordimientos. Un poco inquieto, llamo a mis padres, pero sólo comparece el Viejo, que con voz cavernosa me dice: «¿No sabés que estoy muerto?». Puede ser. Voy corriendo en busca de un espejo, pero en su luna sólo me espera el rostro de mi hermano, que por suerte está vivo. Alguien me había anunciado que la borrachera es como un sueño. Un sueño del que uno sólo se despierta cuando ingresa en un sueño de verdad.

En medio de la curda de pronto crezco y ya no soy un infante intrascendente sino un adolescente candoroso. En la calle pasan ellas, pasan sobre todo sus dinámicos traseros y hasta un ombligo con fulgores. La emoción se me instala en las sienes y en la garganta. Abro los brazos de bienvenida y una de las hembritas se refugia en ellos. Le pregunto hasta cuándo y ella dice hasta siempre. Ah no, eso ya es muy complicado. Para los temulentos (beodos, ebrios, dipsómanos, hurra por los sinónimos) no existe eso de siempre. Le propongo que hagamos un paréntesis, y ella se aparta indignada y casi grita: «¿Paréntesis? Tu abuela. O siempre o nada». Balbuceé: «Nada» y entonces se esfumó, con ombligo y todo.

Lo más original de mi borrachera es que respeta un orden cronológico. Ahora, por ejemplo, ya soy un maduro. Un madurito, bah. Metido como un desgraciado entre expedientes, suspiro con aliento de ginebra. El calor de febrero es insoportable, así que abro el ventanal del estudio y no sólo entra aire fresco sino que además los papeles vuelan, unos hacia el zócalo y otros hacia la calle. Me asomo y tres chiquilines idiotas se ríen allá abajo a carcajadas. Pienso en escupirles, pero me contiene la dignidad universitaria.

Suena el teléfono dos veces, tres veces, pero no en mi mamúa sino en mi mesa de luz. Estiro el brazo hasta alcanzar el tubo, y el ronquido del tubo dice: «¿Otra ginebrita?». Cuelgo sin responder y me miro las manos. Una tiembla, la otra no. La cabeza me duele como una pelota de fútbol después de un penal.

Nunca hasta ahora me había emborrachado. Abro los ojos sólo hasta la mitad, porque los párpados todavía están ebrios y me pesan. Tengo la sensación de que por las venas no me corre sangre sino ginebra. Eso sí, una ginebra de factor Rh positivo. Tengo dos sístoles por cada diástole. Mis pobres glóbulos son rojos y blancos, a rayas, como la camiseta del Atlético.

Bueno, bueno. Supe que había recuperado la famosa sobriedad cuando el corazón me volvió a latir del lado izquierdo y sobre todo cuando el tedio del mundo me empalagó de nuevo.

Pretérito imperfecto

Joaquín se encontró con que el bar Amanecer no había cambiado. Con un frente tan destartalado como veinte años atrás, ni siquiera le habían borrado un símbolo anarquista y dos diseños pornográficos que él había fotografiado *in illo tempore*. Entró con precauciones, el ánimo dispuesto a reencontrarse con un don Basilio envejecido y más gruñón que antaño. Pero detrás de la barra sólo había un muchacho más bien alto, de ojos inquisidores, que lavaba con esmero platos, vasos y pocillos. Pidió una cerveza y cuando la tuvo frente a él preguntó por don Basilio.

—¿Don Basilio? Hace tiempo que murió.

Casi se atragantó con la cerveza, pero alcanzó a preguntar:

—¿Hace qué tiempo?

—Seis o siete años.

Joaquín buscó una mesa para sentarse a digerir la noticia. En aquellos años don Basilio había sido una figura fundamental en un pueblo tan aislado, de dos mil habitantes.

De pronto distinguió que en el otro extremo del bar había una mesa ocupada. Un veterano, con barba canosa, un bolso y bastón, le hizo un vago saludo. Luego se levantó y se acercó renqueando.

—¿No te acordás de mí? Soy Felisberto, el de la flauta.

A Joaquín le trajo más recuerdos la flauta que la barba. Le tendió una mano y le ayudó a sentarse junto a él.

—Lo que pasa es que estás algo cambiado.

—¿Y quién no? Los años no vienen solos. Vos tampoco sos el mismo. ¿A qué viniste?

—No sé. De pronto me vinieron ganas de revisar el pasado, de recorrer estas calles, de pisar sus adoquines, de reencontrarme con la vieja gente. Con la salud me llevo bastante bien, pero la soledad a veces me cansa. Y vos ¿qué tal?

—Hace tres años que me jubilé de la banda. No soy viudo pero casi. Mi mujer tiene alzheimer. Tengo dos hijos, pero es como si no los tuviera: uno ejerce de químico en Montreal, el otro de ingeniero en Sidney. Dos o tres cartas al año, fotos de las nietas preciosas, recortes que documentan un doctorado honoris causa. No está mal, ¿verdad? Pero mi vida actual consiste en mirar atentamente las paredes de mi cuarto y concurrir de vez en cuando a este bar.

—No sé si te acordás, pero yo tuve aquí una novia.

—Claro que me acuerdo. Angélica.

—¿Sigue aquí?

—No. Se fue muy joven, trabajó un tiempo de modelo. Después tengo entendido que se metió a monja.

—¿A monja? No puede ser. Te puedo asegurar que no tenía ninguna vocación religiosa.

—Bah. Esa enfermedad es como un infarto: te ataca sin previo aviso.

—¿Y tus compañeros de la banda municipal?

—El clarinete, el oboe, el corno y el fagot se fueron hace dos o tres años y tengo entendido que integran otra banda en una provincia argentina. El saxofonista quedó frito una tarde mientras se esmeraba en un solo bajo la lluvia. O sea que sólo quedamos yo y mi flauta. A veces subo a la azotea y toco un rato, pero debo suspender por dos razones: una, que la flauta suena desconsolada y me pone triste, y otra, que los vecinos se quejan porque, según ellos, desafino. Tal vez tengan razón, pero antes no desafinaba. Es posible que se deba a que estoy un poco sordo.

—Venía con la intención de recorrer el pueblo, ver cómo está la plaza.

—¿La placita? El último huracán la dejó sin pinos.

—Encontrarme con gente de mi generación, con sus hijos.

—Pssst.

—¿Qué quiere decir pssst?

—Soplido escéptico.

—No me digas que no queda nadie. Un folleto dice que aquí viven dos mil.

—En realidad, dos mil ocho.

—Qué precisión.

—No es mía sino de la computadora. Sí, más o menos son ésos. Es gente que vino de otras zonas, inmigrantes indocumentados, vendedores ambulantes. Jóvenes, ni lo sueñes. Aquí vivió durante varios años un poeta, Rosendo Araújo, que por cierto era bastante bueno. Él proponía que le cambiáramos el nombre al pueblo: no más San Lucas sino Vetustia. No, no te aconsejo que emprendas tu proyectada recorrida. Mejor quedate con la vieja imagen.

Por un rato se quedaron en silencio. Tampoco Joaquín sabía qué decir.

De pronto Felisberto abrió su bolso y extrajo la flauta. Su risa algo cascada sonó como una tardía recuperación.

—Si querés, toco un poco la flauta. Digamos Vivaldi, Mozart, son adaptaciones mías. En homenaje a tu regreso sentimental, te prometo no desafinar.

Viceversa

No sabía qué podría pensar la Rosario actual, pero a mí me parecía que los cinco años transcurridos desde nuestro último encuentro (¿o fue desencuentro?) no habían pasado en vano. La había visto en televisión, entrevistada por una periodista un poco tonta, y la hallé más linda, más joven, más inteligente. Después tuve la osadía de enfrentarme a mi propio espejo, y aunque no voy a decir que me encontré joven y hermoso, comprobé sin embargo que mis ojos seguían vivos y transmitían un contenido bastante aceptable.

Fue después de ese doble diagnóstico que decidí volver al tema. Tanta incomunicación me pareció un desperdicio. No sé qué pensaría ella de este intento, pero tuve la esperanza de que sonreiría. Y me consta que sus sonrisas siempre fueron aceptaciones.

Para empezar de cero ¿se acordará de cuándo y cómo nos conocimos? Fue en el vapor de la carrera (todavía no habían llegado los Buquebus). Iba caminando por el pasillo, pero de pronto el barco tuvo un vaivén que le provocó un resbalón y la pobre estuvo a punto de caerse. Si no se cayó del todo fue porque yo, muy atento, la recogí en mis brazos. Quedó un poco tembleque, así que la acompañé a su asiento, y aprovechando que el contiguo estaba libre, allí me quedé para tratar de reanimarla. Y la reanimé. De a poco nos fue envolviendo un halo de mutua simpatía, así que antes de desembarcar intercambiamos los nombres de los hoteles donde nos alojaríamos en Buenos Aires. Dos días después la fui a buscar y ahí empezó la cosa. Tanto su hotel como el mío eran especialmente aptos para el amor, de modo que nos amamos con discreción, sinceridad y poco ruido.

¿Se acordará ahora tan pormenorizadamente como yo de aquella fiesta fuera de fronteras? Después, en Montevideo, no fueron necesarios los hoteles. Mi apartamentito era más adecuado y menos riesgoso. Teníamos la doble ventaja de ser solteros y relativamente jóvenes. Yo trabajaba en un estudio de abogados amigos y ella retomó su actividad como crítica literaria.

Cuatro años de convivencia sexual, profesional, ideológica y cultural nos alegraron la vida.

Así y todo, llegó un momento en que la relación empezó a languidecer. Una noche me desperté y vi que su cuerpo se estremecía.

Apoyé mi mano en uno de sus hombros para atraerla y vi que lloraba. Me miró entre sus grandes lagrimones y luego balbuceó: «Es horrible, pero ya no te quiero. Y lo peor es que quiero a otro. Vos, que me ayudaste tanto, no te merecías este abandono, pero qué voy a hacer».

Confieso que ese final no llegó a sorprenderme. Yo ya intuía que algo estaba deteriorando nuestro vínculo. Horas más tarde, cuando el ventanal ya se había llenado con la luz un poco turbia del amanecer, ella recogió lentamente sus bártulos y se fue, luego de propinarme un abrazo agradecido y distante.

De nuevo solitario y soltero, traté de consagrarme a mi trabajo. La redacción y corrección de expedientes judiciales no es demasiado disfrutable, pero la falta de amor se me convirtió en un exceso de rigor, y en el estudio estaban más que conformes con mi faena profesional.

Sólo unos meses después me enteré de que mi sustituto en el corazón y el lecho de Rosario era un fotógrafo muy apuesto, que tenía fama de mujeriego. Por lo que supe más tarde (los chismes circulan con semáforo verde) esa unión también acabó mal. El fotógrafo consiguió un puesto en Miami, al parecer bien remunerado, y hacia allí partió, sin el menor aviso y dejando a Rosario mascullando su rencor.

Cuando la volví a encontrar habían pasado los cinco años que mencioné al principio de este relato, tan poco heroico. Me abrazó tiernamente, me agobió con pedidos de perdón, y, como era de prever, empezamos ahí un segundo capítulo. Se quedó contenta con algunas modificaciones que yo había incorporado en el mobiliario de mi apartamentito de siempre.

Ahora fueron dos los años de convivencia sexual, profesional, ideológica y cultural que nos alegraron la vida. Sin embargo, llegó otra vez el momento en que la relación empezó a languidecer. Una noche ella se despertó y advirtió que mi cuerpo se estremecía. Pero yo no estaba llorando, simplemente estaba atrapado en una crisis de bostezos, suspiros y estornudos. Al fin pude mirarla con auténtica tristeza y balbuceé: «Es horrible pero ya no te quiero. Y lo peor es que quiero a otra. Sé que no te mereces este abandono, pero qué voy a hacer».

Pasos del hombre

El hombre caminaba por el sueño, pero no por el propio. Caminaba por el sueño de los otros.

Pongamos que de una infancia cualquiera le llegaran unos ojos azules y una sonrisa de burla prematura. ¿Por qué? ¿Para quién? ¿Desde dónde? Imposible saberlo, ni siquiera imaginarlo.

O pongamos que en una playa poco menos que desierta, un hombre y una mujer, desnudos como el cielo, hacían un amor que era exclusivo. El hombre intuyó que algún día. Pero mientras tanto contempló el agua, que de a ratos quedaba casi inmóvil. Sabía que era salada. Lo sentía en los labios, en la lengua, en la garganta. Y que estaba viva, porque los peces saltaban, para aleluya y bacanal de las gaviotas.

Nunca pensó que lo traicionaran. Y ocurrió sin embargo. Sintió que el corazón o el hígado o el estómago se le habían encogido. Se quedó con la infamia en la mano vacía, como si el tiempo lo desconociera, más aún, como si el tiempo lo cegara.

Por suerte el amor borró las traiciones, llenó los días y organizó el disfrute. Decidió entonces caminar por ese sueño ajeno, que de tan ajeno se le volvió propio. Y se encontró con que el paisaje había cambiado, que en el alma le habían nacido lucernas, claraboyas, y que las rebanadas de soledad ya no le herían.

Recordó el alerta de Cernuda: «¿Adónde va el amor cuando se olvida?». Y presintió que acaso se insertara en un sueño, vaya a saber cuál. Después de todo, los amores olvidados son pesadillas dulces.

Así, hora tras hora, día tras día, los pasos del hombre lo fueron acercando a la armonía final de la memoria. El espejo le devolvió canas y arrugas, ceño y ojeras, ojos grises de desconcierto, pero también un halo de esperanza. Y bueno, decidió afiliarse a ese fulgor mínimo y con él se abrió paso en la maleza, convencido de que ahí nomás empezaba el futuro. Y así era.

Soñar en voz alta

Luciano no se encontraba muy a menudo con su padre. A la madre, en cambio, la veía más frecuentemente, pero más por sentido de responsabilidad que por cariño. Como cualquier hijo de padres divorciados, Luciano se sentía un poco huérfano. No bien pudo se independizó, y después de un noviazgo normal y no muy dilatado se había casado con Cecilia.

Un sábado, cerca del mediodía, se encontró con su padre, y por iniciativa del Viejo se metieron en un café del Centro.

—Voy a aprovechar este encuentro casual —dijo Luciano— para hacerte una pregunta no tan casual.

—Venga nomás.

—¿Por qué te separaste de mamá?

—No es tan sencillo de explicar, sobre todo para el que no lo vivió. A tu madre le tuve siempre bastante afecto. No pasión, entendelo bien, pero sí afecto. Y creía que ella también sentía algo parecido hacia mí. Pero una noche llegué a casa bastante tarde por razones de trabajo y ella dormía profundamente. De pronto sentí que murmuraba algo en pleno sueño y alcancé a distinguir un nombre: Anselmo, Anselmo. Era un vecino con el que teníamos una buena relación. A la mañana siguiente, mientras desayunábamos, le pregunté qué le pasaba con Anselmo. Se echó a llorar y sin atreverse a mirarme, me confesó que eran amantes. Y ése fue el final.

Meses más tarde, Luciano le hizo a la madre la misma pregunta.

—¿Por qué nos separamos? Nunca hablé de eso contigo porque lo considero un hecho muy privado. Con tu padre nos habíamos llevado bien durante dieciocho años de matrimonio. Reconozco que no estábamos enamorados, pero soportábamos nuestras diferencias y las frecuentes discusiones hacían más entretenida la relación conyugal. Una tarde, a la hora de la siesta (él siempre la duerme; yo, nunca) empezó a hablar entre sueños y dijo varias veces el mismo nombre: Inés, Inés. Lo pronunciaba con un tono amoroso que por cierto nunca me había dedicado. Inés es una compañera de mi estudio, que muchas veces almorzaba o cenaba con nosotros. Linda y muy simpática. Cuando tu padre despertó y se dio una ducha, le hice la pregunta de rigor: «¿Soñás siempre tan amorosamente con Inés?». Tal como yo lo esperaba, me confesó que hacía por lo menos dos años que tenían relaciones. Y ahí terminó todo.

Después de esas revelaciones (¿cuál de las dos era cierta?, ¿ambas serían verdad?) Luciano se sintió más huérfano que de costumbre. Durante dos o tres horas vagó como un zombi por las calles más concurridas, pensando que la multitud podía borrarle la tristeza.

Por fin decidió refugiarse en su casa. Ya era tarde y Cecilia se había acostado. En pleno sueño, ella se dio vuelta en la cama y se abrazó a la almohada. En dos etapas dijo: Luciano, Luciano.

Él se sintió orgulloso y satisfecho. La dejó dormir tranquila y fue a la cocina a hacerse un café. Lo tomó con gusto y estaba lavando el pocillo cuando se le encendió la lamparita. Carajo, había un primo que también se llamaba Luciano. Él era Luciano Gómez y el primo Luciano Estévez. ¿Sería posible? No quería creerlo, pero la duda le produjo palpitaciones.

Más o menos angustiado, regresó al dormitorio. Cecilia seguía abrazada a la almohada y volvió a articular claramente: Luciano, Luciano.

Él se recostó en la pared y sólo alcanzó a preguntarse: ¿Por qué será que las mujeres nunca sueñan con apellidos?

Tango

Estaba tan borracho que no llegó haciendo eses sino equis. La casa (su casa) estaba vacía, oscura, abandonada. Quizá por eso pudo llegar indemne hasta la mecedora.

Cerró, abrió y cerró los ojos. Lo que vislumbró no fue un sueño sino un milagro de jardín. Con su madre o sin su madre. Eso dependía de la tensión de sus párpados. Si era con su madre, ella lo señalaba con un índice acusador y una mueca de burla. No era preciso que hablara. Él bien sabía de qué se trataba. Desde la infancia la había despreciado, ninguneado con fervor, desatendido. Entre ella y él no había puentes; sólo despeñaderos, barrancos, hondonadas. Por eso ella, en vez de dos ojos verdes, tenía dos odios grises.

Él abrió los suyos, acarició los párpados heridos, posó su mirada opaca en la pared de enfrente, que empezó a balancearse con un ritmo moderado. El cuadro estaba ahí: una figura antigua, de hombre recio, con corbata de moña, melena canosa y anteojos de miope. Cerró otra vez los ojos y el hombre se asomó en el espacio inverosímil: allí no había moña ni anteojos. Él, cuando estaba sobrio, era capaz de recitar de memoria todos los poemas de ese tipo, pero ahora los versos se arrinconaban en el olvido. El hombre semisoñado lo miraba con exigencia, reclamándole algo, aunque fueran dos versos, una copla, el estrambote de un soneto mediocre. Pero él se retraía, se ocultaba, no quería saber nada de una inspiración ajena. Ahí era cuando el tipo empuñaba un látigo y él abría providencialmente los ojos.

El cuadro ya no estaba y la pared había dejado de balancearse. Qué bien le vendría un café amargo, pero cómo llegar a la cafetera, a encender el gas, a no derramar el agua que llamaba desde el grifo.

Por primera vez lamentó su mamúa. Volvió a cerrar los ojos en busca de un estímulo. Tardó en llegarle la somnolencia, pero cuando llegó fue una recompensa inesperada. Frente a él, al alcance de sus manos, estaba Dorita, más atractiva que nunca, con la boca entreabierta y a la espera, con el camisón rosa que se le resbalaba de los senos, más turgentes que en épocas pasadas. Quiso decir algo y no pudo. Dorita lo paralizaba con su belleza. Decidió extender su mano hasta el pezón izquierdo, pero éste se hizo nada entre su índice y su pulgar.

Esta vez abrió los ojos porque alguien le estaba sacudiendo el hombro. Su mujer, nada menos, y no era un sueño.

—Otra vez mamado —gritó ella.

—Otra vez mamado —admitió él—. Yo no tengo vergüenza de tomarme una copa.

—¿Y cuántas vergüenzas reservás para zamparte dos botellas?

—Tres.

—¿Tres? ¿Vergüenzas o botellas?

—Botellas.

—¿Hasta cuándo pensás que voy a soportar este maldito tren de vida?

—Mi amor, eso es asunto tuyo.

—Y vos, ¿no tenés conciencia?

—¿Querés que te diga la verdad? Me tiene harto.

—¿No tenés nada más que decirme?

—Cómo no... Vos sabés que yo siempre cito a los clásicos. Por ejemplo, Cátulo Castillo (música de Aníbal Troilo) que estampó para siempre esta delicia: «Yo sé que te lastima / yo sé que te hace daño / llorarte mi sermón de vino».

—Es cierto que me hace daño. No importa. Aquí te dejo, con esa veterana curda, que ya forma parte de tu currículo. Se acabó. No te preocupes. Cuando vos y yo seamos finaditos, sé que voy a encontrarte en algún boliche (cantina, para los ilustrados) del paraíso.

Ombligos

Tomás la había conocido en uno de esos atardeceres de verano en que las muchachas van de *shorts* o de bikini y los ombligos se convierten en faros de las expectativas masculinas. Veinte o treinta años atrás los hombres eran atraídos por ojos verdes, grises o celestes, por pechos ocultos que dejaban imaginar espléndidos pezones o tobillos vírgenes que invitaban a caricias con seguimiento. Eso era antes, pero ahora en el cuerpo femenino no hay centímetro (o centímetros) más seductor (o seductores) que el (o los) del ombligo. Las muchachas son conscientes de esa magia y cuidan sus ombligos como antes cuidaban sus labios. A veces hasta los adornan con chafalonías que despiden inquietantes destellos.

Hay que reconocer que cuando Tomás inició la conversación no había ombligo a la vista. Le preguntó si estaba cómoda en aquel asiento de ferrocarril. A ella le agradó que él la tuteara y le devolvió el tratamiento con calculada cortesía. Sí, estaba cómoda, bastante más cómoda que cuando hacía el mismo trayecto en autobús.

Él decidió comenzar con temas poco comprometedores y eligió la literatura. En los últimos meses había leído a Raymond Chandler y a Juan Rulfo y dejó caer algún comentario alusivo, pero se encontró con que ella sabía bastante más que él en ese campo y sus alrededores. Discutieron con ganas y en uno de esos avatares él le tomó una mano y ella lo dejó hacer. Cuando pasaron a la novela erótica, los detalles los acercaron más aún, y cuando por fin llegaron a la estación en que ambos descendían, él ya le había pasado el brazo por la cintura y, como era previsible, la invitó a cenar.

Más previsible aún fue que ambos se alojaran en el mismo hotel (habitación 18) y tras el segundo o tercer abrazo la noche no presentó mayores dudas. Ya casi desnudos, él se situó en las corrientes de este siglo y se animó a preguntar si podía verle el ombligo. Ella soltó la risa. No, no podía verlo, sencillamente porque no tenía. A él se le aflojó la erección y ella se sintió en el deber de explicarle. Tres años atrás había tenido un accidente bastante serio, tuvieron que operarla «y esos desgraciados me dejaron sin ombligo. Esa parte la tengo lisita como una nalga o como una pantorrilla». Cuando ella se desnudó totalmente, él llevó su mano a la zona en conflicto. Lisa, completamente lisa. Qué contradicción, pensó Tomás con amargura: rostro hermoso, ojos expresivos, pechos turgentes, piernas bien torneadas. Y sin ombligo. Lentamente retiró la mano, confirmando ante sí mismo que del cuerpo femenino lo que más le atraía era el ombligo.

Contempló a la mujer desnuda y la mirada fue sobre todo de piedad. Sintió que se había puesto pálido y desconcertado. Ella, sin perder la calma, dijo: «No seas bobo. No lo tomes así. Ya estoy acostumbrada. Es la cuarta vez que me ocurre. Te confieso que la única vez que llegué a algo fue con un señor que, casualmente, tampoco tenía ombligo».

Ah, los hijos

A medida que se iba acercando al sueño, y sin que siquiera se lo hubiera propuesto, Raquel, viuda desde hacía tres años, se dedicó a pensar en sus hijos. Primero jugueteó con los nombres. Vaciló entre pensarlos por orden alfabético o por orden cronológico. Al cabo del segundo bostezo, se decidió por el alfabeto.

ANA. Exiliada voluntariamente en Nueva York, allí había estado el fatídico 11 de septiembre. Presente y ausente, desde lejos y cerca, asistió al derrumbe de la segunda torre gemela. Nunca tuvo los ojos tan abiertos.

Nunca las manos le temblaron tanto. Nunca el corazón le envió tantos mensajes. Al día siguiente se enteró de que habían muerto cinco mil; otros redujeron la cifra a tres mil. Cuántos, ¿no? De pronto recordó que en Hiroshima murieron cien mil y en Nagasaki ochenta mil, pero hoy nadie hace enojosas comparaciones. Total, aquéllos eran japoneses. Parece que, pese a todo, y a todas las amenazas que circulan, Ana se quedará en Nueva York. Dice que la ciudad le gusta. Casi todos sus amigos militan en lo que podría llamarse Partido de la Abstención, sin duda el mayoritario. Ella los anima a votar: No es que exista un candidato ideal, les dice, pero siempre hay uno que es menos peor que el otro. No le hacen caso. Hace mucho que se les deshilachó la confianza. Mejor es ir al baseball o escuchar discos antediluvianos de Sinatra o de Louis Armstrong. Así y todo, se casó con un ingeniero abstencionista y vive relativamente feliz. Su trabajo en la ONU (lo ganó en concurso) le resulta estimulante. Es lindo juntarse en la cafetería con funcionarios o delegados franceses, ecuatorianos, napolitanos, australianos, chilenos, sudafricanos, etcétera. El único esperanto en que se entienden es el inglés y se divierten bastante con aquel chapurreo en clave mayor, aquel idioma que nadie domina.

CARLOS. Tal vez fue su favorito. Catorce años es poca vida. Nunca tuvo ánimos para reconstruir su final, para no ahogarse ella también en aquel naufragio absurdo. Que aprendiera a nadar, se lo dijo mil veces. Y él siempre retrucaba: ¿Para qué? La vida, o más bien la muerte, demostraron para qué. Como siempre que piensa en ese hijo, que sueña con él, la almohada se le empapa de llanto.

DANIEL. Siempre la acompañó. Siempre estuvo con ella. También ahora. Él sabe (y ella sabe que él lo sabe) que el afecto materno que recibe tiene el signo de la obligación, no de la espontaneidad. El vacío que dejó Carlos nadie lo colmó. Cuando él (tan sólo en los adioses o en los regresos) la abraza y la besa, siente que ella está abrazando y besando a Carlos. Pese a todo, a ella le consta que Daniel es fiel como un perro.

LUISA. Sin duda, la más atractiva de la familia. Sin embargo, no ha tenido suerte. Siempre alimentó la obsesión de ser ella misma, de no afiliarse a las apariencias. Una sola vez se enamoró, o creyó que se enamoraba, pero resultó que ese primer tórtolo le demostró su amor a bofetadas. Eso le magulló tanto el alma que se enfrentó al espejo e hizo un voto de desamor para el resto de sus días. Lo malo fue que esa inquina la empujó a la prostitución y allí permanece. Ella dice que se acuesta con los hombres para odiarlos mejor. Raquel ha tratado de persuadirla, de contagiarle su decencia. Pero Luisa, que empezó siendo carne seductora, ahora es apenas un alma marmórea.

MANUEL. Trabaja como un obseso en la carpintería de su primo Aparicio. Siempre ha sido milagrosamente sano. A la noche llega a casa agotado, deshecho, muerto de sueño. Su mujer, Amalia, comprensiva como pocas, ya ni siquiera le reprocha su menguada lujuria. Raquel tiene, sin embargo, fundadas sospechas de que la nuera calma sus apetitos en otras comarcas. Afortunadamente, no tiene pruebas. Las raras veces que se encuentra con Manuel (Navidad, cumpleaños) le aconseja que trabaje menos, que se interese por otros quehaceres (cultura, política, deportes, etcétera), pero él ni siquiera responde. Simplemente sonríe, aunque eso también le da trabajo.

A esta altura, la nómina de hijos no ha acabado (faltan dos: Ricardo y Teresa), pero Raquel comienza a amodorrarse, dispuesta como de costumbre a soñar con Carlos y a mojar la almohada.

Taquígrafo Martí

En una época en que aún no habían hecho su aparición los grabadores o magnetófonos o como quiera que se llamen, Celso Iriarte se había ganado la vida como taquígrafo. Entonces era una profesión lucrativa y bastante solicitada (por las cámaras de senadores y diputados, los congresos internacionales, los consejos universitarios, los bancos, el periodismo, etcétera) y había varios sistemas: el Gregg, el Pitman, el Gabelsberger, el Martí. Los tres primeros eran adaptaciones de otros idiomas; sólo el Martí se basaba en la sintaxis y las peculiaridades del idioma español. Disponía de más signos, que abarcaban más letras y sonidos, y en consecuencia no permitía alcanzar, como los otros, una máxima velocidad de escritura, pero en cambio era el más fácil de traducir o interpretar. Como la mayoría de los taquígrafos de Uruguay, Celso era practicante del Martí, y aun mucho después de haber abandonado esa profesión (ahora era abogado y profesor de Economía) recordaba con afecto aquellos garabatos secretos y a la vez reveladores.

Ya cumplidos sus sesenta años, viajó a España para atender varios compromisos universitarios. Fue entonces que pasó varias semanas en Valencia, una ciudad que, cuando estaba libre de obligaciones, le gustaba recorrer. En uno de esos paseos se encontró con que la calle que transitaba se llamaba Taquígrafo Martí. A partir de ese día, cuando concluía sus seminarios de la mañana, adquirió el hábito de recorrer aquella calle que le traía tantos recuerdos.

En la séptima de esas jornadas se le acercó un hombre bastante joven (aparentaba unos treinta años) y le preguntó a quemarropa:

—¿Usted es uruguayo?

—Sí, claro.

—Entonces mi nombre no ha de sonarle extraño.

—¿Cómo se llama?

—Soy el taquígrafo Martí. El que dio nombre a esta calle.

—Digamos que es el nieto.

—No, señor. Soy el mismísimo taquígrafo Martí.

—Mire, no estoy para bromas. Cuando empecé a practicar ese sistema, yo tenía dieciocho años y tengo entendido que el taquígrafo Martí, que por supuesto era español, me llevaba unos cuantos lustros de ventaja. Y yo tengo ahora más de sesenta.

—Es cierto.

—¿Y entonces?

—Soy el mismo.

—Un fantasma, tal vez.

—Tal vez. ¿Nunca se enteró de cierto célebre haiku: «Si no se esfuman / hay que tener cuidado / con los fantasmas»?

—¿Y usted piensa esfumarse?

—Es proba...

No alcanzó a pronunciar la sílaba «ble». En el preciso instante en que Celso se halló solo y abandonado en la calle, escuchó un fuerte ruido metálico. La chapa con el nombre del taquígrafo se había desprendido de su pared con grietas.

Brindis

Si ustedes lo permiten,
prefiero seguir viviendo.
FRANCISCO URONDO

Amores de anteayer

En aquel luminoso otoño de 1944, Rodrigo Aznárez recorrió virtualmente toda la República. Le hacía de secretario al doctor Montes, autor de un (según él) revolucionario plan de educación física que había decidido difundir por los diecinueve departamentos del país. También formaban parte de la expedición siete esbeltas muchachas, alumnas de una especialidad más o menos gimnástica.

Rodrigo era el encargado de hacerle a Montes el discurso básico, que luego el jefe modificaba de acuerdo a las características de cada población. También tomaba nota de las preguntas del público, a las que debía responder en la próxima coyuntura.

Antes y después de cada arenga, las muchachas aportaban su espectáculo de campeonato, y sus ejercicios isométricos, sus volteretas y flexiones, eran ruidosamente aplaudidos por aquel público más bien rústico que acudía mucho más atraído por las jóvenes piernas musculosas que por las metáforas del doctor Montes.

Después de la cena, todos (incluido el jefe) concurrían al club local, que por lo general organizaba un bailongo en homenaje a la visita. Todavía no era tiempo de rock, donde los bailarines establecen distancias. El tango, primera danza abrazada de la historia y, por eso mismo, primer adoctrinamiento de lujuria, permitía instruirse sobre las cimas y las hondonadas del otro cuerpo.

Para Rodrigo, ése era el codiciado salario de los viajes. Pero lo mejor era el regreso en el autobús que contrataba Montes. Ahí comparecía Natalia Oribe, una atractiva morochita de modesta apariencia, que envolvía a Rodrigo con su clamorosa simpatía y el convincente lenguaje de sus manos. Sólo se besaban cuando el autobús quedaba a oscuras. El cruce de los túneles solía ser el momento más lúbrico.

La llegada del invierno más implacable del siglo puso punto final a las giras profesionales del doctor Montes. Rodrigo y Natalia, que se habían prometido otros azares, no se vieron más. Poco después él supo que la muchacha se había trasladado a Canadá con su familia.

Más de medio siglo después, el 15 de diciembre de 2000, Rodrigo se metió en un cine, más para disfrutar del aire acondicionado que por interés en la película. A su edad, el calor excesivo le hacía mal, le impedía respirar con normalidad. De pronto hubo un corte en la película y la sala se iluminó. No había mucha gente, a lo sumo veinte espectadores. Tres filas más adelante estaba, también sola, una vieja delgada pero erguida. Cuando se reanudó la película, la mujer abandonó su asiento y vino a sentarse junto a Rodrigo.

—Sos Rodrigo Aznárez, ¿verdad?

—Sí.

—Qué suerte. Yo soy Natalia Oribe, ¿te acordás?

Rodrigo abrió tremendos ojos. No lo podía creer.

—¿Qué te parece si abandonamos este drama infame y nos metemos en un café?

Al café fueron y consiguieron ubicarse en una suerte de reservado.

Entre cerveza y cerveza, les llevó un buen rato ponerse al día. Rodrigo, contador público, era viudo. Su único hijo, químico industrial, residía en Italia. Natalia, psicóloga ya retirada, se había casado dos veces: una en Canadá, con un aviador de Montreal, del que se separó a los tres años, sin hijos mediante. Otra en Valparaíso, con un chileno profesor de Filosofía, que siete años después la dejó viuda y con una hija, que vivía en Murcia y le había dado dos nietos.

Mientras ella hablaba, Rodrigo trataba de desentrañar, en aquel rostro casi octogenario, la gracia y la inocencia de la antigua muchacha. Al menos la simpatía había sobrevivido y se lo dijo.

—Vos sos más reconocible —comentó ella—. Tu sonrisa es la misma y me sigue gustando.

—A esta altura —dijo él— ya no es uno el que sonríe, sino las arrugas.

—¿Por cuánto andás?

—Ochenta y uno. ¿Y vos?

—Setenta y nueve.

—No estamos tan mal.

—¿Verdad que no?

—¿Te acordás de los viajes en autobús?

—Nunca los olvidé.

—Pero desapareciste.

—Enseguida nos fuimos a Canadá y no tenía tu dirección ni tu teléfono.

Sobrevino un silencio, pero fue breve. Ella dejó su silla y fue a sentarse junto a Rodrigo. Luego, al igual que en aquel otoño del 44, apoyó su cabeza en el hombro reencontrado.

—Natalia —dijo él.

Ella siguió callada, pero por cierta vibración de aquel hombro viejito que era su apoyo, supo de antemano cuál iba a ser la continuación.

—Natalia —repitió él, con voz vacilante y esperanzada—. ¿Cuándo nos casamos?

De jerez a jerez

1.

Se llamaba Angélica, pero su persona no era precisamente una ilustración de su nombre. Su rostro tenía, eso sí, una expresión escurridiza, como si pretendiera mostrar una inseguridad que poco tenía que ver con su índole secreta pero firme.

Parecía joven y bastante atractiva. La conocí una noche de campanas, pero no recuerdo si eran de celebración o de congoja. Estaba sola, apoyada en una columna de la plaza. Tenía un aspecto de angustia o desconsuelo. Me dio pena y me acerqué. Le pregunté si se sentía mal, si podía ayudarla.

—No se preocupe. No me pasa nada. Simplemente, padezco de cierta fragilidad congénita. Siempre que oigo campanas, me invade una extraña tristeza. Y lloro.

—Vamos, anímese un poco. ¿Me acepta un café?

—Si me lo cambia por un jerez.

—Bueno, ¿me acepta un jerez?

Sonrió por fin, y antes de que yo abriera ninguna indagación, se enfrascó en un monólogo informativo.

—Yo no pertenezco a este paisaje, ni siquiera a sus alrededores. No obstante, llevo suficiente tiempo de residencia como para hablar sin acento, saborear las minutas locales, y hasta adaptar las pausas de mi paso a la zancada de estos prójimos. Soy oriunda de Frankfurt, de padre judío y madre egipcia. Fíjese qué entrevero. Él murió de infarto y ella de miedo. Un año antes me habían mandado con unos tíos a Buenos Aires. Apenas si me acuerdo de ese traslado: sólo tenía dos años. Nunca aprendí yiddish ni hebreo ni alemán, ni mis tíos intentaron enseñarme otra lengua que no fuera el castellano. Mi primer anhelo fue levitar. Y no me parecía tan absurdo. ¿Por qué los pájaros, siendo más brutos, podían volar? De a poco me fui convenciendo de que mi destino no era aéreo sino terrestre. Una tarde, a mis trece años, volvía del liceo y un tipo me paró en la calle, me agarró de un brazo, me arrastró hasta un zaguán convenientemente oscuro, y me quiso violar. Por entonces yo hacía mucha gimnasia, y había adquirido fuerza y agilidad. Logré dar un salto y propinarle una buena patada.

Exactamente en los huevos. El grandote se dobló de dolor y yo retomé mi ruta con toda calma, sin ni siquiera mirar hacia atrás. En casa no dije nada. Un poco por vergüenza y otro poco por dignidad deportiva. La tía me preguntó cómo y dónde me había roto la blusa. Ahí me estrené como mentirosa profesional. Simplemente dije que me la había enganchado en una de las verjas que rodean el liceo.

En ese punto Angélica emitió un semigrito.

—¡Las nueve! Perdóneme si lo dejo. Me olvidé que me esperaban. Esta ciudad modesta es como un pueblo. Seguramente nos volveremos a encontrar, así le termino mi autobiografía. Gracias por escucharme y sobre todo por la paciencia, que no es por cierto un rasgo nacional.

2.

Y sí, tres o cuatro años después nos volvimos a encontrar. Ella salía lentamente de la iglesia del Cordón. Enseguida me reconoció, me dio la mano y por primera vez nos dijimos los nombres.

—No la imaginaba con vocación religiosa.

—Y estaba en lo cierto. Hasta hace poco era agnóstica. Ahora soy definitivamente atea.

—¿Y eso cómo se compagina con una visita a la iglesia?

—Hay que conocer al enemigo. Descifrar su lenguaje, sus intenciones, sus claves. Por parejas razones, escucho atentamente a los políticos. Pero en éstos, lo más revelador y aleccionante no son las líneas sino las entrelíneas. Cada discurso tiene un subsuelo y allí es donde las ambiciones, las apetencias y la codicia se entrenan para dar el salto.

—La encuentro más pesimista, más desdeñosa. Una pregunta indiscreta: ¿nunca se ha enamorado? El amor, sobre todo cuando viene enganchado con el deseo, se incorpora a la vida soñada o a soñar. Y también cicatriza las heridas.

—Por supuesto que me he enamorado. Precisamente, de ahí viene el pesimismo. No de la etapa de amor, sino de desamor. Es en ésta cuando aparecen las trampas, los simulacros, las dobleces.

—¿No cree que el amor es una necesidad?

—¿Necesidad o calamidad? ¿No será al menos un equívoco?

De pronto nos separó un silencio. Nos miramos con dos signos de interrogación. Angélica se tapó la boca, como si quisiera ocultar una mueca de burla.

—¿Hoy no me va a convidar con otro jerez?

—Naturalmente.

En el café más cercano no había ninguna mesa disponible, así que nos arrimamos a la barra.

Cuando levantó la copita de jerez, se miró detenidamente las uñas y detectó que por lo menos dos estaban sucias.

—Me he vuelto descuidada. Conmigo misma. Ya ni siquiera tengo tiempo de lavarme las manos.

—¿Por qué? ¿Mucho trabajo?

—Nada de trabajo. Pierdo tiempo pensando. Inútilmente, ya que no llego a la menor conclusión, ni me aplico en ningún borrador, en ningún proyecto. Usted me conoció en una noche de llanto y yo le dije que las campanas me hacían llorar. Pero no era rigurosamente cierto. No son las campanas de la iglesia las que me entristecen. No piense que deliro, pero las que me desconsuelan son las campanas del alma, o del corazón, no las he localizado, pero las siento en mí misma, no en el aire exterior, fuera de mí.

—¿No ha recurrido a ningún psicólogo o psiquiatra o psicoanalista o psicotécnico, a cualquier señor que empiece con psico?

Fue la primera vez que la escuché reír con espontaneidad.

—¿Para qué? ¿Para que me digan lo que ya sé? Le juro por ese Dios padre en que no creo, que no soy una psicópata. Ese prefijo no va conmigo.

3.

Después de esos dos encuentros, figuran varios más en mi currículo y en el de ella, pero aquí sólo dejaré constancia del decimoquinto.

Pleno invierno, inclemente como pocos. Me desperté con el golpeteo del granizo en el amplio ventanal. Me levanté y me quedé un buen rato contemplando aquel diluvio y compañía.

Luego regresé a la cama y estiré un brazo hasta reconocer el lindo pecho izquierdo de mi mujer. Ella abrió los ojos y me dedicó una ráfaga de cariño. Sólo entonces descubrió la tormenta.

—¡Angélica! —dije yo—. ¿Verdad que no está mal esta borrasca para celebrar nuestro tercer aniversario?

Ella prorrumpió en dos hurras y me miró con una alegría nueva, recién inaugurada.

—¿No me vas a ofrecer un jerez?

Echar las cartas

1.

Querida muchacha:

No te extrañe que te llame así. A pesar de los años transcurridos, para mí seguís siendo la muchacha de entonces, la que atravesaba la plaza de lunes a viernes, a las siete menos cuarto, cosechando las lúbricas miradas de los varones de la tarde. Todos te quitábamos con la imaginación el vestido floreado, aunque cada uno se quedaba con una revelación distinta.

Nunca dejaré de agradecerle al doctor Anselmi la noche en que nos presentó en el café Gloria y luego se fue discretamente, dejándonos por primera vez a solas con nuestro mutuo asombro. Y allí empezó todo. Tres meses después tuve el privilegio de quitarte el vestido floreado (eran otras flores, claro) y encontré que superabas en mucho los prodigios de la intuición. Por suerte no eras perfecta, pero tu imperfección le otorgaba un signo irrepetible a mi enamoramiento.

Te preguntarás por qué te cuento todo esto que sabés de memoria, por qué rememoro el origen de los tiempos, o sea de nuestro tiempo. Tal vez porque estoy solo frente al mar y evocarte es una forma de sobrellevar la soledad. Las golondrinas, veloces como nunca, pasan y repasan el aire en su estreno de la primavera, y a mi vez yo, lento como siempre, paso y repaso mis inviernos. No sé por qué miro las várices azules de mis tobillos, flacos y cansados, y admito lo que fui y también lo que quise ser y nunca fui. En cada invierno pasado está tu imagen, ese retrato encuadrado que me espera en la pared del fondo de mi estudio. Y de la colección de inviernos surge nítido aquel en que me dijiste: No va más.

2.

Querida Andrea:

Hoy supe, por tu amiga Natalia, que te casaste por segunda vez y que aparentemente sos feliz. Te conozco lo suficiente como para decirte que sos merecedora de una felicidad cualquiera, pero soy lo bastante honesto como para declararte que esta bienaventuranza tuya no me deja contento, ya que por supuesto habría preferido que la tuvieras conmigo. ¿Por qué no fuiste feliz en nuestro quinquenio de convivencia? Es cierto que discutíamos con frecuencia, pero eso ocurría porque éramos (y somos) muy distintos. Para mí esa desemejanza era un atractivo más, ya que es sabido que las parejas que son (valga la redundancia) demasiado parejas, se aburren como ostras. Por otra parte, aunque muchas veces te dije en broma que yo era fiel pero no fanático, la verdad es que nunca te engañé. Una vez estuve a punto, pero en mi corazón (perdoná la cursilería) sólo había sitio para vos. ¿También me fuiste leal? ¿Había en tu corazón una celdilla para mí y otra que estaba disponible? No puedo saberlo. Al menos me consta que sólo reiniciaste tu vida en pareja dos años después de nuestro punto y aparte, ¿o fue punto final? ¿Qué tal es tu marido? No. Mejor no me lo cuentes. El infarto por celos nunca es benigno. Ojalá lo disfrutes y te disfrute. Al menos ya tenés experiencia de cuáles son los parámetros de la parábola sexual, dónde están los límites y dónde las fronteras. Seré curioso. ¿En alguna ocasión reservaste un silencio para rememorar nuestra antigua amalgama, que lamentablemente, todavía no sé bien por qué (y aquí viene bien la nomenclatura futbolística), perdió el invicto? Pasará el tiempo. En el futuro habrá otras primaveras, otras golondrinas reanudarán su vértigo, pero yo soy tozudo en mis evocaciones y puedo asegurarte que no te olvidaré. Tengo ganas de mandarte un abrazo. Pero no te lo mando, de bueno que soy, sólo para que no tengas problemas si te pillan esta epístola a los tesalonicenses.

3.

Querida Andrea:

No te alarmes. Esta carta sólo será un parte de viaje. Hace cuatro días que llegué a París, movido por asuntos profesionales. Agosto no es el mejor mes para apreciar monumentos. Tampoco para reencontrar a alguno que otro amigo parisiense. ¿Te acordás de Claude Moreau? No bien llegué, llamé a su teléfono. Me atendió su nuera. «¿Claude? Murió en noviembre.» Balbuceé un breve pésame y me metí en el café de la Paix, donde tantas veces nos habíamos encontrado. Recuerdo que aun la última vez que estuve con él no había asimilado su viudez. Tenía dos hijos, que lo cuidaban y casi lo mimaban, pero no era lo mismo.

Años atrás yo había conocido a Angelines, una asturiana que escribía cuentos, por cierto bastante buenos, y realmente era muy querible. ¿Te acordás de Odile? Bueno, se casó con un nigeriano bien oscurito y se fueron a vivir a Canadá. Al parecer, ambos se han especializado en informática, y están trabajando y ganando bien. Me chimentan, además, que Odile está embarazada y que ambos hacen conjeturas, con explicable curiosidad, sobre cuál será el color del primogénito.

Ah, como corresponde, estuve en el Louvre ¿y sabés con qué me encontré? Con que la sonrisa de la Gioconda es igualita a la tuya. Al menos, a la que desplegabas en épocas idílicas.

4.

Me parece sensato que me hayas enviado el número de tu casilla de correo. De todos modos, el tema de la carta de hoy no iba a despertar ninguna suspicacia. ¿Sabés por qué? Porque me casé. Sí, aunque te cueste creerlo, yo también he desembocado en mis segundas nupcias. Así que, por las dudas, te mando aquí mi número de casilla: 14043.

Ahora bien, hoy me he dado cuenta de que hace casi un año que no te escribo. Te aseguro que la demora no tiene que ver con mi nuevo estado. Simplemente, se me fueron acumulando las tareas y los problemas. Y no sólo no te he escrito a vos, sino tampoco a ninguno de mis habituales interlocutores postales.

Mi despacho de abogado se ha llenado de papeles, documentos, comprobantes burocráticos, copias fotostáticas, códigos y otras menudencias.

Me he pasado la vida en juzgados, palacios de justicia, tribunales, audiencias, etcétera.

También la boda me ha reducido el tiempo disponible. Conseguir una vivienda más adecuada, familiarizarme con mis nuevos suegros y sus manías, repartirnos con Patricia, mi nueva mujer, las responsabilidades cotidianas, todo ello me ha hecho trasnochar y hasta provocado insomnios, calamidad esta que nunca antes había padecido.

Patricia es tolerante y afectuosa. Es un vínculo bastante distinto del que mantuve contigo. Menos apasionado, más tranquilo y estable, y sin embargo llevadero. Te diré cómo la conocí. Un viernes apareció en mi despacho (ella también es abogada) acompañada de un veterano cargado de problemas: familiares, comerciales, inmobiliarios, administrativos. Eran tantos y aparentemente tan complejos, que les pedí me dejaran todo aquel papeleo para estudiarlo con la debida atención y que volvieran a verme dentro de una semana. Aquel lío era impresionante pero no de difícil solución, de manera que el viernes siguiente, cuando volvió Patricia, sola, sin su cliente, le expuse mi opinión y ella quedó asombrada. Quizá por ello simpatizamos y quedamos en almorzar el próximo martes. Fue el primero de una serie de almuerzos y cenas y todo siguió su curso.

La verdad es que yo ya estaba un poco aburrido de mi vida de asceta, sobre todo considerando que, como vos bien sabés, nunca tuve vocación de misántropo. Ella también estaba disponible. Era soltera y el exceso de trabajo profesional no le impedía apreciar que los años iban pasando con su ritmo inexorable. O sea: que tal para cual. Ya llevamos cinco meses de convivencia y aparentemente todo va bien. El mes pasado nos tomamos quince días de vacaciones y nos fuimos a Piriápolis, donde casi te diría que empezamos verdaderamente a conocernos, a ponernos al día con nuestras respectivas biografías (por las dudas no le conté la etapa nuestra), que por cierto no eran demasiado espectaculares. Así pues, ésta es la historia. La verdad es que me siento bien. El tiempo sigue pasando y no hay pesadumbre ni tortura. Ojalá que a vos también te rueden bien las cosas. Cuando puedas, mandame noticias. Como ésta va a la casilla de correos, ahora sí te puedo enviar un abrazo, con viejo y nuevo afecto.

5.

Querida Andrea:

No sé por qué, pero hoy me dio por extrañarte, por echar de menos tu presencia. Será tal vez porque el primer amor le deja a uno más huellas que ningún otro. Lo cierto es que estaba en la cama, junto a Patricia plácidamente dormida, y de pronto rememoré otra noche del pasado, junto a vos, plácidamente dormida, y sentí una aguda nostalgia de aquel sosiego de anteayer. Alguien dijo que el olvido está lleno de memoria, pero también es cierto que la memoria no se rinde. Dos por tres suenan como campanitas en el ritmo cardíaco y una escena se hace presente en la conciencia como en una pantalla de televisión. Y aquel cuerpo que las manos casi habían olvidado vuelve a surgir como un destello hasta que otra vez suenan las campanitas y el destello se apaga. ¿Te ocurre a veces algo así? ¿O será que me estoy volviendo un poco loco? Puede ser. Mientras tanto este probable loco te envía un invulnerable abrazo.

6.

Querida Andrea:

Antes que nada, eufórico como estoy, me siento obligado a transcribir tu cartita:

«*Yo también estoy loca. Yo también sueño contigo, dormida y despierta. Yo también oigo campanitas. Yo también añoro, no sólo tus manos en mi cuerpo, sino también mis manos en el tuyo. No voy a dejar a mi marido, porque es bueno y lo quiero, pero quiero encontrarme contigo con o sin campanitas, pero estar contigo. ¿Puede ser?*».

Es claro que puede ser, mujer primera. Tampoco pienso dejar a Patricia, la verdad es que la quiero. Pero la otra poderosa verdad es que necesito estar contigo. Tengo la impresión de que vos y yo, que no funcionamos demasiado bien como marido y mujer, sí funcionaremos espléndidamente como amantes. ¿Recordás aquello de «fiel pero no fanático»? Hasta el viernes, muchacha, en el café de siempre.

El tiempo pasa

—¿Alguna vez hiciste eso? —preguntó Gloria con una sonrisa tan espontánea que Sebastián, a sus quince recién cumplidos, sintió que le temblaban las orejas.

—No. Nunca.

Hacía tantos años de ese diálogo, pero Seba no olvidaría jamás su continuación.

Gloria era, como su nombre (falso, por supuesto) lo indica, la puta más gloriosa de la calle Finisterre, pero su gran atractivo estribaba en que no tenía aspecto de ramera, ni se vestía como tal, ni se movía como tal. Era tan sólo una veinteañera sencillamente hermosa, que atraía a los hombres con prolija honestidad, informándoles desde el vamos que no tenía vocación de amor único.

—¿Querés inaugurarte conmigo?

—Si usted lo permite.

Ante aquel inesperado tratamiento respetuoso, Gloria estalló en una franca carcajada, que por fin logró quebrar la timidez de Sebastián. Así, con el mejor de los humores, ambos penetraron casi corriendo en el bosquecito de los sauces orilleros.

Cuando Gloria halló el sitio que le pareció adecuado y protegido de curiosos y viejos verdes, atrajo con suavidad a Seba, le desabrochó lentamente el *short*, hizo que él la desnudara a medias, y de inmediato dio comienzo al curso preparatorio que culminó en un coito, tan elemental y tan tierno, que Seba estuvo a punto de llorar. De alegría, claro.

A pesar de su inocencia, Seba tuvo la precaución de no comunicar su ficha (apellido, domicilio, familia, etcétera). Después de todo, sabía que ésas eran las reglas del juego.

El curso completo incluyó cinco clases, al cabo de las cuales Seba obtuvo de su ufana y generosa amiga el certificado de cándida destreza, y si el adiestramiento no se prolongó fue porque el padre de Seba, un tal Basilio Aceves, viudo prematuro, decidió cambiar de casa, debido a que la actual contenía demasiados recuerdos y añoranzas de su mujer, fallecida muy joven en un absurdo accidente de carretera. Basilio exageró el deseo de alejamiento y encontró una linda casita con jardín en el otro extremo de la ciudad.

Para despedirse cumplidamente de Gloria, Seba tuvo que esperar, a la hora del crepúsculo, a que ella volviera de atender a un cliente exigente, avaro y remiso. Lo cierto es que fue un adiós sobrio, pero con una buena dosis de sentimiento y gratitud.

Durante un par de años Sebastián mantuvo aquel estreno en el ordenado desván de su memoria. Sabía que algún día le sería útil en el desarrollo de su carrera amatoria.

En el nuevo barrio, Seba, comunicativo y bienhumorado, hizo amistades de ambos sexos. Ya en época universitaria, su entrenada malicia le llevó a dejar varias novias en el camino. El padre no hacía preguntas; a lo sumo algún comentario irónico, que Seba recibía como una muestra de compañerismo, algo así como un intercambio entre muchachos. La viudez de Basilio y la orfandad de Sebastián los habían acercado, aunque rara vez mencionaran el nombre de la ausente.

El día en que Sebastián cumplió veintitrés años, Basilio le pidió que cenara en casa. «Te reservo una sorpresa. Ya verás.»

A medida que avanzaba la tarde, Basilio se fue poniendo alegremente tenso. Había encargado la cena conmemorativa en un restorán de cinco tenedores. Con un gesto de paternal condescendencia, sirvió dos whiskies, y a mediados del segundo la frase sonó como un disparo: «Sebastián, me caso».

Seba se levantó y, sin decir palabra, lo abrazó. A Basilio le brillaron los ojos. «Me hace feliz que te parezca bien. De todas maneras, podés estar seguro de que la imagen de tu madre permanecerá intacta entre nosotros. Pese a mis cuarenta y pico, ya era muy duro permanecer sin amor, sin un cuerpo en la cama. ¿Lo entendés, verdad?»

—Sí, claro.

A las ocho sonó el timbre y un Basilio exultante se puso de pie. «Seguramente es ella. Quise aprovechar tu cumpleaños para que se conocieran.»

Seba escuchó que se abría la puerta de calle. Diez minutos después entró el padre con una mujer todavía joven y atractiva, que examinó a Sebastián con una mirada que mezclaba el encanto con la turbación.

«Bueno, bueno», dijo Basilio. «Ha llegado el momento crucial de las presentaciones. Éste es Sebastián, mi único hijo. Y ésta es Carmela, mi futura.»

Como culminación de aquel trance épico, Basilio no pudo contener una carcajada nerviosa.

Pero Sebastián sabía (y ella también) que esta Carmela no era Carmela, sino la cautivante Gloria de sus quince abriles.

Amor en vilo

amor en vilo
la sospecha entreabre
su celosía

De golpe y porrazo entró en el exilio. Calles de verdad en las que no creía. Bajo el cielo plomizo, mujeres con rostros de arco iris. Esquinas de oscuridad con basura impecable, pero distinta. Ventanas que emitían cantos provocadores y mensajes obscenos. Qué laberinto.

En su pobre cuarto de pensión entró por fin el cielo, que de improviso se había vuelto azul con un cinturón de nubes espumosas. Eso le animó a instalarse mentalmente en su casa remota, nada menos que a doce horas de vuelo. El candor de su madre, el llanto de los sobrinos. Y luego los golpes groseros en la puerta, la invasión del espanto. La tortura corriente y otras profecías. La suerte o la conciencia, con su red de fantasmas. Y el puntapié final por sobre los océanos.

Se desperezó por fin y se metió en el mundo. El mendigo lo vio venir y no le tendió la mano pedigüeña. Sólo le dijo: «Aquí». Era su idioma y no lo era. Hasta los harapos eran otros. Le preguntó algo y el indigente le respondió algo. Luego dijo: «¿Vas a quedarte? Te echaron, viejo. Estás jodido, como yo. Si querés te presto unos pingajos para que me acompañes. Ah, pero no con ese traje dominguero. Me espantarías la clientela».

Le dejó unas monedas, le dijo gracias y se alejó casi corriendo, como si huyera de un futuro posible. Tenía las señas de dos compatriotas. Sabía cómo llegar. Caminando, claro. Dos horas más tarde pudo tocar el timbre en la puerta de Augusto. Pero la que abrió fue Pilar. Andaluza cien por ciento. «Soy Andrés, amigo y compatriota de Augusto. Ayer llegué de Uruguay.»

Pilar lo hizo pasar y lo ubicó en un sofá comodísimo. Luego le trajo un vaso con whisky y dos cubitos de hielo. «¿No está Augusto?» Sólo entonces ella se sentó frente a él, se frotó las manos y se animó a hablar: «Augusto murió. Hace un año, un paro cardíaco. Nada lo hacía prever».

Ante la crudeza de la noticia, Andrés se sintió repentinamente frágil. Se tomó la cabeza con las dos manos y estuvo a punto de perder el conocimiento. Cuando pudo hablar, sólo dijo: «¡Qué horrible!». Pilar le preguntó dónde se hospedaba, y luego, tal vez impresionada por el desánimo de Andrés, agregó con cierta cortedad: «Tengo una habitación libre. Si no encuentras nada mejor, puedes instalarte aquí, así sea transitoriamente».

Él agradeció, conmovido, y dos días después apareció con sus bártulos. El paso siguiente fue buscar trabajo. Pilar lo puso en contacto con Luis Pedro, que era el otro uruguayo que Andrés traía en su agenda. Gracias a él consiguió una chamba. Clandestino, por supuesto. Luis Pedro se dedicaba a traducciones del inglés, del alemán y del italiano, pero estaba agobiado de compromisos. Sabía que Andrés era un buen traductor de alemán y como coincidía con que esa lengua era la que menos dominaba, Luis Pedro empezó a pasarle lo que le llegaba en deutsch, derivándole la paga correspondiente.

Con alojamiento y trabajo resueltos, Andrés tuvo tiempo de ir conociendo Madrid y encontró que le gustaba. También su relación con Pilar, que empezó en gratitud y fue convirtiéndose en una sincera amistad, significó asimismo una terapia eficaz contra la soledad. Cada vez hablaban menos de Augusto y en cambio se fueron contando sus vidas, tan dispares. Andrés a veces se animaba a cocinar y Pilar elogiaba puntualmente sus progresos. Una tarde, cuando hablaban de un próximo menú, Pilar de pronto se calló y con un tono algo vacilante empezó a contarle: «Este barrio es de una chismografía muy desarrollada. Justamente hoy, mientras elegía yogures en el supermercado, una buena vecina me acercó el rumor de que nosotros dos, ya que vivíamos juntos, éramos amantes. Lo curioso es que no lo decían como crítica. Más bien les parecía lógico. Son jóvenes, dijo una. Y buena gente, dijo otra».

Andrés sonrió, enigmático, pero pudo preguntar: «Y a vos ¿qué te parece?». A Pilar se le llenaron los ojos de lágrimas. Luego se miraron intensamente, y en un impulso que fue recíproco, se unieron en un abrazo cálido, estrecho. También simultáneamente empezaron a desnudarse, con un poco de vértigo y otro poco de desesperación. Por fin los cuerpos expresaron deseos que tenían razón (y corazón) de ser.

Sin trabas ni prejuicios, el amor fue creciendo, consolidándose. Aun así, Andrés ordenaba sus nostalgias, soñaba las esquinas de allá lejos, reproducía rostros queridos, cielos con Vía Láctea, calles empedradas, miedos y conjuras.

Una tarde la televisión dio la noticia. No más dictadura en Uruguay. Volvió la democracia. Los exiliados pueden regresar.

¿Regresar? Pilar asistió junto a Andrés a la revelación. «¿Y ahora qué vas a hacer? ¿Vas a volver?»

Andrés no dijo nada. Patria o Pilar. Pilar o Patria. «Si regresara, ¿vendrías conmigo?»

Pilar tampoco dijo nada. Andrés o Madrid. Madrid o Andrés.

«Es tan difícil.»

Más tarde, mucho más tarde, en la fila 14 del vuelo 6841 de Iberia, Pilar advirtió que ahora era Andrés el que lloraba. «Quién sabe», dijo ella, y él, en un eco: «Quién sabe». Luego pensó en voz baja: «¿Será un amor en vilo?». Pilar dijo: «Eso nunca», y pareció esconderse en su calma, pero casi enseguida recobró su sonrisa y oprimió la mano de Andrés: «¿Qué te parece si en vez de amor en vilo, decimos mejor: amor en vuelo?».

Niñoquepiensa

Vino el Viejo y dijo basta cuando Mamá le contó con lujo de detalles
el lío de la maceta lo dijo con la furia de costumbre y esos ojos saltones que tiene cada vez que en la oficina alguno de los malandras le
arruina la digestión y después él viene y se desquita conmigo mandán-
dome a la cama y aquí estoy despatarrado como un rey mirando las
goteras del techo metiendo el dedo gordo del pie en el agujero de la
sábana claro lo lamento más que nada por el flan que hizo la Vieja
pero a lo mejor queda para mañana y es mucho mejor comerlo frío
dijo basta como si la maceta fuera suya y era en cambio de la gorda de
al lado la que tiene várices y también esa nena asquerosita que en la
escuela se cree la mona sabia pero nunca se acuerda de la capital de
Bolivia y yo en cambio sé todas las capitales de América primero
Honduras capital Tegucigalpa después Venezuela capital Caracas después Nicaragua capital Managua total una maceta no es para tanto
pero la Vieja claro tiene que adular a la gorda y llevar el cuento para
que el otro chinchudo diga que soy imposible esto no puede seguir así
vamos a tener que meterte pupilo como si yo fuera a tragarme esa milanesa y no supiera que la Vieja sin mí se vuelve loca por lo menos le
dijo la otra noche a la tía Azucena si algo le pasa al nene yo memato
memato memato pero claro ella tiene que lucirse con la gorda porque
miran juntas la telenovela y lloran juntas y se desesperan y el Viejo se
agarra cada luna porque en vez de hacerle la comida se pasan como
una hora comentando te das cuenta qué sinvergüenza pero la institu-
triz tampoco es trigo limpio fijate que el mayordomo les había dado
la cana en la glorieta pero el conde es tan bueno que se lo perdonó
por la hija ma qué hija grita el Viejo quiero la sopa o me van a tener
esperando hasta las calandrias griegas la macana es que hoy había
fútbol y yo aquí despatarrado como un rey todo por querer explicarle
a Cacho cómo había sido el gol del puntero izquierdo la maceta estaba tan disponible que la patié despacio nada más que para que entendiera el amague del penal y viene el centro saltan varios goooool la
cama es una peste estoy aburrido aburrido aburrido cuando sea grande voy a quemar todas las camas y voy a comprar una pila de macetas
para romperlas a patadas y ahora como anticipo podría romper la
sábana haciendo fuerza con el dedo gordo pero capaz que después

la Vieja ve la rotura y dice que fui yo y va con el cuento y mañana yo quiero comer flan y además tengo que ir al colegio porque van a dar cine para que después hagamos la composición sobre qué buenos son los padres jajá y la maestra que es bruta lora me sienta casi siempre con la niña Fernández pero a mí me gusta la niña Menéndez porque la niña Fernández es flor de naba y sostiene que el que copia no aprende pero ella no copia y tampoco aprende en cambio la niña Menéndez es lo más pierna y de una familia fenómena y platuda yo cuando sea grande quiero ser platudo y tener auto gratis y que me paguen el suel-do mientras paso flor de vida en Punta del Este pero en cambio mi primo Tito dice que a él le gustaría estudiar bailes clásicos y entonces el Viejo pone rostro de arcada y yo estoy aburrido aburrido aburrido y además tendría que ir al baño y el Viejo me dejó encerrado y a oscu-ras ojalá venga un apagón así ellos también quedan a oscuras ojalá se les pierda la llave y queden encerrados ojalá se le rompa a la Vieja una maceta así el Viejo la mete en la cama y se pasa aburrida aburrida aburrida y no puede ver la telenovela y yo vengo y le digo a que no sabés qué dijo el conde en la glorieta y hago el ruido de la puerta que se abre y de la pata de palo que se acerca y nada más o sea que tendrá que esperar a que venga la gorda y se lo cuente y cuando venga la gor-da voy a hacerle fau a la nena asquerosita y ya va como media hora que estoy en la cama así que sólo faltan dieciocho horas y media y voy a ponerme a contar hasta un millón o sea unodostrescuatrocincoseis-sieteocho ya me aburrí pero también podría buscar algo para que lo pongan en penitencia al Viejo así que en cuanto tenga el teléfono a mano voy a llamar al Jefe para contarle que el Viejo estuvo hablando de él y dijo que era un imbécil un tarado un ladrón y otra cosa que no me acuerdo bien pero que sonaba algo así como cornudo.

Otras alegrías

El veterano Amílcar Ponce, novelista de fuste, con varios y relevantes premios a cuestas, nunca fue muy proclive a evocar, y mucho menos a transmitir, episodios de su pasado. Esta vez, sin embargo, se había mostrado más comunicativo. Él mismo se preguntaba por qué. Tal vez porque se veía muy poco con sus nietos y en esta ocasión, cosa extraña, estaban los tres juntos: Felipe, veinticuatro años, abogado; Marcela, veintidós años, psicóloga; Horacio, veinte años, músico.

Marcela abrió el fuego.

—Dicen que los viejos recuerdan mejor los días lejanos que los cercanos. ¿A vos te sucede eso?

—No sé qué ocurre con los viejos, pero en los muchachos de setenta y ocho años, como el suscrito, la memoria se vuelve más nítida en la lejanía.

—¿Por ejemplo?

—Por ejemplo, mi primera escapada, que fue un verdadero cóctel de gozo y de miedo.

—¿Qué edad tenías? —preguntó Felipe.

—Once quizás. En esa época vivíamos en el camino Garzón, a la altura de Casavalle. Empecé a caminar a las nueve de la mañana y a las once seguía caminando. Llegué a Colón, bastante agotado, y me quedé un rato sentado en la estación del ferrocarril, mirando las llegadas y las partidas de los trenes. La caminata me había despertado el apetito. Por fortuna pude conseguir un refuerzo de jamón y queso. Luego me fui internando por los caminos que quedaban detrás de la estación, o sea el lado pobre, casi miserable. Las casas más o menos suntuosas quedaban del otro lado. Por donde yo andaba no había líneas de teléfono. Eso me preocupó porque me habría gustado llamar a casa, pensando que la vieja, o sea vuestra bisabuela, a esa altura ya se estaría preocupando. Al pasar frente a una casita que era casi un rancho, con un techo de chapas de zinc, un tipo alto y flaco se me acercó. Vos no sos de aquí, dijo. A duras penas balbuceé: No. ¿Y qué hacés por este barrio? Nada. Me preguntó dónde vivía y se lo dije. ¿Viniste con permiso? No. ¿Sabés lo inquietos que deben estar tus viejos? Puede ser. Me tomó de un brazo, sin violencia, y así llegamos a una moto con sidecar, algo estropeada pero que aún funcionaba. Me ubicó en el asiento lateral y así arrancamos por Garzón hasta llegar a mi casa, esquina Casavalle. Le pedí que me dejara allí. Creo que le dije gracias. El hombre me sonrió, me tocó la cabeza, esperó que yo abriera la puerta del jardincito y sólo entonces arrancó de nuevo. Fue ahí que apareció mi madre y me preguntó dónde me había metido: hace como media hora que te estoy llamando, la comida está pronta y tu padre tiene que salir. O sea que mi modesta aventura no había provocado angustias. Todavía hoy recuerdo que me asaltó una mezcla de alegría y decepción. Alegría porque estaba de nuevo en casa. Decepción porque no me habían echado de menos.

Horacio consideró que era su turno.

—¿Te acordás, abuelo, de tu primer amorcito?

—Sí, claro. Tendría unos diecisiete años. Había un vecino cuarentón, arquitecto, que tenía una mujercita veinteañera y encantadora. Iba a menudo a visitarlos, pero sobre todo para disfrutar de esa linda presencia. Una tarde que estaba con ellos, el arquitecto recibió la visita de un empresario que quería encargarle una obra importante. Hice ademán de retirarme, pero ella me hizo una seña casi imperceptible, indicándome la ruta de la cocina. Allí me senté, lleno de expectativas. Ella sirvió café para su marido y el otro, que se habían instalado en el estudio. Luego vino a mi encuentro. Sin decir palabra me abrazó y ante esa tácita autorización la besé siete u ocho veces. Nada más. Toda una alegría.

—¿Y no sentiste ningún escrúpulo —inquirió Marcela— al besarla siete u ocho veces sabiendo que la muchacha era casada y el marido estaba allí nomás, pared de por medio?

—No, y ¿sabés por qué no? Porque yo a esa altura ya sabía que el arquitecto, todos los viernes, concurría a un apartamentito de Pocitos, donde fornicaba puntualmente con una mulata, bastante apetitosa, que era modelo de pasarela.

Felipe cerró el interrogatorio.

—¿Y alguna alegría relacionada con tu condición de literato renombrado? De adulto, claro.

—Digamos a mis cincuenta. Había despedido en el puerto a mi editor español y volvía a mi casa, en un taxi, un poco distraído, reflexionando sobre una modificación del contrato que ese señor acababa de proponerme. El chofer manejaba con prudencia, pero exactamente frente a la antigua Casa de Gobierno, en la plaza Independencia, el taxi que lo precedía frenó de golpe, y aunque el mío, tomado de sorpresa, también frenó, el choque fue inevitable, originándose las correspondientes abolladuras. Éstas incluyeron a mi inocente rostro, que, debido al impacto, se había estrellado contra un fierro cualquiera. El dolor no fue considerable, pero mi nariz empezó a sangrar. Los dos choferes no prestaron la menor atención a mi percance particular y aun cuando se hizo presente un policía de uniforme, ellos seguían discutiendo a los gritos. También se acercaron tres señoras, alarmadas al verme sangrar, y una dijo, con una voz muy aguda: «Hay que llamar a una ambulancia». Y la segunda agregó, asombrada: «Pero este señor es alguien muy conocido, a menudo aparece en la prensa y en la televisión». «Es cierto», dijo la tercera, «ah, pero cómo se llama». También ellas se habían olvidado de la ambulancia. Entonces se acercó el policía y con una mueca burlona, decretó: «Pero señoras, ¿no se dan cuenta de que es el novelista Amílcar Ponce, el famoso autor de *Nadie, nada y nunca*?». Las buenas señoras enrojecieron de súbita y merecida vergüenza, y yo, a pesar de la sangre que manaba de mi nariz, más pugilística que cleopátrica, me sentí invadido por una alegría rigurosamente profesional.

—*Bravissimo* —dijo Horacio a media risa.

—Nada de *bravissimo* —dijo Marcela, conmovida, mientras se enjugaba un lagrimón de rímel.

—Abuelo —dijo Felipe en pleno abrazo—, te aseguro que el trastazo te dejó la nariz mejor que la del Papa.

Vislumbres

En los últimos tiempos su obsesión era escribir una novela, pero todos los temas que se le ocurrían adolecían de brevedad. Para sobreponerse al desánimo, dejó que el insomnio le abriera caminos, y una noche creyó encontrar un fecundo recodo del azar. En sus casi cincuenta años había asistido a innumerables peripecias ajenas, a aventuras riesgosas que llegaron a conmoverle como testigo, implicado o no, pero sensible al dolor o la euforia de otros. Empezó por anotar nombres claves, que eran como rótulos de historias o etiquetas de cronicones; a veces, como memorias recuperadas.

La primera vislumbre se llamó Elisa M. De extracción muy modesta, pudo sin embargo estudiar Arquitectura y se recibió con estupendas calificaciones. En los dos primeros años dirigió la construcción, frente al mar, de cuatro edificios de varias plantas, en uno de los cuales se reservó un apartamento. Se sentía feliz, realizada, exultante. Así, hasta una noche en que la despertó un terrible estruendo y un pánico repentino la lanzó a la calle. La realidad la sacudió sin piedad. Uno de los edificios que tenían su sello personal se había desplomado, y la zona estaba invadida por policías, bomberos y un enjambre de curiosos. Elisa alcanzó a distinguir entre escombros varios cuerpos, unos que ya eran cadáveres y otros sangrantes heridos. De pronto cayó de rodillas y lloró sin consuelo. Se sintió asfixiada por una mole de culpas. Seis años después de aquella desgracia, el aspirante a novelista pensó que acaso podría elaborar una novela con Elisa como agobiada narradora, en primera persona, de las traumáticas historias de siete u ocho sobrevivientes. Pero descartó la tentación. Le pareció que cada convalecencia iba a ser demasiado parecida a las otras y que a medio camino cualquier lector abandonaría el libro con indiferencia.

La segunda vislumbre se llamó Ricardo J. Desde la adolescencia su vocación primordial había sido el mar, vale decir ser marino, pero apenas si se recibió de náufrago. Aferrado a un tablón providencial y con su barco ya en la lejanía, llegó casi muerto a una isla, para él desierta y sin nombre. Pasó dos o tres jornadas tendido semiinconsciente en la arena y sólo el hambre y la sed lograron reanimarlo. Se incorporó, primero a medias, luego pudo enderezarse y hasta hacer un balance visual de los alrededores. A pocos metros de la costa empezaba un bosque bastante compacto, con árboles y arbustos que nunca había visto, ni siquiera en sueños. Trabajosamente empezó a caminar y comprobó que algunos de esos árboles extraños tenían frutos jugosos. Arrancó algunos y se dedicó a morderlos con la furia del hambre. Estaba desnudo, pero con grandes hojas y unas lianas resistentes se hizo una suerte de taparrabos. Por fortuna hacía calor, quizá demasiado. Cuando los frutos le dieron suficiente energía, pudo al fin trepar a un árbol, el más alto que encontró. Desde allá arriba miró y miró, pero no había otra cosa que bosques y más bosques. Pasaron días y noches y perdió la noción del tiempo transcurrido. Así, hasta que una mañana despertó y se encontró con que dos tipos, ambos de uniforme, le estaban mirando. Le hablaron en una lengua para él ininteligible. Les contestó en español, luego en inglés y en esa franja neutra pudieron entenderse. De pura casualidad, un barco había encallado en aquella zona tan poco navegable y los dos marinos habían llegado en un bote para ver si aquella tierra tenía habitantes. Encontraron a Ricardo, se lo llevaron y tres días más tarde el barco pudo seguir su ruta. Seis meses después de haberlas abandonado, Ricardo llegó de nuevo a sus viejas orillas. Durante largo tiempo fue la estrella del café Bristol, donde narró cien veces su odisea, salpicándola, por supuesto, con coletillas de su imaginación, para hacerla menos aburrida. Como tema de novela fue desechado. Los naufragios son más bien tediosos.

La tercera vislumbre fue la de Norberto. Su salud no era de roble. Varias veces estuvo ingresado en sanatorios. Nunca perdió el humor. Lector empedernido, de cada lectura extraía siempre algún fragmento divertido. De Esquilo o de Shakespeare, de Quevedo o de Borges, de Goethe o de Espínola, de García Márquez o de Guillén. Llevaba una nutrida agenda de humor y cuando llegaban los amigos al sanatorio o a su habitación de enfermo, entre trago y trago los apabullaba con chistes extraídos de lo que él había bautizado como la Bibliografía de la Joda. A medida que su vieja e incurable dolencia lo fue consumiendo, los chascarrillos decrecieron y sobre todo fueron perdiendo su gracia. La noche en que llegó a su final, el mejor de sus amigos le oyó balbucear: «Lo dijo Pessoa: la muerte es acordarnos de que olvidamos algo». ¿De qué se habrá acordado este memorioso al traspasar su última frontera? El novelista en ciernes llegó a pensar que se podía escribir una novela con la invención de esos olvidos. No supo admitir si le faltó imaginación o le sobró cortedad, pero lo cierto es que la novela acabó antes de su comienzo.

La cuarta vislumbre trajo un cambio sustancial. Esta vez se trataba de Camila B. El narrador ansioso quedó impresionado por su mirada inteligente y su paso firme y decidió arrimarse a su vida. Vio que abría con su llave la puerta de un estudio del quinto piso, y se sentaba frente a una computadora de último modelo. La encendió y empezó a entenderse con el teclado. Estaba tan absorta que no advirtió la presencia no autorizada del curioso, pero cuando éste se atrevió a preguntarle para qué le servía ese «aparatito», ella, sin mirarlo, le contestó que para escribir cartas.

«¿Y se puede saber a quién le está escribiendo ahora?» «Sí, claro. Como todos los días, le estoy escribiendo a Dios.» A él, aquella revelación le abrió el cerebro. Apenas si dijo adiós y se fue a casa casi corriendo. Se sentó frente a su escritorio, extrajo del segundo cajón la carpeta de sus proyectos, casi todos frustrados, y comenzó allí mismo a escribir la ansiada novela. Y lo más importante es que ya tenía el título: *Dios y otros valores declarados*.

Dialéctica de mocosos

—¿Nunca?

—Nunca.

—Para vos ¿qué significa la palabra nunca?

—Jamás.

—Ah, no. A mí «jamás» me parece mucho más categórico, negativo.

—Yo los veo como sinónimos.

—A ver si me entendés. Pensá en la palabra «siempre».

—Pienso.

—Tratá de encontrarle un sinónimo. No meras aproximaciones, como «permanentemente» o algo por el estilo, sino un sinónimo puro, certero, incanjeable.

—No lo encuentro.

—¿Viste? Si «siempre» no tiene un sinónimo puro, tampoco va a tenerlo «nunca», que es su oponente.

—¿Y «jamás»?

—Es una aproximación, apenas eso.

—¿Cuántos años tenés?

—Trece. ¿Y vos?

—Doce y medio.

—¿Y por qué tenés siempre cara triste?

—Será porque estoy triste.

—¿Nunca estás alegre?

—¿O jamás?

—He dicho nunca.

—¿Y cuándo empezaste a estar triste?

—La primera vez que la vieja me llevó al shopping. Es muy desalentador ver tanta gente que mira y no compra.

—Yo he ido pocas veces, pero recuerdo que un sábado encontré a un viejo, como de treinta años, que no sólo miraba sino que también compraba.

—Sería un turista.

—Puede. En pleno verano se compró una bufanda y todos empezamos a sudar. Y eso que yo jamás sudo.

—¿No sudás nunca?

—Dije jamás.

—Sorry.

—Pero ¿qué es lo que te da tristeza?

—Ver a la gente tan abandonada (aunque vayan de a dos) enfrentándose a las vidrieras como si contemplaran una camisa, cuando en realidad están usando el cristal como espejo.

—¿Vos te mirás?

—¿Para qué? Ya me sé de memoria.

—Te aseguro que hay gente que compra. O por lo menos entra en algún puesto.

—Sí, entran al boliche de una gran confitería, y al rato salen chupando un caramelo.

—Y bueno, la tristeza es dulce.

—También me entristece ver a las empleadas, todas planchaditas, mirando con ansia a los muchachos de atuendo deportivo que recorren invictos las avenidas del shopping.

—¿Ansia o seducción?

—Cuando el ansia es invasora no queda sitio para la seducción.

—Qué frasecita, eh. ¿Sabés lo que ocurre? Lo que ocurre es que vos, además de triste incurable, sos un pesimista del carajo.

—¡Si tu abuela te oyera ese vocabulario!

—Bah, mi abuela es más posmoderna que vos y que yo. A menudo dice palabras como pelotudo, mierda, coño, hijo de puta, enchufe.

—Enchufe no es mala palabra.

—En su caso sí lo es, porque la dice escupiendo.

—¿Jugás al fútbol?

—Por supuesto. Soy golero.

—¿Te han metido algún gol?

—Nunca.

—¿O jamás?

—No, aquí sí es nunca, porque una sola vez me metieron un gol pero fue de penal.

—¿Qué vas a ser de grande? ¿Futbolista?

—No, ingeniero, como mi viejo. ¿Y vos?

—Deshonesto.

—¿Como tu viejo?

—Sí, pero un poco más profesional.

—¿No tenés miedo de caer en cana? ¿Nunca?

—Jamás.

El idilio del odio

Ése es el título de la pieza teatral del norteamericano Norman Suderland, que llegó a Buenos Aires precedida de un éxito clamoroso en Estados Unidos y en Europa. Tiene sólo dos personajes, Dick y Bob, cuya relación se desarrolla en cinco partes. No actos sino partes, aclara siempre el autor no se sabe bien por qué.

El comienzo informa de una amistad entrañable, que se remonta a los años de escuela. En el correr de los actos, o partes (en realidad, años), van compareciendo hechos, o simples rencillas, o enfrentamientos ideológicos, o diferencias políticas, todo lo cual va enrareciendo el antiguo vínculo. El último episodio alcanza un clima tan violento que, en un estallido de odio compartido, Dick mata a Bob, en realidad lo estrangula, segundos antes de que baje el telón.

A tal punto el desenlace es convincente, que cuando el telón vuelve a alzarse y Dick y Bob saludan, tomados de las manos, al público le cuesta un poco asumir aquel cambio, aunque un minuto después prorrumpa en una ovación que dura un buen rato y provoca nuevas salidas de los protagonistas. También en Buenos Aires el espectáculo conquistó al público y a la crítica. Los cronistas teatrales encomiaron la puesta en escena de Medardo Aguirre y destacaron especialmente las interpretaciones de Asdrúbal Montes (Bob) y Manuel Escalada (Dick).

La noche en que cumplieron cincuenta funciones, y tras las ovaciones que esta vez habían sido, con motivo de las cincuenta, más entusiastas que de costumbre, Escalada tomó del brazo al director y le dijo que quería hablar con él a solas.

—¿Qué pasa? —preguntó Aguirre al advertir el gesto grave del actor.

—Oh, nada serio. Simplemente que a partir de la próxima función no seré Dick.

A Aguirre la noticia lo tomó tan de sorpresa que dio un respingo.

—¿Y eso? ¿Querés un aumento? ¿Te aburriste del texto? ¿Se enfermó tu madre?

—No. Ya te explico. ¿Viste que la crítica basa sobre todo sus elogios en que Asdrúbal y yo nos hemos compenetrado con los papeles de Bob y Dick? Es absolutamente cierto. El problema que enfrento es que me he compenetrado tanto con el papel de Dick, que cada noche siento más odio hacia el papel de Bob. Entendelo bien: no hacia Asdrúbal, que es mi amigo, sino hacia el personaje que interpreta. Mi asunción de Dick es tan intensa, que cada noche siento que estoy al borde de estrangular de veras a Bob, o sea a Asdrúbal. Sin ir más lejos, tengo la impresión de esta misma noche tan especial. Sólo aflojé la presión de mis manos como garras cuando advertí en la mirada de Asdrúbal un principio de angustia.

—¿Y qué me proponés? ¿Vas a ser responsable de una bajada de escena en pleno éxito?

—No. Ya lo he pensado. Podemos tomarnos una tregua de tres o cuatro días y luego volver con un cambio importante: que Asdrúbal haga de Dick y yo de Bob. Y te propongo esto porque estoy seguro de que Asdrúbal no me estrangularía.

—Bueno —dijo Aguirre después de un silencio—. Por lo menos estaremos en escena por cincuenta funciones más. Eso sí, cuidate y cuidá tu cogote. Por lo que veo, Dick es un personaje muy invasor.

Casa vacía

Después de tantos años, me encaminé con una moderada expectativa a la casa vacía. El Abuelo, que llevaba varios años de viudez finalmente asumida, me la había dejado en su testamento, con la expresa condición de que no la pusiera en venta; más aún, de que me instalara en ella.

Antes de decidir si iba a obedecer o no esa última voluntad, quise volver, en una mera visita de inspección, a aquel albergue que en cierto sentido también había sido mío. Gracias a la amable gestión de un vecino, que fuera buen amigo del Abuelo, tan amigo que tenía una llave de la casa, dos laborantes de toda confianza se habían encargado de una limpieza a fondo, de modo que cuando traspasé el veteado umbral de mármol, me encontré con una prolija casa vacía. Vacía de personas, claro, pero no de mobiliario, cuadros, lámparas, apliques.

Me acomodé en un sillón de balance y desde allí empecé mi revisión. Verdadera calistenia de la memoria. En la tercera gaveta del armario el Abuelo guardaba celosamente elementos de su vida en dibujos, apuntes, fotografías. Había una de éstas, cuyo original en blanco y negro se había transformado con los años en pajizo y sepia. Allí estaba el Abuelo, cuando niño, rodeado de familiares, en un puerto de Italia, no sé cuál, todos con expresión de angustia porque habían llegado tarde y el barco había partido sin ellos. Junto con esa imagen y unida a ella con un ganchito, había otra foto, tan vetusta como la otra, también con el Abuelo niño, rodeado de familiares en el mismo puerto, pero esta vez con caras de satisfacción porque se habían enterado de que aquel barco que habían perdido meses atrás había naufragado en pleno Atlántico. Alargué un brazo y las fotos seguían allí, tal vez para que no olvidáramos aquella indigna euforia.

Frente a mí había un sofá algo apolillado que todavía conservaba un marchito recuerdo de su verde primario. Allí solía sentarse el Abuelo a leer los diarios de la mañana. Aquello era un rito tan obligatorio como el mate amargo. De vez en cuando hacía un alto en la lectura para introducir un comentario como «no puede ser» o «hijos de putas» o «qué maravilla». Si advertía mi hasta ese momento ignorada presencia, me apuntaba con el índice y decía: «Vos no me hagas caso». Pero yo sí le hacía caso. Sus esporádicas aleluyas se me borraban, pero en cambio no se me olvidaba ninguna de sus imprecaciones, que pasaban a integrar mi diccionario privado.

De pronto sentí necesidad de levantarme para completar el inventario y mis consiguientes visiones. Allí, a pocos pasos, estaba el dormitorio, con su gran lecho nupcial, del que yo siempre elogiaba su magnitud, al punto de crear la siguiente etiqueta: «Cama especial, con verificada capacidad para marido, esposa y amante».

Como mis padres habían encontrado una muerte prematura en un accidente de carretera, yo viví toda mi infancia con el Abuelo. Luego me independicé, alquilé un apartamento más bien minúsculo, y fui estudiante, siempre sostenido, vigilado y financiado por el Abuelo, que solía estar metido en negocios más o menos complicados (siempre legales, no piensen mal) y en esos períodos me pedía que le cuidara su querida vivienda.

Yo estaba terminando el tercer año de Universidad cuando conocí, un poco por azar, a una guapísima chiquilina alemana que quería practicar español. Y vaya si lo practicamos, en todas sus ramas y desarrollos. Una tarde le sugerí que recapituláramos una clase práctica en casa del Abuelo, que precisamente en esos días estaba en México. Aceptó y allí fuimos. Fue mi estreno del famoso lecho nupcial, en el que de seguro había sido concebido mi pobre padre.

La alemana no podía creer que existiera en el para ella enigmático Occidente una cama tan amplia y con tantas posibilidades amatorias. Pues existía. Y la berlinesa y yo la honramos con la más creadora de nuestras lecciones bilingües.

Ahora, tantos lustros más tarde, cuando ya no está el Abuelo porque el último de sus viajes fue sin regreso, yo y mi memoria nos tendemos en el lecho mayúsculo. No puedo dejar de pensar en el artículo alusivo del testamento del Abuelo. Por fin mido con optimismo erótico mi futuro y tomo una decisión. Voy a quedarme con este confortable y estimulante lecho. Y de paso, aunque importe mucho menos, con el resto de la casa vacía.

Aniversario

—Mirá cómo llueve.

—Qué diluvio.

—Justo hoy, que hace treinta años que nos casamos. ¿Te acordabas?

—Por supuesto que me acordaba.

—Como no dijiste nada.

—¿Para qué? Es un día como cualquier otro.

—Ni tanto ni tan poco. Un poco de sentimiento no le viene mal al almanaque.

—Bah.

—¿Estás tan desilusionada?

—No sé si es desilusión. Mirá que no te echo ninguna culpa. Simplemente, me siento a apreciable distancia de la que fui, de la que era, casi te diría de la que soy.

—Mi vieja, los años pasan. Sería un poco absurdo creer que el paso del tiempo no nos afecta. Yo mismo, algunas noches, me aletargo en un interminable insomnio, y me pongo a repasar las luces y las sombras de un itinerario que yo no programé pero que alguien, vaya a saber si Dios o un azar insolente, programó para mí. Durante una hora o dos respiro ese desconsuelo, hasta que al fin me duermo como último recurso.

—Cuando veo que estás despierto a medianoche, también me desvelo, y así seguimos, uno junto al otro, sin tocarnos ni preguntarnos ni necesitarnos.

—Es lamentable, pero qué vamos a hacer.

—Decime, Aníbal, ¿vos siempre me fuiste fiel?

—No.

—Lo sabía. La infidelidad pone un velo en los ojos, otro olor en el cuerpo, un pozo de silencio.

—Y vos ¿me fuiste siempre fiel?

—Tampoco.

—¿Y qué te dejó esa explicable mezquindad?

—Poca cosa. El tipo no entendió nada. Se creía un seductor universal. No demoré mucho en hartarme de esa arrogancia.

—¿No tuviste algún prurito de conciencia?

—No exactamente. Más bien cierta pereza en afrontar futuras dificultades. Lógico. Y en tu caso ¿cómo era ella?

—Hermosa como modelo de pasarela, pero estúpida como secretaria de gerencia.

—¿Duró mucho?

—Apenas seis meses. A los cuatro ya estaba harto, pero me costó decidirme. Dos meses después cobré valor y encontré que la forma más expedita y con menos diálogos inútiles era darle una bofetada. Y se la di. Santo remedio. Me miró con sorpresa y con rabia y me dijo: «Mientras no me pidas perdón, no volveré a verte. ¿Entendido?». Entendido. O sea que nunca le pedí perdón.

—Ahora yo también te pregunto si no te sobrevino un prurito de conciencia.

—Puede ser, pero fue transitorio como una gripe. A la semana me quedé sin prurito.

—Más de una vez me he preguntado, después de tantos malentendidos y pasajeras traiciones, ¿a qué se debe que sigamos juntos? No hay hijos ni otros graves condicionantes. ¿A qué se debe entonces?

—Yo diría que es un penoso juicio sobre las relaciones humanas. Están viciadas desde siempre. Desde Adán y Evita. A veces creemos que el amor las va a salvar. Pero el amor es una errata.

—¡Carajo!

—Eso mismo: carajo. En nuestro caso, yo diría que seguimos juntos porque la soledad es una porquería.

—Tenés razón.

—Mi vieja, yo diría que el resultado de este sesudo análisis de nuestros treinta años de convivencia es que debemos continuar juntos.

—Continuemos, pues.

—¿Qué te parece si nos vamos a la cama? El diluvio me ha puesto cachondo. Más te digo: este objetivo intercambio me ha despertado el deseo.

—¿Qué deseo?

—El sexual, tonta.

—A mí también. Qué raro, ¿no?

Viejo huérfano

A los ochenta y dos años, los sueños forman parte de la vida; son probablemente su zona más activa. En la realidad, uno camina con lentitud, las piernas torpes y pesadas; en el sueño, uno corre, salta vallas, dice alegres disparates. En la realidad, uno esconde sus rabias, que se refugian en el hígado; en el sueño, uno propina certeras trompadas al enemigo de ese minuto. En la realidad, uno mira con envidia a los que bailan; en el sueño, uno baila.

En mi capítulo onírico más asombroso, yo estaba en una estación de ferrocarril y el tren apareció con sus bufidos de siempre, y quedó, provocativo frente a mí, el primer vagón de la primera clase. Yo había adquirido ese pasaje de privilegio sólo por curiosidad: quería comprobar qué gente de pro, sobria o borracha, disfrutaba de esa prerrogativa. Ascendí, con la ligereza de la alucinación, y en el segundo vagón había un grupo de infantes que sostenían una larga pancarta: HUERFANITOS DE SANTA CATALINA. ¿Dónde quedaría eso? No me importaba. Los niños parecían felices, jugaban a los manotazos y la cuidadora los hacía reír, aunque de vez en cuando les dedicaba uno que otro coscorrón. La escena no me sirvió para evocar mi propia infancia. Sólo pensé: «Soy un viejo huérfano, sin cuidadora y sin Santa Catalina».

Recorrí dos vagones más y en el segundo me encontré con la bendita sorpresa. En el último asiento, junto a la ventanilla, estaba mi padre, bien entero, todavía maduro, sin canas y casi sin arrugas. Concienzudamente me olvidé de que treinta años atrás había asistido llorando a su velatorio.

Como el asiento contiguo estaba libre, allí me situé, le puse una mano sobre el brazo y dije: «Hola». Casi de inmediato él dejó de mirar el paisaje para mirar ese otro paisaje que era yo. Entonces abrió tremendos ojos, después esbozó un gesto de estupor, que se fue ampliando hasta convertirse en su clásica y rotunda sonrisa del siglo pasado. Y dijo: «Qué bueno encontrarte aquí, en medio de este viaje hasta ahora bastante tedioso. Qué lindo. Te confieso que en el primer momento tuve la impresión de que era un sueño».

La tristeza

somos tristeza
por eso la alegría
es una hazaña

La tristeza

Para el bueno de Emiliano, el gran enigma de sus treinta y cinco años era la tristeza. En su trayectoria, normal, sin sobresaltos, no encontraba motivos para ese estado de ánimo. Aplicado alumno en Primaria, buen estudiante en Secundaria, título de abogado sin perder ni un examen, asesor bancario. Nunca se destacó como mujeriego, pero sus diez años de relación con una compañera tierna y comprensiva lo dejaban más que conforme. No había sido propenso a las rabietas ni a las depresiones y ni siquiera al consuelo religioso. La tristeza, calma pero estable, lo acompañaba hasta en los sueños. Nunca lo habían asaltado euforias oníricas. Dormirse o despertarse era reincorporarse a su personal estilo de grisura. Comprendía que su tristeza era gratuita, pero no conseguía superarla.

No obstante, un día experimentó una extraña mutación. Todo empezó con un dolor intermitente en el costado, a la altura del páncreas, y como iba en aumento, él, que nunca iba al médico, decidió consultar a uno que le inspiraba confianza, entre otras cosas porque había sido su compañero de liceo.

Después de las salutaciones y los cumplidos del reencuentro, el doctor Suárez lo examinó durante casi una hora. Por fin se recostó en su butaca profesional, y Emiliano advirtió que su expresión no era demasiado estimulante.

—Todavía es prematuro para diagnosticar nada —le dijo—; vamos a practicar todos los exámenes y pruebas que sean necesarios, pero desde ya me atrevo a anunciarte que puede tratarse de algo serio, bastante serio.

—¿Serio como qué? —preguntó Emiliano.

—Voy a serte franco: serio como un tumor maligno. Pero todavía no te alarmes. Hay que esperar. Y cuando estén los resultados, ya veremos qué decisión tomamos.

Durante tres o cuatro días, Emiliano concurrió a laboratorios y clínicas para someterse a exámenes, radiografías, tomografías, etcétera. Antes de conocerse los resultados se produjo una inesperada novedad. Por primera vez en su vida gris, Emiliano fue invadido por la alegría. Sintió que la cercanía de la muerte era una reivindicación y confirmación de la vida. Durante los días de una espera que para cualquiera habría sido angustiosa, la compañera y los amigos de Emiliano asistieron a sus risas, a rasgos de humor inesperados.

Cuando llegó el día de visitar nuevamente a su amigo médico, éste lo recibió con un abrazo.

—Enhorabuena, Emiliano. No me avergüenzo de confesarte que en mi pronóstico profesional estuve totalmente errado. Estás saludable como un roble; por supuesto, como un roble sano. Tengo la impresión de que vas a vivir por lo menos hasta los noventa. No sabés cómo me alegro de haberme equivocado. Felicitaciones y otro abrazo.

Emiliano le agradeció al amigo su bien fundado optimismo y salió a la calle algo desorientado.

Sólo cuando estaba llegando a su casa se dio cuenta de que otra vez lo había invadido la tristeza.

Huellas

En el archivo de las fichas policiales, aquella huella digital estaba a oscuras y se encontraba sola, abandonada. Sentía nostalgia de su mano madre, y sus líneas finas, delicadas, eran como un escorzo de su tristeza. Por eso, cuando se encendió la luz y alguien colocó a su lado una nueva huella, tal irrupción generó una alegre expectativa.

Una vez que el funcionario apagó la luz y cerró la puerta, la huella primera se atrevió a decir:

—Hola.

—Hola —respondió con voz ronca la recién llegada.

—Qué suerte que viniste. A esta altura, la soledad ya me resultaba insoportable. ¿De qué pulgar venís?

—De la mano de un periodista. ¿Y vos?

—Fuerzas represivas.

—Dura tarea, ¿no?

—¿Por qué lo decís?

—Torturas, bah.

—Se habla y se publica mucho, pero no siempre es cierto.

—¿Nunca?

—A veces sí. Reconozco que mi pulgar siguió un curso intensivo de picana.

—¿Cuál es tu mejor recuerdo?

—Si te voy a ser franco, cuando nos encomendaron tareas administrativas. Allí no había llantos, ni puteadas ni alaridos. ¿Y el mejor recuerdo de tu pulgar?

—El tacto de cierto ombliguito femenino. Una colega francesa y el dueño de mi pulgar estuvieron cubriendo los Juegos Olímpicos con variantes de yudo que los dejaron bastante complacidos.

—¿Por qué te tomaron la impresión digital?

—Renovación de cédula. ¿Y a vos?

—Tres años de arresto. Derechos humanos, comisiones de paz, desaparecidos, todas esas majaderías.

—Y aquí ya ves, todos iguales.

—¿Qué nos queda?

—Resignarse. Mi pulgar era ateo.

—Mi pulgar en cambio era creyente.

—Eso no importa. Después de todo, la mano de Dios no deja huellas.

Realidades que se acaban

Llega un momento en que cualquier realidad se acaba. Y entonces no hay más remedio que inventarla. Por ejemplo, la infancia suele terminar de sopetón con algún juguete destrozado, o con la muerte entrañable y cercana de un perro o de un abuelo. Y entonces hay que volverla a concebir, aunque ya no se tengan siete sino treinta años o setenta. Si un amor concluye intempestivamente, es urgente improvisar otro, ya que sin amor los resortes de la cotidianidad se oxidan. Y si llega el eco de otro amor vacante, disponible, hay que cazarlo al vuelo. Mejor dicho, abrazarlo al vuelo, besarlo, acariciarlo, penetrarlo.

La primera señal de que una realidad se acaba es el estallido del silencio, la detonación de la soledad. La última señal, en cambio, es el fogonazo de la muerte. Ese cruento final de la realidad es inapelable. Y no es posible inventar otra, porque en el vacío, por augusto que sea o nos hayan prometido que va a ser, no existe la invención. Cuando esa realidad cierra su paréntesis, la nada no abre ningún otro. Ni siquiera nos vamos a dar cuenta de que el mundo se ha callado.

Uno de mis mejores amigos, Medardo Vázquez, está escribiendo un libro sobre el fin de las realidades. Aunque sólo cuenta las propias, ya ha registrado ocho. Dice que la que le dejó más huellas fue una con prisión.

Su realidad era el calabozo. Y en el calabozo no había nadie más. De todos modos había creado varias trampas o falsas motivaciones para forzar a la realidad a que no se diera por vencida. Se miraba las manos: aprendió de memoria todas las coyunturas, los nudillos, las uñas, las palmas, la mano como puño, como aplauso, como basta, como alerta, la línea de la vida, el meñique, la eminencia hipotenar. Se miraba las piernas y los pies, sus bisagras, sus várices, los tobillos, el callo plantal. Se miraba el sexo, que por supuesto conservaba su memoria, y ante aquel privilegio inactivo, lo invadía una congoja tan privada que no sentía vergüenza de llorar.

En la celda no había espejo, así que no podía recuperar su rostro. A veces conseguía una apenas borrosa imitación al mirar el ya vacío plato de lata en el que le habían traído la infame sopa de siempre, pero aquella cara entre charcos de caldo se parecía más a la de su padre en su lecho de muerte que a la que él imaginaba como propia y actual.

Era consciente de que cada vez le iba quedando menos realidad. Entonces decidió hacer huelga de hambre. Durante días y noches arrojó al inodoro la puerca ración obligatoria. Se fue debilitando, por supuesto. Las manos, tan recorridas, se le volvieron puro hueso. Sólo engordaron las várices de las piernas. Una mañana sintió que se desmayaba. No tuvo idea de qué tiempo había pasado entre aquel cerrar de ojos y el abrir renovado de los mismos. Lo primero que vio fue el rostro de su mujer, que sonreía. De a poco fue recorriendo las blancas paredes de una habitación francamente acogedora. Frente a su cama estaba colgado un cuadro, que podía ser una reproducción de Figari. Pero de todos modos aquello no era un calabozo.

—¿Cómo te sentís? —preguntó ella.

Él respondió con otra pregunta:

—¿Qué pasa? ¿Ya no estoy preso?

—Nunca estuviste preso —dijo ella—. Eso lo has soñado, me parece.

—¿Cómo que no estuve?

—Tuviste un grave accidente en carretera. Pasaste diez días en coma. Hoy por fin te dieron de alta.

Medardo se miró las manos (las piernas y el sexo no, porque estaban cubiertos por la sábana) y no estaban huesudas.

—¿Lo del calabozo habrá sido un mal sueño y ahora es verdad que estoy contigo, o esto será un sueño y despertaré en el calabozo?

La fresca y sonora carcajada de la mujer lo convenció por fin de que la otra realidad (la no real) se había acabado. Así y todo cerró los ojos y los volvió a abrir. Pero no estaba el calabozo sino su mujer que lo besaba despacito, con cariño y cautela.

Sobre pecados

Pecar tiene casi siempre un atractivo inesperado. Por ejemplo, ¿hay algo más entretenido que el adulterio?

Así especulaba Hermógenes Castillo en su iluminado despacho de director de empresas. Eran las once de la mañana. Por el amplio ventanal entraba un sol espléndido y no tenía sobre la mesa ninguna iniciativa que reclamase con urgencia su decisiva opinión. A los diez años de casados no se llevaba mal con su mujer, que era guapa, inteligente y eficaz (pujante secretaria de un *holding* de modas). No obstante, a él siempre le había gustado coleccionar breves infidelidades, que normalmente sólo abarcaban dos o tres tardes de hotel, o en ciertos casos especiales, la confortable estancia en un apartamentito clandestino.

Siempre había tenido buen cuidado de no enamorarse de alguna candidata e igualmente se cuidaba de que ninguna de ellas se enamorara de él. A menudo pensó que el mandato del adulterio debía haber figurado como undécimo mandamiento de la ley del Señor.

Como el transcurso del ocio no le resultaba nada estimulante, salió a almorzar más temprano que de costumbre, y en el restaurante de siempre, mientras esperaba la llegada del solomillo, examinó detenidamente su agenda y llegó a la conclusión de que hoy sería bueno llamar a María Julia para concertar un atardecer de hotel. Sobre todo lo estimuló acordarse de que hoy su mujer regresaría más tarde, ya que debía visitar a su madre, que convalecía de una ablación de seno.

Telefoneó pues a María Julia, pero sólo le respondió un intratable contestador automático. Vuelta a la agenda. Jorgelina. No estaba mal. Se desenvolvía en el empalme sexual mejor que cualquier otra. Llamó y esta vez lo atendieron. Jorgelina, tras una corta vacilación, dijo que sí. Ésta era una ocasión especial para usar el apartamento, de modo que allí confluyeron a las seis de la tarde.

Hermógenes disfrutó como otras veces de aquellos pechos florecientes y de un lindo trasero, y una hora y media más tarde, luego de los besos finales, ya un poco desganados, él se duchó para evitar toda huella culpable, montó en su Peugeot, dejó a Jorgelina en su domicilio y se encaminó al respetable hogar, donde lo esperaba una sorpresa.

En la puerta del refrigerador había una breve esquela sujeta con dos cintas adhesivas: «Perdón, marido, por esta noticia. Durante diez años sé que conmigo te aburrías un poco y te confieso que yo también me aburría otro poco. No es un motivo grave, pero decidí concluir con esta contemporánea versión del tedio. ¿Te acordás de Fermín, el empresario de Córdoba? Bueno, hace ya un tiempito que nos vemos (y nos tocamos) y por fin decidimos vivir juntos. Por favor, no nos busques, porque hoy mismo nos vamos a Roma e ignoro cuándo regresaremos. Como sabes, Fermín es muy pudiente y tiene su dinero a buen recaudo, así que viajaremos mucho y por consiguiente no nos aburriremos. Ah, mi madre sigue mucho mejor. Chau, Andrea».

Abrió de todos modos el refrigerador, extrajo varios cubos de hielo y se sirvió una generosa y reparadora porción de whisky. Luego se acomodó en el sofá más amplio de la sala y para su sorpresa le pareció que tenía los ojos húmedos. ¿Serían lágrimas? Sí, eran. Sintió que en ese momento la vida era injusta con él. Hasta ahora había sido muy satisfactorio ser adúltero, pero no soportaba ser cornudo.

Tiempo salvaje

Mi nombre es Eraclio Carballido y el de mi jefe Agustín Mojarro. Entré en la empresa Tiempo Salvaje a fines del 57 y allí desempeñé funciones de archivero, dactilógrafo y pelotudo. Sólo me pagaban por las dos primeras. Como dactilógrafo transcribía las cartas que me dictaba el jefe, y como archivero guardaba las respuestas, en orden alfabético femenino. El doctor Mojarro (se las daba de médico, aunque era veterinario, pero no ejercía, salvo cuando su perro *Bob* se resfriaba) era un mujeriego sólo postal. Nunca lo vi con amantes táctiles. Cuando sus misivas eran de un empalagoso romanticismo, las destinatarias lo tentaban con un número de teléfono, al que él nunca llamaba, pero cuando se volvía burdamente erótico, las damas le respondían con postales pornográficas.

Ante nosotros se presentaba como casado y la presunta mujer, Aurelia (a veces venía a buscarlo a la oficina), no estaba nada mal y era bastante más joven que él. Si Mojarro había salido o estaba en sesión de Directorio, yo la atendía con gusto e intercambiábamos sonrisas.

Cierto sábado en que ella lo esperaba, el doctor Mojarro me llamó para que le avisara que, por razones impostergables de trabajo, no podía bajar a verla, así que tomé la iniciativa y la invité a almorzar. La mirada se le iluminó y ella a su vez me informó que mis ojos se habían puesto brillantes. Un descuido lo tiene cualquiera.

Ya en el restaurante, mientras esperábamos la milanesa de rigor, noté con sorpresa que tomaba mi mano y la acariciaba. Yo fui más lejos y le acaricié la mejilla. Más tarde, cuando ya íbamos por el flan con dulce de leche, me animé a besarla y comprobé que su beso era sabroso y experimentado.

Luego, ya en mi cueva de soltero, nuestro primer cuerpo a cuerpo reclamó a gritos un futuro estable. Entre la primera y la segunda fusión me confesó que en realidad no estaba casada con Mojarro. Hacía dos años que vivían juntos pero ya estaba harta de su vulgaridad. Lo definió como un patán.

De pronto me miró a los ojos y dijo: «¿Ves? Con vos sí me casaría». En mi piel, que todavía olía a ella, estaban presentes el mañana y el pasado mañana, pero por las dudas sólo respondí con un silencio aquiescente.

La perspectiva no era mala. Ella tenía y tiene un buen pasar económico, y aunque juro, con las dos manos en el corazón, que ese elemento más bien terrestre no fue decisivo en mi visto bueno, también reconozco que no fue poca cosa.

Allí mismo redactamos las dos cartas que enviaríamos al mujeriego postal. La de ella decía: «Agustín: ya sabés que hace tiempo que no nos necesitamos. Ahora necesito no caer en el remoto riesgo de necesitarte. Así que chau».

La mía fue más concreta: «Jefe: aquí pongo en sus manos mi renuncia. En el quinto cajón del segundo armario podrá encontrar, ordenadamente guardadas, las copias al carbónico de sus cartas y las respuestas de las destinatarias. Ahora me voy con Aurelia, cuya actual y afortunada presencia en mi vida, también debo agradecerle».

Tiempo después supimos (la empresa Tiempo Salvaje siempre fue un supermercado del chisme) que cuando recibió aquellas cartas por correo urgente, Mojarro se fue a su casa más temprano que de costumbre, abrió su cofre fuerte doméstico, extrajo de allí el revólver que nunca había empuñado, llamó al perro *Bob*, que acudió presuroso moviendo la cola, y ahí nomás le encajó dos tiros en la pobre cabeza. «Lo que siempre te dije», fue el comentario de Aurelia, «es un patán».

Voz en cuello

1.

Hola, oyentes. Les habla Leandro Estévez, de «Voz en Cuello», temprano, como siempre. A esta altura, sé que ustedes son pocos pero fieles. Sólo tenemos la palabra como hilo conductor, como punta y pauta del diálogo. No los veo, pero les pongo rostros, miradas, gestos. Por suerte, mi soledad inventa, es imaginativa. Si no los creara (yo, a ustedes), así sea premeditadamente, no podría exiliarme del silencio. Sepan que el ánimo no me alcanza para soportar el vacío. Menos aún para interpretarlo, para hablar a un agujero que es nadie. Ayer un oyente me preguntaba: ¿Por qué «Voz en Cuello»? Bueno, en primer término porque es una voz, alguien que dice, propone, asume, rebate. ¿En cuello? No tengo una explicación verosímil. El Diccionario de la Real Academia Española define: «A voz en cuello. En muy alta voz o gritando». A la vista está (o mejor, está al oído) que yo no les grito ni les hablo en voz alta. Pero me gusta creer que ésta no es una voz cualquiera, sino una voz en cuello. Es como si a mi voz le pusiera un apellido, o como si esta voz perteneciera a muchos, como si fuera, por así decirlo, una portavoz en cuello.

Yo creo que este programa, esta emisora, como tantos programas y emisoras, sirven, entre otras cosas, para enganchar soledades. El ama de casa en pleno desayuno; el camionero que va a inaugurar su carretera cotidiana; el ansioso que no logró zafarse del insomnio; la muchachita rumbo al trabajo pero que aún sigue pendiente de cierto cuerpo que le alegró la noche; el sereno que vigila la línea de sol que ya roza sus botas; el responsable del faro que cumplió en apagar su intermitente foco y se encamina hacia el sueño diurno; unos y otros, todos y todas, arriman su personal aislamiento a ese tipo que, desde su propia soledad, les habla y los convoca. Ése, o sea yo.

Como cualquier mortal, tengo un mundo; real o inventado, pero un mundo. Ahora bien, no es cosa de contarles mi vida. Cuando cuento mi vida, tengo que mirar atentamente los ojos del que escucha. Y en esta situación, eso es imposible. Me limito a imaginar ojos: verdes, celestes, negros, valientes, cobardes, indiferentes, inquisidores, todo un surtido. Pero cuando hablo a ojos presumiblemente verdes, sé que los celestes y los oscuros me miran desconfiados.

2.

Buenos días. Parece que hoy nos conceden un poco más de espacio. ¿Tregua globalizada? Ya era hora. Recorro lentamente los diarios matutinos y las noticias no son tan nefastas como es habitual. Por ejemplo: en Kabul los cines reabren sus puertas. Hace veinticuatro horas que no hay ping-pong de amenazas entre la India y Pakistán. Sharon y Arafat se limitan a contemplar en televisión sus odios respectivos. En España sólo tres maridos mataron a sus mujeres, aunque sólo uno de ellos agregó a la suegra por las dudas. En Buenos Aires hay quien propone un sistema especial de semáforos para evitar accidentes en los cruces de cacerolazos. Hace dos días que el presidente Bush no agrega más países a su nómina de futuros invadidos. No obstante, la naturaleza halla motivos para vengarse de algo, de alguien, y reparte terremotos, inundaciones, volcanes en erupción, torrentes desbordados. No sé si ustedes piensan como yo, pero este mundo que nos ha tocado es una lástima.

Dicen que fue un astrónomo de Cambridge, Stephen Hawking, el inventor de la insensata teoría del *big bang* (el «gran pum», según Octavio Paz), pero a mí es algo que siempre me provocó un explicable desconcierto junto a una inexplicable repugnancia. Eso de ser choznos de los choznos de los choznos de la nada no es por cierto vivificante ni confortador. Que esta plétora de continentes, océanos, cordilleras, millones de humanos en pigmentos varios, alimañas que van desde la cucaracha al elefante, signifique algo así como un piojo en la inmensidad del universo, hace que nuestras vidas se refugien en la brevedad de cada almita. Y es entonces cuando la asunción del dinero se vuelve ridícula, pese a que ese dinero sea después de todo indispensable para la conquista y el ejercicio del poder.

No es mi propósito, queridos oyentes, desanimar a nadie, pero conviene ser realistas, ser conscientes de nuestra verdadera dimensión, por insignificante que sea. De todos modos, cuando la muerte le llegue al poderoso empresario y al gobernante imperial y también al miserable dueño de su pobreza, las cenizas de uno no pesarán más ni menos que las del otro. En ese inapelable desenlace la despiadada pálida nos iguala a todos y las penúltimas huellas se confundirán con las últimas. Mirar al infinito es meterse en honduras. Medir un trozo de ese infinito con las vueltas del día es admitir que el infinito es siempre incomparable. Hay pocas suertes capaces de salvarnos de ese y otros abismos, y una de esas suertes es el amor. El amor es el único poder capaz de competir con el abismo, de hacernos olvidar, aunque sea por una noche, del final obligatorio. Ni siquiera el recuerdo del repugnante *big bang* puede despegarnos del amor. Así que a amar, amigos míos. Sepan que es la única fórmula para reconciliarse con la noche.

3.

Hola. Les habla, como siempre, Leandro Estévez. Pero hoy he decidido confesarles que no es mi nombre verdadero. Por eso puedo contarles algo que me sucedió ayer. Acudí a cumplir un trámite cualquiera en una oficina. No interesa si privada o estatal. Lo que importa es que entré en el ascensor, donde ya estaba una mujer, joven, linda, con ojos algo enigmáticos. Ambos dejamos el ascensor en el piso octavo. Yo debía buscar la puerta 817, pero cuando llegamos a la 809 ella extrajo una llave de su bolso y abrió la puerta. Sólo entonces se dignó mirarme. ¿Quiere pasar? Le dije que mi destino era la puerta 817. No se preocupe, dijo, imperturbable. La puerta 817 se mudó a la 809. Pase nomás. Entonces pasé. Era un ambiente no muy amplio, con casi un único mueble: una cama de dos plazas. Todo muy limpio, muy pulido. Ella abrió las sábanas y empezó a quitarse la ropa. Cuando quedó totalmente desnuda (verdaderamente, un cuerpo clase A), me preguntó si me iba a acostar así, con traje y corbata. Me sentí tan ridículo que no tuve más remedio que desnudarme, con lo cual me sentí más ridículo aún. La verdad es que mis esporádicas relaciones con mujeres, más o menos independientes, nunca habían seguido un proceso tan extraño. Pese a mi sorpresa, se las ingenió para despertar mis apetitos. No estuvo mal. Sólo una vez y casi en silencio. Después fui al baño por unos minutos y a la salida me esperaba con mi traje en una percha. Me vestí, me despidió con un beso algo reseco y descendí en el ascensor prostibulario. Ya no me acordé de la gestión que me había llevado al edificio de marras. Caminé unas cuadras y no sé por qué me tanteé el saco. Sólo entonces eché de menos la billetera, con diez mil pesos y dos tarjetas de crédito.

4.

Buen día. No tanto, eh. Habrán observado que está lloviendo desconsoladamente. Bienvenida la lluvia. Siempre tuve la sensación de que un buen y nutrido aguacero me limpiaba la conciencia hasta en sus rincones más escabrosos, esos a los que nos cuesta llegar con meras reflexiones y autorreproches. Esta lluvia de hoy, sin ir más lejos, deja el aire casi transparente, como si viéramos la ciudad a través de un cristal que aún no se ha empañado. Pienso en lluvia, sin nostalgia del sol quemante. Siento en lluvia y dejo que resbale por mi rostro, como una refrescante catarata de lágrimas. Y cuando horas más tarde me enfrento al juicio neutro del espejo, todavía tengo un rostro de aguacero.

La lluvia que más empapó mi pasado, mi presente y mi futuro fue una que me alcanzó en un descampado de Tacuarembó. En cierto momento dejé de caminar porque era inútil. Ya no podía mojarme más. Sólo faltaba que apareciera Dios y con Sus manos todopoderosas me torciera como a un trapo de piso. Pero no apareció, seguramente porque le habrían llegado rumores de que hace tiempo soy ateo. Cuando después de varias horas de lluvia y camino llegué a un ranchito de morondanga, un paisano viejo, que al parecer era el propietario de aquella miseria, me dijo que no tenía con qué secarme un poco, pero que no importaba, que no había mucha diferencia entre morirse seco y morirse mojado. Y agregó, sin siquiera sonreír por compromiso: Trate de sobrevivir hasta que salga el sol. Y bueno, salió el sol. Pero yo estaba tan mojado que el sol no pudo secarme; más bien creo que fui yo quien mojó al pobre sol.

5.

Hace algunos días que este Leandro Estévez no conversa con ustedes. ¿Me echaron de menos? Sé que varios oyentes llamaron a la radio preguntando a qué se debía mi ausencia: si estaba enfermo, si me habían echado, si estaba de viaje. No era nada importante. Simplemente una afección a la garganta que se tradujo en una ronquera insoportable, no sólo para mí sino sobre todo para los demás. Todavía me queda un poco, como habrán observado. Les confieso que yo también los extrañé. A veces, a medianoche, intentaba hablar sin voz, a puro pensamiento, pero no es lo mismo: era como predicar en el desierto. Para peor de males, el silencio se incorporaba a mi insomnio, que es como un sueño pero sin sueño. La noche se llenaba de sonidos, de ruidos, pero eran ajenos, no me aludían. En cambio ahora, cuando le hablo al micrófono acogedor, sé que del otro lado están todos ustedes, escuchándome y generando respuestas, que si bien no me llegan, me consta que existen. Las palabras, las mías y las ajenas, flotan en el aire, quizá se cruzan o simplemente se encuentran o desencuentran. Lo cierto es que las unas no saben de las otras.

Cuando desgrano las palabras en el insomnio, no me siento responsable, soy un lenguaraz clandestino, pero cuando las pronuncio para ustedes, cuando les doy voz y sonido, entonces sí soy consciente, a tal punto que en ocasiones me siento miserable por alguna barbaridad o estupidez que les dije, o por algo que sobrevivió en las entrelíneas y ustedes las captaron con sus antenas siempre alertas. Hoy no les voy a contar nada. Simplemente quería comunicarles mi regreso a «Voz en Cuello». Ojalá me mejore pronto de esta jodida ronquera. Chau.

6.

Hola. Ya ando mejor de la ronquera, así que estoy en condiciones de contarles un episodio más o menos extraño. Sucedió ayer. Es curioso comprobar cómo a veces entran en polémica los hechos y la censura. La última novela de Baltasar Méndez, *Al fin y al cabo,* escaló rápidamente posiciones en la tabla de best-sellers. La crítica periodística, en cambio, la castigó con diversos juicios negativos: inverosímil, caprichosa, falsamente utópica, etcétera. Y todo eso, ¿por qué? Porque el protagonista, después de romper con dos amores (no coincidentes, sino sucesivos), decide eliminarse arrojándose del decimocuarto piso del palacio Ciudadela. El principal editorialista de un matutino llegó a afirmar que en este bendito país la gente no se suicida, y que por eso esas noticias no salen en la prensa; sencillamente, porque no existen. Según otro crítico opinante, el suicidio es una institución europea, tal vez norteamericana, y afecta no sólo a los infieles, cornudos y estafados, sino también a los políticos que descienden en las encuestas y a los empresarios corruptores o corruptos. Y que en todo caso, si un ciudadano local decidiera eliminarse, jamás se arrojaría desde las alturas de un rascacielos.

Alguien recordó que hace unos quince años apareció un cadáver, en ropas menores, junto a la mole del palacio Salvo y el primer diagnóstico fue (aunque ignorado por la prensa) que se trataba de un suicidio. Después se supo que no era tal. Resulta que un señor, casado él y con tres hijos, mantenía una relación amorosa con una habitante del séptimo piso, pero ese día, en plena y sagrada cópula, sufrió un infarto y allí nomás crepó. La pobre mujer, consternada y fuera de sí, no encontró mejor solución que arrojar el cadáver infiel por la ventana.

Bien, a lo que quería llevarles es que ayer la estricta e inefable censura sufrió un duro revés. Cuando varios periodistas acudían a sus horarios matinales, al llegar a la plaza Independencia vieron un montón de gente, al costado del Ciudadela, alrededor de algo. El algo, o mejor dicho el alguien, era el cuerpo de un desgraciado, que al parecer se había arrojado desde el piso decimoquinto, sólo uno más arriba del citado en la novela de Baltasar Méndez. Ya no fue posible esconder una realidad tan pública, y hoy, como ya habrán visto, un matutino tituló en primera: «Trágico fin de una historia de amor», y otro más: «Espectacular suicidio en la plaza». Y un tercero: «La novela de Baltasar Méndez convertida en realidad». O sea que al fin mi amigo Tomás Vélez podrá pasar en limpio la obra en la que viene trabajando desde hace dos años: *Historia de cien suicidios en el Uruguay del siglo XX*.

7.

Salud, amigos. Hagamos de cuenta que hoy es mi cumpleaños. Ya que me presento ante ustedes con un nombre falso, también mi cumpleaños será apócrifo. De todos modos, mis cumpleaños legítimos son tantos que podrían ceder rasgos y anécdotas a los de imitación. Por ejemplo, cuando cumplí once años, mi abuela paterna, que era católica de armas tomar, me impulsó a recibir la primera comunión. Me había advertido que cuando el cura me suministrara la hostia, yo no debía masticarla sino dejar que se disolviera en la boca, pero en ese espacio yo podía formular dos deseos. Lo pensé con toda profundidad y cuando sentí la hostia contra el paladar, formulé mis dos deseos: 1) salud para mis padres y 2) una pelota de fútbol número cinco. Con la referencia a mis padres cumplía por supuesto una obligación moral, pero con la aspiración a una número cinco apuntaba a mi nirvana deportivo.

Veinte años más tarde mi onomástico me encontró en la cama: fiebre alta, lumbago, dolor de cabeza, amagos de disnea. Como si en vez de cumplir treinta y un años estuviera regodeándome en los cincuenta. Mi novia (o más bien, mi compañera) me contemplaba como a un pobre diablo, como a un desperdicio de la humanidad, y yo leía en sus ojos inquisidores unas ganas tremendas de abandonarme a la buena de Dios y de la gripe. Y bien, al final mis presentimientos se cumplieron y me abandonó. De inmediato me bajó la fiebre, se me calmaron el lumbago y la disnea. Pero como ella ni siquiera telefoneó para interesarse por mis males, y menos aún para decirme que los cumpliera muy felices, eso quedó así: yo convaleciente y ella lejana y enemiga.

Otros cumpleaños fueron normales, con besos, abrazos, regalitos, champán hasta la medianoche. Bueno, todos menos uno. Cuando cumplí cincuenta y tres, un primo que sólo me llevaba un año apareció en mi casa con dos botellas de whisky y una sola, sublime borrachera. En menos de media hora, me rompió dos lámparas italianas que yo amaba y también una computadora portátil, y hubo que arrastrarlo entre cuatro parientes hasta meterlo en un taxi mientras él gritaba con voz de hincha de la Ámsterdam: felicidades, felicidades, felicidades. Y yo me quedé en el *living* con las felicidades y las lámparas rotas.

8.

Mis amigos de siempre. Hoy no es para mí un día de fiesta. Ya tenía una tarjeta amarilla, pero hoy me pusieron la roja. A partir de mañana me quedaré sin ustedes, y, lo que es tal vez menos grave, se quedarán ustedes sin mí. Hoy clausuro este programa como quien cierra una maleta. Y sin gritar a voz en cuello. La verdad es que me sentía bastante a gusto machacando diariamente el micrófono con anécdotas reales o inventadas, descripciones imposiblemente objetivas sobre los tumbos y las sorpresas de la jornada, agravios que pasan como buitres y añoranzas que me rodean como palomas. Fue anoche que me avisaron que debo dejar mi espacio. Soy demasiado orgulloso como para averiguar «la razón del cese», de modo que preferí aceptar la noticia en magnánimo silencio, así les dejo a Ellos la culpa bien limpita para que la guarden en el baúl de la conciencia. Desde ahora, pues, mis monólogos serán sin micrófono, sin oyentes y sin censura. Podré pronunciar mierdas y carajos sin que nadie me sancione ni perdone. O quizá me dedique a escribir. ¿Por qué no? Ya lo dijo Jules Renard: «Escribir es una forma de hablar sin ser interrumpido». Ustedes, ¿me echarán de menos? Ojalá que sí. Por fortuna, no conocen mi nombre verdadero. O sea que en el mejor de los casos sólo tendrán nostalgia de mi voz y de mi seudónimo. Así que *aufwiedersehen, au revoir, arrivederci, good bye,* y resumiendo: amén.

En familia

Asdrúbal nunca tuvo novia ni esposa ni compañera estable. No las tuvo porque en su corazón no cabían dos imágenes de mujer. Y él, desde la adolescencia, había estado enamorado de Inés. El problema consistía en que Inés era la mujer de Eduardo Sienra, su amigo del alma. Asdrúbal jamás le había dado a Inés el menor indicio de sus sentimientos. Simplemente se había integrado al clan de los Sienra (en el que también figuraba Andrés, hermano menor de Eduardo).

Una vez por semana, por lo general los sábados, se reunían para almorzar en un casi silvestre restaurante de la costa. Allí imperaba el buen humor, la puesta al día de los chismes políticos de la semana, el recuento de lo que cada uno estaba haciendo: Eduardo era abogado; Andrés, editor; Inés, acuarelista; Asdrúbal, profesor universitario. De los cuatro, Andrés era el único que no siempre concurría. Los compromisos editoriales, los congresos internacionales, lo llevaban a menudo al exterior.

Mientras tanto, Asdrúbal sufría. Inés estaba cada vez más apetecible, más cándida, más seductora. Las abiertas sonrisas que solía dedicar a Asdrúbal, éste las iba archivando en el cofre de su memoria, pero a él no se le escapaba que, con sonrisa o sin ella, quien noche a noche la tenía en su cama era Eduardo el afortunado.

Pero además, Asdrúbal soñaba pormenorizadamente con Inés. Ella era la dueña de sus insomnios y sus duermevelas. «No puedo seguir así, lamiendo un imposible.» Y ahí fue cuando sonó el teléfono. De inmediato reconoció la voz temblorosa de la secretaria de Eduardo: «Malas noticias, don Asdrúbal. El doctor Eduardo falleció esta mañana de un paro cardíaco».

La conmoción fue tremenda. Eduardo sólo tenía cuarenta y dos años. Asdrúbal salió poco menos que corriendo hacia el piso de los Sienra. Inés estuvo llorando, larga y conmovedoramente, abrazada a Asdrúbal. Ni siquiera estaba Andrés, que asistía a la Feria de Frankfurt.

—Éramos felices —balbuceó Inés, con un tono de diagnóstico forzoso, inapelable.

Tras el velatorio y el sepelio, Asdrúbal volvió a su casa, todavía acongojado. Sin embargo, cuando se sirvió un whisky y se acomodó en la mecedora que era como su hogar, en el largo vaso de Bohemia surgió un extraño reflejo, y él lo interpretó como una señal, como un anuncio. Y ya que estaba solo, lo transformó en palabras.

—Ahora Inés está libre.

El pecho se le llenó de un júbilo y una ternura egoístas.

Dejó pasar unos días antes de llamar nuevamente a Inés, pero cuando por fin se decidió, ella se había ido a Salto, donde vivía su madre.

Pasaron seis meses antes de que la viuda regresara. Fue entonces que Asdrúbal se hizo de coraje y resolvió tender su red de seducción.

Inés lo recibió con los brazos abiertos, cariñosa como de costumbre. Dijo que se había quedado más tiempo en Salto para acompañar a su madre, para quien la muerte de Eduardo también había representado un rudo golpe. Habló largamente del sosiego del paisaje salteño, de los atardeceres junto al río, del talante tranquilo y afectuoso de la gente pueblerina.

Se produjo un silencio más o menos estéril, y precisamente cuando Asdrúbal iba a empezar a hablar de un futuro compartido, ella esbozó su sonrisa de siempre antes de decir:

—¡Qué suerte que viniste! Justamente hoy te iba a mandar la invitación. No sé si sabés que el mes que viene me caso con Andrés, mi cuñado. Una suerte de continuidad familiar, ¿no te parece? Además, Andrés y yo estuvimos de acuerdo en pedirte que seas el padrino de boda.

Cuatro en una celda

Durante tres años compartieron la misma celda. Roberto había llegado a sentir por Matías un tímido afecto. Otras veces lo miraba con un poco de rabia, como si en aquel otro se viera a sí mismo y ese espejo empañado le transmitiera una tristeza empecinada, sin consuelo.

A los dos meses de compartir castigo, ya se habían contado y recontado sus historias, y cuando ya no les quedó nada que repasar, cada uno se recluyó en su silencio y el diálogo se redujo a monosílabos.

Roberto era un preso político; Matías estaba fichado como delincuente común. Roberto no había matado a nadie, aunque en verdad no le habían faltado ganas, pero durante toda una temporada había ejercido un agresivo periodismo contra el poder. A la dictadura lo que más le molestaba no eran sus argumentos sino el tono de burla con que los matizaba. Más de un dardo de sus artículos aparecía luego pintado en los muros y normalmente las fuerzas del orden demoraban semanas en borrarlo. Todo le servía. Podía comentar un partido de fútbol o un festival de tango; su burla siempre hallaba un atajo contra los de arriba. Durante un largo lapso lo toleraron, tal vez porque el gobierno, por autoritario que fuese y se lo creyese, era consciente de que arremeter contra aquel ácido y certero humor era arremeter contra sí mismo. Pero en una ocasión la burla alcanzó a un gobernante extranjero en visita oficial y eso ya resultó imperdonable. Hacía tiempo que Roberto imaginaba un futuro bajo candado. Sabía que el humor y el sarcasmo sirven de escudo hasta por ahí nomás, de modo que se resignó a una temporada de encierro, aunque no imaginó que durara más de algunas semanas. El problema era que, aunque voz de oposición, no estaba afiliado a ningún partido, quizá por eso no hubo campaña en su defensa ni reclamos por su libertad. Al cabo de tres años tenía la impresión de que ya nadie se acordaba de él y ese olvido era también una condena.

Matías estaba preso por otras razones. Tenía un modesto negocio, donde compraba y vendía ropa de segunda mano. Una noche en que se había quedado para poner al día su sencilla contabilidad, dos tipos encapuchados, creyendo que el local estaba vacío, entraron a robarle. Cuando lo vieron y se le fueron encima empuñando bates de baseball, Matías no vaciló, extrajo el revólver (¿quién no guarda un arma en estos tiempos?) de un cajoncito reservado y les disparó. Su propósito era intimidarlos. Uno de los asaltantes huyó despavorido, pero el otro cayó, al parecer herido en un hombro, y allí quedó tendido. Matías telefoneó a la policía, que acudió en pocos minutos. Dejaron al herido en el hospital y retuvieron a Matías en la comisaría. Acusado de intento de homicidio y defendido por un abogado más bien estúpido, ya llevaba tres años de encierro, en tanto que el herido había sido dado de alta a los dos días y puesto en libertad (alegó que había asaltado por hambre) y por las dudas se había trasladado con su compinche al otro lado de la frontera.

Ni Roberto ni Matías estaban solos en sus soledades. Roberto tenía como compañera insustituible a una araña de patas peludas que meditaba en su red y desde allí lo saludaba por lo menos dos veces al día: de mañana temprano, cuando un afilado rayito de sol se instalaba por una media hora a veinte centímetros de su inefable alojamiento, y también en el arranque de la noche, cuando el breve caparazón de la araña se convertía en un brillo que dividía la oscuridad en dos regiones. El saludo de la araña consistía en mover dos veces su pata más peluda. Roberto le respondía con el signo de la victoria. Luego uno y otra se introducían en sus noches respectivas, durante las cuales él solía soñar con la araña y ésta probablemente con aquel preso taciturno y amable.

La compañía de Matías era en cambio un ratón diminuto, casi enano. El preso había comprado su lealtad gracias a los trocitos de comida que diariamente le reservaba de su miserable ración carcelaria. Pero ese miligramo que para Matías era un ejercicio de asco, para el ratón significaba un bocadillo exquisito. El preso había llegado a imaginar que cuando el ratón movía alegremente sus bigotes, ello significaba una señal de agradecimiento.

El ratón de Matías y la araña de Roberto se ignoraban olímpicamente. Desde la red bajaba una sombra de desprecio y desde la cavernita habitacional del ratón subía, cuando éste se asomaba, una ráfaga de odio.

Un día la dictadura se acabó; sin mayor escándalo, pero se acabó, y el flamante gobierno democrático decretó la esperada amnistía. Al enterarse, Roberto y Matías lanzaron tímidos hurras. Antes de que se abriera la puerta de la celda, Roberto le dedicó a su amiga una mirada de reconocimiento y le pareció que la araña se encogía de tristeza. Por su parte, el ratón miró a Matías con sus bigotes alicaídos. Pero ninguno de los dos amnistiados tuvo el coraje de llevarse consigo a sus colegas.

Una vez en libertad y tras intercambiar sus señas y prometerse una cena de celebración, con champán y todo, Roberto se metió en un bar y allí mismo empezó a escribir su crónica «Tres años en gayola». Matías, por su parte, se fue caminando lentamente en búsqueda de su antigua tienda. Si estaba cerrada, la dejaría así; si estaba abierta, la cerraría. No quería más asaltos ni disparos en defensa propia.

Eso ocurría afuera. Dentro de la celda, todo era distinto. No bien los guardias cerraron la puerta y pasaron candado, la araña se descolgó lentamente de su tela y el ratón se animó a salir de su agujero. Por primera vez se miraron sin odio, conscientes de su nueva y dramática situación. Avanzaron sin apuro y se encontraron a medio camino. Aparte de ellos dos, sólo quedaba el rayito de sol de las mañanas.

De pronto les sobrevino a ambos el mismo impulso y terminaron abrazados, sabedores de que les esperaba un fin de abandono y nostalgia.

Ella tan sola

Hace mucho que vivo. O tal vez hace poco. El tiempo corre como una liebre loca. Mi infancia constaba en un pizarrón y yo la borro. Es decir, mi infancia física, concreta, remediable. La otra, la verdadera, se me instala en el alma y desde allí me instruye.

Tuve la suerte de tener amigas. Nos contábamos los trocitos de vida, adornándolos, reduciéndolos, mejorándolos, pero sobre todo nos contábamos los sueños, que eran todos distintos, nunca se repetían. Así y todo, ésa fue la época de mi primera soledad. Aun cuando nos reuníamos (éramos cinco) en la vereda, en el parque, en el patio de recreo, en alguna de las casas, aun rodeada por rostros queridos y brazos y manos tan afines, aun así me sentía sola. Por supuesto, lo disimulaba, y las otras cuatro se sentían acompañadas.

Años después, cuando entré titubeante en la juventud, lo mejor de mi segunda soledad era que la llenaba de libros. Los personajes de novelas se dirigían a mí, me narraban sus cuitas, sus delirios, sus gozos. Yo los acercaba a mi cuello, a mi garganta, y los oía palpitar, les daba consejos que ellos desperdiciaban dos páginas después. Personajes por cierto bien ingratos. Me dejaban con mis lágrimas en la almohada. En novela, prefería las historias trágicas, conmovedoras.

Pero en esos años tímidos, tumultuosos, yo era sobre todo lectora de poesía. Pero no de poemas juveniles, que me aburrían soberanamente. Tampoco me atraían demasiado los poemas de amor, que sólo seducen cuando una es tentada por el amor táctil, rozable, carnal. Y todavía no era el caso. La poesía que me cautivaba era la de entrelíneas filosóficas, existenciales, que se alzaba desde el papel con preguntas inquietantes, enigmáticas, para las que yo no tenía respuestas ni alternativas.

Así hasta que por fin me aludió el amor, que por cierto me tomó totalmente de sorpresa. Bailando, no faltaba más. No con el rock, que establece una distancia insoslayable entre ser aquí y ser allá, y donde cada cuerpo es un fanático de sí mismo, formalmente dispuesto a abrazarse, no con una pareja sino con el ritmo que golpea y se descarga en contorsiones que exigen unanimidad.

No con el rock, sí con el tango. Alguna vez leí que el abrazo del tango es sobre todo comunicación erótica, prólogo del cuerpo-a-cuerpo que luego vendrá o no, pero que en ese tramo figura como proyecto verosímil. Cuanto mejor se amolde un cuerpo al otro, cuanto mejor se amolde el hueso de uno con la tierna carne de la otra, más patente se hará la condición erótica de una danza, que empezó bailada por rameras y *cafishos* del 900 y que sigue siendo bailada por el *cafisho* y la ramera que llevamos dormidos en algún rincón de las respectivas almitas.

Tengo la impresión de que la cita no es textual, pero cuando la leí, varios años después de aquel ensamble fortuito, pensé que podría haberla firmado casi como una confesión autobiográfica.

Lo penoso es que la vida sigue después del tango, y esa misma hechura, esa misma presencia entrañable que me había descubierto el amor, un día se convirtió en ausencia extrañable y mi pobre cuerpo quedó partido en dos: una mitad de amor perdido y otra de rencor encontrado.

Crudamente triste, casi desahuciada, volví a instalarme con mis padres y allí sobrevino una terrible desgracia que poco después se transformó en milagro. Mi hermana soltera estaba embarazada y por fin nació un niño. Pero el infortunio ya la había elegido y una tarde brumosa de sábado, cuando, como todos los días, volvía a casa en su bicicleta, fue atropellada por un camión gigantesco y murió en el acto.

El niño huérfano tenía entonces sólo dos años y no fue totalmente consciente de esa pérdida. Lloró dos mañanas y dos tardes, pero luego recuperó paulatinamente su sonrisa y su mirada de ángel.

Una noche, mi madre me hizo la pregunta tremenda, decisiva: «¿No lo querés para vos?». Aquello no era un mueble, un juguete, una fuente. Era simplemente una vida. Rompí a llorar, no sé bien por qué. Ignoraba que disponía de tantas lágrimas. Al final de ese diluvio personal, dije: «Sí».

Ahora estoy, con Luisito en brazos, frente al espejo gigante que nos dejó el abuelo. Todavía tengo miedo de sentirme feliz, pero el niño reflejado me mira con una audacia que lo hace mío. Y tengo la impresión de que, una vez para siempre, no estoy sola.

Túnel en duermevela

Aquel túnel que había sido del ferrocarril y que llevaba ya varios años de clausura, siempre había tenido para los niños (y no tan niños) de San Jorge un aura de misterio, alucinación y embrujo, que ninguna explicación de los mayores era capaz de convertir en realidad monda y lironda. Siempre aparecía alguno que había visto salir del túnel un caballo blanco y sin jinete, o, en algún empujón de viento, una sábana pálida y sin arrugas que planeaba un rato como un techo móvil y se desmoronaba luego sobre los pastizales.

En ambas bocas de la tenebrosa galería, unos sólidos cercos de hierros y maderas casi podridas impedían el acceso de curiosos y hasta de eventuales fantasmas.

Pasó el tiempo y aquellos niños fantasiosos se fueron convirtiendo en padres razonables que a su vez engendraron hijos fantasiosos. Un día llegó el rumor de que las líneas del ferrocarril serían restauradas y la gente empezó a mirar al túnel como a un familiar recuperable. Seis meses después del primer rumor fueron retirados los cercos de hierro y madera, pero todavía nadie apareció para revisar los rieles y ponerlos a punto.

¿Recuerdan ustedes a Marquitos, el hijo de don Marcos, y a Lucas Junior, el hijo de don Lucas? El túnel había sido para ambos un trajinado tema de conversación y especulaciones, y aunque ahora ya habían pasado la veintena, continuaban (medio en serio, medio en broma) enganchados a la mística del túnel.

—¿Viste que aun ahora, que está abierto, *nadie se ha atrevido* a meterse en ese gran hueco?

—Yo voy a atreverme —anunció Marquitos, con un gesto más heroico del que había proyectado. A partir de ese momento, se sintió esclavo de su propio anuncio.

Menos intrépido, Lucas Junior lo acompañó hasta el comienzo (o el final, vaya uno a saber cuál era la correcta viceversa) del insinuante boquete. Marquitos se despidió con una sonrisa preocupada.

A los quince o veinte metros de haber iniciado su marcha se vio obligado a encender su potente linterna. Entre los rieles y la maleza invasora se deslizaban las ratas, algunas de las cuales se detenían un instante a examinarlo y luego seguían su ruta.

Por fin apareció una figura humana, que parecía venir a su encuentro con un farol a querosén.

—Hola —dijo Marquitos.

—Mi nombre es Servando —dijo el del farol—. Dicen que soy un delincuente y por eso escapo. Me acusan de haber castigado a una anciana cuando en realidad fue la vieja la que me pegó. Y con un palo. Mirá cómo me dejó este brazo.

El tipo no esperó ni reclamó respuesta y siguió caminando. Dentro de un rato, pensó Marquitos, le dará la sorpresa a Lucas Junior.

El siguiente encuentro fue con una mujer, abrigada con un poncho marrón.

—Soy Marisa. Mucho gusto. Mi marido, o mejor dicho mi macho, se fue con una amante y mis dos hijos. Sé que lo hizo para que yo me suicide. Pero está muy equivocado. Yo seguiré hasta el final. ¿Usted querría suicidarse? ¿O no?

—No, señora. Yo también soy de los que sigo.

Ella lo saludó con un ¡hurra! un poco artificial y se alejó cantando.

Durante un largo trayecto, como no aparecía nadie, Marquitos se limitó a seguir la línea de los rieles. Luego llegó el perro, con ojos fulgurantes, que más bien parecían de gato. Pasó a su lado, muerto de miedo, sin ladrar ni mover la cola. El amo era sin duda el personaje que lo seguía, a unos veinte metros.

—No tenga miedo del perro. Esta compacta oscuridad lo acobarda. A la luz del día sí es temible. Su nómina de mordidos llega a quince, entre ellos un niño de tres años.

—¿Y por qué no lo pone a buen seguro?

—Lo preciso como defensa. En dos ocasiones me salvó la vida.

El recién llegado miró detenidamente a Marquitos y luego se atrevió a preguntar:

—Usted, ¿vive en el túnel?

—No. Por ahora, no.

—A usted que anda sin perro, muy campante, sólo le digo: tenga cuidado.

—¿Ladrones?

—También ladrones.

—¿Ratas?

—También ratas.

No dijo nada más, y sin siquiera despedirse, se alejó. El perro había retrocedido como para rescatarlo. Y lo rescató.

Marquitos permaneció un buen rato, quieto y silencioso. La muchacha casi tropezó con él. Su gritito acabó en suspiro.

—¿Qué hace aquí? —preguntó ella, no bien salida del primer asombro.

—Estoy nomás. ¿Y usted?

—Me metí aquí para pensar, pero no puedo. Las goteras y las ratas me distraen. Tengo miedo de quedarme dormida. Prefiero esta duermevela.

—¿Y por qué no retrocede?

—Sería darme por vencida.

—¿Quiere que la acompañe?

—No.

—¿Necesita algo?

—Nada.

—Me sentiré culpable si la dejo aquí, sola, y sigo caminando.

—No se preocupe. A los solos vocacionales, como usted y yo, nunca nos pasa nada.

—¿Puedo darle un beso de adiós?

—No, no puede.

Caminó casi una hora más sin encontrar a nadie. Se sentía agotado. Le dolían todas las bisagras y el pescuezo. También las articulaciones, como si fuera artrítico.

Cuando llegó al final, había empezado a lloviznar. Se refugió bajo un cobertizo medio destartalado.

De pronto una moto se detuvo allí y cierto conocido rostro veterano asomó por debajo de un impermeable.

Era Fernández, claro, viejo amigo de su padre. El de la moto le hizo una seña con el brazo y le gritó:

—¡Don Marcos! ¿Qué hacés ahí, tan solitario?

—Eh, Fernández. No confunda. No soy don Marcos, soy Marquitos.

—No te hagas el infante, che. Nunca vi un Marquitos con tantas canas. ¿O te olvidaste que fuimos compañeros de aula y de parranda?

—No soy don Marcos. Soy Marquitos.

—En todo caso, Marquitos con alzheimer.

—Por favor, Fernández, no se burle. Acabo de salir del túnel. Lo recorrí de cabo a rabo.

—Ese túnel vuelve locos a todos. Deberían clausurarlo para siempre.

—No soy don Marcos. Soy Marquitos. Justamente voy ahora en busca de mi viejo.

—Sos incorregible. Desde chico fuiste un payaso. Tomá, te dejo mi paraguas.

La moto arrancó y pronto se perdió tras la loma. Mientras tanto, en el cobertizo, sólo se oía una voz repetida, cada vez más cavernosa:

—¡Soy Marquitos! ¡Soy Marquitos!

Por fin, cuando emergió del túnel un caballo blanco, sin jinete, y se paró de manos frente al cobertizo, Marquitos se llamó a silencio y no tuvo más remedio que mirarse las manos. A esa altura, le fue imposible negarlo: eran manos de viejo.